U0578808

本书重印获得华南师范大学资助，谨此致谢！

History of Qing Poetics

清代诗学史

反思与建构
（1644—1735）

蒋 寅 著

中国社会科学出版社

图书在版编目(CIP)数据

清代诗学史. 第一卷,反思与建构:1644—1735/蒋寅著.
—北京:中国社会科学出版社,2012.4(2019.11 重印)
ISBN 978 - 7 - 5161 - 0256 - 5

Ⅰ.①清…　Ⅱ.①蒋…　Ⅲ.①诗歌史—研究—中国—清代
Ⅳ.①I207.209

中国版本图书馆 CIP 数据核字(2011)第 224026 号

出 版 人　赵剑英
责任编辑　郭晓鸿
责任校对　郭　娟
责任印制　戴　宽

出　　　版　中国社会科学出版社
社　　　址　北京鼓楼西大街甲 158 号
邮　　　编　100720
网　　　址　http://www.csspw.cn
发 行 部　010 - 84083685
门 市 部　010 - 84029450
经　　　销　新华书店及其他书店

印刷装订　北京明恒达印务有限公司
版　　　次　2012 年 4 月第 1 版
印　　　次　2019 年 11 月第 2 次印刷

开　　　本　710×1000　1/16
印　　　张　48.75
插　　　页　2
字　　　数　799 千字
定　　　价　208.00 元

凡购买中国社会科学出版社图书,如有质量问题请与本社营销中心联系调换
电话:010 - 84083683
版权所有　侵权必究

目　　录

导论　清代诗学的特征、分期及研究方法

　　一代有一代的人才，一代有一代的风气，一代有一代的学术，一代有一代的文章。以现时为坐标回顾过往，文学史在人们眼中总是呈现为峰谷的更迭、文体的代兴。元代虞集说：

> 一代之兴，必有一代之绝艺足称于后世者：汉之文章，唐之律诗，宋之道学。国朝之今乐府，亦开于气数音律之盛。①

明代叶子奇说：

> 传世之盛，汉以文，晋以字，唐以诗，宋以理学。元之可传，独北乐府耳。②

王思任说：

> 一代之言，皆一代之精神所出。其精神不专，则言不传。汉之策、晋之玄、唐之诗、宋之学、元之曲、明之小题，皆必传之言也。③

明末卓人月说：

---

① 孔齐：《至正直记》，上海古籍出版社 1987 年版，第 96 页。
② 叶子奇：《草木子》，丛书集成初编本。
③ 王思任：《唐诗纪事序》，《王季重十种·杂序》，浙江古籍出版社 1987 年版。

我明诗让唐,词让宋,曲又让元,庶几吴歌《挂枝儿》、《罗江怨》、《打枣杆》、《银铰丝》之类,为我明一绝耳。①

清初顾彩说:

一代之兴,必有一代擅长之著作,如木火金水之递旺,于四序不可得兼也。古文莫盛于汉,骈俪莫盛于晋,诗律莫盛于唐,词莫盛于宋,曲莫盛于元。②

焦循说:

楚骚、汉赋、魏晋六朝五言、唐律、宋词、元曲、明人八股,都是一代之所胜。③

到 1912 年,王国维在他的《宋元戏曲考·自序》中就提出了一个具有总结意义的著名论断:"凡一代有一代之文学:楚之骚,汉之赋,六代之骈语,唐之诗,宋之词,元之曲,皆所谓一代之文学,而后世莫能继焉者也。"这种代兴论观点虽往往有一个崇古的前提——文体去古愈远愈卑④,但毕竟承认每个时代都有值得自豪的创造,故而为不同时代的人们乐于接受。令人沮丧的是,直到明代人们还可以举出八股文或民歌为一代之胜以自豪,而到清代,论者竟举不出什么可引为骄傲的创造⑤。八股文倒是清代最盛,可那绝不是让清人骄傲的东西,也许应该说是他们无奈、怨愤甚至仇视的对象。那么,清代果真就没有值得骄傲的创造了吗? 让我说是有的,那就是文学理论、批评和研究。

————————

① 陈宏绪:《寒夜录》卷上,丛书集成初编本,第6页。
② 孔传铸:《清涛词》序,康熙四十五年刊本。
③ 焦循:《易余籥录》卷一五,嘉庆二十四年刊本。
④ 如何孟春《余冬叙录·论诗文》云:"六经之文不可尚已。后世言文者至西汉而止,言诗者至魏而止。何也? 后世文趋对偶而文不古,诗拘声律而诗不古也。"
⑤ 梁启超《清代学术概论》的评价可以说代表了近代以来的一般看法:"前清一代学风,与欧洲文艺复兴时代相类似颇多,其最相异之一点,则美术、文学不发达也。清之美术虽不能谓甚劣于前代,然绝未尝向新方面有所发展,今不深论。其文学,以言夫诗,真可谓衰落已极。(中略)要而论之,清代学术在中国学术史上,价值极大,清代文艺美术,在中国文艺史、美术史上价值极微,此吾敢昌言也。"

文学理论、文学批评和文学研究的确是文学领域内足以让清人引以自豪的贡献。

这一答案不只基于官修《四库全书》在集部创立"诗文评"一类——"诗文评"作为传统图书分类学概念的确立，固然是一个醒目的象征，标志着这一部分著述在有清一代引人瞩目的增长，以致目录学家再不能忽视诗文评著作在文人写作中的位置。但它本身仍是一个囿于传统价值观的保守概念，所对应所涵盖的范围实际是诗文词评，仅为今天"文学批评"概念外延的一小部分，大量的戏曲小说评论著作并未包括进来——真正促使我将文学批评推崇为有清一代之胜的，是其著作数量之众，涉及面之广、方法之丰富多样、达到成就之高。像金圣叹、毛宗岗、张竹坡的戏曲小说批评，李渔、李调元、焦循的剧论，王渔洋、叶燮、沈德潜的诗学，万树、凌廷堪、方成培的词律研究，最后是王国维的文学理论，无不跻攀中国古代文学理论、批评的顶峰，闪耀着古代文学理论、批评和研究最夺目的光彩。这是西天的晚霞，映照落日的余晖。

中国漫长的古代社会，到清朝一朝已是日薄西山。在这古典艺术的夕阳时代，作家们不是没有创作伟大的作品，但整体看来，我们感受不到古代文学勃发的生命力，一种暮气伴着垂老的时代笼罩在文学的上空，凄清的残夜，唯有文学批评闪烁着冷静而睿智的光彩。整个人类文学史的经验又何尝不是如此？无论什么文学体裁，都有如生命的周期，由繁荣走向零落，由旺盛步入衰老，只有理论之树常青，伴着岁月的积累，日益健壮，日渐丰硕。这一点前人早已洞见，明代批评家许学夷曾说：

> 古今诗赋文章代日益降，而识见议论则代日益精。诗赋文章代日益降，人自易晓；识见议论代日益精，则人未易知也。试观六朝人论诗，多浮泛迂远，精切肯綮者十得其一，而晚唐宋元则又穿凿浅稚矣。沧浪号为卓识，而其说浑沦，至元美始为详悉。逮乎元瑞，则发窾中窍，十得其七。继元瑞而起者，合古今而一贯之，当必有在也。盖风气日衰，故代日益降，研究日深，故日益精，亦理势之然也。①

到举世讲求学问，精益求精，学术积累最丰厚的清代，文学理论和批评以

---

①　许学夷：《诗源辩体》卷三五，人民文学出版社 1987 年版，第 348 页。

及真正意义上的文学研究,同样也取得了最丰裕的收获。虽然目前还没有可靠的数字,但我初步调查,就已得诗话著作逾千种,各种文体的理论、批评和研究著作的总量可以想见。如此丰富的文献及学界公认的非凡成就,难道还不足以举为一代之胜,成为今天我们关注它的理由吗?

事实上,学术界从来没有忽视清代文学理论和批评的成就,起码从民国初就开始了搜集、整理出版清诗话的工作。到 1925 年日本学者铃木虎雄《中国古代文艺论史》出版,并由孙俍工译成中文(北新书局 1929 年版),标志着清代文学理论和批评研究的正式发轫。此后中国学者的著作陆续出版,其中郭绍虞《中国文学批评史》(商务印书馆 1934 年版)、方孝岳《中国文学批评》(世界书局 1934 年版)、朱东润《中国文学批评大纲》(开明书店 1944 年版)、青木正儿《清代文学评论史》(岩波书店 1950 年版)等著作,都以独到的眼光对清代文学理论和批评作了富有启发性的阐述。20世纪 80 年代以后,蔡仲翔等《中国文学理论史》(北京出版社 1987 年版)、张少康、刘三富《中国文学理论批评史》(北京大学出版社 1995 年版)、王镇远、邬国平《清代文学批评史》(上海古籍出版社 1995 年版)、陈良运《中国诗学批评史》(江西人民出版社 1995 年版)、萧华荣《中国诗学思想史》(华东师大出版社 1996 年版)等批评通史也对清代给予了较多的关注。就诗学而言,吴宏一《清代诗学初探》(台湾牧童出版社 1977 年版)、王英志《清人诗论研究》(江苏古籍出版社 1986 年版)、胡幼峰《清初虞山派诗论》(台湾"国立"编译馆 1994 年版)、吴淑钿《近代宋诗派诗论研究》(台湾文津出版社 1996 年版)、张仲谋《清代文化与浙派诗》(东方出版社 1997 年版)、严迪昌《清诗史》(台湾五南图书出版公司 1998 年版)、谢正光和佘汝丰《清初人选清初诗汇考》(南京大学出版社 1998 年版)、孙立《明末清初诗论研究》(广东高等教育出版社 1999 年版)、张健《清代诗学研究》(北京大学出版社 1999 年版)、柳晟俊《清诗话研究》(韩国国学资料院 1999 年版)、李世英《清初诗学思想研究》(敦煌文艺出版社 2000 年版)、李世英和陈水云《清代诗学》(湖南人民出版社 2000 年版)等通论性著作以及黄景进《王渔洋诗论之研究》(台湾文史哲出版社 1980 年版)、王小舒《神韵诗学论稿》(广西师范大学出版社 2001 年版)、陶水平《船山诗学研究》(中国社会科学出版社 2001 年版)、黄河《王士禛与清初诗歌思想》(天津人民出版社 2002 年版)、丁功谊《钱谦益文学思想研究》(上海古籍出版社 2006 年版)等专题研究著作,都以不同的方式和篇幅对清代诗学的总体面貌和具体作家、具体问题作了多层次的论述，其中尤以张健的著作更具诗学史建构的意义，在这些著作者的共同努力下，清代诗学的大框架和基本走势已呈现在我们面前。这是首先应该肯定的业绩，没有这些先行研究，今天恐怕还很难对丰富而复杂、头绪纷繁的清代诗学史作一番鸟瞰式的说明。

不过，上述论著也让我们看到一个共同的倾向，就是这些作者对清代诗学史的观照都出于同一个视角——创作观念，而且有时脱离创作实际。后出的李世英、陈水云《清代诗学》虽注意联系创作，从创作和批评中揭示一个时代的诗学观念和主导思想，但也仅限于此，没能触及更广的诗学理论内容和批评实践。通观清代诗学的历史进程，学术思想、文学思潮对诗歌创作的影响非常之大，一个时代的诗风往往为一两个强势的思潮所左右，如草偃于风、泥沙挟于江流。当此之时，少数"预流"者的宣言成为高亢的强音，剩下的就是大多数追随者的和声，于是"真诗"、"神韵"、"格调"、"性灵"、"肌理"、"质实"这一串概念仿佛成了诗歌史和诗学史线性演进的坐标点，规定了清代诗学的格局。历史在呈现得清晰和有序的同时也显出一种苍白和单调。浏览现有的论著，我们不难发现清代诗学研究中一个令人窘困的反差——著述的繁荣和内容的单调。创作观念的单一视角，使现有论著涉及的问题和取材都很接近，虽然篇幅有大小，研讨有精粗，但内容、问题和结论大同小异。这又一次证明前人的话是正确的：我们的眼睛看到什么，不取决于眼前的存在，而取决于我们想看到什么的意愿。清代诗学研究的单一视角缘于学者们对"诗学"概念的把握，即"诗学"的内涵被理解为创作观念。这虽是 20 世纪通行的看法，但与中国的传统观念以及西方诗学的概念都有出入。由于涉及清代诗学史研究的逻辑起点问题，同时也与方法论有关，我想在这里先作一番讨论。

自近代以来，学术界使用"诗学"这一概念，内涵很不一样。就我所知，较早使用"中国诗学"这一概念的著作——杨鸿烈《中国诗学大纲》（商务印书馆 1928 年版），内容包括中国诗的定义、起源、分类、结构要素、作法、功能、演进等，稍后的田明凡《中国诗学研究》（自刊本；大学出版社 1934 年版），内容范围也包括演变、派别即诗史的问题。与杨书同年出版的江恒源所撰同名著作（大东书局）及范况《中国诗学通论》（商务印书馆 1930 年版），则局限于体制、作法、基本理论等。大致上说，民国年间人们理解的"诗学"，内容还是较丰富的，不只限于诗的作法、体制，还包括诗歌的历史发展。自 20 世纪 70 年代以降，中国台湾学者黄永武的《中国诗学》（台湾巨流出版社 1976 年版）分为"思想""设计""鉴赏""考据"四部分，研究的是诗歌被创作与接受的过程。程兆熊的《中国诗学》（台湾学生书局 1980 年版）从最古老的命题"诗言志"讲到"诗教"，除最后一节涉及今日"诗的方向"外，未在传统的诗法中加入新的内容。大陆学者陈良运《中国诗学体系论》（中国社会科学出版社 1992 年版）基本上将中国诗学作为一个诗歌创作理论体系来把握。袁行霈等《中国诗学通论》（安徽教育出版社 1994 年版）所涉及的内容大抵也不出文学概论体系的范围。由此可知，"诗学"概念自近代以来主要是作为诗歌原理来把握的，而当代学者似更倾向于视为诗歌写作和意义实现过程的理论。对照作为一门学科的"文学"概念（包含文学理论、文学批评、文学史）来说，其理论构成实际只承担了与文学理论相对应的诗歌理论这一部分狭窄的内容，这与历史上"诗学"概念的内涵，显然不相符合。

　　考希腊语"诗学"（Poietike）与中国古代"诗学"意思差不多，都"意味着一种应使不熟练者学会写符合规则的诗歌、长篇叙事诗和戏剧的实用教程"①。由于希腊、罗马文学主要是史诗、剧诗和抒情诗，写作理论便产生了亚里士多德、贺拉斯的《诗学》和《诗艺》。在以后的岁月里，正像伊格尔顿所指出的，"文学理论大多都是在无意之间把某种文学形式'置于突出地位'，然后以此为出发点得出普遍的结论"。而诗歌由于"看上去是最与历史无关"，"'感受力'能以一种最纯净、最不受社会影响的形式发挥作用"，因而被普遍认为是最集中地代表了文学的本质特征，"诗意"或"诗性"简直就成了"文学性"的同义词②。在"文学"（literature）概念定型之前，它自然是文学理论的主体部分，也是文学理论的代表，这才有后人用以指称文学理论的习惯③。而在中国，撇开专指《诗经》研究的用法不论，"诗学"一名意味着与诗歌有关的所有学问，或者说是一门关于诗的学问。凡用"诗学"字样名书的著作，如明代黄溥的《诗学权舆》、周鸣的《诗学梯航》、清代顾龙振的《诗学指南》，都是如此，核心在一个"学"字。这个"学"不仅包括历来人们对诗歌本身及

---

　　① 埃米尔·施塔格尔：《诗学的基本概念》，胡其鼎译，中国社会科学出版社 1992 年版，第 1 页。

　　② 伊格尔顿：《文学原理引论》，王逢振译，文化艺术出版社 1987 年版，第 63—64 页。

　　③ 见蒋寅《古典诗学的现代诠释》引论"古典诗学的遗产及其价值"，中华书局 2003 年版。

其创作方法的认识，还包括古今人对诗歌史的认识及认识过程的反思。由此而来的诗学，也就是我将使用的"诗学"概念，定义要宽阔得多。恰如我和张伯伟主编的《中国诗学》论丛一样，大体包含五个研究领域：（1）诗学文献学；（2）诗歌原理；（3）诗歌史；（4）诗学史；（5）中外诗学比较①。在闭关锁国的清代，中外诗歌交流虽未断绝，但实际的比较批评和研究罕见其例。所以我将要论述的清代诗学史，就包含上述前四方面的内容，实际上容纳了有清一代的诗歌理论、批评和诗歌研究。

在进入具体环节的研究前，我想先就自己的粗浅认识，对清代诗学的学术背景、时代特征、时段划分和文献使用、研究方法作些说明。

第一节　清代诗学的学术背景

清代诗学是在中国古代历史上一个最特殊的王朝展开的。在这个历时近 270 年的末代王朝，中国的版图达到最广，人口达到最多，经济和文化也发展到封建时代的顶峰。城市生活和城市文化的繁荣，使通俗文艺最大程度地深入士大夫的日常生活，改变了他们的文学活动和审美趣味，作为传统的高雅文学的诗文创作在内容、主题和表现形式方面也发生了相应的变化。曾经在唐宋时代努力接近日常生活、表现日常生活的古典诗歌，为反抗经验的日常化带来的平庸和世俗，重新开始疏离日常生活而追求审美的超越。相反，诗歌批评却因为基于对诗歌的人生意义的新的理解，而变得更人性化和带有世俗色彩。雕版印刷的家庭化使出版和印刷变得更为简便，从而有力地刺激了诗歌创作、流通和批评，其中尤为明显的是对诗歌批评的普及起了极大的促进作用，使我们拥有的诗学文献远远超过历代存世文献的总和。当我们整体思考清代诗歌创作、批评和研究诗学的特征、流变时，就会感到清代诗学的所有特点都是与清代社会、文化的现实密切相关的。但其中给予诗学以最大影响的我认为还是学术文化。

作为一个稳定的、起码保持了 160 年富足和强大——假如以康熙十八年（1679）到道光二十年（1840）为期的话——的封建王朝，清朝最特殊之处在于它是由一个北方少数民族主宰的，这使得它无论如何繁荣和发

---

①　见蒋寅《中国诗学的百年历程》，原刊于《中国诗学》第六辑，收入《学术的年轮》，中国文联出版社 2000 年版。

达，在汉人心目中都有一种异己的感觉。尤其是 17 世纪中叶，当满人长驱入关，从李自成手中夺得江山，定都北京时，汉人经受的情感和文化的冲击比历史上任何一次改朝换代都要剧烈。清之代明，虽不像蒙元灭宋那样在人们心头注满亡国之恨，但扬州、江阴屠城的惨剧在汉人心里激起的仇恨丝毫不亚于前者，而"留头不留发，留发不留头"的薙发令更给人以斯文沦亡、人为夷狄的恐怖。应该说，清朝统治者惩于元朝马上得天下，复于马上治天下的教训，奉行学汉以治汉的策略，在政治上是取得成功的。定鼎之初即于顺治四年（1647）开科举，网罗前朝名士，吴梅村等皆入彀中，迅速和汉族士大夫缩短了距离；康熙帝提倡理学，表彰朱子，不但在感情上赢得汉族士大夫的好感，而且推动了经学的发展。康熙十八年（1679）三藩平定，四海晏宁，举博学宏词科、开明史馆，征天下饱学名士入朝，编纂典籍，文治武功可谓炳耀一时。就连康熙二十五年黄宗羲致徐乾学书，也说："方今杀运既退，薄海内外，怀音革状。皇上仁风笃烈，救现在之兵灾，除当来之苦集，学士大夫皆以琴瑟起讲堂之上，此时之最难得也。"① 雍正则在龙潜时即崇尚经学，礼敬名学者阎若璩，朝野传为美谈。虽然康熙初年的庄廷鑨《明史》案、晚年的戴名世案等文字狱在士大夫心头投下浓重的阴影，但三朝天子的崇尚经术、欣赏艺文还是给文人学士以极大的鼓舞和激励，因为他们从满人君主对学术、文艺的态度中看到的不只是兴趣，更不是附庸风雅的姿态，而是一种切切实实的刻苦学习的精神。清朝统治者并不满足于以武力征服中原，他们在文化上也要与汉族士大夫竞争。试看康熙帝一方面礼敬梅文鼎，以《律吕正义》寄使权正，同时又亲自指授其孙毂成数学，以及让太子和老臣比试书法，当面羞辱汉臣，都可见其欲以文学让汉人臣服的心理。事实表明，康熙帝在中西学问上的造诣确已让汉臣感到了惭愧。有词臣进颂，以"贫而乐，富好礼"作对，或谓其不工，应依《礼记·坊记》作"贫而好乐，富而好礼"，康熙徐曰："犹不如从《史记·仲尼弟子列传》、《后汉·东平王》论作'贫而乐道，富而好礼'，比偶悉敌，未尝不对也。"宰相冯溥对人说："天下几余，游心典籍，渊博乃尔。吾辈生长寒窗，乃未能古式是训，

---

① 吴光编：《黄宗羲南雷杂著真迹》，浙江古籍出版社 1987 年版，第 278 页。按：此书不见于文集中，据吴光《黄宗羲著作汇考》（学生书局 1990 年版）研究，应作于康熙二十五年，时徐乾学任内阁学士。

宁不汗颜耶?"① 有清一代在天下未靖的康熙前期就培养起浓厚的学术和文艺风气，与君主的提倡和以身作则显然是分不开的。

当然，这只是问题的一个方面，比较表面的一个方面，从更深的层面看则清代文化尤其是学术的繁荣植根于汉族士大夫的文化选择。具体地说，与易代之际士人的命运和选择密切相关。清兵南下，虽不是直接从明朝手中夺得江山，但以文化发展较明为落后的外族入主中原，还是让汉族士人遭受极大的精神打击，薙发令下，举世仿佛面临文化覆亡的灭顶之灾。在清朝定鼎北京，实际的武力抗争已无可能之后，士大夫阵营迅速地发生了分裂。一是因为人们很快就发现，新朝大体仍沿袭着明代的制度，科举依旧举行，名士多得到任用，于是由强烈的拒斥逐渐转为认同和合作。清代开国之初的进士，如吴梅村、侯朝宗等名士还多为胁迫所致，到康熙前期，世家子弟应举已踊跃起来。顺治十二年（1655）王士禛兄弟，至京应会试，与海内闻人缟纻论交，时号"三王"，极引人注目②。尤侗《西山移文》讽刺遗老出仕，自己却参加了康熙十八年（1679）的博学宏词考试，受翰林检讨。这次博学宏词科是清代历史上为人乐道的盛事："抡才之典于斯为盛!"③ 当时被荐举者，除少数老遗民和一些持志坚决的人物如顾炎武、傅山、黄宗羲、李二曲等外，多数引以为荣，络绎上京，甚至还出现奔竞托请的丑态④。但无论是出仕新朝者还是持志守节者，对汉文化在民族斗争中的失败都是深感悲怆和痛苦的。对汉文化命运的关注超越了个人出处问题上的矛盾和犹疑，甚至克服了心理上的负罪感和屈辱感。在抗清斗争失败后，一种文化的救亡意识成为当时汉族士人的共同理念，亡国的痛苦和亡天下的恐惧化作深刻的历史批判和文化反思，明代的覆亡被归结于游谈心性、空疏不学的士风，学问被推崇到文化救亡的高度："吾辈学问进一分，则世界人心有一分受用；吾辈学问减一分，则世界人心有一分陷溺。"⑤ 他们期望通过"明学术，正人心，拨乱世以兴太平之事"。即使自己这一生看不到理想实现的日子，也要"藏之名山，以待抚世宰物者之

---

①　姚永朴：《旧闻随笔》卷一，黄山书社 1989 年版，第 23 页。

②　王士禛：《先兄东亭行述》，《渔洋山人文略》卷一一，康熙刊本。

③　王士禛：《古夫于亭杂录》、法式善《槐厅载笔》、董潮《东皋杂钞》均有称颂此科得人之盛的文字。

④　康熙十七年博学宏词之徵，一时奔竞者甚夥。大臣初荐后，新任台省者又补牒续荐，时传举一名价值银二十四两。见郑梁《郑寒村全集·五丁诗稿》卷二《告求举博学鸿儒者》。

⑤　陆世仪：《答汉阳黄赤子论学书》，《论学酬答》卷一，小石山房丛书本。

求"（顾炎武《日知录自序》），为今后"有王者起，将以见诸行事，以跻斯世于治古之隆"做理论和知识的准备。由改造学风进而改造文化，这是知识分子在那种历史境遇下所能做的唯一的也是最有现实意义的选择①。

来自于政治和文化诉求的外在动力，最终是通过知识学内部的学理反思来实现改造学风的目的的。由王学主导的明代心性之学，最致命的缺点在于忽略了知识论问题。王学标举致良知的前提是人性论的性善说，且不说性本善或性本恶之争由来已古，迄无定论；我们自己体认的良知是否真的善，是否合乎道义，又如何确定呢？这里显然有一个本原性的义理问题。研究思想史的学者已指出，"在尊德性之下，是否就可以撇开知识不管，还是在尊德性之后，仍然要对知识有所交代，这在宋明理学传统中，是个中心的问题"②。焦竑《邓潜谷先生经绎序》曾举孔子为例，说明"盖经之于学，譬之法家之条例、医家之难经，字字皆法，言言皆理，有欲益损之而不能"的道理，批评"近世谈玄课虚，争自为方。而徐考其行，我之所崇重，经所诎也；我之所简斥，经所与也"③。这正是心学在知识论上的致命弱点，要解决这一问题除了宗经，没有别的途径。清初学者反思明代学术的堕落，认为"三百年文章学问不能远追汉唐及宋元者，其故盖有三焉：一坏于洪武十七年甲子定制以八股时文取士，其失也陋；再坏于李梦阳倡复古学，而不原本六艺，其失也俗；三坏于王守仁讲致良知之学，而至以读书为禁，其失也虚"④。所以清代学者"厌倦主观的冥想而倾向于客观的考察"的学术转向⑤，首先就从明代的官学——朱子学入手，发挥朱学的征实倾向，并在学理上重新进行了思考。朱子论《易》曾曰："事无实证，则虚理易差。"阎若璩《潜邱札记》卷一引之以为考据经史的理论依据。在他们看来，为学固在明理，但明理唯有宗经，而宗经必治古学，治古学则必究金石史地名物训诂之学，清代博古求实的一代学风就是建立在这一认识上的。顾炎武的"经学即理学"其实是说"理学即经学"⑥，这乃是清

①　这一点我在《明清之际知识分子的命运与选择》一文中有详细论述，载许明主编《中国知识分子的人文精神》，河南人民出版社1994年版；收入《学术的年轮》，中国文联出版社2000年版。

②　余英时：《从宋明儒学的发展论清代思想史》，《历史与思想》，联经出版事业公司1976年版，第129页。

③　焦竑：《澹园续集》卷一，《澹园集》下册，中华书局1999年版，第759—760页。

④　阎若璩《潜邱札记》卷二，乾隆十年刊本。

⑤　梁启超：《中国近三百年学术史》，中国书店1985年影印本，第1页。

⑥　参看余英时《从宋明儒学的发展论清代思想史》，《历史与思想》，第114页。

学的逻辑起点，黄宗羲说"读书不多，无以证斯理之变化"①，则是其旨趣
所归。黄宗羲之学源出王学，却主张穷经读史，与宗朱子学的顾炎武殊途同
归，表明清初学者都意识到他们面临的共同问题，清学一开始就显示出学风
的一致性，原因正在这里。汤斌、李光地、熊赐履等名臣虽也极力提倡理
学，康熙帝再三表彰朱子，造成朱子学在康熙朝的复兴，但与以顾炎武、黄
宗羲为代表的理学 = 经学 = 实学的学术取向是完全不同的。

　　清代学术总体上是在一个痛感汉文化的堕落和对明代学风普遍失望的
心态下发轫的，从一开始就带有强烈的经世倾向和反思意识。顾炎武与门
人潘耒书云："君子之为学也，非利己而已也。有明道淑人之心，有拨乱
反正之事，知天下之势之何以流极而至于此，则思起而有以救之。"② 他
的《日知录》虽杂考经史，却处处以明代历史为参照系。从他致外甥徐元
文的信中可知，书中谈兴革之故，是读完全部《明实录》和崇祯朝邸报，
"然后古今之事始大备而无憾"③，才着手写作的。当时的士大夫无论在朝
在野，学问中都贯注着强烈的经世倾向，就是应㧑谦、陆陇其一辈理学家
也不例外。读陆氏《三鱼堂日记》，可见其孜孜究心于地理、水利、天文
学的热忱。举凡典章制度之学、考古论史之学、兵法战略之学、天文历算之
学、地理方舆之学、水利漕运之学、金石文字之学、声韵训诂之学，无不是
当时学人热心研治的学问。窦克勤序李来章《礼山园文集》，称"礼山之
文，语本性情而言归经济，斯为根深枝茂，非与世之徒为绮靡而于理道毫无
补益者，可同日而语也"④。我以为，这"语本性情，言归经济"八字，非
但可以概括清初人的文学观念，实在也可以概括清初的学术精神。

　　清学的经世倾向不仅造就其学术方法的征实精神，同时也培养起崇尚
独创、追求完美的严肃学风。惩于明人的空疏不学，而又热衷于编纂类
书、丛钞及汇纂一类书籍以炫博的风气，清初学者重新将学术的原创性概
念郑重提出来。顾炎武《与人书》有一段常为人引用的名言："今人纂辑
之书，正如今人之铸钱。古人采铜于山，今人则买旧钱，名之曰废铜，以
充铸而已。所铸之钱既已粗恶，而又将古人传世之宝舂剉碎散，不存于

---

① 全祖望：《黄梨洲先生神道碑铭》，《鲒埼亭集》卷一一，四部丛刊初编本。
② 顾炎武：《与潘次耕札》，《顾亭林诗文集》，中华书局1983年版，第166页。
③ 顾炎武：《答公肃甥》，《顾亭林诗文集》，第191页。
④ 李来章：《礼山园文集》卷首，康熙刊本。

后，岂不两失之乎?"① 他所谓的"采铜于山"，就是从原始资料入手的原
创性研究，这种原创性研究的创新度当然是基于学术史来判定的，所以他
在致友人书中再三发挥"祭海先河，尤务本原之学"的意思②，强调究明
学术史的重要，说"经学自有源流，自汉而六朝而唐而宋，必一一考究，
而后及于近儒之所著，然后可以知其异同离合之指"③。李绂也说："为文
须有学问，学不博不可轻为文。如治经者欲立一解，必尽见古人之说，而
后可以折其中。"④ 这可以说是有清一代学术的主导观念，在学人们锐意改
造学风的清初，学术史研究更是与学术建设相辅相成的工作，直接催生了以
孙奇逢《理学宗传》、黄宗羲《宋元学案》、《明儒学案》、朱彝尊《经义
考》为首的一批学术史专著。乾嘉以后，经史之学益盛，尽管经有古今之
分，学有汉宋之异，但追求学术的独创性、实证学风和学术史视野，始终是
清代学术最显黠的特征，也是清代诗学的学术精神和方法论背景。

　　清代诗学虽不以原创性为突出特征，但力求突破前人藩篱的创新意识
与实证学风相结合，却带来理论阐释、诗人评论及作品分析上空前的深刻
和细致，对学术史研究的重视更赋予它善于总结前代理论遗产、推源溯
流、包容古今的集大成色彩。清代诗学家评论当代诗歌的历史感、讨论理
论问题的学术史意识和诗歌史研究的热情，无不显出其学术精神与当代学
术的相通。说到底，清代是一个学术的时代，诗学作为传统学术的一个分
支，也深刻地打上了时代的烙印。清代诗学的历史特征只有在清代学术史
的大背景下才能清楚地认识，而这些认识无疑将有助于我们整体地把握清
代诗学，并深入清代诗学内部理解其逻辑结构和历史进程。

第二节　清代诗学的时代特征

一　清代诗学的两种倾向

　　清代是一个文化事业繁荣的时代，也是文学创作十分普及的时代，清

---

① 顾炎武：《与人书十》，《顾亭林诗文集》，第 93 页。
② 如《亭林文集》卷四《与周籀书书》、《蒋山佣残稿》中《与友人书》、《亭林余集》中
《与陆桴亭札》、《亭林佚文辑补》中《与黄太冲书》等，均见《顾亭林诗文集》。
③ 顾炎武：《与人书四》，《顾亭林诗文集》，第 91 页。
④ 李绂：《秋山论文》，《穆堂别稿》卷四四，《李穆堂诗文全集》，道光十一年珊城阜祺堂
重刊本。

代留下的出版物之多,历史上没有一个时代可以企及。仅柯愈春先生《清人诗文集总目提要》就著录作者一万九千七百余人,诗文别集四万余种。这个不太完全的数字意味着一个庞大的文学创作人群,意味着社会对文学的前所未有的需求。这种需求对诗学著作的刺激是不难想见的。事实上,清代诗学的成就只从性质上描述,根本无法给人一个恰当的概念,因为它最突出的特点之一就是写作和出版量之巨大。不算诗选和评点类的出版物,仅严格意义的诗话已知就有一千四百七十余种,准确的数字目前还无法估算。此外笔记、目录题跋、选集、评点以及诗文集中的序跋、诗作、书信、碑传和诗学专题论文以及史书、方志中的传记,无不蕴藏有大量的诗学资料①。清代诗学文献之丰富是令人叹为观止的。

就我调查所知,清诗话传世书籍有九百多种,亡佚书籍已知有五百多种②。从内容上看,清诗话有论古今、论本朝、论专家、论体式、论郡邑、论闺秀之分;从形式上说,有自撰、汇辑、摘句、图谱、诗咏之别。其中不乏清人独创之体,最显著的是论闺秀和图谱两类。朱彝尊《明诗综》所附《静志居诗话》、王昶《湖海诗传》所附《蒲褐山房诗话》、郑杰《国朝全闽诗录》所附《注韩居诗话》,后人辑出单行③,堪称清代诗话的创体。而地方志中的诗话,如《民国荥经县志》卷十八艺文志所载张赵才《诗话》、徐鲤九辑《九鲤湖志·艺文志》的诗话部分,已受到研究者的关注④。吴翰章《双溪杂记》三卷"多记兴山异闻,末卷录近人诗而稍加叙论,则诗话类也"⑤,乃是地域诗学发达的反映。传统的论诗诗到清代也有新的发展⑥,其中有些作品有夹注,与诗句的议论相发明。清人笔记杂著中原有大量的论诗内容,仅我所见,笔记以诗话为主要内容的,清初

① 杨松年:《中国文学评论史编写问题论析》(文史哲出版社1988年版)第二章"诗论作品范围之检讨"将诗学文献分为十类:1. 诗话,2. 诗选诗汇,3. 笺注批点,4. 诗选小传,5. 序跋,6. 书信,7. 论诗诗,8. 笔记小说,9. 提要读书记,10. 文集中论文、碑传、史书方志中传记,甚为周到。

② 详见蒋寅《清诗话考》,中华书局2005年版。

③ 《静志居诗话》有嘉庆二十四年姚祖恩扶荔山房刊本,《蒲褐山房诗话》有北京大学图书馆藏清抄本、上海图书馆藏道光间郑乔迁抄本、台湾"中央图书馆"藏毛庆善重编稿本、韩国民族美术研究所藏抄本,《注韩居诗话》有安徽博物馆藏清抄本。

④ 两者已为张廷银辑入《方志所见文学资料辑释》,国家图书馆出版社2006年版。

⑤ 张仲炘、杨承禧等纂《湖北通志》卷九〇艺文志据《兴山志》著录,华文书局影印本,第1845页。

⑥ 张伯伟:《清代论诗诗的新貌》,《江苏社会科学》2002年第3期。

有汪琬《说铃》、顾嗣立《春树闲钞》、伍涵芬《读书乐趣》、纳兰性德《渌水亭杂识》,清中叶有边连宝《病余长语》、朱衣点《竹桃花馆琐语》、江浩然《丛残小语》、《溺笑闲谈》,清后期有王培荀《乡园忆旧录》、李佐贤《吾庐笔谈》、金武祥《粟香随笔》、程卓沄《识夷庵随笔》、邹弢《三借庐赘谭》等。至于论学、记事笔记中列有诗话专卷的,宋代王得臣《麈史》、吴曾《能改斋漫录》已然,清代则有方以智《通雅》中"诗说"、傅山《霜庐杂著》卷五"杜还余论"、王渔洋《池北偶谈》中"谈诗"、赵吉士《寄园寄所寄》中"撚须寄"、钱泳《履园丛话》中"谭诗"、梁章钜《退庵随笔》中"学诗"、孙兆溎《片玉山房笺录》中"诗话"、平步青《霞外攟屑》中的"眠云舸酿说"等,赵、钱、梁、平四书的诗话都为人辑出单行①。这类著作极大地丰富了诗话的数量,其种类究竟有多少,还有待考察。书目题跋是藏书风气最浓的清代特有的诗学文献,与诗选、总集附载的诗话、评语,构成清代诗学文献中极富参考价值的部分。最著名的,《四库提要》就不用说了,王渔洋的书跋中有很多诗评和诗论,向为论者引重。在这些专书之外,清代别集卷首所载序跋和文集所存诗序,数量也是惊人的,至少有数万篇乃至数十万篇。清代文集和尺牍集里保存的论诗书简,是比诗序更真实地反映作者诗歌观念的文献。金圣叹的诗学理论主要见于尺牍,黄生的《诗麈》卷二是与人论诗书简的辑存,侯朝宗《与陈定生论诗书》是较早全面论述云间派诗学及其历史地位的诗史论文②,焦袁熹《答钓滩书》则是迄今所见最全面地论述"清"这一重要诗美概念的长篇论文③,黄承吉《读关雎寄焦里堂》诗附录寄焦循书也是对"诗之大要,情与声二者"的诗学观的全面陈述④。明清之交以及后来刊行的各种尺牍集,保存了大量的论诗书简,是尚未被注意的重要资料。除了书信外,清人文集中还收有一些诗学专题论文,最著名的当然是冯班《钝吟文稿》中《古今乐府论》、《论乐府与钱颐仲》、《论歌行与叶祖

---

① 即日本近藤元粹编《萤雪轩丛书》所收《寄园诗话》、丁福保编《清诗话》所收《履园谭诗》、郭绍虞编《清诗话续编》所收《退庵随笔》、杜松柏编《清诗话访佚初编》所收《眠云舸酿说》。

② 载周亮工辑《赖古堂名贤尺牍新钞》卷九,宣统三年国学扶轮社石印本。

③ 此文载中国社会科学院文学所藏《此木轩文集》稿本中,内容可参看蒋寅《古典诗学中"清"的概念》,《中国社会科学》2000年第1期,又见蒋寅《古典诗学的现代诠释》,中华书局2003年版。

④ 黄承吉:《梦陔堂诗集》卷二,民国28年燕京大学图书馆排印本。

德》，翁方纲《复初斋文集》中的《神韵论》、《格调论》。王崧《乐山集》中的《诗说》三卷在当时也小有名气。至于像柴绍炳《柴省轩文集》中《唐诗辨》、《杜工部七言律说》，刘榛《虚直堂文集》中的《西江诗派论》，于建邦《湖山堂集》中《江西诗派论》，许新堂《日山文集》中《乐府诗题考》，陈锦《勤余文牍》续编中《论赵秋谷声调谱》，吴昆田《漱六山房全集》卷五《拟文心雕龙神思篇》之类的论文，还有待我们去披阅发掘。这类专题论文是清代学术专门化的产物，也是清代诗学独有的文献源。

　　如此丰富的文献种类，带给清代诗学的不只是文献数量的庞大，更主要的是言说方式的多样化。有关各类文学评论资料的价值，学界已有认识①，但各类文献在诗学建设中承担的功能还很少有人注意到②。这显然是个很重要的问题，不同文体的诗学著作，谈论诗歌的方式和态度是不同的，它们在诗学体系中的建构功能也不一样。如果说选本主要承担了使作品经典化的功能，评点承担了作品的细读功能，目录提要承担了诗学史建构的功能，那么序言则是借题发挥传统诗学命题，借古讽今，批评时风习气的机会，王渔洋每借作序发挥司空图、严羽学说，清初诗家对宋诗风的批评、乾嘉诗家对"穷而后工"的阐说，也是最常见的。而书信通常是系统阐述自己诗学观并用以往复辩难的主要文本，沈德潜、袁枚往复论诗书简针锋相对地表明自己其理论立场，是个著名的例子，也是研究其诗学观的重要材料；李宪乔与袁枚往来论诗书简，则是尚未被人注意到的史料③。李重华《贞一斋诗说》首列"论诗答问三则"似乎也是论诗书简的辑存，很详细地论述了诗歌音象意三个基本要素，神运、气运、巧运、词运、事运五种能事以及学诗的步骤④。这种有针对性的答问，往往是包含定义到分析、论证过程的很严谨的理论表述，具有专题论文的形式。有些诗论家采取这种方式，用设问提出问题，系统地表达自己的诗学见解，就写出很

---

　　① 参看杨松年《中国文学评论史编写问题论析》第二章"诗论作品范围之检讨"，文史哲出版社1988年版；张伯伟《中国古代文学批评方法研究》下编，中华书局2002年版。

　　② 我只见到宇文所安《中国文论：英译与评论》导言中提到这一点，上海社会科学出版社2003年版，第6—10页。

　　③ 收在山东博物馆藏抄本《高密三李诗话·凝寒阁诗话》中。

　　④ 郑方坤《本朝名家诗钞小传》卷四"贞一斋诗钞小传"记尝从李重华问诗学，告之曰："夫诗有三要，发窍于音，征色于象，运神于意，三者缺一焉不可"，又谓"诗之在人也，其始油然而生，其终谪然有节，要惟六义为其指归。故凡艳冶流荡与夫怪僻仄之调，宜无复慕效焉"，知此言殆即答郑方坤问也。

有系统的理论著作。叶燮《原诗》是最经典的例子，《四库提要》很敏锐地指出其文体为"作论之体"①，说明前人是很清楚这一点的。当代学者有一种看法，认为中国诗学"缺少真正科学意义上的理论范畴，没有严格的意义上的理论命题，更不能严格地论证自己的结论，它更喜欢以比喻性的策略展示独特的内在感悟。这是一种典型的东方式诗学，不是西方意义上的理论"②，如果我们多注意论诗书简和诗话中的这类著作，注意不同诗学文本在言说方式和批评功能上的差异，或许会改变对中国古典诗学的上述判断。

正因为对不同类型的诗学文本在言说方式和批评功能上的差异认识不清，学界在"诗话"概念的界定上产生不必要的歧见。诗话本是一种"资闲谈"的论诗随笔，它区别于其他论诗文本之处全在于体制，即与纪事性的笔记小说相出入的文体③。虽然诗话自宋人即认为具有"辨句法、备古今、纪盛德、录异事、正讹误"（许颙《彦周诗话》）等多种功能，清人又发展为"折衷群说则疑释，辨别体裁则法备，博征逸事则辞有根，撷取精华则陈言务去"④，但严密地表达理论肯定不是这种文体所承担的功能——宋代最具理论色彩的《沧浪诗话》，恰恰是后人拼凑严羽若干论诗文本而成⑤。林昌彝说"凡涉论诗，即诗话体也"，已有泛化诗话概念的倾向，郭绍虞先生《诗话杂考》一文将论诗绝句、诗格、摘句、序跋、尺牍、笔记、总集、注释等均视为诗话，奠定了今人将诗话或"诗话学"等同于诗学的观念，并最终导致对清代诗话截然对立的价值判断。

对清诗话的对立评价，很大程度上都是由清诗话的数量众多而引起的。显而易见，诗歌批评是清人乐于从事的事业，而诗话更是许多人乐此不疲的著述形式。有些人著诗话之多简直令人吃惊：王士禛留下《渔洋诗话》、《律诗定体》、《古诗平仄论》、《五代诗话》四种诗话及《然灯纪

---

① 《四库全书总目》卷一九七集部诗文评类存目，中华书局 1965 年影印本。
② 季广茂：《比喻：理论语体的诗化倾向》，钱中文主编《文学理论：迈向新世纪》，山东人民出版社 1997 年版，第 572 页。
③ 关于诗话的定名，张伯伟《中国古代文学批评方法研究》第五章"诗话论"有精到辨析，可参看。
④ 陶元藻《凫亭诗话》郑虎文序："诗话之道凡有四，折衷群说则疑释，辨别体裁则法备，博征逸事则辞有根，撷取精华则陈言务去。"
⑤ 据张健《〈沧浪诗话〉非严羽所编——〈沧浪诗话〉成书问题考辨》，《北京大学学报》1999 年第 4 期。

闻》等三种诗问；梁章钜作有《东南峤外诗话》、《三管诗话》、《雁荡诗话》、《南浦诗话》、《闽中闺秀诗话》、《长乐诗话》、《闽川诗话》、《试律丛话》、《读渔洋诗随笔》九种诗话①；王俱也撰有《历下偶谈》、《匡山丛话》、《嵋阳诗说》、《瓣香杂记》、《名媛韵事》五种说诗著作；晚清陈衍撰有《石遗室诗话》和《辽诗纪事》、《金诗纪事》、《元诗纪事》四种诗话及《陈石遗先生谈艺录》、《石语》两种谈诗语录。面对这积案盈箱的诗话，当时学者如章学诚曾痛斥其写作之滥："论文考艺，渊源流别，不易知也。好名之习，作诗话以党伐同异，则尽人可能也。以不能名家之学，入趋风好名之习；挟人尽可能之笔，著惟意所欲之言，可忧也，可危也。"② 而当代学者如郭绍虞先生则称赞其学术性强，说"清诗话的特点更重在系统性、专门性和正确性"③。平心而论，两种倾向的确都存在于清代诗学著作中，前者写作态度随意，取材散漫，内容杂糅，只具有史料价值；后者写作态度严肃，内容专业性强，有较高的学术价值。若就数量而言，前者或许更占多数，因为清人通常视诗话为业余性写作，就像邱振芳序叶矫然《龙性堂诗话》说的，"先生之于诗，特其学之余，而诗话又其余之余耳"④，这很容易给人"挟人尽可能之笔，著惟意所欲之言"的印象。如果我们同意许彦周的看法，承认诗话文体原有诸多功能，同时又肯定诗话是诗学论著的主要体裁之一，那么这类著作在任何时代成为诗学的主流都是顺理成章的。问题在于清代是学术风气浓厚的时代，在学术性也主导着诗歌批评和诗学研究的前提下，大量看似随意的诗话涌现，就不能简单地视为写作态度问题，而应联系清人的诗歌观念，透过作者的批评立场来理解和思考了。从明代以来人们的诗歌观念——主要是对诗歌的生命意义的理解来看，清诗话写作的随意性实际上寄寓了一个时代的人们对诗歌及诗歌批评的不同要求。

　　中国古代对诗歌之生命意义的体认，大致可以用"不朽之盛事"、"其文在即其人在"、"以诗为性命"、"文字留传胜子孙"四个传统命题来概括，这四个命题不只包括了中国古代对诗歌的人生意义的全部理解，也

---

① 郭绍虞辑《清诗话续编》所收《退庵随笔》二卷系由梁氏所著《退庵随笔》二十二卷中辑出，非原有其书也，故不计入。

② 章学诚：《文史通义·诗话》，仓修良编《文史通义新编》，上海古籍出版社1993年版，第198页。

③ 郭绍虞：《清诗话·前言》，上海古籍出版社1978年版。

④ 郭绍虞辑：《清诗话续编》第1册，上海古籍出版社1983年版，第927页。

反映了古人在这一问题上认识深化的过程。传统知识领域的狭隘，出仕途径的单一，将最大数量的读书人驱赶到词章之学的道路上来，当生前的荣耀没有实现时，死后的留传就成了他们对生命最低同时也是最高的期待。到八股取士的明清时代，发挥才华的空间变得愈益狭窄而士人对自己的命运也愈益清醒的时候，他们对诗歌价值的体认也愈趋于个人化，对诗歌的期望从崇高趋于平凡，越来越消极，越来越世俗。当写作被视同传宗接代的生命繁衍活动时，它的崇高感、神秘感和贵族色彩就完全被消解了。这从某种意义上说倒是人性论的高扬，而人们对待诗歌的态度不觉也由生命绵延的借喻而产生了微妙的变化。最突出的一点，就是诗歌评价的尺度变得宽容起来。清初严首升说："人之有诗文，犹其有儿女子也。才不才亦各言其子，他人子何可爱哉？"① 这很容易唤起认同和共鸣的通俗比喻，实际上已放逐了诗歌美和艺术性的标准，用更人性化的理由为诗歌写作的日常化和世俗化作了辩护。其次是激发了人们对诗歌作品的珍惜。不只珍惜自己的篇什，也格外护惜他人的章句。正由于这份心情，才产生了汗牛充栋的总集、选集、丛书，还有同样杂多的诗话，流传下无数著名或不著名的诗人②。人们一向鄙薄明清诗及诗话的多而滥，却没注意到，这是和它们以诗存人、以人存诗，"评人诗不可恕，录人诗不可不恕"的批评宗旨相关的③。

　　明清时代出版业的发达，尤其是雕版印刷的家庭化，使个人作品的编集和刊印变得较为容易，这为诗歌流通提供了良好的条件。但不可否认的是，雕版印刷在当时毕竟是昂贵的事业，没有雄厚的财力是不能问津的。像张潮一流家拥巨资的名士当然不在话下，王渔洋那样的达官名流也有门生僚属为之张罗，而寒素之家又岂能措手？对大多数士人来说，他们的诗作要想流传，除了自己辛苦誊钞赠送外，只有两个途径，一是被采入诗话，一是被收入选集。在杂志尚未诞生的时代，诗话和评选共同承担了诗歌的传播和批评任务④。由于诗话具有传诗传人的功能，除上文提到的

　　① 严首升：《与陈子贞》，周亮工辑《赖古堂名贤尺牍新钞》卷九，宣统三年国学扶轮社石印本。

　　② 参看蒋寅《中国古代对诗歌之人生意义的理解》，《山西大学学报》2002 年第 2 期；收入《古典诗学的现代诠释》，中华书局 2003 年版。

　　③ 金武祥：《粟香二笔》卷三引，光绪间刊巾箱本。

　　④ 关于诗话的传播功能，已有白贵《中国古代诗话的"存诗""存人"功能——诗话传诗功能研究之一》（《内蒙古社会科学》2002 年第 3 期）专文探讨，可参看。

"录入诗不可不恕"外，清代诗话写作还衍生了几大流弊。或以广大教化主自居，标榜风流，如王渔洋《渔洋诗话》、郭麐《灵氛馆诗话》、潘焕龙《卧园诗话》；或结纳缙绅，逢迎权贵，以为秋风之资，如袁枚《随园诗话》、凌霄《快园诗话》、王偁《历下偶谈》；或阿谀官长亲故，标榜声气，如余宣《菱溪诗话》、杜求煊《浣花轩诗话》、戴文选《吟林缀语》之类。总的说来，清诗话的艺术批评功能要远逊于纪录功能。究其原由，除了诗话文体的规定性之外，清诗话孕育于一个汉文化失落、历史记忆亟待整理和保存的语境，是不能不考虑的重要因素。钱谦益"至今新史盛行，空坑、厓山之故事，与遗民旧老，灰飞烟灭。考诸当日之诗，则其人犹存，其事犹在，残篇蠹翰，与金匮石室之书，并悬日月"的感慨①，屈大均"士君子生当乱世，有志纂修，当先纪亡而后纪存，不能以《春秋》纪之，当是诗纪之"的宣言②，曾是一代文士以诗征史和编纂文献的信念和动机。后来经过太平天国兵燹，文献沦亡，同、光间士人重新收拾文献时，又重复了这一主题的变奏。其间乾、嘉中大修方志，也曾引发整理、编纂地方文献和诗歌作品的热潮。总之，在清代诗话和诗选类著述中，记录功能明显占主导地位是无可怀疑的，但就中国古代诗学的整体而言，这尚不能说是清代诗学的独特之处，应该说另一类学术性强的诗话才更具有代表性，更体现了清代诗学的特点。

纵观中国古代诗学著述的流变，从南北朝时期的文体论、创作论、品第论，到唐代的诗格、宋代的诗话，关于诗歌本体论、创作论、风格论、修辞学以及诗人、诗史批评的各方面都有相当的积累，到明代已出现王世贞《艺苑卮言》、胡应麟《诗薮》等内容全面、结构严谨的诗学专著，以"资闲谈"为目的的随笔体诗话也向着以品诗论艺、表达个人诗学见解为主的方向发展。可以说，中国古代诗学的理论框架到明代已告完成，清代诗学的贡献主要是在内容的专门化、细节的充实和深描，其成就不是基于一种创造性的冲动，而是一种征实的学术精神。清代诗论家不再满足于将自己对诗的理解、期望和判断表达为一种主张，而是努力使之成为可以说明的，可以从诗歌史获得验证的定理。大到一种观念的提出，小到一个修辞的揭示，他们不仅付以多方的论述，而且要在历史的回溯中求得证实，

---

① 钱谦益：《胡致果诗序》，《牧斋有学集》卷一八，上海古籍出版社 1996 年版，上册，第 801 页。
② 屈大均：《东莞诗集序》，《翁山文钞》卷一，广东丛书本。

从前人的诗歌文本中获得印验。清代诗学著述由此而显出浓厚的学术色彩，由传统的印象性表达向实证性研究过渡。

梁启超曾将有清一代学术基本精神概括为"以复古为解放"，而"其所以能著著奏解放之效者，则科学的研究精神实启之"①，此所谓科学的研究精神就是重实证的学术品格，即章太炎所说的"一言一事，必求其徵"②。在清代严谨的学术风气熏陶下，清代的文学研究也表现出专门性、细致性的特点。诚如郭绍虞先生所指出的，清人"对于文集诗集等等的序跋，决不肯泛述交情以资点缀，或徒贡谀辞作为敷衍，于是必根据理论作为批评的标准，或找寻例证作为说明的材料。尽管他所根据的理论可能是不正确的，所找寻的例证也可能是不全面的，但是他的方法他的态度总是比较切实而着实的"③。比如词学研究，当代研究者就注意到清代词学在具体性、专业性、系统性、实证性方面的时代特征④。像朱彝尊、万树、厉鹗、凌廷堪、江昱、戈载等人的著述都具有重视考证、持论严谨的特点。朱彝尊编《词综》，查阅宋元词集一百七十家，小说杂书及地方志三百余种，前后用了八年时间。万树《词律》依据众多的词集和词谱，考曲律之异同，酌字句之分合，辨声调之平仄，序篇制之短长，驳正前人讹谬极多。凌廷堪《燕乐考原》以精确的考证梳理词乐渊源，尤能体现乾、嘉实证学风，在研究方法上为后人开辟一条新路⑤。《四库提要》论《钦定词谱》的编纂原则："今之词谱，皆取唐宋旧词，以调名相同者互校，以求其句法、字数；取句法、字数相同者互校，以求其平仄。其句法、字数有异同者，则据而注为又一体；其平仄有异同者，则据而注为可平可仄。"这与清代小学的实证方法无疑是一脉相通的。相比词学，清代诗学有着更浓厚的学术色彩，采集资料和讨论问题涉及时代、人物、地域、性别、体裁各个方面，或主于表微，或偏重考据，或成一家之言，或荟百家之说，专门性极强。这在郭绍虞先生《清诗话·前言》中已有概述，我要进一步指出的是清代诗论家讨论问题的深入细致和实证方法的运用。

---

①　梁启超：《清代学术概论》，东方出版社 1996 年版，第 7 页。

②　章太炎：《检论》卷四"清儒"，《章太炎全集》第 3 册，上海人民出版社 1984 年版，第479 页。

③　郭绍虞：《中国文学批评史》，上海古籍出版社 1979 年版，第 7 页。

④　鲍恒：《清代词体学研究》，河北大学 2002 年博士论文；谭新红、王兆鹏：《论清人词话的学术背景》，《南阳师范学院学报》2002 年第 1 期。

⑤　参看谢桃坊《中国词学史》，巴蜀书社 1993 年版，第 139 页。

今人治学往往崇尚宏大叙事而鄙薄具体问题的细致探讨，实则研究课题的专门化和细致化是学科发展成熟的标志，也是学术深度的体现。在诗学发展的初期，由于创作经验积累有限，当然谈不上深入的研究，即便是在唐代诗歌取得辉煌成就之后，宋元时代因时间较近，积累尚少，也还来不及大面积地开拓和深化，深入诗学的内核。直到明代格调派对唐诗技法的细致揣摩，才使诗歌艺术研究逐渐深入诗学的内核。遗憾的是明人学风空疏，观念褊狭，泛论诗史流变，往往大言欺人。清代诗论家不像明人那样喜欢大而化之地泛论诗史，他们更多地致力于对专门问题持续进行深入的研究，如诗人传记考证、语词名物训释、声调格律研究、修辞技巧分析。前人研究诗学，主要是为自己的创作，而清人研究诗学，却常出于纯粹的学术兴趣。一些很专门的问题，会引起学界的共同关注，群起而讨论之，并长久地吸引学者投入研究，以评点、笔记乃至诗话专著的形式发表自己的见解。张寅彭先生曾论述在"泛江西诗派"观主导下不断涌现的江西地域诗话①，这是清代学术精神在地域诗学研究中的表现。这种执著态度反映在诗学原理研究中，就产生了古近体诗歌的声调学研究。

古诗声调之说启自明代李东阳，康熙间王渔洋、赵秋谷撰《声调谱》，举唐人七古名作示范，尚属举例性质。乾嘉以后，在浓厚的考据风气中，学者们对唐人七古声调的规律做了更细致的推考，最终产生郑先朴《声调谱阐说》一书。郑氏认为七言声调吃紧在下三字，遂以三字尾的变化为基础，借八卦的卦象为标志（——为平，— —为仄），将七古句式分为八类，即平平平、仄仄仄、平平仄、仄仄平、平仄仄、仄平平、平仄平、仄平仄。每类除首字外，二三四字可演出八种变化，乃得八八六十四种格式，恰与六十四卦相对应。首字可平可仄，六十四式又多出一倍变化，最终共得一百二十八种句式，列成图表，一一注明其所属调性为古、律、拗、半律或柏梁体，使七古平仄的变化列举无遗。这样一种彻底的量化研究，避免了举例的随意性和结论的不周延性，从而可以检验前人提出的规则是否周延，是否能涵盖平仄变化的各种调式，达到科学的水平②。用如此精确的数学模型来统计、分析一个文学现象，验证一条写作规则，在清

---

① 张寅彭：《略论明清乡邦诗学中的"泛江西诗派"观》，《文学遗产》1996 年第 4 期。

② 有关清代古诗声调学说的研究，参看蒋寅《古诗声调论的历史发展》，原载《学人》第 11 辑，江苏文艺出版社 1996 年版；收入《中国诗学的思路与实践》，广西师范大学出版社 2001 年版。

代以前绝对是难以想象的，这是清代实证学风在诗学研究领域的反映。类似的例子还可以举出李因笃对杜甫律诗字尾的研究。《杜诗集评》卷十一引朱彝尊评：

> 富平李天生论少陵自诩"晚节渐于诗律细"，曷言乎细？凡五七言近体，唐贤落韵其一纽者不连用，夫人而然。至于一三五七句用仄字，上去入三声少陵必隔别用之，莫有叠出者。予尚未深信，退与李武曾诵少陵七律，中惟八首与天生所言不符：其一《郑驸马宅宴洞中》诗叠用三入声，其一《江村》诗叠用二入声，其一《秋兴》诗第七首叠用二入声，其一《江上值水》诗叠用三去声，其一《题郑县亭子》诗叠用三去声，其一《至日遣兴》诗叠用二去声，其一《卜居》诗叠用三去声，其一《秋尽》诗叠用三入声。观宋、元旧雕本，暨《文苑英华》证之，则"过江麓"作"出江底"，江不当言麓，作底良是；"多病"句作"但有故人分禄米"，"夜月"作"月夜"，"漫兴"作"漫与"，"大路"作"大道"，"语笑"作"笑语"，"上下"作"下上"，"西日落"作"西日下"。合之天生所云，无一犯者。①

尽管他们的统计或因标准的歧异，与当代学者的研究结果不太一致②，但他们讨论问题的方式是实证的，用的是归纳法，将问题涉及的全部材料都一一作了验证。仇兆鳌《杜诗详注》卷一《郑驸马宅宴洞中》也曾引述李因笃的说法，举出具体版本覆验其结论，所举篇目虽较朱彝尊为少，但讨论更扎实。这番验证和检讨不仅证实李因笃之说确出于精密考究，更反映了当时诗学研究中实证精神的兴起。后来这种实证精神一直贯穿在清代的诗学研究中③。汪师韩《诗学纂闻》针对有人提出五古可通韵，七古不可通，杜甫七古通韵者仅数处，检核杜诗，知杜甫通韵共有十一例，又考唐宋诸大家集，最后得出结论："长篇一韵到底者，多不通韵；而转韵之诗，乃有通韵者。盖转韵用字少，故反不拘；不转韵者用字多，故因难见

---

① 此说又见于朱彝尊《曝书亭集》卷三十三《与查德伊编修书》，有关探讨详见蒋寅《清初李因笃诗学新论》，《南京师范大学学报》2003 年第 1 期。

② 据简明勇《杜甫七律研究与笺注》（五洲出版社 1973 年版）统计，杜甫 151 首七律中，上去入三声递用的例子只有 56 首，占总数的三分之一。

③ 张文虎《舒艺室余笔》卷三又曾将此说推广到五言近体，一一加以验证。

巧。"① 杜甫《铁堂峡》诗"壁色立积铁","积"字一作"精",这个异文涉及古诗是否可有五入声句。陈仅的结论是:"作积为是,积字正形容其高峻嶙峋之状,若精字则剩语矣。杜古五入字句,此外尚有'业白出后壁'(《夜听许十诵诗》)、'石壁滑侧足'(《三川观水涨》)、'白日亦寂寞'(《昔游》)、'渴日绝壁出'(《望岳》),共有五句,岂将尽改之耶?"② 即使是这样一个细小的论断,也要将有关作品全部加以覆按、统计,这就是清代诗学追求精密的实证态度,它成就了清代诗学学术性强的一面。

二　集前代诗学遗产之大成

正如研究学术史的学者所指出的,"清代学术,以对中国古代学术的整理和总结为特征。"③ 清代文学批评也不例外,尽管它在学术方式上展现的多样性,给它带来多方面独创性的收获,但它所有的成果整体上表现为整理、总结前代诗学遗产的鲜明特征。正是在这个意义上,郭绍虞先生说清代文学批评可以称为批评史上集大成的时代④。而清代诗学的学术史特征也正是集大成,这是和它所处的历史阶段和学术氛围分不开的。

学术的历史是一个生生不息的知识积累和知识增长过程。以长时段的眼光看,一种理论形态在它的早期,命题的提出和问题的深化是速度很快的,时间越往后知识积累越多,理论的发展就越慢。在古典文学的夕阳时代,尽管文学理论绽放出了最后的绚烂光彩,但其创造性不能不说是逊于前代的,诗学的总体格局已然定型,清人所能做的大体只是整理、深化和丰富现成知识的工作了,整个情形恰似叶燮论诗史演进的比喻:

> 汉魏诗如初架屋,栋梁柱础门户已具,而窗棂楹槛等项,犹未能一一全备,但树栋宇之形制而已。六朝诗始有窗棂楹槛,屏蔽开阖。唐诗则于屋中设帏帐床榻器用诸物,而加丹垩雕刻之工。宋诗则制度益精,室中陈设种种玩好,无所不蓄。大抵屋宇初建,虽未备物,而规模弘敞,大则官殿,小亦厅堂也。递次而降,虽无制不全,无物不具,然规模或如曲房奥室,极足赏心,而冠冕阔大,逊于广厦矣。

---

① 汪师韩《诗学纂闻》"通韵"条,丁福保辑《清诗话》上册,第449—450页。
② 陈仅:《竹林答问》,周维德校注《诗问四种》,齐鲁书社1985年版,第347页。
③ 陈祖武:《清初学术思辩录·前言》,中国社会科学出版社1992年版,第4页。
④ 郭绍虞:《中国文学批评史》,第7页。

诗学发展到清代,真可谓有"曲房奥室,极足赏心"之妙,在前人构造的厅堂上雕镂藻绘,开拓了深度,充实了细节,偶尔也有一些细节的、局部的理论创新相伴而生,但常被埋没在浩瀚的文献中,需要披沙拣金的功夫才能发现。以往的批评史研究,到清代一般只抓住神韵、格调、性灵、肌理等风云理论,而不去留意那些细小的创新,这是很令人遗憾的。

我们知道,学术史的演进虽经常靠强势话语的推动,但学术的进步是由无数局部的、细微的创新来实现的。由于我们对清代诗学作为古典诗学之总结的集大成意义没有充分的意识,清代整理、总结前代诗学的工作迄今为止没受到应有的重视,而它建构、完善古典诗学体系的努力也不曾获得相应的价值评估。以至当代文学理论研究者谈到古代文论的传统,总是强调其片断不成系统,每以罕见《文心雕龙》式的系统性著作为遗憾。其实,如果他们理解的"成系统"就是像如今文学概论那样的综合了现有理论成果、体现了知识的完整性的理论话语的话,那么中国古代此类出版物是有相当数量的,而尤以诗学类为最富。即使不算日僧空海编纂的《文镜秘府论》,宋末魏庆之编的《诗人玉屑》二十一卷肯定已具备系统的诗歌概论的品格了。类似的汇编诗法元代以后层出不穷,近年因《二十四诗品》辨伪而引人注目的怀悦刊《诗家一指》以及朱权《西江诗法》、周叙《诗学梯航》、黄溥《诗学权舆》、宋孟靖《诗学体要类编》、梁桥《冰川诗式》、王楫《诗法指南》、谭浚《说诗》、杜浚《杜氏诗谱》、题钟惺纂《词府灵蛇》,都是系统井然的著作,到康熙初年福建建阳人游艺编《诗法入门》五卷而集其成。该书系汇辑元明人诗话十八种、明代选本十二种而成,前有自序及"读诗法意"。卷首"统论"辑前人泛论诗法之语,卷一"诗法"包括诗体、家数及诗学基本范畴,多取自元人诗格;"诗窍"包括作诗技法与修辞要求,编排很有条理。卷二"诗式",选古今名人诗示范各种诗歌体式,间有评语。卷三为李、杜两家诗选,卷四为古今名诗选,选《古诗十九首》至明代各体作品若干首,用作读本。四卷外别有诗韵一册。这种诗法 + 诗选的结构,是蒙学诗法和诗话的典型形态。凡此类诗法,汇采群书,细节难免苛碎,论诗家每鄙斥为"死法"。编者有鉴于此,在卷首"读诗法意"里首先阐述了自己对"法"的理解,说"诗不可滞于法,而亦不能废于法。感物而动,情见乎辞,而必拘于绳尺之间,则神气不灵;感物而动,情见乎辞,而不屑屑于绳尺之间,则出语自放",主张"法乎法而不废于法,法乎法而不滞于法",这种观念体现了传统诗学"至法无法"的技巧观念。正因为该书的体例、取材较为妥当，"初学者乐其简便，奉为圭臬，一时纸贵"①，故而版本甚多，流传最广。

　　汇辑前代诗学资料而编成蒙学诗话，是清人尤为热衷的工作，也是清代诗学在著作形态上的一大特征。据我对清代诗学著作的调查，这类汇辑诗法在清代起码有四十余种，游艺《诗法入门》之外，较重要的有费经虞辑《雅伦》、伍涵芬辑《说诗乐趣》、佚名辑《诗林丛说》、蒋澜辑《艺苑名言》、张燮承辑《小沧浪诗话》等。其中以徐文弼辑《汇纂诗法度针》33卷②和蒋澜辑《艺苑名言》8卷③版刻最多，书板被多家书肆辗转刷印，可见其热销程度。清代汇辑类诗话之值得重视，不在于数量多，而在于贯穿其中的总结、提炼历代诗学菁华的自觉意识。这使它们的编纂水平远远高出前代的同类著作。明人空疏不学，但又佞古，因而编纂了大量的翻阅简便而又易于采摘的类书，诗学中也涌现不少继踵《苕溪渔隐丛话》、《诗话总龟》的汇编诗话，但往往编次无序，纲目不清。游艺《诗法入门》卷一总论部分，取《诗法家数》"作诗准绳"——立意、炼句、琢对、写意、写景、书事用事、下字、押韵及《诗家一指》"诗家十科"——意、趣、神、情、气、理、力、境、物、事为纲，使这些基础性概念在诗学理论体系中很大程度地凸现出来。在这个意义上，汇辑诗话的述而不作实际也是一种"寓作于述"，侯云松跋张燮承《小沧浪诗话》说"虽曰先民是程，实则古自我作"④，准确地指出了这类著作在建构古典诗学传统中的意义。考虑到元

　　①　朱琰《诗触》序，嘉庆三年重刊本。《诗法入门》自康熙初年行世后，康熙二十九年日本大阪即有芳野屋伍兵卫翻刊本。国内则有书业堂刊本（可能是原刊本）、康熙间慎贻堂重刊本、康熙五十四年金陵白玉文德堂刊本、学畬堂刊巾箱本、入民国后还有上海广益书局、上海文瑞楼、裕德书局、上海东莱书局、东方书局、上海千顷堂书局一再石印。日本也有明治十七年东京乐善堂刊岸田吟香训点本，题作《诗法纂论续编》。

　　②　徐文弼辑：《汇纂诗法度针》，现存有乾隆二十三年英德堂刊本，安徽省图书馆藏有同文堂藏板本八卷，东北师大图书馆有得月楼藏板本，应为书板转售或租让刷印。此外尚有怡莲堂刊本（乾隆二十四年序）、乾隆四十二年天德堂重刊本十卷、乾隆六十年大文堂刊本、宝田斋刊本、嘉庆后两仪堂刊本、同治间重庆翻刻本、民国九年上海进化书局石印本四卷（题作《重订诗法针度》）。日本也有题作《汇纂诗法纂要》的三卷本，安政二年大阪河内屋喜兵卫刊本、安政四年大阪前川善兵卫印本。

　　③　蒋澜辑《艺苑名言》有乾隆四十年蒋氏怀谷轩刊本、乾隆四十八年怀谷轩刊本、乾隆五十六年怀古（原文如此）轩刊本、嘉庆三年英德堂重刊巾箱本、嘉庆二十五年务本堂刊本、文都堂刊本、民国7年上海求古斋石印本（题作《随园诗法丛话》）、碧梧山庄石印本（同上）、民国12年扫叶山房石印本（题作《续诗人玉屑》）。日本也有文政八年筱崎弼重刊本、文政九年大阪龙章堂河内屋浅井吉兵卫等刊荒井公廉校本、光绪十二年上洋江左书林刊本。

　　④　侯云松：《小沧浪诗话》跋，《皖人诗话八种》，黄山书社1995年版，第371页。

代诗格明代以来流传稀少的情况，清代蒙学诗法整合传统诗学知识，使之普及、流行从而完成其经典化过程的作用，是不能忽视的。

清人不仅编纂了大量汇辑前人诗论而成的蒙学诗话，他们还撰写了一部分自出手眼的蒙学诗法，较有代表性的著作，前有山西洪洞人王楷苏所撰《骚坛八略》，后有钟秀《观我生斋诗话》。王楷苏乾隆四十五年(1780)设帐家塾，应诸生学诗之请，"采之旧闻，参之师说，据之胸臆，为之溯源流，明体裁，详法律，辨家数，列学殖，指练习，导领悟，标款式，分为八门，作八小序、三总论，一百九十九条、一万九千四百余言，釐作上下二卷，颜之曰《骚坛八略》"①。所列八门包括了古典诗学的基本内容，可以说是一部系统的诗学理论著作或曰诗学概论。"溯源流"将体裁的"成"与"始"区别而言，颇有历史眼光；"明体裁"取严羽之说而引申之，以内容、作法、时代、诗人分举条列，大体详备；"详法律"述各体之体势格法，能融汇元人以来定论，概论篇法、句法、字法、笔法、韵法、命意法等，简明扼要；"辨家数"列举历代著名诗人，以大家、名家位置之，评骘多本自王渔洋；"列学殖"教人读诗自《毛诗》、唐绝句始；"指练习"劝人勤作勤练，求精求好，力戒前人所举病犯，示作诗命意、构思、用典、修辞各环节的要领；"导领悟"承严羽"悟入"之说，更细加演绎；"标款式"示初学以制题、起草、誊录、书柬、行卷及应试各种款式，属当时文场中实用知识。统观全书，思路清晰，条理井然。整体结构虽自出机杼，但内容整合了前人遗留的知识，同样属于对诗学遗产的有机整理。类似的著作在清代蒙学诗话中占有一定的比例，清人的这番工作，为20世纪初对传统诗学进行总结和整合的新型的诗学概论著作奠定了基础。从这个角度说，中国社会科学院文学所收藏的佚名《诗轨》稿本，或许可视为传统蒙学诗话向现代诗学概论过渡的一个典型文本②。该书分二十二章，系汇辑前人诗法而成。第一章"诸家诗论"，杂采历代论诗名言；第二章"诗粘平仄"，述辨四声法及近体诸式格律；第三章"起承转合"，论五七律八句的结构方式；第四章"诗家四则"，论句、字、法、格，与第五章"诗家十科"都是沿袭《诗家一指》；第六章

---

① 王楷苏：《骚坛八略》自序，嘉庆二年刘大禧钓鳌山房刊本。

② 此书无序跋，编撰年代不详。考书中所引诗论止于明代，征录仅及清初诸家，"玄"字写作"元"，王渔洋名作士正，不避"宁"字，颇似雍乾间人所作。然观其章节，划分细腻，条理井然；又，章节之体亦为近代所有，故断其为清末民初人所作。

"作诗准绳"，为主意、炼句、琢对、写意、写景、书事、用事、下字、押韵，本自杨载《诗法家数》；第七章"诗重音节"，论诗律变体；第八章"各诗之体式"，略述各体流变，举作品相印证；第九章"正题十体"，论诗的十种类型：荣遇、讽谏、登临、征行、赠别、咏物、赞美、赓和、哭挽、联句，各述其体制，本杨载《诗法家数》增以联句，也各举作品参考；第十章"诗学正源"，论赋比兴风雅颂六体，与上"十体"同出杨载《诗法家数》；第十一章"诗有体志"，本皎然《诗式》"辨体有一十九字"；第十二章"诗有情景"，论诗中情景组合的各种结构；第十三章"诗中句法"，述各种句式；第十四章"诗有内外意"，论诗家含蓄之法，与第十五章"诗有三体四炼五理"，同出讬名白居易撰《金针诗格》；第十六章"诗有偏法"，论诗中意义之主从关系；第十七章"诗有三般句"，为自然句、容易句、苦求句，与第十八章"诗有五忌四不入格"，同出讬名白居易撰《金针诗格》；第十九章"诗有八病"，解释永明"八病"说；第二十章"诗眼窍法"，论诗眼用字法及对仗法；第二十一章"诗对十三法"，论对仗格式；第二十二章"起句结句法"，起句十五种形态，结句十九种形态。结语说："以上诗律体格法窍略备，如章法高老，词句苍新，在人锻炼精思；学力浅深，出奇入妙之作，非毫端所能告也。"这是蒙学诗法从不忘告人的"法"的精义，即至法无法，在人神而明之，作者以此示初学以向上一路的追求，同时也让自己得以摆脱"死法"的讥评①。

从理论形态和文体特征说，诗话一般是当代或古代诗歌批评，只有蒙学诗法才是真正意义上的诗学概论，也就是今天的诗歌原理教科书。自古以来，无论中国还是外国，概论性的教科书都不是一流学者编的。一流学者做最有创造性的工作，开掘新的知识内容，而不能做创造性工作的学者就做宣传和普及工作，将一流学者的成果加以综合和整理，变成易为初学接受的系统知识。在中国古代，一流诗人或诗论家著诗论、诗话，从来都是独抒己见，成一家之言，决不屑于重复老生常谈。正因为如此，元代诗格中署名杨载、揭傒斯、虞集、范德机撰的那些书，后人都不相信出于诸人之手，而断定为坊贾伪托。民国间上海华美书局曾石印《详注圈点诗学

---

① 关于这个问题，可参看蒋寅《至法无法：中国诗学的技巧观》，初刊于日本《中唐文学会报》1997 年；收入《古典诗学的现代诠释》，中华书局 2003 年版。

全书》，题袁枚辑，也是同样的性质；而题作《随园诗法丛话》的上海求古斋石印本，则是蒋澜辑《艺苑名言》的改窜。这类书籍的作者和编纂方式决定了它们陈陈相因、略无新意的浅俗品格，为前人所轻鄙是不难想见的，但在今天我们却没有理由漠视它们。的确，换个角度，在总结、传承学术和传播知识的意义上，这些读物浅显易懂，简明扼要，粗备作诗的基本常识，正是当代文学概论式的"系统性"著作。而从知识系统化和体系化的角度看，这类蒙学诗法更有其不可否认的贡献。它们在更早的时代就开始清理和结构中国诗学的知识系统，通过去粗取精的淘汰工作，使历史上零星的诗歌理论和知识变得系统化，使过去的诗学著作及理论命题经典化，从而告诉后人，古人如何看待诗歌，如何理解诗学。以这类蒙学诗法为媒介，自古代累积的诗歌观念、写作技巧和诗歌史知识作为稳定的常识构成了古人诗歌教养的基础。

这么来看，清代诗学在整理、综合古代诗学遗产方面的成绩就显得很突出了。清人不仅编纂了大量的蒙学诗话，对既有诗学知识进行整理，还对前代诗学著作加以搜集，对其文本加以校订、训释、讲析，出现顾龙振《诗学指南》、何文焕《历代诗话》、朱琰《诗触》、雪北山樵《花薰阁诗述》、王启原《谈艺珠丛》等诗话丛书和杨庭芝《二十四诗品浅解》、孙联奎《诗品臆解》、郑鉴《诗品详解》、王玮庆《沧浪诗话补注》、胡鉴《沧浪诗话注》等诗话注解、讲释著作。许印芳《诗法萃编》汇辑历代诗论名著，迄止于本朝沈德潜《说诗晬语》，各撰跋语论述其要害得失，可以说是很自觉的诗学史梳理和研究。

郭绍虞先生在《中国文学批评史》绪论中指出："清代学术有一特殊的现象，即是没有它自己一代的特点，而能兼有以前各代的特点。（中略）所以清代的文学批评也是如此。以前论诗论文的种种主张，无论是极端的尚质或极端的尚文，极端的主应用或极端的主纯美，种种相反的或调和的主张，在古人曾经说过的，清人没有不加以演绎而重行申述之。五花八门，无不具备，从传统的文学批评来讲，也可以说是极文坛之奇观。"[①] 这种包容性带给清代诗学异于前代诗学的最大不同，也是最显著的一个优点，就是能以超越门户之见的态度对待诗学遗产。杨际昌序蔡钧辑《诗法指南》，历举严羽以来宗唐非唐的流弊，总结道："昭代右文，巨公林立，

---

① 郭绍虞：《中国文学批评史》，第6页。

执牛耳于骚坛者，虽各有指归，总异于前代之水火。"① 这的确是清代诗学的过人之处，在热衷于学术探讨的风气下，流派之间的论争不是出于狭隘的门户之见、导致互相排斥的结果，而是带来理论命题的深入阐释和改造。清代诗学的集大成性质，与这种包容性是分不开的。无论是诗话的有感而发、序跋的借题发挥，还是评点的就事论事，清人在涉及传统诗学命题的场合，或多或少都在不同程度上深化了前人的阐释。凡前人语焉不详的，就详加疏解，如汪师韩《诗学纂闻》论"绮丽"、"诗集"、"杂拟杂诗之别"、"通韵"等问题，繁征博引，细致辨析，一如今日的专题论文；又如王寿昌《小清华园诗谈》，取有关诗格和诗美的基本概念和命题44个，一一②举诗例相印证，俾读者易于体会。而对那些老生常谈，则从多方面加以阐发，使其内涵得到全面的丰富和深化。这方面的例子举不胜举，让人惊异老生常谈中竟留有如许多的阐释空间，同时为清人的理论开拓能力所折服。

比如严羽《沧浪诗话》说"诗有别材，非关书也"，原不排斥学问，只是反对堆砌书卷而已。由于"别材"误作"别才"，"非关书也"误作"非关学也"③，遂变成一个天分、学力相对立的命题，遭到黄道周、毛奇龄、周容、朱彝尊、汪师韩、边连宝等许多诗论家的批评。天分和学力之争由来已久，起码可以追溯到唐代自然、天真与苦思、修饰的提法④，清代诗论家出于对明代空疏学风的反拨，无不主张博学多读书，但他们对天分与学力的关系作了多方面的阐发。钱谦益在《顾麟士诗集序》提出诗有"诗人之诗"与"儒者之诗"之别，黄宗羲《后苇碧轩诗序》则说"文人之诗"与"诗人之诗"，钱谦益《定山堂诗序》又将性情和学问对举，说：

　　诗之为道，性情学问参会者也。性情者，学问之精神也；学问者，性情之孚尹也。执性情而弃学问，采风谣而遗著作，奥讴巷讴，

　　① 蔡钧辑：《诗法指南》六卷，乾隆二十三年匠门书屋刊本。杨氏《国朝诗话·例言》云"国家百数十年来，声教覃敷，风雅之盛，远轶前代，坛坫巨公，又无明人水火相射之习"，亦此意也。
　　② 汪士鈜：《栗亭诗集》卷首，康熙刊本。
　　③ 这一点郭绍虞先生《试测沧浪诗话的本来面貌》已有辨正，《照隅室古典文学论集》下卷，上海古籍出版社1983年版。
　　④ 参看葛晓音《从历代诗话看唐诗研究与天分学力之争》，收入《汉唐文学的嬗变》，北京大学出版社1990年版。

皆被管弦；《挂枝》、《打枣》，咸播郊庙，胥天下用妄失学，为有目无睹之徒者，必此言也。①

这是从作家才能的角度阐发性情和学问两者的关系，而徐乾学《南芝堂杂诗序》则将才与学重新作了定义：

> 所谓才，非特文笔流便而已也；所谓学，非特记诵淹洽而已也。（中略）明达物务之谓才，练晓今古之谓学。两者虽不主于为诗，而非是无以为诗之根柢。②

他举杜甫为例："少陵之诗雄压百代，岂特格律云尔哉？天宝以至大历，秦蜀以至衡湘，将吏之骄谨，边塞之安危，民物之贫阜，山川之险易，一一籍记而图列之，是之谓诗才，是之谓诗学。"这是将才、学的范围扩大到政治见解和社会知识，超越了前人的藩篱，后为陈宏谋所沿袭③。乾、嘉之际，诗歌中的性灵论和考据学的冲突引发又一轮学力与才性之争。李重华说："人谓诗有别才，非关学力者，只就天分一边论之。究竟有天分者，非学力断不能成家。"④ 与袁枚有南北随园之目的边连宝，论诗也主学力，认为学力最终胜过天分："金陈之时文似李杜，大士似太白，正希似子美，一以才胜，一以学胜。人定胜天，故李不如杜，陈不如金。"⑤ 而储秘书则主性情，以为"情寄为上，问学次之。不本之情寄，而但求问学，此律门之戒子守死威仪者也；不深于问学而袛言情寄，此村醪之新熟，不能醉人也"。⑥ 这都是从才性、学力在创作中所起的作用着眼的，虽所主各别，但都强调必须才学相济，不可偏废。王元文《邱昆奇诗序》引严羽"诗有别才"之语，盛称邱昆奇的才情，但又进一步指出："夫古今来博学者不必工诗，工诗者不必博学，信有之矣。然亦未有不植于其本

---

① 龚鼎孳：《定山堂诗集》卷首，光绪九年龚彦绪刊本。
② 盛符升：《诚斋诗集·南芝堂杂诗》卷首，中国社会科学院文学所藏盛氏十贤祠抄本。
③ 陈宏谋《培远堂文集·培远堂偶存稿》卷二《张西清泛槎吟序》云："嗟乎，论诗者往往曰才曰学，才非特声调流美，学非特记诵淹洽而已。盖明达物务谓之才，贯流古今谓之学，两者不主于为诗，而诗之根柢实在于是。"盖全袭徐氏之语，仅改易数字而已。
④ 李重华：《贞一斋诗说》，丁福保辑《清诗话》，下册，第932页。
⑤ 边连宝：《病余长语》卷八，天津图书馆藏稿本。
⑥ 史承谦：《青梅轩诗话》引，《史位存杂著六种》，乾隆六十年刊本。

而能造乎其极者。"那么，什么是本呢？还是一个"学"字。"非学何以拓其胸次，开其眼界，深其酝酿哉？太白之天才，犹读书匡庐十九年；少陵独有千古，亦曰读书破万卷。"① 针对前人讨论的才性、学力两者的作用，他强调了学力在作家才能养成上的基础作用。而任兆麟《金寿人诗序》更指出严羽"别才""别趣"之说缺乏界定的理论缺陷："盖材必本于书，趣必本于理，材非书不雅，趣非理不真。"② 以上这些议论，无论主才性辅以学问，还是主学问陶冶才性，都默认了一个前提：诗才是可以习得的。然而能成立吗？陈仅在答侄问性灵、学力之分时，否定了这种观念：

> 性灵，即性分也。学诗者，有天资颖悟，出手便高者，是性分中宿世灵根。摩诘所谓'宿世本辞客，前身老画师'，沧浪所谓'诗有别趣'，此种人学诗最易，然往往缺于学术，转至自误；其由学力进者，多不能成家，以性情不相入也。故两者必相须而成。③

虽然最后归结到天分、学力两者相辅相成，但作者放在首位的显然是天分，而且他根本认为无天分而仅凭学力多不能成家，后来林寿图说"诗才自天分中带来，有是种方有是树"④，可以说是后人在这一问题上的最终结论。无论古今，毕竟学诗者多而杰出诗人少，这还不说明，诗绝不是光靠苦学就能写得好的？

再来看一个古代文论的著名命题——"穷而后工"，此说自欧阳修提出，引发后人无数的共鸣。清人也不例外，但他们在从各种角度加以阐发之余，也不断对这个命题进行质疑。叶燮《涧庵诗草序》说："余以为诗之工，固不在乎遇之穷，而在乎品之澹。"⑤ 首先提出了异议。林云铭《素香堂诗序》云："欧阳文忠序梅圣俞云诗殆穷而后工，余谓穷而工者以骨力胜耳，若脂韦随俗，丧其所守，虽穷弗得工也。"⑥ 钟晋《白鹄山房诗钞序》也说：

---

① 王元文：《北溪文集》卷下，嘉庆十七年王氏随善斋刊本。
② 任兆麟：《有竹居集》卷九，嘉庆二十四年两广节署刊本。
③ 陈仅：《竹林问答》，周维德校注：《诗问四种》，第290页。
④ 林寿图：《榕阴谈屑》，中国社会科学院文学所藏抄本。
⑤ 叶燮：《已畦文集》卷九，民国6年叶氏重刊本。
⑥ 林云铭：《挹奎楼选稿》卷四，康熙刊本。

　　昔欧阳公叹梅都官，谓穷而后工，而后人见公卿大夫有善诗者，
遂以为诗不必穷而亦工。是未知穷者之工固别有在也。平时有感愤无
聊郁勃不可制之气，方且薄霄汉，横古今，无一足当其意，而凛凛焉
有以自持，不使之亢厉而骄，不使之昧没而弱，不使之畔援歆羡，或
忮或求，以失其所守，亦不使之逃玄入虚，悻悻自好，以害其所思。
平其气，使之和而正；约其辞，使之微而婉。踌躇四顾，以矢为不得
已之言。而所谓工者乃非模拟仿佛之所可及。自世之论者曰汉魏曰六
朝曰唐曰宋，此其迹也，而非其所以迹；曰格律曰体裁曰章曰句，此
其工也，而非其所以工。以此言诗，固不必穷者之所独然。而诗三百
篇大抵圣贤发愤之所为作也，则皆谓之为穷人之诗可也。①

这都可以说是叶燮观点的具体发挥，强调问题的关键不在于穷厄本身，而
在于穷厄中不堕操守。范恒泰《周西园寿序》则将生活境况之穷与自我实
现意义上的穷区别开来："余谓境之穷而工，不如遇之穷而益工，尤不如
遇之介乎穷不穷之间，尤得以致其工也。夫穷于境则心多杂虑，不能专心
一志以致其思，又事或败兴，方作忽辍。其能工者有几？而磊落奇伟之士
抱其能，郁郁无所试，或小伸而复抑之，石压笋出，一吐其抑塞不平之
气，又或溢而为淡宕渺冥超世出尘之言，故穷于遇者之诗或拔出乎穷于境
者，盖往往而有也。"所以在他看来，"有奇伟之士出其所能，幸见赏于大
贤君子，咨嗟叹赏，而隔于力之不能及，其试于世者平流以进，浮沈闲
散，以供奔走而任赞襄，人以为遇不称才矣，而淡然无营，且假此职易称
而任不重，可以适情而理吾旧业也，奉公之暇坐清署，日事吟哦，自知
之，不求知于人，人亦竟无知者，而其文章之工乃益进而不可量。使其终
于穷，何暇工此？使其遂不穷，又何能至于此？"② 他在《书詹义庵遗稿
后》中也发挥了这一观点。很显然，有关境（衣食）和遇（功名）的区
别是极有见地的，真正的贫困绝对不能提升文学的质量，而只会扼杀天
才。没有人会说巴尔扎克生活富裕将使他的小说写得更粗糙，也没有人会
说莫扎特多活些年头他的成就只会更小。欧阳修的原意当然也是指自我实
现意义上的困厄，而不是实际生活的贫困，所以后人言及穷而后工每每和

① 徐熊飞：《白鹄山房诗钞》卷首，嘉庆刊本。
② 范恒泰：《燕川集》卷四，嘉庆十四年重刊本。

韩愈的"不平则鸣"联系起来。从这个意义上说，穷对文学创作的意义就正像崔迈所认为的那样，甚至不必终身之穷，即一时之穷也能激发文学的创造力："诗犹水也，必激之而后工，则感触慨叹羁旅行役之况，为诗者不可一日无。"他论李振文《海山集》有云：

> 余尝验之于今，盖穷者易工，而工者不必皆穷。然不穷者之工，亦必以一时之穷激之，故其工也无不在于感触慨叹羁旅行役之际。今夫水，发之平原，写之旷土，湮而流，坎而止，纤徐委蛇之状，非不可爱也。然而动心骇目，则不若长江、大河，高涌而深注，激之以石，荡之以风，汹涌澎湃之势，可以使文人学士探奇爱险之侪，流连观玩而不能置。人之为诗也，犹水也，出之者平则观之者厌，故必有感触慨叹羁旅行役以激荡之，然后其词始工。

李振文家富于财，年二十一入翰林，少年得志，宜若不必有诗者。但因改外职，不肯就，居京邸无聊，因归家省坟墓，既而出古北口，有事于热河，"沿山并海，往返数千里，故其诗见于感触慨叹羁旅行役之际而工若是也。……使振文今为翰林自若，吾乌知其诗不亦出于铺陈软媚也？"[①]由于"穷"的义界不清，易导致工不必穷的结论，也有人从"工而后穷"即诗能穷人的意义上来解释穷和工的关系。如黄生曾说：

> 世言诗能穷人，或曰穷而后工，黄子曰皆是也。夫人之于诗，工则穷，穷则工，殆两相成者。良以前数者（按指人品高、旷、朴、韵、洁、静者），皆致穷之道，而即致工之道。盖有穷至而工不至者矣，未有工至而穷不至者也。缘其性情风格若此，必与古相悦，有世相戾，而复屏其众好以专于诗，不穷何待哉？[②]

王玮庆《自题怀诗图》其三也反语以表达其激愤，道："自古诗人遇，少达而多穷。吟诗穷即至，岂必句能工。冥搜鬼神妒，忧愤来相攻。非诗能

---

①　崔迈：《海山集序》，《尚友堂文集》卷下，《崔东壁遗书》，上海古籍出版社1983年版，第855—856页。

②　黄生：《诗麈》卷二，《皖人诗话八种》，第75—76页。

穷人，欧阳语未通。"① 对这一流行的说法，任兆麟《赠曹炳序》予以辨析道："谓诗能穷人非也，能诗者未必皆穷，而穷者往往托于诗以自见。盖穷不穷，遇也；能不能，才也。安见穷者必能诗，亦惟诗人而后能穷尔。……而诗果能工，虽终穷何害？抑所谓穷者，特穷于世俗，未必穷于贤豪；穷于一时之人，未必穷于千百世之人。藉令无其才而不穷，亦只有一时之世俗耳，吾知其又不以彼易此也。"② 他不是将穷视为诗工的条件，而是反过来将诗视为穷者的一种自觉选择，一种别无选择的自我实现之途。也就是说穷乃是求工的动力，这就使诗能穷人的命题在"以诗为性命"的时代思潮下获得一种合目的性的解释，也使这一命题的内涵愈加丰富了。

在学术风气浓郁且传统学术的资料和文献都被很好地进行了整理的清代，所有传统的命题都被重新加以思考和阐释，这些思想成果不一定表达在诗话中，而往往借作序的机会发表：一位作者的成就岂非印证或驳斥某种诗歌观念的最有力的论据？所以，要了解清人对传统诗学命题的阐释和深化，最须留意的文献是诗文集的序跋。

清代诗学不仅在理论上集前代诗学之大成，在诗歌批评和诗歌史研究上更有多方面的收获。清代学术丰硕的文献、历史研究成果，为诗歌史研究提供了必要的文献基础和历史知识，积累了两千年的诗歌遗产更为诗史研究提供了无比丰富的素材。当追求精密的实证精神被贯彻于诗歌史研究时，历史上的诗歌现象和诗学问题就得到一次前所未有的全面清理。从我搜集的目录中，清诗话中起码有一百三十余种属于诗歌史研究，合众多的评选、注释、考证之书，不仅诗歌史上的所有大家都有专门研究，就是二三流诗人也有许多评论资料，这些成果已成为今人治诗史的重要参考。回顾 20 世纪以来的诗歌史研究，许多方面都是凭借清人的成果，我们才得以跨越文献的丛棘，轻捷抵达问题的核心，像俞正燮考证李清照生平、刘毓崧考证《文心雕龙》作年之类，尚是很表层的业绩，清人对诗歌史的深入研究散布在大量总集、评注和诗话中。诗话写作历来就有两个目的，批评创作和指导初学。批评其实也是为了指导创作，不同的批评往往来自不同的观念或流派。清代诗学，无论是跨地域的思潮还是地域性的流派，都是基于不同的传统而形成的，对传统的接受和学习很自然地形成对诗歌史

① 王玮庆：《瀰唐诗集》，嘉庆二十五年蕉叶山房刊本。
② 任兆麟：《有竹居集》卷九，嘉庆二十四年两广节署刊本。

的专门研究，如冯班的乐府诗和晚唐诗，吴乔的晚唐诗，吴之振的宋诗，李怀民的中晚唐诗，王闿运的六朝、唐诗。但正如前文所说，清代诗家对传统的接受都有广泛的包容性，不像明人那样"文必秦汉，诗必盛唐"，拘守一隅，排斥其他。面对无比丰富的传统和多种选择的可能性，他们能抱着"识千器而后知音"的态度，博参古今而求超然自得。叶矫然尝语同门谢天枢曰："诗不能自为我一人之诗，为之何益？然非尽见古人之诗，而溯其源流，折衷其是非，必不能自为我一人之诗也。"这种"于诗自汉魏六朝三唐宋元明诸家无不读，顾不苟于为诗"的态度[①]，和他们对待学问一样，都体现了追求博学多识、兼收并蓄的精神。魏际瑞删编诗集，有人称他古诗如汉魏，近体如六朝，律诗绝句如李杜，他表示不敢当，同时述说了自己对诗歌的理想：

> 诗者言而已矣，言之而成章则谓之文。感物而起者谓之兴，指事而敷陈之谓之赋，见乎情谓之辞，属辞托物，俪事而观之谓之比。故出入于风雅以溯其源，优悠汉魏以敦其体，吐纳六朝以撷其丽，翱翔于李杜王孟以逞其逸，而熏陶涵毓于陶公者以穆其情。是故坚厚而浑深，平淡而隽雅，古诗之体也；长浩而清转，缥缈而雍容，近体之致也。辞尚体要，穆如清风者，五言之度；昂昂若千里之驹，氾氾若水中之凫者，七言之旨也。歌行之妙，神女衣绡而凌空，侠士歌风而舞剑；绝句之俊，态如春风之杨柳，而神如秋水之芙蓉也。盖为之者，博而之约，专而至精，熟而生乎巧，有不期然而然者矣。[②]

这种境界只有博采古代诗歌之菁英，集历代诗家之所长，才有希望企及。同时，诗歌的独创性也只有在这种博参的基础上才能成立。沈德潜谆谆教人"作文作诗，必置身高处，放开眼界。源流升降之故，瞭然于中，自无随波逐浪之弊"[③]，正是此物此志。

广泛而认真的学习，总体上形成对古代诗歌史的专门研究，其心得不仅发为对前代诗歌的高屋建瓴的洞见，深刻的诗学命题也往往从中抽象出

---

① 邱振芳：《龙性堂诗话序》引，郭绍虞辑《清诗话续编》第 1 册，第 933 页。

② 魏际瑞：《删诗序》，《魏伯子文集》卷一，宁都三魏文集本，道光二十五年谢若庭绂园书塾重刊本。

③ 沈德潜：《说诗晬语》卷上，丁福保辑《清诗话》下册，第 524 页。

来。清代诗学在理论上的全面深化和批评实践上的多方开拓，与这种专注的学习是分不开的。对前代诗学遗产的继承和综合，对古代诗歌史的悉心研究，使清人的理论表述富有历史感，而批评实践又贯穿着自觉的理论眼光，两者相辅相成，造就了集传统诗学之大成的清代诗学。这方面的例子不胜枚举，这里仅举黄子云《野鸿诗的》以见一斑：

> 一曰诗言志，又曰诗以导性情。则情志者，诗之根柢也；景物者，诗之枝叶也。根柢，本也；枝叶，末也。《三百篇》下迄汉、魏、晋，言情之作居多，虽有鸟兽草木，藉以兴比，非仅描摹物象而已。迨元嘉时，鲍、谢二公为之倡，风气一变；嗣后仿效者情景参半，历梁、陈而专尚月露风云。及唐初沈、宋诸君子出，相与振兴元古，崇尚清真，风气复一变。沿至中、晚，又转而为梁、陈矣。宋以后无讥焉。①

这段文字意在阐明性情和景物的本末关系，作者没有停留在抽象的说明上，他进而从范式的高度概括了情、景在不同诗史阶段的多种结构关系。即使以今天的眼光看，他的分析也是相当深刻的。另一段文字是：

> 六朝中有不可学者四：不细意贴题而摸稜成章者，一也；行文涣溢而漫无结束者，二也；不本性灵，专以典故填砌，而辞旨不能融畅者，三也；对偶如夹道排衙，无本末轻重之别，可存可削者，四也。②

这里谈的是对传统的接受问题，告诉人六朝不可学之处，也即其弊病所在，这实际上也就是对六朝诗歌的批评，四点短处的揭示可见作者对六朝诗认识之深。同时，批评"专以典故填砌，而辞旨不能融畅"之弊，揭出病根在于"不本性灵"，又表明其诗学趣向近于性灵派。这正是清代诗歌批评以理论为主导的典型特征。作者在另一处说："凡诗有不足之病，即以前人对病之法治之：病在怯弱，疗之以陈思；病在蒙晦，疗之以记室；病在清癯，疗之以光禄；病在陈腐，疗之以宣城；病在沾滞，疗之以参

---

① 黄子云：《野鸿诗的》，丁福保辑《清诗话》下册，第 853 页。
② 同上书，第 852 页。

军；病在鲁钝，疗之以简文；病在浅率，疗之以开府。若此者不可悉数，在学者审择所处而已。"① 这却是示人如何学六朝以救其短：怯弱者可激以曹植之英挺，蒙晦者可豁以何逊之清畅，清癯者可敷以颜延年之繁富，陈腐者可涤以谢朓之清新，沾滞者可宕以鲍照之俊逸，鲁钝者可疗以萧纲之轻绮，浅率者可以庾信之炼饰。由此可见他对汉魏六朝名家揣摩之熟。黄子云曾说："眼不高，不能越众；气不充，不能作势；胆不大，不能驰骋；心不死，不能入木。此四者，作诗之大旨也。"② 四点中前三点都好理解，就是叶燮论"才、胆、识、力"的后三字，"心不死，不能入木"有点难解，我体会是讲用心之专注。比起前代来，清人研究诗学的最大特点就是专注，他们对前人的诗学遗产，无论是作品还是理论，都能下极深的工夫琢磨，其阐释诗歌原理之深刻，评论诗史、诗人及作品之入微，无不得力于此。诗学也只有到清代才在普遍意义上成为专门之学。

三　清代诗学的地域意识

　　文学史发展到明清时代，一个最大特征就是地域性特别显豁起来，对地域文学传统的意识也清晰地凸显出来。理论上表现为对乡贤代表的地域文学传统的理解和尊崇，创作上体现为对乡先辈作家的接受和模仿，在批评上则呈现为对地域文学特征的自觉意识和强调。以地域文学为对象的文学选本，也许是明清总集类数量最丰富、最引人注目的种群。而其中最主要的部分又是诗歌，数量庞大的郡邑诗选和诗话，显示出强烈的以地域为视角和单位来搜集、遴选、编集、批评诗歌的自觉意识③。这种意识是诗歌创作观念中区域性视野和创作实践中地域性特征的自然反映，也是我们研究清代诗学首先必须注意的重要问题。

　　中国古代思想家很早就认识到人的气质与风土的关系，六朝时代人们已注意到地域与学风的关系，不过文学的地域观念直到唐代还很淡漠，虽然出现了殷璠《丹阳集》这样的地方性选集，但殊无影响④，文学实际上

①　黄子云：《野鸿诗的》，丁福保辑《清诗话》下册，第852页。
②　同上书，第849页。
③　有关这方面的文献，详见松村昂《清诗总集131种解题》，大阪经济大学中国文艺研究会1989年版；蒋寅《清代郡邑诗话叙录》，《古典文献研究》1993—1994年合辑，南京大学出版社1995年版。
④　《丹阳集》早就散佚，后世尠有知者。是以孙桐生《国朝全蜀诗钞序》云："选诗之区以地也，自元汪泽民《宛陵群英集》、明元表、张燮同选之《闽中十子诗》始也。"

也很少被从地域概念下谈论。杜佑在论述江南地域文化时，也说："闽越遐阻，僻在一隅，凭山负海，难以德抚。永嘉之后，帝室东迁，衣冠避难，多所萃止，艺文儒术，斯之为盛。今虽闾阎贱品，处力役之际，吟咏不辍，盖因颜、谢、徐、庾之风扇焉。"① 但由于文化中心比较集中，尚不能形成多元的诗坛格局②，偶有不同的流派和风格出现，也往往是由作家的不同身份形成的，如唐代大历年间的地方官、台阁官僚和方外之士三派。文学创作中的地域差异，实际上到宋代才开始凸显出来③。江西诗派作为文学史上第一个真正意义上的文学流派，虽然凝聚力在于风格而非地域，所谓"诗江西也，人非皆江西也"④，但它以地域冠名，仍标志着地域观念在诗学乃至文学中的普及和明朗化，具有划时代的意义。所以后世谈到地域文学的意识，都断自宋始⑤。明清时代疆域开拓，交通发达，强大的一统国家的形成有力地促进了南方经济、文化的发展，不仅江、浙、赣、川等自唐宋以来文学基础雄厚的地区文学事业持续繁荣，闽、粤、滇、黔等历来较闭塞落后的地区，也成为新兴的文学基地。除了东北、西北风不竞外，广袤的中华大地已形成不同往昔的多元的文学格局和异彩纷呈的地域特征。明初开国，由越派、吴派、江西派、闽派、五粤派瓜分诗坛的局面，可以视为一个象征性的标志，预示了以地域性为主要特征的文学时代的到来⑥。清代的文坛基本是以星罗棋布的地域文学集团为单位构成的，除文学史常提到的桐城、阳湖派古文、常州派骈文、阳羡、浙西派词、苏州派戏曲，诗更有虞山派、河朔诗派、畿辅七名公、江左三布衣、岭南三大家、西泠十子、关中三李、浙西六家、岭南四家、娄江十子、江

---

① 杜佑：《通典》卷一八二，中华书局 1984 年影印本。

② 关于唐代文学与地域性的关系，近有李浩《唐代三大地域文学士族研究》（中华书局 2002 年版）、戴伟华《地域文化与唐代诗歌》（中华书局 2006 年版）两种著作，可参看。

③ 有关宋代文学的地域差异，可参看程民生《宋代地域文化》，河南大学出版社 1997 年版；祝尚书《论南宋文学的东西部差异》，《四川大学学报》2000 年第 5 期。

④ 杨万里：《江西宗派诗序》，《诚斋集》卷七九，四部丛刊初编本。

⑤ 龚鹏程《区域特性与文学传统》一文曾提到这一点，载《古典文学》第十二辑，学生书局 1992 年版。今按：前人之论述，如王棻《柔桥文钞》卷九《拟辑两浙文徵凡例并序》云："文以地分，实始十五国风，后世如孔延之《会稽掇英总集》、董棻《严陵集》、程遇孙之《成都文类》、郑虎臣之《吴都文粹》，皆萃一郡之文有关建置掌故及国计民生利病，实与郡志相为表里。"民国 3 年上海国光书局排印本。

⑥ 明初诗坛五派之说，出自胡应麟《诗薮》续编卷一，具体研究详见王学泰《以地域分野的明初诗歌派别论》一文，载《文学遗产》1989 年第 5 期。龚显宗《明洪建二朝文学理论研究》（华正书局 1986 年版）以岭南诸子无关乎文学理论之作，而代之以徽派，亦可参看。

左十五子、吴会英才十六人、辽东三老、江西四才子、吴门七子、嘉定后四先生、后南园五先生、毗陵四子、越中七子、高密派、湘中五子，等等，诗社更是不胜枚举。可以说，地域诗派的强大实力，已改变了传统的以思潮和时尚为主导的诗坛格局，出现了以地域性为主的诗坛格局。

　　在这样的诗坛格局中，经常呈现多元的诗歌观念共存并兴的局面，风格倾向和艺术趣味异彩纷呈。明清之交，程孟阳、钱谦益提倡宋诗以矫七子拟古之弊，其弟子冯班辈却学晚唐温、李，世称虞山派；乾隆中，正是格调派和性灵派竞雄之际，山东高密人李怀民编《重订中晚唐诗主客图》二卷，提倡贾岛、姚合一派诗风，乡里景从，形成一个有理论主张，有纲领性文件，有清晰的风格趋向的高密诗派①。到道咸之际，宋诗风方兴未艾，王闿运与邓辅纶等在长沙结"兰林词社"，不取唐宋近体，而效法曹阮二谢，后发展为湖南一地的汉魏六朝诗派。此类地域诗派的出现，改变了以往思潮和时尚主导的一统局面，使诗坛格局变得复杂起来。当代学者划分乾隆时代的诗歌流派，有沈德潜为首的格律派、姚鼐为首的桐城派、袁枚为首的性灵派和从厉鹗、杭世骏到钱载的浙派之分②，看似分类标准有逻辑缺陷，但某种意义上反映了当时的实情——地域成为一个强有力的纽带，将诗人们联系起来，其力量甚至超过时尚。

　　明清时代流派纷呈、门户林立的诗歌创作，不只引发批评对诗歌风土特征的注意，更激起对诗歌的地域传统的自觉意识和反思，在传统的风土论基础上形成更系统的地域文学观念，并深刻地影响明清时代的文学创作和批评。从明代郭子章《豫章诗话》到晚近汪辟疆先生的《近代地域与诗派》，这部分著述构筑了诗学中地域研究的醒目景观。当代学者讨论清代诗学，也注意到地域特征，如李世英《清初诗学思想研究》第一章论"清初三大家的诗学思想"，第二章论"江左三大家的诗学思想"，第三章以后便分地域来研究各地的诗学思想。张伯伟《中国古代文学批评方法研究》第五章"诗话论"论清代诗话的文化特征，也专门有一节谈地域问题。不过他们的着眼点是某个地域诗学的共同特征，而我要进一步指出的是清代诗论家对地域问题本身的自觉意识及其对诗歌批评、研究所产生的影响。

　　明清时期边远地区的文化开发，缩小了它们与中原文化发达地区的差

<hr>

　　①　汪辟疆：《论高密诗派》，原刊于《国风半月刊》第 7 期，收入《汪辟疆文集》，上海古籍出版社 1988 年版。

　　②　马积高：《清代学术思想的变迁与文学》，湖南出版社 1996 年版，第 119 页。

距,使得风土和文化的比较有了可能,这种意识反映在文学批评中就变成一种由环境决定论出发探讨其地域特征的方法论①,所谓"论其人当亦论其所得之地,而其地气见,其人亦可见"②。美国人类学家罗伯特·芮德菲尔德(Robert Readfield)曾在《农民社会与文化》一书中提出,"在某一种文明里面,总会存在着两个传统:其一是一个由为数很少的一些善于思考的人们创造出的一种大传统;其二是一个由为数很大的、但基本上是不会思考的人们创造出的一种小传统"③。虽然他说大传统(great tradition)是在学堂或庙堂之内培养出来的,而小传统(litter tradition)是自发地萌生的,主要意味着精英文化、通俗文化的对立,但我们还是可以借用来指称文学史上的两种传统。就中国文学史的情况而言,即经典文学和地方文学。前者意味着整个民族文学传统,可以说是精英的;后者意味局部的地方文学传统,可以说是乡土的,但并非通俗的。中国古代以农耕文化为主体的漫长历史,培养了士大夫阶层的乡村生活方式和乡土传统意识。到文化的地域特征愈益鲜明、文学的地域色彩日益突出、文学的地域传统也愈益为人们所自觉的明清时代,人们在学习、模仿和创作之际,所面对的不是精英=城市=经典与通俗=乡村=流行的选择,而是在整个传统和局部传统之间进行选择。相比整个古代诗歌大传统,乡邦文学的小传统更密切地包围着他们,给他们有形或无形的影响。

正如论传统的作者希尔斯所说,"文学传统是带有某种内容和风格的文学作品的连续体",小传统是在地域性文学作品的编集中逐步建构起来的。明清两代方志编纂兴盛和普及为人们了解、认识地域文化传统提供了方便,而伴随修志而来的地方文献搜集和整理更直接为地方文学文献的编纂奠定了基础。清代的地域性诗文集,数量极为庞大,仅中国社会科学院文学所藏的地域诗文总集即达 400 种。《中国丛书综录》汇编类列于郡邑一门的丛书有 75 种,内含大量当地作家的诗文集,而集部总集类列于郡邑一门的丛书有 77 种,更是地方文学作品的荟萃。在诗集的编纂之外,地方诗话的写作也是地域诗歌传统建构的重要形式。现知最早的地方诗话

---

① 关于风土、地域文化观念和文学传统的关系,限于篇幅不能展开,可参看蒋寅《清代诗学与地域文学传统的建构》,《中国社会科学》2003 年第 5 期。

② 鲁九皋《书勉哉游草后》,《山木居士文集》卷一,道光十四年桐花书屋重刊本。

③ Robert Readfield, *Peasant Society and Culture*, University of Chicago Press, 1956. 王莹译:《农民社会与文化》,中国社会科学出版社 2013 年版,第 96 页。

是明代郭子章《豫章诗话》①，清代张泰来《江西诗社宗派图录》、裘君弘《西江诗话》继之而起，开了清代地域诗歌批评的先声，以后陆续产生的郡邑诗话至少有三十多部②。这些著作罗列一郡一邑有代表性的诗人，传述其事迹，评论其作品，往往比诗集更清楚地勾勒出一地诗歌传统的源流和特征。值得注意的是，无论诗集还是诗话，常都把流寓本地或歌咏本地风物的外地诗人的作品收罗进来。如戚学标《风雅遗闻》前二卷多论台郡人诗，"后二卷则假韵语杂记乡邦事地人物，所引诗不必皆台人，亦不尽系乎论诗。总之，为风雅之事，有益于梓里文献，统名曰风雅遗闻，附之诗录之后。后人继事志乘，当有取于此"③。郑方坤《全闽诗话》例言称所载固多闽产，亦有非闽人而关涉闽事者，梁章钜《南浦诗话》自述纂辑宗旨，称"非浦人诗，无可类附而实与浦地浦事相关者，列为宦游一门，以意纂录而论辨之"。不难理解，地域传统的界限是双重性的，"从某个方面来看，一种传统的界限就是由其信仰共同体界定的拥护者集体的界限；从另个方面来看，传统的界限又是象征建构的界限"④。因此，地域传统的建构一方面表现为一定空间内的时间链，另一方面又表现为对这空间存在的诗歌内容的积累和认同。外地作者所写的歌咏本地风物的作品，往往在当地影响很大，尤其当那些作者是著名诗人时，他们的歌咏会成为当地人引以为骄傲的资本，广为传诵。王渔洋一句"绿杨城郭是扬州"，所激发的审美认同，应不在任何扬州诗人的作品之下，而它对扬州文学传统的参与更是不言而喻的。当然，更多地承担这部分任务的是地方志乘，各级地方志中的"艺文志"都收有题咏本地风物名胜的诗作，这可以视为郡邑诗集和诗话的一个补充。

　　当地域传统在这些文献中浮现出来，并被人们所接受时，它就对一个地方的诗歌创作和批评产生极大的影响，使当地士人的学诗、写诗和评诗有了一个更切近的参照系。唐宋以前，文学传统意味着《诗》《骚》以来的名作序列；而明清以来，那个大传统稍微远了点，文学之士从摇笔写作伊始，首先意识到的是乡贤，是当地的文学前辈，大到府县，小到乡镇，方志文苑传里的名作家都在陶冶着一方风气。以致当历史和时尚之间的语

---

① 方象瑛《健松斋续集》卷四《报朱竹垞书》提到"敝乡前辈具《睦州诗派》一书，近淳安鲍广文复葺《青溪先正诗集》，未审皆已购得否？"按：《睦州诗派》为宋代著作，今不传。

② 详见蒋寅《清代郡邑诗话叙录》，《古典文献研究》1993、1994年合刊，南京大学出版社1995年版。

③ 戚学标：《风雅遗闻》自序，乾隆五十八年刊本。

④ E. 希尔斯：《论传统》，傅铿、吕乐译，上海人民出版社1991年版，第352页。

境差异使大传统和小传统在审美趣味和创作观念上出现差异，趋向不一
时，小传统往往发挥更大的影响力，就像梁启超说的："以中国之大，一
地方有一地方之特点，其受之于遗传及环境者盖深且远，而爱乡土之观
念，实亦人群团结进展之一要素，利用其恭敬桑梓的心理，示之以乡邦先
辈之人格及其学艺，其鼓舞濬发，往往视逖远者为更有力。"① 这最终使
得诗歌批评的价值标准不能再局限于自诗骚到唐宋的经典传统，而必须与
地域的小传统结合起来。如黄定文《国朝松江诗钞序》：

> 诗自河梁下逮建安苏李曹刘诸钜公，大抵皆北产。独至二陆，奋
> 起云间，狎主中原坛坫。自是以后，大雅之材萃于东南，遂至伧荒河
> 北。然则云间固南国之诗祖也。②

黄定文在评论松江诗之前，先追溯了它的传统渊源，进而指明它在南方诗
歌史上的历史地位。"南国之诗祖"未必能得他人认可，但以本地人而论
本地诗，尊崇乡土传统乃至引以为骄傲，实在是很自然的事。至于论异乡
人能顾及其乡土传统，就足以见地域传统观念植根于时人意识之深了。王
昶《湖海诗传》论芜湖韦谦恒诗云："皖桐诗派，前推圣俞，后数愚山，
以噌缓和平为主。约轩承其乡先生之学，故不以驰骋见长。六一居士序
《宛陵集》谓'古雅纯粹'，汪尧峰序愚山诗谓'简切淡远'，举似约轩，
可谓得其法乳者。"③ 这里将皖诗的传统远溯至宋代梅尧臣，近推及施闰
章，以噌缓和平为其主流，从而将韦谦恒的诗风与一个悠久的诗歌传统联
系起来，赋予其一种历史价值。这种来自他人的审视和判断同样是一种对
地域传统的发现，同时也是对小传统的建构。

　　小传统是以一定的地域疆界为单位来体认的，大到一道一省，小到一府
一县甚至镇，论者的批评对象及言说语境决定了它的范围，因此小传统也就
是人们在一定地域范围内体认的具有自足性的文学历史及其所包含的艺术精
神与风格特征。小传统的体认无疑是通过更广阔的文学史视野的比较而实现
的，它反过来又成为小范围内比较的基准。曹溶《海日堂集序》云：

---

① 梁启超：《中国近三百年学术史》，第 313 页。
② 黄定文：《东井文钞》卷一，道光元年刊本。
③ 王昶：《湖海诗传》卷二八，引自周维德编《蒲褐山房诗话新编》，齐鲁书社 1988 年版，
第 102 页。

　　明之盛时，学士大夫无不力学好古，能诗者盖十人而九。吴越之诗矜风华而尚才分，河朔之诗苍莽任质，锐逸自喜；五岭之士处其间，无河朔之疆立，而亦不为江左之修靡，可谓偏方之擅胜者也。①

曹溶之所以能在与吴越、河朔诗的比较中阐明粤诗的特点，是因为他审视粤诗传统时充分意识到其他地域传统的存在，他自幼承受的吴越传统和游历熟悉的河朔传统自然地成了比较的参照系。这是地域文学发育和交流的结果，也是小传统自我认识的成熟和深化，自我认识原就是在与他者的比较中日渐清晰和深刻的。这种自我认识的成熟，还促使人们在审视当地的个别作家或群体时，自觉地将小传统作为把握具体作家的艺术特征的参照系。比如王士禛论闽诗派曾指出：

　　闽诗派，自林子羽、高廷礼后，三百年间，前惟郑继之，后惟曹能始，能自见本色耳。丁雁水亦林派之铮铮者。其五言佳句颇多，如"青山秋后梦，黄叶雨中诗"、"莺啼残梦后，花发独吟时"、"花柳看憔悴，江山待被除"，皆可吟讽。②

这则诗话评论丁炜诗，在突出其铮铮杰出的同时无意中道出闽诗派的一个尴尬——因袭者多，能自树立者少，有明三百年里仅四家而已。这种情形直到清代乾隆间仍未改变，以致郑方坤论黄任诗，不得不重蹈王渔洋的论断：

　　闽人户能为诗，彬彬风雅，顾习于晋安一派，磨礲沙荡，以声律圆稳为宗，守林膳部、高典籍之论若金科玉律，凛不敢犯，几于"团扇家家画放翁"矣。莘田逸出其间，聪明净冰雪，欲语羞雷同，可称豪杰之士。其艳体尤擅场，细腻温柔，感均顽艳，所传《秋江集》、《香草笺》诸作，傅阆林前辈谓其实有所指，拟诸玉溪之赋《锦瑟》、元九之忆双文，杜书记之作"青楼薄倖"、"楚雨含情"，殆诗家之赋而兴也。③

----

① 程可则：《海日堂集》卷首，道光五年金山县署重刊本。
② 王士禛：《渔洋诗话》卷下，丁福保辑《清诗话》上册，第217页。
③ 郑方坤：《本朝名家诗钞小传》卷四，龙威秘书本。

唐诗大传统和林鸿、高棅开创的独宗盛唐的闽诗小传统二而一之,形成强势的地域诗风,左右着八闽诗人。黄任独能以艳体挺出其间,所以为豪杰之士。郑方坤在以小传统为参照系,强调他不为闽诗风所牢笼的独创性的同时,对小传统也不无讥讽之意。事实上,真正有创造性的诗人总是要在某种程度上脱逸传统,而这种脱逸又总是从小传统开始。吴肃公《诗集自序》便强调了自己与乡邦诗歌传统的分歧:

> 改革时里中多隐沦颓放,诗无定向,其后标风雅者力主唐音,以温柔绵丽为的。(中略)而予颇法杜、韩两家,顾达情者或劲率而失之兀枭,喜新奇则佶屈而伤自然,予于二病盖兼有之,里中竟相诃讶非正声。广陵徐山甫、云间蒋大鸿极口谓韩杜决不可为。①

吴氏这段记载告诉我们,在明清之交,地域风气如何形成舆论,对个别作者的写作产生压力。这种压力和对地域文学史的自豪感相结合,就形成地方诗风对小传统的自觉发扬和维护。一位年轻的作者初学写作,首先就置身于这种舆论环境中,当然也就不能不意识到小传统的存在,于是他的艺术取向面临一个选择,是接受大传统,走自己的路,还是谨守小传统的藩篱,沿乡先辈的路向以求博得乡议的称赏。最理想的当然是融合大小传统,左右逢源,像鲍骏瑞那样"以风雅为导源,以盛唐为根柢,以国初为归宿,既于乡先正之旨趣无或异,而其性情学问才猷经济,渊然涵溢于楮墨之间"②,但往往难以做到。于是对更多的作者来说,小传统就不免是一个带有约束意义的规范。边连宝《李立轩诗序》写道:

> 吾邑诗派,自庞雪崖先生开清真雅正之宗,同时如先外王父章素严先生,稍后如雪崖令弟紫崖先生、先君子渔山先生,率皆以雪崖为圭臬。余小子连虽稍加放纵,总不能出先民范围。③

边连宝与袁枚并称"南北随园",诗风并非没有戛戛独造处,这里的自谦

---

① 吴肃公:《街南续集》卷二,康熙刊本。

② 程桓生:《桐华舸诗续钞序》,鲍骏瑞《桐花舸诗钞》卷首,光绪二年刊本。

③ 杨福培选:《吾邱边氏文集》卷二,民国7年铅印本。天津师范大学韩胜副教授为我查阅文献,谨此致谢。

无非是衬托李立轩的成就，但无意间也暗示了小传统的强大，流露出一丝不能不屈服的无奈。的确，无论是引以为荣也好，感受压力也好，小传统都构成了一个背景性的存在，它的权威和影响时时刻刻提醒作者和评论家注意一个异于大传统的别样价值尺度。不难想见，当人们对自己的地域传统都有充分意识时，推己及人，自然也会对他人的地域传统给予充分的重视。魏禧《容轩诗序》有云："十五国莫强于秦，而诗亦秦为矫悍，虽思妇怨女皆隐然有不可驯服之气，故言诗者必本其土风。"① 这是诗歌批评中对他人地域传统的尊重，同时也是在方法论上对地域传统和风土意识的强调。事实上，钱谦益作《王元昌北游诗序》便是从称赞王元昌的乡土诗歌背景入手的："子秦人也。秦之诗，莫先于《秦风》，而莫盛于少陵，此所谓秦声也。"② 正因为有这清楚的意识，清代诗论家在把握大传统的同时，也能尊重小传统，重视小传统的独特价值。这是清代诗歌批评最值得注意的特点之一。

　　将经典文学和地域文学对应于大传统、小传统的概念，两者的关系主要指涉来自历史的影响。然而在实际的文学语境中，时尚经常也是个有力的影响源。在许多时刻，小传统受到的挑战不是来自大传统，而是来自时尚。在古代社会，时尚作为代表特定时期社会心理和审美趣味的流行趋势，很大程度上不取决于地域（如政治或文化中心），而取决于有影响力的人物，明代公安、竟陵派的流行就是个典型的例子。时尚问题在不同地区、不同时代反应不一，一般来说战乱年代、边远地区不太突出，而在和平年代、发达地区则较为明显，清代诗学中有很多例子。明清之交，钱谦益主盟文坛，江南地区也主导着文学创作和批评的时尚。而陕西、福建或因地理阻隔，信息不灵，诗学宗尚好像要比江南慢一拍，像陈衍所说的"吾闽域处海峤，风气常后人"③。江南诗家讨伐明七子的模拟作风时，关中诗家并未响应，他们仍继承明代格调派的传统，对七子辈给予一定的肯定④；而江南诗家群起抨击竟陵时，福建诗论家也仍予钟、谭某种程度的好评。两地的小传统似乎都没怎么受时尚影响，也没什么对时尚的反应。

---

　　① 魏禧：《魏叔子文集》卷九，《宁都三魏文集》，道光二十五年谢若庭绂园书塾重刊本。

　　② 钱谦益：《王元昌北游诗序》，《牧斋初学集》卷三二，上海古籍出版社 1985 年版，中册，第 931 页。

　　③ 林寿图：《榕阴谈屑》陈衍序，中国社会科学院文学研究所藏《侯官丁氏家集》朱丝栏抄本。

　　④ 参看蒋寅《清初关中理学家诗学略论》，《求索》2003 年第 2 期。

前人往往将这种远离时尚或者说风气的滞后归结为风土的决定作用。如王昶《青浦诗传》自序曾说:

> 盖吾乡溪山清远,与三吴竞胜,而地偏境寂,无芬华绮丽之引。士大夫家云烟水竹间,起居饮食,日餐湖光而吸山绿,襟怀幽旷,皆乾坤清气所结,往往屏喧杂,爱萧闲,励清标,崇名节。居官以恬退相师,伏处以孤高自励。性情学问,追古人于千载之上,从容抒写,归于自得。故如明中叶以后,空同、历下、公安、竟陵,纷哓奔走,四方争附,其坛坫以此哗世炫俗。而吾邑士大夫附丽者独少,此固昔贤自守之高。而为家乡后进,读其诗,仰企其人,当如何流连跂慕,奉为轨则钦![1]

这里不仅解释了明代青浦士人不趋附时尚的特立独行之风的由来,而且对乡里后学继承传统、保持风气提出了要求。相比风土的自然特征,这种地域风尚的自觉承传也许是构成地域倾向和差异,从而形成小传统的更为直接的动力。

显而易见,小传统是相对大传统和时尚而存在的,因此它与后者必然形成差异和对立。相对无所不包的大传统,小传统往往是坚持一种选择的理由;而相对时尚,小传统又是捍卫一种价值的依据。由于它远不如大传统那么坚强和雄辩,同时也不具有时尚的冲击力,通常很难和两者抗衡。偶尔真的形成对抗,则矛尖不如盾固,时尚不会受到多少冲击,而小传统自身却不免发生一定程度的形变。乾隆年间性灵诗风席卷天下,各地诗坛反应强烈,向风景从者固然很多,独立不迁、泾渭分明者也为数不少。乾隆三十四年(1769)前后,任丘张方予等十一人结社,以康熙年间邑有还真社,边连宝初名续真社,后改为慎社。乃弟中宝《题张方予慎社十一人传后》诗云:"随园颜社以续真,旋更厥名署曰慎。真社先民只率真,才高态广难逐趁。后生步之俪规矩,疏狂窃恐流西晋。……随园乃更进一义,会意象形译慎字。右旁从真左从心,真心贯注慎斯至。曰真曰慎约无二,为语同人尚慎旃。"[2]就其对"疏狂"的戒惕来看,显然是针对性灵

---

① 王昶:《青浦诗传》自序,引自周维德编《蒲褐山房诗话新编》,第313—314页。
② 边中宝:《竹岩诗草》卷二,乾隆刊本。

派诗风而发，而尤其强调一个"慎"字，又似乎有文字狱的阴影在其中。"真社先民只率真"一句表彰河朔诗风尚真的传统后，鉴于流弊，用"慎"对"真"的传统作了修正，此所谓此一时也彼一时也。小传统此刻非但不能抵抗时尚，反而迫于时势不得不重新作了解释和校正，以求在当下语境中具备应对时尚的能力。这是以曲折的方式捍卫和张扬了地域传统的一个例子，显示了时尚与小传统互动的复杂关系。

　　总之，在清代诗学中，地域意识已是渗透到诗论家思想深处的一个不可忽视的变量因素，经常在具体的诗歌批评和诗学论争中潜在地影响着论者的见解和倾向性。从这个意义上说，清代诗学中的地域观念不单纯是地域文化在文学批评中的反映，它同时也参与了地域文化传统的建构。这一点是我们在研究清代文学和清代文化时不能不加以考虑的。

第三节　清代诗学史之分期

一　清代诗学史分期的复杂性及方法论原则

　　一切长时段的历史研究都无法回避时代分期问题。时代分期不仅提供了一个历史书写的单位，它同时也是历史研究的基础。因为时期概念是历史认识的主要工具之一，如果没有时期概念，尤其是没有划分时期的标准，我们就很难有效地实现对历史的把握和建构。文学史乃至具体到诗学史也不能例外，问题只在于文学史和诗学史都有不同于一般历史研究的分期模式和划分标准。

　　如果我们同意当代学者的看法，文学史时期划分的前提基于对一个时期文学文体统一性的假设[1]，那么诗学史时期划分的前提则基于对一个时期诗歌观念及其所主导的理论形态与学术方式同一性的假设。倘若我们能在诗学史的某个长时段中找到一种或多种上述同一性，它就能帮助我们建立起一个由范式演变构成的历史序列。这种寻找无论在分析模式的确立抑或诗学史料的检讨上，都是相当困难的，面临着判断失误和文献难征的主客观双重危险。而更困难的是，清代文学的历史分期较以往任何一个时代都要复杂，我要做的诗学史分期尝试，几乎没有一个成功的结论可以

---

[1]　参看陶东风《文学史哲学》第六章"文学史的时期建构"，河南人民出版社 1994 年版。

依凭。

清代文学史分期的困难来自两个方面:首先,清代二百七十多年的文学史上横跨着一个比附政治史的"近代"概念而生的"近代文学"概念,其起讫是道光二十年(1840)至民国八年(1919),以鸦片战争为界,清代前、后期的文学被分属于古代和近代两大文学史时段。虽然论者强调这种处理"主要着眼于文学本身的发展变化,体现文学本身的发展变化所呈现的阶段性"[①],但不可否认其中明显有对政治史分期的依赖。政治史分期是否可以成为文学史分期的依据,文学史的阶段是否与历史时代的演进相吻合,这还是有待于深入研究的问题[②],但"近代文学"这一长时段的文学史概念,给作为断代文学史的清代文学史分期带来很多麻烦,却是可以肯定的。那么,抛开"近代文学"的概念,以清代为一个自足的历史单位,分期问题是否就容易解决了呢?不,还有第二个棘手的问题在等着我们。文学发展到明清两代,除了社会和精神内容的空前丰富外,创作格局上一个最明显的态势就是文学的各种体裁都已成熟,诗文辞赋、戏曲小说、弹词说唱和文学批评各部门都涌现数量可观的作品。文学样式的丰富和创作的多元化,使各种文学体裁的创作之间呈现明显的不同步性,很难找到某种文体同一性来作为文学史分期的标准,以致文学史叙述难以做出单一视角或标准的分期。马积高《清代学术思想的变迁与文学》是少有的按文学的总体倾向来划分清代文学史的尝试,它将清代文学分为顺康雍、乾嘉、道光至光绪十五年、光绪十五年至清末四段。第四段以光绪十五年为起点的理由是前一年康有为上书请求变法,本年又是光绪亲政的开始[③]。虽然作者说这只是约略的划分,前后几年也没关系,但这仍是个政治视角的划分,用于众多文体恐扞格难通。事实上,也只有进入文体发展史的内部,我们才可能谈论一种具体的阶段性,避免庞杂混淆的解释和不必要的纷争。从这个意义上说,清代诗学史有其自足的时间序列,我们本可以在其时间序列的内部来讨论分期,但问题是我理解的诗学史,正如下文将要阐述的,它是融观念史、批评史和学术史为一体的工作,它和清代诗歌史、批评史及学术史是紧密地交织在一起的,也可以说正是在三者的互动

---

① 袁行霈主编:《中国文学史》,高等教育出版社1999年版,第12页。

② 参看章培恒《关于中国现代文学的开端——兼及"近代文学"问题》,章培恒、陈思和主编《开端与终结——现代文学史分期论集》,复旦大学出版社2002年版。

③ 马积高:《清代学术思想的变迁与文学》,前言及第248页。

中展开的。诗歌创作观念在很大程度上受时事、政治的影响，批评立场和学术方法又受学术风气的陶冶，所以，从更大的范围看，诗学史的阶段性又和政治史和学术史有各种直接的或间接的关联。

据我所见，清代诗学的历史分期，肇始于日本明治时代的诗学家森槐南。槐南将清代诗学分为四期，即顺康开国时代，康熙全盛时代，乾隆极盛时代，嘉道递降时代①。当代学者有关批评史的论著，一般是明清合论，以思潮或问题为单位来叙述诗学的发展，从铃木虎雄《明清文艺史》、郭绍虞《中国文学批评史》到张健《清代诗学研究》都是如此。蔡镇楚《中国诗话史》将清代诗话分为三个历史阶段，大体可视为诗学史分期，其具体划分是顺、康、雍三朝为初期，乾、嘉为中期，道光清末为末期②。李世英、陈水云的《清代诗学》以理论问题为纲，同时兼顾清代文化、文学和诗歌创作的发展，将清代诗学分为四个阶段：（1）发轫期：顺治元年（1644）至康熙二十年（1681）；（2）建设期：康熙二十年至乾隆四年（1739）；（3）争鸣期和繁盛期：乾隆四年至嘉庆四年（1799）；（4）嘉庆四年至道光十九年（1839）③，与森槐南的看法暗合。该书是陆耀东先生主编"中国诗学丛书"之一，道光二十年（1840）以后归《近代诗学》论述，合近代部分的分期，等于是分作了五期。我的划分也是四期，但起讫与森槐南不同：第一阶段，从清初到赵执信下世的乾隆九年（1744）；第二阶段，从乾隆十年（1745）到袁枚下世的嘉庆三年（1798）；第三阶段，从嘉庆四年（1799）到道光末年（1850）；第四阶段，从咸丰初年（1851）到民国八年（1919）。历史的转折、过渡或长或短都有一个过程，以某个人物的荣衰或事件的起讫为分期界标仅取其象征意味，不必太拘泥于具体的年代。考虑到赵执信、袁枚暮年对诗坛的影响力已微，而咸丰初太平天国的兴起，则是清代社会与文学发生巨变的契机，所以第一期和第二期的下限也就是雍正朝和乾隆朝的结束，而咸丰初为第四期的开端。这样，清代诗学史的分期也就是顺、康、雍三朝为一期，乾隆朝为一期，嘉、道两朝为一期，咸、同、光三朝为一期。

应该承认，在着手清代诗学研究伊始就思考清代诗学史的分期，刚做完第一阶段的工作，就建构清代诗学史的发展脉络并试图概括其阶段性特

---

① 森槐南：《中国诗学概说》，临川书店1982年版，第147—150页。

② 蔡镇楚：《中国诗话史》卷五"清诗话"，湖南文艺出版社1988年版，第212—213页。

③ 李世英、陈水云：《清代诗学》，湖南人民出版社2000年版。

征，是有点冒险的。但这项工作无法回避，在开始论述清代诗学史——虽然只是第一段——之前，我必须作这宏观的勾画，以确定清代诗学史的基本框架和走势，由此认识和理解清初诗学的基本特征及其在整个清代诗学史中的意义。这在某种意义上也是提出一个假说，学术研究实际上就是在循环着这样一个宿命：先将假说当做目标，以后的研究不断对它进行验证和修正，最后形成的结论又权作新的假说。在此我要说明的是，我不想使用当今文学史分期中常见的比附于生命周期的一种分期模式——孕育期→兴盛期→蜕变期→衰落期，或比喻为建筑周期的一种分期模式——发轫期→建设期→兴盛期→变革期。这种分期模式基于一种目的论的或者说后设的历史观念，将依据某种价值观选定的事象作为中心或顶峰，一切朝向中心或顶峰的发展趋势都被描述为兴盛，而一切背离中心或顶峰的发展趋势就被描述为衰亡。这种历史认知模式，在欧洲可以追溯到亚里士多德[①]，在中国可以追溯到梁启超的《清代学术概论》。梁启超的思路倒不是受欧洲史学的影响，而源于佛教一切流转相例分生住异灭四期的观念。他将清代学术划分为启蒙、全盛、蜕分和衰落四个时期，乃是以经学为中心，因而乾、嘉学术成为学术史的全盛时期。若以思想的独创性为中心，学术史将呈现为另一种走势。这正是上述历史认知模式带有极大的主观性的弱点。如果说诗歌创作因新诗体的生成或时代精神的消长，会形成一个自然的趋势，而使比附于生命周期的分期模式看似成理，那么诗学史的观念嬗变和学风递转就很难解释为生灭、盛衰，描述为生命周期式的发展过程了。一种理论或思潮由流行到消歇，被另一种理论或思潮所覆盖，并不是诗学本身的盛衰，而是诗学内容的更迭和建构。套用北岛的一句名诗，这是一个没有结局的开始，也是一个稍纵即逝的追寻，理论建设永远朝着开放的方向，走向一个未来的目标。使某种阶段性凸显出来的，是理论的重大变异，由这些变异制导的诗学趋向及所形成的诗学史轨迹，是一个个变异由酝酿到高潮到平息的波浪式结构。我从清代诗学的历史发展中看到的，就是这样的阶段性：第一段是神韵派诗学，第二段是性灵派诗学，第三段是纪实性诗学，第四段是宋诗派诗学。四者作为清代诗学史的重大变异，分别构成了自足的时段，我的分期正是基于这种认识而提出的，因此

----

①　参看韦勒克《文学史上的进化概念》，《批评的诸种概念》，四川文艺出版社1987年版，第47页。

我的分期依据及其结果不同于现有的结论。

当然，诗学史作为诗歌观念、批评和诗歌研究相交织的运动过程，绝不是纯粹自律地发展的，因而也就不能单纯用自身的逻辑来解释自己。诗歌观念和批评会受文学思潮影响，而诗歌研究方法和手段又会受学术风气的影响，在清代这个思想波动剧烈、文学格局多变、学术风气浓厚的时代，诗学史的走向不仅与这些外部因素有着复杂的联系，而且呈现某种复调性，在观念、批评与研究之间出现异步、游离乃至悖反的现象。

二　清代诗学史分期的诗歌史背景

先说诗歌史，这是清代诗学史的背景。学术界对清诗分期的看法基本是分四期。早在同治至光绪中叶成书的杨希闵《诗榷》，就将清代诗歌分为四期，其断限分别为清初至康熙三十年（1691）、康熙中至乾隆四十年（1775）、乾隆中至道光末（1850）及咸丰以后①，基本对应了清代诗歌的几次转折。后来陈光汉《清代诗史续论》以清初为第一期，康雍乾三朝为第二期，咸同以前为第三期，光宣为第四期②。今人陆草《清诗分期概说》一文与杨希闵之说大致相同，差别只在第二期始于康熙二十年，终于雍正末③。朱则杰的《清诗史》只写到龚自珍④，而将道光以下归入近代，合顺康、雍乾、嘉道三段实际也是四期。严迪昌的《清诗史》分三期，顺康、乾嘉和道光以后⑤，但顺康段分上下编，分别讨论遗民诗人群和新朝诗人群，其实是将顺治、康熙前期和康熙中后期、雍正分为两个阶段，合乾嘉和道光以后也是分为四期。我的看法是，顺治和康熙前期、康熙中期、乾隆中期和咸丰乃是清代诗歌发生转变的关节点，其间的雍正、道光属于过渡时期，究竟从前还是从后，按不同的诗歌史解释会有不同的归属，所以粗分则为四期，细分则为五期，差别只在道光以后是否再分为二。

---

① 杨希闵：《诗榷·国朝人诗补录》，江西省图书馆藏稿本。其中收入同治元年所撰《诗轨序》，书当编成于同治间。

② 《国专月刊》3 卷 1 期。陈光汉为陈衍弟子，该文自称"爰承师说"，应该体现了陈衍的观点。

③ 陆草：《清诗分期概说》，《中州学刊》1986 年第 5 期。

④ 朱则杰：《清诗史》，江苏古籍出版社 1992 年版。

⑤ 严迪昌：《清诗史》，五南图书出版公司 1998 年版。

1923 年陈衍在《近代诗钞序》中曾从诗坛盟主的更替来划分清诗的时期:

> 有清二百余载,以高位主持诗教者,在康熙曰王文简,在乾隆曰沈文愨,在道光、咸丰则祁文端、曾文正也。文简标举神韵,神韵未足以尽风雅之正变,风则《绿衣》、《燕燕》诸篇,雅则"杨柳依依"、"雨雪霏霏"、"穆如清风"诸章句耳。文愨言诗,必曰温柔敦厚。温柔敦厚,孔子之言也。然孔子删诗,《相鼠》、《鹑奔》、《北门》、《北山》、《繁霜》、《谷风》、《大东》、《雨无正》、《何人斯》以迄《民劳》、《板》、《荡》、《瞻卬》、《召旻》,遽数不能终其物,亦不尽温柔敦厚,而皆勿删。(中略)夫文简、文愨生际承平,宜其诗为正风正雅,顾其才力为正风则有余,为正雅则有不足。文端、文正时,丧乱云膴,迄于今变故相寻而未有届,其去小雅尽废而诗亡也不远矣。

他没有提到清初的诗坛盟主钱谦益,正是由于钱谦益的鼓动,王渔洋继而倡之,这才有清初诗坛炽盛一时的宋诗风气①,是为清诗一变。康熙十八年(1679),清廷武功告成,肇兴文治,开博学宏词科网罗文士,王渔洋以新朝诗人领袖羽仪风流,宏奖后进,影响所及,整个康熙中后期直到雍正间,神韵诗风成为诗坛主潮,清诗为之一变,而自家面目出。雍正后期延及乾隆中,康熙朝名家逐渐凋落,神韵诗末流弊端渐显,沈德潜以耆年宿望主盟诗坛,以格调之实救神韵之虚,仅能守成而已。乾隆中袁枚声名日盛,以性灵说摧廓传统的羁绊,最大限度地发挥诗歌的自我表现机能,天下向风,百态杂陈,清诗于是又一变。嘉道之间,学术盛而诗不济,与学风的调和汉宋相应,诗学观念也趋于折中与融合,创作则以流连光景、嘲风弄月为主流,直到咸丰初太平天国兵起,才结束了清诗史上这一段最平庸的时期。王树《淄阳诗话》后序云:"黄心庵集横山诗会,余年初鬊,获观其盛焉。厥后张晴舫、朱楚生推风雅于汉上,余则赌唱旗亭,分牋选韵,簪盍群雄。道光中彭绮洲、刘均容辈纷纷竞起,益日恣意于文酒风流,不几有题襟韵事邪?乃粤匪横来,狂搜肆掠,所向皆空。而鄂中名

---

① 蒋寅:《王渔洋与清初宋诗风的兴替》,《文学遗产》1999 年第 3 期。

宿生杀无端，纵运数所逃，亦迁徙无定……"① 这正是当时社会剧变波及诗歌的一个缩影，社会动荡在结束士人的文酒风流生活的同时也给诗歌注入了沉重的现实内容，使诗歌愈益贴近社会变革，从内容到形式完成清诗的最后一变。这也是古典诗歌到现代诗歌的蜕变。

　　这一清诗流变观，乾嘉以前相信较能为人接受，而道光以后恐怕难得认可，因为这里涉及主流文学史话语的"近代"概念问题。道光二十年（1840）的鸦片战争，向来被视为中国社会历史产生突变的转折点，此后的八十年被称为近代史，道光二十年后的清代文学也就顺理成章地被称为近代文学。学术史研究者认为，最早把近代文学史界定为鸦片战争到五四运动的是吴文祺《近百年来的中国文艺思潮》，吴文开宗明义就指出鸦片战争是"中国历史上一块划时期的界石"②，其观点明显比附于政治史分期自不待言。梁启超曾断言："文化史的年代，照例要比政治史先走一步。"③ 而具体到文学，我看恰好相反，文学史的年代似乎总比政治史后走一步。如果说 1840 年英军大炮打开中国大门，给封闭百年的清王朝带来前所未有的震动，使中国社会跨入一个急遽的转型时期，那么这种转型主要是表现在政治和经济上，对文学所产生的影响并没有像近代文学史分期所象征的那么大——那毕竟只是天朝的边警，在那个信息传播远为困难的年代，其具体过程和内容相信对大多数中国人来说都是隐约模糊的，所以除了东南沿海诗人的创作外④，我们未在当时的诗歌中看到广泛的反响。这一事件对历史的深远影响要到很多年以后才能被人们品味出来，在当时甚至连道光皇帝和经办大臣耆英也不能理解。其实吴文祺即已指出，在鸦片战争促发的诸多变动中，文学的变动最晚，直到戊戌变法后才开始，突出标志是维新派的"文学改良运动"、"王国维的文学批评"和"章炳麟的文学主张"。当代学者更认为文学的观念、主题、形式的变化到光绪二

---

　　① 王树：《淄阳诗话》，咸丰十年锦秀堂自刊本。
　　② 吴文祺：《近百年来的中国文艺思潮》，原载《学林》第 1 期，1940 年 11 月出版。转引自《中国古代文论研究论文集》，上海古籍出版社 1989 年版，第 558 页。
　　③ 梁启超：《明清之交中国思想界及其代表人物》，《饮冰室合集·文集》第十四册，中华书局 1936 年版。
　　④ 如魏源《魏源集》中有《寰海》、《寰海后》等，谭莹《乐志堂诗略》卷二涉及此事有《书事四首》、《战舰行》、《闻警三首》、《后战舰行》、《辛丑二月书感六首》、《闻试炮声感赋》、《重有感》、《围城四首》、《边事十一首》、《长围二十首》，俞兴瑞《翠莫子集》有《海警》、《壬寅夏五王伯阳太守权吴淞郡甫旬余夷船陷上海犯吴淞太守留尤将军渤兵击贼城赖以安事平卒以失援上海削秩同人索诗纪事遂痛饮走笔成此》。

十八年（1902）以后才开始①。他们的看法当然是有道理的，问题是既然以变革为文学史分期的依据，就应该考虑到渐变和突变的不同。突变可以取转变之点为断限，而渐变通常只能以滥觞为断限。从诗史的角度来看，第四期渐变的滥觞我以为是咸丰初爆发的太平天国战争。这场波及大半个中国的内战，就像唐代安史之乱，彻底结束了清王朝的太平盛世，同时整体冲击了传统的礼乐社会及其思想基础。正如曾国藩切身感受到的，"举中国数千年礼义人伦诗书典则，一旦扫地荡尽。此岂独我大清之变，乃开辟以来名教之奇变，我孔子、孟子之所痛哭于九原！"②整个文学的创作风貌由此而发生转变，由委靡变得激烈。这是个需要专门讨论的问题，在此无法展开，我想引两位过来人的论述来支持我的假说。陈衍《近代诗学论略》云："道光之际，盛谈经济之学。未几，世乱蜂起，朝廷文禁日弛，诗学乃盛。故《近代诗钞》断自咸丰之初年，是时之诗，渐有敢言之精神耳。"袁嘉谷《卧雪诗话》卷一也说："康、乾之际，诗家类少言时事，殆鉴高启、袁凯之辙。咸、同来，国势日瓨，始鲜顾忌，而有关史乘之章，风涌云起。广州、台湾、高丽诸役，海内吟咏者众。"③两位诗论家不约而同地都将晚近诗歌史的起点划定在咸丰之际，显然是注意到了咸丰初诗歌的突变。事实上，与敢言相伴的，不仅是时事内容进入诗歌，诗歌的艺术风格也出现了醒目的变化。那就是陈衍说的同光以后，"蕲向杜韩，为变风变雅之后，变本加厉。言情感事，往往以突兀凌厉之笔，抒哀痛逼切之辞。甚且嬉笑怒骂，无所于恤。矫之者则为钩章棘句，僻涩聱牙，以至于志微噍杀，使读者悄然而不怡"。由此看来，最早阐释近代文学发展的胡适，以曾国藩之卒为象征性标志，而将同治十一年（1872）定为近代文学的开始④，是有他的道理的。

　　至于陈子展《中国近代文学之变迁》将近代的起点定在光绪二十四年（1898）的戊戌维新，以为直到此时"中国才总算有了一点近代的觉悟"，才是"中国文学有明显变化的时候"⑤，我怀疑他的"近代"概念受日语

---

　　①　刘纳：《开始于一九〇二、一九〇三年间的文学变动》，收入《中国近代文学的特点、性质和分期》，中山大学出版社 1986 年版。

　　②　曾国藩：《讨粤匪檄》，《曾国藩全集·诗文集》，岳麓书社 1986 年版，第 232 页。参看钱竞、王飙《中国 20 世纪文艺学学术史》第一部，上海文艺出版社 2001 年版，第 198—299 页。

　　③　袁嘉谷：《袁嘉谷文集》，云南人民出版社 2001 年版，第 2 册，第 462 页。

　　④　胡适：《五十年来中国之文学》，《胡适文存二集》卷二，亚东图书馆 1924 年版。

　　⑤　参看陈子展《中国近代文学之变迁》，中华书局 1929 年版，第 2—3 页。

的影响，是指今所谓的"现代"。事实上，呈现在学术史视野中的有关从鸦片战争到五四的文学分期的歧见①，不仅有术语引起的混乱，还显出学者们在分期依据上缺乏共识。这暴露了我们的文学史研究在原理论上的薄弱，我们的确需要认真讨论一下，文学史分期究竟以什么为依据？解决这一原理论问题，才可以谈论具体的历史分期，相信对这一问题的认真思考能让我们进一步反思文学史"近代"概念成立的依据。

三　对清代诗学史分期的解释

如果以上假说能成立，那么我们可以认为，清代诗学的嬗变是比诗史的嬗变慢了一拍。清初宋诗风作为诗史的第一变，并没有结出理论成果，因为它是在唐诗的认识框架中发生，并为唐诗的价值尺度所范围的，更由于宫廷趣味和传统观念的制约②，创作实践未能全面展开即草草收场，只能视为神韵诗风发生过程中的一环。而神韵诗学经过对宋诗的尝试及扬弃，在对明代格调派和宋诗风的反思中形成理论自觉，重新确立起唐诗的审美理想，将格调派表面化的拟古改造为离形得似的深度师古，并借助于选本和诗话逐步发展其理论和学术规模，终于在康熙十八年（1679）至康熙四十八年（1709）间完成了它的体系建构，所以诗学史的第一期实际是对应了诗歌史的第二期。在这期间，江、浙诗学名家辈出，诗歌观念和学术方式呈现多元化的局面，而尤以重视诗歌史研究为特色，与神韵诗学形成互补的关系。王渔洋下世后，赵执信对他的批评公开化，但当时渔洋门人遍天下，神韵诗风占据诗坛主流，秋谷的批评难以产生影响力，相反他的《声调谱》著作却传播并充实了王渔洋的古诗声调学说，成为第一期诗学的重要成果。乾隆九年（1744）赵执信逝世，标志着第一期诗学的结束。

乾隆三年（1738），赵执信的著作刊成问世，《谈龙录》对王渔洋的批评产生影响，而神韵诗风本身的流弊也渐显露出来，日益为人所诟病。屈复《论诗绝句》有云："文章生死判升沉，忆奉渔洋迈古今。此日尽讥

---

① 有关近代文学的分期及断限之争，可参看北京出版社"20世纪中国文学研究"系列中裴效维、牛仰山撰《近代文学研究》卷第二章"近代文学史的分期与断代研究"。

② 参看蒋寅《王渔洋与清初宋诗风的兴替》，《文学遗产》1999年第3期。收入《王渔洋与康熙诗坛》，中国社会科学出版社2001年版。

好声调，披沙那肯拣黄金？"① 田同之《与沈归愚庶常论诗因属其选裁本朝风雅以挽颓波》亦云："山姜花谢蚕尾倾，野狐怪鸟齐争鸣。泛泛东流视安德，狺狺龙吠集新城。"② 沈德潜当时虽名位未显，但作为"东南之鲁灵光"，被视为王渔洋之后的文坛盟主，"作诗自汉魏至元明皆为别其流派，一归于和动顺成，得风雅之传之正"③。但限于才力，沈德潜既未开一代诗风，也未能提出新的诗歌理论，其格调诗学更多地具有一种守成的性格，由他主盟文坛的乾隆前期，实际是性灵诗学的酝酿时期，乾隆初产生的诗话和诗学著作已露出性灵派的苗头。到乾隆三十年（1765）前后，袁枚声名日盛，代沈德潜而执诗坛牛耳，与蒋士铨、赵翼并称为三大家，诗坛转而为性灵派的天下④。在抒写性灵的口号下，人性中长久被压抑的欲望得到宣泄，诗歌在扩大表现阈界的同时也带来琐屑和放荡的流弊。到乾隆末期产生的《随园诗话》、《雨村诗话》等性灵诗学的成果，可以看做性灵诗风的记录和总结。嘉庆三年（1798）袁枚去世，清代诗学进入它的第三个时期。

　　嘉、道两朝可以说是清诗创作的平庸时期，性灵诗风到嘉庆末而绮靡之至，道光初程恩泽等起而以宋诗风矫之，开同光体之先河。当时的诗坛，虽然有舒位、孙原湘、王昙、龚自珍等一批诗人力图突破故常，有所创革，但总体上不能改变创作委靡不振的状态。与这种创作现实相应，诗学也没有出现有全国影响的诗论家，除潘德舆"质实"说之外，没能产生有影响的论诗主张。无论从哪方面看，嘉道间的诗学都呈现一种平庸的面貌，与其前后各时期诗学的丰富多彩不可相比。不过，嘉、道诗学整体上却有一个醒目的倾向，在某种意义上也可以视为清代诗学的转型，即诗学开始重视纪录性而淡化了理论与评论色彩。我阅读此期诗学著述的印象是，探讨理论、技法与注重批评的诗话数量锐减，而宣称以表潜阐幽为主旨的诗话明显增多。以记录性为主的地域诗话和同人诗话成了诗话的主流，"以诗存人"或"以人存诗"成为诗话编撰的主要动机，记录逸事和标榜风流取代论才较艺而成为诗话的主要内容。作于嘉庆二十年（1815）

---

① 屈复：《弱水集》卷一四，乾隆七年刊本。

② 田同之：《砚思集》卷二，乾隆间刊田氏丛书本。

③ 顾诒禄：《送沈归愚先生应博学宏词赴都序》，《吹万阁文钞》卷二，乾隆刊本。

④ 郭麐《灵芬馆诗话》卷八："国朝之诗自乾隆三十年以来风会一变，于时所推为渠帅者凡三家。"按：三家指袁枚、蒋士铨、赵翼。

的袁洁《蠡庄诗话》凡例略云：（一）取其全备。上至蒙汉诸旗，下至释道仙鬼，无不采入。（二）以代说部。凡事可一笑，句可豁人心目者俱采之，不以浮浅为嫌。（三）随得随录，多寡以箧笥所藏、耳目所及为限，非故作褒贬。（四）录诗多而论诗少，以诸家论诗已多，不欲东施效颦，拾人牙慧。（五）以纪投赠，以阐幽潜，故所采皆近人之句。偶涉古人，皆友朋持论所及，必志其从来，不敢掩人之善。（六）诗余之佳者，附于十卷之末，以全体格。很明显，作者突出强调的是记录性，艺术评论若有若无，已退缩到毫不起眼的位置。这正是嘉、道诗话的一般面貌，我用记录性来概括第三期诗学的主导特征，也是基于这一点。

　　咸丰以后，内忧外患交侵，社会矛盾空前剧烈，清代社会进入一个动荡和变革的转型时期。新旧观念的冲突和更迭，显得前所未有地激烈，诗歌也呈现出前所未有的丰富多变和新旧杂糅的色彩。同光体的宋诗风虽占据诗坛的主流位置，但以自我表现为旗帜的"诗界革命"同样是强劲的思潮。诗歌干时讽世的社会功能在这穷则思变的时代得到最为淋漓的发挥，而社会变革带来的新观念和新事物同时也改变了诗歌的风貌。相比之下，诗学较之诗歌创作对世道的反应则显得很滞后。如果说诗歌创作对世变的反应（更准确地说是预感）始于龚自珍，那么诗学的反应却要迟到道光末咸丰初的林昌彝《射鹰楼诗话》及同治间所作另一部诗话《海天琴思录》、魏秀仁《陔南山馆诗话》乃至光绪间的林钧《樵隐诗话》、徐贤杰《三山诗话》、盛钟歧《崇道堂诗话》等才显现出来。据我有限的阅读来看，诗学中观念和批评方式的变化发生得很晚，也许要到光绪年间，即由梁启超所代表的"诗界革命"思潮，而它也不是当时诗学和诗歌批评的主流。直到 20 世纪 20 年代以前，诗学主流仍维持着陈衍《石遗室诗话》所代表的传统形态。诗歌理论和批评的现代转型应该是在西方诗学的刺激下完成的，它相对于创作的滞后，部分是因为近代早期的西学翻译基本上没涉及文学理论①，有关诗学乃至文学理论的翻译都是在五四运动前后。联系到在"整理国故"背景下产生的刘大白《中诗外形律详说》来看，现代形态的中国诗学著作乃是与西方近代诗学接触而产生的结果。这一过程还有待细致考究。

　　文学史与政治史毕竟是不同步的，批评史与文学史也不同步，诗学史

---

　　①　钱竞、王飚：《中国 20 世纪文艺学学术史》第一部，上海文艺出版社 2001 年版，第 215 页。

又与批评史不尽同步。尽管其间有时也会出现某种一致性，但其步骤最终取决于自身发展的逻辑。就诗学史而言，因其部分地具有学术史性质，不仅像批评史那样与文学史紧密关联，还明显受时代的学术风气影响。前述清代诗学史的分期，若由学术史的视角看，约略可见清代学风嬗变的内在消息。

四　清代诗学史分期的学术史背景

学术史是近年文化史研究的一个焦点，文学与学术史的关系在学术史研究的热潮中得到关注。前辈学者已注意到，"诗的发展比学术思想的变迁要更复杂一些，诗风的转变与学风的转变也不尽一致"[1]，那么诗学史的发展与学术史又有着什么样的纠葛呢？我们都知道，梁启超《近世之学术》一文将清代学术析为四期：第一期顺、康之间，学术的中心是程朱陆王问题；第二期雍、乾、嘉之间，学术的中心是汉宋学问题；第三期道、咸、同之间，学术的中心是今古文问题；第四期光绪之间，学术的中心是孟荀问题、孔老墨问题[2]。这当然是只就不同时期的学术热点而言的，如果从思想史视角来划分，则第四期应该说是中西或新旧学问题；而若从学风的嬗变着眼，那么王国维的看法更堪称精辟："国初之学大，乾嘉之学精，而道咸以来之学新。"[3] 所谓大，所谓精，所谓新，盖就学术的气象而言。

顺、康之际的学术，极具博大恢弘的气象，这已为思想史学者所公认，其核心在于经世致用的理念、批判心学的立场、倡导实学的趋向。黄宗羲、唐甄的挑战君权，颜元、李塨的崇尚实践，阎若璩的疑古考信，钱澄之、傅山的表彰子学，万斯同、谈迁的究心明史，胡渭、毛奇龄的否定宋儒经说，朱彝尊的平章历代经义，费密的解构道统，溯源经旨，顾祖禹、梁份、刘献廷的研求地理沿革，梅文鼎、王锡阐的推考天文历算，顾炎武、李因笃、柴绍炳的审音辨韵……众多杰出学者的努力，汇成一股强劲的学术思潮，一洗王学空虚之风，更冲决程朱理学的樊篱，将晚明"通经学古"的思想融入以经学济理学之穷的学术潮流中，共同创造了清初学术强烈的现实精神和博大的气象。

① 马积高：《清代学术思想的变迁与文学》，第34页。
② 梁启超：《饮冰室合集·文集》第三册，中华书局1936年版。
③ 王国维：《沈乙庵先生七十寿序》，《观堂集林》卷二三，中华书局1959年版。

梁启超说顺治元年到康熙二十年的四十年，主要是遗老支配学界①。这一论断移用于诗学也很得当，只不过情况要复杂些。当时支配诗坛、发挥决定性影响的应该说是钱谦益、吴伟业、龚鼎孳、施闰章、冯溥、曹溶、徐乾学等由明入清的达官，顾炎武、黄宗羲、冯班、冒辟疆、申涵光等遗民作家基本处于边缘位置。但这身份的差异并不决定各自的艺术倾向，宗唐主宋主要取决于其家族、地域传统及个人趣味，这使诗坛格局变得错综复杂，时尚总是在对立和冲突中形成，而诗坛总体呈现开放和多元化的态势：宗宋者或推崇陆游，或推崇苏黄，宗唐者或以盛唐为归，或以昆体为尚，或专学杜甫，或兼取中唐，趋向不一，百花齐放。相对创作观念而言，诗歌理论、批评及研究的工作主要是由遗民群体完成的。以顾炎武、黄宗羲、王夫之、冯班、贺裳、吴乔、叶燮为代表的诗学家，从各个层面对诗歌本体和技术理论作了深刻的研究。他们的诗学因贯穿着经世致用的现实性、崇尚独立的批判性和注重实证的科学性而显出闳通的视野和深刻的历史感。

随着四方平定和武功告成，清廷感觉天下已定，开始将文治提到议事日程上来。康熙十七年（1678）正月二十三日，诏荐举"学问渊通，文藻瑰丽"之士，开博学宏词科，可以说是清朝政治转型的分水岭，也是文学风气发生转变的一个关键。是日著名诗人王士禛以"诗文兼优"破例由部曹擢为翰林侍读，成为有象征意义的事件，向人们传达了一个君主"锐意向用文学之士"的信号②。康熙二十一年（1682）八月，玄烨在与日讲官论学中接受"道学即在经学中"的思想③，"立政之要，必本经学"④从此成为朝廷政治决策的基本思想。直到康熙末年，玄烨仍重申"治天下以人心风俗为本，欲正人心，厚风俗，必崇尚经学"⑤。朝廷推尊朱子而将理学经学化的结果，使学术的经济取向、现实取向日渐淡化。而康熙十八年（1679）的博学宏词科，网罗大批遗老名士，开《明史》馆，多少收到了怀柔的效果。终康熙一朝，诏命编纂艺文类大书数十种，鼓吹盛明，揄扬鸿业，将朝野学术日益推向艺文的方向。在一派鼓吹盛明、揄扬

---

① 梁启超：《中国近三百年学术史》，第 17 页。
② 详见蒋寅《王渔洋事迹征略》康熙十七年，人民文学出版社 2001 年版。
③ 《康熙起居注》二十一年八月初八日，中华书局 1984 年版。
④ 《清圣祖实录》卷一一三，康熙二十二年十二月乙卯条。
⑤ 《清圣祖实录》卷二五八，康熙五十三年四月乙亥条。

鸿业的氛围中，宋诗风有些不合时宜，遭到"非盛世清平广大之音"的批评。初踞文坛中心的王士禛，听从徐乾学的劝告，适时地调整了自己的立场，通过编选唐诗，重新塑造和阐释自己的诗歌观念，用"神韵"的旗号标举一种与盛世相匹配的清明广大之音。需要指出的是，"神韵"在王渔洋诗学中是个包容性很大的概念，支撑它的骨干乃是格调派的家数，像明代格调派诗家一样，王渔洋也是通过对历代诗歌艺术的剖析将抽象的审美理想表达出来的。王渔洋的创作成就如何评价，可以另说，但他的诗学我认为是有集大成意义的。王渔洋写作诗话虽不是最多，但发明理论问题之多、研讨前代诗学之深、评论历代诗家之众，在古代诗论家中首屈一指。在这一点上，王渔洋诗学和顾、黄、王等大师的学问一样，都有博大的气象和集大成的色彩，典型地体现了清初学术的特征。研究者似乎还没有注意到这一点。

正像学术史所显示的，清代学风与朝廷的文化政策密切相关。康熙前期的文坛气氛应该说还是比较宽松的，当时诗选中所收的大量寄托故国黍离之思的作品也表明了这一点。后期文网日密，戴名世《南山集》案的酷烈（康熙五十二年，1713）让文人们感受到文字狱恐怖的逼近，清初以来的经济之学渐变为专注于经史考证和文字训诂的乾嘉朴学。今人论乾嘉学风，往往一面推崇其考证之不可企及，一面又贬斥其饾饤琐碎，不关世用。这种单纯从实用性来评价知识的浅薄态度，是近代以来中国文化最大的病根，它导致了学术精神的沦替，最终使学术丧失追求真理的信念和勇气。从实用性出发，就看不到，任何真正的知识追求，都会培养起科学和进步的观念，最终转化为思想建设的成果。乾嘉时期最有建设性的思想成果，不是出自他人，恰恰出于乾嘉学风的代表人物戴震。戴氏之学涉猎极广，但对弟子段玉裁说："吾生平著述之大，以《孟子字义辨证》为第一，所以正人心也"。当时将戴震与惠栋并称，以为惠氏之学求其古，戴氏之学求其是。① 焦循也认为"其生平所得，尤在《孟子字义》一书，所以发明理道性情之训，分析圣贤老释之界，至精极妙"。② 焦循《孟子正义》较之训诂也更侧重于阐发义理，看他论戴震此语即知绝非学究之言。文集中《封建议议》一文，论顾炎武《封建议》的迂阔不可行，胆识俱

---

① 任兆麟：《戴东原先生墓表》，《有竹居集》卷一〇，道光刊本。
② 焦循：《国史儒林文苑传议》，《雕菰楼集》卷一二，文选楼丛书本。

足，也绝非学究眼界可及。从整体上看，乾嘉学术的经史考证和文字训诂都有义理贯穿其中，只不过具体到每个学者，容有见识高下而已。焦循《辨学》论当时治经之派有五：一曰通核，二曰据守，三曰校雠，四曰摭拾，五曰丛缀。诗学中也有这五派，核通以袁枚《随园诗话》、赵翼《瓯北诗话》为翘楚，据守有田同之《西圃诗说》、薛雪《一瓢诗话》等发挥师说，校雠如吴景旭《历代诗话》、黄之纪《古诗刊误》，刊订故籍，摭拾以蒋澜《艺苑名言》、卢衍仁《古今诗话选隽》、蒋鸣珂《古今诗话探奇》最为通行，而丛缀之作尤为丰富。据焦循说，丛缀之学"博览广稽，随有心获，或考订一字，或辨证一言，略所共知，得未曾有，溥博渊深，不名一物。"照宋人的说法，"诗话者，辨句法，备古今，纪盛德，录异事，正讹误也"（许顗《彦周诗话序》），其体裁大抵就是丛缀。乾隆间论诗之书，自汪师韩《诗学纂闻》、马位《秋窗随笔》以降，不仅更多辨证考订的朴学色彩，还热衷于研究和讨论专门性的问题，其中最引人注目的就是古诗声调论，出现多种订补和商榷《声调谱》的著作。终乾隆一朝，尽管性灵派的创作观念风靡一时，对诗学传统和成规多有颠覆，但诗歌批评和研究中还是实证学风占主导地位，清代诗学理论命题的深化和技法的深入研究主要是在这一时期，高密李氏兄弟的诗话可视为代表性的成果，可惜一直不为世人所知。正像学术一样，清初学者只是提出了许多问题，尚未及深入探讨，学风也不够细致，经乾嘉时代的穷研细讨，清学方开花结果。

嘉道之际，清代社会经历由盛转衰、由封闭到被迫开放的剧变，学术显露出由常州今文经学引发的经世致用之学复兴的新动向。主宰学林数十年之久的汉学因日趋琐碎和封闭而为人诟病，宋学重新抬头并演成汉、宋合流的趋势。当时的思想界，表面上虽由江藩《国朝汉学师承记》、《国朝宋学渊源记》与方东树《汉学商兑》的对峙引发了激烈的汉宋学之争，但经学的主潮却涌动着调和汉、宋的倾向。胡培翚《答赵生炳文论汉学宋学书》强调，"汉之儒者未尝不讲求义理，宋之儒者未尝不讲训诂名物，义理即从训诂名物而出者也"，只因所处时代不同，所谓"运会使然，非其有偏重也"。[①] 这种看法在当时很有代表性，嘉、道以后"汉宋之学当并存而不可偏废"基本成为学界的共识。[②] 不仅如此，在宋明理学和心学

---

① 胡培翚：《研六斋文集》卷五，光绪四年世泽楼重刊本。
② 金锡龄：《上林月亭先生书一》，《劬书室遗集》卷一一，光绪二十一年刊本。

之间也出现了调和的倾向。秦瀛批评当世学者"宗朱者黜陆,宗陆者又黜朱"的门户之见,说:"理学心学歧而为二,此后儒之谬论也。白沙于静中养出端倪,甘泉随处体认天理,阳明之致良知,其后虽不能无敝,要未可以心学少之。"① 与此相应,文学领域也出现不同观念由冲突到融合的倾向,文章写作中流行不拘骈散的主张②,诗论中则有兼取神韵、格调、性灵,调和唐、宋,折中天分、学力的议论。丁繁滋《邻水庄诗话》述其师语云:"近日学诗者或主神韵,或主格律,或主性灵,其实不可偏废也。"③ 沈道宽《六义郛郭》进一步申论:"谈诗者之聚讼,无过性灵、格律,二者不可偏废也。舍性灵而言格律,是为土木形骸;舍格律而言性灵,必至缅弃规矩。"④ 至于"论诗不界唐宋,惟以得性情之真者为宗"⑤,"诗境须探造化源,唐音宋派且休论"⑥,"有才而无学,不足为才;有学而下笔无神,亦不足为学"⑦,乃是当时流行的论题。无论艺术趣味、风格抑或师法门径,嘉道间总体上都显示出折中和融合的倾向。当然,折中与融合从另一个角度说也意味着平庸和缺乏独创性,嘉道之际经世致用之学的复兴没有在诗学中产生什么回响,倒是如前文所说,记录性成了嘉道以后诗学的主流,论才较艺退居次要位置,感旧怀人、阐幽表微乃至标榜风流成为诗话的主旋律。这似乎是与理论创造力的萎缩相表里的,诚如章实斋所言,"论文考艺,渊源流别,不易知也。好名之习,作诗话以党伐同异,则尽人可能也",这可以解释为何到这一时期诗话作品数量激增。实斋"挟人尽可能之笔,著惟意所欲之言"的批评,用于嘉、道时期的诗话才最恰当。

　　咸丰以后,清代社会进入剧烈动荡的时期,学术也日新而多歧。梁启超说光绪间学术的中心是孟荀、孔老墨问题,乃是就学术史立论,若就学风的嬗变而言,则中、西学之争是咸丰后的核心问题。咸丰九年(1859)开始外洋通商,十一年(1861)清廷设立中国历史上首个相当于外交部的总理各国通商事务衙门,以务实的态度对待国际事务;同治六年(1867)

---

① 秦瀛:《小岘山人续文集》补编《论学》、卷二《唐陶山独坐图像赞》,道光刊本。
② 参看曹虹《清嘉道以来不拘骈散的文学史意义》,《文学评论》1997 年第 3 期。
③ 丁繁滋:《邻水庄诗话》,日本内阁文库藏嘉庆二十一年刊本。
④ 沈道宽:《话山草堂遗集·杂著》,光绪刊本。
⑤ 刘绎:《郭羽可舍人诗集序》,《存吾春斋文钞》卷一,同治刊本。
⑥ 王庆勋:《论诗》,见李家瑞《停云阁诗话》卷十二,咸丰刊本。
⑦ 陈仅:《继雅堂诗集》蒋湘南序,道光二十七年刊本。

设同文馆，聘请西人教习西语西学，虽士大夫阶层尚有抵触情绪①，但举世风气已为之一变。以致时人感慨："今之以学外夷为经济者，遍天下皆然。其始盖犹以汉学为名，近且公然横议，号曰西学。"② "盖自寇乱平而洋教兴，儒生诵习，亦惟时务是趋，人人骛于功利矣。"③ 这可以说是清代社会进入变革时期的显著标志。士大夫竞讲新学，议富国强兵之道，社会风气从而变得自由开放，文学研究也在西学的刺激下开始其近代化的历程。咸丰以后的诗学，根据论者的立场形成两派，一是沿清诗主流而来、发挥宋诗精神的同光体，一是以黄遵宪、谭嗣同、梁启超等为代表的学龚自珍、力图挣脱传统羁绊的新诗派。前者无论在内容上还是在形式上都继承了前代诗学的传统，在古典趣味中确立自己的诗歌理想（如陈衍的"三元"说）；后者则是"诗界革命"的摇篮，直接催生了新文学运动的萌芽。戊戌维新后，梁启超的报章文体风靡一时，文学批评从内容到形式的巨大变革藉新兴的大众传媒之力迅速传播，最终实现中国诗学近代化的转型。

第四节 清代诗学的研究方法

一 现有清代诗学研究的局限

一个学者在着手进行一项重要的研究时，都要思考和确立自己的研究方法，虽然未必在完成的论著中加以说明，但他的研究实践已体现思考的结果。我想在此将自己的研究方法略作说明，是鉴于这项研究毕竟是规模较大的工作，而且以后还要继续做下去，来自同行专家的验证和批评将是我下一步工作的重要参考。

我为自己确定的研究方法首先基于对现有研究的反思，最主要的是对单一观念史视角的不满足。正如前文所说，清代诗学无比丰富的文献为研究者提供了良好的条件，我们本可以充分利用这一有利条件，对它作一番较前代更为深入的探讨。然而情况并非如此，一方面由于文献庋藏星散，

---

① 林传甲《筹笔轩读书日记》光绪二十六年（1900）七月二十八日："同文馆初设，士大夫相戒不入肄业；总理衙门初设，士大夫相戒不考章京。积习相沿，遂始不同心，终无成效。"商务印书馆1914年版，第136页。

② 孙葆田：《答夏涤庵书》，《校经室文集》卷三，刘承干刊求恕斋丛书本。

③ 孙葆田：《复徐季和先生书》，《校经室文集》卷三，刘承干刊求恕斋丛书本。

阅读不便，另一方面也是更主要的原因，是诗学研究中的单一观念史视角的影响，丰富的清代诗学文献并没有被很好地阅读和使用，在批评史或诗学名义下被触及的材料和内容实际还只是文献资源的一小部分。依照中国的传统观念，我理解的"诗学"的概念包括诗歌文献、诗歌原理、诗歌史、诗学史、中外诗歌比较五方面的知识和研究①。而通观现有的清代诗学研究著作，一般只涉及创作观念，即属于诗歌原理和诗学史的部分内容，这使得清代诗学极为丰富的细节被有限的概念所遮蔽，一方面忽略了太多的问题，而另一方面又过于注意某些问题，以致一般性的问题不断重复，而许多特殊的现象、专门的问题却排除在视野之外。比如清初诗论对"真"的强调，套用朗松的一句话说，"标榜自己有求真的癖好，这是司空见惯的了"②，但视角既锁定在创作观念，就不能不一而再，再而三地讲到，还有神韵、性灵、格调、肌理……而像古诗声调学、诗歌编撰、注释学、地域诗话这些属于清代诗学的独特问题却视而不见，结果导致一个时代的诗学被描述为对若干个审美概念的阐述、响应和批评。这样一种单一视角建构的诗学史，内容和结构必定是线性的、简单的，新著作的增加往往只是旧问题的重复，而不是新问题和新的历史序列的展开，目录呈现的是相似的人物、思潮、时序，是似曾相识的历史叙述。

现有论著的单一视角不只取决于学术观念，也与对待文献的态度有关。大家都浩叹，清代文献太多了，难以穷尽，这本应成为激励我们去搜罗、研读文献的动力，但遗憾的是迄今为止清代诗学的资料挖掘和使用都极为有限，我们对清代诗学史的认识基本还停留在印象阶段。一些结论虽不能说错，但一加深究，往往缺乏有力的文献依据和实证研究。描述一种风气的兴起递转，二三十年的时间，在学者笔下常一挥而过。三十年时间，那就是全部现代文学史的长度啊。三十年的时间可以发生什么呢？我们只要想想 20 世纪最后二十年，从 80 年代初的伤痕文学，到寻根文学，到朦胧诗群的美学原则新崛起，到后朦胧诗的再兴，到新写实，到眼下的美女文学、"下半身写作"，风会流转，历历在目。以今例古，三百年前的清代虽不如今天信息传播之速，但诗坛风潮的演变也必有起讫原委。不努

---

① 参看蒋寅《中国诗学的百年历程》，收入《中国诗学的思路与实践》，广西师范大学出版社 2001 年版。

② 昂利·拜尔编：《方法、批评及文学史》，徐继曾译，中国社会科学出版社 1992 年版，第 502 页。

力探究、还原历史过程和历史语境，怎能获得有价值的认识，给予适当的评价？关于叶燮《原诗》的时代特征，有的人强调它"从理论的高度平息了唐宋诗之争"，说在叶氏同辈和晚辈的讨论中，作极端之论者大大减少；又说"王士禛选《唐贤三昧集》，提倡神韵说，看来不仅宗唐，且主要宗王、孟一派，然他在《戏效元遗山论诗绝句》中说：'耳食纷纷说开宝，几人亲见宋元诗。'又俞兆晟《渔洋诗话序》记王氏自言'论诗凡屡变'，'少年初筮仕时，唯务博综该洽，以求兼长……入吾室者，皆操唐音'，'中岁越三唐而事两宋'，后来见到'清利流为空疏，新灵寖以佶屈'，才有'《唐贤三昧》之选，所谓乃造平淡时也'。这些话不尽实，他的诗始终主要宗唐，所谓'事两宋'则如施闰章所说：'阮亭盖疾夫肤附唐人者了无生气，故间有取于子瞻，而其所为《蜀道》诸诗，非宋调也。'（《渔洋续诗集序》）"① 这就属于未深考文献而导致的评价失当，王渔洋不但确有《蜀道集》的学宋诗实践，还在康熙十六年（1677）前后提倡宋诗，煽起一股学宋诗的时尚②。康熙二十五年（1686）刊行的叶燮《原诗》正是宋诗风炽盛之际的产物，它不是要平息唐宋诗之争，而是借此风潮将宋诗提升到与唐诗平起平坐的地位。王渔洋《戏仿元遗山论诗绝句》作于康熙二年（1663）作者三十岁那年，是他初读宋元诗时的感想，也是后来提倡宋诗的前奏，而选《唐贤三昧集》却已是康熙二十七年（1688）他经过反思决定返回唐音之后的事了。其间的时序不弄清楚，评价就不得要领。

　　诗学史上的理论问题，都是在历时性的过程中展开的，不理清历史线索，还原历史语境，孤立地看问题，就很容易流于隔靴搔痒，抓不住问题的实质。以吴乔诗学为例，吴氏因年辈较长，批评史著作论述其诗学，概置于王渔洋之前。实则吴乔《围炉诗话》始撰于康熙二十年（1681），二十五年编成，其中不少议论乃是针对王渔洋提倡宋诗而发，"清秀李于麟"的说法，前人一致认为是指王渔洋。相反，王渔洋的神韵论早在顺治年间即萌其端，到康熙初已大体形成，从诗学史的逻辑说，王的位置当然应在吴前。可问题远非如此简单，有学者指出王渔洋神韵之说乃是吴乔"文章实作则有尽，虚作则无穷。风骚多比兴，是虚作；唐诗多宗风雅，所以灵

---

① 马积高：《清代学术思想的变迁与文学》，第 57 页。

② 参看蒋寅《王渔洋与清初宋诗风的兴替》，《文学遗产》1999 年第 3 期。收入《王渔洋与康熙诗坛》，中国社会科学出版社 2001 年版。

妙"的嗣响①。这本是个想当然的推测,因为王渔洋根本没看过《围炉诗话》,目前也没材料证明王渔洋曾接触过吴乔的诗论。然而我对王渔洋事迹的考察却使这一推测得到依据,盖王渔洋因提倡宋诗产生流弊而重新标举唐诗,编集多种古唐诗选本以示尊唐立场,其直接动因乃是徐乾学的劝导。这是康熙二十二年(1683)的事,而吴乔康熙二十年(1681)冬曾客徐乾学宅,《围炉诗话》正是吴乔与徐氏子弟谈诗的笔录。吴乔的观念会不会通过徐乾学间接地影响到王渔洋呢?这无疑是一个值得探究的问题,弄清它有助于了解吴乔诗学的实际影响及王渔洋诗学发生转向的具体过程。另一个有意思的例子是李重华《贞一斋诗说》和袁枚诗说的关系,郭绍虞先生曾论之:

> 重华与沈德潜、袁枚同时,而其论诗既不如沈氏之拘,也不同袁氏之放,本之性灵,润以格律,能于二家外别树一帜,亦豪杰独立之士。其论诗宗旨虽出于张匠门,而与叶燮同里,又深受叶氏影响。至所自得,又与赵执信相近。故能尽吸诸家之长而无其偏执。书中如最忌轻薄诸条,近于暗斥袁枚。而袁氏《随园诗话》反多称引其说,甚至有直袭其语,攘窃以为己有者,可见对于袁枚诗论互有异同之处。②

此说辨析甚细,似言之成理。但考之李重华与袁枚年辈则不合。李重华(1682—1755)是雍正二年(1724)进士,少从王渔洋弟子张大受游,又曾向赵执信请教诗学,沈德潜序其诗,盛称其才,可以说是康熙诗学向乾隆诗学过渡时期的重要人物。李重华长袁枚(1716—1798)34 岁,乾隆七年(1742)袁枚入仕时李已届花甲。袁枚声誉大起及轻薄为文已在中年以后,这可参看王英志先生《袁枚评传》。而据郭麐说,"国朝之诗,自乾隆三十年以来风会一变,于时所推为渠帅者凡三家"③,即袁枚、蒋士铨、赵翼。此时李重华早已下世,由此知其所斥轻薄者绝不会是袁枚。袁枚诗话中称引李重华之说,固有引为同调之意,但李重华的议论可以断定是与袁枚无关的。弄清这一点,再来看李重华诗学,就不是和袁枚同时,

---

① 龚鹏程:《清初诗坛比兴观概念说》,《读诗偶记》,华正书局1982年版,第194页。

② 吴宏一:《清代诗学资料的鉴别》,《清代文学批评论集》,联经事业出版公司1998年版,第9—11页。按:上海古籍出版社1979年版已改为"隐隐是对袁枚讲的",见第514页。

③ 郭麐:《灵芬馆诗话》卷八,嘉庆间家刊本。

互有异同的问题，而是袁枚如何受其影响的问题了。至于郭先生《中国文学批评史》说沈德潜《说诗晬语》许多看似对性灵说不满的话"大致都是对袁子才发的"，则吴宏一先生已考沈书撰成年月而辨其误①。浏览现有的清代诗学研究论著，谈到清代中期或乾隆朝的诗学，一概分列格调、性灵、肌理三派而论之，但对三派的消长和对立、冲突，鲜有深入历史过程去进行考察的，这导致现有的一些结论给人简单化和印象化的感觉，经不起细致的推敲。

经过十年多的清代诗学研究，我深切地感到，如何理解批评史上的理论问题，如何提出问题、进入问题，甚至如何看待和利用文献资料，已不是个简单的研究方法问题，而是关系到批评史学科定位和学术观念的根本问题了。这促使我在开始撰写清代诗学研究专著之前，首先确定自己的研究思路和视角，确定自己将如何接触并进入清代诗学的历史中，去把握那曾经存在过的时间过程以及人们思想和著作的成果。

二　进入过程的诗学史研究

诗学史研究属于历史研究的范畴，事实和过程的清理是认知的重要环节。就传世文献之丰富而言，明清乃是文学史研究条件最优越的时代。宋元以前资料有限，文学史事实的充分认识终究是可望而不可即的。只有到明清两代，我们才得以占有大量的作品，驱使浩瀚的典籍，从容揭开时间的帷幕，迫近地观察各种复杂的文学事件和文学现象，真正进入到文学史的情境中去，实现一种"进入过程的文学史研究"②。

正如前文指出的，清代诗学文献较以往任何时代都远为丰富，不仅数量大，而且种类繁多，为研究者提供了丰富的素材。拥有如此优越的条件，我们应该虔诚地领受历史的格外恩惠，最大限度地发挥文献丰富的优势，首先在事实层面上接近历史。的确，一些历史细节的究明，有时会改变我们对整个历史走向的认识。例如王渔洋和钱谦益的关系，论者一般都据牧斋《渔洋诗集序》和《古诗一首赠王贻上》，论定二人作为两代文坛盟主的"代兴"关系。但我通过书信、诗作、笔记、评点等多种材料细致研究两人的交往经过，发现王渔洋自始至终都在回避与钱谦益正面接触，

---

① 郭绍虞：《清诗话》前言，上海古籍出版社 1978 年版。

② 参看蒋寅《进入"过程"的文学史研究》，《山西大学师范学院学报》2001 年第 1 期。收入《王渔洋与康熙诗坛》，中国社会科学出版社 2001 年版。

钱去世后他又多方面批评其学术和诗学，力求在诗学观上与之划清界限。这就是说，王渔洋在清初诗坛，不是以继承钱谦益的衣钵而恰恰是以反钱谦益诗学的姿态竖起自己的旗帜的。弄清这一事实，有助于我们深入地理解清初诗学的走向。又如王渔洋和赵秋谷的关系，经我细考，也辨明赵对王的批评大多不是起于诗学观的分歧，而是出于个人意气，基本不能成立。这就明确了赵执信对王士禛诗学是发展而非反拨的关系，对赵在清初诗学中的地位作出接近历史的评价。这种进入"过程"的诗学史研究，可以排除诗学史问题中的非诗学因素干扰，使问题的核心清楚凸显出来。

　　进入过程的诗学史研究，不只意味着对诗学史上重要人物和事件的细致描写，更重要的是对诗学在理论建构和批评实践上展开的各个层面进行多角度的透视。从这一意义上说，诗学史研究乃是一项包含观念史、批评史、学术史，融三者为一体的综合研究：观念史是体现诗学发展方向的主导性线索，批评史是诗学实践的具体展开，学术史则是二者的整理和充实。以古代文论的传统言说方式——"生命之喻"来表达，则观念史为精神，批评史为骨骼，学术史为肌肤。其中渗透着文学史与思想史、文化史的交流和互动，而将理论问题历史化是贯穿于其中的基本观念。1997 年 9 月我在日本九州大学的中国文艺座谈会上报告《王渔洋与清初宋诗风气》一文，与会者对我按年代讨论问题的方式颇感兴趣，我曾申述了这一研究思路。这也是我对整个中国诗学史研究的基本思路。历史化不只是理解和建构批评史的保证，也是阐释和建构观念史的前提。一种观念或学说，仅从它自身平面地、孤立地看，经常是不能充分认识其理论内涵和现实意义的。曾读《蒙文通学记》，载欧阳竞无读《俱舍论》三年不能通，沈曾植指点他："君当究俱舍宗，毋究俱舍学。"欧阳竞无先取《俱舍》前书读之，再取其后书读之，最后取同时各家书读之，三阅月而《俱舍》之义灿然明白①。这就是研究观念史的历史方法。钱钟书先生批评《随园诗话》"无助诗心，却添诗胆"②，我以前读袁枚及性灵派作品，也觉得其创作有价值而诗学殊不足观，如今读过前后一些书，看法全然改变。的确，一种诗学思潮或观念原是在与他者的区别中成立的，其理论意义当然只有在一定的历史过程、历史情境中才浮现出来。诗学史研究因而在很大程度上具

---

① 蒙文通：《治学杂语》，载蒙默编《蒙文通学记》，生活·读书·新知三联书店 1993 年版。
② 钱钟书：《谈艺录》，中华书局 1984 年版订补本，第 205 页。

有学术史的性质，带来实证性的要求。当然，注重理论问题的历史化及实证性研究，在浩繁的文献面前也面临着前人论学指出的一种危险："凡学之患，患于不能入，尤患于不能出。"① 就清代诗学而言，不怕读不尽资料，怕的是陷于资料中不能自拔，这要求研究者对问题的思考和文献的采集抱有一种警觉，既要重视历史线索的清理，又不能钻到牛角尖里出不来。不过在现阶段，相对纠缠于历史细节，缺乏阔通的史识来说，我以为更难得的是对诗学史的建构保持冷静而通达的平常心。

对于历史研究者来说，最大的满足莫过于看到自己的历史叙述呈现一个清晰而完满的结构，理论史更是如此。一个时代、一个民族的理论史，能在自己的笔下显示出富有条理、逻辑清晰的历时性结构，作者会视为最大的成功。我心底也一直怀有这种憧憬。但事实是，正像历史学家所说的，"我们对过去了解得越多，就越不容易对其加以概括"②。清代文献所展现的历史现象的复杂性以及自己能力的薄弱，经常使我难以从历史中辨认出某种合目的性的逻辑过程，无法把握其结构的有机性和完整性。在这种情况下，我宁愿放弃营构体系、追求逻辑完整的理想，而老老实实地将自己所看到的现象、所感觉到的问题记录下来。这一方面是惩于陈寅恪先生的论断"其言论愈有条理系统，则去古人学说之真相愈远"③，同时也是鉴于胡适先生的教训："凡治史学，一切太整齐的系统，都是形迹可疑的，因为人事从来不会如此容易被装进一个太整齐的系统里去。"④ 郭绍虞先生的《中国文学批评史》将王夫之归入神韵派，叶燮归入格调派，赵执信归入性灵派，所以受到"只取某诗论者之部分诗见而径以为系其整体诗见"的批评⑤，即与郭著受铃木虎雄《支那诗论史》影响，欲以神韵、格调、性灵三派统摄明清诗学流变的基本思想有关。王、叶、赵三家诗学在我看来都是很独特的，我也不知道该归于何类何派，只好单独处理。类似的例子还有一些，在论清初江南诗学的一章，若干互不相关，见解不一

① 陈庆镛：《吕西村类稿序》，《籀经堂类稿》卷一一，光绪九年刊本。
② 海登·怀特：《后现代历史叙事学》，陈永国、张万娟译，中国社会科学出版社2003年版，第171页。
③ 陈寅恪：《金明馆丛稿二编》，上海古籍出版社1980年版，第247页。
④ 罗尔纲：《师门辱教记》，建设书店1944年版。转引自陈平原《中国现代学术之建立》，北京大学出版社1998年版，第192页。
⑤ 杨松年：《中国文学评论史编写问题论析》第五章"评中国文学批评史之著作"，文史哲出版社1988年版，第309—311页。

致的诗论家排放在"江南"这一地域概念下，好像有点零乱。但我看到的情形就是如此，大家置身于共同的舞台，却唱着不同的歌。一一加以罗列，付以枝枝节节的论述，虽不免骈杂和缺乏条贯，却可以避免为追求历史线索的明晰和自足而付出牺牲历史丰富性的代价，起码可以为学界提供一些资料线索，提出进一步思考的问题，像前贤所说的"使知吾所取者有可损，而所不取者必非其事与言之真而不可益也"①。

基于上述认识，我对诗论家及诗论的取舍就着眼于他们在诗学史上的实际意义，而不在其名望和著作形式。比如宋荦是清初著名诗人，《漫堂说诗》作为论诗专著也很有名，但我并没有专门讨论他的诗学，只是在论宋诗风消长时涉及。出于同样的考虑，今人著作涉及一些诗家，如广东的岭南三大家，江南的龚鼎孳、吴嘉纪、杜浚，北方的申涵光、傅山、孙枝蔚，他们的诗学我都没有专门讨论，因为我觉得他们没有形成独特的诗学见解，在当时也没产生特别的影响，当代学者既有论述，我就不再花费笔墨了。相反，像归允肃这样的古文家，既无论诗专著，也不以论诗著名，我却要在清初江南诗学论里专门谈一下他对诗歌的见解。在清代流传很广的闽人游艺的《诗法入门》虽是浅俗的启蒙读物，但在整合传统诗学的知识体系上具有特殊的重要意义，我也要专门论述它的理论价值。在乾隆诗学里，我要着重谈一谈桐城派姚鼐的诗学、李锳、李兆元父子的诗歌声律学，在嘉、道诗学里我要着重谈以李怀民兄弟为首的高密诗派的诗学、汪端的女性诗学、梁章钜的郡邑诗话，这些都是以往的著作中不曾提到的②，也是我认为特别有意义的。

但问题是，历史研究发展到今天，学者们对历史的理解已和传统观念有了很大的不同。兰克在19世纪30年代将史学的基本观念表述为"如实地说明历史"，而到克罗齐则宣称一切历史都是当代史，科林伍德又说"一切历史都是思想史"，"历史就是一个对这种思想的历史进行研究的历史学家，在自己脑子里把这种思想重新加以组织的过程"③。历史及其认知的客观性权威已被彻底颠覆，人们不得不同意，历史是叙述，是一种话

---

① 方苞:《万季野墓表》引万斯同语,《方苞集》上册,上海古籍出版社1983年版,第333页。

② 关于高密诗派,汪辟疆先生有《论高密诗派》(《中华文史论丛》第二辑)一文,但主要是谈诗歌创作,未涉及诗学,盖汪先生也未见李氏兄弟所撰诗话稿本。

③ 参看爱德华·霍列特·卡尔《历史是什么?》第一章"历史学家和历史学家的事实",吴柱存译,商务印书馆1981年版。

语的重构①。这种重构在多大程度上接近过去发生的事实过程，取决于史家的眼光。汤因比在谈到历史学家的认识局限时说："客观上人都要死，而主观上又很难预见从长远的观点来看究竟什么是重要的东西；这样一来，要区分信号和闹声，对历史学家来说也就是异常困难的事。"② 海登·怀特更针对学术史学者的局限指出："如果历史学家自身就是历史的实践者的话，他很可能隶属于该领域的某个学派，因而就会带有偏见；而如果不是历史的实践者，他就不大可能有足够的经验，来区分这一领域发展过程中的重要或不重要的事件。"③ 这两种人的局限也可以说就是我们和清代诗学家的局限，他们置身局中固然不可能摆脱偏见，而我们置身局外却也很难看清局中的云谲波诡。清代诗论中的所有声音，对于我也是难以区别的信号和闹声，很难确定什么样的取舍是合理的，即使像汤因比说的"把他的牌都摊在桌子上"，牌也终究是摊不完的，历史写作最终不外是选哪些牌摊出来的问题。在这一点上，我倾向于卡尔的看法："历史学家对过去的解释，他对于有意义的和有联系的东西的选择，是随着新目标在前进中的不断出现而改进的。"④ 我研究和写作清代诗学史的动机是回应近年学界议论的中国文论"失语症"问题。鉴于中国诗学在比较诗学中本钱越比越薄的形势，我首先想通过我的研究约略展示中国诗学博大精深的体系和无比丰富的内容。相对于创作观念，我更注重诗学理论和批评、研究在清代的发展。清人如何整理、接受、阐发前人的诗学遗产？他们如何发展、深化既有的概念、范畴和理论命题？他们提出了什么新鲜的理论和见解？清代诗学在学术方式和方法论上具有什么样的特征？这给它带来了什么样的成功和失败的结果？清代诗学是如何开始其现代化过程的？这所有的问题归结为一点，就是清代诗学是在一个什么样的过程和框架中展开的，我的着眼点正在这里。

最后我还想对本书的写作体例作一点说明。作为一部合观念史、批评史和学术史为一体的诗学史，本书的视角基本落实到学术史的层面。这不仅由于清代诗学的学术特征从学术史的角度看具有特别重要的意义，也由

---

① 对这一点，海登·怀特的《作为文学仿制品的历史文本》（1974）有很完整的表述，收入《后现代历史叙事学》。

② 田汝康、金重远编：《现代西方史学流派文选》，上海人民出版社 1982 年版，第 131 页。

③ 海登·怀特：《后现代历史叙事学》，第 169 页。

④ 参看爱德华·霍列特·卡尔《历史是什么?》，第 135 页。

于我认为清代诗学的丰富文献只有用学术史的眼光来审视才能进行有效的淘汰，真正掘发出具有历史价值而又属于清代诗学的理论和批评成果。从学术史的角度来要求，本书应该具备梁启超提出的著学术史的四个必要条件："第一，叙一个时代的学术，须把那时代重要各学派全数网罗，不可以爱憎为去取；第二，叙某家学说须将其特点提挈出来，令读者有很明晰的观念；第三，要忠实传写各家真相，勿以主观上下其手；第四，要把各人的时代和他一生经历大概叙述，看出那人的全人格。"① 为了节约篇幅，同时也为了论述的连贯，本书没有叙述所涉及人物的生平事迹——除非是不太出名的人物或有特别的需要②，但在叙述某些历史时期的时候增加了一种写法，即将一个时代的重要问题叙述出来，这是考虑到清代诗学的复杂性和各历史时期的不均衡性。无论哪个时代，都有一些问题是诗坛共同关注的热点，众多论者参加讨论，形成规模不等、见解不一的论争。比如古诗声调问题，自乾隆初《声调谱》行世后，曾引起诗坛的强烈关注，众多论者加入对古诗声律问题的讨论，或赞同，或反对，或拾遗补缺，在诗话和笔记杂著中出现不少有关议论，更出现若干种深入研究的专门著作③。这样的问题当然应该成为清代诗学史的重要章节，而类似的章节将改变以人为纲的传统学术史结构，形成人与问题并行的复调结构。虽然在某种意义上说，历史就是叙述，但这叙述毕竟应贴合我们已知的事件及其发生过程。

　　以上就是我对清代诗学研究方法的一点思考以及对自己的研究模式、写作思路的一点说明。在没有成功的实践证明有效之前，所有的设想都是可疑的。对今天的科学家来说，选择一种理论或方法，仅仅是认为它们能够比其他已知理论或方法解释更多的事实，或者将同样的事实解释得更好，它们至少能与其他理论或方法一样好地受到检验，甚至更好，并且它至少与其他理论或方法一样经受得住这些检验④。我希望我的研究能够证明上述方法是有效的。

---

　　① 梁启超：《中国近三百年学术史》，第48页。
　　② 有了李灵年、杨忠主编的《清人别集总目》所附传记资料索引，检索清代作家的传记资料已变得非常方便。
　　③ 详见蒋寅《古诗声调论的历史发展》，《学人》第11辑，江苏文艺出版社1997年版。收入《中国诗学的思路与实践》，广西师范大学出版社2001年版。
　　④ 参看波普尔《科学知识进化论》，纪树立编译，生活·读书·新知三联书店1987年版，第50—51页。

第一章　清初诗学的主流话语

　　尽管自 20 世纪 80 年代以来，文学史的研究与编撰不断对以王朝起讫划分文学史段落的分期模式提出质疑，但我认为这种看似依附于政治史的文学史分期仍是有其理由的。公元 1644 年崇祯皇帝自缢于景山，虽成为划分两个王朝纪年的象征事件，但在当时的观念中，南明王朝的继立延续了朱明的正朔，意味着天命未移，从而维系了汉人的文化认同。直到康熙元年（1662）四月，南明永历帝朱由榔被缢杀于昆明，十一月南明监国鲁王朱以海死于台湾，明祚乃绝。虽然人们心目中的正统未必即祧①，但做旧朝遗民抑或新朝臣民，事实上已成为各色人等不可回避的角色选择。无论是累世簪缨的名门望族，或未食饩廪的布衣，还是受命于南明朝廷的孤臣孽子，抑或隐迹民间的抗清义士，从此都被迫开始考虑，自己究竟是做一个遗民，还是做一个臣民？无论做哪一种抉择，都意味着进入一个身份认同的过程，由拒斥到认同，由不适应到适应，逐渐完成改朝换代后全民的文化认同。与此相应，由于多种环境因子的作用，人们在认同新的文化身份的同时还必须接受新朝统治者的文艺政策及其美学趣味约束，从而在被迫接受和自觉调整中更新文学创作的风貌。

　　因此，改朝换代从来就不是一个简单的年代学问题，它往往伴随着复杂的文化认同、转型以及人们相应的政治立场与价值观的变迁。不难想见，在这场变迁中，文学作为记录和表达人们心灵活动的意识形态，是必定要产生全面的、不同层次的变革的。不同的是，明清易代带给士人的精

---

　　①　据《朝鲜李朝实录》记载，康熙六年三月商人林寅观等九十五人往日本贸易，遭风飘至朝鲜，其所持历书犹为南明永历二十一年，见吴晗辑《朝鲜李朝实录中的中国史料》下编卷二，中华书局 1980 年版。

神冲击比历史上任何一次改朝换代都要剧烈，所以明清之际的文学变革也比文学史上任何一次王朝更替所造成的文学变革更猛烈而深刻。亡国亡天下的悲哀激发了文化上兴灭继绝的紧迫感，也激发了思想上无比痛苦的历史反思。人们普遍认为，阳明学的空谈心性，不务实学，李贽等异端思想对儒学正统的颠覆，乃是明朝灭亡的祸根，而回顾经学、恭行实践，务为经世之学，修复儒学传统，就自然地成了清初思想、学术的主流。在这股传统重整和文化救亡的思想潮流中，诗学也部分地扮演了旗手的角色，打出呼应时代主潮的旗帜和口号。清初诗学对明代诗歌创作和诗学的反思，对诗歌传统的整合和重构，既是清初文化思潮的反映，也是其中的一个重要组成部分，在某种意义上，它也有力地参与了清初思想、文化和文学传统的重建。回顾以往的文学史和批评史，还从未出现过像清初诗学这样深刻的理论反省和自觉的理论建设。由反思和建构的意识出发，自然地形成了清初诗学的主流话语，它们不仅意味着文学家理性和思想的成熟，同时也意味着一个不同于以往的文学理论和批评时代的开始。

第一节　对明代诗歌创作和诗学的反思

一　诗学的反思时代

　　每一个文学时代面对前代的遗产，或多或少都会感到一些压力，从而产生"影响的焦虑"。摆在作家面前的首要任务，就是考虑如何接受、扬弃前辈的遗产，如何利用和超越既有的文学经验的积累，创造一种新颖的文学样式。但文学史进入清代，对大部分作家而言，似乎意外地没有感觉到这种传统的压力。原因是清初的文学语境，基本上不存在前辈取得巨大成就的感觉。明朝虽是个文化发达的时代，但相对通俗文学而言，传统文学或者说精英文学却无特别令人瞩目的建树，直到今天的文学史叙述，明代都不能摆脱传统文学创作中衰的形象，与之代兴的清代如何看它就更可想而知了。面对明代诗文的遗产，清初作家不仅略无"影响的焦虑"①，反而怀有破落户子弟式的强烈不满。在他们眼中，明代是文学盲目模仿而

---

　　① 孙康宜《成为典范：渔洋诗作及诗论探微》（《文学评论》2001年第1期）一文认为"晚明文人所面对的文学环境乃是一个充满了'影响的焦虑'的时代，他们的焦虑一方面来自于悠久文学传统的沉重压力，一方面也与当时文人喜欢各立门户、互相诋毁有关"。

迷失自我的衰落时代，不争气的上辈作家因不能自树立而使文学传统枯竭中绝。于是当他们重新寻找文学传统之源时，就不能不从反思明代文学创作的流弊开始，弄清文学传统亡失在何处。

正是在这样的诗学语境中，对明代诗学的反思成为清初诗坛最引人注目的焦点。强烈的反思意识，甚至使他们在学诗时一改传统的择善而从、不顾其他的习惯，而要同时了解晚近诗歌的流弊。康熙八年（1669）八月，魏禧与孙枝蔚过访陈允衡，魏禧说："学古人之文者，纵不得抗衡古人，亦当为其子孙，不当为奴婢，譬如豪仆，失主人则伥伥无所之。子孙虽历世久，必有真肖其祖父之处。"孙枝蔚却说："学古人诗，当知古人祖父，又当知其子孙。知祖父，则我可与古人并为兄弟；不知子孙，则不识其流弊所至。"① 魏禧的意思是学古必自树立，不可寄人篱下；而孙枝蔚反过来强调知今，说不知今则不识末流之弊，两人之说合起来正好是推源溯流之法的两面。在这种意识主导下，清初诗家对明代诗学作了细致的研究，不仅产生钱谦益《列朝诗集》、朱彝尊《明诗综》这样的煌煌巨著，类似宋琬《周釜山诗序》这样的论述也反映了当时对明代诗学流变的清楚认识：

> 明诗一盛于弘治，而李空同、何大复为之冠；再盛于嘉靖，而李于鳞、王元美为之冠。余尝以为前七子，唐之陈、杜、沈、宋也；后七子，唐之高、岑、王、孟也。万历以降，学者纷然波靡，于是钟、谭二子起而承其弊。迹其本初，亦云救也，而海内之言诗者遂至以王、李为讳，譬如治河者不咎尾闾之泛滥，乃欲铲昆仑而埋星宿，不亦过乎？云间之学，始于几社，陈卧子、李舒章有廓清摧陷之功，于是北地、信阳、济南、娄东之言复为天下所信从。顾其持论过狭，泥于济南唐无古诗之说，自杜少陵《无家》《垂老》《北征》诸作，皆弃而不录，以为非汉魏之音也。②

这段文字虽很简略，却梳理了从前后七子到云间派的整个明代诗学历程，对诗学的流变、阶段性特征及其得失都有深入的剖析。持更激烈的批判态

---

① 魏禧：《溉堂续集序》，《魏叔子文集》卷九，宁都三魏文集本，道光二十五年谢若庭绠园书塾重刊本。

② 宋琬：《安雅堂文集》卷一，康熙刊本。

度的，则可以王岱《张螺浮晨光诗序》为例：

> 宋诗亡于理，元诗亡于词，明之何、李亡于笨，七子亡于冗，公
> 安亡于谑，天池亡于率，竟陵亡于薄。石仓，竟陵之优孟；云间，七
> 子之优孟。后生辈出，标榜云间，贡高自大，土饭尘羹，馁鱼败肉，
> 合器煎烹，使人败肠而吐胃，并云间故步亦亡矣。①

冷静的历史回顾加深了人们对明代诗歌创作与诗学流弊的认识，多侧面、
多层次的反思和批评由此展开。

二　明代诗学的三大流弊

综观顺、康、雍三朝的各种文献，清初对明代诗学的批评主要集中在
三个方面，即模拟作风、门户之见和应酬习气。一些重要批评家的意见在
以后各人的专论中还要引述和讨论，这里尽量采用其他论者的文字来论述
这三方面的问题。

模拟作风是明代诗文创作中最显著也是最为人诟病的特征，自李梦阳
倡"文必秦汉，诗必盛唐"之说，举世风靡。嘉、隆以降，"王元美、李
于鳞绍明北地、信阳之业而过之，天下学士大夫蕴义怀风，感慨波荡以从
之"②，一代诗文创作遂笼罩在以模仿剿袭为能事的拟古风气中。间有特
立独行之士，不甘为风气所左右，也难以扭转举世同趋的潮流。实际上，
对这一味拟古的倾向，明人自己已有所警觉，有所批判。早在正德年间，
景旸与陈玉泉论诗就说："辞取达意，若惟以模拟为工，尺尺寸寸，按古
人之迹，务求肖似，何以达吾意乎？"③ 到万历间，公鼐又就乐府中的模
拟之病，指出："风雅之后有乐府，如唐诗之后有词曲。声听之变，有所
必趋；情辞之迁，有所必至。古乐之不可复久矣，后人之不能汉、魏，犹
汉、魏之不能风雅，势使然也。……近乃有拟古乐府者，遂颟以拟名其
说，但取汉、魏所传之词，句模而字合之，中间岂无陶阴之误、夏五之

---

①　王岱：《了菴文集》卷一，《四库全书存目丛书》集部，第199册，第22页。

②　林时对：《荷锸丛谈》卷二，沈云龙辑《明清史料汇编》六集，文海出版社影印本第七册，第81页。

③　朱彝尊撰，姚祖恩辑：《静志居诗话》卷一〇，人民文学出版社1990年版，上册，第273页。

脱，悉所不较。或假借以附益，或因文而增损，跼蹐床屋之下，探胠縢箧之间，乃艺林之根蠹，学人之路阱矣。”[①] 而到了启、祯之间，朱隗更旗帜鲜明地宣言：“诗贵渊源风旨，不取蹈袭形模。汉、魏未尝规摹《三百篇》，盛唐未尝规摹汉、魏。今且拘拘习其声音笑貌，何为者耶？”[②] 至于公安派作家的反对分唐界宋更是人所周知的。这里所以只举出景旸等三人的议论，是因为它们都是被朱彝尊辑入《明诗综》的，朱彝尊对这些言论的刻意表彰，本身就表明一种反对模拟的态度，一种批判明代复古思潮的立场。

事实上，清初作家以各种形式对明代模拟之风进行了批判，顾炎武、黄宗羲、王夫之三老对明七子创作中的模拟作风都有严厉的批评[③]。钱谦益《答王于一秀才论文书》抨击明代俗学，归结于模拟之伪，说：“俗学谬种，不过一赝。文则赝秦汉，诗则赝汉魏、盛唐，史则赝左、马，典故则赝郑、马，论断则赝温陵，编纂则赝毗陵，以至禅宗则赝五叶，西学则赝四韦陀，长笺则赝三《仓》。”[④] 顾炎武《日知录》卷十九有“文人模仿之病”一条，云：“近代文章之病，全在模仿。即使逼肖古人，已非极诣，况遗其神理而得其皮毛者乎？”他由此发挥前人取法乎上，仅得其中的说法，说效《楚辞》者必不如《楚辞》，效《七发》者必不如《七发》，“盖其意中先有一人在前，既恐失之，而其笔力复不能自遂，此寿陵余子学步邯郸之说也”。他还从经典中搬出《曲礼》毋剿说，毋雷同之训，称“此古人立言之本”[⑤]，这就从根本上否定了模拟的合法性。薛所蕴《曹峨雪诗序》指出了前后七子于明人拟古的开风气作用：“明李、何、王、李倡为雄丽高华之什，后学转相摹效，如衣冠饰土偶而貌具存，意味索然，于风雅一道何居？此袭之为痼疾也。”[⑥] 徐乾学《七颂堂集序》尖锐地抨击了明人写作中的模拟之风，以为它导致诗歌生命力的枯竭：“近代之士，逐伪而衒真，肖貌而遗情，是故摹仿蹈袭格之卑，应酬牵率

---

① 朱彝尊撰，姚祖恩辑：《静志居诗话》卷一六，下册，第490—491页。

② 朱彝尊撰，姚祖恩辑：《静志居诗话》卷二一，下册，第652页。

③ 张兵《论清初三大儒对明七子复古之风的批评》（《西北师大学报》1995年第5期）对此有专门论述，可参看。

④ 钱谦益：《牧斋有学集》卷三八下册，上海古籍出版社1996年版，第1327页。

⑤ 黄汝成：《日知录集释》下册，花山文艺出版社1990年版，第854、855页。严羽《沧浪诗话·诗辩》：“学其上，仅得其中；学其中，斯为下矣。”

⑥ 薛所蕴：《澹友轩集》卷三，《四库全书存目丛书》影印顺治十六年刊本，集部，第197册，第44页。

体之靡,傅会缘饰境之离,错杂纷糅辞之枝。其所以为诗者先亡,则其诗之存也几何矣。"① 胡世安《来鹤堂诗集序》则猛烈抨击了明代诗学中的模拟习气:"今之说诗吾惑矣,崇赝鼎而眯骊珠,忽醍醐而矜嚼蜡,题燕石以赵璧,班蚓窭于龙吟,于六义亦罔如也。"② 清初诗话中多有对明代拟古之弊的批评,对明诗的模拟对象、模拟方式及具体例证都有详尽的指摘,或谓之"瞎盛唐"(吕留良),或谓之"土偶蒙金"(吴乔),不胜枚举。叶燮《原诗》对明七子以降的袭唐直到清初对刘长卿、陆游、范成大、元好问的摹仿,一一都有批评,谈到明末的情形时说:

> 惟有明末造,诸称诗者专以依傍临摹为事,不能得古人之兴会神理,句剽字窃,依样葫芦。如小儿学语,徒有喔咿,声音虽似,都无成说,令人哕而却走耳。乃妄自称许曰:"此得古人某某之法。"③

明人的拟古在清初简直像过街老鼠,大有人人喊打之势。这股风气影响深远,非唯波及顺、康、雍三朝的诗歌创作,也左右了以后诗论家对历代诗歌的看法。牟愿相《小澥草堂杂论诗》论乐府,同清初人诗史观如出一辙,说:"汉乐府自为古奥冥幻之音,不受雅颂束缚,遂能与《三百篇》争胜。魏晋以下,步步模仿汉人,不复能出脱矣。"④ 这里完全抹杀了南北朝乐府的存在和价值,若不是出于对模仿的矫激态度,是不会这样下判断的。

严格地说,模拟乃是文学创作的一种手段,只要承认文学史是一个文本序列的延续,像艾略特揭示的,任何一个新的文本都处于与旧有文本和既往传统的联系中,模拟就是不可避免的。前人因此也承认拟古是诗家的正当权利,尤其是在创作的初级阶段,模拟是必不可少的步骤。尽管如此,在模拟与剽窃之间毕竟有个度,超过了限度就成为剿袭剽窃,就沦丧了创作的品格,明诗最让人不能容忍的实际是模拟过度以至到了剽窃的程度。同时,作为学习的模拟还应该是个转益多师的过程,如果只模拟有限

---

① 刘体仁:《七颂堂诗文集》卷首,同治间重刊本。
② 胡世安:《秀岩集》卷二八,《四库全书存目丛书》影印康熙三十四年胡蔚先修补本,集部,第 196 册,第 612 页。
③ 叶燮:《原诗》外篇下,丁福保辑《清诗话》下册,上海古籍出版社 1978 年版,第 571 页。
④ 郭绍虞辑:《清诗话续编》第 1 册,上海古籍出版社 1983 年版,第 916 页。

的对象，像叶燮说的"其取资之数，皆如有分量以限之"①，就显得取径狭隘。明前后七子的独宗盛唐，唯盛唐是拟，非但有剽窃之嫌，而且取径显然也很狭隘。戴道默、范箕生《诗家选序》说，"诗至献吉而古，敝也袭；至于鳞而高，敝也狭"②，可谓一语中的。更糟糕的是，这种袭而狭的作风不是源于一种艺术理想，而是出自门户之见，这是明人论诗的一大病。王先吉曾一针见血地指出明人论诗因持门户之见而普遍存在的狭隘态度：

> 有明诸君闳阀过峻，第恢其一门，而凡三衢九术，纵横汗衍，千蹄万幅之不可纪极者，悉闷抑勿通，是使隘也。夫青黄殊色而齐晻于目，竽笙异音而同调于耳。河水多广流，不废支澩；邓林有奇材，不翳榛莽。必欲执一元之管以定中声，据二南之诗以概篇什，岂通人之事哉？③

清初的许多诗歌评论都表明，当时诗坛对明人门户之见的批判，绝不只停留在"王、李、钟、谭分门别派，主奴出入，聚讼荒略，薄学近习，殊可憎厌"④，或"党同伐异，以排挤、标榜为事"⑤ 这样简单的谴责上，其背后积淀着深长的历史反思。

《四库全书总目提要》集部总序曾断言："大抵门户构争之见，莫甚于讲学，而论文次之。"讲学中的门户之争起于书院制度形成的宋代，书院讲学因有别于官学而自成统系，统系不一而有门户之争，至明代遂演成与政治势力相勾连的朋党之争，到清初犹然不熄。全祖望说黄宗羲生平有两点可议，其一就是"党人之习气未尽，盖少年即入社会，门户之见深入，而不可猝去"⑥，所以他肯定郑性疑黄宗羲门户之见未化，"最足中明季诸公之病"⑦。至于清初学者批判门户之争，则始于对晚明政治的反思。

---

① 叶燮：《原诗》外篇上，丁福保辑《清诗话》下册，第 590 页。

② 叶矫然：《龙性堂诗话》续集引，郭绍虞辑《清诗话续编》第 2 册，第 1056 页。

③ 毛奇龄：《王枚臣西台杂吟序》引，《西河文集》序十一，又见《容安轩诗钞序》，乾隆间萧山书留草堂藏板本。

④ 贺振能：《与孙箕岸》，《窥园稿·文集》，康熙刊本。

⑤ 吴之振：《长留集序》，孔尚任、刘廷玑《长留集》卷首，中国书店 1991 年影印本。

⑥ 全祖望：《答诸生问南雷学术劄子》，《鲒埼亭集》外编卷四四，朱铸禹《全祖望集汇校集注》中册，上海古籍出版社 2001 年版，第 1695 页。

⑦ 全祖望：《五岳游人穿中柱文》，《鲒埼亭集》卷二一，朱铸禹《全祖望集汇校集注》上册，第 377 页。

汪琬序王弘撰《砥斋集》，指明末朋党门户之争为亡国祸乱之根："前明崇祯之季，中朝士大夫日夜分立门户，以相攻讦。至于国事之颠覆，盗贼之蔓延，中原秦楚之陆沉版荡，率弃置不复谁何。"① 而郑日奎《与陈元公书》更进一步认为明代政治上的朋党之风又起于文学中的门户之争：

> 尝窃叹明之亡也，以朋党，以议论，而其兆则先于文字中见之。当时学士家评论诗文，护同伐异，于所是引为家派，于所非若击仇雠，盖门户之立、戈茅之争，衅已伏焉。②

周亮工《与林铁崖》也将文学中的门户之争与政治联系起来思考：

> 居官而论门户已足笑，作诗文而亦论门户，岂不可骇。至父子作诗文而分别门户，岂不尤可骇。王百谷以诗文名海内者三十年，诗亦醇正典雅，至其哭袁相国之墓、白王仲子之冤，行谊有足多者，有父如此，亦不愧于其子矣。乃其少子留字亦房者，略有才情，走入魔道，附吾乡马仲良窃名于世，近见其诗刻种种，无一语及其父；同时诸名彦为留序诗者，体留意，亦未敢一言及其父，若百谷生前负大辱于世，留不屑为其子故。③

无论是党争起于文学门户之争也好，或党争为文学门户之争的蓝本也好，两者在清初人眼里是脱不开干系的。所以曾经历南明小朝廷溷浊政治的王夫之，平生最痛恨论诗文立门户，在《夕堂永日绪论》中曾反复予以鞭挞。他首先用寓言的方式批判明人的好立门户：

> 一解弈者，以诲人弈为游资。后遇一高手，与对弈至十数子，辄揶揄之曰："此教师棋耳！"诗文立门庭使人学己，人一学即似者，自诩为大家，为才子，亦艺苑教师而已。高廷礼、李献吉、何大复、李于鳞、王元美、钟伯敬、谭友夏，所尚异科，其归一也。才立一门庭，则但有其局格，更无性情，更无兴会，更无思致，自缚缚人，谁

---

① 汪琬：《砥斋集序》，《钝翁类稿》卷二六，康熙刊本。
② 郑日奎：《郑静庵先生集》卷九，康熙刊本。
③ 周亮工：《赖古堂集》卷二〇，康熙刊本。

为之解者？①

他不仅具体列举了明代最主要的门户，还考究了诗歌史上门户的源起，指出"建立门庭，自建安始，曹子建铺排整饰，立阶级以赚人升堂，用此致诸趋赴之客，容易成名。伸纸挥毫，雷同一律"。然而他认为到唐代门户观念尚未形成，宋人"始争疆垒，欧阳永叔亟反杨亿、刘筠之靡丽，而矫枉已迫，还入于枉，遂使一代无诗，掇拾夸新，殆同觞令"。通过反思诗歌史，王夫之发现，凡有成就的诗人都不甘寄人篱下，"是知立才子之目，标一成之法，扇动庸才，且仿而夕肖者，原不足以羁络骐骥"②。而门户之所以为举世乐趋者，无非是迎合了才庸学陋者对方便法门的需求而已。对此他有精彩而生动的剖析：

> 所以门庭一立，举世称为才子、为名家者，有故：如欲作李、何、王、李门下厮养，但买得《韵府群玉》、《诗学大成》、《万姓统宗》、《广舆记》四书置案头，遇题查凑，即无不足。若欲吮竟陵之唾液，则更不须尔，但就措大家所诵时文"之""于""其""以""静""澹""归""怀"熟活字句，凑泊将去，即已居然词客。（中略）举世悠悠，才不敏，学不充，思不精，情不属者，十姓百家而皆是，有此开方便门大功德主，谁能舍之而去？③

这就是说，入一家门户，便是求得一种活套，就可以按题目需要填砌，门户在这个意义上成了捷径和熟套的代名词，也因此与饾饤、支借、桎梏等缺陷联系起来，而与风雅、独创性、才情等艺术的基本理念相对立，所谓"建立门庭，已绝望风雅"，"立门庭者必饾饤，非饾饤不可以立门庭。盖心灵人所自有，而不相贷，无从开方便法门，任陋人支借也"④。王夫之还划分了明代立门户的两种不同类型，一是"本无才情，以此为安身立命

---

① 戴鸿森：《姜斋诗话笺注》卷二，人民文学出版社1981年版，第98—99页。《明诗评选》卷四评汤显祖《答丁右武稍迁南仆丞怀仙作》亦云："三百年来，李、何、王、李、二袁、钟、谭，人立一宗，皆教师枪法，有花样可仿，故走死天下如骛。"文化艺术出版社1997年版，第154页。

② 戴鸿森：《姜斋诗话笺注》卷二，第104页。

③ 同上书，第112页。

④ 同上书，第120页。

之本者,如高廷礼、何大复、王元美、钟伯敬是也";一是"有才情固自
足用,而以立门庭故自桎梏者,李献吉是也"①,可见他对明代诗坛的门
户习气及其根由有着细致的考察和清楚的认识。

　　叶燮《原诗》也专门论及门户之争,其见解与王夫之略有不同。他首
先从理论上阐明门户之说起于作者无才胆识力,于是只好"援一古人为门
户,藉以压倒众口"②,然后又从动机上分析了明七子辈喜立门户的原因:

　　　　窃以为李之斥唐以后之作者,非能深入其人之心,而洞伐其髓
　　也;亦仅仿佛皮毛形似之间,但欲高自位置,以立门户,压倒唐以后
　　作者,而不知已饮食之而役隶于其家矣。③

王夫之认为明人好立门户是出于一种领袖欲,欲自壮声势;而叶燮则以为
是出于挟天子以令诸侯的策略,欲自大其体。黄宗羲《杲堂文钞序》在论
及当时文人的门户习气时也有类似的说法:"其间一二黠者,缘饰应酬,
为古文辞则又高自标致,分门别户,才学把笔,不曰吾由何、李以遡秦汉
者也,则曰吾由二川以法欧、曾者也。党朱、陆,争王、薛,纷纭狡狯,
有巨子以为之宗主,吾其可以与于斯文矣。此如奴仆挂名于高门巨室之尺
籍,其钱刀阡陌之数,府藏筐篋所在,一切未曾经目,但虚张其喜怒,以
呵喝夫田驺织子,耳目口鼻皆非我有。"④ 两说正好相互补充,合起来就
是对明代门户习气的完整透视。

　　清初诗家既痛恨明人的门户之争,无不思以矫之。王士禛在康熙二十
一年(1682)作《黄湄诗选序》,也严厉抨击了明人好立门户、强分唐宋
之陋习:

　　　　近人言诗,好立门户,某者为唐,某者为宋,李杜苏黄,强分畛
　　域,如蛮触氏斗于蜗角而不自知其陋也。⑤

---

① 戴鸿森:《姜斋诗话笺注》卷二,第137页。
② 叶燮:《原诗》内篇上,丁福保辑《清诗话》下册,第571页。
③ 叶燮:《原诗》外篇下,丁福保辑《清诗话》下册,第607页。
④ 李邺嗣:《杲堂诗文集·杲堂文钞》黄宗羲序,浙江古籍出版社1988年版,第379页。
⑤ 王士禛:《渔洋山人文略》卷二,康熙刊本。

这里所说的近人就是明人，他对明人的门户之弊看得很清楚，曾赞许王世贞《艺苑卮言》"品骘极当"，而"独嫌其党同类，稍乖公允耳"①。他提倡宋诗无非是要矫正明代以来独宗盛唐、束宋诗不观的偏颇。其门人田同之后来在《与沈归愚庶常论诗因属其选裁本朝风雅以挽颓波》中也发挥师说，站在诗史的高度对明代的门户之争提出批评："风雅颂骚历今古，英灵秀气各含吐。八代三唐两宋间，但有正变无门户。底事有明三百年，分疆别界如秦楚。"② 这种开放而富于包容性的观念最终形成清人对待诗歌史的一般态度，也成为清人自别于前代的一个标志性尺度，导论所引杨际昌之说已涉及这一点。后来再提到这个问题的有道光间诗论家陈仅，他说："宋人之论诗也凿，分门别式，混沌尽死；明人之论诗也私，出奴入主，门户是争。"③ 由这些对前人论诗偏颇的清醒认识，不难窥见清人的自我意识及其自我期待。

王夫之历数明人"门庭之外，更有数种恶诗：有似妇人者，有似衲子者，有似乡塾师者，有似游食客者"。后两类指的是干求应酬习气，这也是清初激烈批评的明诗弊端之一。应酬与模拟实际是相为表里的，本质上都根于一个"伪"字。毛际可曾就当时论者"古有诗而今则无诗"的激愤之辞加以申发道："非无诗也，伪也。其病一在于模拟，一在于应酬。模拟者，取昔人之体貌以为诗，而己不与；应酬者，取他人之爵服名誉以为诗，而己不与。"④ 本来，诗歌作为传达情感的优雅形式，交际性乃是其主要功能之一，这从唐诗也可以看出。不幸的是随着社会的发展，诗歌的交际功能愈来愈世俗化，诗歌作品愈来愈沦为应酬的工具。明代城市经济的繁荣和教育的发达，造成知识阶层的进一步分化，诗歌也在较前代更为复杂的社会阶层之间充当了交际工具。吴乔很清楚看到了这种无奈的结局：

> 诗坏于明，明诗又坏于应酬。朋友为五伦之一，既为诗人，安可无赠言？而交道古今不同，古人朋友不多，情谊真挚，世愈下则交愈泛，诗亦因此而流失焉。《三百篇》中，如仲山甫者不再见。苏、李别诗，未必是真。唐人赠诗已多。明朝之诗，惟此为事。唐人专心于

---

① 王士禛：《渔洋诗话》卷上，丁福保辑《清诗话》上册，第 170 页。
② 田同之：《砚思集》卷二，康熙刊本。
③ 陈仅：《竹林答问》，周维德《诗问四种》，齐鲁书社 1985 年版，第 335 页。
④ 毛际可：《陈山堂诗序》，《会侯先生文钞》卷八，康熙刊本。

> 诗，故应酬之外，自有好诗。明人之诗，乃时文之尸居余气，专为应酬而学诗，学成亦不过为人事之用，舍二李何适矣！①

最终他一言以蔽之："明诗唯堪应酬之用，何足言诗！"② 此言听上去太过偏激，然而按照他对应酬诗的定义——"凡赠契友佳作，移之泛交，即应酬诗"③，可知应酬诗就是"无情而强为之辞"、言过其实的虚假之作，这确实是明代中期以后诗坛的通病。朱隗曾说："嘉、隆间五古，正恨其通套无痛痒，如一副应酬贽礼，牙笏绣补，璀灿满前，自可假借，不必己出，人亦不堪领受。又如楚蜀旧俗，以木鱼漆鸭宴客，不若松韭之适口，恶其伪也，恶其袭也。"④ 这种应酬习气不只见于五古，几乎无体不有。万历间名诗人王象春曾说律诗板用一联故事最为可憎。"今之纱帽诗多犯此，盖心既不细，每遇应酬，便查几种熟烂类书，取其典故之相为皮肤者填入耳"⑤。此言官场应酬之作，而更常见的是干谒之什。如施闰章《寄程蚀庵》书所概叹："声诗一道，近日以为竿牍之捷径，即有能者，亦苦烂熟已甚。"⑥ 其次是无聊赠答，如王崇简《谈助》所言："今诗文多坏于赠答之篇，无论其人之所宜，事之相合与否，称引过情，满纸谀词。不惟于其人之本末茫然，即实有懿行，反为浮饰所掩矣。"⑦ 这虽说是论"近日"、"今诗文"，但实际上都是针对明代以来相沿成习的浮滥风气而发。叶燮痛省明代以来诗道之衰，反思其缘由，也不得不归结于"连卷累帙，不过等之揖衷周旋、羔雁筐篚之具"和"以风雅坛坫为居奇，以交游朋盍为牙市"的干求应酬风气⑧，这是清初人对明诗的一致看法。

其实，干求和应酬之风自古有之，只不过从来没有像明代这样变本加厉而已，因而王夫之论及干求习气，指出：

> 似塾师、游客者，《卫风·北门》实为作俑。彼所谓政散民流，

① 吴乔：《围炉诗话》卷四，郭绍虞辑《清诗话续编》第1册，第594页。

② 吴乔：《答万季野诗问》，丁福保辑《清诗话》上册，第26页。

③ 吴乔：《围炉诗话》卷四，郭绍虞辑《清诗话续编》第1册，第598页。

④ 王崇简：《谈助》，王文濡辑《说库》，文明书局1915年石印本。

⑤ 王象春：《读杜诗》卷四、《读李诗》卷二合订本，天津图书馆藏稿钞本。

⑥ 黄容、王维翰辑：《尺牍兰言》卷一，《四库禁毁书丛刊》集部，第35册，第190页。

⑦ 王崇简：《谈助》，王文濡辑《说库》本。

⑧ 叶燮：《原诗》外篇上，丁福保辑《清诗话》下册，第598页。

诬上行私而不可止者，夫子录之，以著卫为狄灭之因耳。陶公"饥来驱我去"，误堕其中；杜陵不审，鼓其余波。嗣后啼饥号寒、望门求索之子，奉为羔雉，至陈昂、宋登春而丑秽极矣。①

至于应酬，他认为是较前述诸恶诗更为猥贱的"诗佣"，并细致列举了具体表现：

> 诗佣者，衰腐广文，应上官之征索；望门幕客，受主人催托也。彼皆不得已而为之。而宗子相一流，得已不已，闲则翻书以求之，迫则倾腹以出之，攒眉叉手，自苦何为？其法：姓氏、官爵、邑里、山川、寒暄、庆吊，各以类从；移易故实，就其腔殻；千篇一律，代人悲欢；迎头便喝，结煞无余；一起一伏，一虚一实，自诧全体无瑕，不知透心全死。②

吴乔《围炉诗话》中曾以"贼捉贼"的方式，列举自己游幕代笔的一些"郛壳烂恶，陈久馁败之语"，现身说法，以见诗佣的日常所为之一斑。他将这部分作品命名为《乞食草》③，倒是很贴切。李沂《秋兴阁诗话》"指陋习"一条针砭当时诗歌中的五种陋习，第四种"滥用"即主要批评应酬习气，对当时应酬诗的种类和写作方式都作了具体的描绘：

> 滥用者由欲广声气，故索之即应，有以介寿索者，有以哀挽索者，有以歌颂索者，有以旌表索者，此等甚多。诗既不佳，徒劳神思，或预办套语，临时书付，诗名愈广，诗品愈卑；更有逢人辄赠，用充礼物。诗之不幸，一至于此，大可伤也。④

朱彝尊《陈旻诗集序》论后世诗歌有三弊，第二种是"学士大夫用之酬赠饯送，则以代仪物而已"，另外两种则是臣下应制和科举试诗。这三类诗的共同特征就是不以抒情性为目的，没有自律性的艺术目标，一言以蔽

---

① 戴鸿森：《姜斋诗话笺注》卷二，第 145 页。
② 同上书，第 151—152 页。
③ 见吴乔《围炉诗话》卷四，郭绍虞辑《清诗话续编》第 1 册，第 596—598 页。
④ 李沂：《秋星阁诗话》，丁福保辑《清诗话》下册，第 914 页。

之，即刘勰所谓"为文造情"。臣下应制和科举试诗施于殿堂庠序，虽褒衣大诏，毕竟不是日常所服习，而客套应酬却是人伦日用，举世竞为应酬，必致俗套滥调充斥诗中，汩没性情。施闰章慨叹诗道之丧，说："今人轻用其诗，赠送不情，仅同于充馈遗筐箧之具而已，岂不鄙哉?"① 黄生也说："人之言曰诗道性情，是三尺童子皆知之。其实近人之诗，不知性情果在何处。好和险仄之韵，好作无益之题，好为应酬之什，性非其性，情非其情矣。"② 这都是有识之士对世道人心的针砭。一言以蔽之，要革除明代以来的不良诗风，"无若以多读书，少应酬为第一义"③。

在清初诗论家异口同声的讨伐下，赠答应酬被贴上了庸俗卑琐的标签，有骨气的作家都拒而不为。黄宗羲因自惭"学文而不能废夫应酬"④，遂诫李邺嗣勿作应酬文字。而呆堂也作《三戒》，举自己做应酬文字使人愠、使人惭、使人笑的三个笑话，以见应酬文字宜戒⑤。吕留良《客坐私告》自称平生最畏者三，所不能者九，九不能的第三点即应酬诗文："少孤失业，又无师授，不知行文之法，每苦有情不能自达，况应酬无情之言乎?"⑥ 方象瑛《垦堂十戒》"作文"一条则戒有求必应，说："诗文之乐，有求必应。镂肾鉥肝，心乃益病。戒之戒之，毋以身殉。"⑦ 然而人生活在这世俗社会中，终不能不食人间烟火，应酬也绝免不了。所以叶燮就从务实的角度提出了应酬的原则，说："应酬诗有时亦不得不作。虽是客料生活，然须见是我去应酬他，不是人人可将去应酬他者。如此，便于客中见主，不失自家体段，自然有性有情，非幕下客及捉刀人所得代为也。"他主张应酬诗也要写出个性，这样才能避免千人一面、流于俗套的结果，他的原则是"题是应酬，诗自我作"⑧，这确实是有益的建议，问题是客套终究是客套，临到应酬时常常容不得作者客中见主，寿诗大概就属于这种情况了。

在明代以来的应酬文字中，"盖今日之所谓寿诗者滥甚矣"⑨。寿诗之

---

① 施闰章：《蠖斋诗话》，丁福保辑《清诗话》上册，第 403 页。

② 黄生：《诗麈》卷二，《皖人诗话八种》，黄山书社 1995 年版，第 75 页。

③ 贺振能：《窥园稿》任璿序，康熙刊本。

④ 黄宗羲：《留别海昌同学序》，《南雷文定》前集卷一，康熙二十七年刊本。

⑤ 李邺嗣：《三戒》，《呆堂文续钞》卷四，《呆堂诗文集》，浙江古籍出版社 1988 年版，第693 页。

⑥ 吕留良：《吕晚村先生文集》卷八，光绪间重刊本。

⑦ 方象瑛：《健松斋续集》卷五，民国 17 年方朝佐重刊本。

⑧ 叶燮：《原诗》外篇下，丁福保辑《清诗话》下册，第 606 页。

⑨ 归庄：《归庄集》卷一〇，上海古籍出版社 1984 年版，第 493 页。

滥不只是说数量多，更是指施用对象之广。李东阳《麓堂诗话》云："寿诗始盛于宋，渐施于官长故旧之间，亦莫有未同而言者也。近时士大夫子孙之于父祖者弗论，至于姻戚乡党，转相徵乞，动成卷帙，其辞亦互为蹈袭，陈俗可厌，无复有古意矣。"① 后来，诚如归庄《谢寿诗说》所说，"凡富厚之家，苟男子不为盗，妇人不至淫，子孙不至不识一丁字者，至六七十岁，必有一征诗之启，遍求于远近从不识面闻名之人。启中往往诬称妄誉，不盗者即李、杜齐名，不淫者即钟、郝比德，略能执纸笔效乡里小儿语者，即屈、宋方驾也"②。据徐增《沈季明寿言序》载，医士沈季明六十大寿，四郡名流以诗寿者不下千人③，可见风气之盛。这些应景之作，无非堆砌谀滥浮辞，除那些敝帚自珍者之外，多数有建树的作家都不收入别集。今天只有从时人的记载或文集中保存的那些征启，才能约略窥见这类诗文的泛滥程度④。

　　如此旺盛的市场需求，不消说会对文士阶层构成一定的写作压力。因为虚荣心和传世的欲求驱使人们追求名家手笔，以至于负诗文之名者苦于求索，难以应付，往往"作活套语应之，为甲作者，改一言半句，即移于乙于丙"。这绝非夸张之辞，事实上就连钱谦益这样的大手笔，都不胜应酬之劳。后人还以为他"于寿序文字颇极用意，非只泛泛以谀词应人者"⑤，其实也是"置胡元瑞集一部于案头，择其稍近似者移用之，以其活套多也"，他人就更不用说了。疲于应酬的作家们不堪其苦，对颂寿诗文都十分厌恶，一致予以严厉的批判。毛奇龄首先做《古今无庆生日文》，考论贺寿诗文由来非古，说古有贺生文，无庆生日文。他举唐玄宗时张说请将皇上诞辰命名为千秋节，为古今庆生日之始，但只行于君上，诸王大臣以下及士庶皆不之及，"其与明代以后比户称庆，无是礼也"。"即以文集观之，唐后作序者，无所不序，而独不序寿，近即俨然有生日序见文集间，则其非古法端可验也"。由此他断言"此明代恶习，亟宜屏绝"！⑥ 薛所蕴《双寿诗序》也认为古无贺寿诗，"观初、盛、中、晚作者亡虑数千

　　① 丁福保：《历代诗话续编》下册，中华书局1983年版，第1387页。
　　② 归庄：《归庄集》卷一○，上海古籍出版社1984年版，第492—493页。
　　③ 徐增：《九诰堂文集》第十六册，湖北图书馆藏清抄本。
　　④ 诸联《明斋小识》卷八"挽诗塞责"条载："述庵（王昶）先生雄才硕望，为海内宗仰。癸卯（应作亥）八十生辰，祝旗翼之寿者篇什充栋，骈文至万言，排律二百韵犹嫌未尽。"
　　⑤ 张枬：《张枬日记》，上海社会科学院出版社2004年版，第322页。
　　⑥ 收入毛奇龄《西河合集》，乾隆间萧山书留草堂藏板本。

百家，其间独稀有献寿之章"，而今人的贺寿诗实在太滥，"或有其寿考而名位福德不称，即有其名位福德寿考，而或偶有缺陷，不能称具庆，形之声诗，遂有噍杀之音，而和气不能旁流，意义亦竟索然无余味，诗亦何贵焉？"① 这虽是为自己所贺对象作的铺垫，但毕竟对时下的贺寿诗作了批评。陈瑚《和石田诗序》的出发点又有不同，他是肯定古有寿诗传统的，但批评后人背离了古人的精神：

> 古人无寿诗。非无寿诗也，《三百篇》所载臣子颂祷君父，如介眉寿、祈黄耇，君子万年、黄发儿齿之辞，皆言寿也。而或赞扬其休烈，或称道其令名，故能欢欣和悦，以尽其情；恭敬斋庄，以发其德。千载而下，读其诗而美，美斯爱，爱斯传。后之为寿者则不然，雕琢劖悦，掇拾煨烬，以工媚悦耀当世。其所侈言者官爵之高、车马之富、子孙之荣显而已。夫为人而仅以官爵车马子孙见谀于人，则其志之所存可知矣；为诗而仅称人之官爵车马与其子孙，则其诗又可知矣。其不崇朝而弃之，如鸟兽好音之过耳也，又何疑乎？②

既然背离了古代的优秀传统，当然就是没有价值、没有生命力的文字垃圾，为有识者所不齿。钱谦益《牧斋有学集》卷三十九有《与族弟君鸿论求免庆寿诗文书》。刘榛《虚直堂文集》卷六也有《辞作寿文书》，说："夫寿人则必谀人，谀之不极，其人犹不乐。人乐也，我则丧矣。"他推辞的这篇寿文是为人捉刀，就更等而下之了："由先生命，其人必贤，可寿无疑。然而非吾心之所知也，言之则不信于己；所代言者，又不知与其人情事何如，而姑言之，又不信于人。"③ 至于寿诗，归庄《谢寿诗说》断然宣称："吟咏一事，费白日，耗心神不少。今纵不能戒，惟是陶写襟怀，披陈情愫，不妨有作；至于无益之应酬，不情之篇什，则概从谢绝。如寿诗一端，此其甚者。"他针对当时热衷于征诗贺寿的风气，劝诫世人：

---

① 薛所蕴：《澹友轩集》卷四，《四库全书存目丛书》集部，第197册，第57页。关于古无生日之庆，还可参见吕星垣《白云草堂诗钞》卷三《杨懒真先生七十寿序》，嘉庆刊本；吴昆田《漱六山房全集》卷九《札记》，光绪刊本。

② 陈瑚：《确庵文稿》，康熙刊本。

③ 刘榛：《虚直堂文集》卷六，康熙刊本。

> 余既自惜其精神，爱其岁月，而又不欲为苟且之事，从今以往，苟非其人足重，与己相厚者，寿诗概谢不为，并为世人效其忠告：求寿诗者宜自量，一以省己之物力，一以免人之戏侮；作寿诗者宜自重，一以谢应酬之苦，一以辞轻薄之名。不亦两得之欤？

吴乔《围炉诗话》持论也有异曲同工之妙：

> 今世最尚寿诗，不分显晦愚智，莫不堕此罥索。余谓村里张思谷，田中李仰桥，乃乐此物，知文理者必宜看破。庚戌，贱齿六十，友人欲以诗寿。余曰："若果如此，必踵门而诟之。"友曰："何至于此！"余曰："吾是老代笔，专以此侮人者也，君辈乃欲侮我耶？"闻者大笑。庚申，遂无言及之者。①

这未尝不是发人深省的警世箴言，但人微言轻，又于世何补呢？

终有清一代，模拟剿袭之风和门户之争都因清初诗论家的猛烈批判而偃息，唯独应酬习气仍旧绵延在诗中。这也不难理解，诗毕竟是社交场中的一种高雅点缀和装饰，只要有文化人，有名利场，就会有应酬。所以，即使是厌恶应酬的诗人，往往也只是拒绝某种类型的应酬，比如寿诗或次韵之类，而绝不可能放弃一切应酬的。

三 诗史视野中的历下与竟陵

明代诗学的三大流弊虽是诗坛的普遍现象，但清初人们对此的印象却主要源于某些有影响的诗人和诗集。其影响在清初依然是那么强烈，以至于当时诗论家对明代诗学流弊的批判就是与对诗学之堕落的切身痛感交织在一起的。他们对明代诗学流弊的批判，也自然地从晚明的诗学语境入手，集矢于当时影响最大的历下、竟陵两派。考察清初对明代诗学的反思，绕不开这一问题。

历来论晚明诗学，都将公安、竟陵并列为晚明诗学的主流，现在看来是个误会。钱钟书先生曾指出："后世论明诗，每以公安、竟陵与前后七子为鼎立骖靳；余浏览明清之交诗家，则竟陵派与七子体两大争雄，公安

---

① 吴乔：《围炉诗话》卷四，郭绍虞辑《清诗话续编》第1册，第596页。

无足比数。"[①] 钱先生所举的丰富材料已足以证明他的结论是能够成立的。可以补充的一点是，当时公安诸家已然作古，而且公安之学又为钱谦益所继承，所以公安派实际已为江南诗派所取代。贺贻孙称袁中郎“亦近代诗中豪杰”，然徐渭、钟惺、谭元春、钱谦益、汤显祖、陈子龙等“昭代翘楚，吾所服膺，有在公安上者”[②]，正说明公安在当时已为钱谦益所超越。七子体虽年代渐远而影响力犹在，竟陵则方兴未艾，正将其影响传播四方。这两派本身就形同水火，互相攻击，“谈体势者以济南为宗，尚玄隽者表江夏为帜，二者交讧”[③]。延及清初，以致对两派的批评首先是各自的追随者交相攻讦的结果，让有识者觉得很无谓[④]。

略觉遗憾的是，在清初，除了王夫之提到的沈雨若、张草臣、朱隗、周伯孔[⑤]，朱东润指出的闽中蔡复一，吴门张泽、华淑[⑥]，以及钱钟书提到的张岱、林古度、徐波与傅山[⑦]，公开表示服膺钟、谭并发挥其诗学的，我只见有贺贻孙。此外，勇于自称或被人目为竟陵派的诗论家，实在很少见。邓汉仪《与孙豹人》提道：“竟陵诗派诚为乱雅，所不必言。然近日宗华亭者，流于肤壳，无一字真切；学娄上者习为轻靡，无一语朴落。矫之者阳夺两家之帜，而阴坚竟陵之垒。其诗面目稍换，而胎气逼真，是仍钟、谭之嫡派真传也。”这是说当时存在明矫陈子龙、吴伟业两派末流之失，而暗承竟陵衣钵的诗人，可惜他未明言是哪些人，较近似的可能是常熟朱鹤龄、宁都曾灿、潭州王岱一辈。朱鹤龄选启祯以来之诗为《寒山集》，专收当世所嗤“钟谭体”作者[⑧]。曾灿《过日集》凡例则有“宁为钟、谭之木客吟啸，无为王、李之优孟衣冠”的说法[⑨]。王岱自称“生竟

---

① 参看钱钟书《谈艺录》(订补本)，中华书局 1993 年排印本，第 418 页。李来泰《莲龛集》卷六《吴玉林诗稿续集序》云“世人甫习声病，辄有济南、竟陵异同之论横塞胸中”，亦可补证钱说。

② 贺贻孙：《示儿二》，《水田居文集》卷五，康熙刊本。

③ 王鑨：《大愚集》马云举序，康熙四年金阊王允明刊本。

④ 魏宪《诗持》二集凡例：“济南、竟陵日相操戈，殊属无谓。”康熙十年枕江堂刊本。

⑤ 王夫之《明诗评选》卷五王思任《薄雨》评语：“五六十年来，求一人硬道取性灵中一句，亦不可得。谑庵、鸿宝大节磊砢，皆豪杰之士，视钟、谭相去河汉，而皆不能自拔，则沈雨若、张草臣、朱云子、周伯孔之沿竟陵门，持竟陵钵者，又不足论已。”文化艺术出版社 1997 年版，第 254 页。

⑥ 朱东润：《述钱谦益之文学批评》，《中国文学论集》，中华书局 1983 年版，第 85 页。

⑦ 钱钟书：《谈艺录》，中华书局 1984 年版，第 421 页。

⑧ 朱鹤龄：《寒山集序》，《愚庵小集》卷八，上海古籍出版社 1979 年影印康熙刊本。

⑨ 曾灿：《过日集》卷首，康熙间曾氏六松草堂刊本。

陵之后，心伤其敝，而欲力救之"①，同时笔底屡屡流露出不屑于云间之意。如《程于周诗序》云："当王、李盛行，牛鬼蛇神遍世界，赖公安、竟陵以性情真至救之，古人精神面目尘封土压者，振落濯涤之。虽不屑一切之处，清刻近薄，亦由不善学者流弊，要之非云间、娄江一二时艺人所能到，一二冗砌语所能过。究攻竟陵者，学竟陵者也。"② 但即便是这样放冷枪的，表面上也站在中立位置，如曾灿就是以"近世率攻钟、谭，虞山比之为诗妖。然钟、谭贬王、李太过，今人又贬钟、谭太过"作调停的。因此现在谈论两派的交火，基本上只能说是格调派的单方面火力。

格调派批评家对竟陵的攻击，可溯源于陈子龙。其《答胡学博书》云："万历之季，士大夫偷安逸乐，百事坠坏，而文人墨客所为诗歌，非祖述《长庆》，以绳枢瓮牖之谈为清真，则学步《香奁》，以残膏剩粉之资为芳泽，是举天下之人，非迂朴如老儒，则妩媚若妇人也。是以士风日靡，士志日陋，而文、武之业不显。钟、谭两君者，少知扫除，极意空淡，似乎前二者之失可少去矣。然举古人所为温柔之旨，高亮之格，虚响沉实之分，珠联璧合之体，感时讬风之心，援古证今之法，皆弃不道，而又高自标置，以致海内不学之小生，游闲之缁素，侈然皆自以为能诗。何则？彼所为诗既无本，词又鲜据，可不学而然也。"③ 同为云间派主将的彭宾则说："三十年以前，学诗之家非爱楚声也，择其近似而便易者辄复为之。"④ 到清初，则如侯朝宗论云间派时所说，"诗坏于钟、谭，今十人之中亦有四五粗知之者"⑤。格调派诗家毛先舒将"唐六如之俚鄙，袁中郎之佻侻，竟陵钟谭之纤猥"相提并论⑥，对晚明诗歌堕落到尖巧细碎的境地表示强烈不满："诗之佻褻者，效吴歌之眤眤；龌龊者，拾学究之余渖。嗤笑轩冕，甘侧舆台，未餐霞露，已饫粪壤。"⑦ 这里虽未明言所指，但其中应有竟陵派的影子。兴化名士李沂，号艾山，当明末竟陵派流行之际，便十分鄙薄钟、谭，而独推崇李攀龙。据朱彝尊说："启、祯间诗家

---

①　王岱：《楚诗汇序》，《了菴文集》卷一，《四库全书存目丛书》集部，第 199 册，第 39 页。
②　王岱：《了菴文集》卷二，《四库全书存目丛书》集部，第 199 册，第 68 页。
③　叶矫然：《龙性堂诗话》初集引，郭绍虞辑《清诗话续编》第 2 册，第 949 页。
④　彭宾：《王崃文诗序》，《彭燕又先生文集》卷二，《四库全书存目丛书》集部，第 197 册，第 339 页。
⑤　侯朝宗：《与陈定生论诗书》，《赖古堂名贤尺牍新钞》卷九，宣统三年国学扶轮社石印本。
⑥　毛先舒：《诗辩坻》卷一，郭绍虞辑《清诗话续编》第 1 册，第 9 页。
⑦　同上书，第 13 页。

多惑于竟陵流派。中州张瓠客暨弟凫客避寇侨居昭阳，每于宾坐论诗，有左祖竟陵者，至张目批其颊。是时艾山特欣然相接，故昭阳诗派不堕妖声，皆艾山导之也。"① 不过李沂在拒绝竟陵派的同时，也不是没有意识到格调派的缺陷，他诫后辈"学济南则骛藻丽而害清真，学竟陵则蹈空虚而伤气格"，可谓深中两派痼疾。同属格调派的钱塘友人张鼎望许其持论"大中至正"，堪为"今日作者选者之药石"，然而对他将李攀龙与竟陵相提并论仍不以为然，道是"济南七言律高华俊爽，所嫌者虚响耳，置之《品汇》可当羽翼之选；若竟陵，则直魔障矣"②。在张氏看来，竟陵与历下勿论品格高下，直有邪正之别。黄生也是有格调派倾向的诗论家，他在《诗麈》中曾比较宋人和明人师古方式的不同，以及晚近以来每况愈下的趋势：

> 宋人学识，大概肤陋。故于古人得其皮毛，不得其神髓。又言论风旨，动师前辈，虽有隽才，亦难自拔。诗道不振，职此故也。明人之才，实远胜宋人，故不肯自安卑近，力追汉魏、盛唐，次犹撷芳六朝，希声大历。其蔽也，才为法缚，情为才掩，骨体具矣，神髓犹未。后来者，又以翻案为奇，另趋险仄一路，尖新小巧，生梗空疏，以语古人，仅云影响，并皮毛亦无之矣。③

这里的"后来者"即指明末以来的竟陵派诗风。他认为宋人和明格调派师法前人，虽各有不足，尚不失体格，而竟陵派翻案求奇，则几乎什么也没得到。这一看法与上引张鼎望之说如出一辙，相信能代表格调派论者的一般看法。

清初诗坛对竟陵派的批评，李圣华概括为六点，甚为全面：一曰立论偏，取材狭，二曰幽峭为宗，鬼趣兵象，三曰出以昏气，四曰根枯伎薄，雕刻粗浅，五曰逞才小慧，流于淫哇鄙俗，六曰用字之弊④。其中出于格调派的抨击固不免有过苛之处，至于局外人的批评，则要平允一些。盖历下、竟陵两派风行既久，流弊固早已为世人所共睹，其互为矫正救济的意

---

① 朱彝尊：《静志居诗话》卷二二，下册，第698页。
② 张潮辑：《友声新集》卷三，康熙刊本。
③ 黄生：《诗麈》卷二，《皖人诗话八种》，黄山书社1995年版，第91页。
④ 李圣华：《冷斋明清诗话》卷二"清初掊击竟陵诸说"条，上海古籍出版社2007年版，第73—74页。

义也逐渐为人们所看清。故清初诗家平章两派得失，绝非一味指斥，而往往能原其本心，抱同情之理解。但即便如此，历下、竟陵两派的消长，在不同论者的笔下还是呈现不同的叙述。郑梁《钱虞山诗选序》在整个明代诗学的宏观背景下梳理了晚明诗学的流变：

> 自高、杨、张、徐之响既息，定山、江门仅以尧夫别传，吟谣山泽。虽西涯坛坫尚存正始，而举世沦胥于学究。非北地以雄杰之姿自树旗鼓，则卑靡不知其所极矣。无如历下、太仓雷同勦袭，遂率天下而趋于浮声切响之中，甚至千篇一律，几同饭土嚼蜡。公安、竟陵亦思救之，而空疏之质，不能自出头地，或倡或鬼，适足为王李之獭鹯，斯诚诗道极敝之一会也。①

叶燮《原诗》则从五十年前崇祯诗坛的主流说起，指出竟陵派的兴起是惩于"嘉隆七子"的流弊，因而"抹倒体裁、声调、气象、格力诸说，独辟蹊径"，但"入于琐屑滑稽、隐怪荆棘之境，以矜其新异，其过殆又甚焉"②。这大体上可以说是诗坛的共识，张贞生《顾西巇诗集序》也是从这一角度给予了竟陵派以更多的积极评价③。唯独朱一是《自课堂集序》对晚明之际竟陵、历下两派的消长叙述略有不同：

> 余少时，言诗者户竟陵也，既而趋济南，二者皆有失。竟陵尚别恶同，羊枣马肝，此单嗜耳，岂可饭乎？济南曰唐无古诗，自有其古诗。余曰明无唐诗，自有其唐诗，然去唐远矣。其失也声律通美，性真不抒……近家颇知明诗之非唐。其于唐也，又好谈初盛，句规字仿，无异于集唐，而己之所以为唐且初盛者安在？④

在他的叙述中，诗坛是先宗竟陵，后趋历下的，这与通行的说法不太一样，或许属于所处地域的特殊情况；也有可能是像王夫之说的，世俗乐竟陵之酸俗淫佻而易从，"乃至鬻色老妪，且为分坛坫之半席，则回思北

---

① 郑梁：《郑寒村全集·见黄稿》卷二，康熙刊本。
② 叶燮：《原诗》外篇上，丁福保辑《清诗话》下册，第590—591页。
③ 张贞生：《庸书》卷四，康熙十八年讲学山房刊本。
④ 程康庄：《自课堂集》卷首，民国26年山西省文献委员会铅印山右丛书初编本。

地，又不胜朱弦疏越之想"①。参照徐增的记载，可知竟陵消歇之后，诗坛确曾有过格调派回潮的风气②，这是需要另外讨论的问题。我想强调的是，不管当时人如何叙述诗史，都同样显示出，晚明的历下、竟陵之争是清初反思明代诗学的关键所在，也是他们思考、评价当今诗学的逻辑起点。正像朱一是总结两派之失，是着眼于"近家"的唐诗观，叶燮回顾五十年来的诗学流变，也是举历史经验相参照，以见当时宋诗风潮的某些流弊。叶燮说："近今诗家，知惩七子之习弊，挡其陈熟余派，是矣。然其过，凡声调字句之近乎唐者，一切摒弃而不为。务趋于奥僻，以险怪相尚，目为生新，自负得宋人之髓。几于句似秦碑，字如汉赋。新而近于俚，生而入于涩，真足大败人意。"正所谓一切历史都是当代史，一切诗学史的话语也都是立足于当代诗学的，在那个诗学尚未被知识化的时代更是如此。

历下与竟陵虽各有其弊，但相对而言，李攀龙人格峻伟，品德高洁，即便论诗不合，后人也不忍严加指斥，往往只在批评明代模仿之风时连带论及，措辞相对也比较和婉。比如我们读方文《嵞山续集》，周亮工序说："古人为诗，未有舍性情而专言格调者。今人好称格调，而反略于性情，此诗之所以不古也。夫诗以言性情也，山泽之子不可与论庙堂，华曼之词不可与言憔悴，其情殊也。今无与于颂述，而黼黻其貌；本无所感慨，而涕泗从之。以不情之悲喜，为应酬之章句，所谓鞞铎之不中于音也。"③施闰章序说："夫时有古今，风有正变，虽沿古制体，必繇衷遣情。近之论诗者，唯喜声调噌吰，气象轩朗，取官制典故图经胜迹，补缀为工，稍涉情语则訾以降格。于是前可移后，甲可赠乙，外貌虽雄，中实浅鄙。"④虽都批评了格调派，但并未直接指斥其人。竟陵派的遭遇就不同了，以其依附阉党，人品有瑕疵，即便是站在其他立场上的批评家，也都从不同角度严辞指斥，甚至詈骂，使得竟陵派在清初的诗论中，相比格调派更像是众矢之的。王夫之，湖南人，在当时的地域观念中同属楚地，且他的诗学

　　① 王夫之：《明诗评选》卷四李梦阳《赠青石子》评语，文化艺术出版社1997年版，第137页。

　　② 徐增《贻谷堂诗序》："偻指计之，王李流弊几五十年，钟谭流弊几二十年，迩来人颇厌弃钟谭，仍欲还王李面目。往吾友朱云子遂有《平论》一选，意在两存之。"《九诰堂全集》第十六册，湖北省图书馆藏清抄本。

　　③ 周亮工：《西江游草序》，《嵞山集》中册，上海古籍出版社1979年影印康熙刊本，第771页。

　　④ 施闰章：《西江游草序》，《嵞山集》中册，第761页。

立场不同于流俗，按理说对竟陵的态度不会太刻薄，但他论及竟陵派却也笔带风霜，诛伐不已，至目为亡国之音，"灭裂风雅，登进淫靡之罪，诚为戎首"①。《古诗评选》卷一评庾信《杨柳行》，斥"钟以宣城门下蚁附之末品，背公死党，既专心竭力与千古忠孝人为仇雠；谭则浪子游客，炙手权门，又不知性情为何物"②，《明诗评选》卷七评谭元春《安庆》诗又曰：

> 人自有幸不幸。如友夏者，心志才力所及，亦不过为经生，为浪子而已。偶然吟咏，或得慧句，大略于贾岛、陈师道法中依附光影，初亦何敢以易天下？古今初学诗人如此者，亦车载斗量，不足为功罪也。无端被一时经生浪子，挟庸下之姿，妄篡风雅，喜其近己，翕然宗之。因昧其本志，而执牛耳，正如更始称尊，冠冕峨然，而心怀忸怩，谅之者亦不能为之恕已。③

这虽只是一首诗的评语，却借题发挥，议论了一通谭元春为时势左右、妄执骚坛牛耳，身陷于是非毁誉之中的悲剧，颇有点哀其不幸，怒其不自量的味道。这明显还是出于"同情之理解"的评价，其他人的看法就更不难想见了。

竟陵派的诗学著作《诗归》，盛行于明末，几乎家有其书，因此更招致清初诗家的批评。顾炎武对钟惺也很不齿，称"其罪虽不及李贽，然亦败坏天地之一人"。《日知录》卷十八痛斥明万历后人改窜古书，便举"近日盛行《诗归》一书，尤为妄诞"，并一一摘书中改字之例，"皆不考古而肆臆之说，岂非小人而无忌惮者哉"！吴逸一的态度则比较温和，说："读《诗归》，知钟、谭善索引，每取奇于句字之间。至于全章主意，却不理会，宜不能服大匠心也。"但他对唐汝询、钱谦益的全盘否定竟陵却不太赞同：

> 余以此论切中其弊，因叹选事之难，如竟陵一派，体质尚其枯淡，句调尚其生硬，意见小偏，遂失当行者有之。唐仲言驳其选唐不过欲锄去初盛中晚疆界，故于开元诸公，必取其调落中晚者，此论亦

---

① 王夫之：《古诗评选》卷二评佚名《子夜春歌》，文化艺术出版社1997年版，第117页。
② 同上书，第71页。
③ 王夫之：《明诗评选》，第346—347页。

太深刻矣。至钱牧斋云钟、谭之类，五行志所谓诗妖，天乎冤哉，恐未遽令竟陵心折。①

吴氏的评断应该说是比较持平的。钟、谭论诗声调尚生硬一点，当时一致公认。倪匡世也有"钟、谭二公，专取性灵，不取声调"的说法②。但在一些诗论家看来，这并不是有意识的追求，而只是无心的忽略。雷士俊与孙枝蔚书曾谈到这一点：

> 大抵钟、谭论说古人，情理入骨，亦是千年仅见。而略于音调，甚失诗意。诗以言志，声即依之。钟谭《诗归》，譬之于人，犹瘖痖也。虽不尽如此，然古人好诗一入其选，则作如此观。③

钟谭之疏于学问，每遭人诟病，《诗归》中的疏误当然也不能幸免。钱谦益《初学集》卷十七《姚叔祥过明发堂共论近代词人戏作绝句十六首》之十五指其误将朱熹《代乡人答王无功》作唐人诗，叶矫然《龙性堂诗话》则由《古诗归》评古诗的失误指责钟、谭学问之疏：

> 《十九首》"晨风怀苦心，蟋蟀伤局促"，指秦、魏二风诗也。《晨风》语多忧思，故曰怀苦心；《蟋蟀》语多俭陋，故曰伤局促。吾友吴冉渠曾亦言及，其义甚明。《诗归》评："'苦心'、'局促'着'晨风'、'蟋蟀'上，谬甚。"竟认似罗隐"芙蓉抵死怨珠露，蟋蟀苦口嫌金波"矣，岂不梦见！④

《晨风》、《蟋蟀》乃是《诗经》秦风、魏风中的诗篇名，钟、谭竟读作名词，仅此也可见其学问之鄙陋，读书之粗疏。服膺竟陵诗学的贺裳嗜痂逐臭，竟说"只如此看，语意自深"，若解作《毛诗》篇名"则浅薄无味"⑤，

---

①　吴景旭：《历代诗话》癸集卷八引，京华出版社 1998 年版，第 1007 页。

②　倪匡世：《振雅堂汇编诗最·凡例》，转引自谢正光、佘汝丰《清初人选清初诗汇考》，南京大学出版社 1998 年版，第 221 页。

③　雷士俊：《与孙豹人》，周亮工辑《赖古堂尺牍新钞·藏弄集》卷一五，宣统元年国学扶轮社石印本。

④　叶矫然：《龙性堂诗话》初集，郭绍虞辑《清诗话续编》第 1 册，第 956 页。

⑤　贺贻孙：《诗筏》，郭绍虞辑《清诗话续编》第 1 册，第 155—156 页。

也可以说学其邪道而走火入魔了。学问空疏是明代士大夫的通病，不学而好作大言，使得明代诗学中充斥浅薄无根和英雄欺人的假大空议论。这也是清初诗学矛头所指的焦点之一，下文论述清初诗学原本学问一点时将专门论及，兹不展开。

第二节　诗歌观念与传统的重整

批判为建设的前提，重构是反思的目的。清初诗学是在清算明代诗学流弊的同时完成自身的理论建设，在批判中确立自己的诗歌观念和诗歌理论的，在这一过程中，对诗歌传统的重新阐释和建构始终是问题的核心。

传统是任何时代都无法回避的问题。有时它是带来影响焦虑的巨大压力，有时它又是激发创造活力的丰富资源。在某些时代，传统是清晰的强大的，而在另一些时代，传统又可能是衰弱的、若有若无的。因此，确定传统对现时的意义，确定以什么样的方式接受传统，乃至明确传统究竟是什么，常常是一个新的文学时代开始时首先摆在人们面前的问题。清初将明代灭亡的原因归结于士风和学术的败坏，意味着明代无论在知还是行上首先是一个传统失坠的时代，为此清初文化救亡和建设的主要目标就被确定为修复和重整传统。

文化中的传统修复和重整，目标是单一而明确的，即张溥所揭应社的宗旨——"志于尊经复古"①，回归以程朱理学为指导思想，以济世致用为基本宗旨的儒学传统。其核心是首先回到经学，以经学充实理学的知识基础，以实证性的考据方法重建经学和实学的方法论。而文学中的传统修复和重整，却要复杂得多，面临伦理秩序的重建，风格典范的确立，创作理念的更新以及知识谱系的调整等多重问题。这些问题涉及面之广，关系之复杂，让人理不清头绪。清初文论中鲜有全面思考这些问题、提出系统看法的议论，往往是就事论事，在不同话题随处触及。比如古文家陈玉璂在《陆子制义序》中说：

　　士君子立言，总期有益于天下后世。苟其有益，不必定如古文，（中略）虽言之不文，且无病，又何病乎不逮古文乎？苟第求其文之

———————

① 张溥：《五经征文序》，《七录斋集》卷二，明末刊本。

似古文，而于圣贤之理道杳所发明，天下国家之事故皆迂疏而无当，即古文矣，将焉用之？①

这虽是为八股文集撰写的序文，却提出了一切文章的价值基准，进而从反面给出了古文内涵的规定。"士君子立言，总期有益于天下后世"的主张，让我们联想到顾炎武"文须有益于天下"的宣言②，这是当时文学对内容的共同要求，也是对古代文学"文章合为时而著，歌诗合为事而作"（白居易《与元九书》）传统的回归。江西宁都以魏氏兄弟为首的"易堂九子"，诗学宗杜，但不是学其格调，而是"归本于理识"，显示了另一种对待传统的态度。彭士望《魏叔子诗序》说：

吾易堂诗独尚理识，每用古文法自写性情，以发抒其怀抱。不汲汲求肖于汉魏三唐，意未尝不宗杜，欲规模其字句，何者是杜，不遑及也。③

这段话论魏禧的诗歌创作，起码指出了三个特点：（1）不以汉魏三唐为风格楷模，而是自写性情，追求理识的崇高；（2）作诗参用古文法，即以文为诗；（3）立意以杜为宗，但不模仿其字句。不难看出，第二点正继承了由杜甫开创并为韩愈所发扬的"以文为诗"的传统，而第三点则是对韩愈"师其意不师其辞"（《答刘正夫书》）的古文理论的响应。这么看来，彭士望虽未标榜魏禧对传统的发扬，却已通过他的创作实践彰显了这批古文家重归唐代古文传统的意欲和实际付出的努力。裘琏《陆鋡俟双水诗草叙》也是一篇很有典型意义的文章：

夫诗以言志，自唐虞迄商周，赓歌风雅，一皆遥情真韵，自行自止。降而汉晋，犹不没古意。自唐以之取士，而格律遂卑。何者？其中有得失，则遂有依傍；有顾忌，则遂有逢迎。我之性情率为人用，而寄托之情遂不能高，流转之韵遂不能真。试观今古风歌行、律言绝

---

①　陈玉璂：《学文堂文集》序四，康熙刊本。
②　黄汝成：《日知录集释》卷一九，下册，第 841 页。参看本书第三章第二节"顾炎武的诗学史意义"。
③　宁都三魏文集本，道光二十五年谢若庭绂园书塾重刊本。

句，其去三百篇何如哉？然而今之人犹沾沾哓哓，祖述初、盛，宪章中、晚，若壹不知有前后代诗句者。①

如果说陈玉璂从内容的规定性出发解构了风格意义上的"古文"概念，彭士望从抒情性出发解构了唐诗的风格典范意义，那么裘琏更从自我表现的要求出发解构了唐诗的绝对典范性。这是很有必要的，因为传统的中绝和失坠从另一个意义上说就是更远的传统被较近的传统所覆盖。当我们还不清楚传统或者说我们需要的传统是什么时，否定和抛弃离我们最近的传统就是当然的选择，而据以否定它的理由也正是我们要寻找的东西。在裘琏的文章中，那被以"古意"代称的传统便是"遥情真韵，自行自止"，也就是自主的抒情表现，它在文学史上的时代下限是汉晋。

这当然不能说是最有代表性的，更不能说是唯一的结论，它只是清初重整诗歌传统的多种努力之一。正像清初诗学的许多问题都必须联系到传播和地域传统来考虑一样，传统的修复和重建也是个不能忽视地域性的问题。像王渔洋这样的诗坛盟主，以及宋荦那样的达官贵人，或立据要津，或居通都大邑，接触四方诗人、诗话和不同的思想，或唐或宋，往往得风气之先；而像黄生那样的乡曲老儒，则仍本于明代格调派诗学，承李攀龙拟议以成变化之说，认定"为诗不学古人则无本，徒学古人，拘拘绳尺，不敢少纵，则无以自立，为后世必传之地。此拟议以成变化，乃诗家之要论也"②。就整个清初诗坛来看，对待诗歌传统的立场和态度是多样的，除了唐诗派和宋诗派，还有像裘琏那样否定唐诗而直溯《诗经》的，也有金圣叹那样"愿天下学古者，断以秦汉为法"③，像费锡璜、沈用济那样以汉代古诗为旨归或陈祚明那样"不屑追踪汉、魏以下"的④，只不过流传范围不同，影响有大小而已。重要的派别和学说后面都要专门论述，这里只就当时诗坛的几个热门话题略作分析。通过分析我们很容易看出，这些话题恰恰集中了诗歌观念和传统重整中最关键的问题。历来的研究虽也个别涉及这些问题，但缺乏通盘的考察，尤其是缺乏

---

① 裘琏：《横山文集》卷三，民国3年宁波旅遁轩排印本。
② 黄生：《诗麈》卷二，《皖人诗话八种》，第79页。
③ 金圣叹：《唱经堂古诗解》，《金圣叹全集》第4卷，江苏古籍出版社1985年版，第740页。
④ 陈祚明：《采菽堂古诗选》翁嵩年序，上海古籍出版社2008年版。

对其间内在关联的综合性分析，以致不能对清初诗歌观念的建构形成全面
而系统的认识。

一　复兴诗教：奠定诗学的伦理基础

对生活在明末清初的诗人来说，他们经历或记忆中的诗歌史就是一段
诗歌走向堕落的历程。吴乔在《围炉诗话》自序中将这一历程描述如下：

> 自汉以来，无复采风问俗，六义亡半。唐诗最盛，惟兴比赋不违
> 乎《骚》而已。五代中原云扰，斯文道尽，吴蜀独存吟咏，而皆专意
> 于词。其立意也，流连光彩，鲜比兴而多赋。宋虽诗词并行，而未有
> 见及于比兴之亡者也。然而言能达意，赋义犹存。弘、嘉之复古者，
> 不知诗当有意，亦不知有六义之孰存孰亡，惟崇声色，高自标置。夫
> 既无意，则词无主宰，纰缪不续，并赋义而亡之。①

在中国诗学的批评史上，"六义"一直是诗歌优秀传统的代名词，同时也
在很大程度上支撑着传统的内涵，"六义"的耗散一向作为传统沦落的象
征而被谈论。宋代葛立方曾说："自古工诗者，未尝无兴也。观物有感焉，
则有兴。今之作诗者，以兴近乎讪也，故不敢作，而诗之一义废矣。"②
叶矫然也说"近人作诗，率多赋体，比者亦少，至兴体则绝不一见"③。
而到吴乔眼里，连"赋"之一义也已亡失，于是整个明代诗学就成了无根
无本，只能供骋高谈、发大笑的"无自心、无六义之诗"，而清初的批评
家也就不得不再次站到一个类似唐初陈子昂的位置上，发出"诗道榛芜，
宋元迄明，几五百年"的慨叹④。传统的失坠和风气的颓靡是如此不堪，
以致一般文人对扭转风气都已感到绝望，只能取洁身自好的态度，最低限
度地维持一个读书人的操守。孙承泽《与梁玉立》云："吾辈读书，即不
能穷极理奥，决不可事禅悦以助颓澜；吾辈作诗文，即不能力追大雅，决
不可戏谑声以堕恶道。"⑤ 话是这么说，但乱世总是豪杰之士挺生间出的

①　郭绍虞辑：《清诗话续编》第 1 册，第 469 页。
②　葛立方：《韵语阳秋》卷二，何文焕辑《历代诗话》下册，中华书局 1981 年版，第 497 页。
③　叶矫然：《龙性堂诗话》初集，郭绍虞辑《清诗话续编》第 2 册，第 938 页。
④　王嗣槐：《广陵韩子诗序》，《桂山堂文选》卷一，《四库未收书辑刊》影印康熙青筠阁
刊本，第 7 辑，第 27 册，第 87 页。
⑤　周亮工辑：《赖古堂名贤尺牍新钞》卷九，宣统三年国学扶轮社石印本。

时代，面对思想领域里的禅风流荡，文学领域里的恶习泛滥，有识之士不仅付以深刻的反思，还努力进行有建设性的理论思考，希望找到革除积弊之道。

在中国这样一个以古为理想和价值之源的国度，复古即回归传统永远是最有力的口号，同时也是被历史反复证明了的成功策略。清初的学人仍只能作此选择。如果说在思想领域他们是祭起经学的大旗，以振兴儒家正统思想来抑制异端的横行，那么在文学领域，他们就是以《诗经》的雅正传统为核心，回到儒家诗学的基本理念，显示出一种重整儒家诗学传统以树立新的诗歌观念的共同意识。张健《清代诗学研究》基于诗歌的现实地位与儒家诗学政教传统的失落，将明清之际诗学的总趋向概括为儒家诗学政教精神的复兴及审美上性情诗学、格调诗学的走向综合与统一①，最有见地，可以说抓住了问题的核心。不过"政教精神"这一概念，似还可以再作推敲。正像他自己也指出的，诗歌的政教传统丧失已久，绝非在明代才失落；同时他将现实生活中诗歌地位的低落归结于科举的影响，又属于明清两代共同存在的文学生态问题②，不是诗歌自身可以解决的。由此谛审，政教精神失落与复兴的命题同清初诗学语境的关系显得稍为迂远，不如表述为诗学传统的失落和复归更能紧扣问题的实质。

当然，传统本身是一个包含多方面内容的概念，就诗学而言，起码包括伦理的、审美的、知识的三个层面。对清初诗家来说，找回失落的传统，首先是要解决诗歌的伦理基础问题。为此他们重拾儒家传统诗论的种种言说，举凡"诗言志"、"思无邪"、"兴观群怨"、"修辞立其诚"、"发乎情止乎礼义"等最古老的儒家诗学话语，都被他们作为诗学的核心命题，反复加以引据和论证，予以切合当下语境的阐说和发挥。当时，无论是站在什么立场上的诗家，无论是正统文人，还是叛逆型文人，尽管创作主张、审美趣味或师法策略各不相同，但在重建诗歌的伦理基础一点上却目标一致。连最有叛逆色彩的金圣叹，也强调"夫诗之为言，讪也，谓言之所之也；诗之为物，志也，谓心之所之也。心之所之必于无邪，而言之

---

① 参看张健《清代诗学研究》第一章"明清之际：儒家诗学政教精神的复兴"，北京大学出版社 1999 年版。

② 参看蒋寅《科举阴影中的明清文学生态》，《文学遗产》2004 年第 1 期，收入《清代文学论稿》，凤凰出版社 2009 年版。

所之不必其皆无邪,此则郑、卫不能全删,为孔子之戚也。今也一敬遵于孔子之法,又乘之以一日之权,而使心之所之必于无邪,言之所之亦必于无邪"①,则他人可想而知。清代诗歌的初期检阅——魏裔介编《清诗溯洄集》严沆序有云:"先生之论诗,一准于发乎情,止乎礼义,言有合于温柔敦厚之旨,国风之不淫,小雅之不怨者,乃始登之简牍,施之丹黄。"② 两人在有限的文字中都堆砌了若干个儒家诗学的基本命题,而且都集中于伦理方面,显出一种不同寻常的迫切态度。这正是现实的焦虑在诗学言说上的反映。

在伦理上对诗学传统的复归,首先表现为对已成为诗学根本概念的"性情"的重新解释。因为当时实在已到了"诗以道性情,无人不知,且无人不言之矣,然人人知之而性情之旨晦,人人言之而性情之真愈淆"的地步③。针对晚明以来,"性灵"逐渐取代"性情"成为诗学的核心概念,"性情"概念往往被解作"情"的偏义复词。黄宗羲在《马雪航诗序》中将"性情"离析为"一时之性情"与"万古之性情",在肯定个人情感的同时,重申了道德情感的永恒性。这在当时是很有代表性的观念,李中黄《逸楼四论》也力主诗以道性情,而其所谓性情,乃是"上而君臣理乱,下及风俗正变,其兴观群怨有当于圣贤之旨",他说:

> 竟陵论诗主神理,则以佛菩萨为极致;历下论诗主气格,则以文人才士为极致。若予论诗则主性情,要当以圣贤为极致也。夫《三百篇》圣人所删,而楚《骚》贤大夫所作,盍亦反其本矣?

"主性情"在此不是强调性情的自由挥发,而是要以圣贤为终极目标。圣贤已矣,只有他们删述的《诗》《骚》垂范千古,成为后人追原的根本。这样,"主性情"就不再是一个简单的主张自我表现的命题,或重复"诗言志"的老调,而是通过"反其本"与传统诗歌理想联系起来,不只强调说什么,还要强调怎么说。为此,长久以来几乎已被忘却的"诗教",又被请回来,供奉于当前诗学的神龛。本来,在人们的印象中,自唐宋以

---

① 金圣叹:《贯华堂选批唐才子诗序》,《金圣叹全集》第 4 卷,第 34 页。
② 魏裔介:《清诗溯洄集》卷首,康熙刊本。
③ 师范:《触怀吟序》,《滇文丛录》卷二九,转引自张国庆编《云南古代诗文论著辑要》,中华书局 2001 年版,第 373 页。

后，"诗教"便逐渐被边缘化。明代万历间郝敬曾感叹："经教之衰，亦无如今日者矣。"① 这"经教"中自然包含着诗教。后人也认为"唐之诗教虽衰，未若宋明以来之甚也"②。近代王礼培《小招隐馆谈艺录》论明前七子，说："其旨非汉魏六朝盛唐之诗不观，标榜门户，入主出奴，浮响虚弦，皮剥肤附，其于温柔敦厚之教，未始有闻也。"③ 在这种情形下，诗坛"反本"的呼吁，就转而成为返回"诗教"的意识。钱谦益曾说："诗人之志在救世，归本于温柔敦厚。"④ 朱彝尊则说，"凡可受诗人之目者，类皆温柔敦厚而不愚者也。"⑤ 诗人的天职，诗人的本质，忽然都与"诗教"联系起来，"诗教"一时竟成了清初诗学的焦点，成为当时最活跃的诗学话语之一。以至于当时有人说"论诗于今日而必以温柔敦厚为言"，"今日之诗孰不曰吾温柔敦厚也?"⑥ 的确，浏览清初别集，鲜有序跋论诗不及温柔敦厚的作者，这真是很耐人寻味的。

　　"温柔敦厚，诗教也。"《礼记·经解》的这一"诗教"，虽然古人称"一言立天下万世诗学之准"⑦，当代学者也视为古代"论诗的最高圭臬"⑧，但一直若存若晦，并不彰显。元代杨维桢《诗史宗要序》提到诗教，是这么说的："诗之教尚矣。虞廷载赓，君臣之道合；五子有作，兄弟之义章。《关雎》首夫妇之匹，《小弁》全父子之思，诗之教也。"⑨ 这只是发挥了一通《诗大序》的主旨，绝非原典意义上的"诗教"。由此看来，王夫之说诗教自唐代即已亡失⑩，确乎有他的道理。历史上的诗教，原本是从"主文而谲谏"的角度，同时作为艺术创作动机和艺术表现的规范而被接受的，即存心敦厚，措辞温柔，以委婉含蓄、优游不迫为尚。清初毛先舒《诗辩坻》对诗歌本质的阐释，可以看作是传统观念的

① 郝敬：《送九经解启》，《小山草》卷七，四库全书存目丛书补编，第53册，第114页。

② 邓绎：《藻川堂谭艺·比兴篇》，《藻川堂集》，光绪四年自刊本。

③ 王礼培：《小招隐馆谈艺录》卷三，民国26年湖南船山学社排印本。

④ 钱谦益：《施愚山诗集序》，《施愚山集》第4册，黄山书社1992年版，第247页。

⑤ 朱彝尊：《高舍人诗序》，《曝书亭集》卷三七，康熙刊本。

⑥ 王艮：《周俶文诗序》，《鸿逸堂稿》，四库全书存目丛书影印康熙刊本，集部，第233册，第335、336页。

⑦ 赵青藜：《文学胡御之遗诗序》，《漱芳居文钞》二集卷四，乾隆四十七年刊本。

⑧ 徐复观：《释诗的温柔敦厚》，见《中国文学精神》，上海书店出版社2004年版。

⑨ 杨维桢：《东维子文集》卷七，四部丛刊初编影印鸣野山房旧钞本。

⑩ 王夫之《古诗评选》卷五江淹《效阮公诗八首》之二评语："闻之者足悟，言之者无罪，此真诗教也。唐以后诗亡，亡此而已。"第259页。

寻觅和因袭：

> 诗者，温柔敦厚之善物也。故美多显颂，刺多微文，涕泣关弓，
> 情非获已。然亦每相迁避，语不署名。至若乱国迷民，如太师、皇父
> 之属，方直斥不讳。斯盖情同痛哭，事类弹文，君父攸关，断难曲笔
> 矣。而《诗》犹曰："伊谁云从，惟暴之云。"又曰："凡百君子，敬
> 而听之。"其辞之不为迫遽，盖如斯也。①

毛先舒前后用了两千字的篇幅，列数后人"动见抵巇，深辞巧诋"的十七
"戾"，以见诗教的沦丧。这让我们感觉到，清初人对诗教的一再重申绝不
是门面套话，而是出于发掘和重塑传统观念的迫切要求，与当时诗学传统
复兴的思潮息息相关。不仅康熙初邓汉仪编《诗观》初集，凡例称"温
柔敦厚，诗教也。骂坐非，伤时尤非，故仆以'慎墨'名其堂，芟除不遗
余力"②。甚至到康熙后期，《御选唐诗序》依然本着诗教，强调"是编所
取，虽风格不一，而皆以温柔敦厚为宗。其忧思感愤、倩丽纤巧之作，虽
工不录"③。失落已久的古老诗教，终于又重新回到当代的诗学言说中，
在名公巨卿的诗论中呈现为诗学传统的复兴和发扬④。与此同时，不知是
"诗教"二字本身具有某种象征意义，还是面对前所未有的诗歌语境，人
们有了新的理论要求，"诗教"不光是频繁地现身于清初诗论，还被加以
多样的引申和发挥。

　　首先，"诗教"概念的外延得到扩展，在某些场合基本被视为诗道或
诗歌传统的同义词。如胡世安《张坦公燕牋余引》云："士无不能文而文
心駮，亦无不能诗而诗教衰。"⑤ 钱澄之《白鹿山房诗集序》云："吾乡诗
素以才调胜，近得有怀诸子从事苦吟，绝去缘饰，独任本色，要皆情为之
也。诗教其将兴乎。"⑥ 两人的说法虽褒贬不一，但扩展了"诗教"的外

---

①　毛先舒：《诗辩坻》卷一，郭绍虞辑《清诗话续编》第 1 册，第 68 页。

②　邓汉仪辑：《诗观》初集，康熙刊本。

③　爱新觉罗玄烨：《圣祖仁皇帝御制文集》第四集卷二三，四库全书本。

④　如张健《清代诗学研究》第一章所举李光地《榕村语录》、徐乾学《十种唐诗选序》、
朱彝尊《钱学士诗序》、王士禛《池北偶谈》等的言论，见该书第 34—35 页。

⑤　胡世安：《秀岩集》卷二八，《四库存目丛书》影印康熙三十四年胡蔚先修补本，集部，
第 196 册，第 614 页。

⑥　方中发：《白鹿山房诗集》卷首，康熙刊本。

延，用以代指诗道，却是相同的。这是一个新的用法，意味着诗教作为概念，地位已经提升①。人们热衷于对诗教作种种申说，或许就与此有关。到沈德潜编《国朝诗别裁集》时，"温柔敦厚"四字已成为笼罩全书的唯一标准。

其次，与外延扩大相应的是"诗教"的内涵也不断被充实，虽然人们都在谈论同一个命题，但各自的解说和发挥却很不相同。除了张健指出的遗民诗群从贵"变"的角度对传统观念的突破外②，我们还看到，"温柔敦厚"四个字在众多诗论家的笔下，已呈现多方面的意蕴。黄宗羲《栗亭诗集序》首先从待人接物的厚道上来解释温柔敦厚③，魏际瑞《感兴诗序》也从自我表达的角度肯定："温柔敦厚可以嬉笑怒骂，得性情之正即可。"④ 申涵光《贾黄公诗引》则指出"古今为诗者，大抵愤世嫉俗，多慷慨不平之音"，强调"愤而不失其正，固无妨于温柔敦厚也"⑤。这都属于将传统命题的内涵由辞令风格切换到性情上来，在理论上解决了乱世之诗"悯时悲事"、梗概多气的风格与温柔敦厚之"和"的修辞要求相冲突的问题⑥。由于诗教的核心落实到性情，动机和效果相对艺术表现的规范变得更重要起来。朱熹曾说："温柔敦厚，《诗》之教也。使篇篇皆是讽刺人，安得温柔敦厚！"⑦ 这正是就艺术表现的环节而言的。而叶燮则认为温柔敦厚并不排斥讽刺，因为讽刺只是手段而不是目的。他从体用关系的角度对"温柔敦厚"的精神实质重新作了阐释：

> 或曰："'温柔敦厚，诗教也。'汉魏去古未远，此意犹存，后此者不及也。"不知温柔敦厚，其意也，所以为体也，措之于用则不同；辞者，其文也，所以为用也，返之于体则不异。（中略）且温柔敦厚

---

① 这一点基本为后来所认同。同治间王轩序谢质卿《转蕙轩诗存》云："志切者意必深，情至者词务尽，学古而不求形似，非深于诗教者不能也。"此"诗教"亦非温柔敦厚四字可尽。

② 详见张健《清代诗学研究》，第35—39页。

③ 文见汪庆元《徽学研究要籍叙录》，《徽学》第2卷，安徽大学出版社2002年版，第382—383页。

④ 魏际瑞：《魏伯子文集》卷一，道光二十五年谢若庭绥园书塾重刊本。

⑤ 申涵光：《聪山集》卷二，丛书集成初编本，第19页。

⑥ 申涵光《聪山集》卷一《连克昌诗序》："夫发愤则和之反也，其间劳臣怨女悯时悲事之词，诚为不少，而圣人兼著之，以感发善心，而得其性情之正，故曰温柔敦厚，诗教也，所以正夫不和者也。"丛书集成初编本，第8页。

⑦ 黎靖德编《朱子语类》卷八〇，中华书局1994年版，第2065页。

之旨，亦在作者神而明之；如必执而泥之，则《巷伯》"投畀"之
章，亦难合于斯言矣。①

他强调应该从本体意义上理解诗教，灵活地把握诗教的原则，而不要拘泥
于表面的语言形式。这样一来就解决了传统"美刺"概念的"刺"容易
同温柔敦厚相冲突的问题，扫平了诗教走向诗学核心地位的障碍。从诗教
观念在清代的发展来看，这是很必要，也是很合乎时代潮流的。

　　叶燮等人还是在传统的修辞层面上谈论诗教的，真正拓展诗教的内
涵，将它提升为一个最具包容性的理论命题的是钱谦益。钱谦益晚年论诗
文字反复提到"诗教"，并作了多向度的引申，除了孙立指出的与元气联
系起来外②，最值得注意的是与性情、真诗等重要观念相沟通。他在《新
安方氏伯仲诗序》中称方氏兄弟诗"无流僻，无噍杀，漻漻乎其音也，温
温乎其德也，庶几诗人之清和，可以语温柔敦厚之教也与？"③ 这是从诗
教的角度来评价诗人的气质；《陆敕先诗稿序》云"诗者，情之发于声音
者也。古之君子，笃于诗教者，其深情感荡，必著见于君臣朋友之间"④，
这又是从诗教出发来论性情；而《西陵二张子诗序》说"温柔敦厚者，
天地间之真诗也"⑤，则又将诗教与当时另一个重要观念"真诗"联系起
来，暗示了这些观念内在的一致性及被整合的可能。他的见解为门人冯班
所继承。冯班曾批评当时"不善学古者，不讲于古人之美刺，而求之声调
气格之间"，于是"黠者起而攻之以性情之说，学不通经，人品污下，其
所言者皆里巷之语，温柔敦厚之教，至今其亡乎？"⑥ 从他所指涉的范围
来看，举凡美刺精神、经学基础、道德人品、雅洁文辞，这些当今诗歌中
欠缺的因素都属于诗教的内容。可惜私淑冯班、恨不得铸金事之的赵执
信，只知道"冯先生恒以规人"，却识不得大体，将诗教独引向《诗小
序》"发乎情，止乎礼义"的道德准则上去⑦。倒是王弘撰，将《诗序》

---

① 叶燮：《原诗》内篇上，丁福保辑《清诗话》下册，第 568 页。
② 孙立《明末清初诗论研究》指出钱谦益晚年更多地提倡温柔敦厚之旨，与明亡后更多地
接触遗民群体有关系，可备一说。广东教育出版社 1999 年版，第 282—284 页。
③ 钱谦益：《牧斋有学集》卷二〇，上海古籍出版社 1996 年版，中册，第 843 页。
④ 钱谦益：《牧斋有学集》卷一九，中册，第 824 页。
⑤ 钱谦益：《牧斋杂著》，上海古籍出版社 2003 年版，第 414 页。
⑥ 冯班：《陆敕先文稿序》，《钝吟文稿》，康熙刊本。
⑦ 赵执信：《谈龙录》，丁福保辑《清诗话》上册，第 311 页。

论创作冲动与道德规范的关系转换为写作动机的两种诉求，赋予《诗序》以新的含义：

> 夫诗之为道，有不自已者焉，有不可已者焉。不自已者，为哀为乐，情之动也，天也；不可已者，为美为刺，礼义之正也，人也。故发乎情，止乎礼义，斯天人之合也。而先王所为"温柔敦厚"之教，襄大经大法以不坠者，具是矣。①

在这里，发乎情＝天＝自由抒情，止乎礼义＝人＝美刺讽劝。"温柔敦厚"的内涵空间由此被划分为出于感情宣泄的自我表现和出于道德责任的社会批评两个区：发乎情的自我表现从而获得合法地位，性情的自由表达也成为诗教的应有之义；同时，止乎礼义也由原先外在的道德规范转变为内在的道德责任，使诗人的责任感凸显出来。这一微妙的修正，让我们一方面看到经过明代性灵诗学的冲击后儒家正统诗歌观念的松动，一方面更看到当时扩展"诗教"内涵，以重建诗歌伦理基础的努力。这种努力终于使原本指向各异的传统诗学话语在"诗教"的范畴下得到整合，使古老的"诗教"成为全面统摄当代诗学理想的范畴。且看陈玉璂序曾灿所辑当代诗选《过日集》是如何定位诗教的：

> 古人视经重，故视诗弥重。夫诗之所以为经者何哉？古人立言，皆思有益于天下后世，大而君父之大伦，细至昆虫草木，莫不旁引曲譬，使人观感有悟，足以为戒，足以师。故曰温柔敦厚，诗教也。②

很显然，这里是依托于《诗经》的经典性，将自己对诗歌社会价值的所有理解都灌注进传统的诗教命题中，包括与顾炎武"文须有益于天下"相类似的观念。由此可见，这些诗论家虽所处地域不同，所承传统不一，所持话语各异，但其理论目标和精神实质却都是相通的。他们对诗教的种种阐释和开拓，使诗歌观念日益趋向于丰富和多元化。

① 王弘撰：《蒋处士诗序》，《砥斋集》卷一下，康熙刊本。
② 陈玉璂：《过日集序》，曾灿辑《过日集》卷首，康熙间曾氏六松草堂刊本。

　　如果说清代诗学区别于前代的一个重要特征就在于观念的多元化和包容性，那么清初诗学即已显露这种倾向。前代传承下来的丰厚遗产，给了诗人们多样的选择可能和广阔的阐释空间，只因处于反思明亡教训的历史语境，致使所有的选择和阐释都表现为对明代诗学的反拨和救赎。重倡诗教只能拯济性灵派末流的道德沉沦，绝不足以肃清明代诗学的全部流弊。不立不破，不确立新的艺术理想，就无法破除明代诗学的痼疾。从根本上说，艺术理想的确立本身就是对明代诗学的反拨，矛头直接指向明人对传统的狭隘观念，并激发人们重新认识传统的意向。

二　重整诗统：拓展诗史视野

　　无论人们是否意识到，诗歌传统都一直在诗史上起着导向和楷模的作用，充当审美理想的旗帜。重倡诗教只是为诗歌创作奠定了伦理基础，它对诗歌创作的规范作用既很狭窄，也很抽象。诗论家们要全面阐明自己的艺术观念，表明自己在风格学或修辞学上的理想，还需要确立具体可感的艺术典范。这一典范不可能凭空雕塑出来，只能到过去的诗歌史中去寻找。一个对艺术理想的现实需求，最终演化为对诗歌传统的重新梳理和整合。

　　清初诗学的所有工作都从对明代的反思开始，在传统问题上也不例外。赵执信《谈龙录》在回顾历代对诗歌传统的态度时指出：

　　　　青莲推阮公、二谢，少陵亲陈王，称陶、谢、庾、鲍、阴、何，不薄杨、王、卢、骆，彼岂有门户声气之见而然，惟深知甘苦耳。至宋代始于前辈有过情之论，未若明人之动欲扫弃一切也。今则直汩没于俗情积习中，非有是非矣。①

这里称赞唐人无门户声气之见，当然是针对明人的好立门户而言的；而当今俗情积习的无是非可言，又是承明人的流弊，总之归结于明人论诗的狭隘。此刻人们已看得很清楚，正是狭隘的艺术观念，导致明人论诗取径偏窄。在七子辈"诗必盛唐"的旗帜下，举世所讽习，不过开元、天宝几十

_____

　　①　丁福保辑：《清诗话》上册，第313页。

年的诗篇，钱谦益说"近世耳食者至谓唐有李、杜，明有李、何，自大历以迄成化，上下千载，无余子焉"①，七百年间的诗歌史竟成了一片空白，全都被排除在视野之外。万历后虽门户递起，各持一说，"然而取之不广，维彼忌心"②，是丹非素，所见益隘。诚如张缙彦所批评的，"今说诗者，每祖祢王李，既则訾之。旋效袁徐，渐为钟谭，后则又訾之。一以为正派，一以为新裁，如童子争日，不复相下。是以眼孔日窄。（中略）故诗道最广也，作者狭之，选者又狭之"③。由此产生的直接后果就是创作中的单调与雷同局面。而要改变诗坛这整体贫血的状态，首先必须打破"诗必盛唐"以及其他的种种牢笼，将无比丰茂的传统资源吸纳到自己的创作中来。

　　清初大量的诗文都告诉我们，破除明人对诗史的狭隘观念，将更广袤的诗歌传统纳入自己的视野，乃是当时大多数诗家的共同意识。正像前文所举裘琏、金圣叹诸人的主张所示，许多诗人都在有意识地作这种努力，差别只在于具体的取径路向以及论者处于什么位置、产生多大的影响。时至今日，我们已很难将不同时间、地域的诗人们的主张一一列举出来，但透过当时的文献记载，一个在激荡中扬弃，在沉思中建设的诗史时期还是约略可见其脉络。

　　首先进入我们视野的是时间最早同时影响也最深远的钱谦益鼓吹宋元诗。宋元诗自明初以来被束之高阁，直到公安派才突破格调派藩篱，稍加拂拭。袁宏道说："初、盛、中、晚自有诗也，不必初、盛也；李、杜、王、岑、钱、刘，下逮元、白、卢、郑，各自有诗也，不必李、杜也。赵宋亦然，陈、欧、苏、黄诸人，有一字袭唐者乎？又有一字相袭者乎？"④公安派不仅突破了盛唐的界限，甚至将宋诗也收入眼底，吹响了重构诗歌传统的号角。在公安派的羽翼下成长起来的钱谦益，更因受程孟阳感染，十分推崇南宋、元诗，尤其是陆游诗。袁宏道还承认初盛中晚各有其诗，钱谦益干脆釜底抽薪，用否定初盛中晚的分期彻底颠覆了格调派的理论基础，同时在天启、崇祯之际率先鼓荡起追慕宋元诗的风气。后辈谈到钱谦

①　钱谦益：《列朝诗集》丙集李梦阳传，上海古籍出版社 1983 年版，上册，第 311 页。
②　余怀：《甲申集·明月庵稿》自序，中国社会科学院文学所藏抄本。
③　黄传祖辑：《扶轮广集》张缙彦序，转引自谢正光、余汝丰《清初人选清初诗汇考》，第 8 页。
④　袁宏道：《与丘长孺》，《袁中郎全集》卷二一，日本元禄九年京都刊本。

益的诗史贡献，都认为"虞山钱牧斋先生乃始排时代升降之论而悉去之，其指示学者，以少陵、香山、眉山、剑南、道园诸家为标准，天下始知宋金元诗之不可废，而诗体翕然其一变"①。显然，他对宋元诗的推崇大大拓展了人们的诗史视野。

但钱谦益鼓吹宋元诗的影响并没有持续太久的时间，更没有波及所有的地域，就连江南一带也没都被宋诗风笼罩，如"云间几社及武林登楼诸子尚持时代升降之论，其徒相戒慎勿为开、宝以下人物"②。前文提到，竟陵派和后七子派在清初都有复燃之势，在不同的地域各拥有一批追随者。而反竟陵者往往重归王、李旧垒，徐增的一条记载是很珍贵的资料，抄在这里：

> 近日学诗者，皆知竟陵为罪人之首，欲改弦易辙者，又不深谙唐贤之门庭堂室，复相率而俎豆王、李，譬如乌衣妙士，一旦而服高曾尘腐之冠裳，鲜不笑其败落者矣。然余于此日有深幸焉。世人每安土重迁，夫唐人之诗犹祖宗之甲第也，王、李之诗犹子孙在外，别治平室一区也。钟谭之诗犹子孙不肖，寄人庑下也，今之复事王、李者，犹公侯之子孙贤者，思复旧业，幡然去人之庑下，而仍依止于别治之平室。吾谓人不思更动则已，既有更动之劳，何不少加拮据，竟归祖宗之甲第，堂构依然，坐而有之之为当也？③

云间派正是徐增说的唐人贤子孙，他们针对竟陵派的流弊，曾试图重振唐诗的理想，甚至重新整合古代诗歌的传统，但终因缺乏新颖而明确的艺术目标，仍不得不复蹈王、李故辙。其乡里后辈固然极肯定他们重振诗歌传统的功绩，说"诗亡之后，力砥狂澜，功在吾郡。犹忆陈、李二子肆力著作，《三百篇》而外，二京、六代以及三唐靡不探源别派，总归大雅。而后诗学之邪正渐明，此则作者之幸也"④。然而他人未必这么看，未必承认其整顿诗学的功绩。

---

① 李振裕：《善鸣集序》，《白石山房集》卷一四，康熙间香雪堂刊本。
② 同上。
③ 徐增：《与申勖庵比部》，《九诰堂全集》第十一册，湖北省图书馆藏清抄本。
④ 彭宾：《王峽文诗序》，《彭燕又先生文集》卷二，《四库全书存目丛书》，集部，第197册，第339页。

　　实际上在清初诗坛，大家都在突破"诗必盛唐"的藩篱，眺望广阔的诗歌传统。程孟阳、钱谦益是向后看的，更多的人则是向前看。明清之交的著名文学家薛所蕴，在《曹锡余诗序》中曾提到宰相刘正宗"论诗必先格调，通之性情，期于近法李唐，以远追《三百篇》遗音"，[①] 这明显是基于格调派的观念；至于论诗追溯到《三百篇》，则属于明清之交诗坛最一般的观念。周灿《刘介庵诗序》曾说："今之为诗者，哓哓于李王钟谭之席，苦争胜负，独不思三唐而上有汉魏，汉魏而上有《三百篇》鼻祖之可寻乎？"[②] 寻根寻到始祖，便无余义可辩，唯其太一般反而显不出特色。就像关中诗学的代表人物李因笃，同样主张学诗必本乎三百篇，"学三百而得苏李，学苏李而得曹阮鲍谢，学曹阮鲍谢而得开元、天宝诸公"[③]，在诗坛也没什么影响。陈玉璂以古文家主张学《三百篇》，就更不用提了。无论在什么时代，总是矫激立异者为世瞩目；平正通达的主张，则英雄所见略同，如康庄大道，人往来践行而不以为意，不以为奇。更何况学《三百篇》终究是个太学究气的主张，说说容易，真正付之实践又如何措手？

　　云间派或刘正宗的实际成就及影响如何，是另一回事，他们的主张说明了一个最根本的问题，即唐诗的地位是不可动摇的。"唐诗如父母然，岂有能识父母，更认他人者乎？"[④] 吴乔用一个通俗的比喻表达了对唐诗绝对价值的确认，而孙廷铨解释诗必学唐的理由则说："诗必袭唐，非也。然离唐必伧。善为诗者必不伧。"[⑤] 既然确立了这一前提，唐诗就成为古代诗歌传统的不祧之宗，任何对诗歌史的重新解释都不能以否定、取代唐诗为前提和目的，任何对诗歌观念和诗歌理想的修正都必须立足于唐诗的基准之上。这使清初所有对诗歌传统或艺术楷模的重构最终都成为一种出于策略的选择，而不是真正的趣味变异。钱谦益论诗以杜甫、韩愈、苏轼、陆游和元好问为宗，但指点方文，却说"近代思变杜者，以单薄肤浅为中唐，五言律中两联不对谓之近古，此求变而转下者也。唐人如岑嘉州、王右丞、钱考功皆与杜老争胜毫芒，晚唐则陆鲁望、皮袭

---

　　① 薛所蕴：《澹友轩集》卷三，《四库全书存目丛书》影印顺治十六年刊本，集部，第197册，第48—49页。

　　② 周灿：《愿学堂文集》卷三，《四库全书存目丛书》集部，第219册，第319页。

　　③ 李因笃：《许伯子茁斋诗序》，《续刻受祺堂文集》卷一，道光十年刊本。

　　④ 吴乔：《答万季野诗问》，丁福保辑《清诗话》上册，第26页。

　　⑤ 孙廷铨：《梁苍岩蕉林近稿序》，《沚亭文集》卷下，康熙刊本。

美，金元则元裕之，风指秾厚，皆能横截众流。足下论诗以杜、白为第
宅，亦不妨以诸家为苑囿也"①。而他的弟子冯班也未传其衣钵，却由晚
唐上溯汉魏六朝去。这不都是出于师法策略的选择吗？

按照格调派的观念，取法乎上，仅得其中，像钱谦益、冯班这样取法
乎中，岂非仅能得其下了吗？没办法，师法策略的确定基于诗人的才能及
其自信程度，也受到师法对象本身提供的艺术资源的限制。盛唐诗毕竟被
模仿得太多，可供开掘的艺术资源已很有限，更何况盛唐的妙手天成也不
是那么好学的，而中晚唐诗只在宋初和南宋末年一度风行，几百年过去已
变得陌生，正好取作楷模。所以彭孙遹说："诗以唐人为宗固也，然初盛
人诗如化人之塔，七宝庄严，乃至无阶级可寻，至大历以后，则渐有神韵
可以领会，谿径可以寻求。"② 比中晚唐更陌生的还有六朝，自中唐以后
便鲜有人道及，因此也为一部分诗家所取资。钱谦益曾说"汤临川（显
祖）亦从六朝起手"③，康熙四年（1665）李因笃跋曹溶诗云："天下无言
《文选》者，诗日趋于敝，而五言为甚。近日始知羞称竟陵，更溯正始，
然吾尝见其诗，考其原委，所为正始自大历已耳。无论风雅为几筵，汉魏
为俎豆，即开府、参军，李杜常亟引之，而近人一涉六朝辄去之，若将浼
焉。竭其生平之智力，区区从盛唐诸公庑下周旋，岂真以庾、谢风流反出
其下邪？"他称曹溶"意取其厚，辞取其自然，所以复汉京也；调取其俊
逸，格取其整，所以明《选》体也。而雄浑悲壮，驰骤两唐者，反在所
略"④。这是当时又一种师法路径，只因是个别人的实践，几乎是悄无声
息的，不曾在诗坛引起反响。

无论宋元也好，晚唐也好，汉魏六朝也好，都意味着视野的扩大，
传统的充盈。在这云谲波诡的激荡中，唯一不曾动摇的偶像是杜甫，只
有杜甫保持了自宋代以来的典范地位。诗坛以杜甫为宗的普遍选择，
曾引发清初杜诗学的兴盛。上至钱谦益、陈廷敬一辈诗坛巨子，贾开
宗、仇兆鳌一流著名文士，下至朱鹤龄、黄生之类的乡曲老儒，众多
的注家和注本对杜诗作了划时代的全面研究，一方面贯注了"诗史"
意识，一方面融会了实证学风，使杜诗研究顿开生面。这方面的研究

---

① 钱谦益：《与方尔止》，《牧斋有学集》卷三九，下册，第 1356 页。
② 彭孙遹：《广陵刘子□选戎昱诗序》，《松桂堂全集》卷三七，康熙刊本。
③ 钱谦益：《复遵王书》，《牧斋有学集》卷三九，下册，第 1359 页。
④ 曹溶：《静惕堂诗集》卷五，康熙刊本。

已有多种专著①，这里无须赘述。我想说明的是，在清初诗家的眼中，杜甫已不仅仅是一个供模仿和学习的偶像，像"文起八代之衰"的韩愈在文统中一样，他成了诗统中承上启下的关键人物。如贾开宗序侯朝宗诗云："孔氏亡而诗亡，千余载而唐始有杜甫，甫亡七百年而明有李梦阳、何景明，何、李亡又百余年而有侯子。"这显然是格调派私修的诗统谱系，省略了太多的诗史细节，要想获得广泛的认同是不太可能的。果然，任源祥在《与侯朝宗论诗书》中针锋相对地作了反驳：

> 今尊杜甫而蔑视汉、魏，是犹睹河水于平原广泽，迁徙倏忽以为神，而不知其有龙门之奇、积石之高也，不亦昧乎？贾君之言曰，汉魏、六朝作者间出，求其旨归于四始者鲜矣，此大非也。试观汉《郊庙》、《房中》及《铙歌》诸篇，非雅颂之遗乎？《古诗十九首》及和歌清瑟诸古辞，非国风之遗乎？汉有苏、李，魏有曹、王，风流蕴藉，去《三百篇》不远。即六朝如左、鲍，如陶、谢，皆自神隽，不失风雅。且自汉、魏以来，苏、李、曹、王、左、鲍、陶、谢之俦，皆杜甫所痦痳而蓥墙之者。以杜甫而蔑视诸家，非惟不知诸家，亦不知杜甫矣。②

针对贾开宗太过省略的诗统谱系，他通过补充许多诗史细节，再现了杜甫"上薄风骚，下该沈宋，言夺苏李，气吞曹刘，掩颜谢之孤高，杂徐庾之流丽"（元稹《杜工部墓系铭》）的集大成性和对前代诗歌的继承，使接受和学习杜甫成为附载杜甫以前整个诗歌传统的过程，这对扩展人们的诗史眼界同样是有意义的。到康熙中叶，集古今注杜大成的《仇注杜诗》行世，更清楚地展示了伟大诗人背后的诗歌传统，使人们的诗史视野愈加广阔，对诗歌传统的理解也愈益充实。

从现有文献来看，类似为诗歌传统"扩容"的工作，到康熙二十年（1681）前后已基本完成，其标志就是王士禛再度倡导宋元诗。王渔洋自幼受家学影响，于王维诗甚有心得；同时对杜诗也下过很深的工夫，但因非习性所近，并不盲目推崇。日后指授门人，以"从其性之所近"（《然灯记

---

① 有关研究有简恩定《清初杜诗学研究》，文史哲出版社 1986 年版；郝润华《钱注杜诗与诗史互证方法》，黄山书社 2000 年版；孙微《清代杜诗学史》，齐鲁书社 2004 年版。

② 任源祥：《鸣鹤堂文集》卷三，乾隆十一年家刊本。

闻》)和就各体之宜为原则①,嘱小诗宜学王维、韦应物,"七律宜读王右
丞、李东川"(同上),并熟玩刘长卿、刘禹锡等中唐名家,体现了"转益
多师"的精神。到《虞津草堂集序》倡言,"唐有诗,不必建安、黄初也;
元和以后有诗,不必神龙、开元也;北宋有诗,不必李、杜、高、岑也"②,
最终取缔了唐诗的独尊地位。门人汪懋麟解释说:"吾师之论诗未尝不采取宋、
元。辟之饮食,唐人诗犹梁肉也,若欲尝山海之珍错,非讨论眉山、山谷、剑
南之遗篇,不足以适志快意。"③ 这说明王渔洋之提倡宋元诗,同样是出于拓
展诗歌传统的视野和追求多样化的动机。尽管不数年间,宋元诗风就蒙受
"非盛世清明广大之音"的批评④,令王渔洋不得不有所顾忌而改弦易辙,
但"以扩曲士之见闻"⑤,即揭示古典诗歌传统的丰富性,改变人们由盛唐
诗获得的单一印象的目的却达到了。宋诗的成就和艺术价值最终得到肯定,
不仅以宋荦、邵长蘅为代表的折中派诗家调和唐宋,肯定宋诗⑥,就是早年
激烈批评宋诗风的朱彝尊,晚年也颇有取于宋诗,甚至被认为"涉入《江
湖小集》"⑦。而元诗则因顾嗣立《元诗选》三编在康熙三十二年 (1693)
以后陆续刊行而奠定其诗史地位。宋荦序《元诗选》,说"论者谓元诗不如
宋,其实不然。宋诗多沈僿,近少陵;元诗多轻扬,近太白。以晚唐论,则
宋人学韩白为多,元人学温李为多,要亦娣姒耳"。这样,元诗也名正言顺
地成了诗歌史扩容的另一个方向,所谓"称诗于今日,固当变之会也。其泝
而变也则之唐,其沿而变也则之元"⑧。

　　这场重新认识传统的论争所形成的理论成果,就是叶燮《原诗》所
阐明的诗史观:"吾愿学诗者,必从先型以察其源流,识其升降。读
《三百篇》而知其尽美矣,尽善矣,然非今之人所能为;即今之人能为
之,而亦无为之之理,终亦不必为之矣。继之而读汉魏之诗,美矣善
矣,今之人庶能为之,而无不可为之;然不必为之,或偶一为之,而不

<hr />

① 关于这一点,可参看蒋寅《〈唐贤三昧集〉与王渔洋诗学》,《唐代文学研究》第9辑
(广西师范大学出版社2002年版),收入《王渔洋与康熙诗坛》,中国社会科学出版社2001年版。

② 王士禛:《蚕尾集》卷七,康熙刊本。

③ 见王士禛《十种唐诗选》徐乾学跋,康熙刊本。

④ 施闰章:《佳山堂诗序》,《学源堂文集》卷七,《施愚山集》第1册,第133页。

⑤ 顾复渊:《海粟集》曹禾序,雍正八年刊本。

⑥ 详见蒋寅《王渔洋与清初宋诗风的兴替》,《文学遗产》1999年第3期。

⑦ 梁章钜:《退庵随笔·学诗二》引钱载语。参看朱则杰《朱彝尊研究》,浙江古籍出版社
1993年版,第58—61页。

⑧ 顾嗣立:《元诗选》卷首,中华书局1987年版。

必似之。又继之而读六朝之诗，亦可谓美矣，亦可谓善矣，我可以择而
间为之，亦可以恝而置之。又继之而读唐人之诗，尽美尽善矣，我可尽
其心以为之，又将变化神明而达之。又继之而读宋之诗，元之诗，美之
变而仍美，善之变而仍善矣，吾纵其所如，而无不可为之，可以进退出
入而为之。此古今之诗相承之极致，而学诗者循序反覆之极致也。"① 这
与其说是志在建立一个诗史认识框架，还不如说是示人以一种认知方式，
从而确立自己对待文学传统的态度。建立在这种态度上的诗史观是开放
的、富有包容性的，它使每个诗人与以往的全部诗歌史联系起来。正像后
来黄承吉说的，"士生今日，必穷乎源流正变，而后诗学乃全"②，因此它
也是有历史感的。这成为清人自觉区别于前人并引以为自豪的一种主体
意识。

三　崇尚真诗：明确创作理念

周亮工《西江游草序》说："古人为诗，未有舍性情而专言格调者，
今人好称格调而反略于性情。此诗之所以不古也。"③ 随着明代诗歌的核
心理念——"以剿袭为复古"④，在众多诗家的一片指斥声中灰溜溜地谢
幕，格调和性情这两大诗学范畴发生了位移，从云间派到虞山派，诗学完
成了从格调优先到性情优先的转变⑤，性情中心观被重新树立起来。不
过，性情和格调一样，本身是一个中性概念，若不加以限定便留有理论
缺陷。就像曾灿所说的，"诗以道性情，若性情失其真，即典雅骈丽，
不过为优孟衣冠而已"⑥。这也正是明诗所有失误的根源，最终成为清初
诗论家思考诗歌本质的逻辑起点。虽然经过改造的"诗教"奠定了诗学
的伦理基础，被扩容的诗歌传统提供了更广阔的师法范围、更多样的艺
术楷模，但诗学仍需要一个响亮而有号召力的口号，来凝聚人们已然散
落的信念。

正是在这一诗史语境下，"真诗"应运而出，成为回旋在当时的诗学
言说中、统摄一切诗歌观念的最强音。只要是读过一些清初诗文的人，相

---

①　叶燮：《原诗·内篇下》，丁福保辑《清诗话》下册，第 589 页。
②　黄承吉：《梅蕴生诗序》，《梦陔堂文集》卷六，燕京大学图书馆 1939 年排印本。
③　周亮工：《西江游草序》，《赖古堂集》，上海古籍出版社 1979 年影印康熙刊本，中册，第 771 页。
④　袁宏道：《雪涛阁集序》语，《江盈科集》，岳麓书社 1997 年版，第 2 页。
⑤　张健：《清代诗学研究》第二章、第三章，北京大学出版社 1999 年版。
⑥　曾灿：《复丁会公》，《六松堂文集》卷一四，康熙刊本。

信都会对时人的执著于"真诗"留下深刻印象。这里姑举几条资料,以见不同社会阶层的诗人对真诗的推崇。

明清之际文坛盟主钱谦益:"人之情真,人交斯伪。有真好色,有真怨诽,而天下始有真诗。"①

明末名士余怀:"嗟乎,诗至今日,尚忍言哉?即不敢谓天下无诗,谓其无真诗也。"②

遗民诗人杜濬:"古今真诗皆露积于天地之间,无有遮蔽,不设典守也。然惟眼明者能见之,手敏者能举之,则其诗成而天姿弗饰,虽饰无以复加,以至于锤炼妥帖,只字莫易,无美不臻,而绝非人力所设施。诗至此至矣。"③

新朝重臣魏裔介:"诗心声也,今之心犹古之心,何分于诗三百,何分于汉魏六朝,何分于唐宋元明与夫今之人?标新领异,不受羁缚,灵快无前,自得其所为真诗者,斯足矣。"④

新朝达官李振裕:"夫诗所以贵真者,何也?曰:情也。诗以道性情,夫子称《关雎》以哀乐二端尽之,盖诗之真者能以其情移人之情。"⑤

封疆大吏宋荦:"自有得于性之所近,不必模唐,不必模古,亦不必模宋、元、明,而吾之真诗触境流出。"⑥

湖北诗人李中黄:"汉以上谣言造语独妙,六朝则《子夜》、《读曲》,唐人则《杨柳》、《竹枝》,皆出自民间,所谓真诗也。"又云:"六朝风俗之靡也久,士大夫为《选》体,矜庄修饰,既不能变风俗,又不肯即风俗,所为皆伪诗;而里巷歌谣各言风俗之所尚,而不必别求所为诗,故皆真诗。"⑦

江南才子徐增:"花开草长,鸟语虫声,皆天地间真诗,能于此等处会意,则《三百篇》可学,何况唐人也。"⑧

---

① 钱谦益:《季沧苇诗序》,《牧斋有学集》卷一七,上海古籍出版社 1996 年版,中册,第759 页。

② 翁季霖:《胥毋山人诗集》余怀序,康熙刊本。

③ 杜濬:《程孚夏诗序》,《变雅堂文集》卷一,光绪二十年黄冈沈氏刊本。

④ 魏裔介:《朱公艾越游草序》,《兼济堂文集选》卷六,龙江书院刊本。

⑤ 李振裕:《善鸣集序》,《白石山房集》卷一四,康熙间香雪堂刊本。

⑥ 宋荦:《漫堂说诗》,丁福保辑《清诗话》上册,第 416 页。

⑦ 李中黄:《逸楼四论·论诗》,中国科学院图书馆藏抄本。

⑧ 徐增:《与同学论诗》,樊维纲校注《说唐诗》卷首,中州古籍出版社 1990 年版,第 23 页。

这些议论从批评明诗之失真，推原古代真诗的传统，到标举真诗的特征，说明如何创作真诗，包括了有关真诗的所有理论问题，暗示了诗人们思考"真诗"的深度与广度，暗示了这是一个包含理论解释的一切可能性的时代命题。

"真"作为艺术生命力的本原，可以说是古今诗人最基本的价值观念。但"真诗"作为创作观念提出来，一般都认为倡自李贽的"童心"说，发扬于公安派的袁宏道及江盈科等人。其实"真诗"很大程度上也可以说是有明一代诗歌观念的核心理念，如朱东润先生说的，"此种求'真'之精神，实弥漫于明代之文坛"①。自刘基、高启以降，直到归有光乃至王世贞，都认为真情是诗歌的生命。公安性灵派就不用说了，格调派宗师李梦阳论诗也信奉王叔武"今真诗乃在民间"之说，以真为贵，影响极大②。竟陵派则倡言："真诗者，精神所为也。察其幽情单绪，孤行静寄于喧杂之中，而乃以其虚怀定力，独往冥游于寥廓之外。"（《诗归》钟惺序）既然有这样的渊源，"真诗"理应成为性灵派和格调派共同的旗帜，乃至为诗坛的全体成员所主张，为何到清初还说"真诗不见于世久矣"？③ 关键就在于，明人虽然在观念上倡导"真诗"，但创作中实际并未处理好真与善、真与本色、真与风格等一系列关系，当然也就未创作出严格意义上的"真诗"，拟古而伪仍是人们对明代诗歌最一般的印象。在这种诗史语境下，"真诗"就成了清初反思明代诗学的逻辑起点。

由于"真诗"是清初诗坛最醒目的话题之一，很早就引起当代学者的关注，近年的研究也有所阐发④，这里我要根据自己接触的资料，对它作为当时诗学核心观念的意义作些补充性的论述。首先，我注意到"真诗"经常是反思明代诗学的起点。程可则《与施愚山论诗作》云："晚近事馨脱，无乃失其真。"⑤ 顾图河《与吕山浏论诗兼寄金介山》云："真诗苦不

---

① 朱东润：《述钱谦益之文学批评》，《中国文学论集》，第89页。

② 李梦阳：《李空同全集》卷五十诗集自序，万历间思山堂刊本。参看邓云霄《漱玉斋文集》卷一《重刻空同集序》，乾隆十八年邓氏刊本。

③ 王岱：《谢岳生诗序》，《了葊文集》卷三，《四库全书存目丛书》，集部，第199册，第75页。

④ 人矢义高：《真诗》，《吉川博士退休纪念中国文学论集》，筑摩书房1968年版；李世英、陈水云：《清代诗学》，湖南人民出版社2000年版，第45—56页。

⑤ 程可则：《海日堂集》卷一，道光五年重刊本。

多，众瓦一圭珑。"又云："奈何百口吻，而但插一舌。"① 这都是当时流行的说法。薛所蕴《刘蓼生诗序》细绎此意云：

> 古人学问醇备，故人品为真人品，事功为真事功，文章为真文章，即徵为声歌，发乎情，止乎则，范我驱驰，不失尺寸，绝无诡遇倖名之意，故心声于诗，而诗亦为真诗。后人学问浅驳，无论人品事业卑下不足观，即诗文一道，多假窃袭取而不知作者之意何居，乃至今日而更不可问矣。②

"真诗"在此成为划分古今诗歌的基准，古=真，今=伪，对当下文学的批评于是流为简单的价值判断，凡"今"必与伪相联系，而"真"则成为救赎的金丹。正如关中理学家兼诗论家康乃心所说："夫自十五国内外，人人言诗，亦人人为诗，而诗之存焉者寡，何也？曰伪也。有伪忠伪孝伪友伪廉伪仁让伪理学，即皆有伪诗。（中略）今之谬种流传者二，一在制举义，一在诗。制举义之谬，天下无学问；诗之谬，天下皆市谭。返本穷源，救之之法，不过一真而已矣。"③ 再进一步反思，古之真是如何沦为今之伪的呢？则仍不外是源于明代的应酬习气：

> 盖自王者采风而有《三百篇》，率多忠臣孝子、征夫思妇之什，皆能自道其性情而无所勉强。六朝三唐而下，渐失其真，应制有诗，登眺有诗，以及宴会赠答莫不有诗，人擅其名，家各有集。至于今日，举生平未识面之人，亦必以诗贻赠；卿士大夫寿言挽章，不论其人之能诗与否，必欲乞为诗歌。呜呼，不喜而笑，不悲而啼，而欲求为真诗，难矣。④

不必赠而赠，不必求而求，被赠者被求者均非其人，不喜而笑，不悲而啼，从写作到接受没有一个环节是真实的情感传递，诗要想不假都不可能

---

① 顾图河：《雄雉斋选集》卷五，康熙刊本。
② 薛所蕴：《澹友轩集》卷三，《四库全书存目丛书》，集部，第197册，第45页。
③ 康乃心：《张采舒诗序》，《莘野文续集》卷二，收入《莘野先生遗书》，中国社会科学院文学所藏抄本。同卷《陆方山诗序》亦重申此意。
④ 曾灿：《依园七子诗序》，《六松堂文集》卷一二，康熙刊本。

了。归根结底就是诗中无人，无真性情，无真面目。而救赎之道，不外是反其道而行之，提倡诗中有人，有真性情和真面目。

我们知道，"诗中有人"也是当时流行的一个诗学主张，为吴乔、赵执信等人所标举。诗中有人的"人"就是作者的性情和特点，当时流行的词叫"真面目"。朱鈶论周铭诗云："人生有真面目。自优孟之学叔敖而不真，自嫫母之傅脂粉而不真，浸假为净丑之涂抹、面具之神鬼，而竟疑假为真矣。诗亦然，以魏晋唐之字眼腔调为诗，而诗无真矣。今世具真面目不可以行世，则焉得有真诗可以传世？吴江勒山先生者，有真面目而更有真诗者也。"① 他的"真面目"，最后落实到风格学意义上的"字眼腔调"，明显是针对格调派的模拟作风而言。尤侗则说："诗无古今，惟其真尔。有真性情然后有真格律，有真格律然后有真风调。勿问其似何代之诗也，自成其本朝之诗而已；勿问其似何人之诗也，自成其本人之诗而已。"② 他着眼的已不单单是风格，而是要表现真性情，从真性情出发创造本色的格律风调，形成自己的时代特点和个人特点。这不仅涉及字眼腔调的风格真实，更涉及性情表达的意义真实，即杜濬《与范仲闇》说的"世所谓真诗，不过篇无格套语，切人情耳"③。篇无格套语是杜绝表面的风格模拟，而切人情则是要求表情达意的自然本色，这是清初诗家对明诗的一个更深刻的针砭。正像魏象枢所指出的：

> 古人之诗出于性情，故所居之地、所处之时、所与之人、所行之事、所历之境、所见之物，至今一展卷瞭然者，真诗也。若今人之诗，亦曰性情物耳，然而不真者颇多。即如极富而言贫，极壮而言老，极醒而言醉，极巧而言拙，失其真矣。且功名之士，故发泉石之音；狂悖之徒，饰为忠孝之句，尤不真之甚者也。学者宜以真诗为法哉！④

这里指出的诗之失真，不只包括顾炎武所斥责的"投身异姓，至摈斥不

---

① 周铭：《华胥放言》戊集甬上诗话，太白山楼刊本。
② 尤侗：《吴虞升诗序》，《西堂杂俎二集》卷三，康熙刊本。
③ 杜濬：《变雅堂文集》卷八，光绪二十年黄冈沈氏刊本。
④ 魏象枢：《庸言》，《寒松堂集》卷一二，山西人民出版社1992年版，第870—871页。

容，而后发为忠愤之论，与夫名汙伪籍而自托乃心，比于康乐、右丞之辈"的贰臣诗人①，也包括一味模仿，为文造情、失其本色的矫情之作。如谢榛所谓"今之学子美者，处富有而言穷愁，遇承平而言干戈，不老曰老，无病曰病，此模拟太甚，殊非性情之真也"②。所以魏象枢这里所持的"真诗"观念，实际上是要求诗歌作者、作品和世界所有层次的关系都是真实的。就诗所表达的内容而言，与其说是切人情，还不如说是切合身份。后人将这种由作者身份带来的规定性也视为文体学的一个部门，正像我们在周镐《鹿峰先生诗序》所看到的："诗之体有二，曰馆阁体，曰山林体。馆阁体昉于雅颂，其语和而庄，其义宽而密，其作者为周公、召公、尹吉甫之徒；山林体则昉于风，吟啸乎禽鱼而流连乎月露，聊以适己意焉，劳人思妇衡门考槃之流所为作也。故居山林而慕馆阁，为俗为诣；处馆阁而效山林，为伪为矫。"③ 这不能不说是清初对"真诗"加以深思而派生的理论成果。

魏象枢康熙间官至宰相，又以文学著称，他说"以真诗为法"相信代表了诗坛的共同主张。事实上，从钱谦益起，就将"真"作为诗歌的生命力来标举。《复李叔则书》有云："文章途辙，千途万方，符应古今、浩劫不变者，惟真与伪二者而已。（中略）真则朝日夕月，伪则朝花夕槿也。真则精金美玉，伪则瓦砾粪土也。"④ 正因为真是诗歌生命力的本原，所以它是诗歌最基本的价值前提，如申涵光《乔文衣诗引》所谓"诗之精者必真，夫真而后可言美恶"⑤；同时它也是诗歌的至高境界，甚至超过"佳诗"。杜濬《与范仲闇》有一段很不寻常的议论，说：

> 世所谓真诗，不过篇无格套语，切人情耳，弟以为此佳诗，非真诗也。何也？人与物犹为二物故也。古来佳诗不少，然其人不可定于诗中。即诗至少陵，诗中之人亦仅有六七分可以想见；独陶渊明片语脱口便如自写小像，其人之岂弟风流，闲情旷远，

---

①　黄汝成：《日知录集释》卷一九，下册，第852页。
②　谢榛：《四溟诗话》卷二，丁福保辑《历代诗话续编》下册，第1165页。
③　周镐：《犊山类稿》，嘉庆刊本。
④　钱谦益：《牧斋有学集》卷三九，下册，第1345页。
⑤　申涵光：《聪山集》卷二，丛书集成初编本，第20页。

千载而上如在目前。人即是诗，诗即是人。古今真诗一人而已，可多得乎？①

按杜濬的理解，真诗乃是比佳诗更高的境界，属于彻底无碍的自我表现，故也可以说是人诗合一的境界。即便是大诗人杜甫，也只能到佳诗而已，古今能企及真诗境界的，唯有陶渊明一人。称陶诗为真诗，古今殆无异议；至于杜诗，明末郑鄤就曾一言以蔽之曰真②。两人对杜甫的评价虽不一致，但同样以"真"为人所难及的至高境界，则是毫无疑问的。杜濬之说虽过于玄妙，其核心仍不外乎"诗中有人"四字。钱谦益《刘咸仲雪庵初稿序》说"有真咸仲，故有咸仲之真诗文"③，尤珍《真意斋记》说"以其真意发而为诗，则诗为真诗"④，曹可久说"吾为文止一字而已，曰我"⑤，也都是异曲同工的论调，只不过不像杜濬说得那么绝对而已。

当然，过于绝对地强调"真诗"，就像一味强调诗中有我，也存在一个致命的理论缺陷，即它预设了一个逻辑前提：真面目＝好面目＝好诗＝真诗。但问题是，表现了真面目的诗就一定美好吗？再进一步说，真面目一定就美好吗？丁炜曾说："真而不已，或至于率。"⑥ 这是说在真与率之间有个度，真过了度就至于率。其实在明代，赵宧光就清醒地洞察"真"的两面性，他说："情真景真，误杀天下后世。不典不雅，鄙俚叠出，何尝不真？于诗远矣。古人胸中无俗物，可以真境中求雅；今人胸中无雅调，必须雅中求真境。如此求真，真如金玉；如彼求真，真如砂砾矣。"⑦ 这正印证了作曲家斯特拉文斯基说的，"真诚性"即真，"这是一个必需的、然而保证不了任何东西的条件"⑧。"真面目"要与美，与好诗画等

---

① 杜濬：《变雅堂文集》卷八，光绪二十年黄冈沈氏刊本。

② 郑鄤：《峚阳草堂文集》卷四《选杜子美诗序》："诗其难，读杜诗尤难。予尝窃以一言评之，曰真。而凡后之学焉而不能至者，大抵失其真也。"民国20年刊本。

③ 钱谦益：《牧斋初学集》卷三一，中册，第910页。

④ 尤珍：《沧湄文稿》卷二，康熙刊本。

⑤ 裘琏：《曹可久文集叙》，《横山文集》卷二，民国3年宁波旅遁轩排印本。

⑥ 陈寿祺：《丁炜传》，《碑传集》卷八一，《清代碑传全集》上册，上海古籍出版社1987年影印本，第413页。

⑦ 许学夷：《诗源辩体》卷三二引，人民文学出版社1987年版，第309页。

⑧ 罗伯特·克拉夫特：《斯特拉文斯基访谈录》，李毓榛、任光宣译，东方出版社2004年版，第310页。

号，还需要一些伦理学或美学上的规定。杜濬显然也意识到了这个问题，因而在《奚苏岭诗序》里又指出："夫诗至于真难矣。然吾里自一二狂士以空疏游戏为真，而诗道遂亡。真岂如是之谓耶？夫真者必归于正，故曰正风正雅，又曰变而不失其正。诗至今日，不能不变，要在不失其正而已。"① 引出"正"来作为真的价值依据，等于是赋予真以伦理学、美学的限定，这与顾炎武针对士大夫群体气节和道德的普遍沦丧，以"知耻"为"真诗"的伦理底线，可以说是殊途同归。"正"因其所附带的经学语义，无形中在"真诗"与诗教之间建立起一种关联，这对于日益成为诗歌核心观念的"真诗"来说是十分必要的。

四　原本学问：安顿诗学的知识基础

清人对明诗的所有不满，可以归结为两点：模仿带来的虚假，不学招致的空疏。袁中道说"诗文之道，昔之论气格者近于套，今之论性情者近于俚"，其实已洞见流弊。钱谦益《王贻上诗序》更将弊端归结于高棅、后七子的格调派和钟、谭的竟陵派："诗道沦胥，浮伪并作，其大端有二：学古而赝者，影掠沧溟、弇山之剩语，尺寸比拟，此屈步之虫，寻条失枝者也；师心而妄者，惩创《品汇》、《诗归》之流弊，眩运掉举，此牛羊之眼，但见方隅者也。"② 此序作于顺治十八年（1661），多年过去，导源于格调派和性灵派的两种流弊依然泛滥。周灿《王茂衍韬香二集序》说："每见近日诗人二病，恣肆者自谓独抒性灵，而同于野战；蹈袭者妄言规模先民，而貌若登场。"③ 所谓野战，就是刘克庄批评当时晚唐体说的"捃书以为诗，失之野"④，意指空疏不学。相对来说，七子辈的"假盛唐"到清初已被鞭挞得体无完肤，但公安派和竟陵派的性灵诗学却应和着当时旺盛的自我表现欲求，渗透到遗民群体的诗歌创作中，形成流行一时的激切浅率之风。这引起有识之士的警惕，在反思、批判明代空疏学风的思潮中加入了对诗学的批判，使诗与学的关系成为清初诗学观念建构中一个引人注目的问题。

---

① 杜濬：《变雅堂文集》卷一，光绪二十年黄冈沈氏刊本。
② 钱谦益：《牧斋有学集》卷一七，中册，第765页。
③ 周灿：《愿学堂文集》卷二，《四库全书存目丛书》集部，第219册，第317页。
④ 刘克庄《后村先生大全集》卷九六《韩隐居诗序》批评晚唐体诗家"资书以为诗失之腐，捃书以为诗失之野"。四部丛刊初编本。

明代学风之肤廓而空疏，本朝焦竑已有"束书不观，游谈无根"之叹①。后世论者考究明亡的因由，往往也归结于学风之坏。缪荃孙《云自在龛随笔》论明代学风的堕落，曾有精到的论析：

> 明三百年来，文章学问不能远追汉唐宋者，其故有三：一坏于洪武十七年定制八股时文取士，其失也陋；再坏于李梦阳倡复古学，而不原本六艺，其失也俗；三坏于王守仁讲良知之学，而至以读书为禁，其失也虚。②

阳明心学坐谈心性对明代学风的影响，论者已多；科举以八股取士对整个文学生态的影响，我也有专文论述③，这里只就李梦阳的提倡复古略作论说。严羽《沧浪诗话·诗辩》要人学诗"以汉、魏、晋、盛唐为师，不作开元、天宝以下人物"。李梦阳引而申之，教人不读唐以后书。其追随者高谈汉魏，画地为牢，虽号为崇古，而终不免于鄙陋。钱谦益《列朝诗集小传》曾指出"献吉之诗文，引据唐以前书，纰缪挂漏，不一而足"④，他人更桧以下无讥。钱谦益说"末学之失，其病有二：一则蔽于俗学，一则误于自是"⑤，缪荃孙说李梦阳之学失之俗，正本此而言。万历以后，风气稍变，如果说前此是蔽于俗学，那么此后就不免误于自是了。公安、竟陵都以反七子辈拟古之风的面目出现，但公安派以李贽"童心"说为理论根据，李贽说"学者既以多读书识礼义障其童心"⑥，袁宏道便推及诗学，说："夫趣得之自然者深，得之学问者浅"⑦。而竟陵派针对拟古的虚矫，提倡"真诗"，其实质显然"也是一种妙悟说，而把它更缩小在狭窄的境界内"⑧。因此，无论是明代的学风，还是明代诗学的主流意识，都不足以促使诗歌创作扎根于深厚的学问土壤中。到清初学人痛定思痛，反省亡国的教训时，便毫不客气地将账都算到明人的不学无术上，诗论中也

---

① 焦竑：《焦氏笔乘》续集卷三，粤雅堂丛书本。
② 缪荃孙：《云自在龛随笔》卷一，商务印书馆1958年版，第9页。
③ 参看蒋寅《科举阴影中的明清文学生态》，《文学遗产》2004年第1期。
④ 钱谦益：《列朝诗集》丙集李梦阳传，上册，第312页。
⑤ 钱谦益：《答徐巨源书》，《牧斋有学集》卷三八，下册，第1313页。
⑥ 李贽：《童心说》，《李氏焚书》卷三，万历刊本。
⑦ 袁宏道：《叙陈正甫会心集》，《袁中郎全集》卷一，日本元禄九年京都刊本。
⑧ 钱仲联：《清代学风和诗风的关系》，《梦苕庵论集》，中华书局1993年版，第184页。

充斥着对明诗空疏不学的抨击。

　　清初重要的诗论家几乎都对明人的空疏提出过批评，像顾炎武《与友人论学书》，王夫之《夕堂永日绪论》，黄宗羲《破邪论》、《留别海昌同学序》、《范用宾诗序》，朱彝尊《胡永叔诗序》等。当时士大夫间研求学术的风气虽已形成，但诗学中似乎还没有确立起崇尚学问的观念，只有一部分兼为学者的诗人提倡诗歌创作必须原本学问，并进而再思宋人提出的"诗人之诗"与"学者之诗"的区别。钱谦益《顾麟士诗集序》以"诗人之诗"与"儒者之诗"对举，黄宗羲《后苇碧轩诗序》以"文人之诗"与"诗人之诗"对举，都是同样的意思。钱谦益在《定山堂诗序》中又将性情和学问对举，说：

> 诗之为道，性情学问参会者也。性情者，学问之精神也；学问者，性情之孚尹也。执性情而弃学问，采风谣而遗著作，舆讴巷諕，皆被管弦；《挂枝》、《打枣》，咸播郊庙，胥天下用妄失学，为有目无睹之徒者，必此言也。[①]

在这一点上，朱彝尊是个特别有代表性的人物，他平日教训儿子辈即说："凡学诗文，须根本经史，方能深入古人窍奥，未有空疏浅陋、剿袭陈言而可以称作者。"[②] 他自己虽"能兼经学词章之长"[③]，也自称"六经诸史百氏之说，惟诗材是资"[④]。另一位博学家方以智在《通雅·诗说》中则强调："读书深，识力厚，才大笔老，吞吐始妙。"他的同里学人兼挚友钱澄之撰《文灯岩诗集序》，虽首先肯定"诗之为道，本诸性情，非学问之事也"，但接着又强调：

> 然非博学深思，穷理达变者，不可以语诗。当其意之所至，而蓄积不富，则词不足以给意；见解未彻，则语不能以入情。学诗者既已贯通经史，穷极天人之故，而于二氏百家之书无有不窥，其理无有不研，然后悉置之，而一本吾之性情以为言。于斯时，不必饰词也，而

---

① 龚鼎孳：《定山堂诗集》卷首，光绪九年龚彦绪刊本。
② 陈廷敬：《翰林院检讨朱公墓志铭》，《曝书亭集》附录，康熙刊本。
③ 林昌彝：《射鹰楼诗话》卷二〇，上海古籍出版社1988年版，第458页。
④ 朱彝尊：《高户部诗序》，《曝书亭集》卷三八，康熙刊本。

词无有不给；不必缘情也，而情无有不达。是故博学穷理之事，乃所以辅吾之性情，而裕诗之源者也。①

还有一些诗家，虽不以学术著称，也提倡多读书。如李沂《秋星阁诗话》专立"勉读书"一条，立意近于方以智，欲学者博学养识力，"识见日益高，力量日益厚，学问日益富，诗之神理乃日益出，诗之精彩乃日益焕"。杜濬《交勉篇应蒋子》也说："不读书，则不但率易无诗，即苦思力索亦无诗也。"方文《次韵题吴不官诗卷》则发挥前人以禅喻诗之说："圆通由妙悟，积累在多年。岂许空疏辈，能耕卤莽田。"② 冯班《钝吟杂录》更是反复强调多读书，卷七所录四则《社约》之二云：

　　杜子美云："读书破万卷，下笔如有神。"涉览既多，才识自倍，资于吟咏，亦不专在用事。今之律诗，始于永明，成于景龙，既以俪偶为文，又安得以用事为讳？况迩世坟籍不全，师匠旷绝，假令力学，犹惧未到古人。凡我同人，纵使嗜好不同，慎勿自隐短薄，憎人学问，便谓诗人不课书史也。③

这应是诗社的社约，对同人提出多读书尚学问的倡议，以为书卷有益于诗道，不只在用典一方面，可见他是将学问作为诗歌创作的基础来看待的。钱仲联先生曾将清初有关为诗必须学问的主张概括为八点，最为精当："一、学问原本六经；二、学问要致用；三、多读书则取精用宏；四、多读书增加才气；五、纠正空疏之敝；六、纠正偏重妙悟之敝；七、空灵也要从学问中来；八、多读书可以医俗。"④ 这显然都是有针对性的，针对晚明以来格调、性灵两派的流弊而发。格调派流为俗学，欲惩其弊，只有济之以学问。因而邵长蘅《答贺天山》云："诗文忌俗。（中略）然医俗无他法，惟平日多读书，则俗气自消。"而性灵派流于野战，欲救其失，也只有济之以学问。就像真面目与好诗没有必然联系，真性情也不能直接产生好诗。因此曾灿《龚琅霞诗序》说："诗贵性情，然欲其朴至而文，

---

① 钱澄之：《田间文集》卷六，黄山书社1998年版，第256页。
② 方文：《嵞山续集》卷五，上海古籍出版社1979年影印康熙刊本，下册，第1126页。
③ 冯班：《钝吟杂录》卷七，丛书集成初编本，第94页。
④ 钱仲联：《清代学风和诗风的关系》，《梦苕庵论集》，第187页。

则必有学问之事在焉。"① 王尔纲《名家诗永·杂述》也说："诗道性情，
必资学问。学问所以道性情也。"② 张希良《訒庵诗钞序》更进而提出
"以真性情为根柢，真学问为枝叶"的明确主张③。而许缵曾甚至将性情
和学问两者的位置作了个颠倒，称"大雅元音，本之于学问，得之于性
灵"④。这虽不无过激之处，但的确预示了有清一代诗歌主博综，重书卷，
以经史考据为根基的主流倾向。

在诗坛提倡读书、崇尚博学的一片声浪中，对严羽的"别才""别
趣"的批评成为一个有象征意义的事件。众所周知，严羽诗论为明代格调
派所祖，《诗人玉屑》所收《诗辨》一篇尤为明人所重，被收入多种丛书
和汇编式诗话中，明代中后期流传极广。严羽说"夫诗有别材，非关书
也；诗有别趣，非关理也。然非多读书、多穷理，则不能极其至"，原不
排斥学问，只不过反对堆砌书卷而已。由于"非关书也"坊间俗本都误作
"非关学也"⑤，论者又往往断章取义，弃"然非多读书"云云不顾，于
是严羽的说法就被歪曲成一个天分、学力相对立的命题，遭到黄道周、
毛奇龄、周容、朱彝尊，乃至乾隆年间汪师韩、边连宝、任兆麟，道光
年间江湜，咸丰年间莫友芝，民国年间赵元礼等众多诗论家的不断批
评。众所周知，诗学中的天分、学力之争是个由来很久的话题，起码可
以追溯到唐代自然、天真与苦思、修饰的提法⑥。但清初诗论家辩论这
个问题，乃是出于对明代空疏学风的反思，与主博综、务实学的时代潮流
联系在一起。

对严羽"别材"论的商榷并不始于清初，明代王鏊《震泽长语》就
已指出："世谓诗有别才，是固然矣，然亦须博学，亦须精思。唐人用一
生心于五字，故能巧夺天工。今人学力未至，举笔便欲题诗，如何得到古
人佳处。"⑦ 他的商榷明显有保留的成分，还部分地承认了严说的合理性，

---

① 曾灿：《六松堂文集》卷一二，康熙刊本。
② 王尔纲：《名家诗永》卷首，康熙间砌玉轩刊本。
③ 刘谦吉：《訒庵诗钞》卷首，康熙刊本。
④ 许缵曾：《含晖堂诗序》，《宝纶堂稿》卷五，《四库全书存目丛书》集部，第218册，第569页。
⑤ 这一点郭绍虞先生《试测沧浪诗话的本来面貌》已有辨正，《照隅室古典文学论集》下卷，上海古籍出版社1983年版。
⑥ 参看葛晓音《从历代诗话看唐诗研究与天分学力之争》，收入《汉唐文学的嬗变》，北京大学出版社1990年版。
⑦ 王鏊：《震泽长语》卷下，丛书集成初编本。

但所举"别材"已误作"别才",遂成无的放矢。清人仍多沿此误,如朱彝尊《棟亭诗序》云:"今之诗家空疏浅薄,皆由严仪卿'诗有别才,非关学'一语启之。天下岂有舍学言诗之理?"① 他在《静志居诗话》中又说:"严仪卿论诗,谓'诗有别才,非关学也',其言似是而实非。不学墙面,焉能作诗?自公安、竟陵派行,空疏者得以藉口。果尔,则少陵何苦读书破万卷乎?"② 朱彝尊将今人的空疏不学都归罪于严羽之言,应是痛感格调派独宗沧浪之旨的流弊,然而他也没仔细考究《诗辨》原文,重蹈明人口耳之学的故辙。当然,这也足以见严羽此言流传之广,入人之深,以致诗家习而不察,想不到追究其本文的原始语境。孙枝蔚《赠张山来兼呈徐松之处士》云:"维昔杜陵翁,万卷供下笔。谓诗不关学,岂非严之失。时贤吁可怪,读书乃不必。"自注:"严沧浪《诗话》:诗有别才,非关学也。"③ 郭献吉序贺振能《窥园稿》也说:"诗有别才,非关学也,恐无学亦不足以充其才。诗有别致,非关理也,恐无理亦不足以标其致。"④ 同样是无的放矢。魏裔介对别才、别趣之说不无会心,但他不敢公然为严羽辩护,在赞许的同时必须将多读书作为补充意见提出来⑤,足见当时舆论一边倒的情形。周容《春酒堂诗话》特别点明了严羽对竟陵派的影响:"诗有别才,非关学也;诗有别趣,非关理也。此严沧浪之言,无不奉为心印。不知是言误后人不浅,请看盛唐诸大家,有一字不本于学者否?有一语不深于理者否?严说流弊,遂至竟陵。"⑥ 周容持论近于格调派,所以他避而不谈格调派的责任,却将矛头转向竟陵,让竟陵派充当了空疏不学的代表。这固然不能说是冤枉,可竟陵派论诗的渊源毕竟与严羽没有多少关系。从这个意义上说,周容对竟陵派的批评的确像张健说的有失公平⑦。但我们对这类议论,实在不必太在意它说什么或怎么说,只需理解他们为什么要这么说就可以了。

---

① 朱彝尊:《曝书亭集》卷三九,康熙刊本。

② 朱彝尊:《静志居诗话》卷一八徐燉条,下册,第549页。

③ 孙枝蔚:《溉堂后集》卷五,上海古籍出版社影印康熙刊本。

④ 贺振能:《窥园稿》,康熙刊本。

⑤ 魏裔介《朱公艾越游草序》:"大约别才别趣之说,固为知言,然非多读书,则其识不高而怀不旷,纵呕尽满腔血,终是酸馅气耳。"《兼济堂文集选》卷六,龙江书院刊本。

⑥ 郭绍虞辑:《清诗话续编》第1册,第107页。富寿荪先生作校勘,已据《沧浪诗话》、《诗人玉屑》将"才"、"学"改为"材"、"书",不知当时所传皆如此,不可改也。

⑦ 见张健《清代诗学研究》,北京大学出版社1999年版,第607页。

　　在清初人士的普遍意识中,明人的空疏不学是亡国的祸根。武装反抗失败后,汉文化救亡图存的希望全系于学术之一脉,一种博综的、求实的学问与人生最崇高的价值联系起来。正如前文所说,诗学在清代不同于以往的最大特点,即它是被当做学问来做的。无论是钱谦益、朱彝尊的诗史研究,还是王士禛、李因笃的诗歌声律学,都体现了这一点。诗学在走向学术化的同时,也要为诗歌安顿一个知识基础。从积极的方面说就是提倡读书、崇尚学问,而从消极的方面说则是将严羽拿来做靶子,借题发挥,力求涤荡空虚野战之习。以后二百年间的创作实践表明,清诗厚实的学问底子是在清初几十年就已打下的。

　　的确,清初诗歌观念的重建,不仅具有现实的指导意义,也有着深远的历史意义。清初诗学确立起的诗教中心观念、对传统的开放态度、崇尚"真诗"和以学问为本的创作理念,成为清代诗歌创作的主导倾向。清代中叶以后,无论是格调派、性灵派、肌理说还是宋诗派、同光体,莫不发挥其一脉而推广至极。二百七十年间的清诗虽波澜起伏,新变杂出,但这些核心观念却一直贯穿其中,构成清代诗歌史区别于前代的内在统一性。

第三节　清初诗学的地域格局与历史进程

　　正如本书导论部分已专门论述的,明清两代的诗坛格局首先是在地域的框架内形成的。地域文化积累的小传统,不仅孕育了特定的文学风貌,也形成自己的价值观和风格倾向,通过结社、家学和地域性总集、选集的编集,营造出不同的文学风气和文学氛围。讨论清初诗学,首先也必须确定当时的地域格局,这个问题的重要性在于,地域格局不仅体现了清初诗学在空间上的存在关系,而且在某种意义上也意味着清初诗学演进的历史进程。换言之,清初诗坛的不同地域,虽然在空间上是并生共存的,但它们所产生的影响和意义却不处于同一时间,如果将清初诗学比做一部交响曲的话,那么不同的地域更多的是承担了不同乐章的演奏。

　　按照历史学家的看法,清代的地域版图根据社会状况和经济联系可划分为九个大区,即以清朝发祥地沈阳为中心的东北、以陕西西安一带为中心的西北、以北京和山东为中心的华北、以南京为中心的江南、以汉口为中心的湖湘、以成都为中心的四川、以福州为中心的福建沿海、以广州为中心的两广、以昆明为中心的云贵①。而清初诗坛的格局，适如魏宪《诗持》一集入选作者所反映的："吴越为多，齐鲁次之，燕赵次之，秦晋又次之，蜀楚两粤又次之，滇黔吾闽抑又次之。"② 康熙三十五年（1696），费锡璜在京与陶煊论天下诗，认为：

> 吴越之诗婉而驯，其失也曼弱；楚蜀豫章之诗，勇于用才使气，其失也剽而争；中原之诗雄健平直，其失也板而乏风致。京都杂五方之风，山左颇染三吴之习。前朝闽诗胜于粤，今粤中之诗，遂与中原吴楚争衡。此天下诗之大较也。③

这是诗歌创作的格局，而诗学的格局略有不同，至其中心则非华北、江南两地莫属，这正好是在明代南北两京文化中心的基础上形成的主流文化圈。由于当时许多著名诗人聚集在江南一带，以遗民自居，道德上的优越感和江南地区深厚的文化底蕴使这一文化圈的影响甚至超过华北。到康熙中叶，浙江诗学的个性逐渐凸显出来，于是江、浙分为两块。而在华北文化圈内，则是以王士禛为核心的山东诗人群实际承担了诗学建设的任务。其他地域，连孕育出公安、竟陵两派和谢肇淛、曹学佺和徐燉等名诗人的湖北、福建地区，也不免诗歌创作冷落，诗学贫乏，更不要说其他地区了。唯一的例外是陕西，因顾炎武与江南诗坛格格不入而流寓关中，遂与关中诗家形成互动而催生独立于诗坛边缘的关中诗学。

　　清初诗学观念建构的主体工程，是重倡诗教以标定诗歌的伦理尺度，以诗统扩容祛除明人对诗史的蒙蔽，以"真诗"规范诗学的美学理想，以原学奠定诗学的知识基础，归结起来只有两个目的：树立新的诗歌审美理想，确立新的诗学学术方式。这些工作都发轫于江南诗学，到山东诗学而告成。如果说江南诗学和山东诗学是交响乐第一乐章辉煌的开场和第四乐章灿烂的终结，那么关中诗学和浙江诗学就恰似中间两个开拓和深化的乐章。关中诗学更多的是在确立新学术方式上作出了贡

①　施坚雅主编：《中华帝国晚期的城市》，叶光庭等译，中华书局2001年版。
②　魏宪辑：《诗持》一集，康熙十年枕江堂刊本。
③　费锡璜：《国朝诗的序》，陶煊、张璨辑《国朝诗的》卷首，康熙六十年刊本。

献，浙江诗学则通过整理诗史来树立自己的诗学理想。清初的诗学格局
及不同地域的特点和作用，我大致就是这样看的。这无疑是个面临许多
解释和论证困难的假说。

事实上，无论是像青木正儿那样，将清初诗学划分为"清初的反拟古
运动"、"清初尊唐派诗说"和"神韵说的提倡与宋元诗的流行"三个问
题①，还是像张健那样以性情—格调、正—变两对范畴的消长来把握清初
诗学的演进，或一般理解的以陈子龙云间派、钱谦益虞山派、王士禛神韵
派为崇祯—康熙之际的三个阶段，都是很有说服力的。不过这些看法都基
于诗歌创作观念，如果从我设想的观念史·批评史·学术史合一的诗学史
视角来看的话，历史就呈现为另一种运动轨迹。

清朝入主中原的最初十几年，是汉族士大夫由反抗、逃避到逐渐顺从
新朝的心理调适时期。活跃在顺治年间的作家，基本上都是明末启、祯间
即已成名的人物，在地域上大体由南北两京形成两个中心。京师原由刘正
宗、龚鼎孳、吴梅村等名诗人主持风雅，据明清之交的著名文学家薛所
蕴说：

> 今海内士大夫鼓吹休明，振起风雅，飒飒乎欲比隆唐人，而树帜
> 登坛、执此道牛耳者，咸首推相国刘宪石先生。宪石与余共切劘者二
> 十余年，论诗必先格调，通之性情，期于近法李唐，以远追《三百
> 篇》遗音，务使言有尽而意无穷，斯非苟作者。常操是法以相海内人
> 之诗，合焉者之谓正派，离焉者之谓时派。②

刘宪石名正宗，明末官至宰相，其诗文在京师为龚鼎孳、吴伟业之外一巨
擘③。后隐退乡里，仍主山东坛坫，影响久历年所。从他论诗主格调而兼
重性情来看，应渊源于乡先辈李攀龙；而将当时诗流划分为正派与时派，
以合乎古则为正派，以"不求合古人"、"或失之艳，或失之靡，风云月
露，自远于六义四始之旨"为时派，也明显基于格调派的观念；至于论诗

---

① 青木正儿：《清代文学评论史》，杨铁婴译，中国社会科学出版社1988年版。
② 薛所蕴：《曹锡余诗序》，《澹友轩集》卷三，《四库全书存目丛书》影印顺治十六年刊
本，集部，第197册，第48—49页。
③ 韩诗《国门集初选》凡例："近日辇下诸老，风雅翩翩，如芝麓、梅村而外，又有宪石、
行坞、岩荦、犹龙诸先生，振藻扬芬，上嗣风雅，可为极盛矣。"见谢正光、佘汝丰《清初人选
清初诗汇考》，第45页。

追溯到《三百篇》，则属于明末清初诗坛最一般的观念。正如前文所引周灿《刘介庵诗序》所论，太一般反而显不出特色。所以尽管薛所蕴称刘正宗执诗坛牛耳，当时诗学文献中却很少见人提到他。

江南诗学影响最大的分别是以钱谦益为代表的虞山派和以陈子龙为代表的云间派。更进而言之，虞山派之名乃后人所谥，当时钱谦益以行汗畏蒽不出，冯班一辈诗论家只是在有限的地区内微有影响；只有云间派才被视为代表着明清之交主流诗风的群体。浏览当时人的叙述，我发现彼时的诗坛格局和今人所撰诗歌史论著的叙述颇有出入。比如，顺治十五年陈祚明序田茂遇《水西近咏》云：

> 云间之诗，三二十年来嗣响济南、娄东，以追汉魏三唐之盛。①

这里指出云间诗学直承后七子的格调派宗绪，只强调了其影响持续的时间。而韩诗序田茂遇《水西近咏》则云：

> 以予所闻，海内崇尚诗学有三派，曰宣城，曰华亭，曰桐城。而吴越荆楚间宗华亭独盛，以华亭接七子综，选诗不欲自出一机轴也。②

韩氏很让人意外地提到了宣城和桐城的诗学，这或许是出于他与施闰章、钱澄之的交情，对他们在诗学上的意义有特别的认识。但即便如此，宣城和桐城在此也只是用来衬托华亭的，云间派才是他要突出的主角，当时它为长江中下游吴越荆楚间所崇尚，影响极为广泛。只是到顺治初陈子龙殉难后，云间派缺乏能号令群雄的领袖人物，因而对诗坛的影响力逐渐式微。此后直到康熙初的二十年间，是虞山派作家冯班等活跃的时期。

钱谦益提倡宋元诗，虽一时天下风靡，但并未持续很久，一个特殊的例外是陆游。由于汲古阁本《陆放翁全集》的适时刊行，诗坛对陆游的兴趣直到康熙末年持续不衰。不过只要仔细研究当时的诗歌创作和批评，而不是率尔轻信一两条关于明清之交流行宋元诗风的记载，就会发现：在宋

---

① 《四库未收书辑刊》影印顺治刊本，第 7 辑，第 23 册，北京出版社 2000 年影印本，第 312 页。
② 《四库未收书辑刊》影印顺治刊本，第 7 辑，第 23 册，第 311 页。

元诗的旗号下，人们实际接受的却未必是真正代表宋元诗精神的作家和作品。当时一位有影响的诗论家贺裳曾说："余读前辈遗言，尤薄宋人，然宋人之诗实亦数变，非可一概视之。至如近人之称许宋诗，不过喜其尖新僮浅，乃南宋中陆务观一家，亦未能深窥宋人本末也。"① 在他看来，近代宋诗风的流行，并没有真正光大宋诗的精神，诗坛对宋诗的喜好和接受，只限于一个陆游而已；而所效仿的陆游诗风，也不是真正的宋诗，不过是南宋诗风中近于中晚唐的平易浅白之风。于是学宋元诗就蜕变成了学中晚唐。贺裳批评近人学陆游者"无复体格，亦不复锻炼深思，仅于中联作一二姿态语，余尽不顾，起结尤极草草，方言俗谚，信腕直书"，这岂不就是南宋流行的中晚唐诗风么？具体一点说，就是从大历才子、元白到皮陆一派的清浅流易之风。

这个种瓜得豆的滑稽结果，正是钱谦益倡导宋元诗，而门人冯班却走上晚唐诗之路的原因，晚唐诗风实在就是宋诗风的副产品。这也可以从康熙末程梦星闻自前辈的说法中得到印证："诗必法宋，自非定论。然三百年间，唐人中晚之诗，尘埋日久，今因尚宋诗，而中晚诗尽出人间，人始知其美，则不为无功。"② 冯班对钱谦益鼓吹宋诗的原因有深入的理解：

> 图腰褭之形，极其神骏，若求伏辕，不免驾款段之驷；写西施之貌，极其美丽，若须荐枕，不如求里门之姝。万历间王、李主学汉魏、盛唐之诗，只求之声貌之间，所谓图腰褭，写西施者也；牧斋谓诗人如有悟解处，即看宋人亦好，所谓款段之驷、里门之姝也。遂谓里门之姝胜于西施，款段之驷胜于腰褭，岂其然乎？③

很显然，这里的问题涉及诗歌的终极理想与师法策略的关系。钱谦益说宋诗可学是讲取法策略，而冯班论宋诗之粗恶则是执著于终极理想。冯班平生对《才调集》下过很大工夫，也以之教后学，以为"从此而入，则蹈矩循规，择言择行，纵有纨绔气习，然不过失之乎文。若径从江西

---

① 贺裳：《载酒园诗话》"唐宋诗话缘起"，郭绍虞辑《清诗话续编》第 1 册，第 399 页。

② 陶煊、张璨辑：《国朝诗的》程梦星序，转引自谢正光、佘汝丰《清初人选清初诗汇考》，第 294 页。

③ 《二冯批才调集》冯武述"凡例"引，康熙四十三年刊本。

派人，则不免草野倨侮，失之乎野。往往生硬拙俗，诘屈槎牙，遗笑天下后世而不可救"①。这明显是出于师法策略的选择。冯班自身的创作未臻上乘水平，但诗学却有鲜明的特色。他不光以晚唐为宗，通过批点《才调集》、《西昆酬唱集》和《瀛奎律髓》鼓吹晚唐诗，还承传并发挥了钱谦益和吴梅村因酝酿未熟不曾宣扬的诗歌声律之学，同时对乐府进行了专门研究，在明人热衷于模拟古乐府风气之后具有学术总结的意义。由于他后来成为赵执信私淑的对象，他对"诗教"的恪守也被赵执信继承而用以为批评时风的圭臬，在康熙朝后期产生一定的回响。

　　顺治末，王士禛以前朝名门之后和本朝少年新贵的双重身份，莅扬州府推官任，在五年任期内，交结南北遗民诗人，主持风雅，提携后进，使扬州成为一个有影响力的文学坛坫。在此期间，王渔洋开始接触宋诗，并产生浓厚的兴趣。与钱谦益不同的是，他喜欢的宋诗是黄庭坚一派的瘦硬之风，明显有别于苏、陆派的平易软熟。康熙四年（1665）他入京任朝官，又将这种新的趣味带入京城，并在京师游从的侪辈中产生影响。康熙十年（1671）冬吴之振携新刊成的《宋诗钞》入京，愈益加剧了京师正在升温的宋诗热，明代以来一直绝少流传的宋诗重新普及于社会，激发了诗坛竞读宋诗的风气。康熙十一年（1672），王渔洋出使西南，典四川乡试。此行所作诗即后来编在《蜀道集》中的作品，被当时公认为宋诗风的成功实践，在诗坛产生很大反响。但不久，王渔洋就丁母忧回乡，施闰章等前辈诗人相继下世，台阁诗咏稍形冷落。幸而一批新进诗人已成长起来，以"燕台十子"为主的台阁诗人逐渐成为诗坛关注的中心。这批诗人中有好几位是山东人，如田雯、颜光敏、曹贞吉、谢重辉等，夙与王渔洋交好，渔洋服阕入京后，就自然地与他们结成一团，成为其中的领袖人物。他们一同切磋诗艺，继续鼓吹宋诗，使宋诗风由山林遗民向台阁官僚蔓延的势头持续高涨。费锡璜为汪懋麟撰《百尺梧桐阁遗稿序》，说："自明人模拟唐调，三变而至常熟，乃极称苏、陆以新天下耳目。先生与阮亭、愚山、纶霞、豹人、周量、荔裳、公勇诸前辈适承其后，各立畛域以言诗。其时宋调入人未深，故先生诗斟酌于唐宋之间，用唐而不失之胶固，用宋而不失之颣放，渊情微

————————

① 《二冯批才调集》冯武述"凡例"引，康熙四十三年刊本。

至，揽之有余，即之不见，迥乎异于今之学宋者。今之学宋者使先生见，必哑然笑也。"① 事实上，正如费锡璜所言，当时学宋诗的这批诗人并没有完全放弃对唐诗的理想，只不过是希望摆脱明代以来唯盛唐是宗的狭隘窠臼，有所创变，追求风格的多样化而已。但风气既开，流弊寖滋，遂招致格调派诗家的不断批评。

康熙十七年（1678）作为清代政治、文化史的分界点，在文学史上也具有不同寻常的意义。此前康熙重用文臣，已让士人欣然有生逢盛世之感，"方今天子圣明，崇尚风雅，时进元老大臣，雍雍庙廊之上，赓韵赋诗，如高念东、沈绎堂二先生，皆荷殊遇，坐见卿云八伯之风，正吾辈读书养气以鼓吹休明之一日也"②。至是南明灭，台湾定，三藩平，清朝彻底完成了军事和政治上的统一，统治重心开始由武功转移向文治，其显著标志就是康熙十七年初诏举博学鸿儒。就在同时，王士禛作为一代诗人之冠，破例以部曹擢翰林，成为朝廷右文的一个极具象征意义的事件。他自己也因戴上钦定的桂冠而不得不考虑君主的诗歌趣味，在体察到皇上尊唐薄宋的态度后，面对诗坛对宋诗"非清明广大之音"的批评，他开始反思宋诗风的流弊，重新回到唐诗的路子上来。在这期间，他因丁父忧再度乡居读礼，通过研究历代诗歌，终于确立起以"神韵"为核心的诗歌观念，并通过编纂《唐贤三昧集》将其理论化和具体化。

康熙中期，王渔洋的声望如日中天，弟子满天下，神韵诗学完全左右了诗坛的风尚。然而"一代正宗才力薄"（袁枚句）的他却终不能使部分被边缘化的诗人心悦诚服，包括赵执信、顾以安、阎若璩、吴乔、吴之振等。在他们看来，如今的诗坛不过是官本位的，"迩日论诗，唯位尊而年高者斯称巨子耳"③。在王渔洋位尊望隆时，他们还只是私下议论，到康熙后期王士禛风烛残年之际，赵执信就开始公开倾吐他的积怨，写出以批评王士禛为主要内容的《谈龙录》。又将窃自王士禛加自己揣摩所得的诗歌声调之学编成《声调谱》，最终在乾隆三年（1738）刊行，引发乾隆年间众所关注的古诗声调研究。尽管如此，赵执信对王士禛诗学的批判，在康熙后期到乾隆初这个时期仍只是诗坛的一个不谐和音，不足以遏止神韵

---

① 汪懋麟：《百尺梧桐阁集》卷首，上海古籍出版社 1980 年影印康熙刊本。

② 魏宪：《诗持》自序，康熙十年枕江堂刊本。

③ 阮葵生：《茶余客话》卷一一载赵执信语吴乔之言，《阮葵生集》中册，陕西人民出版社 2009 年版，第 891 页。

诗学的传播和蔓延。当时诗坛最著名的诗人都是王渔洋门人，像查慎行、汤右曾、缪沅、李孚青、宫鸿历、张尚瑗、张大受、狄亿、王式丹，其中奉天的郎廷槐，直隶的黄叔琳，湖广的王戬，东南的林佶，山东的何世璂、田同之，江南的尤珍、顾嗣立，都不同程度地扩大了神韵诗学的影响。随着诗学的日益学术化，《全唐诗》、《元诗选》、《玉台新咏》、《才调集》、《瀛奎律髓》、《唐诗别裁集》、《国朝诗的》、《国朝诗品》等各种类型的总集、选集不断被编纂和整理出来，诗歌文献的流通和传播不再是问题，乾隆诗学多样化的选择从而变得可能。

第二章　拨乱反正的努力——江南诗学

第一节　江南诗学与明代诗学的关系

江南从六朝以后彻底摆脱阴暗卑湿的形象，开始与鱼米之乡的想象联系起来。东晋、中唐、北宋末三次大规模的衣冠士族南迁，使江南的文化和经济与北方相埒。实际上，在北宋中叶人们即已看到南方文化的明显优势："古者江南不能与中土等。宋受天命，然后七闽、二浙与江之西东，冠带读书，翕然大肆，人才之盛，遂甲于天下。"① 到元末，江南的文化地位又有了进一步的提升。如钱谦益所说，"自元季殆国初，博雅好古之儒，总萃于中吴，南园俞氏、笠泽虞氏、庐山陈氏，书籍金石之富，甲于海内。景天以后，俊民秀才，汲古多藏，继杜东原、邢蠡斋之后者，则性甫、尧民两朱先生，其尤也。其他则又有邢量用文、钱同爱孔周、阎起山秀卿、戴冠章甫、赵同鲁与哲之流，皆专勤绩学，与沈南启、文征仲诸公相颉颃，吴中文献，于斯为盛。"② 明代以后，江南开始成为出版业发达的地区，而且是全国最重要的图书流通中心。盖明代刻书以吴、越、蜀三地为盛，而书籍流通之地则为燕京、金陵、苏州、杭州四地，其中又以苏州、金陵两座城市为书籍批发集散的中心，所谓"吴会、金陵擅名文献，刻本至多，巨帙类书，咸汇萃焉。海内商贾所资，二方十七，闽中十三，

---

① 洪迈：《容斋四笔》卷五"饶州风俗"条载宋仁宗（1023—1063 年在位）时人语，上海古籍出版社 1978 年版，第 665—666 页。

② 钱谦益：《列朝诗集小传》丙集朱存理传，上海古籍出版社 1983 年版，上册，第 303 页。

燕越弗与也"①。迨清代前期，吴下刻书以板式美观、刻工精良成为当时雕版印刷的代表②。一些著名的文人，像金陵的周亮工，苏州的盛符升，无锡的顾有孝、邹漪，扬州的张潮，都兼营刻书业，清初许多大型的选集和总集都是在江南一带编纂并刊行的。发达的出版业有力地刺激了诗歌创作，形成"阊门十万"的繁荣景观③，同时也奠定了诗学生产和流通的基础。

到明清时期，江南已是天下公认的最富庶同时也是文化最发达的地区，无论科举、仕宦、学术、著述还是出版，江南都呈现突出的优势，甚至连文化同样很发达的浙江也相形见绌。清代二百六十多年间取 112 科进士，有 25 个状元出于苏州府，常州府、太仓州、江宁府、镇江府还有 21 个，而浙江一共只有 19 人。邹弢《三借庐赘谭》卷三曾统计清代宰相出自江苏者 25 人，浙江为 14 人。徐元文《苏公墓志铭》提到，"今上知江南人文为富，复改用词臣为学使以别异之"④，可见连清朝统治者也很清楚，江南为天下人文渊薮，提学使必须选翰林出身的官员担任，免得胸无文墨，贻讥士民，有失朝廷的体面。

江南巨量的文化生产和积累，成为催生元代以后文学繁荣的土壤。明代弘治年间张习曾说："吴中之诗，一盛于唐末，再盛于元季。继而有高、杨、张、徐及张仲简、杜彦正、王止仲、宋仲温、陈惟寅、丁逊学、王汝器、释道衍辈，附和而起，故极天下之盛。数诗之能，必指先屈于吴也。"⑤ 江南这片文学沃土，不仅培养出无数著名诗人，还孕育了众多的累叶诗礼传家的文学世族。因而在江南，地域文学的小传统往往和家族文学传统密着在一起，大量的地方志文苑传和地域总集、家集都可以证明这一点。那些文学世家，以其历代积累的文学创作业绩和家塾文学教养形成一定的文学声望，逐渐成为当地文学传统的象征。像山阴祁氏、新城王氏、益都赵氏、田氏、海宁查氏、宣城梅氏、桐城方氏、姚氏都是享誉天下的文学世族。而江南则有长洲彭氏、太仓王氏、昆山归氏、徐氏、无锡顾氏、常熟钱氏、冯氏、吴江沈氏、叶氏、阳羡陈氏、京口张氏等显赫的

---

① 胡应麟：《少石山房笔丛》卷四，中华书局上海编辑所 1958 年版，第 55—56 页。

② 王士禛：《居易录》卷一四："近则金陵、苏、杭，书坊刻板盛行。建本不复过岭，蜀更兵燹，城廓丘墟，都无刊书之事，京师亦鲜佳手。"康熙刊本。

③ 钱谦益：《牧斋初学集》卷三三《蒋仲雄诗草序》："谚有之：'阊门十万。'言吴人能诗者之多也。"上海古籍出版社 1985 年版，中册，第 949 页。

④ 徐元文：《含经堂集》卷二七，康熙刊本。

⑤ 钱谦益：《列朝诗集小传》乙集，上册，第 201 页。

文学家族。这些名门望族，因负天下之望，出处都很谨慎，在易代之际尤其注意保持气节，往往成为遗民之翘楚。而在易代之际，遗民正是拥有强势话语权的群体。地域和家族的文化优势，加上遗民身份的道德优越感，使江南的文人圈子成为当时最有辐射力的舆论场。许多新的观念和想法在这里萌生，向四方传播开去，同时又吸引各地的思想资源流向这里。清初的江南，可以说是个文化的集散地，是个让各路豪杰施展身手的舞台。关中理学家李二曲、江西古文家宁都魏氏兄弟、广东诗人屈大均、山东诗坛后劲赵执信，都必须在江南的舞台上现身，才能为天下士。而许多明季老名士，像福建的林古度、余怀、黄虞稷，湖北的杜濬，江西的陈允衡，陕西的孙枝蔚，安徽的方拱乾、方孝标、方亨咸父子及方文、孙默，浙江的李渔等流寓江南，往来于苏州、金陵、扬州等地，也无非是因为在这富庶的同时又是话语中心的地方，自然有许多机会。这些机会不只是经济上的，也经常是文学上的，在江南显然要比其他地方更容易成功。因为江南更容易接受和鼓励文学创作、批评上的独创性，而这正是创作取得成功的必要前提。

自明末士林与阉党之争日趋白热化，金陵渐成为文学活动最活跃、最纷杂的场所。"时明季党势已成，且寇氛孔炽。金陵号陪都，四方之官者、游者、避乱者、罔利者，虽趾错多文士，而率以诗文为招要、怒骂、攻击、攀援之资"①。国变之后虽禁结社，但诗文之会依旧不衰，"社盟虽变称同学"②，以同学相称论诗的风气十分盛行。据我阅读清初文献的印象，在清朝初定鼎的几十年里，江南相对于京师一直是个言论较自由的地区，这是萌生多元思想的优越条件。在那个思想和文化传统都有了多种选择可能的复杂时代，人也变得复杂起来。任何根据一两句话就将某人归为某派的简单做法都是很不靠谱的，一如今天指某某为保守主义，某某为新自由主义，某某又被封为新左派，被指者只有摇头苦笑。清初江南的诗学也是如此，它是多种学说的交融和争长，是独创性的会聚和展示③。正像叶燮《三径草序》所说："吾吴自国初以来，称诗之家如林。（中略）盖尝溯有

① 方孝标：《钝斋诗选》自序，《钝斋诗选》卷首，黄山书社1996年版。
② 黄宗羲：《题张鲁山后贫交行》，参看吴宏一《清初诗学中的形式批评》，《清代文学批评论集》，联经事业出版公司1998年版，第26—29页。
③ 如吴宏一《清代诗学初探》指出形式批评的崛起、理论系统的建立，皆以苏州为发源地，亦可见一斑。牧童出版社1977年版，第172页。

明之季，凡称诗者咸尊盛唐。及国初而一变，诎唐而尊宋。旋又酌盛唐与宋之间，而推晚唐。且又有推《中州》以逮元者，又有诎宋而复尊唐者。纷纭反覆，入主出奴，五十年来，各树一帜。"① 纷然杂陈的诗学话语，很难看出明显的整体特征和倾向性。如果硬要在各种学说中寻找同一性，那就是深知明代诗学的弊端，深感明代诗学的束缚而竭力要摆脱它，可是又没有明确的目标。事实上，杂语共生的包容性固然能产生丰富多元的理论学说，但同时也会给人个性不鲜明的感觉。无原则的包容性其实就是没有独自立场，没有主见的另一种说法。曾有学者根据王士性"吴中子弟嗜尚乖僻，尚欲立异"的说法，论述吴中文士个性鲜明、自我意识强烈的特征②。这就明代而言或许不错，但到清初，我们在钱谦益《朱云子小集引》中看到的却是另一种情形：

> 史称大江之南，五湖之间，其人轻心。晋人言吴音妖而浮，故曰其人巧而少信。昔夺于秦，中服于齐，今咻于楚，此其征也。云子年富力强，以吴之文自立，一洗轻心少信之耻，余日望之。③

身处文学发达、文化优势突出的江南，被视为文坛巨擘的钱谦益，对江南诗歌不是满怀着优越感，而是抱有一种不无远见的忧虑，从吴文化性格中缺乏独立精神的弱点推想到江南诗学的乡愿色彩和无个性的缺陷。这绝不是一时的感触，应该出于多年的反思。在《孙子长诗引》中，他也曾批评明代吴中之诗"往往好随俗尚同，不能踔厉特出，亦土风使然也"④，总之就是没有自己的立场。朱隗在王夫之眼中乃是"沿竟陵门、持竟陵钵"的诗人⑤，牧斋平生最不喜竟陵，自然希望他脱离钟、谭门墙。但在清初诗坛一致抨击门户习气的声浪中，他没有简单地劝朱隗改换门庭，而是从反思吴人轻心盲从的地域根性出发，鼓励年富力强的后辈摆脱习俗的束缚，建立吴地自己的诗学立场。可见在清初，江南诗学需要找到自己的立

　① 叶燮：《已畦文集》卷九，民国6年重刊本。
　② 郑利华：《明代"畸人"与"畸人文学"》，《中国典籍与文化》1997年第1期；江仰婉：《明末清初吴中诗学研究——以"分解说"为中心》，中正大学2002年博士论文，第33—37页。
　③ 钱谦益：《牧斋初学集》卷三二，中册，第937页。
　④ 钱谦益：《牧斋初学集》卷四〇，中册，第1086页。
　⑤ 王夫之：《明诗评选》卷五王思任《薄雨》评语，文化艺术出版社1997年版，第254页。参看本书第一章第一节。

场，已是摆在诗论家面前亟待解决的问题。

　　然而，对缺乏诗学目标的人来说，找到自己的立场恰恰是最困难的事。正像人们在生涯的某个阶段经常能体会到的，不知道自己要什么，只知道不要什么。明代江南的诗学似乎就表现为这种倾向，只有拒绝或顺从，却没有主张，所以顺应拟古潮流和反拟古潮流的人都出在江南。据钱谦益说，"吴中前辈，沿习元末国初风尚，枕藉诗书，以噉名干谒为耻。献吉唱为古学，吴人厌其剽袭，颇相訾謷"，只有黄省曾受学门下称弟子①。事实上，正当举世风靡于李梦阳的拟古习气时，以文徵明、唐寅、沈周、祝枝山、王稚登为代表的吴门诗人却任心直行，不肯寄人篱下。宝应诗人朱讷针对七子辈的"文必秦汉，诗必盛唐"之说，更主张"文不限世代，岂必专师马迁；诗欲近性情，岂必止范汉魏"②。同时与顾璘并称"金陵三俊"的陈沂、王韦也都专尚才情，不落李、何门庭中。陈沂抉摘当时学杜之弊，尤见不随波逐流的品格。钱谦益说"江左风流，至今未坠，则二君盖有力焉"③。这种反拟古的思潮一直贯穿在江南诗学中，成为江南诗学的小传统。只不过这小传统是有解构倾向的，是破而不是立，江南似乎还没有自己的诗学目标。

　　前文提到，明清之交，诗坛又出现格调派回潮之势，"迩来人颇厌弃钟谭，仍欲还王李面目"的趋向，也波及江南诗坛，诗家反应不一。钱谦益作《朱云子小集引》之际，正是云间派得势之时。云间派诗家"生于竟陵树帜之时，而独宗信阳、历下"④，此刻江南诗学受云间派影响，当然会转向格调派的立场。这一点当时人已看得很清楚："钟、谭所为诗，虫鸟之吟；云间所为诗，裘马之气。大段固自不同，要不能无过。后惟陈黄门、李舍人力自矫克，归于大雅。然其流风终有存者，三吴祖而述之，辄爱不能割。"⑤ 在这样的局面下，朱隗虽系出竟陵，却也不敢公然捍卫竟陵，只能以折中的姿态来调停两派。徐增说"往吾友朱云子遂有《平论》一选，意在两存之"⑥。不管其书内容如何，这种调停和取舍本身是在他人屋檐下讨生活，依违之间，无以自立。因而徐增针对朱隗的折中态

　　① 钱谦益：《列朝诗集小传》丙集黄省曾传，上册，第 321 页。
　　② 钱谦益：《列朝诗集小传》丙集朱应登传附，上册，第 342 页。
　　③ 钱谦益：《列朝诗集小传》丙集陈沂传，上册，第 344 页。
　　④ 周茂源：《王川子诗序》，《鹤静堂集》卷一六，天马山房藏板本。
　　⑤ 侯朝宗：《与陈定生论诗书》，《赖古堂名贤尺牍新钞》卷九，宣统三年国学扶轮社石印本。
　　⑥ 徐增：《贻谷堂诗序》，《九诰堂全集》第十六册，湖北省图书馆藏清抄本。

度说，"夫（原误作失）存两家之所长可也，而周旋两家之好尚则不可也。譬医之治病然，王李、钟谭之习，乃诗之毒也。余毒未尽，至久而终必复发，以致于溃腐而不可救。何不因其转换之幾，而导之一归于古人之诗，为无弊乎？"于是由对待格调、竟陵之争的态度问题，就导出了树立江南诗学品格的基本思路，即首先摆脱竟陵派与云间派的影响，回到更古老的诗歌传统去。虽然要寻求的理想还未出现，还不清楚，但该抛弃什么大家都已知道。钱谦益正是在这一诗史语境下应运而出，开始了他对明代诗学的拨乱反正和对清代诗学的建构工作。而身为文坛盟主的他既然提出确立江南诗学立场的口号，自然就产生号令群雄的影响，于是江南的诗学探索也格外地热烈起来，一跃而为清初诗学最具独创性的地域，尽管没有形成统一的特征，但各具特色、富有理论创新意味的众多诗学主张共同构成了江南诗学的丰富色彩，也给后人留下了宝贵的理论财富。

第二节　拨乱反正的钱谦益诗学

钱谦益（1582—1664）在明末，文名最隆而经历最坎坷，在明末虽官至礼部侍郎，却三度褫职入狱，旋用旋废，一生大部分时间退处乡间，扮演着文学界山中宰相的角色[①]。四方登门求教者络绎不绝，门下执弟子礼者号称数千，言动为朝野瞩目。相比明清之交的许多名士来说，他的名声显然不是靠政治地位而纯粹是凭才学和创作赢得的。尤其是入清为贰臣后，道德上的缺陷使他羞于出世，只能依赖昔日积累的声望维持着"当代文章伯，岿然鲁殿存"的文坛盟主地位[②]。即便如此，他的文学成就仍为天下所景仰，他的地位还是无人能够取代。事实上，自从万历后期步入文坛以来，他的创作就一直为文坛作出示范，"明诗文气薄，牧斋则厚；明诗文学浅，牧斋则学深；明株守汉魏盛唐，牧斋则泛滥宋元"，在各方面起到矫正风气的作用。诚如后人所说，"其学之淹博，气之雄厚，诚足以囊括诸家，包罗万有。其诗清而绮，和而壮，感叹而不促狭，论事广肆而不诽排，洵大雅元音，诗人之冠冕也"。在明清之交，钱谦益仿佛是诗界

---

① 程嘉燧《牧斋先生初学集序》："盖先生身虽退处，其文章为海内所推服崇尚，翕然如泰山北斗。"《牧斋初学集》下册，第2224页。

② 李念慈：《奉赠钱牧斋先生》，《谷口山房诗集》卷七，康熙二十八年杨素蕴刊本。

的中流砥柱,"诗家翕然宗之,天下靡然从风,一归于正"①。

由于钱谦益品德上的污点,关于他的出处和文学创作,自清初以来一直是议论纷纭的话题。吴梅村在序龚鼎孳诗时,曾附带论及钱谦益,说:"牧斋深心学杜,晚更放而之于香山、剑南","其投老诸什为尤工。既手辑其全集,又出余力以博综二百余年之作,其推扬幽隐为太过,而矫时救俗,以至排诋三四钜公,即其中未必自许为定论也"②。吴梅村、龚鼎孳和钱谦益并称为江左三大家,是明清之际声望最高的三位文坛宗师,这里寥寥数语概括牧斋毕生的文学事业,并没有过多地推崇,或许有衬托龚鼎孳的意思。倒是黄宗羲门人郑梁撰《钱虞山诗选序》肯定了钱谦益扭转明末诗坛风气的意义:"虞山以弘博之胸,高华之笔,出为斯世廓清,而积习始翻然为之一变。"③ 从后世的评论看,钱谦益廓清诗坛风气、拨乱反正的努力大体得到后世首肯,只不过实际成效也有人怀疑。比如彭维新说:

> 胜国末造,业诗者渐厌王、李声貌唐人之弊,于是竟陵起而以冲迥脱落矫之。当是时,操觚之家无不俎豆钟、谭,若困于酒食者乍遇茗汁藜羹,竟以为古今至味在是也。而矫枉过正,几胥天下而为尫荼虚赢、奄奄欲绝之人。海虞蒙叟亟思矫之,而根柢未极深厚,祗能为调停之术,加之色泽,运以风调,而儇佻之态终不能掩。此善于彼则有之矣,以云示诗家之鹄互,犹恐未足以间执宗仰竟陵者之口也。④

他认为钱谦益限于才力,只能停留在折中诸家之长上,至于为诗坛树立新的审美理想,还谈不上。当代学者的研究,自郭绍虞《中国文学批评史》、朱东润《述钱谦益之文学批评》揭示钱谦益诗文论的渊源和旨趣⑤,批评史著作或注意他对明代诗文理论的总结,或侧重于论述他对明代诗文诸派的批评⑥,都对钱谦益的文学理论作了全面的论述。20 世纪 70 年代以来

---

① 凌凤翔:《牧斋初学集序》,《牧斋初学集》下册,第 2230 页。
② 吴伟业:《定山堂诗集序》,龚鼎孳《定山堂诗集》卷首,光绪九年龚彦绪刊本。
③ 郑梁:《郑寒村全集·见黄稿》卷二,康熙刊本。
④ 彭维新:《刘杜三诗集序》,《墨香阁集》卷三,道光二年家刊本。
⑤ 朱东润:《述钱谦益之文学批评》,原载《文哲季刊》第 2 卷 2 号,收入《中国文学论集》,中华书局 1983 年版。
⑥ 前者如蔡仲翔、黄葆真、成复旺合著《中国文学理论史》,北京出版社 1987 年版;后者如邬国平、王镇远合著《清代文学批评史》,上海古籍出版社 1995 年版。

的研究，吴宏一概括钱谦益的论诗态度和论诗主张，肯定了他拨乱反正的历史功绩①；王英志专门探讨了"诗有本"说②；胡幼峰独到地分析了香观说、望气术和胎性论，并对钱谦益对历代诗人的批评作了细致的分析③；孙之梅发挥郭绍虞之说而推绎细密，更对钱谦益与明季诗家的关系多方考索④；孙立分期探讨了钱谦益论诗宗旨的演变⑤；张健则对钱谦益在明清之交诗学由"格调优先"到"性情优先"的转向中发挥的作用作了阐述⑥；简锦松、周建渝还分析了《列朝诗集小传》的批评问题⑦。最近丁功谊的博士论文《钱谦益文学思想研究》对钱氏文学思想作了全面的剖析，讨论问题深入而细致⑧。应该说，学界对钱谦益诗学的研究，凡其抨击明诗弊端，提倡真诗，强调表现个性，主张"反其所以为诗"，提倡"诗史"说等各个方面都已有所阐述⑨。钱谦益对于清初诗学的重要性是怎么估量也不过分的，前文讨论清初诗坛对明代诗学的反思和自身的理论建构时，不断征引钱氏的议论，已足见他的重要。当代学者关注的重要问题，这里没有必要再重复，我只打算由钱谦益拨乱反正的具体思路入手，联系他提倡宋元诗对清诗的深刻影响，及其诗歌史研究的学术成就，对钱氏在清代诗学史上的地位重新作一番评价。

---

①　吴宏一：《清代诗学初探》，牧童出版社 1977 年版，第 111—129 页。

②　王英志：《钱谦益的"诗有本"说》，收入《清人诗论研究》，江苏古籍出版社 1986 年版，第 1—21 页。

③　胡幼峰：《清初虞山派诗论》，国立编译馆 1994 年版，第 87—98 页。

④　孙之梅：《钱谦益与明末清初文学》，齐鲁书社 1996 年版，第 257—327 页。

⑤　孙立：《明末清初诗论研究》，广东教育出版社 1999 年版，第 238—307 页。

⑥　张健：《清代诗学研究》，北京大学出版社 1999 年版，第 104—145 页。

⑦　简锦松：《论钱谦益〈列朝诗集小传〉之批评立场》，《文学新钥》第 2 期，第 127—157 页；周建渝《〈列朝诗集小传〉的明诗批评及其用意》，《第四届国际东方诗话学学术研讨会会议论文集》，中山大学中文系 2005 年版，第 81—95 页。

⑧　丁功谊：《钱谦益文学思想研究》，上海古籍出版社 2006 年版。

⑨　此外涉及钱谦益诗学的论著还有吉川幸次郎《文学批评家としての钱谦益》（《中国文学报》第 31 册，京都大学中国文学研究室，1980 年）、李丙镐《钱谦益之文学理论》（台湾大学硕士论文，1980 年）、廖美玉《钱牧斋及其文学》（台湾大学博士论文，1983 年）、李世英《清初诗学思想研究》（敦煌文艺出版社 2000 年版）、罗时进《钱谦益文学观转变及其批评的意义》（《明清诗文研究新视野》，文史哲出版社 2004 年版），期刊论文的综述可参看王顺贵、黄淑芳《20 世纪钱谦益诗学研究》（《广西社会科学》2003 年第 1 期）及吴倩编《二十世纪明代诗词研究索引（二）》（《中国诗歌研究动态》第 1 辑，学苑出版社 2005 年版）。

一　无本·有本·反本——钱谦益诗学的理论出发点

在诗史的童年时代，作者的写作应该是比较自由的，可以接触的前代作品既少，典范也很有限，批评舆论环境更甚至尚未形成，作者们像山野或草原上的孩子似的，不受礼法的拘束，自由而自然地成长起来。到了古典诗歌的晚年，尤其是唐宋两大诗歌传统形成以后，诗人受到的拘束就多了起来。无数前代的杰作，无数诗话，上至君主的喜好、当世名贤的时尚，下到乡邦宗族的舆论，共同在诗人们的周围形成一个诗歌艺术规则的场，令他们在进入诗歌写作之前，先决定自己要走的道路。《批评意识》的作者乔治·布莱在论述普鲁斯特的批评道路时写道："一切都始于寻找需要遵循的道路。不事先决定文学创作（小说，批评研究）得以实现的手段，就不会有文学创作。换句话说，对于普鲁斯特，创造行为之前就有一种对于此种行为，及其构成、源泉、目的、本质的思考。（中略）通过批评，通过对文学、对各种文学的批判理解，未来的批评家达到这样一种精神状态，他希望文学的创造活动，不管是哪一种，从这种状态出发而变得更为准确，更为真实，更为深刻。写作行为的前提是对于文学的事先的发现，而这种发现本身又建立在另一种行为即阅读行为之上。"① 普鲁斯特虽晚生于钱谦益三百年，但两人面对的文学境遇却大体相同，即都必须基于阅读、批评而确立自己的文学道路。

万历十年（1582）出生的钱谦益早登诗坛，与明代后期的几大诗派都有很深的渊源。他家与王世贞家为世交，少年时即熟读《弇州山人四部稿》，诗文深受后七子辈影响。为举子时曾与袁中道同在极乐寺习举业，考进士又与钟惺同年及第。后结识汤显祖和袁氏兄弟，追随公安，而与竟陵相商榷。他早年诗学的启蒙和培养，可以说经历了晚明诗学的全部过程②，他与上述诗学核心人物的密切关系，使他不仅熟悉诗坛各派的主张，而且洞悉其流弊。他对诸家诗学的不满一如积薪，只等一点外在的刺激，就会蓬勃燃烧，导致诗学发生方向性的剧变。在《宋玉叔安雅堂集序》中，他回顾自己诗学的转向，曾说：

① 乔治·布莱：《批评意识》，郭宏安译，百花洲文艺出版社1993年版，第38页。
② 关于钱谦益青年时代受到的各种影响，可参看朱东润《述钱谦益之文学批评》，《中国文学论集》，第71—73页；青木正儿《清代文学评论史》，第3—6页，杨铁婴译，中国社会科学出版社1988年版。

余故不知言诗，强仕已后，受教于乡先生长者流，闻临川、公安之绪言，诗之源流利病，知之不为不正。①

据朱彝尊说，当时"吴下诗流，圣野始屏钟、谭余论，严持科律，一以唐人为师"②。圣野是长洲叶襄（？—1655）字，他是万历以后对吴中诗坛有影响的人物③，晚明吴地的小传统应该就是处在沿袭格调派、排击竟陵派的氛围中。但钱谦益没有追随这股风气，他倾心于公安派，由获交袁氏兄弟而接受李贽之学，思想观念和文学受到影响，愈益坚定了否定拟古的诗学立场④。他曾说"余之评诗，与当世牴牾者，莫甚于二李及弇州"⑤，在这点上或许也应考虑到竟陵派的影响。《列朝诗集小传》载钟惺曾对他说："空同出，天下无真诗，真诗唯邵二云耳。"⑥他和程孟阳亟赏其言。对七子派拟古作风的厌恶，使他一接触嘉定诸老的学说，就有如醍醐灌顶，立即全心全意地接受和拥护。同时随着年齿渐长，见识日深，他对公安、竟陵两家的病症也看得越发清楚起来，于是折中取舍，最终选择了撇开唐诗，转由宋诗入手涤除诗坛拟古积习的道路。

正像当时许多有识之士都认识到的，明诗的江河日下，归根结底在于诗歌的本源被近代俗学所翳蔽。钱谦益在《鼓吹新编序》中，以他擅长的譬喻方式，借佛教的多乳喻来说明这个问题：

盖尝观如来捃拾教中，有多乳喻，窃谓皆可以喻诗。其设喻曰：如牧牛女为欲卖乳，贪多利故，加二分水，转卖与余牧牛女人。彼女得已，复转卖与近城女人。三转而诣市卖，则加水二分，亦三展转。卖乳乃至成糜，而乳之初味，其与存者无己矣。三百篇已下之诗，皆乳也。三百篇已下之诗人，皆牧牛之女也。由《风》《雅》、《离骚》、汉魏、齐梁历唐宋以迄于今兹，由三言四言五言之诗以迄于五七言今

① 钱谦益：《宋玉叔安雅堂集序》，《牧斋有学集》卷一七，上海古籍出版社 1996 年版，中册，第 763 页。

② 朱彝尊：《静志居诗话》卷二一，人民文学出版社 1990 年版，下册，第 663 页。

③ 叶襄与吴伟业、姜垓、林云凤、曹溶并为余怀《吴郡五君咏》所咏人物之一，见《余怀集·江山集》，广陵书社 2005 年影印本。

④ 参看王承丹《钱谦益与公安派关系简论》，《苏州大学学报》1998 年第 2 期。

⑤ 钱谦益：《题徐季白诗卷后》，《牧斋有学集》卷四七，下册，第 1562 页。

⑥ 钱谦益：《列朝诗集小传》丙集邵宝传，上册，第 271 页。

体，七言今体中则又由景龙、开元、天宝、大历以迄于西昆、西江，若弘、正、庆、历之所谓才子者，以择乳之法取之，自牧地而之于城市，其转卖之地，不知其几。（中略）复有喻曰：长者畜牛，但为醍醐，不期乳酪。群盗构乳，盛以革囊，多加以水，乳酪醍醐，一切俱失。复有喻曰：牧女卖乳，展转淡薄，虽无乳味，胜诸苦味。若复失牛，转抨驴乳，展转成酪，无有是处。今世之为七言者，比拟声病，涂饰铅粉，骈花俪叶，而不知所从来，此盗牛乳而盛革囊者也；标新猎异，佣耳剽目，改形假面，而自以为能事，此抨驴乳而谓醍醐者也。①

这里所裁量的诗学，辗转卖乳乃至成糜，指的是七子辈到陈子龙的格调派；群盗构乳盛以革囊和转抨驴乳，指的是公安、竟陵两派。前者是剽古而伪，后者则是师心自用，其病根都可归结于不能正确地对待传统。

不能正确对待传统，不只是诗学的问题，也是整个明代思想、学术的问题，因此钱谦益对诗学的不满也是与对明代学术的怅恨联系在一起的。他对明代学术的堕落痛心疾首，甚至将明代亡国也归咎于学术之坏，具体说就是肇端于宋代的儒林、道学之分，导致了经学的八股化和道学的庸俗化："经学之熄也，降而为经义；道学之偷也，流而为俗学。胥天下不知穷经学古，而冥行擿埴，以狂瞽相师。驯至于今，轻材小儒，敢于嗤点六经，呰毁三传，非圣无法，先王所必诛不以听者，而流俗以为固然。生心而害政，作政而害事，学术蛊坏，世道偏颇，而夷狄寇盗之祸，亦相挺而起。"② 为此他平生最痛恨"俗学"，即"制科之帖括"和"剽贼之词章"③。自从上公车时获闻唐宋文章于李流芳，他找到了学术和文学的努力目标，从此明确了自己的道路④。他的诗集从泰昌元年（1620）九月开始编录，可以看做是一个有象征意义的标志。这是他回顾自己创作道路所作的总结——从轻信、盲从到惊醒、悔悟乃至改道的过程，被结束于万历以前，此后他便以通经汲古之说排击俗学，同时举起了宋诗的大纛，推崇陆游，从理论和创作两方面对明代诗歌的流弊进行清算。

① 钱谦益：《鼓吹新编序》，《牧斋有学集》卷一五，中册，第710—711页。
② 钱谦益：《新刻十三经注疏序》，《牧斋初学集》卷二八，中册，第851页。
③ 钱谦益：《从游集序》，《牧斋有学集》卷二〇，中册，第851页。
④ 钱谦益：《答山阴徐伯调书》，《牧斋有学集》卷三九，下册，第1347页。

　　钱谦益的大量议论表明，其诗学的出发点在于横扫明代诗风的流弊。关于钱谦益对明末诗坛的批评，学界已有评述，尤以邬国平、王镇远《中国文学批评史》所举最为明晰，无须更赘。这里我想补充并强调的一点是，明末诗坛大多是门户之争和互相攻讦，很少有像钱谦益这样独立地对明代诗学展开全面批判的。在崇祯十三年（1640）所作《姚叔祥过明发堂共论近代词人戏作绝句十六首》中，五十九岁的钱谦益这样表明自己的志向："一代词章孰建镳，近从万历数今朝。挽回大雅还谁事，嗤点前贤岂我曹？"① 面对万历以来的诗坛流弊，他慨叹无人挺出而挽狂澜于既倒，欲以一身任之。他本来是有这个能力和条件的，可惜随着仕途多舛和年事日高，更兼易代之际的出处失据所招致的尴尬处境，他再也没有登高而呼的自信和勇气了，友朋往来书札中一再对文坛盟主的地位表示谦退。只不过在当时，除了他诗坛再没有能号令群雄的人了，面对诗坛拨乱反正的迫切要求，他不能不以"粗知古学之源流、文章之体制，与夫近代之俗学所以俪背规矩者"②，而挺身为前驱。我认为牧斋诗学的所有理论问题都是以此为出发点的，基于作为文坛盟主的责任感。

　　明代的诗学主张，与宋元以前有个很大的不同，就是它们本身是堂堂正正、无可非议的，不像唐宋人的某些主张，出于矫枉过正，往往不无偏颇。明人提出宗法汉魏、盛唐，学杜甫，都是严羽所谓取法乎上的正法眼藏。问题是模拟过甚，失其本心，遂成伪体。钱谦益在《徐元叹诗序》中曾感叹：

　　　　自羽卿之说行，本朝奉以为律令。谈诗者必学杜，必汉魏盛唐，而诗道之榛芜弥甚。羽卿之言，二百年来，遂若涂鼓之毒药。甚矣，伪体之多，而别裁之不可以易也。③

由这种判断出发，拨乱反正的首要问题必然就是别裁伪体。所以他在带有传衣钵色彩的《古诗赠王贻上》诗中谆谆告诫年轻的后辈诗人王士禛："伪体不别裁，何以亲风骚？"而他所以将批判明七子以来的模拟作风作为

---

① 钱谦益：《姚叔祥过明发堂共论近代词人戏作绝句十六首》其二，《牧斋初学集》卷一七，上册，第601页。
② 钱谦益：《复徐巨源书》，《牧斋有学集》卷三八，下册，第1325页。
③ 钱谦益：《牧斋初学集》卷三二，中册，第924页。

主要目标，不仅因为七子辈的盛唐体和学杜是最大的伪体，而且晚明诗学的消长也都根源于对前后七子拟古作风的态度。正像他在崇祯七年（1634）作的《黄子羽诗序》里指出的："近代之学诗者，知空同、元美而已矣。其哆口称汉魏、称盛唐者，知空同、元美之汉魏、盛唐而已矣。自弘治至于万历，百有余岁，空同雾于前，元美雾于后，学者冥行倒植，不见日月。甚矣，两家之雾之深且久也！"① 为此，他别裁伪体的策略首先是挖掘复古思潮的理论根源，其次是还历史的本来面目。前者表现为由排击王、李而上溯严羽，后者则通过对杜甫的注释和研究来实现。

众所周知，明代格调派"诗必盛唐"的观念立足于高棅的"四唐"说，而高棅的初盛中晚四唐又渊源于严羽《沧浪诗话》。于是钱谦益的别裁伪体首先拿严羽开刀，他为陈允衡作《诗慰序》，写道：

> 古学日远，人自作辟邪。师魔见蕴，酿于宋季之严羽卿、刘辰翁，而毒发于弘、德、嘉、万之间。学者甫知声病，则汉魏、齐梁、初盛中晚之声影，已盘牙于胸中。佣耳借目，寻条屈步，终其身为隶人而不能自出。②

"古学日远"暗示了当今流行的都是"俗学"，在此被圈定的严羽、刘辰翁自然就是俗学的源头。钱谦益对严羽的诗学简直到了深恶痛绝的地步，甚至序周亮工《赖古堂集》提到周刻严羽诗话，也一反撰序引乡贤以为重的常规，顺便抨击严羽一通：

> 沧浪之论诗，自谓如那吒太子，拆骨还父，拆肉还母，而未尝探极于有本。谓诗家玲珑透彻之悟，独归盛唐。则其所矜诩为妙悟者，亦一知半解而已。余惧世之学诗者，奉沧浪为质的，因序元亮诗而梗概及之。若其论诗之误，俟他日篝灯剪韭，抵掌极论，而兹固未能悉也。③

反对强分初盛中晚并不是钱谦益的独家意见，而是诗坛相当一部分诗人的

① 钱谦益：《牧斋初学集》卷三二，中册，第 925 页。
② 钱谦益：《爱琴馆评选诗慰序》，《牧斋有学集》卷一五，第 713 页。
③ 钱谦益：《牧斋有学集》卷一七，中册，第 767—768 页。

共识，除了前文引用的魏裔介之说外，余怀在《明月庵稿》自序中也曾说："唐以诗取士，三百年山川英秀之气递有所锺，而强作解事者，又分初盛中晚，自我观之，初盛岂无枯累之什，中晚亦著浑沦之篇，要其格调高卑因人以定，匪因时也。"[1] 但这只是强调初盛中晚各有所至，不可一概而论，而钱谦益反对严羽、高棅等强分四唐，并独宗盛唐，则以解构唐诗的独尊地位，承认宋元诗的价值为目标。《题徐季白诗卷后》明确地表达了这一点：

> 天地之降才，与吾人之灵心妙智，生生不穷，新新相续。有《三百篇》，则必有楚骚，有汉魏建安，则必有六朝。有景隆、开元，则必有中晚及宋元。而世皆遵守严羽卿、刘辰翁、高廷礼之瞽说，限隔时代，支离格律，如痴蝇穴纸，不见世界，斯则良可怜愍者。[2]

作为墨守严羽、高棅之说的一个例证，《列朝诗集小传》曾对林鸿的创作加以批评："膳部之学唐诗，摹其色象，按其骨节，庶几似之矣。其所以不及唐人者，正以其摹仿形似，而不知由悟以入也。"[3] 如此表面地模仿唐诗，只会招致两个恶果，往浅里说是风格单调，千人一面；往深里说是舍本逐末，丧失诗歌创作的生命力。因此《自课堂集序》说：

> 余读世之作者，户立坛墠，曹分函矢，人和氏而家千里，彬彬乎盛矣。繁声缛采，骈枝骊叶，以神贩为该博，以剽拟为侧古，买菜求益，嚼饭喂人，其失也罔；幺弦促节，浮筋怒骨，发声音于蚓窍，穷梦想于鼠穴，神头鬼面，宵吟昼厌，其失也诞。要而言之，雕花不荣于春阳，涔蹄不归于邛浦，核其病源，曰无本。[4]

"无本"正是明诗"伪体"的致命要害，推而广之，甚至也被视为明代以来整个文化的致命要害。在钱谦益之前，曹学佺即曾慨叹明代文化是个无

---

[1] 余怀：《甲申集》，中国社会科学院文学所藏抄本。

[2] 钱谦益：《牧斋有学集》卷四七，下册，第1563页。

[3] 钱谦益：《列朝诗集小传》乙集高棅传，上册，第180页。

[4] 程康庄：《自课堂集》卷首，山右丛书初编本，民国26年山西省文献委员会出版。按：此文不见于牧斋《初学集》、《有学集》收录。

根的文化，"学者往往不竞之于经术，而竞之于进取。讬言理学而略英华，妄意禅观而空文字。间有染指于词章，粉饰乎风雅者，则又为枝叶之末，其于本根无当也；沟浍之盈，其于江河无当也。岂天之欲丧斯文与，抑今之人性与古人殊与？"① 因此别裁伪体绝不是文学内部靠文学自身的调整就能解决的问题，关键在于治整个文化的"本"。

钱谦益在《徐元叹诗序》里曾感叹"伪体之多，而别裁之不可以易"，又强调别裁伪体的前提是"必有以导之"，即破除伪体首先必须有正体为引导。不树立能为人景慕、遵循的正体，伪体就无法驱除。那么正体又在哪里呢？前文提到《周元亮赖古堂合刻序》批评严羽"未尝探极于有本"，这个"有本"正是他针对"无本"而树立的正体。他说："古之为诗者有本焉，《国风》之好色，《小雅》之怨诽，《离骚》之疾痛叫呼，结轖于君臣夫妇朋友之间，而发作于身世偪侧、时命连蹇之会，梦而嚱，病而吟，春歌而溺笑，皆是物也，故曰有本。"② 他在《列朝诗集小传》中也引邓黻"言之必有伦，而不苟陈之于世"的大段议论，"以见前辈有本之学如此"③。这从古代诗歌创作和前人诗论总结出的"有本"，与《胡致果诗序》所谓"其根柢则在乎天地运世、阴阳剥复之幾微"的"根柢"一样④，无非都是有为有感而作的意思，并不是什么新的理论命题⑤。钱谦益重提"有本"的意义在于以此为目标确立了反本的路径。《胡致果诗序》作于顺治十一年（1654），翌年钱谦益在《答徐巨源书》中更全面地阐述了他的文学主张：

> 今诚欲回挽风气，甄别流品，孤撑独树，定千秋不朽之业，则惟有反经而已矣。何谓反经？自反而已矣。吾之于经学，果能穷理析

---

① 曹学佺：《赠梅禹金序》，《曹学佺集·石仓文稿》下册，江苏古籍出版社 2003 年版，第 617 页。

② 钱谦益：《牧斋有学集》卷一七，中册，第 767 页。

③ 钱谦益：《列朝诗集小传》丁集上邓黻传，下册，第 422—423 页。

④ 钱谦益：《牧斋有学集》卷一八，中册，第 801 页。

⑤ 文渊阁四库全书本元胡祗遹《紫山大全集》卷一一《郁文堂记》："文之为言，渊乎焕乎，圣人屡言之矣。奈何后世学者不求文之所以为文有本，文不在兹乎？"四部丛刊本明杨维桢《东维子文集》卷七《剡韶诗序》："吾求之东南，永嘉李孝光、钱塘张天雨、天台丁复、项炯、毗陵吴泰、倪瓒，盖亦有本者也。"百城山房丛书本清田兰芳《逸德轩文稿》卷一《虚白斋全集序》："物以有本者为贵。（中略）诗文之为物，固亦有其本焉。本者何？如《易》所谓言有物，《传》所谓发乎情止乎礼义者是也。"

义，疏通证明，如郑、孔否？吾之于史学，果能发凡起例，文直事核如迁、固否？吾之为文，果能文从字顺，规摹韩、柳，不偭规矩，不流剽贼否？吾之为诗，果能缘情绮靡，轩翥风雅，不沿浮声，不堕鬼窟否？虚中以茹之，克己以厉之，精心以择之，静气以养之。如所谓俗学之传染，与自是之症结，如镜净而像现，如波澄而水清。于是乎函道德，通文章，天晶日明，地负海涵，彼欲以萤火烧山，蚍蜉撼树，其如斯世何，其如千古何？①

这里的关键词"反经"，出自《孟子·尽心下》："君子反经而已矣。经正则庶民兴，庶民兴斯无邪慝矣。"在当下的语境中，反经也就是反本，他在《列朝诗集小传》就用了反本的说法："自闽诗一派盛行永、天之际，六十余载，柔音曼节，卑靡成风。风雅道衰，谁执其咎？自时厥后，弘、正之衣冠老杜，嘉、隆之嚬笑盛唐，传变滋多，受病则一。反本表微，不能不深望于后之君子矣。"② 这虽是当时诗坛的共识，但从施闰章《蠖斋诗话》大力标举"诗有本"，要求作诗以治经史为基础，以言之有物为尚③，还是看得出诗坛对钱谦益诗学话语的接受和响应。前文所引李中黄《逸楼四论》的议论也与牧斋有相通之处。

反经的终点既然是"无邪慝"，具体到诗歌，也就归结于"思无邪"的道德追求，即回归到传统诗教的伦理根基上来。事实上，反经和反本的理论驱动力是十分强大的，它不仅使诗歌理念回归到诗歌的开山纲领，即所谓"导之于晦蒙狂易之日，而徐反诸言志咏言之故，诗之道其庶几乎？"④ 同时还将上古诸多诗学话语整合起来：

师乙之论声歌也，自歌《颂》歌《雅》以逮于歌《齐》，各有宜焉。自宽柔静正，以逮于温良能断之德，各有执焉。清浊次第，宫商相应，辨其体则有六义，考其源则有四始五际六情，故曰温柔敦厚，诗教也。古人之学诗者如是。今之为诗者，不知诗学，而徒以雕绘声律、剽剥字句者为诗，才益驳，心益粗，见益卑，胆益横，此其病中

---

① 钱谦益：《牧斋有学集》卷三八，下册，第 1314 页。
② 钱谦益：《列朝诗集小传》乙集高棅传，上册，第 181 页。
③ 施闰章：《蠖斋诗话》"言有本"条，丁福保辑《清诗话》，上册，第 378 页。
④ 钱谦益：《徐元叹诗序》，《牧斋初学集》卷三二，中册，第 924 页。

于人心，乘于劫运，非有反经之君子，循其本而救之，则终于胥溺而已矣。①

　　尽管我也同意前辈学者的看法，钱谦益论诗集明代反主流诗观之大成，破多于立②，但我仍认为钱氏"立"的分量是很大的。在诗学的拨乱反正时期，诗坛迫切需要解决的是诗歌创作的立足点问题，钱谦益的诗论由批判"无本"到推崇"有本"再到主张"反本"，澄清了诗歌创作的观念问题，奠定了清代诗学展开的理论基础，这是他的重要贡献。郭绍虞曾摘举钱谦益集中诸多论诗文字，指出"牧斋论诗，与七子竟陵有一个绝大的分别，即是他只从诗之内质与外缘上着眼，而不在诗之格律意匠上着眼"③；张健将钱谦益与七子的区别概括为性情优先与格调优先，都可以说是抓住了问题的实质，但这毕竟不是钱谦益提出的命题，"反本"才是钱谦益的理论命题，我们可以由此进入他的诗学统系中。因为"反本"关注的首先是诗的本质和功能方面的问题，即所谓"解驳形相，披露性情"④，钱谦益诗论提出的重要诗学问题，如《爱琴馆评选诗慰序》以情、志、气为作诗之三要素，《赠别胡静夫序》提出读书博学之说，《季沧苇诗序》谓有真好色、真怨诽，斯有真诗，《题杜苍略自评诗文》以灵心、世运、学问论诗歌的发展，都与此相关联。

　　当然，在经历易代之后，儒家伦理传统的失坠已不是文学最突出的问题，士大夫群体的思考早已超越明代放荡风气的层面而上升到民族文化存亡的高度，面对这样的历史语境，钱谦益的主张显得有点空洞而迂远；而模拟诗风在当时更已是过街老鼠，为诗坛所唾弃，他的批判因而也不具有振聋发聩的意义；在作家评价方面，因真伪问题往往与出处联系在一起，钱谦益道德上的污点也使他的发言疲软无力。所以钱谦益对清初诗学观念的实际影响，也许真像彭维新说的不是那么大，我感觉他的真正影响是在鼓吹宋元诗尤其是陆游诗，从而引发诗坛的祧唐宗宋风气，最终带来诗风的变异。这一问题论者多有触及，但仍有深入探讨的余地。

----

① 钱谦益：《娄江十子诗序》，《牧斋有学集》卷二○，中册，第844—845页。
② 朱东润：《述钱谦益之文学批评》，《中国文学论集》，第73页；钱仲联：《清人诗文论十评》，《梦苕庵清代文学论集》，齐鲁书社1983年版，第25页。其门人裴世俊也持同样见解，见《钱谦益诗歌研究》，宁夏人民出版社1991年版，第220页。
③ 郭绍虞：《中国文学批评史》，上海古籍出版社1979年版，第457—458页。
④ 钱谦益：《列朝诗集小传》丁集中，下册，第517页。

二　对宋元诗的复兴——兼及与程孟阳的诗学渊源

钱谦益的门人冯班曾说："钱牧斋教人作诗，惟要识变。余得此教，自是读古人诗，更无所疑。读破万卷，则知变矣。"① 冯班这段话透露了两点信息，一是牧斋论诗主变，二是变只有通过广泛学习才能实现。明乎此就不难预料，主变的钱谦益必然会在他深恶明人学唐之外另外寻找、发掘诗歌史的传统了。

自明代中叶以来，诗家习以弘、嘉直接盛唐，宋元简直不放在眼里，仿佛根本就不存在。甚至到明清之交，云间派诗家仍持这种观念。王光承《华苹诗集序》，便说："自三百篇以后，千余年而有盛唐诸子。自盛唐以后，八百余年而有弘嘉诸子。"② 诗歌史就这么简单地被圈出三个亮点，其余都是无意义的空白。在明代以前，既然只有《三百篇》和盛唐两个亮点，格调派或复古派就无不以企及这两个时代为理想。钱谦益首先喝破这懵懂迷幻，指出在真正意义上古人乃是不可企及的，所能为者只是习得古人的精神气格而已。这就是《答唐训导汝谔论文书》中所阐明的道理：

> 夫文之必取法于汉也，诗之必取法于唐也，夫人而能言之也。汉之文有所以为汉者矣，唐之诗有所以为唐者矣。知所以为汉者，而后汉之文可为：曰为汉之文而已，其不能为汉可知也；知所以为唐者，而后唐之诗可为：曰为唐之诗而已，其不能为唐可知也。自唐宋以迄于国初，作者代出，文不必为汉而能为汉，诗不必为唐而能为唐，其精神气格，皆足以追配古人。③

区分了古与今、唐诗与伪唐诗的界限，就等于取消了模仿唐诗的必要性，即便承认唐诗是不祧之宗，也不必拘拘模仿，毕竟还有"不必为唐而能为唐"的路可走。既然如此，就不必专学唐人，学宋也未尝不可。前人不是说过吗，善学唐人者，莫过于宋人。这里"自唐宋以迄于国初，作者代出"的说法，与公安派的观念一脉相承。袁宏道曾说："初、盛、中、晚自有诗也，不必初、盛也；李、杜、王、岑、钱、刘，下迨元、白、卢、

---

① 冯班：《钝吟杂录》卷三，丛书集成初编本。
② 吴懋谦：《华苹诗集》卷首，康熙刊本。
③ 钱谦益：《牧斋初学集》卷七九，下册，第 1701 页。

郑，各自有诗也，不必李、杜也。赵宋亦然，陈、欧、苏、黄诸人，有一字袭唐者乎？又有一字相袭者乎？"① 更何况钱谦益既然确定以"反本"即返经为论诗的逻辑起点，那么宋诗就必将成为他自然的归宿，因为宋人早已宣称"本朝诗出于经"②。从理论上说，先取消初盛中晚的分别，再取缔唐诗的独尊地位，转而尊崇宋诗，甚至由宋代经学直溯宋诗，都是合乎逻辑的。但事实却是牧斋受到程孟阳的启发，先接触南宋和元诗，然后才向独尊唐诗的流行观念发起挑战的。由于他的鼓吹，天启、崇祯之际诗坛忽然流行起追慕宋元诗的风气来，并对清代诗歌创作产生深远影响。以致后辈诗人李振裕谈到钱谦益的诗史贡献，首先认为他改变了晚明的诗风，所谓"虞山钱牧斋先生乃始排时代升降之论而悉去之，其指示学者，以少陵、香山、眉山、剑南、道园诸家为标准，天下始知宋金元诗之不可废，而诗体翕然其一变"③。

这里举出的钱谦益崇奉的五位诗人，杜甫乃是自宋至明诗家的不祧之宗，白居易和苏轼也是宋元人不断模仿的偶像，只有陆游和虞集属于新推出的楷模。其实相比虞集，钱谦益更倾心的是元好问。顺治十三年（1656）钱谦益作《题燕市酒人篇》，拟邓汉仪于《中州集》元遗山、李长源之间，或曰："今之论诗者，非盛唐弗述也，非李杜弗宗也。拟孝威于元季，何为是諓諓者？"他说："子之云盛唐李杜者，偶人之衣冠也，断蔺之文绣也。"④ 可见他是将元好问等宋元诗人作为象征着鲜活生命的偶像来推崇的。而在陆游和元好问中，元好问主要是以"诗史"意义才格外受到重视的，因此要在明亡以后才凸显出来，陆游则在天启、崇祯间已风行诗坛。毛奇龄说因为钱谦益推崇陆游，"素称宋人诗当学务观"（《西河诗话》），影响所及，"今海内宗虞山教言，于南渡推放翁，于明推天池生"。⑤ 最终形成"天启、崇祯中，忽崇尚宋诗，迄今未已。究未知宋人三百年间本末也，仅见陆务观一人"的局面⑥。

考究苏轼、陆游诗的流行，通常都归结于钱谦益的提倡。清初费锡璜

---

① 袁宏道：《与丘长孺》，《袁中郎全集》卷二一，日本元禄九年京都刊本。
② 吴之振等辑：《宋诗钞》卷九五戴复古小传引，中华书局1986年版。
③ 李振裕：《善鸣集序》，《白石山房集》卷一四，康熙间香雪堂刊本。
④ 钱谦益：《牧斋有学集》卷四七，下册，第1550页。
⑤ 毛奇龄：《盛元白诗序》，《西河文集》序二八，乾隆间萧山书留草堂刊本。
⑥ 贺裳：《载酒园诗话》卷一，郭绍虞辑《清诗话续编》第1册，上海古籍出版社1983年版，第453页。

在《百尺梧桐阁遗稿序》中说："自明人模拟唐调，三变而至常熟，乃极称苏、陆，以新天下耳目。"① 田易《鲁思亭诗序》也说："牧斋之论兴，而效苏、陆者比肩。"② 据钱谦益门人瞿式耜《初学集序》说："先生之诗，以杜、韩为宗，而出入于香山、樊川、松陵，以追东坡、放翁、遗山诸家，才气横放，无所不有。"吴梅村也说："牧斋深心学杜，晚更放而之于香山、剑南。"③ 这里被提到的唐宋及元代诗人，作品都络绎出现在《牧斋初学集》、《有学集》钱曾注中，可见钱谦益确实出入诸家，其中涉猎最频繁、取材最多的是苏东坡。苏东坡是宋代以后文人最心仪的偶像，学苏是很常见的，但学陆游、元好问就不平常了。是因屡用屡废或国亡而修史的相似经历产生共鸣，还是从他们的诗中找到了自己的诗歌理想，我们不得而知。可以肯定的是，他对陆游、元好问发生兴趣，都是缘于程嘉燧的影响。

程嘉燧（1565—1643），字孟阳，号松圆，偈庵居士。休宁人，侨寓嘉定。工诗文书画，与李流芳、唐时升、娄坚并称"嘉定四先生"。明代以来，对宋诗价值的肯定始于公安派，而全面取法宋诗并阑入元人则肇自程孟阳，清初人一般认为提倡宋诗始自程孟阳④。程孟阳尤其喜欢陆游诗，王渔洋认为他的路子是"学刘文房、韩君平，又时时染指陆务观"（《渔洋诗话》）。钱谦益对陆游和元好问的兴趣，正是在程孟阳的影响下培养起来的，直到晚年位尊望隆之日，他也不讳言这一点。崇祯十三年（1640）作《姚叔祥过明发堂共论近代词人戏作绝句十六首》，第一首就表达了对孟阳诗学的倾倒："姚叟论文更不疑，孟阳诗律是吾师。溪南诗老今程老，莫怪低头元裕之。"⑤ 后来在《复遵王书》更说："仆少壮失学，熟烂空同、弇山之书。中年奉教孟阳诸老，始知改辕易向。孟阳论诗，自初、盛唐及钱、刘、元、白诸家，无不析骨刻髓，尚未能及六朝以上，晚始放而之剑川、遗山。余之津涉，实与之相上下。"⑥ 看来在钱谦益中年时期曾有一个追随程孟阳、诗学观念发生转变的过程，这不仅是他个人诗学观的重要转折，也是关系到晚明诗学演进的阶段性的重要问题，历来论者都注意到，但只有孙之梅做了具体的探讨。除了定钱、程交往始于万历四十五

---

① 汪懋麟：《百尺梧桐阁集》卷首，上海古籍出版社 1980 年影印康熙刊本。
② 田易：《天南一峰集》，康熙刊本。
③ 吴梅村：《定山堂诗集序》，龚鼎孳《定山堂诗集》卷首，光绪九年龚彦绪刊本。
④ 许承宣：《金台集》金侃跋，作于康熙二十四年，康熙衣德堂刊本。
⑤ 钱谦益：《牧斋初学集》卷一七，上册，第 601 页。
⑥ 钱谦益：《牧斋有学集》卷三九，下册，第 1359 页。

年过迟外，她的考论是翔实可取的①。

　　根据现有资料，钱牧斋与程孟阳的交往，可以追溯到万历三十八年（1610）他中进士之前。在此后直到程孟阳去世的三十余年间，他们有两个朝夕聚处，从容论诗的时期，一是万历四十五年（1617）孟阳逗留拂水庄的旬月时光，一是崇祯间牧斋罢官赋闲招孟阳同隐的十年。从过来之人贺裳对"天启、崇祯中，忽崇尚宋诗"的追述看②，陆游诗在天启中已流行，则钱谦益受程孟阳影响，崇尚宋元诗尤其是陆游，应该是程孟阳第一次流连拂水庄的结果。金鹤冲《钱牧斋先生年谱》万历四十五年载"程孟阳自嘉定来，居拂水山庄，留连旬月，相与讨论诗法，先生之诗遂大就"，正是将本年视为牧斋诗学的一个转折点。这次交往改变了钱谦益的诗歌观念，程孟阳也从此成为钱牧斋终身敬重的挚友。崇祯二年（1629）六月，阁讼案结，牧斋南归。居拂水庄，建耦耕堂，邀孟阳居。前后十年，牧斋的诗学都是在同程孟阳的切磋讨论中发展成熟的。孟阳撰《牧斋先生初学集序》，言及牧斋请序的缘由，谓"以余相从之久，相得之深，而先生虚己下问，晨夕不厌。凡一诗之成，一文之构，无不哆口抵掌，袪形骸，忘嫌忌，所谓以仁心说，以公心辨，以虚心听。当其上下千古，直举李杜而下三唐诸名家杰作，一一矢口品骘，商榷论次之"③。崇祯十三年（1640）秋，姚叔祥过访，钱谦益有《姚叔祥过明发堂共论近代词人戏作绝句十六首》，第一首自注："元裕之谓辛敬之论诗如法吏断狱，如老僧得正法眼，吾于孟阳亦云。"可见他对程孟阳的倾倒之至。《列朝诗集小传》将孟阳传记置于专收交游所及前辈的丁集下的卷首，是全书文字最长的一篇，从为人到才艺，向孟阳奉献了无上的赞辞。

　　据孙之梅研究，程孟阳的文学思想从三个方面影响到钱牧斋：一是强调诗歌对社会压迫的消解排泄、重视诗歌社会性、现实性的诗歌本质论，二是"知古人之为人"，"知古人之所以为诗"的诗法论，三是鄙薄前后七子和竟陵派④。程孟阳晚年不满于本朝诗歌，认为"盖诗之学自何、李而变，务于摹拟声调，所谓以矜气作者也；自钟、谭而晦，竟于僻涩蒙

---

① 参看孙之梅《钱谦益与明末清初文学》，第73—90页；并详见蒋寅《陆游诗歌在明末清初的流行》，《中国韵文学刊》2006年第2期，收入《金陵生文学史论集》，辽海出版社2010年版。
② 贺裳生卒年不详，但从《围炉诗话》看，年辈高于吴乔，大约与钱谦益年岁相当。作为过来之人的追忆，他的记述应该是可靠的。
③ 程嘉燧：《牧斋先生初学集序》，《牧斋初学集》下册，第2224页。
④ 参看孙之梅《钱谦益与明末清初文学》，第86—88页。

昧，所谓以昏气出之者也"①。为破除当代俗学的蒙蔽，他"上自汉魏，下逮北宋诸作，靡不穷其所诣"（娄坚《书孟阳所刻诗后》），尽力拓展自己的胸襟和眼界。在栖止于拂水庄期间，他常同钱谦益一起评阅宋元人诗集，甚至"晚而出入于少陵、香山、眉山、剑南之间"的明代沈周《石田诗钞》也互为评定②。钱谦益对元好问的兴趣，就是在程孟阳的感染下培养起来的。孟阳曾编《中州集钞》，崇祯十六年（1643）夏牧斋跋云："元遗山编《中州集》十卷，孟阳手钞其尤隽者若干篇，因为抉摘其篇章句法，指陈其所繇来，以示同志者。（中略）孟阳老眼无花，能昭见古人心髓，于汗青漫漶、丹粉凋残之后，不独于中州诸老为千载之知己，而后生之有志于斯者，亦可以得师矣。"他举元好问对"同志中有公鉴而无姑息"的辛愿的推崇，说"吾观孟阳，殆无愧于斯人。而余之言，不能如遗山之推辛老，使天下信而征之，则余之有愧遗山多矣"③。孟阳还曾倡议仿《中州集》体例编本朝人诗。《列朝诗集序》云："录诗何始乎？自孟阳之读《中州集》始也。孟阳之言曰：'元氏之集诗也，以诗系人，以人系传。'《中州》之诗，亦金源之史也。吾将仿而为之，吾以采诗，子以庀史，不亦可乎？"④ 证之《有学集》卷一三《病榻消寒杂咏四十六首》其二十四："中年招隐共丹黄，梔柏犹余翰墨香。画里夜山秋水阁，镜中春瀑耦耕堂。客来荡桨闻朝咏，僧到支筇话夕阳。留却《中州》青简恨，尧年鹤语正凄凉。"自注："孟阳议仿《中州集》体列，编次本朝人诗。"⑤ 可见钱谦益后来编《列朝诗集》，也与当时孟阳的提议有关，所以自序将草创之功归于孟阳。

从钱谦益晚年的回忆来看，程孟阳对他的影响可以说是全方位的。他曾说："仆之笺杜诗，发端于卢德水、程孟阳诸老，云何不遂举其全，遂有《小笺》之役。"⑥ 此外，程孟阳对本朝诗的看法也影响到他。比如孟阳曾选李东阳诗为《怀麓堂诗钞》，"为之摘发其指意，洗刷其眉宇，百五十年之后，西涯一派焕然复开生面，而空同之云雾，渐次解驳"⑦，牧

---

① 程嘉燧：《程茂恒诗序》，《耦耕堂存稿》文卷上，明末刊本。
② 钱谦益：《石田诗钞序》，《牧斋初学集》卷四〇，中册，第1076页。
③ 钱谦益：《题中州集钞》，《牧斋初学集》卷八三，下册，第1757页。
④ 钱谦益：《牧斋有学集》卷一四，中册，第678页。
⑤ 钱谦益：《牧斋有学集》卷一三，中册，第655—656页。
⑥ 钱谦益：《复吴江潘力田书》，《牧斋有学集》卷三九，下册，第1350页。
⑦ 钱谦益：《列朝诗集小传》丙集，上册，第246页。

斋充分肯定了他的功绩，并以为近代诗病，其症凡三变，一是沿袭宋元的弱病，二是剽窃唐、《选》的狂病，三是模拟郊、岛的鬼病，"救弱病者，必之乎狂；救狂病者，必之乎鬼"。而程孟阳的《怀麓堂诗钞》正是攻毒之箴砭，是故他称"孟阳论诗，在近代直是开辟手"，深慨举世悠悠，不能信从。他《列朝诗集小传》中对明诗的批评，明显可见与孟阳的渊源关系，袁海叟和张羽小传更是直接引用了孟阳的评论。即从这两段批评看，程孟阳也绝不是见识平凡、议论无根柢的人，牧斋对他服膺终生不是没有道理的。

到天启元年（1621）两人在京重晤，钱谦益早已名重朝野，言动为天下瞩目；程孟阳也以当代高士，为世所敬仰，他们在诗学上的动向当然会对诗坛产生影响。这从他们和古诗声调学的关系也可间接地体会到。仲是保《声调谱序》云："唐诗声调迄元来微矣，明季寝失，古诗尤甚。吾虞冯氏始发其微，于时和之者有钱牧斋及练川程孟阳。若后之娄东吴梅村，则又闻之于程氏者矣。顾解人难得，惟新城王阮亭司寇及见梅村，心领其说，方欲登斯世于风雅，执以律人，人咸自失。"① 仲是保是冯班弟子，而冯班又是钱谦益门人，仲是保能在太老师之前，将古诗声调学的创始归于冯班，想必确有根据。即便如此，冯班的学说也是得到牧斋、孟阳响应才播及吴梅村、王渔洋，而愈益发扬光大的。天启、崇祯间，牧斋"身虽退处，其文章为海内所推服崇尚，翕然如泰山北斗"②。他对宋元诗的鼓吹，对陆游的偏嗜，无疑会有引领风气的作用，由是形成贺裳说的天启、崇祯间忽尚宋诗，而陆游独步一时的局面，这是不难想见的，关键在于弄清他鼓吹宋元诗，推崇陆游的具体过程。

钱谦益《列朝诗集小传》论程孟阳诗学，称"其诗以唐人为宗，精熟李、杜二家，深悟剽贼比拟之缪。七言今体约而之随州，七言古诗放而之眉山，此其大略也。晚年学益进，识益高，尽览《中州》、遗山、道园及国朝青丘、海叟、西涯之诗，老眼无花，照见古人心髓。于汗青漫漶丹粉凋残之后，为之抉摘其所纇来，发明其所以合辙古人，而迥别于近代之俗学者，于是乎王、李之云雾尽扫，后生之心眼一开。其功于斯道甚大，而世或未之知也"③。既言扫尽后七子云雾，开后生之灵窍，则孟阳当时

① 仲是保：《声调谱》序，谈艺珠丛本《声调谱拾遗》卷首。并详见惠栋《松崖文集》卷一《刻声调谱序》，聚学轩丛书本。
② 程嘉燧：《牧斋先生初学集序》，《牧斋初学集》下册，第2224页。
③ 钱谦益：《列朝诗集小传》丁集下，第577—578页。

廓清诗学的影响非同小可，"世或未之知"只是说时过境迁，今人已不知故事。由清初至今，又过去三百多年，历史的面貌更加模糊。在朱彝尊的笔下，对程孟阳的评价只有"格调卑卑，才庸气弱"八个字，他认为钱谦益只不过"深惩何李、王李流派，乃于明三百年中，特尊之为诗老"①。尽管朱彝尊的论断也遭后人质疑②，但作为同时代人的看法，仍不能不促使我们考虑，程孟阳对晚明诗学的影响是不是被钱谦益夸大了？

钱谦益在《答杜苍略论文书》中说："仆狂易愚鲁，少而失学，一困于程文帖括之拘牵，一误于王、李俗学之沿袭，寻行数墨，伥伥如瞽人拍肩。年近四十，始得从二三遗民老学，得闻先辈之绪论，与夫古人诗文之指意，学问之原本，乃始豁然悔悟。"③ 这个意思他晚年在《答山阴徐伯调书》、《复遵王书》、《新刻震川先生文集序》中曾反复申明。所谓二三遗民老学，也就是"嘉定二三宿儒"唐时升、金兆登、娄坚、李流芳等人，他们固然对钱牧斋的诗学观有所影响，但这影响波及诗坛，还有赖于牧斋本人的推动。通览钱谦益现存作品，除了钱曾注《初学》、《有学》二集约略显示的钱谦益袭用苏轼、陆游诗语或刺取陆游其他著作的情形外④，并没有看到特别推崇陆游的文字。文集中有关陆游的评论，只有《初学集》卷八五所收的《跋渭南文集》一篇，就陆游跋所读书只记勘对、装潢年月发表了一点感慨。此外值得注意的就是《萧伯玉春浮园集序》，提到"天启初，余在长安，得伯玉愚山诗，喜其炼句似放翁，写置扇头。程孟阳见之，相向吟赏不去口"⑤。仅以似陆游就受到如此的吟赏，陆游本人将被何等尊崇，不难想见。虽然我暂时还没找到显示诗坛反应的材料，但一个有意味的事件可以让我们间接地去推想，那就是汲古阁版《陆放翁全集》的刊行。

陆游诗文集，宋元刊本到明代流传已绝少。明代刊行的陆游集，最早是弘治十五年（1502）华珵活字印本《渭南文集》五十卷，源出宋本，不收诗歌；其次是正德八年（1513）汪大章刊本《渭南文集》五十二卷，

　①　朱彝尊：《静志居诗话》下册，第544页。
　②　汪端《明三十家诗选》即肯定钱氏"惟推重孟阳一事未可厚非"，"朱竹垞谓孟阳格调卑卑，才庸气弱；邵子湘摘其累句，诃为秽亵俚俗；沈归愚谓其纤词浮语，仅比于陈仲醇。是皆因虞山毁誉失实，迁怒孟阳，过事丑诋"。同治十二年蕴兰吟馆重刊本。
　③　钱谦益：《答杜苍略论文书》，《牧斋有学集》卷三八，下册，第1306页。
　④　钱谦益诗与陆游著作的关系，可看蒋寅《陆游诗歌在明末清初的流行》一文的详细讨论。
　⑤　钱谦益：《牧斋有学集》卷一八，中册，第786页。

其中收诗九卷，但传世也很少，所以万历间又有陈邦瞻闽中翻刻本。书志还著录有万历四十年（1612）陆氏翻刻汪本。相比文集，"《剑南诗稿》以卷帙繁重，刊本浸就残佚，惟恃传钞以延一线"。有明一代，仅宋末罗椅选、刘辰翁续，明刘景寅再续的《放翁诗选》十九卷，有弘治间冉孝隆刊本、嘉靖间莆田黄漳重刊本。经傅增湘详考其篇目，知汪大章刊本《渭南文集》所收的九卷诗，就是全取此书编入。以致藏园老人也喟叹："自宋末以逮明季，数百年间，放翁诗稿之传，其绝续之机，实赖此选本之一再覆刊，得以久延其绪。"① 职是之故，天启四年（1624），毛晋访得前辈校本《剑南诗稿》，倍觉珍秘异常②。联系到钱牧斋和程孟阳在京师的游从来看，毛晋汲汲访求《剑南诗稿》，急切地授梓，是不是也有配合老师提倡陆游诗之意，并正感受到山雨欲来的市场需求呢？在此前后他还据华氏活字本重刊了《渭南文集》五十卷，两书合印成《陆放翁全集》。这是陆游诗文第一次汇刻成帙，它使"《渭南》《剑南》遗稿家置一编，奉为楷式"成为可能③。杨大鹤说，"六十年前，宋人诗无论全集、选本，行世者绝少。陆放翁诗尤少，以余目所睹记，澄江许伯清前辈有手录宋人诗集三十家，今已不可复得；刻本惟曹能始《十二代诗选》，然陆放翁诗俱寥寥无几。自汲古阁得翁子子虞所编《剑南诗稿》授梓，于是放翁之诗无一篇遗漏者矣"④。汲古阁刊本对陆游诗的流行无疑是直接起到推动作用的。

时过境迁，零星的记载已很难具体地再现当时盛行陆游诗的风气，甚至勾稽当时学陆游的诗人也变得很困难。钱钟书《宋诗选注》曾举出汪琬、王苹、徐釚、冯廷櫆、王霖等诗人学陆游的证据⑤，我在《陆游诗歌在明末清初的流行》一文中又补充了宋琬、陈廷敬、方文、萧士玮、张鸿盘、诗僧大育及山东诗论家田雯、张谦宜，实际上今所知学陆游诗人的自钱澄之以降已达数十名⑥，这股追步陆游的诗潮愈益清晰起来。事实上，钱谦益提倡宋元尤其是苏轼、陆游诗在诗坛掀起的巨大波澜，从康熙中叶问世的本朝诗选中也能间接地感受到。康熙二十七年（1688），孙鋐编

---

① 参看邵懿辰、邵章《增订四库简明目录标注》，上海古籍出版社 1979 年版，第 744—745 页；傅增湘《藏园群书题记》卷一五，上海古籍出版社 1989 年版，第 739—742 页。

② 陆游：《剑南诗稿》毛扆跋，汲古阁刊本。

③ 李振裕：《新刊范石湖诗集序》，《白石山房文集》卷一四，康熙间香雪堂刊本。

④ 杨大鹤：《剑南诗钞》凡例，康熙间爱日堂藏板本。

⑤ 钱钟书：《宋诗选注》，人民文学出版社 1958 年版，第 194—195 页。

⑥ 陈伟文博士曾以所辑当时数十位名诗人创作步趋陆游的材料见示，谨致谢忱。

《皇清诗选》，自撰"刻略"云：

> 数年以来，又家眉山而户剑南矣。在彼天真烂漫，畦径都绝，此诚诗家上乘。倘不衫不履，面目颓唐，或大袖方袍，迂腐可厌，辄欲夺宋人之席，几何不见绝于七子耶？[①]

方世泰又说：

> 康熙己卯、庚辰以后，一时作者，古诗多学韩、苏，近体多学西昆，空疏者则学陆务观，浸淫濡染，三十年其风不变。[②]

康熙己卯、庚辰是康熙三十八、三十九年，这是康熙中后期苏轼、陆游继续盛行的记载。事实上，直到康熙末年，陶煊、张璨辑《国朝诗的》，凡例还说：

> 近日竞谭宋人，几于祖大苏而宗范、陆。学唐者又从而排击之，各树旌幢，如水火之不相入，可怪也。不知苏、陆诸公，亦俎豆三唐，特才分不同，风气各别耳。使学者各就其性之所近，以神明乎古人，则皆可以登作者之堂。[③]

虽然当时信息传播不如今日发达，社会风气和趣味的递变都远较今日为缓慢，但几十年前的风尚总不至于说"近日"吧。陶、张二人说"近日竞谭宋人"相信是康熙末年的情形。也就是说，从天启到康熙末整整一百年，宋诗风都长盛不衰，这不能不说是个奇迹。李振裕《读陆放翁诗钞》称赞陆游诗"不向人间乞唾余，诗家流弊尽扫除"[④]，向我们显示了陆游为诗坛热衷的原因所在，当时人们心中最急切的不就是推陈出新的焦虑吗？不论是苏轼、陆游还是元好问，对长久浸淫于盛唐诗风的诗坛来说，无疑都是充满新鲜感的。问题是这种新鲜感竟能持续一百年吗？陶煊、张

---

① 孙铉编：《皇清诗选》，康熙间凤啸轩刊本。
② 方世泰：《方南堂先生辍锻录》，《清诗话续编》第 4 册，第 1942—1943 页。
③ 陶煊、张璨编：《国朝诗的》，康熙六十年刊本。
④ 李振裕：《读陆放翁诗钞》，《白石山房稿》卷三，康熙间香雪堂刊本。

璨对"苏、陆诸公,亦俎豆三唐"的强调,透露了他们接受苏、陆的一个前提,引逗我们去考究清初诗坛对宋诗的接受是否存在唐诗化的倾向。

事实上,只要我们仔细研究当时的诗歌创作和批评,而不是轻信那些有关宋元诗风流行情况的记载,就会发现,在宋元诗的旗号下,人们实际接受的诗歌未必是真正代表宋元诗精神的作家和作品。首先,我们应该注意到,直到康熙初年,宗宋的浙派作家仍然是在"宋诗之佳,亦谓其能唐耳,非谓舍唐之外能自为宋"的认识框架中肯定宋诗价值的①。这意味着他们所崇尚的宋诗,只是继承唐诗精神的那部分宋诗。叶燮《原诗》内篇上历数明末以来诗坛风气的转移,指出明末以来的模拟剽窃,在模拟对象上有两个鲜明的倾向,一是唐诗派学大历诗家钱起、刘长卿,一是宋诗派学陆游、范成大、元好问。从《原诗》对唐诗派"呵宋斥元"的不满可以看出,叶燮是崇尚宋诗的。他对陆游也相当尊敬,说"南宋金元作者不一,大家如陆游、范成大、元好问为最,各能自见其才",诗坛学陆游在他眼中应该是好事。但事实却并非如此,因为他发现推崇宋诗者,只是"窃陆游、范成大与元之元好问诸人婉秀便丽之句,以为秘本"。这是暗指另一位著名宋诗派诗人汪琬。阎若璩《跋尧峰文钞》也记载:"何屺瞻告余,放翁之才,万顷海也。今人第以其'疏帘不卷留香久'等句,遂认作苏州老清客耳。"②足见汪琬学陆游只取其婉秀便丽一路,并不是叶燮一个人的看法。还有一位桐城诗人方文,有《题剑南集》云:"欧苏文自佳,诗却有宋气。不如陆放翁,高古同汉魏。妙语发天然,比偶亦华蔚。所以五百年,芬芳犹未既。予夙爱其诗,全稿不易得。顷从汪我生,借观喜动色。我生因谓予,任意施朱墨。他日遗子孙,学诗取为则。予携至草堂,点阅凡两遍。选其绝妙者,手录成长卷。朝夕讽咏之,宛如翁对面。还书送一瓶,曷足酬深眷?"③这里值得注意的是,他对陆游的欣赏全在于其诗不像欧、苏那样有"宋气",而是高古有汉魏之风,另外就是造语自然、对偶工妙,总之都是接近唐诗之处,可见他于陆游也不是取其宋调,而是赏其唐风。有人指出"近时选剑南诗,俱录其清新圆熟之作,而于铺陈排比雄健兀臬者则略焉"④,这也许是举世学陆游者普遍存在的倾

① 黄宗羲:《张心友诗序》,《南雷文案·撰杖集》,四部丛刊初编本。
② 阎若璩:《潜丘札记》卷四,乾隆十年刊本。
③ 方文:《盒山续集》卷一,上海古籍出版社1979年影印康熙刊本,下册,第866页。
④ 黄璋:《读剑南诗钞书后》小序,谢宝辑《姚江诗录》卷一,民国20年中华书局排印本。

向。当时一位颇有影响的诗论家贺裳，也透过宋诗风表面的喧哗，冷静地看到明末以来学宋的一个偏向："余读前辈遗言，尤薄宋人，然宋人之诗实亦数变，非可一概视之。至如近人之称许宋诗，不过喜其尖新僄浅，乃南宋中陆务观一家，亦未能深窥宋人本末也。"① 在他看来，近代宋诗风的流行，并没有真正光大宋诗的精神，诗坛对宋诗的喜好和接受，只限于陆游式的南宋诗风，取其易解易学而已。因而他批评近人学陆游者"无复体格，亦不复锻炼深思，仅于中联作一二姿态语，余尽不顾，起结尤极草草，方言俗谚，信腕直书"。这种诗风实际上就是南宋流行的中晚唐诗风，具体说就是从大历才子、元白直到皮陆一派的清浅流易之风。

　　学宋元诗最后变成了学中晚唐，这一种瓜得豆的结果颇有点滑稽味道，钱谦益也由此遭到后来诗家的非议。康熙四十三年（1704）王源《康熙集序》说："蒙叟欲驱天下以从己而自为名，不得不自立一说，以新天下之耳目；欲新天下之耳目，不得不力排前人。……乃以其谬妄之见，移杂粗庸陋劣之笔，欲别开一径以蔑高、严而凌七子，势不得不趑趄辗转而归于宋。然则率天下以趋于宋，不但尽失三百之旨，并唐人之格调亦沦胥以之而不可得，是谁之过耶？"王源明显是站在格调派的立场上来批评钱谦益的，所谓唐人格调之沦胥实际上就是盛唐诗的格调被抛弃，或者说为中晚唐诗的格调所取代，挑明这一点使钱谦益之提倡宋元诗风陷于一个画虎不成或者说邯郸学步的尴尬境地，宋诗派嫌其未得宋诗真髓，而唐诗派又讥其失盛唐故步，猪八戒照镜子，里外不是人。但这恰好让我们理解了为什么钱谦益倡导宋元诗，而门人冯班却没有以宋元诗为宗，竟走了晚唐诗的路子。无非是殊途同归罢；还有，在康熙初钱谦益的影响并未衰减，诗坛仍流行陆游诗风之际，为什么王士禛要再度提倡宋诗，而诗坛也风起云涌，响应景从，势头更盛于前一次？我以前写《王渔洋与康熙诗坛》时也没理解王士禛倡导宋诗与钱谦益的差别，现在我恍然明白，王士禛提倡的宋诗乃是以苏轼、黄庭坚为代表的宋诗，是以瘦硬、奇肆为主导特征的宋诗，质言之也就是更像宋诗的宋诗。它与陆游、范成大为代表的以中晚唐诗风为骨干的南宋诗风是明显不同甚至可以说尖锐对立的。经过这次宋元诗风的洗礼，宋诗的精神才真正渗透到清诗的血脉中，成为清诗的基本色调之一。这在后面论述王士禛诗学时还要进一步展开讨论。

------

　　① 贺裳：《载酒园诗话》"唐宋诗话缘起"，郭绍虞辑《清诗话续编》第 1 册，第 399 页。

三　"诗史"理论与实践

钱谦益著述宏富,书札序跋中论诗文字极夥,举凡"香观说"、"望气法"、"胎性论"、"灵心"等独创性命题,虽为今日研究者所乐道,但无论在当时在后世都没什么影响。钱谦益诗学中真正影响深远的一项工作是重新阐释传统的"诗史"概念并贯彻于批评实践,具体说就是编纂本朝诗选和笺注杜诗。

"诗史"一词出于唐代孟棨的《本事诗》,宋人加以引申发挥,见仁见智,歧义竟有九种之多①。龚鹏程梳理宋代以来的议论,认定作为诗歌批评概念的"诗史",核心"乃是以叙事的艺术手法,纪录事件,而又能透显历史的意义和批判"②。近二十年来,学界对"诗史"已有不少论述,无论是清初的"诗史"说还是钱谦益的"诗史"观念都已有较深入的讨论③,但这些研究大都停留在理论层面,很少联系批评实践。钱谦益对"诗史"的阐述固然很重要,但更重要的我认为是《列朝诗集》和《笺注杜诗》的批评实践,这里我就想结合两书的编纂及其中的诗人批评来对钱谦益的"诗史"观继续作些探讨。

研究者都注意到,"诗史"在清初诗坛是一个非常活跃的话题。龚鹏程将清初"诗史"说的流行归结于对比兴的探求:"整个明末,由诗歌表达方式的反省与传统比兴手法的再强调,而否定了'诗史'的观念;但现在又从讲究比兴寄托而探寻到诗与史的关系。"这一论断对理解"诗史"观念在明清之际的消长颇有启发,不过前半截似乎过于夸大了明末对"诗史"的否定。他所举的杨升庵、王夫之之说,杨说当时即为王世贞所驳,王夫之的几部诗评都成于晚年,矛头是针对包括钱谦益在内的一批学杜

①　杨松年:《宋人称杜诗为诗史说析评》,收入《中国古典文学批评论集》,香港三联书店1987年版,第127—162页。

②　龚鹏程:《诗史本色与妙悟》,学生书局1993年增订本。

③　杨松年:《明清诗论者以杜诗为诗史说析评》,收入《中国古典文学批评论集》,第163—184页;周兴陆:《"诗史"之誉和"以史证诗"》,《杜甫研究学刊》1999年第1期;[日]浅见洋二:《文学の歴史学——宋代における诗人年谱、编年诗文集、そして『诗史』说について》,收入川合康三编《中国の文学史観》,创文社2002年版,第61—99页;孙之梅:《明清人对"诗史"观念的检讨》,《文艺研究》2003年第5期;潘承玉:《清初诗坛:卓尔堪与〈遗民诗〉研究》(中华书局2004年版)第六章第一节"遗民诗创作的心理背景和审美基础",第330—335页。最完整的研究是张晖的博士论文《以诗为史:中国文学批评史上之"诗史"概念》,香港科技大学人文学院2005年,学生书局2007年版。

者，更不足以为晚明否定"诗史"说的佐证。"诗史"说的兴起，单从诗学史内部寻求解释恐怕是不够的，还应该征之思想史的动向。

传统的"诗史"观念注重诗歌纪实性所具有的对历史记载的补充作用，如杜濬《程子穆倩放歌序》说的："国固不可无史，史之弊，或臧否不公，或传闻不实，或识见不精，则其史不信。于是学者必旁搜当日之幽人憝士局外静观所得，于国家兴衰治乱之故、人材消长邪正之几，发而为诗歌、古文词者，以考证其书。然后执笔之家，不敢用偏颇影响之说，以淆乱千古之是非，非漫作也。故世称子美为诗史，非谓其诗之可□为史，而谓其诗可以正史之伪也。"[1] 但到明清易代之际，士大夫群体最鲜明的心灵动向集中于陵谷沧桑的忧虑，比个体生命的消亡更可怕的民族文化传统沦亡的危机感压到他们心头，于是文献的保存成为关系民族文化存亡的急所。历史上的文献已有整理，当务之急是故国明代的文献，所谓"既生有明之后，安可不知有明之事？"[2] 所以王猷定《留松阁诗序》说："世之变也，志风雅者当纪亡。"[3] 在这救亡图存的特定语境中，"诗史"也被赋予保存历史的重大意义。

考察一下当时著名文人的著述，会发现许多人都编撰有明代历史著述，像顾炎武的《明季三朝野史》、吴伟业的《绥寇纪略》《鹿樵纪闻》、王夫之的《永历实录》、黄宗羲的《弘光实录钞》《行朝录》、曹溶的《明漕运志》《燕都志变》、吴乔的《流寇长编》、钱澄之的《所知录》、张岱的《石匮书》、陆世仪的《明季复社纪略》、屈大均的《皇明四朝成仁录》《南渡剩笑》、查继佐的《鲁春秋》《国寿录》、毛奇龄的《明武宗外纪》、王弘撰的《大明世系》、张谦宜的《甲申群盗记》、彭孙贻的《明纪事本末补编》、沈自南的《明五朝国史纪事本末》、赵士喆的《续表忠记》、万言的《明鉴举要》，等等，不胜枚举。在这种"志风雅者当纪亡"的观念主导下，意味着士大夫使命的传统概念"经世"被作了新的诠解。史学家万斯同说："吾之所为经世者，非因时补救，如今所谓经济云尔也，将尽取古今经国之大猷，而一一详究其始末，斟酌其确当，定为一代之规模，使今日坐而言者，他日可以作而行耳。"经世落实到考史，正与顾炎武鉴

---

① 杜濬：《变雅堂遗集》文集卷一，清光绪二十年黄冈沈氏刻本。

② 万斯同：《寄范国雯书》，《万季野先生遗稿》，沈云龙选辑《明清史料汇编》第六集，文海出版社 1969 年影印本，第 7 册，第 115 页。

③ 王猷定：《四照堂文集》卷二，豫章丛书本。

往训今的学术路径如出一途,所以他也抱着顾炎武"有王者起,将以见诸行事,以跻斯世于治古之隆"那样的信念①,将存史实、知兴亡的编修明史工作视为未来文化复兴的思想建设,"他日用则为帝王师,不用则著书名山,为后世法,始为儒者之实学"②。这可以说是当时士大夫群体的一致想法,也是《明史》修纂为士林学界所热切关注的深层原因所在。

内心深处一直以史官自居的钱谦益当然比常人更强烈地意识到这一点,而且在这方面的准备比其他史家更早。他的修明史之志,起于万历间任翰林时,"承乏史官,窃有志于删述"③。天启五年(1625)削籍归田,开始涉笔明史④,同时草创《列朝诗集》⑤。又因感于晚明政治和国际形势,而留意宋金元史,观其崇祯十六年(1643)所撰《向言》三十篇,纵论宋金之争、农民起义、明代党祸,都是当时现实问题的反映和参照。明亡以后,更以前朝旧史官秉责自任,念念不忘亡友黄道周就义之日的遗言:"虞山尚在,国史犹未死也。"⑥ 一直勤奋地编纂撰述,顺治三年(1646)又重新开始编纂《列朝诗集》,至六年成稿。据说他将家中明人别集全都拆开,取其中墓志、传记编为数百本,每本厚达四寸。顺治七年(1650)绛云楼火灾,多年搜集的珍椠秘籍毁于一旦,而这部分文献因未藏楼中,与稿成付梓的《列朝诗集》幸免于回禄⑦。但他终究心灰意冷,拟将这部分资料转让给曹溶,曹溶逡巡未及议值,悉为松陵潘氏所得。于是《列朝诗集》就成了钱谦益修明史夙愿的唯一寄托。实际上,此编虽非史籍,却是像修史一般经营的。"余撰此集,仿元好问《中州》故事,用为正史发

---

① 顾炎武:《与人书二十五》,《顾亭林诗文集》,中华书局1983年版,第98页。

② 万斯同:《与从子贞一》,《万季野先生遗稿》,沈云龙选辑《明清史料汇编》六集,第7册,第129—130页。

③ 钱谦益:《皇明开国功臣事略序》,《牧斋初学集》卷二八,中册,第844页。

④ 钱谦益《牧斋初学集》卷二《天启乙丑五月奉诏削籍南归自潞河登舟两月方达京口途中衔恩感事杂然成咏凡得十首》其四:"数卷丹青还老子,两朝朱墨付群公。汗青头白君休笑,漫拟千年号史通。"自注:"余摊书舟中,草《开国功臣事略》。时方掊击三案,议改正光庙实录。"

⑤ 钱谦益《列朝诗集》自序:"山居多暇,撰次国朝诗集几三十家,未几罢去。此天启初年事也。"

⑥ 钱谦益:《启祯野乘序》,《牧斋有学集》卷一四,中册,第687页。

⑦ 钱谦益《列朝诗集》自序:"越二十馀年而丁开宝之难,海宇板荡,载籍放失,濒死讼系,复有事于斯集。托始于丙戌,彻简于己丑。乃以其间论次昭代之文章,蒐讨朝家之史乘,州次部居,发凡起例,头白汗青,庶几有日。庚寅阳月,融风为灾,插架盈箱,荡为煨烬。此集先付杀青,幸免于秦火汉灰之馀。"

端，搜摭考订，颇有次第。"① 因为他意识到，诗在此刻更具有史不可企及的记录优势。他从历史反思中得出结论：三代以上，诗就是史；三代以降，诗史分流，但诗的精神仍根于史。而在沧桑陵谷的易代之际，诗更具有了史无法企及的记录功能，这是他在《胡致果诗序》里表达的一个深刻见解：

> 唐之诗，入宋而衰。宋之亡也，其诗称盛。皋羽之恸西台，玉泉之悲竺国，水云之茗歌，《谷音》之越吟，如穷冬之冱寒，风高气慄，悲噫怒号，万籁杂作，古今之诗莫变于此时，亦莫盛于此时。至今新史盛行，空坑、厓山之故事，与遗民旧老，灰飞烟灭。考诸当日之诗，则其人犹存，其事犹在，残篇嚣翰，与金匮石室之书，并悬日月。谓诗之不足以续史也，不亦诬乎？②

他基于官史作为权力话语的遮蔽作用，指出了"新史"必定抹杀旧朝事迹的冷酷结果，从而使诗歌存史的记录功能凸显出来。同时诗歌见微知著的特点也与"史之大义，未尝不主于微"相通，这就使诗歌史在某种意义上拥有了一般历史的意义。这种看法不是钱谦益的独创，放眼诗坛，编诗与修史相表里，可以说是当时的共识。潘江《陈默公宋元诗会序》云："《宋史》成于脱脱，《元史》成于濂溪，佐命之臣于胜国名贤事迹类多罜漏，即宋末遗民如郑所南、谢叠山之俦，亦沮于忌讳，略焉弗详。陈子于论诗之中，寓作史之识，仿《遗山中州》、绛云《列朝》之体，人立一传，不特详其爵里，而必核其生平，于两代之史正讹补阙，俾天下后世诵其诗者，可以论世而知人焉，不尤韪欤？"③ 屈大均《东莞诗集序》云："士君子生当乱世，有志纂修，当先纪亡，而后纪存，不能以《春秋》纪之，当以诗纪之。"④ 李邺嗣《万季野新乐府序》亦云："诗以述事，其诗即其史也。诗亡而史作，义本相贯，但有繁简之分耳。季野即未及纂成一朝之史，而且以新乐府先之，是亦史之前驱也。"⑤ 当代学者围绕《胡致

---

① 钱谦益：《书徐布政贲诗后》，《列朝诗集》甲集末附，上册，第 158 页。
② 钱谦益：《牧斋有学集》卷一八，中册，第 800—801 页。
③ 潘江：《木厓文集》卷一，民国元年上海梦华仙馆排印本。
④ 屈大均：《翁山文钞》卷一，潘承玉《清初诗坛：卓尔堪与〈遗民〉研究》第六章"日月诗人历，江山野老心"对此有翔实的考论，可参看。
⑤ 李邺嗣：《杲堂文钞》卷二，《杲堂诗文集》，浙江古籍出版社 1988 年版，第 432 页。

果诗序》，对钱谦益的"诗史"理论及与明末清初遗民诗学的关系已有深入探讨①，这里我想再通过《列朝诗集》的编纂来考察一下钱谦益的诗史实践。

如前所述，《列朝诗集》的编纂缘于程孟阳的倡议，而程孟阳的念头又发自读《中州集》。在历史的相似情境中，《中州集》成了一个"诗史"观念的启示性范本，它"以史为纲，以诗为目"的体例及其中贯注的历史意识深为当时诗家所推崇，不同程度地影响到他们编纂的各种总集，较有代表性的有黄宗羲的《姚江诗逸》和李邺嗣的《甬上耆旧诗》②。钱谦益《列朝诗集》也是仿《中州集》的体例，以时代为纲，以诗学源流为目加以编排，收录作者 1941 人，附见 226 人，虽收入部分入清的作者，但"采诗之役，未及甲申以后"③，为的是保存明史和明诗的真实面目，以为名副其实的一代诗史。

作为一部断代诗总集，《列朝诗集》的"诗史"价值，首先当然体现在诗作的采选上，但从诗学的角度说，作者小传或许更值得注意。这些详略不等的传记，包含着历史事件、人物事迹、诗史资料和诗人评论等多方面内容，从中不难窥见钱谦益的历史意识和诗学观念。鉴于此书的编纂和选诗标准，容庚先生已有较细致的论述④，这里只就作者小传再作一些探讨。

首先我想指出，《列朝诗集》作者小传，每与《初学集》中的序言、墓志相出入，两相比较，明显可见小传系剪裁序、志文字而成，或者说是依据同样的素材。比如丁集下宋珏条云：

> 珏，字比玉，莆田人。家世仕宦，不屑从乡里衣冠浮沉征逐。年

---

① Lawrence C. H. Yim（严志雄）. *Qian Qianyi's Theory of Shishi during the Ming - Qing Transition*（Taibei: Institute of Chinese Literature and Philosophy, Academia Sinica, 2005）, p. 20.

② 黄宗羲《姚江诗逸序》也曾说："孟子曰，诗亡然后春秋作，是诗之与史相为表里者也。故元遗山《中州集》窃取此意，以史为纲，以诗为目，而一代之人物赖以不坠。"《南雷文案》卷一，四部丛刊初编本。李邺嗣《甬上耆旧诗序》称《中州集》"以史为纲，以诗为目，始合文献为一书，使学者于乡国古人，诵其诗，已知其人与世，此诚著述家之盛事也"。《杲堂诗文集》，第 597 页。

③ 钱谦益：《题徐季白诗卷后》，《牧斋有学集》卷四七，下册，第 1563 页。

④ 容庚《论列朝诗集与明诗综》（《岭南学报》第 11 卷第 1 期，1950 年 12 月版）分析、总结钱氏的选诗标准是（1）不取元老大集，（2）不取道学体面，（3）不取遥和，（4）不取模拟，（5）不取剽贼，（6）不取僻涩，（7）不取平调，（8）不取俗套。

三十，负笈入太学，游金陵，走吴越，遍交期贤士大夫。初从人扇头见程孟阳《荔枝酒歌》，行求七载，始识孟阳，遂以兄事之。因孟阳以交余。长身玉立，神情轩举，开颜谈笑，不立崖岸，其胸中泾渭井如也。善八分书，规模《夏承碑》，苍老雄健，骨格斩然。画出入二米、仲圭、子久，不名一家。而又泛爱施易，不自以为能事。酒酣歌罢，笔腾墨飞，或即席赋诗，或当筵染翰，书窗浣壁，淋漓戏剧。或醒而自谓无以加，又或旦而忘其谁作也。人以是多易而亲之。滞淫旅人，默默不自得，客死吴门。其卒也，孟阳抚之，乃瞑而受含。余与孟阳欲留葬虞山，不果。返葬后十余年，金陵顾梦游入闽哭其墓，乞余为文，伐石以表之。比玉为诗，才情烂漫，信腕疾书，不加持择。诗成，亦不留稿。余取其《画荔枝辞》一首，以为近古人讽谕之遗。今其遗稿，刻于金陵者，其里人所掇拾，非比玉意也。①

《初学集》卷六六有《宋比玉墓表》，剔除碑版文首尾的例行文字，有关宋珏文艺创作的部分如下：

比玉讳珏，姓宋氏，莆之甲族也。比玉负才藻，踔厉风发。少为诸生，不能俛首帖括，以就举子尺幅。志意高广，不屑与乡里衣冠相随行，斗鸡走狗，灭没里巷间。自其年三十余，负笈入太学，侨寓于武林，于吴门，于金陵，滞淫不归，卒以客死。其为人也，以文章为心腑，以朋友为骨肉，以都会为第宅，以山水为园林，以诗酒为职业，以翰墨为娱戏。故其虽穷而老，老而病，病而客死，而浩浩然，落落然，如无有所失也。比玉好为诗，横从穿穴，信其手腕，出之于心肾，犹无与也。善八分书，规模《夏承碑》，苍老深穆，骨格斩然。画出入二米、仲圭、子久，不名一家。泛爱施易，不自以能事，不受促迫，或即席赋诗，或当筵染翰，或伸纸涤砚，从容挥洒，或书窗浣壁，淋漓戏剧。当其酒阑灯灺，兴酣落笔，若风雨之发于毕腋，若鬼神之凭其指掌。或醒而求之，以为不能加也。或旦而视之，忘其谁作也。其神情轩举，开颜谈笑，可使愠者平，悲者喜，仇者释，萧闲迤逶，不为崖岸，庸奴贱隶，人人得至其前。意有所不可，虽王公大

---

①　钱谦益：《列朝诗集小传》下册，第588页。

人，不与易也。尝从人便面得孟阳《荔枝酒歌》，瘴叹慨慕，必求得
其人而后已。兄事孟阳，久而益共。其殁也，孟阳抚之，瞑而受含。①

《小传》末提到顾梦游入闽哭比玉墓，乞文表之，知其文系剪裁墓表而成，
删削了一些铺叙文字，而论及诗书画的部分大体依旧。沈周传自陈是节录
己所辑《白石翁事略》而成，李维桢传、何允泓传引用了自己所撰的墓
志，冯梦祯传也提到自己撰的墓志，想必都是剪裁墓志材料而成。同卷王
惟俭条，与《初学集》卷八四《书王损仲诗文后》的文字重合，当有取
于该文。钱谦益的碑版文字，尤其是那些重臣大僚的志铭和神道碑，涉及
大量的晚明史事，应该是采自史传和家属提供的行状。那些史料和传记原
是他编撰《明史》的素材，现在却用作了编纂诗史的蓝本，益见诗与史、
史与诗在他浑为一事。不难理解，当绛云楼一炬销尽多年积攒的明代史籍
后，他修明史的夙愿就只能寄托于《列朝诗集》一编了。

　　为此，他在小传的撰写中更多地寄寓了保存文献的微意，力图将小传
写成一个时代的人文渊薮。他在《与施伟长书》中曾说："小传之作，务
在采取佳事佳话，以为点缀，正不必多引列传、家谱板实语，没却前人风
华也。"② 但实际上，他的传记相对艺苑佳话来说更多地采撷了各种历史
素材，如张公路传自称是"援据唐叟叔达之序，次而存之"③，梁潜传引
杨士奇所撰墓志论其诗文语，汤胤传节录自家族谱所载其与五、六世祖交
往之记载，卞荣传引小说载其因作《无题》艳情诗而为人所纠罢官事，朱
存理传述及吴中文献彬彬之盛，吴檝传采李开先《游海甸诗序》记海淀之
祸，张民表传节录周亮工刻遗集所附事迹，全书涉及传记、墓志、族谱、
别集、序跋、笔记、小说、诗话等各类文献，范围相当广泛。甲前集王冕
传甚至原文照录称明军为寇的徐显集所作传记，"天下未定，敌国指斥之
词，流传简牍，习其读者，或有考焉"④，足见他力求保存信史的意识之
强烈，甚至已超越了史臣"政治正确"的界限。

　　元、明之交，政治格局复杂，史籍载记颇多歧异。钱谦益在丘民传中
也就丘与全思诚、杨基交游的不同记载指出："国初之事，记载错互，其

---

①　钱谦益：《牧斋初学集》中册，第 1529—1530 页。
②　王应奎：《海虞诗苑》凡例引，乾隆刊本。
③　钱谦益：《张公路诗序》，《牧斋有学集》卷一九，中册，第 815 页。
④　钱谦益：《列朝诗集小传》上册，第 17 页。

未可尽信如此。"① 遇到这类情况，他都参稽不同文献细加考证，如甲前集载方国珍行事，自纠以前考证的失误；甲集辨兵部贴黄所载刘鹗袭封年月之误，考徐贲入朝及死狱之年，论夏煜、刘三吾卒年之存疑，辨贝琼、贝阙之为一人，丁集中辩证宋登春之卒，都对史料来源及其可信度作了考案。书中有些材料是绛云楼明史籍毁后所补，出于早年著述之外。如刘鹗、刘三吾事及朝鲜陪臣事，即出《初学集》所收《太祖实录辨证》之外②。

作为寄托了钱谦益晚年修史诉求的著作，《列朝诗集小传》固然在史料的采集和考辨上用力甚勤，但相比资料的翔实，小传给读者印象更深的显然是其中穿插的议论和感慨。像丁集上朱曰藩及金陵社集诸诗人传那样寄寓兴亡之感自不用说了，就是乾集上世宗传这样简略的文字也含有深意：

> 上生五龄，颖敏绝人，献皇帝口授，辄成诵。万机之暇，喜为诗文。大学士杨一清进呈《元宵诗》，有"爱看冰轮清似镜"之句，上以为类中秋诗，改云"爱看金莲明似月"，一清疏谢，以为曲尽情景，不问可知元宵作矣。尝与阁臣费宏等赓唱，张、桂忌而阻之，以为雕虫小技，不足劳圣虑。然是时馆阁大臣皆乏黼黻之才，不能有光圣学，诚可叹也！

钱谦益在此对明代台阁之乏才流露出抑制不住的惋惜。对于封建时代的文人来说，最高的理想莫过于成为辅佐明君、揄扬鸿业的文臣。遇到嘉靖皇帝这样亲近文士的好文君主，大臣没有润色鸿业、鼓吹休明的才华，岂不是时代的遗憾？由此不难窥见钱谦益的政治目标及人生理想。这从另一种意义上说，也是对自身所属的士大夫群体与现政权关系的思考。新王朝的到来，使他面临与前人相似的境遇，对命运叵测的惴惴不安也渗透到小传中。甲前集陈有定传云："元末，张士诚据吴，方谷真据庆元，皆能礼贤下士。而闽海之士，归于有定，一时文士，遭逢世难，得以苟全者，亦群雄之力也。"③ 众所周知，朱元璋开国后，对文士极为仇视，在位期间诛杀当时名士甚众，作为明史臣的钱谦益不敢直斥这段血腥的历史，却借称赞张有定、方国珍、张士诚等割据势力对文士的保全反衬了明太祖的残

---

① 钱谦益：《列朝诗集小传》甲前集，上册，第50页。
② 钱谦益：《与吴江潘力田书》，《牧斋有学集》卷三八，下册，第1319页。
③ 钱谦益：《列朝诗集小传》上册，第46页。

暴。至于陈基传云："圣朝宽大垂三百年，语言文字，一无忌讳，于呼休哉。"① 固然是对本朝史的粉饰，同时在某种意义上也是给新朝的鉴诫。丁集上尹耕传载严嵩欲用尹耕而为朝论所沮，有一段议论：

> 国家急虏，拊髀思将帅之臣，当取文武大略，不应以便文琐节，绳约掎撅。分宜得君当国，能知子莘，而不能违物议以收其用，议论多而节目繁，何以罗出群之材，备羯羠之患耶？子莘《塞语》末，有《审畿》一篇，谓汉之患在外戚，唐之患在藩镇，而本朝当以备虏为急，以有宋为殷鉴，痛乎其言之也！分宜能知子莘，能用胡宗宪，其识见亦非他庸相可比，余故录子莘之诗而并及之，以告世之谋国者。②

尹耕并不是有名的诗人，钱谦益将他列为作者，与其说是欣赏他的诗，还不如说是为了发这些议论，其间不仅借尹耕的文章反思了明朝的边患，还发表了自己对历来目为奸相的严嵩的一些肯定性评价。这正是他寓史于传，借传论史的"诗史"微意之一。

由于小传以存史为宗旨，大都详于作者经历而略于诗歌评论，其间对道德评价的关注俨然具有史传的褒贬色彩。如李东阳、杨一清、蔡羽、王廷相、张凤翔、康海、李梦阳、胡应麟、严嵩、戚继光、茅元仪传都涉及其为人行事及历史评价。丁集下公鼐传不一及其诗，而专论其政治远见，比照朱彝尊《静志居诗话》对公鼐的评价，其着意于史的立场分外鲜明。另外，小传述人物事迹又多关注其心态，时时寄托自己的身世、沧桑之感。甲集之首论刘基入明后所作《犁眉公集》，说"余考公事略，合观《覆瓿》、《犁眉》二集，窃窥其所为歌诗，悲惋衰飒，先后异致。其深衷托寄，有非国史家状所能表其微者，每蓦然伤之"③，言外当然也不无以古例今，为自己开脱的意思。他说刘基"罢官羁管绍兴，感愤欲自杀，门人密里沙抱持得不死。太祖定婺州，规取处，石抹宜孙总制处州，为其院经历。宜孙败，走归青田山中，伏匿不肯出。孙炎奉上命钩致之，乃诣金陵，后以佐命功，官至御史中丞，封诚意伯"④。这很容易让人联想到钱

---

① 钱谦益：《列朝诗集小传》上册，第39—40页。
② 钱谦益：《列朝诗集小传》下册，第387—388页。
③ 钱谦益：《列朝诗集小传》上册，第70页。
④ 同上书，第13页。

氏本人在明亡之际也有过自杀念头，后转而主动迎降的经历，刘基的成功为他自己的行为提供了一个道德上的借口。类似的例子是甲集危素传："大兵之入燕也，趋所居报恩寺入井，寺僧大梓力挽起之，曰：'国史非公莫知，公死，是死国史也。'兵垂及史库，言于主帅，辇而出之，累朝实录得无恙。"① 这又是以修史为苟延生命之借口的先例，同样不无以古自解的意思。其实据黄宗羲《补历代史表序》说："嗟乎元之亡也，危素趋报恩寺，将入井中，僧大梓云：'国史非公莫知，公死是死国之史也。'素是以不死。后修《元史》，不闻素有一辞之赞。及明之亡，朝之任史事者众矣，顾独藉一草野之万季野以留之，不亦可慨也夫！"② 可见危素的苟活并没有为修《元史》做出什么贡献，钱谦益截取其入井一节而不及后文，明显寓有自喻之意。正因为他心有所亏，太在意此类出处之辨，以致竟不免有矫枉过正之嫌，为后人所诟病③。

今天我们讨论钱谦益诗学，当然不必太执著于心态史的视角，只须将小传当做批评史资料来看就可以了。钱谦益自称"集中小传，略具评骘，平心虚己，不敢任臆雌雄，举手上下"，又举例说，"如王长公，桑梓先辈，童稚钦挹，所谓晚年定论者，皆取其遗文绪言，证明诠表，未尝增润一字；李空同之剽略，同时诸老啧有烦言，非吾树之也。间有论著，排屑严羽、刘辰翁、高廷礼之俦，疏瀹源流，剪薙缪种，寸心得失，与古人质成于千载之上"④。平心而论，钱氏对有明一代诗学源流是极了然的，评泊著名诗人不但能举其创作得失，有时还能兼及诗史流变。如甲集刘崧传云："国初诗派，西江则刘泰和，闽中则张古田。泰和以雅正标宗，古田以雄丽树帜。江西之派，中降而归东里，步趋台阁，其流也卑冗而不振；闽中之派，旁出而宗膳部，规摹唐音，其流也肤弱而无理。余录二公之诗，窃有叹焉。"⑤ 丁集上详见引陈束《苏门集序》和唐顺之对本朝诗的论断，以为

---

① 钱谦益：《列朝诗集小传》上册，第 83 页。

② 黄宗羲：《南雷文约》卷四，康熙刊本。

③ 顾嗣立《元诗选初集》辛集王逢小传曾指出："（逢）有《梧溪集》七卷，钱牧斋《列朝诗集》载之前编，谓原吉当张氏据吴，大府交辟，坚卧不就。而又称其为张氏画策，使降元以拒台。此说何也？张士德之败在丁酉三月，其时张氏尚未降元也。而谓其于楚公之亡有余恸焉，未知其为元乎，抑为张氏也？原吉一老布衣，沐浴于维新之化者二十年，其子已通仕籍矣，而谓其故国旧君之思，至于此极，西山之饿，洛邑之顽，未知其又何所处也。牧斋好为曲说，至引谢皋羽、犁眉公为喻，抑何其不相类乎？"

④ 钱谦益：《题丁菡生藏余尺牍小册》，《牧斋有学集》卷五〇，下册，第 1638 页。

⑤ 钱谦益：《列朝诗集小传》上册，第 89 页。

将两者合观，"弘、嘉之间文章升降之幾会，略可睹矣"①。相比历史文献，小传所采诗文评似显得单薄，只限于诗序一类，连诗话都很少采撷，但全书论列作者多达两千余人，且"于海内不甚知名之士极意表章，即一篇一句亦存之。甚有其诗已逸，而犹述其人者"，诚有网罗遗逸、阐幽发潜之功，故深为后人所嘉许②；同时各卷的编排也极具匠心，凡师友、亲串或并世齐名悉得依次相从，足当"剪裁予夺，具见史才"之评③。以《列朝诗集》的卷帙之巨和作者小传之夥，一人的力量是很难胜任的，可惜现在只知道闺秀一集为柳如是校定④，其他是否还有人襄助采编就不清楚了。

《列朝诗集》虽系盘点过去王朝的诗歌史，其艺术宗旨却有着强烈的现实指向。以至当代学者推原其批评立场，曾提出"旨在恢复馆阁之文权以及维护吴中地区之文学传统"的假说⑤，或赞同《四库提要》"党同伐异"的结论。周建渝注意到"《小传》于甲、乙两集中论及明初诗人，言其生平部分多钱氏自述；论其诗才，则多引他人之语，很少作钱氏自己的褒贬，似乎显其客观公允一面"。"可是从丙集（即弘治年）开始，牧斋直接臧否诗人的情况骤增"⑥。丙集正是自李东阳以降，台阁诗人、吴中诗人、前七子陆续登场的开始，也是明诗一直影响到清初的主潮，钱谦益主观评价的介入意味着他对弘治以后诗歌的重视和熟悉。钱谦益对前后七子直到公安、竟陵的批评，论者已多，最近周建渝的论文更是作了富有启发性的探讨。这里只想从社会反映的角度来看一下其批评的影响。不难想见，小传所论及的诗人虽已作古，但其亲族故旧是握有舆论的。钱谦益对格调派、竟陵派的激烈批评，自然会招致其后学的不满。果然，书还未编成，就有人说："吾子不自重，采列朝诗，结弹斯世之所谓宗主者，杂然

---

① 钱谦益：《列朝诗集小传》下册，第 373 页。

② 金德嘉：《复张藕湾书》，《居业斋文稿》卷一二，康熙五十八年蒋国祥刊本。李慈铭《越缦堂日记》第四十九册论《列朝诗集》亦云："大旨扬处士而抑显官，薄近彦而尊先辈，于孤寒沈闷之士，崇奖尽力，是则存心颇厚，宜为雅俗所归。"

③ 袁景辂：《国朝松陵诗徵·例言》，乾隆三十二年爱吟斋刊本。

④ 见无名氏辑《牧斋遗事》，邓实编《古学汇刊》第五编下册，民国 2 年上海国粹学报社排印本。别详见潘冬梅《文本·作者·性别：浅议〈列朝诗集·闰集〉香奁部分的编选与时代》，《中国文学研究》2005 年第 2 期。

⑤ 简锦松：《论钱谦益〈列朝诗集小传〉之批评立场》，《文学新钥》第 2 期。

⑥ 周建渝：《〈列朝诗集小传〉的明诗批评及其用意》，《第四届国际东方诗话学学术研讨会会议论文集》，中山大学中文系 2005 年版，第 82—83 页。

欲杀，而以茂山为顿刃。"① 茂山即周容，因为钱谦益尝许其诗"近代才子，无出其右"，所以时议汹汹，先拿周容开刀，敲山震虎，以攻击钱谦益。全书刊板行世后，虽然据牧斋自己说"鸿儒钜公，交口传诵，鸡林使人每从燕市购取"②，但就连周容也认为"或刻或滥，可议者十之三"③，王渔洋在笔记里也不断指摘书中的疵谬④，世间的议论可以想象。梳理一下历来对《列朝诗集》的批评意见，此书的诗学倾向和特点就皎然在目了。

历来对《列朝诗集》的批评意见，主要涉及以下六个方面。

其一，编者的身份及所处的立场就很尴尬。宋征舆《书钱牧斋列朝诗选后》先记顺治十三年（1656）在京师听吴梅村说，《列朝诗集》"乃取嘉定笔佣程孟阳所撰《列朝诗集》一书，于人名爵里下各立小传，就其烬余所有及其记忆所得，差次成之。小传中将复及人隐过，会有以鬼神事戒之者，乃不敢。然笔端稍滥则不能自禁，盖天性然也"。然后指出其书体例上的滑稽之处：自序明言书之编纂已入清，书名却不称明朝而称列朝，首列"圣制"都是明帝之作，书中提到庙号都空一字；既已降清为学士，北面受禄而归，书中却自称臣谦益。设此疑贰之名，不免遭人耻笑。宋征舆度其动机："盖钱既仕清，其交游颇有显者，探知上右文，必不罪文士。而满州贵人又尚质，必不从书籍中推索，以为是书虽流行，可无祸，故敢于受梓，尤冀传之后世，谓其心不忘明，显然著书，虽取危法，亦所不惮，有足取者——其所望如是。"⑤ 这真可以说是诛心之论。

其二，诗学偏见开门户习气。毛奇龄《西河诗话》云："山阴徐伯调尝与钱牧斋宗伯论文，宗伯谓学秦汉者每多剽贼，自不如学大家之当。伯调曰：'不然。剽贼无定在，富家可剽，贫家亦可剽也。必如韩退之、樊宗师自为一家，方可却近代剽贼之病。既曰学大家矣，学大家与学秦汉何异？窃见今为大家文者，满纸皆爬罗摒挡诸宋人恶字，苦剽穷窃，犹恐不得当。是同一剽贼，剽窃儿米不如剽富家珠也。'钱竟踌躇不能对。"⑥ 这是暗示钱谦益对秦汉派和唐宋派的取舍，不是出于反对模拟剽窃，而只是

① 钱谦益：《叹誉赠俞次寅》，《牧斋有学集》卷四四，下册，第1484页。

② 钱谦益：《题丁菡生藏余尺牍小册》，《牧斋有学集》卷五〇，下册，第1638页。

③ 周容：《春酒堂诗话》，郭绍虞辑《清诗话续编》第1册，第105页。

④ 详见蒋寅《王渔洋与康熙诗坛》第一章"诗坛盟主之代兴"，中国社会科学出版社2001年版，第16—21页。

⑤ 宋征舆：《书钱牧斋列朝诗选后》，《林屋文稿》卷一五，康熙刊本。

⑥ 毛奇龄：《西河诗话》卷四，乾隆间萧山书留草堂藏板毛西河全集本。

出于门户之见。郑梁论钱谦益选列朝诗，"凡所不悦者，多掩其所长而暴其所短，又未免有刻意深文之病"①。郑日奎推原牧斋论诗之意，"只是力揭李何唐中晚一派及宋元人诗，鼓舞后学耳"②，从而得出"开后学欺凌前辈之风，长末流分立门户之渐"的结论③，都深中钱氏小传之结症。后来盛大士《竹间诗话》更清楚地指出："明人倡言复古，以为文主秦汉，诗必盛唐，海内谈者翕然宗之。至虞山钱蒙叟出而攻之，不遗余力，力格七子而独奉程孟阳为风雅总持，要皆门户之见也。"④ 倾向性太强而致批评有失公允，确实是小传明显的缺陷，从而引发下面第三点非议。

其三，去取失当，褒贬欠公。这在小传中有多方面的表现，有些属于政治态度方面的原因，如唐孙华《读历朝诗选》指出的："一代词章缀辑全，鸟言鬼语入余编。独将死事刊除尽，千载人终笑褚渊。"⑤ 《四库全书》厉斥钱谦益《列朝诗集》"以记丑言伪之才，济以党同伐异之见，逞其恩怨，颠倒是非，黑白混淆，无复公论"⑥，虽代表新朝的立场，但某种程度上也反映了士大夫群体的一般看法。还有些属于私人情谊方面的原因，如金德嘉指出的"契合松圆诗老，赞扬亦似逾涯"，这也为论者所共指。

其四，对前后七子排击过甚。邹炳泰说："虞山于李何王李诸家之诗一味抹煞，独尊一纤弱疏浅之程松圆，好恶拂性，奚以明示来学？"⑦ 钱谦益对李、何的批评，招人非议最多。同时的谈迁即以为"非定论"⑧，金德嘉也以为"排斥北地似亦太过"⑨。陈文述更指出钱谦益攻李梦阳"祗在争坛坫之名，存心未公，是以燕伐燕也，故摘訾其字句，而于诗之是非均未有得"⑩，也不无中肯之处。正如朱东润先生所指出的，"集中除入选五十二以外，附录五首，皆所谓大篇长律，举世诵习，而牧斋为之汰去者，如《功德寺》、《乙丑除夕追往愤五百字》、《石将军战场歌》、《奉送大司马刘公归东山草堂歌》、《鄱阳湖十六韵》，牧斋一一指其瑕疵，吹

---

① 郑梁：《钱虞山诗选序》，《郑寒村全集·见黄稿》卷二，康熙刊本。
② 郑日奎：《与陈元公第二书》，《郑静庵先生集》卷九，康熙刊本。
③ 郑日奎：《与陈元公书》，《郑静庵先生集》卷九，康熙刊本。
④ 盛大士：《竹间诗话》卷三，天津图书馆藏稿本。
⑤ 唐孙华：《东江诗钞》卷六，康熙刊本。
⑥ 《四库全书总目》卷一九〇集部总集类朱彝尊《明诗综》提要，中华书局1965年影印本。
⑦ 邹炳泰：《午风堂丛谈》卷三，嘉庆四年刊本。
⑧ 谈迁：《枣林杂俎·圣集》，笔记小说大观本，广陵古籍刻印社1984年版。
⑨ 金德嘉：《复张藕湾书》，《居业斋文稿》卷十二，康熙五十八年蒋国祥刊本。
⑩ 汪端：《明三十家诗选》卷三下引，道光二年自然好学斋刊本。

毛索斑，不遗余力，颇为后人所讥"①。钱谦益对后七子的排击，也少为后人许可。徐釚《登白雪楼有怀沧溟先生二首》自注："近时巨公排击沧溟不遗余力，非蚍蜉撼大树耶?"②

其五，对竟陵派一味抹杀，有欠公允。钱谦益对竟陵派的抨击，除了《列朝诗集》中有关诗人的小传，还杂见于《牧斋初学集》中《徐司寇画溪诗集序》、《曾房仲诗序》、《南游草序》、《刘司空诗集序》等文③，在当时特定的诗学语境下被认为"大有砥柱之力"④。但时过境迁，他的看法就很难被全盘认可了。尤其是对钟、谭《诗归》的批评，论者多不能赞同，陈衍《石遗室诗话》卷六曾辑录不少反驳意见。周建渝推断钱谦益全面否定明代李、何、王、李及其追随者，并以此为标准褒贬明代弘治以后的诗人，旨在削弱或消除四子及竟陵诗人的文学影响，从而增强自己在明末清初文坛上的领袖地位⑤，容或有之。但我还是更倾向于赞同胡幼峰的看法，"钱谦益的青年时期曾耗费许多工夫于王、李俗学，也曾随人脚跟背诵空同、弇州二集；及其幡然悔悟，这种'觉今是而昨非'的心理因素，导致他反对的程度比别人更为强烈"⑥。

此外，《列朝诗集》在文献考订上也存在一些疏漏⑦，不过与其文献价值相比微不足道。对于《列朝诗集》，人们更注意的是它在诗学观念和诗学批评方面的影响。就"诗史"实践的角度说，《列朝诗集》无疑达到

---

① 朱东润：《述钱谦益之文学批评》，《中国文学论集》，第 80 页。

② 徐釚：《南州草堂集》卷三，康熙刊本。

③ 钱谦益：《刘司空诗集序》，《牧斋初学集》卷三一，中册，第 908 页。

④ 金德嘉：《复张藕湾书》，《居业斋文稿》卷一二，康熙五十八年蒋国祥刊本。

⑤ 周建渝：《〈列朝诗集小传〉的明诗批评及其用意》，《第四届国际东方诗话学学术研讨会会议论文集》，第 95 页。

⑥ 胡幼峰：《清初虞山派诗论》，第 191 页。

⑦ 如收诗之误，王士禛《居易录》曾指出将姜夔《姑苏怀古》"夜暗归云绕柁牙"一首误为张如兰诗，《香祖笔记》卷五又指出将宋吕夷简《天花寺》"贺家湖上天花寺"误为木青诗。章楑《谔崖脞说》（浣雪堂藏板本）卷一指出："甲前集登倪云林《夜泊芙蓉洲集许炼师》一首语意未完，殊不成章，后阅云林《清閟阁集》，乃知此选仅录得半篇，非全诗也，不知何以赏而遂取之。"还有收作者之误，如朱彝尊《曝书亭集》卷四三《跋名迹录》指出，郭翼卒于至正二十四年（1364），纯属元人，而《列朝诗集》收入甲集，且谓"洪武初，征授学官，度不能有所自见，怏怏而卒"；顾嗣立《元诗选》初集李存传指出："虞山钱牧斋《列朝诗集》载俟庵诗，称为洪武中年卒者，误也。危学士素所撰墓志年月甚明。《俟庵集》刻于明永乐三年，国子祭酒徐旭序之，谓其距俟庵之没五十二年，则俟庵已卒于明太祖未定金陵之先也。"杨镰《元佚诗研究》（《文学遗产》1997 年第 3 期）指出，释宗衍生于元至大二年（1309），至正十一年（1351）卒，实未入明，而《列朝诗集》收入闰集。

了预期目的，但从诗歌史和诗学研究的要求来衡量，则有太多的门户之见，使它的权威性打了个折扣，不像《杜诗笺注》那样更让人信服。

如前所述，传统的"诗史"观念着眼于诗歌的纪实性对历史记载的补充作用，而在明清易代之际，"诗史"不可替代的存史功能似乎要更深入人心。但无论如何，"诗史"都是以诗和史的印证落实于实际的诗学活动中的。从实践意义上说，"诗史"的实现是以诗证史；而从理论意义上说，"诗史"的确认乃是以史证诗。如果说《列朝诗集》是钱谦益的"诗史"实践，那么《钱注杜诗》就可以说是"诗史"的理论证实。通过揭示杜诗与玄宗、肃宗、代宗三朝历史的关系，钱谦益具体地阐明了杜甫"诗史"的丰富内涵，与《列朝诗集》一样，其中当然也不乏未发的深慨，暗寓的隐衷①。

杜诗自宋代以来被奉为诗家圭臬，元、明两代凡以诗人自居者莫不声称学杜，钱谦益对此最为不满。尤其是看到李梦阳和竟陵派学杜的流弊，更觉得他们不仅因模拟而失自家面目，同时也蒙蔽了杜诗的真正面目②，于是研究杜诗成了他中年以后治学的重要内容。不过他一再声明，只是随笔记录，不敢说是注杜。稿子积累既多，越发"深知注杜之难，不敢以削稿自任，置之箧衍，聊待荟蕞而已"③。他在生前公开自己的研究成果只有两次，一次是卢世㴂刊行《读杜私言》时，他寄上自己的《读杜小笺》，合刊为《钱卢两先生读杜合刻二种》；另一次是康熙元年（1662）朱鹤龄刊行两人商定合作的《杜工部诗集》时，他将自己做的那部分属朱鹤龄刊入书中。后来觉得两人见解有异同，又嘱鹤龄两书不妨别行④。但他在生命的最后两年中没能完成全部笺注，遗稿经钱遵王董理增补，康熙六年（1667）由季振宜刊刻行世⑤。

从今人编纂的杜诗书目来看，明清之际是杜诗注释的一个高峰。在钱谦

---

① 参看綦维《孝子忠臣看异代，杜陵诗史垂丹青——试析〈钱注杜诗〉中钱氏隐衷之抒发》，《杜甫研究学刊》2001 年第 4 期。

② 见钱谦益《曾房仲诗序》、《王元昌北游诗序》，《牧斋有学集》卷三二，中册，第 929、932 页。

③ 钱谦益：《复吴江潘力田书》，《牧斋有学集》卷三九，又见《牧斋尺牍》所收致王渔洋书。

④ 钱谦益与朱鹤龄注杜的分合，在《牧斋有学集》卷三九《复吴江潘力田书》中有详细叙述，今人的研究可参看孙微《清代杜诗学史》，齐鲁书社 2004 年版，第 102—113 页。

⑤ 关于《钱注杜诗》成书的经过，可参看朱易安《唐诗学史论稿》，桂林：广西师范大学出版社 2000 年版，第 257—260 页；裴世俊《杜诗学史中的〈钱注杜诗〉：钱谦益笺注杜诗的缘起》，《聊城大学学报》2002 年第 1 期。

益之前和同时都有不少注本问世，但它们都不能让钱谦益满意，迄今所有的杜诗注释在他眼中简直就是谬误的堆积。《笺注杜诗·略例》列举前人的错误，计有（1）伪托古人；（2）伪造故事；（3）附会前史；（4）伪撰人名；（5）改窜古书；（6）颠倒事实；（7）强释文义；（8）错乱地理。而最根本的是，他认为宋人学杜及近人注杜"钩深抉异，以鬼窟为活计"，根本"不知杜之真脉络"。这些谬误在杜诗上覆盖的垃圾已厚到不值得他清理的地步，所以他摈弃旧注，选用传世"最为近古，他本不及"的吴若本白文为底本，注释字辞和典章制度，并以"笺"的独白方式直抒己见，抉发杜诗的"真脉络"。这"真脉络"究竟是什么呢？我以为就是杜诗的"诗史"特质。

无论何种文献，史料价值都不出印证史书、补史书之阙、正史书之误三个方面。钱谦益对杜甫"诗史"的观照正着眼于此①，特别在三类作品中发挥了他的独到新解：一是有关唐代史实的纪实之作，二是咏史之作，三是有感而发之作②。自晚唐孟棨在《本事诗》里提到："杜逢禄山之难，流离陇蜀，毕陈于诗，推见至隐，殆无遗事，故当时号为'诗史'。"③到历史意识浓重的宋代，诗论家们从不同角度对"诗史"作了种种发挥④，并在诗歌批评中突出地加以强调。然而这种意识却没贯彻到杜诗注释中，因为这不是一个训诂和典故的问题，而是一个唐史研究的问题。钱谦益所以能在注杜中率先尝试以诗证史、以史证诗，纯然得力于他的唐史造诣。他发现重大历史事件往往成为唐诗创作的驱动力，如《徐司寇画溪诗集序》所言：

> 昔者有唐之世，天宝有戎羯之祸，而少陵之诗出；元和有淮、蔡之乱，而昌黎之诗出。⑤

他凭着丰富的唐史知识，围绕安史之乱前后的唐代政治、军事形势，对杜诗的历史背景作了有价值的笺证，发覆甚夥。像《冬日洛城北谒玄元皇帝

---

① 李道显：《杜甫诗史研究》（台湾华冈出版部 1973 年版）即以此立论，可参看。

② 参看朱易安《唐诗学史论稿》，第 264 页。

③ 孟棨：《本事诗·高逸》，丁福保辑《历代诗话续编》上册，中华书局 1983 年版，第 15 页。

④ 宋代对诗史说的发挥，参见杨松年《宋人称杜诗为诗史说析评》，收入《中国古典文学批评论集》，第 127—162 页。

⑤ 钱谦益：《牧斋初学集》卷三〇，第 903 页。

庙》、《洗兵马》、《承闻河北诸道节度入朝欢喜口号绝句十二首》、《诸将五首》等诗所蕴涵的历史内容，不经钱谦益揭示，是不太容易被注意到的。所以陈寅恪先生说，自《本事诗》有"诗史"之说，后人多从而发挥之，但"能以杜诗与唐史互相参证，如牧斋所为之详尽者，尚未之见也"①。日本杜诗研究专家吉川幸次郎先生论钱注的优点，也推崇钱谦益精熟唐史，如玄宗还京，肃宗已帝，父子间嫌隙渐成，宦竖横行，排斥旧臣，杜甫为上皇危，为房琯等讼冤，从无言之者，至钱注乃发其微②。这都是单就钱注发杜诗纪史之覆来说的，若从钱注把握诗、史关系的总体倾向来说，我还是更赞同朱易安教授的论断：钱谦益注杜的指导思想也许是"以诗证史"，但实际工作却仍只是"以史证诗"③，客观上成了对"诗史"的检验和认证。在钱谦益以前，"诗史"只是一个承传已久的老字号招牌，直到钱注杜诗问世以后，人们才对杜甫的"诗史"有了切实认识。这一结果固然与牧斋本人精熟唐史有关，但也不可忽视来自友人的襄助。据现有材料，钱谦益注杜曾得到两个人的协力，一是唐汝询帮助参校④，二是何云帮助征史。唐汝询瞽而好学，熟于典故，撰有《唐诗解》五十卷；何云字士龙，常熟人，祖上好藏书，家多善本。何云承受家学，据说"尤熟精唐史，凡唐人诗有关时事者，历历指出，以为史证。钱宗伯爱其才，延致家塾"⑤，他的唐史知识可能对钱注杜诗有所贡献。这一点历来研究钱注的学者似乎都没注意到。

有关钱谦益笺注杜诗的特点及影响，学者们已有充分的论述⑥，尤其是简恩定和郝润华的研究，可以说相当细致，在问题和结论上我都无可补充，这里只就前人对钱注的匡正，略举钱注的缺陷。首先，钱注虽然在历史背景的抉发上饶有成绩，但于典故的注释却未臻完备。马位《秋窗随笔》举《三川观水涨二十韵》"普天无川梁，欲济愿水缩"用《魏书·尔

---

① 陈寅恪：《柳如是别传》第五章《复明运动》，上海古籍出版社1980年版。

② ［日］吉川幸次郎：《论牧斋之训诂学》，《吉川幸次郎遗稿集》第2卷，筑摩书房1995年版，第365页。

③ 朱易安：《唐诗学史论稿》，第264页。

④ 钱谦益《列朝诗集小传》丁集中唐汝询传："留校杜诗，时有新意。"下册，第527页。

⑤ 单学傅：《海虞诗话》卷三，民国4年铜华馆排印本。

⑥ 除前引孙微的著作外，还有许永璋《取雅去俗，推陈致新——略评〈钱注杜诗〉》，《草堂》1982年第2期；简恩定《清初杜诗学研究》，文史哲出版社1986年版；许总《杜诗学发微》，南京出版社1989年版，郝润华《〈钱注杜诗〉与诗史互证方法》，黄山书社2000年版。

朱兆传》河神缩水脉事，而牧斋缺注。其次，钱氏斥前人注杜穿凿，而自己固不能免。史承谦《静学斋偶志》举出《故武卫将军挽歌》"黄河十月冰"引《左传·昭公二十五年传》之类，讥其"亦多穿凿可笑"①。沈曾植《海日楼札丛》也说肃宗灵武即位，唐人无议之者，钱注横加穿凿，生诸讥刺，杜老恐称怨地下②。此外，对前人的误注，牧斋也有不辨而相沿的例子。如《丽人行》"蹙金孔雀银麒麟"句"蹙金"二字，取赵次公注："'蹙金'实事，唐人常语，故杜牧自谓其诗蹙金结绣，而无痕迹。"梁同书据《唐摭言》卷十载赵牧大中、咸通中效李长吉为短歌，可谓蹙金结绣而无痕迹，指出杜牧为赵牧之讹③，即属轻信前人而沿其失误。

钱谦益因其特殊的身份和地位，言行著述都非常引人注目，《列朝诗集》和《杜诗笺注》也较同类著作受到更苛刻的审视和批评，这是不难理解的。尽管存在这种种疏误，钱注杜诗仍有不可磨灭的价值。道光间陈仅断言"杜诗注，自当以钱笺为第一"④，或未必能得后人首肯；但钱注开创的以史证诗的诗学范式却受到后世高度的推崇。这种通过诗歌来阐明历史，又通过历史来解读诗歌的诗史互证法，不仅开启了有清一代诗文笺注的实证风气，也影响到 20 世纪的历史研究和文化批评，形成文史研究中的历史——文化批评一派⑤。这是我们论钱谦益诗学所不能不提到的。

钱谦益是明清之交文坛公认的盟主，无论就其领袖地位还是创作成就而言，他的影响力都是不可低估的。他的诗学也因此而具有非同寻常的重要地位。但钱谦益究竟在哪方面对清代诗学产生了什么程度的影响，却是我至今难下结论的。王源《康熙集序》说："蒙叟欲驱天下以从己而自为名，不得不自立一说，以新天下之耳目。欲新天下之耳目，不得不力排前人，谓其说之不足以相从，然后可使天下舍彼而从我。"⑥ 但我们并没有看到钱谦益有什么自立之说，他的诗论确实是破多而立少，正像他自己在论古学和今学时说的："吾所欲决排而去之者今学也，所未能溯沿而从之

---

① 史承谦：《静学斋偶志》卷四，国家图书馆藏清刊本。"黄河十月冰"原误作"九月黄河冰"。
② 沈曾植：《海日楼札丛》卷二，中华书局上海编辑所 1962 年版，第 64 页。
③ 梁同书：《日贯斋涂说》，《频罗庵遗集》卷一五，清刊本。
④ 陈仅：《竹林答问》，周维德编《诗问四种》，齐鲁书社 1985 年版，第 337 页。
⑤ 参看傅璇琮《一种文化史的批评》，《中国文化》创刊号，1989 年；收入《唐诗论学集》，文史哲出版社 1995 年版。
⑥ 王源：《康熙集序》，洪鉌《七峰草堂诗稿》卷首，四库全书存目丛书影印康熙刊本。

者则古学也。"① 从理论上说尽管有拨乱反正之力，也确实破除了旧学，但却没有树立起新的艺术理想。这就是鲁迅说的，"破坏是痛快的，但建设却是麻烦的事"②。除了《列朝诗集》和《杜诗笺注》的影响外，钱谦益的诗学似乎没有真正意义上的建设之功。不错，他大力抨击了明诗的伪，举起了"真诗"的大纛，但这面旗帜上却没有自己的色彩。"真诗"的规定性是什么呢？是不是只要真情流露就算是真诗，哪怕风格技法和唐诗一模一样也没关系？由于没有表现和风格上具体的规定性，"真诗"只是个空洞的概念，它作为一种诗歌理想是抽象的，所以也就没有真正树立起一种新的诗歌理想。和他同时代的一批响应"真诗"口号的诗坛元老和遗民诗人都没有完成这一任务，诗坛在摸索中等待一个人，他就是年轻的山东诗人王士禛。这是后话，现在我们要继续讨论冯舒、冯班兄弟和虞山派另一些诗论家的诗学。

第三节　渊源于晚唐的二冯诗学

钱谦益《复李叔则书》写道："仆年四十，始稍知讲求古昔，拨弃俗学。门弟子过听，诵说流传，遂有虞山之学。"③ 在亲炙于钱谦益的众多虞山诗人中，最有影响的是冯舒、冯班兄弟。冯舒（1593—1649），字已苍，号默庵，三十岁即谢诸生，与弟班笃专于诗学，吴中有"海虞二冯"之目。冯舒为人恃才负气，口快心直，动与俗忤。"君既工诗，而于诗家利病，掎摭刻核，手眼尤绝。宾筵客座，持论斷斷不休，凡当世所翕然推尚，若李何，若王李，若汤袁钟谭，悉受掊击。不得免焉。嘉定程孟阳见推于钱宗伯，目为诗老，而君涂抹其集几尽"④。后因议赋役事忤知县瞿四达，瞿因其所编《怀旧集》语涉讥谤，下狱嘱吏杀之⑤。冯班（1602—1671），字定远，比冯舒小九岁，为人也是偶傥悠忽，动不谐俗，里中指目为痴，不以为意。钱谦益称"其为诗沉酣六代，出入于义山、牧之、庭筠之间"⑥，乡后学称他"为诗律细旨深，务裨风教。自唐李玉溪后，诗

---

① 钱谦益：《答山阴徐伯调书》，《牧斋有学集》卷三九，下册，第1348页。
② 鲁迅：《对于左翼作家联盟的意见》，《二心集》，人民文学出版社1973年版，第36页。
③ 钱谦益：《牧斋有学集》卷三九，下册，第1343页。
④ 见王应奎《海虞诗苑》卷一、冯武《遥掷稿·枕流草》。
⑤ 王应奎：《柳南随笔》卷一，中华书局1983年版，第4页。
⑥ 钱谦益：《冯定远诗序》，《牧斋初学集》卷三二，中册，第939页。

家多工赋体，而比兴不存。先生含咀风骚，独寻坠绪，直可上印玉溪。虽或才力小弱，醇而未肆，而于温柔敦厚之教，庶乎其不谬矣"①。冯班论诗虽与兄同祧宋而宗晚唐，但诗学取向微有不同。据侄冯武说："默庵得诗法于清江范德机，有《诗学禁脔》一编，立十五格以教人，谓起联必用破，颔联则承，腹联则转，落句则或紧结，或远结。钝吟谓诗意必顾题，固为吃紧，然高妙处正在脱尽起承转合，但看韦君（《才调集》）所取，何尝拘拘成法？圆熟极则自然变化无穷尔。"② 在诗学方面，冯班的见解更透彻，触及的问题也更多，无论在当时的名声及对后世的影响都远过冯舒。乡后进称"吾邑虽偏隅，有钱宗伯为宗主，诗坛旗鼓遂凌中原而雄一代。里中属而和者，钝吟最有闻"③，应该是不错的。

　　但总体上看，二冯的诗学似乎不是那么富有成果，或者说像钱谦益一样，也是破的功绩远大于立。以至于今天来检点其诗学，竟很难肯定他们的理论独创性究竟在何处。也许正因为如此，学术界对二冯的诗学一向注意不够，不过现有论著已涉及二冯诗学的一些重要问题，如批评七子、竟陵派，反对模拟，提倡学问；讲美刺，重比兴；尊晚唐，尚绮丽④。近年又有学者从性情和学古的统一来阐述二冯对明代诗学的折衷⑤，也很有见地。可以说二冯诗学的观念史意义已有较多的揭示，而批评史和学术史意义则还有待进一步发掘。清代诗论家普遍都存在这种情况，仅从创作观念来考察，往往既没有新颖的文学主张也没有独特的理论贡献，只有从观念史、批评史和学术史相结合的角度去看，其诗学的丰富内容和独特意义才能充分呈现出来。二冯的诗学正是如此，相对于理论创新来说，其意义更多的是在实际的开风气上。

　　① 　王应奎：《海虞诗苑》卷四，古处堂刊本。

　　② 　《二冯批才调集》冯武跋，康熙四十三年汪瑶刊本。

　　③ 　陈祖范：《海虞诗苑序》，《海虞诗苑》卷首，古处堂刊本。又翁心存《知止斋诗集》卷二《论诗绝句》亦云："红豆山庄迹已陈，虞山诗学数谁深。默庵太峻湘灵僻，衣钵终须属钝吟"，光绪三年刊本。

　　④ 　吴宏一：《清代诗学初探》，牧童出版社 1977 年版，第 130—134 页；黄保真等：《中国文学理论史》第 4 册，北京出版社 1987 年版，第 78—92 页；龚显宗：《二冯诗论》，《诗话续探》，复文图书出版社 1989 年版，第 42—48 页；何振球：《冯舒、冯班诗歌理论散论》，《常熟文史论稿》，南京大学出版社 1989 年版；江仰婉：《冯班文学评论研究》，台湾东吴大学硕士论文，1988 年；郭天健：《冯班诗论研究》，香港中文大学硕士论文，1990 年；胡幼峰：《清初虞山派诗论》，国立编译馆 1994 年版，第 227—317 页；陈望南：《海虞二冯研究》，中山大学博士论文，2004 年。

　　⑤ 　张健：《清代诗学研究》，第 149—204 页；廖宏昌：《二冯诗学的折中思维与审美理想典范》，《苏州大学学报》2005 年第 5 期。

一　二冯诗学的师承与宗尚

王应奎《柳南随笔》曾说:"某宗伯诗法受之于程孟阳,而授之于冯定远。两家才气颇小,笔亦未甚爽健,纤佻之处,亦间有之,未能如宗伯之雄厚博大也。然孟阳之神韵,定远之细腻,宗伯亦有所不如。盖两家是诗人之诗,而宗伯是文人之诗。吾邑之诗有钱、冯两派。余尝序外弟许曰滉诗,谓:魁杰之才,肆而好尽,此又学钱而失之;轻俊之徒,巧而近纤,此又学冯而失之。长洲沈确士德潜深以为知言。"① 照王应奎的说法,冯班诗学虽承传于钱谦益,但宗尚却异于其师而自成一派。这是相去不远的乾隆间诗家的结论,值得我们重视。

冯氏诗学异于其师,应该源于其学术的总体取向。钱谦益中年后论学有取于宋人,同时因公安派的渊源,对李贽也很崇敬。而冯班却极诋宋人之学,对李贽则迳斥"李秃之谈道,此诛绝之罪也"②。这种差异使冯班对钱谦益的评价有相当程度的保留,《诫子帖》中一则私房话相信比较真实地流露出他对钱谦益的认识:"钱牧翁学元裕之,不啻过之。每称宋、元人,矫王、李之失也。陆孟凫本无所知,乃云唐人不足学。斯言也,不可以欺三岁小儿,邑人信之为可笑。钱公极学唐,但齐、梁已上未免愦愦耳。(中略)吾尝言钱公之文,过于王、李,而其后人不足与钟、谭为奴,此言当有解者。"③ 在他看来,钱谦益的诗学有个很大的缺陷,就是对齐梁以上的诗歌不熟悉,这无疑会影响他对唐诗的认识。另外,钱谦益本人的文章固然不错,但其追随者却毫不足道。有了这样的认识,不难想见他必定要自辟一途而不会亦步亦趋地尾随钱谦益。事实上,还在明代末年,郑鄤序冯舒诗就曾说:"尝疑东南少读书种子,遇冯子乃知未绝。诗宗初、盛,文宗八大家,远骂王、李,近笑钟、谭,繇其道,大雅其有兴乎!"④ 当时冯舒虽也像钱谦益一样排击王李、钟谭,但其坚守初、盛唐诗和八大家文的立场已颇异于师门。冯氏兄弟在诗学与钱谦益最大的不同是由初盛唐上溯六朝,下及中晚。冯武《二冯批才调集》凡例说:

---

① 王应奎:《柳南随笔》卷一,中华书局 1983 年版,第 19—20 页。
② 冯班:《钝吟杂录》卷四"读古浅说",丛书集成初编本,第 56 页。
③ 冯班:《钝吟杂录》卷七,丛书集成初编本,第 92 页。
④ 郑鄤:《冯已苍诗序》,《峚阳草堂文集》卷五,民国 20 年刊本。

先世父默庵、钝吟两先生，承先大父嗣宗公博物洽闻之绪，学无
不赅，尤深于诗赋。默庵先生名舒，字已苍，以杜樊川为宗，而广其
道于香山、微之；钝吟先生名班，字定远，以温李为宗，而溯其源于
《骚》《选》、汉魏六朝。虽径路不同，其修词立格必谨饬雅驯，于先
民矩矱不敢少有逾轶，则一也。

由明代以来的诗学流变看，上溯六朝，下及中晚都不是什么新异的取向。
明代中期杨慎已颇宗六朝，后来邢侗益扬其波。崇尚晚唐的也大有人在，
嘉靖十六年（1637），张绍序玩珠堂刊《西昆酬唱集》说："论诗者类知
宗盛唐，黜晚唐，斯二体信有辨矣。然诗道性情，古人采之观风正乐，以
在治忽者也。如不得作者之意，徒曰盛唐。（中略）夫诚以艺游，晚唐亦
可也；不然，盛唐犹是物也，奚得于彼哉？"[1] 这对晚唐诗来说显然是很
有力的辩护。晚明诗人如江盈科、屠隆、王稚登、王彦泓等出入中晚，也
是论诗者所熟知的。无锡邹迪光论诗，至以为"六朝、晚唐咸出古人，无
一语可贬损"[2]，不啻是二冯的先声。但那只是偶然的个人趣味问题，而
冯氏兄弟的宗尚晚唐是出于理性的选择，与诗坛面临的变革相呼应。

在唐诗尤其是"盛唐"被明人学滥之后，诗坛面临着整容改妆的要
求，不同的诗家和诗派都在琢磨如何做出一副新面目。最猛烈的动作是程
孟阳和钱谦益倡导的宋元诗风，大有席卷天下之势。但经过万历末到崇祯
三十多年间的喧嚣，宋元诗风不仅没有动摇唐诗的地位，反而因本身流弊
丛生，备遭诗家诟病。正像孙廷铨所指出的："诗必袭唐，非也。然离唐
必伧。善为诗者必不伧。"[3] 学宋元诗的结果正是难免流于伧，于是益发
使唐诗的典范意义显得不可取代。表面上看，二冯宗六朝和晚唐的倾向与
钱谦益提倡南宋诗颇相异趣，其实钱谦益骨子里也浸淫晚唐，只不过不是
取温、李秾艳，而是取白居易、杜牧、皮陆散淡一派。门人瞿式耜序《初
学集》，称"先生之诗，以杜、韩为宗，而出入于香山、樊川、松陵，以
追东坡、放翁、遗山诸家，才气横放，无所不有"，只要看看《初学集》
钱曾注，即可知道牧斋明末所作诗如何刺取皮陆集。但他没有标举晚唐，
像他那么鄙薄严羽——高棅初盛中晚之说的人，当然不会将严羽都瞧不上

---

① 王仲荦：《西昆酬唱集注》附录，中华书局1980年版，第340页。
② 许学夷：《诗源辩体》卷三五引，人民文学出版社1987年版，第352页。
③ 孙廷铨：《梁苍岩蕉林近稿序》，《沚亭文集》卷下，康熙刊本。

的晚唐帽子戴在自己头上，这是不难理解的。

但是冯班的想法不同。艺术上的终极理想和创作上的师法策略，在他看来是两码事。在下面这段话中，他用一个俏皮的比喻阐明了这一点：

> 图騕褭之形，极其神骏，若求伏辕，不免驾款段之驷；写西施之貌，极其美丽，若须荐枕，不如求里门之姝。万历时王、李盛学汉、魏、盛唐之诗，只求之声貌之间，所谓图騕褭，写西施者也。虞山诗人好言后代诗，所谓款段之驷、里门之姝也。遂谓里门之姝胜于西施，款段之驷胜于騕褭，岂其然乎"①

据冯武注，此言是为钱谦益而发："只当咎王、李浅陋，学汉魏、盛唐而剽剥字句，不知古人之所以为工；今乃因王、李而反尚宋、元及金源之诗，则愦矣。定翁有论遗山与牧翁高下处最深切，耳学者不知也。"这里的问题涉及诗歌的终极理想与师法策略的关系。冯班承认，钱谦益提倡宋元诗，作为师法策略是无可非议的，但不能因此而自欺欺人，真以为宋元诗高出于唐诗。騕褭终究是騕褭，西施毕竟是西施，他很清楚这一点。唐诗作为终极理想是不能放弃的，诗坛共同推尊的杜甫也是他心目中的理想典范②，只不过诗史运会和个人才能决定了他们兄弟的师法途径，最终选择晚唐作为自己的艺术楷模。晚唐原是早被宋人学滥了的，但比起叫明人涂抹了三百年的盛唐，倒像是脱光了漆的古庙，又显得古雅而沧桑了。而且晚唐似乎也很适合他们的才性。黄生评吴伟业《园居》，曾说："梅村诗真得中晚佳境，灵心秀句，自足千古。今人不量才力，辙（寅按疑作辄）思学步盛唐，其不趻踔而返者鲜矣。"③ 冯班训其子也曾说："汝学诗不必慕高，但得体格成就，理不背于《诗》《骚》，言之成文，便足名家。"④ 由此就不难理解，为什么二冯在诗学上未传钱谦益衣钵，以杜甫为宗，而是"沉酣六代，出入于义山、牧之、庭筠之间"⑤。从他们的立场看："义山自谓杜诗韩文，王荆公言学杜当自义山入。余初得荆公此论，

① 冯班：《钝吟杂录》卷四"读古浅说"，丛书集成初编本，第 54 页。
② 参看廖宏昌《二冯诗学的折中思维与审美理想典范》，《苏州大学学报》2005 年第 5 期。
③ 黄生：《植芝堂今体诗选》，转引自汪庆元《徽州研究要籍叙录》，《徽学》第 2 卷，第 381—382 页，安徽大学出版社 2003 年版。
④ 冯班：《钝吟杂录》卷七"诫子帖"，丛书集成初编本，第 93 页。
⑤ 钱谦益：《冯定远诗序》，《牧斋初学集》卷三二，中册，第 939 页。

心谓不然。后读山谷集，粗硬槎牙，殊不耐看，始知荆公此言，正以救江西派之病也。若从义山入，便都无此病。"① 不仅如此，冯班还体会到"李玉溪全法杜，文字血脉，却与齐梁人相接"②。这样，以李商隐为核心的晚唐就显然是一条连接六朝而通向杜甫的捷径了。他所以选用《才调集》来教后学，也无非是因为"从此而入，则蹈矩循规，择言择行，纵有纨绔气习，然不过失之乎文。若径从江西派入，则不免草野倨侮，失之乎野。往往生硬拙俗，诘屈槎牙，遗笑天下后世而不可救"③。冯武"凡例"的这段话，清楚地表明他们的选择是出于师法策略。康熙后期杜诏提倡晚唐诗，以温李为宗，大概是重复了这一思路吧？

　　然而，由于晚唐诗在批评史上一直与纤弱、琐细、绮靡、轻艳等感觉印象和评价联系在一起，选择晚唐就意味着将面临不可避免的道德非议。为此他需要提升晚唐诗的道德品位，同时为它找到艺术表现方面的适当借口。他知道，仅仅说"能作香奁体者定是情至人，正用之决为忠臣义士"④，在崇高壮大的盛唐诗和好谈性理的宋诗面前，是缺乏为其张大的理由的。于是他采取了迂回曲折的方式，通过重新阐释诗教来确立晚唐诗的价值依据。如前所述，重倡诗教以确立诗学的道德基础是清初诗学的核心论题之一，冯班的思路无疑也为这一理论思潮所笼罩而且很自然地利用它来建立自己的诗观。他在《家诫》里曾提到："顾仲恭先生不能作诗，尝自言不解其故。余告之曰：'温柔敦厚，先生似不足。'"⑤ 相比时人对诗教重要性的认识，他显然是有过之而无不及，甚至提高到诗歌或者说诗人本质的高度——缺乏温柔敦厚即缺乏诗人的基本素质。联系《浣风禅师诗序》"情切于中形乎言。诗者，情之所感，有美有刺，圣人因之以立教"的说法来看⑥，温柔敦厚无非就是合乎儒家道德的情感及其表达。这一点《马小山停云集序》中说得更清楚：

　　　　诗以道性情，今人之性情犹古人之性情也，今人之诗不妨为古人

---

① 《二冯批才调集》卷六李商隐诗冯班评，康熙四十三年汪瑶刊本。
② 冯班：《钝吟杂录》卷七"诫子帖"，丛书集成初编本，第93页。
③ 《二冯批才调集》凡例，康熙四十三年汪瑶刊本。
④ 李庆甲辑：《瀛奎律髓汇评》卷七，上海古籍出版社1986年版，上册，第279页。
⑤ 冯班：《钝吟杂录》卷一，丛书集成初编本，第7页。
⑥ 冯班：《钝吟文稿》，康熙十八年刊钝吟老人遗稿本。本文所引冯班文，均据此本，不一一注明。

之诗。不善学古者，不讲于古人之美刺，而求之声调气格之间，其似也不似也则未可知，假令一二似之，譬如偶人刍狗，徒有形象耳；黠者起而攻之以性情之说，学不通经，人品污下，其所言者皆里巷之语，温柔敦厚之教，至今其亡乎！

他首先肯定古今人性情是相通的，所以今人可以效法古人之诗。但不善学者就导致两种结果，一是徒模拟字句而流于空壳假面，一是空疏不学而流于鄙俚恶俗。前者不用说是七子格调派，后者则非竟陵派莫属，格调派失在不讲美刺，放弃了诗歌的道德内涵；竟陵派失在不讲学问，丢弃了诗歌的典雅传统。虽然诗教的沦亡直接与诗歌内容的鄙俚有关，但根子还在诗人精神品格的堕落。所以原则上说，尊崇诗教就意味着重新主张诗歌的道德品格，冯班讲美刺确实也有这种意思，但在特定的诗学语境中，其旨归却发生了微妙的变异。

冯班《陆敕先玄要斋稿序》云："西山真文忠公云，'诗不必颛言性命而后为义理'，则儒者之论诗可知也已。人生而有情，制礼以节之，而诗则导之使言，然后归之于礼。一弛一张，先王之教然也。"如果仅仅主张以礼节情，不过是冬烘学究的陈腐滥调，冯班要表达的核心思想不是这些。他在传统的美刺比兴的大旗下要伸张的不是诗歌干预现实的积极功能，而是全身远害的消极策略，为此他借诗史上的著名例证来打开诗教的另一个解释通道。针对时人讥讽陆贻典取法晚唐说的"诗人当有忠义之气拂拂出于十指之端，此直朝花耳"，他反驳道："噫，是安知诗哉！光焰万丈，李太白岂以酒色为讳耶？以屈原之文，露才扬己，显君之失，良史以为深讥。忠愤之词，诗人不可苟作也。以是为教，必有臣诬其君，子谪其父者，温柔敦厚其衰矣。"他一方面上溯儒家诗学主文谲谏的传统，将诗教引离正直忠愤的方向，一方面又借先贤全身远害的智慧，为委顺韬晦寻找借口。他举例说，"韩学士不为褚渊捋朱晃之虎须，其文有《香奁集》，视夫口言忠孝，婉娈贼手者，其何如哉？"这里将晚唐的艳情诗与士人对现实政治的逃遁联系在一起，暗示了艳情诗是一种安全的选择。明乎此就不难理解，为什么《家戒》在艳情诗问题上持那么宽容和消极的态度："风云月露之词，使人意思萧散，寄托高胜，君子为之，其亦贤于博弈也；以笔墨劝淫，诗之戒，然犹胜于风刺而轻薄不近理者——此有韵之谤书，唐人以前无此，不可不知也。"虽然清初的民族矛盾和政治环境还不算特别险恶，但冯班这番话里相信有着现实在内心的投影。要证实这一点是不难的，我们在顺治三年（1646）他45岁时所作《再生稿序》里看到这样一段话：

> 冯子之文，危苦悲哀，无所不尽，而不肯正言世事。每自言曰：诗人之词，欲得言者无罪，闻者足以戒。今善于刺时者，宜有文字之祸焉。少年或讥其无益教化，亦弗顾也。呜呼，使万世之下，有读冯子之文，论其世而知其心者，冯子死且不朽矣。

作者在此坦然地表达了自己对刺时可能招致的文字之祸的畏惧，希望后人能谅解他的苦衷。这是当时许多文士面对改朝换代后异常的政治局势所共有的心理。明初朱元璋对吴中士大夫的诛戮，冯班们应该不会陌生，异族主宰的新朝将会如何对待他们，对谁都是个未知数。由此回顾冯舒《家弟定远游仙诗序》对比兴的强调，其旨趣不就很清楚了吗？他说：

> 大抵诗言志，志者心所之也。心有在所，未可直陈，则托为虚无惝恍之词，以寄幽忧骚屑之意。昔人立意比兴，其凡若此。自古及今，未之或改。故诗无比兴，非诗也。①

本来，汉儒所言的比兴到唐代已逐渐为"兴寄"、"兴象"等概念取代，在宋代更几乎被视同讪谤而绝迹②，冯舒此刻将它重新祭起，确是很有意味的事。更有意味的是，比兴被重新请出之时也就是它被改写之日。冯舒所主张的比兴，重心显然不在内容而在其表现形式——心有在所，未可直陈，这也就是冯班的"不肯正言世事"。冯班不仅自己不直言刺时，同时对身边的虞山诗坛也不无忧虑。《叶祖仁江村诗序》写道："虞故多诗人，好为脂腻铅黛之辞，识者或非之。然规讽劝戒亦往往而在，最下者乃绮丽可诵。今一更为骂詈，式号式呼，以为有关系。纨绔子弟不知户外有何事，而矢口谈兴亡，如蜩螗聒耳，风雅之道尽矣。"这里一面为虞山诗人以前"好为脂腻铅黛之辞"辩护，说其中实有规讽劝诚，一面又批评他们

现在骂詈新朝和高谈兴亡的风气，其间当然有着现实阴影下的矛盾和忧虑①。但褒贬之间终究暗示了诗教内涵由偏重道德内容向偏重表现方式的转移，"风雅之道"也成了为隐讳表达和艳体诗辩护的堂皇借口，不再有传统的道德意涵，这都可以看做是他皈依晚唐诗风的侧面解释。邓之诚论冯班诗，以为"才富功深，不为讽刺，亦不为苍凉激楚之音。盖易代之际，且鉴其兄已苍之祸，务为韬晦苟全而已"，是值得倾听的见解②。

后人题冯班《钝吟集》，有"温柔敦厚标真品，不独风流溯六朝"之说③，标举诗教和推崇晚唐乃至六朝的轻艳诗风，大体上就是冯班诗论给人的主要印象。其实，二冯诗学还有一个很突出的特征未被人注意到，那就是专业性和学术性。明清之交诗学大兴，诗论家辈出，其中虽不乏造诣精深之士，但要论专门名家，必首推冯舒、冯班兄弟。这不只因为当世皆知其"称诗为冯氏一家学"④，还在于他们是最早将朴学精神引入诗学的先驱，开启并确立了清代诗学的专业特色。从顾炎武的诗论已可见，清代诗学与往代最大的不同，在于破除和标举某种艺术观念不是诉诸诋斥和主张，而是用鉴古训今的方法向历史寻求印证，或用学术的方式揭示其荒谬性。虞山诗学的研究者都注意到二冯对格调派和竟陵派的批判，但只摘引一二冯氏的议论，而没有注意到他们的具体手段。冯舒《诗纪匡谬序》云：

> 《诗纪匡谬》者，冯子发愤之所作也。曷为而发愤？愤诗之为《删》为《归》也。曷为而匡及于《纪》？曰正其始也。今天下之诵诗者何知？知《删》而已矣，《归》而已矣。为《删》为《归》者又何知？知《纪》而已矣。奴之子为重儓，木心邪则脉理不正，所必然也。于是为之原其源，溯其流，核其滥觞于何人，而后为《删》为《归》邪说不攻自破矣。邪说破而后兴观群怨、温柔敦厚之旨可以正

---

① 冯班《钝吟杂录》卷一"家诫"有云："太平时做错了事却有救，乱世一毫苟且不得，一失脚就送了性命。"联系冯舒因议赋役而死于非命的遭遇，不难体会其深心。

② 邓之诚：《五石斋文史杂记》二，《中国典籍与文化》2001年第3期。张健也有同样的看法，见《清代诗学研究》，第173页。

③ 金楹：《题钝吟集》，《啸月楼诗选》，金翀《吟红阁诗选》附，嘉庆十六年种竹轩刊本。

④ 李庆甲辑《瀛奎律髓汇评》所载康熙四十九年刊本过录陆氏评，下册，第1811页。按：此说或即本自钱谦益《冯已苍诗序》。

告之天下，岂好辩哉？①

《诗纪匡谬》的性质只能说是一个文献学研究课题，但冯舒却是为破除格调派和竟陵派的邪说而作的。因为他发觉冯惟讷此书是两家的根本，就像严羽《沧浪诗话》是高棅四唐说的根本一样，所以他也要像钱谦益那样用釜底抽薪的手段，从冯惟讷《古诗纪》开刀。《匡谬》对《诗纪》编排宗旨、校勘原则及具体作品存在的问题一一做了驳论。序作于崇祯六年（1633）十二月，而他在六朝诗研究方面的文献基础应该说早在万历年间校勘《玉台新咏》时已奠定，并且形成了从文献学入手治诗学的学术风格。

　　冯氏兄弟都毕生用功于诗歌文本的校勘，钱谦益描绘他们对此的痴迷情形说："其为学尤专于诗，其治诗尤长于搜讨遗佚，编削讹缪。一言之错互，一字之异同，必进而抉其遁隐，辨其根核。当其朽编断简，纷披狼藉，鲁鱼点定，青丹勾抹，梦梦然若未视也，怅怅然若有求而弗得也。已而疑滞通，胶午释，忽然而睡，焕然而兴，若逐寇者之得首虏也，若案盗者之获赃证也。盖本朝之论诗，所推专门肉谱，无如杨用修。已苍独能抉摘其踳驳，曰此伪撰也，曰此假托也，凿凿乎有所援据，而疏通证明其所以然。虽用修复起，不能自解免也。若近世之《诗归》，错解别字，一一举正。宾筵客座，辨论锋起，援古证今，矫尾厉角，自以为冯氏一家之学，论者无以难也。"② 为学专于诗，治诗从校勘辑佚开始，这正是清人治诗学的专门性和学术性所在，冯氏兄弟于此堪称先驱。他们批校过的诗集，我原先只知有冯舒校《江文通文集》十卷、冯班批《长江集》十卷③，后从陈望南博士论文中又见到《王右丞集》、《吕衡州集》、《王建集》、《中州集》④。究竟有多少种尚待详考，但唐宋以前的诗总集他们都下工夫做过校勘，则是可以肯定的。比如《御览诗》，冯舒有家抄本，冯班校跋，后归钱楚殷，何义门曾见过⑤。《才调集》，冯班曾先后于崇祯五年（1632）借钱谦益藏徐玄佐抄本，崇祯十一年（1638）借叶奕抄本，

---

　　① 　冯舒：《诗纪匡谬》卷首，知不足斋丛书本。

　　② 　钱谦益：《冯已苍诗序》，《牧斋初学集》卷四〇，中册，第1087页。

　　③ 　见近人张乃熊《菦圃善本书目》卷六上著录，广文书局1969年版书目三编影印本。

　　④ 　陈望南：《海虞二冯年谱合编》，《海虞二冯研究》附录，中山大学博士论文，2004年。文中提到的还有《文心雕龙》、《封氏闻见记》、《艺文类聚》、《汗简》、《经典释文》。

　　⑤ 　傅增湘：《藏园群书题记》卷一九，第938页。

同年十一月得赵清常录本,复就朱文进校其所携宋本,一再加以校补。而《乐府诗集》,冯班是用元刊本校钱谦益藏宋本。后钱谦益的宋本毁于绛云之火,同县陆贻典、孙子岷都借他的校本来校汲古阁刊本。汲古阁刊本出钱藏宋本,与冯校本多不合,据陆贻典比勘,"大要冯氏所校即未能详,而确有所据";"毛校颇详,而未免引据他书加以臆改"①。可见冯班的工作是比较严谨的,他的诗学正是建立在这细致的文本研究之上。

由文本的校勘、考订入手,由本文研究推广到诗史研究,由诗史研究形成自己的诗歌观念,这乃是清代诗学的一般模式,而冯氏兄弟无疑是著名诗论家中最早的实践者。以诗教为本,以晚唐为宗,以学术方式为途径,这些特征构成了二冯诗学的基本倾向,他们的诗学纯然是在这一框架中形成的。具体地说,就是通过选本批评来阐述自己对六朝、唐宋诗的认识,通过乐府诗研究来表达对整个诗歌史的看法。冯氏后人曾说:"家默庵、钝吟两公,承嗣宗公之家学,读书稽古,贯穿百家,尤神明于诗法,所批阅群书,不下数十种。但两公意主撑持诗教,嘉惠后学,故枕中秘本,不敢自私,每以公诸同好。"② 而钱良择则说"吾虞从事斯道者,奉定远为金科玉律"③,二冯批校的文献,他们的研究成果,对虞山乃至整个清代诗学的批点、校勘风气和诗学研究的专门化倾向都产生了深远的影响。迄今为止的研究虽也略微触及这一课题,但还需要作进一步的探讨。

二　二冯的诗歌批评

乾隆中叶的诗论家杨际昌说:"常熟多诗人,大抵师法中晚。冯定远班表章《才调集》,寝食以之。"④ 这里讲常熟诗人师法中晚唐与冯班表章《才调集》的关系,不是很清楚,正确的说法应该是二冯对《才调集》的表章引发了常熟诗人师法中晚唐诗的风气,而二冯批点《才调集》又缘于他们对晚唐诗的兴趣。

五代时后蜀韦縠编的《才调集》十卷,向来不为人所重,直到明末江

---

① 台湾中央图书馆藏元至正元年刊明初修补本过录陆贻典跋,《标点善本题跋集录》下册,中央图书馆1992年版,第672页。

② 研丰斋刊本《玉台新咏》冯鳌跋,作于康熙五十三年(1714)七夕。

③ 王应奎:《柳南续笔》卷三"钱木庵论冯定远诗"条,第184页。

④ 杨际昌:《国朝诗话》卷二,郭绍虞辑《清诗话续编》第3册,第1702页。

阴诗论家许学夷还觉得一无可取。这不只是因为作品遴选不当和收录讹误①，还在于它出自特定的诗史语境，带有太多的时代印迹。据晚唐黄滔《答陈隐论诗书》说："咸通、乾符之际，斯道陵明，郑卫之声鼎沸，号之曰今体才调歌诗。援雅音而听者懵，语正道而对者睡。噫，王道兴衰，幸蜀移洛，兆于斯矣。"②《才调集》正是在这样的诗史背景下产生的一部诗选，用传统的眼光来看，交织着衰世之音和郑卫之声，简直就是亡国末世的先兆③。但时过境迁，二冯为矫宋诗风之弊，却发现了它"以秾丽宏敞为宗，救粗疏浅弱之习"的趣向④，适可为师法取径的楷模，于是取以教后学。冯武撰《二冯批才调集·凡例》历数唐宋诸选的得失，以为《河岳英灵集》《国秀集》《箧中集》《中兴间气集》《极玄集》《搜玉小集》"皆各自成书，不可以立教"，《文苑英华》"博而不精"，《唐文粹》"高古不恒"，《岁时杂咏》"惟以多为贵"，《众妙集》"但选名句而不论才"，赵孟奎《分类唐诗》"苦无全书"，《唐人万首绝句》"止取一体"，《乐府诗集》"但取歌行乐府，而今体不具"，《唐百家诗选》"所遗良多"，《瀛奎律髓》"如初唐四杰、元和三舍人、大历十才子、四灵、九僧之类，皆有全书，惜所尚是江西派，议论偏僻，未合中道"，《御览诗》"专取醇正，不涉才气"，《又玄集》则书久亡矣，今所刻者伪本也。比较下来，"惟韦縠《才调集》，才情横溢，声调宣畅，不入于风雅颂者不收，不合于赋比兴者不取，犹近《选》体气韵，不失《三百》遗意，为易知易从也"。冯武是冯班诗学的传人，他的评价相信基本上反映了冯班的见解。

二冯诗学虽说由《才调集》入手，得力于此书甚多，实际批评却没什么特点。冯舒多斤斤于起承转合，冯班偶尔能留意诗体和主题，具体评价虽或相左⑤，但批点偏重于指示诗的关目则如出一辙，总体判断也不免浮泛。比如卷二顾况《悲歌六首》其一，冯班批："全似鲍参军。"李宗瀚即驳道："颇有神骨，然不似鲍，鲍奇矫有气，此绵密多情。"又如卷六李商隐诗冯班批："昆体诸人甚有壮伟可敬处，沈、宋不过也。"李宗瀚认为："以壮伟论温、李未是，以壮伟论沈、宋亦未是，此皆皮相之言。大

---

① 对其遴选不当的指摘见许学夷《诗源辨体》卷三六，对收录作品讹误的列举见《四库全书总目提要》卷一八六集部总集类一《才调集》。

② 黄滔：《莆阳黄御史集》下秩，丛书集成初编影印天壤阁丛书本。

③ 冯武：《二冯批才调集》凡例，康熙四十三年汪瑶刊本。

④ 《四库提要》卷一八六集部总集类一《才调集》提要。

⑤ 如卷二温庭筠《醉歌》，冯舒批"此仿樊川"，冯班却批"全效太白"。

抵二冯只于字句用功夫,不求作者源本。"① 只于字句用功夫,深中二冯
的病根。盖清初诸家批点,或着眼于神情风趣,如王渔洋;或着眼于声音
韵调,如李因笃,都属于鉴赏家言,而二冯批主于指点后学,是教授家
言。教授家言意在度人金针,故虽无风趣可言,却有深入浅出之致。纪晓
岚因此也部分地肯定冯氏的业绩,说:"二冯《才调集》海内风行,虽自
偏锋,要亦精诣,其苦心不可没也。第主张太过,欲举一切而废之,是其
病耳。"② 纪晓岚评骘前代诗学多中肯,但此言却似未得要领。以"欲举
一切而废之"为二冯病,出自他人犹可,出自纪晓岚则不合适。因为他这
段话是针对冯班手批晚唐八家诗而发,其书归他庋藏,他曾断定:"此八
家诗是小冯手迹,与《才调集》看法正合,著语不多,当是几研间随笔所
就者。"而且他还见过二冯批《瀛奎律髓》,应该知道冯班诗学之取径绝
不限于《才调》一集,更不能说是"欲举一切而废之"。前辈王应奎即已
指出:"吾邑冯钝吟之学,以熟精《文选》理为主,文必如扬雄、邹衍、
李斯、司马相如,以至徐、庾、王、杨、卢、骆辈,而后为正体也;诗必
自苏、李、曹、刘以至李、杜。而得李、杜之真者,李义山也,其相传则
以韩昌黎为大宗之支子,禅家之散圣,至于欧阳永叔,则直以空疏不读书
诮之矣。"③ 确实,冯班除涉猎晚唐其他诗人外,还由晚唐与六朝的关系上
溯《玉台新咏》,由李商隐与西昆体的关系下讨《西昆酬唱集》,最后又因
李商隐、西昆殊流同源,都可以追溯到杜甫,而精研奉老杜为祖的《瀛奎律
髓》。由此可见,冯班诗学的路径虽有一定之规,却也不局于方隅之内。

　　现有资料表明,二冯早在万历年间就留意《玉台新咏》,此书很可能
就是二冯诗学研究的发轫。冯班第一次见到孙氏所藏五云溪馆活字本是在
万历四十五年(1617)④,此后一直致力于搜罗各种版本进行校勘。最初
据冯舒说:"此书今世所行,共有四本。一为五云溪馆活字本,一为华允
刚兰雪堂活字本,一为华亭杨元钥本,一为归安茅氏重刻本。活字本不知
的出何时,后有嘉定乙亥永嘉陈玉父序,小为朴雅,讹谬层出矣。华氏本
刻于正德甲戌,大率是杨本之祖。杨本出万历中,则又以华本意僝者。茅

----

① 张寿镛旧藏李宗瀚批《二冯批才调集》,中国社会科学院文学研究所藏。

② 纪昀:《书八唐人集后》,《纪晓岚文集》卷一一,河北教育出版社1995年版,第1册,
第251页。

③ 王应奎:《柳南续笔》卷二,第163—164页。

④ 见崇祯二年冯班钞本《玉台新咏》跋,载刘跃进《玉台新咏研究》,中华书局2000年
版,第7页。

本一本华亭，误逾三写。尝忆小年侍先府君，每疑此集缘本东朝，事先天监，何缘子山窜入北之篇，孝穆滥擘戋之曲，意欲谛正，时无善本，良用怃然。己巳早春，闻有宋刻在寒山赵灵均所，乃于是冬挈我执友，偕我令弟，造于其庐，既得奉观，欣同传璧。于时也，素雪覆阶，寒凌触研，合六人之功，钞之四日夜而毕。饥无暇咽，或资酒暖；寒忘堕指，唯忧烛灭。不知者以为狂人，知者亦诧为好事矣。"① 己巳是崇祯二年（1629），三年后冯班因当时仓促抄写有误，重借原本与何云同校一过。此本今藏国家图书馆，崇祯十七年钱孙艾跋称"定远此本甚善，较之茅、袁两刻之谬，可谓顿还旧观矣"②。但冯班还不满足，顺治六年（1649）己丑再借宋刊本校一过，跋曰："己丑岁借得宋刻本校过一次，宋刻讹谬甚多，赵氏所改，得失相半。姑两存之，不敢妄断。至于行款，则宋刻参差不一，赵氏已整齐一番矣。宋刻是麻沙本，故不佳。旧赵灵均物，今归钱遵王。小年兄弟多学玉溪生作俪语，偶读是集，因摘其艳语可用者，以虚点志之。"③ 一部诗选，两兄弟历二十年校勘不辍，足见用心之恒、用功之勤。这种细致的本文研究，不只是纯粹的文献校勘工作，其结果最终落实到诗艺的研讨。因兄弟俩早年诗文多学李商隐，此刻见猎心喜，遂摘书中艳语可用者，以虚点指示学者。二冯批校本流传于世，成为后学参校的重要参考，康熙五十三年（1714）冯鳌据钱曾藏冯舒校本和汲古阁藏冯班校本刊行虞山二冯先生校阅本，"四方争购"，进一步确立了二冯对《玉台新咏》校勘的贡献。直到乾隆三十九年（1774）吴兆宜笺注本刊行，二冯校阅本的影响才为其所掩。

冯氏兄弟早年既由李商隐入手，当然不会不关注《西昆酬唱集》。但此书宋代以来传世稀少，据说"自胜国名人以逮牧斋老叟，皆以不得见为叹息"④。钱曾尝说：

忆丁亥、戊子岁，予始弱冠，交于己苍、定远两冯君，时时过予商榷风雅，互以搜讨异书为能事。一日己苍先生来，池上安石榴正盛

① 冯舒：《玉台新咏跋》，吴兆宜注《玉台新咏》，成都古籍书店影印本，第4—5页。
② 转引自刘跃进《玉台新咏研究》，第22页。该书对《玉台新咏》版本及在清代的流传情况有详尽考述，可参看。
③ 冯班：《玉台新咏跋》，吴兆宜注《玉台新咏》，第5页。
④ 冯武：《重刻西昆酬唱集序》，王仲荦《西昆酬唱集注》，第343页。

开，烂然照眼。君箕踞坐几上，矫尾厉角，极论诗派源流：格之何以
为格，律之何以为律，西江何以反乎西昆。反复数千言，开予茅塞实
多。但不得睹《西昆集》，共相愧惜耳。未几君为酷吏磔死。①

这里回忆的是顺治四、五年间的事，一年后冯舒就遇害。冯班后得见此
书，曾有拟作，乡朋辈赓和成帙，陈邺仙刊板行世，冯班有《同人拟西昆
体诗序》。至于《西昆酬唱集》的重刻，则系毛扆在苏州访得抄本②，狂
喜而告徐乾学，徐乾学遂以授梓，经再三翻刻，其书始大行于世。

西昆体是李商隐的苗裔，而李商隐自宋代以来就被视为杜甫的嫡传，
钱谦益毕生得力于两家最多③，正是师门的这一因缘，使得奉杜甫为宗的
《瀛奎律髓》成了冯氏兄弟潜心研究的对象。他们涉猎《瀛奎律髓》甚至
比《才调集》更早，冯班批《才调集》时，已有意识地以《瀛奎律髓》
为参照系了：

> 《律髓》之诗，大历以后之法也，大略有是题则有是诗，起伏照
> 映，不差毫发。清紧葱倩，峭而有骨者，大历也；加以骀荡，姿媚于
> 骨，体势微阔者，元和、长庆也；俪字栉句，如锦江濯彩，庆云丽霄
> 者，开成以后也；清惨入骨，哀思动魄，令人不乐者，广明、龙纪
> 也。代各不同，文章体法则一，大历以前则如元气之化生，赋物成形
> 而已。④

在这篇跋语中他还提到："曾读《律髓》，以此法读之，今纯以此法读此
诗，信笔书此。"这里说的"此法"即所谓"有是题则有是诗"，是他对
大历以后诗切题、扣题意识的抉发。由这个角度考察大历以后的诗歌，
《瀛奎律髓》和《才调集》就呈现出深刻的内在关联。正因为如此，斥江
西而宗晚唐的二冯，最终能从江西派殿军方回编的《瀛奎律髓》尽通诗

---

① 钱曾：《西昆酬唱集跋》，《读书敏求记》，书目文献出版社1984年版，第144页。
② 冯武《重刻西昆酬唱集序》："昔年西河毛季子从吴门拾得，钞自旧本，狂喜而告于徐司
寇健庵先生。"据朱彝尊同书序："虞山毛子，汲古后昆，雅善蒐罗，偏能弋获。"则于吴中得旧
抄本者，毛扆斧季也。《四库提要》集部总集类《西昆酬唱集》谓"毛奇龄初得旧本于江宁，徐
乾学为之刊板"，疑误。
③ 裴世俊《钱谦益诗歌研究》第六章第一、二节对此有详细论述，可参看。
④ 《二冯批才调集》卷末，康熙四十三年汪瑶刊本。

法。冯舒曾两度评此书，顺治六年（1649）四月再读，跋语坦承："生平所得诗法尽在此矣。"① 冯班也熟读《瀛奎律髓》，陆贻典说他评驳此书就有三四个本子②。冯舒卒后两年，冯班跋道："家兄读此书毕，谓余曰'吾是非与弟正同耳'。余意未信，今窦伯俟以此见示，取余所评较之，真符节之合矣。"③ 这表明两兄弟晚年不仅都用功于《瀛奎律髓》，而且诗学见解也渐趋一致。曾仔细读过冯班著述的何焯，想必也解悟了其中的道理，告诫后学读《才调集》，须"以《律髓》法读此集，乃为得门而入"④。不过，正像后来诗家所说，"《才调集》乃西昆门户，《瀛奎律髓》则西江皮毛"⑤，两书的宗旨毕竟是不同的。冯班以《才调集》示人学诗门径，说"从此而入，则蹈矩循规，择言择行，纵有纨绔气习，然不过失之乎文；若径从江西派入，则不免草野倨侮，失之乎野，往往生硬拙俗，诘屈槎牙，遗笑天下后世而不可救"⑥。冯武也说过："两先生俱右西昆而辟江西，诚恐后来学者不能文而但求异，则易入魔道，卒至于牛鬼蛇神而莫可底止也。"⑦ 如此排斥江西派的二冯，怎么能由《瀛奎律髓》通明诗法呢？这就在于他们批此书，不像批《才调集》只对诗本身发言，他们在批评唐、宋两朝诗歌的同时还要面对方回的评语，正是在对方回评语的参照、驳难中，他们对诗的见解和立场愈益确立起来。

虽然仍未摆脱专注于字句的习气，但二冯批《瀛奎律髓》明显增强了整体感和理论色彩。梅尧臣《宣州二首》方回评："梅诗似唐而不装不绘，自然风韵。"冯舒很不以为然，说"面目去唐殊远"⑧。梅尧臣此诗是否唐风，可以另说，但诗之好坏正不当以此论。于是冯班说："家兄云面目去唐殊远。不知所以贵唐贱宋者，非专以其面目也。且如唐诗面目也亦异于前人矣，何不云面目去曹、刘远甚，去《诗》《骚》远甚乎？不得不

① 李庆甲辑：《瀛奎律髓汇评》下册，第1810页。录自过录有冯舒、冯班、查慎行评语之康熙四十九年刊本《瀛奎律髓》。寅按：又见于吴骞《拜经楼藏书题跋记》卷五及严宝善《贩书经眼录》卷八。
② 李庆甲辑：《瀛奎律髓汇评》下册所载康熙四十九年刊本过录陆氏评，第1811页。
③ 同上书，第1810页。
④ 何焯评校汲古阁本《才调集》何焯康熙四十四年跋，叶启勋《拾经楼紬书》卷下，广文书局1967年影印本。
⑤ 李重华：《贞一斋诗说》，丁福保辑《清诗话》下册，上海古籍出版社1978年版，第937页。
⑥ 冯武：《二冯批才调集·凡例》引，康熙四十三年汪瑶刊本。
⑦ 同上。
⑧ 李庆甲辑：《瀛奎律髓汇评》卷四，上册，第169页。

变者，面目也。宋而妙，何必唐乎？此梅诗'沙水'一联，宣州绝唱，不减'千里莼羹'语，岂可以其不似唐而讥之也？"① 这段驳议很精当，见地显然比乃兄更为通达。但遗憾的是这种态度并没有贯穿于全书，他的批评更多地流露出尊唐抑宋的门户之见，凡唐诗多赞美回护②，凡宋诗则批抹诋斥，往往过甚其辞。比如杨万里的名诗《过扬子江》："只有清霜冻太空，更无半点荻花风。天开云雾东南碧，日射波涛上下红。千古英雄鸿去外，六朝形胜雪晴中。携瓶自汲江心水，要试煎茶第一功。"冯班批："宋气厌人。石湖、诚斋诗只是气味不好。首联，村夫子；末句，恶气味。"③ 他没有指出具体的毛病何在，只是厌恶其气味，即所谓"宋气"（类似的词还有"宋句"、"宋对"、"宋结"等，曾再三鄙夷地提到），这就纯属趣味问题了。纪晓岚说："大抵二冯纯尚西昆，一见宋诗，先含怒意，亦是结习。"的确，除了西昆体外，宋诗很少能博得他们的称赞，即使大体肯定也要挑一些细节毛病，而且他们的肯定往往出自唐诗的立场，如冯舒评陈师道《登快哉亭》："如此诗亦不辨其为宋。"④ 冯班评梅尧臣《燕》："如此宋诗亦难辨。"⑤ 这等于是说宋人的好诗简直就看不出是宋诗。

　　二冯批语的尖锐矛头更多地是指向方回，他们对宋诗的许多评价都与方回持相反意见。最典型的莫过于刘攽《金陵怀古次韵》四首，方回评："四诗皆工丽悲壮。善用事，一也；善用韵，二也；全篇无牵强，不似和诗，其美三也。"冯班却针锋相对地说："不善用事，一也；不善用韵，二也；全篇牵强，三也。此评俱反。"⑥ 概括地看，二冯不满于方回的，首先是以今人之法衡古人。方回评杜甫《登岳阳楼》："中两联，前言景，后言情，乃诗之一体也。"冯班斥之为"小儿家见解"，说"全是执己见以强缚古人，以古人无碍之才、圆通因变之学，曲合于拘方板腐之辈，吾见其愈议论而愈多其戾耳"⑦。此外二冯又恶方回好说理趣、专重议论、

<hr />

① 李庆甲辑：《瀛奎律髓汇评》卷四，上册，第169页。

② 如方回评陈师道《和寇十一晚登白门》谓许浑《登凌歊台》"湘潭云净暮山出，巴蜀雪消春水来"一联"不过砌叠形模，而晚唐家以为句法"，冯舒批："湘潭句何得斥为砌叠形模？"冯班批："许浑诗自是名句。若以为讥，则南朝何仲言、谢玄晖可废矣。方君多拘忌，立论太苛。"李庆甲辑《瀛奎律髓汇评》卷一，上册，第40页。

③ 李庆甲辑：《瀛奎律髓汇评》卷一，上册，第44页。

④ 同上书，上册，第17页。

⑤ 李庆甲辑：《瀛奎律髓汇评》卷二七，中册，第1162页。

⑥ 李庆甲辑：《瀛奎律髓汇评》卷三，上册，第142页。

⑦ 李庆甲辑：《瀛奎律髓汇评》卷一，上册，第6页。

立拗字诗及过于鄙薄许浑等晚唐诗家等。这还都是细节的方面，最主要的是他们对宋诗主流的取舍全然不同。方回宗江西派，以杜甫、黄庭坚、陈师道、陈与义一祖三宗为宋诗主流①，而冯班则主张"欧、梅一也，次则坡公兄弟，次则半山，次则范、陆，不得已则四灵"②，这显然更接近钱谦益对宋诗的好尚。于焉以分，二冯对宋诗的评价就形成完全不同于方回的系统。针对方回"诗忌太工"的说法，冯班说"工而有味，西昆也；工而无味，江西也"③，首先在西昆与江西之间示其轩轾。杨亿《南朝四首》方回评："诗并见《西昆酬唱集》，组织华丽，盖一变晚唐诗体、香山诗体，而效李义山，自杨文公、刘子仪始。欧、梅既作，寻又一变，然欧公亦不非之，而服其工。"此言基本可算是客观的叙述，但冯舒却还要加一笔："西昆毕竟胜江西。"④ 他们对江西一派可谓深恶痛绝，不惜付之以最难听的诅咒。据王应奎说：

> 方虚谷《律髓》一书，颇推江西一派，冯已苍极驳之，于黄、陈之作，涂抹几尽。其说谓："江西之体，大略如农夫之指掌、驴夫之脚跟，本臭硬可憎也，而曰强健；老僧嫠女之床席，奇臭恼人，而曰孤高；守节老妪之絮新妇，塾师之训弟子，语言面目，无不可厌，而曰我正经也。山谷再起，我必远避，否则别寻生活，永不作有韵语耳！"⑤

相比之下，对南宋"四灵"辈，虽也有所不满，但就因其同宗晚唐并且不涉江西藩篱，他们便宽容得多。冯舒曾说："四灵气味似诗，然用思太苦，而首尾多馁弱。当江西盛行之日，能特立如此，亦可取也。"⑥ 冯班则说："四灵诗薄弱，其锻炼处露斧凿痕，所取者气味清淳，不害诗品耳。"又

---

① 方回一祖三宗之说见卷二六陈与义《清明》诗评，李庆甲辑《瀛奎律髓汇评》中册，第1149页。

② 李庆甲辑：《瀛奎律髓汇评》卷一六，中册，第591页

③ 李庆甲辑：《瀛奎律髓汇评》卷一，上册，第11页。

④ 李庆甲辑：《瀛奎律髓汇评》卷三，上册，第124页。

⑤ 王应奎：《柳南随笔》卷三，第58页。按："江西之体"云云，见冯舒评僧希昼《书惠崇师房》，李庆甲辑《瀛奎律髓汇评》卷四七，下册，第1714页。

⑥ 李庆甲辑：《瀛奎律髓汇评》卷二〇翁卷《道上人房老梅》评，中册，第771页。又见于卷二三翁卷《幽居》评，作冯班语。

说："凡清诗有山人气、僧家气，皆是俗。四灵虽苦寒，却无此病。"① 当然，在"西昆"和"四灵"之间，他们还是倾向于西昆。针对方回评钱惟演《始皇》"此昆体诗一变，亦足以革当时风花雪月小巧呻吟之病，非才高学博，未易到此。久而雕篆太甚，则又有能言之士，变为别体，以平淡胜深刻，时势相因，亦不可一律立论也"，冯班很稀罕地予以肯定："正论也。今之人欲以四灵易西昆者，真眯目也。"② 由此可以看到二冯诗学根深蒂固的立场及价值观。

无论是承传钱谦益的家法，还是自立于晚唐诗的立场，冯氏兄弟接受自西昆、欧、梅到范、陆乃至"四灵"一路的软宋诗，而坚拒江西派的硬宋诗，都是很自然的事。秉持这种决绝态度，固然无由欣赏江西诗之所长，却也未尝不能洞察其所短。冯班分析江西派的病根，指出："杜子美上承汉魏六朝，下开唐宋诸大家，固所云集大成者也。元、白、温、李自能上推杜之所学，故学杜而得其神似。即宋之苏公亦然，陆放翁、范石湖又其亚也。若陈简斋、曾茶山，岂无神似之作？但专学杜诗，不欲推原见本，上下前后有所不究，粗硬之病未免，曲折之致全无，生吞活剥，见诮来者。"③ 又说："后山不读齐梁诗，只学子美，所以不得法。子美体兼古人，黄、陈不知也。"④ 此言深中江西诗家不涉猎唐以前诗，取径窄、少博综功夫的短处。冯舒进而指出："江西不学沈、宋，直从杜入，细腻处太少，所以不入杜诗堂奥也。"⑤ 在他们看来，江西诗派的粗硬之风归根结底是缺少杜甫那由六朝、初唐诗所涵养的细腻功夫，而这正是冯氏兄弟的安身立命之处。讲究起承转合，关注诗的意脉，二冯的批语处处显示出细腻功夫，言下更时时流露对细腻功夫的尊崇和讲究。玩味二冯的评语，验证他们对江西诗的诟病，可见江西诗的粗糙之处绝对逃不过他们犀利的目光。比如陈师道《登鹊山》前四句云："小试登山脚，今年不用扶。微微交济漯，历历数青徐。"冯舒批："第三句接不得。"冯班批："家兄看诗，遇不接处多画断，予每谓不然，至此诗不得不画矣。"⑥ 又如陈与义

---

① 李庆甲辑：《瀛奎律髓汇评》卷二〇翁卷《道上人房老梅》评，中册，第771页。又见王应奎《柳南随笔》卷三，第56页。

② 李庆甲辑：《瀛奎律髓汇评》卷三，上册，第134页。

③ 李庆甲辑：《瀛奎律髓汇评》卷一，上册，第6页。

④ 李庆甲辑：《瀛奎律髓汇评》卷一七，中册，第667页。

⑤ 李庆甲辑：《瀛奎律髓汇评》卷十，上册，第357页。

⑥ 李庆甲辑：《瀛奎律髓汇评》卷一，上册，第16页。

《登岳阳楼》首联："洞庭之东江水西，簾旌不动夕阳迟。"冯舒批："第二句不接。"冯班批亦说："起句好。第二句琐碎，气势不接。"① 覆按原诗，他们的批评果然是入木三分的。

　　二冯对江西诗派的激烈批判，相信在一定程度上遏制了程嘉燧、钱谦益鼓煽宋诗风的势头，起码也会阻碍时人对宋诗的热衷迅速波及江西诗家。王士禛在康熙二年（1663）作《戏仿元遗山论诗绝句三十二首》，忍不住要为黄庭坚翻案，说"涪翁掉臂自清新，未许传衣蹑后尘"②，可以成为上述推断的一个间接的佐证。这当然不是二冯诗学的诗歌史意义所在，他们的诗歌批点主要是对晚唐诗风的复兴起了推波助澜的作用。从这个意义上说，他们的工作也是与当时为诗歌传统扩容的思潮相一致的，同样是清初诗歌主潮中的一股涌流。时过境迁，当那个特殊的诗史语境消失，二冯的批点便成了纯粹知识的对象呈现在学者面前，这时其强烈的主观倾向和专注于细节的琐屑性也就袒露无遗。纪昀《瀛奎律髓刊误序》云："海虞冯氏尝有批本，曾于门人姚考功左垣家借阅。顾虚谷左祖江西，二冯又左祖晚唐，冰炭相激，负气诟争，遂并其精确之论，无不深文以诋之，矫枉过正，亦未免转惑后人。"③ 近代王礼培《小招隐馆谈艺录》卷二"论宋代诗派"，举冯班"江西诗可以枵腹为之，不可比于西昆"之说，批评他"未能澄观，殊欠领会"，又说他"评点唐人《才调集》，其所心赏，十九死句；评点《瀛奎律髓》，虚憍叫嚣，不遗余力，及身而焰熸矣"④。站在局外人的立场大概都会这么看的。

三　冯班的乐府之学

　　除了诸集批点之外，二冯的诗论还见于文集、杂著。尤其是冯武根据冯班多种遗稿编成的杂著《钝吟杂录》，保存了丰富的诗学见解，特别值得注意的是卷三"正俗"中的乐府论。有关乐府的研究向来很少，冯班文集中却有《古今乐府论》、《论乐府与钱颐仲》、《论歌行与叶祖德》三篇专题论文，十分引人注目。嘉庆间雪北山樵将这三篇文章和"正俗"论乐府的部分编为一卷，冠以《钝吟杂录》之名，编入《花薰阁诗述》，也是注意到他

① 李庆甲辑：《瀛奎律髓汇评》卷一，上册，第 41 页。
② 李毓芙等整理：《渔洋精华录集释》卷二，上海古籍出版社 1999 年版，上册，第 336 页。
③ 嘉庆五年刊本卷首，又见纪晓岚《纪文达公遗集》卷九。
④ 王礼培：《小招隐馆谈艺录》，民国 26 年湖南船山学社排印本。

对乐府的专门研究:"乐府至有明而丛杂,出奴入主,三百年来迄无定论。《钝吟杂论》中乐府诸论,折衷群言,归于一是,果有别裁伪体者,将不河汉斯言也。"① 然而今人论清代诗学很少顾及这方面②,唯有胡幼峰注意到"冯班论诗的成就,最获致肯定、也最具贡献的,便是诗体论"③,而专门作了梳理。但他也只是将冯班对乐府的见解略加归纳,未能对其诗学价值和学术史意义作进一步的阐说,而这却是评价冯氏学说的重要依据。

清初诗学讨论的问题,都是从对明人拨乱反正的开始。明人专事模拟的结果,使诗歌创作的理念变得非常单一,无非拟古。举凡文体的风格特征、修辞要求,都在强烈的拟古意识中被淡化,变得可有可无,于是才出现李攀龙"唐无古诗,而自有其古诗"这从字面上看上去很奇怪的说法。"古诗"既指先唐作品,又指古风,两个概念不加区别地混用,搅乱了"古诗"的文体学内涵,从而引起不必要的理论混乱。清初文论中的辨体之学正是在这种背景下应运而生的,冯班的乐府之学也可以说是诗文辨体风气的产物。另外,在泛读清代诗学文献的过程中,我注意到清初是对诗歌声律学的关注空前高涨的时期,许多诗论家都热衷于探讨古代诗歌的声调韵律问题④。从现有资料看,冯班也是其中一个开风气的人物。他对诗歌史的研究常从体制入手,尤其留意声律方面的问题。比如《钝吟杂录》卷三"正俗"论"齐梁体"和古诗的区别,虽微细,却不能不说是一个有意义的发明:"齐梁声病之体,自昔以来,不闻谓之古诗。诸书言齐梁体,不止一处。唐自沈、宋已前,有齐梁诗,无古诗也。气格亦有差古者,然其文皆有声病。"⑤ 这种诗史眼光同样让他对与声律关系最密切而学者见解分歧的乐府诗,投入了更多的关注。甚至可以说,他的诗歌史研究很大程度上就是依托于乐府诗来展开的。

冯班对古今乐府诗显然做过系统而深入的研究。近两千字的《古今乐府论》或许是乐府研究史上第一篇系统而内容丰富的专题论文,对乐府的名义、创作源流、类型、体制以及历代名家得失、文献著录、音乐失传的

① 雪北山樵辑:《花薰阁诗述》本卷首,嘉庆间刊本。丁福保《清诗话》即据以排印。
② 笔者只见到黄保真等著《中国文学理论史》谈到冯班关于乐府的看法,见其第4册,第91—92页。
③ 胡幼峰:《清初虞山派诗论》,第275页。
④ 详见蒋寅《王渔洋与康熙诗坛》第五章"王渔洋与清代古诗声调论",中国社会科学出版社2001年版,第104—105页。
⑤ 冯班:《钝吟杂录》卷三"正俗",丛书集成初编本,第40页。

过程作了全面的论述。《论乐府与钱颐仲》、《论歌行与叶祖德》两通书札也是清代少见的乐府研究专论。这三篇文字与《钝吟杂录·正俗》内容相出入①，稍加梳理，可知冯班对乐府的见解主要有以下几点：

（1）上古诗皆入乐，与乐府无别，本无定体。

《正俗》："伶工所奏，乐也；诗人所造，诗也。诗乃乐之词耳，本无定体。（中略）祗如西汉人为五言者二家，班婕妤《怨诗》亦乐府也，吾亦不知李陵之词可歌与否。如《文选》注引古诗，多云枚乘乐府诗，知《十九首》亦是乐府也。"②

（2）魏、晋之间，古乐失传，文士所为乐府遂不合乐。

《论乐府与钱颐仲》："迨魏有三调歌诗，多取汉代歌谣，协之钟律，其辞多经乐工增损，故有本辞与所奏不同，《宋书·乐志》所载是也。陈王、陆机所制，时称'乖调'。刘彦和以为'无诏伶人，故事谢丝管'。则疑当时乐府，有不能歌者，然不能明也。……大略歌诗分界，疑在汉、魏之间。"

（3）乐府古词被乐工剪裁、增损以合乐，在流传过程中早失原貌。

《古今乐府论》："夫乐府本词多平典，晋、魏、宋、齐乐府取奏，多聱牙不可通。盖乐人采诗合乐，不合宫商者，增损其文，或有声无文，声词混填，至有不可通者，皆乐工所为，非本诗如此也。"

（4）唐人新乐府与古乐府精神相通，但不可歌。

《古今乐府论》："杜子美作新题乐府，此是乐府之变。盖汉人歌谣，后乐工采以入乐府，其词多歌当时事，如《上留田》、《霍家奴》、《罗敷行》之类是也。子美自咏唐时事，以俟采诗者，异于古人，而深得古人之理。元、白以后，此体纷纷而作。"

《论乐府与钱颐仲》："乐府中又有灼然不可歌者，如后人赋《横吹》诸题，及用古题而自出新意，或直赋题事，及杜甫、元、白新乐府是也。"

（5）古今乐府诗的写作方式及与音乐的关系可概括为七种类型。

《古今乐府论》："总而言之，制诗以协于乐，一也；采诗入乐，二也；古有此曲，倚其声为诗，三也；自制新曲，四也；拟古，五也；咏古题，六也；并杜陵之新题乐府，七也。古乐府无出此七者矣。"

---

① "正俗"中近似书札的文字有可能是书札的辑存。《杂录》卷七"诫子帖"中论蔡襄、黄庭坚、米芾三家书一则下注《与叶祖德》，亦为一证。

② 冯班：《钝吟杂录》卷三"正俗"，丛书集成初编本，第37—38页。

这的确是对乐府诗史空前深入的考察。冯班先从诗歌史的源头说明诗和乐的关系，诗作为歌词入乐主要取决于乐工的改编，也就是说诗合乐与否与创作无关，而全在于乐工的配曲。到魏晋间汉乐失传后，文士写作乐府题，大抵出于两种动机——赋题与拟词，这种情形直到杜甫才发生变化。应该说，他的论断是非常精辟的。当代学者的看法，古乐府之声至唐已失传，就是六朝新兴的清商曲调到唐也都名存实亡，唐人作旧题乐府已不配乐而歌①。日本学者增田清秀的研究同样认定，乐府声调到建安时代即已失传，东晋百年间无论公私都可以说是乐府断绝的时代②。东晋末、刘宋初的乐府创作，由于失去音乐体制的依凭，只能纯粹模拟歌词。到南齐鲍照就有了模拟乐府题写的作品，梁代这种情况更为普遍，以沈约为代表③。在六朝唐宋人编的总集和选本中，乐府和古诗基本上没有严格分别。如《孔雀东南飞》在《玉台新咏》里题为《古诗为焦仲卿妻作》，《乐府诗集》属杂曲歌辞的古辞，题作《焦仲卿妻》；古诗十九首"冉冉孤生竹"、"驱车上东门"《乐府诗集》亦收为杂曲歌辞；《文选》注引古诗常称乐府，引乐府又常称古诗；吴兢《乐府古题要解》多录古诗，等等。这些事实冯班早就注意到，所以他所概括的乐府题（曲）与词的七种关系，和后来罗根泽《乐府文学史》所开列的乐府分类表极为近似④，可见其分析是相当周密的。

举出历史上乐府诗的写作情况相对照，明人"酷拟之风"（《论乐府与钱颐仲》）的理解谬误就暴露无遗。他在《古今乐府论》中举出了几位代表人物：

> 李西涯作诗三卷，次第咏古，自谓乐府。此文既不谐于金石，则非乐也；又不取古题，则不应附于乐府也；又不咏时事，如汉人歌谣

---

① 罗根泽：《乐府文学史》，东方出版社1996年版，第190页；王运熙：《清商考略》，《乐府诗述》，上海古籍出版社1996年版，第199页。最近张煜《新乐府辞入乐问题辨析》（《西北师大学报》2005年第3期）考证，《乐府诗集》所收新乐府辞至少有50题曾经入乐歌唱，这与旧题音乐失传不矛盾。

② 增田清秀：《乐府历史研究》，创文社1975年版，第8页。

③ 关于这个问题，近年的研究可参看钱志熙《齐梁拟乐府诗赋题法初探——兼论乐府诗写作方法之流变》，《北京大学学报》1995年第4期；佐藤大志《六朝乐府诗的展开与乐府题》《日本中国学会报》第49集，1997年10月出版。

④ 参看胡幼峰《清初虞山派诗论》，第284—285页。

及杜陵新题乐府，直是有韵史论，自可题曰史赞，或曰咏史诗，则可矣，不应曰乐府也。

近代李于鳞取晋、宋、齐、隋《乐志》所载，章截而句摘之，生吞活剥，曰"拟乐府"。至于宗子相之乐府，全不可通。今松江陈子龙辈效之，使人读之笑来。王司寇《卮言》论歌行，云"有奇句夺人魄者"，直以为歌行，而不言此即是拟古乐府。

（钟）伯敬承于鳞之后，遂谓奇诡聱牙者为乐府，平美者为诗。其评诗至云某篇某句似乐府，乐府某篇某句似诗，谬之极矣。

这些诗人包括格调派、竟陵派和云间派的领袖人物，除了师门渊源的公安派外，他等于宣告整个明代诗歌主流的乐府诗创作是失败的。这在当时是很大胆的论断，因为李东阳的拟古乐府，几十年后朱彝尊《静志居诗话》还认为"因人名题，缘事立义，别裁机杼，方之杨廉夫、李季和辈，似远胜之"[1]，而冯班却宣判了他的失败。这样一来，今人怎么写乐府诗就变得很简单了，所以他在《论乐府与钱颐仲》中提出："乐工务配其声，文士宜正其文。今日作文，止效三祖，已为古而难行矣；若更为其不可解者，既不入乐，何取于伶人语耶？（中略）总之，今日作乐府：赋古题，一也；自出新题，二也。"这等于是说写乐府只有李白、杜甫那样的两种方式，除了题目分为赋旧题和立新题外，其他什么约束都不需要，甚至连晚明谢肇淛提出的"得古人之意"，"想其形似及本色"这较融通的要求[2]，也可弃而不顾。

与乐府名义的辨析相关，冯班还对诗史上有争议的"歌行"概念作了考辨。《古今乐府论》指出："七言创于汉代，魏文帝有《燕歌行》，古诗有'东飞伯劳'。至梁末而七言盛于时，诗赋多有七言，或有杂五七言者，唐人歌行之祖也。声成文谓之歌，曰'行'者，字不可解，见于《宋书·乐志》所载魏、晋乐府，盖始于汉人也。至唐有七言长歌，不用乐题，直自作七言，亦谓之歌行。故《文苑英华》歌行与乐府又分两类。今人歌行题曰古风，不知始于何时，唐人殊不然，故宋人有七言无古诗之论。（中略）《才调集》卷前题云古律杂歌诗一百首。古者，五言古也；律者，五七言

_____

① 朱彝尊撰，姚祖恩辑：《静志居诗话》卷八李东阳条，上册，第 201 页。

② 谢肇淛：《小草斋诗话》卷一，吴文治主编《明诗话全编》第 6 册，江苏古籍出版社 1997 年版，第 6670 页。

律也；杂者，杂体也；歌者，歌行也。此是五代时书，故所题如此，最得之，今亦鲜知者矣。大略歌行出于乐府，曰'行'者，犹仍乐府之名也。"这段论述涉及歌行体的源头、歌行的名义及文献依据、歌行与乐府的关系，无论是文献的运用还是结论都很精当。他的结论看来和胡应麟"七言古诗概曰歌行"的见解一致，认为歌行即唐代非乐府题的七言古诗，我个人觉得这一结论还可商榷，但台湾前辈学者郑骞的研究结果与之相同，足见也可备一说①。《论歌行与叶祖德》又断言："今之歌行，凡有四例：咏古题，一也；自造新题，二也；赋一物、咏一事，三也；用古题而别出新意，四也。"这是在乐府的两种写法上增加了咏物和借题发挥，这都是唐人惯技，赋物咏其实也是自造新题，而借题发挥就是李白部分乐府旧题的写法，可以算作赋古题下的一支，所以四例也就是两例②，而乐府和歌行二体的界壁却被他打通了。

　　这么看来，冯班乐府论的主要精神似乎就是"破"——破除明人酷拟古词的固见，破除乐府、歌行二体的隔阂，那么"破"后有没有"立"呢？其实"立"就隐含在"破"中，冯班乐府论最重要的建设性成果，即重新确立了诗与乐的关系。在他所揭示的诗歌写作与音乐的七种关系中，除了第三种外，诗与乐都没有必然的固定的联系。既然古乐府曲调皆亡，连第三种可能性也不存在了，诗和音乐遂再无一丝关系。阐明这一点至关重要，不仅人们观念中对乐府音乐性的种种悬念得到消释，同时历史上的乐府诗也获得全新的理解。从消极的方面说，如关于乐府古词的语言风格，可知"乐府本词多平典，（中略）至有不可通者，皆乐工所为，非本诗如此也"；从积极的方面说，则李白的七言歌行洵为乐府写作的典范："李太白之歌行，祖述骚雅，下迄梁、陈七言，无所不包，奇中又奇，而字字有本，讽刺沈切，自古未有也。后之拟古乐府，如是焉可矣。"由此出发，对乐府的把握和写作就不必再拘泥于音乐问题，而只须考虑风格或体制等其他方面的文体规定性。如晚近诗学家洪为法说的："古诗与乐府除去入乐一点外，是没有什么相异之处，今则如何入乐又不可知，则更不必强论乐府贵如何主如何了。"他所以极称赞"冯氏此论最为通达"③，就因为这种观念的树立，确实祛除了历来在乐府理解上的一个重大迷惑。

---

① 郑骞：《唐诗长句考》，《东吴文史学报》第6号，1988年1月出版。

② 何忠相《二山说诗》卷三因冯班四例之说，也谓前二说较近是。乾隆刊本。

③ 洪为法：《古诗论》，商务印书馆1937年版，第7页。

　　回顾乐府研究的历史，自唐吴兢《乐府古题要解》、宋郭茂倩《乐府诗集》、明徐献忠《乐府原》以降①，都系取汉魏六朝古乐府诗，考证题旨，追溯出处，而核心在于从音乐的角度看待诗歌。当编者和读者都习惯于从音乐的角度去探求徒诗与乐府的区别，则乐府诗的本质就全落到音乐方面，对乐府诗的理解也从音乐性出发，就像胡应麟说的：

　　　　近世论乐府，必欲求合本事，青莲而下，咸罹讪讥。余谓乐府之
　　题，即词曲之名也；其声调，即词曲音节也。今不按《醉公子》之
　　腔，而但咏公子之醉；不按《河渎神》之腔，而但赋河渎之神，可以
　　为二曲否乎？考宋人填词绝唱，如"流水孤村"、"晓风残月"等篇，
　　皆与词名了不关涉；而王晋卿《人月圆》、谢无逸《渔家傲》殊碌碌
　　亡闻，则乐府所重，在调不在题，断可见矣。②

乐府既然重在音乐，而音乐又亡而无征，谈论乐府而无法讨论其音乐品性，这就意味着我们所能谈论的都是非本质性的东西，这一前提使后人所有涉及乐府的议论都落在一个无根的窘境。出于不得已，人们只能用各种权变的态度来处理乐府问题。最绝望的态度是抛弃音乐，直接以伦理品性为代偿来整理乐府诗。如清初朱嘉征的《乐府广序》，自序先设问："四始阙则六诗亡，乐府其何以称焉？"既而承认"夫六义存则诗存，六义亡则诗亡，诗亡而乐亡"，于是只得取两汉迄隋唐乐府作品以配四始，"要以国风为之首，余诵相和伎暨杂曲，两汉以后风俗形焉。《乐书》所谓周房中之遗声，其风之正变乎？雅为受釐陈戒之辞，鼓吹曲兼三朝燕射食举，为王朝之雅矣。若夫郊祀庙享之歌，所以美盛德之形容，颂也"③。这是处理前代乐府作品的问题，至于写作，看得比较透的如毛先舒，根本就认为拟古乐府已不具有创作的意义，只可作为一种诗歌史的学习罢了。他在《与李太史论乐府书》曾这样说：

　　　　窃以唐诗、宋词，已失音谱；况汉魏之乐，法何可寻？即有得汉
　　乐谱九章者，亡论伪真，恐同舟刻。以书为御马，情有远至；于字案

————————————

①　徐献忠：《乐府原》，《四库提要》著录于总集类存目，称"所见殊浅，而又索解太凿"。
②　胡应麟：《少室山房笔丛》卷二一，中华书局上海编辑所1958年版，第290页。
③　朱嘉征：《乐府广序》卷首，康熙刊本。

官徵，勉期上唇。九原不作，何从质之邪？总而蔽之，难问者调而可
求者辞。辞之不可求者，断简讹□；而可求者，古色俊句。汉文存
者，贵同球削，后人拟之，未免效其趋步，而瞠乎绝尘。抑有斐然新
杼，强袭故名，凡兹之流，均属非要。仆故尝云拟古乐府有如儿戏
者，此耳。然其古气高笔，往往惊奇绝凡，仆谓拟可不存，而不可不
拟；即可不拟，而不可不读。取其神明，傅我腕手，随制他体，可令
古意隐然。政如作楷行者；先摹籀篆；又如宣德铜器，不必见宝，而
浑然之内，荫映陆离，斯可贵耳。①

他的看法是古乐府必须读，但不必拟，即使拟作也不必存，只将它作为学
习的一个途径，取其古雅的色泽以熏陶自己的文字。更坚决的是张谦宜，
他直截认为"凡不可唱，非乐府也。如唐人绝句，今已无能唱者，况汉词
乎？无其实，何必拟作。后人摹仿他声调，如照《内则》做八珍，作料火
候俱不是，未必可食"②。话是这么说，但只要不放弃写作的尝试，就必
然存在如何把握乐府文体特征的问题。从明代以来诗家对乐府写作的态度
看，不外乎就是放弃声律和不放弃声律两种思路。

　　一部分诗论家在肯定诗乐已分离的前提下，仍不肯放弃乐府的音乐
性，乐律既不可知，就转而向语音节奏方面寻求补偿。这又表现为几种情
形：一是试图找出乐府区别语言节奏、区别于古诗的特点，如明代徐师曾
《文体明辨》说："乐府歌行贵抑扬顿挫，古诗则优柔和平，循守法度，
其体自不同也。"③ 这是最常见的态度，诗话中论乐府、古诗之别往往涉
及这一点。二是认为乐府固有的声律特征就保留在古词中。清初沈方舟
《汉诗说》自序持这种信念："世之论乐府者曰，不知乐，不当做乐府。
考于古人，作者未尝歌，歌者亦不能作，为此言者非真知乐府者也。乐府
之声亡，而音未亡。声亡者，歌伶之节奏无传；音未亡者，文之缠绵慷
慨，终古长在也。"在他看来，古乐府作者写词，原与音乐无关，所以音
乐失传并不影响乐府写作，乐府的声调仍然保留在文字中，也就是说可以
从乐府古词中去体会乐府的声调。三是认为古乐虽不可知，但寻绎古词，

　　① 毛先舒：《潠书》卷六，《四库全书存目丛书》集部影印思古堂十四种书本，第210册，第733页。
　　② 张谦宜：《絸斋诗谈》卷二，郭绍虞辑《清诗话续编》第2册，第802页。
　　③ 徐师曾：《文体明辨序说》，人民文学出版社1962年版，第102页。

也不排除天然吻合的可能。吴景新说："晋挚虞有言曰，今尺长于古尺几半寸，乐府用之律吕不合，史官用之历象失占，医家用之孔穴乖错。则是本律吕而有作，昔人尚有不合之议，况无律吕而强事空腔，其不知乐府也审矣。"那么乐府是不是就不可作了呢？他道又不然，"彼汉魏之奏于庙堂，发于铙角，分乎清瑟，谐于唱和者无论已，至于里歌巷曲，怨调悲音，当时未必尽知宫商而叶之，其共相流播不朽者，讵非自有天籁之音与吻合者耶？今之视昔，犹昔之视今也。况有古之题可原，古之事可托，古之意可思，古之辞可绎，仿而咏之，虽未取合于律吕，焉知其不有合于律吕也？"① 这不能不说是最乐观的想法，但近乎瞎猫逮死老鼠的几率实在很难让人相信其可行性吧？四是干脆用新的声律形式来替代。明代荆溪俞羡长曾创立"古意新声"一体，用近体声律来写乐府题材，徐𤊶等和之，直到清初尚有人和作，以为"犹存汉魏之义"②。这种想法很好，可惜毫无新意，只是重蹈唐人旧辙。

　　另一部分诗论家觉得乐府既亡其乐，就没有必要再考虑音乐问题，还不如从其他方面寻找乐府的特征。明代徐祯卿《谈艺录》论乐府，就着眼于表现机能及神理、气格方面，强调"乐府往往叙事，故与诗殊"，又说"温裕纯雅，古诗得之；遒劲深绝，不若汉铙歌乐府词"③。后来张实居答郎廷槐问即本其说④。清初诗论家朱绍本《定风轩活句参》卷五"乐府参"，论六朝、唐人乐府颇多可取，他主张"取乐府之格于两汉，取乐府之材于三曹，以三曹语入两汉，会于《离骚》，自然合律中矩"；又强调"拟乐府必体当时事故，按事依题转摺，轻清重浊，协诸五音，不容任意错综，与诗余一定体格不同"。比如："铙歌中有《朱鹭曲》，汉有朱鹭之祥，因而为曲。作者必有祥瑞足纪，或可拟之。又有《东门行》，乃士有贫行不安其居，拔剑将行，妻子牵衣留之，愿同哺糜，不求富贵。作者必因士负气节未伸者，始可代妇人语，作《东门行》阻之。其余皆可类推。"他独到地强调了本事对乐府情调和风格的决定作用，同时对乐府的取材也提出了很好的建议。张笃庆答郎廷槐问乐府、古诗之别，也从表现

①　陆进：《樵海诗钞》序，中国社会科学院文学所藏登雅堂笺精钞本。
②　李明馥：《古意新声十首并序》，《乐志堂诗集》卷三，康熙间李宗渭刊本。
③　何文焕辑：《历代诗话》下册，中华书局 1981 年版，第 769、770 页。
④　郎廷槐编《师友诗传录》张实居答："乐府之异于诗者，往往叙事。诗贵温裕纯雅，乐府贵遒深劲绝，又其不同也。"

机能和语言形式来论述乐府的体制："盖乐府主纪功，古诗主言情，亦微有别。且乐府间杂以三言、四言以至九言，不专五七言也。"① 这些意见都是很中肯的，足见对乐府认识和理解之深。

上述两种思路应该说都不失为实际可行的策略，各有可取之处，无奈结果还是不可避免地应验了张笃庆的论断："西汉乐府隶于太常，为后代乐府之宗，皆其用之于天地群祀与宗庙者。其字句之长短虽存，而节奏之声音莫辨。若挦撦其皮肤，徒为拟议，以成其腐臭耳。"失去音乐的凭借，拟者大多只能从字词章句上模仿，结果就不免于冯班举出的那些荒唐例子。早在万历中，于慎行就尖锐地批评了后七子的拟乐府："近代一二名家，嗜古好奇，往往采掇古词，曲加模拟，词旨典奥，岂不彬彬？第其律吕音节已不可考，又不辨其声词之谬，而横以为奇僻，如胡人学汉语，可诧胡，不可欺汉。令古人有知，当为绝倒矣。"② 另一位山东诗人公鼐也曾一针见血地指出明代以来乐府创作"颛以拟名"，"但取汉魏所传之词，句模而字合之"的弊病③。他们的意见在清初就受到了钱谦益、王士禛、朱彝尊等学者的重视。邵长蘅《古乐府钞序》论乐府之音亡后，李白创调，杜甫创题以至明七子之拟作，"皆文人学士铅椠之业，留连篇什之助，而声音之道微已。故唐人之拟乐府，离也，并音与调与辞而离之者也；明人之拟乐府，合而离也，并音与调而离之，其合者辞而已，犹之乎离也"。④ 这就是说当音、调已不合时，光词合已毫无意义，言下之意是还不如不做。这绝不是他一个人独有的看法，就我所见，从晚明以来有相当一部分诗家是持这种态度的。比如詹去矜即主张"乐府可无作也"，他认为《三百篇》就是乐府，直到唐人近体、绝句无非都是乐府，杜甫自《兵车行》"三吏""三别"等"自是乐府胜场，何必更摹古作者之名哉？"鉴于时流"每诗集一帙，标题乐府大半，至有声律不谐，音节都舛，犹然仍古乐府之名"的风气，他以两个理由断言乐府不必作：一是"如《大风》《垓下》《易水》《秋风》古人已臻极至，无容更赘一词"；二是"如《陌上桑》《秋胡行》《君马黄》《战城南》种种名目，古人缘情写照，原自不可

---

① 郎廷槐编：《师友诗传录》，丁福保辑《清诗话》上册，第132页。
② 于慎行：《谷山笔麈》卷八，中华书局1984年版，第88—89页。原文标点有误，今为改正。《列朝诗集小传》丁集于慎行传亦载其论乐府语，可看，见下册，第547页。
③ 钱谦益《列朝诗集小传》、朱彝尊《静志居诗话》分别采录了于慎行、公鼐的论断，王渔洋《池北偶谈》卷十一还注意到两人议论的相似。
④ 邵长蘅：《青门簏稿》卷七，康熙刊本。

无一，不必有二"。若强拟其词，必致"工者不免优孟抵掌之诮，拙者至有葫芦依样之讥"的无聊结果①。贺贻孙《诗筏》也说：

> 汉人乐府，不独其短篇质奥，长篇庞厚，非后人力量所及；即其音韵节目，轻重疾徐，所以调丝肉而叶宫徵者，今皆不传。所传《郊庙》、《铙歌》诸篇，皆无其器而仅有其辞者。李太白自写己意，既与古调不合，后人字句比拟，亦于工歌无当。近日李东阳复取汉、唐故事，自创乐府。余谓此特东阳咏史耳，若以为乐府，则今之乐非古之乐矣。吾不知东阳之辞，古耶今耶？以为古，则汉乐既不可闻；以为今，则何不为南北调，而创此不可谱之曲？此岂无声之乐、无弦之琴哉？伯敬云："乐府可学，古诗不可学。"余谓古诗可拟，乐府不可拟，请以质之知音者。②

这段话与冯班的思路和论证都很相似，但结论不一样，认为乐府不可拟。还有曾灿，曾编选近人诗为《过日集》，"凡例"有云："诗可被之金石管弦，乃名乐府。古篇题虽存，而其法自汉后亡已久矣。后人沿习为之，问其命题之义则不知，问其可入乐与否则不知，作者昧昧而作，选者昧昧而选。然则今人用古乐府题者，虽极工，但可言古诗，不可言乐府也。故兹选不立乐府一体，统以杂言古诗概之，以别于五言、七言古诗耳。"不选今人所作的乐府诗，同样表明他不赞成写作乐府的立场。

　　由此就不难理解，冯班乐府论的"最为通达"具有什么样的意义了。在承认音乐亡失这一既成事实后，乐府写作不仅未因去掉音乐框架而自由，实际上反而更陷入无法可依的体制困惑中。诗论家对乐府特征的多向度概括，治丝益棼，更让人无所适从。在这种情况下，冯班解构了乐府词与乐的关系，就使人对音乐的追怀彻底断念；同时将乐府写作方式汰存为赋古题和自出新题二种，又示人坦易可行之途，给了写作乐府的人一个平常心。可以说，乐府学到冯班乃是一大结穴，前人对乐府和拟乐府的困惑至此始得廓清。的确，自冯班之论出，诗家对待乐府的态度就发生了转变，尽管仍有辨体者如施补华坚持主张"古诗贵浑厚，乐府尚铺张"之

---

① 侯玄汸：《月蝉笔露》卷上引，民国 21 年黄天白上海排印本，第 26 页。
② 贺贻孙：《诗筏》，郭绍虞辑《清诗话续编》第 1 册，第 150 页。

类①，但总体上人们对乐府的关注和焦虑冷淡了许多，甚至还出现取消乐府的主张。

至迟到清代中叶的诗论中，已有将乐府纳入古诗或归于歌行两种取消乐府的意向。主张纳入古诗的，有乔亿《剑溪诗说》卷一："古乐府无传久矣，其音亡也。后人乐府皆古诗。"他举例说："乐府与古诗迥别。如《汉十八曲》及《鸡鸣》《乌生》《陌上桑》《相逢》《狭路》等篇，乐府体也；晋以下拟作，古诗体也。《秋胡行》，如曹氏父子，乐府体也；傅休奕、颜延年，古诗体也。"② 这等于说后人作乐府就当做古诗好了。主张归于歌行的，有延君寿《老生常谈》："乐府不传久矣，历朝纷纷聚讼，究亦不知何说近是。李、杜偶为之，皆以现事借乐府题目，不另立名色，即杂于歌行中，最是。若只就题面演说，则了无意味，可以不作。张、王、铁崖皆不能近古，成其为张、王、铁崖之歌行诗可耳。"③ 这也是示人作乐府当法李、杜，混同于歌行之体。最激进的是李重华，连歌行和古诗都不考虑，只就字数命名。他说："余谓今人作诗，何必另列乐府？缘未曾谱入乐章，纵有歌吟等篇，第指作五言、七言、长短杂言可矣。"④ 这应该能代表后人对乐府的一般态度。这样一种观念也影响到人们对前代作品的认识。李其永《漫翁诗话》有云："杜甫之前后《出塞》，自是五言古诗，题目有类乐府而实非乐府也。如刘济《出塞曲》、耿湋《入塞曲》俱附曲名，并不得作横吹等曲看。杜甫又有《前苦寒行》、《后苦寒行》，亦犹此意，不可作乐府辞读也。"⑤ 如此看唐人乐府，已和冯班的立足点相去很远，但却不能说与冯班的学说没有关系，这恐怕是冯班本人也想不到的。

四　《钝吟杂录》对严羽诗学的批判

冯班诗学中另一个引人注目的论题是对严羽的批判。其侄冯武汇集遗稿编成的《钝吟杂录》中收有《严氏纠谬》一种，据冯武说是"参见诸本，今另为一卷"，大概是从多种遗稿中辑其驳严羽论诗之语而成，原属随感而发，因而不太具条理。郭绍虞《沧浪诗话校释》曾参酌其

---

① 施补华：《岘佣说诗》，丁福保辑《清诗话》下册，第976页。

② 乔亿：《剑溪诗说》，郭绍虞辑《清诗话续编》第2册，第1074、1075页。

③ 延君寿：《老生常谈》，郭绍虞辑《清诗话续编》第3册，第1803页。

④ 李重华：《贞一斋诗说》，丁福保辑《清诗话》下册，第928页。

⑤ 李其永：《漫翁诗话》，台湾大学久保文库藏李景林、李景文刊本。

说，肯定其"补遗指谬，也有一得之处，不妨节取之"。后来胡幼峰列举今人对冯班的驳论，虽也承认冯氏对严羽分体论的举正，成就不容完全抹杀，但总体上还是觉得《严氏纠谬》的主要论点均被后人推翻①。还有学者认为冯书"除指出严氏在佛学知识上的一些错误可谓得当外，其他并无什么真知灼见"②，这似乎是比较有代表性的看法，但这一评价恰恰有商讨的余地。

　　众所周知，严羽诗论为明代格调派所祖③，《诗人玉屑》所收《诗辨》一篇尤为明人所重，屡屡被收入各种丛书和汇编诗话中，在明代中后期流传极广。冯班所以一再对严羽作毫不留情的批判，实在是因为严羽的名气和影响在当时太大④，让他担心流毒远被。钱谦益因恶王、李而迁过于严羽，以釜底抽薪的方式抨击四唐分期说，他的看法被门人辈所发挥，每在诗坛引起争议。他在《答王于一秀才论文书》中提道："日者答（徐）巨源书，极言残年余暑，不当参预斯文之故，成言凿凿，具在昔简。俄而为二三士友引弄，惟论诗家之弊，归狱于严仪、刘会孟暨本朝之高棅，矫首厉角，又成哄端。"⑤冯班《严氏纠谬》小序云："嘉靖之末，王李名盛，详其诗法，尽本于严沧浪，至今未有知其谬者。"这表明他对严羽的批评出发点与钱谦益相同，但除此之外就再没有步踵钱谦益的见解，在"妙悟"和"不涉理路"的问题上，他的看法甚至与钱谦益相左⑥。更值得注意的是，一直提倡读书、崇尚博学的冯班，置身于对严羽"别才""别趣"的一片批评声浪中，却未就这个问题发表意见，而是驳议了一些更为专门的诗学问题。

　　首先是关于诗体，他说"沧浪一生学问最得意处，是分诸体制，观其诗体一篇，于诸家体制浑然不知"⑦。他细致爬梳诗史，具体指出严羽少

---

　　①　胡幼峰：《清初虞山派诗论》，第266页。

　　②　萧华荣：《中国古典诗学理论史》，华东师范大学出版社2006年修订版，第292页。有关清初诗坛对严羽诗学的反思，可参看朴英顺《清代诗坛对严羽诗学的反拨》（《江西社会科学》2004年第8期）一文。

　　③　李东阳《麓堂诗话》："近世所传诗话，杂出蔓辞，殊不强人意。惟严沧浪诗谈，深得诗家三昧。"丁福保辑《历代诗话续编》下册，第1368页。

　　④　钱遵王《读书敏求记》跋《西昆酬唱集》曾提到"今世奉《（沧浪）吟卷》为金科玉条"，可为一证。书目文献出版社1984年版，第145页。

　　⑤　钱谦益：《牧斋有学集》卷三八，下册，第1327页。

　　⑥　参看张健《清代诗学研究》，第173页。

　　⑦　冯班：《钝吟杂录》卷五，丛书集成初编本，第67页。

列了阮籍、张华、左思、陆机、颜延之、沈约、谢朓、鲍照、吴均、柳恽、刘孝绰、何逊、阴铿、薛道衡、李峤、苏味道、钱起、郎士元、刘长卿、刘禹锡、温庭筠诸家之体，这些作家是否具有范式意义而能成一体，固然可以斟酌①，但他的意见是考镜诗史而言之有据的，不能说是无的放矢。又如永明体，严羽注明是"齐诸公之诗"；齐梁体，严羽注明是"通两朝而言之"，粗看都无问题。但冯班却从鸡蛋里挑出了骨头：

> 永明之代，王元长、沈休文、谢朓三公，皆有盛名于一时，始创声病之论，以为前人未知。一时文体骤变，文字皆避八病，一简之内，音韵不同；二韵之间，轻重悉异。其文二句一联，四句一绝，声韵相避，文字不可增减。自永明至唐初，皆齐梁体也。至沈佺期、宋之问，变为新体，声律益严，谓之律诗。陈子昂学阮公为古诗，后代文人，始为古体诗。唐诗有古律二体，始变齐梁之格矣。今叙永明体，但云齐诸公之诗，不云自齐至唐初，不云沈谢，知其胸中愦愦也。齐时如江文通诗不用声病，梁武不知平上去入，其诗仍是太康、元嘉旧体，若直言齐梁诸公，则混然矣。齐代短祚，王元长、谢元晖皆殁于当代，不终天年；沈休文、何仲言、吴叔庠、刘孝绰，皆一时名人，并入梁朝，故声病之格，通言齐梁。若以诗体言，则直至唐初皆齐梁体也。白太傅尚有格诗，李义山、温飞卿皆有齐梁格诗，但律诗已盛，齐梁体遂微，后人不知，或以为古诗。若明辨诗体，当云齐梁体创于沈谢，南北相仍，以至唐景云、龙纪，始变为律体。如此方明，此非沧浪所知。②

他认为"齐梁体"作为诗史概念，不能简单地等同于王朝起讫，因为它的内涵是诗歌的声律属性，所以外延包括齐梁直到初唐的诗歌。由是而言，江淹、梁武帝虽生活在齐梁时代，但不明声病之说，其诗体仍属太康、元嘉旧体。这无疑是深入诗史内部而非流于皮相的见解，不仅见出论诗知见之精，还显示出概念和逻辑上的严谨，与冯氏版本校勘方面的勤谨同样体现了学术性强的特征。《四库提要》称"班学有本源，论事多达物情，论

文皆究古法，虽间有偏驳，要所得者为多也"①，即以《严氏纠谬》而言，这一评价也是大体妥当的。

严羽应该说是古来少有的杰出批评家，论诗史和诗人都不乏精到的见解，但有个缺点就是不免大而化之，逻辑不够严谨，对此我曾有专文论述②。而冯班早在三百多年前就已注意到了严羽的逻辑毛病。比如严羽说："诗之是非不必争，试以己诗置之古人集中，识者观之不能辨，则真古人矣。"冯班驳道："沧浪之论，惟此一节最为误人。沧浪云于古今体制，若辨苍素，又云作诗正须辨尽诸家体制。沧浪言古人不同，非止一处。由此论之，古之诗人，既以不同可辨者为诗，今人作诗，乃欲为其不可辨者，此矛盾之说也。"③ 这是一条很精彩的驳论，不仅指出严羽的逻辑悖谬，更揭示了严羽诗学观念在理想和实现理想的方式之间的矛盾。恐怕严羽在充满自信地陈述自己的艺术理想，同时为自己的艺术感觉而自负时，绝不会料到自己的主张中竟留有如此明显的逻辑疵谬。

但话又说回来，通观冯班的全部驳议，也不是没有问题。纪晓岚曾指出，"虞山二冯顾诋沧浪为呓语，虽防危杜渐，欲戒浮声，未免排之过当"④。事实上，尖锐的观念对立，使冯班经常不能平心静气地讨论问题，而付之以过苛的吹求。因为自己主晚唐，就将对严羽的不满集中到与"诗必盛唐"相关的以禅喻诗上来。一般都认为，对严羽以禅喻诗的批评发轫于钱谦益《唐诗英华序》，实则明末陈继儒已先论之，其言曰："严沧浪云，学汉魏晋与盛唐诗者，临济下也；学大历以还之诗者，曹洞下也。此老以禅论诗，瞠门霄外，不知临济、曹洞有何高下，而乃勒其门庭影响之语，抑勒诗法，真可谓杜撰禅。"⑤ 陈继儒此说在清初似无影响，当时论及这个问题都是由钱谦益的意见引起的，徐增曾作调停之说："严沧浪以禅论唐初盛中晚之诗，虞山钱先生驳之甚当。愚谓沧浪未为无据，但以宗派硬为分配，妄作解事。沧浪病在不知禅，不在以禅论诗也。"⑥ 大概时人都是这么看的，不管严羽论唐诗是否有见地，起码他在禅学知识上是很有欠缺的，以致比拟不伦。冯班显然也是持这种见解的，《严氏纠谬》开

---

① 《四库全书总目》卷一二三子部杂家类。
② 蒋寅：《作为批评家的严羽》，《文艺理论研究》1998 年第 3 期，收入《金陵生文学史论集》。
③ 冯班：《钝吟杂录》卷五，丛书集成初编本，第 73 页。
④ 纪昀：《田侯松岩诗序》，《纪文达公遗集》卷九，嘉庆五年刊本。
⑤ 陈继儒：《偃曝余谈》卷下，王文濡辑《说库》本，民国 4 年上海文明书局石印本。
⑥ 徐增：《与同学论诗》，樊维纲校注《说唐诗》卷首，中州古籍出版社 1990 年版，第 19 页。

卷第一条就对严羽的诗禅之喻加以驳议。他所举严羽的原话是这样的:
"禅家者流,乘有大小,宗有南北,道有邪正。学者须从最上乘,具正法眼,悟第一义。若小乘禅、声闻辟支果,皆非正也。论诗如论禅,汉魏晋与盛唐之诗,则第一义也;大历已还之诗,则小乘禅也,已落第二义矣。晚唐之诗,则声闻辟支果也。学汉魏盛唐之诗,临济下也;学大历已还之诗,曹洞下也。"冯氏纠之曰:

> 乘有大小是也。声闻辟支果,则是小乘。今云大历已还是小乘,晚唐是声闻辟支,则小乘之下,别有权乘。所未闻一也。初祖达磨自西区来震旦,传至五祖忍禅师,下分二枝,南为能禅师,是为六祖,下分五宗。北为秀禅师,其徒自立为六祖,七祖普寂以后无闻焉。沧浪虽云宗有南北,详其下文,都不指喻何事,却云临济、曹洞。按临济元禅师、曹山寂禅师、洞山价禅师三人并出南宗,岂沧浪误以二宗为南北乎?所未闻二也。临济、曹洞,机用不同,俱是最上一乘。今沧浪云,大历已还之诗,小乘禅也;又云学大历已还之诗,曹洞下也,则以曹洞为小乘矣。所未闻三也。[①]

冯班此论甚辩,故后人多信其说[②],以为严羽真是疏于禅学。殊不知自称"我不习禅"的冯班[③],于禅学也不甚了了,尚不足以质疑生活在禅学宗派林立的南宋社会的批评家严羽。钱谦益和冯班所诟病的"大历以还之诗则小乘禅也,已落第二义矣。晚唐之诗,则声闻辟支果也"一句,《诗人玉屑》卷一所载无"小乘禅也"四字。这就是说,引起后人重大非议的问题只不过缘于一个传本之讹[④]。至于说学汉魏晋与盛唐诗者为临济下,学大历已还之诗是曹洞下,也是以宗门的接引方式比拟诗学,与禅之大小乘无关。台湾学者杜松柏《禅学与唐宋诗学》对此有精到的辨析:

> 临济不主理入,不主行入,无证无修,当下荐取,沧浪以喻汉

[①] 冯班:《钝吟杂录》卷五,丛书集成初编本,第65—66页。

[②] 如朱东润《沧浪诗话参证》,《武汉大学文哲季刊》3卷4号;郭绍虞《沧浪诗话校释·诗辩》,人民文学出版社1961年版。

[③] 冯班:《钝吟杂录》卷二"家诫"下,丛书集成初编本,第27页。

[④] 这一点为王梦鸥《严羽以禅喻诗试解》(《古典文学论探索》,正中书局1984年版)一文所揭示,可看。

魏晋与盛唐诗之浑成无迹，仅能以临济当下荐取之直感法求之；而曹洞则立君臣正偏五位，偏于理入，以比论大历以后之诗，人巧发露，可由格律及章句等之诗法以求，能依理索解，二宗之成就相等，难分高下，其参禅之方法，则各有别，取以比论，有何不可？（中略）了然曹洞、临济之异后，方知沧浪譬说之精义，在以二宗机用之不同，显二家直荐与理入之异，以为不同学诗之法，非判曹洞为小乘也。①

此论诚可谓"拨千七百余载之迷雾"，为严羽翻了三百多年的冤案。遗憾的是杜松柏此书似乎鲜为大陆学者所知，以致谈论严羽的以禅喻诗问题时仍重弹钱谦益、冯班的老调。

　　经过上面这番剖析，冯班的纠谬得失已判，由此反观今人称"《严氏纠谬》的出现可以说是明清之际诗学思想转向的征兆"，就近乎无的放矢了。因为其所谓转向，乃是指"以实学矫革以禅喻诗的玄虚，为以学为诗、以理为诗开脱，并沿此途径接近宋代诗学"②，这与冯班诗学的宗旨毫无关系。冯班虽然要人多读书，但并不主张以学为诗，更反对方回论诗的牵扯理学，由冯班的诗学是决然不可能接近宋代诗学的，只会适得其反吧？这从二冯诗学对诗坛的影响也很容易看出。

五　二冯的影响与虞山派诗论

　　吴中自明代以来号称人才渊薮，常熟一邑也是人文荟萃之地。归允肃《虞山先正诗序》云："吾虞风俗最为近古。里巷社会，少长班白提挈，蔼然有仁厚之泽。其君子涵泳诗书，类多博闻强识。好古之士，俯仰流连，啸歌于山颠水涯，以廉让修饰自持。耻于干谒奔走，驰射声利，有《伐檀》《考槃》之素履。古称文学之邦，盖无愧云。"③严格地说，在当时以一邑的人才或学术是很难构成一个自足的文化圈的，但虞山却很特殊，其学术和文学在江南文化区域中都有点另类。比如李贽之学，为公安派所发挥，风行一时，江南学者都斥为邪道，群起而抨击。太仓学者陈瑚《读藏书日纪序》云："明当隆、万之季，天下治平，其时之文人

---

①　杜松柏：《禅学与唐宋诗学》，黎明文化事业股份有限公司1978年版，第425页。

②　萧华荣：《中国古典诗学理论史》，第292页。

③　归允肃：《归宫詹集》卷二，光绪刊本。

墨士习帖括之陈言,以博科名而肥妻子,孔孟诸书委诸口耳而已。其黠者谋而非之,以为不破除世俗之见闻,不可以抒吾之孤愤;不颠倒古今之是非,不可以动天下之信从。而于是李氏有《藏书》之作,盖公然敢悖乎吾儒之说,而自为一书。"[1] 但钱谦益因渊源于公安之学,对李卓吾就比较优容[2]。又比如明代诗学独宗盛唐,晚近江南诗家大抵都宗奉陈子龙云间派,阳羡诗人陈维崧也"独是心慕手追,在云间陈、李贤门昆季、娄东梅村先生数公已耳"[3]。而钱谦益又因承教于袁氏兄弟,多有取于中晚唐诗人,时时染指白居易、陆龟蒙。里中后学陆贻典等因取传为元好问编、多取中晚唐诗的《唐诗鼓吹》,校订重刊,请牧斋作序以传。王应奎说:

> 《唐诗鼓吹》一书,乃后人托名于元遗山者。自吾邑陆敕先、王子澈诸人服习是书,重为剖劂,而是书遂盛行于世。《才调集》一书,系韦縠所选,韦官于蜀,而蜀僻在一隅,典籍未备,此必就蜀中所有之诗为之诠次者。自冯已苍兄弟加以批点,后人取而刻之,而此书亦盛行于世。后学作诗,以此二诗为始基,汩没灵台,蔽固识藏,近俗近腐,大率由此。[4]

姑不论王应奎对虞山诗歌创作的具体评价是否恰当,他的看法起码表明,后人已注意到唐诗选本的刊印、流行对虞山诗风的影响。这是一个很值得玩味的问题。前文的论述表明,陆游诗文集的翻刻对宋诗风的兴起,《玉台新咏》、《才调集》、《瀛奎律髓》诸书的批点、翻刻对中晚唐诗风的炽盛,无不起了推波助澜的作用。这难道是孤立的偶然的现象吗?

众所周知,虞山在明清之交尤以藏书风气浓厚闻名海内。缪荃孙说"江南藏书之风,创自虞山绛云楼,汲古阁为最"[5]。钱谦益不仅以绛云楼庋藏之富甲于天下,还在乡里提倡藏书。"自宗伯倡为收书,虞山遂成风

---

① 陈瑚:《确庵文稿》,京都大学文学部藏清刊本。
② 尤侗《艮斋杂说续说》卷五:"李卓吾,天下之怪物也,而牧斋目为异人。"中华书局1992年版,第99页。
③ 陈维崧:《与宋尚木论诗书》,《迦陵文集》卷四,四部丛刊初编本。
④ 王应奎:《柳南续笔》卷二,第167页。
⑤ 缪荃孙:《士礼居藏书题跋记序》,黄丕烈《士礼居藏书题跋记》,灵鹣阁丛书本。

俗。冯氏、陆氏、叶氏皆相效尤。毛子晋、钱遵王最著"①。富赡的藏书培养了虞山的文化底蕴，兴盛的刻书业又适时地翻刻古本和名家批点本，为文学风气的酝酿提供了支持，也为文学创作和研究奠定了物质基础。考察虞山文学风气的形成和影响，书籍刊刻几乎占据了最重要的位置，其乡后进敢于夸耀"钱蒙叟倡于前，冯钝吟振于后"，"诗坛旗鼓遂凌中原而雄一代"②，就因为钱谦益、冯氏兄弟编纂、注释和批校的若干种诗歌总集、别集直接主导了江南乃至全国的时尚。在宋元以前，没有名位的批评家很难产生广泛的影响，因为他们无法将其观念传播得很远。明清以来，出版和图书业的发达改变了上述状况，像冯氏兄弟这样的小邑诸生遂也能凭借发达的雕版和图书流通、收藏事业来传播自己的诗学，鼓荡一时的文学风气。

王应奎说，"吾邑诗学自钱宗伯起明季之衰，为一代宗主，而两冯君继之，其道益昌"③。由于二冯的广泛影响，其乡人都认为两兄弟尤其是冯班承传钱谦益的衣钵④，光大了虞山诗学。然而通过上文的考案我们却获知，二冯诗学的取径基本上不同于老师。考钱谦益康熙三年（1664）下世时，冯舒早已在十五年前遇害，而冯班也在钱殁后七年去世，这就是说，二冯诗学大体是与钱谦益并行于世的，结果虞山后学没有宗法钱谦益，却衍伸了二冯的余绪。康熙三十五年（1696）曹禾撰《海粟集序》曰："虞山之前辈曰宗伯钱先生，其论诗也苛，其自为言也足，门墙士多从冯氏学在乡邦。"⑤《钝吟杂录》卷三何焯批："辛巳春日，过虞山钱遵王丈，出示其所著论诗语数纸，大抵本之冯氏为多。"⑥ 辛巳为康熙四十年（1701），此时连钱谦益侄孙钱曾论诗都本之二冯，他人可以想见。

二冯诗学其实早在他们生前就为乡里所追趋了，所批点诸书都为学人辗转传抄。康熙三年（1664）陆贻典跋毛扆所藏冯班批《瀛奎律髓》云："定远评驳此书凡有三、四本，斧季此本其一也。复取他本评语一一载入，前后心目庶可考见。余又从友人处见已苍阅本，用墨笔录于卷内，以征两

　　① 曹溶：《绛云楼书目》跋，《明清藏书目三种》，北京图书馆出版社 2003 年版，第 709 页。
　　② 陈祖范：《海虞诗苑序》，《海虞诗苑》，占处堂刊本。
　　③ 王应奎：《海虞诗苑》凡例，古处堂刊本。
　　④ 翁心存《论诗绝句》："红豆山庄迹已陈，虞山诗学数谁深。默庵太峻湘灵僻，衣钵终须属钝吟。"《知止斋诗集》卷二，光绪三年刊本。
　　⑤ 顾复渊：《海粟集》卷首，雍正八年刊本。
　　⑥ 冯班：《钝吟杂录》卷三，丛书集成初编本，第 40 页。

冯手眼之同异云。"① 从前文所引《玉台新咏》《才调集》《瀛奎律髓》诸家跋语都可窥见虞山后学重视、研究二冯批点的情形,费经虞《雅伦》的记载也有助于我们了解二冯批《才调集》在当时的传播和影响:"《才调》体亦类西昆,以轻倩纤细为主,宋初盛行。近日有遵奉此书以为准的者,承学者往往流入浮薄,亦大雅之忧也。"《雅伦》在顺治十二年(1655)编成初稿,后作者移家江都,又有增订,于康熙七年(1668)成书②。然则至迟到康熙初,学《才调集》的风气已在江南一带蔓延开来。邓汉仪《诗观》初集卷七宗元鼎《小楼》诗评:"戊申秋杪客苕上,与蔺次(吴绮)有《唐诗永》之选,阅温、李全集,乃知古人词虽秾丽,而魄力之大,意识之高,迥非时流可望。后人徒用粉饰,遂尔比拟西昆,其实去之甚远。"戊申是康熙七年(1668),这里所批评的比拟西昆的"后人"自然也是指二冯而言。就现有资料看,二冯的影响一直持续到康熙后期。汪瑶说:"近日诗家尚韦縠《才调集》,争购海虞二冯先生阅本为学者指南,转相模写,往往以不得致为憾。"③ 正是在这种风气的鼓舞下,他才取二冯批本付梓行世,赶个利市。当时里中得冯班指授者,如陈玉齐、戴淙、瞿峄、冯行贤等固然学晚唐之工稳细腻④;影响所及,陈煌图、钱曾、钱龙惕、陆贻典、孙江、陈帆、陈协、瞿世寿、钱谦孝、黄仪、周桢等也学晚唐、温李,且喜好作艳体诗。这股风气与钱谦益倡导的宋元诗风无疑会相抵牾,因此乡里一直就有非议。冯班《陈邺仙旷谷集序》曾说:"虞山之谈诗者,喜言宋元,或学沈石田,其文如竹篱茅舍、渔蓑樵斧,清词雅致则不无之,而未尽文章之观。吾辈颇以炼饰文采为事,而时论殊不与。"康熙十年(1671)冯班下世前后,正是王渔洋倡导宋诗风方兴未艾之际,宋诗风的迅速流行大有席卷二冯晚唐诗学之势。康熙十八年(1679),顾景星撰《青门簏稿诗序》称:"今海内称诗家,数年以前争趋温、李、致光,近又争称宋诗。夫学温、李、致光,其流艳而佻;学宋诗,其流俚而好尽。二者皆诗之敝也。"⑤ 这是就全国的情形来说的,若虞山当地则追

---

① 李庆甲辑《瀛奎律髓汇评》所载康熙四十九年刊本过录陆氏评,下册,第 1811 页。
② 费经虞辑,费密补《雅伦》卷二,康熙四十九年江都于王根刊本。其书编纂经过详见蒋寅《清诗话考》下编"清诗话经眼录",中华书局 2005 年版,第 305 页。
③ 汪瑶:《二冯批才调集》跋,康熙四十三年刊本。
④ 王应奎:《海虞诗苑》卷四,古处堂刊本。
⑤ 邵长蘅:《邵子湘全集》卷首,青门草堂刊本。

随二冯者还是越来越多，以致当世有"虞山诗派"之目①。

钱谦益撰《题冯子永日草》，说冯班告诉他"里闬少年，偕其子（无咎）称诗者凡十余辈，皆有文理"②。钱陆灿撰《含星集序》，称虞山之诗初推孙永祚、冯已苍、定远兄弟，后虽略见萧条，但仍有瞿有仲、翁宝林、王誉昌、薛熙、冯行贤较有影响。周亮工曾编订《虞山诗人传》，竟有四卷之富③，可见常熟一邑文学之盛。崇祯十五年（1642）陆贻典编邑人诗为《虞山诗约》，请钱谦益撰序④，已有标举虞山诗派的意向。到康熙二十三年冯窦伯辑《虞山诗家先正》，录瞿文懿以下二十多人的作品，归允肃序之，云："惟虞山数公，足为诗坛树帜。呜呼，诗学至是而极盛矣！吴中之工毛、郑家言者，莫盛于娄郡，而吾虞一邑与之相埒。娄郡之诗家，以发扬蹈厉、沉郁顿挫为工，其材雄；吾虞之诗学，以体物浏亮、悠扬不迫为宗，其情逸。"⑤ 隐然以一邑之诗学为标举之名。

有关虞山派的诗家，胡幼峰举出了宗钱谦益的孙永祚等十三人，宗冯班的陈玉齐等九人，及其他诗人钱曾、陆贻典等十余人⑥，足见彬彬之盛。据王应奎说："吾邑诗人，自某宗伯以下，推钱湘灵、冯定远两公。湘灵生平多客金陵、毗陵间，且时文、古文兼工，不专以诗名也。故邑中学诗者，宗定远为多。定远之诗，以汉魏、六朝为根柢，而出入于义山、飞卿之间，其教人作诗，则以《才调集》、《玉台新咏》二书。湘灵诗宗少陵，有高旷之思，有沈雄之调，而其教人也，亦必以少陵。两家门户各别，故议论亦多相左。湘灵序王露湑诗云：'徐陵、韦縠，守一先生之言，虞山之诗季矣。'又序钱玉友诗云：'学于宗伯之门者，以妖冶为温柔，以堆砌

---

①　关于虞山诗派的名称，胡幼峰《清初虞山派诗论》、罗时进《虞山诗歌流派研究》（《花园大学文学部研究纪要》第 32 号，2000）都举出沈德潜《国朝诗别裁集》卷四论钱陆灿"其诗不为虞山派所缚"一语以证。实则"虞山诗派"在清初即有定名。曹溶《静惕堂诗集》卷四十四《杂忆平生诗友十四首》其九："情芽本易惹闲愁，红豆庄前粉镜秋。别体江河成日下，西昆翻讶少风流。"自注："虞山诗派，沿袭不已。"这是康熙间诗家提到虞山诗派的例子，李世英《清初诗学思想研究》（敦煌文艺出版社 2000 年版）已引用。有关虞山派文学的研究，还有赵永纪《论清初诗坛的虞山派》（《文学遗产》1986 年第 4 期）、何振球《虞山诗派的形成发展及诗论》（《常熟文史论稿》，南京大学出版社 1989 年版）及罗时进博士论文《虞山诗派研究》（苏州大学 2000 年版）。

②　钱谦益：《牧斋有学集》卷四八，下册，第 1576 页。

③　丁祖荫等编：《民国重修常昭合志·艺文志》著录，民国间铅印本。

④　钱谦益《虞山诗约序》收入《初学集》卷三二，自署写作年月为壬午涂月。

⑤　归允肃：《归宫詹集》卷二，光绪刊本。

⑥　胡幼峰：《清初虞山派诗论》第五章"虞山诗派的分途及其他重要诗人"，第 319—363 页。

为敦厚。' 盖皆指定远一派也。"① 然则虞山诗学在钱谦益身后实际上是分成了两派：一派宗冯班，另一派宗钱陆灿。正像王应奎指出的，冯班于诗学更专门，又足不出里门，所以追随者更众。赵永纪说"一般所谓虞山派，主要是指二冯及其追随者中提倡晚唐、学西昆体的那部分诗人"②，应该说是不错的。胡幼峰《清初虞山派诗论》对钱曾、钱陆灿、严熊、钱良择、王誉昌、王应奎六人单独作了论述，不过谈的主要是创作，很少涉及诗学。罗时进以学人气度、西昆风调、现实关怀三点归纳虞山派的共同特征③，其中西昆风调是虞山派最引人注目的诗学倾向，学者也作了充分的论述④，这里只就陆贻典、钱陆灿和钱良择的诗学作一些补充性的论述。

据我掌握的资料，虞山诗人除二冯兄弟外，以陆贻典和钱陆灿较为著名，身后评价则以徐兰最高。陆贻典（1617—?），字敕先，诸生，与冯班同师从于钱谦益⑤，王应奎称他"师东涧而友钝吟，学问最有原本"，"钱曾笺注东涧诗，僻事奥句，君搜访咨助为多"⑥。但他后来成为二冯诗学的忠实追随者，凡二冯批校本都热心搜集，冯班遗稿就是他编集付梓的。他也曾批《瀛奎律髓》，用的是明成化三年紫阳书院刊本，有跋语，现藏于台湾中央图书馆。他批诗手眼一似二冯，而见解不免稍逊。但他也有一个好处，就是不太执著于唐宋分界。如批王安石《次韵陪驾观灯》云："立言得体。中四句皆为定远批抹，以为句法宋甚。夫诗必取唐，唐以后皆可不存矣。固哉，言诗也！"⑦ 批宋之问《登越台》又云："陈简斋（《渡江》）心哀中原，而所咏者唯吴岫；宋考功身留越地，而所望者乃日边。

---

①　王应奎：《柳南随笔》卷五，第88页。按：王氏所引王露湑诗序，见于王誉昌《含星集》卷首，原文作："吾邑自先宫保云亡，孙氏、冯氏老宿俱无在者，余又不能为人轩轾，五际无闻，六义不讲，徐陵、韦澳，守一先生之书，间或流于鄙俚率易，虞山之诗季世矣。"

②　赵永纪：《论清初诗坛的虞山派》，《文学遗产》1986年第4期。

③　罗时进：《清代虞山派的创作气局》，《明清诗文研究新视野》，文史哲出版社2004年版，第112页。

④　参看张健《清代诗学研究》第四章"对汉魏、盛唐审美正统的突破：晚唐诗歌热的兴起"，第185—198页；罗时进《清代虞山诗派对李商隐诗歌的接受》，《明清诗文研究新视野》，第141—152页。

⑤　胡幼峰《清初虞山派诗论》将陆贻典视为"出入钱冯"者，罗时进《笔蘸惊涛倩写愁—论清初遗民诗人陆贻典》（《天中学刊》2002年第1期，收入《明清诗文研究新视野》）一文已予辨正。

⑥　王应奎：《海虞诗苑》卷五陆贻典小传，故处堂刊本。

⑦　李庆甲辑：《瀛奎律髓汇评》卷五，上册，第224页。

时异，人异，而情一也。知此则樵歌巷曲可与《三百》同观，何唐宋之别乎？"① 这在当时是很通达的见解。将他和二冯的批评加以对比，就可见他对宋诗远较二冯为宽容，二冯诋斥处他往往有所回护，这或许是师从钱谦益的影响也难说。

钱陆灿（1612—1698），字尔弢，号湘灵。明崇祯八年（1635）拔贡，顺治十四年（1657）顺天乡试举人，以奏销案废。教授各地，弟子著录者达数百人，多知名之士。他于钱谦益谊属族孙，牧斋在世时绝不依附，身后却为驳吴乔《正钱录》之非，人皆服其无私。康熙三十七年（1698）他辑《列朝诗集》作者小传刊为一书，于立春日撰写序言，四月间就下世了。钱陆灿也喜批书，他批的吴梅村诗，身后即见重于人②；所评点《文选》业已为学者所注意③。他为文学顾大韶，为诗学吴梅村，论诗虽也以杜甫为宗，但取向明显不同于钱谦益，因而对严羽也不像钱、冯师弟那么排斥。王应奎已注意到这一点："严沧浪《诗话》一书，有冯氏为之纠谬，而疵病尽见。即起沧浪于九原，恐亦无以自解也。然拈'妙悟'二字，实为千古独辟之论。冯氏并此而诋之，过矣。（中略）沧浪又云：'诗有别肠，非关书也。'此言虽与妙悟之说相表里，而又须善会之。惟钱圆沙先生云：'凡古人诗文之作，未有不以学始之，以悟终之者也，而于诗尤验。'此论虽本沧浪，而以学始之一语，实可圆非关书也之说，尤足为后学指南耳。"④ 按：钱陆灿之说见于康熙三十四年（1695）为蒋廷锡《青桐轩诗集》所撰序言中，该序最能见出他诗学观念的折中色彩，即以学问为基础，又出之以妙悟，最终归结于温柔敦厚。他说："用古从读书中出者为上，从读赋中出者次之，从读诗中出者为下。是就诗学诗，诗无是处，况进而问近道要、如有神者，又何物乎？"他称赞蒋廷锡早悟诗理，"咏叹淫佚之余，别有微笑粲花之助，近道要者是，如有神者是。从此日浸灌而不已，所谓《三百篇》温柔敦厚之义者是矣"⑤。这种趣向明显已近于神韵一路，视二冯论诗之旨自然会有"以夭冶为温柔，以堆砌为敦厚"的感觉。事实上，他在康熙二十五年（1686）序门人王誉昌诗，就以王铎、王

① 李庆甲辑：《瀛奎律髓汇评》卷一，上册，第 21 页。
② 见邓之诚《清诗纪事初编》卷三，上海古籍出版社 1984 年版，上册，第 310—311 页。
③ 赵俊玲：《钱陆灿〈文选〉评点本探析》，《殷都学刊》2007 年第 3 期。
④ 王应奎：《柳南续笔》卷三，第 182 页。
⑤ 蒋廷锡：《青桐轩诗集》卷首，中国社会科学院文学研究所藏清稿本。

士禛两位王姓诗人为张本,说"孟津之诗专学杜氏,独得其浑雄,新城之诗无所不学,自得其深秀","两王氏之学为近代诗人宗决矣。露湑岂有意于其间乎?何其浑雄、深秀之间出于其篇也!"① 由此观之,他有取于妙悟以至近于神韵一路的立场再清楚不过。钱陆灿虽然诗文兼擅,不屑于仅以诗人名世,但平生颇用功于诗学。同在作《青桐轩诗集序》的康熙三十四年,他还写了《戏为论诗绝句三十首》,其中不乏有意思的见解:

> 诗教云亡大雅乖,后人香艳堕淫哇。若云闺阁温柔是,未蹋宣尼敦厚阶。
>
> 先师学博仲恭箱,杂任居抽腹笥香。每到问诗推不会,温柔敦厚有何长。
>
> 律诗带古方成律,古体原无律不成。老杜篇中钩锁处,草蛇灰线续弦情。
>
> 体格何人跨盛唐,香奁才调误丹黄。会须学力与溟涨,直抵篇中接混茫。
>
> 诗家自古例相轻,楚国三袁妙入情。未必竟陵无好处,莫将诗病定平生。②

这里涉及对冯氏提倡晚唐香奁诗体的批评及对其所谓温柔敦厚的质疑,涉及自己的师承,涉及古近体诗的声律问题、学力问题,最后就钱谦益、二冯对公安、竟陵的不同态度批评其门户之见。由此可以看出,他与钱谦益、二冯的界线是很清楚的。他的议论表明,到康熙中期,随着二冯诗学逐渐成为虞山诗学的主流,其流弊也日渐明显起来。"是时邑中诗人率以冯氏为质的,循声按响,寸寸尺尺,虽或雕缋满眼,而真气不存"③。这使得一部分有识之士,在追随冯氏、继承其诗学的同时,又力图摆脱其影响,超越其局囿。钱良择是其中一位有代表性的人物。

钱良择(1645—?),字玉友,号木庵。少有才名,见赏于冯班,诗学得其指授,同时也为其所局限。康熙三十五年(1696)他跋冯班诗云:"钝吟诗谨严典丽,律细旨深,求之晚唐中亦不可多得。然独精于艳体及

---

① 王誉昌:《含星集》卷首,中国社会科学院文学研究所藏宗廷辅批康熙刊本。
② 钱陆灿:《钱湘灵先生诗集补编》,中国社会科学院文学研究所藏清抄本。
③ 王应奎:《海虞诗苑》卷五,乾隆刊本。

咏物，无论长篇大什，非所能办。凡一题数首及寻常唱酬投赠之作，虽极工稳，皆无过人处。盖其惨淡经营，工良心苦，固已极锤炼之能事，而力有所止，不能稍溢于尺寸步武之外，殆根于天也。吾虞从事斯道者，奉定远为金科玉律，此固诗家正法眼，学诗者指南车也。然舍而弗由，则入魔境；守而不化，又成毒药。李北海云：'学我者拙，似我者死。'悟此可以学冯氏之诗矣。予年未舞象，携诗谒定远，极为所许，亲聆其指授，苦吟二十年，始能尽弃其学。九原可作，定远当不以予为异趋也。"① 从这段甘苦之言中，不难体会到他对冯班的影响爱恨交织的矛盾心情。他在诗歌创作上最终走出了冯班的阴影，但在诗歌研究方面还是继承其诗体学，在康熙四十三年（1704）刊行了《唐音审体》一书。此书旨在辨析各种诗体的体制，故各体作品前都冠有序论，述其源流。论乐府能顾及与歌行的区别，论古诗能注意与齐梁体的消长，论古近体各式而及唐诗名家的体制特征，见解大体本于冯班。有时直接引用或暗袭冯班语，但论述较冯班更清晰而有条理。比如"古诗七言论"云：

> 七言始于汉歌行，盛于梁。梁元帝为《燕歌行》，群下和之，自是作者迭出，唐初诸家皆效之。陈拾遗创五言古诗，变齐、梁之格，未及七言也。开元中，其体渐变。然王右丞尚有通篇用偶句者。旋乾转坤，断以李、杜为歌行之祖。李、杜出，而后之作者不复以骈俪为能事矣。歌行本出于乐府，然指事咏物，凡七言及长短句不用古题者，通谓之歌行，故《文苑英华》分乐府、歌行为二。②

这段序论将歌行的外延、内涵及历史沿革、概念演变叙述得相当清楚，很有参考价值。因此对钱良择的序论不可仅以常识目之，而应视为冯班诗体学的整理和传承。赵执信《谈龙录》说"常熟钱木庵良择推本冯氏，著《唐音审体》一书，原委颇具，可观采"③，也给了他较高的评价。

赵执信（1662—1744）虽系山东人，却是光大虞山诗学的功臣。到康熙中叶，二冯诗学因局限和流弊日渐明显，已开始为虞山后学所扬弃。要

---

①　台湾中央图书馆藏汲古阁刊本《冯定远诗》十卷，《标点善本题跋集录》下册，中央图书馆 1992 年版，第 644 页。按，此条又见王应奎《柳南续笔》卷三节引。

②　丁福保辑：《清诗话》下册，第 781 页。

③　赵蔚枝、刘聿鑫校点：《赵执信全集》，齐鲁书社 1993 年版，第 534 页。

不是赵执信在弱冠之年读到冯班遗著，"一心爱慕"（《谈龙录》），最终成为冯班诗学的传人，或许冯氏诗学到康熙后期便趋式微，更不要说将影响扩大到全国了。据赵执信说，"其《钝吟杂录》八卷，先生长子行贤尝携以入都，大为时流惊怪；中间《严氏纠谬》一卷，尤巨公所深忌者。执信与先生邑子陶元淳，独手录而讲习之"①。从此他"越轶山左门庭，弃其家学，而宗虞山冯氏"②，以私淑弟子自居。王应奎《柳南随笔》也记载："益都赵秋谷宫赞执信，少负才名，于近代文章家多所訾謷，独折服于冯定远班。一见其《杂录》，即叹为至论，至具朝服下拜焉。尝至吾邑谒定远墓，遂以私淑门人刺焚于冢前。"③ 赵执信游虞山在康熙三十九年（1700）秋，是去探望座师翁叔元，居翁宅两阅月④。想是此行访得冯班全部稿本，康熙四十五年（1706）遂梓行了《钝吟全集》，几年后又为冯武等所刻冯班遗稿作《钝吟集序》，称冯班"为文考据精确，了无牵合傅会。其论古今成败，必了然于其时势，依倚人情，可见诸行事，不肯迂谬诡激，求人之短。其诗原本《诗》《骚》，务裨风教。至于条缕体制，含咀《雅》《颂》，北宋以来未之有也"⑤，可以说是推崇备至。后来他在《谈龙录》中也说："诗之为道也，非徒以风流相尚而已。《记》曰：'温柔敦厚，诗教也。'冯先生恒以规人。《小序》曰：'发乎情，止乎礼义。'余谓斯言也，真今日之针砭矣夫。"又说："司空表圣云味在酸咸之外，盖概而论之，岂有无味之诗哉？观其所第二十四品，设格甚宽。后人得以各从其所近，非第以'不著一字，尽得风流'为极则也。严氏之言，宁堪并举，冯先生纠之尽矣。"⑥ 这些议论告诉我们，赵执信从诗学的基本观念到论诗趣味都全盘继承了冯班的学说，而他的才名和游历又足以将冯班的诗学发扬光大，这就给人留下了"冯氏诗学得赵秋谷主持，遂为谈诗家立一赤帜"的印象⑦。

二冯诗学继续扩大影响的后果是中晚唐诗的地位得到大幅度的提升。无锡人杜诏（1666—1739）承二冯之说，"为诗缘情体物，风流绮靡，类

① 赵蔚枝、刘聿鑫校点：《赵执信全集》，第 373 页。
② 赵执信：《冯舍人遗诗序》，《赵执信全集》，第 380 页。
③ 王应奎：《柳南随笔》卷一，第 1 页。
④ 详见李森文《赵执信年谱》，齐鲁书社 1988 年版，第 44 页。
⑤ 赵蔚枝、刘聿鑫校点：《赵执信全集》，第 373 页。
⑥ 同上书，第 534、537 页。
⑦ 吴景恩：《第六弦溪诗钞序》，黄廷鉴《第六弦溪诗抄》卷首，道光二十一年刊本。

出入于义山、飞卿之间"。雍正三年（1725）杨绳武序其《云川阁集》，说："云川之能为温、李也，正其善守少陵之家法者也。宋王介甫云学杜当自义山入，而前辈虞山冯定远亦云读山谷诗粗硬槎枒，殊不耐看，若从义山入，则都无此病。近数十年来，学者多思托足于宋元，外为新奇怪愕之状，而内不免于空疏鄙俚之失。其说往往尊西江而陋西昆，不知西江之诗粗才枵腹皆可以袭取而形似，而西昆之诗非于古人之书沉浸秾郁，含咀英华，不能工也。（中略）云川之诗无学杜之面目，而有学杜之神爽，与介甫、定远之论有深契者。"① 鉴于明代以来流行的格调派经典选本《唐诗品汇》多录贞元以前诗，杜诏在康熙四十三年（1740）与杜庭珠同编《中晚唐诗叩弹集》十五卷，选元和以后诗一千八百七十多篇，尤详于晚唐。自序称"唐人如白香山以迄罗、韦诸家，不拘蹊径，直抒胸臆，或因时感愤，或缘情绮靡，使神无不畅，景无不宣。而好色不淫、怨诽不乱之旨，未尝不存乎其间，求其所谓尽与俚者不可得"②，在内容和艺术形式两方面都给了中晚唐诗以全面的肯定。书授梓后风行于世，竟上达宸听。康熙五十一年（1712）正月，杜诏在京候会试，康熙帝遣中官到他寓所取《中晚唐诗叩弹集》五部，复命武英殿监造缮写进览。杜诏有《壬辰会试榜发后（中略）纪恩八首》纪其事，其六写道："几束残编旧讨论，元和诗体及西昆。敢云风雅师前哲，何意流传达至尊。"③ 这一富于传奇色彩的事件意味着，到康熙末年晚唐诗也受到了皇帝的注意，我们在考察康熙后期诗坛风会时应该留意这一点。

　　在赵执信将二冯诗学推向全国，产生更广泛的影响的同时，虞山本地的诗论家对二冯诗学却有了更深入的反思，其成果部分反映在王应奎《柳南随笔》中。此书有不少条目涉及清初虞山诗学的流变、虞山诗家的论诗主张，对钱谦益、冯氏兄弟、钱陆灿等人论诗得失都做了公允的评述。据沈德潜说，王应奎"平日持论谓杰魁之才肆而好尽，此又学钱而失之，轻俊之徒巧而近纤，此又学冯而失之。窥其意，殆欲以隽永超诣化学两家者之不足"④。沈德潜提到的这段议论出自王应奎《西桥小集序》，序对钱谦益、冯班两家的诗风及其渊源作了对比：

---

① 杜诏：《云川阁诗集》卷首，雍正刊本。
② 杜诏、杜庭珠编：《中晚唐诗叩弹集》，康熙四十三年刊本。
③ 杜诏：《云川阁诗集》卷二，雍正刊本。
④ 沈德潜：《柳南诗钞序》，王应奎《柳南诗钞》卷首，乾隆刊本。

蒙叟才大学博，故其诗繁以缛，雄而厚，盖筋力于韩、杜而成就于苏、陆者也；钝吟思苦工深，故其诗沉以细，丽而密，盖根柢于徐、庚而出入于温、李者也。两先生之为近代诗人宗决矣，然予观古人论诗，或云兴在象表，或云妙在酸咸之外，或云如水中月如镜中像，盖意在乎隽永超诣也。执此以观两先生之诗，则均之未逮矣。①

由这段议论来看，王应奎倒更像是钱陆灿的追随者，同样有些倾向于王渔洋的神韵论，他对两家诗的裁量就明显是从神韵论的立场出发的。他所以编纂《海虞诗苑》，或许也有贯彻自己主张的意思，但人微言轻，不太有影响。不过这无关紧要，因为到乾隆年间，对二冯诗学的否定性批评便逐渐占了上风，尤以纪晓岚《田侯松岩诗序》《瀛奎律髓刊误序》为代表。杭世骏跋《才调集》云："固哉，冯叟之言诗也！承转开阖，提倡不已，乃村夫子长技，缘情绮靡，宁或在斯？古人容有细心通才，必不当为此迂论，右西昆而黜江西。夫西昆沿于晚唐，西江盛于南宋，今将禁魏晋之不为齐梁，禁齐梁之不为开元大历，此必不得之数。风会流转，人声因之，合三千年之人为一朝之诗，有是乎？二冯可谓能持诗之正，未可谓遂尽其变者也。"② 此论可以说深中二冯诗学的结症。迨嘉道以后，冯氏及虞山诗学的影响遂告式微，因为他们所倡导的晚唐诗风早已风流云散，而他们的晚唐诗批评和诗体学研究相形乾隆诗学的专门化和精致化工夫，也成了浅显的常识，不能再给人新鲜感了。

第四节　贺裳、吴乔的诗歌批评

明代后期公安、竟陵派的兴起，使格调派"诗必盛唐"的观念受到极大的冲击，中晚唐甚至宋诗开始受到关注，李商隐诗歌的评价也不断提升，在钟、谭《唐诗归》、陆时雍《唐诗镜》、胡震亨《唐音统签》等总集中一路走高。陆时雍《诗镜·总论》自称"余于温、李诗收之最宽，从时尚耳"，表明晚唐诗的市场需求正日益高涨，而李商隐也在这种风气中逐渐成为诗家关注的焦点。到清初，随着以二冯诗学为主导的虞山诗派

---

①　王应奎：《柳南文钞》卷二，乾隆刊本。
②　杭世骏：《榕城诗话》卷上引，乾隆刊本。

占据江南诗学的主流位置，评说晚唐诗和李商隐似乎成了一种时髦，释道源、朱鹤龄、钱龙惕、吴乔乃至稍后的姚培谦等，竞相笺说义山诗，江南一些重要批评家也将李商隐诗作为批评的重点对象。贺裳和吴乔是当时江南诗学风气中颇有影响力的两个诗论家。

一　贺裳的唐宋诗论

贺裳字黄公，号檗斋，江南丹阳人。国子监生。与吴门张天如、杨维斗执复社牛耳，一时推为风雅之宗。著书甚富，"总计著述，论史则有《史折》、《续史折》、《战国论略》，论文则有《文骦》、《文骦外编》，论诗则有《载酒园诗话》，论词则有《皱水轩词筌》，自著则有《檗斋集》、《少贱斋集》、《寻坠斋集》，纂录则有《左》《国》《史》《汉》及管、韩诸子、唐宋八家、明文《尚型》、《破愁》、《保残》三集，又有《文正》、《文型》、《文轨》、《凤毛》诸集、《唐诗钞》、《宋诗泾沚》、《明诗择闻集》、《逸诗纪》等。最后又得《檗子说孟》，惜乎未成而卒"①。今仅存《皱水轩词筌》、《蜕疣集》两种。贺裳的诗学在当时颇受江南诗家的推崇，康熙二十九年（1690）秋阎若璩跋《贺黄公载酒园诗话》，提到"老友吴乔先生尝言，贺黄公《载酒园诗话》、冯定远《钝吟杂录》及某《围炉诗话》可称谈诗者之三绝"。他急遣人购得，与胡胐明同读之，觉"口眼俱快，沁入心脾"，而叹老友为知言②。由于贺裳著述多散佚不传，他的文学批评也未受到应有的重视③。

贺裳的《载酒园诗话》应该说是一部从内容到形式都很独特的诗话，表面上看它沿袭了明代诗话贪多求全、包揽古今的规模，但却不像明人诗话那样空疏而好作大言，看得出他对古今诗学是真正下过一番工夫的。今传《载酒园诗话》共五卷，第一卷泛论古今人作诗理法，多商榷前人诗话之说；卷二至卷四称"载酒园诗话又编"，卷二论初盛唐人诗，卷三论中唐人诗，卷四论晚唐诗；卷五称"唐宋诗话"，实则仅论两宋人诗。自叙缘起，说明论唐诗略于初盛而详于中晚，是因为明嘉靖、隆庆以前谈诗者视中晚唐蔑如，到万历末年又举世推服，尊卑抑扬，皆过其实；而论宋诗

---

① 　贺宽：《贺黄公传》，徐锡麟等纂《光绪重修丹阳县志》卷三五书籍志引。
② 　阎若璩：《潜邱札记》卷四上，乾隆十年刊本。
③ 　目前有关贺裳的研究，只有王熙铨《贺裳〈载酒园诗话〉研究》，花木兰文化出版社2006年版。

稍详，则又是因为前辈过薄宋人；近人称许宋诗，乃喜其尖新僄浅，未能深窥宋人本末。就其存心命意而言，见识固已不凡，而评论所及，更包揽中晚唐、两宋名家，一一披阅其诗集，揭示其创作倾向及艺术特征，可以说见解中肯，持论平实，姑无论其深度如何，起码他的评论对象之广在清初诗评中是鲜有可比的。

卷一阐释诗学的基本问题，虽多为老生常谈，也没有什么新见解，但显示出作者对前代诗学的熟悉和深入研究。他所谈论的问题，所举的例证有些出自前人诗话或笔记，更多的则是自己研读前人作品积累的心得，足见采撷、整理之功，遗憾的是提炼、概括不足，以致缺乏条理。比如论皎然《诗式》提出的"三偷"，十则诗话以古代诗歌作品为例，分别说明（1）古诗中的"偷法"有"或反语以见奇，或循蹑而别悟"的效果；（2）"偷法"一事，名家所不免；（3）"偷法"每有出蓝生冰之胜；（4）"偷法"意不相同者，不妨并美；（5）蹈袭得失有不同，系于作者见识；（6）聂夷中诗多窃前人之美；（7）"偷法"妙在以相似之句，用于相反之处；（8）诗有同出一意而工拙自分者；（9）历代对"偷法"的态度不同；（10）诗家虽厌蹈袭，但翻案有时更为拙劣。各条议论和相应的评价都不无见地，但却未很好地分类和归纳，最终未能清楚地说明"偷法"在主题、结构、语言不同层次的表现。

总体上看，贺裳的议论给人的感觉是读书多而运思少，故能注意到一些有意思的现象，提出一些问题，却往往停留在罗列资料的表现，不能做更深入的思考，得出见识过人的结论。比如他曾举历代咏王昭君诗为例说明诗家的"翻案法"：

王介甫《明妃曲》二篇，诗犹可观，然意在翻案。如"家人万里传消息，好在毡城莫相忆。君不见咫尺长门闭阿娇，人生失意无南北"。其后篇益甚，故遭人弹射不已。至高季迪长篇，则翻案愈奇，结句曰："妾语还凭归使传，妾身没虏不须怜。愿君莫杀毛延寿，留画商岩梦里贤。"意则正矣，有此事否？恐终是文人之语，非儿女子之言也。余因思此题终不及储光羲"胡王知妾不胜悲，乐府皆传汉国词。朝来马上《箜篌引》，稍似宫中闲夜时"。大都诗贵入情，不须立异，后人欲求胜古人，遂愈不如古矣。又郭代公曰："自嫁单于国，长衔汉掖悲。容颜日憔悴，有甚画图时。"乐天则曰："汉使却回凭寄语，黄金何日赎蛾眉？君王若问妾颜色，莫道不如宫里时。”似此翻案却佳，盖尤为切情合事也。①

翻案自宋代以来就是诗家的老生常谈，这则诗话主张“诗贵入情，不须立异”，本来不无道理②，但所举诸诗例恰好显示了，“后人欲求胜古人”，是如何别出心裁地标新立异，而他所谓的“愈不如古”也未必能得到其他批评家的认同。这多半属于未将阅读积累的心得很好地消化、酝酿，发展成有概括力的理论命题。“一联工力不均”条也是一个明显的例子：

> 诗有名为佳联而上下句工力不能均敌者，如夏子乔“山势蜂腰断，溪流燕尾分”，陈传道“一鸠鸣午寂，双燕话春愁”，唐子西“片云明外暗，斜日雨边晴”，皆下句胜上句；李涛“扫地树留影，拂床琴有声”，则上句胜下句，以此知工力悉配之难。宋延清初唐名家，然如“秋虹映晚日”，固不及下句“江鹤弄晴烟”之妙。又《江南曲》：“采花惊曙鸟，摘叶喂春蚕”，摘叶喂蚕仅一事，因采花而鸟惊，一句中有两折，亦上句胜也。③

这些佳联都不是常见的名句，能搜集到这些例子足见他读诗之广、用心之细，但他只停留在指出一联中存在上下两句工力不均的现象上。而黄生评此条说：“凡两句不能并工者，必是先得一好句，徐琢一句对之。上句妙于下句者，必下句为韵所缚也。下句妙于上句者，下句先成，以上句凑之也。如老杜‘接宴身兼杖’，何等工妙，下句‘听歌泪满衣’，则庸甚。然此韵中除‘衣’字别无可对。‘百年地僻柴门迥，五月江深草阁寒’，上句费力，下句天成。题下注云：‘得寒字。’五月中‘寒’字颇难入诗，想杜公先为此字运思，偶成七字，然后凑成一篇。其上句之不称宜也。”这段话多有见识，对贺裳提出的问题又是多好的补充说明！对比黄生的评语，贺裳好学而乏深思的弱点毕显无遗。

不好深思只是问题的表面，其实质是缺乏见识即理论概括的能力。所

---

① 贺裳：《载酒园诗话》卷一，郭绍虞辑《清诗话续编》第 1 册，上海古籍出版社 1983 年版，第 220 页。

② 黄生批此句曰：“此真在里之言。”

③ 贺裳：《载酒园诗话》卷一，郭绍虞辑《清诗话续编》第 1 册，第 231 页。

以卷一虽对历代诗话多有评论，但只涉及细枝末节的考辨，殊无大议论。诗话又编三卷，通论唐人诗，也仅可谓平允而已，独到之见终是寥寥。给我留下印象较深的是卷一论常建：

> "高山临大泽，正月芦花干。阳色薰两崖，不改青松寒。"此东野意趣也。"井底玉冰洞地明，琥珀辘轳青丝索。仙人骑凤披彩霞，挽上银瓶照天阁。黄金作身双飞龙，口衔明月喷芙蓉。一时渡海望不见，晓上青楼十二重。"置之长吉集，奚辨乎？二子之生，尚在数十年后，此实唐风之始变也。吾读盛唐诸家，虽浅深浓淡，奇正疏密，各自不同，咸有昌明之象。独常盱眙如去大梁、吴、楚而入黔、蜀，触目举足，皆危崖深箐，其间幽泉怪石，良非中州所有，然亦阴森之气逼人。①

在此他不仅发现常建诗中杂有某些类似孟郊、李贺的怪异趣味，而且断定它们是殊异于盛唐昌明之象的独特现象，是中唐诗风变革的先声。这确实是发前人所未发的议论，显出作者阅通的诗史眼光。这种历史眼光在论刘长卿时也显示出过人的深刻，首先他将刘长卿置于中唐之首，就基于对长卿由盛入中的过渡意义的认识：

> 昔人编诗，以开元、大历初为盛唐，刘长卿开元、至德间人，列之中唐，殊不解其故。细阅其集，始知之。刘有古调，有新声。盛唐人无不高凝整浑，随州短章，始收敛气力，归于自然，首尾一气，宛若面语。其后遂流为张籍一派，益事流走，景不越于目前，情不逾于人我，无复高足阔步，包括宇宙，综揽人物之意。虽孟襄阳诗，亦有因语真而意近，以机圆而体轻者，然不佻不纤。随州始有作态之意，实溽暑中之一叶落也。②

他指出刘长卿诗有古调、新声两副面目，短章一改盛唐之高华浑整而归于自然流利，开中唐平易浅近之先声，这都准确地抓住了刘长卿诗歌的主要

---

① 贺裳：《载酒园诗话》又编，郭绍虞辑《清诗话续编》第 1 册，第 324 页。
② 贺裳：《载酒园诗话》卷一，郭绍虞辑《清诗话续编》第 1 册，第 331 页。

特征。可惜像这样的精彩议论书中并不多见，而且即便是这些颇有见地的议论，有时也夹杂着可斟酌推敲的未确之说。即以论刘长卿而言，他首先强调"随州绝句，真不减盛唐，次则莫妙于排律。排律惟初盛为工，元和以还，牵凑冗复，深可厌也。惟随州真能接武"。长卿绝句能否媲美盛唐，还不易断言，但他的排律绝不如五、七律出色则是可以肯定的。他的五言长篇恰恰未能避免"牵凑冗复"，意脉不清的毛病，我曾专门讨论过这一点①。贺裳的唐诗评论就是这样，一些真知灼见常与似是而非的谬说混杂在一起，需要仔细剔抉才能发现，像钟嵘《诗品》评陆机诗说的"披沙简金，往往见宝"。

　　不过，换个角度看，这种莨莠互见、玉石杂糅的评论其实正呈现出一种多角度、多层次的批评方式，甚至可以说是一种新的批评形态。为何这么说呢？《载酒园诗话》又编对唐代诗人作了空前规模的批评，总共评论诗人 137 家，这一数量是前人诗话所未有的。而且，他的批评文字明显较前人诗话为繁，宋之问、王昌龄、李白、刘长卿、钱起、韩翃、杜牧、许浑、皮日休、陆龟蒙、杜荀鹤的批评都超过了五百字，柳宗元、刘禹锡、韩愈、李贺、张籍、王建、元稹、白居易、温庭筠、李商隐几位则达到千字以上，杜甫更多至二千八百余言，看得出贺裳于中晚唐诗用功是相当深的。虽然篇幅的繁简与批评质量的高低不能简单地画等号，但字数繁复毕竟意味着讨论问题之多或细。细绎贺裳的评论，我们确实可以看到，他的批评明显地比前人细致和全面了。即以论柳宗元一篇为例，贺裳的评说共有十段：

　　第一段，首先指出："大历以还，诗多崇尚自然。柳子厚始一振厉，篇琢句锤，起颓靡而荡秽浊，出入骚雅，无一字轻率。其初多务镵刻，故神峻而味冽，既亦渐近温醇。"这是说明柳宗元的诗史意义，兼及其诗风的变化。

　　第二段，引述前人的论断加以辨析："宋人诗法，以韦、柳为一体，方回谓其同而异，其言甚当。余以韦、柳相同者神骨之清，相异者不独峭淡之分，先自忧乐之别。""东坡又谓柳在韦上，此言亦甚可思。柳构思精严，韦出手稍易，学韦者易以藏拙，学柳者不能覆短也。"在前人异同论

---

　　①　参看蒋寅《大历诗人研究》上编第一章"江南地方官诗人创作论"，中华书局 1995 年版，上册，第 29—31 页。

的基础上更具体指出异同所在，及学二家诗的难易。

第三段，引述《诗眼》论苏东坡推崇柳宗元之说，分析东坡持论的心理背景："余以柳诗自佳，亦于东坡有同病之怜，亲历其境，故益觉其立言之妙。坡尤好陶诗，此则如身入虞罗，愈见冥鸿之可慕。"指出东坡推崇柳宗元，不只缘于艺术趣味相通，还因身历相同的境遇，引发心灵的共鸣。

第四段，举《读书》诗句，谓可为千古读书人写照，也可为我辈困学人解嘲，肯定了柳宗元作品所表现的精神内容的典型性。

第五段，先指出："《南涧》诗从乐而说至忧，《觉衰》诗从忧而说至乐，其胸中郁结则一也。"举柳宗元答贺者语："庸讵知吾之浩浩，非戚戚之尤者乎？"说读此文可解此诗，因驳前人评柳诗"近陶"与"达"之非，深刻地剖析了柳宗元的心理状态。

第六段，论《觉衰》诗，称"极有转摺变化之妙"，"一句一转，每转中下字俱有层折"，"中间转笔处，如良御回辕，长年掉舵。至文情之美，则入疾风卷云，忽吐华月，危峰才度，便入锦城也"。这是对重要作品的精心细读。

第七段，论柳宗元五七言抒情力度的差异："柳五言诗犹能强自排遣，七言则满纸涕泪。"这是对柳宗元不同体裁的比较批评。

第八段，论柳宗元诗有史笔："子厚有良史之才，即以韵语出之，亦自须眉欲动。"这是对柳宗元诗歌独特魅力的揭示。

第九段，论《平淮雅》二篇，谓"诚唐音之冠，柳子厚亦深自负，但终不可以入周《诗》"。举其警句，与《诗经》中《皇矣》《江汉》篇比较，"便觉古人风发而漓生，此有巧人织绣之恨"。这是论柳宗元集中的四言之作，也是很少为人注意的作品。

第十段，论《铙歌鼓吹曲》不及《皇武》、《方城》，"然较之《七德舞》则绵蕞犹胜于盆子君臣也"。[1] 这也是讨论柳集中的特殊作品。

经过这番梳理，就可见贺裳对柳宗元诗歌创作的批评涉及多方面的内容，包括柳宗元的艺术特征、阶段性变化及其诗史意义，柳宗元写作五言和七言的不同特点，东坡对柳宗元的推崇及其原因，前人将韦柳并称的合理性，柳宗元作品展现的心理状态及精神内容，某些经典之作和特殊作品

---

① 贺裳：《载酒园诗话》卷一，郭绍虞辑《清诗话续编》第 1 册，第 345—348 页。

的精读，等等。这些批评都建立在对具体作品的分析之上，合而观之就是一篇前现代形态的柳宗元诗歌论文。放眼明代以来的唐诗批评，如此细致而有规模的研究殊无先例，仅此也可见贺裳诗话在批评史上的非同寻常的意义，要说它与冯氏兄弟的诗歌批校一起，在诗人和诗歌的艺术批评方面引领了清代唐诗学的学术风气，体现了清代诗学在作家批评方面日趋专门化、细致化的倾向，那是一点也不夸张的。

贺裳论唐诗虽精到识见不多，评说大体还持平，而论宋诗则因深怀偏见而每有武断过甚之辞。诗话卷一不仅有专论"宋人论事失核"、"宋人议论拘执"的条目，"用事"、"属对"、"音调"、"改古人诗"等条目的议论也都是针对宋人而发，其否定性立场显而易见。列为《载酒园诗话》卷五的"唐宋诗话"，实际只是宋诗话，论及宋代诗人94家，人数之多在清初也是空前的，连大力提倡宋诗的王渔洋也没有论及如此众多的宋代诗人。其中当然不是没有可取的见解，如西昆作家后世鲜有好评，贺裳却予以肯定，且举其集中隽永之句，谓"庐陵诋杨、钱，无异公安毁王、李。明诗坏自万历，宋诗坏始景祐、宝元，古今有同恨耳"①。但总体上说，他的意见好恶多不与人同，叫人难以接受。就像论南宋诗，说："大率宋诗三变，一变为伧父，再变为魑魅，三变为群丐乞食之声。吾尝读《中州集》，高者雅秀，卑者亦不至于鄙俚。一时恶气，独聚于南，岂国之将亡，衰乱先形之笔墨耶？"②论王安石，说"读临川诗，常令人寻绎于语言之外，当其绝诣，实自可兴可观，不惟于古人无愧而已。吾尝谓此不当以文恕其人，亦不当以人弃其文，特推为宋诗中第一。其最妙者在乐府五言古，七言律次之，七言古又次之，五言律稍厌安排，七言绝尤嫌气盛，然佳篇亦时在也"。这显然也是让人难以苟同的，黄生更讥其"所举诸作，无一佳者，不知其'绝诣'何在？"③所以王渔洋读《载酒园诗话》，也说"其持论有不可解处"，以为"大抵所取率晚唐宛巧之语，以为隽异，岂得辄衡量大家耶？"④要说贺裳评诗的手眼不高，那是显而易见的。他曾说郑谷《鹧鸪》虽全篇匀净，但警句"雨昏青草湖边过，花落黄陵庙里

---

① 贺裳：《载酒园诗话》"唐宋诗话"，郭绍虞辑《清诗话续编》第1册，第406页。

② 同上书，第443页。

③ 同上书，第418页。

④ 王士禛：《居易录》卷三，袁世硕主编《王士禛全集》第5册，齐鲁书社2007年版，第3731页。

啼”一联“不过淡淡写景，未能刻画”，比不上雍陶《白鹭》“立当青草人先见，行傍白莲鱼未知”一联，黄生评道：“郑语正以韵胜，雍句反以刻画失之。贺之评赏倒置如此！”① 如果说论唐诗这种成问题的评鉴还不多，或者说不太明显的话，那么论宋诗时，他在鉴赏力方面的缺陷就彻底暴露无遗，所举各家杰作多无足观，每为黄生所哂。如论晏殊诗，独赏《安昌侯作》一首，黄生说“全诗了无好处”②；论宋庠《落花》诗，而喜其“泪脸补痕劳獭髓”、“舞台收影费鸾肠”两句，黄生以为“‘费鸾肠’三字丑恶之极，且生撰以对‘劳獭髓’，意甚偏枯，有何风致而赏之耶？”③ 当时黄生读《载酒园诗话》，摘其议论孟浪或拘泥不化之说，一一加以驳正，殆无商榷的余地。后来史承谦《青梅轩诗话》虽承认贺裳持论不无见地，但终究以为“门外话居多”④。在这一点上，他倒是与吴乔很相似，论诗有自己的主张，可是对诗的判断力却有问题。

二　从《逃禅诗话》到《围炉诗话》

吴乔（1611—1695），字修龄，原名殳。江南太仓人，入赘昆山。明崇祯十一年（1638）诸生，寻被斥。入清后以布衣游于公卿间。曾与吴江戴笠同辑《流寇长编》。有《古宫词》、《托物草》、《好山诗》，又有笺释李商隐诗的《西昆发微》传世。吴乔生平为学甚杂，好文字之学，自谓苍颉后一人，但当时并不见许⑤。秦松龄《吴修龄诗序》说：“不求人知，故世无知之者，独周子叔知之。后学神仙。娴于历代掌故，且善谈兵。顺治十五年，魏裔介选《唐诗清览集》，欲得宏博之士佐校雠，周子叔荐吴，选竣刻之吴门，并刻其稿行世。魏曰：修龄诗宗李义山，然世之为义山者多龃龉少陵，余独以为善学义山者，善学少陵者也。”⑥ 所谓不求人知，乃是因其为人极其自负。他平素论诗最推崇贺裳和冯班，但又称自己的《围炉诗话》可与贺裳《载酒园诗话》、冯班《钝吟杂录》并列谈诗三绝。诗学显然是他学问所长，至今流传的关于他的资料也多与论诗有关，从中

---

① 贺裳：《载酒园诗话》卷一，郭绍虞辑《清诗话续编》第1册，第225页。
② 贺裳：《载酒园诗话》“唐宋诗话”，郭绍虞辑《清诗话续编》第1册，第407页。
③ 同上书，第408页。
④ 史承谦《青梅轩诗话》，《史位存杂著六种》，乾隆六十年刊本。
⑤ 吴德旋《初月楼续闻见录》卷三：“同时吴修龄自谓苍颉后一人，而继庄则曰是其于天竺以下书皆未能通，但略见《华严》之旨者也。”道光刊本。
⑥ 秦松龄：《苍岘山人文集》卷二，康熙刊本。

可见他对历朝诗和当时诗风的批评非常尖锐，而自作则如空谷幽兰，显出对大众趣味的抵制。

　　吴乔的诗学著述，世传有《围炉诗话》、《答万季野诗问》及《西昆发微》，但流行都不广。《围炉诗话》成书后未能刊印，在清代前期一直以钞本流传，世间罕觏。赵执信三过吴门，访之不得。乾隆间雷国楫任官于苏州时，询之故老也没有下落。直到嘉庆十三年（1808）收入《借月山房汇钞》，才流行于世。近代以来，学界论及吴乔诗学，都只知道他著有《围炉诗话》和《答万季野诗问》，直到 1973 年台湾广文书局《古今诗话续编》将中央图书馆所藏《逃禅诗话》钞本影印出来，学界方知吴乔所撰诗话尚有另一种稿本。但大陆学者所撰写的批评史与清代诗学研究的著作，论及吴乔诗学的价值及其在清初诗学中的位置，都未提到《逃禅诗话》与《围炉诗话》的关系。只有台湾学者专门对这个问题作了研究，谢明扬从吴乔许许学夷的态度，得出前者由后者修订而成的结论①，这与我的看法恰好相反。事实上，两书内容虽有部分重合，但篇幅和文字都相差很大，已不能简单地以初稿和定稿视之，因而比较其间的差异就绝不同于一般意义上的校勘，而成为辨析吴乔诗学观念之形成及理解其最终见解的重要步骤，需要作为一个专门的问题来论述。

　　诗话有康熙二十五年（1686）自序，提到："辛酉冬，萍梗都门，与东海诸英俊围炉取暖，啖爆栗，烹苦茶，笑言飙举，无复畛畦。其有及于吟咏之道者，小史录之，时日既积，遂得六卷，命之曰《围炉诗话》。"②辛酉是康熙二十年（1681），吴乔正客于京师徐乾学邸。陈维崧《湖海楼诗集》卷八有《屡过东海先生家不得见吴丈修龄诗以柬之》诗云："最爱玉峰禅老子，力追艳体斗西昆（修龄精禅学，又善拟无题诗）。朱门纵视如蓬户，入幕长愁似隔村。索饭叫号孙太横，抄书历碌眼尝昏。此间赤棒喧豗甚，隐几偏知处士尊。"诗次于是冬所作《喜汉槎入关和健庵先生原韵》前，是当时吴乔客于徐邸的一个旁证③。《围炉诗话》序本将写作动机和写作时间交代得很清楚，看似没什么问题，但一对照《逃禅诗话》，

　　① 阮廷瑜：《〈逃禅诗话〉与〈围炉诗话〉之异同》，《国立中央图书馆馆刊》新 25 卷第 1 期，1992，第 135—150 页；谢明扬《许学夷与吴乔的诗学传承》，《中国文哲研究通讯》第 13 卷第 3 期，2003，第 23—48 页。

　　② 吴乔：《围炉诗话》，张钧衡刊适园丛书本。

　　③ 详见蒋寅《王渔洋事迹征略》康熙二十年，人民文学出版社 2001 年版。

其不免让人怀疑其所述是否属实了。

《逃禅诗话》未曾刊行，仅有稿本一卷藏台湾"中央"图书馆，钞本一卷藏北京大学图书馆。中央图书馆藏的稿本书写相当工整，行文则不免粗疏，征引文献多凭记忆，时有错误。其中称叶方蔼谥"文敏"，考叶氏卒于康熙二十一年（1682），十月二十四日得谥文敏①，则其写作时间应在此后。将此稿与《围炉诗话》对读，可信后者是在前者的基础上改订而成的。也就是说，吴乔先写作了《逃禅诗话》，后经增删编为《围炉诗话》六卷。因此自序所述的都门问答并不是撰写《围炉诗话》的直接起因，其写作动因也许要到两书的异同中去探寻。

台湾广文书局影印的《逃禅诗话》稿本，前后无序跋，正文共241则，不分卷，而有"变复"、"哀乐"、"诗中有人"、"体格名目"、"五言诗"、"三唐"、"李杜"、"五绝"、"宋诗"诸目。第27则论晚唐某人《剑客》诗，作者与诗第六句均空缺，明显是一时记忆不清，暂缺待补。由此可以推断它是作者的底稿本。第一则谓"弘治间庸妄全不知诗，侈意于复，止在状貌间，为奴才，为盗贼，为笑具"，末云"事有关系而话言颇烦，别具卷末"，然而卷末并无论明诗之语，卷中也无申论此说的内容，想是作者计划中有这一节而终未写成。然则此稿当为作者未竣的初稿，看来是没问题的。再看全书编次，各目下或仅一则，或数十则，殊无条理。我怀疑吴乔撰写时曾拟每则标目，后终未实现。

将《逃禅诗话》稿本与流行于世的《围炉诗话》比勘，内容多有重叠，互见的条目计有169则，而且都在《围炉诗话》前五卷中。对比互见条目，则明显以《围炉诗话》的文字为长，足见后出转精。比如：

第70则"刘长卿云：'诸城背水寒吹角，独树临江夜泊船。'一本作独戍，余意独树为是，有戍卒处堪泊船也"。《围炉诗话》卷三引刘诗作"孤城背岭寒吹角"，此为改正引诗误记之例。

第201则"《隐居诗话》云：放翁好缀辑南朝人语成诗，故句虽新而不浑厚"。《围炉诗话》卷五"放翁"作"山谷"，此为改正人名误记之例。

第183则"人自有意，人自言之。宋人每言夺胎换骨，去瞎盛唐字仿句模有几？"第185则"宋人翻案诗即是蹈陈言，看不破耳。又多摘前后人相似语以为蹈袭。诗贵见自心，偶同前人何害？作意袭之，偷势亦是

---

① 王士禛：《国朝谥法考》，袁世硕主编《王士禛全集》第5册，第3523页。

贼"。《围炉诗话》卷五将两条合并，此为编定文字之例。

第 193 则"义山诗被杨亿、刘筠弄坏，永叔力反之，语多直出，似是学杜之流弊，而又生平不喜杜诗，盖取资于乐天耳"。《围炉诗话》卷五"盖取"一句作"何也？"此为删除不确论断之例。

第 221 则"山谷欲自成家，以生强为高奇，放翁轻浅无含蓄，皆违于唐"。《围炉诗话》卷五作"山谷专意出奇，已得成家，终是唐人之残山剩水。陆放翁无含蓄，皆远于唐"。此为修改评断分寸之例。

第 234 则"宋人咏梅云'疑有化人巢木末'，奇哉！而唐人思路不出此"。《围炉诗话》卷五作："忆得宋人咏梅一句云'疑有化人巢木末'，奇哉！是李义山《落花诗》'高阁客竟去'之思路也。唐人犹少，何况后人？"此为修改论断、补充论据之例。

由此可见，《逃禅诗话》实际上就是《围炉诗话》的雏形与蓝本。试观其中对宋诗的批评仅限于宋诗本身，尚未如《围炉诗话》直斥学宋诗之人及学宋诗风气，可知吴乔当时对宋诗的态度还比较和缓；日后增订为《围炉诗话》，便大肆抨击，不假辞色了。《围炉诗话》既行于世，《逃禅诗话》遂湮没而不为人知。

比勘两部诗话，《逃禅诗话》溢出《围炉诗话》之外者计 74 则，引人注目的是其中保留不少有关作者诗学观念及师承的内容。吴乔论诗推崇贺裳、冯班，人所周知，吴乔本人也不讳言。但他还曾受许学夷的沾溉，这就鲜为人知了。《围炉诗话》屡屡称引冯班、贺裳之说，只字未提许学夷，可是我们读《逃禅诗话》却发现，他原是受许学夷诗学很大影响的，而且在前辈诗论家中他最佩服的也是许学夷。且看他是怎么说的：

> 晚唐至今日，七百余年，能以才情自见者，如温、李、苏、黄、高、杨辈，代不乏人。而知有体制者，唯万历间江阴许伯清先生及亡友常熟冯班定远、金坛贺裳黄公三人。

他与许学夷时代不相及，只不过讽味遗言，而于冯班、贺裳则是亲承音旨。比较三家之学，他认为"黄公详于近体，凡晚唐两宋诗人之病，其所作《载酒园诗话》一一举证而发明之"；"定远古体近体兼详，严沧浪之说诗，在宋人中为首推，而所得犹在影响间，未能脚踏实地。后人以其妙悟二字，似乎深微，共为宗仰。定远作一书以破之，如汤之泼雪，读之则得见古人唐人真实处，不为影响之言所误"；而"伯清先生所见体制之深广，更出二君之上。自《三百篇》以至晚唐，其间源流正变之升降，历历举之，如数十指。为古体为近体，轩之轾之，莫有逃其衡鉴者。不意末季澜浪之中乃有是人"，足见对许学夷评价之高。当然，他对三人尽管十分景仰，却也不盲目迷信，在接受他们的学说时，也清楚地洞见其缺陷。他说：

> 余于三君，伯清先生，严师也。定远、黄公，畏友也。皆如李洞之于阆仙，铸金为像者也。而私心尚有所恨焉。黄公以重体制，反殢于伪冒复古之李献吉，而称为先朝大雅才。定远诗有体制，有才情，近代所鲜。而所见体制，不及伯清之深广，却以此故得伸其才情。伯清得于体制者，尽善尽美，至矣极矣，其所自作反束于体制，惟恐一字之逾闲，才情不得勃发。

又云：

> 杨基以其无题为艳情。许伯清论千古诗人无不确当，唯于义山，眼同（洪）觉范。

这本是很好的议论，但不知何故，编《围炉诗话》时却悉数删去。究竟是不愿意雌黄瓣香所奉的先辈，还是悟前言之非，不得而知。

相比《围炉诗话》，《逃禅诗话》的文字清楚地表明，吴乔写作诗话的动机在于重新确立诗歌的理想。吴乔诗学的基本倾向，是奉许学夷、贺裳、冯班为宗，推崇晚唐诗歌。这在康熙中期的诗坛应该说是很独特的取向。因为从康熙初王渔洋倡导宋诗起，诗坛就逐渐盛行宋诗风。到康熙二十年代初，宋诗风受到广泛批评，王渔洋迫于舆论的压力，经过深思熟虑，终于改辙易帜，在新的起点上重倡盛唐诗，形成所谓神韵诗风。在这种形势下，吴乔推崇晚唐诗，虽属承冯班绪论，却也不啻是空谷足音。要想了解他的思路，线索就保留在《逃禅诗话》中。他在比较了唐、宋、明诗的同异后，认定"唐诗有意而婉曲出之，宋诗有意而直出之，隆嘉诗唯事声色"。以他的趣味而言，当然是唐诗最宜师法，而且是"有意而婉曲出之"的晚唐诗。就理想而言，他也承认盛唐是最高境界，但最高境界并不等于就适宜取法。在他看来，盛唐的高妙是不可学的。比如七律，"盛唐七言律，春容浑成，不求妙也。中唐乃妙，晚唐则巧甚，是盛中晚之界也"。不求妙而妙，即姜夔所谓"自然高妙"，是最学不得的，那么就只能从晚唐的巧入手了。这种选择实出于无奈，是对才能缺乏自信的表现："中唐如士大夫之家，犹可几及；盛唐如王侯之家，如何可学？人被二李辈弄成恶道，有志而识见未到，轻易学之，先入恶道。此不佞所身受者，岂可坐视匍匐入井耶？"那么，为何又不学中唐呢？诗之可为典范，不外乎才情之正与体制之纯两端。"由盛唐而钱刘，而子厚，而用晦，而山甫、昭谏，自一源流出，降杀以等，故为正变。韩孟元白千奇万变，其派各出，不与初、盛同流，故为大变。用晦、山甫、昭谏犹今世之儒生，韩、孟、元、白，老、庄、杨、墨也"。今世儒生虽属末流俗学，不失为正统；老、庄、杨、墨则直是异端，中晚唐从而有邪正之分。"古体至于陈隋，近体至于宋之江西派、江湖派，体制尽亡，并才情而失"，而"晚唐才情大横而体制未亡"，所以尚足师法。众所周知，韩、孟、元、白乃是宋调先声，宋诗才情、体制的亡失当然是与韩、孟、元、白的千奇百变分不开的。这样，宜以取法的楷模就非晚唐莫属了。当然，吴乔对晚唐诗的总体评价是不高的，以为"五言古温李而外无作者"，七律许浑至罗隐、李山甫以下也不足数，因此他的取法晚唐实在是出于无奈，出于一种消极的策略意识。可以说它是一种极为冷静的现实选择，但与王渔洋神韵诗论的积极取向，就明显有手眼高下之分了。

诗史流变论也是《逃禅诗话》中很有价值的部分。吴乔论诗以"正穷流复变"为基本宗旨，以为"变乃人所必趣，流乃势所必至，复则千古杰士之所为"。他强调诗史的时段划分应该以人为据，而不必机械地以时代为限。他曾引钱谦益、阎若璩两家的说法，详细举证以年代论人的缺陷，从而得出"分之以人，不以时"的论断，即根据诗人的创作特征而不是生卒年来定其时代归属。这无疑是高于旧说的精当见解。钱钟书先生《谈艺录》开卷即说唐、宋诗之别以诗不以时，正是这一意思。由于吴乔对诗史的发展有着很透彻的见解，他对诗史的流变和得失每有独到的宏观勾画，而这类论述都保留在《逃禅诗话》中。如论唐前的诗歌流变云：

> 诗道姑置三百篇而祖两汉十九首，建安已稍变，阮公又稍变，颜谢又稍变，永明乃大变，以梁、陈视汉魏，犹江海之望泰山矣。唐以

后之大势，沈、宋至大历为正，元和为变，晚唐至明初为衰，弘治、
嘉靖为邪。

这种议论不像明人那样是由退化论的历史观导出的，而是基于自己的研
究。它的过人之处在于能超乎价值判断之上，细致地梳理诗史，因此他对
唐诗发展阶段的划分就比明人更加清楚。比如在论选诗时，他曾说："唐
三百年人非一伦，诗非一种，愚意选之者，须分五时，行五法。五时者，
贞观以下为始时，开元、天宝为次时，大历以下为三时，元和以下为四
时，开成以下为终时也。"这一划分，我认为较高棅的四唐说更符合唐诗
发展的阶段性特征。与这五时段相对应，吴乔又提出唐诗有五个类型：
王、杨、卢、骆、陈、杜、沈、宋充实光辉为一类，天宝大而化之为一
类，钱、刘与大历清婉丰神为一类，元和五伯狭盟，唯力是视为一类，晚
唐残山剩水为一类。因为五个时段的特征不同，选诗者不能采用同样的标
准，而应行"五法"，即一严二正三恕四宽五滥。初唐要严，其时作者都
未脱陈、隋旧习，草昧之世，不将沿袭旧习者析之去之，则陈子昂、杜审
言、沈、宋、王、杨、卢、骆八人开创之功不显。盛唐之诗久有定论，故
曰正。大历以后力量稍弱，而气脉相通、清新圆转固在，因其从开、天之
别派而来，不恕则失其气脉，而所见于盛唐者也不全，故须恕。元和为唐
诗之大变，变则情态百端，严与正必不可行，唯有宽。凡《才调集》所有
者多收之，以尽见八十年士人之才情，非滥则有所束矣。又论初唐有四种
人、五种诗，谓：

> 四种人者，虞世南辈守旧习者为一种，陈伯玉复古为一种，王、
> 杨、卢、骆变纤丽为雄壮者为一种，杜、沈、宋定唐体者为一种。人
> 则于四种诗外有变而未纯，非古非律之诗，不特余人，即陈、杜、
> 沈、宋亦有之，是五种诗也。

又论盛唐、中唐其人其诗大略相类，唐末则有两种人，一人有两种诗。两
种人者，如赵嘏、韦庄之于皮、陆、杜荀鹤也。一人有两种诗者，如薛逢
有"绛节几时还入梦，碧桃何处更骖鸾"、"邠王玉笛三更咽，虢国巾车
十里香"，又有"细推今古事堪愁，贵贱同归土一丘"、"光阴自旦还将
暮，草木从春又到秋"。李山甫《公子家》云："騕裛似龙随日换，轻盈

如燕逐年新"，又有"总是战争收拾得，却因歌舞破除休"。胡曾有"花对玉钩帘里发，歌飘尘土路边闻"，叙失意不寒陋，而又有咏史之诗。当时《全唐诗》尚未行世，吴乔能有这样高屋建瓴的见识，诚属不易。最后，他说"昔之选者，尚体制则失中晚，爱才情则离初盛，皆以己意权衡唐人者也"，这是指的许学夷和冯班，尽管他夙心师承许、贺、冯三人，但爱之而能知其所短，也很难得。

　　吴乔又颇善于批评，论析不乏精致入微的见解。比如，他指出"不清新即非诗，而清新亦有病。清之病，钱、刘、开宝人已中之；新之病，大行于元和"，就极有见地。所谓清之病，就是清而不厚，带来单薄的感觉。大历十才子中钱起、李端都不免此病①。又比如，他说"初唐诗似盛唐者即佳，出草昧也；中晚诗似盛唐者即不佳，堕残迹也"，这也很有意思。要之，吴乔于唐诗用功颇深，又耳濡目染于明诗，故于这两朝的诗史，议论都能中肯。至于宋诗，则不免信口雌黄，多模糊影响之说。曾引冯班语云："宋人诗逐字逐句讲不得，须别具心眼，方知其好处。"此言应该说深有见地，但吴乔却不以为然，道是"宋人之有好处者，不过是不违唐人者耳，未有得唐人深大处者也，况有胜过唐人与自辟世界者乎？"如此见解，适足显出他于宋诗全未入门。后来《围炉诗话》卷五论宋诗之部，多钞撮贺裳《载酒园诗话》，或许正是为了避己所短吧。但他却说："读宋人诗集，有披沙觅金之苦，苟读黄公之书，则晚唐、两宋之瑕瑜毕见。宋人诗集可以不读，大快事也！"这是什么话！再好的诗话，也是附庸于诗歌的，如果读诗话可以代替读诗，那还要诗人做什么呢？这种地方，特别显出吴乔见识、气局的促狭来。

　　然而最让人不能平气的是，吴乔论诗一以好恶为去取，非唯排击李梦阳、李攀龙不遗余力，至谓之优伶奴仆，不入士类；就是他崇尚的晚唐，也仅取温、李两家，此外不要说杜荀鹤、胡曾一辈，就是杜牧也在"奇丑"之列。更令人不能理解的是，他本人不过是一个村学究，却总是摆出一副极正统的面孔。说什么"'农夫背上题军号，贾客船头插战旗'，甲申、乙酉（按指明亡的顺治元年、二年）后目击者也。三国至隋末兵火多矣，而七子、阮公无此等句。天宝乱时亦不见此。人生境遇甚多，要以不违风雅者方可命句。如画山水，只画可居可游处"。如此典型的回避现实、

_____

①　参看蒋寅《大历诗人研究》上册，中华书局1995年版，第217页。

粉饰太平的论调,若发自王渔洋一辈缙绅大夫之口倒也罢了,身居庙堂,言不由己。以一穷老村儒而出此议论,就不由人不对他诗家的品格有所怀疑,并从而推想他的尊崇晚唐,独取温、李一派,是否真出于西昆派的唯美主义动机了。总体看来,《逃禅诗话》里有不少精彩的见解,也有许多轻率不可取的议论,在编订《围炉诗话》时两者都有删削。后者被删去意味着作者见识的成熟,而前者也删削就不好理解了。其中的缘故,既有观点方面的,也有其他方面的,要进一步考察《围炉诗话》才能弄清。

现存《围炉诗话》六卷,条理相对清楚,比起《逃禅诗话》来,各卷内容明显经过系统的整理。它从《逃禅诗话》241 则中撷取了近 170则,基本保留了《逃禅诗话》的规模和核心内容。当时作者已年过七十,编订此书,可以视为晚年定论。由于有《逃禅诗话》可资参照,我们便可寻索吴乔编订《围炉诗话》的经过及其改编意图。

浏览《围炉诗话》,首先引起我注意的是自序所述自己诗学的师承:

> 一生困院,息交绝游,惟常熟冯定远班、金坛贺黄公裳所见多合。皎然《诗式》持论甚高,而止在字句间。宋人浅于诗,而好作诗话,迻言是争,贻误后世,不逮二君所说远甚。(中略)定远于古诗、唐体妙有神解,著书一卷,以斥严氏之谬;黄公《载酒园诗话》三卷,深得二唐作者之意,明破两宋膏肓,读之则宋诗可不读。此中载其精要者,而实尽读者也。①

奇怪的是这里只推崇冯班、贺裳两家之学,许学夷的名字不见了。再看全书的改编,《逃禅诗话》中的许多条目被删除,而最有意味的首先是删去了那些论述许学夷、冯班、贺裳之学的条目,冯班、贺裳两家之说,因增抄《载酒园诗话》、《钝吟杂录》二书及自序的说明,终得以保留;而许学夷,非但那些景仰之情溢于言表的赞扬话全被剔除,即其论述五七言流变的大段文字也被删削,论李义山《无题》时说的"许伯清论千古诗人无不确当,唯于义山,眼同(洪)觉范"一句及"李杜"条所引论李白两则也被刊落。于是,许学夷的名字就不再见于《围炉诗话》中,他于许学夷的师承关系也不见痕迹。如果没有《逃禅诗话》,我们就不知道许学

---

① 吴乔:《围炉诗话》卷一,郭绍虞辑《清诗话续编》第 1 册,第 469—470 页。

夷曾对他产生多大的影响。类似的情形是，《围炉诗话》还删去了阎若璩的两段话。《逃禅诗话》引述阎若璩论王昌龄籍贯之说，称"余友山阳阎若璩百诗，博极群书，可敌顾宁人"，可见吴乔对阎若璩也是很佩服的。可是为什么与许学夷一样，要抹掉他的名字呢？如果是发觉他们的说法不足为据，那么论四唐当别之以人而不以时，引阎若璩之说："诗固有时代，然有不必分而分之以致舛误者，唐之初盛中晚是也"，正与下文引钱谦益语相发明，根本无须删掉。结果是《围炉诗话》只保留了钱谦益的话，而无阎若璩一段。

　　这些删削之迹，从另一种判断看，即像谢明扬所说的，《逃禅诗话》是在《围炉诗话》的基础上增删而成，那么当然也可得出相反的结论，说它们是《逃禅诗话》的增益。谢明扬正是这么理解许学夷在《逃禅诗话》中的出现。但这带来一个问题，即前引阎若璩《贺黄公载酒园诗话跋》提到"老友吴乔先生尝言，贺黄公《载酒园诗话》、冯定远《钝吟杂录》及某《围炉诗话》可称谈诗者之三绝。余急问贺书何处有，曰金陵有，须价银一钱二分。余以三钱付黄俞邰使者回家购之。不半月，以八分购贺书，余尽如余所属，买套樱桃干，盖素嗜此也。到日同胡朏明大噉细读，口眼俱快，沁入心脾。叹吾老友之知言也。康熙庚午秋寓洞庭东山席氏馆题"①。该文作于康熙二十九年（1690）秋，时作者馆于席（启寓？）氏，玩文意像是记近前的事，当时吴乔八十岁，距下世仅五年，提到自己的诗话，还以《围炉诗话》自负，难道此后竟不满意它，而又增删为《逃禅诗话》？阎若璩既称吴乔为老友，可知是多年相识，吴乔竟从不知道阎的说法，非要到垂暮之年才引述老友的精彩见解？还有许学夷，吴乔那么倾倒于他的诗学，也是在八十岁以后才获见《诗源辩体》吗？这些疑问当然都不足以决定《逃禅诗话》必在《围炉诗话》之前，但参照两书文字的精粗优劣，就更让人觉得《逃禅诗话》是《围炉诗话》的蓝本，许学夷、阎若璩学说的删除是《围炉诗话》编订的结果。前引陈维崧寄吴乔诗有"最爱玉峰禅老子，力追艳体斗西昆"之句，自注："修龄精禅学，又善拟《无题》诗。"这也和《逃禅诗话》书名相应。至于《围炉诗话》为什么要删削许学夷、阎若璩的学说，其原委暂时还不清楚，但我更倾向于认为，在《逃禅诗话》到《围炉诗话》的增删修订中，可能夹杂有一些非

---

　　①　阎若璩：《潜邱札记》卷四上，乾隆十年刊本。

学术的因素在内。

不管怎么说，《围炉诗话》相比《逃禅诗话》，确实可见作者诗学上的磨勘与精进。见于《逃禅诗话》而《围炉诗话》不存的条目，有些是转抄别人的话，如"五言诗"首条抄许学夷论五七言递变之迹。有些是大而无当的议论，如：

> 唐诗初读之往往不知其意何在，宋诗开卷了然，而明诗有语无意，读之反不能测。唐人诗以周室譬之，初唐，太王、王季时也；盛唐，武王、成王时也，受命制礼，超绝前后；大历、永泰，昭、穆时也。元和，五伯也，开宝之王纲已散。开成以后，则七国之维事诈力，小词出而诗绝，如封建之变郡县。全部《史记》是《答任少卿书》之注，玄肃二朝国史稗官是杜诗之注，全部杜诗是《秋兴八首》之注。

也有些是强作解事的文字，比如他一方面指斥李攀龙"唐无古诗，陈子昂以其古诗为古诗"之说为"奴才下贱梦中呓语"，一方面又说"唐体既出，而后唐人散句可名古诗。自汉至隋，人作其诗，何名古诗？祗当名其八代之诗耳"，仍旧在蹈袭李攀龙的思路。还有些是记忆不清的内容，如论晚唐某人《剑客》诗一条，因记不清作者名姓，诗又缺四个字，遂将它割爱。

《围炉诗话》增益的部分，主要是卷六论明诗之部及其他各卷所采贺裳《载酒园诗话》之说。吴乔自言"一生困厄，息交绝游，唯常熟冯定远班、金坛贺黄公裳所见多合"，因而刺取、表彰两家之说独多。冯班《钝吟杂录》、贺裳《载酒园诗话》二书《逃禅诗话》已采录多则，《围炉诗话》又续加采掇，尤以论宋诗的部分采贺氏议论最夥。卷五146则中，保留《逃禅诗话》47则，新撰12则，而采贺书多至87则，足见倾倒备至。康熙二十年代正当宋诗风方兴未艾之际，吴乔承贺、冯两家之学，素不喜宋诗，于是卷五首则即设问："朝贵俱尚宋诗，先生宜少贬高论。"而答语就是《逃禅诗话》第178则，而冠以"厌常喜新，举业则可，非诗所宜"数字。由此看来，《围炉诗话》的增订很可能与当时的宋诗风气有关，出于要独树一帜以矫其弊的意识。其间多采贺裳之说，就是希望读者"读之则宋诗可不读"（自序）。遗憾的是，吴乔终究不解宋诗，比较唐、宋诗得失仅以比兴一端为言，而批评宋诗又以唐诗为准绳，看不到宋人的胜场何在，徒形其见解的狭隘而已。

也许是觉得《逃禅诗话》中的论述还不尽兴，在编订《围炉诗话》时，他将写作形式改成了更能畅达挥发自己见解的对话体。比如，他的主要观点"诗中有人"，在《逃禅诗话》中是这样表达的：

> 诗中有人，故读其诗，而心术之邪正、制行之纯杂、学问之深浅、境遇之得失、朋友之谅柔，皆可见焉。上而《文王》、《大明》、《楚辞》，可以想见文、武、周公、屈子；下而温、李之集，可以想见飞卿、义山，乃至刘伯温、杨孟载犹然也。如是乃谓之诗，不悖于采风贡俗。若于身心无涉，而唯教学前人，纵得酷似思王、子美，不过优孟衣冠。
>
> 问曰：此说古未有也，何从得之？答曰：禅家问答，禅人未开眼，有胜负心；诗人未开眼，不知有自心、自身、自境。堕于声色边事者，皆狗末而忘本者也。

《围炉诗话》卷一将两条及后面论鱼玄机、黄巢诗一条加以合并（详后），起首改为：

> 问曰："先生每言诗中须有人，乃得成诗。此说前贤未有，何自而来？"答曰："禅者问答之语，其中必有人，不知禅者不觉耳。余以此知诗中亦有人也。（下略）"①

原文禅人未开眼云云，与"诗中有人"离题较远，有些牵强。改后不具体指实，笼统而言，使人思而得之，有不落言筌之妙。不过，他的说法终不免有英雄欺人之嫌。

《围炉诗话》对《逃禅诗话》原有的文字，都有些修改，这些修改不只是文字上的润饰，还常涉及判断的斟酌与推敲。如开卷第一则，《逃禅诗话》原为：

---

① 吴乔：《围炉诗话》卷一，郭绍虞辑《清诗话续编》第1册，第490页。

> 诗道不出于变复。变谓不袭古人之状貌，复谓能得其神理。汉魏变《三百篇》之四言为五言，而能复其淳正；初盛变古体为唐体，而能复其高浑；变六朝之所靡而为雄丽，而能复其挺秀。晋宋至陈隋之古体，元和至明初之近体，唯元和至两宋，唯变不复，势必滔滔日下；弘治间庸妄全不知诗，侈意于复，止在状貌间，为奴才，为盗贼，为笑具。

《围炉诗话》除在前面加一段话，论述"诗道古今之大端"外，又将上文改作：

> 诗道不出乎变复。变谓变古，复谓复古，变乃能复，复乃能变，非二道也。汉魏诗甚高，变《三百篇》之四言为五言，而能复其淳正；盛唐诗亦甚高，变汉魏之古体为唐体，而能复其高雅；变六朝之绮丽为浑成，而能复其挺秀。艺至此尚矣！晋宋至陈隋，大历至唐末，变多于复，不免于流，而犹不违于复，故多名篇。此后难言之矣。宋人唯变不复，唐人之诗意尽亡；明人唯复不变，遂为叔敖之优孟。二百年来，非宋则明，非明则宋，而皆自以为唐诗。试读金正希举业文，不貌似先正，而最得先正之神，以其无逢世之俗情，唯发己意故也。诗可知矣。无智人前莫说，打你头破额裂。①

这样一改，不仅文字更顺畅，逻辑性也有所增强，将变与复的辩证关系及古今诗歌复变的得失剖析得更为细致。

综而言之，《逃禅诗话》增删成《围炉诗话》六卷后，不仅文字更为严谨缜密，内容也更具系统。卷一为诗本体论，泛论诗格、诗法、学诗的途径；卷二自古诗十九首至唐近体，列论古今诗歌体制，兼论作品，大体包括了《逃禅诗话》"体格名目"之部，而多引冯班之说；卷三论唐诗流变，基本上相当于《逃禅诗话》"三唐"之部，但删去几则通论式的条目；卷四则是《逃禅诗话》"李杜"之部增以贺、冯两家之说而成，论李、杜之诗，下及明诗风气；卷五为《逃禅诗话》"宋诗"之部益以《载酒园诗话》诸说而成；卷六专论明诗。前后论述有序，体系井然，无论从

---

① 吴乔：《围炉诗话》卷一，郭绍虞辑《清诗话续编》第1册，第471页。

哪个方面看，都比《逃禅诗话》显得更完整充实，更成熟周备，我们完全有理由相信它是经作者改订的最终定本。

三　吴乔诗论及诗评的得失

厘清了《逃禅诗话》和《围炉诗话》两书的关系，就可以进一步分析吴乔诗学的理论倾向和批评得失了。事实上，吴乔最有影响的论断都出自《围炉诗话》，足见晚年定论所在。

吴乔在《围炉诗话》中回顾自己的学诗经历，曾说："不佞少时为俗学所误者十年，将至四十，始见唐诗比兴之义；又二十年，方知汉、魏、晋、宋之高妙。"[1] 此所谓"俗学"自然是指明代"诗必盛唐"的观念，那么"唐诗比兴之义"就应该是指冯班揭示的晚唐诗艺术精神了。自宋代严羽标举盛唐气象，诗家奉为不祧之宗。吴乔既转学晚唐，怎么说明自己的理由，就面临一个逻辑的困难。他说："古人诗文如乳母然，孩提时不能自立，不得不倚赖之，学识既成，自能舍去。弘、嘉之诗，如一生在乳母怀抱中，竟不成人，故足贱也。谁于少时无乳母耶？长吉、义山初时亦曾学杜，既自成立，如黑白之相去。此无他，能用自心以求前人神理故也。"[2] 照此理推之，学盛唐者同样"脱得携抱，便成一人"[3]，也能足以自立，何必非取晚唐呢？如此论证学晚唐的理由显然是不行的。于是他没有正面解释，转而说明："盛唐诗厚，厚则学之者恐入于重浊，又为二李所坏，落笔先似二李；中唐诗清，清则学之者易近于新颖，故谓人当于此入门也。"[4] 不学盛唐主要是盛唐被明人弄坏了，这确实是个很好的借口。就像 20 世纪 80 年代中叶，一款时装出来，满街都是仿品，人人都穿一件，确实很倒人胃口。但他诋斥明诗太过，排击七子辈不遗余力，至谓"诗人不跳过弘、嘉深没顶阆百丈之粪沟，终是四平腔戏子"，近于骂市。而且他非但痛贬王、李，甚至连陈子龙也一并非斥之，这就很难得到后人的首肯。道光间女批评家汪端甚至斥为妄人[5]，清末名士由云龙也说："自来言诗者靡不以唐为宗，吴门吴修龄《围炉诗话》尤力主之，惟学之

---

① 吴乔：《围炉诗话》卷一，郭绍虞辑《清诗话续编》第 1 册，第 481 页。
② 吴乔：《围炉诗话》卷四，郭绍虞辑《清诗话续编》第 1 册，第 593 页。
③ 吴乔：《答万季野诗问》，丁福保辑《清诗话》上册，上海古籍出版社 1978 年版，第 28 页。
④ 吴乔：《围炉诗话》卷四，郭绍虞辑《清诗话续编》第 1 册，第 593 页。
⑤ 汪端：《明三十家诗选》卷七上，同治十二年蕴兰吟馆重刊本。

仅得皮毛者则痛斥之不稍假借。其诋明代之大复、空同等,至谓为蚓响蛩声、牛吼驴鸣,意气凌蔑,岂得为平情之论诗耶?"①

吴乔诗学既然以晚唐为宗,取法就像冯班等人,同样离不开李商隐《樊南》一集,王渔洋早年曾与吴乔有交往,称赞"今日善学西昆者,无如常熟吴殳修龄"②。不过他主要用功于近体,撰为《西昆发微》一书,阐发冯班之学。冯班评李商隐《陈后主宫》曾说:"如此咏史,不愧盛誉。每读宋初昆体,辄叹此君之不可及也。"③冯班论诗主比兴,以艳情为寓托,解释李商隐诗歌也直承古代香草美人的言说传统。其乡人朱鹤龄为吴乔《西昆发微》撰序,提到:"往虞山冯子定远尝语余,义山《无题》诗皆寄思君臣遇合,其说盖出于杨孟载。"朱鹤龄撰有《李义山诗注》三卷,吴乔参考他的笺释,而作《发微》三卷。自序对明人复古只停留在字面上,未能传承唐人的比兴精神深为不满,显示出欲深度师法唐诗的追求。这与王渔洋以盛唐诗为宗,要在神韵层面上把握其艺术精神的出发点是相同的,只不过王渔洋着眼于艺术风貌的层面,而吴乔着眼于表现方式的层面。魏裔介《兼济堂文集选》卷六有一篇《李义山无题诗新注序》,应该就是为《西昆发微》而作,其中写道:

> 修龄吴子自为诗既奇变幽细,而于唐人中尤酷爱李义山,尝注义山《无题》诗,慨然曰:"义山抱用世之才,适际唐运之衰,非宰相援引则无由进,而令狐氏龈龈自私,无开诚布公之见。此明珠之所以泪,而江离之所以咏也。世概以艳诗目之,不探厥本指,谬哉!"④

为此他解《无题》全以男女之情为政治关系的托喻,对此胡幼峰已有评价⑤。这不只关系到他对诗歌表现手法的理解,也关系到他对诗歌的审美理想。他曾说:

---

① 由云龙:《定庵诗话》上,民国 23 年云南开智公司排印本。

② 王士禛:《渔洋诗话》卷上,丁福保辑《清诗话》上册,第 174 页。李佐贤《书画鉴影》卷九《张友鸿赠王阮亭山水卷》录有吴乔题诗,落款为"晏上吴殳"。此康熙元年事,王渔洋云少时友其人,即在扬州时也。

③ 李庆甲辑:《瀛奎律髓汇评》卷三,上海古籍出版社 1986 年版,第 85 页。

④ 魏裔介:《兼济堂文集选》卷六,龙江书院刊本。

⑤ 胡幼峰:《论吴乔对李商隐的评价》,《辅仁学志》第 25 期,1996 年 7 月版。

诗贵有含蓄不尽之意，尤以不着意见、声色、故事、议论者为最上。义山刺杨妃事之"夜半宴归宫漏永，薛王沉醉寿王醒"是也。稍着意见者，子美《玄元庙》之"世家遗旧史，道德付今王"是也。稍着声色者，子美之"落日留王母，微风倚少儿"是也。稍用故事者，子美之"伯仲之间见伊吕，指挥若定失萧曹"是也。着议论而不大露圭角者，罗昭谏之"静怜贵族谋身易，危觉文皇创业难"是也。露圭角者，杜牧之《题乌江亭》诗之"胜负兵家未可期，包羞忍耻是男儿。江东子弟多才俊，卷土重来未可知"是也。然已开宋人门径也。①

这种趣味决定了他会认同冯班崇尚的晚唐比兴之体，同时不仅不追随鼓吹宋诗的钱谦益，甚至还大肆挞伐之。

的确，吴乔虽承冯班之学，却对钱谦益持严厉的批评态度，与虞山派诗人都宗奉钱氏诗学完全不同。这很大程度上恐怕与吴乔的性格有关。为人狷急而又以才学自负的他，论学论诗实在少所许可。他在康熙初写作《正钱录》一书②，纠劾钱谦益的失误，成为清初文坛一个影响很大的事件，当代学者甚至视之为当时攻讦之风盛行的典型事例③。其书今已失传，只留下当时文坛反应的一些记录。王应奎《柳南续笔》卷四载：

> 昆山吴殳作《正钱录》，攻击东涧不遗余力。同时汪钝翁复为之左袒，吹毛索瘢，势焰甚炽。计甫草深为不平，因语钝翁曰："仆自山东来，曾游泰山，登日观峰，神志方悚栗，忽欲小遗甚急，下山且四十里，不可忍，乃潜溺于峰之侧，恐重得罪，然竟无恙，何也？山至大且高，人溺焉者众，泰山不知也。"钝翁跃起大骂。④

据计东与周亮工书说，吴梅村听说此事，盛称计东所言甚是。此事发生在吴梅村（1609—1672）生前，应该是康熙十一年（1672）之前的事，时

---

① 吴乔：《围炉诗话》卷一，郭绍虞辑《清诗话续编》第 1 册，第 476—477 页。
② 据郑滋斌《吴乔与〈正钱录〉》（《大陆杂志》第 88 卷第 3 期）一文考，《正钱录》应撰于康熙元年（1661）。
③ 王人恩：《从〈正钱录〉看明清之际的文坛攻讦之风》，《西北师范大学学报》2006 年第 1 期。
④ 王应奎：《柳南续笔》卷四，中华书局 1983 年版，第 209 页。

距牧斋下世不过几年间，可见吴乔其书也是赵执信《谈龙录》一类放心打死老虎的作品。尽管钱谦益晚年声名狼藉，遭士林白眼，但吴乔盛气凌人的姿态和过激的言辞还是招致文坛强烈的反感，不少人攘臂而争之。汪琬是其中较突出的左袒吴乔的人，但他在《与梁御史论正钱录书》中也不得不承认"此书非不例严而词辨，然而其中所列尚有不合，殆有如前之所谓偏驳疏漏者，得毋盛气以相攻击，而未暇商榷考证与？恐不可谓之定案也"①。此事最后在对吴乔一面倒的斥责中逐渐平息，但多年后还不断有人提起。王渔洋《居易录》云："吴人吴殳字修龄，予少时友其人。尝著《正钱录》以驳牧斋，予极不喜之。观洪文敏《容斋五笔》所载严有翼者，著《艺苑雌黄》，颇务讥诋坡公，名其篇曰《辨坡》，文敏以为蚍蜉撼大树。乃知此等不度德，不量力，古人亦有之矣。"②

　　当然，自负的人多少都有点才学，否则也不会滋生良好的自我感觉。吴乔也绝非庸妄之辈，他对诗学的独到见解，在《围炉诗话》刊行后，就引起了道光间诗论家的注意。如马桐芳《憨斋诗话》云："常熟吴修龄《围炉诗话》诋呵明七子处极为痛快，其论作诗大法，诗之中须有人在、诗须有味外味二语尽之矣。"③ 当代学者则较注重论情景关系、诗中有人和酒饭之喻④，就我所见的资料而言，诗中有人和酒饭之喻确实是吴乔诗论中流传最广的两个命题。但它们都不是孤立地提出的，都植根于吴乔诗学的理论土壤中。

　　吴乔诗学的出发点是对前代诗歌及诗学的全面否定，诗歌创作就不要说了，诗学在他看来也是自唐代以来每况愈下，直到冯班、贺裳才重现伟观。《围炉诗话自序》写道：

　　　　一生困阨，息交绝游，惟常熟冯定远班、金坛贺黄公裳所见多合。皎然《诗式》持论甚高，而止在字句间。宋人浅于诗而好作诗话，迩言是争，贻误后世，不逮二君所说远甚。盖诗自汉、魏屡变而成唐体，其间曲折，既微且繁，不易测识。严沧浪学识浅狭，而言论

---

① 汪琬：《钝翁类稿》卷一八，康熙刊本。
② 王渔洋：《居易录》卷二五，袁世硕主编《王士禛全集》第5册，第4174—4175页。
③ 马桐芳：《憨斋诗话》卷一，道光十二年饮和堂刊本。
④ 陈良运：《中国诗学批评史》第二十一章"重整与改善的儒家诗学"，江西人民出版社1995年版，第493—496页。

似乎玄妙，最易惑人。诗人于盛唐诗，虽相推重，非尽知作诗之本末；于中晚诗，非轻忽则惑溺，亦未究升降之所以然。宋人诗集甚多，不耐读而又不能不读，实为苦事。[1]

既然汉魏不易认识，盛唐未被理解，中晚唐又被忽视或沉溺其中不能自拔，宋诗更不足观，那么历代诗歌就有重新加以认识的必要了。《围炉诗话》开宗明义就以"汉魏之诗，正大高古"标举自己的艺术理想。正大高古的具体内涵是："正谓不淫不伤，大谓非叹老嗟卑，高谓无放言细语，古谓不束于韵，不束于粘缀，不束于声病，不束于对偶。如是之谓雅，不如是之谓俗。"[2] 由此观照历史上的诗歌和体式，也划然有雅俗之分：

> 以唐、明言之，唐诗为雅，明诗为俗；以古体、唐体言之，古体为雅，唐体为俗，以绝句、律诗言之，绝句为雅，律诗为俗；以五律、七律言之，五律为雅，七律为俗；以古律、唐律言之，古律犹雅，唐律为俗。[3]

值得注意的是，唐人最值得重视的新创体式——七律竟被视为最俗之体，这是因为"七律齐整谐和，长短适中，最宜人事之用"[4]，故"日盛月滋，不问何处皆用七律"，以致不能不让他感到"实诗道之一厄也"[5]。此所谓"人事之用"，即与世俗功利相关的"应世"文字[6]，包括应酬与借以谋生的日常应用文字及举业程文。面对诗文的这种不同体性，他不禁感叹："诗文有雅学，有俗学。雅学大费功夫，真实而闇然，见者难识，不便于人事之用。俗学不费工力，虚伪而的然，能悦众目，便于人事之用。世之知诗者难得，故雅学之门，可以罗雀，后鲜继者；俗学之门，箫鼓如雷，衣钵不绝。"[7]

---

[1]　吴乔：《围炉诗话》卷一，郭绍虞辑《清诗话续编》第1册，第469—470页。
[2]　同上书，第471页。
[3]　同上书，第474页。
[4]　吴乔：《围炉诗话》卷四，郭绍虞辑《清诗话续编》第1册，第595页。
[5]　吴乔：《围炉诗话》卷二，郭绍虞辑《清诗话续编》第1册，第543页。
[6]　郑日奎《汇征会业序》："文章有经世者，有名世者，有应世者。"《郑静庵先生集》卷六，康熙刊本。
[7]　吴乔：《围炉诗话》卷一，郭绍虞辑《清诗话续编》第1册，第474页。

如此看来，吴乔的辨雅俗从根本上说是与纯粹的抒情观念相联系的，越近乎纯粹的抒情性就越雅，越远离纯粹的抒情性就越俗，换言之雅意味着写作动机远离世俗应用。用他的话来说就是"诗乃心声，非关人事，如空谷幽兰，不求赏识，乃足为诗"。他认为"六朝之诗虽绮靡，而此意不大失。自唐以诗取士，遂关人事，故省试诗有肤壳语，士子又有行卷，又有投赠，溢美献佞之诗，自此多矣"①。由此推论，是否关乎人事就成为诗与非诗的本质差异：

> 诗如陶渊明之涵冶性情，杜子美之忧君爱国者，契于《三百篇》，上也；如李太白之遗弃尘事，放旷物表者，契于庄、列，为次之；怡情景物，悠闲自适者，又次之；叹老嗟卑者，又次之；留连声色者，又次之；攀缘贵要者为下。而皆发于自心，虽有高下，不失为诗。惟人事之用者，同于龁肩酒槽，不足为诗。②

惟人事之用者不足为诗，那么诗是否就与人事无关了呢？也不是，关键看如何用，他认为其间有虚实之别："文为人事之实用，诏敕、书疏、案牍、记载、辨解，皆实用也"；而"诗为人事之虚用，永言、播乐、皆虚用也"③。他用了一个巧妙的比喻来说明诗文这种不同的艺术功能及其实现方式：

> 意同而所以用之者不同，是以诗文体制有异耳。文之词达，诗之词婉。《书》以道政事，故宜词达；《诗》以道性情，故宜词婉。意喻之米，饭与酒所同出。文喻之炊而为饭，诗喻之酿而为酒。文之措词必副乎意，犹饭之不变米形，啖之则饱也。诗之措词不必副乎意，犹酒之变尽米形，饮之则醉也。

这一比喻用来说明诗文不同的特质，十分通俗，又相当深刻，所以深为后人赞同。赵执信《谈龙录》许为至言，后人亦称"自来论诗文之分，无

---

① 吴乔:《围炉诗话》卷一，郭绍虞辑《清诗话续编》第 1 册，第 472 页。
② 同上书，第 474—475 页。
③ 同上书，第 479 页。

明划若斯者"①，一再引述。其实吴乔对诗文特性的分别不止是这一段议论，他还说过："子瞻云，诗以奇趣为宗，以反常合道为趣。此语最善。无奇趣何以为诗？反常而不合道，是谓乱谈；不反常而合道，则文章也。山谷云：'双鬟女娣如桃李，早年归我第二雏。'乱谈也。尧夫《三皇》等吟，文章也。"② 由于坚持诗歌的抒情本位，吴乔对诗歌的疆界意识非常强烈。说到底，"诗不越乎哀乐，境顺则情乐，境逆则情哀"，所以"后世不关哀乐之诗，是为异物"③。他说"人于顺逆境遇间，所动情思，皆是诗材，子美之诗，多得于此。人不能然，失却好诗，及至作诗，了无意思，惟学古人句样而已"④。这具体就是指明代李梦阳始作俑者的模拟之风："明初之诗，娟秀平浅而已。李献吉岸然以盛唐自命，韩山童之称宋裔也。无目者骇而宗之，以为李、杜复生，高、岑再起，有词无意之习已成，性情吟咏之道化为异物。"⑤ 由此我们看到，诗变成非诗的"异物"，换言之即诗歌本质的异化，原因全在于模仿而导致的"有词无意"。

通观吴乔的全部诗论，"意"乃是最核心的概念，"意为情景之本"⑥，也是诗歌作品得以成立的决定要素。他认为唐人作诗最重意，且"惟适己意"⑦，应试时甚至不顾功令，故"有词无意"的情形即便有也极少见，宋人同样如此，到明代始愈演愈烈⑧。因此，当被问及当今诗学的急务时，他首先就指出这一点："有有词无意之诗，二百年来，习以成风，全不觉悟。无意则赋尚不成，何况比兴？"⑨ 这也是当时普遍的看法，魏禧《唐邢若诗序》曾说，三百篇"不假学问而能工者，意真也"。"天下能诗者

---

① 林昌：《河间先生试律矩》，道光三十年重刊本。李重华《贞一斋诗说》、姚范《援鹑堂笔记》四四、孙燮《愈愚集》卷六《鏒云阁文集序》、阮葵生《茶余客话》卷一一、叶炜《煮药漫钞》卷上、姚椿《樗寮诗话》、刘熙载《艺概》亦皆称道之。

② 吴乔：《围炉诗话》卷一，郭绍虞辑《清诗话续编》第1册，第476页。

③ 同上书，第480页。

④ 同上书，第474页。

⑤ 同上书，第473页。

⑥ 同上书，第480页。

⑦ 同上书，第473页。

⑧ 吴乔《围炉诗话》卷一："问曰，诗有惟词而无意者乎？答曰，唐时已有之，明人为甚，宋人却少。如李义山《挽昭肃皇帝》诗'海迷求药使，雪隔献桃人'是也。弘、嘉人凑丽字以成句，凑丽句以成篇，便有词无意。宋不剿说，故无此病。"郭绍虞辑《清诗话续编》第1册，第498—499页。

⑨ 吴乔：《围炉诗话》卷一，郭绍虞辑《清诗话续编》第1册，第472页。

多而真诗绝少，为汉魏为三唐皆有之，所无者作者之面目耳"①。这里的真意指真实的自我，真面目指真实的风格，两个概念既密切相关，又有不同的指向。清初批评家标举真诗，主要是针对明人因模拟而失自家面目的弊端，首先强调的是风格的真实。如陈恭尹《梁药亭诗序》云："泉之真者，味之轻重，品之高下，各个不同，而皆具有生气。诗之真者，长篇短句，正锋侧笔，各具一面目，而作者之性情自见。"② 李邺嗣《钱退山诗集序》云："汉魏以来，世有作者，虽其声不同，未尽有合于和平温厚，要能各宣其所欲言，自成一家。故曰人之所不可为伪者声也，谓其生于人心也。至近日诗人，始各诵一先生之言，奉为楷模，剽声窃貌，转相拟仿，以致自溺其性情而不出。夫秦音亢厉，吴音靡曼，此其性然也。今乃欲尽变其生心之音，使越无吟，齐无讴，楚无艳，而俱操秦声、吴声，则其伪亦甚矣。"③ 直到康熙三十五年（1696）戴名世《野香亭集序》仍批评"世之说诗者，指摘声病，讲求格调，模拟仿佛而务欲似乎古人，其说非不善也，然第得其似而失其真，窃其衣冠而不得其神理意思之所在。虽一一多似而我之为我者亡矣，非其亡夫我也，本无所谓我焉"。此所谓无我实际就是诗歌创作中主体性的丧失，要解决这一问题，根本在于重新确立诗歌抒情的主体性。用吴乔的话说，就是"诗中须有人"。《围炉诗话》卷一云：

> 问曰："先生每言诗中须有人，乃得成诗。此说前贤未有，何自而来？"答曰："禅者问答之语，其中必有人，不知禅者不觉也。余以此知诗中亦有人也。人之境遇有穷通，而心之哀乐生焉。夫子言诗，亦不出于哀乐之情也。诗而有境有情，则自有人在其中。如刘长卿之'得罪风霜苦，全身天地仁。青山数行泪，白首一穷鳞。'王铎为都统诗曰：'再登上相惭明主，九合诸侯愧昔贤。'有情有境，有人在其中也。子美黑白《鹰》、曹唐《病马》亦然。鱼玄机《咏柳》云：'枝迎南北鸟，叶送往来风。'黄巢《咏菊》曰：'堪与百花为总领，自然天赐赭黄袍。'荡妇、反贼诗，亦有人在其中。故读渊明、康乐、太白、子美集，皆可想见其心术行己、境遇学问。刘伯温、杨孟载集

---

① 魏禧：《魏叔子文集》卷九，宁都三魏文集，道光二十五年谢若庭绥园书塾重刊本。
② 陈恭尹：《独漉堂集·文集》，中山大学出版社1988年版，第691页。
③ 李邺嗣：《杲堂文集》卷二，《杲堂诗文集》，浙江古籍出版社1988年版，第417页。

亦然。惟弘、嘉诗派浓红重绿，陈言剿句，万篇一篇，万人一人，了不知作者为何等人，谓之诗家异物，非过也。"问曰："弘嘉人外，岂无读其诗而不见其人者乎？"答曰："杨素、唐中宗、薛稷、宋之问、贺兰进明、苏涣，其人可数。"①

正如前文所述，这则文字是由四节文字合并而成的，将禅者问答之语与诗中有人牵合到一起，看上去固然像是晚年修禅所悟的心得，但要说"此说前贤未有"，却也不然。应该说"诗中有人"历来就是诗家常谈，宋代诗人梅尧臣即有"诗中须有我，画中亦须有我"之说。后来方回评韩琦《题朝元阁》："太平而怀古与离乱而怀古，两般情怀。"冯舒批："作诗须存作诗之人，此评是。"陆贻典批："作诗须有作诗之时、作诗之地、作诗之人。方公此论是。"②但在抄袭模拟风盛的明代，这一观念已晦而不彰。如谢榛所说，"今之学子美者，处富有而言穷愁，遇承平而言干戈，不老曰老，无病曰病，此模拟太甚，殊非性情之真也"③，于是到清初才有施闰章"言有本"主张的提出④。不过当时最旗帜鲜明地坚持这种主张的，还数吴乔所佩服的虞山派诗论家冯班兄弟。冯舒评韩偓《登南神光寺塔院》云："平平八句，意态无尽。盖此中有作诗人性情在。"⑤吴乔的诗中须有人，同样是主于性情的真实，明显与冯舒之说一脉相承，赵执信对王士禛、田雯"诗中无人"的批评应该是承其绪余。

　　他虽自许《围炉诗话》可与贺、冯两家书并列为三绝，但实际上他的诗学明显步踵贺裳和冯班，不少论断一看就知道是承袭两家之说。《围炉诗话》各卷后都抄录两家之说多则，其间的学术渊源一目了然。吴乔对宋诗的态度受两家影响尤其深。《围炉诗话》卷五专论宋诗，首云：

　　①　吴乔：《围炉诗话》卷一，郭绍虞辑《清诗话续编》第1册，第490页。
　　②　李庆甲辑：《瀛奎律髓汇评》卷三，上册，第137页。
　　③　谢榛：《四溟诗话》卷二，丁福保辑《历代诗话续编》下册，中华书局1983年版，第1165页。
　　④　施闰章《蠖斋诗话》"言有本"条："今人轻用其诗，赠送不情，仅同于充饿遗筐筥之具而已，岂不鄙哉！谢安石闻怨歌诵'为君既不易，为臣良独难'，出席流涕；羊昙过西州，咏'生存华屋处，零落归山丘'。此二事千载为之感动；今人作述怀述感，未必动人如是。无它，不得其意，而专求之体制风调音响故也。"丁福保辑《清诗话》，上册，第403页。
　　⑤　李庆甲辑：《瀛奎律髓汇评》卷四七，下册，第1745页。

　　问曰:"朝贵俱尚宋诗,先生宜少贬高论。"答曰:"厌常喜新,举业则可,非诗所宜。诗以《风》、《骚》为远祖,唐人为父母,优柔敦厚乃家法祖调。宋诗多率直,违于前人,何以宗之?作宋诗诚胜于瞎盛唐,而七八十岁老人改步趋时,何不于五十年前入复社作名士?且人之出笔,定是宋诗,余深恨之而犯者十九,何须学耶?"①

话是这么说,其实他于宋诗殊无所见,自称"宋诗最繁,披沙十年,不见黍金"②,倒也很坦白。他论宋诗,一味以优柔敦厚的标准来裁量,故对宋诗的特长,如理趣之深、议论之警、造句之精都无感觉。《围炉诗话》卷五所摘宋人佳句,虽连篇累牍,比起王渔洋笔记中所摘,趣味高下不可同日而语。有些议论,比如称黄庭坚"开浅直之门",足见于山谷得力处全未窥见。故近代由云龙说他一笔抹杀宋诗宋黄陆等大家,未得为定论③,王礼培《小招隐馆谈艺录》也说《围炉诗话》"多门外语"④。后来他干脆摘抄贺裳《载酒园诗话》论宋诗之说,谓其"深得三唐作者之意,明破两宋膏肓,读之则宋诗可不读"⑤。这种浮夸的大言自然是很难服人的,姚范尝批李壁笺注《王荆公诗集》云:"《示四妹》,贺裳《载酒园诗话》极称此诗。贺以荆公诗为宋人第一,然此等评论何足凭?阎百诗尝醉心于贺此编,阎故不知诗。"⑥ 至于卷六论明诗,更是充满了情绪化色彩,一言以蔽之曰"瞎盛唐",将明诗的价值一笔抹杀。史承谦《青梅轩诗话》谓其论诗"大约本东涧之说,訾警二李,梳剔杜陵,殊无妙论"⑦;黄廷鉴跋谓"其排击七子,探源六义,议论精到,发前人之所未发。惟词锋凌厉,间伤忠厚,殆以王、李之派迷溺已深,有激使然欤?"⑧ 朱庭珍《筱园诗话》更将吴乔与赵执信相提并论,以为"所著《诗话》,于有明前后七子及明末之陈卧子、曹能始、钱牧斋、吴梅村、周栎园诸家无不吹毛索

① 吴乔:《围炉诗话》卷五,郭绍虞辑《清诗话续编》第1册,第602页。
② 同上书,第617页。
③ 由云龙:《定庵诗话》卷上,民国23年云南开智公司排印本。
④ 王礼培:《小招隐馆谈艺录》卷一,民国26年湖南船山学社排印本。
⑤ 吴乔:《围炉诗话》卷一,郭绍虞辑《清诗话续编》第1册,第470页。
⑥ 姚范:《援鹑堂笔记》卷五○,道光刊本。
⑦ 史承谦:《青梅轩诗话》卷二,《史位存杂著六种》,乾隆六十年刊本。
⑧ 吴乔:《围炉诗话》,郭绍虞辑《清诗话续编》第1册,第683页。

疵，诃诟万端，而独推崇冯氏诗为六百年所无，奉为一代宗匠。其持论与秋谷同符，故秋谷隐宗明祖，欲援吴以振其军。盖性情褊刻，笔锋犀利，伸臆说以乱公论，阿私好以排异己，二人同病，所以投契如是。其实吴氏议论乖谬，有似市井无赖，痛毁贤士大夫而推尊村塾学究，又似浮荡子弟。妄议庄姜、明妃不美而以所私娼女为天人，盲道黑白，大抵此类，岂足当识者一哂耶？"①

平心而论，吴乔论诗是有其见识的，张绍仁《围炉诗话跋》的评价堪称持平："卷中推尊工部不遗余力，丑诋二李之学工部亦不遗余力。作者生于明末，盖曾私淑二李，晚乃独出只眼，尚论古人，而悔衰老，不能复入老杜之室，故其言痛切如此。虽其所见亦或偶有偏激，然其论律甚细，用功甚深，即起于麟、献吉于一堂，不能折其词也。俗学误人，得此可为针砭。国朝诗派无瞎盛唐一流，虞山、新城壁垒一变，后之作者才力虽有短长，而格调不同浮剽，其亦作者与冯氏昆弟主持排陷之力欤？"② 但书中轻率的议论也在在可见，故招致后人的批评较其他诗论家独多。雷国楫《龙山诗话》谓"其书大抵左祖冯氏，痛诋李何、李王以及弘正、嘉隆间诸子。其言诗准绳处颇有可掇，足备坛坫圭臬，其绎论唐诗处并无发明，徒增拘迂"③；钮树玉谓其书"上下千载，其于诗学深矣。而持论要未得其平，失温厚之旨。奈何持一端之说而尽废其余也哉？"④ 姚范《援鹑堂笔记》曾详摘其议论乖谬处痛驳之⑤，吴骞《拜经楼诗话》则讥其"于双声、叠韵，尤多强解。如'月影侵簪冷，江光逼屐清'，谓侵簪、江光为叠韵，不知月影、江光并双声，侵簪、逼屐并叠韵也。又不知悬瓠、碻磝之语，而以重翻为双声，重切为叠韵，尤为梦呓"⑥。这些批评，大概起吴乔于地下也莫能置辩吧？

---

① 朱庭珍：《筱园诗话》卷四，张国庆编《云南古代诗文论著辑要》，中华书局 2001 年版，第 323 页。
② 邓邦述：《群碧楼善本书录》卷六，民国间刊本。
③ 雷国楫：《龙山诗话》卷二，乾隆刊本。
④ 钮树玉：《围炉诗话跋》，《匪石先生文集》卷下，民国 4 年罗振玉辑雪堂丛刻本。
⑤ 姚范：《援鹑堂笔记》卷四四，道光刊本。
⑥ 吴骞：《拜经楼诗话》卷四，丁福保辑《清诗话》下册，第 768 页。

第五节　金圣叹、徐增的结构诗学

自金批诸才子书问世，对金圣叹（1608—1661）的评价一直就毁誉参半。褒之者许为"真古今以来谈文之极至者"①，斥之者则说"律以孟子正人心，放淫词之义，罪固不容于诛也"②。20世纪初，金圣叹一度曾颇为学界所轻③，到今天再也没有人否认金圣叹作为一位文学批评家的伟大，他的批评业绩正为海内外越来越多的研究者所关注，他的著作近年也出版了多种版本。应该说，作为小说批评家的金圣叹是很幸运的，他批点的《西厢记》、《水浒传》等书受到古典戏曲小说研究者的极大关注，发表了众多的论著；但作为诗评家的金圣叹却没那么幸运，他在诗歌评论方面的特点和业绩一直未受到重视。1972年出版的王靖宇《金圣叹的生平及其文学批评》第六章专论杜甫诗评解，对其精读方法、创新精神和评语的个性化作了分析④。此书出版后引起西方汉学界对金批小说的热烈关注，但金圣叹的诗歌评点并未因此而赢得更多的研究，从1976年出版的陈万益《金圣叹的文学批评考述》，到近年问世的陈洪《金圣叹传论》⑤，虽分别有专门的章节讨论短篇诗文批评和律诗分解说，但相比戏曲小说批评都显得简略。吴宏一《清初诗学中的形式批评》一文对金圣叹诗学著作的写作年代作了较为细致的考究，但对其诗学精髓的剔抉相对淡薄⑥。总体看来，迄今为止对金圣叹两部诗评的研究远远少于他的戏曲小说批评，对律诗分

---

① 韩程愈：《论圣叹六才子书二》，《白松楼集略》卷一〇，康熙刊本。

② 武全文：《释惑》，《旷观园文集》卷六，民国13年盂县教育会排印本。

③ 参看隋树森《金圣叹及其文学评论》，《国闻周报》第9卷第24、25、26期，1932年6、7月出版。

④ John C. Y. Wnag, Chin Sheng－t'an：His Life and Literary Criticism，york：Twayne Publishers，1972. 王靖宇：《金圣叹的生平及其文学批评》，谈蓓芳译，上海古籍出版社2004年版，第105—120页。

⑤ 陈万益：《金圣叹的文学批评考述》，台湾大学文学院1976年版；陈洪：《金圣叹传论》，天津人民出版社1996年版；李文赫：《金圣叹文学批评理论之研究》，政治大学博士论文，1999年。关于金圣叹研究的历史回顾，可参看黄霖《近百年来的金圣叹研究》、《简介美国的金圣叹研究》，载章培恒、王靖宇主编《中国文学评点研究论集》，上海古籍出版社2002年版。有关金圣叹的文献目录有井上浩一《金圣叹研究论文目录》，《中国古典小说研究》6，中国古典小说研究会2001年版。

⑥ 吴宏一：《清代文学批评论集》，联经事业出版公司1998年版，第18—72页。

解说更是少有问津者①。

这种重视其戏曲小说批评、轻忽其诗评的倾向可以说由来已久。早在清代，人们虽也肯定金氏的批评成就，但具体到诗学，不过视为批戏曲小说的余沥。申颐《耐俗轩课儿文训》曾说："金圣叹批点《水浒》、《西厢》，言之滔滔，阅者不胜繁絮，而意犹若有未尽者。及阅其评选古文唐诗，寥寥无所发明也。"陈廷焯也说"圣叹评传奇，虽多偏谬处，却能独出手眼。至于诗词，直是门外汉"，甚至于断言"金圣叹论诗词，全是魔道，又出钟、谭之下！"② 见解比较持平的是山东人冯文炌，他著有《批金解唐才子诗》，自序说："金圣叹解唐诗六百首，可谓善说诗矣。独其透微发蒙之识，固自直照古人，而支离傅会，贻误来学者，亦自不少。"③此书未见流传，冯氏的见解也就不为世人所知。今人对金圣叹诗评的研究已较前人远为深入，金氏诗歌批评的精义多有抉发，其诗学的核心问题——律诗分解说也有人作了探讨，但他作为批评家的特征及其在具体批评中体现的诗学观念和诗学贡献还有进一步阐发的余地。

一 作为诗歌批评家的金圣叹

我曾著论提到，中国的文学批评直到严羽才真正具有批评家的自觉意识，所谓批评家的自觉意识，是指对自己的身份、立场和目的有清楚的认识，并依据独特而有系统的文学观念和个人趣味对作家作品进行有深度的分析。以这一标准来衡量，即使在严羽之后，具有这种自觉意识的批评家也不是很多，金圣叹可以算是一位。正如谭帆所论定的，金圣叹不仅在文学批评的主体性、解义性和向导性等方面表现出批评家的成熟性格，而且

---

① 张国光：《金圣叹学创论》，中州古籍出版社 1993 年版。我所知道的研究金圣叹诗学的论文，有廖淑慧《金圣叹诗学研究》，辅仁大学硕士论文 1991 年版；刘大杰、章培恒《金圣叹的文学批评》，《中华文史论丛》第 3 辑，上海古籍出版社 1963 年版；翼华《读金圣叹〈杜诗解〉》，《人民大学复印报刊资料》1985 年第 12 期；周锡山《金批杜诗思想论》，《杜甫研究学刊》1988 年第 3 期；周锡山《金批杜诗艺术论》，《杜甫研究学刊》1989 年第 2 期；周锡山《金批杜诗美学论》，《杜甫研究学刊》1992 年第 1 期；刘苑如《浪翻古今是非场——从作品过程看金圣叹诗歌评点接受》，《中华学苑》第 44 期，1994 年 4 月版；邵曼珣《金圣叹诗歌评点中的美学问题》，《文学与美学》第 5 辑，台北文史哲出版社 1995 年版；王琳《论金圣叹的唐诗观》，《上海师范大学学报》1997 年第 3 期；周兴陆《金圣叹杜诗批解的文学批评学透视》，《文学遗产》1998 年第 3 期；胡光波《金批唐诗论》，《湖北师院学报》2000 年第 1 期。论及分解说的只有陈洪《金圣叹传论》和江仰婉《明末清初吴中诗学研究——以"分解说"为中心》（中正大学博士论文，2002）两种。

② 陈廷焯：《白雨斋词话》，人民文学出版社 1959 年版，第 138 页。

③ 孙葆田等纂：《山东通志》卷一四九艺文志，文海出版社影印本。

其批评的广度在中国文学批评史上也是绝无仅有的，他的批评包括诗、文、词、小说、戏曲五大部类，仅诗歌便涉及了《诗经》、《离骚》、《古诗》、唐诗等不同领域。"这种不拘一格、博采旁取的批评精神体现了一个文学批评家的胆识和魄力。"① 尽管他的批评成就并不局限于诗歌，或者说他的批评实践的主要业绩不在诗歌，但他的诗歌批评仍然是清初诗学中值得注意的重要部分。

金圣叹所批评的书现存十一种，诗歌批评包括《唱经堂释小雅》、《唱经堂古诗解》、《唱经堂批欧阳永叔词十二首》及杜诗、唐诗两个选本，看得出他在诗歌方面同样也表现出强烈的批评兴趣。就评点的形式和数量而言，这些批评也算不了什么，古人读诗都有随手评点的习惯，如果中国大量的私人藏书没有毁于近代以来的几次浩劫，其中一定蕴藏着丰富的评点资源。但这不能和金圣叹的批评相提并论，因为金圣叹的批评绝不是兴之所至的随手丹黄，而是全部生命的寄托。他从十二岁开始批《水浒传》，临终《绝命诗》仍念念于"且喜唐诗略分解，庄骚马杜待何如?"他毕生黾勉努力的工作就是完成批"六才子书"的计划。晚年《答王道树》信中说："诚得天假弟二十年，无病无恼，开眉吃饭，再将胸前数十本残书，一一批注明白，即是无量幸甚。"然则他是将批评作为自己生命中的一项重要事业来做的。古人以文章为寿世之具，金圣叹视文学批评也是同样。他选批唐诗的动机，乃是五十三岁一场大病所引发的对生命的悲观意识。他在嵇匡侯《葭秋堂诗》序中写道：

> 弟年五十有三矣。自前冬一病百日，通身竟成颓唐，因而自念：人生世间，乃如弱草。春露秋霜，宁有多日?脱遂奄然终殁，将细草犹复稍留根荄，而人顾反无复存遗耶?用是不计荒鄙，意欲尽取狂臆所曾及者，辄将不复拣择，与天下之人一作倾倒。此岂有所觊觎于其间，夫亦不甘便就湮灭，因含泪而姑出于此也。②

病痛及人生际遇中的重大祸患往往会成为触发人们思索生存状态和生命本质的契机，就像我们在曹丕与《与王朗书》中所看到的，将生命的价值寄

---

① 参看谭帆《金圣叹与中国戏曲批评》，华东师范大学出版社 1992 年版，第 12—13 页。

② 《贯华堂选批唐才子诗》卷首，《金圣叹全集》第 4 卷，江苏古籍出版社 1985 年版，第 31 页。

托于著述，也往往在这种时刻彻悟和决定①。不同的是金圣叹则寄意于批评，"欲尽取狂臆所曾及者，辄将不复拣择，与天下之人一作倾倒"，即指整理平日积累的批评文字。

从金圣叹从事批评活动的日常状态看，他在某种意义上可以说是个职业的批评家，因为他的批评往往是受雇于书坊的；但他同时又是个懒散的才人，贪杯的酒人，经常被一帮狎客酒友挟去痛饮狂欢，长时间不理笔墨，故而他的批评工作绝不像一般人那样正常和有规律，他的写作是在难得的清闲时，清醒时，简直就是即兴式的。有时书贾催逼得紧，就只好闭门突击赶稿。徐增说他"庚子评唐才子诗，乃至键户，梓人满堂，书者腕脱，圣叹苦之，间许其一出"②。这样的批评家确是古来少有。他批杜诗的方式，恐怕也是古今绝无仅有的，是在常走动的亲戚朋友家各存一部杜诗，往来得空便批。这岂不是很像我等专门从事诗歌研究的学人？我也存有几本书在父母处，探亲时用来读，看到前人如此，不免心戚戚焉。

金圣叹不只热衷于文学批评，将文学批评当做毕生的事业，他对文学批评家的身份、立场和批评观念都有很清楚的自觉，而这又与他对诗歌本质的理解相关。生当模拟诗风普遍为人鄙弃的明清之交，金圣叹与当时大多数诗论家一样，也崇尚真情的自然流露，反对模拟，他对诗歌的理解是：

> 诗非异物，只是人人心头舌尖所万不获已、必欲说出之一句说话耳。③

又说：

> 诗者，人之心头忽然之一声耳。不问妇人孺子，晨朝夜半，莫不有之。今有新生之孩，其目未之能眴也，其拳未之能舒也，而手支足屈，口中哑然，弟熟视之，此固诗也。④

---

① 《三国志·魏书·文帝纪》裴注引曹丕与王朗书："生有七尺之形，死唯一棺之土，唯立德扬名，可以不朽；其次莫如著篇籍。"

② 徐增：《九诰堂全集》第十册《天下才子必读书序》，湖北省图书馆藏清抄本。

③ 《金圣叹选批唐诗》附录"圣叹尺牍"，浙江古籍出版社1984年版，第501页。下引本书，均据此本，只注卷数、页码。

④ 《金圣叹选批唐诗》附录"圣叹尺牍"，第501页。

此种观念显然与明代的性灵诗说有某种渊源关系，对自然情感过于夸张的强调让人联想到李贽"天下之至文，未有不出于童心"的《童心说》。确实，李贽愤世嫉俗的狂狷性格堪称是金圣叹的同调，这位赞美《西厢》为"化工"、批过《水浒》的前辈，金圣叹不可能不熟悉，其文学观影响于金圣叹是很自然的事。但偏激的思想使金圣叹过于强调诗歌创作冲动的自发性，以至有"人本无心作诗，诗来逼人作耳"，"诗非无端漫作，必是胸前特地有一缘故，当时欲忍更忍不住，于是而不自觉冲口直吐出来"的说法。这位极端的尊情论者，甚至偏激到不顾事实的地步，说："余尝谓唐人妙诗，并无写景之句。盖《三百篇》虽草木鸟兽毕收，而从无一句写景。故曰诗言志，志者心之所之也。"因而他直斥"胸中无所甚感，而欲间取景物而雕镂之，岂非诗之蠹蚀哉？"① 甚至连别人学杜甫，不到天下大乱的地步，他也嫌不安分："微闻四郊说有小警，辄更张皇其言曰：'我于兵戈涕泪，乃至不减老杜。'呜呼，此好乱之民也！"

　　但金圣叹诗歌观念不同于一般人的地方，也是特别值得注意的一点，是他虽然崇尚真实情感的自然流露，却更强调个人情感的表达应具有普遍意义。他说：

　　　　作诗须说其心中之所诚然者，须说其心中之所同然者。说心中之所诚然，故能应笔滴泪；说心中之所同然，故能使读我诗者应声滴泪也。

此所谓"诚然"即真实情感的自然流露，它能使作者在感动状态中创作；而"同然"则是人类的普遍情感，它能激起读者的共鸣。文学因具有传达人类共同情感的功能而成为交流、沟通和共享人类审美经验的载体，这曾是老托尔斯泰毕生反复强调的②。正是在这个意义上，金圣叹才可以说"世界妙文原是天下万世人人心里公共之宝，决不是此一人自己文集"。文本既具有这种共享性质，它同时也就获得了独立于作者意图的自足品格。于是作者的意图变得不重要了，"我真不知作《西厢记》者之初心，其果如是其果不如是"的困难，就被坦然地悬置起来，而读者和批评家的解读

————————

① 《金圣叹选批唐诗》附录"圣叹尺牍"，第 523 页。
② 参看《列夫·托尔斯泰论创作》第一部"文学艺术的实质和意义及其在社会生活中的作用"，戴启篁译，漓江出版社 1982 年版，第 1—29 页。

顺理成章地侵入了传统观念中属于作者权阈的作品生成过程。金圣叹极为大胆地宣称：

> 《西厢记》不是姓王字实甫此一人所造。但自平心敛气读之，便是我适来自造，亲见其一字一句都是我心里恰正欲如此写，《西厢记》便如此写。

显然，金圣叹基于文学表达人类普遍情感的前提，对文学阅读的经验方式作了全新的阐释，传统的对古人先得我心的赏会变成了创造性的再生，批评主体的主动介入，使文学阅读的美感经验生成过程变成了本文由批评的参与而作品化的过程。这样，批评的表达自然也变成了一个对象化的过程，所以金圣叹说"圣叹批《西厢记》，是圣叹文字，不是《西厢记》文字"，更进而说"天下万世锦绣才子，读圣叹所批《西厢记》，是天下万世才子文字，不是圣叹文字"（《第六才子书·读法》）。这就意味着，阅读和批评被理解作一个主体不断被建构的过程，作者、文本、批评家和读者在本文中心论的立场上各自获得其独立性，这种思想与俄国形式主义、英美新批评派的某些理论主张很有些相通之处。吴宏一先生因称之"形式批评"①，近年更有学者在金圣叹与英美新批评之间展开比较，举出金评《水浒传》序所强调的"文法"概念，认为是设定了一个超越的美学前提②，诚有见地。但我觉得这仍属于古代诗文评固有的观念，真正值得注意的是金圣叹的本文独立性观念及其在批评实践中贯穿的本文中心论原则，那才是中国古代诗学中特异的有超前意义的见解（详后）。

照金圣叹的理解，文学是生命的表达，文学批评当然也是生命的表达。他的批评随文流露出的生命体验，每让我怦然心动。如评杜甫《三绝句》："为儿子时，茸茸然只谓前亦不往，后亦不来，独有此身常在世间。予读《兰亭序》，亦了不知佳定在何处。殆于三十四五岁许，始乃无端感触，忽地惊心：前此犹是童稚蓬心，后此便已衰白相逼，中间壮岁一段，

---

① 参看吴宏一《清代诗学初探》第四章"形式批评的崛起"，牧童出版社1977年版，第155—163页；又见《清初诗学中的形式批评》，《清代文学批评论集》，联经事业出版公司1998年版，第18页。

② 吴子凌：《对话：金圣叹的评点与英美新批评》，《浙江社会科学》2001年第2期。

竟全然失去不见。夫而后咄嗟弥日,渐入忽忽不乐苦境。"① 读到这段话,相信年过壮岁者都会戚戚会心,感同身受吧?同样,他阐释作品中包含的人生体验,也因透彻至深而格外动人。朝鲜诗人李德懋读到金圣叹评李郢《晚泊松江驿》诗,不禁感慨系之:

> 李楚望诗"云阴故国山川暮,潮落空江网罟收",五山川暮,六网罟收,一日末后,不过如此而已;一生末后,不过如此而已。此金圣叹语也,余读此语,茫然自失,颓然而卧,仰视屋梁,浩叹弥襟。②

这是金圣叹《选批唐诗》中的批语,原书"一生"句后尚有"一代末后不过如此而已,然则日日末后不过如此而已,生生末后不过如此而已,代代末后不过如此而已。此即上解所云千古剧愁。试思片帆若不夷犹,我乘千里马,真先安之哉!"③ 极尽夸张的排比句,将两句写景中传达的意兴阑珊的人生况味强烈地激发出来,不由人不低徊深省。

这乃是金批的最动人之处,你在接触他对别人作品的判断时,常也同时触及他的内心世界,他深刻的生命体验单独与你构成一种交流。这一层内容,在他人的批评文字中是很少见的,而金圣叹却随时流露,不能自已。当别人问他为何评刻《西厢记》时,他的回答是:"我亦不知其然,然而于我心则不能以自已也。"(《第六才子书》序一)的确,我们在他的批评中,可以看到某种类似当代"批评是满足自我话语表达的欲望"的意识成分,他极端的愤世嫉俗和对平庸的极度蔑视,往往通过批评宣泄出来,批评对于他,常常是借他人杯酒,浇自己块垒的手段。看他评杜甫《画鹰》结联"何当击凡鸟,毛血洒平芜"两句,道是:"末句不知其指谁,然亦何必问其指谁。自当日以至于今,但是凡鸟坏人事者,谁不为其所指。"又说:"'击凡鸟'妙,不击恶鸟而击凡鸟,甚矣凡鸟之为祸,有百倍于恶鸟也!有家国者,可不日颂斯言乎?'毛血'五字,击得恁快畅,盖亲睹凡鸟坏事,理合如此。"④ 他怕是也有过凡鸟坏事的遭际吧,忍不住愤激畅快如此!类似这种借题发挥的批评,书中在在都有,其直接后果

---

① 金圣叹:《杜诗解》,上海古籍出版社 1984 年版,第 117 页。后引《杜诗解》均据此本。
② 李德懋:《清脾录》卷一,《青庄馆全书》卷三四,韩国民族文化推进会编古典国译丛书本。
③ 《金圣叹选批唐诗》卷六下,第 382 页。
④ 金圣叹:《杜诗解》,第 22 页。

就是作品在批评的阐发下疏离于作者，获得独立于作者的自足意义，不可起作者于九原而问之的"本意"的绝对性无形中被消解，而批评家对作品的解释权却进一步被强化。事实上，金圣叹对于文学批评的一个最基本的观念，就是对批评之可能性的确信。他曾说：

> 弟自幼最苦冬烘先生辈辈相传"诗妙处正在可解不可解之间"一语。弟亲见世间之英绝奇伟大人先生，皆未尝肯作此语。而彼第二、第三随世碌碌无所短长之人，即又口中不免往往道之。无他，彼固有所甚便于此一语，盖其所自操者至约，而其规避于他人者乃至无穷也。①

诗之妙处在可解不可解之间，确是诗家常谈，岂止是冬烘先生辈，精英批评家也是这么看的。谢榛《四溟诗话》卷一有"诗有可解、不可解、不必解"之说，后人常引为口实，多方发挥。如吕阳《唐荆川文集跋》云："盖诗文画三者，惟其人惟其意，大率可解不可解之间也。"② 余云焕《味蔬斋诗话》卷二云："诗有眼前情景，出语极新，微妙处在可解不可解之间。"厉志《白华山人诗说》卷一甚至说："诗到极胜，非第不求人解，并亦不求己解，岂己真不解耶？非解所能解也。"但在金圣叹看来，这只是论者掩饰其阐释无能的遁词，他们借此逞其有限的巧智，而回避更多茫然不解的内容。他在《第六才子书·读法》中也宣称：

> 仆幼年最恨"鸳鸯绣出从君看，不把金针度与君"之二句。谓此必是贫汉自称王夷甫口不道阿堵物计耳。若果得金针，何妨与我略度？今日见《西厢记》，鸳鸯既绣出，金针亦尽度。益信作彼语者，真乃脱空漫语汉。

从中国文学的批评和教授传统来看，由于认为（1）审美活动、审美愉悦是不可替代的，诗作为一种体验不能言传，需要亲历才能体会；（2）艺术知觉是不可传达的，诗人对诗歌本质的认识和掌握的深度，因而有不同的境界；（3）艺术创作的经验是不可传达的，可以说明的只是粗浅的经验，

---

① 《金圣叹选批唐诗》附录"圣叹尺牍"，第 504 页。
② 吕阳：《吕全五薪斋二集》卷四，康熙刊本。

真正精妙的心得不可言说;(4)成功的经验不可重复,真正有价值的诗歌都是独创性的,而创新必须靠自己去参悟,所以"不说破"和"悟入"也就成为文学批评和传授活动的基本原则①。一般的诗论家和村学究先生,容有元好问"不把金针度与人"的矜持或作可解不可解的遁词,但以批评家自命的金圣叹绝不属于如此,他将这看做是对批评家专业水准的考验,也是批评家区别于世间诗话作者、教师爷者之流的根本素质所在。他的话让我们想到法国作家兼批评家戈蒂耶对波德莱尔说过的格言——"一个人如若被一个无论多么微妙、多么意外的思想弄得无所措手足,他就不是一个作家。不可表达之物是不存在的!"②

所有这些都表现了金圣叹作为批评家的自觉意识,对批评家身份的崇高感使他对批评持极光明磊落的态度。当徐增向他索阅分解唐诗的稿子,他答复:"看有不当处,便宜直直见示。此自是唐人之事,至公至正,勿以为弟一人之事而代之忌讳也。"③ 这种以批评为天下之公器的观念在前人的议论中我还没看到过,确是金圣叹独有的大批评家的气象。一些精致造微的见解,在别人或许要刻意强调,矜为独得之秘,而金圣叹却随手写来,漫然出之,仿佛是人所周知的常谈。如开卷批杜甫《游龙门奉先寺》,对"更宿招提境"后的两句夜景描写"阴壑生灵籁,月林散清影",他写道:"三四,此即所谓招提境也。写得杳冥澹泊,全不是日间所见。境字与景字不同,景字闹,境字静;景字近,境字远;景字在浅人面前,境字在深人眼底。如此十字,正不知是响是寂,是明是黑,是风是月,是怕是喜,但觉心头眼际有境如此。"④ 王靖宇也注意到这条资料,这是在区别"景"和"境"两个概念上最细致的阐述,对我们理解古人如何使用"境"的概念是一条很重要的资料。此外,如王靖宇指出他像在戏曲批评中推崇"烘云托月"之法一样,强调"从来实写不如虚写"⑤,也是值得我们注意的。

作为一位成熟的批评家,金圣叹的文学批评无疑已形成自己的理论系

---

① 详见蒋寅《以禅喻诗的学理依据》,《学术月刊》1999 年第 9 期;收入《古典诗学的现代诠释》,中华书局 2003 年版。

② 波德莱尔:《论泰奥菲尔·戈蒂耶》,《波德莱尔美学论文选》,郭宏安译,人民文学出版社 1987 年版,第 80 页。

③ 《金圣叹选批唐诗》附录"圣叹尺牍",第 498 页。

④ 金圣叹:《杜诗解》卷一,第 6 页。

⑤ 王靖宇:《金圣叹的生平及其文学批评》,第 110 页。

统和方法论特征，像王琳对金圣叹所发明的"寻龙问穴"、"草木皆兵"、"提花暗色"等若干诗法的揭示，周兴陆指出的注重沿波讨源式的还原批评，细析语言结构关系等，都是很有价值的结论。而谭帆将金圣叹文学批评分为两个序列，也应视为研究金氏诗学一个原则性的前提。事实上，"才子书"序列更鲜明地表达了批评家的人生理想、内心情感和艺术精神，而《才子必读书》和批唐诗序列则属于指导后学写作的蒙学选本，更近乎"教科书"式的批评，其"首要特征便是文学批评情感因素的减弱、对内容意蕴批评比重的减少和形式批评比重的增大"①。至于说"他的批评观点的确立、批评体式和思维方法的成型主要存在于第一序列之中"，似乎只能就戏曲小说而言；如果我们同意说诗学也是他文学批评的重要组成部分，那么他最得意的理论贡献——七律分解说，是在与友人往来论诗书札中反复阐明，并在唐诗批评中加以贯彻，加以展开的，这一序列展现了金圣叹文学批评观点、体式和思维方法的另一面。

二　金圣叹的七律分解说

　　从前文所引金圣叹对诗的定义来看，他基本可以说是个唯情论者，将诗看做是情感自然流露而形成的语言形式，就像他评《水浒传》第十回林冲吟的八句诗所说的："何必是歌，何必是诗，悲从中来，写下一片，数之则八句也，岂如村学究拟作《咏怀诗》耶？"在他看来，这八句的形式只是偶然的巧合，林冲并非成心要做一首咏怀七律。这倒也不失为一种表现论诗观，但奇怪的是他批评唐代的近体诗却从来不用这种观念去阐释，相反倒持一种近乎机械结构论的态度，认为唐人七律总是由上下两解各四句构成。这就是他著名的七律分解说，也是他引为骄傲的独特发明——现存他为友人解答分解理论、宣传自己看法的书信还有九十一通！在顺治十七年二月八日到四月十五日的两个多月中，他运用分解理论共计分解唐律595首，直到临终以前，寄金昌的绝命诗中还念念不忘"且喜唐诗略分解"，足见这是凝聚他心血和智力的理论。今人论诗学，喜好宏大叙事，对这类技术性问题一般都没兴趣涉猎，只有江仰婉的博士论文专门做了研究。全文资料整理得相当细致，对分解批评实践的比较也很有参考价值；不过对分解说的外延限制得不太严格，将一些不属于分解法的选本纳入讨

① 谭帆：《金圣叹与中国戏曲批评》，第14—15页。

论范围，反而模糊了分解说的内涵，以致影响到对其诗学内涵的阐释；同时对分解方法的认识，似乎也缺乏必要的批判性，未能对其批评实践的得失给予适当的评判，而这对于诗学史来说却是最重要的问题。

金圣叹在评杜甫《赠李白》时提道："唐人诗，多以四句为一解，故虽律诗，亦必作二解。若长篇，则或至作数十解。夫人未有解数不识而尚能为诗者也。"① 尽管他自称"解"本自《庄子·养生主》庖丁解牛的故事，但从概念的直接渊源说仍应是乐府的"解"，即诗歌作品的段落，只不过他将一篇作品划分为若干"解"，不是根据音乐的段落而是根据诗的结构罢了，"解"作为表示段落单位的量词是相同的。所以张潮序《而庵诗话》甚至说"其所谓解，当即古文家所谓段落者是"。总之，无论金圣叹如何强调识解数的重要，"分解"本身并不是什么独家发明。那么他为何津津乐道、反复申说不已呢？原来，他极力要阐明的分解是专门针对七言近体提出的，这从尤侗"腰断唐诗"的讥讽也能得到证实②。他论古诗虽也分解，但不像论七律那样矜为自得，他显然认为自己发现了唐人七律写作的一个绝大秘密。

金圣叹的七律分解说，质言之就是上下四句分成两解，各自起意，这的确是不同于前人起承转合之说的一种新思维。他断言近体诗"三四自来无不承一二却从横枝蠚出两句之理。若五六，便可全弃上文，径作横枝蠚出，但问七八之肯承认不肯承认耳"③。上下两部分中，上四句比较简单，下四句则变化复杂。关键是在颈联两句，因为"五六乃作诗之换笔时也"，而诗的情绪也渐至高潮，所谓"作诗至五六，笑则始尽其乐，哭则始尽其哀"。从声韵上说，"诗至五六，始发亮音"；从结构上说，五六又是结的开始，"五六特为生起七八，非与三四同写景物也"。他甚至发现"唐律诗后解七八，多有'此'字者，此之为言，即上五六二句也"，意谓收束五六两句。为论证这一点，他竟举出五十一首唐诗为例！④ 本来，他认为自己的分解理论是有着古老的实践依据的，但遗憾的是时人却并不理解这一点："我辈一开口而疑谤百兴，或云立异，或云欺人。即如弟《解疏》

---

① 金圣叹：《杜诗解》，第 7 页。

② 尤侗《艮斋杂说》卷五："吾乡金圣叹，以聪明穿凿书史。（中略）往见圣叹选唐诗，竟将前四句为一截，后四句为一截，细加注解。予讶之，曰：'唐诗何罪，腰斩了也！'"中华书局1992 年版，第 99 页。

③ 《金圣叹选批唐诗》附录"圣叹尺牍"，第 514 页。

④ 同上书，第 524—526 页。

一书，实推原《三百篇》两句为一联，四句为一截之体，伧父动云割裂，真坐不读书耳。"① 于是他只好采用实证的方法来说明分解理论绝不是武断古人文字，而是本着严肃态度加以总结、有充分的实证依据的，"设使有一丝毫不出于古人之心田者，矢死不可以搀入也"。

从金圣叹的具体批评不难看出，分解理论确实是经验性的，如他夫子自道，"只以眼前几篇烂熟诗验之"②。比如论"三四多作侧卸"，他在致顾慈旭（掌丸）书中举杜甫七律 27 联，致尤侗书中举唐诗 58 联为证；论"三四侧卸作一拗句"，在致周荃书中举 19 例，致顾予鼎书中举 23 例为证；论三四两句写一景，在致张伦书中举 65 例为证，都是通过分析、印证前人作品而获得的结论。他试图以实证知识表明，唐诗确实存在着这样的现象，既然如此，人们不禁要追问，其中究竟贯穿着什么样的原理呢？这正是金圣叹分解的理由，也是令他感到很难解释清楚的问题，所以他在不同时间对不同的人，用了不同的形式多方加以譬说。

首先需要说明的当然是自己的方法论，金圣叹曾在致徐增书中说，分解是对作品结构的解析，即《庄子·养生主》庖丁解牛的"解"。解牛要批大穴，从结构的罅缝处解析，解诗也要从作品结构单元的接合部入手。他套庄子的话说："彼唐律诗者有间也，而弟之分之者无厚。以弟之无厚，入唐诗之有间，犹牛之磔然其已解也。"所以他对自己说唐诗的定位是阐释，而不是注释，当王道树告诫他注释当效刘孝标注《世说新语》时，他辩解说："谓弟与唐人分解则可，谓弟与唐人注诗，实非也。"③

其次要说明采用上述方法的理由。将一首律诗分为两解的基本认识是诗在结构上有吞吐，有抑扬，有收放，有开阖，总之是有两股力在起作用。所以当有人用诗歌内在的统一性来相诘难时，他强调结构的错综和意脉的统一并不矛盾，就好像人虽只有一口气，但却分呼吸两部分一样：

> 弟见世人说到真话，即开口无不郁勃注射者，转口无不自寻出脱、自生变换者。此不论英灵之与懵懂，但是说到真话，即天然有此能事，天然有此平吐出来一句，连忙收拾一句；又天然必是二句，必不是一句。今唐律正复如此，前解便是平吐出来之一句，所谓郁勃注

① 金圣叹：《葭秋堂诗序》，《金圣叹全集》第 4 卷，第 41 页。
② 《金圣叹选批唐诗》附录"圣叹尺牍"，第 514 页。
③ 同上书，第 497 页。

射之句也；后解便是连忙收拾之一句，所谓者自寻出脱、自生变换之
句也，所谓真话也。然不与分解，却如何可认？①

由于用心至专、思索至深，他常从不同事物中体悟唐律诗内部结构的力学
关系。如与王瀚书曰："昨正午，大雨时行。弟闲坐无事，因审看其来势
去势。（中略）今律诗之前解一二，其来也，未有不郁乎欲压人，使人不
敢少动气息者也；其后解五六，则未有不荡荡而去，使人意消者也。"②
反过来他在向人解释分解理论时，又视对象而将他常日的体悟，借各种比
喻来多方譬说。答西堂总持法师是以禅定譬况："法师常说比丘入定相貌。
弟子目今与唐律诗分解，恰恰正如其事。盖比丘入定，必须奋迅而入，出
则必须安庠而出。今律诗之一二，正是其奋迅；三四，正是其深住定中；
五六，正是其安庠求出；七八，正是其已出定来也。盖一二如不奋迅，即
三四决不得住定中；乃五六如不安庠求出，即七八亦更无从出之处。"其
中关键在起和转，所以他特别强调："弟子目今所以只说得两句话，两句
话者，一句是一二必要奋迅而入，一句是五六必要安庠而出。"③ 对俗人
即以官人升堂譬况："一二分明便是一位官人，大步上堂来；三四则是官
人两旁之虞侯、节级，只等官人坐了，便与他吆呼排衙也。七八是官人倦
怠欲退堂，五六是又换两名人从，抬将官人入去也。"④ 喻吴灏则有开弓
放箭之喻，云："前解如弓来体，后解如弓往体。盖弓来体，在初拽开时，
眼之所注，箭之所直，更无旁及，而后引之而必至于满也。今一二，正如
初拽开时之眼之所注、箭之所直更无旁及也；三四不过如引之而必至于满
也。弓往体，在既放箭后，其所到处必中要害，而时亦有不得中要害者，
则其既满临放之时手法之异也。今七八，正如箭到之必得中要害也；五
六，则如既满临发之时之手法也。"⑤ 致金丽又将分解比作箓盒，上半是
盖，下半是底；致天在师又比作针灸，前解一补也，后解一泻也；答某又
比作气息之一呼一吸；答秦松年又比作果仁两瓣之一雌一雄。迄今为止，
批评史上还从没见过如此博用譬喻来反复说明一种诗学理论的，这除了说

---

① 《金圣叹选批唐诗》附录"圣叹尺牍"，第 502 页。
② 同上书，第 503 页。
③ 同上书，第 498—499 页。
④ 同上书，第 507 页。"从抬"二字原乙，据《金圣叹全集》第四卷改。
⑤ 同上书，第 499—500 页。

明他对分解说所抱的热情，还能说明什么呢？就是这种热情驱使他反复琢磨，不断思考，以致触类旁通，头头是道。

经他这么再三推阐，七律分解之说其实也没什么神秘的，他自己也承认"分解本是唐律诗一定平常之理"①，只因历来久不讲，骤讲之反而为人所诧异。这就不免逗人疑问，如此一个"平常之理"，为什么历来论诗者熟视无睹呢？他认为那是因为蔽于作诗专主中二联的陋见，他声明分解之说所针对的就是时俗作诗唯雕琢中四句的陋习：

> 比来不知起于何人，一眼注射，只顾看人中间三四五六之句，便与啧啧嗟赏不住口。殊不晓离却一二，即三四句如何得好；不到七八，即五六如何得好耶？且三四五六，初亦并不合成一群。三四自来只是一二之羡文，五六自来只是七八之换头。譬如伯劳飞燕，其性迟疾东西，自来不在一处。三四生性自来是向前，五六生性自来是向后，今忽然前去其前，后去其后，却将并不相合之四句挺然束之，如四条玉笋，处岂非文林一端怪事？②

他又将这种观诗法比作穷措大蹭吃富家酒席，只盯着中间四碗大菜。而实际上，"七言律诗八七五十六字，便是五十六座星辰，一座一座皆有自家职掌，一座一座又有大家联络。岂可于其中间，忽然孛一妖星，非但无所职掌，乃至无其着落？"③ 这显然是在发挥唐人刘昭禹五律如四十贤人著一屠沽不得之说，以阐明诗篇的整体性和有机性，但他进一步认为这种整体性和有机性在第一联既已决定，便将问题引向了自己的思路。他说"其一二起时，不惟胸中早有七八，其笔下亦早自有七八"，因而"一二定而全诗皆定"，三四自然也就成为一二的附和，所谓"继体守文"也。以画为喻，也可以说"一二正如画家之落骨，三四则如画家之皴染。一二落骨以待三四皴染，三四皴染以完一二落骨"。他在与陈弘训书中更宣称："弟谛观唐人律诗，其起未有不直贯到尾者，其结未有不直透到顶者。若后来人诗，则起乃不能贯三四，结乃不能透五六，此为唐人与后人之辨也。"

---

① 《金圣叹选批唐诗》附录"圣叹尺牍"，第 497 页。

② 同上书，第 505—506 页。

③ 同上书，第 511 页。其批李白《登金陵凤凰台》亦云："唐人一解四句，四七二十八字，分明便是二十八座星宿，座座自有缘故，中间断无无缘故之一座者也。"可参看，第 96 页。

他对唐诗的认识，理论上是符合我们的艺术理想的，问题是它究竟在多大程度上与唐人的创作实践相吻合呢？

唐人已矣，他们如何作诗，不得起而问之。起码从文献所载李贺、贾岛作诗的逸话来看，先得一句一联而后足成的情形是不鲜见的。纪昀即曾指出皇甫冉《送康判官往新安得江路西南尹》已开九僧、四灵先炼腹联，后装头尾一派①。所以项安世《跋林和靖手书所作三十联》有"唐人作诗先作联，一联一句各几年"之说②，方回也断言"晚唐诗多先锻颈联、颔联，乃成首尾以足之"③。专讲起承转合的范德机则认为唐人虽有此例而不足为唐人病："绝句则先得后两句，律诗则先得中四句。当以神气为主，全篇浑成，无龃龉之迹，唐人间有此法"。谢榛更基于自己的切身经验，承认"诗有天机，待时而发，触物而成，虽幽寻苦索，不易得也"④，因而主张"意随笔生，不假布置"⑤，有时"作诗先以一联为主，更思一联配之，俾其相称，纵不佳，姑存以为筌句"⑥，而有时"诗以两联为主，起结辅之，浑然一气。或以起句为主，此顺流之势，兴在一时"⑦；甚至"诗以一句为主，落于某韵，意随字生，岂必先立意哉？杨仲弘所谓得句意在其中是也"⑧。明了了这一点，再来看唐宋诗，就得出一个很独到的结论："诗有辞前意、辞后意，唐人兼之，婉而有味，浑而无迹。宋人必先命意，涉于理路，殊无思致。"⑨ 这种情形显然是金圣叹没有虑及的，事实上他也不曾对唐诗作过广泛的研究，只不过习见近人专做中两联之弊，力图破此习气而已。在金圣叹之前，王世懋《艺圃撷余》已指出：

　　今人作诗，多从中对联起，往往得联多而韵不协，势既不能易韵

---

　　① 纪昀：《瀛奎律髓刊误》卷二四，黄山书社 1994 年版，第 623 页。按：屈向邦《粤东诗话》(涌清芬室排印本 1964 年版)谓世传九僧、四灵一派，即是先炼腹联，后装头尾以成诗者，殆袭纪说也。皇甫冉《送康判官往新安得江路西南尹》云："不向新安去，那知江路长。猿声比庐霍，水色胜潇湘。驿树收残雨，渔家带夕阳。何须愁旅泊，使者有辉光。"

　　② 项安世：《平安悔稿》，宛委别藏本。

　　③ 方回：《瀛奎律髓》卷一三贾岛《雪晴晚望》评语，黄山书社 1994 年版，第 268 页。

　　④ 谢榛：《四溟诗话》卷二，丁福保辑《历代诗话续编》下册，第 1161 页。

　　⑤ 谢榛：《四溟诗话》卷一，《历代诗话续编》下册，第 1149 页。

　　⑥ 谢榛：《四溟诗话》卷四，《历代诗话续编》下册，第 1211 页。

　　⑦ 谢榛：《四溟诗话》卷二，《历代诗话续编》下册，第 1161 页。

　　⑧ 同上书，第 1158 页，

　　⑨ 谢榛：《四溟诗话》卷一，《历代诗话续编》下册，第 1149 页，

以就我，又不忍以长物弃之，因就一题，衍为众律。然联虽旁出，意尽联中，而起结之意，每苦无余。于是别生支节而傅会，或即一意以支吾，掣衿露肘。①

可见这是有目皆睹的世俗现状，绝非金圣叹煞有介事。然而大多数人都习以为常，默认了这一事实，即使像王世懋这样目光犀利的批评家，也只是指出病状，剖析病理，并没有提出诊疗方法。唯独金圣叹，有针对性地提出了分解说的治疗途径，表现出优秀批评家特有的穿透力和高超见识。分解不是目的，只是一个路径，他希望人们通过分解来认识唐诗结构的有机性，所谓"分解而后知唐人律体之严，直是一字不可得添，一字不可得减也。如使不分，便可成句皆与改换"②。他在《秋兴八首》的批语中曾最完整地表达了自己的想法：

> 唐制八句，原只二句起，二句承，二句转，二句合，为一定之律。徒以前后二联可以不拘，而中四句必以属对工致为选。因而后人互相沿袭，徒竞纤巧，无关义旨。至近代作诗，竟以中四句为身，而头上倒装两句为起，尾上再添两句为结。夫人莫不幼而闻，长而以为固然，自是提笔摇头，初学吟哦，以及倨坐撚髭，自雄诗伯，无不以此为断断不易之体。抑岂知三四只专承一二，而一二用意高拔，比三四较严；五六转出七八，而七八含蓄渊深，比五六更切。宁可以起结二字抹却古人无数心血耶？③

他强调世人论起结是"解合而诗分"，自己的分解却是"解分而诗合"，分解更凸显出诗歌结构的整体性和有机性。不过他由此也进而发现，唐人七律的组织之妙，整体性之强，有时甚至泯灭了前后分解的痕迹："唐人思厚力大，故律诗本前后分解，而彼字字悉以万卷之气行之，于是人之读之者，反不睹其有出入起伏之迹也。"④ 这一发现不免使他对分解的看法变得矛盾而犹疑，以致说明分解的效用时，态度不得不有所保留：

---

① 何文焕辑：《历代诗话》下册，中华书局1981年版，第778—779页。
② 《金圣叹选批唐诗》附录"圣叹尺牍"，第505页。
③ 金圣叹：《杜诗解》，第197页。
④ 《金圣叹选批唐诗》附录"圣叹尺牍"，第512页。

弟念唐诗实本不宜分解，今弟万不获已而又必分之者，只为分得前解，便可仔细看唐人发端；分得后解，便可仔细看唐人脱卸。自来文章家最贵是发端，又最难是脱卸，若不与分前后二解，直是急切一时指画不出，故弟亦勉强而故出于斯也。①

这种苦衷就是他一方面在批评上张扬分解之说，一方面又在写作策略上重弹起承转合老调的原因。说到底，分解只是学习的途径，通过分解体悟到的整体性观念，只有凭借起承转合之法，才能在写作中实现。因此他说"诗与文虽是两样体，却是一样法。一样法者，起承转合也。除起承转合，更无文法；除起承转合，亦更无诗法也"②。

走到这一步，金圣叹的见解就与前人的见解暗合，无甚新意了。他在《奉陪郑驸马韦曲二首》解题中说："凡一题有几首，正是起承转结，恰完一篇文字耳，我既屡言之矣。"③然而这并非他的发明，早在元代，范德机讲起承转合就说，"或一题而作两诗，则两诗通为起承转合"，还举杜甫《八月十五夜月二首》与《诗经》的作品为例④。不过金圣叹从来没有提到过元代诗格，未必知道范德机的说法，以他对时文的娴熟，起承转合之说应是从时文学来的，只是侧重点显然已不同了——既然要破除先做中二联的习气，必最重视第一联的起。所以他论学诗，劝人以"择取数十首，尽截去其后解，且先细学前解。前解入手，而后解如破竹矣"⑤；而论作诗，又格外强调，"学作文必从破题起，学作诗亦必从第一二句起。从第一二句起，方谓之诗，为其有起承转合也"⑥，这正是很自然的。

三　分解说在唐诗批评中的实践

或许因为金圣叹心底对分解之说仍怀有矛盾和犹疑的看法，除了批杜甫的几十首七律外，他并没有将分解理论应用到诗评的实践中。顺治十七年二月，儿子金雍请说唐七律，金圣叹这才施展他的分解手段，迄四月十八日止，两个多月用此法说了六百首，剔除杜甫《九日蓝田崔氏庄》、

---

① 《金圣叹选批唐诗》附录"圣叹尺牍"，第 500 页。
② 同上书，第 511 页。
③ 金圣叹：《杜诗解》，第 87 页。
④ 傅与砺：《诗法源流》，张健《元代诗法校考》，北京大学出版社 2001 年版，第 242 页。
⑤ 《金圣叹选批唐诗》附录"圣叹尺牍"，第 513 页。
⑥ 同上书，第 511 页。

《遣闷戏呈路十九》、《黑鹰》、《见萤火》、《宾至》、《客至》、《闻官军收河南河北》、《燕子来舟中作》八首①，编成八卷，缮录多本，分送顾嗣会、嵇永仁、云在法师等征求意见。这是金圣叹写作最晚、最后完成的一部著作，看得出他颇汲汲于借此传播他的分解理论，遗憾的是这些"原初读者"（archilecteur）的反馈意见今已不得而知，而他也没有多少斟酌修订的时间了，翌年便遇害②。于是这部诗选就成了理解并验证金圣叹分解说的重要依据。

据圣叹致嵇永仁书说，"鄙意既在分解，便不及将心别注"，似乎书中主要倾注心力于分解，然而自序除了天花乱坠地泛议一通诗史之外，关于分解只简单说了这么两句："其四句之前开也，情之自然成文，一二如献岁发春，而三四如孟夏滔滔也；其四句之后合也，文之终依于情，五六如凉秋转构，而七八如玄冬肃肃也。"③ 类似的说法也见于答宋德宏札④，将律诗四联比拟为四季，只能说是对意脉一般结构形态的说明，与他平时在友朋往来书札中反复辩难譬说的热忱完全不同。或许他觉得书中对作品的具体剖析就是最好的阐说，因而序言无须再汲汲申说吧。至于书中，他甚至不用仔细剖析，就可以自信地在所有作品的前四句下一律标明"前解"，后四句下一律标明"后解"。凡属一目了然的作品，仅就上下解内容略加说明；只有诗意结构较复杂的，他才仔细说明分解的理由。这里各举一例以见其解说的一般情形。李峤《奉和初春幸太平公主南庄》云：

> 主家山第接云开，天子春游动地来。羽骑参差花外转，霓旌摇飏日边回。还将石溜调琴曲，更取峰霞入酒杯。鸾辂已辞乌鹊渚，箫声犹绕凤凰台。

金圣叹说此诗平开二解，一解写车驾幸庄，一解写公主留帝。"前解只写'动地来'三字，三四即动地来也"；"后解'还将'、'更取'、'已辞'、'犹绕'字纯写公主攀恋车驾也"，大致不错。但同为此题，李邕一首就

---

① 此八篇后为金昌编入《唱经堂杜诗解》，称取自《唐诗解》，可见为此时所说。
② 嵇永仁：《与黄俞邰》，周亮工辑《赖古堂名贤尺牍新钞》卷二，宣统三年国学扶轮社影印本。
③ 《金圣叹选批唐诗》卷一，第4页。
④ 金圣叹《答宋畴三德宏》："承律诗如四时，一二须条达如春，三四须蕃畅如夏，五六须挛敛如秋，七八须肃穆如冬。"《金圣叹选批唐诗》附录"圣叹尺牍"，第515页。

不是那么清楚地分为前后两解了:

> 传闻银汉支机石,复见金舆出紫微。织女桥边乌鹊起,仙人楼上
> 凤凰飞。流风入座飘歌扇,瀑水当阶溅舞衣。今日还同犯牛斗,乘槎
> 共泛海潮归。

对结构复杂的篇章金圣叹的解说也稍为详细,他强调:"此为从幸公主山
庄,故以乘槎犯汉为起。然因'传闻''复见'一落,手法既宽,便不检
括,竟于结句再用其语,此固是其通长。前后二解,欲作大开大阖,然读
者则须细玩。其前解仍是前解,后解仍是后解,并不因起结只用一语,遂
混作中四句诗也。"① 他生怕读者见首尾同用张骞乘槎的典故,就以为首
尾照应,中四句结成一片,故而特别强调此诗结构大开大阖,起笔用虚,
结联虽回到张骞乘槎的典故上来,但却属于扣合从幸公主山庄之题,而非
回注首句用典,所以前后两解仍各自独立。如果说这两首同题诗属于一个
类型,尚不具有普遍性和代表性,那么王维《送杨少府贬郴州》就或许更
适合举例:

> 明到衡山与洞庭,若为秋月听猿声。愁看北渚三湘远,恶说南风
> 五两轻。青草瘴时过夏口,白头浪里出浔城。长沙不久留才子,贾谊
> 何须吊屈平?

金圣叹批:"此前解手法最奇,看他一、二,公然便向并为曾别之人预先
用勾魂摄魄之笔,深探入去,逆料其后来到衡山,到洞庭,必不能对秋月
而听猿声者。于是三、四方更抽笔出来,重写愁看北渚、恶说南风目今一
段惜别光景。此皆是先生一生学佛,深入旋陀罗尼法门,故能有如此精细
曲畅之文也。"且不论最后对王维诗法与学佛关系的议论,这里说明诗的
独特构思是很有见地的,像这样一首构思曲折、结构复杂的作品原是很难
分析的,但金圣叹却剖析得很有条理,他说后解"五六只是急赶'不久留
才子'之一句也。言今一路且过夏口,径出浔城,不妨解维,放心便去,

---

① 《金圣叹选批唐诗》卷三上,第33页。

多恐未必前到郴州，而赐环之命且下也"①。这就不仅完成了前后的分解，同时也证实了他提出的五六句重新起意，将意脉推向结局的结构理论（详下文）。显然，对金圣叹的分解理论来说，这类结构独特的作品远比起那些结构平板的众多庸作更有说服力。

　　严格地说，金圣叹所选的作品，有悖于前后分解的篇章很少，大体能自圆其说。但问题是，金圣叹的选目有两个致命弱点：首先，他所选的作品多集中于有限的若干种或可称之为官样文章的类型，如初唐的应制、酬唱，盛唐的庙堂唱和，中唐的饯送、寄赠，总数约占全书篇幅一半以上。这些类型在体制、取材上都有严格限制，切题切事最为紧要，容不得个性化的内容，结构也较为呆板，分为前后两解大概是比较清楚的。有些作品从题目看不出是什么类型，如王维《酬郭给事》，实际是和贾至《早朝大明宫呈两省僚友》一样的台阁诗。剔除这部分作品，其他题材就所余不多，而恰恰就在这所余不多的其他题材作品中，出现了许多金圣叹难以自圆其说或者说误解强说的例子。比如初唐诗中极有限的非官样文章之一，徐安贞《闻邻家理筝》是这样写的：

　　　　北斗横天夜欲阑，愁人倚月思无端。忽闻画阁秦筝逸，知是邻家
　　赵女弹。曲成虚忆青蛾敛，调急遥怜玉指寒。银锁重帏听未辟，不如
　　眠去梦中看。

如前引金圣叹对前后两解意脉的解释，三、四句只是一、二句的羡文，五、六句乃是七、八句的换头，"三四生性自来是向前，五六生性自来是向后"，所以他说此诗"五、六'曲成'、'调急'，是写所闻之筝；'青蛾'、'玉指'，是写理筝之人。试思前解不添赵女，即此时何处得有此解？然而某又特欲细看其中间之'虚忆'字、'遥怜'字，便是七、八'不如眠去'之文情生起"②。这里虽然指出了"虚忆"、"遥怜"的"换头"作用，但也不得不承认五、六两句是承"赵女"而来，是对邻家弹筝女的具体想象。事实上，就全诗取意来看，章法明显是二—四—二的结构，先写愁人夜深无眠，中写闻邻女弹筝而动春心，末结于寄托梦境。金

　　①　《金圣叹选批唐诗》卷三上，第 54 页。

　　②　同上书，第 32 页。

圣叹的解释非但不能自圆其说，倒十足点明中两联之间的紧密关联，最终只能导出自我否定的结论。即便是在那些官样文章中，像王维《和贾至舍人早朝大明宫呈两省僚友之作》说"前解通写早朝，后解专写两省"，也显然有误，颈联"日色才临仙掌动，香烟欲傍衮龙浮"明为朝堂之景，怎么能说是写两省呢？戴叔伦《和汴州李相公人日立春》诗，说颈联"烟添柳色看犹浅，鸟踏梅花落已频"即《论语》"日月逝矣，虽不我与"之意，"其所望于相公特有至亟，不止是写立春景物而已"，也很牵强，此联应是承上细写立春景物，与王维诗一样都是很清楚的上六下二结构，像金圣叹那样分解是不合适的。

　　照传统的诗歌章法论，即使不算李商隐《泪》那样的特异章法，七律的章法也是变化多端的，希望用一种章法来范围所有的作品，肯定会出现方枘圆凿的结果。但金圣叹只挑出有限的六百首，应该较易自圆其说了吧？不然。就我浏览所见，金圣叹所取之作，不宜前后四句分解的还有不少：

　　(1) 祖咏《望蓟门》前六句望蓟门，末两句抒发怀抱。

　　(2) 张谓《别韦郎中》前六句自述征程之苦，末二句以饮酒自解。

　　(3) 刘长卿《使次安陆寄友人》前六句使次安陆，末二句寄友人。

　　(4) 韦应物《自巩洛舟行入黄河即事寄府县僚友》前六句舟行即事，末两句寄僚友。

　　(5) 韦应物《寓居澧上精舍寄于张二舍人》前六句寓居澧上，末二句寄于张二人。

　　(6) 郎士元《酬王季友题半日村别业兼呈李明府》前六句别业，末二句寄李。

　　(7) 元稹《早春寻李校书》前六句早春，末二句寻李。

　　(8) 许浑《村舍》前六句述村居所见，末二句厌人来。

　　(9) 许浑《汴河亭》前六句状隋炀帝楼船东游之盛，末二句叹覆亡之速。

　　(10) 赵嘏《忆山阳》前六句忆山阳风物，末二句恨不得归去。

　　(11) 吴融《废宅》前六句述废宅之荒芜，末二句引咸阳作对比。以上诸篇均为上六下二的章法。

　　(12) 郎士元《春宴王补阙城东别业》前两句别业，后六句春宴。

　　(13) 卢纶《早春归盩厔旧居寄耿拾遗湋李校书端》前六句归旧居，

末二句寄二子。

（14）温庭筠《寄题甘露寺北轩》前六句忆旧游，末二句设想再游。以上诸篇均为上二下六的章法。

（15）李益《送贾校书东归寄振上人》前两联送别，第三联前程，末联寄振上人，是四二二的章法。

（16）李嘉祐《早秋京口旅泊赠张侍御时七夕》中四句铺陈京口一带因征徭凋敝之状。

（17）李嘉祐《送朱中舍游江东》中四句列述江东民情风物。

（18）韦应物《寄李儋元锡》中四句自述心境。

（19）郎士元《还赠钱员外夜宿灵台寺见寄》中四句写宿寺情景。

（20）郎士元《盖少府新除江南尉问风俗》中四句述江南风俗。

（21）李端《送濮阳录事赴忠州》中四句设想沿途景致。

（22）元稹《和乐天早春见寄》中四句状早春景致。

（23）吴融《即事》中四句历数山中隐居之景。

以上诸篇均为二四二的章法。这几种章法的结构类型明显都不宜分前后解，应该视为金圣叹举例的失误。

除了上面肯定不应前后分解的作品外，书中还有一些容有争议之作，主要是那些采用起承转合章法的诗作。正如金圣叹自己也不得不承认的，这是律诗最基本的意脉结构，在他的选目中也有一些很典型的例子。像皇甫冉《同温丹徒登万岁楼》四联分写登楼、客情、江景、忧患，卢纶《长安》四联分写春望、思家、长安、自伤，窦叔向《夏夜宿表兄宅话旧》四联分写夏夜、话旧、表兄、惜别，温庭筠《长安杂题》四联分写形胜、春光、风物、行幸，许浑《淮阴阻风寄楚州韦中丞》四联分写西游、淮阴、阻风、思韦，《再游姑苏玉芝观》四联分写再游、忆旧、观景、别后。依我看，这些作品都是典型的起承转合结构，不宜分作两解。一般来说，这种结构首联与颔联之间，颈联与尾联之间，常常有种不确定性，往紧密里讲是前后两解，往松懈里讲则为起承转合四段，能否分解往往在模棱两可之间。金圣叹当然都是往紧密里讲的，别人则恐怕就未必然。我对这类作品未予严格甄别，因为牵涉到解释的问题，不同的理解将得出不同的结论。比如唐彦谦《蒲津河亭》："宿雨清秋霁影澄，广庭高树向晨兴。烟横博望乘槎水，日上文王避雨陵。孤棹夷犹期独往，曲栏愁绝只长凭。思乡怀古兼伤别，况此哀吟意不胜。"只消玩味末联，即知金圣叹说得不错,"此便是思乡怀古伤别外,自寻出第四件苦事矣"①,是典型的起承转合章法;或者也可以解作李商隐《泪》那样的以尾联括起上三联的章法,但无论如何是不能分作前后两解的。有些作品,甚至金圣叹强调非分解不可读,我们读后也很难同意他的看法。如李群玉《同郑相公出歌姬小饮戏赠》:

> 裙拖六幅潇湘水,鬓耸巫山一段云。风格只应天上有,歌声岂合世间闻。胸前瑞雪灯斜照,眼底桃花酒半醺。不是相如能赋客,争教容易见文君。

金圣叹在批完前后两段后,特地追加一句:"若不分解,中四句如何读?"仅看中四句,倒也的确不成片段,然而通观全篇,首联写装束,颔联从装束过渡到歌声,颈联再从艳色过渡到小饮,都是写歌姬,直到末联才出戏赠之意:章法粗分可作六二,细分则可作四联起承转合。这类作品在书中占有相当的分量,其可争议性不用说会让分解的可行性再打一个折扣。

当然,这类不合分解之作终究占少数,不足以全面否定分解说,但它们起码已证明,金圣叹关于唐七律必分前后两解的命题是不周延的,即使在他自己挑选的有限作品中都不能无例外,就更不要说他的选目还有一个致命的软肋,即经典性的问题了。就一部收诗六百首的唐七律选而言,金圣叹的选目显然不能说是很经典的。本来,对金圣叹这么一位极有个性的批评家,当然不能在选目的经典性上抱太高的期望。可问题是他要以此证明唐人七律都分前后两解,这就不能不让人挑剔地审视他的选目了。

金圣叹的评选,一向是重在评而不在选,所以自序概无对选诗标准的说明。他对唐人七律的看法,我们所知甚少,除了称赞唐七律"尽是温柔敦厚之言"而外,就是反对初盛中晚的划分。不过这两点已足以让我们预见,他的诗选将是正统的道德观与开放的艺术趣味的结合。而最终选目给人的直接印象是略于初盛唐而详于中晚唐——这当然是和唐代七律创作的实际成绩相吻合的,但列出书中选诗 5 首以上的 20 位诗人,还是让我们看到某种属于金圣叹的趣味。

---

① 《金圣叹选批唐诗》卷七上,第 402 页。

许　浑	34 首
李商隐	29 首
王　建	21 首
温庭筠	20 首
刘长卿	17 首
韦　庄	16 首
王　维	15 首
杜　牧	15 首
赵　嘏	15 首
刘　沧	15 首
刘禹锡	12 首
吴　融	12 首
杨巨源	10 首
陆龟蒙	10 首
岑　参	9 首
白居易	9 首
李　郢	9 首
韩　偓	9 首
罗　隐	9 首
李　绅	8 首
李　白	7 首
韩　翃	7 首
皇甫冉	7 首
元　稹	7 首
韩　愈	7 首
柳宗元	7 首
李群玉	7 首
皮日休	7 首
沈佺期	6 首
李嘉祐	6 首
薛　逢	6 首
李　颀	5 首

高　适	5 首
司空曙	5 首
戴叔伦	5 首
雍　陶	5 首
郑　谷	5 首

将这份名单与实际所选的作品对照着看，初盛唐作者入选的篇目和数量应该说是较合适的，但也不是没有问题。除了前面提到的类型上倾向性太明显外，李颀是个最难以服人的例子。李颀七律仅存七首，金圣叹选了五首，而这五首竟没一首能拦腰分解：《送魏万之京》是上六句叙行，末二句赠言；《宿莹公禅房闻梵》则是上六句闻梵，末二句感悟；《题璇公山池》、《寄綦毋三》、《送司勋卢员外》均以四联为四层，平铺直叙，末联更转出一层新意。李颀是盛唐七律名家，明七子辈最爱仿其格调句法，应该说他的七律是相当有经典性的。而金圣叹选的五首却无一首可分解，这岂不是太离谱了吗？

中晚唐诗作的遴选更多不洽人意处。刘禹锡、白居易、韩偓、罗隐、元稹入选过少，且多非其代表作；而许浑、王建、赵嘏、刘沧、吴融、李郢则入选过多，其他名家之作，更像是信手拈来，专为证成其分解之说，很有点强人就己的味道。即以刘禹锡、白居易两位七律名家而论，刘选《金陵怀古》《松滋渡望峡中》《送李庚先辈北选》《张郎中籍远寄长句开缄之日已及新秋因举目前仰酬高韵》《怀妓》《送周使君罢渝州归郢中别墅》《荆门怀古》《再授连州至衡阳酬柳柳州赠别》《汉寿城春望》《窦夔州见寄寒食日忆故姬小红吹笙因和之》《题于家公主旧池》《窦朗州见示与澧州元郎中早秋赠作命同答》诸作，白选《送王十八归山寄题仙游寺》《香炉峰下新卜山居草堂初成偶题东壁》《寻郭道士不遇》《临卧听法曲霓裳》《余杭形胜》《履道池上作》《舟中晚起》《湖上春行》《西湖晚归回望孤山寺赠诸客》诸首，我想两位诗人大概不会首肯以这些篇章为其七律代表作吧？至于李商隐，入选二十九首，数量不算少，但半数非名世之作，《无题》诸篇竟无一及之！这不能不让人对金圣叹的选录标准提出质疑。

众所周知，在《全唐诗》问世之前，一般选唐诗都根据前代所编总集或选本。金圣叹此选所据的底本不太清楚，但相信选目更多的是贯穿了他自己的主张而非沿袭前人的标准。看他评李峤《奉和初春幸太平公主南庄》说："后贤不睹唐初人如此大篇，便于律诗更不知所措手。唐初诗可不读哉？"① 评崔湜《奉和春日幸望春宫》说："人只赏后来某大家某名家用字精妙，岂知其皆出于唐初人哉？"② 可见他选诗也像在结构上要破除专讲中两联的弊端一样，是要破除明人独宗盛唐的狭隘观念。但事实是，卷帙才到卷五下，篇幅才及全书之半，李商隐便已登场，此后的篇幅全都留给了晚唐诗。这表明他的选目是更倾向于晚唐诗的，接近虞山派诗家的趣味，只不过他的出发点不是像虞山派那样，基于承认晚唐诗具有独特的美感，而是基于发现晚唐诗（初中唐诗也是如此）与盛唐诗在分解上的一致性。我读他选的晚唐诗，的确更明显地感到存在前后中分结构，这还不足以成为多选晚唐诗的理由吗？问题是这一来，整个选目不仅类型上倾向性过于明显，在时代上也有失均衡，以致严重地削弱了它的经典性，使他分解实践的说服力大大降低。人们读完他的评选，对唐七律究竟可不可以分解，仍是半信半疑，难以确定。这正像他自己在分解的看法上不无矛盾和犹疑一样，应该说是很自然的结果。

作为分解说的实践成果，《金圣叹选批唐诗》的得失当然不能离开分解来谈，然而此书的价值却绝不限于印证分解理论。即使抛开分解之说不论，金圣叹对每首诗的批评也是有独到价值的。首先，他对作品结构的精彩阐说，总是基于深刻的体会，而且与传统诗学的章法论相通。比如刘禹锡《张郎中籍远寄长句开缄之日已及新秋因举目前仰酬高韵》云：

南宫词客寄新篇，清似湘灵促柱弦。京邑旧游劳梦想，历阳秋色正澄鲜。云衔日脚成山雨，风驾潮头入渚田。对此独吟还独酌，知音不见思怆然。

这是一首章法井然的切题之作，全诗意脉纯然赋题而行。这种作品因结构太一般，甚至都很难引起我们的特别注意，随便一看就过去了。然而金圣叹一番评析，却抉出作者不同寻常的匠心。他说："一、二特抽闲笔，先写张郎中所缄长句。三写远寄，四写新秋。此又从来前解异样佳制也。赖是一、二先抽闲笔，写过所缄长句，便令三写远寄，四写新秋，皆得宽宽

_____

① 《金圣叹选批唐诗》卷三上，第 4 页。
② 同上书，第 14 页。

然。设不然者,且不知此题如何发放得完也。"这倒也没什么深文大义,妙的是或问一、二若先写新秋会怎么样,他答:"律诗多有之。但此题中尚有'因举目前'云云,目前正即新秋景物也,若使一、二先写,便与五、六至再写隔断,且彼之所缄长句,亦更无处可安放也。"① 经他从反面这么一讲,刘诗看似自然而然实为不得不然的意匠便豁然呈露出来。因为所见至深,能抓住要害,所以寥寥数语便说透关节,胜似他人数百千字。再看他评高适《夜别韦司士得城字》前四句"高馆张灯酒复清,夜钟残月雁归声。只言啼鸟堪求侣,无那春风欲送行",只说"一之七字,字字快意语也;二之七字,字字败意语也。字字快意,故三承以只言二字云云也;字字败意,故四承以无那二字云云也。此是唐人四句分承法,于前解每用之"②,65 个字阐明了首联两句相对、颔联两句分承及唐人每用此法三层意思,可以说是力透纸背。这在金圣叹虽只是口角小慧,却也非他人所能到。

金圣叹显然是个对人情世故体察极深的人,他对作品意味的阐发,妙语解颐,往往令人忍俊不禁。这在后文论述《杜诗解》时还要专门谈到,这里先来看看他对韩翃《送故人赴江陵寻庾牧》的解析。原诗云:

> 主人持节拜荆州,走马应从一路游。斑竹冈连山雨暗,枇杷门对楚天秋。佳期笑把斋中酒,远意闲登城上楼。文体此时看又别,吾知小庾甚风流。

金圣叹评前解曰:"既是故人,何不著名?既故人且不著名,何得所寻反与著姓?故知庾是韩之故人。而此寻庾之人,则是庾之旧客,而今又向韩乞竿牍,是故作此诗与之,而因以故人二字暂假之也。"评后解又曰:"五写初寻到之一日,六写既寻到之后日。七'此时'即把酒登楼词时。一解便纯写庾厚情高兴,更不再写此故人。"③ 金圣叹之深于人情世故,通过讲这类应酬诗看得最清楚。唐人送行诗尤其是送地位、年辈低的对象,往往有以壮行色即"宠行"的功用,夸耀行人的家世门第,称赞其才华是必不可少的。但此诗除"走马应从一路游"一句涉及行人,其余全都写庾

---

① 《金圣叹选批唐诗》卷四下,第 198—199 页。
② 《金圣叹选批唐诗》卷三下,第 64 页。
③ 《金圣叹选批唐诗》卷四上,第 131—132 页。

牧，可见行人实在无可称道，连应酬也没的可应酬的。金雍补注说，"看他写此故人，不惟题不著名，乃至篇中略不相道，亦并无惜别意，便信如此批为知言也"，真是一点也不错。

从第二节所引金圣叹论分解之语来看，他对诗的结构就像文一样，也是以起承转合四字来把握的。因熟读小说，金圣叹对文法更有一种极夸张的推崇。虽然以《水浒传》教人文法，始作俑者并不是他①，但像他这样盛赞《水浒》为"文章之总持"，说"看得《水浒传》出，他书便如破竹"，却也前无古人。他评李绅《回望馆娃故宫》尾联"因问馆娃何所恨，破吴红脸尚开莲？"说："深畏色荒入骨，而遂至见怪红莲，此亦用'草木皆兵'文法也。"②他解诗是否都得力于批小说，这一点无法验证。但他批评小说、戏曲所积累的关于人物塑造的艺术经验，却无疑会为说诗提供有益的帮助。他评孟浩然《春情》，有一段论刻画女郎之法，也颇有妙趣："写女郎，写来美，是俗笔；写来淫，是恶笔；必要写来憨，方是妙笔。又写女郎憨，写女郎自道憨，是俗笔；写女郎要人道其憨，是恶笔；必要写女郎憨极，不自以为憨，方是妙笔。今先生此诗是纯写憨，是纯写憨极不自以为憨，此始为真正写女郎妙笔也。"③这段文字不只妙趣横生，也包含着宝贵的艺术经验，类似的批评在诗歌评点中是很罕见的，金批的魅力往往与这种独特的个性有关。

谁都不能否认金圣叹是一位极具个性的批评家，然而刻意追求个性和独创性的批评往往是一把"双刃剑"，在酣畅发挥活泼的感性和妙悟的同时，又常不免失之主观和穿凿。《选批唐诗》中的金圣叹也一再犯穿凿的错误，如王维《积雨辋川庄作》一首，说上解四句"便只是精写得一'迟'字"，即给劳人送饭之迟；岑参《首春渭西郊行呈蓝田张二主簿》说"回风度雨"喻世事翻覆，"细草新花"喻新进少年；刘长卿《赠别严士元》说"细雨湿衣看不见，闲花落地听无声"喻浸润之谮，"盖自叙吴仲孺之诬也"，都是明显的例子。这类局部的曲解，不影响全诗，倒也无关宏旨；而有些作品，对一联一句的解释牵涉到全篇的结构，情况就不同了。如戴叔伦《酬耿少府见寄》颈联"家近小山当海畔，身留环卫隐墙

---

① 钱谦益《牧斋初学集》卷三二《王元昭集序》："昔有学文于熊南沙者，南沙教以读《水浒传》。"

② 《金圣叹选批唐诗》卷五上，第252页。

③ 《金圣叹选批唐诗》卷三上，第58页。

东"，金圣叹说"后解写少府家近小山，言少府亦将归隐。'身留环卫'，言少府特偶未去。称'环卫'者，少府职近宫闱故也"。① 按：此联应是戴叔伦自指，"小山"即京口的招隐山，在诗人故里金坛附近；"环卫"指诗人当时所带的京师诸卫之职的虚衔。诗的前六句都是自述，直到尾联"遥闻相访频逢雪，一醉寒宵谁与同"才酬其原唱欲相访而为雪阻的内容②。金圣叹因误解少府（县尉）为环卫，以颈联写耿沛，就看错了诗的结构。至于因串讲不当而导致的分解错误，前文已列举，兹不重复。

最后顺便说到，金圣叹自幼喜读杜诗，长年批评不辍，有《杜诗解》一稿藏于箧中，于是编《选批唐诗》便不收杜诗。然而，七律分解既然是金圣叹最得意的理论发明，在杜诗批评中当然也不会忽略，只因杜诗的选目涉及各种诗体，七律夹杂在各体作品中，虽也谈到分解，却不太醒目了。事实上，金圣叹也常以解为单位论析其他体式的作品，这时候诗就不是被分为前后两解，而是以四句为一解了，长篇作品尤其如此。当然，这也不是一成不变的定规，常常出现对四句一解的突破和因章法特殊而做的变通。如五排《临邑舍弟书至苦雨黄河泛溢隄防之患簿领所忧因寄此诗用宽其意》以四、四、四、八、四句分为五段，第三段评曰："第三解只此已尽，为欲详写河泛，故又有下文八句，其实只是一解。"第四段八句评曰："只是第三解写不尽语，未尝别转笔。"③ 换言之第三解不是四句，乃是十二句，这符合作品的意脉。但他其他的解说就像《选批唐诗》一样，也每出现不可理解的分析和强说。比如《北征》，诗中铺叙的部分文由意生，解随意止，原非整齐划一，可金圣叹却固执于四句一解，强行划断。《古诗十九首》"今日良宴会"一首，首联总提，下皆四句一解，脉络甚明，而金圣叹却非将五、六两句单提出来为半解，凡此等等都让人丈二和尚，摸不着头脑，似乎他对作品意脉的理解和把握并不像他自己所得意的那么好。这是完全可能的，当一个批评家陷入某种理论迷误时，自我感觉会膨胀得让他看不清讨论的对象。我们从当代一些学人身上不也常看到这种情形吗？

---

① 《金圣叹选批唐诗》卷四下，第 169 页。
② 详见蒋寅《戴叔伦诗集校注》，上海古籍出版社 1993 年版，第 22—23 页。
③ 金圣叹：《杜诗解》，第 23—24 页。

四　金圣叹的杜诗批评

《杜诗解》虽并非金圣叹最晚撰写的书，却是临终也未完成的遗稿。佚名撰《辛丑纪闻》载："（圣叹）岁甲申批《水浒传》，丙申批《西厢记》，亥子间方从事于杜诗，未卒业而难作，天下惜之，谓天之忌才，一至于斯！"① 此书的写作其实贯穿了金圣叹的大半生，因为"生平唯服浣花堂"②，杜诗成为他读得最勤的书。据金昌说，"唱经在舞象之年，便醉心斯集，因有《沉吟楼借杜诗》。庄、屈、龙门之下，列之为第四才子书。每于亲友家素所往还、酒食游戏者，辄置一部以便批阅。风晨月夕，醉中醒里，朱墨纵横。不数年，所批殆已过半，以为计日可奏成事也，而竟不果。悲夫！"由此可见他的批杜诗用功之深。晚年他还曾缮写数十篇给任绘看，他对这部书稿显然是很在意的。因为批评的率意和经常录示友人，身后遗稿散在故人箧中，经金昌多方搜集，得六十二篇，编为两卷，于康熙二年后刊行③。

无论从形式或内容看，《杜诗解》都是一部很另类的诗评，其另类色彩根于它的讲稿性质。这部书对于我们来说首先有两方面的价值，一是告诉我们古人平时如何讲诗，二是告诉我们在分解理论付之实践之前和在七律之外，金圣叹如何讲诗。金圣叹是一名秀才，平日以课徒为业。廖燕《金圣叹先生传》描绘他招徒讲学的情形，道是：

> 每升座开讲，声音宏亮，顾盼伟然。凡一切经史子集，笺疏训诂，与夫释道内外诸典，以及稗官野史、九彝八蛮之所记载，无不供其齿颊，纵横颠倒，一以贯之，毫无剩义。座下缁白四众，顶礼膜拜，叹未曾有。先生则抚掌自豪。④

金圣叹显然是口才极好的，讲论之际神采飞扬，引人入胜，而他自己也颇为自得。《杜诗解》正是他讲杜诗的讲稿，虽为平时所批，但可以视为口授杜诗的笔录，明显保留了讲演的口语化特征和意识到潜在听众的临场

① 金圣叹：《杜诗解》附录，第 292 页。
② 金圣叹：《苦客投诗》，《沉吟楼诗选》七言律，中国社会科学院文学所藏清抄本。
③ 详见吴宏一《清初诗学中的形式批评》，《清代文学批评论集》，第 37—40 页。
④ 廖燕：《二十七松堂文集》卷一四，上海远东出版社 1999 年版，第 341 页。

感。当代学者谈到《杜诗解》,往往强调其批评中的创新精神和对文本细节的关注——王靖宇特别指出了这两个特点,这都可以与讲稿的特殊性联系起来。讲稿保留了讲习的细致性,批评角度的多样化,同时也在在保留了演讲中即兴发挥和借机引申的灵感。比如《水槛遣心》"细雨鱼儿出,微风燕子斜。城中十万户,此地两三家"四句,他批道:"'城中十万户',不知'此地两三家';两三家不知鱼儿、燕子;鱼儿、燕子不知先生同处微风细雨之中。而各著其所著,各兢其所兢,所得甚少而所失甚大,吾多于此等事一叹!"这纯属兴之所至、随意发挥,丝毫不着边际的议论,但他坦陈:"昔所本无何必有,今所适有何必无?先生句不必如此解,然此解人胸中固不可无也。且端木'切磋'之诗,亦断章取义久矣。"他甚至举出《论语》所载子贡与孔子论诗的故事,以伸张自己的解释权。这种对创造性解读的肯定和追求,固然造成许多言不及义的议论,但也保留了中国古代诗歌批评的原生样态,保留了一个著名批评家对杜诗的读法,使《杜诗解》成为古代诗歌批评中极为特殊的、值得我们认真琢磨和研究的文本。

《杜诗解》首先值得注意的是它的本文中心观念。中国文学批评的传统一向讲究"知人论世",注重阐发作品与作者身世、时代背景的关联,但金圣叹的批评却全然割断作品与作者生平、时代背景的联系,他是个完全缺乏历史感,或者说对历史根本不感兴趣的批评家。他不知道初盛中晚四唐说出于明初高棅,而谓"是近日妄一先生之所杜撰"[1];他根本无视宋人所作的杜诗编年,对诗歌的写作背景和历史内容缺乏起码的关注。且不说《哀王孙》中将"朔方军"说成叛军之可笑,他对历史之无知甚至到连李白和杜甫谁为前辈都弄不清楚,在讲《与李十二白同寻范十隐居》时拳拳表彰杜甫"不欲以前辈自居"的"一片奖掖后学心地",令人忍俊不禁。这对历来尊奉为"诗史"的杜诗,对讲究"知人论世"的中国诗歌批评传统,不啻是莫大的讽刺。金圣叹的注意力似乎全投向本文的细读,将诗与历史的关联置之度外,这种态度和与钱谦益恰好形成有趣的对照。钱以诗证史,以史证诗,兴趣在诗中的历史内容;而金则以解论诗,以诗证解,关注诗的内部结构。陈万益通过对金氏全部文学批评的研究,认为其共同特征与欧美形式主义批评有相似之处,"它们都是以作品为主,

---

[1]　金圣叹:《杜诗解》,第61页。

从结构与字质的分析中去探寻作品的意义"①。在这个意义上，我们的确可以说金圣叹是中国的"新批评派"。

不过，值得注意的是，金圣叹讲诗虽立足于本文中心的立场，却不只注意字词句章的分析，相反他极重视对写作情境的还原，更注重用个人经验来阐说作品，这甚至是可以说是他讲诗最独特的地方。比如他讲李商隐《曲池》，曾证以自己七岁时的一次经历②；讲杜甫《游龙门奉先寺》末联"欲觉闻晨钟，令人发深省"两句，又说：

> 欲觉者，将觉未觉也。此时心神茫然，全不记自身乃宿高寒境界。吾尝醉宿他人斋中，明旦酒醒，开帏切认，此竟何处耶？被先生轻轻画出。闻钟深省，后人务要硬派作悟道语，何足当先生一噱？先生只是欲觉之际，全不记身在天阙之上、云卧之中，世人昏昏醉梦，不识本命元辰，如此之类，正复无限。乃恰当此际钟声齁然，直落枕上，夫而后通身洒落，吾今乃在极高寒处，是龙门奉先寺中也。所谓半夜忽然摸着鼻孔，其发省乃真正学人本事。若如世人所言悟道者，吾不知其所悟何道也！③

他先用自己醉酒宿他人斋中的经验来说明欲觉闻钟的特殊体会，再从平常心出发推原杜甫当时的心灵状态，既不求之过深，也不失之泛泛，令人信服地重拟了当下语境中的诗心。赵时揖称赞金圣叹："从来解古人书者，才识不相及则意不能到，意到矣而不能洋洋洒洒尽其意之所欲言，则其义终不明，诚未有如贯华先生之意深而言快也。先生为一代才子，而乐取古才子之当其意者解其书，盖先以文家最上之法，迎取古人最初之意，畅晰言之，而其义一无所遁。"④ 所谓"古人最初之意"即作品的本义，这是现代文学理论中一个有争议的概念，作品是否存在着先于解释的本义，读者是否可以把握作品的本义，不同理论家有不同的看法。这姑且不论，金圣叹对作品的解释，首先注重重拟原始语境，应不失为接近、把握作家创

① 陈万益：《金圣叹的文学批评考述》，第 90 页。
② 参看《金圣叹选批唐诗》卷五下，第 275 页。
③ 金圣叹：《杜诗解》，第 6 页。
④ 赵时揖：《贯华堂评选杜诗序》，《贯华堂评选杜诗》卷首，中国社会科学院文学所藏康熙刊本。

作时真实感觉的一个途径。《读第五才子书法》开宗明义就说，"大凡读书，先要晓得作书之人是何心胸"①。他不仅坚信作者的心胸是可以把握的，他的评点也始终朝着接近原始语境的方向努力。

确实，金圣叹说诗的妙语解颐，很大程度上得力于对原始语境的还原和重拟，而这种还原和重拟又得力于他对人情世故洞察至深。《宾至》和《客至》二诗，题旨相近，他却说得极有分别。《宾至》题下，他先说："宾，大宾也。宾至不必客至，意中虽极欲款留，而势必难款留，看其措词之妙。"接着说《客至》，评后解"盘飧市远无兼味，樽酒家贫只旧醅。肯与邻翁相对饮，隔篱呼取尽余杯"四句：

> 如此大水，市久不通，家定无物。客至又不可不留，幸是亲戚，不放随意出家中之所有。盘飧只得一味，无有第二样，以市远为托词。市即甚近，亦难致也。樽酒取之床头，然却是旧醅。醅是酒之未滤者，又托言家贫只此而已。"肯与"字妙，欲请人来陪，却先问客一过。酒不成酒，下箸又无可下箸，又茫茫是水，无处去请客，屈指来只有一邻翁，未审肯与饮否？如以为可，隔篱呼唤他来。"取"字见邻翁必来。"隔篱"二字照顾"舍南舍北"四字妙。村间房子，朝南北者多，南北是说舍之前后。隔篱则是间壁，因前后皆是水，故于间壁邀人也。邻翁是饮此旧醅惯者。"尽余杯"亦托词，不好说客不肯饮旧醅，亦不好说客饮尽此旧醅，故把邻翁尽兴。旧醅即不中饮，见此邻翁欢饮，亦略助客酒怀，庶几相忘此旧醅之劣也。不提起盘飧，又妙极。②

这里抓住几个关键词分析了诗人与客与邻翁的关系，"尽余杯"三字说得最婉曲有致，令人莞尔。金圣叹之谙于人情世故，能道得人心中事，于此可见。《羌村三首》其一起四句，本为常语："峥嵘赤云西，日脚下平地。柴门鸟雀噪，归客千里至。"然而金圣叹却没有轻易放过，说："看他先写临到家时，薄暮门前，眼见耳闻，如此气色，使千载后人如同在此一刻。最怕人者，家中未见人归，归人先见家中，一也；未知家中何如，先睹门

① 金圣叹：《贯华堂第五才子书水浒传》，《金圣叹全集》第1卷，第17页。
② 金圣叹：《杜诗解》，第253—254页。

前如此，二也；未至，心头只余十里、五里，既至便通共千里，三也。一解二十字，写尽归客神理。"经他这么一讲，诗的意味或者说他赋予的一种意趣就浮现出来。末四句"邻人满墙头，感叹亦歔欷。夜阑更秉烛，相对如梦寐"，他又评道："上解人已归，还作十成死法待，故承此解结也。'邻人满墙'，如画。'亦歔欷'，妙绝是一'亦'字。千里间关，十成死法，我自受之，我自知之。今我歔欷，渠亦歔欷，渠岂能知我百千万分中之一分耶？可发一笑也。'更秉烛'妙，活人能睡，死人哪能睡？夜阑相对如梦，此时真须一人与之剪纸招魂也。"① 他的讲法着眼点不同于他人，且语言杂有诙谐，但我们不能不承认他对人情的理解是深刻的，解说确有穿透力。

金圣叹对诗境的还原能力很容易让人联想到他评点戏曲小说的丰富经验。我们知道，金圣叹有广泛的文艺爱好，熟悉多种艺术创作，据说尤擅长绘画，后来吴地还有人珍藏他的真迹。他评《戏题王宰画山水图歌》及《画马》、《画鹰》、《画鹘》等题画诗，都能得其神理，见解很有独到之处。陈廷焯曾总结金圣叹的批评特点，说他"以论词之例论曲，尚不能尽合，况以论曲论传奇之例论诗词，乌有是处？"② 此言大差。金圣叹之擅长还原和重拟诗歌语境，与他评点戏曲小说是确乎相通的，他评诗也常像评戏曲、小说所主张的那样"设身处地"，由场景描写与角色关系深入作品的语境，去感受、体会不同角色的心理和反应。谭帆说金圣叹批《西厢记》很大程度上是一部心理分析之作③，其批杜诗同样也可以这么说。某些特殊的生活场景，一经他揭示其间的戏剧性，便妙趣横生。比如《北征》"粉黛亦解包，衾裯稍罗列。瘦妻面复光，痴女头自栉。学母无不为，晓妆随手抹。移时施朱铅，狼藉画眉阔"一段，圣叹便有妙解：

　　痴女自栉，不知者谓是写女，殊不知乃是写母。试思何至任其随手朱铅，画眉狼藉？只因此时母方加意梳掠，故全不知娇女在侧翻盆倒箧也。况明有"学母无不为"句，看他本意写母，却旁借痴女影衬，便令笔墨轻倩清空之至。④

---

① 金圣叹：《杜诗解》，第48—49页。
② 陈廷焯：《白雨斋词话》卷五，人民文学出版社1959年版，第138页。
③ 谭帆：《金圣叹与中国戏曲批评》，第123页。
④ 金圣叹：《杜诗解》，第73页。

这样一种精彩的点评,与他评戏剧、小说的艺术表现如出一辙,联系他评唐诗的例子来看,我们就不能不承认这是金圣叹的独门绝技。他评崔颢《黄鹤楼》有这么一段话:

> 通解细寻,他何曾是作诗,直是直上直下,看见道理却是如此,于是立起身,提笔濡墨,前向楼头白粉壁上,恣意大书一行。既已书毕,亦便自看,并不解其好之与否,单只觉得修已不需修,补已不需补,添已不可添,减已不可减,即便留却去休,固实不料后来有人看见,已更不能跳出其笼罩也。

这简直就像一段历史小说,活脱脱地描绘出崔颢当时挥毫落笔的恣情畅意之态。更绝的是后面又讲到李白登黄鹤楼,题"眼前有景道不得,崔颢题诗在上头"的情景:

> 夫以黄鹤楼前,江矶峻险,夏口高危,瞰临沔汉,应接要衔。其为景状,何止尽于崔诗所云晴川芳草、日暮烟波而已。然而太白公乃更不肯又道,竟遂颎首相让而去,此非为景已道尽,更无可道,原来景正不可得尽,却是已更道不得也。盖太白公实为崔所题者乃是律诗一篇,今日如欲更题,我务必要亦作律诗。然而公又自思律之为律,从来必是未题诗先命意,忙审格;已审格,忙又争发笔。至于景之为景,不过命意、审格、发笔以后,备员在旁,静听使用而已。今我如欲命意,则崔命意既已毕矣;如欲审格,则崔审格既已定矣。再如欲争发笔,则崔发笔既已空前空后,不顾他人矣。我纵满眼好景,可撰数十百联,徒自呕尽心血,端向何处入手?所以不觉倒身著地,从实吐露曰:"有景道不得。"有景道不得者,犹言眼前可惜无数好景,已是一字更入不得律诗来也。嗟乎,太白公如此虚心服善,只为自己深晓律诗甘苦。若后世群公,即那管何人题过,不怕不立地又题八句矣。[①]

在这里,金圣叹的批评完全深入了李白的内心,深入诗人构思命意的过

---

① 《金圣叹选批唐诗》卷三下,第68页。

程，设身处地揣摩李白的心理活动，为传说提供了一个合理的解释。这样的批评方式无疑是极为主观的，同时又是非常有想象力的，在揭示古代作家艺术思维的同时也表达了自己对具体创作情境的判断。类似的批评手段，甚至也出现在纯粹写景的场合。他评欧阳修《蝶恋花》词，曾对写景提出清真而灵动的要求：

> 余尝言，写景是填词家一半本事，然却必须写得又清真，又灵幻，乃妙。只如六一词"帘影无风，花影频移动"九个字，看他何等清真，却何等灵幻？盖人徒知"帘影无风"是静，"花影频移"是动，而殊不知花影移动，只是无情，正为极静；而"帘影无风"四字，却从女儿芳心中仔细看出，乃是极动也。①

这里讨论词中写景的视角也是从戏剧化的角度出发的，见解非常独特。他发现，"帘影无风，花影频移动"九个字，虽同为写景，但两者的视角却是全然不同的。这的确是很有趣的奇想，欧公虽未必如此用意，但金圣叹的看法无疑是值得玩味的，这也是一般诗评家难到的境地。

我曾将此与他的戏曲小说评点联系起来考虑，认为他的诗歌批评得力于戏曲小说评点的丰富经验，但最近陆林先生对金圣叹青年时代扶乩降神活动的研究，为我们开启了另一个思路。据陆林考证，金圣叹自天启七年（1627）开始自称二十岁鬼神附体，以隋天台智者大师弟子化身的名义，在吴中一带扶乩降坛，广行法事，出入于叶绍袁、钱谦益、姚希孟等名宦世家，法名智朗，号泐庵，或称泐师、泐公、泐庵大师。沈宜修《鹂吹集》中有呈其诗的"天台无叶泐子智朗"，便是金圣叹。他的扶乩活动约持续十年左右，在吴下声名甚噪。陆林指出金圣叹的扶乩有三个特点：（1）文思敏捷，才华出众；（2）褒贬忠奸，关心时政；（3）别出心裁，洞幽烛隐。从现有记载看，金圣叹能根据时事对政局作出预测，又能洞察人事纠葛解释旧事的曲折缘由，的确有某种神异色彩。而在叶宅为叶小鸾招魂，那段自称"六朝以下，温李诸公血竭髯枯、矜诧累日者，子于受戒一日随口而答"的著名对白，则正如陆林所说，是金圣叹戏剧才能的充分

---

① 金圣叹：《唱经堂批欧阳永叔词》，陆林辑校《金圣叹全集》，凤凰出版社 2008 年版，第 2 册，第 837—838 页。

表现:"每一回合的问答均是正话反说,出人意表,各组骈语均包含着很强的动作性、表演性,似乎就是专为舞台演出而撰写。'女云'诸语,既通俗浅近,颇有元曲豁达尖新的风味;又俊雅清丽,于玉茗诸剧中似曾相识。"① 他扶乩降神的伎俩,由弟子三人佐助,规模不小,即便出于宿构,也需要有极强的文字能力和导演、表演才能,更需要对人情世故的深刻体验和揣摩。徐增《送三耳生见唱经子序》的叙述表明,金圣叹在日常交际中有着罕见的应对才能,对什么样的人即作什么样的风度姿态,接儒生即正襟危坐如恂恂儒者,接僧道即意态玄远如方外高人,接市井俗客即喧嚷呼走放浪形骸,因而各色人等对他的印象也千变万化,不名一格②。这种随机应变的表演天才足以滋润其文学批评。事实上,乾隆间王应奎便已将他这种能力与文学批评联系起来,说:"圣叹自为乩所凭,下笔益机辨澜翻,常有神助。然多不轨于正,好评解稗官词曲,手眼独出。"③ 如果金圣叹批评的"手眼独出"可以归结于不同寻常的感悟能力和表达能力,那么早年扶乩练就的察言观色的洞察力和机辨澜翻的煽动性正为之奠定了基础。这是金圣叹独有的资源,没有第二个人可以俦比,像金圣叹这样的批评家历史上也是绝无仅有的。

　　作为批评家,有良好的感悟能力和表达能力当然是很重要的,但光有这些还不够,还必须持之以恒,下深入细致的研究工夫。金圣叹论作文之切要,有"气平、心细、眼到"之说,他的批评正体现了心细和眼到的特点。杜诗评中随处可见源于细读的精致体会,比如《曲江》"一片飞花减却春,风飘万点更愁人。且看欲尽花经眼,莫厌伤多酒入唇"四句,他说:"看他接连三句飞花,第一句是初飞,第二句是乱飞,第三句是飞将尽,裁诗从未有如此奇事。"④ 可以说是一语中的。《张氏隐居》首联"春山无伴独相求,伐木丁丁山更幽"两句,初读似无深义,但经金圣叹一讲,便平添几多意味:

────────

① 详见陆林《金圣叹早期扶乩降神活动考论》,《中华文史论丛》第77辑,上海古籍出版社2004年版;陆林《〈午梦堂集〉中"泐大师"其人——金圣叹与晚明吴江叶氏交游考》,《西北师范大学学报》2004年第4期。关于金圣叹降神活动与其文学批评某些特色的关系,可参看陈洪《中国小说理论史》(修订本),天津教育出版社2005年版,第144—147页。

② 徐增:《送三耳生见唱经子序》,《九诰堂全集》,湖北省图书馆藏抄本,第十一册。

③ 王应奎:《柳南随笔》卷三,第46页。

④ 金圣叹:《杜诗解》,第81页。

春日山行，不忧无伴，乃先生无伴，则不得不求张氏。独先生求
张氏，亦更无有求张氏者。七字中，又言"无伴"，又言"独"，而
以"春山"二字作起，便写得喧闹中两人俱出一头地矣。笑杀春山外
人，成群结对，那有工夫到此？"更幽"字妙。有只是一身而亦喧者，
春山所以畏俗子也；有多添一人而逾静者，春山所以爱幽人也。看其
自待之高如此。①

《北征》的"我行已水滨，我仆犹木末"一联，从来论者都赏其写景生
动，"俨若图画"，王嗣奭说"公先至水滨，望家切而行步速也"②，约略
触及其中所包含的心理内容，而金圣叹则更进一步阐发道："我已水涯，
仆犹木末者，我心急步急，仆心宽步宽。仆本不自知其迟，然不因仆迟，
我亦不自知其急也。看他用'已'字'犹'字，都是心急中写出。"③ 这
都是从人不经意处读出诗味来，极见金圣叹的细读功夫。赵时揖对此深有
感触，说："凡人读书至无深味处，往往轻易放过；先生偏不肯放过，千
曲万曲，寻出妙义而后止。"④

的确，像《杜诗解》所收的作品，相当一部分并不是老杜的杰作，历
来评论家很少加以评论，但一入金圣叹之手，便仿佛枯井涌泉，平添生
意。读一读《空囊》，就会感到他的诙谐笔墨用于讲这种诙谐诗句，发挥
得最为淋漓尽致：

夫人至于通晨彻夜，饥寒备极如此，他人已不知有几许悒郁侘
傺，先生却有闲胸襟，自戏自谑。题是《空囊》，诗偏以不空作结，
便似一文钱能使壮士颜色真遂不至于大坏也者。昔有渔人夫妇，大雪
夜并卧船尾，不胜寒苦，因以网自覆。既而寒且逾甚，其夫试以指从
网中外探，雪已深三四寸。便叹谓其妇："今夜极寒，不知无被人又
如何过得也！"先生囊中一钱，正与此语同，的的妙撰。⑤

---

① 金圣叹：《杜诗解》，第 15 页。
② 见《杜诗详注》第 1 册，中华书局 1979 年版，第 397、399 页。
③ 金圣叹：《杜诗解》，第 70—71 页。
④ 赵时揖：《贯华堂评选杜诗总识》，中国社会科学院文学所藏康熙刊本。
⑤ 金圣叹：《杜诗解》，第 90—91 页。

"囊空恐羞涩，留得一钱看"的诙谐，谁都能体会到，但借渔人故事喻示
的气定神闲的雅量和隽永的诗意，就不一定人人都能体会得了。有些内容
和艺术表现平常无奇的应酬诗，经金圣叹一讲，微妙的诗意顿时浮现出
来。如《王十五司马弟出郭相访兼遗营草堂赀》后四句"忧我营茅屋，
携钱过野桥。他乡惟表弟，还往莫辞遥"，金批道："五六叙事。他乡、表
弟，相为对映，言还往不绝，以破此寂寥，便是客边乐事，不必更有所
遗。犹今人嘱亲友云，'不消你费心，常来看看我罢了'，正所以深谢之
也。"以人之常情和家常话解释诗人的微意，最是贴切不过。金圣叹平生
以老杜知音自许，赵时揖也说"先生之解杜，若杜之呼先生而告之也，曰
仆之意有若是焉"。后代不喜欢金圣叹的人，可以骂他狂悖，但不能不服
他的评点，不能不服他读书心眼之细。

这种从细节入手，由小见大的批评方法，从批评传统说固然渊源于前
代的评点艺术，但具体到金圣叹的批评，我觉得更多的似得益于佛学研
究。金圣叹自幼学佛，十一岁便读《妙法莲华经》，其皈依佛教之笃，沉
浸释理之深，在士大夫中是很少见的①。他曾说："曼殊室利菩萨好论极
微，昔者圣叹闻之而甚乐焉。夫婆娑世界大至无量由延，而其故乃起于极
微。以故婆娑世界中间之一切所有，其故无不一一起于极微。"在自然界，
风景积细微而成巨观，"其层峦绝巘则积石而成是穹窿也，其飞流悬瀑则
积泉而成是灌输也"，以至于他发现："吾每缔视天地之间，鱼之一鳞，花
之一瓣，草之一叶，则初未有不费彼造化者之大本领，大聪明，大力气而
后结撰而得成者也。"自然之道如此，文学也莫能例外，因此他认定"文
章之事，关乎至微"，始终将批评的触点指向细节，由细节推阐作家的诗
心和文心。这种评点派的细读法，是古代文学批评的基本特征之一，但自
来习焉不察，除金圣叹之外并无多少人意识到。清末词学批评家陈廷焯在
阐释"沉郁"概念时说："所谓沉郁者，意在笔先，神余言外。写怨夫思
妇之怀，寓孽子孤臣之感，凡交情之冷淡，身世之飘零，皆可于一草一木
发之。"他虽触及了细节问题，却是从表现的角度说的，并没有从批评的
角度再加阐述。这么看来，金圣叹这一点不太起眼的主张，倒是值得我们
重视的。

---

①　金圣叹幼女取名法筵，亦可见其佞佛之一斑。法筵能诗，见薛凤昌《松陵女子诗征》卷
三，民国7年吴江费氏花萼堂排印本。

　　《杜诗解》是根据金圣叹所批评的作品编集的，而且不是完书，作为选本不能算好是可以想象的，但它的主要缺点还不在这里。金圣叹向韩藉琬解释唐诗评选不录杜诗的原因，曾说："吾于杜诗乃无间然，犹孟子之于孔子，所谓愿学斯在者也。吾不敢以愿学之人之手，而上下于所愿学之人之诗也。"过分的崇拜，使他在杜诗面前丧失了判断力。并且他总是基于自己的生存体验去解释杜诗，对一些作品的主旨凭主观强说，时常影响到鉴赏力和判断力。他因为自己一肚子不合时宜，愤世嫉俗，读杜诗便也处处见与世抵牾，而过于强调杜诗的讽刺性，产生许多误读的穿凿。如《刘九法曹郑瑕丘石门宴集》一首，本是赓和纪事的客套之作，而金圣叹偏读出无限刻毒讥讽之意。解题即曰："题中无枉字，又无陪字，然则先生不与宴集矣，如何又有此诗？及读掾曹、能吏二联，而后知刘乃枉驾，郑乃夤缘。一段幽事，败于俗物，故不复书枉书陪，以明是日身直不在酬酢中。因叹一起一结之妙，正不止于傲然不屑而已。"其实只须看起首"秋水清无底，萧然净客心"一联，虽未与会，也不无欣羡之意，不知金圣叹何以"读此一起，便知是日有满眼难看之事"，以为诗中"写尽丑态"？① 此诗注家都定为开元二十四年后游鲁作，当杜甫二十五六岁，玩诗中语气也应为少作。而金圣叹却说"此时但有两官人相对，彼一老人，竟不知复置何地矣！"以毕生熟读杜诗的金圣叹，竟不考老杜生平本事，便就诗论诗，也足见其中国"新批评派"的本色了。

　　《江村》"老妻画纸为棋局，稚子敲针作钓钩"一联，本是最普通的家庭生活场景，他却从作读出不平常的微言大义："'老妻'二句，正极写世法崄巇，不可一朝居也。言莫亲于老妻，而此疆彼界，抗不相下；莫幼于稚子，而拗直作曲，诡诈万端。然则江流抱村，长夏不出，胥疏畏途，便如天上，安得复与少作去来亲近，受其无央毒害也？"② 虽然此诗自宋代就出现各种曲解和穿凿的解释③，但后人多不取，到清代金圣叹还如此曲解，就只能说是太冥顽不化了。《奉和贾至舍人早朝大明宫》是典型的庙堂诗，金圣叹也敢于断言"旌旗日暖龙蛇动，宫殿风微燕雀高"一联暗寓讽喻："龙蛇喻跋扈之性，画在旌旗，本飞扬不定，又加之以暖日，

---

① 金圣叹：《杜诗解》，第 11 页。
② 同上书，第 102 页。
③ 参看张伯伟《杜甫〈江村〉诗心说》，《中国诗学研究》，辽海出版社 2000 年版。

此则主恩太过,欲求无动,不可得也;燕雀喻处堂之辈,势本不高,乃微风送之,出于宫殿之上,此则宵小得志,欲保无危,不可得也。噫,燕雀已高,龙蛇已动矣,彼醉卧九重者知之乎?"似这般从文体到内容都再明白不过的歌舞升平之作,他都能肆意曲解,其他作品就更不用说了。只看《曲江》其二结联"吏情更觉沧州远,老大悲伤未拂衣"、《九日蓝田崔氏庄》结联"明年此会知谁健,醉把茱萸仔细看",《宾至》颔联"竟日淹留佳客话,百年粗粝腐儒飧",金圣叹的评说都不免有误解、强说之病。通观全部杜诗评,此病更甚于批唐诗。

李渔《闲情偶寄·填词余论》论及金圣叹的批评,曾说:"圣叹之评西厢,其长在密,其短在拘,拘即密之已甚者也。无一句一字不逆溯其源而求命意之所在,是则密矣,然亦知作者于此有出于有心,有不必尽出于有心者乎?"这便是批评圣叹的强说之病,王靖宇进一步指出这是由于金圣叹创新欲求过于强烈的缘故:"创新精神既让他看到了前人所看不到的种种含义,有时候却也导致他对杜诗作出其直接语境所莫须有的解释。在并非罕见的情形下,急于找出一些更深沉的隐义成了金圣叹无法摆脱的某种欲望,其目的只是为了显示与其他评点者的不同而已,而不顾他自己的解释是否恰当有理"①,这正是金批最大的缺陷。归根结底,金圣叹是个有才无学的批评家,诸才子书虽熟,其他书却太生了。

金批的穿凿和强说之病,前人也不是没有注意到,但仍然从积极的意义上加以肯定。最早编集《杜诗解》的赵时揖便承认:"先生说诗,或有言其穿凿。天下凡事皆恶其凿,独有诗文一道则不妨略开混沌者也。(中略)其偶有近于凿者,亦逗人思外之思,想穷之想,后学悟此,读书作文皆无难事矣。"对于强说,赵氏也认为:"杜诗仅多粗率处,刘会孟所憎不为过也。乃自先生说之,粗率尽为神奇。(中略)得此读书法,不惟不敢轻议古人诗文,能从古人诗文渗漏处奥思幻想,代其补衬,则古人之神奇粗率,无一不足以启人慧悟。(中略)其有恃才眼高,尤宜着意。盖才高后生,素以杜诗累句为粗率,今乃神奇如此,从此心益虚,想益曲,其于读古人书岂犹肯轻易放过者哉?"说到底,批评是古今人视界的融合和印证,能得众多读者认同的解读必定是有限的保守的,创造性的解读必带有一定程度的"穿凿"味道,作品意蕴揭示的无

---

① 王靖宇:《金圣叹的生平及其文学批评》,第117页。

限可能性正蕴藏在这类看似穿凿的解读中。一些感受和悟性都超出众人之外的批评家用我们永远不可企及的奇思异想，在作品上凿开一道道缝隙，使意义之光流泄出来。我们在惊异作品之丰富意蕴的同时，不得不佩服批评家们的智慧和颖悟。廖燕说"予读先生所评诸书，领异标新，迥出意表，觉作者千百年来，至此始开生面"①，才名卓荦的廖燕尚且如此，何况普通读者呢？这正是我们需要那些杰出批评家的理由，为了他们赐予的智慧灵光，我们都会乐于接受启迪而原谅那些附带的偏见。赵时揖为金圣叹所作的辩护，实在是道出了人们心底对杰出批评家的一种宽容和感激之情——一点偏见或曲解并不会使伟大的作品失色，但一点天才的阐发却足以令平常的作品焕然生辉。在这个意义上，如果说杰出的批评家就是让我们的文学遗产最大限度地增值的人，那么金圣叹是无愧于此称号的。

五　徐增对金圣叹分解说的继承和修正

金圣叹的《选批唐诗》和《杜诗解》虽都成于作者去世前的一两年，但他的七律分解说早已通过书信，往复辩难，传播于友人间，产生一定反响。尽管友人们的具体反应今已不详，但起码可以肯定，有一个人是很赞同金圣叹的学说，并兴趣盎然地加以探讨的，这个人就是徐增。

徐增（1612—1673），初字子益，又字无减，后字子能，别号而庵、梅鹤诗人②。江南长洲人。明崇祯间诸生。能诗文，工书画。崇祯八年（1635）秋访钱谦益，少作《芳草诗》三十首深为牧斋所叹赏，由是才名鹊起③。不幸的是，年甫及壮即患风痹，足不能行，偶尔以篮舆往来江浙间，其他时间只能在家读书、写作、编书。他的诗古文辞作品后来编为《九诰堂全集》，有抄本藏湖北省图书馆。卷首所列的二十六篇名流序跋和一册赠诗足以说明，作者的交游是如何的广泛，他显然是清初很有影响的诗人，同时也是一个有名的批评家。"时子能方逾弱冠，前辈如黄若木、

---

① 廖燕：《金圣叹先生传》，《二十七松堂集》卷一四，第342页。

② 见湖北图书馆藏抄本《九诰堂全集》卷首陈宗之《梅鹤诗人传》。徐增生卒年，李灵年、杨忠主编《清人别集总目》定为1603—1673，未知所据。樊维纲先生校注《说唐诗》据三槐堂刊本《而庵说唐诗》所附康熙七年（1668）征今诗启称年五十七及康熙十年（1671）所作《重修灵隐寺志序》称年六十，推其生年应为1612年。今按文集中言及年岁皆合，姑从之。

③ 钱谦益：《徐子能集序》，《牧斋初学集》卷三二，上海古籍出版社1985年版。

陈玉立、陆履长诸公刻诗,皆属其为序"①,可知声望绝非一般。他曾感叹:"今天下非无诗也,无选诗之人;非无选诗之人,而无知诗之人;又非无知诗之人,而无平心论诗之人。嗟乎,今之人即周秦汉魏六朝四唐之人也,其诗又何必非周秦汉魏六朝四唐之诗也。少陵云不薄今人爱古人,则今人果可尽非耶?"② 所以他不仅撰写了大量批评当代诗歌的序言和题跋,还编有《诗表》和《元气集》两个专收时贤之作的选本③。这是清代编本朝诗选的前驱,其舅氏黄翼圣说:"戊寅(崇祯十一年,1638)选《诗表》。时未有选诗者,自子能始。人为之奔趋,远近邮筒寄诗,几充栋。所选二卷,人皆有志节者。"④ 此外,他还像金圣叹那样用"说"的方式来批评诗歌,据周亮工《题而庵先生小像》序记载,他曾说过周亮工诗。当然,他用力最深的还是说唐诗。

徐增因及壮而病废,只好以著述寄托余生。他对金圣叹自陈作《怀感诗》四百二十绝句的缘由,说:"贫则无事,病更多闲。寄身白发之下,送怀食牛之岁。翻若未乐,从闲觅忙,既代按摩,亦当参术。"⑤ 后来他说解唐诗,也应出于同样的理由。他曾说"弱冠得末疾,闭门谢交游,因潜心于起承转合之法,觉古人精神焕然照面,辄悔少时妄作,不敢复作一句"⑥。从顺治五年(1648)开始,到康熙二年(1663)九月,徐增以十五年时间撰成《说唐诗》,卷首节取平日与友人论诗的文字,编为《与同学论诗》,完整地表达了自己的诗歌观念和学说。书梓行后,"数十年风行海内,脍炙人口"⑦,当时认为"自而庵先生出而言诗,而古人之旌旗一变,古人之精神始出"⑧。因社会需求量大,此书一再被翻刻。乾隆间编四库全书也收入存目中,但《提要》称"以分解之说施于律诗,穿凿附会,尤失古人之意",不免影响它的传播。到今天,除了《与同学论诗》因被张潮删略辑入昭代丛书(题作《而庵诗话》),丁福保又据以收入

---

① 徐增:《九诰堂全集》卷首陈宗之《梅鹤诗人传》,湖北省图书馆藏清抄本,下同。

② 徐增:《贻谷堂诗序》,《九诰堂文集》第十六册。

③ 前者见王尔纲《名家诗永·凡例》著录,后者邓之诚有藏本。

④ 徐增:《九诰堂全集》卷首黄翼圣序。

⑤ 徐增:《九诰堂全集》卷首金圣叹序。

⑥ 徐增:《黄云孙诗序》,《九诰堂文集》第十册。

⑦ 乾隆二十三年文茂堂重刊本《而庵说唐诗》题记,转引自樊维纲校注《说唐诗》,中州古籍出版社1990年版。

⑧ 徐增:《九诰堂集》卷首周亮工《题而庵先生小像》序。

《清诗话》，而常为人引用外，《说唐诗》原书已很少为人注意①，而论及者则往往强调它与金圣叹说唐诗的渊源关系。

诚然，徐增与金圣叹同乡，年龄小四岁，从《九诰堂诗集》卷十《读第六才子书》、卷十一《访圣叹先生》可知，他对金圣叹其人及其文学批评相当熟悉，因而周在浚刻《天下才子必读书》成，即请他作序，认为只有他了解金圣叹，序圣叹之书非他不可。而他序金圣叹《才子必读书》，也称"圣叹固非浅识寡学者之能窥其涯者也，圣叹异人也，学最博，才最大，识最超，笔最快"；与人论诗，又说"圣叹《唐才子书》，其论律分前解后解，截然不可假借。圣叹身在大光明藏中，眼光照彻，便出一手，吾最服其胆识"②。应该说，徐增曾受金圣叹影响是不用怀疑的，他自己也毫不讳言这一点，说"七言律，已经圣叹选批，尽此体之胜。余说唐诗，初欲空此一体，故止说三十五首。杜少陵作，居二十五首，其余十首，不过是凑成帙而已，总不能出圣叹范围中也"③。他还曾向金圣叹索观批唐诗的稿本，金圣叹复书解释了自己的分解学说，并鼓励他："知比日选诗甚勤，必能力用此法。近来接引后贤，老婆心热，无逾先生者，故更切切相望。"④ 现在需要进一步弄清的是，徐增的诗歌理论是否与金圣叹直接相关，徐增是否全盘继承了金圣叹的分解理论。

邬国平先生很早就注意到徐增《九诰堂集》抄本，通过研究其中涉及金圣叹的材料，他发现金、徐两人从事诗歌批评的时间非常接近，徐增甚至还略早于金圣叹，因而他认为两人的诗学应是互相切磋、互相启发的关系，过去流行的徐增受金圣叹诗论影响的说法不符合事实⑤。我受邬先生的启发，仔细考案《九诰堂文集》抄本，见其中《致徐巨源》一札，言及诗论二卷欲缮写呈览而仓促未遑，这诗论二卷应该就是后来刻于《说唐诗》卷首的《与同学论诗》，系摘录与友人论诗书札或诗集序跋中文字而

---

① 有关《说唐诗》的研究，除樊维纲先生校注本前言外，仅见郭宝元《而庵〈说唐诗〉研究》，东吴大学硕士论文，1993 年；吴宏一《清初诗学中的形式批评》，《清代文学批评论集》，第 18—72 页；江仰婉《明末清初吴中诗学研究——以"分解说"为中心》，中正大学博士论文，2002 年。

② 徐增：《与同学论诗》，樊维纲校注《说唐诗》卷首，第 21 页。

③ 同上书，第 21—22 页。

④ 金圣叹：《与徐子能增》，《金圣叹选批唐诗》附录"圣叹尺牍"，第 498 页。

⑤ 邬国平：《徐增与金圣叹》，《中华文史论丛》2002 年第 2 辑。

成①。考徐世溥顺治十五年（1658）三月死于盗难，则诗论此前已编成。再看《九诰堂诗集》卷十一有《访圣叹先生》、《作诗论毕自题一首》，次于《尤展成四十自寿索和次韵》之后，尤侗生于万历四十六年（1618），下推四十年，这些作品应作于顺治十四年（1657），与《致徐巨源》所言正合。而金圣叹评唐才子诗是在顺治十七年（1660）三月，也就是说，在金圣叹写成《选批唐才子诗》之前，徐增已编成了诗论，其诗学观念也已基本定型，这是可以肯定的。但这是否就意味着徐增与金圣叹互相启发、互相影响呢？还不好说。我的判断是，在诗学观念上，主要是金圣叹影响了徐增，而金圣叹受徐增的影响几乎可以忽略不计。

除了上引徐增对金圣叹的敬佩之语外，其《送三耳生见唱经子序》自述对金圣叹由畏避到信从的转变过程，也是值得注意的资料。徐增早年也像当时许多人一样，斥金圣叹为魔道。因为"圣叹先生乃一世人恶之忌之、欲痛绝之者也，从其游者，名士败名，富人耗财，僧家则无布施处。其为祟也大矣"。但后来徐增非但不再骂金圣叹，反而很赞赏他。据徐增自己说，"至壬午秋，遇圣默法师，欲导余见圣叹。才说圣叹，余急掩耳曰怕人怕人"。"甲申春，同圣默见圣叹于慧庆寺西房，听其说法，快如利刃，转如风轮，泻如悬河，尚惴惴焉。心神恍惚，若魔之中人也。又五年戊子，再同圣默见圣叹于贯华堂，而始信圣叹之非魔也。"戊子即顺治五年，这是徐增一改对金圣叹的态度、转而信奉其学说的开始，也是《说唐诗》起稿之年。从两人往来书简看，金圣叹在顺治十五年前已为徐增阐释过分解说，虽然他批选唐诗当时尚未成书，但他的学说已对徐增产生了影响。至于徐增是否全盘继承了金圣叹的学说，研究者一般持肯定态度②，但我通过研究《说唐诗》，发觉徐增的批评实践并不支持这一结论。

其实徐增说唐诗与金圣叹选批唐诗宗旨是不太一样的。金圣叹《选批唐才子诗》选说七律600首，只为证成其七律分解说；而徐增《说唐诗》选诗319首（实为305首），却是要编一部包综各体的唐诗选，因此自序

---

① 如第三则原出《沈子房诗序》，第四则原出《吕彤雯诗序》，二文均收于《九诰堂文集》中。

② 如吴宏一《清代诗学初探》便引《而庵诗话》中的议论，断言"徐增完全是就金圣叹之说而加以推衍"，见该书第164页。其后《清初诗学中的形式批评》一文仍持此说，见《清代文学批评论集》，第59页。孙琴安《中国评点文学史》也认为"徐增模仿金圣叹的痕迹尤其显著"，上海社会科学院出版社1999年版，第196页。江仰婉则说"徐增是金圣叹忠实的继承者，其观念大多沿袭金圣叹，所以分解诗歌的做法也和金圣叹想去不远"，见《明末清初吴中诗学研究——以"分解说"为中心》，中正大学博士论文，2002年，第146页。

极强调选诗的宗旨：

> 诗道散失久矣，人皆狃于时习，不知古人之用笔。其选唐诗也，取其近乎己者，如高、李、钟、谭之选诗是也，则唐诗竟为高、李、钟、谭之诗，非唐诗也。故选唐诗，必先正其眼目，循其径路，升其堂，入其室，得其神理、意趣之所在而选之，始当。①

他认为，明代著名的唐诗选本，如高棅《唐诗品汇》、李攀龙《唐诗选》、钟惺、谭元春《唐诗归》，无不局限于编者的趣味，未能反映唐诗的全貌；要编一本好的唐诗选，只有全面掌握唐诗，深入理解其神理、意趣，才能成功。这从道理上说当然是对的，但实际往往做不到。历史总是在当代视野中呈现。历来编选前人的作品，都宣称要在理解前人、把握前人真面目的基础上遴选其代表作，可结果前人总是以选家的眼光呈现出来。离徐增最近的例子是《唐贤三昧集》和《词综》，王士禛、朱彝尊都声称"欲破世俗矮人观场之见"，要剔抉古人的真面目，但最终王选被认为"旨在标格神韵"，而朱选则被视为规步草窗，"宋词遂为朱氏之词"②。徐增虽洞察明人的局限，但他的选目是否就一定能超过明人呢，还很难断言。可以肯定的只是他的选目更具有开放性，不存初、盛、中、晚的偏见，而以人所公认的佳作为主，于是初盛唐名篇占了较多的篇幅，晚唐作者和作品入选较少，比起金圣叹的唐诗选来更易让人接受。

　　自古文学选本的编选动机大多是为当今的创作提供典范，徐增也不例外。他总结晚近以来的诗歌创作，说："今天下之诗亦大备矣，有才者纵横出奇，有学者博综示奥，有力量者气象开宏，有神韵者寄托玄渺。至于解数与起承转合之法，人多略之。后有作者，不免议其后矣。"所谓"议其后"的作者，无非就是金圣叹。徐增认为时人"论唐诗，辄曰雄，曰浑，曰奇，曰奥，曰新，曰秀，曰高，曰亮，总不出于才气、声调之间；"又极论对仗、照应、重犯等"③，要之忽略了诗歌最基本的要素——结

---

　　①　樊维纲校注：《说唐诗》，第 1 页。

　　②　秦瀛：《诗龛及见录序》，《小岘山人文集》卷三，嘉庆刊本；焦循：《雕菰楼词话》，《词话丛编》第 2 册，中华书局 1986 年版，第 1494 页。详见蒋寅《王渔洋与康熙诗坛》第三章"《唐贤三昧集》与王渔洋诗学之完成"、第四章"王渔洋与清词之发轫"。

　　③　徐增：《与同学论诗》，樊维纲校注《说唐诗》卷首，第 15 页。

构，而金圣叹揭示的唐七律分解之法，正是当时诗歌创作中的一个薄弱环节。他还认为"作诗先从看诗起"①，只有善于学习，才能掌握前人诗法的精华。他借禅宗话头"佛法无多子"来比况诗学，则诗学的精要、诗家的"正法眼藏"也不外乎解数和起承转合。他在评唐文宗《宫中题》时，曾不无感慨地说，"夫诗既有法，不可不细细讨其消息。今人心殊不细，撮其皮毛，便欣然如有所得，以为诗不落拟议者为佳。听其言颇善，及观其所作，茫无着落。此无他，盖由不知师承，以讹传讹，习而不察。初不知有解数，又不讲明起承转合之法，唐诗置在眼前，直是理会他不出。夫识得二分，方作得一分。甚矣，诗不可轻易读去也"。② 因此他努力要通过本书来阐明分解与起承转合之法，以救当世之失。不过我们也看到，尽管他如此推崇分解和起承转合之说，在实际运用中却已明显将其原理及阐说方式作了些改造和修正，除了江仰婉指出的"分析完了才像'顺带一提'似的说出解数"一点外③，具体表现在以下四个方面。

第一，徐增的分解并不限于七律，而是推广到众多诗体，扩大了分解说的适用范围。像卷十五说王维五律《山居秋暝》，即是原原本本地运用金圣叹分解原理的一个例子：

> 要看题中"暝"字。右丞山居，时方薄暮，值新雨之后，天气清凉，方觉是秋。又明月之光，淡淡照于松间；清泉之音，泠泠流于石上。人皆知此一联之佳，而不知此承起二句来。盖雨后则有泉，秋来则有月，松、石是在空山上见。此四句为一解。"竹喧归浣女，莲动下鱼舟"，人都作景会，大谬，其意注合二句上。屋后有竹，近水有莲；有女可织，有僮可渔。山居秋暝，有如是之乐，便觉长安卿相，不能及此。④

这里将通常解作描写山居之景的中四句分开讲，以颔联为承上写秋山雨后之景，颈联为注下启山居适意之旨，可以说是标准的金圣叹式分解。它从

---

① 徐增：《与同学论诗》，樊维纲校注《说唐诗》卷首，第23页。
② 樊维纲校注：《说唐诗》卷七，第157页。
③ 江仰婉：《明末清初吴中诗学研究——以"分解说"为中心》，中正大学博士论文2002年，第146页。
④ 樊维纲校注：《说唐诗》卷一五，第344页。

七律移用于五律，意味着外延的扩展，可以说是徐增继承中的一个改造。

第二，徐增在将分解说推广到其他诗体的同时，又取消了七律分解说的普适性。他解说七律每不拘泥于分解，讲析时不是着眼于字句的勾连照应，而是侧重于意脉的分析。即使分解，也更强调由意脉决定的字词句章的内在联系。这由王维《归嵩山作》、岑参《使君席夜送严河南赴长水得时字》、杜甫《秋兴》等例均可见。卷十六说王维《奉和圣制从蓬莱向兴庆阁道中留春雨中春望之作应制》云：

> 右丞诗都从大处发意，此作有大体裁，所以笔如游龙，极其自在，得大宽转也。蓬莱宫到兴庆宫，相去不大远，题中既云春望，右丞从"望"字着想，故起二句，以渭水、黄山来说。唐王銮舆，虽在蓬莱、兴庆阁道之中间，而直望见：渭水远远如带，萦于秦塞，其形曲；黄山遥抱若屏，绕于汉宫，其状斜。自字、旧字，见从来已如此。此二句妙极。千门，即汉武帝建章宫有千门万户之千门也。建昌多柳，此又是春，故下即用柳字。迥出，言阁道之高，得望见渭水、黄山。此所谓承也，是銮舆才离蓬莱，上阁道，见宫中之千门如画。"回"字，跟銮舆来，辇行谓之回；天子在辇上看花，故云"回看上苑花"，将与兴庆相近矣。总写阁道中事。双凤阙，是指蓬莱、兴庆两宫，天子在阁道中，两头看来，并是凤阙。在帝城内，故云帝城；凤阙高，故云云里，且欲出"雨"字也。阙，乃天子所居，百官朝会，政从是出；见天子何得春望？上看如此，从下看去，见万人家，雨中鳞次于春树之间；天子为万民之主，安危所赖，又何得春望？上承一联，天子只顾望山、望水，看雨、看花，此转一联，是作者眼光所射，虽在天子望中，却不在天子望之意中，故特以此为转作讽谏。合二句，急回护天子，以见人臣爱君当如是。①

王维这首七律的章法很特别，它不是按照一般应制诗叙事—写景—写景—称颂的章法来写的，先用"渭水自萦秦塞曲，黄山旧绕汉宫斜"一联周览长安形胜，再述"銮舆迥出千门柳，阁道回看上苑花"之事，继状望中之景"云里帝城双凤阙，雨中春树万人家"，末以"为乘阳气行时令，不是

---

① 樊维纲校注：《说唐诗》卷一六，第378—379页。

宸游玩物华"为君主开脱。叙事句位置的变动，使全诗无法按金圣叹额联承上，颈联启下的分解模式来解释。徐增显然是注意到了这一点，没有硬将作品分成两解，而是紧扣题中"春望"二字，强调作品意脉的潜行及作者委婉的讽意，避免了强分两解可能导致的灭裂之弊。通观《说唐诗》，徐增对作品结构的把握明显由章句转向意脉，这是他对金圣叹分解说的修正，强调意脉的结构当然要比强调章句的结构更接近作品的有机性。

第三，徐增重新解释了七律两解之间的动力关系。金圣叹分解的要义，是将诗的章句都理解为对诗结束处的奔赴。所以他用官人升堂譬况时，说"七八是官人倦怠欲退堂，五六是又换两名人从，抬将官人入去也"，用开弓放箭譬况时，又说"七八正如箭到之必得中要害也，五六则如既满临发之时之手法也"（详前）。这不仅没突出颈联的结构作用，也漠视了唐代七律丰富多变的结构模式。相比之下，徐增对分解原理的说明虽不像金圣叹那样反复譬说，头头是道，但却更精到。他说："律分二解，如关门两扇，开则相向，合则密缝"①；又说："律分二解，二解合起来只算一解。一解止二十八字。前解，如二十七个好朋友，赴一知己之召，意无不洽，言无不尽，吹弹歌舞，饮酒又极尽量，宾主欢然，形骸都化。后解，即是前解二十八个好朋友，酬酢依然，只是略改换筵席，颠转主宾。前是一人请二十七人，此是二十七人合请一人也"。② 这一比喻比金圣叹更深刻地剖析了前后解意脉运动的不同趋向，也更清楚地阐明前后两解分别承担的开、阖的功能，从而更透彻地揭示出前后两解构成律诗章法的动力学关系。

第四，徐增对分解和起承转合的关系作了补充说明。关于七律的分解，金圣叹虽然阐释了分两解的理由，但对两解与起承转合的关系未加分疏。徐增在说王绩《野望》时，特意对此作了补充说明："律诗一、二为起，三、四为承，承盖为起而设也，则承与起为一解；五、六为转，七、八为合，盖转为合而设也，则转与合为一解。"③ 在改造分解说的同时，徐增对起承转合也重新作了阐释。卷十说王翰《凉州词》，专门谈到对起承转合的理解：

---

① 樊维纲校注：《说唐诗》卷一六，第367页。
② 徐增：《与同学论诗》，樊维纲校注《说唐诗》卷首，第22页。
③ 樊维纲校注：《说唐诗》卷一三，第303页。

夫唐人最重此法。起，陡然落笔，如打桩，动换不得一字为佳。或未能明透，又恐单薄，故须用承；承者，承起句义也。转者，推开也，不推开则局隘，不推开则气促。人问曰："既云推开，则当云开，不当云转。"夫古人不云开而云转者，用力在开将去，而意则欲转回，故云转也。转盖为合而设也。合者，合于我之意思上来。人作一诗，其意必在结处见，作者于此处为归宿；又须通首精神，焕然照面，言外更有余蕴，方是合也。今人不知此法，专讲照应，可笑也。夫合又不但此也。一首诗，作如是起，当如是承，当如是转，当如是合。一字不出入，斯为合作，宁独结处为合，而云合也？[①]

徐增在此将"转"字作了新的解释，给"合"字增添了一层意思。其实前人也未必就将"转"字机械地理解为转折，最早提到起承转合之法的杨载《诗法家数》阐述律诗颈联的"转"，要求"与前联之意相应相避，要变化"[②]，那么就意味着凡转折（反起一意）、逗引（新起一意）、宕开（推广原意）等均属题中应有之义，也就是说"转"的结构功能绝不是单一的转折。但问题是前人并未明白阐述这一点，初学者望文生义，很容易产生误会。徐增将"转"解释为文字上推开，意思上转回，就更清楚而具体地阐明了"转"的结构功能。他讲"合"字，除了传统的收束之义外，又将它推广到全诗，从意脉完整或结构之统一性的高度来理解它，这就丰富了"合"的含义，同时赋予起承转合之说一个超越机械结构论的有机的灵魂。这是徐增对金圣叹分解说的推进和补充，是徐增诗学中值得我们重视的一个理论亮点。

通过以上四点改造、修正、深化和补充，徐增表明了他对分解法的不同理解。在他这里，两分法已成为诗歌结构模式中的一种，绝不是意味着所有诗歌（哪怕是七律）都可以分为两解。于是分解的普适性被取消，分解也就形同不分。事实上，在徐增的解说中，古诗在分解处往往只是略点一下，不加申论；律诗也是随文而及，不像金圣叹那样刻意强调，许多作品甚至绝不提分解二字。看得出，相对于作品的细读来，分解在徐增的意

---

① 樊维纲校注：《说唐诗》卷一〇，第 230—231 页。

② 杨载：《诗法家数》，何文焕辑《历代诗话》下册，中华书局 1981 年版，第 729 页。参看蒋寅《古典诗学的现代诠释》第五章"起承转合——诗学中机械结构论的消长"，中华书局 2003 年版，第 101—103 页。

识中是相当淡化了。对张若虚的杰作《春江花月夜》，他认为"此诗如连环锁子骨，节节相生，绵绵不断，使读者眼光，正射不得，斜射不得，无处寻其端绪。春江花月夜五个字，各各照顾有情"①，干脆就不分解了。这正是徐增懂诗之处，知道真正伟大的作品是无法用常规去衡量的。

徐增对金圣叹十分倾慕，他的批评明显追随金圣叹，除论诗分解外，他与金圣叹有一个共同的特点，就是善于譬况。喜欢以禅喻诗就不用说了，他也像金圣叹一样用比喻来阐发分解理论。他论诗还有一个妙喻："诗之等级不同，人到那一等地位，方看得那一等地位人诗出。学问见识，如棋力酒量，不可勉强也。"② 这种议论的透彻，最得金圣叹的精神。尽管如此，徐增评诗就像对分解说的理解一样，较金圣叹仍有相当大的不同。除了吴宏一先生指出的金偏重欣赏，常脱离字面，出人意表，徐兼顾训诂，紧扣字面，较为凿实外③，徐增说诗最突出的是善于将艰深的意旨、词句讲解得明白晓畅。他的批评，不像金圣叹那样尽逞畅所欲言的快意，而是尽量考虑如何让读者接受。自序说："夫诗不难于说，而难于使人听其说。吾始欲深言之，则虑初学者，若无阶之可升；欲浅言之，则上智者，又鄙其说之不足数也。则莫如就今之所寡有者说之。"言人之所阙，就是像姜夔论作诗说的，要"人所易言，我寡言之；人所难言，我易言之"（《白石道人诗说》），具体说就是"有人所习见而不察者，吾说之；有人所未解而阙疑者，吾说之；有人言之而不畅者，吾说之；有人言之而不合者，吾说之"。但结果未必如此。他的解说实际上是"熔注字、诠词、解句、数典、征事、考证、辨析、阐义、谈艺、校勘于一炉"④，将通常选本的注释和串讲两部分糅合到了一起，所以文字相当长，除极个别例外（如李白《山中问答》），少则一二百字，一般都是千余言，骆宾王《帝京篇》竟长达七千余言，这在古代诗评中是很罕见。如此长的解说绝不都是发人所未发，言人所未言，大部分仍是通俗的讲解，所以自序及朋辈的序言都强调其"语多重复"、"说多近俚"的风格，意谓说得通俗。比如杜甫《羌村》其一的开头"峥嵘赤云西，日脚下平地"，徐增说道：

---

① 樊维纲校注：《说唐诗》卷四，第 94 页。
② 徐增：《与同学论诗》，樊维纲校注《说唐诗》卷首，第 19 页。
③ 吴宏一：《清初诗学中的形式批评》，《清代文学批评论集》，第 67 页。
④ 樊维纲：《徐增和他的〈说唐诗〉》，《说唐诗》卷首，第 4 页。

先生到家，已薄暮矣。日落时，上有云气，则光返射成紫色。云在日之东，日在云之西，鄜州在凤翔之西，先生从东望西而归，直写当前所见，人所易知；至其用"峥嵘"字、"日脚"字、"平地"字，人未之知也。此是连日路途来神理。峥嵘，山状，此用在赤云上，奇极。先生日在途中，见青山之峥嵘，而此见赤云之峥嵘，竟疑其为赤山。吴牛见月而喘，此赤云甚可畏也。日脚"脚"字，人之行是脚，见日之行，亦疑其有脚也。平地，自奔行在，走凤翔，又驰归羌村，何处不是崎岖，到家始得脚跟平稳矣。又人在途中，每至日暮，看云之红黑，以验来日之阴晴；既有赤云，见今日已得晴到家，明日在家中，仍得天晴也。①

再看金圣叹批这开头四句："看他先写临到家时，薄暮门前，眼见耳闻，如此气色，使千载后人如同在此一刻。最怕人者，家中未见人归，归人先见家中，一也；未知家中何如，先睹门前如此，二也；未至，心头只余十里、五里，既至便通共千里，三也。一解二十字，写尽归客神理。"② 可见金圣叹着重体会的是作家的心理状态，而徐增着重阐释的是作家的表现特征，其中涉及一些日常生活内容，较之金批诚不免"说多近俚"，但确实是细致多了。只不过这种细致未必让人觉得很艺术，因而每不如金批动人。就好像接下去"邻人满墙头，感叹亦歔欷"一联，徐增道："邻人闻先生归，有信有不信，都走来看，乃满墙头矣。见先生从兵戈中归，居然无恙，岂不动念头，岂不要嗟叹，墙头一片啧啧之声，乃先生耳中亲听得者。歔欷，胸头有隐忧，口不能宣，默为出气之谓也。"这说得倒也很周到，但再看金圣叹批："'邻人满墙'，如画。'亦歔欷'，妙绝是一'亦'字。千里间关，十成死法，我自受之，我自知之。今我歔欷，渠亦歔欷，渠岂能知我百千万分中之一分耶？可发一笑也。"③ 相比之下，徐增的解说就显得过于平实了，金圣叹批则不乏俏皮的味道，"'邻人满墙'，如画"更是画龙点睛之笔，顿现诗笔的生动意味。这或许就是批评家才气的差异罢。徐增无论如何不能说是个有才华的批评家，与金圣叹相比尤其显出这一点。

---

① 樊维纲校注：《说唐诗》，第 39 页。
② 金圣叹：《杜诗解》，第 48 页。
③ 同上书，第 48—49 页。

不过徐增的平实贴切，遇到短诗如崔颢《长干行》、王昌龄《闺怨》、《西宫春怨》之类，或特定诗人的作品比如王维诗，也能表现得很出色。他说王维《鹿柴》"返景入深林，复照青苔上"两句：

> 夫深林之下，青苔之上，最为幽寂。当午日亭亭，光直照下，为林枝叶所受，苔上无景。惟旭日东升，则景斜透深林之西；晚日西沉，则景斜透深林之东。景必到地，故在青苔之上。早间已照过一次，故云复照也。幽杳之间，忽射日光，横如经练，东穿西透，清迥绝伦。①

这里用清新的描述语言，将"入"字、"复"字解得极细腻而妥帖，直令读者有身临其境之感。难怪顾以安《唐律消夏录》卷三选王维《山居即事》，说："尝观论王诗者，吴门徐子能为第一，盖真知其故，非曹听曹说者也。"②

由于《说唐诗》是一部综合性的唐诗选本，选目及涉及的问题远较金圣叹批七律要广，而书中表达的艺术观念和诗学理论也远较金圣叹的批评为丰富。从根本上说，徐增的艺术观念近于金圣叹，他说"诗乃人之所发之声之一端耳，而溯其原本，何者不具足？"③即与金圣叹同调。而且他也像金圣叹一样，对诗的经验可以阐明抱有坚定的信念，说"今人论诗辄曰有意无意，可解不可解，此二语误人不浅。吾观古诗，无一字无着落。须细心探讨，方不堕入云雾中"④。但他更注重独创性，提出"临下笔时，须以千古一人自待"⑤，"作诗须思透出一路去"，学"古人各自成家，不肯与人雷同"⑥，因而对"法"的理解更倾向于脱逸和变异的方面，显得比金圣叹更透彻和深刻。他曾说：

> 余三十年论诗，只识得一个"法"字，近来方识得一个"脱"字。诗盖有法，离他不得，却又即他不得。离则伤体，即

---

① 樊维纲校注：《说唐诗》卷七，第171页。
② 顾以安：《唐律消夏录》，乾隆二十七年何文焕刊本。
③ 徐增：《与同学论诗》，樊维纲校注《说唐诗》卷首，第16页。
④ 同上书，第23页。
⑤ 同上书，第21页。
⑥ 同上书，第19页。

则伤气。故作诗者，先从法入，后从法出，能以无法为有法，斯之为脱也。①

卷二十评宋之问《奉和晦日幸昆明池应制》，与人辩论五言排律中间部分在全诗结构上的灵活性，也搬出类似的理论来作辩护："诗固不可以板法定也。夫教人者，必以规矩，出乎规矩者为正，不出乎规矩者为不正。出乎规矩，而不拘于规矩，不必拘于规矩，而仍合乎规矩，斯为大正。使人侧看成峰，横看成岭，所谓造物在手，变化生心，法由我出，何所不可。"② 正是本着这种见地，他在分解问题上才能较金圣叹更圆活，而在分解之外，他在许多问题上的见识也都很可取。

徐增是个脑子很清楚的诗论家，目光相当敏锐，看问题能一下子抓住核心。有些重要理论问题，他人千百言譬说不尽，徐增却能片言中肯。比如他说：

> 作诗之道有三，曰寄趣，曰体裁，曰脱化。今人而欲诣古人之域，舍此三者，厥路无由。夫碧海鲸鱼，自别于兰苕翡翠，此古人之体裁也；唐人应制之作，皆合于西方圣教，此古人之寄趣也；少陵诗人宗匠，从"精熟《文选》理"中来，此古人之脱化也。③

自唐代以来，诗论中不乏将作诗的基本问题加以概括的说法，或曰三节，或曰五法，或曰准绳，或曰四科，或曰十则，但都不如徐增这段话提纲挈领，一下子就抓住诗歌乃至一切文学写作要处理的三个基本问题：写什么内容，用什么文体，怎么写。寄趣是内容问题，体裁是文体问题，脱化是与传统的关系问题。一切写作不都是同时受到这三方面即伦理学、文体学和文学传统的制约吗？此外，他对作家才能的分析之细致，也是前无古人的：

> 诗本乎才，而尤贵乎全才。才全者，能总一切法，能运千钧笔故也。夫才有情，有气，有思，有调，有力，有略，有量，有律，有

---

① 徐增：《与同学论诗》，樊维纲校注《说唐诗》卷首，第 22 页。
② 樊维纲校注：《说唐诗》，第 463 页。
③ 徐增：《与同学论诗》，樊维纲校注《说唐诗》卷首，第 15 页。

致，有格。情者，才之酝酿，中有所属；气者，才之发越，外不能遏；思者，才之径路，入于缥缈；调者，才之鼓吹，出以悠扬；力者，才之充拓，莫能摇撼；略者，才之机权，运用由己；量者，才之容蓄，泄而不穷；律者，才之约束，守而不肆；致者，才之韵度，久而愈新；格者，才之老成，骤而难至。具此十者，才可云全乎？然又必须时以振之，地以基之，友以泽之，学以足之①。

这段文字截取自《吕彤雯诗序》，作为作家禀赋举出的才，被分析为十个层次和四个外部条件。关于徐增论才的全面性及开创性，王英志先生已有很好的阐述②，我想补充申说的一点是，较之叶燮以才胆识力论作家创造力的要素及结构，徐增这十个层次则更细致地分析作家创造力诸要素与诗歌写作各技术层面的具体对应关系。其中以"才之韵度，久而愈新"解"致"，弥补了有关创新动力的概念的缺失；而以"才之老成"解"格"，又使"格调"之"格"多了一层含义，同时变得更容易理解。振以时、基以地、泽以友、足以学，则可以说实现才能的外部条件，与泰纳的时代、种族、环境三因素相比，少种族而多友（讲学）、学（知识）③，体现了中国古代诗学的民族特色。

《说唐诗》是分体编排的，各体诗选前均有小序概述源流，但都比较简略，没什么有价值的看法。倒是他在批评中随文所及地发表的一些议论，不无心得。如卷四评王维《答张五弟諲》说："作诗要知伸缩法，能将古人长篇缩得短，方是会作短诗的人；能将古人短篇伸得长，方是会作长篇的人。短诗要包含，长篇要无尽。"④卷十评李白《黄鹤楼送孟浩然之广陵》说："诗中用字须板，用意须活，板则不可移动，活则不可捉摸也。"⑤

前面说到，徐增是个有见识的诗论家，论断多灼见，他的一些看法深

---

① 《吕彤雯诗序》，"入于缥缈"作"入于杳冥"；"才之鼓吹，出以悠扬"作"才之节奏，出以铿锵"；"才之充拓，莫能摇撼"作"才之操纵，不为摇夺"；"运用由己"作"莫能牵制"；"才之韵度"作"才之神韵"；"才之老成"作"才之品级"。

② 王英志：《〈徐而庵诗话〉精义发微》，《清人诗论研究》，江苏古籍出版社1986年版。

③ 这一点为台湾学者张健首先注意到，见《明清文学批评》，（台湾）国家出版社1983年版，第118页。

④ 樊维纲校注：《说唐诗》，第101页。

⑤ 同上书，第243页。

为后人所重视①，但也有人认为他的评说支离破碎。据说他用起承转合之法说唐诗，"人辄畏而避之，以为诗一经徐子能之眼之手，遂无完章"②，这未免过甚其词。我倒是觉得他有时不免大言欺人，如《智水上人诗序》说"作诗非通禅理者不能极其致，盖如来境界不即不离，诗人境界在可解不可解之间，无二门也"，《与同学论诗》说"唐人应制之作，皆合于西方圣教"，即一例。其说诗也同金圣叹一样，时有穿凿强说之病。卷十说杜甫《绝句》（两个黄鹂鸣翠柳），谓"子美此诗，原是一律，特不安起结耳"，虽巧舌如簧，终觉穿凿太甚；卷四说杜甫《陪王侍御同登东山最高顶宴姚通泉晚携酒泛江》"诗中语多冷刺"，一如金圣叹批杜《刘九法曹郑瑕丘石门宴集》一首，本是赓和纪事的客套之作，偏读出无限刻毒讥讽之意。《宾至》也承金圣叹之说，解作不耐烦留客之意，属于以市侩心肠度君子之腹，未免有损于为人厚道的杜甫形象。这都是过于强调杜诗的讽刺性以至误读的结果。《四库提要》总集存目类指责"其说悠谬支离，皆不可训"，"穿凿附会，尤失古人之意"，评断过于苛刻，但这类现象肯定是存在的。至于说诗承金圣叹之误，如说《春日怀李白》不明李杜两人年辈，宋长白《柳亭诗话》已有辩驳；此外如对所据史实缺乏考订，偶有误解之处，或引用古书疏于检核，时有差错，则樊维纲先生已在校注中一一指摘，兹不赘举。

六　金圣叹分解说的影响

虽然金圣叹的狂狷性格为一些正统文人所不喜，但他以非罪而罹祸终究让当时的知识人兔死狐悲，物伤其类，反而珍惜起他的著作来，他的批评于是随着文本的传播风靡天下。据廖燕说，金圣叹殁后，效其评书者不一，最著名的有长洲毛序始、徐而庵、武进吴见思、许庶庵，而七律分解说更因有着强烈的现实指向，一经传播就在诗坛产生了影响。张芳《与陈伯玑》有云：

> 近传吴门金圣叹分解律诗，其说即起承转合之法，亦即顾中庵两

① 近代邹弢《三借庐赘谭》（民国间铅印本）即采其论诗语七则，后又录入所编《诗学捷径》（民国间苏州振新书社与上海苏新书社发行铅印本）十一章"诗学恒钉"；范况《中国诗学通论》（商务印书馆1930年版）中也常整段地引用《说唐诗》中的文字。

② 徐增：《李挺生蒲塘合草序》，《九诰堂文集》第一册。

句一联，四句一截说诗之法也，弟久信之，今得此老阐绎，可破世人专讲中四句之陋说。而王李一派恶套诗，大抵不明于此说，以致邨学究垒气猎声，涂膺缀扇，往往使人捧腹也。但圣叹以前未闻于艺苑，为人大概，想伯老必稔知之。其人评辑诸说家，大有快辩，而传以禅悦，故能纵其才情之所至。独《左》《史》诸评尚未传到，不审宗趣若何，弟深欲闻之。①

张芳是句容名士，当时侨寓江宁，书应作于康熙九年（1670）陈允衡下世前。当时张氏还没听说过金圣叹的名头，可见金圣叹至此尚无超出吴地的知名度，但律诗分解之说却已宣传于世，这反过来说明其见解入人之深。金圣叹生平行事的异端色彩和惨苦遭遇，使人们谈论他的诗歌批评不能不有所忌讳，即使赞同者也不愿公开表示拥护，只是暗中承袭其说，比如朱三锡《东岩草堂评订唐诗鼓吹》采圣叹《选批唐诗》的评语，也是一个例子②。仇兆鳌《杜诗详注》中同样可以看到分解说的影子，杨松年先生曾举《题张氏隐居》其一仇批云："唐律多在四句分截，而上下四句，自具起承转阖。如崔颢《行经华阴》诗，上半华阴之景，下半行经有感。'武帝祠前'二句，乃承上；'河山北枕'二句，乃转下也。崔署《九日登仙台》诗，上半九日登仙台，下半呈寄刘明府。'三晋云山'二句，乃承上；'关门令尹'二句，乃转下也。杜诗格法，类皆如此。"③ 这种看法对后来的注家注本如杨伦《杜诗镜铨》也产生了一定的影响。

当然，正像金圣叹生前就面临着说服友人的困难一样，分解说传播于世，也遭到不同程度的批评。同时代诗家的批评基本还比较温和，如张潮跋徐增《而庵诗话》，说分解和起承转合之说，"此不独作诗为然，凡种种文字，莫不皆然。而于五七言律则独有难焉者，盖字数既少，而亦必遵其法，未免束缚拘挛，不能自主"④。康熙二十年，吴乔客徐乾学京师邸中，万斯同请教诗的布局问题，吴乔答："古诗如古文，其布局千变万化。七律颇似八比，首联如起讲、起头，次联如中比，三联如后比，末联如束

---

① 周亮工辑：《赖古堂名贤尺牍新钞》卷八，宣统三年国学扶轮社石印本。
② 此为陈增杰《唐人律诗笺注集评》所指出，浙江古籍出版社 2003 年版。
③ 仇兆鳌：《杜诗详注》第 1 册，第 9 页。参看杨松年《中国文学评论史编写问题论析》，（台北）文史哲出版社 1988 年版，第 91 页。
④ 昭代丛书本《而庵诗话》张潮跋，丁福保辑《清诗话》上册，第 425 页。

题。但八比前中后一定，诗可以错综出之，为不同耳。"将律诗的四联对
应于起承转合，在元人诗论中即成定论，经明代蒙学诗法的相沿成说，言
诗者耳熟能详，吴乔也不能摆脱这种思维定式，但他终究知道诗学的任何
法则都不可拘之太固，这就决定了他不可能认同略无回旋余地的分解说。
当万斯同继续追问"金圣叹谓唐诗必在第五句转"是否可信时，吴乔说：
"不尽然也。如曹邺'荻花芦叶满汀洲，一簇笙歌在水楼。金管曲长人尽
醉，玉簪恩重独生愁'，于第二联流水对中转去。杜少陵律诗如古诗，难
论转处，而'童稚情亲'篇竟无后半首，何以曰第五句转乎？起承转合，
唐诗之大凡耳，不可固也。"① 这种圆通的见解本质上是与中国艺术理论
在结构问题上的有机观念相通的，所以基本上决定了后人判断这一问题的
基调。张谦宜论唐代律诗，认为"唐人诗格不一，有平分者，有递接者，
有上二句下六句者，有上六句下二句者"②，可以看做是有代表性的意见。
历来讲诗者，包括江仰婉作为"分解说"的外围人物来研究的顾以安、吴
淇实际上都是根据诗歌的意脉来划分其段落的，仇兆鳌《杜诗详注》的
"内注解意"是最成功的典范之一。明清时代受八股文法的影响，诗歌评
析出现细化的趋势，金圣叹的分解说原是应运而生，却因过于机械化而成
了古典诗学史上少见的异类。

　　《我侬说诗》有学者认为此书发展了金圣叹和徐增的分解说诗理论，
将其细化到诗艺技法层次，标志着分解说的最终完成。③

　　确实，就现有文献看，金圣叹的分解说除了流传于蒙学诗法中外，在
精英诗学里基本上没有市场。我所见接受分解说的蒙学诗法，最典型的是
袁若愚辑《学诗初例》，有乾隆二年（1737）文盛堂刊本。作者自称声律
之学本自渔洋，结构之说本自金圣叹、徐增，论解诗说："解诗者无虑数
十百家，当以金圣叹、徐而庵两先生为宗，以其主分解为律诗定法也。"
故书中的"唐诗说解"部分便合金、徐二书为一，题金圣叹先生分解，徐
而庵先生详说。金圣叹乡后辈长洲王尧衢《古唐诗合解》是一部有影响的
选本，"凡例"云："注律诗则分前后解，写题中何意，并注明起承转合。
章有章法，句有句法，字有字法，务必字字得其精神，言言会其意旨。"
所以他解诗在字讲句析后，必总述前后解之大旨，结果重蹈金圣叹的覆

　　① 吴乔：《答万季野诗问》，丁福保辑《清诗话》上册，第30—32页。
　　② 张谦宜：《絸斋诗谈》卷二，郭绍虞辑《清诗话续编》第1册，第806页。
　　③ 户圆圆：《清初抄本〈我侬说诗〉与分解说诗理论》，《图书馆杂志》2006年第7期。

辙。如卷十杜甫《秋兴八首》，其一、三两首分前后四句为两解，尚不致大谬，其他各首便未免扞格难通，这一点詹福瑞先生业已指出①。我所见精英诗学认同分解说的例子，只有近代王仁安②，除了他说："律诗分解，多前四句说一事，后四句说一事。若只看中四句，如'吴楚'一联与'亲朋'一联，则似迥不相连矣，所以律诗须合全首观之。今人只看中四句，作者亦只求作中四句，作成再加一首尾，便成一首，不知实大谬也。"③ 他的思路和出发点都和金圣叹完全一样，但他举的例子却是杜甫五律《登岳阳楼》，即使他的看法本自金圣叹，严格地说也不能算是发挥金氏理论了。五律和七律在章法上毕竟是有很大差别的，就像五古和七古在声调上的差别一样，热衷于讨论七古声调的人很多，五古基本无人问津，这就是用长用短之别。

　　作诗只要讲结构，就必有分析方法，分解只是分析方法的一种。试图用一种分析方法解析所有作品的结构，只要有点头脑的人都会怀疑。自分解说树立于诗坛，除了徐增及上面提到的几位选家、注家，我再未见信从、继承并发挥分解说的诗论家，倒是纠其偏、驳其谬的不乏其人。乾隆初，李重华曾举大历七律章法，"相其用笔，大概三四须跟一二，五六须起七八；更有上半引入下半，顿然翻转；有四中句次第相承，而首尾紧相照应；有上六句写出本题，而末后飑开作结。其法变化不拘，若止觅得中四好对联，另行装却头脚，断无其事"④。这里"三四须跟一二，五六须起七八"或许有金圣叹的启迪，但他马上就以承认例外、变化不拘的结论覆盖了分解论，避免金圣叹一成不变的胶固之弊。李调元论乐府长篇的分解，视同于律诗的前后分解。"分解不出起承转合四字，若知分解，则能析字为句，析句为章，虽千万言，皆有纪律"⑤，这是又回到了范德机的说法，较之承认结构多样化，虽不那么爽豁，但尚不至于僵滞。因为起承

　　① 詹福瑞：《王尧衢〈古唐诗合解〉与叶燮的文学思想》，《古代文学理论研究》第十九辑，华东师范大学出版社 2001 年版。
　　② 江仰婉作为分解说的同调来讨论的顾以安《唐律消夏录》、吴淇《六朝选诗定论》，作为继承者来讨论的张庚《古诗十九首解》、张玉谷《古诗赏析》、章燮《唐诗三百首注疏》、饶学斌《月午楼古诗十九首详解》，其实都只是前人讲古诗的一般方式，从仇兆鳌《杜诗详注》以来都是这么讲的，不同于金圣叹的分解说。饶学斌"十九首连章"的看法虽本自金圣叹，但讲析之法是套八股文，与金圣叹的分解也不一样。
　　③ 王赓扬：《珠光室诗话》卷一引，1962 年油印本。
　　④ 李重华：《贞一斋说诗》，丁福保辑《清诗话》下册，第 929 页。
　　⑤ 李调元：《雨村诗话》卷上，郭绍虞辑《清诗话续编》第 3 册，第 1519 页。

转合四字并不固定于某句某句，那就像刘熙载《艺概·诗概》虽同样主张前后分解，其实与不分解也差不多了。刘熙载是这样看的："律诗篇法有上半篇开，下半篇合；有上半篇合，下半篇开。所谓半篇者，非但上四句与下四句之谓，即二句与六句，六句与二句，亦各为半篇也。"① 分解的合理性可以说至此才得到揭示。相比之下，金圣叹强以四句分前后解，就未免高叟之固了。以至于崔旭竟斥金圣叹《唐才子诗》、徐增《而庵说唐诗》为魔道②，陈仅称王尧衢《唐诗合解》以上下解分诠为误人③，后人比附"腰斩《水浒》"之说，由尤侗"腰断唐诗"之讥，遂造出一种恶毒的说法，说金圣叹被腰斩是自食其报应④。这虽属戏言，却也可见后人对传统诗歌美学的有机结构观念被冒犯的愤怒。事实上，在中国诗学史上，任何对传统诗歌美学的核心观念的背离或冒犯，都会遭到普遍的敌视。这乃是美学传统的一种自我保护机制，中国古典美学正是据以维系其核心理念的承传和发展的。

　　然而东边不亮西边亮，金圣叹、徐增的诗学在本土虽受冷遇，后来在日本却遭逢知音。诚如江户间诗论家田能村孝宪说的"圣叹不遇，屈于彼而伸于此，身后得知己于海波千里之外"⑤，文化十四年（1817）中伦堂翻刻《而庵说唐诗》，名诗人梁川星岩跋云："近时诸家诗话陆续上刻，要之宋明诸人肤浅之见，为等闲之话，无益于作诗。余独于清人诗话得金圣叹、徐而庵两先生，其细论唐诗，透彻骨髓，则则皆中今人之病，真为紧要之话。学唐诗如书字悬腕也，其初极难，及其熟也，虎卧龙跳，笔笔自在。傥因循自便，腕必著纸，掌终不虚，绝无长进之理。诗人恶习，宜荡涤其肠胃，先读金、徐二家诗话，宿毒早解大半。"⑥ 葛质《而庵诗话序》也说："学唐诗亦须辨唐诗体制，识唐诗性情。徐而庵先生之论唐诗，迥殊宋明诸家诗话。读先生诗论，而后读唐诗，胸中另有瞭解，唐诗可唾手而学也。"这是我们论金圣叹、徐增的学说所不可不知的。

----

①　王气中：《艺概笺注》，贵州人民出版社 1986 年版，第 225 页。

②　崔旭：《念堂诗话》卷一，民国 22 年重印本。

③　陈诗香问，陈仅答：《竹林答问》，周维德编《诗问四种》，齐鲁书社 1985 年版，第 333 页。

④　海纳川：《冷禅室诗话》，民国间石印本。

⑤　田能村孝宪：《竹田庄诗话》，《日本诗话丛书》第 5 册，龙吟社平成九年版，第 587 页。

⑥　《和刻本汉籍随笔集》第 19 辑，汲古书院 1978 年版，第 294 页。关于金圣叹、徐增诗学在日本的传播和接受情况，张伯伟《清代诗话东传略论稿》（张伯伟编《域外汉籍研究集刊》第 2 辑，中华书局 2006 年版）有详细考论，为本节所参考。

第六节 叶燮诗学的理论品位及诗史观

《原诗》一向被视为中国古代诗论最出色的著作，叶燮也因写作《原诗》而被认为是清代最有成就的一位诗论家，自黄葆真等先生合著《中国文学理论史》（北京出版社 1987 年版）以降，今人的论著多给予极高评价。但自 20 世纪以来，关于叶燮和《原诗》的理论地位，学界一直没有一个准确的定位。首先就是或因叶燮是沈德潜的老师而被郭绍虞先生划为格调派，这显然是不合适的①。青木正儿将叶燮诗学的性格定位为"诗坛上自成一家思想之抬头"，说在康熙中叶诗坛观念的混乱中产生了自成一家的思潮，"主张不将目标特别拘泥于或唐或宋或元，一切按照个人所好，形成各自风格，以吟咏个人性情为宜的人逐渐出现。首先发出这一呼声的，是苏州的叶燮"②，也有武断之嫌。至于叶燮诗学的理论价值和现实意义，尽管学者们已从多方面加以肯定，如马积高说叶燮诗论最有时代特征的有三方面：一是平唐宋之争，二是理、事、情和才、胆、识、力的并重和结合，三是强调"变而不失其正"，即崇雅③；德国学者卜松山特别追溯了叶燮批评用语的来源，并分析了叶燮诗学因同时含有模仿的、表达主义的及实用主义的三种因素而带来的定位的困难④。但我的基本评价大体与张少康、刘三富两位先生相近：叶燮诗学更多的是对前人理论的系统阐述和总结发挥，精辟独到的创见很少⑤。并且这不多的创见，我以为也并不在学界乐道的诗歌本体论、创作主体论方面，而是在诗史观念中。

一 诗史观与文学史观

仔细掂量叶燮诗学的理论命题和批评方法，我觉得郭绍虞先生指出的"用文学史家的眼光与方法以批评文学"⑥，是最值得我们注意的。但历来

---

① 杨松年《中国文学评论史编写问题论析》第五章"评中国文学批评史之著作"已有辩驳，可参看。
② 青木正儿：《清代文学评论史》，第 89 页。
③ 马积高：《清代学术思想的变迁与文学》，湖南出版社 1996 年版，第 56—61 页。
④ 卜松山：《论叶燮的〈原诗〉及其诗歌理论》，原载《通报》1992 年第 78 期，王文兵译，收入《与中国作跨文化对话》，中华书局 2000 年版，第 173—201 页。
⑤ 张少康、刘三富：《中国文学理论批评发展史》，北京大学出版社 1995 年版，第 312 页。
⑥ 郭绍虞：《中国文学批评史》，上海古籍出版社 1979 年版，第 494 页。

对叶燮诗学的研究大都着眼于诗歌本体论、创作论和艺术辩证法，涉及其诗史观的只有杨松年《叶燮诗论的重变精神》①、黄葆真等《中国文学理论史》等少数论著。廖宏昌的博士论文《叶燮文学之研究》曾专门讨论叶燮的文学史观，将叶燮的看法概括为踵事增华的进化观、长盛不衰的正变观、因沿革创之发展观，相当全面。但遗憾的是他仅就叶燮学说加以梳理，未能放到古代文学理论史的进程中去阐发其理论价值和学术史意义②。而近年新刊著作，如萧华荣《中国诗学思想史》（华东师范大学出版社1996年版）、张健《清代诗学研究》（北京大学出版社1999年版）、李世英《清初诗学思想研究》（敦煌文艺出版社2000年版）都是从"祢宋"的诗学背景对叶燮的"变"作话语分析，未能揭示其学说的理论意义。纵观近年的研究成果，叶燮诗学中的诗歌原理问题已研究得较为透彻③，而有关诗歌史观念的探讨还很不够。我以为，叶燮的诗史观及其学说包含了文学史发展的一般原理，不只具有批评史意义，还具有超越具体诗学语境的理论价值，是中国古代文学史理论的重要内容，值得我们深入开掘。

　　历史上文学理论的发展各有其阶段性的标志，如果说19世纪是批评的时代，那么20世纪就是文学史的时代。相对蓬勃发展的文学史研究和著述而言，有关文学史理论和文学史学的研究一直处于滞后状态，以至在

----

　　① 杨松年：《中国文学批评论集》，文史哲出版社1989年版。

　　② 参看廖宏昌《叶燮文学之研究》第五章"叶燮的文学理论"第三节，中国文化大学博士论文，1992年。

　　③ 禹克坤：《论叶燮的〈原诗〉》，《中央民族大学学报》1980年第3期；陈谦豫：《论叶燮的〈原诗〉》，《新疆师范大学学报》1980年第1期；曹利华：《叶燮的美学思想》，《首都师范大学学报》1984年第3期；龙云斋、苏丁：《试论叶燮美学思想对曹雪芹的影响》，《四川大学学报》1985年第4期；蒋述卓：《〈原诗〉的诗人主体论》，《古代文学理论研究》第11辑，上海古籍出版社1986年版；蒋述卓：《〈原诗〉的诗歌特性论》，《广西师范大学学报》1986年第4期；尹相如：《评叶燮的"文章构成"说》，《云南社会科学》1985年第4期；卜松山、王文兵：《论叶燮的〈原诗〉及其诗歌理论》，《河北师院学报》1997年第4期；李泽淳：《诗是感目会心的意象生发——叶燮的"理、事、情"一解》，《社会科学辑刊》2005年第2期；刘浏：《变而不失其正——叶燮〈原诗〉论纲》，《华侨大学学报》2004年第2期；杨晖：《"正变系乎时"——论叶燮对汉儒"风雅正变"的原创性阐释》，《上海师范大学学报》2008年第3期；赵娜：《叶燮〈原诗〉对唐宋诗之争的理论解析》，《内蒙古师范大学学报》2009年第2期；田义勇：《叶燮〈原诗〉的理论失败及教训》，《云南大学学报》2009年第3期；段宗社：《叶燮〈原诗〉的诗法论》，《青海师范大学学报》2009年第5期。学位论文则有：李晓峰：《王夫之诗学与叶燮诗学比较研究》，新疆大学2003年硕士论文；蔡静平：《明清之际汾湖叶氏文学世家研究》，复旦大学2003年博士论文；李晓峰：《叶燮〈原诗〉研究》，苏州大学2006年博士论文；李铁青：《论叶燮的诗性智慧》，曲阜师范大学2007年硕士论文。对叶燮研究的综述，见魏中林、王晓顺《20世纪叶燮诗歌理论研究》，《内蒙古社会科学》2001年第1期；邓新强：《2000—2008年叶燮研究述评》，《徐州工程学院学报》2009年第2期。

某种程度上影响了文学史研究的发展。严格地说,在 19 世纪中叶之前,在尚未形成现代意义上的"文学"概念的前现代时期,"文学史观"是不存在的,只存在具体文类的史观,如诗歌史观、小说史观、戏剧史观。然而由于这些文类分别都具有文学的基本属性,其历史发展也都在某个方面体现了文学发展的一般状况,因而对它们进行历史的观照就必然带有一定的超越具体文类的普遍意义。事实上,正如伊格尔顿所指出的,"文学理论大多都是在无意之间把某种文学形式'置于突出地位',然后以此为出发点得出普遍的结论"。而诗歌由于"看上去是最与历史无关","'感受力'能以一种最纯净、最不受社会影响的形式发挥作用",因而被普遍认为最集中地代表了文学的本质特征,"诗意"或"诗性"简直就成了"文学性"的同义词①。基于这种认识,诗歌的历史发展自然可以成为讨论文学史原理的重要参照。如果一部诗论著作对诗歌的历史发展作出富有深度的思考并显示出卓越的见解,那么其背后的诗史观念就值得我们关注,并由此进一步探讨作者对文学史原理的一般理解。在我所寓目的清代诗文评著作中,叶燮的《原诗》正是这样一个出色的文本。它虽是诗论,但所阐述的问题、使用的概念都兼文而言,行文中更常举文章的例子为论据,它所表达的诗史观念可以说比通常的诗论更接近文学史的一般原理,它对中国古代诗歌史进程的具体判断和对诗史原理的一般理解,因而也就成为中国古代文学史观念研究一个经典个案。

二　作论之体:《原诗》的理论品位

通览叶燮现存的全部著述,他对诗学的见解集中表达于《原诗》。这部诗学著作所以得到学术界的推崇,很大程度上是因为理论具有系统性:既有理论框架的周密,又有概念分析、命题推阐的严谨。重点阐述诗歌原理的内篇,虽也采用对话的形式,但文体明显有别于吴乔《答万季野诗问》和王渔洋师弟子的《师友诗传录》。道理很简单,后者是随机性的解答疑问,而《原诗》却是精心构思的设问立论。我们知道,在很多情况下,问答的对话形式更便于展开问题,更利于表达作者的观点,尤其是当他的观点有一定现实针对性时,设问可以自然地引出作者想说的话,而免得给人强作解事的印象。如果一篇对话的提问不是出于兴之所至,而是精

---

① 　伊格尔顿:《文学原理引论》,王逢振译,文化艺术出版社 1987 年版,第 63、64 页。

心设计，那么它引出的对答就会成为结构完整、理致细密的论说。《原诗》正是这样一篇论说。

根据现有资料，《原诗》写成于康熙二十五年（1686），叶燮正好六十岁。在这之前，他有一次远游广东的经历，康熙二十三年秋出发，二十五年初返回江南。其间于二十四年三月底在广州邂逅出使祭南海的名诗人王渔洋，有诗送渔洋回朝，当时两人有无诗学的切磋不详①。回到江南后，叶燮赴京口谒张玉书，以此行所作《西南行草》求序。张读毕，请叶燮自述为诗之旨，叶燮说：

> 放废十载，屏除俗虑，尽发箧衍所藏唐宋元明人诗，探索其源流，考镜其正变。盖诗为心声，不胶一辙，揆其旨趣，约以三语蔽之，曰情曰事曰理。自《雅》《颂》诗人以来，莫之或易也。三者具备而纵其气之所如，上摩青霄，下穷物象，或笑或啼，或歌或罢，如泉流风激，如霆迅电掣，触类赋形，骋态极变，以才御气而法行乎其间，诗之能事毕矣。世之缚律为法者，才苶而气薾，徒为古人佣隶而已，乌足以语此。②

看来，正是罢官后闲居十年的沉潜阅读，形成了他对诗歌的基本观念，同时也确立起他的诗史观，最终产生《原诗》一书。吴宏一先生推断《原诗》的写作在康熙十九年至二十三年间，大体可从③。由沈珩序所署年月可知，《原诗》至迟到康熙二十五年十月已成书，曾与朱彝尊合编《词综》的汪森当年就读到了它，称"卓识恣评骘，一编惊众闻"，然则《原诗》尚未刊刻行世就已在诗人间产生了反响④。

迄今还没有材料说明《原诗》内篇是与人对话的真实记录。虽然它的问答形式类似理学家语录，但问题都以"或曰"引出，没有提问者的姓

---

①　叶燮：《已畦诗集》卷四《送王阮亭宫詹祭海还朝》，康熙刊本。有关叶燮事迹系年，参看蒋寅《叶燮行年考略》，收入《清代文学论稿》，凤凰出版社 2009 年版。

②　张玉书：《已畦诗集序》，载《已畦诗集序》卷首。

③　吴宏一：《叶燮〈原诗〉研究》，《清代文学批评论集》，联经出版事业公司 1998 年版，第 84—88 页。

④　汪森：《小方壶存稿》卷三《读叶已畦原诗一编用昌黎醉赠张秘书韵有赠》，系于本年，康熙四十六年刊本。储雄文《浮青水榭诗》卷一也有《阅叶丈星期原诗内外篇有感》，康熙二十三年序刊本。

名,更像是作者自己的设问。要之,这部书的文体正如书名所示,是韩愈《原道》、《原人》式的"原",是对诗歌基本原理的探讨和阐述。《四库提要》批评《原诗》"词胜于意","亦多英雄欺人之语",固然过于苛刻,但断言它"极纵横博辨之致,是作论之体,非评诗之体也"①,却是非常有见地的,当代研究者也都注意到这一点,说它"可以当得起称能建立一种体系的书"②。明确这一点非常重要,由此我们才能理解《原诗》何以具有如此强烈的理论色彩。

众所周知,诗话之名肇自欧公《六一诗话》,后人效之,无不取随笔漫话的形式,"其为支离琐屑之谈,十且六七"③。但《原诗》绝不是这种传统形式的诗"话",它是一部诗"论",并且是广征博讨、多方取譬的宏论,一如沈珩序所强调的"非以诗言诗也","凡天地间日月、云物、山川、类族之所以动荡,虬龙杳幻、鼪鼯悲啸之所以神奇,皇帝王霸、圣贤节侠之所以明其尚,神鬼感通、爱恶好毁之所以彰其机,莫不条引夫端倪,摹画夫毫芒,而以之权衡乎诗之正变与诸家持论之得失,语语如震霆之破睡,可谓精矣神矣"。正是这"作论之体",决定了《原诗》理论话语的形而上学品格和超文体意义的抽象性。我们从叶燮理论思考的着眼处很容易看出这一点。

尽管叶燮丰富的诗歌史知识和历史主义态度使他的论述总是立足于广阔的诗史背景并富有历史感,但他关注的中心却是一个"理"字。《原诗》内篇上开宗明义即揭其旨归,曰:

> 诗始于三百篇,而规模体具于汉。自是而魏,而六朝、三唐,历宋元明以至昭代,上下三千余年间,诗之质文、体裁、格律、声调、辞句递嬗升降不同。而要之,诗有源必有流,有本必达末;又有因流而溯源,循末以返本,其学无穷,其理日出。④

关于叶燮诗学中的"理",近有研究者将它与柏拉图的"理念"(Idea)

---

① 《四库全书总目》卷一九七集部诗文评类存目,中华书局1965年影印本。
② 郭绍虞《中国文学批评史》,第494页。参看杨松年《中国文学评论史编写问题论析》第四章"诗论作品之研究与评价"、张健《清代诗学研究》,第327—330页。
③ 汪师韩《诗学纂闻序》:"宋后文人好著诗话,其为支离琐屑之谈,十且六七。"丁福保辑《清诗话》上册,第439页。
④ 叶燮:《原诗》内篇上,丁福保辑《清诗话》下册,第565页。

相比较，概括为如下几个特征：（1）这种理是用情景与意象来表现的；（2）它是个人所感悟到的意象，具有一定的独特性；（3）它是诗的境界所产生的感触与理路，是一种妙悟与境界的结合；（4）它是一种超理性思维常规的理，由事物本身的运动规律所呈现的事理，这是叶燮所标举的理的高级形态①。就诗史观而言，叶燮对"理"的把握较接近第四种含义。他在《赤霞楼诗集序》里曾说："理一而已，而天地之事与物有万，持一理以行乎其中，宜若有格而不通者，而实无不可通，则事与物之情状不能外乎理也。"② 出于理学的一般观念，他坚信万事万物都遵循一定的"理"，诗歌也不例外："盖自有天地以来，古今世运气数，递变迁以相禅。古云'天道十年一变'，此理也，亦势也，无事无物不然，宁独诗之一道胶固而不变乎？"③ 人类历史自来就是在变动中发展的，"变"既是历史运动的抽象法则，也是历史发展的实际趋势。诗歌写作作为历史运动中的一个事项，当然也不能逃逸于历史的必然性之外，关键是诗歌史的运动是否拥有自己的"理"和"势"，亦即自己的法则、规律、趋势和单位。

当时，在一般意义上肯定诗歌嬗变的必然趋势，已是诗家共识④。叶燮对此的看法也是明确的，他肯定"诗之为道，未有一日不相续相禅而或息者也"。但他没有停留于此，而是根据诗史经验，进一步论定诗史演进有"相续"和"相禅"两种趋势，具体表现为时尚和风貌的正变。比如《诗经》，"风有正风，有变风，雅有正雅，有变雅"。正风、正雅为相续，变风、变雅为相禅，两者都是诗史演进的必要环节，而明代格调派却一味伸正黜变，遂导致一种有正无变的僵化的诗史观。叶燮针对这一点，用宗经征圣的策略，抬出孔子删诗的权威，肯定"风雅已不能不由正而变，吾夫子亦不能存正而删变也。则后此为风雅之流者，其不能伸正而诎变也明矣"⑤。其实，明代格调派后劲李维桢即已倡言"有正而后有变，变所以

---

① 方汉文：《清叶燮〈原诗〉之"理"与柏拉图的"理念"（Idea）》，《苏州大学学报》2008 年第 1 期。

② 叶燮：《已畦文集》卷八，民国 6 年叶氏重刊本。

③ 叶燮：《原诗》内篇上，丁福保辑《清诗话》下册，第 566 页。

④ 如顾炎武云："《三百篇》之不能不降而《楚辞》，《楚辞》之不能不降而汉魏，汉魏之不能不降而六朝，六朝之不能不降而唐也，势也。"（黄汝成《日知录集释》卷二十一"诗礼代降"条）

⑤ 叶燮：《原诗》内篇上，丁福保辑《清诗话》下册，第 566 页。

济正也"①，叶燮的论点并没什么创新之处，但他的论证更清晰有力，不仅消除了汉儒附加在正、变概念上的价值判断色彩，同时赋予它们以诗史单位概念的属性，配合相续、相禅一对概念，构架起自己的诗史发展观和相应的理论框架。

应该肯定，在诗歌产生和发展的根本问题上，叶燮基本上是沿袭《文心雕龙》的传统思路，由中国固有的宇宙论模式演绎出自己的诗歌史观，并由此决定自己认知和解释的起点。但他不同于前人之处，是对诗歌史研究的目的有更理性的追求。他心目中的诗歌史研究，不仅要穷究诗歌创作的流变，而且要抉发诗史运动的内在逻辑，使贯穿其间的"理"呈现出来。这"向上一路"的理论追求，使叶燮诗学从一开始就超越具体现象而深入到诗史运动的深层规律中去，显出一种罕见的形而上学色彩。众所周知，"通变"乃是中国诗学最基本的方法论原则之一，也是诗家的老生常谈，然而对它的理解和阐释始终停留在现象层面。叶燮在"通变"之上更拈出"理"字，意味着对诗史现象背后的规律性问题展开哲学思索。这种超越性的思考无疑与康熙时代和他个人的理学背景有关，但更多的我想还是与他探究历史哲学的兴趣及"于诗文一道稍为究心""亦必折衷于理道而后可"②的著书宗旨有关。《原诗》"原"的不只是本体论、创作论问题，它关注的中心是诗史的流变，围绕诗史之"变"探求"变"中之"理"，以究明如何达成"变"，这就是《原诗》逐步展开并建构起来的理论框架。

三　诗史发展观：周期论和阶段论

关于叶燮的诗史发展观，有学者认为有进化论倾向，但通常都视为历史循环论③。以前我倾向于前一种看法，现在我的看法有很大的变化。按一般的理解，历史循环论指的是意大利哲学家维柯所代表的那种将历史发展理解为简单的重复过程的历史观念。叶燮的诗歌史观，如果只抓住"地之生木"的比喻，就"自宋以后之诗，不过花开而谢，花谢而复开"一句立论④，确有历史循环论之嫌。但问题是这一比喻及其所指并不能涵括

---

①　李维桢：《李杜五言律诗辩注序》，《大泌山房集》卷九，万历刊本。

②　叶燮：《答沈昭子翰林书》，《已畦文集》卷一三，民国6年叶氏重刊本。

③　见霍松林《原诗校注》序言，人民文学出版社1979年版；张少康：《叶燮文艺思想的评价问题》，《苏州大学学报》1983年第4期；黄宝真等：《中国文学理论史》第4册，北京出版社1987年版，第382页。

④　叶燮：《原诗》内篇下，丁福保辑《清诗话》下册，第588页。

叶燮对诗史的全部看法，更不代表叶燮在诗史观上的根本立场。学者们都注意到叶燮对"变"的论述，认为他完成了由崇正到主变的理论转向①，这无疑是很中肯的。但"变"本身并不决定诗史观的进（退）化论或循环论倾向。进（退）化论和循环论的根本区别在于是否要求一个有方向性的，持续积累的、不可逆的矢量。我曾认为叶燮对诗史运动的总体判断——"踵事增华"提出了进化概念所要求的矢量，从而决定了他的进化论倾向，现在看来事情并非如此。这一问题关系到对叶燮诗史观的理解，需要从诗史认知中周期性与阶段性的原理来开始探讨。

在叶燮的诗史理论中，有关诗史运动的周期性与阶段性的学说，首先引起我的注意。《原诗》内篇下曾从师法的角度，就是否"且置汉魏初盛唐诗勿即寓目，恐从是入手，未免事情调陈言相因而至，我之心思终于不出也。不若即于唐以后之诗而从事焉，可以发其心思，启其神明，庶不堕蹈袭相似之故辙"的设问，作如下申述：

> 余之论诗，谓近代之习大概斥近而宗远，排变而崇正，为失其中而过其实，故言非在前者之必盛，在后者之必衰。若子之言，将谓后者之居于盛，而前者反居于衰乎？吾见历来之论诗者，必曰苏、李不如《三百篇》，建安、黄初不如苏、李，六朝不如建安、黄初，唐不如六朝。而斥宋者，至谓不仅不如唐，而元又不如宋。惟有明二三作者，高自位置，惟不敢自居于《三百篇》，而汉魏、初盛唐居然兼总而有之，而不少让。平心而论，斯人也，实汉魏、唐人之优孟耳。窃以为，相似而伪，无宁相异而真，故不必泥前盛后衰为论也。②

这段话所针对的"历来之论诗者"涵盖了中国古代根深蒂固的退化论文学史观，这种观念在明代达到顶峰。明初欧阳玄《梅南诗序》云："诗得于性情者为上，得之于学问者次之，不期工者为工，求工而得工者次之。《离骚》不及《三百篇》，汉魏六朝不及《离骚》，唐人不及汉魏六朝，宋人不及唐人，皆此之以而学诗者不察也。"③ 胡应麟《诗薮》开篇在肯定"诗之体以代变"后，马上强调："《三百篇》降而《骚》，《骚》降而汉，

---

① 参看张健《清代诗学研究》，第333—342页。
② 叶燮：《原诗》内篇下，丁福保辑《清诗话》下册，第587页。
③ 欧阳玄：《圭斋文集》卷八，四部丛刊初编影印明成化刊本。

汉降而魏，魏降而六朝，六朝降而三唐，诗之格以代降也。"① 明人在一笔抹杀前代诗歌甚至唐诗的同时，又自高位置，以有明直接盛唐而建构起他们的诗统。其模拟蹈袭在清初遭到无情的抨击，诗论家出于对"假盛唐"的痛恨，一方面否定明诗的诗史价值，将其逐出诗统；一方面又推崇独创性，力倡"真诗"。叶燮置身于风气之中，观念也打上时代的烙印，其"相似而伪，无宁相异而真"的主张，无疑是"真诗"思潮的反响。不过他不像同时的许多批评家那样过于情绪化地纠缠于真伪问题，而是由独创性与真诚性优先的原则出发，将诗史价值观上时间与经典的绝对性作了解构。"不必泥前盛后衰为论"的宣言，表明他的诗史认知已超越简单武断的进化论或退化论观念，真正深入到诗史的实际过程中。对诗史过程的认真考察和深刻反思，不仅让他看到退化论诗史观的狭隘，更让他洞见起而矫之者"不能知诗之源流、本末、正变、盛衰互为循环"之理，"往往溺于偏畸之私说"的后果——"其说胜，则出乎陈腐而入乎颇僻；不胜则两敝，而诗道遂沦而不可救"。

　　源流、本末、正变、盛衰都是批评史上很古老的概念，诗论家对其内涵的把握和使用相当随意。但有一点是可以肯定的，即它们都是带有价值色彩的，每组概念都意味着正负两极。在叶燮的理论框架中，它们的所指有了明确的区分：源流和正变指向现象认知，本末和盛衰指向价值判断，两者的交叉即构成完整而合理的诗史认识。正变因价值判断色彩即所谓"正之与变，得失于此者"的消褪②，而成为中性概念，本＝正＝源＝盛、末＝变＝流＝衰的对应关系于是被打破，四组概念在诗史认知和解释中从而呈现为复杂的关系。《原诗》内篇上在讨论李攀龙著名的"唐无古诗"说时指出：

　　　　历考汉魏以来之诗，循其源流升降，不得谓正为源而长盛，变为流而始衰，惟正有渐衰，故变能启盛。——吾乃谓唐有古诗。

这样，诗史的发展过程在叶燮眼中就不是一个简单的直线，而是节节相生、环环相扣的螺旋上升曲线。内篇下这样写道：

① 胡应麟：《诗薮》内编卷一，上海古籍出版社1979年版。
② 王令：《上孙莘老书》，《王令集》卷一六，上海古籍出版社1980年版，第294页。

　　　　夫自《三百篇》而下，三千余年之作者，其间节节相生，如环之
　　不断；如四时之序，衰旺相循，而生物，而成物，息息不停，无可或
　　间也。吾前言踵事增华，因时递变，此之谓也。①

叶燮认为，诗史的发展是局部的循环和总体的发展的统一，每个局部
如四季循环，各有其兴盛、衰落的过程，而这些局部的循环又环环相
扣，构成更大的起伏运动，共同推进诗歌艺术的发展，构成一个踵事
增华的过程。这种历史运动观正像对地球运动的描述：一方面自转而
形成四季，一方面围绕太阳公转，完成一个更大的运动周期。不同的
是，诗史的运动不是简单的周期循环，而是自身由简单到复杂的发展
过程，是一个局部运动和整体运动交互作用的历时性过程。"就一时
而论，有盛必有衰；综千古而论，则盛而必至于衰，又必自衰而复
盛。非在前者之必居于盛，后者之必居于衰也。"② 这种具有系统论色
彩的诗史观，显然是与退化论不相容的。事实上叶燮也的确独创性地
以生物的生命周期来比喻诗歌艺术的发展，以反驳退化论的诗史观。
他说"不读《明良》、《击壤》之歌，不知《三百篇》之工也；不读
《三百篇》，不知汉魏诗之工也；不读汉魏诗，不知六朝诗之工也；不
读六朝诗，不知唐诗之工也；不读唐诗，不知宋与元诗之工也。（中
略）譬诸地之生木然：《三百篇》则其根，苏、李诗则其萌芽由蘖，
建安诗则生长至于拱把，六朝诗则有枝叶，唐诗则枝叶垂荫，宋诗则
能开花，而木之能事方毕。自宋以后之诗，不过花开而谢，花谢而复
开"③。这个为后人发挥且津津乐道的著名比喻④，尤其是最后断言宋以
后诗是花开而谢，花谢而复开，让人联想到萌生于亚里士多德、在乔
治·瓦萨利《意大利最杰出的的建筑师、画家和雕塑家传记》一书中
浮现出来、到维柯、温克尔曼的著作自觉加以运用的一种艺术史观，
他们都将艺术史"描述为生长、增殖、开花、成熟、僵化以及最后的
衰亡所组成的过程"，"假定存在着一个与动物的生长相类似的缓慢而

---

　　① 叶燮：《原诗》内篇下，丁福保辑《清诗话》下册，第587—588页。
　　② 叶燮：《原诗》内篇上，丁福保辑《清诗话》下册，第565页。
　　③ 叶燮：《原诗》内篇下，丁福保辑《清诗话》下册，第588页。
　　④ 王尧衢《古唐诗合解》凡例即发挥此义，詹福瑞《王尧衢〈古唐诗合解〉与叶燮的文学
思想》（《古代文学理论研究》第十九辑，华东师范大学出版社2001年版）一文曾指出这一点。

稳定的变化"①。这种生物有机体循环的隐喻看上去像是堕入循环论的理障，但在叶燮那里，我认为循环只意味着对元明诗加以否定的有限阶段，并不是贯穿于全部诗歌史的认识。树虽然每年有花开叶落，但它的枝干在拔高，它的年轮在增长。一代文学一种文体虽有兴衰，但文学整体在生长，文学表现的技术在丰富和发展。叶燮对此明显持肯定和乐观的态度："大凡物之踵事增华，以渐而进，以至于极。故人之智慧心思，在古人始用之，又渐出之，而未穷未尽者，得后人精求之而益用之出之。乾坤一日不息，则人之智慧心思，必无尽与穷之日。（中略）不可谓后此者不有加乎其前也。"②萧统《文选序》云："盖踵其事而增华，变其本而加厉，物既有之，文亦宜然。"叶燮发挥其说，明确地肯定了文艺创作的历史是表现手法、技巧发展和进步的过程，我曾将这一判断视为进化本质的概念所要求的矢量，赋予诗史的"变"以合目的性，现在看来还不能这么说。事实上，叶燮所谓"踵事增华，以渐而进，以至于极"只是肯定了诗歌运动、发展的方向，肯定了作家才能进一步发挥的可能性，这虽已足以同一般的"变"区别开来，也与退化论、循环论史观区别开来，但不能说是进化论。因为生物学意义上的进化论，个体比前代总是体现了更高的生物机能，并且是不可逆的，而叶燮的诗歌史观并非如此。他虽承认诗歌一代"工"于一代，但这只是指表现方式和艺术技巧的丰富和成熟，而绝不意味着后代诗歌的艺术价值和成就比前代更高。叶燮从来不认为后代诗歌的成就一定超过前代，后出的诗体一定比原有的高级，更不认为盛衰、正变是合目的性的。我们只能说，他理解的诗歌史是运动的、变化的、发展的，他的诗歌史观可称为发展论的，与当代的艺术史观念有相同之处。其实在艺术的领域，本无进化可言，只有发展和变化。叶燮在三百多年就已洞彻这一点，不能不让人敬佩他的深刻。

当诗歌的历史被理解为一棵生长的大树，一个发育并演变的生命时，生根、发芽、抽叶、开花、凋谢和幼、少、壮、老每一阶段就成了有特定意义的不可替代的生命环节，其意义和价值也需要从对整个生命历程的参与上来把握。与上述生命周期的诗史观相应，叶燮对具体诗史时段的评价

---

① 韦勒克：《文学史上的进化概念》，《批评的诸种概念》，四川文艺出版社 1987 年版，第 47 页；保罗·杜罗、迈克尔·格林哈尔希：《西方艺术史学——历史与现状》，常宁生编译《艺术史的终结?》，中国人民大学出版社 2004 年版，第 27 页。

② 叶燮：《原诗》内篇上，丁福保辑《清诗话》下册，第 567 页。

完全不同于单纯以艺术价值判断为前提的传统观念。在叶燮那里，不同的诗史时段不仅平等地获得了作为历史存在的一般价值，某些时段还呈现了不同寻常的历史意义。《原诗》外篇下曾用绘事比喻诗歌发展的历史，继而又用造屋来比喻：

> 汉魏诗如初架屋，栋梁柱础，门户已具，而窗棂楹槛等项，犹未能一一全备，但树栋宇之形制而已。六朝诗始有窗棂楹槛，屏蔽开阖。唐诗则于屋中设帏帐床榻器用诸物，而加丹垩雕刻之工。宋诗则制度益精，室中陈设种种玩好，无所不蓄。大抵屋宇初建，虽未备物，而规模弘敞，大则官殿，小亦厅堂也。递次而降，虽无制不全，无物不具，然规模或如曲房奥室，极足赏心，而冠冕阔大，逊于广厦矣。夫岂前后人之必相远哉？运会世变使然，非人力之所能为也，天也。①

叶燮在此撇开了高下优劣的审美价值判断，只是从认知的角度指出从汉魏诗到宋诗在诗歌史上所处的位置和阶段性特征。其间虽也指出技巧的精致与气象宏狭的对应关系，但那是着眼于诗歌发展的历史趋势，而绝非工拙的评判。对叶燮来说，工拙是个历史的概念而不是绝对的标准。他认为"汉魏诗不可论工拙，其工处乃在拙，其拙处乃见工，当以观商周尊彝之法观之。六朝之诗工居十六七，拙居十三四，工处见长，拙处见短。唐诗诸大家名家始可言工，若拙者则竟全拙，不堪寓目。宋诗在工拙之外，其工处固有意求工，拙处亦有意为拙。若以工拙上下之，宋人不受也。此古今诗工拙之分剂也"。《四库提要》曾批评叶燮对宋诗的论断犯有以偏赅全的毛病②，但这不妨碍叶燮结论在整体上的深刻性。如此讨论工拙问题，远比简单地谈论一时一代诗歌的工拙更有意义。因为它从诗歌艺术发展的阶段性和诗人写作态度的变化中揭示了范式问题，将审美判断的工拙问题提升到了范式的高度。不难理解，文学研究进入文体形式内部之后，只有在范式的高度上，才能真正把握文学的时段和阶段性。叶燮诗史观之深

---

① 叶燮：《原诗》外篇下，丁福保辑《清诗话》下册，第 602 页。
② 《四库全书总目》卷一九七《原诗》提要谓是书"亦多英雄欺人之语，如曰宋诗在工拙之外，其工处固有意求工，拙处亦有意为拙，若以工拙上下之，宋人不受也。此论苏、黄数家犹可，概曰宋人，岂其然乎？"

刻,在很大程度上得力于他对范式问题的自觉。回顾一下中国古代的文学研究历史及其核心观念,我们更能体会到这一点的可贵。

考察中国古代批评家对文学史的基本观念,基于阴阳二元哲学观念之上形成的正与变、古与今、通与变、唐与宋四组对立的范畴构成了历来思考文学史的基本模式①。四种模式间的演进过程长达两千多年,却始终没摆脱二元对立的思考方式,始终将文学史的变化理解为两种对立价值的互相转换,或对预设绝对价值的偏离与复归。这种思考方式在叶燮诗学中终于被彻底扬弃,上述四组范畴有机地融入了叶氏的诗史发展观,融入了复调的诗史演进模式中。其中"变"的范畴在叶燮诗学中占有核心地位。学者们都注意到了《原诗》中作为诗史阶段性标志的两种正变概念,注意到他将《诗经》的正变与后代的正变区分开来②。叶燮这么做,看来是出于将文学问题与经学问题分开讨论,将文学的历史作为独立的对象来把握的考虑。从经学的立场说,他主张作为诗歌源头的经典《诗经》本身是无所谓正变的,正变不过是时代的反映,那是政治学和社会学的问题,不是文学的问题,故曰"正变系乎时"。《原诗》内篇上有云:

> 且夫《风》、《雅》之有正有变,其正变系乎时,谓政治、风俗之由得而失,由隆而污:此以时言诗,时有变而诗因之。时变而失正,诗变而仍不失其正,故有盛无衰,诗之源也。③

但《诗经》以后的时代就不同了,诗歌丧失了经典的神圣性,它的正变成了文学内部的盛衰问题,因其盛衰倚伏于是形成诗歌的时代,故曰"正变系乎诗":

> 吾言后代之诗,有正有变,其正变系乎诗,谓体格、声调、命意、措辞、新故、升降之不同:此以诗言时,诗递变而时随之,故有汉、魏、六朝、唐、宋、元、明之互为盛衰。惟变以救正之衰,故递

---

① 和田英信《"古与今"的文学史》(《日本中国学会报》第49集,1997年版)一文有精当论述,可参看。

② 参看萧华荣《中国诗学思想史》,华东师范大学出版社1996年版,第317页。和田英信文也指出了这一点。近年对这一问题加以讨论的,还有杨晖《"正变系乎时"——论叶燮对汉儒"风雅正变"的原创性阐释》(《上海师范大学学报》2008年第3期)一文。

③ 叶燮:《原诗》内篇上,丁福保辑《清诗话》下册,第569页。

衰递盛，诗之流也。①

虽然诗史的延续是由正变共同支撑的，但推动诗史发展的主要动力是变，因为变是为救正之衰而出现的，变带来新异和创造。这样，变客观上就成了分析诗史的基本单元，大到一朝一世，小到一时一地，一个又一个"变"构成了环环相生的诗史的阶段。

历史地看，以变为诗史基本单位由来甚远，叶燮的独到之处是以深刻的文学史眼光对历史上的变作了高屋建瓴的鸟瞰和说明。其中最著名的应属《唐百家诗序》以中唐文学为"百代之中"的论断，他说"吾尝上下百代，至唐贞元、元和之间，窃以为古今文运诗运，至此时为一大关键也"。何以见得呢？

> 三代以来，文运如百谷之川流，异趣争鸣，莫可纪极。迫贞元、元和之间，有韩愈氏出，一人独立而起八代之衰。自是而文之格之法之体之用，分条共贯，无不以是为前后之关键矣。三代以来，诗运如登高之日，上莫可复逾。迫至贞元、元和之间，有韩愈、柳宗元、刘长卿、钱起、白居易、元稹辈出，群才竞起而变八代之盛。自是而诗之调之格之声之情，凿险出奇，无不以是为前后之关键矣。②

因而他断言中唐"乃古今百代之中，而非有唐之所独得而称中者也"，盖"诸公无不自开生面，独出机杼，皆能前无古人，后开来学"。从这个意义上说，中唐诗诚为"诗运之中天，后此千百年，无不从是以为断"。我们知道，中唐是唐诗划时代的转折点，也是中国古典诗歌从体式到风格都发生巨变的历史时期。宋代严羽已敏锐地认识到这一点，他曾指出"大历以前分明别是一副言语，晚唐分明别是一副言语，本朝诸公分明别是一副言语"③。这一论断经元代周弼的发展，在明代形成了后世奉为圭臬的初盛中晚四唐说，到明末中唐之变的历史意义更为诗论家们所重视。如梅鼎祚

---

① 叶燮：《原诗》内篇上，丁福保辑《清诗话》下册，第 569 页。
② 叶燮：《已畦文集》卷八，民国 6 年叶氏重刊本。
③ 严羽：《沧浪诗话·诗辨》。关于严羽的诗史观及分期理论，可参看蒋寅《作为批评家的严羽》（《文艺理论研究》1998 年第 3 期，收入《金陵生文学史论集》）一文。

说"诗之变至大历以还极矣，而其趋寖下，其于古寖微"①；许学夷说"大历以后，五七言古律流于委靡，元和间韩愈、孟郊、贾岛、李贺、卢仝、刘叉、张籍、王建、白居易、元稹诸公群起而力振之，恶同喜异，其派各出，而唐人古律之诗至此为大变矣"②。不过，这都只是就唐诗作出的论断，叶燮则超越了时代和文体，在整个文学史的宏观视野中认识中唐时代，从古代文学的总体发展来把握中唐文学。"古今百代之中"，"古今文运诗运，至此时为一大关键"的奇警论断，包揽古今，诗文并举，从通史的高度对古代文学史作了独特的分期。这是真正意义上的文学史论，在这阂通的观照下，古代文学史以中唐为界，明确分为前后两段。尽管叶燮没有像严羽那样陈述他的理论依据，也没有说明他的分期标准，但他的结论——哪怕只是出于直觉，也已征服了后代学者。我们从胡适《白话文学史》的分期中分明可以听到叶燮的回声，而当代学者对《唐百家诗序》的频繁引用，更直接显示出"百代之中"说的深远影响和学术界日趋一致的认同。事实上，由中唐文学、艺术推广到中唐政治、思想、文化对于中国历史之意义的综合研究，已由日本多位学者合撰的《中唐文学的视角》（创文社，1998）一书显露端倪。

通观叶燮的诗论，还可以发现他对诗歌史有一个独特见解，那就是以宋诗为讨论诗歌艺术发展的终点。上文所引叶燮的议论，无论是植物喻、绘画喻还是造屋喻，都将宋诗置于完成的位置。这固然与当时诗坛流行宋诗风的时尚及他本人喜爱宋诗的趣味有关，但从另一个方面说，也是发展论诗史观的具体表现。因为当时正值明代尊唐挑宋之后，宋诗的流传和当时诗家对宋诗的认识都很有限。即便是宗宋派诗人，对宋诗的美学特性和艺术价值也不是那么清楚。比如宋诗派的主帅黄宗羲就说："夫宋诗之佳，亦谓其能唐耳，非谓舍唐之外能自为诗也。"③ 这种认为宋诗的好处就在于得唐人真髓的看法在当时很有代表性，宋诗派固不讳言，唐诗派更认定如此。如徐乾学之说云：

> 近之说诗者厌唐人之格律，每欲以宋为归，孰知宋以诗名者不过学唐人而有得焉者也。宋之诗，浑涵汪茫，莫若苏、陆。合杜与韩而

---

① 梅鼎祚：《八代诗乘》自序，作于万历十一年（1583）癸未，明刊本。
② 许学夷：《诗源辨体》卷二八，人民文学出版社1987年版。
③ 黄宗羲：《南雷集·撰杖集》，四部丛刊初编本。

畅其旨者，子瞻也；合杜与白而伸其辞者，务观也，初未尝离唐人而别有所师。①

徐氏的矛头所指是当时"挟杨廷秀、郑德源俚俗之体，欲尽变唐音之正"的倾向，他斥之为"变而不能成方"的邪道。当时宋诗在人们心目中的形象就是如此，其上者无非学唐有得，下焉者斯其滥矣。除王渔洋等少数见识通达的诗论家外，很少有人能摆脱这种成见。而叶燮公然将宋诗置于诗歌发展的顶点，不能不说是有过人的胆识。

四　诗史动力论：自律与变

文学史研究的任务，不只在于描述文学现象，评述作家作品以及梳理文学观念、文学表现方法及技巧的发展历程，还需要对产生这些文学事实的原因加以说明，揭示其背后起主导作用的种种因素。叶燮既然肯定了诗史的进化过程，同时也勾勒出持续增长的文体知识和表现技巧的积累，那么摆在他面前的更深刻的问题就是这一进程及其矢量的推动机制了。对诗史现象的因果律研究，归根结底就是对文学史发展的动力学探讨。作为一部以探讨诗歌原理与诗史流变为核心内容的理论著作，《原诗》对诗史发展的动力问题也给予了充分的关注。

对于在宇宙论上持天道观的中国古代学人来说，在文学史发展观上持他律论的立场，是很自然的。中国古代文论的传统也确是如此，大多数批评家对文学史演变的思考都停留在政治、风俗、君主的好尚等外部因素上。但叶燮的见解完全不同，他对古今诗风之异，在终极意义上虽也肯定是"运会世变使然，非人力之所能为也，天也"，但具体到文学发展的历史过程，却大力肯定和强调文学史的自律性。《唐百家诗序》开篇即说：

自有天地，即有古今。古今者，运会之迁流也。有世运，有文运。世运有治乱，文运有盛衰，二者各自为迁流。然世之治乱杂出，递见久速，无一定之统。孟子谓天下之生，一治一乱，其远近不必同，前后不必异也。若夫文之为运，与世运异轨而自为途。统而言之曰文，分而言之曰古文辞，曰诗赋，二者又异轨而自为途。

---

① 徐乾学：《渔洋续集序》，王士禛《渔洋续集》卷首，康熙刊本。

这里着意强调的是，文运与世运各有其变迁轨迹，文章之盛衰并非系乎世运，而是"与世运异轨而自为途"。他认识到文学有自律性的发展趋势，其自律性不光贯穿于文学史的整体运动中，也贯穿于诗与文两大文学门类的局部运动中。这种在整体把握文学史的基础上形成的见解，深刻而辩证；它超越具体文类而达成对文学史的整体观照，真正具备了文学史理论的品格，在18世纪初提出来更是难能可贵。在欧洲，发展的观点和"自然法则"正是18世纪史学的伟大思想。

自律性的发展观要求从文学创作内部来解释其发展变异的动因，包括主观的和客观的。古代文论向来对客观方面的因素关注较多，从萧子显"若无新变，不能代雄"①，到顾炎武"一代之文沿袭已久，不容人人皆道此语"②，诗论家从正反两方面反复强调变的必然性和必要性，朱熹《答巩仲至》还从诗体与诗法演进的角度论述了古今诗的三变③。这些对叶燮来说都是常识，他没有为此花费笔墨，而是将讨论的重点放到个人的历史作用上。《原诗》内篇上有云：

> 《三百篇》一变而为苏、李，再变而为建安、黄初。建安、黄初之诗，大约敦厚而浑朴，中正而达情。一变而为晋，如陆机之缠绵铺丽，左思之卓荦磅礴，各不同也。其间屡变而为鲍照之逸俊，谢灵运之警秀，陶潜之澹远；又如颜延之之藻缋，谢朓之高华，江淹之韶妩，庾信之清新：此数子者，各不相师，咸矫然自成一家。（中略）小变于沈、宋、云、龙之间，而大变于开元、天宝高、岑、王、孟、李：此数人者，虽各有所因，而实一一能为创。而集大成如杜甫，杰出如韩愈，专家如柳宗元，如刘禹锡，如李贺，如李商隐，如杜牧，如陆龟蒙诸子，一一皆特立兴起。其他弱者，则因循世运，随乎波流，不能振拔，所谓唐人本色也。④

这段话里出现三组值得注意的概念，一是因与创，二是小变与大变，三

---

① 萧子显：《南齐书·文学传论》，中华书局标点本。
② 黄汝成：《日知录集释》卷二一"诗礼代降"条，花山文艺出版社1990年版，下册，第933页。
③ 朱熹：《朱文公全集》卷六四，四部丛刊初编本。
④ 叶燮：《原诗》内篇上，丁福保辑《清诗话》下册，第566页。

是自成一家与本色。因与创有关诗人在诗史上的作用，小变与大变是作用的结果，而自成一家与本色则关乎诗人在诗史上的地位。叶燮用很大的篇幅来阐述因与创在诗歌发展中的实际作用，着重强调创对于变的意义。在他看来，变是由创推动的，建安诗中献酬、纪行、颂德诸体的创同时也就是"变之始"。文学史演进的根本动力就源于创，小创则小变，大创则大变，大变构成诗史的主潮，小变填充了诗史的细浪。相反，因既属无创，自然也就不变，于是成为诗史最平缓的流程。由于诗人们在诗史上所起的作用不同，他们的成就和地位便形成几个等级：因的诗人共同构成了本色即时代风貌，所谓"其他弱者，则因循世运，随乎波流，不能振拔，所谓唐人本色也"；独具特色的专家，如六朝陆机、唐柳宗元以下诸家之"特立兴起"，矫然自成一家，于诗风属小创，于诗史为小变；至于盛唐高适、岑参、王维、孟浩然、李颀等诗人，则诚为大创的诗人，因而成其大变。内篇上另一段文字表达了同样的意思："六朝诸诗人，间能小变，而不能独开生面；唐初沿其卑靡浮艳之习，句栉字比，非古非律，诗之极衰也。而陋者必曰此诗之相沿至正也，不知实正之积弊而衰也。迨开、宝诸诗人，始一大变。"[1] 看得出来，叶燮对历代诗人的评骘，完全是以他们在诗史上的创新程度亦即变的功绩为标准的。他所以最崇杜甫、韩愈、苏轼三家，说"杜甫之诗独冠今古，此外上下千余年，作者代有，惟韩愈、苏轼，其才力能与甫抗衡，鼎立为三"[2]，也正是从这个意义上说的。

这样，叶燮就将诗史的动力与诗人主体的禀赋联系起来，在传统的作家资质论中增添了"力"之一项，并提出"力大者大变，力小者小变"的命题。力的概念使伟大诗人改写诗史的能量和自觉性凸显了出来。他论杜甫，承前的方面并未越出元稹的评价之外，但启后的方面却深刻地指出了杜诗开中唐千百法门的大变作用：

> 杜甫之诗，包源流，综正变。自甫以前，如汉魏之浑朴古雅，六朝之藻丽秾纤，澹远韶秀，甫诗无一不备，然出于甫，皆甫之诗，无

---

[1]　叶燮：《原诗》内篇上，丁福保辑《清诗话》下册，第 569 页。
[2]　叶燮：《原诗》外篇上。刘献廷《广阳诗集》七古《叶星期以诗稿见惠步昌黎韵酬赠》云"杜陵昌黎君所爱，眉山之外皆除殳"，沈德潜《分干诗钞序》云"予少从横山先生学诗，先生以杜韩苏三家指授"，均其证也。

一字句为前人之诗也。自甫以后，在唐如韩愈、李贺之奇矗，刘禹锡、杜牧之雄杰，刘长卿之流利，温庭筠、李商隐之轻艳，以至宋、金、元、明之诗家，称巨擘者无虑数十百人，各自炫奇翻异，而甫无一不为之开先。此其巧无不到，力无不举，长盛于千古，不能衰，不可衰者也。[①]

论韩愈，叶燮着重指出他变唐启宋的历史作用，以为"韩愈为唐诗之一大变，其力大，其思雄，崛起特为鼻祖。宋之苏、梅、欧、苏、王、黄，皆愈为之发其端"。自唐代以来，论者对韩文殊无间言，而于韩诗则毁誉参半，即便是誉之者也多称其风格的奇肆排奡，鲜有从开宋诗先声的角度来肯定其诗史意义的。叶燮力排俗儒固见，高度评价韩诗的"大变盛唐"，的确具有不寻常的胆识。他终究是放眼于变，因而对创变总是持赞赏的态度。即便对历来所鄙薄的晚唐诗，他也在创的理由下为之开脱，以为"晚唐诗人，亦以陈言为病，但无愈之才力，故日趋于尖新纤巧。俗儒即以此为晚唐诟厉，呜呼，亦可谓愚矣！"至于苏东坡诗，他许其"境界皆开辟古今之所未有，天地万物，嬉笑怒骂，无不鼓舞于笔端，而适如其意之所欲出。此韩愈后之一大变也，而盛极矣"。苏诗的"出奇无穷"，"极风雅之变"，当时吕本中在《童蒙诗训》中即有定论。但对苏诗创变之功的评价，历来论者见仁见智。张戒《岁寒堂诗话》说苏黄作风"乃诗人中一害"，至于说诗到苏黄而坏，也绝非他一家之言[②]。自明七子倡"诗必盛唐"之说，举世束宋集不观，苏诗遂不流行。连号称博雅的王渔洋也是到康熙八年（1669）他三十六岁时才读苏诗的，读后叹其"淋漓大笔千年在，字字华严法界来"[③]，也仅肯定其体会佛理之深而已。叶燮乃竟推东坡为"盛极"，恐不免惊世骇俗。此虽挟宋诗风的时尚而为言，但核心是在强调："从来豪杰之士，未尝不随风会而出，而其力则尝能转风会。"[④]

①　叶燮：《原诗》内篇上，丁福保辑《清诗话》下册，第569—570页。

②　如胡应麟《诗薮》外编卷五："二宋之富丽，晏同叔、夏英公之和整，梅圣俞之闲澹，王平甫之丰硕，虽时有宋气，而多近唐人。永叔、介父始欲汛扫前流，自开堂奥，至坡老、涪翁，乃大坏不复可理。"上海古籍出版社1979年版，第209页。

③　王士禛：《冬日读唐宋金元诸家诗偶有所感各题一绝于卷后凡七首》，《渔洋山人精华录》卷四，康熙刊本。

④　叶燮：《原诗》内篇上，丁福保辑《清诗话》下册，第568页。

这一见解后来为诗家所发挥①，也与当代学者的文学史动力观相一致②，但在当时还是传统偏见主宰着人们的观念："人见其随乎风会也，则曰其所作者，真古人也；见能转风会者，以其不袭古人也，则曰今人不及古人也。"这种偏见不仅在实践上禁锢创新的活力，还在价值观上拒斥文学史意识。毫无疑问，作家在文学史上的价值和地位是与独创性及其影响有关的，《原诗》外篇上说"古人之诗必有古人之品量，其诗百代者，品量亦百代"，正是这个意思。品量也就是品格与度量，也就是才胆识力的综合，其中核心的部分是力，这在下文还要详论。"力所至远近之分量"③，就是品量。这个词虽非叶燮所造，但他的用法却是独创性的，我们应该记住这一指称创造能力的概念，并把它写进古代文论词典。

　　写到这里，我忽然觉悟，叶燮的诗歌史论实际上是要表达一种英雄史观，而这种英雄史观铺垫和印证了他的诗人主体论的四个要素。时至今日，也许人们已很难接受一种英雄史观了，但我觉得历史学家奥曼（Sir Charles Oman）的说法还是有道理的，"否认英雄的重要性要比夸张他的重要性更容易犯错误"④。叶燮最终要阐明的是伟大诗人究竟伟大在何处，如何方能成为伟大诗人。这决定了他的诗史论绝不是自觉的纯粹意义上的文学史研究，而实际上中国古代也很少有单纯以认知为目的的文学研究和文学史研究，大凡历史批评都是针对现实的诗坛，指向实际的创作问题的。叶燮的诗史观同样如此，与其说他志在建立一个诗史认识框架，还不如说他希望示人以正确的认知方式，从而确立起对待文学传统的适当态度。他这样谆谆告诫读者：

　　　　吾愿学诗者，必从先型以察其源流，识其升降。读《三百篇》而

---

　　① 乾隆间顾奎光《元诗选·序》论性情、气格与风会的关系，谓"其雄者性情居先，气格后立，足以翼持风会；否则为风会所转，性情囿于气格，视当时所崇尚而助其波澜耳已"，即发挥叶燮的意思。

　　② 如葛红兵《论文学史家》认为："文学史的流变机理是由'少数人的创造性颠覆与多数人的模仿'构成的，当一个时代的少数在艺术与思想上富于颠覆性的文学家的创造性大到足以影响整个时代的文学风格的取向，使得大多数的人愿意接受并模仿之，这个时代的文学流变就进入一个跃进期；而当一个时代的具有颠覆倾向的文学家的创造性受到压制，使得其他的写作者失去模仿的源泉时，这个时代的流变就进入一个缓落期。"见《原创性与文学、美学》，社会科学文献出版社 2002 年版，第 177 页。

　　③ 叶燮：《原诗》外篇上，丁福保辑《清诗话》下册，第 597 页。

　　④ 田汝康、金重远编：《现代西方史学流派文选》，上海人民出版社 1982 年版，第 283 页。

知其尽美矣,尽善矣,然非今之人所能为;即今之人能为之,而亦无为之之理,终亦不必为之矣。继之而读汉、魏之诗,美矣善矣,今之人庶能为之,而无不可为之,然不必为之,或偶一为之,而不必似之。又继之而读六朝之诗,亦可谓美矣,亦可谓善矣,我可以择而间为之,亦可以恝而置之。又继之而读唐人之诗,尽美尽善矣,我可尽其心以为之,又将变化神明而达之。又继之而读宋之诗、元之诗,美之变而仍美,善之变而仍善矣,吾纵其所如,而无不可为之,可以进退出入而为之。此古今之诗相承之极致,而学诗者循序反覆之极致也。①

传统的中国批评家所从事的文学批评和文学史研究,目的都在于为写作而学习,急功近利之心,不足以使他们付出颠沛以之、造次以之的学术努力,因而我们也就很难向他们的著作索求严格意义上的文学史知识和文学史理论。我们应该满足于他们在刻意的学习中留下的不经意的见解,并将这一体会本身视为中国古代文学史学的一个基本知识。

五　诗人资质论和诗歌要素论

从上文的论述已可看出,叶燮的诗史观与作家资质论有很密切的关系。对作家资质的分析确实是叶燮诗论中很值得注意的内容。它虽不是叶燮提出的原创性问题②,但与其诗歌要素论相结合,就形成独特的理论视角,并结出相应的理论果实。当代学者普遍关注这方面的问题,不是没有道理的。一般说来,现代文学理论体系大体是建立在阿布拉姆斯《镜与灯》所阐述的作家—作品—世界这个三维结构上的。这种认识,起码在陆机《文赋》中已可看到其雏形。陆机开宗明义就坦承,自己写作中最大的苦恼,就是"恒患意不称物,文不逮意"③,也就是说在文—意—物之间总是出现反映或再现力不足的无奈状态。这么看来,以作者(意)、作品(文)、世界(物)为写作的三元,至少到四世纪就在古典文论中定型了。后来,在元代诗格《诗家一指》所概括的"诗家十科"——意、趣、神、情、气、理、力、境、物、事十大诗学基本范畴中,意、趣、情、神、

---

① 叶燮:《原诗》内篇下,丁福保辑《清诗话》下册,第589页。
② 陆晓光:《试论古代创作主体条件思想之研究》,《华东师范大学学报》1986年第5期。
③ 《六臣注文选》卷一七,广文书局1972年影印本,上册,第308页。

气、力属于作品元的文本要素，理、境、物、事属于世界元的对象要素，而属于作者元的资质要素没有开列。若寻求古人对此的论述，只能举出唐代史学家刘知几的"史家三长才、学、识"。这种状况直到清初也没改变，人们谈到诗人的资质，还是只有才、性情、学识。王大经《沈亦季诗稿序》是我见到的一个典型的例证：

> 古今之论文者必曰才学识，至于诗则归并于性情之一言。夫诗之贵乎性情，尚矣，然非驭之以才，辅之以学，参之以识，其究至于驰骛汗漫乎不可知之域，而弗轨于大道。若夫才逸矣，学裕矣，识莹矣，性情深厚矣，而不从世故人情、天地事物之夥纤，悉皆历试而遍尝之，则又不足以穷其变而尽其化。甚矣，性情之未易言也。①

这是用"性情"将刘知几的才学识三长贯穿了起来，虽然也剖析了其间的关系，但并未在传统言说中增加新的内容。实际也就邻于吴梅村序龚鼎孳《定山堂集》所说："诗之为道，不徒以其才也，有性情焉，有学识焉。其浅深正变之故，不于斯三者考之，不足以言诗之大也。"② 同书钱谦益序则说："有人曰真诗乃在民间，文人学士之诗非诗也。斯言也，窃性情之似而谬不然。夫诗之为道，性情、学问参会者也。性情者，学问之精神也；学问者，性情之孚尹也。"后序又说："吾断以孝升之诗为文人学士缘情绮靡之真诗，性情、学问，化工陶冶，可以疗举世之诗病，不独专门名家而已。"③ 他们论及诗人的资质，只关注性情和学问两个方面，似乎只要两者兼备，作出好诗就不是问题了。事情果真这么简单吗？叶燮显然不会同意，他的看法要复杂得多。

《原诗》内篇上首先就指出："大凡人无才则心思不出，无胆则笔墨畏缩，无识则不能取舍，无力则不能自成一家。"④ 这里显示，诗人需要具备的素质起码有才、胆、识、力四项，缺一项就会出现相应的不良结

---

① 夏荃辑：《海陵文征》卷一三，光绪九年刊本。王大经（1621—1692），字伦表，号石袍，江南东台人，有《独善堂文集》。《文征》卷一四阙名《祭黄仙裳母郁太君文》，即其所作，称"余之生也与仙裳同年月，而特后一日"，盖与黄云（1621—1702）同年生也。

② 龚鼎孳：《定山堂诗集》卷首，光绪九年龚彦绪刻本。

③ 《定山堂诗集》有钱谦益序两篇，《过岭集序》收入《牧斋有学集》卷一七，而《定山堂诗集序》不见于牧斋文集中。

④ 叶燮：《原诗》内篇上，丁福保辑《清诗话》下册，第571页。

果。缺才，诗思根本就发挥不出来；缺胆，则文笔拘束放不开；缺识，就不知道该写什么不该写什么；缺力，绝不可能形成自己的特色。仔细掂量一下，他的说法不是没有道理的。有性情有学识，只能说可以写诗罢了，所谓"求诗之工而可传者则不在是"；要想写得漂亮，写出独特的风格，才胆识力缺哪一项都不行。有意思的是，叶燮没有将性情、学问包括进来，可能是觉得老生常谈无须提，而刘知几的"史家三长"又人所周知，所以就像归有光论古文那样只取才识两端①，再济以胆、力二说，就构成他独特的作家资质四要素说。他不仅阐明才、胆、识、力各自所司，还揭示了其相互间的关系："夫内得之于识而出之而为才，惟胆以张其才，惟力以克荷之，得全者其才见全，得半者其才见半。"② 在强调四者相辅相成、不可偏废的前提下，他又进一步提出：

> 四者无缓急，而要在先之以识。使无识，则三者俱无所托。无识而有胆，则为妄，为卤莽，为无知。其言背理叛道，蔑如也。无识而有才，虽议论纵横，思致挥霍，而是非淆乱，黑白颠倒，才反为累矣。无识而有力，则坚僻妄诞之辞，足以误人而惑世，为害甚烈。③

宋代严羽即已强调"夫学诗者以识为主"，识作为作家资质的重要性从来没人否认。叶燮的独到之处，是进一步说明识决定了才胆力能否得到正常的发挥。通常诗家言才多着眼于先天禀赋的丰歉，但叶燮却认为才是依托于其他素质而生的，首先与识相关。所以他说世俗"不知有识以居乎才之先，识为体而才为用，若不足于才，当先研精推求乎其识。人惟中藏无识，则理、事、情错陈于前，而浑然茫然，是非可否，妍媸黑白，悉眩惑而不能辨，安望其敷而出之为才乎？文章之能事，实始乎此"④。至于胆，虽不必依赖于识，但"识明则胆张，任其发宣而无所于怯"⑤。叶燮就这样从正反两方面展开论述，阐明了识居才、胆、力之先的道理。

叶燮对识、才、胆的论述虽也可以说前无古人，但毕竟还属于较显豁

---

① 归有光《文章指南》："文章非识不足以厚其本，非才不足以利其用，才识具备，文字自会高人。"广文书局1972年影印中央图书馆藏钞本。

② 叶燮：《原诗》内篇下，丁福保辑《清诗话》下册，第583页。

③ 同上书，第584页。

④ 同上书，第579页。

⑤ 同上书，第580页。

的道理，稍有见识的人都能明白。真正有创见，有建树，值得特别重视的是他对"力"的论述。力是相当于作家创造力的概念，就诗家个人而言，它是能否自成一家、成大家或成小家的关键要素。首先，"人各自有家，在己力而成之耳"，"立言者，无力则不能自成一家"①。有力固然可以成家，但最终达到什么境界则又有说："力有大小，家有巨细。吾又观古之才人，力足以盖一乡，则为一乡之才；力足以盖一国，则为一国之才；力足以盖天下，则为天下之才。更进乎此，其力足以十世，足以百世，足以终古，则其立言不朽之业，亦垂十世，垂百世，垂终古：悉如其力以报之。"② 我们知道，力也是一个很古老的文论概念，唐人就已将才与力相提并论。如李白《酬坊州王司马与阎正字对雪见赠》云"阎公汉庭旧，沉郁富才力"，杜甫《李潮八分小篆歌》云"巴东逢李潮，逾月求我歌。我今衰老才力薄，潮乎潮乎奈汝何"，《戏为六绝句》云"才力应难跨数公，凡今谁是出群雄"，高仲武《中兴间气集》评李希仲诗云"希仲诗轻靡，华胜于质，此所谓才力不足，务为清逸"，柳宗元《与杨京兆凭书》云"若宗元者，才力缺败，不能远骋高厉，与诸生摩九霄抚四海，夸耀于后之人矣"，白居易《与元九书》云"仆常痛诗道崩坏，忽忽愤发，或食辍哺，夜辍寝，不量才力，欲扶起之"。这都是从个人能力的角度而言的，叶燮所关注的"力"更多地着眼于对诗史的影响，质言之即改变诗史进程的力量，其理论意义需要联系他的诗歌要素论来看才能清楚地理解。

与对诗人资质的分析相对，叶燮对诗歌作品的要素也作了细致的论述。《原诗》内篇上论诗歌写作，首先强调"必先有所触以兴起其意，而后措诸辞，属为句，敷之而成章。当其有所触而兴起也，其意、其辞、其句劈空而起，皆自无而有，随在取之于心；出而为情、为景、为事"③。写作过程在此分为表里两个层面，由触兴起意到敷而成章是本文表面的形成过程，由取之于心到出为情景事是文本内质的形成过程。但情、景、事只是诗歌文本的构成要素，不是内容要素，他更愿意用理、事、情三者来作为对诗歌内容要素的概括：

> 自开辟以来，天地之大，古今之变，万汇之赜，日星河岳，赋物

---

① 叶燮：《原诗》内篇下，丁福保辑《清诗话》下册，第582页。

② 同上书，第583页。

③ 叶燮：《原诗》内篇上，丁福保辑《清诗话》下册，第567页。

象形，兵刑礼乐，饮食男女，于以发为文章，形为诗赋，其道万千，
余得以三语蔽之，曰理、曰事、曰情，不出乎此而已。然则诗文一
道，岂有定法哉？先揆乎其理，揆之于理而不谬，则理得。次征诸
事，征之于事而不悖，则事得。终絜诸情，絜之于情而可通，则情
得。三者得而不可易，则自然之法立。①

　　他更进而指出，在理事情三者之上，"又有总而持之、条而贯之者，曰气。
事理情之所为用，气为之用也"，质言之即"三者藉气而行者也"。准确
地说，"气"应该是与情景事相关的文本构成要素，这里与理事情相提并
论，是叶燮思理不严密之处，可姑置不论。

　　我们知道，历来论诗的内容要素，说法不一。左纬"自言每以意、
理、趣观古今诗"②，严羽《沧浪诗话·诗辩》云："诗之法有五：曰体
制，曰格力，曰气象，曰兴趣，曰音节。"谢榛《四溟诗话》卷二云：
"诗有四格，曰兴，曰趣，曰意，曰理。"③ 即便是以理、事、情三者概括
文学的内容要素，也并非叶燮独创，金圣叹同样有类似的说法④，叶燮的
独到之处在于着重阐明了"理"的含义。叶燮对"理"的重视固然与他
的理学背景有关，但《原诗》所讲的"理"却不是理学之理，而是构成
诗趣的超越常理的"理"，即所谓"名言所绝之理之为至理"，实际上就
是艺术想象的美学原则。他说："可言之理，人人能言之，又安在诗人之
言之？可征之事，人人能述之，又安在诗人之述？必有不可言之理，不
可述之事，遇之于默会意象之表，而理与事无不灿然于前者也。"⑤ 可言
之理是日常事物之理，不可言之理乃是艺术之理。他举杜甫《冬日洛城北
谒玄元皇帝庙》"初寒碧瓦外"、《春宿左省》"月傍九霄多"、《船下夔州
郭宿雨湿不得上岸别王二十判官》"晨钟云外湿"、《晚秋陪严郑公摩诃池
泛舟》"高城秋自落"四例，说"使必以理而实诸事以解之，虽稷下谈天
之辨，恐至此亦穷矣。然设身而处当时之境会，觉此五字之情景，恍如天
造地设，呈于象，感于目，会于心。意中之言，而口不能言；口能言之，

_____

① 叶燮：《原诗》内篇上，丁福保辑《清诗话》下册，第 574—575 页。
② 黄裳：《委羽居士集序》，林表民辑《赤城集》卷一七，影印文渊阁四库全书本。
③ 丁福保辑：《历代诗话续编》下册，第 1163 页。
④ 金圣叹《第六才子书·赖婚》总批："事固一事也，情固一情也，理固一理也，而无奈
发言之人，其心则各不同也，其体则各不同也，其地则各不同也。"
⑤ 叶燮：《原诗》内篇下，丁福保辑《清诗话》下册，第 585 页。

而意又不可解，划然示我以默会想象之表"①。这四句以日常之理衡之似不可解，但从艺术表现的角度来说不过是将无形之物赋予质感的化虚为实的手法而已。叶燮解释其原理，道是"决不能有其事，实为情至之语。夫情必依乎理，情得然后理真"②。为此他特别强调：

> 作诗者，实写理事情，可以言言，可以解解，即为俗儒之作。惟不可名言之理，不可施见之事，不可径达之情，则幽渺以为理，想象以为事，惝恍以为情，方为理至、事至、情至之语。此岂俗儒耳目心思界分中所有哉？③

叶燮的态度非常明确，鄙薄实写理事情，张扬反常合道的主观感受，崇尚虚构想象的艺术思维。其见解不仅超出当时对诗歌的普遍认识水平，就是与王夫之的诗歌观念相比，也显得更为通达，更为深刻。

其实，无论是才胆识力还是理事情，这些概念在蒙学诗法中早已是老生常谈，叶燮所做的工作，第一是将其中的结构关系——分别属于主体、客体两方面的在物、在我的问题解释得更为清楚，第二也是更值得注意的是引入"变"的概念，从而将创作论纳入到诗歌史的运动过程中，使一向很单纯的理论探讨具有了动态的历史感。前者如《原诗》内篇下云：

> 曰理，曰事，曰情，此三言者足以穷尽万有之变态。凡形形色色，音声状貌，举不能越乎此。此举在物者而为言，而无一物之或能去此者也。曰才，曰胆，曰识，曰力，此四言者所以穷尽此心之神明。凡形形色色，音声状貌，无不待于此而为之发宣昭著。此举在我者而为言，而无一不如此心以出之者也。以在我之四，衡在物之三，合而为作者之文章。大之经纬天地，细而一动一植，咏叹讴吟，俱不能离是而为言者矣。④

经过这"以在我之四，衡在物之三"的分析，诗歌创作的主体禀赋和内容

① 叶燮：《原诗》内篇下，丁福保辑《清诗话》下册，第585页。
② 同上书，第587页。
③ 叶燮：《原诗》内篇上，丁福保辑《清诗话》下册，第570页。
④ 叶燮：《原诗》内篇下，丁福保辑《清诗话》下册，第579页。

要素就形成如下的一个关系图：

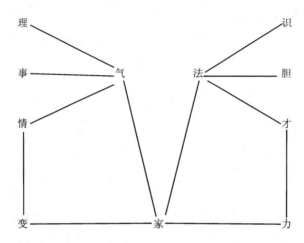

　　这样一看就很明白，叶燮将历来相传的诗学基本概念作了清晰的整理和定位，使其间的逻辑关系变得更加清楚明了。这虽不算什么理论创造，但确实是前无古人的工作。后者主要表现在将"力"的概念用于诗史评论，以此衡量具体作家对诗史的影响。《原诗》内篇上写道："惟正有渐衰，故变能启盛。如建安之诗，正矣盛矣，相沿久而流于衰。后之人力大者大变，力小者小变。六朝诸诗人，间能小变，而不能独开生面。唐初沿其卑靡浮艳之习，句栉字比，非古非律，诗之极衰也。而陋者必曰：此诗之相沿至正也。不知实正之积弊而衰也。迨开、宝诸诗人，始一大变。"① 这样，对诗史演变的解释就从笼统的"关乎世运"落实到作家能力的层面上。他认为"唐诗为八代以来一大变，韩愈为唐诗之一大变，其力大，其思雄，崛起特为鼻祖"②，又推杜甫、苏轼与韩愈为古今最重要的诗人，正是从"力"的独特角度揭示了三位作家的文学史意义，显示出非凡的批评眼光。

　　当然，我们也要看到，叶燮虽斤斤谈论"诗之基"，但才胆识力之说并未涉及本原的问题，而这在当时却正是诗家所关注的焦点。施闰章论诗主张本之经史，赵执信更具体强调在技巧方面本之经史，甚至像孔尚任这样纯粹的文人也主张学诗本于学道，宣称："夫道在是而文辞即在是，岂非学道之功即学诗之功，而闻道之人即闻诗之人乎？世人纷纷驱逐，但于倡酬之末，

① 叶燮：《原诗》内篇上，丁福保辑《清诗话》下册，第569页。
② 同上书，第570页。

以求合于诗,而诗愈不工。"① 叶燮对"诗之基"存而不论,就给后人留下了发挥的余地,他的学生沈德潜和薛雪正是从不同角度发挥其学说的。

叶燮《原诗》无论在理论建构还是在作家批评上都达到不同寻常的水准,其崇尚独创性、激励诗人自成一家的鲜明的立场和深刻的诗史认知对江南诗学产生了不可低估的影响。沈德潜《国朝诗别裁集》叶燮小传载:"先生初寓吴时,吴诗称诗者多宗范陆,究所猎者范陆之皮毛,几于千手雷同矣。先生著《原诗》内外篇四卷,力破其非,吴人士始多訾謷之,先生殁后,人转多从其言者。"有关叶燮诗学对后世的影响及其弟子的承传,已有学者作专门研究,兹不赘述②。

第七节 吴梅村、尤侗与汪琬的诗论

尽管前面已讨论了多位江南的诗论家,但仍不足以展现江南诗学的丰富色彩。这一节将吴梅村、尤侗和汪琬放在一起论述,是因为他们共有一个特点,即都不以诗论著名,但见解又很有独到之处,而且每个人都相当独立,不易归类。

吴伟业(1609—1672)与钱谦益、龚鼎孳并称为"江左三大家",作为娄东派的盟主,又与云间派陈子龙、虞山派钱谦益鼎足而立,在江南地区的诗歌创作中有着举足轻重的影响。张宸《许尧文鸿雪园诗序》曾说:"自梅村夫子以风雅提倡娄东,天下言诗之士奉之为师程。其同里倡和,相与导波扬流者,如东冈十子,读其诗,望而知为梅村夫子之徒也。"③ 吴梅村与陈子龙同科中举,曾在京师"与陈大樽游,休沐之暇,相与论诗"④,两人在以盛唐为宗、推崇后七子一点上倾向一致。在《致孚社诸子书》中,他推云间派为王世贞的后劲,给予很高的评价。陈子龙殉节后,他更褒贬分明,在《梅村诗话》里详细记载了陈子龙的磊落志节,称子龙"晚岁与夏考功相期死国事,考功先赴水死,卧子为书报考功于地下,誓必相从,文绝可观",又称其"诗特高华雄浑,睥睨一世"⑤。而对

---

① 孔尚任:《花屿堂稿序》,《湖海集》卷一〇,康熙介安堂刻本。
② 葛惠玮:《〈原诗〉与〈一瓢诗话〉之比较研究》,花木兰文化出版社 2008 年版。
③ 张宸:《平圃遗稿》卷八,《四库未收书辑刊》第五辑,第 29 册,第 629 页。
④ 吴伟业:《梅村家藏稿》卷二八《宋直方林屋诗草序》,宣统三年武进董氏诵芬室刊本。
⑤ 吴伟业:《梅村诗话》,丁福保辑《清诗话》上册,第 69、68 页。

钱谦益诋斥王世贞则不无微词,《龚芝麓诗序》批评牧斋"既手辑其全集,又出余力以博综二百余年之作,其推扬幽隐为太过,而矫时救俗以至排诋三四巨公,即其中未必自许为定论也"①。《太仓十子诗序》更具体指出钱谦益矫枉过正之失:"有识慨然,思拯其弊,乃訾謷排击尽以加往之作者,而竖儒小生一言偶合,得躐而跻于其上,则又何以称焉?即以瑯琊王公之集观之,其盛年用意之作,瑰词雄响,既芟抹之殆尽;而晚岁陨然自放之言,顾表而出之,以为有合于道。诎申颠倒,取快异闻,斯可以谓之笃论乎?"②摘瑕指谬之中实际表现出对王世贞早年创作的肯定,间接地维护了盛唐诗的典范性。

不过,梅村虽然推崇盛唐诗,但绝不赞同模拟前人,更反对拘守一两家门户,画地为牢。他在《与宋尚木论诗书》中曾严厉批评当时诗坛"攻讦门户,排诋异同"的风气:

> 彼其于李杜之高深雄浑者,未尝望其崖略,而剽举一二近似,曰我盛唐,我王李,则何以服竟陵诸子之心哉?竟陵之所主者,不过高岑数家耳,立论最偏,取才甚狭,(中略)吾祇患今之学盛唐者,粗疏卤莽,不能标古人之旗帜,特排突竟陵以为名高,以彼虚骄之气、浮游之响,不二十年,喀然其消歇,必反为竟陵之所乘。③

在他看来,对竟陵那种偏锋孤行的路子,只有救以广收博采,而不能以一个门户来取代另一个门户。他本人的创作,后辈早已有定论,认为"具体元白"(杨际昌《国朝诗话》卷二),尤其表现在歌行和律诗方面。这种倾向与他强烈的"诗史"意识有关。他在《且朴斋诗稿序》中专门提出诗歌具有"史外传心之史"的功能,与黄宗羲从心态史的意义上强调"诗史"的价值如出一辙,为后人所认同④。由于强调"补史之阙"是在历史记载的功能上肯定诗的价值,这就产生了如何确定诗歌自身价值的问

---

① 吴伟业:《梅村家藏稿》卷二八。

② 吴伟业:《梅村家藏稿》卷三〇。

③ 吴伟业:《梅村家藏稿》卷五四,又见黄容辑《尺牍兰言》,《四库禁毁书丛刊》第35册,第198页。

④ 如浦起龙《读杜心解》即云:"代宗朝诗,有与国史不相似者:史不言河北多事,子美日日忧之;史不言朝廷轻儒,诗中每每见之。可见史家只载得一时事迹,诗家直显出一时气运。诗之妙,正在笔不到处。"参看孙微《清代杜诗学史》,第95页。

题。众所周知，叙事一直是古典诗歌的弱项，李明睿《徐杭游草序》论方文叙事诗，还提到当时诗家不善叙事。事实上，自从郑思肖《心史》在明末被发现后，"诗史"观念的影响就越来越大。像王渔洋《香祖笔记》卷五选张含诗，魏象枢《宋紫庭诗集序》发挥杜甫"诗史"说，以及屈大均《二史草堂记》的那些议论，都是这种诗学倾向的反映。梅村诗歌创作中对叙事的重视，也可以看做是对诗歌反映现实的独特方式的认识①。

　　不过梅村不像当时吴中诗家那样热衷于诗歌批评，颇有点善《易》者不言《易》的味道，很少发表诗学方面的议论。李世英论及梅村诗学，认为他重视"诗史"价值，标榜中和，尊崇盛唐，追求高华雄浑的美学风貌，可以说抓住了梅村诗学的基本倾向。其中，梅村论诗主"和"一点，我觉得还值得推阐。邻郡武进的著名文学家陈玉璂为梅村撰诗序，说："己酉春，予访先生于梅村，留旧学庵数日。先生出示近诗，予因与先生纵论自明以来诗学得失，而先生之意则主于和。"②这是康熙八年（1669）春间的事，距梅村下世不到三年，应代表其晚年定论。根据陈玉璂所述，梅村对近代诗坛的不满，同样也集矢于竟陵派："万历末年诗，其人皆以凄清幽渺为能事，几不知和平为何物，诗学遂大坏，迄今尚踵其弊。"这一批评看似着眼于风格，其实言外有丰富的余韵，因为吴梅村的"和"或"平和"不只是个风格概念，而是包蕴极广的审美理想范畴。梅村论诗主性情、才华、学识兼备，这就是《定山堂诗集序》说的："诗之为道，不徒以其才也，有性情焉，有学识焉。其浅深正变之故，不于斯三者考之，不足以言诗之大也。"③所以和与平和不只意味着性情和文辞的平和，还意味着才能的均衡发展，学识的渊博多方。具有这样禀赋的诗人，当然有主见，有定力，不盲目跟风，不依傍门户，而是海涵地负，眼界广大。这种见地与摒弃明人门户之见、努力拓展传统视野、崇尚真性情、以学济才的清初诗学主潮完全一致，所以说梅村的"和"其实就是代表着清初诗学的开放性和包容性理想的概念，值得我们特别注意。

　　长洲尤侗（1618—1704），字同人，号悔庵，晚号艮斋、西堂老人，是清初江南的著名文士，通经史，工诗文，擅戏曲，八股文也写得极漂亮，是少见的博学多能的才子。顺治十五年（1658），清世祖读到他以

---

①　李世英、陈水云：《清代诗学》，第15—16页。
②　陈玉璂：《吴梅村先生诗集序》，《学文堂文集》序一〇，康熙刊本。
③　龚鼎孳：《定山堂诗集》卷首，光绪九年龚彦绪刊本。

《怎当他临去秋波那一转》为题的八股文，亲加批语，再三称才子①，名
动朝野。康熙十八年（1679），举博学鸿儒科，授翰林院检讨，参修《明
史》，五年后告归，优游林下，著述以终。所著书汇刊为《西堂全集》，
是清初卷帙最富的别集之一。尤侗因享八十七岁高寿，一生诗风多变。早
年多温、李绮妍，辞采藻丽，多新警之思。归田后一变为白居易、杨万里
的流利浅近，多游戏率意之作。晚境忽又为开阖动荡，轩昂顿挫，得盛唐
之气体。而一以贯之的则是性情的真挚，吴宏一先生说尤侗和顾炎武一
样，能"站在比较超然、不为门户所限的立场，来提倡性情之学"②，颇
有见地③。尤侗论诗，首先崇尚摅写性情，说"诗之至者，在乎道性情，
性情所至，风格立焉，声调出焉"④。在此基础上他又强调性情之真。在
《吴虞升诗序》中倡言："诗无古今，惟其真耳。有真性情然后有真格律，
有真格律然后有真风调。勿问其似何代之诗也，自成其本朝之诗而已；勿
问其似何人之诗也，自成其本人之诗而已。"⑤ 古典诗歌自汉魏以后形成
自己的传统以来，历代作者论诗，无不标举某个时代的诗歌为艺术理想，
或汉魏、或六朝、或三唐、或宋元，奉之为师法的典范，而尤侗这里却解
构了所有时代的典范性，将诗歌所有的价值理想归结于一个"真"字，又
针对明代以来"古风必曰汉魏，近体必曰盛唐"的流行观念，主张"与
其为似汉魏，宁为真六朝；与其为似盛唐，宁为真中晚，且宁为真宋元"，
这就破除了诗歌传统的樊篱，以真性情为统摄，为准衡，肯定了诗歌史上
所有时代的艺术价值。明清之际，中晚唐、宋元诗风的煽动都起于江南，
尤侗的一生，诗风也经历了出入晚唐、中唐、南宋、盛唐的变化，虽然他
并非始作俑者，但上述主张却是江南诗家固有的开放意识的反映。据长子
尤珍说，尤侗还尝训诫："诗以自然为至，深造为宗，须于题前炼格炼意，

① 尤侗《西堂杂组一集·语录》："先是，戊戌秋，王胥庭（熙）学士侍讲筵次，上偶谈老
僧四壁皆画《西厢》，却在临去秋波悟禅公案，学士随以侗文对。上立索览，学士先以抄本进，
复索刻本。上览竟亲加批点，称才子者再。因问侗出身履历，为叹息久之，仍命取全帙置案头披
阅。他日又摘《讨蛮檄》示学士曰：'此奇文也。'问有副本否，答曰无。遂命内府文书官购之坊
间，不得，继购之同乡诸公，不得。至十月中，侗适过都门，使者迹至旅次，携一册去，装潢进
呈。上大喜。"
② 吴宏一：《清代诗学初探》，牧童出版社1977年版，第144页。
③ 侯敏《清初吴中学人序跋中的诗学观》（《苏州大学学报》2010年第2期）谈到尤侗诗
学观念也提到这一点。
④ 尤侗：《曹培德诗序》，《西堂杂组》三集卷四，康熙刊本。
⑤ 尤侗：《西堂杂组》二集卷三，康熙刊本。

诗后炼句炼字，但要出之浑融，不可穿凿耳。此吾家诗法也，尚其识之。"①
这显然是真性情观念进入写作过程的自然演绎和发展。

尤珍受业于王渔洋，继承乃父真性情主张之余，又吸收王渔洋神韵
论的旨趣，论诗性情、风韵并重。与名诗人彭定求论诗，谈到明代陈献
章理学诗论的性情、风韵之说，有《访濂连日论诗有契辱赠佳篇次韵奉
酬二首》云："叹服江门言，大雅得正统。性情及风韵，天机自拈弄。"
自注："白沙云论诗当论性情，论性情先论风韵，无风韵则无诗矣。"②
在笔记《介峰札记》卷三中，他又用"真"对陈白沙的性情、风韵作
了限定：

> 或问："有一言而可尽千古诗文之妙者乎？"曰："其真乎。"诗
> 文从真性情流出，乃为极至。陈白沙云：论诗当论性情，论性情当论
> 风韵，无风韵则无诗矣。予谓有真性情乃有真风韵，性情、风韵皆不
> 可以伪为也。

这样，尤氏父子尚真的诗观就更全面而充实地树立起来。尤珍（1647—
1721）于康熙二十一年（1682）中进士，由翰林编修官至太子右赞善，
以养亲乞归③。他自幼究心于儒学和禅宗，诗少宗唐人，从王渔洋受声律
之学，归里一度颇学宋，晚年复归于唐。才华虽不及父亲，但性情恬静，
好学服善，故辞旨妥帖，得中和之美。与沈德潜交最厚，曾延德潜馆于家
中，常论诗至夜分而不少休。沈德潜序尤珍《沧湄诗钞》曰："诗家有宗
盛唐者，有宗老杜者，集中兼而有之。皆天分所至，出于自然，绝非有意
摹仿而成。间及中晚及苏陆，以极其变化，总不逾盛唐老杜之矩矱。"④
这大体就是以钱谦益为代表的江南诗学的主流倾向。

在江南诗论家中，长洲汪琬（1624—1691）是不能不提到的一位。汪
琬字苕文，号钝翁，学者称尧峰先生。虽然他的诗名在当时远不如文名来
得大，但无论诗歌创作或诗论都有一定的影响，只是近代以来较少为人注

---

① 尤珍：《介峰续札记》卷一，康熙刊本《沧湄诗稿》附。
② 尤珍：《沧湄诗稿》卷一六，康熙刊本。按：访濂为名诗人彭定求字。
③ 沈德潜撰：《尤珍墓志铭》，李桓《国朝耆献类征初编》卷一一九"词臣"五，光绪间
湘阴李氏刊本。
④ 沈德潜：《沧湄诗钞序》，《沧湄诗钞》卷首，清康熙间刻本。

意而已①。最近李圣华撰文，从重提"山林之体"、昌言宋诗、重解温厚诗教、主张道艺一贯、崇尚诗法五个方面，考察汪琬的诗学思想，非常全面；阐述汪琬诗论与清初诗学发展的关系及理论价值②，也多有精到见解。

众所周知，汪琬为诗主宋调，在当时甚至被目为宋诗风的"三个代表"之一。计东《南昌喻氏诗序》说："自宋黄文节公兴而天下有江西诗派，至于今不废。近代最称江西诗者，莫过虞山钱受之，继之者为今日汪钝翁、王阮亭。"③但汪琬的宋诗与钱谦益崇尚的宋诗却非一路，钱谦益提倡宋诗推崇的是苏轼、陆游，不喜欢江西诗派，曾说"自宋以来，学杜诗者，莫不善于黄鲁直"；"鲁直之学杜也，不知杜之真脉络，所谓前辈飞腾、余波绮丽者，而拟议其横空排奡、奇句硬语，以为得杜衣钵，此所谓旁门小径也"④。而汪琬言宋诗，却以黄庭坚和江西诗派为杜甫嫡传。康熙十一年（1672），读到吴之振新刊的《宋诗钞》，作《读宋人诗六首》，起首就说："夔州句法杳难攀，再见涪翁与后山。留得紫微图派在，更谁参透少陵关？"⑤这是与康熙初王渔洋称"涪翁掉臂自清新"桴鼓相应的⑥，对扩大黄庭坚的影响有一定的推动作用。但汪琬同时也喜欢陆游，《读宋人诗六首》其三写道："诗印频提教外传，入魔入佛总超然。放翁已得眉山髓，不解诚斋学谪仙。"不过他喜欢陆游诗，似乎主于婉转流利一路，叶燮说当时宗宋诗者只是"窃陆游、范成大与元之元好问诸人婉秀便丽之句，以为秘本"⑦，恐怕就是暗指汪琬。阎若璩《跋尧峰文钞》也提到："何屺瞻告余，放翁之才，万顷海也。今人第以其'疏帘不卷留香久'等句，遂认作苏州老清客耳。"⑧足见汪琬学陆游只取其婉秀便丽一路，在当时并不是个别人的看法。后来不知道是他的认识有所变化，还是为了澄清别人的误解，他特别对陆游才华的浩瀚发了一大通议论。吴虞升转述其言曰："放翁如山涧水泻来，令人抵当不住。非无本之水，亦非有

---

①　对汪琬诗学观念的评述，侯敏《清初吴中学人序跋中的诗学观》（《苏州大学学报》2010年第2期）一文曾涉及，但较简略。

②　李圣华：《汪琬诗学思想管窥》，《中国诗学》第十五辑，人民文学出版社2010年版。

③　计东：《改亭集》卷四，康熙刊本。

④　钱谦益：《注杜诗略例》，《钱注杜诗》卷首，上海古籍出版社1979年版。

⑤　汪琬：《钝翁类稿》卷八，康熙十五年刊本。

⑥　王士禛：《戏效元遗山论诗绝句三十六首》，袁世硕主编《王士禛全集》第1册，第371页。

⑦　叶燮：《原诗》内篇上，丁福保辑《清诗话》下册，第571页。

⑧　阎若璩：《潜丘札记》卷四，乾隆十年刊本。

涯之泉也。看来诗集之富，未有如放翁者，少陵后断推大宗。苏以古文策论名世，不专以诗，今人漫慕坡仙，故推尊之而不及陆。其实北宋苏、南宋陆，两公并美，而陆则更开生面，性情学问，非流俗人所能窥也，岂得仅以诗人目之？"①

汪琬论诗前后是有变化的，早岁以唐人为宗，中年专主宋诗，晚年见益融通，不再以时论诗。康熙二十七年（1688），门人孙鋐编成《皇清诗选》，乞序于汪琬，汪琬叩其选诗之旨，知以唐开元、大历为宗，遂为开陈自己对选诗的看法：

> 古之为诗者，问学必有所据依，章法、句法、字法必有所师承，无唐、宋一也。今且区唐之初、盛、中、晚而四之，继又区唐与宋而二之，何其与予所闻异也？且宋诗未有不出于唐者也，（中略）且吾子独不见夫庖人乎？均之肉也，或切之为截，或粉之为齑为菹，或捶而暴之为脯，烹之为羹。其若精、若粗、若濡、若干之质不同也，而味同；其若酒、若酏、若糁、若蓼、若酰醢、若桂姜，所以佐之之味不同也，而其为肉则又无不同。一旦荐诸几席，或嗜或否者，何与？此非肉之果有异也，盖群一坐之口与其齿舌，为庖人之工拙所易故也。诗道亦然，善于选者，其犹吴人之善为庖者也。于以易学诗者之耳目，导其心志，而转移其风气，皆在是矣。洵如是也，虽专宗唐之开元、大历可也。②

汪琬认为，古人学问都有所本，章法、句法、字法都有师承，无论唐、宋都是一样的，后人别唐为四期，分唐宋为二体，其实没什么道理。就选诗而言，选家就像是培养食客口味的厨师，以作品陶冶学诗者的趣味，引导其志向，最终起到转移世风的作用。既然如此，选当代诗也就可以持不同的取向，专选开元、大历风调的作品也未尝不可。言下之意是说，选诗既出于矫正时俗的目的，就有必要审时度势，以决定遴选宗旨。由此反观汪琬中年的宗宋，就有可能是为了改易当世宗唐的习尚，而非纯然出于艺术趣味③。在清初诗人中，这种出入唐宋的经历并非汪琬所独有。王士禛平

---

①　尤珍：《介峰札记》卷三，康熙刊本《沧湄诗稿》附。

②　孙鋐：《皇清诗选》序，康熙刊本。

③　李圣华：《汪琬诗学思想管窥》一文即持这样的看法，可参看。

生论诗三变，已是人所熟知的例子；朱彝尊、宋荦也有中年阑入宋诗，晚年复归于唐的经历。无论从唐诗的典范性着眼还是从清初诗史的演变着眼，这都是值得深入探究的问题。

就汪琬论诗大旨而言，许多地方是与钱谦益接近的，但不知为什么他平时持论总与钱谦益相左。王应奎《柳南续笔》载："汪钝翁与某宗伯颇多异议。一日与吾邑严白云论诗，谓白云曰：'公在虞山门下久，亦知何语为谛论？'白云举其言曰：'诗文一道，故事中须再加故事，意思中须再加意思。'钝翁不觉爽然自失。"① 钱谦益此说不过是钻研杜诗的心得，追求典故和意义的密度。这与汪琬的路子是绝不同的，他非但不认同钱谦益之说，还视钱为带坏晚近文学风气的人。他在《与梁御史论正钱录书》中曾写道："琬尝恨文章之道为钱所败坏者，其患不减于弇州（王世贞）、大函（汪道昆）。"② 当时钱谦益在文坛名望最高，无人敢于非议，所以当他看到吴乔站出来批评钱谦益时，很是振奋。不过吴乔的批评终究失之轻率，"未暇商榷考证"，不能批到点子上，也不足以让钱谦益心服，他不免为之遗憾。由于钱谦益曾提倡诗教，引得诗坛竞相阐说，顺治十六年（1659）汪琬也在《程周量诗集序》里予以回应，重新诠释了"温柔敦厚"之旨，不过他的重心落在艺术表现方式，而不是动机与目的。他首先对温柔敦厚的源起提出了自己的看法：

> 孔子曰："温柔敦厚，诗教也。"疏以为诗依违讽谏，不指切事情，故其教然也。《记》又曰："不学博依，不能安诗。"疏以为若欲学诗，必先依倚广博，辟喻，以诗多辟喻故也。盖《三百篇》自正风正雅三颂而外，考诸小序，皆刺时之诗为多。古之诗人不欲直陈其时事之非，而暴扬其君臣父子兄弟夫妇友朋之过，故不得已而多设辟喻以发之。其辞怨而不怒，哀而不伤，使人求之于咏歌紬绎之外，而能推明其所以然。此诗教之善也。

他认为温柔敦厚的表现方式实际上就是多设譬语而不直陈其事，因为《诗经》变风变雅中多刺时之作，古代诗人不愿显扬君臣亲友的过失，所以不

---

① 王应奎：《柳南随笔》，第139页。

② 汪琬：《钝翁类稿》卷一八，康熙十五年刊本。

能不多用譬喻婉曲表达，让读者自己去体会。本旨既明，他盱衡当今诗人的创作，就发现一个由学杜带来的偏失：

> 今之学者每专主唐之杜氏，于是遂以激切为工，以拙直为壮，以指逆时事为爱君忧国。其原虽稍出于雅颂，而风人多设辟喻之意，亦以是而衰矣。世之论《三百篇》者曰："取彼谗人，投畀豺虎"，不可谓不激切也；"人而无礼，胡不遄死"，不可谓不拙直也；"赫赫宗周，褒姒灭之"，不可谓不指逆时事也。斯其说诚然矣，然古之圣贤未尝专以此立教。其所以教人者，必在性情之和平，与夫语言感叹之曲折，如孔子所云温柔敦厚是已。孔子录《诗》以为诗之宗，作《春秋》以为史之宗，二者可以兼行，不可以偏废。诗之不能为史，犹史之不能为诗也。自诗史之说兴，而学杜氏者至于愈趋愈极，而莫知所止，则温柔敦厚之教，几何不尽废也哉？夫作诗至于《三百篇》，言诗者至于孔子，可矣。学者舍孔子不法，而专主于杜氏，此予不能无感也。①

明清易代之际，"诗史"说盛行于故国遗老之间，吴伟业、方文、孙枝蔚、屈大均、黄宗羲、吴嘉纪、杜濬等都主其说，而提倡最力且以杜诗笺释证实其说的则是钱谦益。李圣华认为汪琬这里批评"以激切为工"，"以拙直为壮，以指逆时事为爱君忧国"，就是针对遗民群体而发，出于开辟"昌明博大"、"和平尔雅"，足与盛世相称的一代新诗风的意识。这无疑是很值得倾听的见解，但就具体语境来看，似乎还可考虑回应当时诗坛的动机。因为在清初，不断有论者指出《诗经》多有"直斥其人而不讳"，悖于温柔敦厚之旨的例子，如顾炎武《日知录》、钱澄之《叶井叔诗序》所论②。后来叶燮《原诗》也曾提到："温柔敦厚，其意也，所以为体也，

---

① 汪琬：《钝翁类稿》卷二八，康熙刊本。

② 顾炎武《日知录》卷一九"直言"："《诗》之为教，虽主于温柔敦厚，然亦有直斥其人而不讳者。如曰'赫赫师伊，不平谓何'，如曰'赫赫宗周，褒姒灭之'，如曰'皇父卿士，番维司徒。家伯维宰，仲允膳夫。棸子内史，蹶维趣马。楀维师氏，艳妻煽方处'，如曰'伊谁云从，维暴之云'，则皆直斥其官族名字，古人不以为嫌也。（中略）如杜甫《丽人行》'赐名大国虢与秦'，'慎莫近前丞相嗔'，近于《十月之交》诗人之义矣。"钱澄之《田间文集》卷六《叶井叔诗序》："近之说诗者，谓诗以温厚和平为教，激烈者非也，本诸太史公所云小雅怨诽而不乱。吾尝取《小雅》诵之，亦何尝不激乎？讥尹氏者旁连姻娅，刺皇甫者上及艳妻，暴公直方之鬼蜮，巷伯欲畀诸豺虎，'正月繁霜'之篇，'辛卯日食'之行，可谓极意诟厉，而犹曰其旨和平，其词怨而不怒，吾不信也。"

措之于用则不同；辞者，其文也，所以为用也，返之于体则不异。(中略)且温柔敦厚之旨，亦在作者神而明之；如必执而泥之，则《巷伯》'投畀'之章，亦难合于斯言矣。"① 按他的理解，温柔敦厚的宗旨，要义在动机而不在文辞表面，所以《巷伯》"投畀"之章，也不算偏离诗教。而汪琬却认为这些直陈时事的激切之作不符合诗教，只是一些例外。两相对比，汪琬的见识明显不如叶燮通达，带有一种正统的保守色彩，以至于他的结论竟与王夫之对杜甫的否定很相像。"诗之不能为史，犹史之不能为诗也"，岂非很接近王夫之"诗之不可以史为，若口与目之不相为代"的说法②？当然，两人的出发点是很不一样的。

当时汪琬和叶燮都讲学于吴中，持论针锋相对。据沈德潜说："时汪编修钝翁琬居尧峰教授学者，门徒数百人，比于郑众、挚恂。汪说经硁硁，素不下人，与先生持论凿枘，互相诋諆，两家门下士亦各持师说不相下。后钝翁没，先生谓：'吾向不满汪氏文，亦为其名太高，意气太盛，故麻列其失，俾平心静气，以归于中正之道，非为汪氏学竟谬螯圣人也。且汪没，谁讥弹吾文者，吾失一净友矣。因取向时所摘汪文短处，悉焚之。'"③ 汪琬在当时给人的印象就是这样，名太高，意气太盛，又不能容人过，凡意所不可，即肆为褒讥，因而很容易招致敌意。他有《歌赠计甫草》云："君不见云间赋诗推正宗，歌行大小尤豪雄。黄门得名三十载，体势皆与梅村同。"有评曰："近日学大樽者，皆有衣冠而无性情；一味肤壳，又其流弊，愿与吾党共商之。"很显然，这样的议论无论其确当与否，都会招致不满，因为它可以引出唐宋调之争、近体歌行之争甚至云间、吴门地域之争。王晫《今世说》卷七载："金谷似(名式祖)诗歌颇有唐调，汪钝翁北游时，金来话别。值宾客盈坐，金都不叙语，竟出其所作送别长歌，朗吟一遍，捧腹谓汪曰：'此诗何如高达夫？'举坐默然，汪颔之而已。"这桩轶事很可能就是出于近体歌行之争向汪琬挑战的一个例子。

---

① 叶燮：《原诗》内篇上，丁福保辑《清诗话》下册，第 568 页。
② 王夫之：《诗译》，戴鸿森《姜斋诗话笺注》，人民文学出版社 1981 年版，第 24 页。
③ 沈德潜：《叶先生传》，《归愚文钞》卷一〇，乾隆刊本。

第三章　理学背景下的诗歌理论——关中诗学

第一节　顾炎武与关学

"秦中自古帝王州。"作为周王朝发源地的关中，从秦汉到唐代一直都是北方政治、文化中心，也是孕育中华民族文学伟大传统的摇篮，在唐代文学即已形成引人注目的区域作家群体及相应创作特征①。及经唐末兵乱，长安凋敝，文物荡然，汉唐盛世的辉煌遂成永不可复现的历史。这片由悠久的文明滋润的丰厚土壤，在以后岁月中结出的丰硕成果，更多的是在学术。北宋时期张载理学在关中崛起，学人景从，蔚为北方理学主流。到明代，大儒吕柟倡导"文必载道，行必顾言"而号称集大成②，最终树立起"关学"的传统，使"关中自古称理学之邦"（冯从吾《关学编》自序）不仅被引为乡里之荣，也成为天下公论。以主敬穷理为主的关学，最讲求经世尚用，虽然学者们在科举问题上对时文的态度不尽相同③，但讲学中都贯注着重实践的理学本色却是相一致的，同时隐士的身份也使他们的文学观念和写作方式与时风保持一定的距离。在清初的诗学格局中，关中诗学具有最强烈的道德色彩，但由于本身并没有鲜明的理论目标，所以它不像江南诗学那样成为明代诗风的批判者、清算者，在某种程度上倒不如说

---

①　关于唐代关中文学的面貌与地域特征，李浩《唐代关中士族与文学》（文津出版社 1999 年版）、《唐代三大地域文学士族研究》（中华书局 2002 年版）两种著作有深入论述，可参看。

②　冯从吾：《关学编》卷四"泾野吕先生"条，中华书局 1987 年版。

③　明人视圣学与举业为二，吕柟曰："苟知举业圣学为一，则干禄念轻，救世意重。"见《关学编》卷四；万历间张舜典则言："误天下人才者，八股也。"见王心敬《关学续编》卷一，《关学编》所附，中华书局 1987 年版。

还继承了明代格调派的传统。透过地域概念的界标，实际考察当时的作家活动，我们发现一些有趣的事实，首先就是顾炎武的流寓关中及由此产生的诗学问题。

以关学传统为依托的关中理学在清初声势极大，当时关中李颙与直隶孙奇逢、浙江黄宗羲并称海内三大名儒，四方向风倾慕。康熙二年（1663）正月，顾炎武（1613—1682）游历山西，在太原与傅山订交，复游五台山遇李因笃，结为终身挚友。旋自蒲州渡河入关中，过华阴访王弘撰，十月又访李颙于盩屋，从此与关学发生关系，并长久留滞关中。他的诗学由此浸染关学，出现某些与关学相一致的特征。

究竟是什么吸引大儒顾亭林留滞于关中呢？似乎是关中淳朴的学风。"俨乎其备道之容也，渊乎其类物之宗也。同志相从，惟邹惟钟。固来庭之仪凤而在田之群龙，百炼之刚金而岁寒之乔松。夫谁启之，便飘然一世而不见庸者邪？"① 从亭林手书这篇冯少墟像赞，我们可以推想他是从这位关学前辈的身上看到了学术的理想，同时体认了学者的命运。当时有一种舆论："关右横渠故里，士风敦朴，不似吴下轻浮。"② 亭林对江南诗风和学风早就失望之极，以为牧斋死后无人可继。及到关中与李因笃交，却让他看到了学术的希望。傅山曾提到："宁人向山云，'今日文章之事，当推天生为宗主'。历叙司此任者至牧斋，牧斋死而江南无人胜此矣。"③ 江西名士魏禧游江淮，则称"所交东南士，率多能文章，矜尚气节，求所谓以当世自任，负匡济真才者，则又绝少"④。当时的江南，不是没有能文之士，也不是没有气节之士，少的是抱负远大之士。他曾在致顾茂伦书中说："隐居求志，行义达道，吾闻其语，未见其人，北方尚有一二英流可进此者，江左所见，有何人耶？⑤"接触关中学者，顾炎武不仅强烈地感受到负匡济之志的学术精神，同时学问上也获得实际的启发。《亭林文集》中保留的论学书简，半数作于秦中。《广师》一文列举平生服膺的十位学者，关中就占了两位："坚苦力学，无师而成，吾不如李中

---

① 顾炎武：《顾亭林诗文集》卷首，中华书局1983年版。
② 王锡阐：《与顾亭林书》其二，《晓庵先生文集》卷二，道光元年刊本。
③ 傅山：《为李天生作十首》其八注，《霜红龛集》卷九，山西人民出版社1985年影印本。
④ 魏禧：《与富平李天生书》，《魏叔子文集》卷五，宁都三魏文集本，道光二十五年谢若庭缀园书塾重刊本。
⑤ 顾炎武：《与家茂伦书》，黄容、王维翰辑《尺牍兰言》卷七，康熙二十年刊本。

孚"；"好学不倦，笃于朋友，吾不如王山史"。① 从《日知录》里再三征引关中学者的创见②，可以看出亭林对关中学术的熟悉和看重。

除了学术方面的原因外，顾炎武滞居关中可能还有经济方面的考虑。他生性孤高，行事不守故常，与归庄一起被目为"归奇顾怪"。据全祖望说，"先生虽世籍江南，顾其姿禀颇不类吴会人，以是不为乡里所喜，而先生亦甚厌裙屐浮华之习"。及游关中，"秦人慕经学，重处士，持清议，实他邦所少"③，令他大为称心。他平生四处游历，每到一地都要自谋生计，唯独此度入关，却是当地士大夫为营宅居，请主关中书院。地方官守也礼敬有加，延聘省城。亭林虽终不坐讲席，不收门徒，不登官府之席，但这番礼遇让他感到少有的心情舒畅④。更兼关中物价便宜，仅为吴下五分之一，因此他最终就选择了关中作为晚年定居之地，以至终老。

顾炎武的到来和流寓，对关中学术也产生了不可低估的影响。关中学者以李颙、李因笃、李柏三位最为有名，号称"关中三李"。其中李颙声望尤为卓著，四方从学者云集门下。他平时总是独屏于土室中，妻子门人一概不得见。唯独顾炎武造访之日，启关晤对，一见如故。这一历史性的会晤不仅缔结了两位大师的友谊，同时也促成了南北学风的交融。李颙之学原从陆象山入手，自与亭林订交，遂也开始博览群书⑤。后与亭林分别，竟至吞声泣下⑥。李因笃才名最高，治经学也颇有根柢，他最佩服亭林的学识，切磋最密，谊兼师友。李柏以礼自律，学近程朱。王弘撰为亭林东道主，精于金石书法，谙熟掌故。诸君治学兴趣、路径虽不同，但都对顾炎武这位江南大儒无比敬重。王锡阐《与顾亭林书》说"先生之才识为北方所宗信"，又说"河汾关洛，名儒渊薮，先生又以江表寓公倡正学于横渠故里，何北方学者之多幸乎"！⑦ 可见亭林在关中学林正是如鱼得水，他的实证学风在这里似乎也比在江南更为学人所重。他曾对门

---

① 顾炎武：《顾亭林诗文集》卷六，第 134 页。

② 如《日知录》卷四"纪履媇来逆女"条引李因笃之说。

③ 全祖望：《亭林先生神道表》，《鲒埼亭文集选注》，齐鲁书社 1982 年版，第 115—116 页。

④ 顾炎武：《与李星来》，《蒋山佣残稿》卷一，《顾亭林诗文集》，第 187 页；《与苏易公》，《蒋山佣残稿》卷二，《顾亭林诗文集》，第 200 页。

⑤ 顾炎武：《与潘次耕札》，《亭林余集》，《顾亭林诗文集》，第 168 页。

⑥ 顾炎武：《与李子德》，《蒋山佣残稿》卷三，《顾亭林诗文集》，第 210 页。

⑦ 王锡阐：《与顾亭林书》其一、其五，《晓庵先生文集》卷二，道光元年刊本。

人潘末说:"吾异日局面,似能领袖一方。"① 正是在关中,他才能有如此自信,若在江南则恐未必。关中的确为亭林的学术提供了一个适宜的生长空间。

继顾炎武之后,名学者李塨也以门人杨勤之聘,久客关中。时三李都已下世,二曲门下士转从李塨学,关学因而再振。正像梁启超所说的,"康雍之际,三李主之于内,亭林、恕谷辅之于外,关学之光大,几埒江南、河朔"。② 关学在很多方面表现出异于江南的特点,最突出的一点是包容性强,不像江南学者一概排击明人。比如李二曲就相当欣赏王阳明,而顾炎武则盛赞"空同(李梦阳)气节文章冠冕一时,其诗则撼六代之精华,准三唐之矩矱,□之以质,彪之以文,洒洒洋洋,金声而玉振之,可谓登作者之堂矣"③。从各方面看,关中诗学都较多地继承了明代格调派的衣钵,尤其注重诗法和诗律的研究,取得了一些实际的成绩。

第二节　顾炎武的诗学史意义

顾炎武是明清之际最杰出的学者和思想家之一,就学问的广博论,一时无出其右。前人评价亭林之学,往往推崇他以实证方法,开乾、嘉考据学的先河,其实就考据而言,亭林的学问远未臻精密。钱大昕纠弹《日知录》中率尔未确之说,甚至以为未尽脱明人旧习。若以乾、嘉之学的标准衡量,这似乎不为过言。亭林学术的真髓实际在寓学问思辨于典礼制度的考究之中,在实证性的考据中阐明古今之变、治道之要,他的全部著述都贯注着通古今之变的闳通见识和以天下为己任的淑世情怀。这种见识和胸襟成就了亭林学术博大的气象。置身于改朝换代之际,汉文化的沦亡促使他思考天翻地覆的历史变革,发出"天下兴亡,匹夫有责"的救亡呼声④。

---

① 顾炎武:《与潘次耕札》,《亭林余集》,《顾亭林诗文集》,第 168 页。

② 梁启超:《近代学风之地理的分析》,《饮冰室文集》卷四一,中华书局 1936 年排印本。

③ 康乃心:《莘野先生遗书·莘野集》诗序,中国社会科学院文学所藏稿钞本。

④ 顾炎武《日知录》卷一三"正始"条云:"有亡国,有亡天下。亡国与亡天下奚辨?曰:易姓改号,谓之亡国;仁义充塞,而至于率兽食人,人将相食,谓之亡天下。……保国者,其君其臣,肉食者谋之;保天下者,匹夫之贱与有责焉耳矣!"梁启超在《无聊消遣》一文中引亭林语作"天下兴亡,匹夫有责",遂为名言。详见蒋寅《明清之际知识分子的命运与选择》,收入《学术的年轮》,中国文联出版社 2000 年版,第 138—150 页。

"君子之为学也，非利己而已也，有明道淑人之心，有拨乱反正之事，知天下之势之何以流极而至于此，则思起而有以救之。"① 这种富于实践精神的学术取向，决定了他对文学的独特理解，也决定了文学在其学术中的位置。作为文化振兴和改造的内容之一，文学在某种意义上被赋予了前所未有的高屋建瓴的思考。

这么说当然不是着眼于动机，而应该说是着眼于某种结果。因为顾炎武平生最鄙视文人，他自己也从来不以文士立身处世，所以很少单纯地思考文学问题，更少专门探讨诗学问题，他有关文学的研究和议论往往与经史之学密切相关。可是当我们通观了清初诗学的总体格局和发展趋势，再回过头来看顾炎武的诗学，就发现清初乃至整个清代诗学的基因都蕴涵在他的议论里。当代学者将顾炎武诗论概括为：（一）强调诗歌的社会作用，要求诗歌反映现实；（二）诗主性情，不贵奇巧；（三）提倡自出己意，反对模仿依傍；（四）主张多读书，强调博学②，可以说揭示了亭林诗学和时代思潮相一致的方面。若从清初特定的诗学语境考察，则还有一些独特内容和价值可以发掘。比如对文学概念的分析，考古而知今的学术方式，对"真诗"观念的多层次阐释以及对诗歌音韵学的研究，这些问题都与顾亭林的学术精神和学术路径相联系，不仅体现了亭林学术的个性特征，对清代诗学也产生了极为重要的影响。

一　博学于文：顾炎武诗学的学理基础

顾炎武首先是一位儒学大师，研究他的诗学不能与其学术整体割裂开来。众所周知，亭林平生最敬重朱子，抵关中后居所未定，先斥资修朱子祠，足见朱子在他心目中的地位。然而亭林的学术却绝非立足于理学，在经学即理学的观念主导下③，他的学问截然跨越理学樊篱，直接上溯本经，走上立足于知而更注重行的学问道路。在他的观念中，圣人之道归结起来

<hr />

① 顾炎武：《与潘次耕札》，《顾亭林诗文集》，第 166 页。
② 钱仲联：《顾亭林的文学思想》，收入《梦苕庵清代文学论集》，齐鲁书社 1983 年版；张兵：《顾炎武诗歌理论初探》，《西北师范大学学报》1989 年第 6 期；陈祖武：《清初学术思辩录》第四章"务实学风的倡导者顾炎武"，中国社会科学出版社 1992 年版；李世英：《清初诗学思想研究》，敦煌文艺出版社 2000 年版。
③ 有关清初经学与理学的关系，可参看何冠彪《明末清初思想家对经学与理学之辨析》，见氏著《明末清初学术思想研究》，学生书局 1991 年版，第 1—51 页。

只有八个字:"博学于文","行己有耻"①。这八字真言作为人生的终极追求,非但保持了儒学的实践本色,更还原了儒家对"文"的固有观念,故友人许为"粹然儒者之言","确当不易,真足砭好高无实之病"②。《日知录》卷七"博学于文"条写道:

> 君子博学于文,自身而至于家国天下,制之为度数,发之为音容,莫非文也。品节斯斯之为礼,孔子曰:伯母、叔母疏衰,踊不绝地;姑姊妹之大功,踊绝于地。知此者,由文矣哉,由文矣哉。《记》曰:三年之丧,人道之至文者也。又曰:礼减而进,以进为文;乐盈而反,以反为文。《传》曰:文明以止,人文也。观乎人文,以化成天下。故曰:文王既没,文不在兹乎。而《谥法》"经天纬地曰文",与弟子之学诗书六艺之文,有深浅之不同矣。③

我们知道,"文"在中国古代有广义和狭义之分,广义指文明、文化,狭义指文学、写作。随着时代的推移,"文"的内涵逐渐向狭义方向倾斜,意味着文学写作。而顾炎武在此却用宗经征圣的方式,重新将儒学传统中的文化之"文"与当代语境中的文学之"文"作了区别。文首先意味着文化,它体现在伦常礼乐中,是亭林毕生研治躬践的价值基准,被他视为治学的根本。至于文学则是文的末流,职业的文人身份即所谓"文人"在他是极不屑的。李因笃曾疑惑《资治通鉴》何以不载文人事迹,亭林答道:"此书本以资治,何暇录及文人?"④ 他在《日知录》和书信中两次举宋代刘挚训子孙语以警世:"士当以器识为先,一命为文人,无足观矣。"⑤ 前人认为刘挚语本自唐裴行俭论初唐四杰⑥,其实不甘以文人自居,也可以说是中国古代文学家的一个传统,远可以追溯到曹植,近则可

---

① 顾炎武:《与友人论学书》,《顾亭林诗文集》,第41页。按:此书附录于张尔岐《蒿庵集》卷一《答顾亭林书》后,知即致张书也。李审言《药裹慵谈》卷一已指出。

② 张尔岐:《答顾亭林书》,《蒿庵集》卷一,齐鲁书社1991年版,第50页。

③ 黄汝成:《日知录集释》上册,花山文艺出版社1990年版,第311页。

④ 黄汝成:《日知录集释》卷二六"通鉴不载文人"条,第1161页。

⑤ 顾炎武:《与人书十八》,《顾亭林诗文集》卷四,第98页,又《日知录》卷一九"文人之多"条。

⑥ 见邓绎《藻川堂谭艺·日月篇》,光绪四年自刊本藻川堂集所收。《旧唐书·文苑传》:"行俭曰,士之致远,先器识而后文艺。勃等虽有文才,而浮躁浅露,岂享爵禄之器耶?"

以举出前辈名家黄淳耀。黄淳耀崇祯十五年（1642）举于乡，上座主王登水书曰："世儒舍性命而言事功，舍事功而谈文章，是以事功日陋，文章日卑，而诐淫邪遁之害侵寻及于政事而不可救益。盖天下之坏，数十年于兹矣。某虽无知，其敢贸贸焉以文人自居，以富贵利达之习自陷也？"①在黄陶庵的时代，不甘以文人自居，是嫌当时文风空疏，无补于世；而当亭林之时，则文化存亡所系，人们对文学寄托了更高的要求。正如魏禧《答李又元》所写："吾辈寝食诗文，欲以文章接寿命，使身死而名存，自是本念。然士生今日，所可为当为者，正非一端。虽文驾班马，诗驱李杜，尚是第二层三层事。"②值明清易代之际，当务之急是文化救亡，文学只有关乎兴亡大计才有从事的价值，所以说纯粹文学意义上的追求乃是第二层三层的余事。顾炎武的文学观与此略同，他与人书云："君子之为学，以明道也，以救世也。徒以诗文而已，所谓雕虫篆刻，亦何益哉？"③这一观念在《日知录》中遂演生为"文须有益于天下"的口号：

> 文之不可绝于天地间者，曰明道也，纪政事也，察民隐也，乐道人之善也。若此者有益于天下，有益于将来，多一篇多一篇之益矣。若夫怪力乱神之事、无稽之言、剿袭之说、谀佞之文，若此者有损于己，无益于人，多一篇，多一篇之损矣。④

他对文学的理解与一切学问一样，目标首先是明道救世，而不是篇章辞藻本身。他自称，自从读到刘挚训子孙之语，"便绝应酬文字，所以养其器识而不堕于文人也"。又说韩愈"若但作《原道》、《原毁》、《争臣论》、《平淮西碑》、《张中丞传后序》诸篇，而一切铭状概为谢绝，则诚近代之泰山、北斗矣。今犹未敢许也"。而他自己则拒绝了李颙的再三请求，坚决不答应为其亡母撰墓志铭，理由是"止为一人一家之事，而无关于经术政理之大，则不作也"⑤，他的全部创作确实履践了自己"凡文之不关于六经之指、当世之务者，一切不为"⑥的诺言。

---

① 陈瑚：《明进士陶庵黄公墓表》，《确庵文稿》，京都大学文学部图书馆藏康熙刊本。
② 魏禧：《魏叔子文集》卷七，宁都三魏文集本。
③ 顾炎武：《与人书二十五》，《顾亭林诗文集》，第98页。
④ 黄汝成：《日知录集释》卷一九，下册，第841页。
⑤ 顾炎武：《与人书十八》，《顾亭林诗文集》，第96页。
⑥ 顾炎武：《与人书三》，《顾亭林诗文集》，第91页。

时过境迁，顾炎武这种文学观和创作态度不免显得有点狭隘，甚至不近人情，但在清初那个文化救亡氛围中，却是与时代精神相一致的主流意识。正是基于这样的思想，顾炎武诗学在道德取向、学术方式等各层次上都成为明清易代之际诗学精神的典型体现。

二　行己有耻："性情"的道德底线

清初诗坛因地域文化和作家身份之异呈现为诗歌流派和创作观念多样并呈、关系复杂的局面，诗学的焦点问题是批判明诗和接受宋诗。经历晚明公安、竟陵派诗学的冲击，清初诗家或多或少都会沾染两者的习气，对前后七子持否定、批判态度；而在由钱谦益煽起、王渔洋激扬的宋诗风潮中，又或多或少会沾染宋调，指斥晚明诗风。而顾炎武却仿佛未食晚明烟火，力持唐音而不阑入宋调，承继了格调派的诗学传统。这不只有《济南》诗"近朝文士数于麟"可以印证，平生精研杜诗[1]，刻意追摹也是明证。据说他读归庄诗，"每得佳句，为之徘徊击节，而犹嫌其稍入宋调"[2]，他的诗歌趣味显然不为诗坛风气所左右。流寓关中，远离诗坛风会，也许是一个原因，但更重要的决定性因素应该是创作观念上的道德取向。他的诗学部分汲取了格调派的精髓，却扬弃格调派的复古取向，直面现实，力主创新，坚决反对模仿古人。相对格调、修辞等技术性内容而言，他更关注的是诗歌的抒情本质、诗歌的人生价值以及诗歌的未来这些根本性的问题。

明末清初的诗坛，由于厌倦前后七子辈的拟古不化，诗人们在抨击"假盛唐"之余，都大力提倡"真诗"，对真的推崇和提倡也就成为那个时代的最强音[3]。但仔细分析起来，诗人们对"真诗"的强调，着眼点是不太相同的。明诗批判者一般都主张诗要表达真情实感和个性风貌，重心落在作品上。而顾炎武首先强调的是人要有真性情，重心落在主体上。他在《莘野集诗序》中力倡诗出自性情，"苟其人性无血，心无窍，身无骨，此尸行而肉走者矣，即复弄月嘲风，流连景物，犹如虫啾哇唧，何足

---

①　查初揆《杜诗集评序》云："顾亭林、姜西溟类能独辟调言，别参颖义。"见刘濬辑《杜诗集评》卷首，海宁蔾照堂刊本。

②　震钧：《天咫偶闻》卷六，广文书局 1970 年影印笔记三编本。

③　详入矢义高《真诗》，《吉川博士退休纪念中国文学论集》，筑摩书房 1968 年版。

云哉"①。清初诗坛对伪的批判，大都惩于明人在风格上对唐人的模仿，着眼于艺术独创性问题；而顾炎武对伪的批判乃是针对以钱谦益为代表的贰臣诗人人格上的伪饰。他的"真诗"观念，可以说是从作者人格出发，经作品内容的审核，最后落实到诗歌风格的独创性。这三个层次将"真诗"的观念表达得相当全面而立体。

明清易代之际，士大夫群体置身于清浊、朝野、满汉诸多矛盾冲突之中，进退失据，政治立场急遽分化。世事翻覆带来前所未有的心灵激荡，文学中既有最强烈的情感表现，也充斥着文过饰非的虚假言辞。尤其是那些贰臣诗中的虚情假意，对最坚定的遗民顾炎武来说是绝对难以忍受的。因此，无论从道德的角度还是从文学的角度，判断文辞的真诚性在他都有最迫切的要求。《日知录》卷十九"文辞欺人"条痛斥谢灵运、王维是古来以文辞欺人之最，可谓古今最严厉的判词。至于当代名流的表现："今有颠沛之余，投身异姓，至摈斥不容，而后发为忠愤之论，与夫名汙伪籍而自托乃心，比于康乐、右丞之辈，吾见其愈下矣。"②"投身异姓"云云自是指钱谦益无疑，而"名汙伪籍"以下恐怕就指包括吴梅村在内全部贰臣群体了。

在顾炎武眼中，当时士大夫群体普遍文行悖离，所谓"末世人情，弥巧文而不惭，固有朝赋《采薇》之篇，而夕有捧檄之喜者。苟以其言取之，则车载鲁连，斗量王蠋矣"③。在这种形势下，洞悉"巧文"的虚伪，捍卫文学作品的真诚性，成了文学批评中突出的问题。为此，《日知录》卷十九"巧言"条由具体对象上升到对巧言的全面批判，断言"凡今人所作诗赋碑状，足以悦人之文，皆巧言之类也"，并鄙斥巧言令色之人为两种"天下不仁之人"④之一，在当下语境中对孔子的论断作了新的阐释。当然，他也强调，文辞最终是无法掩饰真实情感的，"世有知言者出焉，则其人之真伪，即以其言辩之，而卒莫能逃也"。以古为例："《黍离》之大夫，始而摇摇，中而如噎，既而如醉，无可奈何，而付之苍天者，真也。汨罗之宗臣，言之重，辞之复，心烦意乱，而其词不能以次者，真也。栗里之征士，淡然若忘于世，而感愤之怀，有时不能自止，而

---

① 康乃心：《莘野先生遗书·莘野集》卷首，中国社会科学院文学研究所藏稿钞本。
② 黄汝成：《日知录集释》卷一九，下册，第852页。
③ 黄汝成：《日知录集释》卷一九"文辞欺人"条，下册，第853页。
④ 黄汝成：《日知录集释》卷一九"巧言"条，下册，第850—851页。

微见其情者，真也。其汲汲于自表暴而为言者，伪也。"① "知言"在传统批评话语中意味着同情的理解，而在顾炎武这里却是拒斥的明察，很显然，他的判断力概念已偏离审美而转向了道德的方向。

在士大夫阵营急遽分化，气节和道德沦丧日益普遍的情况下，没有一定的伦理准则为底线而一味强调"真诗"，实际已变得毫无意义。像钱牧斋、吴梅村那样名汙伪籍而自托忠诚固然难辞其咎，那么真诚地投身异姓，颂扬新朝就可取了吗？问题的关键显然不在真假本身，而在于"真"的道德底线。顾炎武郑重提出"行己有耻"的现实意义及其对于文学的迫切性和重要性正在于此。"行己有耻"语出《论语·颜渊》，经《朱子语类》加以发挥，"知耻"于是成为儒家学说的基本命题之一。从《日知录》体例与《困学纪闻》的沿袭关系看，顾炎武的说法很可能是受王应麟"夫尚志谓之士，行己有耻谓之士，否则何以异乎工商"（《困学纪闻》卷二十）之说的启发②。但"知耻"确也是清初道德论中的核心问题，孙奇逢晚年自赞"长知立身，颇爱廉耻"③，归允肃少时读书，大书"知耻必奋"于坐隅④，都是一时思潮鼓荡波及。顾炎武在诗学中则用了"鉴往训今"的方法（详后），从《诗经》中发掘出"知耻"的文学源头："'岂不尔思，畏子不敢'，民免而无耻也；'虽速我讼，亦不尔从'，有耻且格也。"（《日知录》卷三）在与张尔岐论学书中他又断言："士而不先言耻，则为无本之人；非好古而多闻，则为空虚之学。"⑤ 他非但在自己的创作中身体力行此一观念，还编选《昭夏遗声》二卷，专"选明季殉节诸公诗"，各冠小序一篇⑥，其书想必是弘扬"知耻"精神的文学实践，遗憾的是已不得知其详了。

"真诗"的伦理基础问题既已解决，就剩下表层的风格独创性问题了。风格的模仿同样构成对真的伤害，清初诗论家对"真诗"的呼唤，多数就是针对明代盲目摹古、丧失自我特征而发的。顾炎武当然也不会忽略这一点，与人论诗文书七云："君诗之病在于有杜，君文之病在于有韩欧。有

① 黄汝成：《日知录集释》卷一九"文辞欺人"条，下册，第853页。
② 谢国桢：《读史随笔四则》，《瓜蒂庵文集》，辽宁教育出版社1996年版。
③ 王用臣：《斯陶说林》卷四引，光绪十八年家刊本。
④ 归朝煦：《先宫詹公行述》，《归宫詹集》附录，光绪十三年刊本。
⑤ 顾炎武：《与人论学书》，《顾亭林诗文集》，第41页。
⑥ 见亭林弟子李云沾《与人论亭林遗书笺》，《国粹学报》第一年第七期。

此蹊径于胸中，便终身不脱依傍二字，断不能登峰造极。"① 这是指点友人摆脱偶像崇拜和盲目模仿，坚持艺术表现上的独创性。其实独创性虽属艺术创作的基本要求，但同时也是很高的要求，真正能实现独创性的诗人毕竟很少，大多数诗人根本不具备这样一种能力。因此对大多数人来说，写诗就不是很有必要的事。正是基于这样的考虑，顾炎武强调不必人人为诗："古人之会君臣朋友，不必人人作诗。人各有能有不能，不作诗何害？若一人先倡而意已尽，则亦无庸更续。""柏梁之宴，金谷之集，必欲人人以诗鸣，而芜累之言始多于世矣。"② 这对独创性过于绝对的强调，显然有愤世嫉俗的味道，但亭林的深刻之处在于，他不是抽象地谈论独创性对于诗文创作的意义，而是揭示出这一问题背后的历史逻辑：

> 诗文之所以代变，有不得不变者。一代之文沿袭已久，不容人人皆道此语。今且千数百年矣，而犹取古人之陈言一一而摹仿之，以是为诗，可乎？故不似则失其所以为诗，似则失其所以为我。李杜之诗所以独高于唐人者，以其未尝不似而未尝似也。③

这段话再次显示出顾炎武贯穿经史，究古知今的理论洞察力。后来王国维对"一代有一代之文学"的解释，以为"文体通行既久，染指遂多，自成习套，豪杰之士，亦难于其中自出新意，故遁而作他体以自解脱"（《人间词话》），大体不出亭林所见范围。

三　鉴往训今：顾炎武诗学方法论

明代以来的古典主义思潮，经历沧桑巨变的历史反思，被注入强烈的现实关怀，最终形成清初"务求古法，而实以己之性情学术，要归有用"④ 的主流思潮。顾炎武"有益于天下"的文学主张，从当下语境说无疑是"有用"的具体体现；而从学术传统上看，则可以在宋代理学家叶适"为学而不接统绪，虽博无益也；为文而不关世教，虽工无益也"⑤ 一句

---

① 顾炎武：《与人书之十八》，《顾亭林诗文集》，第95页。
② 黄汝成：《日知录集释》卷二一"诗不必人人皆作"条，下册，第911页。
③ 黄汝成：《日知录集释》卷二一"诗礼代降"条，下册，第932页。
④ 魏禧：《答杨商贤》，《魏叔子文集》卷七，宁都三魏文集本。
⑤ 林景熙：《二薛先生文集序》引，《林景熙诗集校注》，浙江古籍出版社1995年版，第338页。

话中找到渊源。尽管顾炎武对学问和文学的基本观念都不难看出与理学的关系，但他表达自己的观念，采用的是截然不同于理学的另一种方式。他不是将自己对诗歌的认识作为理论来演绎，而是以学术史的方式来呈现，即通过对诗学传统的重新解释使它成为有历史依据的、有成功经验支持的理论话语。

谈论顾炎武的学术不能不涉及江南的学术传统，尤其是以无锡顾宪成、高攀龙为首的东林党人的精神传统的影响。东林党人以朱子为宗①，倡言"学者以天下为任"②，针对王学的空谈心性，主张格物而致实学："明德一也，由格物而入者其学实，其明也即心即性；不由格物而入者其学虚，其明也是心非性。"③ 顾炎武在人格理想和学术趋向上明显受到东林党人的影响，但朱子学"穷理"的道德取向毕竟不能解决经世的急务，顾炎武最后只能复归传统的儒家学说，选择复兴经学的道路④。当然，他复兴经学的目的并不在经学本身，而在于通过传统经学的阐释，发扬其作为政治、经济、社会学说的基本品格，从而实现经学＝理学＝实学的言说策略。他有慨于"彼章句之士，既不足以观其会通，而高明之君子，又或语德性而遗问学"⑤，因此选择了一条由问学而求治道，由实证而达会通的道路。文集卷六《答徐甥公肃书》有云："夫史书之作，鉴往所以训今。""鉴往训今"四字正可借以说明他的学术路径。亭林之学始终贯串着大处着眼，小处着手，由小见大的品格，即使经传一字一句的训释，主旨必归结于礼法治教。这在《日知录》中有许多典型的例证。如卷六释"君有馈焉曰献"一句：

> 仕而未有禄者，君有馈焉曰献，使焉曰寡君，示不纯臣之道也。故哀公执挚以见周丰，而老莱子之于楚王自称曰仆。盖古之人君，有所不臣，故九经之序，先尊贤而后敬大臣。尊贤，其所不臣者也。至若武王之访于箕子，变年称祀，不敢以维新之号临之，恪旧之心，师臣之礼，又不可以寻常论矣。⑥

---

① 高攀龙：《答方本庵》自称"龙之学以朱子为宗"，《高子遗书》卷八下，文渊阁四库全书本。
② 高攀龙：《与李肖甫》，《高子遗书》卷八下。
③ 高攀龙：《答王仪寰二守》，《高子遗书》卷八上。
④ 陈祖武：《清初学术思辩录》，中国社会科学出版社1992年版，第62—63页。
⑤ 黄汝成：《日知录集释》卷七"予一以贯之"条，上册，第318页。
⑥ 黄汝成：《日知录集释》上册，第278页。

通过辨正旧注解馈字之误，亭林揭示了上古君臣关系的真相，在对武王的赞叹中，寄予了对君臣关系的理想。唐鉴论亭林之学，说"夫先生之为通儒，人人能言之。而不知先生之所以通，不在外面而在内，不在制度典礼，而在学问思辨也"，虽不无强人就我的门户之见①，但对亭林学术的精神还是洞见真髓，省识大体的。考察亭林诗学，我发现其要义也正在于此。

这里仍然有地方学术传统的影响。众所周知，顾炎武的乡贤归有光曾辨析"讲经"与"讲道"的差别，说"汉儒谓之讲经，而今世谓之讲道。夫能明于圣人之经，斯道明矣，道亦何容讲哉"②。因而他断言"天下学者，欲明道德性命之精微，亦未有舍六艺而可以空言讲论者也"③。顾炎武的学术正是以这种"讲经"的方式展开的，其诗学方面的实践在中国古代诗学的历史上显得尤为独特而富有开创性。如果说顾炎武的诗论在观念上缺少新意的话，那么他的言说方式却有引人注目的独特之处。比如在表达自己对诗歌的基本观念时，顾炎武就用推源溯流之法，从源头上将诗学的基本命题作了清理。《日知录》卷二十一"作诗之旨"条云：

> 舜曰"诗言志"，此诗之本也；《王制》"命太师陈诗，以观民风"，此诗之用也；《荀子》论《小雅》曰："疾今之政，以思往者，其言有文焉，其声有哀焉。"此诗之情也。故诗者，王者之迹也。建安以下，洎乎齐梁，所谓"辞人之赋丽以淫"，而于作诗之旨失之远矣。④

他综合上古文献对诗歌的论述，由抒情本质、认识作用、表现形式三个方面论定诗歌写作的原则，从而表明了自己的看法，即诗歌的主导作用是反映现实，批判现实。基于这一立场，亭林从前诗学或曰准诗学概念开始就对它们作了当下诗学语境的阐释，比如"体物"和"格物"。《日知录》卷六云："惟君子为能体天下之物，故《易》曰'君子以言有物而行有

---

① 唐鉴：《清学案小识》卷三《翼道学案》。参看杨向奎《清儒学案新编》第 1 卷，齐鲁书社 1985 年版，第 505 页。

② 归有光：《送何氏二子序》，《归震川先生集》卷九，四部丛刊初编本。

③ 归有光：《送计博士序》，《归震川先生集》卷九。参看陈祖武《清初学术思辨录》，第 21—22 页。

④ 黄汝成：《日知录集释》卷二一，下册，第 910 页。

恒.'"又云："以格物为多识于鸟兽草木之名，则末矣。知者，无不知也，当务之为急。"此所谓"体物"指体察与理解，与诗论中描摹形容之义的体物还有一段距离，但亭林将其与"言有物而行有恒"联系起来，就赋予语言表达以内容充实和道德纯正的要求；同理，"格物"作为认知概念与诗歌的关系更远，但"多识于鸟兽草木之名"这句本自孔子的话，让人联想到其论诗的本义，从而由格物的"当务之为急"推想诗歌，产生举一反三的效果。又如，《日知录》卷十九"直言"条对诗教作了补充和修正：

> 《诗》之为教，虽主于温柔敦厚，然亦有直斥其人而不讳者。如曰"赫赫师伊，不平谓何"，如曰"赫赫宗周，褒姒灭之"，如曰"皇父卿士，番维司徒。家伯维宰，仲允膳夫。聚子内史，蹶维趣马。楀维师氏，艳妻煽方处"，如曰"伊谁云从，维暴之云"，则皆直斥其官族名字，古人不以为嫌也。（中略）如杜甫《丽人行》"赐名大国虢与秦"，"慎莫近前丞相嗔"，近于《十月之交》诗人之义矣。①

温柔敦厚的传统诗教在语言表达上要求"下以风刺上"时须"主文而谲谏"（《毛诗序》），即婉曲出之，不直指其事。顾炎武却指出《诗经》并非无"直斥其人而不讳"之例，甚至诗圣杜甫也有直斥杨国忠兄妹的诗句，古人不以为嫌。这表明诗教并非那么狭隘，直言指斥同样也是传统的一端。就这样，通过正本清源的论断与诗史的印证，顾炎武为尖锐批判现实的写作态度找到了理论依据。

他还就观风的认识作用，对历来纷争的孔子不删郑卫之诗的问题作了考辨。历代儒者论孔子不删郑卫之风，都站在性灵论的立场，从情感多样化的角度加以肯定。但顾炎武不同，他强调的是文学的认识和批评现实的功能。在他看来，道德教化并不是万能的，诗教的影响力更是有限的，当诗教不能起到敦风俗、厚人伦的作用时，其认识和批判现实的作用就更值得重视：

> 孔子删诗，所以存列国之风也。有善有不善，兼而存之，犹古之太师陈诗以观民风，而季札听之以知其国之兴衰。正以二者之并陈，

---

① 黄汝成：《日知录集释》卷一九"直言"条，下册，第846页。

故可以观，可以听。世非二帝，时非上古，固不能使四方之风有贞而无淫，有治而无乱也。文王之化，被于南国，而北鄙杀伐之声，文王不能化也。使其诗尚存，而入夫子之删，必将存南音以系文王之风，存北音以系纣之风，而不容于没一也。①

他举例说，《桑中》《溱洧》不删是"志淫风"，《叔于田》《扬之水》《椒聊》不删是"著乱本"，"淫奔之诗录之不一而止者，所以志其风之甚也"。道学家不明此理，去取之间，反失孔子本旨。如真德秀纂《文章正宗》，"其所选诗，一扫千古之陋，归之正旨，然病其以理为宗，不得诗人之趣"。②

还是从观风俗的认识作用出发，亭林又就诗歌反映现实、讽喻时政的作用作了一番考论：

　　天下有道，则庶人不议。然则政教风俗，苟非尽善，即许庶人之议矣。（中略）唐之中世，此意犹存。鲁山令元德秀遣乐工数人连袂歌《于蒍》，玄宗为之感动。白居易为盩厔尉，作乐府及诗百余篇，规讽时事，流闻禁中，宪宗召入翰林，亦近于陈列国之风，听舆人之诵者矣。③

表面上看，他是以唐代的故事为根据正面阐述政阙而庶人议的必要性、合理性和可行性，通过诗人讽喻成功的事例说明诗歌具有的感染力，但最后似不经意地提到上古采诗观风的制度，就将诗歌的讽喻精神及统治者对此的重视论定为中国古代政治和诗歌密切相关的传统，从而对诗歌的"有用"价值重新作了的历史性的发掘。亭林于诗最推崇杜甫，于诗论最赞许白居易"知立言之旨"，无论杜甫"窃比稷与契"的自许，抑或白居易"文章合为时而著，诗歌合为事而作"的创作宗旨，就文学对政治的影响力而言都是与他的理解相吻合，也是与他愿为帝王师的理想相一致的。

凡此等等都属于托考古之名而寓变革之实的"鉴往训今"，即在古代

---

① 黄汝成：《日知录集释》卷一九"直言"条，下册，第846页。
② 黄汝成：《日知录集释》卷三"孔子删诗"条，上册，第106页。
③ 黄汝成：《日知录集释》卷一九"直言"条，下册，第846页。

诗歌传统的推原考究中重新阐释诗学传统的价值和意义，从而树立起与时代要求相适应的诗歌理念。从诗学史的角度看，这种理论方式是很有特点的，不仅反映了时代特色，也显示出浓厚的学术色彩，它与顾炎武学术的征实精神一道深刻地影响了清代诗学，从某种意义上说也决定了清代诗学突出学术性的基本倾向。

四　主音与主文：诗歌史研究的音韵学视角

顾炎武不只是一位杰出的学者，也是一位优秀的诗人，同时名家朱彝尊许其"诗无长语，事必精当，词必古雅"[1]，后人悉推尊为清初大家。正如研究者已指出的，顾炎武论诗主学问，《与友人论门人书》提到当时喜王学的空虚之士，"其中小有才华者颇好为诗，而今日之诗，亦可以不学而作"，言下甚为不屑。他平生除潜心研习杜诗外，对阮籍、陶潜、李白、韩愈诸家诗也下过很大工夫，这由《日知录》卷二十八驳正前人种种误解，可见一斑。但顾炎武之寓学问于诗学，最值得注意的是音韵学方面的知识。这是顾炎武诗学的独到成就，也是与关中学者交互影响的结果。从各种迹象看，顾炎武对诗歌音韵的研究颇受李因笃影响和启发。

清初是音韵学研究风气很盛的时代，许多著名学者都撰有音韵学著作，甚至有人伪造沈约《四声韵谱》以眩世[2]。顾炎武本身就是这种风气的鼓动者之一。他毕生研究音韵学，《音学五书后叙》自称"纂辑此书几三十年，所过山川亭鄣，无日不以自随，凡五易稿而手书者三"。虽然历史地看，或许"考古之功多，审音之功浅"（江永《古韵标准》例言），但论定古诗无叶音，将古韵分为十部，并确立起方法论规范，还是在古音学上作出了很大贡献，因此杨岘称"顾亭林氏《音学五书》为国朝讲五音之先马"[3]，历来也视此书为他毕生学术中最有价值的成果之一。他将平生治音韵学的丰厚积累施于诗学，就为诗学注入了新内容，也为诗学开辟了新的学术途径。当代学者已注意到音韵为诗义服务是顾炎武诗学的理

---

① 朱彝尊撰，姚祖恩辑：《静志居诗话》卷二二，人民文学出版社 1990 年版，下册，第 672 页。

② 朱彝尊序张士俊校刊《广韵》，谓当时岭外妄人伪造沈约之书，有信而不疑者，参见章学诚《丙辰劄记》，中华书局 1986 年版，第 65 页；吴骞《拜经楼诗话》卷三，《清诗话》，上海古籍出版社 1978 年版，下册，第 751 页。

③ 杨岘：《诗本音辑补序》，《迟鸿轩文续》，吴兴丛书本。

论特征之一，并略有阐发①，但有待深入探讨的问题还不少。据我初步研究，音韵学在顾炎武诗学中的运用及其成果，主要有以下三个方面。

第一，从音韵开始研究诗歌，从音韵学的角度研究诗史。由于古音失传，《诗经》学中"音韵之学，其亡已久"②，顾炎武《答李子德书》曾举后人不明古今音读之异而妄改古书本字之例，感叹"学者读圣人之经与古人之作，而不能通其音，不知今人之音不同乎古也，而改古人之文以就之，可不谓之大惑乎？"因此他研究《诗经》首先从辨音入手，又"惧子侄之学《诗》不知古音也"，遂本明代陈第治古音之法，"稍为考据，列本证、旁证二条。本证者，诗自相证也；旁证者，采之他书也。二者俱无，则宛转以审其音，参伍以谐其韵，无非欲便于歌咏，可长言嗟叹而已矣"③。陈第的古音学明末已流传于江南，但还不为人理解④，是顾炎武的研究光大了陈第的实证方法，从而确立起清代古音学的方法论基础，同时也开创了清代诗学中注重声律研究的风气。

顾炎武研究《诗经》音韵的结果，不仅得出上古韵分十部的结论并确立起方法论规范，还发现了一些古代诗歌写作的特点。比如，他指出古人用韵无过十字，韵多必转："《三百篇》之诗，句多则必转韵。魏晋以上亦然。宋齐以下，韵学渐兴，人文趋巧，于是有强用一韵到底者，终不及古人之变化自然也。"他检核《诗经》的结果，只有《閟宫》第四章用十二字。尽用此韵字未必不可以成章，但于意必有不达，是故末四句还是转韵。由此他得出结论："以韵从我者，古人之诗也；以我从韵者，今人之诗也。"⑤ 他认为这种差异是唐人以诗取士而有命题分韵所导致的，因此连杜甫、韩愈也不免其弊。他引《石林诗话》对杜甫《八哀诗》的批评，指出李邕、苏源明两篇中极多累句，确乎可为定论。他又说："诗主性情，不贵奇巧。唐以下人有强用一韵中字几尽者，有用险韵者，有次人韵者，

---

① 邬国平：《顾炎武文学思想得失探》，《辽宁大学学报》1993 年第 1 期；吴景山：《顾炎武诗歌的创作理论与实践》，《兰州大学学报》1997 年第 1 期；陈公望：《顾炎武文学观管窥》，《牡丹江师范学院学报》2000 年第 5 期。

② 魏际瑞：《诗经原本序》，陈士业评《魏伯子文集》卷一，宁都三魏文集本。

③ 顾炎武《音论》卷中"古诗无叶音"条，《音学五书》，中华书局 1982 年影印观稼楼刊本，第 35 页。

④ 王原《西亭文钞》卷三《订讹杂录序》："明季吴郡洞庭山有蔡蓝田翁者，精熟《文选》，弇州先生延之家塾，其所诵授，闻者无不掩口葫卢，曰：'是翁不识字。'不知其所训皆古音也。其学蓝本于闽儒陈季立氏。"光绪十七年不远复斋刊本。

⑤ 黄汝成：《日知录集释》卷二一"古人用韵无过十字"条，下册，第 913 页。

皆是立意以此见巧，便非诗之正格。"①　又举例论古人不忌重韵，说："凡诗不束于韵而能尽其意，胜于为韵束而意不尽，且或无其意而牵入他意以足其韵者千万也。故韵律之道，疏密适中为上，不然则宁疏无密。文能发意，则韵虽疏不害。"②　这些结论都印证了他对古代诗歌音韵的基本认识，即顺其自然，无固无必，从中可以看出他在诗歌声律问题上的通达态度。不过他将此论推至极端，说诗不押韵也无妨，就很难自圆其说了。他举孔子作《易》象象传作为自己的理论依据，说"古人作文之法，一韵无字，则及他韵，他韵不协，则竟单行"；作诗则"以义为主，音从之。必尽一韵无可用之字；然后旁通他韵；又不得于他韵，则宁无韵；苟其义之至当，而不可以他字易，则无韵不害。汉以上往往有之"。他只举出很少几个例子证成其说，而《石壕吏》"老翁逾墙走，老妇出门看"一例，钱大昕指出是真文与元寒通，并非无韵③。这一来他的结论就更显得缺乏说服力了。

第二，重视文学体裁的声律形式，首先将文学作品理解为一个声律结构，从而提出由音韵视角把握和划分文学史阶段的可能性。他说：

> 夫古之为诗，主乎音者也；江左诸公之为诗，主乎文者也。文者一定而难移，音者无方而易转。夫不过喉舌之间，疾徐之顷，而已谐于音，顺于耳矣。故或平或仄，时措之宜而无所窒碍。④

由"文者一定而难移"可以看出，这里与音相对的"文"不是指文辞，而是指固定的格律，主音和主文的差别也就是自然音节与人为格律的不同。顾炎武显然是崇尚自然音节的，因为他赞赏"天籁之鸣，自然应律而合节者"⑤。按他的理解，"夫音与音之相从，如水之于水，火之于火也。其在诗之中，如风之入于窍穴，无微而不达；其发而为歌，如四气之必至，而无所逃于天地之间者也"。这种自然和谐的音律，"岂若后世词人之作，字栉句比，而不容有一言之离合者乎?"⑥　邬国平先生曾指出，顾炎

---

① 黄汝成:《日知录集释》卷二一"古人用韵无过十字"条，下册，第913页。
② 黄汝成:《日知录集释》卷二一"次韵"条，下册，第931页。
③ 黄汝成:《日知录集释》卷二一"诗有无韵之句"条，下册，第914页。
④ 顾炎武:《音论》卷中"古人四声一贯"条，《音学五书》，第42页。
⑤ 顾炎武:《诗本音》卷四《候人》，《音学五书》，第104页。
⑥ 顾炎武:《诗本音》卷一《行露》，《音学五书》，第61页。

武这种见解"貌似崇古尊经，其实是以倡古而求新，依其本质来看，是对诗律自由的憧憬和向往"，"蕴涵着某种形式自由、诗体解放的思想意义，在诗歌批评史上值得大书一笔"。联系上文所引"诗不束于韵而能尽其意，胜于为韵束而意不尽"来看，我认为他的评价是极中肯而有见地的。我想进一步指出的是，顾炎武由"主文"、"主文"之异将文学史划分为两大阶段，实际上是提出了一种从音韵学角度把握文学史阶段性的研究视角。在这样一种特殊角度的观照下，声律之学兴起的南朝成了诗歌史上自然韵律写作和人为韵律写作的分水岭，这对通常为人鄙视，很少有人认真看待其诗歌史地位的南朝诗歌来说，无疑具有重要意义，它启发了清代诗学中李锳《诗法易简录》、郑先朴《声调谱阐说》等著作从诗律学角度研究"齐梁体"的工作。这是清代诗律学中极富学术价值的成果之一。以《音学五书》的影响来说，顾炎武音韵学对清代诗学的影响是应该充分考虑的。

　　第三，顾炎武对诗歌音韵的研究还上升到音乐性的高度，对古代诗歌与音乐的关系作了探讨。《日知录》卷五"乐章"条首先历时性地考察了诗与乐的关系，指出"诗三百篇皆可以被之音而为乐，自汉以下乃以其所赋五言之属为徒诗，而其协于音者则谓之乐府。宋以下则其所谓乐府者，亦但拟其辞，而与徒诗无异别，于是乎诗之与乐判然为二，不特乐亡，而诗亦亡"。继而又阐明"古人以乐从诗，今人以诗从乐"的道理，解释"古人必先有诗，而后以乐和之"，是因为古诗天然有良好的音乐性，"古之诗大抵出于中原诸国，其人有先王之风，讽诵之教，其心和，其辞不侈，而音节之间往往合于自然之律。《楚辞》以下即已不必尽谐。降及魏晋，羌戎杂扰，方音递变，南北各殊，故文人之作多不可以协之音，而名为乐府，无以异于徒诗者矣"。这一点结合具体的乐府旧题来看就更为清楚："乐府中如《清商》、《清角》之类，以声名其诗也；如《小垂手》《大垂手》之类，以舞名其诗也。以声名者必合于声，以舞名者必合于舞，至唐而舞亡矣，至宋而声亡矣，于是乎文章之传盛，而声音之用微，然后徒诗兴而乐废矣。"如此从语音演变的角度对乐府诗衰亡的原因加以说明，在清代乐府诗研究中可以说是很独到的见解。这番对诗、音、乐关系的讨论，引发他无限感叹："言诗者大率以声音为末艺，不知古人入学自六艺始，孔子以游艺为学之成。后人之学好高，以此为瞽师、乐工之事，遂使三代之音不存于两京，两京之音不存于六代，而声音之学遂为当今之绝艺。"① 他不曾料到，自他开诗歌音韵学研究的先河，诗歌声律之学后来竟成为清代诗学热衷讨论的问题，以王士禛《古诗平仄论》、赵执信《声调谱》、周春《杜诗双声叠韵谱括略》、李宪乔《拗法考》、董文涣《声调四谱图说》等书为代表，各类著述层出不穷，蔚为专门之学，乃至成为清代诗学最具特色、最有学术价值的部分之一。

顾炎武不仅以气节高峻赢得人们的尊敬，也以学问广博赢得后代的景仰。他的学术观念及研究方法对清代学术影响深远②。他讨论诗学的文字虽不多，但在清代也夙有定评。嘉、道间鲍瑞骏称"亭林顾征君，语语归践蹈"③，强汝询称"顾氏说诗多通论，足箴后世诗家之失"④，都强调指出了亭林诗学的实践品格和指导意义。以上四方面的论述已初步勾勒出顾炎武诗学在清初诗学中的独特意义和在清代诗学史上的重要地位：以文化救亡为核心的大文学观代表了当时知识群体的价值取向和学术路径，"真诗"观念的三个层面体现了清初诗坛的主流意识，鉴往训今的学术方法开启了有清一代的实证学风，而诗歌音韵研究则开拓了中国古代诗歌音韵学的处女地。顾炎武诗学是清初特定文化语境的产物，同时带有他学术个性的鲜明印迹，在某种程度上或许有邬国平先生指出的"一方面肯定讽喻诗的价值和古代诗歌中的批判传统，一方面又对诗文总体上采取消极的态度，反映了他对文学功能、特性认识的片面"的缺陷⑤，但其博大的气魄和高屋建瓴的眼界却是独步一时、无与伦比的，而对清代诗学大方向和学术方式的影响则更是不可低估的。清代诗学乃至整个学术"义必宗诸古，事必征诸实"的精神⑥，都可以追溯到顾炎武，今天需要在更高的视点考察顾炎武诗学的理论价值和诗学史意义。

---

① 黄汝成：《日知录集释》卷五，上册，第226—229页。

② 有关顾炎武对清代学术的影响，可参看胡楚生《顾亭林对于清代学术之影响》，《清代学术史研究》，学生书局1988年版，第17—24页；王俊义：《顾炎武与清代考据学》，《清代学术文化史论》，文津出版社1999年版，第115—129页。

③ 鲍瑞骏：《与周朴卿太守士澄论诗即题其集》，《桐花舸诗钞》，中国社会科学院文学所藏稿钞本。

④ 强汝询：《求益斋随笔》卷二，《求益斋全集》，光绪二十四年江苏书局刊本。

⑤ 邬国平：《顾炎武文学思想得失探》，《辽宁大学学报》1993年第1期。

⑥ 张文虎：《汪双池先生遗书序》，《舒艺室杂著》甲编卷下，系代李雨亭撰，光绪刊本。

第三节　关中理学家们的诗论

自古一方学术之兴，端赖于非凡人物的出现。清初关中理学的振兴，是与李颙、李柏、王弘撰、李因笃、康乃心、王心敬等一批学者的群体努力分不开的，其中李颙的贡献和影响最大。诗学在这些理学家的学术中虽非专攻，但多少都有涉猎。李因笃、康乃心两位以杰出诗人而潜心诗学，各有专门著述，后面将立专节论述，这里先略述其他几位理学家的诗论。

一　李颙的"立本"说

李颙（1627—1705），字中孚，号二曲。陕西盩厔（即作周至）人，是当时著名的处士和学者。身当易代之际，学人同思以学救世，李颙深慨关学之衰，以"明体适用"为宗旨倡导理学，深为天下所景仰，与黄宗羲有南黄北李之目。顾炎武来访，两人一见如故，互相倾倒。然而二曲之学"以躬行实践为先务"①，与亭林之学诚有向内向外、为己为人之别。这种学术取向的不同，两人初晤对即已了然。二曲《四书反身录》卷六有云："友人有以日知为学者，每日凡有见闻必随手劄记，考据颇称精详。余尝谓之曰，知者无不知也，当务之为急。尧舜之知而不遍物，急先务也。若舍却自己身心切务不先求知，而唯致察乎名物训诂之末，岂所谓急先务乎？假令考尽古今名物，辨尽古今疑误，究于自己身心有何干涉？诚欲日知，须日知乎内外本末之分，先内而后外，由本以及末，则得矣。"据惠霍嗣《历年纪略》载，此事发生在康熙二年顾亭林游陕时②，正是两人最初的思想交锋。不同观念的对立、交流对双方都是个刺激，促使他们互相理解，彼此接近，将对方学说的精义吸收到自己的思想中来。后来康熙九年末、十年初二曲赴常州讲学时，颇倡廉耻之说。略云：

> 若夫今日吾人通病，在于昧义命，鲜羞恶，而礼义廉耻之大闲，多荡而不可问。苟有真正大君子深心世道，志切拯救者，所宜力扶义命，力振廉耻，使义命明而廉耻兴，则大闲藉以不逾，纲常赖以不

---

① 李颙：《二曲全集》郑重序，蒋氏小娜环山馆重刊本。
② 参见赵俪生《顾亭林与王山史》，齐鲁书社 1982 年版，第 147 页。

毁,乃所以救世而济时也。当务之急,莫切于此。

不难看出,这里有顾炎武"行己有耻"之说的影子。李二曲这次讲学据说
耸动江南学界,"诧为江左百年来未有之盛事"①。历史似乎开了个玩笑:
亭林以江南人不足与讲知耻之学而走于北地,后来他的学说却以出口转内
销的方式由李颙再输入回来。通观顾、李二人的著作,其思想上的相互影
响不仅在表现在学问方面,也表现在文学观念上。他们对诗歌的基本功能
的认识渐趋接近,兴观群怨、温柔敦厚等传统诗教观念,都频繁地出现在
他们的笔下,显出某种近朱者赤的痕迹。

有关宋代文学的知识告诉我们,理学家一般都是不那么热心文艺的,
即使内心喜爱也放不下道学架子来认真谈论它。朱子正因此才显得不平
凡,他是理学家中罕见的能像对待其他学问一样郑重谈论文艺的人。对理
学家李二曲,我本不抱奢望能发掘多少有价值的诗学资料,但关中诗学既
已收入视野,最有影响的理学家的诗学观就不能不有所交代。研究的结
果,收获比我期望的要多。首先,通过李二曲,我获得一个知识,一个人
对文艺的态度会由某种特殊事件而发生根本的转变。据传记所载,李二曲
青年时代原是爱好文艺的,一桩经历改变了他对文学的态度。顺治二年
(1645)他十九岁时曾借得江南复社名士周钟的制义,喜其"发理透畅,
言及忠孝节义则慷慨悲壮",遂玩赏摹作,每一成篇,见者称叹。后得知
周钟"失节不终",不禁对文人的品节大失所望,"自是绝口不道文艺"。②
经过三十年力学苦思,到康熙十五年(1676)的《周至答问》,他提出
"明体适用"的论学主张,所谓"穷理致知,反之于内,则识心悟性,实
修实证;达之于外,则开物成务,康济群生,夫是之谓明体适用"③,由
此确立起他的学术思想。他对文艺的基本看法都是这种学术取向的自然
衍生。

阅读了《二曲全集》,我的结论是:二曲论文学像理学家的一般态度
一样,也主立本。他在《靖江语要》中说:"为学先要识本,诚识其本而

---

① 李颙:《南行述》,《二曲全集》卷一〇,蒋氏小嫏嬛山馆重刊本。
② 李颙:《历年纪略》,《二曲全集》卷四五,蒋氏小嫏嬛山馆重刊本。所谓"失节不终",
殆指周钟后即投降李自成,为李自成起草檄文,有"主非甚暗,孤立而炀敝恒多;臣尽行私,比
党而公忠绝少"之句;后又上《劝进表》,称李自成"比尧舜而多武功,方汤武而无惭德",为
士林不齿,见黄宗羲《弘光实录钞》卷二、董含《三冈识略》卷一。
③ 参看陈祖武《清初学术思辩录》第八章"李颙与关学",中国社会科学出版社1992年版。

本之，本既得则末自盛。""吾人学苟知本，实体于躬，则为道德；而不知所谓道德也，宣之于言，则为文章，初非有心于文章也。""若舍本趋末，专意文章，则神思所注，止知有文章，是本为文章所汩矣。"① 文集卷十九《书继述堂诗文》也表达了同样的看法，不外乎发挥孔子"有德者必有言"之旨。由此生发开来，他将诗歌分为学者之诗和诗人之诗。文集卷十九《三冬纪游弁言》有云：

> 诗于士虽非急务，要亦在所不废也。然有学者之诗，有诗人之诗。养深蓄厚，发于自然，吟咏性情，而无累乎性情，此学者之诗也；雕句琢字，篇章是工，疲精役虑，而反有以累乎性情，此诗人之诗也。

乾、嘉汉学兴盛以后，诗论中也曾有学人之诗和诗人之诗的划分，其分际在主学问与主性情②。李二曲的划分着眼于情感的自然流露，强调主体修养为首要前提，这固出自理学精神之本色，但也启发了类似下文的观点：

> 有意于诗而诗工，谓之诗人之诗可也；无意于诗而诗自无不工，谓之学人之诗可也。③

当乾、嘉诗坛诗人之诗、学人之诗论辩蜂起时，论者每不知此说始于何人。李二曲的议论会不会是源头之一呢？

仔细研究李二曲的论诗文字，我也真发现一些值得注意的问题。即以立本之说而言，他的"本"已不像前代理学家诗论只限于伦理道德，其中还包括经济和气节，这是清初那个特定语境中的经世思潮的反映。康熙三十年（1691）冬，关学后劲康乃心冒雪来谒李二曲，别时二曲书"道德经济气节文章"八字以励之，以为"四者全而后为完人，穷则守先待后，主持世教；达则匡时定世，康济群生；节操足以廉顽立懦，笔力足以阐理达意，方为真男子，方不愧须眉"④。经济时务和操守气节纳入"本"中，

---

① 李颙：《二曲全集》卷四，蒋氏小嫏嬛山馆重刊本。
② 蒋湘南：《继雅堂诗集序》："世之论诗者往往分而别之，曰有才人之诗，有学人之诗。"
③ 赵绍祖：《兰言集》卷二鲁璜诗小序，古墨斋刊本。
④ 康乃心：《莘野先生遗书·莘野集》卷首，中国社会科学院文学研究所藏稿钞本。

为传统诗学的作家主体论增添了新的内涵，而清诗也正是在对社会现实的密切关注中培养起强烈的纪实性和批判色彩的。李二曲的立本说除传统的"本既得则末自盛"之意外，还包含着诗文以人重，诗文与为人相印证一层意思。他作康乃心《莘野集序》云：

> 士之颖慧者争言诗言文，予谓诗文易耳，做人难。能做人则立身□己必自命弗苟，必自待弗轻，必自振自奋，超然自拔于俗务，思□□自树，或处或出，于身心世道有关，斯人重而诗与文亦重矣。

在他看来，"诗文以人而重，视人以诗文而重者相去何啻霄壤"，"若做人有缺而诗文是工，不过为诗人文人而已。论者谓大丈夫一号为文人，便无足观。人既无足观，其诗与文亦何足观耶？"① 这与顾炎武对文人的鄙视如出一辙，所谓"论者"当然也就是刘挚，只不知他注意刘氏此语，是否受亭林的影响。作为上述文学观的自然引申，他还将《论语》所谓"小道"重新作了解释，认为诗文字画皆属小道，"为之而工，观者心悦神怡，跃然击节，其实内无补于身心，外无补于世道，致远恐泥"。如此说来他对文艺岂非持彻底的否定态度？那倒还不至于，他毕竟承认诗文并非全不可为，关键是"须先为大道，大道诚深造，根深末自茂，即不茂亦不害其为大也"。这仍是在敷衍立本之说。

拘守儒家传统文学观，自不会置"诗教"于度外。二曲在他的重要著作《四书反身录》中对孔门诗教强调的社会功能固然也作了肯定，但更强调学者实践的重要性："圣门之教，诗居其首。兴观群怨，事父事君之道，于是乎资。今之学者童而受读，垂老不废，学则学矣，吾不知其于兴观群怨、人伦物则果何如也。买椟还珠，吾党戒诸。"（卷六）对孟子的"知人论世"说，他也从学者自身反省的角度作了新的阐发，强调诗歌对于陶铸人格，提升自身修养的意义：

> 诵其诗，读其书，不知其人可乎？然诵其诗，读其书，徒知其人可乎？知古人所处之不同，即思以身设处其地，能如古人随遇以尽其道乎？否则徒知人论世，论之而一一允当，亦不过史家评断之常，究

---

① 康乃心：《莘野先生遗书·莘野集》卷首，中国社会科学院文学研究所藏稿钞本。

与自己日用何补？

这种思路虽属理学精神的自然延伸，但对丰富传统诗教的内涵不无小补。从文学批评的角度说，一如《四书反身录》书名所示，"反之于内"的目标是"识心悟性"，提示学者在诗歌的阅读和玩味中反省自身的品格，提升自我修养，这不仅与文学批评的道德品位相称，同时也与文艺鉴赏的终极目标相一致。在这种地方，理学家的见解往往又比一般诗论家高出一个境界。

二　李柏的性情诗论

李柏（1630—1700），字雪木，号太白山人，陕西郿县（今作眉县）人。少有抱负，兼习文武，有用天下之志，有独往独行之概。夙不喜举业，以母督责之严，不得已而习之，然终不出仕，讲学以终。他曾说："'天下有道则见，无道则隐；邦有道则仕，邦无道则可卷而怀之；用之则行，舍之则藏。'须看六'则'字是何等决绝，何等勇断。今人却因循苒茸，以为通达权变，故终身不济事。"① 因在大节上看得通透，李柏论学最具关学从大处入手的特点，论诗则多注意关乎文学本质的大问题。李因笃尝言："关中三李余行季，素以虚声闻于人，自问恒多过情之耻。行伯中孚李先生、行仲雪木李先生学业文章诚足羽翼六经，发矇振聩。"② 友人骆文也说，每与人相遇必谈诗，李柏"剧谈十五国之贞淫正变，千百年之治乱兴衰，靡不刺刺言之，燎如指掌"，让从游而闻其咳者佩服莫名③。我们从《襄平张少文诗集序》还可窥见他如何谈论《诗经》：

> 《三百篇》率于性者也，故见鸟吟鸟，见兽吟兽，见草木吟草木，见忠臣孝子吟忠臣孝子，见劳人思妇吟劳人思妇，如造化生物，无心而成，悉出于天机自然，因物之色而色之，因物之声而声之，因声与色而韵之，此三百篇所以为天下万世诗祖也。至唐以诗取士，而海内学士人人能诗，至人人能诗而天下遂无诗。何也？断须镂肝，雕之琢之，斧之凿之，干禄也，非为诗也。凿混沌者，七窍生而混沌死；有

① 李柏：《语录》，《太白山人槲叶集》卷三，光绪刊本。
② 王于京：《槲叶集序》引，见《太白山人槲叶集》卷首，光绪刊本。
③ 骆文：《槲叶集序》，见《太白山人槲叶集》卷首，光绪刊本。

> 唐人干禄之诗,而三百篇亡矣。①

这虽不是从贞淫治乱的角度论诗,但涉及的也是自由抒发性情的问题,是发挥自宋代杨万里以来的性灵派论调,推崇《诗经》的自然天成以至于竟否定唐诗的艺术成就。在这一点上,他的立场明显和关中诗学的主流倾向不一致,关中诗学家主要是接受和继承了明代格调派的传统,独宗唐诗。我感觉到,李柏的诗歌观正仿佛其为人,有一种任心直行、不拘故常的气概,又因耽于佛学,常思理玄妙,不落言筌。他称赞张少文诗能惩唐诗之弊,不法唐诗而法三百篇,诗成千篇而不袭唐人一字,可谓"终身诗有千万篇,实终身诗无一字"。何以这么说呢?他道是"率性而成,意不诗也"。由此我们看到李柏观念深处有一种根于道家哲学的理念,即真正的诗歌创造就是无意而为诗,于是真正的诗也就不是通常所谓的"诗"。

事实上,李柏论诗的文字常无意讨论诗歌本身,而喜欢发挥佛理,言语充满禅机,如《青门朱山人诗集序》便是如此。有时他甚至借禅宗的言说方式,在更广泛的人文意义上来谈论自然与诗歌。比如他序许生洲《华岳集》,论及山水诗的抒情性,首先辨析山水在诗中的功能,由此揭示山水诗的抒情方式:

> 谓山水非诗耶,古人赋何以登高作,诗何以临流咏也;谓山水尽诗耶?又何为言志道性情也。盖性情不可见而托诗以见,诗不能直言而托山水以为言。此其事极博而道至微也。

这段话言简意赅,把中国诗歌的意象化特征说得极透辟,然而接着论山水与性情与道的关系,却渐落理窟:"人知一家之书数万言也,而不知祇山水二物;人知咏山咏水数千篇也,而不知祇道性情;人知性情好恶美刺多端也,而不知一本于道"。他称赞许生洲"身在廊庙,情耽山水,盖于道之至精至微者有得也,故足迹所至,见山非山,山即诗;见水非水,水即诗。人见先生之诗,非直见诗,实见山水;非见山水,实见性情"。这样一来,山不是山,水不是水,诗也不是诗,只有性情这一目的在,手段和过程都消失了。论诗至此,诗的特征何在,诗自身的艺术价值又何在

---

① 李柏:《襄平张少文诗集序》,《太白山人槲叶集》卷二,光绪刊本。

呢？而李柏却说其中微妙是不可言喻的：

> 将说其耳观山色，目听水声，闻见俱融，不滞形迹，却明明是山
> 是水；将说其见山吟山，见水吟水，诗成千卷，却空无一字；将说其
> 终日登山而忘乎山，终日临水而忘乎水，终日吟诗而忘乎诗，却茎须
> 谁断，心血谁干，何曾忘得？①

不难看出，他这段议论骨子里是在发挥青原惟信禅师的悟道语："老僧三
十年前未参禅时，见山是见，见水是水。及至后来，亲见知识，有个入
处。见山不是山，见水不是水。而今得个修歇处，依前见山只是山，见水
只是水。"② 惟信禅师的话玄机深奥，解释者虽多，但禅师个人的真实体
验究竟如何，只有他自己知道，这原是不可言说的。李柏此处发挥其义
理，旨趣玄妙，亦复不可凑泊，让人捉摸不定他究竟想说什么。

　　李柏还有一篇《遵研斋游记序》，虽论游记而非论诗，但其中表达的
意思极值得注意。有一段写道："天地山川何以至今不老耶？以忠孝节烈
之人存之也；忠孝节烈何以至今不死耶？以文人才子之笔生之也。长安自
汉唐以来，瑰意奇行之人不可胜数，使无文人才子之笔以发明之，将古之
所谓瑰意奇行者没于天地，亦犹草木虫鱼之腐于山川矣。"他强调文人才
士负有一个特殊的使命，同时也是一种义不容辞的责任，那就是用自己的
笔记录下古往今来的忠孝节烈、瑰意奇行之士，不使他们的英名业绩与草
木同腐。这里不仅对游记文体提出了史笔的要求，也对文学的载记功能和
关注的内容作了原则性的规定："慨前贤于既往，历终古之茫茫，而文人
才子生于其间，使其荡精神于风花，付伦纪于蔓草，则是忠孝节烈之人，
天地山川生之，而文人才子死之也。"值得注意的是，正统文学观中鄙薄
风花雪月，维持伦常纲纪的诗教命题，在此被从生命意义上来阐释和立
论，强调文学对个体生命——尽管是有道德规定的——的尊重和责任，这
是和明清之际文学价值观由重视文学的社会意义向重视文学的生命意义转
变的趋势相一致的③，文学立场通常较为保守的理学家在这一问题上的态

---

① 李柏：《华岳集序》，《太白山人槲叶集》卷二，光绪刊本。
② 普济：《五灯会元》卷一七，中华书局1984年版，下册，第1135页。
③ 详见蒋寅《中国古代对诗歌之人生意义的理解》，《山西大学学报》2002年第2期；收入
《古典诗学的现代诠释》，中华书局2003年版。

度，可以成为考察当时文学思潮的重要依据。

三　王弘撰对"温柔敦厚"的新解

王弘撰（1622—1702），字无异，号山史，陕西华阴人，是当时著名的书法家和古文家。在文学创作方面，他主要以古文名，其《砥斋集》中论文多而论诗之语不数见，粗一看去都是发挥传统"诗教"之义，但细加分析，却可以发现其中有他自己的引申发挥，诗教"温柔敦厚"的内涵在他的引申发挥中已被重新规定。首先是《陈尧夫诗小序》云："诗者志之所之也，圣人禁人之邪以归于正而温柔敦厚，又以治其性情而使之不即于戾，则诗之有关于道也，讵不大哉？世衰教微，浸淫于谑游歌舞，流连于风云月露，甚至取悦献媚，以助竿牍苟且之用，崇华诎实，肥词瘠义，诗之亡也，可耻孰甚焉。"① 这里对世风的针砭当然是有所指的，但立意、遣词却好像是在转述前人的话，禁道德之邪和治性情之戾也未逸出诗教固有之义。但在《蒋处士诗序》中，王弘撰在强调诗以人品为本的基础上，提出自然感发和为事而作两种创作类型的互补性，就对诗教作了新的发明。他说："夫诗之为道，有不自已者焉，有不可已者焉。不自已者，为哀为乐，情之动也，天也；不可已者，为美为刺，礼义之正也，人也。故发乎情，止乎礼义，斯天人之合也。而先王所为温柔敦厚之教，襄大经大法以不坠者，具是矣。"② 《毛诗序》"发乎情，止乎礼义"之说，是就创作冲动与道德规范的关系而言的，归结于以礼节情；而王弘撰这里却将发乎情，止乎礼义解释为写作动机的两种诉求——出于感情宣泄的自我表现和出于道德责任的社会批评，这便将诗教的内涵空间重新格式化，原先单区的温柔敦厚（发乎情→止乎礼义）被分为天—人合一的两个区：发乎情＝天＝自由抒情，止乎礼义＝人＝美刺讽劝。这一新分区带来的理论成果是，发乎情的自我表现获得合法地位，性情的自由表达成为诗教的应有之义；同时，止乎礼义也由原先外在的道德规范转变为内在的道德责任，对"不可已"的强调将诗人的责任感突出出来。杨松年先生曾注意到温柔敦厚说在清初诗论中被赋予新的理解③，王山史的解释正可以补充一个例

---

① 王弘撰：《砥斋集》卷一下，康熙刊本。
② 同上。
③ 杨松年：《中国文学评论史编写问题论析》第三章"背景研究之检讨"，文史哲出版社1988年版，第201页。

子。王山史的这一点修正虽不太起眼，也未必产生影响，在经历晚明人性解放思潮洗礼的清初更不能说有多少进步意义，但它毕竟显示出"诗教"正统观念的松动，尤其是这种修正出于理学家之手，就更标示了整个知识界在文学观念上的意识水平。从这个意义上，王山史的诗教论自有其微言大义在。

四　王心敬的理学诗论

李颙的学生王心敬（1656—1738），字尔缉，号丰川，陕西鄠县（今作户县）人。少受母教："人生要当顶天立地。功名过眼花，汝苟能为圣贤一流人，吾即死亦有颜见汝父地下。"① 遂脱诸生籍，不应岁试，徒步往从李二曲学。二曲对他期许甚殷，以为"关学之传，当在斯人"②，后来他果然成为大力发扬关学的学者之一，可以作为清初关中理学家的殿军来讨论。王心敬论学有明确的学术意识，他曾说："昔之论学也患不明，今之论学也患不平。不明而平犹在也，不平而明并失矣。"③ 此所谓"不平"，就是说不能以一种冷静而不偏激的态度对待学问，也就是有门户之见。有了门户之见，当然就难免有成见而影响判断力。那么如何才能避免不平呢？他似乎仍取正统的宗经立场，凡立论悉本于经书。这种态度有时甚至到了很矫激和盲目的地步，比如他说："不学诗，无以言。言非五七言之谓也。吾愿习诗者思之。"④ 这是什么意思呢？无非是说《诗经》是诗歌创作的根本源泉和最高典范，后世学诗者在所有的方面都要向它学习，不只是作诗本身。因为无限崇拜《诗经》，后代的诗歌在他眼里简直没什么伦理和艺术的价值。他历举《论语》中论诗之语，以为后世之诗推汉魏三唐，按之孔子只得"多识草木鸟兽之名"一点而已⑤，这未免过甚其辞。

作为一位理学家，王心敬如此推尊《诗经》倒也不足怪，怪就怪在他谈论一般诗歌时，非但完全站在理学家的立场上，而且根本就认为只有理学家才有真正的诗论，古代诗学中最有价值的成果只是理学家贡献的那一部分：

---

① 刘青芝：《王徵君丰川先生传》，《江村山人未定稿》卷二，乾隆刊本。
② 林佶：《上李中孚先生书》附载李二曲复书，《朴学斋文稿》，道光五年荔水庄重刊本。
③ 王心敬：《侍侧纪闻》四，《丰川全集》卷八，康熙五十五年额伦特刊本。
④ 同上。
⑤ 王心敬：《侍侧纪闻》三，《丰川全集》卷七。

　　三百篇而后达诗之本旨者,王文中、程、朱、白沙数公之说为近之。其余诗话、诗说、诗规,皆为诗家气象、机括、格律、风韵作史臣耳,于诗旨无当也。①

这里强调只有理学家的诗论才触及诗歌的根本,其余诗论家的著作只不过是为诗人的创造作些记录和评价,只具有批评史的意义。以这样的标准来判断,能进入他视野的诗论家就很少了,隋代王通是他相当推崇的一位,曾引其论诗歌的社会功能说"上明三纲,下达五常,于是征存亡,辨得失,小人歌之以贡其俗,君子赋之以见其志,圣人采之以观其变",以为汉魏隋唐皆不知此,甚至说"苏李李杜,诗之支流,应刘沈谢,诗之余波耳,岂足当风雅之旨哉!"② 我还没见过如此鄙夷李杜的议论,大概只有理学家的极端偏激,才能出此大言吧?他还专门写过一篇《答友人问李杜优劣书》,也是以《诗经》为准绳来是非李杜,说二人不过是"唐人之雄",以《诗经》来衡量,则"盛古弘简高雅之气、温厚和平之旨,几于扫地无遗"。何以这么说呢?"三百篇言简而味长,李杜辞费而味短;三百篇停泓渊蓄,李杜泛滥流溢;三百篇情与道俱,而李杜则情亲而道疏也。"他认为这种差别源于两者所处的时代不同:三百篇的作者"皆陶濡乎圣人礼乐道德之化",而李杜则"生乎学绝教弛、风雅久淹之余"。③ 这样的论断,不能不说是出于对上古的迷信和对唐代社会的无知,其见地既如此,则泛论诗史时勇于自是,率尔轻议,也就不难预料了。他读陈献章《白沙集》,极为推崇,为作《白沙先生诗草序》,称:"先生之学原本自然,而其诗则自写性情,而出以风韵,于诗家独为超超玄著之音。"④ 但即使是陈白沙,也不能免于他的批评,他曾对门人说:"白沙谓子美诗之圣,其然与?恐圣不如是郑、魏之淆杂也。然其心悲,其音壮,倦倦忧国之意,时有形焉。其诗人之有性情者乎。陶以先王之礼乐,或庶几焉。至谓尧夫亦别传,不免以声调论体制矣。尧夫时鸟鸣春,秋蛩吟秋耳,渠无顾于汉魏,亦并不知有六朝隋唐也。"⑤ 陈白沙诗在理学家中固属上乘,不乏风

　　①　王心敬:《侍侧纪闻》四,《丰川全集》卷八。
　　②　同上。
　　③　王心敬:《丰川全集》续编卷一〇。
　　④　王心敬:《丰川全集》卷一八。
　　⑤　王心敬:《侍侧纪闻》四,《丰川全集》卷八。

趣，故颇为后代名诗家如钱谦益、王士禛、黄培芳等所赞许。白沙推崇杜甫，能体会邵雍诗独有的声情，犹不失诗家本色，而王心敬竟对他以声调论体制加以非议，足见王氏的议论是多么盲目而不知轻重了。

　　说起来，王心敬论学并非毫无见识，只不过明知"少不知为诗，及壮知为而未及为，故迄今终不能为"①，而偏好强说，病于孔子"毋必毋固"（《论语·子罕》）之"必"，遂不免流于"固"。他论文学以识为根柢，为第一义，所谓"识者文章之权衡也"②，承认"论诗先性情而后风韵固矣"，但更强调"诗之要义尤先识解而后性情，盖识解者性情之渊源也"。这都不错，但过于抬高《诗经》，说"如三百篇诗也，而成经者，其见大识高，见解皆拈第一义故也"③，就不免英雄欺人了。至于不明古今声音之异，作《答友人论声韵书》，肆意否定中古声韵学的成就及韵书的作用，十足形其无知之勇而已。理学家论文艺，往往难免狭隘和偏执，然而像王心敬这样无知而好作大言的倒也少见，不妨视为理学家诗学的一个极端典型。

第四节　李因笃的格调诗学

　　徐嘉炎撰康乃心诗集序，极倡"诗之始于秦而盛于秦"之说，但最终感叹"秦之诗至今而衰。近世北地、武功、鄠县、华州诸家稍欲振兴，未克当□□之什一"。当时他能举出的同辈关中名诗人只有两位，一位是李因笃，一位是王又旦，后又得康乃心，三人而已。三人中李因笃才学最富，名声也最大。康熙十七年膺博学鸿词之荐，中式授翰林检讨，以母老奉养辞归，天下益重其人。李因笃的诗学一向不受人注意，直到李世英先生《清初诗学思想研究》，才专设一节讨论他的诗学，认为他崇尚盛唐气象，追求清新蕴藉，主张作诗与做人一致，在审美风格上推崇雄放苍莽的"秦风"④。这几方面将李因笃的诗歌观念概括得相当全面，对研究李因笃的诗歌创作和诗学研究都很有启发。不过李先生对清初诗学的探讨侧重于诗人们的创作观念，对李因笃诗学的认识也是如此。若从诗学研究的角度着眼，则李因笃还有另一些值得讨论的内容。

---

① 王心敬：《答张拙庵广文求批诗书》，《丰川全集》续编卷一〇。
② 王心敬：《汉阳门人靖诚合历试草序》，《丰川全集》续编卷一八。
③ 王心敬：《答张拙庵广文求批诗书》，《丰川全集》续编卷一〇。
④ 参看李世英《清初诗学思想研究》第五章"北方诸诗人的诗学思想"。

一　格调派对宋诗风的回应

李因笃 (1631—1692)，字子德，号天生，陕西富平人。与盩厔李颙、郿县李柏并称为"关中三李"。顾炎武在"三李"中最亲近的是李因笃，最佩服的也是他。康熙二年 (1663) 两人在五台山邂逅，一见倾心，终身引为挚友。李因笃有值得注意的家学背景，乃父映林是关学宗师冯从吾的学生。据顾炎武说："当万历之末，士子好新说，以《庄》、《列》百家之言窜入经义，甚者合佛老与吾儒为一，自谓千载绝学。君乃独好传注，以程朱为宗，既得事恭定冯先生，学益大进。"李因笃自幼受到关学的熏陶，"既长乃折节读书，已为诸生，旋弃之。为诗文，有闻于时。而尤潜心于传注之书，以力追先贤。盖近年以来，关中士子为《大全》、《蒙引》之学者，自君父子倡之"①。李因笃的学术渊源于此可见。但后来他的学问路数并不局限于理学，倒不如说更倾向于实学，在文学方面则诗古文兼擅，取法多方。顾炎武初晤之下即为因笃的才学所折服，有《酬李处士因笃》诗云："一朝得李生，词坛出飞将。扨呵斗极回，含吐黄河涨。上论周汉初，规模迭开创。以及文章家，流传各宗匠。"② 日后又对傅山说"今日文章之事，当推天生为宗主"③；对门人潘耒说"天生之学，乃是绝尘而奔，吾且瞠乎其后"④，极见倾倒。前文已指出，顾炎武与关中学者的交往，对双方都是个强烈的刺激，由此带来彼此学理上的反思和学问路径上的调整。具体到李因笃，顾炎武的到来固然给他以气节和实证性学风的刺激，而他反过来也对顾炎武的音韵学研究产生一定影响。至于两人在诗学上的交流，则应是相互印证的愉快多于各执己见的争辩，因为他们同为明代格调派的继承者，在江南诗坛诛伐前后七子已近尾声的康熙初年，他们却坦然地接受格调派的口号，独尊盛唐。李因笃曾在《钮明府玉樵诗集序》中说：

　　天之赋才非啬于今而丰于古，江河日下，视古人不啻迳庭，岂独其才殊哉？学之不逮久矣。"读书破万卷，下笔如有神。"往唯吴郡顾亭林徵君不愧斯语。徵君古文词纵横《左》《史》，诗独爱盛唐，尝

---

① 顾炎武：《富平李君墓志铭》，《亭林文集》卷五，《顾亭林诗文集》，第119页。
② 顾炎武：《亭林诗集》卷四，《顾亭林诗文集》，第362页。
③ 傅山：《为李天生作十首》其八注，《霜红龛集》卷九。
④ 顾炎武：《与潘次耕札》，《顾亭林诗文集》，第168页。

言诗有景有情，写景难，抒情易，舍难而趋易，趋向一乖，辟王之学华，去之愈远。①

这段话中有两点值得注意：其一，强调学问对于诗歌写作的重要；其二，认为写景难于抒情。这显然都是站在格调派的立场，以杜诗为典范，针砭明代王学末流不讲实学、坐谈心性和公安派摈弃传统、独抒性灵的流弊。诗家常谈，作景语易，作情语难②。这里推崇顾炎武的说法，将描摹刻画的功力置于言情能力之上，乃是用以印证杜甫"读书破万卷，下笔如有神"的心得。当然他强调学问，并非要以学问抹杀性情，事实上他对那些"冥搜博骋，日崇其辞，以其性情求之，茫无所据"③的作者是毫不容情地予以批判的。他的思路是由性情出发，取法盛唐，归于妙悟，这与钱谦益代表的江南诗学当然是殊途异趣的，他很清楚这一点。《张源森诗序》称："顾虞山论诗与予异，昔者沧浪专主妙悟，献吉不取大历以下，宗伯皆深非之。"④他言下显然不赞同钱谦益对严羽和李梦阳的批评。顾炎武与江南学林格格不入，而与李因笃一见如故，其间应有趣味相投的原因。

说起来李因笃虽名列"关中三李"之一，但他的学问殊少理学气而更偏重文艺。在诗歌观念上，他固然不逸于儒家正统诗教之外⑤，但以杜甫为宗而竟承严羽绪论，故也主妙悟，主张取材于选，效法于唐，力图求疏于整，求澹于工，求蕴藉于清新，最终归于羚羊挂角，无迹可求⑥。众所周知，明代格调派的独尊盛唐，渊源于严羽⑦，所以李因笃诗学的目标与明代格调派初不相左，只是由于具体步骤和艺术路径不同，最终与格调派分道扬镳，以至于格调派的终点成了他的起点。上文引述过的《钮明府玉樵诗集序》是他阐述诗歌观念的一篇重要文章，其中有一段写道：

窃谓学诗有三候：从事既久，己以为佳，人亦以为佳，顾置之唐

---

① 李因笃：《受祺堂文集》卷三，道光七年刊本。
② 如袁枚《随园诗话》卷六："凡作诗，写景易，言情难。"
③ 李因笃：《王督学文石诗序》，《受祺堂文集》卷三。
④ 李因笃：《续刻受祺堂文集》卷一，道光十年刊本。
⑤ 刘濬辑《杜诗集评》卷二《佳人》李因笃评："比兴相兼，冰心玉质，可以怨，可以观；"卷八《遣兴》李因笃评："其语甚悲，而意则甚平，小雅之余，怨而不怒。"是其例也。
⑥ 李因笃：《张仲子淮南诗序》，《续刻受祺堂文集》卷一。
⑦ 冯班《钝吟杂录》卷五："嘉靖之末，王李名盛，详其诗法，尽本于严沧浪。"

人集中未类，则顾舍之而益孜孜焉；久而己以为唐，人亦以为唐，顾置之盛唐集中未类，则仍舍之而益孜孜焉；久而己以为盛唐，人亦以为盛唐，顾其声调是矣，而矩矱不无参差，又进而加详焉。所云效法于唐，拟议日新之功渐濡既深，而后水乳融洽。

文中"拟议日新"之说本自李攀龙《唐诗选》序，即此也可见其立论与明代格调派诗学的渊源，而以盛唐为宗，声调、矩矱无不以求合的努力，更是七子辈在格、调两方面孜孜不倦的追求，只不过格调派到此就满足了，而李因笃却仍有遗憾，因为他敏锐地发觉，七子辈宗法汉魏、盛唐，所得只限于近体，而古体犹有所歉。他在《王使君书年五吟草序》中写道：

> 论诗自唐大历以还至明之李何称再盛，所谓取材于《选》，效法于唐，虽圣人复起不易也。吾尝准此以衡近代大家，合者独近体耳，而于鳞则云"唐无五言古诗"。徒矜拟议之能，而略神明之故，固七子所缘自域也。少陵有曰："永怀江左逸，多病邺中奇。"世之诗家或高举汉魏，而杜所轩轾如彼，寸心得失，非好学深思，其孰知之。①

请注意，这里首先将明代前后七子作了区别，前七子被肯定为"再盛"，而李攀龙则被归入不无微词的"近代大家"中，他指出李攀龙的诗歌观念中有一个误区，那就是对唐代五言古诗抱有偏见，一味标举汉魏古诗的传统，却忽略了杜甫极为推崇的六朝诗歌。他细致地觉察到，杜甫对汉魏和六朝的轩轾很耐人寻味，在《曹季子苏亭集序》中他将这一发现作了更详细的申说：

> 近贤弃《选》不讲久矣，于唐仅以门面留杜，而所心折之太白、独契之襄阳、并驱之高岑、尚友之王杨卢骆，犹吐弃而不屑矣。予按少陵全集，托兴莫如开府，遣怀专拟陶公，其生平自言亲而师之者，都尉、属国、宋大夫、曹东阿数人而已。篇中"精熟《文选》理"，"呼儿续《文选》"，盖尝三致意焉。乃若"永怀江左逸，多病邺中奇"，又"何刘沈谢力未工，才兼鲍照愁绝倒"，偏袒晋宋，独冠参

---

① 李因笃：《续刻受祺堂文集》卷一，道光十年刊本。

军，信乎千古寸心，大历以后之诗人未有津逮者也。①

他承认杜甫平生喜爱并取法者多为汉魏名家，但诸家作品都见于《文选》，按唐代的风气，杜甫显然是由《文选》接触这些作家的，唯此之故，杜甫于《文选》一书再三致意。李因笃由此引发出如何看待传统，更具体地说是取什么师法路径的议论。

李因笃的思路是进一步将师法对象追溯到《诗经》，主张学诗必本乎三百篇，"学三百而得苏李，学苏李而得曹阮鲍谢，学曹阮鲍谢而得开元天宝诸公，是真能学者矣。是故湛于《三百》而后为苏李，学苏李未能为苏李也"。以此类推，"溯洄从之，必自《三百》，所谓登山而诣其极，道水而穷其源也；溯流从之，必自盛唐。否则欲入而闭之门，升高而去其梯，恶乎可？"② 这虽是"学其上，仅得其中"（《沧浪诗话·诗辨》）的老生常谈，但对格调派"诗必盛唐"的诗学观念却是很大的突破和发展，"取材于《选》"的介入，不仅大大拓宽了诗歌传统的接受面，而且赋予这接受以明确的规定性，那就是体制结构以盛唐诗为楷模，典故事类以六朝作品为下限：

> 且夫繇苏李迄盛唐，体屡变而法乃日严。苟惮其严，矫语深造，则未及整而已散。舍正而求奇，恶在其为散为奇也，故曰效法于唐也，至盛唐止矣；然盛唐诸公所用掌故，率于汉魏六朝，下此其文不雅驯，并其衣冠笑貌非矣，遑问其人，故曰取材于《选》也。知斯二者，拟之议之，久之变化生焉。神而明之，与古为徒矣。③

这里对整散关系的阐述值得注意。他认为诗歌史的发展是个由体制结构日益走向严整的过程，到盛唐臻于成熟，更由成熟而趋于僵化，以致后世诗家不得不寻求超越，实现自由奇创。不过这种超越首先基于对严整的把握，如果视严整为畏途，矫枉过正，则汗漫不成体格，完全丧失了创造的意义和可能性。从这一意义上说，尽管他树立的典范仍然是盛唐诗，似乎绕了个弯子，最终又回到由拟议而生变化的格调派老路上来。但实际上，有了取材于

---

① 李因笃：《续刻受祺堂文集》卷一，道光十年刊本。
② 李因笃：《许伯子茁斋诗序》，《续刻受祺堂文集》卷一。
③ 同上。

《选》、直溯《三百篇》的弯子,风格目标上实现的结果就不一样了。这个弯子显然不是无意绕的,他提出的师法路径自有其特殊的诗学语境。

潘耒为李因笃作《受祺堂诗集序》,云:"先生尝慨世不乏才,而争新斗巧,日趋于衰飒,故其为诗宁拙毋纤,宁朴毋艳,宁厚毋漓。"① 这虽说是他人的评价,但既刊于诗集卷首,相信是为李因笃所认可的。奇怪的是他在答李良年书札中表达的趣味却正好相反,他说:"近时作者多以朴胜。试观宋人诗何尝不朴老,究其终逊于盛唐者,失其秀令也。夫秀者清新,令者蕴藉之谓也,合此四字,古人之能事过半矣。"② 此论很可能发于康熙中宋诗风炽盛之际,是用宋诗为参照婉转地批评时人学宋诗的缺陷,意谓别说学宋诗得其朴老,就是宋诗本身固已朴老,还不是在秀令上输唐人一筹?照他的解释,秀令就是清新蕴藉,而清初宋诗风所带来的流弊"鄙琐以为真,浅率以为老"③、"俚而好尽"④,正是清新蕴藉的缺失;至于"粗疏拗硬佻巧窒涩之弊"⑤,则是雅趣的灭裂了。由此深入思考,便不难理解他为何那么强调杜诗的"雅"——那岂不就是盛唐诗于清新蕴藉四字之外的一小半"古人之能事"吗?

从刘濬辑《杜诗集评》所载李因笃评语可以看出,雅乃是他评判诗歌的基本尺度。在卷二《送李校书二十六韵》一诗评语中,李因笃自述:"太史公曰'其文不雅驯,缙绅先生难言之'及曰'择其尤雅者',此兼命意措词而言,余点次杜诗以此。"事实正像他说的那样,卷十三评《陪章留后侍御宴南楼得风字》诗云:"诗之雄放不必严,吾尤择其雅者。"这是以雅论命意的例子。卷一评《赠李白》"雅调",卷二评《前出塞九首》之四"语自匀雅",又评《遣兴五首》之一"秀雅",这是以雅论声韵、措词的例子。他还从艺术辩证法的高度讨论了杜诗艺术表现中雅和奇的关系,卷九评《瞿塘两崖》云:"诗莫难于用奇,舍此亦何由见杜之大。奇而古,不可能也;愈奇而愈见其清,何可能也。他人奇则伤雅,公诗弥奇弥雅,人以为存乎笔力,吾谓非湛于学问不能。"通常雅与正联系最紧密,与古与清也相包容,但与奇则相对立。李因笃对杜诗"弥奇弥

① 李因笃:《受祺堂诗集》卷首,康熙刊本。
② 李因笃:《复李武曾》,《续刻受祺堂文集》卷三。
③ 王泽弘:《丛碧山房诗序》,庞垲《丛碧山房诗集》卷首,康熙刊本。
④ 顾景星:《青门簏稿诗序》,邵长蘅《邵子湘全集》卷首,青门草堂刊本。
⑤ 吴绮:《宋元诗永》自序,康熙刊本。

雅"的肯定，不仅肯定了雅作为诗美概念的包容性，更在杜诗的经典意义
上确立了雅的审美理想品位。由于雅具有这种多层次的理想属性，它在否
定性的批评中也成为主要的价值尺度。论措辞的例子有：卷二《喜雨》
"交会未断绝，安得鞭雷公"一联，李因笃抹"雷公"二字，谓"着一公
字便不雅"；《大云寺赞公房四首》之四抹"听听国多狗"一句，曰"不
雅"。论命意的例子则有：卷二《奉赠韦左丞丈二十二韵》评："调整气
逸，居然初唐。其直叙处，多自言所得，然不善学则伤雅。"这虽是表扬
杜甫，但假设了一种否定性的结果，同样是以雅为衡量的尺度。卷六《寄
柏学士林居》评"乱代飘零予到此，古人成败子如何"，抹下句，云：
"句甚钝，宋人反叹其佳。"钝与清新蕴藉绝对风马牛，当然也与雅南辕北
辙，所以这一评语可视为究唐宋之分际。事实上宋诗派名家查慎行对上面
两句就给予好评，说"二句中含多少俯仰"。这种差异约略反映出唐宋两
派诗歌趣味的对立。

　　至此我们知道，身处关中、远离诗坛中心的李因笃在诗歌观念上虽不
无地域性的滞后性或者说保守性，但对诗坛的时尚却有着敏锐的并且是积
极的反应。将六朝诗歌纳入传统的视野甚至奉为全力追摹的对象，在江南
早有虞山冯班在提倡，算不上独创性的思路，但在格调派诗学内部这却是
个有力的变革，是一个回应康熙诗坛宋诗风的变革。李因笃重新梳理先唐
诗歌源流，张大其传统，由盛唐而六朝而汉魏直上溯到《诗经》的师法路
径，只有在这样的诗学语境中才能很好地理解。

二　汉诗研究之发轫

　　李因笃感叹，当世标举汉魏的诗家，都没有注意到杜甫对汉魏诗的保
留态度，而这在他看来是很值得寻味的。取径于汉魏的师法策略，促使他
更进一步研究汉魏诗歌，于是就完成了评说汉诗的专书——《汉诗评》十
卷。该书以汉高祖《大风歌》压卷，卷一至卷四收各体诗作，卷五至卷七
收乐府，卷八收歌词童谣，卷九收谚语，卷十收《古诗十九首》及其他佚
名作者五言古诗，共收两汉歌诗谣谚 390 首。题下有解题，字下有音注，
诗后有评说，成为一部体例相当完善并富有学术价值的汉代诗选。

　　对汉诗的编选虽已有明代冯惟讷《汉魏诗纪》、梅鼎祚《汉魏诗乘》
为前导，但评析一向很少，音注还是一项前无古人的开创性工作。据书前
康熙二十八年（1689）十月十日李因笃撰《康孟谋手录汉诗评序》："予

自垂髫受汉诗，其中不解者半，往往屏人独处，苦思至忘寝食，间解得一二语，则喜不自持，舞蹈狂呼。如是积三十余年而尽通焉，友兄顾亭林先生谬相推许，谓尽发古人之覆，劝作音注。尚未竣工，而朝夕于斯，丹铅之余，多缀评论。"然则李因笃钻研汉诗自顺治间已开始，而编纂成书则与顾炎武的建议有关，顾炎武只劝作音注，评论是因笃注释之余所施，随意批在书上，由康乃心校订整理成书。康乃心作《李先生手评汉诗跋》云：

> 汉诗索解不易，亦从无有解之者。解之自吾友李太史子德先生始。陶征士读书不求甚解，非不解也，唯不可求，求不可甚耳。今观此编，发蒙启昧，如玄奘、鸠摩之译龙藏，暗室一灯，千年朗彻，其惠后学胜于匡生多矣。顾原本随意疾书，纵横记注，莫知其断续所在。仆于暇日细为较订，分句晰章，各以类从，列为十卷。①

康乃心没有涉及此书的选评动机，我认为李因笃此书，首先是回应宋诗风的一个具体行动。《汉诗说》作者之一沈方舟自述其评选汉诗的原由，说康熙四十八年（1709）夏自京归浙，访费锡璜于邗江，"见时流竞趋新异，六朝暨唐概置不讲，何论于汉，相与叹息"②。李因笃撰《汉诗评》更早二十年，正是宋诗风炽盛之际，由沈、费两人的感慨，不难推想李因笃的心情。更进一步说，他编撰此书，同时也是对李梦阳古诗法汉魏及李攀龙"唐无古诗"说的一个响应，因为在他看来："今之诗人诸体略备。予窃谓，能殚心五古，他体虽缺，则诗人也；诸体森然，而五古未称纯诣，犹之半诗人也。"③ 很明显，他是本着对五言古诗的尊崇而着手研究汉诗的，希望它成为"学三百而得苏李，学苏李而得曹阮鲍谢，学曹阮鲍谢而得开元天宝诸公"这一朝圣路上诵读的经卷。

　　中国文化崇古的传统，常赋予远古的事物以神圣不可企及的崇高地位。作为五言诗的初祖，汉诗自然也备受过甚其辞的推崇，甚至其稚拙处也被视为神妙莫测。然而真正懂诗的人不会为那种神话所蒙蔽，李因笃是懂诗的人，在他眼中，汉诗的古拙正是艺术表现尚未发达的体现，所以他

---

　　① 又见于康乃心《莘野文集》卷七《书李太史汉诗评后》，中国社会科学院文学研究所藏《莘野先生遗书》稿钞本。

　　② 沈方舟：《汉诗说》自序，康熙刊本。

　　③ 李因笃：《汉诗评》卷二《苏武诗总评》，康熙刊本。

对汉诗的欣赏和批评，主要着眼于它影响后世的精神内容。卷一评汉武帝《秋风辞》有云："帝欢甚而所感如是，英雄情多，非浅人可窥。一部汉诗，导饮散悲，伤来日之难知，苦行乐之不早，皆权舆于此。"看得出他对汉诗的精神风貌和总体特征有相当准确的认识。当然，他的理学家情怀也同时流露于笔端，构成浓烈的道德批评色彩，其批评话语大体本自体现汉人诗学观念的《毛诗序》，简直像是《诗序》作者本人在评论：

> 汉昭帝《淋池歌》：此歌秾郁婉悲，得骚人之致。（卷一）
>
> 赵幽王友《幽歌》：虽直赋其事，而语语称情出之，《小弁》之外篇，得怨诗之正者。（同上）
>
> 韦孟《在邹诗》：怨而不怒，小雅之林。（卷二）
>
> 赵壹《疾邪诗》：怨矣近于怒，而大段仍浑成。（卷三）
>
> 秦嘉《赠妇》：就展转反侧意写出前一层，亦可云忧而不伤矣。（卷四）
>
> 乐府《陇西行》：必如此诗，方可谓国风好色而不淫。（卷六）
>
> 乐府《古诗为焦仲卿妻作》：可以怨，可以兴，可以群，可以观，诸美备具。（卷七）

有时李因笃也将个人身世之感贯注其中。卷五评《雉子班》云："此篇赋招隐也。有道之君不迫人以必试，而贤者超然色举，故借雉子美之。"又云："雉子之飞，榆枋之间耳。忽承之曰黄鹄千里，明其志不可夺也。"这不明显是借题发挥，剖白自己的心迹吗？康熙十七年（1678），他以三位宰臣力荐，不得已上京应博学宏词试，终以母老奉养为由告归不出。这里一方面赞扬康熙皇帝的开明，同时也表达了自己不可夺志的节操。

　　总体上看，李因笃的汉诗批评虽更多地关注作品的思想内容，但并不因此就忽视诗歌艺术的研究，他的论析还是相当细致并且是多方面的。只要读一读卷七《古诗为焦仲卿妻作》的评语，再比较一下后出的沈方舟、费锡璜撰《汉诗说》，我们就不得不承认顾亭林的推许绝非虚誉。即使像司马相如《封禅颂》之类的作品，李因笃的评语也包含多方面的内容。先是总体评价："北海称为雅颂遗声，不愧斯语。"然后是关于文体及其独创性的讨论："视韦诗奥辟。吾观汉人郊祀铙歌，皆类是篇。《礼乐志》亦云多举相如等数十人，造为诗赋。盖汉之变质而奥，虽稍逊于周，然其俯视万古，亦正以奥得之。后惟魏武庶几焉。固当推长卿创始矣。"继而论其句法与内容："非惟四句句法妙甚，置之风雅中不能辩。"最后论其立言之得体："不曰功成有封，而云名山显位，望君之来，善于立言，而斯行乃不可已矣。"如此笔墨，虽属随文著之，但内容却涉及许多方面，显出作者批评眼光的开阔。卷十评《古诗十九首》"东城高且长"一章，先是总论："岁暮多悲，游情好女，如信陵之饮醇酒，近妇人，弥写其缠绵，弥征其愤苦矣。"然后分论诸句，于"四时更变化，岁暮一何速"一联云："盖节序递转，惟岁晚益觉其促，犹之中年以后，流光倍驶于少壮之时也，二句合看始得。"于"晨风怀苦心，蟋蟀伤局促"一联云："鸟虫之微，而云怀苦心、伤局促，硬坐甚妙。"最后于"驰情整中带，沈吟聊踯躅"一联云："写出驰情整巾带，几于乱矣，每掩卷思其难接，今忽接云'沈吟'云云，急处一住，妙不可言。结处缴明上意，既不可宕开不顾，又不得却承之，曰'思为'云云，进一步直许以终身，上许多情事俱含其中，至矣至矣。"一首不算长的古诗，如此节节评析，足见用心之细。不过这只是一个方面，许多时候李因笃也能提纲挈领，扼要地点出作品的精彩所在。卷六评乐府名篇《陌上桑》，便不面面俱到，仅略揭其结构特点，指出章法上的巧妙："初极写罗敷之艳，终盛夸其夫之贤，其拒使君止数语耳。此所谓争上流法也。诗之高浑自然，横绝两京矣。"卷七评《古歌》则着眼于用字之妙，将"离家日趋远，衣带日趋缓"一联与《古诗十九首》"离家日以远，衣带日以缓"两句加以对比："趋字与以字俱妙。以字顺，趋字峭。"这是说"以"为虚字，与"远"、"缓"两个上声字相连，音节低抑，句法和顺；而换成平声动词"趋"，则声调变得顿挫，句法也更为紧峭。细加品味，李因笃的体会的确细致入微而有道理。

研究汉诗为李因笃评论后代的诗歌提供了一个参照系，同时也让他更清楚地看到诗歌史上的继承、因袭和影响关系。在这方面，他同样下过很深工夫的杜诗，就与汉诗构成相互发明的关系。他论汉诗时，往往能抉发杜诗得汉诗神理处，以见汉诗对后世的深远影响。如《古诗为焦仲卿妻作》，他指出杜甫《北征》铺排处最得其神理，就是一个典型的例子。反过来，他评杜诗时，又能发现它与汉魏诗的相通之处。如评《潼关吏》云："'连云'下直以吏对终篇，与汉人《董娇娆》篇用'请谢彼姝'相同。"这成为他评诗的一个特色。在汉、唐诗的相印证、比较中揭示古典诗歌的艺术技巧，不仅扩大了格调派诗学的批评视野，同时也赋予他的批评以分寸感，平实而到位。自古以来，人们论汉诗，或专言美刺教化，不及诗艺；或以为高古神妙，不必执本事，不宜求针缕，"一切不求甚解，以托于识其大者之无事小数为"①。李因笃首开细读之风，对后来的诗评家影响极大。康熙二十二年（1683）刊钱二白撰《容与堂汉诗释》二卷，康熙四十八年（1709）沈用济、费锡璜同撰《汉诗说》，乾隆间何忠相撰《二山说诗》，都是继踵李因笃之作。何书字评句析，抉发汉人诗法之妙，更将李因笃当做商榷的对象，对李书间有驳正。流波所及，诗论家们对汉诗愈加关注，研讨益深，仅《古诗十九首》便有多种注释和评析专著问世，将汉诗思想、艺术的研究提升到很高水平。

三　诗歌声韵研究的前驱

清初学界讲音韵学的风气极盛，许多学者、诗人都有音韵学论著。康熙二年（1663）李因笃在五台山邂逅顾炎武，从此订交，并常在一起切磋学问，两人讨论得最多的内容便是音韵学，为当世瞩目②。康熙六年（1667）两人重刊《广韵》，可以说是相与切磋中古音的结果。

李因笃治音韵学颇有心得，著有《古今韵考》四卷。他本来性格有点狂躁，论音韵常盛气凌人。阮葵生《茶余客话》载他与顾炎武论韵学不合，加以声色；与毛奇龄论辩古韵，各不相服，因笃始而恫喝，终欲加以老拳③。实则据盛唐撰《西河先生传》，因笃与毛西河论古音，虽在改读问题上持论相左，但西河最终还是接受了李因笃之说④。这些逸话只是从一个侧面说明，李因笃于音韵学研究是如何的投入。而事实上，李因笃在音韵学方面确实是很有造诣的，顾炎武研究古诗音韵，也曾得他不少启发。《音学五书》后叙提到："李君因笃每与予言诗，有独得者，今颇采之。"又说"《诗本音》十卷，则李君因笃不远千里来相订正，而多采其言"。以顾炎武这样的音韵学大师而多有采于李因笃之说，则因笃之学绝非泛泛可知。反过来，李因笃也从亭林那里获益不少，《古今韵考》曾称引顾炎武《音学五书》的内容，并有拾遗补缺的发明。

---

① 何忠相撰：《二山说诗》例言，乾隆刊本。
② 毛奇龄《西河合集·制科杂录》称李因笃："其人生平称关西夫子，尝从吴中顾宁人讲韵学最有名。"乾隆间萧山书留草堂藏板本。
③ 毛奇龄：《西河合集·制科杂录》。阮葵生《茶余客话》卷八亦述其事，陕西人民出版社2009年版，中册，第778页。
④ 盛唐：《西河先生传》，《毛西河先生全集》卷首，乾隆间萧山书留草堂刊本。

　　不过李因笃终究没有像顾炎武那样做许多专门的研究，他更多的是在诗歌评点中贯注了音韵研究的意识。他的《汉诗评》题"中南山人李因笃音评"，刻意突出了"音"字，显出用力所在。当然，书中对声韵的注意主要在于古今读音的变化，凡以今音读之不谐者，均注明古音读法。如卷一赵幽王友《幽歌》末句"吕氏绝理兮托天报仇"，注："仇，古音渠之反，与财之为韵。"淮南王安《八公操》"观见瑶光，过北斗兮"，注："斗古音滴主反。"这种音注相比顾炎武由音韵学的角度论诗史、相比王渔洋研究古诗声调的搭配及规则，虽还有一定距离，但毕竟以自己的古音研究超越了理学宗师朱子的"叶音"说，将汉诗音注放置到一个科学的基础之上。这无论在理学内部还是诗学中甚至在音韵学史上或许都是有历史意义的，值得音韵学史加以考察。

　　作为格调派诗家，李因笃关注诗歌的"音调"，欣赏诸如杜甫《前出塞九首》其八"调自好"① 之类，是很自然的。事实上，收录在刘濬《杜诗集评》和宣统三年上海时中书局翻刻《诸名家评本钱牧斋注杜诗》中的李因笃评语，以"音注"的内容居多，考究杜诗的声调押韵。《诸名家评本》仅标"李曰"，让人质疑究竟是李因笃还是《容斋千首诗》的作者李天馥（也是学杜名家）。参照《杜诗集评》，可以确定"李曰"是李因笃，虽然两书评语略有异同。日本学者长谷部刚已澄清了这一点，同时敏锐地注意到李因笃对杜诗声韵学和唐代诗韵研究的贡献。他举《诸名家评本》中《奉赠鲜于京兆二十韵》、《赠王二十四侍御契四十韵》两首的评语，说明李因笃对唐诗二十一欣与十七真通用，二十文独用的论证与顾炎武的看法相同，参照顾炎武《音论》的记载，可知顾炎武"二十文独用"的著名论断，是得益于李因笃商讨之功的。而因笃评《喜晴》、《柴门》对上平声十三佳与下平声九麻通用的矛盾看法，则又属于受清初音韵学水平的限制②。的确，到乾、嘉朴学兴起以后，研究杜诗的声韵问题就不稀罕了，甚至还出现周春《杜诗双声叠韵谱括略》那样的专门研究。但在清初，类似顾炎武、李因笃这样重视诗歌声韵研究的学者寥若晨星，他们对唐诗用韵的研究，奠定了中古韵分部的基础，后来戴震《考定〈广韵〉独用同用四声表》就吸取了他们的成果。

---

　　① 刘濬辑：《杜诗集评》卷二《前出塞九首》李因笃评语，嘉庆刊本。
　　② 长谷部刚：《李因笃の杜诗评にみられる音注について》，《中國诗文論叢》第18集，早稻田大学中国诗文研究会 1999 年版。

李因笃研究杜诗音韵,有一个论断后来产生很大影响,那就是杜甫近体诗出句末字仄声必上去入三声递用。此说不见于李因笃本人的评语,而为《杜诗集评》卷十一朱彝尊评语所引述:

富平李天生论少陵自诩"晚节渐于诗律细",岂言乎细?凡五七言近体,唐贤落韵其一纽者不连用,夫人而然。至于一三五七句用仄字,上去入三声少陵必隔别用之,莫有叠出者。予尚未深信,退与李武曾诵少陵七律,中惟八首与天生所言不符:其一《郑驸马宅宴洞中》诗叠用三入声,其一《江村》诗叠用二入声,其一《秋兴》诗第七首叠用二入声,其一《江上值水》诗叠用三去声,其一《题郑县亭子》诗叠用三去声,其一《至日遣兴》诗叠用二去声,其一《卜居》诗叠用三去声,其一《秋尽》诗叠用三入声。观宋、元旧雕本,暨《文苑英华》证之,则"过江麓"作"出江底",江不当言麓,作底良是;"多病"句作"但有故人分禄米","夜月"作"月夜","漫兴"作"漫与","大路"作"大道","语笑"作"笑语","上下"作"下上","西日落"作"西日下"。合之天生所云,无一犯者。

类似的说法又见于朱彝尊《曝书亭集》卷三十三《与查德伊编修书》中,而内容更详尽,所举各诗都引了原文,所涉及的具体诗句是:《郑驸马宅宴洞中》"春酒杯浓琥珀薄"、"误疑茅堂过江麓"、"自是秦楼压郑谷",叠用三入声字;《江村》"老妻画纸为棋局"、"多病所须惟药物",叠用二入声字;《秋兴》诗第七首"织女机丝虚夜月"、"波漂菰米沉云黑",叠用二入声字;《江上值水》"为人性僻耽佳句"、"老去诗篇浑漫兴"、"新添水槛供垂钓",叠用三去声字;《题郑县亭子》"云断岳莲临大路"、"巢边野雀群欺燕",叠用二去声字(李评作三去声误);《至日遣兴》"欲知趋走伤心地"、"无路从容陪语笑",叠用二去声字;《卜居》"已知出郭少尘事"、"无数蜻蜓齐上下"、"东行万里堪乘兴",叠用三去声字;《秋尽》"篱边老却陶潜菊"、"雪岭独看西日落"、"不辞万里长为客",叠用三入声字。由是推之,他提出一个校勘杜诗的原则:"七月六日苦炎热",下文第三句不应用蝎字,作"苦炎蒸"者是也。谢安不倦登临赏,下文第七句不应用府字,作登临费者是也;循此说以勘五言,虽长律百韵,诸本字义之异,可审择而正之。朱彝尊此札开篇即言"比得书,知校勘《全唐诗》

业已开局"，当作于康熙四十四年（1705）曹寅在扬州开馆编修《全唐诗》时，《杜诗集评》所载朱彝尊评不知是否由此札辑出。不管怎么说，这一"独见"颇为论者所重视，康熙中期就已流行于世。仇兆鳌《杜诗详注》卷一《郑驸马宅宴洞中》注即加引述，文字略有异同：

> 李天生曰：少陵七律百六十首，惟四首叠用仄字。如《江村》诗连用局、物二字，考他本"多病所须惟药物"作"幸有故人分禄米"，于局字不叠矣；《江上值水》诗连用兴、钓二字，考黄鹤本，"老去诗篇浑漫兴"作"老去诗篇浑漫与"，于钓字不叠矣；《秋兴》诗连用月、黑字，考黄鹤本，"织女机丝虚夜月"作"织女机丝虚月夜"，于黑字不叠矣。可见"晚节渐于诗律细"。凡上尾，仄声原不相犯。

他举出具体版本覆验了李因笃的结论，虽所举篇目较朱彝尊为少，但他的讨论更扎实。这番验证和讨论不仅证实李因笃之说确出于精密考究，更反映了当时诗家谈论诗学的实证精神的兴起。这种治学态度与顾炎武古音学的实证方法是相一致的，但在当时却不属于主流学术，这由朱彝尊札"第恐闻之时人，必有讪其无关重轻者"之语，也能感觉，到乾嘉时代则人人乐道此类问题了。从这一意义上说，李因笃此说的提出及由此引起的讨论，可以视为清初诗学得风气之先的一个学术个案。当然，正如顾炎武的考证在钱大昕看来相当粗疏一样，李因笃的琢磨也是不够周密的。据简明勇统计，杜甫151首七律中，上去入三声递用的例子只有56首，占总数的三分之一①。不过这也足以表明杜甫在上句落字上的声调意识了，李因笃的这一发现因此与元代赵孟頫论七律中两联不用虚字以求劲健之说，同被后代诗论家奉为圭臬，津津乐道。以前经眼的书我已不省记，近时过目的则有张象魏《诗说汇》卷五、阮葵生《茶余客话》卷十一、江昱《潇湘听雨录》卷五、陈仅《竹林答问》。江书传为朱彝尊之语，乃是误记。

　　李因笃是关中学者中对诗学下过专门工夫的一位，他的诗论相当明显地带有明代格调派的印迹，而与江南诗学异趣。这提醒我们在研究清初诗学时，要格外注意地域的差异。当江南诗学沿公安、竟陵余波，大肆抨击、讨伐明代前后七子之际，远在西北的关中诗坛似乎未被波及，理学家

---

① 简明勇：《杜甫七律研究与笺注》，五洲出版社1973年版。

们的诗学观念和学术兴趣似乎还沉浸在明代格调派的熏陶之中，顾炎武大师的到来，更使其固有的观念得到印证和强化，形成关中诗学整体上的保守倾向。

第五节　康乃心及其诗论

徐嘉炎撰康乃心诗集序，感叹"诗之始于秦而盛于秦"，而当世他能举出的关中著名诗人只有两位，李因笃和王又旦，以后他又认识康乃心，仅此三人而已。三位诗人中，李因笃膺博学鸿词之选，王又旦官都官郎中，都立据要津，声名易播。而康乃心因为无飞驰之势可托，才名不出乡里。康熙三十五年丙子（1696）春，诗人王渔洋以经筵讲官、户部左侍郎出使祭告西岳西镇江渎，游西安小雁塔，见康乃心《题秦庄襄王墓》三绝句，赏叹不已，而不详其人。从游的门人龚胜玉介绍，康乃心字太乙，乃郃阳名士。长安语曰："关中二李，不如一康。"① 王渔洋逢人说项，康乃心由是知名于京师士大夫间。时至今日，无论是陕西当地还是学界都很少知道清初曾有这么一位著名的理学家和诗人了，他的生平和著作因而特别需要作些介绍。

康乃心（1643—1707），字太乙，一字孟谋，号飞浮山人。陕西郃阳（今作合阳）人。出生于一个学者家庭，父姬冕（1627—1684）明亡失举业，著有《居易堂礼钞》、《卧游记异》、《武功志考录》、《五代史钞》等书②。康乃心康熙十一年（1672）馆于胡氏，读其丰富的理学藏书，喜诵录孙奇逢文章。康熙十五年（1676）介郭九芝谒李二曲，时二曲正闭关养疾，因重其人品，破例启关接见，并收为门生，为书"道德经济气节文章"八字以励之③。两年后结识李因笃，因笃许其诗为秦中第一④。康熙十九年春，携弟纬谒顾炎武于王弘撰家，深受赏异⑤，翌年亭林为撰《莘

① 王士禛：《秦蜀驿程后记》卷上、《居易录》卷二十九，详见蒋寅《王渔洋事迹征略》康熙三十五年，人民文学出版社 2001 年版。
② 李因笃：《郃阳文学康约斋先生墓表》，《受祺堂文集》卷四，道光七年刊本。
③ 康乃心：《莘野诗集》李颙序，《莘野先生遗书》，中国社会科学院文学研究所藏稿钞本，下同。
④ 康乃心：《莘野诗集》李因笃序，《莘野先生遗书》。
⑤ 康乃心《莘野先生遗书》卷首康纬撰年谱，称"先生与兄谭甚合，以所著《昌平山水记》示兄，兄不移时阅毕，先生深异之，赠以诗匭联句。"

野集序》，称"康子孟谋，不可一世，尚友千古，绍横渠，继少墟，再造关中者也。才节则殆与景略、弘农伯仲间"①。康熙三十三年（1694）又与李柏读书五台山，以振兴关学为己任。到康熙三十七年应试入京，执贽于王渔洋门下，渔洋大书"天下士"三字赠之，由是益知名。康熙四十四年（1705）中举人，并未出仕，讲学以终。

从康乃心的全部著作来看，他首先应该说是一位理学家。平生为学折中于朱、王之间，主张读经书自训诂始，以小学为第一义，而又博览百家，归于经世致用，可以说是关学的后劲。中国社会科学院文学研究所藏有一部《莘野先生遗书》钞本，共四函三十册，系康氏后裔整理家藏遗稿汇编而成，"弘"字缺笔而"颙"字不缺，知抄于乾隆年间。内收像赞、题辞、总目、《莘野志》，《毛诗笺》、《四书黄河录》（残缺）、《居易堂家祭私议》（以上正编）、《订顽录》（未成之书，残缺）、《太乙子》（残缺）、《莘野诗集》、《续集》、《莘野文集》、《续集》及《河山遗文》（以上内编）。传记还提到乃心著有《河山兵法》、《卧龙六论》、《枕中杂记》、《为学录》、《好我篇》等书，似乎都是子部兵书及札记类著述，这说明他的学问涉猎甚广，有很强经世倾向，可惜都已失传，无法考知其详。幸运的是他有关诗歌的著作大体保存下来，包括诗学专著《河山诗话》。诗学也是康乃心毕生心力所注的事业，他十四岁起学诗，以后一直潜心于诗学研究。相对于经学和理学来说，他的诗歌创作似乎更为时人所重。他平生著述虽夥，但以刊本行世的只有两种诗集——《莘野诗集》和《三千里诗》，似乎也从一个侧面说明了他的成就所在②。

康乃心和李因笃是清初关中理学家中难得的两位潜心研究诗学的学者。康乃心的《河山诗话》虽不行于世，但他的诗集却赢得了很高的声誉，尤其是经王渔洋品题，并载其事于《秦蜀驿程后记》、《居易录》后，天下无不知关中诗人康乃心者。李因笃序康乃心诗，称"雄姿逸气，不受羁衔，故皆直舒性灵，磊落壮凉，得秦风本色"③，虽还不能说就是当时定论，但即从《莘野先生遗书》所存李颙、顾炎武、王士禛、徐嘉炎、钮琇、李因笃、王御天、冉觐祖、路一麟九位著名学者、诗人所撰诗序，也

---

① 康乃心：《莘野文集》顾炎武序，《莘野先生遗书》。
② 民国间陕西通志馆编《关中丛书》第三集收《莘野先生遗书》二卷，收诗作及《华游杂记》；卷首一卷，收年谱、传记等，系据康氏后人抄本排印。
③ 康乃心：《莘野诗集》李因笃序，《莘野先生遗书》。

不难看出康乃心在当代诗家心目中的地位。而这不只是由于他诗歌创作的成就，与他们彼此间的同声相应、同气相求也有关。康乃心同乃师李颙一样，也承顾炎武绪论，谆谆告诫门人：“刘忠肃戒子弟曰，‘士当以器识为先，一命为文人，无足观矣’。韩吏部云‘余事作诗人’，谭虽非易，然学者不可不知此说也。”① 基于这种认识，他论学悉秉二曲之教，发挥“言以人重”和“以诚为本”的思想，不但以道德修养为文章学术的基础，更以真诚为学术文章的首要前提。在为李二曲《南行述》所撰的序言中，他这样写道：

> 余昔者尝纵论天下之故，以为今世人才气运，非尽与古悬绝，而经济文章理学性命相率而悉出于词华声气之间，总由一不诚故。不诚则无真学术，斯无真人品，遂无真治化。然则今日之为蠹者众矣，而儒或其一也。

在他看来，当代人才气运未必都不及往古，但由于思想、学术、文章一切都流于虚伪不实之词，学术和学者的品格遂无真诚可言。可贵的是，此言不仅将政治失败的原由归结于士大夫群体的堕落，而且矛头直接指向包括理学在内的儒家知识分子，表现了一位正直的学者勇于反省的勇气。很显然，他对不诚的批判是与尚真的观念相表里的，联系上文对刘挚语的称引来看，这种批判也可推想与顾炎武诗学的真伪观有一定联系，但不同的是，他的出发点是基于理学立场的自我批判，而不是像顾炎武那样矛头指向理学阵营之外的士大夫群体。所以在康乃心的意识中，“真学术”不仅在内容的真实性轴线上体现为“诚”，也在形式的审美性轴线上体现为“文”。他曾有言：“人谓理学无文者，非也。理学无文，必无真理学耳。”② 参照他在《书阳明集后》中的说法：

> 吾每恨苏柳不知道学，伊洛未善文章，今观文成之文，雄奇骏奔，纵横自如，真挟天风海涛之势，鹿门称曰八家后一人，即仆亦以

---

① 康乃心：《与门人》，《莘野文集》卷四，《莘野先生遗书》。顾炎之说见《顾亭林诗文集》卷四《与人书十八》、《日知录》卷一九“文人之多”条。

② 康乃心：《书冯恭定公关中乡贤传后》，《莘野文集》卷七，《莘野先生遗书》。

为合长公、元晦而一之矣。①

可以看出，他对宋代理学大师二程、周敦颐是略有不满的，为此他竟然能逾越理学的樊篱，称赞王阳明集苏东坡、朱熹二家文理之长。这对王学出身的李二曲的弟子来说，虽也不算太出格，但毕竟是不合乎宋代以来的理学主流意识的。其间价值观的转变，不仅反映出某种时代和个人色彩，也体现了关中理学家诗论的一个基本倾向。的确，在关中理学家的身上，我们更多地看到一种文学趣味，与理学初期那批大师的道貌岸然很不一样了。

在关中的理学家中，康乃心不像其他人那样，只是笼统抽象地发发议论，表明自己的诗歌观念就算了，他还通过批评古代诗歌来阐发自己的诗学见解，其学理的严密性超过同时的许多诗评家，而接近李因笃。作为格调派传统孕育出来的关中诗人，康乃心不用说也奉唐诗为圭臬，但他论诗有自己的思路。通过考察历代诗歌，他将以往诗歌史上的价值观一言以蔽之，曰：

> 建安诸子以迄有明，考绪穷源，莫不归于忠孝，本诸性灵，而刻文据藻者不与焉。②

以这一标准衡量，唐诗就是道德和审美两方面都最理想的诗歌典范。在道德方面，他强调"唐人诗可继《三百》，不在字句之间，温柔敦厚其大旨也"③。可见他虽吸纳了性灵的概念，但并不曾离开理学立场，诗教仍是他论诗的基本准则。在艺术上，他断言"宋元无诗，唐诗真可谓上继《三百》，一字千金。此事非小非近，难为一二俗人道也"④。两段话强调的重心虽不同，却都奉《诗经》为最高典范，视唐诗为其嫡裔，由此建立起自己的诗歌传统序列。这一序列的下一站，跳过"无诗"的宋元，直接到达明诗。正像唐诗是《诗经》的嫡裔一样，明诗乃是唐诗的嫡裔。他正是这么看的，所以他相当肯定明诗。通观康乃心的诗论，未见阐述尊崇唐诗的

---

① 康乃心：《莘野文集》卷七，《莘野先生遗书》。
② 康乃心：《钮玉樵粟语序》，《莘野文集》卷二，《莘野先生遗书》。
③ 康乃心：《与门人》，《莘野文集》卷四，《莘野先生遗书》。
④ 康乃心：《杂言》，《莘野文集》卷四，《莘野先生遗书》。

具体理由，倒是从他对明诗的肯定中可以窥知他如何理解唐诗。

康乃心对明诗的肯定，不是停留在泛泛的好评上，他显然对明诗有过专门的研究。这种偏爱不只缘于明诗学唐人，它也是作者自幼受格调诗学熏陶的结果。康乃心曾在《陆方山诗序》中提到："记儿时听长老言，三唐而下，宋元无诗。诗至有明，始能继唐。"① 由此可见，上引关于宋元无诗，唐诗直继《诗经》的议论，乃是自幼习闻的老辈常谈。在明清之交，关中一方面是囿于格调派的传统，另一方面也是地处西北，风气滞后，晚明性灵派的影响较小，诗家对明代格调派诗歌仍保持着习惯的尊敬。康乃心《讷斋诗序》言"近代北地、西极，雄视万古"②，明显流露着对地方传统的自豪。直到康熙三十一年（1692）自跋诗作，他还大力推崇明诗：

> 历下之言，世讥其阔；竟陵之论，又病其寂。要之皆起衰救弊者也。□（宗）伯谭诗，以初盛中晚陋新宁氏，至诋严沧浪为妄作解事。其说博□，而取材于宋元，浸淫于天竺，稗官巷迷尽入格律，亦似晚节之穷□而失归也。夫声音之道，和平淡宕已尔，激壮悲凉与夫清微婉丽，□因时地而然，有难强者。如欲返本复始，归极玄化，诚非易然。然□□高不亢，无怠无荒，包罗万有，造物为徒，近代以来其青丘乎，其长□乎，其北地、信阳、天池、迪功乎？后有作者，弗可及已。③

这段议论自高启以降迄公安、竟陵，对明代所有主要诗派都给予了肯定评价；对钱谦益之鄙薄严羽、高棅，虽未直接指斥，也委婉地对他晚年出入宋元，浸淫佛理提出了批评，持论明显与江南诗学针锋相对，即与山东诗学也有程度上的差异，可以说代表了关中诗派的明诗观。其中值得注意的是，他将徐渭（天池）列为大家。众所周知，徐文长诗虽无论在当时在后世都有不少人喜欢，但给人的印象似乎是左道旁门，算不得大家。康乃心《书徐文长集后》却道："诗无仙笔，终是驽胎。文长仙矣，断句第一，

---

① 康乃心：《莘野文续集》卷二，《莘野先生遗书》。
② 康乃心：《莘野文集》卷二，《莘野先生遗书》。
③ 康乃心《莘野先生遗书·莘野集》卷首所载历年诗跋，此段未署纪年，据前辛未、后癸酉两段推之。

七古次之。文长诗得之四人，太白、长吉、长公，神则少陵。"① 这样的
评价倒也不能不说是独出手眼，并且是对徐文长诗有所研究的。此外，即
使明清之际众矢所集的竟陵派作家，他也颇加赏爱，康熙二十一年（1682）
作《书谭友夏诗后》云："偶披谭子诗观之，遂至尽卷，幽光清异，迥绝
尘俗，不如是何以服伯敬，拔正希哉？"② 而于钟惺则更喜欢其尺牍、小
品文，《书隐秀轩集后》曰："钟子书亦一至宝，雷太史何思所称清远神
骏者哉。尺牍题跋，字字珠玑，更在诗文之上。"③ 对明代这种性灵文字
的会心，竟致令他读姚文燮注《昌谷集》而产生异样的感慨：

> 姚氏此注博采旁参，亦云劳矣，而其援引年代，必曰若因若事，
> 若为忠君，若为爱国，期与工部同途，似反穿凿附会。固哉，此过于
> 论诗者也。呜呼，自高、刘、何、李、徐、袁诸公死，而知诗者殆
> 鲜矣。④

清初诗家论及明人诗学，鲜有优容，而康乃心独许有明诸公知诗，则他对
并世论者固有大不满之意，可以想见。他对诗歌显然更注重艺术上的要
求，不想让道德诠释和历史诠释替代甚至损害美学诠释，这在一位理学家
是难得的。这种态度不仅让他有取于明诗，甚至爱屋及乌，对明人编的诗
选也多有褒辞。他曾对门人说："李沧溟所选唐诗，人率易示之，不知其
实为精绝。初学熟此，径路不差，且勿务泛泛也。"⑤ 就我所见，清初诗
家虽承认明代"选唐诗者无虑数十家，惟高氏《品汇》与李于鳞先生
《唐诗选》最著"⑥，但于《唐诗选》大都卑之无甚好评，以为"境隘而
辞肤，如已陈之刍狗"⑦。康乃心独举以为初学门径，足见格调派观念在
他的思想中根深蒂固。至于竟陵钟、谭所纂《诗归》，他认为"心眼灵
异，读以广识，泥之则楚语而细音矣"⑧，也可以说是相当公允的评价。

---

① 康乃心：《莘野文集》卷七，《莘野先生遗书》。
② 同上。
③ 同上。
④ 康乃心：《书昌谷集后》，《莘野文集》卷七，《莘野先生遗书》。
⑤ 康乃心：《与门人》，《莘野文集》卷四，《莘野先生遗书》。
⑥ 宋征舆：《唐诗选序》，《林屋文稿》卷五，康熙刊本。
⑦ 宋荦：《漫堂说诗》，丁福保辑《清诗话》上册，上海古籍出版社1978年版，第417页。
⑧ 康乃心：《与门人》，《莘野文集》卷四，《莘野先生遗书》。

　　说到底，康乃心对诗是有自己的见地的，他对前代诗家的评骘许可有他自己的标准，其间当然也含有他个人的趣味。比如，他虽断言"宋元无诗"，但理学家诗人宋代邵雍、元代刘因、画家诗人元代倪瓒却是他很喜欢的。《莘野文集》卷七《书杜诗韩文后》云："吾以为，康节之诗高逸神化，不可方物，是直以经为韵者，读之如空山钟鼓，令人惊回醉梦，秦汉而还，几无其匹。"评价不可谓不高。又《书刘静修集后》云："雷溪神骨清绝，古风奇宕雄逸，在少陵、昌谷之间。近体高澹深稳，浸浸乎初唐矣。至其一往孤情，寄托幽远，上下千古，欲泣欲歌，晦明风雨，如将促席，想见其为人。"《书云林集后》云："元镇第一流也，诗如水云，烟火之气脱尽。七言断句第一，序跋次之，七律、书牍次之，诗余次之，古又次之。靖节以后一人而已。虽以画鸣，然人以画掩矣。"这样的评论，只有熟读其诗文集方能得出，无论作于宋元诗风炽盛之际还是消歇之际，都可以说是独具见识而非随人短长的论断，康乃心作为批评家的胸襟和见识由此得以充分展现。无论从哪方面看，他都是关中学者中杰出的诗论家，"关中二李，不如一康"，倒也不算过言。

　　康乃心还是关中学者里唯一撰有诗话著作者。《河山诗话》末有题识："以上七十一则，飞浮山人太乙氏录。梁山二十四峰下居易草堂，辛巳六月六日。"后注："未定之本。"可知现存之本为康熙四十年（1701）六月以前的草稿，时作者五十九岁。书中杂录有唐至清代诗人篇什，题材多与关中有关，系采自杂书及石刻题壁。每条拟有小标题，而文字所述或有诗而无话，形同诗选。不过所载当世人物，往往有遗闻逸事可资知人论世。比如载钱谦益事云："顺治初，偶游云间，画船箫鼓，流连累月。一时绅士山人，以诗文投谒，日无宁晷，晏乐之盛，近今所无。有客书片纸从蓬窗隙中入，自称青村隐者。钱得诗，失声一恸，即解缆而归。诗曰：'画舫清江载酒行，山川满目不胜情。汉宫一闭千官散，无复尚书旧履声。'"参照他书的记载，可以了解牧斋晚年为士林清议所不齿的窘境。此外如阎尔梅题明宗室书牍诗、傅山黄冠诗、崇祯皇帝赐杨嗣昌督师诗、蒋超题伏虎寺诗等，以及仙者、道流及女郎题壁诗，有的得自闻见，有的录自石刻，有的录自手迹，都信而可征，有助于考证。但总体上，诗话中较少艺术批评，诗学研究的价值不大，要了解康乃心的诗学，主要还得依靠他的其他著述。

　　关中诗学的基本倾向是对明代诗学的继承和发展，潘耒撰李因笃《受

祺堂诗集》序，曾感叹"诚得先生辈数人主词盟而树之帜，大雅元音庶几
不坠矣乎"。然而由于关中地处僻远，影响难及于中原，所以他们没产生
实际的作用。虞山派提倡风雅诗教的传统，光有口号而无实际内容，对晚
明的风气只能说是破，而不是立；关中诗学则连口号也没提出来，离立当
然就更远了。研究关中诗学的意义是，在幅员广阔、地域文化发展极不平
衡的明清时代，大传统和小传统的差异明显突出起来。因此，讨论时代风
气，必须注意地域的差异，绝不能大而化之地作泛泛之论。

第四章 远离诗坛的理论独白——王夫之诗学

在不同时代都有这样的人物，没有人会否认他们的伟大，但却不知道将他们放在什么位置上合适。他们的伟大正在于孤高地独立于任何群体和潮流之外，而他们所以能苏世而独立，则又在于卓荦不凡的禀赋。这种禀赋带给他们的洞察力，足以远离时俗的平庸见解，而达到一个复绝的大智慧境地，令后人叹为奇迹。王夫之正是这样一位不多见的超然于时代之外的伟大学者。

王夫之（1619—1692），字而农，号姜斋。明亡隐于湘西之石船山，世称船山先生。年二十四，与兄介之同中崇祯十五年（1642）举人，以世乱不赴会试。顺治五年（1648）在衡阳举义失败后，往肇庆投南明朝廷，授行人司行人。顺治八年（1651），绝望于时势，归乡奉养老母，时年三十三岁。此后即隐石船山不出，著书四十年。除刘献廷《广阳杂记》卷二称"其学无所不窥，于六经皆有发明，洞庭之南，天地元气，圣贤学脉，仅此一线耳"，船山之学在其生前及下世后均未彰显。全祖望于明遗民搜罗殆遍，汲汲表章唯恐不及，而王夫之名仅一见于刘继庄传中，足见他对船山为人为学均无所知。事实上，王夫之既没有黄宗羲那样显赫的师承，也没有顾炎武那样广泛的交际和丰富的游历，除了在南明朝廷结识的方以智、金堡及钱澄之外，他往来的人士中几乎没有名人。归湖南后在寂寞中度过后半生，独自走一条同样寂寞的学术道路。就像梁启超说的，"当时名士，除刘继庄外，没有一个相识。又不开门讲学，所以连门生也没有"，"二百年来几乎没人知道"①。这就难怪邓显

---

① 梁启超：《中国近三百年学术史》，中国书店 1985 年影印本，第 91 页。

鹤《船山遗书目录序》要说：

> 先生刻苦似二曲，贞晦过夏峰，多闻博学，志节皎然，不愧顾、
> 黄两先生。顾诸君子肥遁自甘，声名益炳，羔币充庭，干旄在野，虽
> 隐逸之荐、鸿博之征，皆以死拒，而公卿交口，天子动容，其志易
> 白，其书易行。先生窜身瑶峒，绝迹人间，席棘饴荼，声影不出林
> 莽，门人故旧又无一有气力者为之推挽，殁后四十年，遗书散佚。其
> 子敔始为之收辑推阐，上之督学宜兴潘先生，因缘得上史馆，立传儒
> 林，而其书仍湮灭不传，后生小子至不能举其名姓。

直到嘉庆间余廷灿撰《王船山先生传》，称"其学深博无涯涘"[1]；道光十
九年（1839）族裔世全为刊遗书，其学术之全貌方展现于世，令举世学人
倾倒。道光二十七年（1847）九月莫友芝致邹汉勋书提到："衡阳王而农
先生，友芝以足下言始知之。赐到新刻《宋论》、《思问录》两书，始得
见其著述，与亭林、梨洲允堪鼎足，诚国初儒林第一等人物，仅谓'楚材
举首'者隘矣。"[2] 同治初曾国荃因船山遗书板毁再加翻刻，曾国藩撰序
力为表彰，乡后辈如邓绎等益称道其学，与梨洲、亭林相提并论[3]，于是
无人不知王夫之之名，一时出现"湖湘学术重船山"的局面[4]。

　　船山之学沾溉湖湘学人虽是清末以来的事，但其思想、学术的形成却
与湖南的人文传统密切相关。正如钱基博所指出的："湖南之为省，北阻
大江，南薄五岭，西接黔蜀，群苗所萃，盖四塞之国。其地水少而山多，
重山迭岭，滩河峻激，而舟车不易为交通。顽石赭土，地质刚坚，而民性
多流于倔强。以故风气锢塞，常不为中原人文所沾被。抑亦风气自创，能
别于中原人物以独立。人杰地灵，大儒迭起，前不见古人，后不见来者，
宏识孤怀，涵今茹古，罔不有独立自由之思想，有坚强不磨之志节。斠深

---

　　① 余廷灿：《存吾文稿》，咸丰五年云香书屋重刊本。
　　② 见南京图书馆藏《邸亭诗文稿》稿本，转引自张剑《莫友芝年谱长编》，中华书局 2008
年版，第 100 页。
　　③ 见邓绎《藻川堂谭艺·日月篇》，光绪四年自刊本藻川堂集所收。
　　④ 王之春上册《椒生随笔》梁肇煌题词，载《椒生随笔》卷首，光绪刊本。樊增祥《胡石
庄先生诗序》序云："船山入清二百余年，名不出一乡，至曾文正梓其遗书，其名遂与顾、黄两
先生相抗。"胡承诺《石庄先生诗集》卷首，民国 5 年沈观斋重刊本。并参见刘毓崧《王船山先
生年谱自序》，《通义堂集》卷六，民国 7 年刘承干求恕斋刊本。

古学而能自辟蹊径，不为古学所囿，义以淑群，行必厉己，以开一代之风气，盖地理使之然也。"① 此言虽不无近代地理决定论的色彩，但用于王夫之却相当贴切。不仅所论人品志节于船山有以征之，论湖南交通不便，风气锢塞，不受中原影响，而往往具有独立思想，也与船山学术的精神相契合。郭嵩焘有言："司马德操谓识时务者为俊杰，吾则以不为风气所染为俊杰。"② 这可以看做湖南地方人文传统的精神所在。由明代过来的知识人，其学不出于程朱，即归于陆王。王夫之家世业儒，父朝聘以朱子学为本，"敦尚践履，不务顽空"③。而船山却以为朱子"格物穷理"只能说是贤者之学，二程之学"自得后，却落入空旷去，一传而后，遂有淫于佛、老者"④，故不入其门限，独承张载之学，修正程朱，反对陆王⑤，既主张实践，又致力于思索哲学的基本问题。这种思想方法和学术路径，反映在诗学中，就形成了既重视名理之辨而又善于从文学创作的具体经验中提炼理论命题和诗学概念的特点。

王夫之从十六岁开始随叔父廷聘学诗，自称前后读古今人诗不下十万首，终因心思不在这方面，没有特别用功。明亡后潜心著书，二十八岁写成第一部著作《周易稗疏》四卷，以后兀兀穷年，著述不辍。年过不惑，王夫之重新留意诗学，并评选前代诗歌作品，编有古诗、唐诗、宋元诗和明诗四种诗选⑥。康熙十年（1671）前后完成《诗广传》⑦，内容侧重于文化批评。后又撰《诗译》一卷，着力研究《诗经》的文学表现。他对明代流行的李攀龙《唐诗选》、王世贞《艺苑卮言》及唐汝询《唐诗解》等都很熟悉，也受到不同程度的影响。从《明诗评选》引用钱谦益论汤显祖的文字看，他还读过《列朝诗集》⑧，并对程孟阳及其追随者钱谦益颇不以为然，故评明诗时常流露出对钱的不屑之意。广泛涉猎前代诗歌作品让

---

① 钱基博：《近百年湖南学风》，岳麓书社 1985 年版，第 1 页。

② 同上书，第 47 页。

③ 王夫之：《家世节录》，《王船山诗文集》，中华书局 1962 年版，第 106 页。

④ 王夫之（上册）《读四书大全说》卷一〇，中华书局 1975 年版，下册，第 693 页。

⑤ 此取嵇文甫《王船山学术论丛》之说，中华书局 1962 年版，第 109 页。

⑥ 有关王夫之事迹与著述系年，系参考刘春建《王夫之学行系年》，中州古籍出版社 1989 年版。

⑦ 此据王孝鱼《诗广传》"点校说明"之说，中华书局 1964 年版。

⑧ 王夫之《明诗评选》卷二评汤显祖《边市歌》云："钱受之谓公诗变而之香山、眉山，岂知公自有不变者存。"河北大学出版社 2008 年版，第 78 页。按：钱谦益之说见《列朝诗集小传》丁集汤显祖传。

他积累了不少诗歌史知识,对诗歌原理的理解和阐释因有相应的诗史知识支撑,而不至流于片面和主观武断。青木正儿说"他抨击拟古派,并轻蔑竟陵派,其激烈程度不下于钱谦益等人,但只是不分青红皂白大加挞伐,却丝毫不接触诗学上的理论问题"①,应该说不太符合实际情况。康熙二十七年(1688)七十岁时,王夫之开始整理自己的诗学研究成果,先将追忆平生往来友人之作,撰为《南窗漫记》一卷;两年后又将自己论诗和时文的心得,编为《夕堂永日绪论》内外编,对毕生的文学批评业绩做了一个总结。同时还陆续为几种诗选润饰评语,估计直到去世也未定稿,所以今存三种诗选都没有序跋,不像是打算授梓的稿子,或许只是讲学和指示后学的讲义罢。但这些著述已足以显示王夫之晚年颇用心于诗学,且以诗学为毕生学术的归结。

王夫之诗学一直是古典美学和文学理论研究者关注的焦点,研究专著和论文都不胜枚举。其中,郭绍虞说他"打通经学与文学之间的一条路",其诗论偏重在读诗②,青木正儿提出王夫之诗学最值得注意的是提倡将《诗经》作为文学来看待③,启发我们考量王夫之对文学的基本观念,做更进一步的深入研究④;杨松年认为王夫之诗论与诗评所提出的问题,前人大都已涉及,所以他除了在分析情、意、气、神四个基本范畴的基础上,对王夫之的情感论、意境论、语言声韵、法度、鉴赏、诗坛习气论加以评述外,只重点探讨了"温柔敦厚"、"起承转合"等问题⑤,相当全面;蓝华增的论文谈到作者和读者、情景、情势的问题,不乏独到见地⑥。陶水平从清初文化整合的历史语境下把握王夫之诗学独特性格,对其间涉及的各方面理论问题作了全面的探讨⑦。此外,李锡镇分析王夫之"兴观群怨"说的独特内涵⑧,邓新跃、黄细梅梳理王夫之对明代复古派

---

① 青木正儿:《清代文学评论史》,杨铁婴译,中国社会科学出版社1988年版,第33页。

② 郭绍虞:《中国文学批评史》,上海古籍出版社1979年版,第516页。

③ 青木正儿:《清代文学评论史》,第33页。

④ 袁宗愈:《从〈诗广传〉看王夫之的诗情观》,《船山学刊》2005年第2期。

⑤ 杨松年:《王夫之诗论研究》,文史哲出版社1986年版。

⑥ 蓝华增(上册)《古典抒情诗的美学——王夫之"情景"说述评》,《古代文学理论研究》第十辑,上海古籍出版社1983年版。

⑦ 陶水平:《船山诗学研究》,中国社会科学出版社2001年版;又见陶水平《文化整合语境中的王夫之诗学》,《齐鲁学刊》2000年第6期。

⑧ 李锡镇:《试论王船山诗论中"兴观群怨说的涵意"》,《清代学术论丛》第六辑,中山大学清代学术研究中心编,文津出版社2001年版。

诗学思想的批判①，崔海峰分析王夫之诗学的重要范畴②，涂波论王夫之的诗歌评选和诗歌批评③，以及柳亨奎、李锡镇的两种专题研究的学位论文④，都在不同程度拓宽了王夫之诗学研究的视野，深化了我们对王夫之诗学之时代特征的理解。尤其是近年萧驰《抒情传统与中国思想——王夫之诗学发微》一书的出版⑤，将王夫之诗学的阐述大大推进了一步，他在哲学层面上展开的多向探讨使我可能开辟的阐释空间愈形狭窄，感觉在此再论述船山诗学，恐将难免于日出而爝火不熄之讥。好在王夫之毕竟是博大精深的学者，在全面研究了清初诗学并做过一些传统诗学概念和命题的梳理后，我觉得王夫之诗学还有不少可发掘的理论问题，包括其诗学的理论基点、体系构成及原创性价值等；有些问题则值得重新思考和评价，比如王夫之的诗歌趣味及其批评能力等。我将在时贤的研究基础上尝试对王夫之诗学的理论系统重新加以梳理，并估量其得失及诗学史地位。

第一节　对诗歌本质特征的重新诠释

王夫之是中国古代最伟大的哲学家之一，梁启超曾说，"欲知船山哲学的全系统，非把他的著作全部仔细绸绎后，不能见出"⑥，而王夫之的诗学又与他全部的哲学思想有关。王夫之哲学最突出的特点是偏重于讨论哲学的基本范畴和认识论的基本问题，他的诗学也同样如此。在他寓体系于漫话的诗论和诗评中，几乎讨论了诗学所有最根本的问题、最基础的概念，他是对古代诗歌的艺术传统和理论系统全面加以反思的第一位理论家，也是最富于辩证法思想的理论家。王夫之通常被视为理学家，可是他的思想中却有着浓厚的道家和佛家色彩，而他哲学的核心则是不偏于一端

---

① 邓新跃、黄细梅：《王夫之对明代复古派诗学思想的批判》，《湖南科技大学学报》2007年第6期。

② 崔海峰：《王夫之诗学范畴论》，中国社会科学出版社2006年版。

③ 涂波：《王夫之诗学研究》，湖北人民出版社2006年版。

④ 柳亨奎：《王夫之诗学研究》，辅仁大学中文所硕士论文，1983年；李锡镇：《王船山诗学的理论基础及理论重心》，台湾大学中文所博士论文，1990年；王峰：《王夫之诗学研究》，北京大学中文系博士论文，1999年；羊列荣：《船山诗学研究》，复旦大学中文系博士论文，2000年。

⑤ 萧驰：《抒情传统与中国思想——王夫之诗学发微》，上海古籍出版社2003年版。有关王夫之诗学的研究述评，可参看魏中林、谢遂联《二十世纪王夫之诗学理论研究》，《文艺理论研究》2000年第3期；崔海峰《近年来王夫之诗学研究概述》，《船山学刊》2002年第4期。

⑥ 梁启超：《中国近三百年学术史》，第78页。

的二元论或合一论,在各种对立的关系中力求偏中之全、对立中的统一,他的整个学说就建立道器、体用、心物、知行、物我等一系列对立统一的范畴上。在诗学方面,其学说的核心内容也被研究者概括为情与理、情与景、意与辞这三对范畴的统一,并认为这三对范畴又在意与辞一对范畴上获得更高层次的统一①。现在我们需要进一步考察,他是用什么方式、怎么样阐述这些基本概念及其统一关系的。

一 王夫之诗学的学理依据

诗歌最根本的问题是什么?最基础的概念又是什么?不同的时代会有不同的回答,但在清初,诗论家对这个问题的回答是比较一致的,那就是对诗歌本质特征的界定。诗歌的本质特征岂非早就有定论?"诗言志"、"诗缘情而绮靡"、"诗者人志意之所适也"……但这些描述性定义不符合哲人王夫之的要求,况且经过明代诗坛多元观念的纷争和解释,这些传统命题已被注入太多新异的元素,使得诗歌本质特征的界定又变得模糊起来,需要重新梳理和澄清。王夫之的哲学家头脑很适合思考这些原理问题,也显示出过人的深刻。事实上,古人讨论诗学原理,甚少有本体论的思考,而这却正是王夫之的擅场。他不仅致力于对诗歌本质的思考,还运用传统哲学的一般原理来阐释诗学的基本问题,达到前所未有的深度。或许应该反过来说,他对诗学原理的深刻认识,纯然得力于哲学思维,哲学的犀利思辨赋予了他深入剖析诗学原理问题的理论思维能力。这方面的例子很多,这里只就涉及诗歌本体论思维的方面举三个不太为人注意的例证。

其一,王夫之在《周易外传》中论及道器关系,有这样一段议论:

> 天下惟器而已矣。道者器之道,器者不可谓之道之器也。无其道则无其器,人类能言之。虽然,苟有其器矣,奚患无道哉?(中略)无其器则无其道,人鲜能言之,而固其诚然者也。(中略)道之可有而且无者多矣,故无其器则无其道,诚然之言也,而人特未之察耳。故古之圣人,能治器而不能治道。

---

① 程亚林:《寓体系于漫话——论王夫之诗歌理论体系》,《学术月刊》1983 年第 1 期。

王夫之的这一论辩，与顾炎武《日知录》论非器则道无所寓旨趣略同①，都是针对晚明王学务虚而不落实地的流弊，阐明道器不二之理。此说看似与文学无关，但原理却通于文学内容与形式的辩证关系。近代以来，文学理论习惯于将内容、形式分开来讲，视形式为内容的容器，这种机械的观念已被雅各布森的语言学诗学所证谬。事实上，内容总是依托于一定形式的，在形式产生之前，文学意义上的所谓内容根本就不存在。王夫之的道器观所要阐明的，就是这个问题。所以，他虽是那么一个富有思想的学者，却最看重形式本身的意义。从来没有人像他那么下工夫研究诗歌的形式问题，他清楚诗学的所有问题最终都归结于形式。《尚书引义》论《毕命》篇的"体要"，又就"辞有定体焉，有挈要焉，挈其挈要而循其定体，人可为辞，而奚以文为"的设问，进一步讨论了文质即现象与本质的关系问题。他首先肯定："物生而形形焉，形者质也。形生而象象焉，象者文也。形则必成象矣，象者象其形矣。在天成象而或未有形，在地成形而无有无象。视之则形也，察之则象也。所以质以视章，而文由察著。"② 这是说事物的存在总基于一定形式，或表面或内在，质和文正是与之对应的概念。因而文和质也就是一体的两面，互相依存而不可割裂："盖离于质者非文，而离于文者无质也。惟质则体有可循，惟文则体有可著。"③ 这样，向来解释为内容、形式关系或风格华朴问题的传统文质观，就变成现象与本质的关系问题，而其间互动相生的辩证关系，就成为"统文为质，乃以立体；建质生文，乃以居要。体无定也，要不可挖也。有定体者非体，可挖者非要，文离而质不足以立也"④。文质既然互为表里，那种决定论的主次关系，如宋儒所谓"文以载道"之类，自然就不能成立了。所以，他最终否定"体"、"要"这两个传统概念的决定性地位，说"奚定体之必拘，而挖要可片言尽哉"⑤，完全是顺理成章的。这篇议论本来并不是谈论文学的，但最终却阐明了一个与文学相通的哲学原理，并推衍于文学创作，从而对"立一体以尽文之无穷，一开一阖，万应而约于一定"的机械结构论提出了批评。这充分显示，王夫之诗学中的有机结构论观念乃

① 黄汝成：《日知录集释》卷一"形而下者谓之器"条，花山文艺出版社1990年版。
② 王夫之：《尚书引义》卷六，《船山全书》第2册，岳麓书社1996年版，第411页。
③ 王夫之：《船山全书》第2册，第413页。
④ 同上书，第412页。
⑤ 同上。

是确立在上述本体论认知上的。

其二，王夫之在《尚书引义》卷五《召诰无逸》讨论了"能"与"所"的关系：

> 境之俟用者曰"所"，用之加乎境而有功者曰"能"。"能"、"所"之分，夫固有之，释氏为分授之名，亦非诬也。乃以俟用者为"所"，则必实有其体；以用乎俟用而可以有功者为"能"，则必实有其用。体俟用，则因"所"以发"能"；用乎体，则"能"必副其"所"。体用一依其实，不背其故，而名实各相称矣。①

他告诉我们，"能"、"所"的概念虽源于佛家，但究其实质，则中土自有类似的义理：

> 其所谓"能"者即用也，所谓"所"者即体也，汉儒之已言者也。所谓"能"者即思也，所谓"所"者即位也，《大易》之已言者也。所谓"能"者即己也，所谓"所"者即物也，《中庸》之已言者也。所谓"能"者，人之弘道者也；所谓"所"者，道之非能弘人者也，孔子之已言者也。援实定名，而莫之能易矣。阴阳，所也；变合，能也。仁知，能也；山水，所也。中和，能也；礼乐，所也。②

通过援儒证释，用儒家的体用论来演绎昉于佛学的"能"、"所"范畴，他将认识活动中的主体和客体、主观认识能力和客观认识对象作了明确的界定和阐说。这与当代语言学批评所用的"能指"、"所指"概念略有相通之处，有助于厘清诗歌意象、语料功能和意义的关系。

其三，《尚书引义》卷一《大禹谟二》在比较五官对外界反应的自主性差异时，对视觉的分析触及了认知过程的意向化问题。在王夫之看来，知觉的形成其实包含"物来"和"己往"两个方面：

> 乃目之交也，己欲交而后交，则己固有权矣。有物于此，过乎吾

---

① 王夫之：《船山全书》第2册，第376页。"用乎体"各印本作"用用乎体"。
② 同上书，第377页。

前，而或见焉，或不见焉。其不见者，非物不来也，己不往也。遥而望之得其象，进而瞩之得其质，凝而睇之然后得其真，密而瞭之然后得其情。劳吾往者不一，皆心先注于目，而后目往交于彼。不然，则锦绮之炫煌，施、嫱之冶丽，亦物自物而已自己，未尝不待吾审而遽入吾中者也。故视者，由己由人之相半者也。①

这段论述因为是以审美活动为例的，也就可以当做对审美反应发生机制的分析来看。王夫之非常强调审美活动的主观能动性，认为审美反应的发生是个意向化的过程，只有通过"吾审"即主体的观照才能体察对象物的象、质、真、情，这是明显不同于传统"物感"说的一种新思维。"物感"说与中国传统的"移情"论相通，都强调外物（包括文学作品）能移我情，是一种自然的同时也是被动的审美感应论，它强调外部世界对心灵的感发作用，却忽略了审美意识的意向性。王夫之的论断弥补了这种消极反映论的缺陷，启发人们重新认识审美意识的形成过程，进而对诗歌构思取境中作者意识的能动性给予足够的重视。

这些议论无不显示，王夫之在本体论和认识论的基本问题上有着不同寻常的深刻见解，其思维的穿透力决定了他对诗歌原理的认识将达到前所未有的深度，并付之以清晰而有说服力的表述。以上三点分别涉及形式的本体意义、功能和意义的关系、审美活动的意向性等问题，其基本思想贯彻于诗学，就必然在诗歌文本的生成、结构、情景关系等一系列理论问题上形成独到的见解。可惜，王夫之不是叶燮那样的批评家，有兴趣系统地阐述自己的诗歌理论，他的几种论诗专著并未完整地表达自己对诗歌的全部看法，他的许多理论都是在评论具体作品时随机发挥的，要把握他对诗歌的基本理念，就必须将他的哲学思想与诗歌评论结合起来加以分析。

二 对抒情性的界定

谈论诗歌的本质特征离不开对抒情性的界定。诗歌是一种抒情的艺术，这到明清时代已达成共识。但诗歌的抒情本质如何实现，却还不是很清楚的问题，有待于更细致的剖析。这一重大诗学课题历史地落到僻居穷乡的哲学家和诗人王夫之头上。

---

① 王夫之：《船山全书》第 2 册，第 268 页。

　　论诗歌的抒情本质，离不开"性情"二字。而不幸正因为"诗以道性情，无人不知，且无人不言之矣，然人人知之而性情之旨晦，人人言之而性情之真愈淆"①。于是正如前文指出的，清初诗学在伦理上对诗学传统的复归，首先表现为对已成为诗学根本概念的"性情"的重新诠释。王夫之也不得不从"诗以道性情"这最通俗的命题来开始他的理论思考：

> 诗以道性情，道性之情也。性中尽有天德王道、事功节义、礼乐文章，却分派与《易》、《书》、《礼》、《春秋》去，彼不能代《诗》而言性之情，《诗》亦不能代彼也。决破此疆界，自杜甫始。桎梏人情，以掩性之光辉，风雅罪魁，非杜其谁耶？②

　　针对晚明以来"性灵"逐渐取代"性情"成为诗学的核心概念，"性情"概念往往被解作"情"的偏义复词的趋势，清初诗论家起而以性情统一说矫其偏失。如尤侗说："汤若士云'人讲性，吾讲情'，然性情一也，有性无情是气，非性；有情无性是欲，非情。人孰无情，无情者鸟兽耳，木石耳。"③ 这是当时较流行的观念，将性与情看成一种互成关系，两者不可偏废。而王夫之的看法不同，他将性、情看成不同层次的概念：性是上位概念，包括哲学、政治、经济、礼乐、历史各方面的内容；情是下位概念，属于性的一部分。比照经书的构成，性的各方面内容分别由《易》、《书》、《礼》、《春秋》来言说，而《诗》专司其中情的部分。但这么说绝不意味着情与性无关，他在《读四书大全说》里曾阐明情、性的关系，说："情元是变合之幾，性只是一阴一阳之实。情之始有者，则甘食悦色，到后来蕃变流转，则有喜怒哀乐爱恶欲之种种者。性自行于情之中，而非性之生情，亦非性之感物而动则化而为情也。"④ 他虽也像通行的看法那样将情与欲联系在一起，但却将情与性分开了。这样，诗表达的内容就不能再笼统地说"性情"，而有了另一种分析，那就是《诗广传》所说的：

---

　　① 师范：《触怀吟序》，《滇文丛录》卷二九，转引自张国庆编《云南古代诗文论著辑要》，中华书局 2001 年版，第 373 页。
　　② 王夫之：《明诗评选》卷五徐渭《严先生祠》评语，第 300—301 页。
　　③ 尤侗：《西堂杂俎》一集卷八，康熙刊本。
　　④ 王夫之：《读四书大全说》卷一〇，下册，第 674 页。

　　诗言志，非言意也。诗达情，非达欲也。心之所期为者志也，念之所觊得者意也，发乎其不自已者情也，动焉而不自待者欲也。意有公，欲有大，大欲通乎志，公意准乎情。但言意则私而已，但言欲则小而已。人即无已自贞，意封于私，欲限于小，厌然不敢自暴，犹有愧怍存焉，则奈之何长言嗟叹，以缘饰而文章之乎？①

经过如此的分析和合并，诗所表现的主体性内涵就被确定为志—情和欲—意两组四个概念，后者实际包含在前者之中。这对"诗以道性情"的流行说法明显是个矫正，使诗歌抒情本质的界定又重新回到传统的言志抒情上来，但内涵又有所限定，排除了小欲私意。这种立足于《诗经》诠释的诗歌本质观，一方面表明他视《诗经》为抒情文体，见解甚为通达；同时也预示了，由于他严格地以言志抒情为诗歌的本质属性，就使诗歌的抒情性变得内涵狭隘，以致难以包容那些充满理性的言说，比如杜甫的现实题材作品。

　　在王夫之看来，杜甫践踏了诗歌的文体界限，将道德、政治、历史等内容纳入诗中，致使情感内容受到抑制，最终淹没了性应有的光辉。这样一种观念无疑会影响到他对诗歌功能的界定，我们在《诗译》中确实已看到王夫之对传统观念提出了挑战。他说：

　　"赐名大国虢与秦"与"美孟姜矣"、"美孟弋矣"、"美孟庸矣"一辙，古有不讳之言也，乃《国风》之怨而诽、直而绞者也。夫子存而弗删，以见卫之政散民离，人诬其上，而子美以得"诗史"之誉。夫诗之不可以史为，若口与目之不相为代也，久矣。《鲁颂》，鲁风也；《商颂》，宋风也：以其用天子之礼乐，故仍其名曰颂。其郊禘之升歌也，乃文之无惭，侈心形焉。"鼓咽咽，醉言归。于胥乐兮。"与《铙吹》、《白纻》同其管急弦繁之度，杂霸之风也，鲍照、李白、曹邺以之。②

他评李白《登高丘而望远海》诗，深慨"后人称杜陵为诗史，乃不知此

　　① 王夫之：《诗广传》卷一，第 22 页。
　　② 王夫之：《诗译》，戴鸿森《姜斋诗话笺注》卷一，人民文学出版社 1981 年版，第 24 页。

九十一字中有一部开元、天宝本纪在内"①，足见他是承认诗歌可以记录历史的；但这里说诗歌不可以历史的方式来表现，就像口、目的功能不可相互替代，又分明是在强调诗、史的分际，提醒世人一个由来已久的传统。联系《古诗评选》评古诗《上山采蘼芜》的说法来看："诗有叙事叙语者，较史尤不易。史才固以檃括生色，而从实著笔自易；诗则即事生情，即语绘状，一用史法，则相感不在永言和声之中，诗道废矣。"可知他终究是反对以史笔入诗的。再看他随后论杜甫的"诗史"之誉："此《上山采蘼芜》一诗所以妙夺天工也。杜子美仿之作《石壕吏》，亦将酷肖，而每于刻画处犹以逼写见真，终觉于史有余，于诗不足。论者乃以'诗史'誉杜，见驼则恨马背之不肿，是则名为可怜悯者。"② 于此我们可以肯定，他确实是以纪实性为诗、史界标的。龚鹏程认为王夫之的说法是受杨慎《升庵诗话》影响，但联系王夫之对诗歌抒情本质的把握来看，应该说是言公意之情、大欲之志的自然延伸，与傅山"以诗读其诗"的观念有相通之处③。

肯定诗歌是情感的表达，其实还没有解决根本问题。如果不能说明情感如何产生表达欲求并使之得以实现的过程与方式，"诗以道性情"就只是一个抽象而空洞的命题。在这方面，研究者早已注意到王夫之对"兴观群怨"的重新诠释，认为由此形成的"四情"说，"把儒家关于诗的社会教化作用'兴、观、群、怨'说同诗的'感情'说统一了起来，并把他的诗学建立在作者的创造与读者的再创造和想象补充的辩证关系的基础之上"④。这的确是王夫之诗学致力于本体论诠释的重要步骤，但更直接的是，王夫之举出创作动机产生的两种状态，来说明诗歌抒情本质实现的方式：

> 以言起意，则言在而意无穷；以意求言，斯意长而言乃短。言已短矣，不如无言。故曰诗言志，歌永言，非志即为诗，言即为歌也。或可以兴，或不可以兴，其枢机在此。唐人刻画立意，不恤其言之不

① 王夫之：《唐诗评选》卷一，文化艺术出版社 1997 年版，第 21 页。

② 王夫之：《古诗评选》卷四，河北大学出版社 2008 年版，第 166 页。

③ 傅山：《杂记五》，《霜红龛集》卷四〇，山西人民出版社 1985 年影印本。关于明清两代诗论对杜甫"诗史"的分歧见解，可参看孙微《清代杜诗学史》，齐鲁书社 2004 年版，第 86—98 页。

④ 蓝华增：《古典抒情诗的美学——王夫之"情景"说述评》，《古代文学理论研究》第十辑，第 142 页。

逮，是以竭意求工，而去古人愈远。①

这里所论的言意关系，基于王夫之对意的特殊理解。后文将专门谈到，王夫之是反对所谓意在笔先的，他之所以不喜欢唐人的"刻画立意"，而崇尚以言起意即由感兴而生意，都是出于对感兴的重视。既然感兴是决定诗歌抒情本质的"枢机"，那么它就是创作中最核心的要素，格调、情景等都位于其次，没有感兴什么都谈不上。《夕堂永日绪论内编》曾说：

> 含情而能达，会景而生心，体物而得神，则自有灵通之句，参化工之妙。若但于句求巧，则性情先为外荡，生意索然矣。"松陵体"永堕小乘者，以无句不巧也。然皮、陆二子，差有兴会，犹堪讽咏。若韩退之以险韵、奇字、古句、方言矜其恒蹊之巧，巧诚巧矣，而于心情兴会，一无所涉，适可为酒令而已。黄鲁直、米元章益堕此障中。近则王谑庵承其下游，不恤才情，别寻蹊径，良可惜也。②

他以心情兴会为准绳，断然否定了从韩愈直到明代王谑庵的诗歌创作的价值。晚唐皮、陆虽体格不大，但因有兴会，终究还有可取。正如《唐诗评选》评薛能《许州题德星亭》诗说："许昌诗体卑弱，然如此等不忍弃置。兴会不亲而谈体格，非余所知也，故去彼取此。"③ 足见他对感兴的重视超过明人所重的"体格"，甚至带有某种缺陷也能降格宽容。归根结底，这与他对诗歌写作的理解相关，他认为兴会能使情景自然生成，曾说"一用兴会标举成诗，自然情景俱到。恃情景者，不能得情景也。"④ 总之，通过对感兴概念的张扬，王夫之阐明了推动"意"走向文本化的动力，同时也构筑了其间的通道。

三　"现量"概念的诗学意义

当然，王夫之在诗歌本体论阐释上的真正贡献，是引入"现量"概念来说明诗歌表现的核心要素所在。这也是古典诗学体系在概念拓展方面的

---

① 王夫之：《唐诗评选》卷一孟浩然《鹦鹉洲送王九之江左》评语，第 11 页。
② 王夫之：《夕堂永日绪论内编》，戴鸿森《姜斋诗话笺注》卷二，第 95—96 页。
③ 王夫之：《唐诗评选》卷四，第 215 页。
④ 王夫之：《明诗评选》卷六袁凯《春日溪上书怀》评语，第 341 页。

最后努力。

　　中国自古崇奉《孝经》"身体发肤，受之父母，不敢毁伤，孝之始也"之说，凤无解剖学，因而生理学和心理学都不够发达，关于身体和心理的概念既少，且含混不清。这导致了传统文学理论概念系统的薄弱和贫乏，缺乏一些必要的心理学概念。比如在佛教传入"境"之前，表示心理表象的概念就一直没有。傅东华《诗歌原理 ABC》说："诗的国里有些似乎神秘的地方，其实一经分析之后，便都可以消灭。中国从前论诗的人，因为不分别（一）诗的客观的品性和读者主观的品性，及（二）诗的实质的品性和形式的品性，故往往只晓得用一种抽象字眼或象征字眼来描写诗的美，甚至或须用禅理来解释，益发使人觉得神秘了。我们现在研究诗歌的原理，目的就在于利用心理学的帮助，试把诗歌的神秘渐渐揭去。"① 这种作为现代人的优越感，在超越前人之余也暗示了前人在诗学言说上的一种困境。在西方现代心理学知识或文学理论传入之前，清人的理论资源依然是有限的，概念系统也依然是匮乏的，王夫之只有再次求助于佛教，借佛学名词来构造自己需要的诗学概念。《夕堂永日绪论内编》有云：

　　　　"僧敲月下门"只是妄想揣摩，如说他人梦，纵令形容酷似，何尝毫发关心？知然者，以其沉吟推、敲二字，就他作想也。若即景会心，则或推或敲，必居其一，因景因情，自然灵妙，何劳拟议哉？"长河落日圆"，初无定景；"隔水问樵夫"，初非想得。则禅家所谓"现量"也。②

这里的"现量"是王夫之始用于诗文评的概念。一般认为，"现量"观作为佛家观照外界的一种方式，指的是排除逻辑思维、以单纯的感觉来把握外界的认知方式。基于这种理解，当今的古代文论研究者多将"现量"等同于艺术直觉或直观审美③；也有学者认为现量就是"兴会"的理论阐

---

　　① 傅东华：《诗歌原理 ABC》，世界书局出版 1928 年版，第 124 页。

　　② 王夫之：《夕堂永日绪论内编》，戴鸿森《姜斋诗话笺注》卷二，第 52 页。

　　③ 叶朗：《中国美学史大纲》，上海人民出版社 1985 年版，第 451、455、480 页；萧驰：《王夫之的诗歌创作论——中国诗歌艺术传统的美学标本》，《中国社会科学》1984 年第 3 期；刘畅：《王船山"现量"说对传统艺术直觉诗论的改造》，《江汉论坛》1984 年第 10 期；张晶：《现量说：从佛学到美学》，《学术月刊》1994 年第 8 期；陶水平：《船山诗学"现量"说新探》，《中国文学研究》2000 年第 1 期；林继中：《直寻、现量和诗性直觉》，《文艺理论研究》2002 年第 4 期。

释，而"兴会是物我合一的情境中言与意统一的瞬间直觉"①。这么说看似有据，但不免有简单化之嫌。正如林文彬先生所指出的，王夫之对佛老异端之学夙持批判态度，"他对佛老典籍的注解诠释往往不符原义，而是在发挥一家之言"。那么他使用"现量"概念是否也存在这种情况呢？

众所周知，王夫之的"现量"概念，来源于法相宗的教义。他晚年受先开上人之请，于康熙二十年（1681）至二十二年间编撰《相宗络索》一书，以解释法相宗创始人玄奘大师的《八识规矩颂》。他基于法相宗的义理，将"识"分为八类，前五识（声色香味触）是眼耳鼻舌身的反应，都属于"境"即"现在实境"②，所以他给"境"下的定义是："境者，识中所现之境界也。境本外境之名，此所言境，乃识中觉了能知之内境，与外境相映对立所含藏之体相也。"③ 而"量"则是"识"对应的相域。"量者，识所显著之相，因区画前境为其所知之封域也。境立于内，量规于外。前五以所照之境为量，第六以计度所及为量，第七以所执为量"。量分三种，除现量之外，还有"以种种事比度种种理"的比量和特指"情有理无之妄想"的非量。据古印度大乘佛教瑜伽行派陈那大师的界说："现量是没有分别的知识。这里解释为无分别（avikalpaka），未通过分类（viśeṣaṇa）或假立名言（abhidhyāyaka）等的转换（upacàra，比喻，更严格说是转换）的知识，它是在五官感觉的各个方面直接缘境（artha）如色境（rūpa）等等，而显现的。"④ 换句话说，现量就是由人的感官与世界直接接触而获得随缘显现的知识的认知方式，它后来被法称大师细分为五根现量、意根现量、自证现量、瑜伽现量四种，但依赖于直觉而排斥分类、比喻等思维活动在观照世界时的作用，则是始终一贯的⑤。

王夫之论"现量"，据林文彬先生考察，"在《相宗络索》中大约有见闻（闻）、见闻觉知（闻思）与修证（闻思修）所现的三种'现量'，

---

① 崔海峰：《王夫之诗学中的"兴会"说》，《文艺研究》2000 年第 5 期。

② 王夫之：《相宗络索》，《船山全书》第 13 册，第 527 页。

③ 同上书，第 534 页。

④ 渥德尔：《印度佛教史》，王世安译，商务印书馆 1987 年版，第 420—421 页。

⑤ 后来法称大师又将现量分为四种：（1）五根现量：指与五种感官直接相联系的现量；（2）意根现量：为感官知识所引起的心理意识活动中，其前已灭的前一感官知识，又引导生起后一感官知识，所认识的对象也和以前的感觉对象相似，这种相连续的意识活动既没有加入概念分别作用，也不错乱；（3）自证现量：心理活动的主体在感觉对象的同时，也对自身有一种了解；（4）瑜伽现量：指修行者在沉思中心理异常安定并和真理相冥合的状态。参看方立天《佛教哲学》，中国人民大学出版社 1991 年版，第 334—335 页。

前两种可称为'世俗现量'，后者可称为'胜义现量'。世俗现量是能正确的认识事物的世俗知识、常识；而胜义现量则是能亲证事物缘起的现象及其性空的本质"①。这三种现量虽不同于法称之说，同样也是唯识宗的基本义理②。不过值得注意的是，王夫之对现量的解说侧重点有所不同：

> 现者，有现在义，有现成义，有显现真实义。现在，不缘过去作影。现成，一触即觉，不假思量计较。显现真实，乃彼之体性本自如此，显现无疑，不参虚妄。前五于尘境与根合时，即时如实觉知是现在本等色法，不待忖度，更无疑妄，纯是此量。第六唯于定中独头意识细细研究，极略极迥色法，乃真实理，一分是现量。又同时意识与前五合觉了实法，亦是一分现量。③

他在此明显更着意于"现"的阐释，这使他对现量的阐释更倾向于一种对象化的说明，更侧重于说明一种感官反应的当下和瞬间属性。陈那大师说的现量主于前五识，即五官感觉的直接缘境，而王夫之的现量还包括第六识即意识的一部分，这不知道是不是他的独到发挥。不管怎么说，王夫之借"现量"论诗，取义是与《相宗络索》的解释相通的，即指不假思量计较的直觉。他在康熙二年（1663）起稿，二十六年（1687）定稿的《尚书引义》中也曾说过："耳目以不思为所司之职，（中略）不思而亦得，故释氏谓之现量。心之官不思则不得，故释氏谓之非量。耳目不思而亦得，则其得色得声也。"④ 这表明现量首先是作为心理学概念被借用的，然后才移植于诗学，作为艺术直觉的概念来使用。如《古诗评选》卷六评王籍《入若耶溪》云："逾、更二字，斧凿露尽，未免拙工之巧。拟之于禅，非比二量语所摄，非现量也。"⑤ 这里不仅用了现量，也用了非量和比量。只因诗中"蝉噪林逾静，鸟鸣山更幽"一联，用逾、更二字表现了异常的主观感觉，适可拟于"情有理无之妄想"，所以王夫之说它们不是

---

① 林文彬：《船山易学与现量说》，《第六届通俗文学与雅正文学——文学与经学研讨会论文集》，中兴大学中文系 2006 年版，第 372 页。

② 有关解说可参看太虚法师的《真现实论》，上海书店 1989 年版。

③ 王夫之：《相宗络索》，《船山全书》第 13 册，第 536—537 页。

④ 王夫之：《尚书引义》，《船山全书》第 2 册，第 356 页。本书的撰写年月，据"编校后记"，第 443 页。

⑤ 王夫之：《古诗评选》卷六王籍《入若耶溪》评语，第 346 页。

现量，而属于非量和比量的范畴。这种比喻式的评论方法以及三"量"概念的用法，似乎已不能说"只是借用佛教唯识宗的专有名词，根本与佛理无涉"了①。即便他的用法不合于法相宗原旨，那也如《相宗络索》所示，属于对现量的阐释本身与佛典有出入，而非只取其名不顾其义。

　　说起来，对概念的需求都源于对事物认识的清楚和见解的成熟。王夫之用"现量"来论诗，不是受这一概念的启发而意识到一个事实，乃是借它来说明一个道理，即诗以表现当下直觉为上：

　　　　身之所历，目之所见，是铁门限。即极写大景，如"阴晴众壑殊"、"乾坤日夜浮"，亦必不逾此限。非按舆地图便可云"平野入青徐"也，抑登楼所得见者耳。隔垣听演杂剧，可闻其歌，不见其舞；更远则但闻鼓声，而可云所演何出乎？前有齐、梁，后有晚唐及宋人，皆欺心以炫巧。②

在这里，表现当下直觉被说成诗歌表现不应逾越的界限，即便是写大景，也不应超出目力所极、登楼可见的范围。这听起来有点拘墟可笑，但王夫之确实就是这么认为的。《唐诗评选》论杜甫《野望》诗之妙，说："如此作自是野望，绝佳写景诗。只咏得现量分明，则以之怡神，以之寄怨，无所不可，方是摄兴观群怨于一炉，锤为风雅之合调。"③ 很明显，他认为诗歌所有的艺术魅力和社会功能都源自"咏得现量分明"，对当下直觉的透彻表现是成功的关键。重视当下直觉，必重亲历而轻拟议，主写实而反取境。他评明皇甫汸《谒伍子胥庙》说："吊古诗必如此乃有我位，乃有当时现量情景。不尔，预拟一诗，入庙粘上，饶伊识论英卓，只是措大灯窗下钻故纸物事，正恐英鬼笑人学一段话来跟前卖弄也。"④ 这正是要求怀古诗必须有亲临现场的经验，不可预拟宿构。最后，强调当下直觉，又必然要求感受的连续性，质言之也就是直接性，这甚至成为他判定叙事与抒情的诗体分界：

---

　　① 林文彬：《船山易学与现量说》，《第六届通俗文学与雅正文学——文学与经学研讨会论文集》，第 378 页。
　　② 王夫之：《夕堂永日绪论内编》，戴鸿森《姜斋诗话笺注》卷二，第 55—56 页。
　　③ 王夫之：《唐诗评选》卷三，第 112 页。
　　④ 王夫之：《明诗评选》卷四，第 174 页。

　　　　一诗止于一时一事,自《十九首》至陶、谢皆然。"夔府孤城落
　　日斜",继以月映荻花,亦自日斜至月出诗乃成耳。若杜陵长篇,有
　　历数月日事者,合为一章。《大雅》有此体。后唯《焦仲卿》、《木
　　兰》二诗为然。要以从旁追叙,非言情之章也,为歌行则合,五言固
　　不宜尔。①

在此他提出了一个与前文论写景相类似的抒情的范围问题,主张抒情言事
也有个感触可及的界限,只有在一定的连续性的时空中,抒情诗才能成
立,超出界限就成了叙事诗。因此他认为,五言诗的正体应循陶、谢之前
一诗止于一时一事的范式,叙事则宜用七言歌行之体。
　　至于咏物诗,尽管与表现当下直觉距离较远,但他却纵横议论,最终
归结到三"量"之说上来:

　　　　咏物诗齐、梁始多有之。其标格高下,犹画之有匠作,有士气。
　　徵故实,写色泽,广比譬,虽极镂绘之工,皆匠气也。又其卑者,饾
　　凑成篇,谜也,非诗也。李峤称"大手笔",咏物尤其属意之作,裁
　　剪整齐,而生意索然,亦匠笔耳。至盛唐以后,始有即物达情之作。
　　"自是寝园春荐后,非关御苑鸟衔残",贴切樱桃,而句皆有意,所谓
　　"正在阿堵中"也。"黄莺弄不足,含入未央宫",断不可移咏梅、
　　桃、李、杏,而超然玄远,如九转还丹,仙胎自孕矣。宋人于此茫
　　然,愈工愈拙,非但"认桃无绿叶,道杏有青枝",为可姗笑已也。
　　嗣是作者,益趋匠画;里耳喧传,非俗不赏。袁凯以《白燕》得名,
　　而"月明汉水初无影,雪满梁园尚未归",按字求之,总成窒碍。高
　　季迪《梅花》,非无雅韵,世所传诵者,偏在"雪满山中"、"月明林
　　下"之句。徐文长、袁中郎皆以此衒巧。要之,文心不属,何巧之有
　　哉?杜陵《白小》诸篇,躑躅自寻别路,虽风韵不足,而如黄大痴写
　　景,苍莽不群。作者去彼取此,不犹善乎?禅家有三量,唯现量发
　　光,为依佛性;比量稍有不审,便入非量;况直从非量中施朱而赤,
　　施粉而白,勺水洗之,无盐之色败露无余,明眼人岂为所欺耶?②

---

① 王夫之:《夕堂永日绪论内编》,戴鸿森《姜斋诗话笺注》卷二,第57页。
② 同上书,第152—153页。

这一大段议论从立意说并不新鲜，无非是鄙薄匠气的刻画和谜语式的隐括，推崇盛唐以后的即物达情之作，但最后引入三"量"之说，用以比拟咏物诗直赋、比况、用典填砌三种写作范式，就让我们体会到，现量不是一个随手拈来偶然使用的概念，它是集中概括和表达了王夫之对诗歌本质和核心要素之认识的概念。以此为基础，王夫之建立起自己以诗性直觉为核心的诗歌本质论，并由此演绎出有关结构、情景、声律等的一整套系统学说。结构和情景的问题要在后面专门讨论，这里先谈一下声律。

四　声律之于诗歌的本体意义

王夫之对诗歌本质的阐释，还有一个值得注意的问题，便是声律之于诗歌的本体意义。历来研究者虽然都注意到王夫之对诗歌声律的重视[①]，但尚未从诗歌本质特征的角度加以探讨。王夫之诗学的基本观念都基于他的哲学认识，在诗歌与声律的关系上也不例外。这一问题导源于上文提到的佛教对感官反应的细致划分。他根据佛家的"六识"说，将作用于人感官的外部刺激分为两类：一类是需要感官主动接触才能感知的，有滋味和色相两种，对应的感觉分别是味觉和视觉；另一类是即使感官不主动接触也会被动反应的，有气味和声音两种，对应的感觉分别是听觉和嗅觉。前一类他称为"人之用"，后一类他称为"神之用"，两者的品位有高下之分。他认为"周尚文，求之于臭，弗求之味；殷尚质，求之于声，弗求之色"，都明显是崇尚神之用。两者相较，"周之尚臭也，又不如殷之尚声也"[②]。可见在他的心目中，听觉是品位最高的。既然如此，与听觉相联系的音乐也就是品位最高的艺术，甚至还是语言所依托的本体。他是这样来说明其间的关系的：

> 乐为神之所依，人之所成。何以明其然也？交于天地之间者，事而已矣；动乎天地之间者，言而已矣。事者容之所出也，言者音之所成也。未有其事，先有其容，容有不必为事，而事无非容之出也。未

① 杨松年：《王夫之诗学研究》第三章第三节"王夫之论诗的语言声韵"，第109—117页；张节末：《论王夫之诗乐理论与嵇康乐论的关系》，《古代文学理论研究丛刊》第十五辑，上海古籍出版社1991年版；陶水平：《船山诗学研究》第三章"'诗乐一理'论"，第172—226页；彭巧燕：《船山诗学中的声律观》，《船山学刊》2009年第4期。
② 王夫之：《诗广传》卷四，第169页。

之能言，先有其音，音有不必为言，而言无非音之成也。①

这里先肯定乐的崇高品位，然后引出事与容、言与音的关系。音作为言的物质外壳不仅承载着言，同时更有着先在的实体意义，因而也自有其表达功能。王夫之正是基于这一点发展出他的声情论。

按照王夫之的理解，诗歌不仅是语言的一种形式，更是音乐的苗裔。他在《夕堂永日绪论序》中曾指出：

> 《周礼》：大司乐以乐德、乐语教国子，成童人习之。迨圣德已成，而学韶者三月，上以迪士，君子以自成，一惟于此。盖涵泳淫泆，引性情以入微，而超事功之烦黩，其用神矣。世教沦夷，乐崩而降于俳优，乃天机不可式遏，旁出而生学士之心，乐语孤传为诗。诗抑不足以尽乐德之形容，又旁出而为经义。经义虽无音律，而比次成章，才以舒，情以导，亦所谓言之不足而长言之，则固乐语之流也。二者一以心之元声为至。舍固有之心，受陈人之束，则其卑陋不灵，病相若也。韵以之谐，度以之雅，微以之发，远以之致，有宣昭而无罜䍡，有淡宕而无犷戾。明于乐者，可以论诗，可以论经义矣。②

因为此书外编专论经义，王夫之破例也给了经义一席位置，将它与诗一起并列为乐的苗裔。但离乐更近的当然还是诗歌，它是乐教的嫡传。所以只有懂得乐，能体会和声之谐、旋律之雅以及细节的清晰、传达的幽远，才能谈得上懂诗。他认为自六朝以来，古诗、歌行、近体本是一脉相承的，初唐人还能"于七言不昧宗旨，无复以歌行、近体为别"，大历以后做古体也带有近体习气，以至"有近体而无七言"，诗歌的音乐性大受损折。为此，他不得不借评乐府诗的机会，重新强调诗歌的音乐性。

> 乐府之作，既被管弦，歌行之流，必资唱叹。管弦唱叹之余，而以悲愉于天下，是声音之动杂，而文言之用微矣。若复纳之鞚勒，则言不宣于其声；抑或授之准绳，乃法必互异于其律。而况枯木朽壤，

---

① 王夫之：《诗广传》卷四，第170页。
② 王夫之：《夕堂永日绪论》卷首，戴鸿森《姜斋诗话笺注》卷二，第36页。

单丝肥窎之猝发无情者哉？苟非宛转生心，则必韵流神骏。起出无端，则当槁心而益动；止藏有待，则在滥志而知归。调达无隔宿之言，则欣戚乘于俄顷；机警投无心之会，则抃跃其终篇。以此四端，区其得失，岂复在或文或质，一经一纬之间哉？广博易良而不奢，非知乐者无从语此。①

这段文字论诗歌语言的音乐性，相当抽象难懂，但最后的结论还是清楚的，即不通音乐的人很难理解其中的奥妙。但音乐的旋律与诗歌的韵律毕竟不是一回事，诗歌的韵律最终要落实到字音和声调的配合上。因此《夕堂永日绪论内编》也专门谈到平仄与韵律的关系：

《乐记》云："凡音之起，从人心生也。"固当以穆耳协心为音律之准。"一三五不论，二四六分明"之说，不可恃为典要。"昔闻洞庭水"，"闻""庭"二字俱平，正尔振起。若"今上岳阳楼"，易第三字为平声，云"今上巴陵楼"，则语蹇而戾于听矣。"八月湖水平"，"月""水"二字皆仄，自可；若"涵虚混太清"易作"混虚涵太清"，为泥磬土鼓而已。又如"太清上初日"，音律自可；若云"太清初上日"，以求合于粘，则情文索然，不复能成佳句。又如杨用修警句云："谁起东山谢安石，为君谈笑净烽烟"，若谓"安"字失粘，更云"谁起东山谢太傅"，拖沓便不成响。足见凡言法者，皆非法也。释氏有言："法尚应舍，何况非法？"艺文家知此，思过半矣。②

他首先强调，诗歌韵律应以"穆耳协心"即听上去和谐而符合内心感受为标准。这一要求看似简单，但实际上与唐人说"词与调合"一样③，是在诗歌格律定型后要超越其固定格式的向上一路追求。基于这种意识，世俗所传的平仄格式在他眼中便成了无须固守的死法，选字配声应当视具体情形而定。他所举的杜甫、孟浩然、杨慎诗，都属于二四六声眼上不合律的例子，这本是近体声律的大忌，但他认为在三篇作品中只有这样才和谐。

① 王夫之：《唐诗评选》卷一，第6页。
② 戴鸿森：《姜斋诗话笺注》卷二，第82页。
③ 殷璠《河岳英灵集》序："词有刚柔，调有高下，但令词与调合，首末相称，中间不败，便是知音。"傅璇琮：《唐人选唐诗新编》，陕西人民教育出版社1996年版，第108页。

由此可见，他理解的平仄和谐，不是固定的格式所能解决的，也不是一句可以决定的，有时需要两句之间互相配合。很显然，这种和谐已不单纯是一个听觉的谐调问题了，它是超越近体平仄格式的一种更高的追求，注重的是特定语境中与情绪感受相吻合的声调，不只是"穆耳"还要"协心"，实质已触及声律的表情功能问题。

　　王夫之在诗歌的音乐性问题上，本着前述对言、音关系的理解，非常注重声音的表情意义，特别使用"声情"一词来概括前人诗作在这方面的成功，这一点近年已为学者所注意①。如《古诗评选》卷一评晋乐府《休洗红》："一往动人而不入流俗，声情胜也。"② 评鲍照《拟行路难九首》其八："全以声情生色。宋人论诗以意为主，如此类直用意相标榜，则与村黄冠盲女子所弹唱亦何异哉？"③ 卷五评刘孝威《春宵》："此作声情爽秀，虽嫌褊促，犹为英英特出。"④ 《明诗评选》卷一评孙蒉《将进酒》："一片声情，如秋风动树，未至而先已飒然。"⑤ 卷八评刘基《汉宫曲》："声情至此，不复问其古今，一倍妒杀。"⑥ 评汤显祖《病酒答梅禹金》："若非声情之美，但有此意，令谭友夏为之，求不为淫哇不得也。"⑦ 另外，《古诗评选》卷二评陶渊明《停云》："用兴处只颠倒上章，而愈切愈苦者，在音响感人，不以文句求也。"⑧ 这里虽用的是"声响"，其实也是声情之义。

　　"声情"一词虽由来甚久，但常与"音情"混用，并不是诗家常用的固定概念，直到明代杨文骢《唐人八家诗序》才与"风味"对举，显出概念化的倾向⑨。王夫之再三使用，好像也没觉得有特别加以说明的必要，所以他只是在实际批评中使用声情一词，从未作理论探讨。只有《明诗评选》卷三评刘基《旅兴十六首》，其一下了个"平"字，他解释道："平

<hr>

　　① 陶水平《船山诗学研究》第三章"'诗乐一理'论"、萧驰《抒情传统与中国思想——王夫之诗学发微》第六章"诗乐关系论与船山诗学架构"，都有专门论述。刘方喜《声情说——诗学思想之中国表述》列举王夫之三种古诗评选中使用"声情"多至23例，知识产权出版社2007年版，第62—63页。

　　② 王夫之：《古诗评选》卷一，第40页。

　　③ 同上书，第54页。

　　④ 王夫之：《古诗评选》卷五，第306页。

　　⑤ 王夫之：《明诗评选》卷一，第21页。

　　⑥ 王夫之：《明诗评选》卷八，第439页。

　　⑦ 同上书，第495页。

　　⑧ 王夫之：《古诗评选》卷二，第113页。

　　⑨ 关于"声情"一词在诗文评中的运用，参看刘方喜《声情说——诗学思想之中国表述》第二章"'声情'与'意象'范畴述"，第60—68页。

之一言，乃五言至极处。尽唐宋作者，止解出声，不解内声，凄尽唐突，唯不平耳。难言难言。"这倒是对声音表情方式的一个探索，而且显示出他在声情问题上对唐宋作者的不满（似指只注意某字应响亮而忽视其他字须平抑以求和谐，他所举的声情佳胜之作中确实很少有唐宋诗的例子），可惜语焉不详。恐怕他自己也觉得不易说明吧，因为他确实认为"声情不由习得，故天下无必不可学文之心而有必不可学诗之腕，岂独曾子固哉？"① 从诗人素质的角度说，对"声情"的掌握和体会，就是对语言音乐性的特殊敏感，这是诗人独有的禀赋。而语言的音乐性具体说就是音高、音长及其变化和语意的关系，很大程度上确实是一个只可意会而不可言传，甚至连意会也很难，只能隐约体味的微妙感觉，直到今天也很难清晰地说明。1954 年，美国语言学家肯尼斯·派克发表长篇论文《语言及人类行为结构的统一理论》，提出"声音"（sounds，the phonetic，语音）和"声音的意义单位"（meaningful unit of sound，the phonemic，音位）有关系的主张，并认为"任何种类的单位"（the etic，音素/客位）和"任何种类的有意义的单位"（the emic，音位/主位）之间都有广泛的联系。这里"客位"是与掌握普遍性或基于外部观察者的客观理解相关的范畴，"主位"则是与基于当地人定义的文化特殊体系相关的范畴，所以换一种方式说，音素/客位是一个具有普遍性的层次，音位/主位是在某种语言或文化中有意义区别的层次②。在这篇论文的启发下，人类学界试图将音素/客位和音位/主位两个范畴之间的关系确定下来，分别对两个系统进行了复杂的讨论，并在亲族关系术语研究中取得一些成果。基于上述认识，通过类似的研究是否能够揭示声情的奥秘呢？王夫之虽然还没认识到声音和音位的关系，但已注意到声音的本体意义，并赋予它独立的表情功能，这对认识诗歌的音乐性本质及韵律的意义，无疑是很有启发的。"声情"问题一向无人注意，近年刘方喜《声情说》一书独到地做了富有见解的阐述，肯定"声情"范畴是汉民族诗学思维的重要结晶之一③。从这个角度看，王夫之有关"声情"的见解就更具有不可忽视的理论意义了。

仔细梳理王夫之对诗歌本质特征的阐释，我们会发现，他的诗歌本质观落实在情感、审美经验及其表现方式韵律四个层面。套用传统的言说方

① 王夫之：《古诗评选》卷一《休洗红》评语，第 40 页。
② 阿兰·巴纳德：《人类学历史与理论》，王建民等译，华夏出版社 2006 年版，第 124 页。
③ 刘方喜：《声情说——诗学思想之中国表述》，知识产权出版社 2008 年版，第 60 页。

式，可以说情感是灵魂，审美经验是骨骼，表现方式是肌理，韵律是肤色。由这四个方面来把握诗歌的本质特征，也是古来的传统模式，不过王夫之的着眼点与前人不同，在情感表达上主张言性之情，在审美经验的重构上特别强调审美直觉，在韵律效果上注重声音独立的表情功能，加上下文要专门讨论的对情景关系的意象化把握，这些特异的主张使他的见解显示出强烈的个人色彩和偏颇的倾向，推向极致甚至会流于武断和狭隘。但王夫之的理论个性也正在这里，他不在乎自己观点的极端化，却绝对不肯流于平庸，他的诗学就是独创性和批判性的汇合，深刻中又不乏褊狭和固执，有时还不免自相矛盾（比如论及宾主、兴会标举等问题），这给我们评价其诗学带来一定的困难。

第二节　文本的有机结构观

王夫之诗学与他的哲学尤其是自然观有着密切的关系，这已是历来研究者的共识。萧驰阐述王夫之诗学与其宇宙论的类比关系[1]，尤其给人启发。在文本层面，王夫之基于他的自然观，将诗歌看做一个浑然的有机体，具有不可分析的整体性，其美学特征倾向于天然浑朴而远离精致雕琢。王夫之评诗，常用"元音"、"朴气"、"浑成"、"匀美"、"圆润"、"天成"、"浃洽"、"活写"、"脱透"、"不著痕迹"等不同说法来指称这种整体性呈现的美感，让我们强烈地感受到，他崇尚的最高理想就是一种源于道家美学的自然的纯粹性，或者说纯粹的自然性。其中最贴近他理想的概念应该是"浑成"，它同时意味着文本形成过程和文本定型后的基本特征，而且涵括了其他评语的意蕴，因此很难一言以蔽之地下个定义。王夫之只是在评庾阐《游仙》时，用排除法就"浑"的含义作了限定，说"似此乃果谓之浑。谈艺者不识浑字，以不分明语句当之，令人叵耐"[2]。他说得不错，"浑"岂只不同于含糊不清，它根本就是与纯净相联系的特质。

《老子》云："有物浑成，先天地生。"在以道家哲学为核心的传统美学观念中，浑与朴相通，浑朴意味着混沌未开的纯真状态，是故"纯"和"纯好"也成为王夫之经常使用的概括性评语。由纯又引申出"净"，于

---

① 萧驰：《论船山天人之学在诗学中之展开》，《中国文哲研究集刊》第 15 期，中国文哲研究所 1999 年版。

② 王夫之：《古诗评选》卷四，第 220 页。

是"诗惟能净,斯以入化"①,成为极高的审美标准。有时"净"与"纯"直接联系起来,又有"纯净无枝叶"的说法②,这都是"浑"的应有之义。除此之外,还有一个不太为人注意的字,也是王夫之论诗常用的审美概念,那就是"平"。不是平庸和平常,而是"平善"、"平雅"、"平润"、"平适"、"平均"、"平密"、"平净"、"平好"、"平淡"、"平缓安详"③,同样意味着不重雕琢而追求自然的以整体性为目标的审美倾向。他曾借围棋"得理为上,取势次之,最下者着"的道理加以发挥道:

> 文之有警句,犹棋谱中所注"妙着"也。妙着者,求活不得,欲杀无从,投隙以解困厄,拙棋之争胜负者在此。若两俱善弈,全局皆居胜地,无可用此妙着矣。非谓句不宜工,要当如一片白地光明锦,不容有一疵颣;自始至终,合以成章,意不尽于句中,孰为警句,孰为不警之句哉?④

玩味此言,我不禁联想到罗丹曾因巴尔扎克雕像的手过于引人注意而将它砸掉的故事。两者的意识确有相通之处,为追求绝对的整体的审美有机性,他们坚定地否决了局部的价值。基于这一理念,王夫之极力强调审美效果的不可分析性,这难免会与传统诗学的一些基本原理相冲突,但他毫不妥协,始终坚持自己的理念,并贯彻于批评实践,立中有破,破中有立,在张扬其有机性诗观的同时,也颠覆和瓦解了传统结构、修辞理论的一系列命题。

不过,无论王夫之如何强调诗歌文本的有机性,本文终究是一个复杂的语言织体,对它的任何感觉印象和抽象评价都不能不回到语文构成。王夫之也不能例外,他讨论诗学的重心最后落实于"结构"⑤,这是他用以指称文本构成的概念,含义已很接近当今的用法。作为文本构成的整体概念,"结构"所对应的局部概念是字句、章节,这两者的关系向来并不是

---

① 王夫之:《唐诗评选》卷二张九龄《感遇》评语,第41页。
② 王夫之:《明诗评选》卷五张宇初《晚游新兴寺》评语,第236页。
③ 陈勇:《王夫之〈唐诗评选〉"以平为贵"的批评观》,《衡阳师范学院学报》2004年第5期;涂波:《王夫之诗学研究》第三章"说'平'——王夫之诗学批评中的重要概念",又见《船山学刊》2006年第1期。
④ 王夫之:《夕堂永日绪论外编》,戴鸿森《姜斋诗话笺注》附录,第228页。
⑤ 王夫之《明诗评选》卷五评徐渭《严先生祠》:"五六非景语,结构故纯。"

引人注目的问题，但到王夫之诗学中突然成为关注的焦点。这意味着，当诗学的理论重心由创作论转移到文本论后，对两者关系的解释就不能再停留在简单的辩证性说明了，必须深入其生成机制中去阐明理想的文本构成是如何实现的这一问题。正是在这一诗学语境下，王夫之由自己的宇宙观出发，很自然地推导出了肯定作品有机性的价值观①，并由此展开诗学层面的一系列判断和分析。

一 "意"与文本生成方式

要理解王夫之的有机结构观念，首先要知道王夫之如何理解诗歌作品的生成。对哲学家王夫之来说，诗歌创作正像宇宙化生一样，也有一个自律性的生成模式。理想的诗歌写作，就是由性情所驱动，诗意根据题旨的要求，以一定的趋势向前发展，自发地生成叙述脉络，最终形成文本。他评谢灵运《游南亭》诗曾说：

> 条理清密，如微风振箫，自非夔、旷，莫知其宫徵迭生之妙。翕如纯如，皦如绎如，于斯备。取拟《三百篇》，正使人憾《烝民》、《韩奕》之多乖音乱节也。即如迎头四句，大似无端，而安顿之妙，天与之以自然。无广目细心者，但赏其幽艳而已。且此四语承授相仍，而吹送迎远，即止为行，向下条理，无不因之生起。呜呼，不可知已！虽然，作者初不作尔许心，为之早计，如近日倚壁靠墙汉说"埋伏"、"照映"。天壤之景物，作者之心目如是，灵心巧手，磕著即凑，岂复烦其踌躇哉！②

王夫之于古今诗人少所许可，独对谢灵运推崇有加。这首《游南亭》甚至凌驾于《诗经》之上，评价之高，足见符合他心目中的理想写作状态。在他眼中，此诗发端如微风振箫，纯然天籁，以后的文字都由此迤逦生发，自然成文，整首诗自始至终无非是灵心所触，妙手偶得，与布置、安排全然无关。他的感觉可能是很准确的，触及谢灵运诗歌的章法特点。持类似

---

① 范军：《王夫之文艺美学思想中的有机整体观》(《东方丛刊》1995 年第 2 辑)一文曾对王夫之美学的有机整体观加以论述，但遗憾的是没有注意到王夫之在结构方面的重要观点。鲍钤：《禅勺》，雍正刊本。

② 王夫之：《古诗评选》卷五，第 240—241 页。

看法的批评家不独王夫之，还有陈祚明，他说《登江中孤屿》"于未登孤屿前，先写一层搜奇选胜意，见笃好山水若此。情倍深，旨倍曲，发端构想，高人几许？作诗能用意者，难在得发端一语。既得起句，则循绪而下，滔滔不穷，自然章法迢递，通体灵警，无论古体、近体皆然"①，正是和王夫之同样的意思。

显然他们都认定，"意"从一开始就决定了诗的整个写作过程。《夕堂永日绪论内编》有一段常被引用的文字，阐发了"意"的这种决定作用：

> 无论诗歌与长行文字，俱以意为主。意犹帅也，无帅之兵，谓之乌合。李、杜所以称大家者，无意之诗十不得一二也。烟云泉石，花鸟苔林，金铺锦帐，寓意则灵。若齐、梁绮语，宋人抟合成句之出处（宋人论诗，字字求出处），役心向彼搜索，而不恤己情之所自发，此之谓小家数，总在圈缋中求活计也。②

以意为主不是什么新鲜说法，起码唐代诗人杜牧已有同样主张。王夫之的独到之处，是认为意有其自主性，也就是说它不是作者可以设计、可以控制的因素。他在评谢灵运《登上戍石鼓山》时，曾顺带发明此意：

> 谢诗有极易入目者，而引之益无尽；有极不易寻取者，而径遂正自显，然顾非其人，弗与察尔。言情则于往来动止、缥缈有无之中，得灵蠁而执之有象；取景则于击目经心、丝分缕合之际，貌固有而言之不欺。而且情不虚情，情皆可景；景非滞景，景总含情。神理流于两间，天地供其一目，大无外而细无垠，落笔之先，匠意之始，有不可知者存焉。岂徒"兴会标举"，如沈约之所云者哉？自有五言，未有康乐；既有康乐，更无五言。或曰不然，将无知量之难乎？③

在这段议论中，王夫之取缔了传统诗学两个经典命题的神圣性，一是意在笔先，一是兴会标举，认为它们不足以概言诗歌写作的最高境界。很显

---

① 陈祚明：《采菽堂古诗选》卷十七，上海古籍出版社 2008 年版，上册，第 530 页。原本标点有误，今为改正。

② 戴鸿森：《姜斋诗话笺注》卷二，第 44 页。

③ 王夫之：《古诗评选》卷五，第 244 页。

然，他在道—器、文—质、能—所关系上的一系列看法，决定了他对意—辞关系的认识。他理解的"意"是生成的，同时也是有自主性的，他既不承认有先在于写作的意，也不认为意可以突发性地产生。实际上，写作在他看来不出两种情形：

> 把定一题、一人、一事、一物，于其上求形模，求比似，求词采，求故实，如钝斧子劈栎栌，皮屑纷霏，何尝动得一丝纹理？以意为主，势次之。势者，意中之神理也。唯谢康乐为能取势，宛转屈伸，以求尽其意；意已尽则止，殆无剩语。夭矫连蜷，烟云缭绕，乃真龙，非画龙也。①

俗手拿到一个题目，紧扣所涉及的人、事、物，考虑怎么描写、比喻、遣词、用典，看上去很有条理章法，其实纯粹是勉强凑合，缺乏内在的神理。《古诗评选》评何逊《门有车马客》说："古体剥裂久矣，于乐府题认字作主，征事凑合，乃似经生作制艺，字字挑讲，直令人哕不能忍。"②《唐诗评选》评王维《送梓州李使君》又说："意至则事自恰合，与求事切题者雅俗冰炭。"③ 这一正一反两个例子，很能说明问题的实质所在。理想的写作状态，在他看来就是以意为主，取势尽意，亦即意挟其神理而行，形成自主的趋势。这是王夫之对诗歌写作过程的一个全新解释，谢灵运再次被推崇为体现这种理想的代表诗人。

　　由此我们看到，王夫之对诗歌的理解，独特之处不在于重"意"，而在于他的"意"不同于传统的理解。那么，他的"意"又该怎么理解呢？简单地说就是表达的意图，或借用艺术史家的概念即艺术意志，王夫之也称之为"吟魂"④，它笼罩全诗，主导着整个写作过程。正是基于这种理解，他的以意为主着眼于意对作品的统摄关系，而不是本身内容的正确或逻辑的清晰。《明诗评选》评高启《凉州词》曾说：

---

① 王夫之：《夕堂永日绪论内编》，戴鸿森《姜斋诗话笺注》卷二，第48页。
② 王夫之：《古诗评选》卷一，第67页。
③ 王夫之：《唐诗评选》卷三，第101页。
④ 如《明诗评选》卷五曹学佺《十六夜步月》："全无正写，亦非旁写，但用吟魂罩定，一时风物情理，自为取舍。古今人所以有诗者，藉此而已。"第309页。

诗之深远广大与夫舍旧趋新也，俱不在意。唐人以意为古诗，宋人以意为律诗、绝句，而诗遂亡。如以意，则直须赞《易》陈《书》，无待诗也。"关关雎鸠，在河之洲。窈窕淑女，君子好逑。"岂有入微翻新，人所不到之意哉？此《凉州词》总无一字独创，乃经古今人尽力道不出。镂心振胆，自有所用，不可以经生思路求也如此。①

按他对意的理解，诗的深刻性与创新度就与意无关。被他视为以"意"为诗的唐宋人，由于"刻画立意"即过于注重意的逻辑性，以致趋向于散文性，而与诗意的自主性发展相背离。唯其如此，他格外赞赏《关雎》和《凉州词》，意谓这两首诗的成功不在于意新，而在于意图表达的自主性，不容以经生的八股思维来推求。他评庾阐《观石鼓》又说，"此公安顿节族，大抵以当念情起，即事先后为序，是诗家第一矩矱，神授之而天成之也"②。这正是他心目中的理想写作：表达意图一旦确定，诗思就自然地循序运行。即"意"决定了作品的"势"，非但能做到"意已尽则止，殆无剩语"，有时甚至语尽而意不尽，势不止：

> 论画者曰："咫尺有万里之势。"一"势"字宜着眼。若不论势，则缩万里于咫尺，直是《广舆记》前一天下图耳。五言绝句，以此为落想时第一义。唯盛唐人能得其妙，如："君家住何处？妾住在横塘。停船暂借问，或恐是同乡。"墨气所射，四表无穷，无字处皆其意也。李献吉诗："浩浩长江水，黄州若个边？岸回山一转，船到堞楼前。"固自不失此风味。③

以这样的观念为主导，传统的章法概念势必就失去意义。"所谓章法者，一章有一章之法也。千章一法，则不必名章法矣"④。这与其说是对章法概念的改造，还不如说是解构。章法已由"定法"变成了"成法"⑤。不是么？"一章有一章之法"，等于说每一次创作都是发生的，每一篇作品都

_____

① 王夫之：《明诗评选》卷八，第448页。
② 王夫之：《古诗评选》卷四，第220页。
③ 王夫之：《夕堂永日绪论内编》，戴鸿森《姜斋诗话笺注》卷二，第138页。
④ 王夫之：《明诗评选》卷五杨慎《近归有寄》评语，第263页。
⑤ "成法"的概念出自清代屈复《唐诗成法》，指艺术表现自然生成的结果，而不是前定的法则，即所谓"文成法立"。

为其"意"的特定神理所主导,由意义而不是由结构形成关联,就像《夕堂永日绪论内编》所说的:

> 以神理相取,在远近之间。才着手便煞,一放手又飘忽去,如"物在人亡无见期",捉煞了也。如宋人《咏河鲀》云:"春洲生荻芽,春岸飞杨花。"饶他有理,终是于河鲀没交涉。"青青河畔草'与'绵绵思远道",何以相因依,相含吐?神理凑合时,自然恰得。①

这种由意的自主演绎而形成的完整的表述结构,正像音乐那样,意味着一种让聆听者感到满意的流动感,一种从第一个音到最后一个音的连续感,音乐学家喻之为贯穿在作品中的"长线"。它给人以方向感,而且让人感到这是必然的去向。就像美国作曲家科普兰所说的,"一首伟大的交响曲就像一条人造的密西西比河,从离岸的时候起我们就不可阻挡地沿着这条河流向遥远的、预见到的终点走去"②。在强调意在笔先的传统诗学中,对意的研究通常集中于意的形成及类型。而王夫之既然发明了意的自律性发展能力,并将它命名为"势",自然就要思考其终结的文本形态,而且在说明本文构成的形态时,显然还需要一个相对应的描述性概念,我们看到他最终选择了"脉"。

二 "脉"与文本构成方式

浏览现有研究成果,关于"势"的观念已有很好的分析③,但"脉"尚未受到关注。很明显,"脉"也是王夫之诗学的一个重要概念,在某种意义上甚至可以说是支撑其理论框架的骨干概念。而且"脉"不只用于诗学,更贯穿于他的整个文学理论。在讲八股文法时,他曾将脉与法联系起来阐述写作的基本原理:

---

① 王夫之:《夕堂永日绪论内编》,戴鸿森《姜斋诗话笺注》卷二,第63页。
② 艾伦·科普兰:《怎样欣赏音乐》,丁少良译,人民音乐出版社1987年版,第20页。
③ 李中华:《船山诗论中的艺术原则》,《船山学报》1984年第1期;曹毓生:《略论王夫之诗论中的"意"、"势"及其他》,《湖北师范学院学报》1987年第4期;张晶:《王夫之诗歌美学中的"势"论》,《北方论丛》2000年第1期;萧驰:《船山以"势"论诗和中国诗歌艺术本质》,《中央研究院中国文哲研究集刊》第18期,2001年版,收入《抒情传统与中国思想——王夫之诗学发微》,上海古籍出版社2003年版。

无法无脉，不复成文字。特世所谓"成弘法脉"者，法非法，脉非脉耳。夫谓之法者，如一王所制刑政之章，使人奉之。奉法者必有所受，吏受法于时王，经义固受法于题。故必以法从题，不可以题从法。以法从题者，如因情因理，得其平允。以题从法者，豫拟一法，截割题理而入其中，如舞文之吏，俾民手足无措。（中略）谓之脉者，如人身之有十二脉，发于趾端，达于颠顶，藏于肌肉之中，督任冲带，互相为宅，萦绕周回，微动而流转不穷，合为一人之生理。若一呼一诺，一挑一缴，前后相钩，拽之使合，是傀儡之丝，无生气而但凭牵纵，讵可谓之脉邪？①

中国古代文学批评习用人体生理名词及其机能来喻说文学，这个"生命之喻"的传统，已被公认为古代文论的民族特色②。"脉"本是传统医学的重要概念，何时被移用于文学批评，我还未专门考察，只知道《文心雕龙·章句》有"外文绮交，内义脉注"之说，但到宋元之际已通用于诗文评，则是可以肯定的。宋人《纬文琐语》有"作文须要血脉贯穿"之语，姜夔《白石道人诗说》也有"血脉宜串"之说。方回《瀛奎律髓》卷二十六"变体类序"将"意脉"与体格对举；卷四十二李虚己《次韵和汝南秀才游净土见寄》评语亦言及"以意为脉，以格为骨，以字为眼"③。到清初诗文评中，"脉"早已不是什么陌生名词。惠周惕《论文十则》有云："先辈论文既曰法，又曰脉。脉者何？生气也。人有脉而后荣卫有所灌输，地有脉而后山水有所凝结。故会于太渊，循行于十二经络中，而浮沉迟数有定数焉，反是则病脉也。发于昆仑，纵横于五岳四渎间，而起伏断续有变化焉，反是则绝地也。"④ 惠周惕年代虽较王夫之略晚，但这里所称述的先辈论文之旨，不会是晚近的说法，很可能就是王夫之提到的"成、弘法脉"，那已是明代中期的时文理论了。王夫之因精研性理之学，兼通医道⑤，很喜欢这种用生命活动来喻说诗文的方式，也取

---

① 王夫之：《夕堂永日绪论外编》，戴鸿森《姜斋诗话笺注》附录，第201页。
② 钱钟书：《中国固有的文学批评的一个特点》、吴承学《生命之喻》（《文学评论》1994年第2期）都专门论述这一问题，可参看。
③ 李庆甲辑：《瀛奎律髓汇评》，上海古籍出版社1986年版，下册，第1512页。
④ 惠周惕：《砚溪先生遗稿》卷下，庚辰丛编本，民国27年排印本。
⑤ 参看徐仪明、刘栅延《王夫之的中医学思想及其哲学意义》，湖南佛教网 http://www.fjhnw.com/Article/TypeArticle.asp? ModeID =1&ID =616。

法、脉的概念来阐明文本的有机性观念及其原理:法在人,为规则为作用;脉在文,为章法为神理。法须从题,意味着题决定了意的走势,意脉也随之而定,就像脉藏于肌理一样贯注于字句中;因为它由意而生,所以自然成文,合乎神理。若不顺乎意之自然,牵拽钩合,就会像牵线木偶似的毫无生趣,也就无脉可言。由此可见,脉乃是贯通意与辞、与文本的有机性密切相关的一个概念。有了它,意与辞、字句与篇章、局部与整体的辩证关系,便成了可从机制上加以分析的问题。

不过,根据中医理论,脉络乃是抽象的、只可神遇而不可以迹求的东西。王夫之论诗的脉络正具有这种特点,他说:"诗固自有络脉,但不从文句得耳。意内初终,虽流动而不舍者,即其络也。"[1] 脉络隐行于文句中,深藏不露,甚至连笔墨之气也融化无迹,所谓"脉行肉里,神寄影中,巧参化工,非复有笔墨之气"[2]。如此抽象的概念,用以譬喻诗学原理,又怎么保证它不落玄虚,明达易解呢?我们看到,王夫之是通过具体作品的阐说来做到这一点的。他评钱宰《白野太守游贺监故居得水字》说:"以情事为起合,诗有真脉理、真局法,则此是也。立法自敝者,局乱脉乱,都不自知,哀哉!"此所谓"情事",也就是"意"的析言。他认为理想的写作,即以情事为起合或者说由意主导的写作,自然有真脉理,真结构。就像本诗,"只二语打迭贺知章,简甚。然前六句都从此迤逦来,针线甚密。知神理之中,自有关锁,有照应,腐汉心不能灵,苦于行墨求耳"[3]。所以"脉"不是具体可指的一个内容或单位,而是潜在贯通于本文的神理,是神理的具象性表述,它决定了诗歌文本在结构和艺术表现两方面的基本特征。

一方面,它在结构上是自然生成的,没有任何先设的模式。《唐诗评选》评沈佺期《独不见》"如大辨之才,说古今事理,未有豫立之机,而鸿纤一致"[4],就是这个意思。从诗意的表达上说,它意味着没有预设的演绎步骤,就像《古诗评选》评张协《杂诗》所说的,"愈平则愈不可方物,读前一句真不知后一句,及读后一句方知前句之生,此犹天之寒暑、

---

① 王夫之:《古诗评选》卷一魏后甄氏《塘上行》评语,第28页。
② 王夫之:《唐诗评选》卷一刘希夷《公子行》评语,第4页。
③ 王夫之:《明诗评选》卷四,第140页。
④ 王夫之:《唐诗评选》卷四,第154页。

物之生成，故曰化工之笔"①。有时甚至文字表面都不露痕迹："意本一贯，文似不属，斯以见神行之妙。彼学杜、学元白者，正如蚓蝼之行，一耸脊一步；又如蜗之在壁，身欲去而粘不脱。"② 在章法上更是神龙不见首尾，"平起平入，前不知有引子，末不知有抽刃，大似不足，乃以有余。措大于此更何从觅针线，故无容渠坐处"③。而各联之间也没有固定的位置，如《明诗评选》评邵宝《孟城即事》云："此诗之佳，在顺笔成致，不立疆畛，乃使通篇如一语。以颔联作腹联，以腹联作颔联，俱无不可。就中非无次第，但在触目生心时不关法律。雅俗大辨，正于此分。不知此者，且暮自缚死耳。"④ 转折处更是顺其自然，如《唐诗评选》评储光羲《同王十二维偶然作》："得转皆无预设，此乃似陶，亦似江文通之拟陶。"⑤ 总之，他心目中的成功之作就是结构上看不出人工安排痕迹的作品。

另一方面，从艺术表现来说，它也没有固定的模式可言。王夫之既推崇那些不刻意安排情景之作，如称岑参《青门歌送东台张判官》"情景事合成一片，无不奇丽绝世"⑥，贝琼《寓翠岩庵》"迎头入景，宛折尽情，兴起意生，意尽言止，四十字打成一片"⑦；也否定有固定的赋比兴之法，以为"赋比兴俱不立死法，触著磕著，总关至极，如春气感人，空水莺花有何必然之序哉？"⑧ 传统诗论中至为重要的隐秀观念，在他笔下形如土苴："谭友夏论诗云，'一篇之朴以养一句之灵，一句之灵能回一篇之朴'，呓语尔。以朴养灵，将置子弟于牧童樵竖中，而望其升孝、秀之选乎？灵能回朴，村坞间茅苫土壁，塑一关壮缪，衮冕执圭，席地而坐，望其灵之如响，为嗤笑而已。"⑨ 至于诗家采撷诗料常不离手的类书，他更是予以空前猛烈的抨击：

> 梁、陈以来所尚者使事，而拙者不能多读书，虽读亦复不解。迫

① 王夫之：《古诗评选》卷四，第215—216页。
② 王夫之：《明诗评选》卷二顾梦圭《雷雪行》评语，第62页。
③ 王夫之：《明诗评选》卷四张羽《拟过园隐阻雨》评语，第128页。
④ 王夫之：《明诗评选》卷六，第355页。
⑤ 王夫之：《唐诗评选》卷二，第45页。
⑥ 王夫之：《唐诗评选》卷一，第16页。
⑦ 王夫之：《明诗评选》卷五，第231页。
⑧ 王夫之：《古诗评选》卷五谢惠连《代古》评语，第252页。
⑨ 王夫之：《夕堂永日绪论外编》，戴鸿森《姜斋诗话笺注》附录，第227页。

其愈下，则有纂集类书以供填入之恶习，故序古则乱汉为秦，移张作李；纪地则燕与秦连，闽与粤混。求如此作，以"远入隈嚣营，傍侵酒泉路"记陇头水者，鲜矣！尝谓天下书皆有益而无损，下至酒坊帐册，亦可因之以识人姓字。其能令人趋入于不通者，惟类书耳。《事文类聚》、《白孔六帖》、《天中记》、《潜确类书》、《世说新语》、《月令广义》一流恶书，案头不幸而有此，真如虐鬼缠人，且如传尸劳瘵，非铁铸汉，其不死者千无一二也。悲夫！①

总之，"脉"的概念及由此伴生的一整套有关诗歌文本的有机性观念，不仅确立起王夫之对诗歌写作的基本认识，还常引申出一些明显与传统观念相抵触的议论。特别是他主张意脉的自然生成，更直接与古典诗学强大的程式化传统相冲突，一切预成的、模式化的、可分析组合的结构方式都与它格格不入。这样，他思想和性格中强烈的批判精神便屡屡爆发为对传统和时尚的激烈抨击。如果说钱谦益诗学是破多于立，王渔洋诗学是立多于破，那么王夫之诗学就可以说是破立并举，立中有破，破中有立，在对传统和时尚的不懈批判中确立起自己的主张。

三　排除一切预设模式

正如上文所说，有机结构观念反对一切预设模式，因而凡是与预设模式有关的规则、技法、修辞，无不在船山批判之列。

首先，在取法上他就反对拘守一家之体。《尚书引义》卷六《毕命》曾批评后世作者"立一体以尽文之无穷"的谬妄，说"故苏洵氏之所为体，非体也。锢天下于苏洵之体，而文之无穷者尽废，开阖呼应，斤斤然仅保其一指之节，而官骸皆诎；竭力殚思，以争求肖于其体。则不知此体也天下何所需之，而若不能一旦离之也！皎然之于诗律，王鏊、钱福之于制义，亦犹是也，而辞之体裂矣"②。又诫人，单纯模仿古代经典之作是不可取的，就像《明诗评选》评刘基《旅兴十六首》其六所说，"其韵其神其理，无非《十九首》者，总以胸中原有此理此神此韵，因与吻合。但从《十九首》索韵索神索理，则必不得。"③

①　王夫之：《古诗评选》卷一张正见《陇头水》评语，第73页。
②　王夫之：《船山全书》第2册，第414页。
③　王夫之：《明诗评选》卷四，第104页。

　　具体到写作过程，他虽也反对恒钉拼凑①，但更反对的是预设模式。《古诗评选》评阮修《上巳会》曰："初不设意为局格，正尔不乱。吾甚恶设意以矜不乱，如死蚓之抗生龙也。"②此所谓"设意以矜不乱"，包括有关结构的一般理论与特殊规则。比如《唐诗评选》评张若虚《春江花月夜》说："其自然独绝处，则在顺手积去，宛尔成章，令浅人言格局、言提唱、言关锁者，总无下口分在。"③《明诗评选》评刘基《春兴》其一说："看他用气处，破尽一切虚实起落之陋。"④评潘纬《送友人北游》说："轻爽疑于中唐，而实不然。中唐人必有安排，有开合，有抑扬，不能一片合成。"⑤评皇甫浲《龙湫》说："近远收放，一以心用，不随句转。""所云随句转，口边开合、呼应习气也，恶诗命之曰法律。"⑥评徐渭《燕子楼》说："中两联句句递下，大彻悟后，自不留一丝蹭蹬。信阳一派，座主奴也，生将一片全锦分科裁剪，浅人步趋之，有死无生。"⑦这些都是针对一般理论而言的，其中被斥为"浅人"所言的格局、提唱、关锁、开合、呼应等出自八股文法，而收放、虚实、起落、抑扬则是宋元以来诗格津津乐道的秘诀，都属于有关结构的一般理论。而《唐诗评选》评李白《春日独酌》云："'吾生独无依'偶然入感，前后不刻画求与此句为因缘。是又神化冥合，非以象取，玉合底盖之说，不足立以科禁矣。"⑧则涉及一个特殊规则。"玉合底盖"之说，出自晚唐诗人刘昭禹："觅句若掘得玉合子，底必有盖，但精心求之，必获其宝。"（《唐诗纪事》卷四六）旨在强调一联两句必求珠联璧合，铢两悉称。而李白《春日独酌》诗云："东风扇淑气，水木荣春晖。白日照绿草，落花且散飞。孤云还空山，众鸟各已归。彼物皆有托，吾生独无依。对此石上月，长醉歌芳菲。"通篇叙写春景，一派旷逸情调，只因万物咸得其所，诗人忽触发独自飘零之感。但也只是一闪念而已，故而前后都没有铺垫、渲染，一结仍

---

　　① 王夫之《古诗评选》卷二评嵇康《赠秀才入军十七首》云："世有得句为诗、得字为诗者，如村医合药，记《本草》主治，遂欲以芎藭愈头，杜仲愈脊，头脊双病，且合芎藭、杜仲而饮之，不杀人者几何哉？"第 97 页。
　　② 王夫之：《古诗评选》卷二，第 108 页。
　　③ 王夫之：《唐诗评选》卷一，第 9 页。
　　④ 王夫之：《明诗评选》卷六，第 324 页。
　　⑤ 王夫之：《明诗评选》卷五，第 296 页。
　　⑥ 同上书，第 278 页。
　　⑦ 王夫之：《明诗评选》卷六，第 388 页。
　　⑧ 王夫之：《唐诗评选》卷二，第 58 页。

归于澹宕。王夫之说是"偶然入感，前后不刻画求与此句为因缘"，相当准确。由这个例子来看，"玉合底盖"之说就绝非牢不可破的铁律了。

对于坚决排斥任何预成模式的王夫之来说，一切构成文本的单位、一切艺术表现的局部，都不具有固定的属性或独立的意义，它们的价值取决于能否成为文本有机构成的一个部分。这样，传统诗学的一些重要概念、古典诗歌的一些基本要素，在王夫之诗学中都明显缩水，不仅分量变轻，性质也变得不确定了。比如他曾指出：

> 兴在有意无意之间，比亦不容雕刻；关情者景，自与情相为珀芥也。情景虽有在心在物之分，而景生情，情生景，哀乐之触，荣悴之迎，互藏其宅。天情物理，可哀而可乐，用之无穷，流而不滞，穷且滞者不知尔。"吴楚东南坼，乾坤日夜浮。"乍读之若雄豪，然而适与"亲朋无一字，老病有孤舟"相为融浃。当知"倬彼云汉"，颂作人者增其辉光，忧旱甚者益其炎赫，无适而无不适也。唐末人不能及此，为玉合底盖之说，孟郊、温庭筠分为二垒，天与物其能为尔阃分乎？①

不仅兴、比在诗中不是刻板固定的，情和景也不是独立的，它们相互渗透，相互包容，而且没有一成不变的对应关系。"吴楚"一联气魄宏大，本是豪语；与"亲朋"一联情语相配，却适见衰飒之感，情景殊为融洽。"倬彼云汉"之句，用于赞美之意的《棫朴》，平添清明广大气象；而用于悯旱的《云汉》，则足增炎赫之威，的确是无可无不可，玉合底盖之说再度不证明是不确切的。这样，王夫之在诗歌技法问题上就回到至法无法的传统观念上来，与一般诗论家的见解合辙同轨了：

> 诗有诗笔，犹史有史法，亦无定法，但不以经生详略开合脉理求之，而自然即于人心，即得之矣。②

这里值得注意的是，超越定法，天巧合于人心的前提，是抛弃经生辈讲求的详略开合脉理。《明诗评选》评冯梦祯《赋得杨柳可藏乌》说"有题目

---

① 王夫之：《诗译》，戴鸿森《姜斋诗话笺注》卷一，第33—34页。
② 王夫之：《明诗评选》卷五张治《江宿》评语，第270页。

诗，不以帖括死讲法做，自尔中边有余"①，也是同样的意思。只要稍加留意，我们就会发现，"经生"是他谈论诗学问题时经常指斥的对象。为什么他的批评矛头总要指向经生呢？这是因为，此辈联系着影响明清文坛至深的一个时尚话语，联系着包围明清诗歌创作的一个特定语境。

　　谈论明清文学，离不开科举制度和八股文的影响问题。伴随举业而来的起承转合之说自元代以来就一直影响着士人的写作意识②。玩味王夫之对文本有机结构观的论述，不难感觉其矛头所指正是明代以来诗学中的八股文法，尤其集中于起承转合之说。《夕堂永日绪论内编》写道：

　　　　起承转收，一法也。试取初盛唐律验之，谁必株守此法者？法莫要于成章，立此四法，则不成章矣。且道"卢家少妇"一诗作何解，是何章法？又如"火树银花合"，浑然一气；"亦知戍不返"，曲折无端。其他或平铺六句，以二语括之；或六七句意已无余，末句用飞白法飏开，义趣超远：起不必起，收不必收，乃使生气灵通，成章而达。至若"故国平居有所思"，"有所"二字，虚笼喝起，以下曲江、蓬莱、昆明、紫阁，皆所思者。此自《大雅》来，谢客五言长篇用为章法；杜更藏锋不露，抟合无垠，何起何收，何承何转？陋人之法，乌足展骐骥之足哉？近世唯杨用修辨之甚悉。用修工于用法，唯其能破陋人之法也。③

这一段痛批蒙学诗法中盛传的起承转合之说，以唐诗为例力斥其陋，极为痛快淋漓。《唐诗评选》评杜甫《晚出左掖》也说："一篇止以事之先后为初终，何尝有所谓起承开阖者？俗子画地成牢，誓不入焉可也。"④ 在《夕堂永日绪论内编》的另一段，他又列举时俗风气，以见起承转合之说入人之深，贻害之烈：

　　　　起承转收以论诗，用教幕客作应酬或可。其或可者，八句自为一首尾也。塾师乃以此作经义法，一篇之中，四起四收，非蜣虫相衔成

---

　　① 王夫之：《明诗评选》卷五，第 302 页。
　　② 详见蒋寅《起承转合：机械结构论的消长》，《文学遗产》1998 年第 3 期；收入《古典诗学的现代诠释》，中华书局 2003 年版。
　　③ 王夫之：《夕堂永日绪论内编》，戴鸿森《姜斋诗话笺注》卷二，第 78 页。
　　④ 王夫之：《唐诗评选》卷三，第 111 页。

青竹蛇而何？两间万物之生，无有尻下出头，枝末生根之理。不谓之不通，其可得乎？①

上文是说唐诗的灵动不可方物，略无此种拘墟之说；此文则说三家村学究更以经义法入起承转合之中，作四起四结，理甚不通，都击中问题的要害。

说起来，王夫之的有机结构观虽主于意脉流行、通篇一气，但绝非一概否定章法和分段。他的诗学肇基于唐诗，对章法与分段的看法也依托于唐诗。他认为唐诗与以前的诗歌分段有所不同，唐诗有模式可寻，古诗则变化多端，浑然无迹：

> 古人诗自有有序次者，不唯唐人为然。顾唐人作两三截诗，有缘起，有转入，有回缴，不尔则自疑其不清。古人但因事序入，或直或纡，前后不劳映带而自融合，首末结成一片，随手意致自到矣。②

自金圣叹首倡七律分解之说，论律诗分前后两解的观念盛行于世。王夫之评律诗显然也意识到这一点，因而很强调两解间的密合，以捍卫其文本有机性观念。《明诗评选》评王一鸣《五月末旬皖中作》称"两分，喜不折合"③，评高启《早春寄王行》称"搅碎歌行绝句作近体，佛家所谓意生身也。分段生，分段死者，真可怜悯"④，都流露出这种意识。依他看，七律分两节、甚至三段勉强还可以，四段之说则过于琐碎困人。《明诗评选》评僧宗渤《登相国寺楼》，先肯定"两节自有相关处"，继而强调："凡两节诗自贤于三段。三段者，两端虚中间实也。四段者，中复分情景也。皎然老髡画地成牢者在此，有心血汉自不屑入。"⑤ 七律本是最能体现汉语审美特征的诗体，对七律结构的理解折射出他的文本有机结构观的一般原则，即宁疏毋密，宁简毋繁，重融合而轻分析。这后一点尤为重要，因为王夫之对文本有机性的理解，核心就在于浑然天成的不可分析性。

---

① 王夫之：《夕堂永日绪论内编》，戴鸿森《姜斋诗话笺注》卷二，第81页。
② 王夫之：《古诗评选》卷五王僧达《依古》评语，第270页。
③ 王夫之：《明诗评选》卷五，第303页。
④ 王夫之：《明诗评选》卷六，第345页。
⑤ 王夫之：《明诗评选》卷五，第316—317页。

四　艺术效果的不可分析

王夫之的文本有机结构观既然建立在意脉自然生成的基础上，作为结果的文本就不只是在结构上显出浑然一体的有机性，它产生的艺术效果或者说给读者的审美感受也是整体浑成、不可分析的，就像《明诗评选》评刘基《旅兴十六首》说的"总不可以色见声求"①。这包括章法上的首尾浑成，不见痕迹，所谓"平平说去，乃使人不知其首尾"②，以及艺术表现上的整体均衡完善，即"纯净无枝叶"③。到了这种境界，世间常谈的那些表现方式、艺术手法都如舟藏壑，浑然无迹。《明诗评选》评蔡羽《暮春》云：

> 全从古诗来，唐人唯李太白能之，直坐断千年来谈艺者舌头。说格，说法，说开阖，说情景，都是得甚恶梦。④

格法、开阖、情景这些诗家老生常谈，在他看来都是近体诗带来的俗套；蔡羽此诗因直承古诗的传统，故能突破俗格而企及太白的境界。《古诗评选》评卢思道《上巳禊饮》说得更清楚：

> 奕奕珊珊，不疑似人间得也。近体无此种风味，行尸坐肉耳。益知言起承转合，言宾主，言情景，言蜂腰鹤膝，如田舍妇竭产以供实银装裹，堪哀堪笑。⑤

这里赞赏卢诗的脱俗品格，直接就肯定它只限于古体所有，近体绝不具备。盖一讲起承转合，论宾主，分情景，言病犯，便有许多拘束，诗就做不超逸，更不要说明清以降那种十足的八股腔调了。他评倪元璐《白门出城登松风阁时为清明前五日》一诗，曾套"时文"之名，称时俗之作为"时诗"，说："时诗犹言时文也，认题目，认景、认事，钻研求肖，借客形主，以反跌正，皆科场文字手笔。竟陵以后，体屡变而要不出此，为正

① 王夫之：《明诗评选》卷四，第 105 页。
② 王夫之：《明诗评选》卷四贝琼《晚眺》评语，第 138 页。
③ 王夫之：《明诗评选》卷四钱宰《拟庭中有奇树》评语，第 139 页。
④ 王夫之：《明诗评选》卷五，第 245 页。
⑤ 王夫之：《古诗评选》卷六，第 376 页。

其名曰时诗，明其非诗也。"①

那么，他理解的诗又是怎样的呢？应该是情景事浑然一片，无枝节可寻。就像杨维桢《寄小蓬莱主者闻梅涧并柬沈元方宇文仲美贤主宾》诗，"三四天时人事一大段落，总以微言收尽。景中有事，事中有情，那容俗汉分析"②。自宋元以降，论诗讲情景已是诗家常谈，王夫之同样也很重视情景问题，但他却坚决反对宋元诗格所讲的近体诗情景安排模式：

> 近体中二联，一情一景，一法也。"云霞出海曙，梅柳渡江春。淑气催黄鸟，晴光转绿苹。""云飞北阙轻阴散，雨歇南山积翠来。御柳已争梅信发，林花不待晓风开。"皆景也，何者为情？若四句俱情而无景语者，尤不可胜数，其得谓之非法乎？夫景以情合，情以景生，初不相离，唯意所适。截分两橛，则情不足兴，而景非其景。且如"九月寒砧催木叶"，二句之中，情景作对；"片石孤云窥色相"四句，情景双收，更从何处分析？陋人标陋格，乃谓"吴楚东南坼"四句，上景下情，为律诗宪典，不顾杜陵九原大笑。③

他承认近体中两联一情一景可以是一种格式，但唐诗中情景的安排是变换无穷的，甚至四情四景也不鲜见，只要情景融合，唯意所适就好。一情一景看似均衡有序，但若截分两橛，互不相关，则情不足以感发，景也不成其为意象，真成了所谓合则双美，离则两伤。为此他在具体作品的评论中，总是赞赏自然地由景入情而达致妙合无垠的效果，也就是像梅鼎祚《秋夕过盛仲交》那样，"由景入情，亦无沟分之段落"④。照他的看法，"写景至处，但令与心目不相睽离，则无穷之情正从此而生。一虚一实、一情一景之说生，而诗遂为阱为楛为行尸"⑤。《明诗评选》评石沆《无题》，说"结一点即活，愈知两分情景者之求活得死也"⑥，也是同样的意思。但问题是，究竟如何才能自然地由景入情呢？王夫之不知道是忘记了还是不得已，总之他竟以自己很鄙夷的"宾主"之说为立足点，提出了解

---

① 王夫之：《明诗评选》卷六，第400页。
② 同上书，第333页。
③ 王夫之：《夕堂永日绪论内编》，戴鸿森《姜斋诗话笺注》卷二，第75—76页。
④ 王夫之：《明诗评选》卷五，第305页。
⑤ 王夫之：《古诗评选》卷五宋武帝《济曲阿后湖》评语，第255页。
⑥ 王夫之：《明诗评选》卷五，第306页。

决问题的答案：

> 　　诗之为道，必当立主御宾，顺写现景。若一情一景，彼疆此界，
> 则宾主杂遝，皆不知作者为谁。意外设景，景外起意，抑如赘疣上生
> 眼鼻，怪而不恒矣。①

这里的"现景"大概是"现量"的换个说法。如果我的理解不错，这段
议论也就是王夫之以意为主、以现量为本、以有机浑成为目标的诗学思想
的具体表述，只不过重心落在本文的有机性上。凡不是意的自主演运所融
摄的景，不是景自然引发的意，都像支离旁出的赘疣骈拇，必然会损害作
品整体的有机性，王夫之这么认为。

　　当然，有机性作为一个整体概念，涉及本文的各个层次。意和景分别
属于内核和中间层次，更为表面的层次还有字句。魏泰《临汉隐居诗话》
有一则论气格与句法的关系，说："老杜云'美名人不及，佳句法如何？'
盖诗欲气格完遒，终篇如一，然造句之法亦贵峻洁不凡也。"② 如果将气
格完遒理解为一种对有机性的追求，那么句法的奇崛警拔在魏泰看来并不
与之冲突，这可以说是宋代诗学的基本观念。王夫之在句法问题上，见解
略有不同。他在评袁宏道《和萃芳馆主人鲁印山韵》时曾说："三百年
来，以诗登坛者，皆不能作句。中郎之病，病不能谋篇，至于作句，固其
所长，洒落出卸，如白鸥浴水，才一振羽，即丝毫不挂。李何、王李、钟
谭皆所不能也。谋篇天人合用，作句以用天为主。天既啬之，言拟议则熟
烂不堪，言性灵则拙涩无状。"③ 他断言有明一代诗人都拙于造句，只有
袁宏道是个例外，并认为这是一代人物普遍天才不足的结果。以他的有机
结构观念看，这里的作句只能理解为巧于造句，而不是句法奇特。他评薛
道衡那首以"空梁落燕泥"著名的《昔昔盐》，甚至连传统诗学推崇的
"警策"也予以否定，道是"一篇之中，以一句为警，陋习也"④，则他将
如何看待奇特句法不难推知。

　　从文本的有机结构观出发，王夫之对语言层面上一些问题的判断，也

---

① 王夫之：《唐诗评选》卷三，第 107 页。
② 何文焕辑：《历代诗话》上册，中华书局 1981 年版，第 333 页。
③ 王夫之：《明诗评选》卷六，第 391—392 页。
④ 王夫之：《古诗评选》卷一，第 84 页。

与传统观念相冲突,甚而颠覆了传统诗学的一些原则。比如雅俗之防,是语言层面上历来为人重视的问题。宋代黄庭坚虽有"以俗为雅"的说法,但古近、雅俗之分际,诗家还是很在意的。而王夫之《明诗评选》评杨慎《燕麦谣》却说:"用古用俗,浃洽圆妙。所谓马亦不刚,辔亦不柔也。"①原诗是这样的:"马牙冰,满林白,损我苦荞伤燕麦。甲子阴,鸟无食,山头农,甸心客,瞍瞍荒眼双流血。腊马攒,春牛吼,癫象来,穷军走,括金使者空城守。"诗中所述主要是与民俗有关的内容,而"括金使者"却是古书中有来历的词语,一般看来有点杂糅,但王夫之不这么认为,竟许以"浃洽圆妙"。可见他的信念是,只要贴切到具体的情境,古和俗这截然对立的因素也能妙合无垠,形成很好的整体感。

文本结构的有机性是中国古代文论的一个重要观念,历来诗文评虽也有所涉及,如方回《瀛奎律髓》标举"浑成"、谢榛《四溟诗话》言"诗有造物"之类②,但在王夫之以前没有形成系统的学说,在王夫之以后也不太为人注意。我只知道桐城派文论有类似的观念,如吴闿生评司马迁《六国表序》云:"凡作文每篇必有一定主意。主意既定,通篇议论均必与其本意相发,乃不背谬枝蔓。所谓一意到底,所谓如放纸鸢,线索在手;所谓狮子弄球,千变万转,目光常有所注。如前篇,以遭乱著述为主,故起处便说箕子、师挚等;此篇以无道而得天下为主,故发端即以秦之僭事上帝为言,无一字是闲文也。"③这正是与王夫之的"意"相通的见解。前人后人之说各有所发明,但从未达到王夫之这样深刻、细致的境地。将他的学说作一番梳理,就可以看到中国古代文论对文本结构的系统认识和独特表达。我们知道,西方文学理论从蒲伯、柯勒律治、施莱格尔到赫尔德都曾有过将文学作品比拟为植物的说法,强调艺术和天才是一个自然的生长过程。新批评派则透过"张力"的概念来支撑他们关于诗歌文本的内在秩序的一套说法。"新批评既然主张作品的内容和形式融合成一个有机体,势必会寻找一种张力来维持这个有机体的内在矛盾平衡"④。王夫之对文本有机性的认识及其言说方式明显是不同于上述看法的,将两

---

① 王夫之:《明诗评选》卷二,第61页。

② 谢榛《四溟诗话》卷一:"诗有造物,一句不工,则一篇不纯,是造物不完也。"丁福保辑《历代诗话续编》下册,中华书局1983年版,第1139页。

③ 吴闿生:《古文范》卷二,民国8年上海朝记书庄铅印本。

④ 傅修延:《文本学——文本主义文论系统研究》,北京大学出版社2004年版,第23页。

者做一番比较或许有助于我们理解中西诗学的某些文化差异。

第三节 意象化的情景关系论

王夫之是中国古代最富于辩证思维的哲学家，他的宇宙论秉承传统的二元观念而更强调其间的共生依存关系。他在《周易外传》中曾说："天下有截然分析而必相对待之物乎？求之于天地，无有此也；求之于万物，无有此乎？反而求之于心，抑未谂其必然也。"① 这种观念贯彻于文学思考，就在情与理、意与辞、情与景的关系上形成一系列富有辩证法色彩的见解，其中对情景关系的阐述尤为当代学者所重视，专题论文也比较多②。其实相比于结构，王夫之对情景问题远没那么重视，只因他的有机结构观念解构了一切模式化的诗学命题，历来相传的情景模式也被抛弃，无形中就使情景关系问题变得丰富而多样，显得相对复杂起来。

诗学论情景是从唐代开始的。唐人以事、意、景为诗歌的三个基本要素，所以王昌龄说："诗一向言意，则不清及无味；一向言景，亦无味。事须景与意相兼始好。"③ 但唐人并未具体论述三者的关系及在诗歌文本中承担的功能。宋人开始从表情结构的意义上来把握情景关系。姜夔《白石道人诗说》有"意中有景，景中有意"之说，方回也崇尚"景在情中，情在景中"的效果，并且认为"两句言景，两句言情，诗必如此，则洁净而顿挫也"④。到周弼《三体诗》，又以情、景为诗的两个基本要素，提出一种模式化的结构论，对后世蒙学诗法影响深远。而真正对情景关系加以深刻揭示的则是范晞文《对床夜语》，其中提出"情景兼融，句意两极"的要求，且举例说明了诗中情景关系的多样构成：

---

① 王夫之：《周易外传》卷七，中华书局 1977 年版，第 247 页。
② 这方面的论文，有蓝华增《古典抒情诗的美学——王夫之"情景"说述评》，《古代文学理论研究》第十辑，上海古籍出版社 1983 年版；张长青《试论王船山情景融浃的诗境说》，《王船山学术思想讨论集》，湖南人民出版社 1985 年版；Siu－Kit Wong（黄兆杰），Ch'ing and Ching in the Critical Writings of Wang Fu－chih，Chinese Approaches to Literature from Confucius to Liang Ch'i－ch'ao（Princeton：Princeton University Press，1978），pp. 141—143；杜松柏《王船山诗论中的情景说探微》，《清代学术论丛》第六辑，中山大学清代学术研究中心编，文津出版社 2001 年版；羊列荣《王船山的诗境生成论》，《船山学刊》2002 年第 1 期；王德明《前无古人的创造：王夫之的诗景理论》，《常德师范学院学报》2002 年第 3 期。
③ 王昌龄：《诗格》，张伯伟辑《全唐五代诗格汇考》，江苏古籍出版社 2002 年版，第 158 页。
④ 李庆甲辑：《瀛奎律髓汇评》卷一四杜甫《客亭》评语，上册，第 503 页。

　　老杜诗:"天高云去尽,江迥月来迟。衰谢多扶病,招邀屡有期。"上联景,下联情。"身无却少壮,迹有但羁栖。江水流城郭,春风入鼓鼙。"上联情,下联景。"水流心不竞,云在意俱迟。"景中之情也。"卷帘唯白水,隐几亦青山。"情中之景也。"感时花溅泪,恨别鸟惊心。"情景相触而莫分也。"白首多年疾,秋天昨夜凉。""高风下木叶,永夜揽貂裘。"一句情一句景也。固知景无情不发,情无景不生,或者便谓首首当如此作,则失之甚矣。如"浙浙风生砌,团团月隐墙。遥空秋雁灭,半岭暮云长。病叶多先坠,寒花只暂香。巴城添泪眼,今夕复清光",前六句皆景也。"清秋望不尽,迢递起层阴。远水兼天净,孤城隐雾深。叶稀风更落,山迥日初沈。独鹤归何晚,昏鸦已满林",后六句皆景也。何患乎情少?①

到明代,谢榛《四溟诗话》提出"作诗本乎情景,孤不自成,两不相背","景乃诗之媒,情乃诗之胚,合而为诗"的说法②,不再一般地讲情景融合,而是从意象构成的角度揭示了情景关系的本质③。总体上看,前人对情景关系的论说虽不少,但基本停留在较表面较肤浅的层次,且大都语焉不详,这就给王夫之留下了多方面深入拓展的空间。

　　王夫之对情景关系的研究,涉及面很广。比如在情感与景物情调的对应关系上,他发现了相反相成的原理,我在后文将专门论述,这里只谈他对诗中情景关系的一些看法。当代研究者认为,王夫之对情景的论述"使得一些别的评论家还没有定见的论点具有了条理性、清晰性和深刻性"④,这是非常中肯的。我想进一步指出,他的理论贡献主要是在对"景语"的分析上,由这个角度来考察,可以清楚地看出王夫之对古典诗歌的意象化特征的认识。

一　有人的景语

　　首先我们必须肯定,在情与景的关系上,王夫之也像前代批评家一样

---

① 范晞文:《对床夜语》卷一,丁福保辑《历代诗话续编》上册,第417页。

② 谢榛:《四溟诗话》卷三,丁福保辑《历代诗话续编》下册,第1180页。

③ 有关古代文论对情景关系的论述,胡建次《中国古代文论情景论的承传》(《社会科学辑刊》2006年第4期)一文有较细致的梳理,可参看。

④ 黄秀洁:《王夫之论诗中的情与景》,《明清诗文研究丛刊》第二辑,苏州大学中文系1982年版。

主张情景相辅相成，不可分离。《明诗评选》卷五评沈明臣《渡峡江》云："情景一合，自得妙语。撑开说景者，必无景也。"① 这是强调景物不能独立成为诗歌要素，一味铺张景物，实际上写不出景。为什么呢？他说："情者阴阳之幾也，物者天地之产也。阴阳之幾动于心，天地之产应于外。故外有其物，内可有其情矣；内有其情，外必有其物矣。"② 这意味着外物是与情感相对应的，情是物引发的感触，物是情感的投射。由此我们可以知道，"撑开说景者，必无景也"，前一个"景"是自然景物，即传统诗学所言的"物色"；后一个"景"却是意中之象，即今所谓"意象"。研究者认为王夫之已"把我们所体验、所理解的存在物，与赖以表达我们对它的体验和理解的形式加以区别"，"王夫之告诉我们，情与景从来是'实不可离'的，事实上情与景是不可分开存在、分开辨认的词语，这就是说，在诗人的意识把两者化为一体以前，山、水、花、木并不构成'景'（'景色'或'视觉的体验'）"③，这应该说是不错的，但同时我们也要注意到，"王夫之并不区分诗里的景和作为经验世界之一部分的景"④，没有用不同的概念将两者区别开来，而是经常混用，不留神就很容易产生歧义。比如前引《诗译》一段提到"关情者景，自与情相为珀芥也。情景虽有在心在物之分，而景生情，情生景，哀乐之触，荣悴之迎，互藏其宅"⑤。这里既说情、景有在心在物之分，那么景自然是在物的，但随即又说"景生情，情生景"，这后一个景已是唐人所谓"诗家之景"，即意象了。如果不明白王夫之的"景"具有这种双重性，就无法正确理解他的情景理论。这种一名两用的情形应该是缘于概念的贫乏，无法分别物色和意象，只好都用"景"字来指称。其实唐代皎然《诗式》就已使用"境"的概念，用来表示意象，但因王夫之视《诗式》为画地为牢的浅陋诗法的典型代表，就错过了一个吸取其有效概念的机会。

既然景由情所生，那么情景关系的本质就是一种主体性感受。从创作的角度说，是通过景使一种主体性感受具象化；而从欣赏的角度说，则是通过景去体认其间的感受主体。《夕堂永日绪论内编》有一则将这两方面

---

① 王夫之：《明诗评选》卷五，第 294 页。
② 王夫之：《诗广传》卷一，第 20 页。
③ 黄秀洁：《王夫之论诗中的情与景》，《明清诗文研究丛刊》第二辑。
④ 宇文所安：《中国文论：英译与评论》，王柏华、陶庆梅译，上海社会科学院出版社 2003 年版，第 529 页。
⑤ 王夫之：《诗译》，戴鸿森《姜斋诗话笺注》卷一，第 33 页。

的情形剖析得非常清楚:

> "池塘生春草"、"蝴蝶飞南园"、"明月照积雪"皆心中目中与相
> 融浃,一出语时,即得珠圆玉润,要亦各视其所怀来而与景相迎者
> 也。"日暮天无云,春风散微和",想见陶令当时胸次,岂夹杂铅汞人
> 能作此语?程子谓见濂溪一月,坐春风中。非程子不能知濂溪如此,
> 非陶令不能自知如此也。①

这里的"其所怀来"就是主体性感受,"池塘生春草"诸句是感受的具象
化表现;而"胸次"则是表现感受的主体,读者正是通过"日暮天无云"
一联感受到陶渊明这一抒情主体。《古诗评选》卷四评陶渊明《拟古六
首》其四,说"日暮天无云"一联"摘出作景语,自是佳胜。然此又非
景语,雅人胸中胜概,天地山川无不自我而成其荣观"②,也是同样的意
思。若无这种主体性感受(胸中胜概),则情景关系(自我而成其荣观)
也就不存在了。同书专门用主宾关系来譬喻这一层意思:

> 诗文俱有主宾。无主之宾,谓之乌合。俗论以比为宾,以赋为
> 主;以反为宾,以正为主,皆塾师赚童子死法耳。立一主以待宾,宾
> 非无主之宾者,乃俱有情而相浃洽。若夫"秋风吹渭水,落叶满长
> 安",于贾岛何与?"湘潭云尽暮烟出,巴蜀雪消春水来",于许浑奚
> 涉?皆乌合也。"影静千官里,心苏七校前",得主矣,尚有痕迹。
> "花迎剑佩星初落",则宾主历然镕合一片。③

前人讲主宾一般都着眼于"立意"的主导作用,因此王夫之首先破除世俗
言主宾的浅陋之说,然后由确立主体性感受的重要来阐明"情"对景的决
定意义。他认为贾岛和许浑两联写景都与主体感受无关,是缺乏有机性的
乌合;只有杜甫、岑参一联一句才出自主体性感受,是景中有情、情中有
景的宾主融洽之作。虽然他的论述语焉不详,举的例子也未必恰当,但强
调主体性感受的立场是非常清楚的。正是这一点决定了他的"景"将超越

---

①　王夫之:《夕堂永日绪论内编》,戴鸿森《姜斋诗话笺注》卷二,第50页。
②　王夫之:《古诗评选》,第721页。
③　王夫之:《夕堂永日绪论内编》卷二,戴鸿森《姜斋诗话笺注》,第54页。

自身而上升到意象化的层次。

　　王夫之不仅再三论述情对景的统摄作用，还在具体评论中揭示一种特殊的情景关系，以见诗中的景总不外是一种主体的观照。这种特殊的情景关系不是由作者与景物而是由作品的抒情主人公与景物构成的。《古诗评选》卷三评刘令娴《美人》云："景中有人，人中有景，巧思遞出诸刘之上，结构亦不失。"① 这里的"人中有景"，是描写对象美人眼中之景。同书卷五选任昉《济浙江》："昧旦乘轻风，江湖忽来往。或与归波送，乍逐翻流上。近岸无暇日，远峰更兴想。绿树悬宿根，丹崖颓久壤。"评曰："全写人中之景，遂含灵气。"② 这里的"人中之景"，是渡江之人殆即作者所见。《明诗评选》卷五选沈明臣《过高邮作》："淮海路茫茫，扁舟出大荒。孤城三面水，寒日五湖霜。波漫官堤白，烟浮野树黄。片帆何处客，千里傍他乡。"评曰："结语从他人写，所谓人中景，亦即含景中情在内。"③ 这里的"人中景"，则是作者体度游子的眼中之景。同卷选文征明《四月》："春雨绿阴肥，雨晴春亦归。花残莺独啭，草长燕交飞。香篝青缯扇，筠窗白葛衣。抛书寻午枕，新暖梦依微。"评曰："只在适然处写。结语亦景也，所谓人中景也。"④ 这里的"人中景"，又是像王维"隔水问樵夫"那样以作者形象为景的表现。《古诗评选》卷六评庾信《咏画屏风四首》其四提到："取景，从人取之，自然生动。许浑唯不知此，是以费尽巧心，终得'恶诗'之誉。"⑤ 从作品所写人物的感知去取景，由于贴合环境气氛，自然生动异常。王夫之深谙此理，格外留意古诗中这类表现。同书卷五评谢朓《之宣城郡出新林浦向板桥》云："语有全不及情而情自无限者，心目为之，政不恃外物故也。'天际识归舟，云间辨江树'，隐然一含情凝眺之人，呼之欲出，从此写景，乃为活景。"⑥ 诗如果写作"天际下归舟，云间现江树"，那是无我之境，景物以客观化的状态呈现；著一"识"字、"辨"字，便突出了感受主体，成了有我之境。因为有了抒情主人公的在场感，景物与主观感受的关系就更为紧密，也更为生动，这便是"人中之景"的独特魅力所在。《明诗评选》卷五选张治《秋郭小

---

　　① 王夫之：《古诗评选》卷三，第 148 页。
　　② 王夫之：《古诗评选》卷五，第 297 页。
　　③ 王夫之：《明诗评选》卷五，第 295 页。
　　④ 同上书，第 244 页。
　　⑤ 王夫之：《古诗评选》卷六，第 371 页。
　　⑥ 王夫之：《古诗评选》卷五，第 275 页。

寺》:"短发行秋郭,尘沙记旧禅。长天依片鸟,远树入孤烟。野旷寒沙外,江深细雨前。马蹄怜暮色,藤月自娟娟。"王夫之评第四句云:"'远树入孤烟'即孤烟藏远树也,此法创自盛唐,偶一妙耳。必触目警心时如此,方可云云,乃是情中景。着意刻画之,则经生钝斧劈题目思路矣。"①"远树"句是典型的化静为动的写法,笔调劖刻,王夫之认为只有出于真实的感受才能这么写,否则就属于着意刻画,不是诗人的情中景,而是经生的死套强作了。普通的情中景与"人中之景"的不同就在这里,"人中之景"既名为出自异己的主体感受,与抒情主体的分离使它更能容纳意象的虚拟性,而不必顾及主观感受是否真实的问题。

二 表情的景语

前人论情景,大多笼统地说情景融合,却没有分析如何融合及景语在情感表现中是如何发挥功能的。依照王夫之的有机结构观念,情景的构成纯系统摄于诗心,自然地生成,而不可以机械组合,这本是不言而喻的。但他还是明确地阐释了景语独立的表情功能,亦即意象化的本质。《夕堂永日绪论内编》有云:

> 情、景名为二,而实不可离。神于诗者,妙合无垠。巧者则有情中景,景中情。景中情者,如"长安一片月",自然是孤栖忆远之情;"影静千官里",自然是喜达行在之情。情中景尤难曲写,如"诗成珠玉在挥毫",写出才人翰墨淋漓、自心欣赏之景。凡此类,知者遇之;非然,亦鹘突看过,作等闲语耳。②

在首先肯定情景不可截然而分的前提下,王夫之分析了情中景、景中情两种艺术表现方式。景中情是写景而情在言外,就像李白"长安一片月"自然是望月怀远之情,杜甫"影静千官里"自然是刚脱身贼中、惊魂甫定的心态。而情中景则是言情之句自含人、物动态,就像他所举的杜甫"诗成珠玉在挥毫"一句,本写诗兴洋溢、挥洒自如的酣畅情态,但其中却分明可见作者的自我形象。这里的情中景,已不单纯指风景,而成为包括人物

---

① 王夫之:《明诗评选》卷五,第271页。
② 王夫之:《夕堂永日绪论内编》,戴鸿森《姜斋诗话笺注》卷二,第72页。

动态在内的意象形态。这类意象同样也体现了景的表情功能。

类似的例子，同书还曾举出王维和杜甫的两首诗：

> "欲投人处宿，隔水问樵夫"，则山之辽廓荒远可知，与上六句初无异致，且得宾主分明，非独头意识悬相描摹也。"亲朋无一字，老病有孤舟"，自然是登岳阳楼诗。尝试设身作杜陵凭轩远望观，则心目中二语居然出现，此亦情中景也。①

这两个诗例的共同点是作者以自我形象为情中景。我们知道，王夫之对抒情诗的把握有着"一诗止于一时一事"的原则②，所以"隔水问樵夫"、"老病有孤舟"的作者形象，在他看来只不过是抒情中的意象，这是王夫之的独特见解。一般的看法是像杜松柏先生所说的，"亲朋"一联和"诗成珠玉在挥毫"都是叙事句，而非写景的景语。如果要举景语，应该是"魂随南翥鸟，泪湿北枝花"或"感时花溅泪，恨别鸟惊心"两句，因为"魂随、泪湿、感时、恨别是写情，而南翥鸟，北枝花"或"花溅泪，鸟惊心"是写景，是"情中景"的确例。他说"船山其所以有此小小的误失，殆因未析出叙事句例，把叙事句作为写景句看待，观其论诗，无一语论及叙事句，应可证明"③。今按杜先生此说虽不能说没道理，但就王夫之诗学而言，似乎未抓住问题的实质。究其所以，则是将景语坐实为风景的缘故。王夫之的景语绝不等于风景，它是包含人、物活动在内的意象概念。况且，王夫之也绝非无一语论及叙事句，前引其诗论中已多有其例。再看《古诗评选》卷一评曹植《当来日大难》："于景得景易，于事得景难，于情得景尤难。'游马后来，辕车解轮'，事之景也；'今日同堂，出门异乡'，情之景也。"④ 这里的"事之景"岂不就是叙事句吗？相比静态呈现的风景来，动态的叙事内容和抽象的抒情内容构成意象化的表现，难度显然要大得多。正因为如此，他对意象化的景语的讨论最终还是落实到"于景得景"，即对自然景物的分析。《夕堂永日绪论内编》又写道：

---

① 王夫之：《夕堂永日绪论内编》，戴鸿森《姜斋诗话笺注》卷二，第74页。
② 同上书，第57页。
③ 杜松柏：《王船山诗论中的情景说探微》，《清代学术论丛》第六辑，第218—219页。
④ 王夫之：《古诗评选》卷一，第28页。

不能作景语，又何能作情语耶？古人绝唱句多景语，如"高台多悲风"、"蝴蝶飞南园"、"池塘生春草"、"亭皋木叶下"、"芙蓉露下落"，皆是也，而情寓其中矣。以写景之心理言情，则身心中独喻之微，轻安拈出。谢太傅于《毛诗》取"訏谟定命，远猷辰告"，以此八字如一串珠，将大臣经营国事之心曲，写出次第，故与"昔我往矣，杨柳依依；今我来思，雨雪霏霏"同一达情之妙。①

作景语被看成作诗最初步的本领，景语都写不好，还谈什么情语呢？能写得好景语，以同样的原理言情，就像谢安最欣赏的"訏谟定命，远猷辰告"两句，无论视为事之景还是情之景都同样是成功的意象化表现，与情景相应的名句有着同等的抒情魅力。

但一味强调作景语的重要，也容易造成一种误解，以为写景就是雕琢风景。王夫之显然意识到了这一点，怕人将景理解为客观风景，所以每强调景背后必有意支撑。如《古诗评选》卷五评宋武帝《济曲阿后湖》："写景至处，但令与心目不相睽离，则无穷之情正从此而生。"②《明诗评选》卷六选程嘉燧《十六夜登瓜洲城看月怀旧寄所亲》诗："十年曾宿焦山寺，浪急天寒少客行。明月片帆仍远道，一时双眼复孤城。暮山欲尽离尊歇，黄叶全稀白发生。别后故人无限忆，隔江同见月初盈。"特别称赞"暮山"句"真好景语，能化情为景也"③。同卷选乔宇《秋风亭下泛舟》："荒庭寥落野烟空，汉武雄才想象中。箫鼓应声开画鹢，帆樯飞影动晴虹。山分秦晋群峰断，水入河汾两派通。少壮几时还老大，不须回首叹秋风。"评曰："景语中具可传情。不待结句始知悲壮。"④卷八选祝允明《大道曲》："长安楼阁互相望，户户珠帘十二行。绿水过桥通酒市，春风下马有垂杨。"评曰："全不入情，字字皆情。"⑤此外，卷五评曹学佺《署中对月》"不更入情，无非情者"⑥，卷六评朱曰藩《饮罢逍遥馆作》"字字是情"⑦，都是在强调景中有情，即景语的表情功能。这正是古典诗

① 王夫之：《夕堂永日绪论内编》，戴鸿森《姜斋诗话笺注》卷二，第91—92页。
② 王夫之：《古诗评选》卷五，第255页。
③ 王夫之：《明诗评选》卷六，第398页。
④ 同上书，第353页。
⑤ 王夫之：《明诗评选》卷八，第467页。
⑥ 王夫之：《明诗评选》卷五，第311页。
⑦ 王夫之：《明诗评选》卷六，第376页。

学有关意象理论的核心思想，王夫之虽未使用明代以来逐渐流行的"意象"概念，但他对"景语"的理解和阐说，却是与当时诗家对"意象"的把握相通的。

　　当然，王夫之对景语的理解绝不是流行观念的简单因袭，他对诗歌创作通盘都有自己的理解，在景语上也不例外。他论景语的独特之处是强调妙在情中偶得，不特意生造，这便与现量之说潜通了消息。《古诗评选》卷四评徐干《赠五官中郎将二首》其二云：

　　　　景语之合，以词相合者下，以意相次者较胜。即目即事，本自为类，正不必蝉连，而吟咏之下，自知一时一事。有于此者，斯天然之妙也。"风急鸟声碎，日高花影重"，词相比而事不相属，斯以为恶诗矣。"花迎剑佩星初落，柳拂旌旗露未干"，洵为合符，而犹以有意连合见针线迹。如此云"明灯曜闺中，清风凄已寒"，上下两景几于不续，而自然一时之中寓目同感，在天合气，在地合理，在人合情，不用意而物无不亲。呜呼至矣！

他以徐干诗为例说明景语宜取一时一事的寓目同感，这只能理解为现量观念的绝对要求，实际上将徐诗与唐周贺、岑参两联作对比是不合适的。因为周、岑两联是律诗，必须两两分写（流水对除外），不像古诗可以一气直叙。这种地方暴露出王夫之因不明体制而导致的见识粗糙和隔膜之处。当然，他批评周贺句"词相比而事不相属"，很可能是认为"风急"、"日高"不是一时之景。但这里的"急"偏偏是个错字，通行版本都作"风暖"，正与"日高"相称，一种春风骀荡之景如在目前。如果忽略异文产生的问题，则上述议论其实仍反映了崇尚现量表现的意识。联系到前文所引《夕堂永日绪论内编》对贾岛"僧敲月下门"句的看法，"沈吟'推'、'敲'二字，就他作想也。若即景会心，则或推或敲，必居其一。因景因情，自然灵妙，何劳拟议哉？"① 王夫之所推崇的景语正是即景会心式的，他从来反对那种"拟议"即虚构的景语。贾岛《忆江上吴处士》诗云：

―――――――――

　　① 戴鸿森：《姜斋诗话笺注》卷二，第52页。

> 闽国扬帆去，蟾蜍亏复团。秋风吹渭水，落叶满长安。此地聚会
> 夕，当时雷雨寒。兰桡殊未返，消息海云端。

王夫之将"落叶满长安"句与李白《送张舍人之江东》的"天清一雁远"
相比较，说太白句与"大江流日夜"、"亭亭木叶下"一样，"自挟飞仙之
气"，而贾岛句则属于"妆排语"①，即妆点安排所致。实际上，据王定保
《唐摭言》所载，"落叶满长安"乃是贾岛跨驴吟诗、妙手偶得的眼前实
景，上句"秋风吹渭水"反而是苦吟多时所得。王夫之若知道《唐摭言》
所载的轶事②，就应该说"秋风吹渭水"才是"妆排语"。所谓"妆排
语"，与宋代徐俯说的"脱空诗"一样③，都指诗歌写作中悬拟、虚构的
情景，接近于当代文学理论中的艺术幻象概念④。中国古代在这个问题上
的明确表述，是司空图《与极浦书》所引的一段诗人戴叔伦的名言："诗
家之景，如蓝田日暖，良玉生烟，可望而不可置于眉睫之前也。"这也就
是诗歌意象的本质，即一种艺术幻象。王夫之的景语虽也具有意象的性
质，但因局限于现量观念，不免对虚构性有所排斥，以致妨碍了其学说在
风格化和想象力方面的发展。

王夫之对情景关系的论述，确实使前人笼统言之、语焉不详的问题变
得清晰而明了。感受主体的确立使情对景的统摄作用更为清楚，同时也使
景作为意象的独立的表情功能更为突出。也许可以说，只有到王夫之的诗
论中，有关情景关系的言说才具有了理论意义，并积淀下若干理论成果。
至于存在的问题，则是不曾为自己对诗歌的意象化把握命名，为它寻找一
个适当的概念，而是继续沿用"景"、"景语"的说法，这就容易同诗家
习惯的理解相混淆；同时，既然肯定了意象的主观性，再独主现量而排斥
虚拟，也不能不妨碍他将这一有价值的思想贯彻到底，以至于在理论的延
伸和作品的批评中不时受到观念的局限。

---

① 王夫之：《唐诗评选》卷二，第56页。
② 王定保《唐摭言》一书在清初是罕见的秘本，收藏唐宋笔记颇富的王士禛也无此书，曾
驰书朱彝尊求借抄。
③ 曾季貍《艇斋诗话》："东湖论诗，喜对景能赋，必有是景，然后有是句，若无是景而
作，即谓之脱空诗，不足贵也。"东湖原作东坡，今据琳琅秘室丛书本。丁福保辑：《历代诗话续
编》上册，第294页。
④ 关于艺术幻象的概念，苏珊·朗格的《情感与形式》、《艺术问题》等著作有深刻的分析。

第四节　诗歌评选与诗史研究

身为哲人和学者的王夫之，虽未将诗学作为毕生的事业，但中年以后由《诗经》入手，开始了他的诗歌史研究，四十多岁即已编成《古诗评选》、《唐诗评选》、《宋元诗评选》（佚）和《明诗评选》①。康熙十年（1671）前后完成《诗广传》②，这是他最初的诗歌研究著作，内容侧重于文化批评。后来他又着力研究《诗经》的文学表现，撰为《诗译》一卷。同时，承明代诗学的习惯，研读古诗、唐诗和当代诗作，甚至包括宋元诗，直到晚年还陆续润色几种诗选的评语。这些评语凝聚了他晚年对诗歌的许多见解，也贯注了《读通鉴论》所显示的进化论史观，以及《宋论》体现的其历史哲学中"即用以观体"的现象学方法。历来对王夫之诗学的研究，一向注重美学和理论层面的问题，不太留意他的诗歌批评③，不免影响到对王夫之诗学成就的全面认识。

一　悟性与通识

王夫之的诗歌史研究肇基于《诗经》，他的诗歌理论有相当一部分是萌生于《诗经》研究。他治《诗经》最大的特点，是将这部诗总集作为文学来研究。这在今天是再自然不过的事，但在那个举世"不以诗解诗，而以学究之陋解诗"，"以帖括塾师之识说《诗》"的时代④，将《诗经》从十三经的神龛移到诗歌史的殿堂里来，还是需要很大胆识的。《诗译》首先指出《诗经》与后代诗歌有着同样的文学特征，认为：

> 汉、魏以还之比兴，可上通于风雅；桧、曹而上之条理，可近译

---

① 王夫之历代诗歌评选的编撰，据战立忠《船山历代诗歌评选时间考辨》（《船山学刊》2004 年第 4 期）一文考，应在顺治十八年（1661）到康熙五年（1666）之间。今按：《唐诗评选》卷一宋之问《至端州驿见杜五审言沈三佺期阎五朝隐王二无竞题壁慨然成咏》评语云："亦似人人能之，神骏自为贫道所赏。"船山自号一壶道人，大约是 45 岁至 52 岁，亦可与战文的结论相参证。

② 此据王孝鱼《诗广传》"点校说明"之说，中华书局 1964 年版。

③ 对王夫之诗歌批评的研究，有章楚藩《评王夫之〈唐诗评选〉》（《杭州师范学院学报》1993 年第 1 期）、涂波《王夫之诗学研究》第二章"论王夫之选本批评"，可参看。

④ 王夫之：《诗译》，戴鸿森《姜斋诗话笺注》卷一，第 20 页。

以三唐。元韵之机，兆在人心，流连泆宕，一出一入，均此情之哀乐，必永于言者也。①

因而在《诗经》与后世诗歌之间，就绝不存在不可逾越的圣凡高下界限："卫宣、陈灵下逮乎《溱洧》之士女、《葛屦》之公子，亦奚必贤于曹、刘、沈、谢乎？"而"《谷风》叙有无之求，《氓》蚩数复关之约，正自村妇鼻涕长一尺语。必谓汉人乐府不及《三百篇》，亦纸窗下眼孔耳"②。职是之故，诗歌批评有必要打通古今，后世作诗者应该遵循《诗经》的韵律法度，而《诗经》的解释者也不可不参照后代诗歌的艺术经验来理解《诗经》的艺术表现：

> 故艺苑之士，不原本于《三百篇》之律度，则为刻木之桃李；释经之儒，不证合于汉、魏、唐、宋之正变，抑为株守之兔置。陶冶性情，别有风旨，不可以典册、简牍、训诂之学与焉也。③

因为这段话是在《诗经》研究和解释的语境下说的，所以更强调《诗经》有别于群经的抒情文学特征，不可简单地用史学和小学训诂的方式来对待，必须参考后代诗歌艺术手法的变化来解读。在这一点上，《诗译》对《出车》的解释可以说是一个成功的范例：

> 唐人《少年行》云："白马金鞍从武皇，旌旗十万猎长杨。楼头少妇鸣筝坐，遥见飞尘入建章。"想见少妇遥望之情，以自矜得意，此善于取影者也。"春日迟迟，卉木萋萋。仓庚喈喈，采蘩祁祁。执讯获丑，薄言旋归。赫赫南仲，猃狁于夷。"其妙正在此。训诂家不能领悟，谓妇方采蘩而见归师，旨趣索然矣。建旌旗，举矛戟，车马喧阗，凯乐竞奏之下，仓庚何能不惊飞，而尚闻其喈喈？六师在道，虽曰勿扰，采蘩之妇亦何事暴面于三军之侧邪？征人归矣，度其妇方采蘩，而闻归师之凯旋，故迟迟之日，萋萋之草，鸟鸣之和，皆为助喜。而南仲之功，震于闺阁，室家之欣幸，遥想其然，而征人之意得

---

① 戴鸿森：《姜斋诗话笺注》卷一，第1页。
② 王夫之：《古诗评选》卷一卓文君《白头吟》评语，第12页。
③ 戴鸿森：《姜斋诗话笺注》卷一，第1页。

可知矣。乃以此而称南仲，又影中取影，曲尽人情之极至者也。①

王夫之论证《出车》"春日迟迟"一章为征人凯旋于道的想象之辞，理由虽不无迂阔之处（如谓采蘩之妇不至暴面于三军之侧）之处，但举王昌龄《青楼曲》为参证②，说明此诗的表现手法，却极有见地。日本学者赤塚忠认为《出车》是男女对唱的剧诗，"春日迟迟"以下四句为女主角唱，"执讯获丑"以下四句为男主角唱，固也可成一家之言③，但"赫赫南仲"终不太像是自述口吻，不如王夫之解作征人想象中的"室家之欣幸"为佳。

王夫之论诗的过人之处，就在于有这种托基于历史感的悟性和通识，就像他自己说的，"看古人文字，须有通明眼力作一色参勘，胸中铢两乃定"④。他评先唐古诗往往以《诗经》、《楚辞》为参照系，评唐诗再以古诗为参照系，而评明诗则又以唐诗为参照系。总之，都将具体的诗歌作品放到前后的诗史流程中去考量，于是古诗、唐诗、明诗的异同得失在他的"通明眼力"下洞若观火。

在古诗、唐诗、明诗三种评选中，他似乎对古诗用功最深，显然他是比较喜欢汉魏六朝这段诗歌的。最欣赏的诗人是谢灵运，对江淹也情有独钟，而曹植、陶渊明都没得到他太高的评价。至于唐代，在他眼中几乎没什么值得全盘肯定的诗家。要说他的趣味和所持标准，那的确是非常独特的。但他终究对诗歌史做过通盘的研究，眼界较常人开阔，故能明流变、识大体，作家批评的眼光颇为犀利。比如论庾肩吾、庾信父子，说肩吾在宫体诗人中"特疏俊出群，贤于诸刘远矣，其病乃在遣尽无余，可乍观而不耐长言"。同庾信相比较，"但子慎之所为遣尽者，情与度而已。子山承之，乃以使才使气，无乎不尽"。"子慎自近体之宗祊，子山乃古诗之螟子，两庾相因，升降所在"⑤。这段话既有眼力又有见识，将他父子的特点和诗史地位说得非常到位。又如他比较何逊和吴均，"顾仲言劲而密，叔庠劲而疏，两取方之，仲言之去古未远矣。唯其密也劲，在句而不在

---

① 戴鸿森：《姜斋诗话笺注》卷一，第12—13页。
② 此诗为王昌龄《青楼曲》二首之一，王夫之作《少年行》，疑为记忆之讹。
③ 赤塚忠：《〈皇皇者华〉篇与〈采薇〉篇》，蒋寅译：《日本学者中国诗学论集》，凤凰出版社2008年版，第77—78页。
④ 王夫之：《古诗评选》卷五江洪《旅泊》评语，第308页。
⑤ 王夫之：《古诗评选》卷五庾肩吾《游甄山》评语，第309页。

篇,字句自有余势。近不许叔庠入室,远不许子美升堂,正赖此尔"①。
这也可以说见识很深,不光揭示两家诗风特点,尤其指出何逊诗歌艺术的
要点所在,顺便对向来诗家常谈的杜甫学何逊作了一个翻案性的结论。

相比前代诗歌,我认为他对明诗的批评更值得我们注意。《明诗评选》
卷二评程嘉燧《走笔答赠胡京孺》云:"自与袁海叟联镳,必不寄时人篱
下,其远祖则张谓、刘禹锡也。孟阳诗或从元白入,近体中如'谷雨茶、
清明酒'一种死对,又投胎许浑。钱受之亦尔。似此者不多得也。"② 这
已延伸到明末诗坛,程孟阳、钱谦益的创作,两人与明末和清初的诗坛都
有极大的关系。卷六评李东阳《章恭毅公挽诗》又说:"语但平直,思实
曲折;气不矜厉,神自凌忽。钱受之一流人那得到他津涘,'似我者死'
而已矣。"③ 李东阳是钱谦益《列朝诗集》中少有的给予好评的诗人之一,
也是钱谦益人格和艺术上倾慕的楷模,但王夫之这里却彻底排除钱谦益与
他的相似性,从根子上断绝了钱谦益入茶陵门下主客图的因缘。在这里我
们似乎看到一种与地域意识相关的判断,身为湖南诗人的王夫之绝不能容
忍倡导宋元诗风的钱谦益与湖南的格调派唐诗传统沾上边。

王夫之不仅对湖南的诗歌传统极为自负,对自己的审美判断力也极其
自负。自信自己的趣味超出时流而必不为其所赞同,所以再三表示对此的
不屑。《明诗评选》卷五评皇甫濂《咏梅花》说:"真净极之作,俗目必
不谓净。"④ 评高叔嗣《三月二日交城大雪后》云:"密著,乃浅人必谓其
疏远。"⑤ 评屠隆《彭城渡黄河》云:"疏甚,亦密甚,浅人不知其密。"⑥
这种自负复自信的态度,使他勇于发表自己的独到见解,勇于坚持异于俗
论的批评立场。

二 寓诗史研究于作品批评

王夫之诗评最大的特点,是将诗选作为诗歌批评来做。除了他推崇的
先唐诗外,对于唐诗、明诗(相信失传的《宋元诗评选》也差不多),都
是在整体评价不高的前提下肯定个别作品的。大多数作品只是因为不犯什

---

① 王夫之:《古诗评选》卷五何逊《暮春答朱记室》评语,第 309 页。
② 王夫之:《明诗评选》卷二,第 81 页。
③ 王夫之:《明诗评选》卷六,第 353 页。
④ 王夫之:《明诗评选》卷五,第 280 页。
⑤ 同上书,第 267 页。
⑥ 同上书,第 288 页。

么病，不落什么套，或不失什么规矩而获得肯定评价，故而这些获得肯定的作品往往成为他借题发挥、批评诗史的对象，《明诗评选》尤其如此，凡文字较长的评语都是批评明诗的大段议论。最突出的例子莫过于评王世贞《闺恨》：

> 弇州记问博，出纳敏，于寻常中自一才士，顾于诗未有所窥耳。古诗率野似文与可、梅圣俞，律诗较宽衍，而五言捉对排列，直犯许浑卑陋之格；七言斐然可观者，则又苏长公、陆务观之浅者耳。宗、谢、吴、徐皆为历下所误，唯弇州不然。弇州诗品自卑，亦未尝堕嚣豪咆哮白中。弇州与沧溟尤密，余不知当日相对论文时作何商量？沧溟一种万里千山、大王天子语，是赚下根人推戴盟主铺面；弇州既不染指，即染指亦不倚之为命。而沧溟言唐无五言古诗，一句壁立万仞，唐且无之，宋抑可知已；弇州却胎乳宋，寝食宋，甚且滥入《兔园》、《千家》纤鄙形似处。则王、李公标一宗，王已叛李，不知其又何以为宗也？弇州既浑身入宋，乃宋人所长者思致耳，弇州生平所最短者，莫如思致，一切差排，只是局面上架过。甚至赠王必粲，酬李即白，拈梅说玉，看柳言金，登高疑天，入都近日，一套劣应付，老明经换府县节下炭金腔料，为宋人所尤诋呵者，以身犯之而不恤。故余不知弇州之以自命者，果何等邪？故曰弇州于诗，未有所窥，倘有所窥，即卑即怪，亦自成一致也。大要为记问博，出纳敏，生我慢而不自惜，晨秦暮楚，即沧溟亦不能为之挽。然则虽曰王、李，其不相配偶者久矣。为存小诗一章，而论之如此。①

正如结语所说，这里存王世贞小诗一首，似乎只是为了做个借题发挥的张本。一大段议论简直就是全面分析王世贞诗才及与李攀龙言诗旨趣异同的一篇论文，其间既有诗体批评、风格批评，也有修辞评价和艺术渊源论，还包括李攀龙诗论，内容相当丰富，剖析更极细致，如此细致的作家批评，在近代文学批评论文出现之前，的确是很罕见的。卷五评王思任《薄雨》也是很典型的一例：

---

① 王夫之：《明诗评选》卷七，第421—422页。

　　竟陵狂率，亦不自料遽移风化，而肤俗易亲，翕然于天下。谵庵视伯敬为前辈，天姿韶令亦十倍于伯敬，且下徙而从之，余可知已。其根柢极卑劣处，在哼着题目，讨滋味，发议论，如"稻肥增鹤秩，沙远讨凫盟"之类，皆是物也。除却比拟钻研，心中元无风雅，故埋头则有，迎眸则无，借说则有，正说则无。竟陵力诋历下，所恃以为攻具者，止"性灵"二字。究竟此种诗，何尝一字自性灵中来？靠古人成语，人间较量，东支西补而已，宋人最为诗蠹在此。彼且取精多而用物弘，犹无一语关涉性灵，况竟陵之鲜见寡闻哉？五六十年来，求一人硬道取性灵中一句，亦不可得。谵庵、鸿宝大节磊砢，皆豪杰之士，视钟谭相去河汉，而皆不能自拔，则沈雨若、张草臣、朱云子、周伯孔之沿竟陵门，持竟陵钵者，又不足论已。聊为三叹！①

卷六评袁宏道《和萃芳馆主人鲁印山韵》以千余字的篇幅论袁宏道诗的安身立命之处，通过与王、李、钟、谭比较，最终落实于用字一点：

　　诗莫贱于用字，自汉、魏至宋、元，以及成、弘，虽恶劣之尤，亦不屑此。王、李出而后用字之事兴，用字不可谓魔，只是亡赖偏方，下邑劣措大赖岁考捷径耳。王、李则有万里千山、雄风浩气、中原白雪、黄金紫气等字，钟、谭则有归怀遇觉、肃钦澹静、之乎其以、孤光太古等字，舍此则王、李、钟、谭更无言矣。钟、谭以其数十字之学，而诮王、李数十字之非，此婢妾争针线盐米之智，中郎不屑也。中郎深诋王、李，诋其用字，非诋其所用之字。竟陵不知，但用字之即可诋，而避中郎之所斥，窃师王、李用字之法而别用之，中郎不夭，视此等劣措大作何面孔邪？王、李用字，是王、李劣处；王、李犹不全恃用字以立宗，全恃用字者，王、李门下重儓也。钟、谭全恃用字，即自标以为宗，则钟、谭者，亦王、李之重儓，而不足为中郎之长鬣，审矣。②

模式化在创作的师法上是与门户习气联系在一起的，正如前文所言，入一

---

①　王夫之：《明诗评选》卷五，第 314 页。
②　王夫之：《明诗评选》卷六，第 392 页。

家门户，便是求得一种活套，就可以按题目需要填砌，门户在这个意义上成了捷径和熟套的代名词，也因此与饾饤、支借、桎梏等缺陷联系起来，而与风雅、独创性、才情等艺术的基本理念相对立，所谓"建立门庭，已绝望风雅"①，"立门庭者必饾饤，非饾饤不可以立门庭。盖心灵人所自有，而不相贷，无从开方便法门，任陋人支借也"②，都道尽门户之弊。王夫之因力拒模式化，凡是成为门户的前代作家都遭到他的贬斥。首当其冲的则是盛唐的李颀、杜甫和晚唐的许浑。

李颀在盛唐诗人中成就并不算突出，但七律体格严整、声韵铿锵，夙为七子辈所师法，因而首遭殃及。《唐诗评选》评高适《同陈留崔司户早春宴蓬池》云："盛唐之有李颀，犹制义之有袁黄，古文词之有李觏，朽木败鼓，区区以死律缚人。"③ 这里并没有直接评价李颀创作的得失，而仅以他成为广泛模仿的对象而痛加贬斥。《古诗评选》评鲍照《拟行路难九首》其五又说："土木形骸，而龙章凤质固在。高适学此，早已郎当，况李颀之卤莽者乎？"④ 这里更进一步指出高适学李颀之失，而否定李颀的成就。《明诗评选》评林鸿《塞上逢故人》一首云：

> 子羽，闽派之祖也，于盛唐得李颀，于中唐得刘长卿，于晚唐得李中，奉之为主盟。庸劣者翕然而推之，亦与高廷礼互相推戴，诗成盈帙。要皆非无举，刺无刺，生立一套，而以不关情之景语，当行搭应之故事，填入为腹，率然以起，凑泊以结，曰吾大家也，吾正宗也，而诗之趣入于恶，人亦弗能问之矣。千秋以来作诗者，但向李颀坟上酹一滴酒，即终身洗拔不出，非独子羽、廷礼为然。子羽以平缓而得沓弱，何大复、孙一元、吴川楼、宗子相辈以壮激而得顽笨，钟伯敬饰之以尖侧，而仍其莽淡，钱受之游之以圆活，而用其疏梗，屡变旁出，要皆李颀一灯所染。他如傅汝舟、陈昂一流，依林、高之末焰，又不足言已。吾于唐诗深恶李颀，窃附孔子恶乡原之义，睹其末流，益思始祸，区区子羽者流，不足诛已。⑤

---

① 王夫之：《夕堂永日绪论内编》，戴鸿森《姜斋诗话笺注》卷二，第 137 页。
② 同上书，第 120 页。
③ 王夫之：《唐诗评选》卷四，第 168 页。
④ 王夫之：《古诗评选》卷一，第 53 页。
⑤ 王夫之：《明诗评选》卷五，第 234—235 页。

以上都是从学李颀之失出发来贬低李颀的,《明诗评选》还从肯定其之所成的角度来反证李颀的不足法。如卷二评王稚登《昔者行赠别姜祭酒先生》云:"有阑句,有痕句,要不失为清莲法嗣,不入李颀恶道。"① 卷六评柳应芳《长干里看迎腊月春》云:"真唐人最上风味,不为李颀以下魔轮所转。"② 同卷评朱曰藩《隋堤柳》还说:"此种非真有摩醯顶门正眼者不敢作。但试问无李颀、许浑恶诗以前无七言否?又且问潘、陆、颜、谢时有七言否?则知此是七言近体。"③ 在此他又将李颀与许浑相提并论,因为两人都以七律一体被明人奉为门户,而许浑在他眼里更是以恶诗成为门户的一个荒谬典型,"七言今体,二百八十年屡变不一,要之出许浑圈缋者无几"④。不过他对许浑的批评要比李颀细致具体得多。首先他认为许浑诗缺乏自然生动之趣,如《古诗评选》评庾信《咏画屏风》之四云:"取景,从人取之,自然生动。许浑唯不知此,是以费尽巧心,终得'恶诗'之誉。"⑤ 其次是认为许浑专作死对,见于《明诗评选》评杨慎《感通寺》:"'见闻'二字死对中有活路,许浑一流不知,揉玉为泥,何望及此?"⑥《明诗评选》卷六经常用许浑作为评价底线,以超越许浑来称赞明代诗人七律写作的成功。如称赞王逢年《虎山桥问渡入五湖》"命意求隽,以不落许浑为高,浑诗亦未尝不隽也"⑦。又评高启《丁校书见招晚酌》说:"高五言近体,神品也。七言每苦死拄,时有似许浑者。此诗傲岸萧森,不愧作家矣。"⑧ 同卷评刘基《越山亭晚望》也说:"犹在刘文房左右,未入许浑。"⑨ 或者说不是许浑所能到,如同卷称文徵明《月夜登阊门西虹桥》"潇洒成兴,许浑一派终无此标格"⑩。凡此都足以看出,王夫之的诗歌批评具有鲜明的现实指向性,不仅深中明代诗歌创作的弊端,更从艺术渊源上揭示造成这种弊端的病根,实质上仍贯穿着通识,是寓诗史意识于作家作品中的批评理念的体现。

---

① 王夫之:《明诗评选》卷二,第 67 页。
② 王夫之:《明诗评选》卷六,第 397 页。
③ 同上书,第 376 页。
④ 王夫之:《明诗评选》卷六徐贲《登广州城楼》评语,第 347 页。
⑤ 王夫之:《古诗评选》卷六,第 371 页。
⑥ 王夫之:《明诗评选》卷五,第 260 页。
⑦ 王夫之:《明诗评选》卷六,第 382 页。
⑧ 同上书,第 342 页。
⑨ 同上书,第 323 页。
⑩ 同上书,第 360 页。

三　对杜甫评价的改写

从前文辨析诗歌的抒情本质已可看出，王夫之对杜甫是没什么好评的。两人的诗歌趣味相差实在太大：杜欲顿挫，王欲平易；杜欲沉郁，王欲轻灵；杜欲整炼，王欲疏畅；杜欲密致，王欲清空，几乎是针锋相对。不光如此，由于杜甫是明代诗坛最大的门户，就更招致王夫之的不满，平时论诗中几乎不放过任何一个非议杜甫的机会。《唐诗评选》评《同谷七歌》云：

> 七歌不绍古响，然唐人亦无及此者。其位置行住如谢玄使人，屐履皆得其任。俗子或喜其近情，便依仿为之，一倍惹厌。大都读杜诗、学杜者，皆有此病。是以学究幕客，胸中皆有杜诗一部，向政事堂上料理馒头、馓子也。①

《同谷七歌》在老杜集中本非上品之作，一般都认为杜甫夔州以后诗才臻炉火纯青的境界，而王夫之却偏说："杜本色极致，唯此《七歌》一类而已。此外如夔府诗，则尤入丑俗。"他那好恶特异于人的评价标准由此可见一斑。

在《唐诗评选》中，一般批评家普遍推崇的杜甫作品，王夫之大多没什么好评。而另外两种评选论及其他诗人的作品，却常拉杜甫做个垫背的，捎带着诋斥两句。如《古诗评选》评张华《荷诗》道："古诗出百字以上，即难自料理矣。世眼务卖菜之益，故杜陵《奉先咏怀》、《北征》诸作，以径尺落苏、齐眉赤苋为惠于窭人之腹。"② 这是说古诗长篇最难，过百字就不易掌握，杜甫《赴奉先咏怀五百字》、《北征》虽号为名篇，也只不过是世俗以长为贵而已。他不直接说杜诗有什么缺点，却说世俗之好没什么道理，便釜底抽薪地抹杀了杜诗的价值。《明诗评选》鉴于一代诗人皆以杜诗为不二法门，评语更通过批评学杜之失，间接地表达了对杜甫的否定性评价。其中既有基于自己的艺术观念而批评"诗史"及议论铺叙的例子，如评徐渭《沈叔子解番刀为赠》云："学杜以为诗史者，乃脱

---

① 王夫之：《唐诗评选》卷一，第27页。
② 王夫之：《古诗评选》卷四，第201—202页。

脱《宋史》材耳。杜且不足学,奚况元、白。"① 评汤显祖《南旺分泉》
云:"指事发议诗一入唐、宋人铺序格中,则但一篇陈便宜文字。强令入
韵,更不足以感人深念矣。此法至杜而裂,至学杜者而荡尽。"② 也有像
评杨基《客中寒食有感》这样,借后人学杜之弊揭示杜诗本身的平庸性的
大段议论:

> 蒙古之末,杨廉夫始以唐体杜学,救宋诗之失。顾其自命日铁,
> 早已搏撠张拳,非廓清大器。然其所谓杜者,犹曲江以前、秦州以上
> 之杜也。孟载依风附之,偏窃杜之垢腻以为芳泽,数行之间,鹅鸭充
> 斥;三首之内,紫(疑应作柴)米喧阗。冲口市谈,满眉村皱。乃至
> 云"丈夫遇知己,胜如得美官",云"李白好痛饮,不闻目有痤;子
> 夏与丘明,不闻饮酒过",云"泪粉凝啼眼,珍珠压舞腰"(《雪中
> 柳》),云"溪友裁巾帻,虚人作饭包"(《荷叶》),云"何曾费钱
> 买,山果及溪鱼",云"巴人与湘女,相逐买盐归",云"清流曲几
> 回,吃饭此山隈",云"人情世故看烂熟,皎不如污恭胜傲",云
> "他年大比登髦俊,应报新昌县里多",云"先生种苎不种桑,布作
> 衣裳布为裤"。如此之类,盈篇积牍,不可胜摘。呜呼,诗降而杜,
> 杜降而夔府以后诗,又降而有学杜者,学杜者降而为孟载一流,乃栩
> 栩然日吾学杜,杜在是,诗在是矣。又何怪乎近者山左、两河之间,
> 以烂枣糕、酸浆水之脾舌,自鸣风雅,若张、王、刘、彭之区区者
> 哉?操觚者有耻之心焉,姑勿言杜可也。③

他认为明代虽举世学杜,但杜诗的真精神并未被揭示和认识,因而学者往
往不得要领。就像他评杨慎《雨中梦安公石张习之二公情话移时觉而有述
因寄》,称此诗"体兼韩杜。然为杜学者,必此乃有渊源。大骨粗皮、长
鼻肥胫如老象者,不知取益于杜者也"④为此他诫人不要轻言学杜,先
弄清杜诗值得学的地方再说。

　　然而诗坛的现实如此,谈论明诗又怎么离得开杜甫呢?他要别人"姑

① 王夫之:《明诗评选》卷二,第 74 页。
② 王夫之:《明诗评选》卷四,第 184 页。
③ 王夫之:《明诗评选》卷六,第 346 页。
④ 王夫之:《明诗评选》卷五,第 264 页。

勿言杜",自己却一而再、再而三地将明诗批评与杜甫联系起来。或者不如说,明诗与杜甫的关系,就是他明诗批评的立足点。当然,正像李颀和许浑一样,杜甫也很少作为正面的参照系出现,王夫之在批评中主要是用他作反面教材。具体地说,凡是为他首肯的作品,总会强调不是学杜。如评高启《郊野杂赋四首》:"苦学杜人必不得杜,唯此夺杜胎舍,以不从夔府诗入手也。"① 评贝琼《庚戌九日是日闻蝉》:"必不可谓此为仿杜,自有七言以来,正须如此。仿杜者比多一番削骨称雄、破喉取响之病。"② 评郑善夫《送吾唯可还三吴》:"如此更不恶于学杜矣,可疏不可恶故也。"③ 评王逢元《对酒》:"濯洗自将,得之刘播州,固自胜他糯装杜甫。"④ 评刘基《感春》:"悲而不伤,雅人之悲故尔。古人胜人,定在此许,终不如杜子美愁贫怯死,双眉作层峦色像。"⑤ 评王稚登《天平道中看梅呈陆丈》:"苍凉甚,然终不似学杜人怪怒挥拳也。吾愿欲苍凉者无宁学此。"⑥ 评薛蕙《春夜过时济饮》:"将意将神,亭亭不匮。不意杜学横流之时,得此雅制。"⑦ 即使承认是学杜,也不是学李梦阳那个杜。他评文徵明《忆昔》就说:"局法真从杜得,非李献吉所知。"⑧ 而且他坚信学杜要学得好,首先得避开杜甫的毛病。他在评杨维桢《送贡尚书入闽》时特别强调:

> 宋元以来,矜尚巧凑,有成字而无成句。铁崖起以浑成,易之不避,粗不畏重,泂万里狂河,一山砥柱矣。观其自道,以杜为师,而善择有功,不问津于夔府之杜。"苑外江头","朝回日日"诸篇,真老铁之先驱,又岂非千古诗人之定则哉?杜云"老节渐于诗律细",乃不知细之为病,累垂尖酸皆从此得。老铁唯不屑此一细字,遂夺得杜家斧子,进拟襄阳老祖,退偕樊川小孙,不似世之学杜者,但得起咋醋眉、数米舌也。⑨

---

① 王夫之:《明诗评选》卷五,第 226 页。
② 王夫之:《明诗评选》卷六,第 348 页。
③ 同上书,第 362 页。
④ 同上书,第 363 页。
⑤ 王夫之:《明诗评选》卷四,第 108 页。
⑥ 王夫之:《明诗评选》卷六,第 378 页。
⑦ 王夫之:《明诗评选》卷五,第 251 页。
⑧ 王夫之:《明诗评选》卷六,第 360 页。
⑨ 同上书,第 330 页。

这里再度拈出杜甫的琐细之弊，说杨维桢独不屑于家常琐屑之词，而能踵老杜豁达洒脱一体，终成其浑灏跌宕的"铁崖体"。他甚至持这样的看法：真正善学杜诗学得到家，最后就看不出杜甫的痕迹。比如杨维桢《富春夜泊寄张伯雨》一诗：

> 春江大汛潮水长，布帆一日上桐庐。客星门巷赤松底，野市江郊净雪初。柱宿鸡笼山顶鹤，斗量鳖网坝头鱼。来青小阁在林表，故人张灯修夜书。

评曰："以此学杜，得墨外光，正不似杨孟载钝刀很斫也。"① 这是说此诗学杜能得神味之似，而不是刻意模拟，强求合迹。他心目中成功的学杜大体如是。

经他这么一通褒贬，有明三百年的学杜就彻底显示为一个荒唐的结果：刻意学杜而似的无非是下驷，上乘之作全不是学杜所致；善于学杜的结果是不似杜，而学杜最高境界竟是不见杜诗痕迹。既然如此，诗家还有何必要学杜，而杜诗的典范性又何在呢？面对这样的疑问，别人或许还要犹豫、斟酌，王夫之的回答绝对是直截了当的：杜诗就是没必要学。所以当他看到蔡羽尝"谓少陵不足法"时，就大喜终获知音。《明诗评选》卷四评其《早秋李抑之见过》"中庭绿荫徙"一句，称"妙句幽灵，觉杜陵'花覆千官'之句，犹其孙子。当林屋时，学杜者如麻似粟，不知挂杖落此老手中"②，评《钱孔周席上话文衡山王履吉金元宾》又说："但能不学杜，即可问道林屋，虽不得仙，足以豪矣。诗有生气，如性之有仁也。杜家只用一钝斧子死斫见血，便令仁戕生夭。先生解云杜不足法，故知满腹皆春。"③ 王夫之确确实实以他严厉的批判表暴了明代诗歌学杜的虚妄，同时也解构了杜甫的艺术价值和典范性，杜诗无上崇高的评价在他的诗学中被改写，由此降落到历史的最低点④。幸而他的著作不传于世，否则二百年间诗坛不知要掀起多大的波澜。

---

① 王夫之：《明诗评选》卷六，第 333 页。
② 王夫之：《明诗评选》卷四，第 162—163 页。
③ 同上书，第 164 页。
④ 关于历代对杜甫的负面评价，可参看蒋寅《杜甫是伟大诗人吗——历代贬杜论的谱系》，《国学学刊》2009 年第 3 期，收入《金陵生文学史论集》，辽海出版社 2009 年版。

综上所论，王夫之的诗歌批评可以说是得失参半，既有深刻过人的诗歌史见解，也有观念狭隘、偏颇武断的作家、作家评论。其不足之处后文还要专门分析，这里只想指出，无论如何，王夫之的诗歌批评是很有个性、有独到见解的，对先唐诗歌的评论包含有不少精辟的见解，对唐诗的批评也贯穿着自己的理论思考，对明诗的批评则倾注了强烈的现实关怀。这使他的批评随处流露出真知灼见，只要我们认真挖掘，披沙拣金，就能总结出许多有价值的理论成果和艺术经验。

第五节　理论的巨人和批评的矮子

一　诗论的批判性和独创性

从前文梳理王夫之的有机结构观念，我们就看到，王夫之在论述自己的主张时，随时保持着对前人定论或时尚观念的批判态度。事实上，在清初的批评家中，还没见有人表现出王夫之这样激烈的反传统态度。他对传统诗学的否定性批评远远多于肯定，他对诗歌的好尚也多与人异。至于他对明代门户之见、应酬习气、八股教条的批判，前文已屡有引述。除了以"意"为主一点，我简直不知道他从前代诗学中继承了什么遗产。通过梳理他有关诗学的言说，我发现其诗学的内容基本上就是独创性的加批判性的，他对诗歌的见解不是独创的就是批判的，两者又常交织在一起，总体上显示出一种超脱于时俗之上的孤高夐绝的色彩。

除了前面专门论述过的问题外，我们还可以随便举出一些例子。首先，在创作观念方面，比如清初人都热衷于谈论"诗教"问题，对传统的温柔敦厚之旨作各种各样的阐发。但王夫之却独对诗教提出批判："诗教虽云温厚，然光昭之志，无畏于天，无恤于人，揭日月而行，岂女子小人半含不吐之态乎？"① 这是比叶燮还激烈的态度，叶燮不过主意不主辞，还承认"温柔敦厚，其意也，所以为体也，措之于用则不同；辞者，其文也，所以为用也，返之于体则不异。汉魏之辞，有汉魏之温柔敦厚，唐、宋、元之辞，有唐、宋、元之温柔敦厚"②，而王夫之则连意也不存，直

---

① 王夫之：《夕堂永日绪论内编》，戴鸿森《姜斋诗话笺注》卷二，第127页。
② 叶燮：《原诗》内编上，《清诗话》下册，第568页。

接从根本上颠覆了温柔敦厚的旨趣。他在评杜甫《野望》，辨托兴之有无时说：

> 六义中唯比体不可妄，自非古体长篇及七言绝句而滥用之，则必凑泊迂窒。即间一为此，亦必借题而不借句，如《婕妤怨》、《明妃曲》之类是也。既已显自命题，则但有讥非，正当直指，何至埋头畏影，效小人之弹射乎？必不获已，如投身异类之滨，寄思孤孽之祸，犹之可也。立不讳之廷，操风人之柄，屑屑然憎影而畏日，以匿于阴，亦艺苑之羞已。①

本来风雅之道要求讥刺不可直露，必以婉曲为尚，但王夫之的基本立场却是讥刺须以明朗的方式表达，反对比拟方式的隐约暗示。所以他强调"比"体最须慎重，如果非要用，就选择《婕妤怨》、《明妃曲》这类可借题托讽的乐府题，题既已明示托喻之旨，字句上就可以直言讥刺，无须忌讳，这就是所谓"借题而不借句"的意思。总之他非常推崇光明磊落的无畏气概，鄙斥藏头缩尾、含沙射影的委琐姿态，这与其说是一种诗学主张，还不如说就是他人格力量在诗学中的表现。

王夫之对温柔敦厚的诗教所以持如此激烈的否定态度，大概是出于对明代文字之祸的深刻反省，因为他已洞察诗教其实给文字狱罗织提供了理论依据：

> 宋人骑两头马，欲博忠直之名，又畏祸及，多作影子语，巧相弹射，然以此受祸者不少。既示人以可疑之端，则虽无所诽诮，亦可加以罗织。观苏子瞻乌台诗案，其远谪穷荒，诚自取之矣。②

这是说诗教对婉曲表达的要求，无形中使有无诽诮的作品在艺术表现上趋于一致，这样反而为罗织者提供了解释规则允许的曲解的可能。正如法国学者弗朗索瓦精辟地指出的，"一旦听者预料到话中的言外之意，任何陈述——哪怕是最善意的陈述——都会引起怀疑，不再有任何话语可能保持

---

① 王夫之：《唐诗评选》卷三，第113页。
② 王夫之：《夕堂永日绪论内编》，戴鸿森《姜斋诗话笺注》卷二，第127页。

无足轻重。因为游戏的规则就是：最微妙、最具讽谏意义的意义才永远是最重要的意义，是真正的所求。"于是文人就成了原出于自我保护需要的婉曲传统的牺牲品：在无限可能的解释游戏面前，他丧失了自我证明的屏障。"当局并不满足于检察文人的言语，而总能够在最后以合法的方式决定对文人意在影射的当局有利的东西"。换句话说，文人事先已被判决，因为当他宣称无托讽讥刺时，反而使当道者更加多疑。如果这么理解不太偏离王夫之原意的话，那么我们就不得不惊讶，王夫之对诗教的政治学解读，已深刻到令人难以置信的地步。

其次，在表现手法方面，《诗广传》曾就著名的《采薇》发了一通很有意思的议论："往戍，悲也；来归，愉也。往而咏杨柳之依依，来而叹雨雪之霏霏。善用其情者，不敛天物之荣凋，以益己之悲愉而已矣。夫物其何定哉，当吾之悲，有迎吾以悲者焉；当吾之愉，有迎吾以愉者焉：浅人以其褊衷而捷于相取也。当吾之悲，有未尝不可愉者焉；当吾之愉，有未尝不可悲者焉：目营于一方者之所不见也。"[①] 历来论诗中的情景关系，都主张情与景合，思与境偕，即景物的色调与人的心理状态相一致，如吴乔所谓"诗以情为主，景为宾，景物无自生，惟情所化，情哀则景哀，情乐则景乐"[②]，故通常喜情衬以明媚之景，悲情配以萧飒之景，以收相互映衬、发明之效。虽然也有批评家注意到相反的情形，如杜甫《山寺》"麝香眠石竹，鹦鹉啄金桃"一联"丽句衬出荒凉"[③]，但并未加以深究。而王夫之却由《采薇》中人的心理状态与景物色调的不一致，思考日常生活中确实存在着这种情与景不相应甚至逆反的现象。写乐情就取乐景，写悲情就取悲景，不过是浅薄狭隘的作者懒于用心、图方便现成的手段。真正认真对待自己感情的诗人，是不会靠榨取自然的神采，来加深自己的情感浓度的。四时景物不定，快乐的时刻会遭逢凋零之景；忧伤的时刻也可能置身于春光灿烂中，真正的诗人应该根据真实的体验取景。这个早先由《采薇》触发的想法，已包含了他对诗歌本质的理解，包含了"现量"的意识。后来经过数年的思考和酝酿，他终于提炼出一个诗歌艺术的潜规，在《诗译》中正式提出来：

---

① 王夫之：《诗广传》卷三，第 75 页。
② 吴乔：《围炉诗话》卷一，郭绍虞辑《清诗话续编》第 1 册，上海古籍出版社 1983 年版，第 478 页。
③ 张谦宜：《絸斋诗谈》卷四，郭绍虞辑《清诗话续编》第 2 册，第 833 页。

"昔我往矣,杨柳依依;今我来思,雨雪霏霏。"以乐景写哀,以哀景写乐,一倍增其哀乐。知此则"影静千官里,心苏七校前"与"唯有终南山色在,晴明依旧满长安",情之深浅宏隘见矣。况孟郊之乍笑而心迷,乍啼而魂丧者乎?①

早年他只是注意到情与景色调的不一致,是诗歌中的正常现象,而此刻他进一步认识到,情、景色调的剧烈反差,能加倍地强化抒情效果,因而以古诗为例,提出一个异常的艺术规则。这种表现手法其实就是"反衬",以相反相成的原理强化艺术效果。李白《古风》其五十八也是一个例子:

> 我到巫山渚,寻古登阳台。天空彩云灭,地远清风来。神女去已久,襄王安在哉?荒淫竟沦替,樵牧徒悲哀。

王夫之《唐诗评选》评此诗说:"三四本情语,而命景正丽,此谓双行。双行者,古今文笔之绝技也。"② 这首诗的主旨是感叹风流云散,空存遗迹,王夫之认为颔联两句本是言感伤之情,却状景明丽,遂有以乐景写哀的效果;同时,彩云暗用神女的典故,又是化典故为眼前景的手法,造成双关的象征表现,王夫之称之为"双行",将两句修辞的精致和诗意的生成方式剖析得非常清楚。

再如,在前文讨论过的言、音关系上,《诗译》指出《诗经》中存在的一个特殊现象:

> 句绝而语不绝,韵变而意不变。此诗家必不容昧之几也。"天命玄鸟,降而生商。"降者,玄鸟降也,句可绝而语未终也。"薄污我私,薄浣我衣。害浣害否,归宁父母。"意相承而韵移也。尽古今作者,未有不率繇乎此;不然,气绝神散,如断蛇剖瓜矣。近有吴中顾梦麟者,以帖括塾师之识说《诗》,遇转则割裂,别立一意;不以诗解诗,而以学究之陋解诗,令古人雅度微言,不相比附。③

---

① 王夫之:《诗译》,戴鸿森《姜斋诗话笺注》卷一,第10页。
② 王夫之:《唐诗评选》卷一,第52页。
③ 王夫之:《诗译》,戴鸿森《姜斋诗话笺注》卷一,第19—20页。

这里提出的是在句和联之间，意义单位与句子单位、押韵单位不同步的问题。古典诗歌体裁，原则上一句一意，两句一押韵，是其正格。如果姑将对应一个意义单位的句子称为句节，对应一个意义段落的同韵句段称为韵节，那么从理论说，意义与句节、意义段落与韵节一般是同步的，转韵往往意味着诗意的段落变化。这在六朝、初盛唐古诗、歌行中表现得最为典型。比如张若虚《春江花月夜》就是以四句一转韵为诗意段落，全诗由九个韵节构成同样数量的诗意段落。但王夫之举例说明，古诗自《诗经》起便有意义与句节、意义段落与韵节不同步的情形存在，提醒我们不能忽视这些变例。他举出《商颂·玄鸟》"天命玄鸟，降而生商"一联，说上句完整的意思应该是天命玄鸟降，限于四言之体，句子结束而语意却未中断，这就出现了意义与句节的不同步。《周南·葛覃》的例子则是说浣衣一直写到第三句，形成一个诗意段落，但第三句同时却又转韵，进入新的韵节，这就形成了诗意段落与韵节不同步的结果。这种情形在古诗中虽不常见，但毕竟是诗歌特有的表现形式，不能视而不见。顾梦麟辈不明此理，一味以塾师见识说《诗》，凡遇转韵就另分一意，致使通篇意脉支离，不相连属。这类经生陋见世俗流行，往往习而不察。王夫之有鉴于此，不仅就《诗经》揭示其旨，还在《夕堂永日绪论内编》加意发挥，明确提出古诗、歌行换韵必须"韵意不双转"的原则：

　　古诗及歌行换韵者，必须韵意不双转。自《三百篇》以至庾、鲍七言，皆不待钩锁，自然蝉连不绝。此法可通于时文，使股法相承，股中换气。近有顾梦麟者，作《诗经塾讲》，以转韵立界限，划断意旨。劣经生桎梏古人，可恶孰甚焉！晋《清商》、《三洲》曲及唐人所作，有长篇拆开可作数绝句者，皆蠹虫相续成一青蛇之陋习也。①

台湾学者张健教授认为，这种要求韵变而意续的主张是由明代何景明的"辞断意属"之说拓展而得②，固然可备一说，但王夫之这里讨论的主要是意义段落与韵节的关系，与何景明着眼于意义与句节的关系，终究还是隔了一层的。应该说，无论是意义与句节的关系，还是意义段落与韵节的

① 王夫之：《夕堂永日绪论内编》，戴鸿森《姜斋诗话笺注》卷二，第61—62页。
② 张健：《明清文学批评》，（台湾）国家出版社1983年版，第141页。

关系，都不是只有王夫之才注意到的问题。韵意不双转的现象，明末诗论家许学夷即已注意到，他说"（屠）长卿古诗、歌行，才具澜翻倾倒，过于季迪。又转韵者多于意不尽处转之，此见错综之妙，非有力者不能"①。而贺贻孙《诗筏》则认识到古诗转折样式的复杂及其变幻无穷之妙：

> 古诗之妙，在首尾一意而转折处多，前后一气而变换处多。或意转而句不转，或句转而意不转；或气换而句不换，或句换而气不换。不转而转，故愈转而意愈不穷；不换而换，故愈换而气愈不竭。②

他的说法明显比王夫之更复杂和难以捉摸："句转"和"句换"比较容易理解，应该就是指换韵；而"意转"与"气换"是什么关系，却不太好把握，或可对应于王夫之的"脉"与"神理"也说不定。总之一实一虚，与转韵的不同步变幻出无限奥妙来。贺裳的说法虽颇可琢磨，但终究过于玄妙难解，不如"韵意不双转"的说法来得明晰，所以到今天就不如王夫之的说法更为人所知。

王夫之诗学到处闪耀着理论独创性的火花，一个陈述一个判断往往都蕴涵着深刻的理论思考，一首诗的解读也可能显示出独特的思想方式，只要细致梳理，深入挖掘，王夫之的诗论和诗评中有许多值得我们体会和思索的理论内容。比如当今很流行的"接受理论"，王夫之"读者以情自得"的命题就很有值得挖掘和总结的创见，邓新华的论文已作了很好的探索③。又比如诗歌史的辩证观，他说："物必有所始，知始则知化。化而失其故，雅之所以郑也。梁陈于古诗则失故而郑，于近体则始化而雅。"④诗歌总是处于变化中，变得失去传统，就显得有点俗，可是从另一个角度看，这又是一个新传统的形成。这么看来，诗史的任何变化都具有两面性，往后看是由雅变俗，而往前看则是由俗变雅。他举南朝梁陈之际的诗歌为例，从古诗的角度看是雅流于俗，而从近体的角度看则是俗渐为雅。这显然是很辩证的诗史观，对我们理解和评价诗歌的变异很有启发。另外，关于诗体相参的问题，他曾就尹式《别宋常侍》生发一段议论："用

---

① 许学夷：《诗源辩体》后集纂要卷二，人民文学出版社1987年版，第427页。
② 郭绍虞辑：《清诗话续编》第1册，第138页。
③ 邓新华：《王夫之"读者以情自得"的诗歌接收理论》，《华中师范大学学报》1999年第4期。
④ 王夫之：《唐诗评选》卷三唐太宗《赋得浮桥》评语，第80页。

比偶而成近体，近体既成，复有以单行跳宕见奇特者，物必反本之势也。'无论去与住，俱是一飘蓬'，遂为太白首路，其高下正在神韵间耳。"①原诗是这样的："游人杜陵北，送客汉川东。无论去与住，俱是一飘蓬。秋鬓含霜白，衰颜倚酒红。别有相思处，啼乌杂夜风。"由南北朝古诗发展为唐代近体，除了平仄有固定格式外，还有中两联对仗的规定。但唐人为求变化，有时（通常是在颔联）故意散而不对，李白《夜泊牛渚怀古》就是古代诗论家常举的著名例子："牛渚西江夜，青天无片云。登舟望秋月，空忆谢将军。余亦能高咏，斯人不可闻。明朝挂帆去，枫叶落纷纷。"诗中颔联不对仗，王夫之认为尹式此诗已开其先声。注意到这一点不算什么，关键是他解释为"物必反本之势也"，就等于说生物的返祖现象一样，将回到往古的形式看做诗歌艺术一种潜在的要求。我曾论证，中国古代文论关于文体相参的原则是以高行卑，即高古的体裁可参卑近，反之则为大忌②。王夫之的见解为这种原则提供了一种出于诗歌表现本身的解释，值得玩味。

二　诗歌批评的缺陷

哲人的洞察力和学者的渊博，使王夫之的诗学超越传统观念，达到一个深奥复绝的境地；而断绝与诗坛的交流，又使他的见解远离时尚，显示出更多的个人色彩和独创性。我们初读王夫之的诗论，往往会被他的深刻和犀利所震撼。我大学时代初读《姜斋诗话》，也曾为其中的精彩见解所折服，但随着年齿渐长，读书愈多，对他的看法就逐渐有了变化。

清初三老之学，虽同样博大精深，多所开辟，但也各有缺陷：梨洲之学不脱门户之见，这是讲学习气未泯，难得平心静气的缘故；亭林之学时有迂执不化处，这是好古之笃，不切于今的弊病；至于船山之学，则不免有名士的浮夸气，常过于偏激而河汉其言，这大概与他不治考据之学，终欠沉实工夫有关。如果说光看《姜斋诗话》还不易觉察这一点，那么通读他那三部评选，就会感觉其中大量充斥着明人式的悠谬大言，让我们看到另外一个王夫之，一个见识疏阔而又很自以为是的王夫之。由于王夫之名气太大，今人评价太高，研究者往往为他的盛名所震慑，为那些炫目的精

---

①　王夫之：《古诗评选》卷六，第 378 页。

②　蒋寅：《中国古代文体互参中"以高行卑"的体位定势》，《中国社会科学》2008 年第 5 期。

彩见解所吸引，留意不到这些轻浮的议论①。对一般的诗论家而言，独创
性只能披沙拣金，而缺陷也与整个诗学无关。但像王夫之这样被认为"对
古典诗歌审美传统作了总结"的诗论家②，随着当代学者对其文学理论、
批评成就的评价越来越高，他的诗歌理论也成为传统诗学的重要内容，被
认为代表着中国古代文论的理论思维水平。这样，他的缺陷就不能仅视为
个人才能的问题，而应该认真反思，是否在某种意义上也暴露了民族理论
思维或学术方式的薄弱环节。

　　王夫之一生独学无友，身后著作不行于世，学说不为诗坛所知。直到
晚清曾国藩刊其全书，天下始得读其书而重其学，批评之声也随之而起。
王闿运作为船山学社主讲，较早论及船山诗、词（"文学"），但评价不是
很高。《湘绮楼日记》光绪十五年（1889）五月十八日写道：

　　　　湘洲文学，盛于汉清。故自唐宋至明，诗人万家，湘不得一二。
　　最后乃得衡阳船山：其初博览慎取，具有功力；晚年贪多好奇，遂至
　　失格。

即便对于船山的思想，王闿运也常常表示异议。在同治八年（1869）正月
十七日的日记中，他说：

　　　　船山论史，徒欲好人所恶，恶人所好，自诡特识，而蔽于宋元明
　　来鄙陋之学，以为中庸圣道，适足为时文中巨手，而非著述之才矣。

最早对王夫之的诗歌批评有微词的也是王闿运，说："看船山诗话，甚诋
子建，可云有胆，然知其诗境不能高也。不离乎空灵妙寂而已，又何以赏
'远猷辰告'之句？"③ 不过真正对船山诗学的缺陷作出全面批评并深中其
弊的还是钱仲联先生。他在《王船山诗论后案》一文中，从忽视想象的重
要性、神韵概念含糊不清、不理解诗歌类型的体要，鄙薄叙事长诗、反对

　　① 近年也有学者指出船山诗学的不足之处，如郭瑞林《试论船山诗学思想的局限性》（《湘潭师范学院学报》2001 年第 1 期），但与本节谈的不是一个问题。
　　② 张健：《清代诗学研究》第六章"主情与崇正：王夫之的诗学理论"，北京大学出版社1999 年版，第 264 页。
　　③ 王闿运：《湘绮楼说诗》，民国 33 年成都日新社排印本。

讲究诗歌技巧等几方面指出王夫之论诗的缺点，最后归结于"船山持论虽高，赏鉴力并不能与之相称"的结论①，见识最为精到。下文我的具体分析将证实这一点。

王夫之因游离于诗坛之外，他的诗学明显表现为个性化的综合和杂糅。他使用的概念非常杂，而且取意常与诗家通行之说不同。比如《古诗评选》开卷《大风歌》评曰："神韵所不待设。三句三意，不须承转；一比一赋，脱然自致。绝不入文士映带，岂亦非天授也哉？"② 卷二嵇康《赠秀才入军十七首》前二首评曰："二章往复养势，虽体似风雅，而神韵自别。"③ 这里的"神韵"就与明代以来诗坛流行的用法很不一样，大致是神采之义。又如，他诗话中提到"意"的概念，一般是就表达的总体而言的。但《古诗评选》评郭璞《游仙诗九首》其二说："亦但此耳，乃生色动人，虽浅者不敢目之以浮华，故知'以意为主'之说真腐儒也。诗言志，岂志即诗乎？"④ 却将意与生色对举，又是在内容的意义上使用"意"。有时他还将它用于伦理范畴，在传统的志和情两个范畴中增加了"意"和"欲"两个概念。《诗广传》卷一论《邶风·北门》云：

> 诗言志，非言意也；诗达情，非达欲也。心之所期为者志也，念之所觊得者意也，发乎其不自已者情也，动焉而不自待者欲也。意有公，欲有大，大欲通乎志，公意准乎情。但言意则私而已，但言欲则小而已。人即无以自贞，意封于私，欲限于小，厌然不敢自暴，犹有愧怍存焉，则奈之何长言嗟叹、以缘饰而文章之乎？意之妄，忮愆为尤，几倖次之。欲之迷，货利为尤，声色次之。货利以为心，不得而忮，忮而愆，长言嗟叹，缘饰之为文章而无怍，而后人理亡也。

读者不知道这种差别，就容易作出错误的理解。

相比概念使用，王夫之论诗的随意性，更多地表现在诗歌批评方面，首先值得注意的是杜诗批评。王夫之并不否定杜甫本人的成就⑤，只因极

---

① 钱仲联：《梦苕庵清代文学论集》，齐鲁书社1983年版，第58页。
② 王夫之：《古诗评选》卷一，第1页。
③ 王夫之：《古诗评选》卷二，第94页。
④ 王夫之：《古诗评选》卷四，第217页。
⑤ 周兴陆：《王夫之的杜诗批评》（《船山学刊》2000年第3期）根据《唐诗评选》所选各家作品数量的对比，已肯定这一点。

度反感明代的门户之见，遂迁怒于老杜这明代诗坛最大的门户，从不同层面对杜甫提出了严厉的批评。除了前文已涉及的内容，关于杜甫的品行，《诗广传》卷一论《邶风·北门》还说，像杜甫那样表白欲望，"二雅之变无有也，十二国之风不数有也，汉魏六代唐之初犹未多见也。夫以李陵之逆，息夫躬之窒，潘安、陆机之险，沈约、江总之猥，沈佺期、宋之问之邪，犹有忌焉"，而杜甫则毫无掩饰，"若夫货财之不给，居食之不腆，妻妾之奉不谐，游乞之求未厌，长言之，嗟叹之，缘饰之为文章，自绘其渴于金帛、没于醉饱之情，靦然而不知有讥非者，唯杜甫耳。呜呼！甫之诞于言志也，将以为游乞之津也，则其诗曰'窃比稷与契'；迨其欲知迫而哀以鸣也，则其诗曰'残杯与冷炙，到处潜悲辛'。"由此他断言"杜甫之滥百于《香奁》。不得于色而悲鸣者，其荡乎！不得于金帛而悲吟，荡者之所不屑也，而人理亦亡矣"。这样的指斥在古代文学的批评中可说是无以复加了。

王夫之还对前人的"诗史"之说加以否定，联系他对白居易、苏轼以诗讽谏的抨击来看，研究者认为与他重表现的理论体系有关①，大致是不错的。我们且看他如何批评杜甫的知行不一：他说杜甫称道庾信"清新""健笔纵横"，而自运却不免"趋新而僻，尚健而野，过清而寒，务纵横而莽"，"至于'只是走踆踆'、'朱门酒肉臭'、'老大清晨梳白头'、'贤者是兄愚者弟'，一切枯菅败荻之音，公然为政于骚坛，而诗亡尽矣"。接着，他又一一加以剖析，说："清新已甚之敝，必伤古雅，犹其轻者也；健之为病壮于颃，作色于父，无所不至。故闻温柔之为诗教，未闻其以健也。健笔者，酷吏以之成爰书以杀人，艺苑有健讼之言，不足为人心忧乎？况乎纵横云者，小人之技，初非雅士之所问津。"②因执著于诗教而竟排斥清新、老健这些传统的诗美类型，让人觉得他偏见之深，简直已到了要丧失理性的地步。由此也可看出，王夫之的艺术观念是非常狭隘的，对婉曲表达的执著，甚至导致对现实批判的坚决排斥！事情往往就是这样，艺术观念虽然不一定与伦理相关，但对某种艺术观念的过分执著，也常会蒙蔽艺术家应有的良知。

王夫之对杜甫针砭现实之作的贬斥，明显已不是表现手法的问题。因

---

① 程亚林：《寓体系于漫话——试论王夫之诗歌理论体系》，《学术月刊》1983年第1期。
② 王夫之：《古诗评选》卷五庾信《拟咏怀》评语，第325—326页。

为在他看来，杜甫开了一个很坏的传统："甫失其心，亦无足道耳。韩愈承之，孟郊师之，曹邺传之，而诗遂永亡于天下。是何甫之遽为其魁哉？"① 如果我们知道这一判断与对《后出塞》、《自京赴奉先咏怀五百字》的评价相关："杜陵败笔有'李瑱死歧阳'，'来瑱赐自尽'，'朱门酒肉臭，路有冻死骨'一种诗，为宋人谩骂之祖，定是风雅一厄。"② 那么我们就不能不怀疑，王夫之对艺术观念的执著，是否已近乎蒙蔽其良知的地步。难道诗歌在任何时候都只能婉曲其辞，含而不露，而不能直接指斥权贵、抨击现实吗？在这一点上，王夫之论诗的境界要远低于叶燮和当时许多诗人。他又说："杜又有一种门面摊子句，往往取惊俗目，如'水流心不竞，云在意俱迟'，装名理为腔壳；如'致君尧舜上，再使风俗淳'，摆忠孝为局面，皆此老人品、心术、学问、气量大败阙处，或加以不虞之誉，则紫之夺朱，其来久矣。"③ 这里所举的两联诗句，一寄托了杜甫的政治理想，一表现了杜甫高远的襟怀，历来传为名句，而王夫之非但不能欣赏，还诋諆为杜甫人品、学养的大缺陷，这就不能不令人诧异他的看法与常人相去之远！前人所谓好恶不与人同的一种人，大概就是船山先生这样的吧？

由于执著于褊狭的艺术观念，王夫之对历史上直言讥刺的作品都不予首肯。论及《诗经》中的《相鼠》，说："空言之褒刺，实事之赏罚也。褒而无度，溢为淫赏；刺而无余，滥为酷刑。淫赏、酷刑，礼之大禁。然则视人如鼠而诅其死，无礼之尤者也，而又何足以刺人？赵壹之褊，息夫躬之忿，孟郊、张籍之傲率，王廷陈、丰坊之狂讦，学《诗》不择而取《相鼠》者乎？"④ 论及春秋、中唐的文章，则说："言愈昌而始有则，文愈腴而始有神，气愈温而始有力。不为擢筋洗骨而生理始全，不为深文微中而人益以警。罕譬善喻，唱叹淫泆，若缓若忘，而乃信其有情，古知道者之于文类然也。东周之季，大历之末，刻露卞躁之言兴，而周、唐之衰极矣。"又说"韩、柳、曾、王之文，噍削迫塞而无余，虽欲辞为千古之淫人，其将能乎？"⑤ 似这般苛刻的议论，无论在他之前之后都是很难见到的，让人不由得感叹，艺术观念有时会多么强烈地影响人的艺术判断力。

---

① 王夫之：《诗广传》卷一，第 22—23 页。
② 王夫之：《唐诗评选》卷二，第 60 页。
③ 王夫之：《唐诗评选》卷三杜甫《漫成》评语，第 115 页。
④ 王夫之：《诗广传》卷一，第 29 页。
⑤ 同上书，第 37 页。

　　的确，王夫之在很多时候都是很刚愎自用的，以他的博学和深刻，有时竟至于不顾历史的复杂性，而仅凭有限的材料下一些简单武断的结论。如论《诗经》，曾说："《定之方中》以前，其词蔓，其政散；《定之方中》以后，其词绞，其政蹙。周于利而健于讼，虽免于亡，其能国乎！故《春秋》生名卫熀，贱之也。"① 通读王夫之的诗论和诗评，勇于自是的独断议论简直随处可见。平心而论，他编纂的几部诗选，选目都不太出色，过于推崇六朝、初唐诗歌，同时又对盛唐诗过于苛刻，往往好恶不称人意，许多评论都很难为我们赞同。比如他选马戴《送僧归金山寺》，说"夕阳依岸尽，清磬隔潮闻"一联是咏金山第一佳句，张祜"塔影中流见，钟声两岸闻"一联"不堪附其马足"②；又称杨巨源"七言平远深细，是中唐第一高手"③，其《元日含元殿下立仗丹凤楼门下宣赦上相公》"万岁声长绕冕旒"一句远胜于王维的"万国衣冠拜冕旒"（《和贾至舍人早朝大明宫》）④；又举赵嘏《汾上宴别》一首，原本无足道的作品，却说它"较刘庭芝、张若虚高一格在"⑤；又举袁凯《闻笛》，称"此较《白燕》恶诗高百倍以上"⑥。又称鲍防《人日陪宣州范中丞传正与范侍御传真宴东峰寺》"明艳叩初唐之垒，大历后第一首七言律"⑦，而明刘炳《早春呈吴待制》"谓此作为三百年第一首律诗，亦无欠在"⑧，其实两首诗都平庸无奇。又举王稚登《无题》，称"此是古今无题第一首诗"⑨，实则纯为陈词熟套。又称明石宝《池上》"唐以来能如此者不满十首"⑩，而玩其立意遣词殊无过人之处。似这类河汉其言、英雄欺人的议论，正是明代名士浮夸之风的典型表现，在清初已为学人一致鄙斥，而哲人王夫之仍沿其余波而不能免俗，实在令人惊讶且为之遗憾。

　　当然，清初学者虽鉴于明人的空疏不学而力求务实，但毕竟成长于晚明，习染之深入于膏肓，一时难以涤除，也是很正常的。全祖望批评黄宗

① 王夫之：《诗广传》卷一，第28页。
② 王夫之：《唐诗评选》卷三，第131页。
③ 王夫之：《唐诗评选》卷四，第202页。
④ 同上书，第203页。
⑤ 王夫之：《唐诗评选》卷二，第78页。
⑥ 王夫之：《明诗评选》卷六，第340页。
⑦ 王夫之：《唐诗评选》卷四，第188页。
⑧ 王夫之：《明诗评选》卷六，第338页。
⑨ 同上书，第378页。
⑩ 王夫之：《明诗评选》卷四，第153页。

羲党人门户习气未尽，钱大昕指摘顾炎武考据之疏，以为不脱明人学风，都是中肯之论。王夫之论诗固然也不免明人心粗气浮，好作大言的毛病，但通观其全部诗评，又绝非心粗气浮四字可尽其弊。因为有些评论明显已不是心气的问题，而是诗学修养和判断力的缺失了。王夫之论诗虽有通透的理论意识和良好的悟性，却不具备相应的审美判断力，评论诗作的巧拙优劣明显逊于解析结构、技巧，以致在具体作品的评价上经常暴露综合修养的欠缺。

　　王夫之诗学修养的不足，首先表现在不懂诗歌类型学的体要。比如孟浩然《望洞庭赠张丞相》一首："八月湖水平，涵虚混太清。气蒸云梦泽，波撼岳阳城。欲济无舟楫，端居耻圣明。坐观垂钓者，徒有羡鱼情。"此诗标题有的版本作《望洞庭湖》，以致题旨不太清楚。王夫之《唐诗评选》收此诗，题既不误，那么《夕堂永日绪论内编》说"孟浩然以'舟楫'、'垂钓'钩锁合题，却自全无干涉"①，就显得见识不足了。这首诗是干谒之作，既要表现自己的才能，又要陈请汲引之意。孟浩然以赋得之体，先状洞庭气势以见诗才，然后就湖取譬，用"无舟楫"寓怀才不遇之感，结联再用姜子牙故事，含蓄地暗示希求汲引之意。通篇由湖而及舟楫，因舟楫而及钓者，连类取譬，使咏湖与陈情衔接得十分自然。如此高超的意匠，怎么能说是钩锁合题，全无干涉呢？由此可见，王夫之的批评非但气粗心浮，还有点缺乏鉴赏力。再看前文论意脉时已引过的这段议论：

　　　　以神理相取，在远近之间。才着手便煞，一放手又飘忽去：如"物在人亡无见期"，捉煞了也；如宋人咏河鲀云："春洲生荻芽，春岸飞杨花。"饶他有理，终是于河鲀没交涉。"青青河畔草"与"绵绵思远道"，何以相因依，相含吐？神理凑合时，自然恰得。②

这里将梅尧臣《范饶州坐中客语食河豚鱼》和《古诗十九首》"青青河畔草"一首对比，以为古诗情景相关，自然融合，而梅诗两句写景却与河鲀无涉。不知杨花飞时正是河鲀最美的时节，而荻芽却是河鲀最佳的配菜，两句景物是为河鲀登场做的铺垫，绝非无关系的闲笔。王夫之也许不悉江

---

① 王夫之：《夕堂永日绪论内编》，戴鸿森《姜斋诗话笺注》卷二，第74—75页。
② 同上书，第63页。

南风物，以致不理解两句写景的双关之妙，议论明显失之轻率。

王夫之诗学修养的不足，还表现为审美判断力的欠缺。他对许多作品的溢美之词，常给人趣味不高的印象。比如他很推崇杨慎《咏柳》一诗："垂杨垂柳管芳年，飞絮飞花媚远天。金距斗鸡寒食后，玉蛾翻雪暖风前。别离江上还河上，抛掷桥边与路边。游子魂销青塞月，美人肠断翠楼烟。"他盛赞"此讵可以时诗求，又讵但以唐诗求也。寄思著笔，全于空界著色，千年来无斯作矣"，又说"明明是一株活柳，更不消道是咏柳诗"①。然而我们看诗中除了交用当句对，玩些句法的小巧外，实在感觉不到有什么动人之处，尾联用对结也有收束不住的感觉。

王夫之的三种诗歌评选，选目多异于人，猜度某些作品被收录的理由，对读者可能是非同寻常的智力测验。《唐诗评选》古体选了"虎丘鬼"诗两首，以为"非中唐人所能办"，且说"唐人作古诗者，眉棱如铁，肩骨如峰，皆鬼气也。此独有生人之理"。可是我们看这两首诗，一曰"白日徒昭昭，不照长夜台"，一曰"白日非我朝，青松为我门"②，这不分明是鬼话吗，怎能说是生人之理？七律选了刘禹锡的《和牛相公游南庄醉后寓言戏赠乐天兼见示》，称中两联"蔷薇乱发多临水，鸂鶒双游不避船。水底远山云似雪，桥边平岸草如烟"为"七言圣境"，又说"唐七言律如此者不能十首以上，乃一向湮没，总为皎然一项人以乌豆换睛也（这是他讽刺人无见识爱用的比喻）"③。且不说后世读者忽略此诗，是否该将账算到皎然头上，就说这样水准的七律，在刘禹锡集中也绝不算上乘之作，挑个一二十首应该不难。"蔷薇"一联的句法，明显是套李嘉祐《自苏台至望亭驿人家尽空春物增思怅然有作因寄从弟纾》的"野棠自发空临水，江燕初归不见人"。刘句只是平平写景，而李句写江村经历战乱后的萧条景象，何等蕴藉？凡此种评论，除了让人对他的大言欺人产生反感外，更不免对他的判断力产生怀疑。细读王夫之的三种评选，我不能不遗憾地说，船山先生毕竟是个哲学家，对诗歌理论的思考自有其深刻之处，但对诗歌的鉴赏力实在不能算好。钱钟书先生曾说"船山诗乃唐体之下劣者"④，相信也不会差得太远的。

---

① 王夫之：《明诗评选》卷六，第 366 页。
② 王夫之：《唐诗评选》卷二，第 75—76 页。
③ 王夫之：《唐诗评选》卷四，第 198 页。
④ 钱钟书：《谈艺录》，中华书局 1984 年版订补本，第 144 页。

　　总体看来，王夫之的诗歌批评比起理论发明来是颇为逊色的，精彩的判断不多。我们读他的诗歌评选，应更注意其中贯穿的理论思考和诗学言说，辨认属于他独到发现的艺术规则和诗歌经验。王夫之一些有价值的诗学观念，在《夕堂永日绪论内编》等诗话中虽有明晰的表达，但三种诗选的评语却有更细致的发挥。他通过重新阐释诗歌本质，建立起以意为主、以审美直觉为尚、以有机结构观为核心的诗学体系，同时对古典诗学的一些传统范畴和命题如意、势、脉、兴观群怨、情景交融等作了新的诠释，对古典诗歌的艺术规则和艺术经验也作了独到的揭示和总结。这使他的诗学在理论思辨上获得长足的进展，达到前所未有的深度。由于生活环境的缘故，他与当时诗坛无甚交往，学说也不为世所知，以致他的所有论说都成了远离诗坛的理论独白，未对当时的诗学研究和诗歌创作产生影响。有研究者说"王夫之以大学者兼事文学批评，自是不同凡响。他的理论成为后来神韵派和肌理派的一大张本"[1]，"他论诗的'神韵'和以'神龙'喻诗，也对王渔洋的诗论有重要的影响"[2]，恐怕与事实不符。以我所见，王夫之诗学中最有价值的一些理论命题和概念，在他身后几乎都成绝响。即便是当代学者最为重视的"现量"之说，后来也未被诗论家承传发挥。我只见纪晓岚用过"现境"[3]，想来不会是本自船山之说。但时至今日，学界对古代文学理论和诗歌美学的许多认识，确实是从王夫之诗学传承而来的，当这些理论遗产成为常识后我们往往意识不到这一点。

---

　　[1]　张健：《明清文学批评》，第 144 页。

　　[2]　张少康、刘三富：《中国文学理论批评发展史》下册，北京大学出版社 1995 年版，第311 页。

　　[3]　李庆甲辑：《瀛奎律髓汇评》中册卷二二杜甫《月夜》评语："入手便摆落现境，纯从对面着笔，蹊径甚别。"第 908 页。

第五章　史家的诗学——浙江诗学

第一节　清初浙江诗风与诗学

浙江是明清之交文化积累仅次于江南的地区，学术研究和文学创作都足以和江南分庭抗礼。理学传刘宗周之学，史学多研治明史之才，文学之士遍布郡邑，诗社文会盛行一时，且与江南文人交往甚密，互通声气。顺治七年（1650）秋，江南名士太仓吴伟业，昆山徐乾学，武进邹祗谟，长洲宋德宜、宋实颖、尤侗，吴县沈世奕、彭珑，华亭徐致远，吴江计东，宜兴黄永，无锡顾宸大会浙江萧山毛奇龄，钱塘陆圻，嘉善曹尔堪，嘉兴朱茂晭、朱彝尊，德清章金牧、章金范等名士，集于嘉兴南湖，举十郡大社，为一时文坛盛事①。迨近代以来，言文化常江浙连称，梁启超《近代学风之地理的分布》甚至将江南苏、常、松、太与浙江的杭、嘉、湖作为一个文化区域来看待。但从诗学的角度看，浙江与江南还是有着明显的区别，尤其是在清初。

自20世纪末张仲谋《清代文化与浙派诗》出版以来，学术界对浙派诗歌的研究愈益重视，浙派在清诗史上的位置也越来越清楚。近年甚至有学者认为浙派是清初诗坛影响最大的诗派②，这一方面说明清诗研究的眼

---

① 详见顾师轼《梅村先生年谱》卷三、杨谦撰《朱竹垞先生年谱》顺治七年条。毛奇龄《西河集》卷一二二《骆明府倪孺人合葬墓志铭》："当顺治初年，好为文社，每会集，八县合百余人，钟鼓丝竹，君必为领袖，进退人物，人物亦听其进退，不之难。尝同会稽姜承烈、徐允定、萧山毛甡赴十郡大社，连舟数百艘，集于嘉兴之南湖。太仓吴伟业，长洲宋德宜、实颖，吴县沈世奕、彭珑、尤侗，华亭徐致远，吴江计东，宜兴黄永、邹祗谟，无锡顾宸，昆山徐乾学，嘉兴朱茂晭、彝尊，嘉善曹尔堪，德清章金牧、金范，杭州陆圻争于稠人中觅叔夜，既得叔夜，则环而拜之。越三日，乃歃血定交去。"

② 雷宜逊：《钱谦益的著作、人品和诗学》，《中国韵文学刊》1998年第2期。

界正在扩大，但同时也显示出某种历史感的欠缺。因为中国封建社会发展
到晚期，文化权力愈益由政治地位决定。浙派诗人中很少达官，虽有不少
才子名士，影响终究不能与江南、山东相提并论。更主要的是，浙派诗学
不像江南，能顺应时尚而变化，它始终坚持着自己的艺术观念。在时人眼
中，"浙东风尚，各以孤峭之质，传幽渺之音，自辟町畦，不随时好"①，
这固然不能说是缺点，但总与时风龃龉不合，便难以融入时代潮流，在诗
坛产生影响。晚明正值公安、竟陵派诗学笼罩诗坛之际，浙派却因袭格调
派的观念，与陈子龙云间派相呼应。毛奇龄曾说："予幼时颇喜为异人之
诗，既而华亭陈先生司李吾郡，则尝以二雅正变之说为之论辨，以为正可
为而变不可为。而及其既也，则翕然而群归于正者且三十年，今其变又伊
始矣。"② 而到康熙中提倡宋诗的王士禛已偃旗息鼓，不动声色地复归唐
诗时，浙江诗家却仍坚守宋诗的立场，激烈地批评唐诗派。浙江似乎从来
都没有站在诗坛前沿过，我们还找不出说浙派产生很大影响的理由。

　　到乾隆年间，吴颖芳开始将朱彝尊推为浙派的开创者，说："吾浙国
初衍云间派，尚傍王、李门户，秀水朱太史竹垞氏出，尚根柢考据，擅词
藻而骋箸衔，士夫咸宗之。俭腹咨嗟之吟，摈弃不取；风云月露之句，薄
而不为。浙诗为之大变。"③ 然而这却不太能说服人。相比填词而言，朱
彝尊在诗歌创作方面还不具备开宗立派的力量，就像徐熊飞说的，"竹垞
生当明季，恶钟、谭之幽僻，闻陈黄门之风而兴起焉。故少年所作，皆规
格矜严，才情阂丽，与西泠十子相为羽翼"④。他早年同样是衍云间派的
绪余，只是到中年涉猎宋诗，诗学观念才有所转变，合乎浙派诗学"宗
宋、主性情、重学问"的基本倾向⑤。而这种倾向与钱谦益实在是如出一
辙，在学术精神和学术方法上都有着同样浓厚的史学色彩，只不过专门性
更为突出罢了。他的诗学要到晚年才结出硕果，作为浙派诗学的标志性成
果产生全国性的影响，已是多年以后的事。

　　比较实际地看，浙派的诗歌创作和诗学，影响都是有限的，绝对不能
同江南和山东诗学相埒。但它以独特的方式推动了清初诗史的进程，却是

---

① 张廷枚辑：《国朝姚江诗存》卷四朱之屿诗徐氏评，乾隆三十八年张氏宝墨斋刊本。
② 毛奇龄：《苍崖诗序》，《西河文集》序十一，乾隆间萧山毛氏书留草堂刊本。
③ 吴颖芳：《临江乡人集拾遗》所收《无不宜斋未定稿序》，乾隆十七年（1752）夏至作，清刊本。
④ 徐熊飞：《修竹庐谈诗问答》，周维德编《诗问四种》，齐鲁书社 1985 年版，第 263 页。
⑤ 张仲谋：《清代文化与浙派诗》，东方出版社 1997 年版，第 4 页。

不容忽视的。思想史的研究证明，每值改朝换代或剧烈变革的时期，人们都要重新叙述历史，以使今天的结果变得可以理解。胜者王侯败者贼，掌握话语权力的新朝，固然需要通过修史来解释自己革命（用这个词的本义）的正当性，即天命所归；而亡国臣民又何尝不想通过修史来解释失败的必然结局，使被揭示的失败原因成为复兴或企待来哲的历史经验？清初的史学和诗学在这一点上契若符合，诗学的参与使史学变得更为丰满，有了更多的心态内容；而史学的基础和方法又赋予诗学以历史感和实证性，提升了诗学的学术含量。清初诗学的丰厚，很大程度上得力于像钱谦益、黄宗羲、朱彝尊一辈史学家的投入，而不是只有王士禛这样的掌故家和二冯一类的文士沉潜其中。浙派诗学的史学色彩，显得更为浓重一些，因为以黄宗羲和朱彝尊为首的史学大师范围了浙派诗学的传统。这是研究清初浙江诗学首先引起我注意的一点。

李邺嗣《万季野诗集序》开篇即云："吾党之学二：一曰经学，一曰史学。是以学者先之经以得其源，后之史以尽其派，则其于文章之事可以及天地古今之变，波澜四溢，沛然而有余。其于诗亦然。"以经、史为文学之本并不是什么独特的想法，难得的是他们认为"诗与史学，更相表里"，"士不通经史之学，即于文章诸体俱不应漫然下笔，而何独可易言诗耶？"① 所以浙江诗学家尤其自觉地将史学融入到诗学中去。其最突出的特点是通过编纂诗选或诗总集来阐扬自己的诗学观念。文学史上的选本和总集历来就承担着不同的社会和文学功能。清初人选清诗，固然贯注着对诗坛的批判意识；其选前代诗，也无不寓有现实的指向。方象瑛《报朱竹垞书》谈道："近日竞摹宋诗，一二人倡之，群起而效之，途径一开，滥觞日甚。高者掇拾苏、黄，规模范、陆，遂岸然以唐人为不足学；而其卑者，至粗浅鄙率，都不成语。夫宋人佳处，亦自骨力坚凝，词理秀拔，非油腔腐语遂为宋诗也。今幸主持选政，起衰救弊，正在此时。唯冀痛扫时习，力返唐音，挽回廓清，固不可听之随波逐靡之流也。"② 这明显是针对《明诗综》编纂而进的忠告。他们在观念上都自觉地将诗选纳入批评轨道，要让它发挥针砭现实的作用。但几十年过去，语境毕竟不同了。如果说《列朝诗集》的以诗论史色彩，显出过于强烈的政治倾向性，那么浙江诗家编纂的选本、总集就更多

---

① 李邺嗣《杲堂文续钞》卷一，《杲堂诗文集》，浙江古籍出版社1988年版，第561—562页。
② 方象瑛：《健松斋续集》卷四，民国17年方朝佐重刊本。

地体现了诗学的学术性，具有断代诗学研究的意义。正因为如此，出自浙江诗论家之手的诗选和总集有着更高的公信度和学术含量，更为后代所重视。像古诗方面的陈祚明《采菽堂古诗选》，宋诗方面的吴之振《宋诗钞》，明诗方面的朱彝尊《明诗综》，都是为后代重视、引据的经典选本。海宁朱嘉征（1602—1684）于康熙初辑《乐府广序》，以永嘉乱后乐府音乐失传，乃取今存汉魏乐府诗以风雅颂的次序重新分类编排，仿《毛诗》体例各加序注，尽管他的做法过于主观，遭到后人"模拟刻画"、"牵强支离"的批评①，但他希望从音乐体制中寻找和建立诗歌史的连续性，贯通先秦和汉魏诗歌史的意识却同样反映了浙派诗学的历史精神。谈论清初浙派诗学，这种通过编诗选或诗总集来表达诗学观念的倾向尤其值得我们关注。而由此着眼，我们就会看到黄宗羲、吕留良、宋之振、朱彝尊、陈祚明乃至仇兆鳌这些学者或诗人尚未被注意的另一个方面的诗学意义。

第二节　黄宗羲与浙派诗学观念

黄宗羲与顾炎武、王夫之并称为明清之交三大学者和思想家。《明夷待访录》一书近代推为"发民族主义之祖派"，而它的作者也得到"能言人所不敢言者，洵所谓真儒，所谓豪杰之士"的崇高赞誉②。然而在旧时代的眼光下，黄宗羲的品行要逊于亭林、船山不少，历来颇有微词。近人钱基博曾说："明末以遗老为大儒者，李塨学究气，独善其身，术未能以经国；黄宗羲名士气，大言不怍，行不足以饬躬。"③这颇能代表前人的一种看法。

黄宗羲（1610—1695），字太冲，号南雷，世称梨洲先生。浙江余姚人。父尊素为东林名士，梨洲早年出入名场，凡诗社之集，无会不与。虽从刘宗周学，而志在科举，不能尽得蕺山之学。易代之后，隐居不出，尽发藏书读之，二十年后胸中窒碍尽消④，讲学宗旨乃着力发挥蕺山遗说。蕺山之学出于宋人，梨洲更推而广之，"以濂洛之统，综合诸家。横渠之

---

①　《四库全书总目》卷一九四总集类存目《乐府广序》提要谓："盖刻意续经，唯恐一毫之不似。然三代乐制至汉尽亡，乐府之于《三百篇》，犹阡陌之于井田，郡县之于封建也。端绪亦有时相属，而不相属者十之九。嘉征必摹拟刻画，一一以风雅颂分配之，牵强支离，固其所矣。"中华书局1965年影印本，第1768页。

②　潘飞声：《在山泉诗话》卷一，古今文艺丛书第三集。

③　钱基博：《近百年湖南学风》，岳麓书社1985年版，第106页。

④　黄宗羲：《恽仲升集序》，《南雷文案》卷一，四部丛刊初编本。

礼教，康节之数学，东莱之文献，艮斋、止斋之经济，水心之文章，莫不旁推交通"①。晚年撰《明儒学案》，自序云："古之君子宁凿五丁之间道，不假邯郸之野马，故其途亦不得不殊。奈何今之君子，必欲出于一途，使美厥灵根者，化为焦芽绝港。夫先儒之语录，人人不同，只是叩我之心体，变动不居。若执定成局，终是受用不得。"显然，在强烈的批判性和实践性之外，他的思想又有很大的包容性②，这一点后来成为浙派诗学的思想基础。

一　黄宗羲的诗歌理论

梨洲少受父教，尤用功于史学，长而读书既博，愈益确立以经史为本，务博综尚实证的学术理念。据全祖望说，"先生始谓学必源本于经术，而后不为蹈虚；必证明于史籍，而后足以应务。元元本本，可据可依，前此讲堂痼疾为之一变"③。流风所被，整个浙东学术都打上浓厚的史学底色。梨洲夙以保存一代文献为己任，留意文献人物，编撰有正史《弘光实录钞》、《行朝录》，学术史《明儒学案》，还汇辑《明文海》一编，后人许为"一代文章之渊薮，考明人著作者，当必以是编为极备矣"④。平生对《明史》尤为用心，遂开浙江绵绵不绝的明史学传统，一传于万斯同，再传于全祖望，继传于邵二云、章学诚。浙东后学略闻其绪余，沥其余沥，即足以名世⑤，后世论清代学术史者号为"浙东学派"⑥。

据吴光先生考证，黄宗羲著述多达一百一十一种，一千三百余卷，不少于两千万字。剔除编选之书，自撰著作尚有九十二种，现存四十四种，其余都亡佚不存⑦。清代学者不同于前代的一个特点是，只有少数理学家如汤斌、陆世仪、陆陇其等不喜言诗，其他学者莫不留意诗学，甚至成为当世名家。梨洲也不例外，他对诗的兴趣甚至成为后辈景仰者眼中的一个瑕疵。全祖望曾说："先生之不免余议者则有二，其一则党人之习气未尽，

---

① 全祖望：《黄梨洲先生神道碑铭》，《鲒埼亭集》卷一一，四部丛刊初编本。

② 这一点钱穆先生已注意到，见《中国近三百年学术史》第二章第三节"梨洲晚年思想"，商务印书馆1980年版，第27—28页。

③ 全祖望：《甬上证人书院记》，《鲒埼亭集》外编卷一六，四部丛刊初编本。

④ 《四库全书总目》卷一九〇集部总集类《明文海》提要，第1729页。

⑤ 王昶《湖海诗传》卷一五：卢镐"闻黄太冲、万充宗之学，故为浙东人士所推"。

⑥ "浙东学派"之说发自章学诚，成于梁启超，然有关"浙东学派"之说是否成立，学界一直有争议，参看何冠彪《清代"浙东学派"问题平议》，《明末清初学术思想研究》，学生书局1991年版，第333—403页。

⑦ 吴光：《黄宗羲著作汇考》，学生书局1990年版。

盖少年即入社会，门户之见深入而不可猝去；其一则文人之习气未尽，不免以正谊、明道之余技，犹流连于枝叶。"① 这里论梨洲的党人习气颇为中肯，指责其文人习气则未免迂腐。且不说在留意文学这点上，谢山不过是五十步笑百步；若就文学的立场而言，这正是梨洲有贡献于诗学的前提。当然，他并不是个诗学专家，也很少关注和考虑诗学的专门问题，你若想在他的诗论中寻找属于他个人的独特话题、独到见解，可能会很失望。不过你只要仔细品味一下他的言论，就会感到正像他的政治学一样，什么问题到他笔下都能作出透达本质的分析，显出一种度越时流的深刻。

比如《陈苇庵年伯诗序》论及正变问题，说："向令风雅而不变，则诗之为道，狭隘而不及情，何以感天地而动鬼神乎？"② 这表明他肯定并更看重变风变雅，理由是变风变雅能及于情。那么正风正雅就不及于情吗？也不然，这里其实是强调乱世特有一种太平时代看不到的复杂心态和梗概多气的激越情怀。所谓"情"，有着独特的心态史内涵，可与《谢皋羽年谱游录注序》论"元气"参看：

> 夫文章，天地之元气也。元气之在平时，昆仑旁薄，和声顺气，发自廊庙，而豳洸于幽退，无所见奇。逮夫厄运危时，天地闭塞，元气鼓荡而出，拥勇郁遏，坌愤激讦，而后至文生焉。③

每当乱世或易代之际多推崇变风变雅，这本是诗史上的惯例，梨洲的独到之处是从中绅绎出一个道理：治世的情感简单而肤浅，乱世的情感更有蕴涵和力度。同时，他论正变仅就诗的表情方式而言，不关品格高下，这又成为去除传统正变概念所附价值属性的先声，叶燮或许就是受他启发，更彻底地消解了正变概念的价值属性，将它还原为一个单纯的文学史单位④。再比如，《栗亭诗集序》论及兴观群怨之说：

> 昔吾夫子以兴观群怨论诗，孔安国曰："兴，引譬连类。"凡景物相感，以彼言此，皆谓之兴。后世咏怀、游览、咏物之类是也。郑康

---

① 全祖望：《答诸生问南雷学术劄子》，《鲒埼亭集》外编卷四四，四部丛刊初编本。
② 黄宗羲：《南雷集·撰杖集》，四部丛刊初编本。
③ 黄宗羲：《南雷集·吾悔集》卷一，四部丛刊初编本。
④ 详见蒋寅《叶燮的文学史观》，《文学遗产》2001 年第 6 期。

成曰："观风俗之盛衰。"凡论世采风，皆谓之观。后世吊古、咏史、行旅、祖德、郊庙之类是也。孔曰："群居相切磋。"群是人之相聚，后世公讌、赠答、送别之类皆是也。孔曰："怨刺上政。"怨亦不必专指上政，后世哀伤、挽歌、遣谪、讽谕皆是也。盖古今事物之变虽纷若，而以此四者为统宗。①

这里将论诗歌社会作用的古老命题转换为类型学问题，使问题的中心转移到创作主体方面，然后又从创作动机的角度来阐述四者的意义：

　　自毛公之六义以风雅颂为经，以赋比兴为纬，后儒因之，比兴强分，赋有专属。及其说之不通也，则又相兼，是使性情之所融结，有鸿沟南北之分裂矣。古之以诗名者，未有能离此四者，然其情各有至处：其意句就境中宣出者，可以兴也；言在耳目，情寄八荒者，可以观也；善于风人赠答者，可以群也；悽戾为骚之苗裔者，可以怨也。

这样一来就实现了古老诗学命题与一般创作经验的沟通，使它变得更容易理解，更好把握。梨洲这种以现实经验疏解古代诗论的诠释方式，与顾亭林"鉴往训今"的理路表面看上去正相对立，骨子里其实是相通的，都不外乎是要在古典和现实之间建立一种意义关联，或者说为现实经验找到传统根基。是啊，当人们经历了改朝换代、易服薙发的屈辱，面临着文化失坠或传统绵延都是未卜之数的惶惑，还有什么比寻找传统、保存历史更让人感到踏实和迫切呢？除了那些人在殿堂，身不由己的台阁文人，其实清初的文人、学者都在做着同样的事，承续文化传统，保存历史记忆，绵延民族精神的血脉。而黄宗羲和浙江诗学在这一点上较之其他地区尤为显明。

　　梨洲诗学的内容和价值，研究者已从重视诗歌的抒情本质，强调诗以道性情；强调学问，以经史为本；元气说与诗史说；辨析唐宋，崇尚宋诗等方面作了分析②，基本问题大体已揭示。这里只拟就"诗史"观念与唐

---

　　①　汪士鈜：《栗亭诗集》卷首，康熙刊本。

　　②　陈少松：《简论黄宗羲的诗学主张》，《明清诗文研究丛刊》第二辑，苏州大学中文系1982年版；张兵：《黄宗羲诗歌理论的承传与创新》，《西北师范大学学报》1992年第5期；吴彩娥：《清代宋诗学研究》，政治大学博士论文，1992年；张仲谋：《清代文化与浙派诗》，第70—84页；李世英：《清初诗学思想研究》，敦煌文艺出版社2000年版，第10—24页。

宋诗家数之辨的问题再作一些阐述，以见梨洲对浙江诗学主导倾向形成的直接影响。

关于"诗史"，学者们通常都会引用《万履安先生诗序》的一段文字：

> 今之称杜诗者以为诗史，亦信然矣。然注杜者但见以史证诗，未闻以诗补史之阙，虽曰诗史，史固无藉乎诗也。逮夫流极之运，东观兰台但记事功，而天地之所以不毁，名教之所以仅存者，多在亡国之人物，血心流注，朝露同晞，史于是而亡矣。犹幸野制遥传，苦语难销，此耿耿者明灭于烂纸昏墨之馀，九原可作，地起泥香，庸讵知史亡而后诗作乎？是故景炎、祥兴，宋史且不为之立本纪，非《指南》集杜，何由知闽广之兴废？非水云之诗，何由知亡国之惨？非白石晞发，何由知竺国之双经？陈宜中之契阔心史，亮其苦心；黄东发之野死宝幢，志其处所，可不谓之诗史乎？元之亡也，渡海乞援之事，见于九灵之诗。而铁崖之乐府，崔年、席帽之痛哭，犹然金版之出地也，皆非史之所能尽矣。明室之亡，分国鲛人，纪年鬼窟，较之前代干戈，久无条序。其从亡之士、章皇草泽之民，不无危苦之词。以余所见者，石斋、次野、介子、霞舟、希声、苍水、澹归十馀家，无关受命之笔，然故国之铿尔，不可不谓之史也。①

龚鹏程认为"梨洲此说，非特发明牧翁宗趣，抑且关系诗学甚大。因为在此之前，诗史仅为专称，特指老杜而言；至此，则诗史是表明诗的一种性质，是可以替代、补充、发明、印证历史的创作"②，不无见地。论者一般认为梨洲诗学深受钱牧斋影响，"诗史"意识更是继承了牧斋的观念③。联系两人的密切关系来看，这么说不无根据。但梨洲的"诗史"说较牧斋更有深一层的洞见。牧斋论诗可补史，不过是说易代之后，作为权力话语的官史必将极大地遮蔽历史真相，于是"诗史"成为辨识史实相对可靠的

---

①　黄宗羲：《南雷集·撰杖集》，四部丛刊初编本。

②　龚鹏程：《诗史观念的发展》，《古典文学》第七集，学生书局1985年版。收入《诗史本色与妙悟》，学生书局1993年增订版，第66页。

③　参看吴宏一《清代诗学初探》第三章"拟古运动和反拟古运动的余波"，牧童出版社1977年版，第137页；张健《清代诗学研究》第一章第五节"以诗补史：对明清之际诗歌思潮的历史价值的认定"，北京大学出版社1999年版，第39—42页。

依据。而梨洲更进一步强调,在正常情况下"史固无藉乎诗也",只有到国破人亡、连史也荡然不存的时候,诗作为史的价值才凸显出来。他套孟子"《诗》亡而后《春秋》作"(《孟子·离娄下》)的说法,将这一认识概括为"史亡而后诗作"。这一命题不单纯是在史料学的意义上提出的,其中更体现了一种精神史的关怀。东观兰台的史籍只能记录事功,而名教、心史、耿耿不灭的故国情怀,是"皆非史之所能尽"。这就意味着,相比记录史事来,保存"心史"即精神史是诗歌更重要的功能①。我认为这是个非常有理论价值的见解,因为自20世纪70年代后现代史学兴起以来,"历史就是叙述"的观念已使得文学与历史的界限模糊不清。黄宗羲"史亡而后诗作"的命题,为我们辨识文学与史学的分际提供了一个有意义的视角,同时有助于我们理解文学的精神史意义②。

出于上述对文学记录历史、保存精神史功能的自觉意识,黄宗羲毕生都在搜集历代思想史、文学史资料,不懈地编纂各种总集、选本,今所知尚有《明文案》217卷、《明文海》(系由《明文案》改编)482卷、《明文授读》62卷、《续宋文鉴》(佚)、《元文钞》(佚)、《宋元集略》(佚)、《宋元文案》(佚)、《姚江文略》10卷(佚)、《东浙文统》(佚)、《姚江逸诗》15卷、《宋诗钞》94卷(合编)、《黄氏擶残集》7卷、《补唐诗人传》及若干浙东作家的别集。其中《姚江逸诗》是余姚历代诗作的汇辑,收南齐迄明余姚诗家135人,诗1337首。自序首先提到,"《孟子》曰诗亡然后《春秋》作,是诗之与史,相为表里者也。故元遗山《中州集》窃取此意,以史为纲,以诗为目,而一代之人物赖以不坠。钱牧斋仿之为明诗选,处士纤芥之长,单联之工,亦必震而矜之;齐蓬户于金闺,风雅衮钺,盖兼之矣",可见他编此集是直承牧斋的学统。但他同时又说明:"余少时读宋文宪《浦阳人物记》而好之,以为世人好言作史,而于乡邑闻见尚且未备,夸诬之诮,容讵免诸!此后见诸家文集,凡关涉姚江者必为记别;其有盛名于前者,亦必就其后裔而求之,如是者数十年矣。以其久,故箧中之积,多有其子孙所不识者。然而兵尘迁徙,塞蓬下担,时有坠落。如柴广敬《金兰录》、《魏尝斋文集》之类,正复不少。及今不为

① 这一点已为学界所肯定,可参看李世英、陈水云《清代诗学》,湖南人民出版社2000年版,第26页;孙微《清代杜诗学史》,齐鲁书社2004年版,第95页。

② 关于文学的精神史意义,可参看蒋寅《古典文学的精神史意义及其研究》,《中国文化》2009年春季号。

流通，使之再逸，自此以往，皆余之罪也。"这却是古代文人承传、光大地方文学传统的自觉意识在当下语境中的强化。战乱导致的文献散佚增强了人们蒐集保存文献的紧迫感，它从根本上说仍是出于一种浓厚的历史意识。这种意识放大开来，不只是对自己的乡邦，对整个民族的历史都会抱有强烈的关怀，并像上文提到的要在其中找到与现实的关联。浙江诗家的"诗史"观念及对诗歌史的态度都取决于这种立场，而梨洲则是奠定其理论基础的先驱。

二　黄宗羲的宋诗观

梨洲基于自身对亡国命运的体验，很自然地对南宋遗民的创作产生共鸣，进而对宋代诗文的价值作出全新的估量。于是，在肯定变风变雅更具情感之深度和力度的前提下，他提出了"汉之后，魏晋为盛；唐自天宝而后，李杜始出；宋之亡也，其诗又盛"①，"文章之盛，莫盛于亡宋之日"②的迥异于明人的文学史观。众所周知，自公安派登上诗坛并成为晚明诗歌的主潮，突破格调派"诗必盛唐"的狭隘观念，将宋诗纳入诗史的视野，就成为诗坛一股强劲的潮流。钱牧斋通过驳斥四唐说的谬误褫解了盛唐诗的唯一典范性，又以苏东坡、陆游、元好问为楷模鼓吹宋元诗，导致诗坛出现学唐、学宋两种诗风的对立，争论和攻讦也由此引发，不同地域、不同渊源的诗家每每面临抉择的困惑，或回应的压力。梨洲作为与钱牧斋私交亲密的后辈，不仅诗学观念受到钱氏或何乔远的影响③，更出于相同的历史意识，坚决地站到了宋诗派的阵营里，抨击格调派唯唐诗是拟的狭隘观念。不过他的论辩绝不重复钱谦益的思路，而是有自己的论理，即由家数概念入手，解构唐诗的内在同一性，从而达到肯定宋诗价值的目的。

梨洲的逻辑是这样的，首先指出晚明以来的诗学论争存在舍本逐末的致命弱点："诗自齐、鲁分途以后，学诗者以此为先河，不能究宋元诸大家之论，才晓断章，争唐争宋，特以一时为轻重高下，未尝毫发出于性

---

① 黄宗羲：《陈苇庵年伯诗序》，《南雷集·撰杖集》，四部丛刊初编本。

② 黄宗羲：《谢皋羽年谱游录注序》，《南雷集·吾悔集》卷一，四部丛刊初编本。

③ 张仲谋《清代文化与浙派诗》第74—75页举黄宗羲编《明文授读》卷三十七所收何乔远《郑道圭诗序》，认为俨然已开浙派诗论之先河，值得注意。这条资料钱钟书先生已引用，见《谈艺录》，中华书局1984年版订补本，第471—472页。

情,年来遂有乡愿之诗。"① 既确立以性情为本的前提,则历代诗歌就被放在同一尺度下来衡量,风格声调退于第二位。这样一来,唐诗的典范性便出现了裂缝,不复保有完美的同一性。《张心友诗序》是全面表达他看法的一篇纲领性论文,文中首先强调:"余尝与友人言诗,诗不当以时代而论。宋元各有优长,岂宜沟而出诸于外若异域然?即唐之时,亦非无蹈常袭故,充其肤廓而神理蔑如者。故当辨其真与伪耳,徒以声调之似而优之而劣之,杨子云所言伏其几袭其裳而称仲尼者也。"② 但他的这一论断却被当时理解为祧唐祖宋,"听者不察,因余之言,遂言宋优于唐"。于是他一方面重申唐诗典范性不可动摇的前提,所谓"宋诗之佳,亦谓其能唐耳,非谓舍唐之外能自为宋也",一方面又指出唐诗因家数之异,其实存在着不同的艺术取向,故后人的"唐诗之论,亦不能归一"。考察宋代以来学唐的源流,"宋之长铺广引,盘摺生语,有若天设,号为豫章宗派者,皆原于少陵,其时不以为唐也。其所谓唐者,浮声切响,以单字只句计巧拙,然后谓之唐诗。故永嘉言唐诗废久,近世学者已复稍趋于唐。沧浪论唐,虽归宗李杜,乃其禅喻谓诗有别材,非关书也;诗有别趣,非关理也,亦是王孟家数,于李杜之海涵地负无与。至有明北地,模拟少陵之铺写纵放,以是为唐,而永嘉之所谓唐者亡矣"。这么说来,从后世接受的角度看,唐诗起码已有三派:一是江西诗派所继承的杜甫诗风,二是南宋永嘉四灵一派所继承的晚唐诗风,三是严羽推崇的盛唐实际上是王孟诗风。再参照《靳熊封诗序》的说法:"百年之中,诗凡三变。有北地、历下之唐,以声调为鼓吹;有公安、竟陵之唐,以浅率幽深为秘笈;有虞山之唐,以排比为波澜。虽各有所得,而欲使天下之精神聚之于一途,是使作伪百出,止留其肤受耳。"这就从明代以来学唐者或主声调或主取意或主句法的不同着眼点,揭示了传统在接受视野中的多样呈现。《钱退山诗文序》更具体而微地说明,即使对同一个时代的诗风,人们所取也不一致:"江西以汗漫广莫为唐,永嘉以胭鸣吻决为唐。即同一晚唐也,有谓其纤巧酿亡国之音,有谓其声宏还正始之响。学昆体者谓之村夫子,学郊、岛者谓之字面诗,入主出奴,谣诼繁兴,莫不以为折衷群言。"经过这样的反复论列,唐诗的同一性被彻底解构,所谓唐宋、所谓初盛中晚之

---

① 黄宗羲:《天岳禅师诗集序》,陈乃乾编《黄梨洲文集》,中华书局1959年版,第371页。
② 黄宗羲:《南雷集·撰杖集》,四部丛刊初编本。

别，被证明只不过是不同诗派的虚幻臆见。于是对历史上的唐宋之争，《张心友诗序》就顺理成章地提出一个带有折中色彩的论断："是故永嘉之清圆，谓之非唐不可，然必如是而后为唐，则专固狭陋甚矣。豫章宗派之为唐，浸淫于少陵，以极盛唐之变，虽有工力深浅之不同，而概以宋诗抹杀之，可乎？"① 对黄宗羲的这种态度，研究者或认为其目的主要是在排除门户，批判七子，因此是在高度肯定唐诗成就、鼓励人们学习唐诗的基础上，主张向宋诗学习的，并没有揭举宋诗，使之与唐诗分庭抗礼的用意，更没有因为提倡宋诗而唾弃唐诗②。我的看法是，唐诗的典范性自宋代以降已然是不可颠覆的价值象征，任何另立标帜的企图都必须在肯定唐诗的前提下小心地推出。梨洲无非也是采取这样的策略③，所以他作《南雷诗历》题词，概括以上零星表达的意思，说："夫诗之道甚大，一人之性情，天下之治乱，皆所藏纳。古今志士学人之心思愿力，千变万化，各有至处，不必出于一途。今于上下数千年之中，而必欲一之以唐，于唐数百年之中而必欲一之于盛唐。盛唐之诗岂其不佳，然盛唐之平奇浓淡，亦未尝归一，将又何所适从耶？"家数既不可定，则势必导出"论诗者但当辨其真伪，不当拘以家数"的结论。如果说这里没直接打出宋诗的旗号，言外之意尚有待挑明，那么《张心友诗序》对张氏取法宗尚的肯定，早已表明了自己的立场：

> 张子心友好学深思，不以解褐为究竟，余所论著，矻矻手抄不已。李杜王孟诸家文集，亦观余批点，以得其指趣。其发之为诗，超然简独，永绝尘秕，流连光景，极诗家声色之致。天假之年，以文字为诗，以才学为诗，以议论为诗，莫非唐音。今虽未竟其志，其气象要自不凡，不能不为之三叹也。④

他所期望于张心友的以文字为诗，以才学为诗，以议论为诗，岂不就是严羽《沧浪诗话》批评"近代诸公"的"奇特解会"？然则他所谓的

---

① 黄宗羲：《南雷集·撰杖集》，四部丛刊初编本。

② 张兵：《黄宗羲的唐宋诗理论与清初诗坛的宗唐和宗宋》，《西北师范大学学报》1993 年第 5 期。

③ 钱钟书《谈艺录》也认为："此节文笔，讦屈纠绕。盖梨洲实好宋诗，而中心有激，人言可畏，厥词遂枝。"第 144 页。

④ 黄宗羲：《南雷集·撰杖集》，四部丛刊初编本。

"莫非唐音"只不过是"非谓舍唐之外能自为宋"的换个说法而已，骨子里乃是鼓吹宋调。这种阳唐阴宋的倾向，一旦进入具体的诗歌批评，便立刻显露其真实的价值观，立场鲜明，毫不含糊。有两个很好的例子可以说明这一点。一是黄氏后人指出："近时选剑南诗，俱录其清新圆熟之作，而于铺陈排比、雄健兀奡者则略焉，遂致毁誉迭半。五七言古更为独绝千古，追配少陵洵无愧色。唯吴氏《宋诗钞》所选，抉择甚精。彼时先遗献公在石门主张选政，与之商榷故耳。"① 选陆游诗而取清新圆熟之作，正是钱牧斋的"软宋诗"路子。而梨洲独取雄健兀奡之作，足见其口头上虽肯定宋诗不背唐体，实际上选陆游诗却着眼于宋调，取的是"硬宋诗"一路。另一个例子是对待陈子龙诗的态度。陈子龙以民族气节为当世敬重，不要说钱牧斋因自己的贰臣身份和柳如是与陈子龙的关系，不敢冒天下之大不韪而稍有贬词，就是比较注意遗民集团舆论的王渔洋也不敢肆口批评，而黄梨洲却毫无顾忌地指责陈子龙的格调诗风，以致引起一些诗论家的不满。叶矫然说："黄梨洲诋卧子诗嘘北地、历下之寒火，故见诎于艾千子，为学未成，天下不以名家许之。吾每读至此处于其《南雷集》中，直掩卷不欲观之。其实不知诗而强言诗，故人言两失。"② 梨洲究竟是否属于"不知诗"者，学者恐怕会有不同看法，我的感觉是，他于诗颇似顾亭林，并未用心研究，只因学问大，思力深，触及大问题不乏深刻见解，但遇到诗学内部的专门问题，有时议论不免粗略。好在两位都不太有论诗的兴趣，不至于像王船山那样小言詹詹，纰漏百出。

梨洲本人的诗歌创作成就虽然有限，但他的学术以思想精深而极大地影响了浙江学者。他的门人中包括范国雯、陈锡嘏、郑梁、仇兆鳌、万言、查慎行、查嗣瑮、董道权、陈奕禧这些著名诗人，后来李邺嗣③、吴之振、万斯同都大力发挥他的文学思想，他的诗学也因此广为传播。从这个意义上说，张仲谋将梨洲推为浙派的开宗初祖是有道理的，"他为宋诗所作的开拓辩护已臻于定论，以性情反声调的论述则为后人提供了

① 黄璋：《读剑南诗钞书后》小序，谢宝书辑《姚江诗录》卷一，民国20年中华书局排印本。
② 叶矫然：《龙性堂诗话》初集，郭绍虞辑《清诗话续编》第1册，上海古籍出版社1983年版，第996页。
③ 张如安：《举梨洲之言以警励学者——浅论李邺嗣的文学思想》，吴光等主编《黄梨洲三百年祭》，当代中国出版社1997年版。

一个基本的理论策略，关于学人之诗或学问与诗之关系的探讨，也为后人指出了一个饶有兴味的话题"①。参照柴望《宋四家诗序》的说法："河梁十九首尚矣，初盛以高浑为气格，中唐号为娴雅，降及晚唐则以雕刻取致。即唐一代之诗且递变如此，而欲以之范宋人，可乎？宋固有宋之诗也，宋又不一宋也。宋以后莫不有然，其孰使之而然？即四时亦何不然，春秋代谢，乍菀乍枯，菀枯者不知也。执一之论，乌乎其当人意也。"② 由此可见他解构唐诗统一性的逻辑策略如何被浙东诗家所接受，并渗透到他们的观念中去。不过，要论梨洲对诗坛最直接的影响，还数与吴之振等同编《宋诗钞》一事。由此发端，浙江后来形成研究宋诗的传统，梨洲门人查慎行撰有《苏诗补注》，同时陈訏编有《宋十五家诗》，后来厉鹗又编纂《宋诗纪事》，曹庭栋编《宋百家诗存》，直到晚清陆心源续厉书作《宋诗纪事补遗》，凡与宋诗有关的大著作几乎都出自浙江诗人之手，一如古诗声调学著作多出自山东诗人之手。这绝非偶然现象，其间当然有梨洲开创的具有浓厚史学倾向的浙东诗学传统在发挥着潜在的影响。

第三节 吕留良、吴之振与《宋诗钞》

明人论诗独主盛唐，大历以后即邻以下不论，于是晚唐两宋蒙元之诗在明代都束之高阁，甚少入时人之眼。相对成就而言，宋诗遭到的冷遇显得尤为突出。朱彝尊说："自李献吉谓唐以后书可勿读，唐以后事可勿使，学者笃信其说，见宋人诗集辄屏置不观。"③ 宋荦也说："明自嘉、隆以后，称诗家皆讳言宋，至举以相訾謷，故宋人诗集庋阁不行。"④ 明人所编的宋诗选集虽有十余种⑤，但较常见的只有隆庆间李蓘编《宋艺圃集》

---

① 钱钟书《谈艺录》称"梨洲诗则宋体之下劣者"，但张仲谋《论黄宗羲的诗歌创作》（《文学评论》1998 年第 3 期）认为"黄宗羲以其卓有个性的理论探索与创作实践，为浙派的形成与发展奠定了理论基础与基本创作倾向"，因推为浙派初祖。并参氏著《清代文化与浙派诗》，第 78—84 页。

② 周之麟等：《宋四家诗钞》卷首，嘉庆二十二年博古堂刊本。

③ 朱彝尊：《柯寓匏振雅堂词序》，《曝书亭集》卷四〇，康熙刊本。

④ 宋荦：《漫堂说诗》，丁福保辑《清诗话》上册，上海古籍出版社 1978 年版，第 416 页。

⑤ 据申屠青松《明代宋诗选本论略》（《南京师范大学文学院学报》2007 年第 4 期）一文考，明代宋诗选本今知有十五种。

二十二卷和晚明曹学佺《石仓十二代诗选》的宋诗部分①，其他都少有流传。到清初，除了朱彝尊、黄虞稷、曹溶等少数几位刻意搜罗的藏书家外，世传宋代别集寥寥无几，以至吴之振竟目为"秦火后之诗书"，盖亦有慨乎其言也！如今无论读清初人的藏书目录、题跋抑或笔记，都可见当时宋集之稀少。就是李篯编《宋艺圃集》，王渔洋看到它也是康熙四十二年（1703）的事了②，足见传本罕觏。可以说，在晚明清初的诗坛，宋诗基本是个很陌生的对象，因而能成为喜生厌故的诗人们猎奇的目标。如果说毛氏汲古阁重刊陆游全集为钱谦益提倡宋诗起了推波助澜的作用，那么吴之振等人编刻《宋诗钞》则正好配合了康熙初王渔洋再倡宋诗的风潮。宋荦说"近二十年来，乃专尚宋诗。至余友吴孟举《宋诗钞》出，几于家有其书矣"③，这是连带明末的宋诗风而言的。自明末钱谦益鼓吹宋元诗，就已酝酿了宋诗的市场需求，王渔洋及金台诗人群的竞谈宋诗更刺激了诗坛对宋诗的渴望。在这种形势下，《宋诗钞》甫行世即成畅销书，令当时的宋诗热愈益升温。显然，若非普及"几于家有其书"，宋诗的影响是绝不至于如此深广的，顶多局限于一小群人而已。

一 《宋诗钞》与吕留良

浙江似乎与宋诗有着天然的渊源，最早编集宋诗的据说是曹溶，曾"遍采山经地志，得一二首即汇钞，不下二千余家，未及梓"，后竟散佚④。踵其事者，乃有黄宗羲、吕留良、吴之振等人。有关他们编纂《宋诗钞》的经过，张仲谋已有详细论述，这里聊就三人的关系及《宋诗钞》的诗学史意义再作点申发。

吕留良（1629—1683），字庄生，号晚村。浙江石门人。明亡时散金结客，欲有所图，卒为仇家所告。不得已，改名光轮，字用晦，于顺治十年（1653）出就童子试，为诸生，课儿读书于家梅花阁。到康熙五年（1666）竟弃举业。尝作诗云："谁教失脚下渔矶，心迹年年处处违。雅集图中衣帽改，党人碑里姓名非。苟全始信谭何易，饿死今知事最微。醒

---

① 许学夷编历代诗选，曾抄宋诗，但书未行世。杨大鹤《剑南诗钞》凡例载："六十年前，宋人诗无论全集、选本，行世者绝少。陆放翁诗尤少，以余目所睹记，澄江许伯清前辈有手录宋人诗集三十家，今已不可复得；刻本惟曹能始《十二代诗选》。"康熙间爱日堂藏板本。

② 王士禛：《香祖笔记》卷三，上海古籍出版社1982年版。

③ 宋荦：《漫堂说诗》，丁福保辑《清诗话》上册，第416页。

④ 曹庭栋：《宋百家诗存》序，乾隆刊本。

便行吟埋亦可，无惭尺布裹头归。"强烈的民族气节不可抑制，与黄宗羲同被顾炎武目为"一代豪杰之胤"①。但晚村与梨洲的学术取径其实大相径庭，梨洲不事举业，晚村却好评选时文，被梨洲鄙为"纸尾之学"②。顺治十六年（1659），梨洲弟宗炎与晚村订交，赠以《红云砚》诗，有"义理深究紫阳质"、"钞经笺传辟邪说"之句。虽然后句尚未可坐实为辟王，但前句却表明，晚村崇朱的倾向为宗炎所熟知③。翌年晚村通过宗炎结识梨洲与鄞县名医高斗魁，相约卖艺为生。高斗魁也能诗④，他们的交契与其说是缘于论学，还不如说更像是以气节相砥砺。

吴之振（1640—1717），字孟举，号黄叶村人。与晚村同邑，而诗学受教于黄宗羲，故与梨洲门下郑梁论诗最合⑤。十四岁初应庠试，母范氏识晚村于稠人之中，命之振与订交，时晚村二十五岁。及范氏临终，遗言朋友中如吕留良宜深交，"言必听，事必商，可无失"，又请晚村至榻前谆谆嘱托⑥。故之振《夏日口占四绝寄晚村兼示自牧侄》云："十七从君学赋诗，东涂西抹总迷离。庐山面目依然在，留得芒鞋却待谁？"⑦康熙二年（1663），吕留良聘黄宗羲馆于家，执经问业，切磋学问，遂形成较一致的政治思想⑧。据《黄梨洲年谱》载，是年"四月至语溪，馆于吕氏梅花阁，有《水生草堂唱和诗》。吴孟举暨犹子自牧读书水生草堂，与公联床分椠，共选《宋诗钞》。踰月，以弟泽望公报病驰归"。《宋诗钞》即发轫于黄宗羲居停的月余间。《宋诗钞》初集凡例云："癸卯之夏，余叔侄与晚村读书水生草堂，此选刻之始也。时甬东高旦中过晚村，姚江黄太冲亦因旦中来会。联床分椠，蒐讨勘订，诸公之功居多焉。"这里提到的侄儿名尔尧（？—1677），字自牧，是始终参与《宋诗钞》编纂全过程的人。照黄宗羲后人的说法，黄宗羲确实在《宋诗

---

① 顾炎武：《答李子德》，《顾亭林诗文集》，中华书局1983年版，第74页。

② 王应奎：《柳南续笔》卷二，中华书局1983年版，第163页。

③ 参看卞僧慧《吕留良年谱长编》，中华书局2003年版，第104页。

④ 高斗魁诗见全祖望辑《续甬上耆旧诗》卷四一，杭州出版社2004年版。

⑤ 郑梁《郑寒村全集·五丁诗稿》卷三《答吴孟举次韵》注："孟举诗学得之姚江，与余论诗最契。"

⑥ 见张履祥《杨园先生全集》卷三四《言行见闻录》，参见卞僧慧《吕留良年谱长编》，第161—162页。

⑦ 吴之振：《黄叶村庄诗集》卷一，康熙间家刊本。

⑧ 有关黄宗羲、吕留良政治思想的相似，参看胡楚生《黄梨洲与吕晚邨——比论黄吕二人之政治思想》，《清代学术史研究》，学生书局1988年版，第1—15页。

钞》的发凡起例中起过决定性的作用①。而晚村则撰写了《宋诗钞》的序言及八十二篇作者小传②。当时吕留良也搜集宋籍,人称"收藏宋元人文集最富"③。他一直有意编宋人遗书,常与吴之振互通有无。曾说"自来喜读宋人书,爬罗缮买,积有卷帙。又得同志吴孟举互相收拾,目前略备。因念其为物难聚而易散,又宋人久为世所厌薄,即有好事者,亦拣庙烧香已耳。再经变故,其渐灭尽绝,必自宋人书始。今幸于吾一聚焉,不有以备之流传之,则古人心血实渐灭自我矣。因与孟举叔侄购求选刊,以发其端,以破天下宋腐之说之谬,庶几因此而求宋人之全。盖宋人之学,自有轶汉唐而直接三代者,固不系乎诗也"。世间因他选批时文,都以为他宗宋诗、喜时文,他说这其实并非他的本意,他的矛头乃是针对明代以来"伪盛唐"作风的④,宋诗不过是借以扫荡格调派模拟之风的手段罢了。至于评选时文,一方面是寄托"无所用其心"的精神空虚,另一方面也是"乞食无策"的谋生手段。故先后评选时文集达二十多种,"风行海内,远而且久"⑤。但自康熙五年(1666)以后,其评选渐有抒发胸中郁闷的意味,所谓"偶于时艺寄发狂言,如病者之呻吟,亦其痛痒中自出之声"是也⑥。当时正值山阴祁氏澹生堂藏书散出,吕留良托黄宗羲往购,梨洲自买奇秘难得之本,而以其余归晚村,致晚村怒而绝交⑦。翌年梨洲与姜定庵、张奠夫复兴证人书院,遂馆姜定庵家。而晚村则延张杨园于家中,一意讲求宋学。此后梨洲讲学以承蕺山学统自任,而晚村执著于程朱,从此分道扬镳。晚村性峻洁不容物,论学言辞激切,很难与人相处。后来与吴之振也因故生隙,又以人生志趣不一,相交十五年而分袂⑧。

不过《宋诗钞》最初是在吕留良宅付梓的,康熙六年(1677)晚村

---

①　见前引黄璋《读剑南诗钞书后》小序,谢宝书辑《姚江诗录》卷一,民国20年中华书局排印本。

②　孙学颜编《吕晚村先生古文》卷下收《宋诗钞序》,下注"代"字。卞僧慧《吕留良年谱长编》以为"盖序出自吕留良而以之报名弁于书首,此例甚多,不仅此一篇"。第191页。

③　柯崇朴:《圣宋文选序》,转引自卞僧慧《吕留良年谱长编》,第317页。

④　吕留良:《与张菊人书》,《吕晚村先生文集》卷一,民国刊本。

⑤　王应奎:《柳南续笔》卷二,第163页。

⑥　吕留良:《与施愚山书》其一,《吕晚村先生文集》卷一,民国刊本。

⑦　此据陆陇其《三鱼堂日记》、沈冰壶《黄梨洲小传》,全祖望《小山堂祁氏遗书记》则谓晚村以吴之振所出资,与梨洲合购祁氏书,中途使人窃黄宗羲所取卫湜《礼记集说》、王偁《东都事略》,复取其精者,以其余归吴之振,以致"一举而既废师弟之礼,又伤朋友之好"(并见卞僧慧《吕留良年谱长编》第149页)。此说晚出,全氏又梨洲门人,其说容有曲讳,今不取。

⑧　吕留良:《与某书》,《吕晚村先生文集》卷三,民国刊本。

《与康复高书》，提到"家中有宋诗之刻"，《宋诗钞》初印本封面还列有晚村名，目录总列百家，未刻十六家，题曰初集。后拟续辑，值晚村文字之狱起，其事遂寝。后印之本则改窜了序文①，封面也削去晚村名，仅列吴之振叔侄二人，于是再不见晚村襄事的痕迹。不过他在《宋诗钞》编纂初期所起的核心作用是无可怀疑的，后期编纂他虽不再参与，但书中仍清晰地留下了他的思想印迹。盖晚村论学最重夷夏之辨，康熙十二年（1673）与施闰章书云："窃谓古今论诗者，浅之为声调为格律，深之为气骨为神理，尽之矣。以此数者论先生之诗，所谓子女玉帛、羽毛齿革，君之余足以波及天下，而何以益之？无已，则六经之义乎。孟子曰王迹息而《诗》亡，《诗》亡然后《春秋》作。然则《诗》之义，《春秋》之义也。全唐诗人较量工拙，未必尽让子美，而竟让之者，诸人工于诗，子美得此义也。"② 据包赍分析，此所谓"《春秋》之义"完全集中在"夷夏之防"四个字上，所以说愚山如果不在这一点上下工夫，则即使著作、讲学再工，也不过是郝敬、虞集、吴澄、许衡一流人物而已。这种微言大义，在《宋诗钞》中也隐约地流露出来。如卷二选徐铉诗，小传末云："大梁以后，气稍衰荼矣，盖情郁为声，悽楚宛折，则难言之意多焉。"所选《爱敬寺有老僧尝遊长安言秦雍间事历历可听因赠此诗兼示同行客》有"白首栖禅者，尝谈灞浐遊。能令过江客，偏起失乡愁"之句，这里既用"过江客"典故，说明诗作于入宋以后，"失乡"二字则是故国之思的寄托，所谓"悽楚宛折"的难言之意，不只为作者徐铉所有，其实也为选者吕留良、吴之振辈所共享。

吕留良对《宋诗钞》的影响远不止于这一点。首先，署康熙十年（1671）八月吴之振撰的《宋诗钞》序，实为吕留良代撰③，应该表达了吕氏的宋诗观。序文表明，当时吕留良对宋诗美学特征及价值的肯定犹是试探性的，更多的是为宋诗作消极的辩解：

> 自嘉、隆以还，言诗家尊唐而黜宋。宋人集覆瓿糊壁，弃之若不

---

① 今本《宋诗钞》序有作"余与家弟自牧所选盖反是"者，乃吕留良文字狱案发生后所改，当据《光绪石门县志》卷十艺文类作"余与东庄、自牧所选盖由是"。见包赍《吕留良年谱》，商务印书馆1971年版，第91页。

② 吕留良：《与施愚山书》其二，《吕晚村先生文集》卷一，民国刊本。

③ 康熙刊本《吕晚村先生古文》所收有此序，题下署一"代"字，知实为吕留良代撰。

克尽，故今日蒐购最难得。黜宋诗者，曰腐，此未见宋诗也。宋人之诗，变化于唐而出其所自得，皮毛落尽，精神独存。（中略）今之黜宋者，皆未见宋诗者也。虽见之，而不能辨其原流，则见与不见等。此病不在黜宋，而在尊唐。盖所尊者嘉隆后之所谓唐，而非唐宋人之唐也。唐非其唐，则宋非其宋，以为腐也固宜。[1]

他认为当时流传的李蓘《宋艺圃集》和曹学佺《石仓十二代诗选》，前者"取其离远于宋而近附乎唐者"，后者"选始莱公，以其近唐调也"，都是从唐诗的立场出发的，"以此义选宋诗，其所谓唐终不可近也，而宋人之诗则已亡矣"。因此他和吴氏叔侄所选，一反这种倾向，力求"尽宋人之长，使各极其致"。他首先强调宋诗与唐诗是同源异体的关系，即"变化于唐而出其所自得"，重心落在"自得"上，不同于前人宋不背于唐的迂回曲说。"皮毛落尽，精神独存"，既是对宋诗瘦硬风貌的概括，提示了宋诗的魅力，同时也肯定了它对唐诗的超越，顺理成章地引出对明人尊唐的尖锐批评，这与他对"伪盛唐"的判词可以说异曲同工。两年后他过徐州来园居，有诗云："江阁水气深，曲廊生微飔。乍定烦疴瘳，稍安发清思。信手摩卷帖，缦吟宋人诗。宋诗亦何好，颇类此景奇。脱落声律尘，澡以冰雪姿。风雅理未息，汉唐或在兹。知音古实难，讵免末俗疑。"这里流露的趣味与《宋诗钞序》是明显一致的，但已能很自信地肯定宋诗自身的特色，欣赏其异量之美。前面说过，他为《宋诗钞》写了八十二篇作者小传，他对宋诗的具体看法都表现在这些小传里，颇不乏有趣的见解。比如郑侠《西塘诗钞》小传论侠"古诗疏朴老直，有次山、东野之风，不得以当行、格调律之"[2]。当行、格调都是严羽及其嫡裔明七子辈所标举的概念，不得以此律郑侠诗，就等于说不应以盛唐之音为评价诗歌的唯一标准。所以戴昺《农歌集钞》小传又引其《答妄论宋唐诗体者》"安用雕镂呕肺肠，辞能达意即文章。性情元自无今古，格调何须辨宋唐"，说"知此可与言诗矣"[3]。这显然就是他以宋选宋，"尽宋人之长，使各极其致"的理论前提。为此我们有必要充分考虑吕留良在《宋诗钞》主导倾向形成中所起的作用。再比如，吕留良盛赞黄庭坚"荟萃百家句律之长，究极历

---

① 吴之振：《宋诗钞》自序，中华书局1986年版，第1册，第4页。
② 吴之振等辑：《宋诗钞》第1册，第757页。
③ 吴之振等辑：《宋诗钞》第3册，第2758页。

代体制之变，自成一家"，这在当时也是很少见的褒誉，与王渔洋为山谷翻案不约而同，桴鼓相应。此外，如王禹偁小传称其"为杜诗于人所不为之时"①，王安石小传称"悲壮即寓闲澹之中"②，杨万里小传称"不笑不足以为诚斋之诗"③，虽都是片言只语，却也足以启人省思。最重要的是，吕留良虽然欣赏宋诗，却远不像公安派那么膜拜，他毫不客气地指出苏轼"用事太多，未免失之丰缛；虽其学问所溢，要亦洗削之功未尽也"，又批评黄庭坚"本领为禅学，不免苏门习气"，王安石"独是议论过多，亦是一病"。这些看法固然是严羽以来诗家的共识，但对久不接触宋诗的诗坛来说，仍具有一定的批评价值。由这些闪光的见解，我们甚至应该说吕留良是对《宋诗钞》贡献最大的人，可惜由于他是雍正钦定的名教罪人，遭开棺戮尸、禁毁著作，后印的《宋诗钞》都剜版改窜，抹去了他襄事的痕迹，于是后人就只知道《宋诗钞》为吴之振叔侄编纂，而不知道吕留良的贡献了。

二　吴之振的宋诗立场

吴之振在当时颇有诗名，身后更被目为康熙朝最有名的山林诗人。杨际昌《国朝诗话》称"康熙间山林诗，石门吴孟举之振最有名。《黄叶村庄诗集》寝食宋人，五言古体《黄河夫》篇，直追少陵矣。近体工写景，七言绝句尤足自张一军"④。吴之振对宋诗的尊崇远比黄宗羲更果决和自信，这由张仲谋所举其诗中的多处议论清楚可见⑤。不过这些议论的年代恐怕都比较晚，在从事编纂《宋诗钞》时，他远离诗坛的中心，僻处浙东，踪迹和交游都不广，对自己的诗才和见识还没有那么自信。康熙十年冬（1671）他携带新印的《宋诗钞》进京，接触到当时诗坛最活跃的一批诗人，非但赢得"君才真与古人齐"的题目⑥，同时艺术趣味也得到印证。他对宋琬的赞美，显然与京师名流的艺术旨趣相通："安雅堂中一卷

---

① 吴之振等辑：《宋诗钞》第1册，第13页。
② 同上书，第564页。
③ 吴之振等辑：《宋诗钞》卷七一，第3册，第2038页。
④ 杨际昌：《国朝诗话》卷二，郭绍虞辑《清诗话续编》第3册，第1705页。
⑤ 参看张仲谋《清代文化与浙派诗》，第79—84页。
⑥ 王士禄：《读吴孟举寻畅楼近诗奉柬》，吴之振辑《八家诗选》卷五，康熙十一年吴氏鉴古堂刊本。

诗，风流蕴藉是吾师。驱除王李聱牙句，摒当钟谭啽呓词。"① 而最出乎
他意料的是，他发现这群京师名家正热衷于宋诗："余辛亥至京师，初未
敢对客言诗，间与宋荔裳诸公相游讌，酒阑拈韵，窃窥群制，非世所谓唐
法也。"这不禁让他兴奋异常，拿出《宋诗钞》分赠诸公。当时诗坛上倾
向宋诗的诗家如黄宗羲、徐乾学等，仍只是从唐宋诗的一致性来强调宋诗
的价值，也就是说，宋诗如果说还有一点可取的话，那就是作为唐诗的附
庸，它本身是没有正当的美学价值的。在这种诗学语境下，《宋诗钞》的
出现，给诗坛带来一股不小的冲击，因为它纯然立足于宋诗的立场，着眼
于宋诗自身的面貌，提出了以宋诗为本位的审美标准。而且一举网罗数量
如此庞大的宋诗作品，不禁令诗坛眼界大开，那种久旱逢甘霖似的喜悦，
至今还可以从李良年《吴孟举以宋诗选刻并所作种菜诗见贻走笔奉柬》一
诗中品味得到②。王崇简《吴孟举以所辑宋诗相贻赋赠》诗云："卓识开
千古，从今宋有诗。汉唐堪并驾，鲍谢不专奇。"此言绝非夸张，若不是
看到《宋诗钞》，诗坛恐怕仍旧是"迄今宋无诗"吧？

　　吴之振入京的目的很可能就是推广《宋诗钞》，现在他不仅如愿以
偿——从康熙十一年（1672）春他出京时饯送诗之多，就知道《宋诗钞》
在京师激起了多大的反响③——而且窃喜更有意外收获："故态复狂，诸
公亦不以余为怪，还往倡酬，因尽得其平日之所作而论次之。"④ 他没有
放过这个提高声望的机会，回乡后立即编选宋琬、曹尔堪、施闰章、沈
荃、王士禄、程可则、王士禛、陈廷敬之作，刻为《八家诗选》。自序再
度重申了"求自得"的主张，以为《宋诗钞》之辅翼：

　　　　近诗之敝也，患在苟同而不求自得。唐之传者，如李杜、王孟、
　　储王、高岑，虽齐誉一时，而不相蹈袭：此作者之不同也。元和以
　　后，皆师杜甫，然韩愈得其奇，孟郊得其古，白居易得其真，柳宗元
　　得其澹，李商隐得其炼，温庭筠得其艳，李贺得其险，卢仝、马异得
　　其肆，陆龟蒙、皮日休得其新，许浑、刘沧、贾岛、项斯得其工，共

　　① 吴之振：《读宋荔裳观察安雅堂集题赠二首》，《黄叶村庄诗集》卷二，康熙刊本。
　　② 李良年：《秋锦山房集》卷五，康熙刊本。
　　③ 有关吴之振入京及《宋诗钞》的反响，可参看张仲谋《清代文化与浙派诗》，第105—
109页。
　　④ 吴之振《八家诗选》自序，康熙十一年吴氏鉴古堂刊本。

学一家，而判若燕越：此师承之不同也。以唐人论唐诗，则殷璠之
《英灵》，韦庄之《又玄》，高仲武之《间气》，刘明素之《丽情》①，
姚合之《极玄》，芮挺章之《国秀》，元结之《箧中》，皆集不多人，
人不多什，其所取舍，别有神理。自听内视，不受诮于愚卤书厨：此
选论之不同也。夫生唐之世，为唐之诗，一时规摹叹赏，固宜风调画
一矣，然而崖异迥然如此。奈何今世作者，取他人残剩之脔汁，更相
递絮，李所吟咏无别于张，赠甲之篇移乙亦得，试取方域、氏姓、官
爵、名目为禁，则群嗫不能发声。

这一次吴之振已能从容地从三个方面来论证唐人贵自得的艺术精神，最后
又辩证地揭示出艺术精神之"同"与艺术风貌之"不同"的哲理，"夫古
之作者、师承者、选论者，所以求指归之同也。至矣而不同顾若彼，适其
所以同也。知不同之为同，则必有指归之自得者矣。今八家自不相为同，
余之选八家也，非选其同于余，标一同之说以绳天下"。这样，通篇议论
就归结为"能诗者各求其自得而已矣，何必同？"重申了贵自得的旨趣。
在当时的语境中，贵自得，言下之义就是何必写那种格调派的伪唐诗呢，
不是还有如此多彩的宋诗可学吗？

　　此序作于康熙十一（1672）年九月，《宋诗钞》引发的轰动效应与当
代巨公的创作实践交相辉映，使宋诗风迅速蔓延，引起更多诗人的响应。
是年汪琬有《读宋人诗六首》，首云："夔州句法杳难攀，再见涪翁与后
山。留得紫微图派在，更谁参透少陵关？"② 后历论南宋大家及元好问。
同时李良年也有《题宋人诗后》七古一首，云："三唐已渺典型在，俨若
金石万古垂。有明晚叶吁可怪，弃厥根本寻其枝，小儿开口笑宋诗。岂知
良工意惨淡，能事不贵师藩篱。"③ 嗣后历数有宋名家的造诣，连四灵辈
都不吝予以褒词。末云："呜呼往哲秋云高，愧从井底论妍媸。少小只解
弄柔翰，鼓柁欲涉无津涯。藏书万卷发未半，劫火到处宁吾私。拟抛生事
访遗帙，手欲缮辑力已疲。"已遁入空门改名今释的金堡有《吴孟举过访
以宋诗选见赠却谢》云："纷纷耳贵三唐体，别眼谁将两宋看？解得出身

　　① 按：《丽情集》为北宋张君房所编，刘明素所编辑为《丽文集》，见《宋史·艺文志》。
吴氏殆误识。此承人民文学出版社葛云波先生指示。
　　② 汪琬：《钝翁类稿》卷八，康熙刊本。
　　③ 李良年：《秋锦山房集》卷五，康熙刊本。

元有路，但求入格亦何难。"① 但明代以来崇尚唐诗的积习并不是那么容易消解的，而宋诗的魅力更非轻易可体会。且不论大多数食唐不化的诗人，就是那些赶宋诗时髦的诗人，也未必都能理解宋诗的意义。宋荦多年后追忆，"康熙壬子、癸丑间屡入长安，与海内名宿尊酒细论，又阑入宋人畛域。所谓旗东亦东，旗西亦西，犹之乎学王李学三唐也"②，就是指当时这种盲目跟风，毫无主见的情形。《宋诗钞》在京师的传播，更煽起朝官间竞谈宋诗的风气，一些诗人虽颇为不满，却也莫可奈何。康熙十二年（1673）十月，谢天枢为叶矫然撰《龙性堂诗话序》，说："今之论者，左初盛而右中晚，且及宋元，锦坊花样，逐时新爽，非人所能为也，然亦惘惘无所适从。"这种迷惘正是唐诗独尊的价值观被颠覆，宋诗忽而拥有更强势的话语权，而人们对变幻不定的诗潮无所适从的失落状态的真切写照。

然而历史的戏剧性在于，谢天枢们尚未回过神来，宋诗风的鼓动者王士禛已从万柳堂传出的信息中嗅觉君主的趣味和高层的反应，审时度势，悄然地改换立场了。这是远在浙东山里的吴之振很难预料的，他一直抱着固有的热情，焦躁地等待着宋诗持续升温。康熙十五年（1676）他曾《次韵答梅里李武曾》诗中感慨："王李钟谭聚讼场，牛神蛇鬼总销亡。风驱云障开晴昊，土蚀苔花露剑芒。争诩三唐能哜载，敢言两宋得升堂？眼中河朔好身手，百战谁来撼大黄？"③ 回顾明季以来的诗学嬗变，他深憾举世仍竟趋三唐，无视两宋，恨无人挺身而出，振举宋诗的大纛。其二又写道："钝翁类稿读题词，遥想尧峰唱和时。莫到外间殊不尔，且容吾辈共论之。"汪琬是当时公认的宋诗派作家，吴之振引为同志，意在表明不与时尚趣味妥协的坚决态度。张仲谋根据吴之振的十二首《论诗偶成》，认为吴氏反对尊唐黜宋的诗学信仰至老未变，只不过不再像当年那样作斩绝自负的口气而已④。我基本同意他的看法，但想作一点补充，吴之振晚年对提倡宋诗的流弊还是有所认识、有所反思的，所以曾有选唐诗之举，议论中并流露出弥合唐宋之争的意思。康熙三十九年（1700），刘廷玑访

----

① 金堡：《遍行堂集》卷一五，国学扶轮社宣统三年排印本。
② 宋荦：《漫堂说诗》，丁福保辑《清诗话》上册，第420页。
③ 吴之振：《黄叶村庄诗集》卷四，康熙刊本。《秋锦山房集》卷五有《吴孟举以宋诗选刻并所作种菜诗见贻走笔奉柬》，即李良年赠吴之振的原唱，列于《哭刘蒲庵吏部》之前。据李绳远撰集序，卷五所收诗为康熙十二年（1673）癸丑冬"（由黔中）抵家历戊午及近游滁颍间诸诗"，考刘体仁卒于康熙十五年（1676）春，知吴诗作于康熙十四至十五年。
④ 参看张仲谋《清代文化与浙派诗》，第113页。

吴之振于黄叶村庄，有诗云："曾倩东床寄宋诗，十年今慰梦中思。（中略）高论君诚砭世医。要起沉疴当脱换，恐伤元气更扶持。"自注："孟举又选唐诗，将完五六，其论如此。"① 这条资料有助于我们了解吴之振晚年诗学的倾向。另外，康熙五十三年（1714）以后吴之振为孔尚任《长留集》撰写的一篇序言，也是很值得玩味的：

　　　　近世主领骚坛之人，每对学者讲三昧，谈神韵，问其所以，则曰可以意会，不可以言传，作诗久，自能了悟。闻其语，虽不甚解，亦不复问。比于禅宗，则棒喝之微旨也。其真与伪，学者且不能知之，又安能学之？吾谓大抵袭沧浪之绪语耳。夫诗者，无论学士大夫野老士女，即景即事，称心成语，有情有理，矢口叶韵，闻者莫不感发，和者无不畅遂。以之被笙歌，则合乎声律，可以召八风，通万籁，所谓率其天真，诚能动物也。非谓别有门庭，自号曰诗人，招致生徒，传授衣钵，俟其面壁久参，一言印证，微笑相视，不许门外汉窥其半字，然后曰此大家也，此正派也。吾每持此论，世无信者。②

这里批评的主领骚坛之人自非王渔洋莫属，可以意会、不可以言传也确实是渔洋指点学者的方式，这本质上与艺术经验的不可传达性有关③，但吴之振似未能透解这一层。他重新揪出严羽，数落以禅喻诗之弊，最后对王渔洋及神韵诗学的正宗地位委婉地加以否定，半是出于对主流话语的不满（这种不满在被边缘化的诗人诸如赵执信一辈中已压抑了许久，直到王渔洋下世方发掘出来），半是出于序文尊体策略的需要。他正面推崇的孔尚任、刘廷玑两家，"以当前景、实在事，委宛之心情，活泼之物理，浩歌微吟，随体裁制，清不涉空，真不涉俗，气动而发，意尽而止。参之汉魏唐宋近代作者，既不剿袭，亦不背戾，盖自作其诗，我既不肯学人；各成其诗，人亦不须学我。谓之大家可，谓之自成一家可，谓之正派可，谓之独创一派亦可"，仍不外乎贵自得之旨，不过语气明显已平和不少，容许

---

① 刘廷玑：《葛庄编年诗·庚辰》，中国社会科学院文学所藏钞本。
② 孔尚任、刘廷玑：《长留集》卷首，中国书店1991年影印康熙刊本。
③ 关于这个问题，可参看蒋寅《古典诗学的现代诠释》第三章"以禅喻诗"，中华书局2003年版。

参学的对象甚至包括了近代作者，按当时的习惯用法即指明人。再参照康熙五十一年（1712）他为男宝芝重刊《瀛奎律髓》撰的序言，其中肯定诗之"变而日新，人心与气运所必至之数也。其间或一人而数变，或一代而数变，或变之而上，或变之而下，则又视乎世运之盛衰，与人材之高下，而诗亦为之升降于其间，此亦文章自然之运也"。从这个意义上说，"时代虽有唐宋之异，自诗观之，总一统绪相条贯，如四序之成岁功，虽寒暄殊致，要属一元之递嬗尔"。然则那等持门户之见的"固者"，"画为鸿沟，判作限断，或尊唐而黜宋，而宗宋而桃唐，此真方隅之见也"①。这里明显流露出一种弥合唐宋之争的意识，应该代表着他晚年平和包容的境界。如此说来，吴之振编《宋诗钞》也同样具有给诗歌传统扩容的意义。正如当时田兰芳所说，"此集未必空从前作者，然宇宙日新之机可于此而识之"②。的确，《宋诗钞》大大开阔了诗人们的诗歌史眼界，是康熙朝诗学拓展诗歌史视野的一个重要步骤，它与钱谦益、王士禛、顾嗣立等许多诗人的努力是殊途同归的。

三　《宋诗钞》编纂得失及诗学史意义

以上谈论的都是《宋诗钞》与吴之振诗学观念的关系，尚未涉及《宋诗钞》编纂本身。实际上，从选本的角度来说，《宋诗钞》的选目是很有可议之处的，当时查慎行已说魏仲先诗，"石门吴孟举氏选入《宋诗钞》者，亦不尽所长"③；近人王礼培也说它"竟舍西昆而冠王元之，识解虽超，而于一代派别递嬗之故，难以语夫知人论世之旨"④。由于吴之振心存矫枉之意，竭力要呈现宋诗异于唐诗的独特面目，取舍之间就不无过正之处。翁方纲对此看得最为清楚，说：

　　《宋诗钞》之选，意在别裁众说，独存真际，而实有过于偏枯处，转失古人之真。如论苏诗，以使事富缛为嫌。夫苏之妙处，固不在多使事，而使事亦即其妙处。奈何转欲汰之，而必如梅宛陵之枯淡、苏子美之鬆肤者，乃为真诗乎？且如开卷《凤翔八观诗》尚欲加以芟

①　李庆甲辑：《瀛奎律髓汇评》下册，上海古籍出版社1986年版，第1813页。
②　田兰芳：《与王生书》，《逸德轩文集》卷上，百城山房丛书，康熙刊本。
③　查慎行：《得树楼杂钞》卷五，适园丛书本。
④　王礼培：《小招隐馆谈艺录》卷二"论宋代诗派"，民国26年湖南船山学社排印本。

削，何也？余所去取，亦多未当。苏为宋一代诗人冠冕，而所钞若此，则他更何论！①

翁方纲可以说是自宋代以来苏东坡最大的崇拜者，他诗学东坡，字学东坡，书斋名曰苏斋，每逢东坡生日都挂起东坡画像，邀友生集于苏斋赋诗。以他对苏集寝馈之深，看吴之振对苏诗的取舍自然是鞭辟入里。他还更具体地剖析了吴之振的失误在什么地方：

> 吴《钞》云："元祐文人之盛，大都材致横阔，而气魄刚直，故能振靡复古。"其论固是。然宋之元祐诸贤，正如唐之开元、天宝诸贤，自有精腴，非徒雄阔也。即东坡妙处，亦不在于豪横。吴《钞》大意，总取浩浩落落之气，不践唐迹，与宋人大局未尝不合，而其细密精深处，则正未之别择。即如论苏诗，首在去梅溪之饾饤，而并欲汰苏之富缛。夫梅溪之饾饤，本不知苏，不必与之较也。而苏岂以富缛胜者？此未免以目皮相。观吴孟举所作序，对针嘉、隆人一种吞剥唐人之习，立言颇为有见。而及观其中间所选，则是目空一切、不顾涵养之一莽夫所为，于风雅之旨殊远。②

在他看来，吴之振的观念和判断力显然有点脱节，所以大处立意虽不错，但具体取舍却多有失当，终究是修养不到，难以领略苏诗真正的高妙。不仅如此，他还指出吴之振选其他人诗中存在的问题：

> 吴孟举之钞宋诗，于大苏则欲汰其富缛，于半山则病其议论，而以杨诚斋为太白，以陈后山、简斋为少陵，以林君复之属为韦、柳。后来颓波日甚，至如祝枝山、唐伯虎之放肆，陈白沙、庄定山之流易，以及袁公安、钟伯敬之佻薄，皆此一家之言浸淫灌注，而莫可复返，所谓率天下而祸仁义者。吴独何心，乃习焉不察哉？③

至于作者世次的前后混乱，收录作品的比例失调，小注窜入诗题，组诗拆

---

① 翁方纲：《石洲诗话》卷三，郭绍虞辑《清诗话续编》第 3 册，第 1420 页。
② 同上书，第 1421 页。
③ 翁方纲：《石洲诗话》卷四，郭绍虞辑《清诗话续编》第 3 册，第 1436 页。

散分列等缺点①，更与编者之急于成书，仓促从事有关。在这一点上，负责最后定稿的吴之振叔侄是难辞其咎的。

相对选目编次而言，《宋诗钞》在文献方面获得较多的肯定。《四库提要》称"之振于遗集散佚之余，创意蒐罗，使学者得见两宋诗人之崖略，不可谓之无功"。然而以今天的眼光看，《宋诗钞》作为总集的文献学价值是明显不及顾嗣立《元诗选》的。它所收录的宋诗多未失传，只不过深藏内府或秘庋私家，不行于世而已。吴之振遇到善本难觅、无从校勘的文本，凡底本残损处，缺文断句，一仍其旧。后来民国初涵芬楼影印此书，属李宣龚校正，竟补了728字！所以，即便从文献的角度说，《宋诗钞》也不能算是很有价值的总集。实际上，到乾隆间四库馆开，大量宋人别集被学者们自内府钞出，或从《永乐大典》辑出，流通于世，《宋诗钞》便如日出之爝火，渐渐黯淡无光了。不过它的文学史意义没有因此而衰减，反而随着宋诗风在清代诗歌中的日益渗透和蔓延，越来越得到多方面的评价。其中最重要的一点，就是正值清初诗坛开始关注宋诗之际，《宋诗钞》适时地提供了丰富的宋诗文本，让人们揣摩参考。诗人唐璟坦言："余髫年受经，是时诗非唐不传，学诗者非唐不宗。迩年来始有《宋诗钞》之刻，阅岁而武林乃有陆放翁、范石湖集相继行世。披诵之余，殆忘寝食，偶然则效，不自知其形秽也。"②

《宋诗钞》带来的巨大冲击，不仅对学宋诗者产生影响，也让唐诗派诗人深感不安。他们在直接抨击宋诗派的创作之余，也通过重选宋诗来予以还击，于是更多的宋诗选络绎问世。现知康熙间刊行的宋诗选本有吴绮《宋元诗永》（康熙十八年）、陈焯《宋元诗会》（康熙二十七年）、陈訏《宋十五家诗选》（康熙三十二年）、顾贞观《积书岩宋诗删》（康熙三十五年）等。这些选本的编辑动机，无一例外都是针对宋诗派、从批评的立场出发的。最具代表性的是吴绮编的《宋元诗永》。吴绮本人诗以三唐为宗，他明白当时学宋是要打破明人学唐的模拟和狭隘，可是当他看到学宋也出现学唐一样的流弊，未得精髓却沾其恶习时，便发愤要发掘宋人的真本领以示世人。自序指出："宋元人之学唐，取其神理；今人之学唐，肖

---

① 有关《宋诗钞》编纂方面的失误，王友胜《清人编纂的三部宋诗总集述评》（《湘潭师范学院学报》1998年第4期）一文有具体指摘，可参看。

② 王昶辑：《青浦诗传》卷二五，周维德辑《蒲褐山房诗话新编》，齐鲁书社1988年版，第292页。

其口吻，所以失之弥远。今不探其本，转而以学唐者学宋元，惟其口吻之
似，则粗疏拗硬佻巧窒涩之弊，又将无所不至矣。"这不是吴绮一个人独
有的看法，毛奇龄《王舍人选刻宋元诗序》也提到：

> 舍人王君惟恐以今之为宋元者，如昔之为唐而仍蹈其弊，于是搜
> 讨遴录，遍辑宋金元之诗，而以拣以料，扬其粃而汰其砾，取夫宋金
> 元之近唐者而存之。夫丹固亦可熬之，而仍为铅也。今无论宋时诗人
> 如渭南、沧浪、眉山、涪川诸集，其见诸编者去唐未远，而即取金元
> 之在选者而试诵之，夫不见虚中、好问之近韩韦，师拓、麻革之近郊
> 岛，赵承旨、虞学士之近钱刘，鲜于（伯）机、萨都剌之近温李，揭
> 奚斯、太不花之近张籍、王建，廼贤、郭奎、张宪、兀颜、子敬之近
> 方罗近沧浑哉？①

王氏这部取"近唐者而存之"的宋金元诗选，应该也是针对突出宋诗本色
的《宋诗钞》而编的，吴之振强调宋诗"变化于唐而出其所自得"的倾
向，王氏则重申宋诗对唐诗的继承性，实质无非是祧宋归唐。后来张世炜
撰《宋十五家诗删序》也说：

> 今三十年来，天下之诗皆宋人之诗，天下之家诵户习皆东坡、放
> 翁之句也。（中略）宋人之诗妙在灵动警秀，不袭前人，而其病则在
> 粗浮轻率，世之学宋人者徒以粗浮轻率为工，并其灵动警秀而失之，
> 乃曰此宋人之法也，我学宋人者也。坏天下之诗者，莫此若也。②

袁景辂《国朝松陵诗征》还记载沈亮"与钱旭威有《宋元诗选》七卷，
合两朝诗得八百余首，世疑其太简。盖尔时风尚渐趋宋元，不早为之防，
必流为放纵不止。两先生此选，音不合唐不采，格不入唐不收，欲引学宋
元者仍以唐为归宿"③。尽管这些选本都出自批评宋诗派的立场，矛头直
指学宋风气，但它们的编选、刊行客观上起了传播和普及宋诗的作用。没
有这些选本，很难设想宋诗能在全国范围内持续流行数十年，并对以后清

---

①　毛奇龄：《西河集》序二二，乾隆间萧山毛氏书留草堂刊本。
②　张世炜：《秀野山房二集》，道光二年重刊本。
③　袁景辂：《国朝松陵诗征》卷一，乾隆三十二年爱吟斋刊本。

代诗歌形成以宋诗为底色的主导风格产生决定性的影响①。

第四节　陈祚明的先唐诗歌批评

陈祚明（1623—1674），字嗣倩，一字胤倩，号稽留山人。浙江仁和人。以贫佣书京师十九年，游食于龚鼎孳、王崇简、胡兆龙、严沆等官绅府邸。编有《采菽堂古诗选》四十卷补遗四卷，又曾与韩诗同选《国门集初选》六卷，此外还有评选《战国策》十二卷，李梦阳、何景明、边贡、王世贞、谢榛等诗选，评谢榛《诗家直说》及评元人杂剧二种之《掷米集》等。自著《稽留山人集》收入《四库全书》集部存目。祚明虽"才情风发，赫然倾动朝野"②，与严沆、施闰章、丁澎、宋琬、张文光、赵宾并称"燕台七子"，但终以人微言轻，身后沉寂无闻，直到晚近以来朱自清在《诗文评的发展》一文中提到"大家都忽略了清代几部书"③，并列举出《采菽堂古诗选》，学界这才注意此书，日渐重视。近年有关陈祚明的诗歌创作和评选都有了一些研究④，但从清初浙江诗学的史学背景来看陈祚明《采菽堂古诗选》，我觉得仍有一些可申论的内容。如果将陈祚明的先唐诗歌批评放到古代诗歌批评史、诗美学的视阈中来考量，则更有许多被忽视的艺术经验值得我们发掘和总结。

一　诗学观念的包容性

清初的京师诗坛，多种诗学观念杂然并存，气氛非常宽松。无论是龚鼎孳、王崇简等由明入清的老辈诗人，还是施闰章、宋琬等国初入仕的中年诗家，乃至王士禛、宋荦辈新进才子，都保持着良好的友谊，即便论诗不合也不至于水火不容。陈祚明以布衣游于士大夫间，与上述三代人都有

---

① 这一点已有陆湘怀《从宋诗出版看明代和清初诗风》（《古籍整理研究学刊》1997 年第 5 期）一文专门讨论，可参看。

② 翁嵩年：《采菽堂古诗选序》，陈祚明《采菽堂古诗选》卷首。

③ 《朱自清全集》第 3 卷，江苏教育出版社 1988 年版，第 27 页。

④ 张健：《清代诗学研究》，北京大学出版社 1999 年版；松家裕子：《〈采菽堂古诗选〉与陈祚明》，《桃の会论集初集》，追手门学院大学松家研究室 2001 年版；李金松、陈建新：《陈菽明〈采菽堂古诗选〉考述》，《中国韵文学刊》2003 年第 2 期；陈斌：《陈祚明交游及〈采菽堂古诗选〉编选意图考论》，《福建师范大学学报》2007 年第 3 期；马大勇：《清初庙堂诗歌集群研究》第四章"燕台七子"与"海内八家"附论陈祚明，吉林人民出版社 2007 年版。

往来；又与张纲孙为表兄弟，同"西泠十子"辈也往来亲密，诗学观念则近于后来成为诗坛主流的王渔洋神韵一派。这从挚友周容的一段回忆可以看出：

> 　　陈胤倩诗，主风神而次气骨，主婉畅而次宏壮。尝指摘少陵诗，目为枨句，如"乾坤"、"万里"诸语。余笑曰："君奈何又有'乾坤一布鞋'之句耶？"相与大笑。忆此在己亥春慈仁寺雪松下，今成畴昔矣。录及为之潸然。①

这是顺治十六年（1659）年春他们在京师论诗的情景，两人论诗都以唐为宗，但都不满于明代格调派的空腔肤廓，而另有所趣。从《国门集初选》自序看，陈祚明的诗学取向明显更为开阔和有包容性：

> 　　近诗自济南、竟陵分镳异驱，沿袭以来，互相讥弹。甚或共源殊委，亦如水火，不复相入。缘其始，各师所是，见稍不相类，便若伤我者。展转割弃，径道窄狭，几不自容，亦可嗤矣。设使言诗唯取一途，则自"河梁"、《十九首》，下视曹谢，已为异物。何许沈、宋、高、岑，辄强作解事语。杜陵《早朝》之什，凌王铄贾，一时诸公，亦相为推许。至若《春陵》五言，正是靡靡末调耳，而工部捧颂服膺，形之篇咏。且如萧梁《文选》，后人侪之小儿解事，工部则云"熟精《文选》理"，足明古人恢恢，取径旷远，所谓沧海泰山，不辞细流寸壤，故能成其高大也。②

这里严厉抨击了明代诗坛的门户之见，强调诗道广大，必细大不捐、博取众长，方能成其高大。康熙十一年（1672）他读到吴之振《宋诗钞》，欣然有诗相赠，曰："论诗莫为昔人囿，中唐以下同郐后。何代何贤无性情，时哉吴子发其覆。"③称赞吴之振此编为人们认识古代诗歌的传统打开了一扇窗，他自己也倾注心力评选前代诗歌，自先唐古诗直到明代前后七

---

① 周容：《春酒堂诗话》，郭绍虞辑《清诗话续编》第 1 册，第 108 页。
② 转引自谢正光、余汝丰《清初人选清初诗汇考》，南京大学出版社 1998 年版，第 43—44 页。
③ 陈祚明：《赠吴孟举》，《稽留山人集》卷一九，四库全书存目丛书影印康熙刊本，集部，第 233 册，第 647 页。

子，做着同样的工作。

陈祚明的诗歌评选，始于与周容论诗的顺治十六年（1659）夏，或许有一个包揽古今诗的庞大计划①，但因生计窘迫，实际上无法实现，两年后归里更一度中辍。用功最深的只有先唐古诗的评选，康熙四年（1665）有《赠山阴姜铁夫处士》诗云"我删古诗亦未成，升斗为重笔墨轻"②，可见虽一直在进行，却也难以摆脱贫穷的困扰。陆嘉淑序祚明《稽留山人集》，回忆入京时宿于祚明寓所，见其日"从客酬对"，夜"篝灯著书"，自言"吾家数百指待吾以具饘糜，不敢复恤吾身名以处于此"③。我们不难想见其编纂的艰难，同时也更应该想到，他的评选工作是不能与王渔洋的诗歌评选相提并论的。王渔洋以达官优游台阁，评选诗歌无非是"游于艺"的风雅闲情，而陈祚明编纂古诗评选之书，多半是"惨淡经营就，能令饱肉糜"的营生④。这就是为什么《采菽堂古诗选》耗时十多年才编成，直到康熙十三年（1674）祚明临终之际才将全稿检付门人的缘故。

据翁嵩年序，祚明临终时以书稿相托，说："《三百篇》温柔敦厚之旨，尽于是矣。吾恐今日言诗者，俱入宋、元一派，则古音几不可识矣。"⑤当时正是王渔洋等人鼓吹的宋诗风气日渐炽盛之际，陈祚明这么说当然是针对诗坛风气的，因而翁嵩年感叹"其亦有救时之苦心乎？"但绅绎祚明自述"凡例"，则此编草创之初，目标很可能是瞄准格调派和竟陵派的宗盛唐、宗晚唐之争的。他说：

> 古诗自汉迄隋代远矣，大抵多五言，齐、梁稍趋之律。学者概目为古诗，与近体判然，是近体之源也。今为近体，如不读古诗，见不高，取材也狭隘，坐下俚。初、盛唐密迩六朝，人各有所宗法，如陶、谢、庾、鲍、阴、何，自太白、少陵甖甖于兹，故所诣卓。中、晚之衰也，即奉唐人为典型，故调益靡。今既目古诗为五言一体，易

---

① 《采菽堂古诗选·凡例》："癸卯（康熙二年，1663）夏，复走燕山。会胡先生移疾家居，多暇日，以稍差次旧腹。于是汉魏、六朝古诗、三唐诗及明李献吉、何景明、边华泉、李于鳞、王元美、谢茂秦诸集，即渐评阅并竟。"今《稽留山人集》卷首"未刻书目"尚列有所评选历代诗集名。

② 陈祚明：《稽留山人集》卷一一，集部，第233册，第570页。

③ 陈祚明：《稽留山人集》卷首，集部，第233册，第454页。

④ 陈祚明：《偶吟十二首》其六，《稽留山人集》卷二〇，集部，第233册，第667页。

⑤ 翁嵩年：《采菽堂古诗选序》，陈祚明《采菽堂古诗选》卷首，上海古籍出版社2008年版。

视之，其为近体仅仅切磋唐人之矩度。夫源流所自，甚至者规摹中、晚，见滋下，欲诗工，得乎？予亟表古诗，示准的，学者游息其中，譬寻河得源，顺流而下至溟渤，盖无难焉。①

众所周知，唐代近体诗是在六朝诗歌的基础上发展起来的，古诗乃是近体诗的源头，学者"不尽心于此，则作律不由古诗而入，自多俚率凡近，乏于温厚之音"②，终至眼界必卑下，取材必狭隘。这本是个很浅显的道理，但由于明人不学，晚近流行的诗史观明显带有一种缺乏历史感的偏见，如陈祚明所指出的，"后人评览古诗，不详时代，妄欲一切相绳。如读六朝体，漫曰此是五古，遂欲以汉魏望之，此既不合；及见其渐类唐调，又欲以初盛律拟之，彼又不伦。因妄曰六朝无诗，否亦曰六朝之诗自成一体可耳，概以为是卑靡者，未足与于风雅之列"③。正是基于这种观念，明代格调派主张古体法汉魏，近体宗盛唐，而竟陵派（很可能还包括虞山派）甚至独尚中、晚唐，这些偏执狭隘的诗学在陈祚明看来简直就是无本之木、无源之水，为此他首先表彰古诗，希望学诗者能由此而略窥诗学源流。很显然，他的工作同样也是清初诗坛力图拓展诗歌传统视野的工程之一，可惜《采菽堂古诗选》未能及时梓行，对诗坛风气也就未产生影响。逮至康熙四十五年（1706）刊板行世时，陈祚明下世已三十二年，诗坛风会业已递转，于是这部《采菽堂古诗选》就只能作为一部纯粹的先唐诗选被人阅读了。

《采菽堂古诗选》虽未如编者所期待的那样发挥救时的作用，但作为一种优秀的先唐诗评选，却为浙东的诗史之学留下了重要的业绩。盖自唐初以来，吐弃齐梁、鄙薄六朝的价值观一直主导着诗坛对六朝诗歌的评价，历宋、元、明三代，对六朝诗歌的整理和批评始终滞后于其他朝代的诗歌。明代虽出现臧懋循《古诗所》、冯惟讷《古诗纪》、梅鼎祚《八代诗乘》三部卷帙较大的总集及李攀龙《古今诗删》，钟惺、谭元春《古诗归》等流行选本，但冯书无评，梅书仅辑录历代评论，而李攀龙及钟、谭之选又多门户之见，终究难以令人称心。康熙十五年（1676）季贞编

---

① 陈祚明：《采菽堂古诗选》凡例，第9页。
② 陈祚明：《采菽堂古诗选》卷二九，下册，第949页。
③ 同上。

《六朝选诗》八卷，题下时有解题，而无作者小传评注①。要说到清初尚无一种较好的汉魏六朝诗歌选本，大概不算过言。因此，陈祚明编《采菽堂古诗选》，选录先唐诗歌作品 4487 首，逐一加以评析，不仅救时苦心可嘉，作为一项具有先唐诗歌史研究意义的批评业绩也是值得重视的。

二　富有历史感的批评眼光

关于《采菽堂古诗选》的批评成就，研究者首先肯定它极大地提升了选本的批评功能②，这无疑是很有见地的。《采菽堂古诗选》的批评成就表现在很多方面，而最值得注意的我认为是它鲜明的理论色彩。自近代以来，中古诗歌研究者虽多引重陈祚明的评语，但从未将他作为有特色的诗论家来推崇。张健首先注意到陈祚明以言情为本、修辞而归雅、欲折中七子、竟陵二家的理论倾向，在《清代诗学研究》中辟专章加以论述，肯定他是清初卓有特色的批评家，其诗学有着较强的系统性③，引发学术界的进一步研究。我初读《采菽堂古诗选》，觉得"凡例"行文支离生硬，名随意起，理以词迁，思路不太清晰，文笔也不如评语雅洁通畅④；内容更以老生常谈居多，大抵基于传统的通变观，强调古今作者情殊才异，所处时地不同，无法以划一的标准衡量，明显带有一种折中调和的倾向。但通览全编，仔细梳理其评语，再与"凡例"相对照，就感觉陈祚明的理论意识和批评眼光敏锐异常，为古来少见。而对中古诗歌史的深刻认识和对诗歌作品的细腻品味，当时更是罕有其比，难怪朱自清先生要感叹大家都忽略了《采菽堂古诗选》一书。

祚明论诗，虽旨在"会王李、钟谭两家之说，通其蔽而折衷焉。其所谓择辞而归雅者，大较以言情为本"⑤，并曾说过"诗以性情真切为最"⑥，但他还是更重视"辞"的本体意义："尚辞失之情，犹不失为辞也；尚情

---

① 季贞：《六朝选诗》，余闲堂刊本，有康熙十五年丙辰自序。
② 陈斌：《陈祚明交游及〈采菽堂古诗选〉编选意图考论》，《福建师范大学学报》2007 年第 3 期。
③ 张健：《清代诗学研究》第五章"性情与格调的融合：对云间派诗学的进一步展开与修正"，第 213—229 页；马大勇：《清初庙堂诗歌集群研究》第四章"燕台七子"与"海内八家"附论陈祚明。
④ 《采菽堂古诗选》"凡例"文笔艰涩，殊欠清畅，与评语如出二手。读卷十七评谢灵运《从斤竹涧越岭溪行》评语，则极雅洁可讽也。
⑤ 陈祚明：《采菽堂古诗选》凡例，上册，第 4 页。
⑥ 陈祚明：《采菽堂古诗选》卷二七曹景宗《光华殿侍宴赋竞病韵》评语，下册，第 884 页。

失之辞，则情并失。"① 这种以语言表现为本位的观念，与雅各布森的语言学诗学略有相通之处，将诗歌写作的所有问题都落实到了语言表现的层面。于是陈祚明对诗歌写作基本问题的分析，就不是像叶燮那样简单地二分为关于作者才能的才、胆、识、力和关于诗歌内容的理、事、情，而是分为三个环节：

> 诗之大旨，惟情与辞。曰命旨，曰神思，曰理，曰解，曰悟，皆情也；曰声，曰调，曰格律，曰句，曰字，曰典物，曰风华，皆辞也；曰神，曰气，曰才，曰法，此居情辞之间，取诸其怀而术宣之，致其工之路也。②

他在情与辞即所指和能指之间添加了对写作的技术环节的分析，用神、气、才、法四个概念来说明作者才能的构成，视之为完成诗歌语言表达的必要因素。继而阐述神与气的关系，说明养气的重要："诗所由致于工之路，使人亦悲亦喜者，神也。往覆而不可穷，迁变而不滞，举大而力不诎，入微而旨不晦，零杂兼并而不乱，繁称博引，典核而洒如不纷，非气孰能胜之？气雄则厚，气清则洁。有简淡而亦厚者，元亮之善宗汉人也；有填缀而亦清者，阴、何之善法古乐府也。夫乐府之气雄，古诗之气清。然无不兼擅者，诚有气，则清非弱之云，雄非浊之论。尚情而弱，尚辞而浊者，不知养气者也。"③ 这段话意脉不清，说得有点绕，但大意可以明白，即落实到诗歌的语言表现，雄和清两种气联系着不同的诗歌传统，并外化为相应的语言风格。这样，他虽然没提到指称语言表现的概念——辞，但实际上已包含在对雄和清的审美追求中，其中"清"尤为六朝诗歌美学的神光所聚。他曾特地解释，为什么"吾所谓致于工之路，辞顾不与焉"，说：

> 夫辞，效《三百篇》而成声者也，此所云雅也。鸟兽草木，比兴之旨，其取材也博，何为乎？非是，则情儳而不流。夫"关关"、"呦呦"之云者，辞之善也。子建之辞也华，康乐之辞也苍，元亮之

---

① 陈祚明：《采菽堂古诗选》凡例，上册，第4页。

② 同上书，第1页。

③ 同上书，第6页。

辞也古，玄晖之辞也亮，明远之辞也壮，子山之辞也俊，子坚、仲言
之辞也秀，休文、彦升之辞也警：尚其清也。晋宋以上之清，人犹知
也，昭明《选》以上是也。梁、陈以下，微诸大家，即简文、后主、
张正见、江总、王衮（襃）无弗清者，人不知也。夫雅者，因俗而命
之也，清尤要矣。①

到今天，以"清"为六朝文学的审美理想，乃至古典诗美学的核心范畴，
已是学界共识②。但在陈祚明的时代，这一点尚未被人认识到，而人们评
论六朝诗歌也未着眼于此，只注意其骈俪藻绘之风。为此，陈祚明在评卢
思道《听鸣蝉篇》时特意指出："此诗为一时所推，而不过赏其词意清
切。可见六朝诗惟重有清气，非贵其骈丽也。骈丽中正是清耳。余所选皆
以此意为去取，非修词家所知。"③ 我们不能不承认，他的看法包含着一
个绝大的诗史论断，甚至可以说是批评史上最重要的一个翻案论点之一。

诗歌创作既被视为情与辞的互动，那么每个时代的诗歌都有其独特的
构成方式，也有其独到的造诣和固有的价值。不仅六朝如此——所谓"时
各有体，体各有妙，况六朝介于古、近体之间，风格相承，神爽变换，中
有至理"④，就是历史上评价最低的梁、陈之诗也莫不如此。他说："今夫
诗之不可废者，以其情与辞。辞则代降矣，情则千秋勿之有改已。悲欢得
失，感时命物，合离慕怨之遇，中怦怦然动。己不自已而言之，且咏歌嗟
叹之。如必上古，则《三百篇》四言足矣，何以有五言、七言？何以有歌
行、律绝？是晋、宋未为失，而陈、梁亦未可厚非也。"⑤ 值得注意的是，
他不只是从"作律不由古诗而入，自多俚率凡近"的角度强调"梁、陈
之诗不可不读"，而且更从诗史认知的意义上提出，"读梁、陈之诗，尤当
识其正宗，则子坚集其称首也。更且无论前古后律，脱换所由，就此一
体，亦有妙境，乌容不详？"⑥ 也就是说，梁、陈诗作为诗歌史的一个过

---

① 陈祚明：《采菽堂古诗选》凡例，上册，第 7 页。
② 参看竹田晃《魏晋六朝文学理论中的"清"的概念》，《中哲文学会报》第八号，1983
年 6 月；蒋寅《古典诗学中"清"的概念》，《中国社会科学》2000 年第 1 期，收入《古典诗
学的现代诠释》，中华书局 2003 年版。
③ 陈祚明：《采菽堂古诗选》卷三五，下册，第 1171 页。
④ 陈祚明：《采菽堂古诗选》卷二九，下册，第 949 页。
⑤ 陈祚明：《采菽堂古诗选》凡例，上册，第 2 页。
⑥ 陈祚明：《采菽堂古诗选》卷二九，下册，第 949 页。

渡环节、一个发展阶段，自有其承前启后的意义和独到的成就，这是不容我们忽视的。正因为秉持如此通达的见解，他的诗歌史评价就显得极有包容性，善于从不同的角度去认识一些诗史现象的意义与价值，甚至被刘勰否定的"为文造情"，他也承认有其存在的合理性。因为工于言情者，其志皆有独感，"志非有独感，作而不深于情，乃工拟古；不则流连景物，语嫣然，此亦情也。夫抱独感者，情生辞；不者，辞亦生情。夫生情之辞，辞乃善矣"①。这同样是从情与辞的互动关系出发，肯定不同写作类型中情与辞会形成不同的关系。拟古本质上乃是辞生情的典型形态，而辞一旦能生情，便也实现了诗歌的艺术本质。他对陆机和江淹两家诗之所以评价不高，不在于他们拟古，而是因为他们"徒以法胜其辞，直浅之乎言情也"，是不成功的写作。

三　基于比较的批评方法

事实上，陈祚明很少孤立地平面地谈论作家的成就及风格特点，而总是从特定的诗史语境来审视作家才能的运用。每位诗人的小传写得极其用心，也极有章法，体例周到而富有独创性。凡著名作家的小传通常都由四部分内容构成：（1）叙述生平简历；（2）摘录钟嵘《诗品》评语或其他评论；（3）自撰评语；（4）以意象批评之法再作形容。且看卷七王粲小传：

> 王粲，字仲宣，山阳高平人。汉献帝西迁，因徙居长安。后之荆州，依刘表。表卒，曹操辟为丞相掾，赐爵关内侯，拜侍中。建安二十二年卒。〇《诗品》曰：粲诗其源出于李陵，发愀怆之辞，文秀而质羸，在曹、刘间别构一体。方陈思不足，比魏文有余。〇王仲宣诗跌宕不足，而真挚有余。伤乱之情，《小雅》、变风之余也。与子桓兄弟气体本殊，无缘相比。〇王仲宣诗如天宝乐工，身经播迁之后，作《雨淋铃》曲，发声微吟，觉山川奔进，风声云气与歌音并至。祇缘述亲历之状，故无不沉切。又如耕夫言稼，红女言织，平实详婉，纤悉必尽。②

---

① 陈祚明：《采菽堂古诗选》凡例，上册，第8页。
② 陈祚明：《采菽堂古诗选》卷七，上册，第189页。

如此详备的作者小传，是前代文学选本所未有的，体例也很有独创性。其中，附录《诗品》及其他诗话（如颜延之小传附录《诗谱》、谢灵运小传附录《诗评》、阴铿、张正见小传附录《松石轩诗评》），或发挥其说，或加以商榷，还显示出一种学术批评的意识。偶尔意犹未尽，则更添一两段议论，发挥开去，往往是饶有心得的诗史通论。比如卷二十二梁简文帝小传，简直就是一篇从晋宋到晚唐的中古诗歌史论。而更常见的则是像王粲小传那样的不同作家之间的比较。曹植小传既畅论子建之才，犹觉不尽，于是更将三曹父子作一番比论："子建既擅凌厉之才，兼饶藻组之学，故风雅独绝，不甚法孟德之健笔，而穷态尽变，魄力厚于子桓。要之三曹固各成绝技，使后人攀仰莫及。"① 众所周知，文学批评的本质就在于比较，我们总是通过比较来认识和把握不同作家作品的特点。比较也是陈祚明最常用的批评手法，面对时代短暂而诗风多变的汉魏六朝诗歌，他尤其注重在风格、技法的比较和辨析中把握不同时代、不同作者的特点。卷十一潘岳小传对潘岳和陆机的一番比较是尤为引人注目的，研究者必加征引：

> 安仁情深之子，每一涉笔，淋漓倾注，宛转侧折，旁写曲诉，刺刺不能自休。夫诗以道情，未有情深而语不佳者。所嫌笔端繁冗，不能裁节，有逊乐府古诗含蕴不尽之妙耳。安仁过情，士衡不及情；安仁任天真，士衡准古法。夫诗以道情，天真既优，而以古法绳之，曰未尽善，可也。盖古人之善用法者，中亦以天真为本也。情则不及，而曰吾能用古法，无实而袭其形，何益乎？故安仁有诗，而士衡无诗。②

基于诗以道情的根本立场，他对潘、陆诗歌的得失给出了明确的价值判断；而通过对比，则更清楚地说明了潘任天真而陆准古法的不同创作取向。

陈祚明不只在作家小传中作这类艺术观念和写作倾向的比较，《采菽堂古诗选》中可以说比较无处不在。比较的意识渗透在历代作家作品的评语中，比较的目光也洞彻诗歌文本的各个层次。其见于论声调的，如：

---

① 陈祚明：《采菽堂古诗选》卷六，上册，第155页。
② 陈祚明：《采菽堂古诗选》卷一一，上册，第332—333页。

徐干《为挽船士与新娶妻别》评：味其声调，则与子桓为近，不类伟长。①

陶渊明《杂诗十二首》评：《杂诗》诸篇，亦拟古余绪，味其声调，稍近张孟阳兄弟一流。②

谢朓《郡内高斋闲望答吕法曹》评：此诗嘹喨自然，调高节古，远追汉魏，无足多让。③

其见于论句法的，如：

刘桢《赠五官中郎将》其三评："白露"二句，是建安句法，有隽致，尖于汉而高于晋。④

陆机《日出东南隅行》评：撰句矜秀，是晋人正格。校陈思饶静气，比子桓少余姿。⑤

其见于论用典的，如：

谢灵运《从游京口北固应诏》评："在宥天下理、吹万群方悦"，"事为名教用，道以神理超"，理语入诗，气皆厚，不落宋人。然其胜处在琢，其逊嗣宗处亦在琢。⑥

其见于论章法的，如：

束皙《补亡诗六首·南陔》评：《三百篇》分章重叠，用比兴，中必有深浅，无二章同一意者。此便不能。⑦

其见于论气格的，如：

① 陈祚明：《采菽堂古诗选》卷七，上册，第 202 页。
② 陈祚明：《采菽堂古诗选》卷一四，上册，第 426 页。
③ 陈祚明：《采菽堂古诗选》卷二〇，上册，第 647 页。
④ 陈祚明：《采菽堂古诗选》卷七，上册，第 204 页。
⑤ 陈祚明：《采菽堂古诗选》卷一〇，上册，第 295 页。
⑥ 陈祚明：《采菽堂古诗选》卷一七，上册，第 523—524 页。
⑦ 陈祚明：《采菽堂古诗选》卷一〇，上册，第 290 页。

嵇康《述志诗》其一评：尝试推原此种诗，其格本于汉人赵壹、众长之流，亦《小雅》之遗音也。蕴藉低徊，斯为贵矣。晋太冲之杰气类此，而长在跌宕；元亮之古质类此，而长在舒徐，不似叔夜之直致也。然风气固殊，二家命语终觉渐趋于近，又不能及叔夜之高苍矣。①

司马彪《赠山涛》评：平调也。正可于此等中，味其气格，黯然古朴，定不落齐梁以后。

谢朓《将游湘水寻句溪》："戏鲔乘空移"，语颇尖隽，似伤古诗浑厚气格。然正以尖隽之极，唐人不能道，翻有类于建安，但差劲耳。②

其见于论表现方式的，如：

傅玄《艳歌行有女篇》评：托意雅正，不能如子建"众人徒嗷嗷，何知彼所观"，正以太尽逊之。③

傅玄《鸿雁生塞北行》评：此本法魏武，然自有时代之分，犹胜明远。④

从声调、句法的微妙细节到气格、表现方式的综合层面，陈祚明借助于比较，细腻地表达了他对六朝诗人和诗歌的敏锐感觉。其中既有品位高下的价值判断，也有特征同异的印象式辨析。其结论固然都属于个人的主观感受，但出色的文学批评不正是建立在这种敏锐而丰富的艺术感觉之上的吗？

四 细腻的审美味觉

一个味觉细腻的人未必是美食家，但一个美食家必定是味觉细腻的人。同理，一个审美感觉细腻的人未必是优秀批评家，但一个优秀的批评家必定是审美感觉细腻的人。陈祚明显然是一个审美感觉极其敏锐的诗论家，上述各种细微的比较显示出他品味诗人或作品感觉之细腻。所谓细

---

① 陈祚明：《采菽堂古诗选》卷八，上册，第 231 页。
② 陈祚明：《采菽堂古诗选》卷二〇，上册，第 646 页。
③ 陈祚明：《采菽堂古诗选》卷九，上册，第 277 页。
④ 同上书，第 281 页。

腻，其实也就是丰富。一个批评家，无论读什么诗人什么作品，都能发现异于常人的特点，就意味着他总是能感受、体会到诗美的无限丰富性。其实上面那些比较的论断，只不过是陈祚明那极其丰富的审美感觉的理性绅绎和有限表达，即便如此，其中所呈现的审美感觉的多彩和细致，已给我们留下深刻印象。陈祚明所使用的审美概念是如此丰富，迄今为止我还想不起有哪位诗论家可以相提并论。经我粗略地梳理，他使用的基本审美概念约有如下 135 个：

真、细、刻、肖、自然、富、切、曲、厚、稳、当、妥、离、合、彻、安、称、简、详、赡、繁、工、精、炼、巧、空、序、确、整、拙

隽、奇、神、华、古、质、高、深、重、和、灵、大、美、苍、健、畅、超、逸、姿、态、淡、不群、蕴藉、朴、壮、静、圆、浑、温、婉、殊、趣、典、恣、横、远、韵、幽、峭、异、老、媚、挺、劲、警、俊、险、爽、快、旷、清、秀、隐、净、洁、鲜、亮、虚、柔、厉、轻、生、妍、尽、酷、脆、缛、丽、苦、缓、舒、幅

丑、时、板、恒（常）、涩、妖、艳、浮、促、浅、尖、凡、小、薄、近、荡、庸、率、易、晦、直、衰、靡、泛、俚、滞、荒、平、弱、卑、粗、犯、稚、佻

所有这些概念，第一组是指称事实征状的概念，具有价值判断的意义；第二组是指称趣味和效果的概念，表达和反映了审美感觉的不同类型；第三组是表示负面判断的概念，用于否定性的评价。陈祚明使用的这些概念，相信已包括了传统诗歌美学的绝大部分重要概念，逸出其外的诗美概念已很有限。而且，陈祚明评诗并不是只用这些单纯概念，他更多的是将这些单字组成复合概念来使用。较频繁出现的是：

清致、清萧、清隽、清楚、清切、清泚、清迥、清越、清况、清丽、清怨、清婉、清惋、清冽、清折、清皎、清英、清稳、清真、清扬、清逸、清漓、清警、清宛、清绝、清亮、清遥、清出、清率、轻清、高清

雅逸、雅畅、雅称、雅洁、雅合、雅净、雅艳、雅切、雅远、雅琢、雅亮、雅丽、端雅、文雅、修雅、高雅、秀雅、生雅、典雅、平雅、娴雅、淹雅、缛雅、和雅、安雅、庄雅、温雅、简雅

秀致、秀蔚、秀亮、尖秀、迥秀、秀倩、秀逸、森秀、稳秀、幽秀、调（音条）秀、秀丽、秀濯、秀洁、秀折、秀琢、秀杰、疏秀、秀警、矜秀、娟秀、新秀、苍秀、鲜秀、嫣秀、古秀、生秀

高致、高旷、高迥、高寄、高老、高壮、高雅、高苍、高亮、高深、高古、高浑、高质、高华、高遐、高清、高迈、高简、高闲、孤高

新致、新隽、新奇、新逸、新巧、生新、新艳、新妍、新警、新稳、新绮、新秀、新雅、新异、新曲、新爽、新苍、新越、新峭

苍异、苍迥、苍警、苍险、苍逸、苍秀、苍凉、苍远、苍蒨、苍然、苍古、苍浑、苍劲、苍琢、苍荒、新苍、坚苍

隽致、隽巧、隽逸、隽折、轻隽、新隽、工隽、生隽、尖隽、清隽、妖隽、纤隽、幽隽、闲隽

警切、精警、奇警、清警、秀警、新警、圆警、苍警、警拔、警异、警快、警动、警亮

曲致、曲折、曲畅、曲至、曲尽、曲似、曲象、曲肖、新曲、宛曲、细曲、深曲、隐曲

古致、古秀、古异、古韵、古峭、古健、古质、古劲、古宕、古淡、高古、古典

生致、生动、生异、生硬、生致、生拗、生雅、生隽、生新、生涩、生强、生秀

跌宕、振宕、变宕、动宕、宕远、宕逸、折宕、排宕、淡宕、流宕、古宕、转宕

轻隽、轻俊、轻扬、轻倩、轻逸、轻婉、轻率、轻盈、轻丽、轻清、轻盈

淹丽、排丽、鲜丽、流丽、雄丽、密丽、华丽、缛丽、繁丽、浑丽、妖丽

奇警、奇劲、奇伟、奇杰、奇崛、奇谲、奇畅、奇妙、奇创、离奇、新奇

细肖、细切、细秀、细远、细曲、细惋、婉细、深细、工细、纤细

华壮、华缛、浮华、华赡、华称、华亮、华整、风华、华腴

超脱、超然、超迥、超异、超忽、超诣、超逸、

陈祚明的批评武库里显然储存着一个数量庞大的概念群，其中不仅有上述基本概念的复合，还有其他各种概念与语素的组合。剔除上面列出的这些，表示综合性价值判断的，还有得体、淹富、条畅、畅达、浑朴、稳妥、稳合、安妥、雄浑、详尽、条次、典切、典核、典茂、有态、灵活、真切、真率、真确、异趣、异韵、朴老、整严、剀切、沉挚、沉至、摇

曳、率近、庸近、朴近、凡近、卑靡、卑陋、卑弱、滞累、重滞、俚率、俚下、浅俚、痴肥、肥重、浅庸、平庸、平弱、平率、板重、晦涩、稚气、佻薄、鄙倍、拉杳、沓拖、冗沓等词语；说明艺术表现具体特征的，则有含蓄、直率、健气、余妍、余韵、直致、切直、质直、质朴、简质、简淡、空灵、锤琢、矜琢、平实、波澜、浑厚、灵动、详爽、分明、容与、条递、俨然、铺张、错杂、变幻、果至、流畅、婉曲、繁密、险僻、浅直、填缀、凑泊、繁冗、冗率、率易等词语；传达细腻审美感受的，更有萧疏、萧森、萧索、萧瑟、萧散、萧越、萧远、工巧、工稳、精工、工切、工称、工细、荒凉、荒忽、荒唐、荒异、荒瑟、荒飒、圆琢、圆妙、圆莹、虚圆、圆合、悲凉、悲切、悲酸、悲凄、悲动、嘹亮、浏亮、宏亮、鸿亮、弘亮、宛折、宛转、宛合、宛约、宛切、凄亮、凄其、凄楚、凄肃、凄紧、闲适、闲逸、闲静、优闲、闲旷、深越、深长、深隐、深笃、遥深、平质、平直、平近、平畅、平缓、悽亮、悽惋、悽怆、悽切、鲜柔、鲜逸、鲜浓、鲜妍、壮激、壮阔、壮郁、忧壮、迥映、迥出、孤迥、迥异、飘萧、飘逸、飘忽、飘渺、简当、简劲、简切、简洁、宏畅、质畅、畅越、畅衍、匀称、简称、典称、流逸、流艳、流动、矫健、矫劲、矫拔、旷眇、旷远、旷越、俊快、俊爽、俊迈、妖艳、妖倩、妖异、舒缓、舒徐、舒婉、沉拙、沉杰、沉雄、悠然、悠长、悠扬、淡朴、淡远、淡逸、浑融、浑然、繁靡、繁绘、隐跃、隐抑、灵逸、灵快、峭拔、峭刻、幽异、幽胜、健异、孤异、郁纡、郁邑、森瑟、瑟瑟、奔凑、奔放、变逸、遒逸、逶迤、迤逦、宽转、宽衍、详稳、详婉、绵婉、缠绵、浩大、阔大、便妍、便娟、爽朗、谐朗、婉怅、婉诣、遒劲、挺劲、酸楚、酸渐、哀凉、哀切、切至、刻至、动折、动逸、通老、通顺、散漫、汗漫、忧激、忧爽、洒落、落落、率厉、粗厉、开激、激切、衰涩、涩强、恣肆、横恣、单薄、空蒙、夸诞、庄严、澹永、雄骏、亮达、英特、突兀、坚峭、洽淡、惝恍、风韵、微婉、迢遥、温和、蜿蟺、恻怆、敦庞、凛然、稳贴、淋漓、淹蔚、怆凉、低回、洞澈、嵌崎、闳适、坋涌、豪荡、韶茂、游扬、浩瀚、肃然、参错、詃荡、典则、修洁、真素、径截、融会、慨切、明切、婀娜、顿挫、俳恻、端伟、浮溢、委折、浇漓、质率、迂回、纤萦、柔脆、绮靡、艳异、拙滞、飒沓、草草、陈腐、刻厉、潦倒等变幻莫测的说法。将这些评语一整理，就不能不让人惊讶：陈祚明品诗味觉之细腻，表达方式之多彩多姿，即便不敢说是绝后，也可以说是空前吧？仅此一端，也足见他的批评能力是何等的卓荦不群！《采菽堂古诗选》"凡例"和评语中随处流露的自信，不是毫无来由的。

浏览上面列出的这些术语，在构词能力最强的清、雅、秀、高、新、苍、隽、警、曲、古、生、宕、轻、丽、奇、细、华、超十八个概念中，清、雅、秀、高、新、警、古、丽、奇、华十个是古来通用的概念，而苍、隽、曲、生、宕、轻、细、超八个概念则明显带有陈祚明的个人趣味。其中生、轻、细原是常用于负面评价的，陈祚明却作为正价概念来使用，他对先唐诗歌的这类美感显然有着特殊的体会。细读《采菽堂古诗选》，我得到的整体印象是，陈祚明崇尚至情至性的自然流露，格外欣赏那种灵动生活之趣及苍古之风，而最终归结于"作意"。卷七评刘桢《公讌诗》云："极善写言外之景。起句前，结句后，更有许多文情。"具体地分析，就是："'月出'二句，景活，所含者广。'清川'二句，有作意。'华馆'二句，生动。"① 卷十一评左思《招隐》其一云："'荒途'句，苍凉独绝。通首流畅。'阴冈'、'阳林'，字警。'停'字'曜'字，活。'石泉'二句，景色生动。'非必'四句，排宕淋漓。'秋菊'句，有作意。"② 然后加以总结说："凡言有作意者，写景写事，须与寻常不同。天下事物与寻常不同者，始堪歌咏，故诗以有作意为贵。"③ 这里的"活"、"生动"都好理解，有点陌生的是"有作意"，我体会大致就是"有想法"、"有灵感"的意思，指诗中随处生发的奇思妙想。这是天才的印迹。当陈祚明觉得某些字句运思佳妙而又找不到具体、妥帖的评语来形容它们时，便许以"有作意"，其用例之频繁已到难以枚举的程度。顺便提到，"有作意"通常着眼于作者的才能，若着眼于作品的艺术效果，则往往用"有致"来称许。"致"即趣味、效果之义，所以说"夫辞非致则不睹空灵，致不深则鲜能殊创"④。如上文所列，它可以同清、新、秀、高、隽、古、曲、生、直等搭配成复合概念，而更常见的则是"有致"，用例也多得无法枚举。

凡能具体说明的美感，陈祚明当然是用上文列出的词语来表达。尽管以清、雅、秀、高、新等十八字组成的复合概念之多，已足以显示他品诗

----

① 陈祚明：《采菽堂古诗选》卷七，上册，第203页。
② 陈祚明：《采菽堂古诗选》卷一一，上册，第347页。
③ 陈祚明：《采菽堂古诗选》卷七，上册，第203页。
④ 陈祚明：《采菽堂古诗选》卷三三，下册，第1080—1081页。

的趣味有着博采众长、兼收并蓄的包容性，但评语中反复出现的"活"和"生动"两个概念，还是清楚地表明他格外看重灵活、生动的美感，以生动的表现为诗家首要本领。

　　其评写景生动之例，如评曹丕《黎阳作》其二："'辚辚'六句，备极生动。"① 评王粲《从军行》其五："前段景地，写得生动。"② 又评其《于玄武陂作》："水光泛滥，与风澹荡，佳处全在生动。写景如不生动，不如其已。"③ 又评其《芙蓉池作》："建安正格。后人非不追仿，然正不易似，试细味之。'双渠'四句，写景何其生动！"④ 评谢灵运《登上戍石鼓山诗》："以化工状物，随意入神，俄而写其大，则千岩万壑，包罗片语，有时写其小，则一花一草，淫橘单辞，要归于境地俨然，景色生动而已。"⑤

　　其评写人生动之例，如评曹植《白马篇》："'参差'，字活。'左的'、'右发'，变宕不板。'仰手'、'俯身'，状貌生动如睹。而'俯身'句尤佳。'散马蹄'，'散'字活，甚有声有势，历乱而去，而马上人身容飘忽轻捷可知。缀词序景，须于此等字法尽心体究，方不重滞。"⑥ 评傅玄《艳歌行有女篇》："'巧笑'二句，生动；'头安金步摇'，'安'字雅；'羔雁鸣前堂'，'鸣'字生动。"⑦

　　其评用语、用典生动之例，如评晋乐府《休洗红》："'回黄转绿'暗用《国风》语，而字生动。六朝高如唐人，此等字法也。"⑧ 评任昉《答到建安饷杖》："情事雅切，语语有典，而但觉其质朴。如此俚近题，能写令高古，洵老手也。用典故须极切，切则生动。"⑨ 在陈祚明之外，我还没见过如此喜欢用"生动"来评诗的批评家。

　　"苍"也是陈祚明爱用的一个很独特的字眼，评王粲诗时曾一再使用。如评《咏史诗》云："撰句苍古。"⑩ 评《从军行》其一云："'徒行'二

　　① 陈祚明：《采菽堂古诗选》卷五，上册，第146页。
　　② 陈祚明：《采菽堂古诗选》卷七，上册，第195页。
　　③ 陈祚明：《采菽堂古诗选》卷五，上册，第147页。
　　④ 同上。
　　⑤ 陈祚明：《采菽堂古诗选》卷一七，上册，第533页。
　　⑥ 陈祚明：《采菽堂古诗选》卷六，上册，第166—167页。
　　⑦ 陈祚明：《采菽堂古诗选》卷九，上册，第277页。
　　⑧ 陈祚明：《采菽堂古诗选》卷一五，上册，第487页。
　　⑨ 陈祚明：《采菽堂古诗选》卷二五，下册，第788页。
　　⑩ 陈祚明：《采菽堂古诗选》卷七，上册，第195页。

句更有致，语亦苍古。"① 评其二又云："立言得体，调并苍劲，古质之笔不及汉，而高于晋。汉人笔古，情更流丽，晋人亦苍，然视此较近。"② 还有评任昉《别萧咨议》云："情绪直逼汉魏，语亦苍浑。"③ 苍是与坚强、遒劲、雄浑、广袤、老辣等品质的联想联系在一起的，与隽、秀、称都是陈祚明喜欢用的很个性化的诗美概念。

五　理论与批评的高度融合

批评术语的繁富固然能显示陈祚明过人的审美感受力，但这还只是表面现象，更能说明问题实质的是，他用这些术语评诗时常伴有对术语本身的精当品鉴和辨析，很令人玩味。比如谢朓《治宅》评语对"雅逸"的辨析："结颇雅逸。雅与逸颇难兼，雅在用词，逸在命旨。"④ 又如王僧孺《为人述梦》评语对"尖"的品玩："写虚幻能尽情若此，中间如以字、方字、极字、恣字，俱是梦境，故有趣。然太尖太近，直接晚唐。诗诚尖，能尖至极处，中无勉强处，无平率处，便自成一种，亦可玩，郊、岛不能也。古人用意，何尝不尖，但不近耳。"⑤ 还有凡例对"清丽"的剖析："人才思各有所寄，就其一时之体，充极分量，亦擅一长，况清丽如六朝者乎？六朝体以清丽兼擅，故佳。丽而不清，则板；清而不丽，则俚。人以六朝为丽，吾尤赏其清也。"类似这样的细致辨析，不能不说是深造有得之言。长年读诗、评诗的经验已凝结为带有规律性的认识，使他敏锐的感性背后更蕴涵着淳厚的理论涵养，为他的批评提供更开阔的视野、更犀利的穿透力。

读过《采菽堂古诗选》的人，都会折服于他对《古诗十九首》抒情魅力的剖析：

> 言情能尽者，非尽言之之为尽也，尽言之则一览无遗。惟含蓄不尽，故反言之，乃使人足思。盖人情本曲，思心至不能自已之处，徘徊度量，常作万万不然之想。今若决绝，一言则已矣，不必再思矣。

---

① 陈祚明：《采菽堂古诗选》卷七，上册，第 193 页。
② 同上书，第 193—194 页。
③ 陈祚明：《采菽堂古诗选》卷二五，下册，第 788 页。
④ 陈祚明：《采菽堂古诗选》卷二一，上册，第 657 页。
⑤ 陈祚明：《采菽堂古诗选》卷二五，下册，第 796 页。

故彼弃予矣，必曰"谅不弃"也。见无期矣，必曰"终相见"也。有此不自决绝之念，所以有思，所以不能已于言也。《十九首》善言情，惟是不使情为径直之物，而必取其宛曲者以写之。故言不尽，而情则无不尽。后人不知，但谓《十九首》以自然为贵，乃其经营惨淡，则莫能寻之矣。

通常论《古诗十九首》都推崇其艺术表现质朴自然，而陈祚明独认为其宛曲写情的特点出于特殊艺术理念的惨淡经营，并由此对诗歌的抒情原理作了一番颇有哲理的阐发。《古诗十九首》历来论者极夥，陈祚明却仍能独辟蹊径，给出许多为后人重视的评析，实在得益于他非同寻常的理论概括能力。

《采菽堂古诗选》所有评语中，我最欣赏的是有关建安诗歌的论断。历来论及建安诗歌，无不标举其"慷慨以任气，磊落以使才"的"建安风骨"，而陈祚明却独具慧眼地捕捉到建安诗中的"华腴"之风。卷五曹丕诗中选了《于谯作》一篇：

> 清夜延贵客，明烛发高光。丰膳漫星陈，旨酒盈玉觞。弦歌奏新曲，游响拂丹梁。余音赴迅节，慷慨时激昂。献酬纷交错，雅舞何锵锵。罗缨从风飞，长剑自低昂。穆穆众君子，和合同乐康。

他认为这是很典型的一首建安诗，弦歌旨酒中掩抑不住的慷慨激越之情，构成了富有张力的修辞："此所谓'建安体'，华腴之中，妙能矫健。'罗缨'二句，便觉班坐林立，非一二人，生动有态。"① 这里非但有老生常谈的"矫健"，也有他心赏的"生动"，更有很少看到与建安诗风相联系的"华腴"。这应该是他的独到体会，对于曹植《美女篇》，他也以"生动华腴"许之，并且专门发挥一大段阐说：

> 夫华腴亦非细事也。诗质而能古，非老手不能。质而不古，俚率不足观矣，无宁遁而饰于华。要之立言贵雅，质亦有雅，华亦有不雅。汉魏诗，质而雅者也。温、李诗，华而不雅者也。自然而华，则

① 陈祚明：《采菽堂古诗选》卷五，上册，第146页。

雅矣。强凑而华，则不雅矣。'玉玺不缘归日角，锦帆应自绕天涯'，成何等语乎！世有不喜六朝之华，而反喜温、李之华者，何也？非性与人殊也，讳其所不能，而折以就其所能也。夫自然之华，诚不易及也。学必博，故驱使而不穷；情必深，故填缀而多风。力有所不及，就所见所知，强吾之意以就典物，强古人之一二事以就我之所言，而不甚合于理，当于情，是温、李之华也矣。况不及温、李者哉！又有不为温、李之华，而其词亦不雅者，止此数十典故，数见不鲜，无才情以运之，前后不属，词意不称，此亦不足谓之华也。①

这段文字同样有着陈祚明行文惯有的思维跳跃和频繁变换概念的特点，不过意旨还是清楚的，即诗以质而古为上，质而不能古，必流于俚率，还不如饰之以华。但即便取华，也必以雅为准则，华而欲雅，非自然莫可至。而六朝之华正是自然所成就，故能相对于汉魏的质而雅，成为华而雅的代表。他感叹世人不喜六朝的自然之华，偏嗜晚唐温、李的雕琢之华，终究是才情学力不足的缘故。才情学力既薄弱，纵使不学温、李，也不足以言雅，并不足言华。一段文字涉及多个问题，明显可见用意不单纯是论古，还有着现实的指向。六朝—晚唐—今世的诗歌史，被一个新异的视角"华"串联起来，构成独特的诗歌史序列，而陈祚明的批评也由此上升到诗歌史的高度，具有了厚重的历史感和开阔的眼界。

正因为理论功底好，诗学涵养深，陈祚明对诗歌的评赏既细密，又多胜解。像谢灵运这样艺术技巧高超的诗人，最能让他发挥批评才能，评语也最长最细。比如评名作《游赤石进帆海》云：

起二句"犹"字"亦"字，下笔先作一折，大有致。康乐最善发端，要其命思，无无致者，此所以为初日芙蕖也。○"阴霞屡兴没"，夏云之状俨然，亦正从"淹晨暮"中生出。古人造语不苟如此。○"扬帆"二句，正见海流之安耳。"溟涨无端倪"二语，可当《海赋》，何其浩大！"虚舟不超越"，咏之使人身在空际。○"矜名"二句，炼意甚圆。古诗妙在炼意，意圆则转，转则语工。要须取诸曲折，炼令停匀。不曲则浅，不匀则碍。浅则不须转，碍则不能转。自

①　陈祚明：《采菽堂古诗选》卷六，上册，第166页。

汉魏作者，皆深于此法，而康乐亦往往能之。〇人诵古诗，惟取其词，不揆其意，可笑也。如"挂席拾海月"句固佳，然人骤见惊叹者，盖月既诗中佳色，加以"海"字，空茫亦复足耽，顺喉咏之，岂不超越？不知海月本蚌属一物耳。今试思挂月拾蛤，挂席拾蚌，足为佳句不乎？此二句妙在"扬帆"、"挂席"字。夫"石华"、"海月"，皆生波涛中。今"扬帆"、"挂席"，便可采拾，正见濒海风景，川石安流之境地也。至如"石华"、"海月"字，亦高雅，足资点染。作诗使物名述风土，字须拣择。有俚鄙不可入诗者，切须忌之。滥用能伤气格也。①

评语从谢灵运工于发端的特点讨论起，由中间造语不苟说到通篇海涵地负的气势，再着重点明炼意圆转和借名物点染之妙；最后就"扬帆采石华，挂席拾海月"一联，细说诗中述物名风土的用字宜忌，尤为切实可用的经验之谈。如上所述，评语中随时生发议论，阐述对诗学的见解和心得，乃是陈祚明评诗的一大特点，也是一个有见识的成熟批评家的标志。"古诗妙在炼意"一段，结合文本的语境抉发义理，明显是基于平素读诗的心得，体现了优秀批评家善于从经验中提炼理论，再将理论贯彻于批评实践的省思能力。他评谢灵运《初去郡》发端"彭薛裁知耻，贡公未遗荣。或可优贪竞，岂足称达生"两联，也曾就用事发了一通议论：

> 起四句用古人发挥伟论，滥翻云涌。如此发端，何处得来？后人作诗好使事，要皆填缀耳，遂致撦实不灵，空疏之子翻相诟病。若使事如此，曾何嫌乎？使事如将兵，以我运事者神，以事合我者巧，事与我切者当，事与我离者疏，强事就我者拙，强我就事者，不复成诗矣。②

"使事如将兵"几句论用事，言简意赅，堪称名言。他人纵费多少辞说，恐怕也没这么精当。随后他又就中间"无庸方周任，有疾像长卿。毕娶类尚子，薄游似邴生"两联申论诗中的"犯"，云：

---

① 陈祚明：《采菽堂古诗选》卷一七，上册，第530页。
② 同上书，第536页。

诗不可犯。凡景物典故、句法字法,一篇之内,切忌雷同。然大家名笔,偏以能犯见魄力。四语排比者,必须变化,此正法也。四语排比而中一字虚字偏用,一例不嫌其同,此变法也。细而味之,一句各自一意,尚子、邴生虽相似,而一举其毕娶,一举其薄游,字面各异,何尝无变化乎?发端使事,中段、后段不宜复使事,此正法也。发端使事,而中段复使事,且叠用古人,至于四语之多,此变法也。细而味之,发端是以我论古人,此四语是以古人形我,用意各别,何尝无变化乎?故能犯者,必有气魄力量足以运之,迹似犯而神格不伤,然后可耳。不则宁以矜慎不犯为得也。①

这段评语包含了好几层意思。首先指出,一篇作品内不可犯雷同的毛病,这是诗家常理,但大家却不可以此限之。然后分析谢灵运这四句排比,说明其句法与取意的同与变;再与起首的用事相对比,分析其用事与用意的同与变。这就阐明了谢灵运这两联看上去句法雷同,且与开端两句表现手法重复,而实际上因取意不同而自有错综变化的微妙之处——这正是大手笔的气魄力量所在,表面看上去似犯而神格不伤。为此他告诫学者,常人不具备这种能力,还是宁可遵循常理,以求变化而避雷同为上。一首诗的评语竟引出这么一大段富有哲理的诗学议论,足见陈祚明的见识和理论思考能力达到常人难以企及的高度。这也是诗歌评点的极高境界。

遗憾的是,陈祚明虽见识精到,但因人微言轻,名不甚著。后人虽有取于其书,多不称其名。康熙五十八年(1719)沈德潜编选《古诗源》,评语袭用、祖述或改窜陈祚明的评语,就不提他的名字②。乾隆间修四库全书也未收《采菽堂古诗选》。当时闻人俵笺注王士禛所辑《古诗选》虽稍称引其说,但后来道光间张琦编《古诗录》,仍旧"每采祚明之说,而讳其所自"③。以致长久以来陈祚明及其《采菽堂古诗选》一直未得到与其价值相应的肯定。直到清末名词人谭献推尊此书"气体博大,以情辞为职志,所见既正,说谊多入深微"④,才引起世人注意。今天我们可以毫

---

①　陈祚明:《采菽堂古诗选》卷一七,上册,第536页。
②　《采菽堂古诗选》点校者李金松先生所撰前言已举证详论,见上册,第17—18页。
③　李审言:《媿生丛录》卷三,《李审言文集》上册,江苏古籍出版社1989年版,第476页。
④　谭献:《复堂日记》,河北教育出版社2001年版,第158页。

不犹豫地说，陈祚明应该名列于古代最优秀的批评家之中，是与任何著名人物相比也毫不逊色的一位诗论家。他对中国诗歌美学和批评方法的贡献，还有待于我们去做更深入的研究。

第五节　钱塘诗人群的宗唐倾向

一　"西泠十子"的诗歌观念

一个地域的艺术观念和创作风气往往取决于多种因素的交互作用，由于这种作用的复杂和多变，不仅造成不同时期风格时尚的异趣，经常也带来区域内部艺术传统的差异。在浙江这一文化区域，浙东和浙西的风土民情历来就存在着微妙的不同。如果将这种不同追溯到六朝时期，有点显得过于牵强的话，那么至少到唐代，我们已可看出浙东和浙西常成为浙江的两个文化中心。到明清之际，浙东、浙西学风更显出相当大的差异，后来章学诚因有"浙东贵专家，浙西尚博雅"之说①，为后人引为口实。杭州因地理密迩苏州、松江两府，习尚更多地带有江南的文化色彩，诗学也深受华亭派的影响。尽管到清初，批评家已对华亭派有所批评，如薛所蕴云："近代以来，自北地、信阳、吴门、历下诸公力变宋元衰习而还之古，学者宗之，其敝也流而为袭；竟陵以清脱矫之，其细已甚，失则薄；云间诸贤乃欲以藻丽胜，失则艳。薄者格律卑弱，晚唐人之余涎，艳亦齐梁之后尘也。"②但寓居杭州西陵的一批诗人，包括柴绍炳、孙治、张纲孙、陆圻、丁澎、毛先舒、陈廷会、沈谦、虞黄昊、吴百朋等，因自幼饫闻云间诸子的文采风流③，长更与周围县邑的诗人互通声气，仍结成一个宗尚华亭派的诗人群体，受到当世瞩目④。他们结西泠诗社于西湖，刊行《西泠十子诗选》，当时遂有"西泠十子"之称，其子弟辈工诗者又有"钱塘四子"之目⑤。到康熙后期，张谦宜已经将历下、竟陵、云间、西

① 章学诚：《文史通义·内篇》，中华书局1961年版，第52页。
② 薛所蕴：《澹友轩集》卷三《沈绎堂钓台集序》，《四库全书存目丛书》集部，第197册，第47页。
③ 这一点毛际可《安序堂文钞》卷六《云间燕集序》曾有叙述，可参看。
④ 柴绍炳《吴玉汝诗序》："近日之以诗名家者，海内共推我郡。"《柴省轩先生文钞》卷六，康熙刊本。
⑤ 柴绍炳：《钱唐四子诗序》，《柴省轩先生文钞》卷七，康熙刊本。

陵相提并论①。王嗣槐《巢青阁偶集诗序》载：

> 予城居时，日与稚黄、东琪诸子集白榆堂相乐也。已居北郭，又
> 日过苾思巢青阁，与祖望、丹麓数人饮酒唱和，不复知人间乐事有过
> 于此者。予性简脱，与俗忤，年过壮盛，与诸子皆郁抑不得行其志，
> 散发袒裸，浮拍丘糟，意极兴酣，嘻笑怒骂不自知，沈湎此中，非有
> 所讬而逃焉者也。②

这段叙述足见其侪辈的日常生活作风，与云间诸子不啻伯仲，其诗学也因
此而渊源于云间派，独宗唐音。朱彝尊说"西陵十子多以格调自高"③，
已明确指出钱塘诗人与云间派的关系，当代学者也认为西泠十子实际是云
间派的延伸④。

浙西、浙东地虽毗邻，但学术渊源与文学观念却很不一样。浙东的学术
根基主要是史学，而浙西则为经学和小学。浙西诗家的音韵学造诣甚至连顾
炎武都很佩服："西陵诸名士风雅都长，省轩（柴绍炳）、驰黄（毛先舒）、
去矜（沈谦）皆精韵学，而省轩尤能辨晰于毫芒，真于此道有掩前绝后之
叹。"⑤张谦宜也称赞柴绍炳的《古韵通》远胜邵长蘅《韵略》，"援据
《三百篇》暨汉、魏、六朝诗为证，所以当遵"⑥。在文学创作方面，正如
毛际可所说："西陵为人文渊薮，诗才佳丽，云蒸霞蔚，其以古文词名家
者，则指不多屈。"⑦浙西作家多为诗人，长于古文者较少，而浙东作家
多擅长古文，与其学术的史学取向一致。相比浙东诗家鲜明的宗宋倾向，
钱塘诗人明显缺乏属于自己的艺术见解⑧。当浙东在黄宗羲、吕留良和吴

---

① 张谦宜：《絸斋诗谈》卷一，郭绍虞辑《清诗话续编》第 2 册，第 800 页。原书标点有
误，今为改正。

② 王嗣槐：《桂山堂文选》卷一，四库未收书辑刊影印康熙青筼阁刊本，第七辑，第 27
册，第 88 页。

③ 朱彝尊撰、姚祖恩辑：《静志居诗话》卷二二，人民文学出版社 1990 年版，下册 682 页。

④ 朱则杰：《清诗史》，江苏古籍出版社 1992 年版，第 28—35 页；张健：《清代诗学研
究》，第 16 页。

⑤ 柴绍炳：《柴氏古韵通自序》评语，《柴省轩先生文钞》卷六，康熙刊本。

⑥ 张谦宜：《絸斋诗谈》卷三，郭绍虞辑《清诗话续编》第 2 册，第 818 页。

⑦ 毛际可：《岁寒堂文集序》，《安序堂文钞》卷六，《四库全书存目丛书》集部，第 229
册，第 557 页。

⑧ 他们也热衷于论诗，但并未提出什么建设性的主张。就像方象瑛《健松斋集》虽有许
多诗序，却少有理论发明。

之振的倡导下，打出宋诗大旗的时候，浙西诗人依旧因袭着格调派的陈旧观念，以至于一旦离开浙西的小环境、接触到社会上流行的宋诗风时，竟然很难适从而表现出过激的反应。毛奇龄《何生洛仙北游集序》曾提到：

> 吾乡为诗者不数家，特地僻而风略，时习沿染，皆所不及。故其为诗者皆一以三唐为断。而一入长安，反惊心于时之所为宋元诗者，以为长安首善之地，一时人文萃集，为国家启教化，而流俗蛊坏，反至于此，遂一手樗梧以与时之波靡者争。而近则东方渐启，爝火顿熄。乃吾里为诗如何生洛仙者，先予入长安，且流连于燕齐赵代之间者至久且远，独其所为诗广大和平，不为时诱，是何其铮者与！①

这段文字显然作于宋诗风遭到猛烈批评，以王士禛为代表的宋诗派作家偃旗息鼓、改弦更张，即所谓"东方渐启，爝火顿熄"之后，毛奇龄对何洛仙先见之明的称赞，清楚可见浙西诗家持唐音之力与抵御宋调之坚决。

据同时作家的记载，杭州坛坫的坚守唐音与柴绍炳主持风雅实有绝大的关系。柴绍炳（1616—1670），字虎臣，浙江仁和人。博学多能，无书不读，在西泠十子中文名最著，陈子龙称其"文多渊赡，赋诗合于作者"，期以远大②。尤精于古音学，著有《柴氏古韵通》八卷、《切韵复古编》四卷，又有《省轩考古类编》、《柴省轩先生文钞》传世。毛奇龄《柴徵君墓状》云："值鼎革，君集同社生哭于都亭，其社名登楼。君与陆行人兄弟主之。（中略）君尝怃然谓：'明亡，寡实学，大率通籍致身，并以八比相惑溺，即究心章句，喋喋谈性命，何益？'遂于理讲外，更肆力于象纬舆地律历礼制农田水庸以及戎兵赋役之事，与及门子弟共相砥砺，曰：'毋使后世袭经生空言，徒误人国也。'（中略）君赡古今学，自九经诸史以及秦汉魏晋六朝诸家文，不及唐以后，故其所著书亦往往以秦汉六朝为指归，而宋元以后不及焉。时同社吴君锦雯、丁君飞涛、张君用霖、孙君宇台、陆君丽京、陈君际叔皆以古文词名世，而君为倡始。自前朝启、祯以迄今顺、康之间，别有体裁，为远近所称，名西泠体。故终君之世，不敢以宋元诗文入西泠界者，君之力也。"③ 方象瑛《柴虎臣先生传》

———————

① 毛奇龄：《西河合集》序二二，乾隆间萧山毛氏书留草堂刊本。
② 陈子龙：《柴虎臣青凤轩文稿序》，《安雅堂稿》卷四，辽宁教育出版社2003年版，第69页。
③ 毛奇龄：《西河合集》事状三，乾隆间萧山毛氏书留草堂刊本。

亦云："启、祯间文体诡异，禅语诙谐，悉入文字。所为制举业，雕琢藻绘，不复知经传为何义。先生力矫其弊，与里中同志倡为典雅弘博之文。其诗一洗俗陋，气格声律以汉魏三唐为宗，当时效之，号西陵体。至今杭人言诗，无阑入宋元者。近虽稍稍习为宋诗，然操唐音者十之七八，流风余韵固尚在也。"① 柴氏论诗，主张"气格为主，色泽为辅。色泽欲新，气格欲老，新故不厌华腴，老亦时存质直。且下语有本色，使事有当行，无容窜易，更求雕润"②，力祛枯寂、谲迂、俚拙、卑靡、滑熟五病③，明显是站在格调派的立场上维护唐诗的传统，但他针砭"规摹声调，宛欲上口，群篇一辙，了不异人"的滑熟之病，又扬弃了格调派模拟字面的习气："夫百年、万里，何、李习见；我辈、中原，七子惯称。堂奥既窥，便须自有开辟，袭彼陈言，侈口佳咏，岂不味同嚼蜡哉？"他提出的学诗原则是"捃摭欲博，师诣欲高，树立欲坚，经营欲苦，讨论欲深，迟之而又久"，这就割除格调派专主字句模拟的痼疾，敞开了广大的师法门径。

值得注意的是，西泠十子的诗歌观念虽承云间派而来，但惩于云间"不作大历以下人物"的狭隘主张，已力图扩大诗歌史的视野。柴绍炳《唐诗辨》开篇先确立唐诗的正宗地位，说："诗自三百篇以后，厥体代变，然谈者辄言唐诗，以其备古近体而且极一时之盛也。由唐而前，汉魏六朝诗虽工而体未备；由唐而后，五季宋元体虽备而几无诗，故谈者不得不以唐为归矣。"接着综论四唐、古近诗体流变，都属老生常谈，但后来话锋一转，由"诗之为道，体故趋而下，学故趋而上"的命题，引出"初盛名家大抵皆得六朝之妙而用之"的论断，最后归结于：

> 盖酝酿六代，始有三唐，取法乎上，仅得乎中耳。若后世诗流，徒就唐人寻索，宜乎规模愈隘。究之学唐而失，不可同年语矣。然此者第论夫近体之得失也，若四言风雅体必追三百篇，五言古必取十九首、河梁、建安，乐府必本郊祀、房中、铙歌以及清商诸曲，肆力覃思，以务合古作者之指，宁直唐人云尔乎？

这实际上是针对明人的狭隘观念，在古诗学汉魏、近体宗盛唐之外更提出

---

① 方象瑛：《健松斋续集》卷六，民国 17 年方朝佐重刊本。
② 柴绍炳：《与毛驰黄论诗书》，《柴省轩先生文钞》卷一〇，康熙刊本。
③ 柴绍炳：《与越中潘献赤论诗赋书》，《柴省轩先生文钞》卷一〇，康熙刊本。

了六朝的重要性，唐诗由是与之前的诗歌传统融为一体，大大拓展传统的包容性。王渔洋盛赞此文"论核渊微，源流精晰，如暗室一灯，使人洞心耀目，觉三颂二雅两汉六朝初盛中晚诸君子共坐一堂，并听约法，岂非千古风雅宗盟，亿万来学师表耶?"① 想必也是由此看出它的价值。与柴绍炳异曲同工的是张缙彦《扶轮广集序》：

> 今说诗者，每祖祢王李，既则訾之。旋效袁徐，渐为钟谭，后则又訾之。一以为正派，一以为新裁，如童子争日，不复相下，是以眼孔日窄而坛宇荒。识者挽之，则推少陵为盟主，殊不知少陵固独有千古，然太白同时，已不相学。而大历以还，韩之《南山》，白之"讽谕"，又岂非善学杜者乎？至于郊岛、二李、卢仝、马异之俦，诡谲幻怪，何尝步趋一法？宜为杜所唾弃，而至今为学人艳称。倘杜独立一法以绳人，将无地以置韩白、郊岛、二李、卢仝、马异之徒；使韩白、郊岛、二李、卢仝、马异之徒独立一法，将与杜争衡，则亦无地以自置。故诗道最广也，作者狭之，选者又狭之。②

该序无写作年月，参照黄传祖自序，大致应作于顺治十二年（1655）前后。就写作时间而言，张缙彦的"诗道最广"应该是诗坛最早呼吁扩大诗歌史视野的宣言之一。与柴绍炳的向前看不同，他是向后看的，大历以还的诗歌首先被纳入视野，韩白、郊岛、二李、卢仝、马异等中晚唐人的独创性从而得到肯定。后来陆次云编《善鸣集》，范围更扩大到宋金元明之诗。李振裕序称："钱塘陆次云云士，少而学诗，其持论与前辈略同，而又不欲取境之太狭，观其所撰《国朝诗平》，则其所崇尚可知也。今复取唐大历以后及宋金元明之诗，句栉而字篦之，遴其尤者合为一编，命曰《善鸣集》。"③ 而原其宗旨，则是"其意无论时代，要取真诗为贵"，这与吴之振晚年贵自得而"参之汉魏唐宋近代作者"的通达态度倒颇有点类似，不同的是钱塘诗人的"不欲取境太狭"，是在"持论与前辈略同"即继承格调派观念的基础上展开的，仍立足于唐诗本位，因此关于唐宋诗的

---

① 柴绍炳：《唐诗辨》评语，《柴省轩先生文钞》卷三，康熙刊本。
② 黄传祖辑：《扶轮广集》，转引自谢正光、佘汝丰《清初人选清初诗汇考》，南京大学出版社1998年版，第8页。
③ 李振裕：《白石山房文集》卷一四，康熙间香雪堂刊本。

评价完全不同于浙东诗家。前文曾引述的毛奇龄《王舍人选刻宋元诗序》，开篇就揭示一个原理：

> 昔昭明选文，谓文有变本，不相仍袭，譬之椎轮为大辂所始，而大辂不必为椎轮；增冰为积水所加，而增冰不必皆积水。审如是，则汉魏六季升降甚悬，然犹不能存汉魏而去六季，而欲以三唐之诗一举夫宋金元五六百年之所作而尽去之，岂理也哉？夫唐之必为宋金元者，水之在冰也，然而犹为唐，则冰之仍可为水也；宋金元之大异于唐者，铅之为丹也，然而不必为唐者，丹即不为铅，而亦未尝非铅也。

再由此推导出一个论断：

> 曩时嘉、隆间论诗太严，过于倾宋元，而竟至于亡宋元。夫宋元必不能亡，而欲亡宋元，遂致竟陵、公安竞相篡处，势不至于倾唐不止。今之为宋元之说者，过于重宋元而抑明，夫明必不可抑，而过于抑明而重宋元，其势亦不至于倾宋元不止。

这样他就分别从唐诗的演变趋势和宋诗的必然结果两个不同的角度，阐释了唐宋诗变异的必然性与内在的因袭性，结论只有一个，唐虽必变为宋元，宋元虽必不能回到唐，但唐诗的本质已在宋元诗中积淀下来，这是无可怀疑的。为此他甚至大力肯定明代格调派，而对当世崇奉宋元诗，欲以宋元诗来遏制明格调派的意图提出警告，强烈地表现出坚持以唐诗为标准来衡量宋诗的倾向。这种倾向，在浙东诗家的议论中只是一种承认和提升宋诗价值的话语策略，而在浙西诗家则确确实实是一种立场。

钱塘诗人中，只有毛先舒可以称得上是真正的批评家。他的《诗辩坻》四卷，是清初诗学中很重要的论诗专著。毛先舒（1620—1688），字稚黄，浙江钱塘人。从陈子龙学，诗音调浏亮有明七子余风。通经学、小学，名列西陵十子，又与毛奇龄、毛际可并称为"浙中三毛"。《诗辩坻》据自序，始撰于顺治二年（1645）春，成于九年（1652）冬，是清代最早出版的一批诗话之一。原稿甚富，后删简为今本四卷。卷一先列总论，有"原系篇"、"三弊篇"、"八徵篇"、"鄙论篇"等目，然后分论《诗经》、汉乐府古诗；卷二分论魏、六朝之诗；卷三论唐、明之诗及杂论；卷四"学诗径录"，述作诗入门知识，是为初学而作。毛氏诗学守唐人门户，论诗主格调，说"标格声调，古人以写性灵之具也"①，又说"诗须博洽，然必敛才就格，始可言诗"②，以为"宋世酷尚粗厉，元音竟趣佻薎，矇醉相扶，载胥及溺，四百年间，几无诗焉"③。书中全不及宋诗，反而笑胡应麟贪多而论及宋元："胡明瑞性骛多，故于宋元诗俱评驳极详。然眼中能容尔许尘物，即胸次可知，宜诗之不振矣。"④ 毛先舒推崇高棅《唐诗正声》、李攀龙《唐诗选》、云间三子《皇明诗选》，可见其诗学渊源及艺术倾向都本自格调派。因而他抨击明代诗家"唐六如之俚鄙，袁中郎之佻侻，竟陵钟、谭之纤猥"，而独不及前后七子，这与后来江南诗家、山东诗家对明代格调派的态度是不太一样的。《诗辩坻》一书的体例很特别，有些大段的议论后面注有小标题，很像是独立的篇章编入其中的。凡这些部分的内容就有点像叶燮《原诗》的"作论之体"，议论亢爽不群，对历代论者都有驳正，于格调派各家也不稍为宽假。不过要论逻辑性和深刻度，还难望叶燮项背。毛先舒论诗不脱明人习气，好作悠谬大言，洋洋洒洒，其实老生常谈居多。只有批评具体作品，检讨历代诗家的得失，阐析微至，每中肯綮。论历代诗家之品格，常效敖器之评诗，以寥寥数语概而括之，如"曹孟德如宛马骋健，扬沙朔风"，"子桓风流猗靡，如合德新妆，不作妖丽，自然荡目"，"子建嵯峨跌宕，思挟气生，如高山出云，大海扬波，虽极惊奇，不轻露其变态也"，"公干华逸矫举，最近思王，并称曹刘，不虚耳"，"阮嗣宗《咏怀》，如浮云冲飚，碕岸荡波，舒蹙倏忽，渺无恒度"，自有新义。卷四后附"竟陵诗解驳议"，先摘录钟惺《诗归》立说善者三十八条，复商榷其立说谬者三十三条，见解公允，气度平和，在清初群起而声讨竟陵的浪潮中显得十分突出。

二 毛奇龄与唐宋诗之争

谈到钱塘诗人的诗学，不能不提到毛奇龄，他虽不列名于西泠十子中，但与毛际可、毛先舒并称"浙中三毛"，论诗倾向也与钱塘诗人群一

① 毛先舒：《诗辩坻》卷一，郭绍虞辑《清诗话续编》上册，第12页。
② 同上书，第8页。
③ 毛先舒：《竟陵诗解驳议》，郭绍虞辑《清诗话续编》上册，第79页。
④ 毛先舒：《诗辩坻》卷一，郭绍虞辑《清诗话续编》上册，第63页。

致。毛奇龄（1623—1716），号西河，浙江萧山人，清初浙江最重要的学者之一，也是清初学风转变中的一个重要人物。梁启超《中国近代三百年学术史》称"西河有天才而好立异，故其书往往有独到处"①，并列举其学术对清代学术的开创和启发之功。毛奇龄的学术以批判既往的经说为出发点，方法论上主张"说经贵有据"，原本经传而裁断以义理，也就是融义理于考据之中。但他的所谓义理绝非宋儒的义理，他一向以宋儒为抨击对象，《四书改错》一书攻击朱子尤为猛烈。不过他为人颇圆滑，得知朝廷要升祀朱子于大成殿，立即便毁了书版。全祖望作《毛西河别传》，曾专门列举他论学的恶劣作风，梁启超也讥之为"半路出家的经生，与其谓之学者，毋宁谓之文人也"②。他的学问在清初显得很独特，也很难评价，当代学者从思想史的角度指出，"顾黄王诸大师，着眼于'正人心，救风俗'，不以鸟兽虫鱼为务，执着地追求'通经致用'。而到了毛奇龄以经学崛起的时代，儒学的社会意义淹没在对所谓经籍'晦蚀'的考辨之中，纯学术的考证，逐渐成为一时经学家的'经世大业'。毛奇龄所走过的学术道路，不啻清初经学演进过程的一个缩影。它说明由经籍的考辨入手，对古代学术进行全面总结和整理的时代已经到来"③，颇能说明毛奇龄在清代学术史上的地位。而毛奇龄的诗学又可以从什么角度去看呢？

毛奇龄论学以好辩著称，文集中专门将与人讲学辩论的记录编为《折客辨学文》。他不仅好辩，还专好与人立异。起先他攻治《仪礼》和《周礼》，后因阎若璩《古文尚书疏证》论定古文《尚书》为伪书，便撰《古文尚书冤词》，偏主张古文不伪可信。这种好辩的习惯也表现于论诗，他撰写了那么多的论诗文字，与其说是喜欢论诗，还不如说是好辩。他曾与王猷定辩论钱起《湘灵鼓瑟》诗："往在扬州，与王于一论诗。王谓钱诗固佳，而起尚朴僿。相此题意，当有缥缈之致，霎然而起，不当缠绕题字。时余不置辨，但口诵陈季首句'神女泛瑶瑟'，庄若纳首句'帝子鸣金瑟'，谓此题多如是，王便默然。"梁章钜《退庵随笔》述此事，评曰："盖诗法不传久矣。西河调度之说，诚至论也。"④ 毛奇龄自己在《西河诗

①　梁启超：《中国近代三百年学术史》，中国书店 1985 年影印本，第 171 页。
②　同上。
③　陈祖武：《清初学术思辨录》，中国社会科学出版社 1992 年版，第 284—287 页。参看黄爱平《毛奇龄学术研究》，《清代学术文化史论》，文津出版社 1999 年版，第 130—150 页。
④　郭绍虞辑：《清诗话续编》第 4 册，第 1996 页。

话》中还记载：

> 尝在金观察许，与汪蛟门舍人论宋诗。舍人举东坡诗"春江水暖鸭先知"、"正是河豚欲上时"，不远胜唐人乎？予曰："此正效唐人而未能者。'花间觅路鸟先知'，唐人句也。觅路在人，先知在鸟，以鸟习花间故也。此先，先人也。若鸭，则先谁乎？水中之物，皆知冷暖，必先以鸭，妄矣。且细绎二语，谁胜谁负？若第以鸭字河豚字为不数见，不经人道过，遂矜为过人事，则江鳅土鳖皆物色矣。"①

诗以万物欣然的生意，暗示人之后时，所写季候景象无非触目所见，眼见是鸭当然就写鸭，其"先知"自然也是先人，毛氏非要与其他生物比较，就有点像是抬杠了。难怪袁枚笑他的说法"太鹘突"，"持此论诗，则《三百篇》句句不是：在河之洲者，斑鸠、鸣鸠皆可在也，何必雎鸠耶？止丘隅者，黑鸟、白鸟皆可止也，何必黄鸟耶？"② 这个故事作为论诗拘泥的例子流传很广，屡为后人非笑。这种好辩的性格和实际结果有时不免学究气，但也见出热心探讨诗学，好学深思的执著态度。他的诗论仿佛都是与人辩论的记录，随处可见其好斗的姿态和带有火药味的激烈批判，因而较多地保留了当时的诗学语境。这一特征使他成为与诗坛风气关系最密切的一位诗人。

毛奇龄显然是个自我意识很强的人，他为人作序常提到自己的论诗主张及其不同时期的变化，总是感觉自己诗学的变化是历史的一部分。如《张澹民诗序》提到平生论诗旨趣的变化，自言"予少好宋元人诗，既而随俗观钟伯敬选诗，又既而悉弃去，效嘉、隆间王李吴谢边徐诸诗"，"今距三十年，海内为诗家又加于昔，而变易百出，复有窜而之宋元者，而澹民之诗则犹从嘉、隆而进之于唐，其不为习诱若此"③。他没有交代自己后来的归趋，但从《刘栎夫诗序》我们可以看到："予每诵云间之为诗，辄念黄门当日以古学蕲辟荟蕛，夺楚人邪说而归于正，何其雄也。今则宛陵、涪川篡行于世，毋论其所宗者樛钱氏，襮败不足深据，而即以难易观之，夫才人当为其所难，以千百人为王岑必不得者，而一二人为圣俞、山

---

① 毛奇龄：《西河诗话》卷五，乾隆间萧山毛氏书留草堂刊本。
② 袁枚：《随园诗话》卷三，江苏古籍出版社 2000 年版，第 53 页。
③ 毛奇龄：《西河合集》序二二，乾隆间萧山毛氏书留草堂刊本。

谷而即已大噪于时，然则其所尚者止藏瘢廋慝，当逋逃之数，而非丈夫抒才见学之能事也"①。这里以难易而别唐宋高下，指斥学梅尧臣、黄庭坚不是才人抒才显学的能事，则为诗者当如何取法，不言而喻。更清楚的结论已见于《何生洛仙北游集序》："人能为唐诗而后可以为宋元之诗，如衣冠然。挛手局步，邻于拱械，而后稍稍为开襟偃裼之状，差足鸣快。而不然者，则裂冠毁冕而已。顾能为唐诗者，必不为宋元之诗，如琴瑟然。搏拊咏叹，已通神明，而欲偶降为街衢巷陌之音，以为娱乐，则流汗被地。而世人不知，则以为弦匏无异声、钟釜无异鸣而已。"② 看得出，从少好宋元人诗，继而步趋竟陵，追摩后七子，到最终皈依于云间派麾下，他的诗学经历了一个由喜好宋元转向宗尚唐人的过程，其中决定性的影响来自云间派。这从他高度评价"以古学蓊辟蓁薉，夺楚人邪说而归于正"的陈子龙不难看出。

由于陈子龙的诗学观念直接渊源于格调派，毛奇龄对李攀龙也不像江南诗家那么强烈否定，《南士七律序》称"唐无五言古，而七言之盛则由宋迄今，未有杀也"③，无意中逗漏李攀龙《唐诗选序》的余绪；而对晚明宋诗风的反思，则甚至超越了浙江小传统的价值观："越自康乐侯以五字作六朝之倡，而三唐以来遂寥寥焉。今海内宗虞山教言，于南渡推放翁，于明推天池生，虽皆张越军，争雄海邦，而要之三唐之步仍却而不前。"④ 很明显，自皈依于云间派麾下，毛奇龄的诗歌趣味大体就认同了格调派。《陆孝山诗集序》写道：

> 予少为诗，必力排基殿，先扩其所为地步者，而后论裁构之法。格取其高，却喧卑也；气取其壮，绝蘼弱也；调取其噌吰，斥嘤咿也；律取其浑涵而周谧，去纤以弛也；意取其刻覈而旨又取其有余，虑思维之易疏而讽叹之又易竭也。至若词取其雅，韵取其和平，则将使诵者不愧于口，歌者不跲于响。⑤

---

① 毛奇龄：《西河合集》序二二。
② 同上。
③ 毛奇龄：《西河合集》序七。
④ 毛奇龄：《盛元白诗序》，《西河合集》序二八。
⑤ 毛奇龄：《西河合集》序三〇。

这里出现的一系列诗学概念如格、气、调、律、词、韵和诗美概念高、壮、呟噌、浑涵、雅、和平、响都属于格调派常用的术语，足见他对格调派诗学的浸润不是一般的深。

　　然而当他怀抱这样的诗歌观念步入文坛时，却赶上钱谦益倡导的宋元诗风逐渐炽盛，于是他明显感到格格不入和观念的冲突。康熙十七年（1678），他入京应博学宏词试，与寓宰相冯溥邸中的王嗣槐论诗，盛称同郡吕郊善。翌年王嗣槐被放南归，遇吕郊善于毗陵，吕出其诗请序，曰："予于诗非有所规摹而为之，家居邑邑，行游四方，所过名山川、古人邑里，未尝不凄眺而流连也。草长木落，鸟吟虫响，岁月迁流，未尝不凄怆而欲吐也。高人韵士，名僧羽客，说剑谈琴，参禅采药，卒然把臂之时，酒酣耳熟（疑应作热）之后，意往情来，此赠彼答，不能自已于怀钟也。日累月积，纸墨纷纭，亦不暇计工拙，期于达吾意而止。然风调格律舍唐人而别求翻新，则吾不知也。"[1] 毛奇龄既然很欣赏吕郊善，他的诗歌观念应该与此相近。但是随着他出入冯溥门下，接触到权力核心，了解上层统制者对诗歌的态度，他对唐宋诗的取舍就有了微妙的变化，不再是简单的艺术趣味问题，而逐渐染上一抹政治色彩。如果说他以前崇尚唐诗还只是出于对其风调格律的喜好，那么自从他听到冯溥对宋诗"非清明广大之音"的批评，便自觉地充当起主流艺术趣味的鼓吹者来，一方面对宋元诗持激烈的批评态度，一方面极力捍卫唐诗的正统地位。这正是同他的人品相应的，在当时的诗人中也显得很突出。

　　梳理毛奇龄对唐宋诗的评断，可以看出他的取舍是分别从不同的理论层次来论定的，相当全面而且系统。首先，他从气象上为唐诗的正统性进行辩护，在《苍崖诗序》中说：

　　　　朝廷崇儒右文，征天下稽古好学之士，与之扬挖，然且试其文而示以式，以为时之所准者端在乎是，宜乎诗与文之一归于正。而乃群然倡和，彼此牴牾，且有遰而之于变者。推其故，大抵皆惑于虞山钱氏之说，扬宋而抑明，进韩卢而却李杜，而其间才智之士，方有先人而导扬者，其说有三：一则厌常而喜新也，一则好矫异以骋绝俗也，

　　① 王嗣槐：《桂山堂文选》卷二，四库未收书辑影印康熙青筠阁刊本，第七辑，第27册，第80页。

一则有歉乎其正,而于正不足,庶几于变有余也。①

这里首先提出"扬宋而抑明"出于钱谦益之矫异,非正大典则可为准的之道,接着又引姜苍崖之说曰:"夔鼓明磬雅筲颂竹,其制虽平,而能精其数,则合神人而和物变,不必金槽铁拨王笙张缶之过为新声;而珍膳楼食,但取和滋,则鸭肝能芳,鹅脖可豢,又何必脍鲜于西海,曜鼋于江东,而后谓之为阿衡之煎、易牙之飨?盖至常之极,至变生焉。是以正为变,而非以变为变也。是以正变为无与于四始与六义也。"这就确立起盛世有常道,不必求异变常的理论宗旨。其次,从艺术品格上为唐诗的情韵辩护。毛奇龄夙自负学问通达,说"他之博而不通者,吾不博而通;他之学而或无识者,吾不学而有识"②,实则他是个相当感性而且主观的人,特别崇尚审美直觉。《李广宁司马诗集序》有云:

> 十岁见杨盈川诗,初未尝知为诗也,而诵而好之,以为斯文中固有如是其可娱者。人有以东野夫子集问伯兄,伯兄称其佳,而窃为不然,伯兄曰:"汝何知?汝他日当知之。"迄于今越四十年,而其所为不然者犹故也。文之在人,犹云霞在天,一望而轩然而翼然,虽有他物不得而掩之。必再顾三顾而后知其为美者,非真美者也。予读广宁诗,目之所接,口之所诵,皆豁达于心,有口所不能道,心所不能发者,而广宁能道之发之,其思深,其意广,其语奇,其调高,而一准于法意,向之所为一见而知其美者,其在斯与?③

不管这里的"东野夫子"是不是孟郊,用来与杨炯对比,应该是在突出杨炯诗的韵致,即直接唤起审美愉悦的魅力。复次,从艺术技巧上为唐诗措辞的典雅及其表现力辩护。《西河诗话》卷六载:

> 同年陆义山寓会城陈子襄宅,予过之。时吴宝崖、孙啸夫在坐,谓近学宋诗者,皆以唐诗为笾统,不若宋人写情事畅快,真不可解。适子襄宅屏联书"文章旧价留鸾掖,桃李新阴在鲤庭"句,予即顾之

---

① 毛奇龄:《西河合集》序一一。
② 毛奇龄:《送潜丘阎征君归淮安序》,《西河合集》序二四。
③ 毛奇龄:《西河合集》序二二。

曰："此唐杨汝士诗也。亦知是诗所由赋乎？当宝历中，杨嗣复领贡举，值其父于陵仆射自东洛入觐，嗣复率门生迎父潼关，开宴于新昌里第。时元白俱在坐，请即席赋诗。及汝士诗成，元白见之皆失色，当时所谓压倒元白是也。夫只此二句，不过一修饰唐律，何便使元白折服，传为话柄？正以当时情事纡曲难道，且欲于声律中概括简尽，则此二句未易矣。假令是题倩学宋者再赋之，丈人在堂，宾客在牖，门生儿子前拜后拜，当不知作几许恶态，而谓唐人惯笼统，不识何等。"①

这段话一语中的，确实能道出唐人的本领，并能指出宋人的恶习。以对宋诗的了解论，毛奇龄也未必高于吴乔多少，但他聪明的是不批评宋诗本身，而是直接将矛头对准历来的学宋元诗者，这就避免了盲目指责和耳食之词，但《西河诗话》对近人学宋元诗中委琐之气的批评仍不能不说是过甚其辞：

> 诗最忌卑蕤。（中略）盖文有士气，有丈夫气。旧人论诗极忌庸俗，以其无士气也；且又恶纤弱，以其无丈夫气也。故凡言格言律言气言调，当以气为主。李白无律，然气足张之。使无气，则格律与调俱不可问矣。向学宋诗者，椎陋恶劣，下者类田更，上者类市侩，丑象已极，然尚有气也；近一变而为元诗，为初明诗，力务修饰，争采诸琐细隐秘语字，装缀行间，如吴下清客门巷，竹扉萧萧；又如货郎儿摊，多盛盘骨董，小有把弄；又如勾栏子弟，用胶清刷鬓，踢研尘袜，以自为美好。士气尽矣，此岂丈夫所为者？②

参照《诗话》中另一段议论："诗以雅见难，若裸私布蕤，则狂夫能之矣；亦以涵蕴见难，若反唇戛膊，则市牙能之矣；又以不著厓际见难，若搬楦头翻锅底，则猷儿能之矣。然则为宋诗者，亦何难何能何才技而以此夸人，吾不解也。故曰为台阁不能，且为堂皇，慎勿为草野，况藩溷乎？"③ 可见毛奇龄的所谓"士气"就是台阁气，所以他对诗歌品格的要求也是从台阁立

① 毛奇龄：《西河诗话》卷六，《西河合集》。
② 毛奇龄：《西河诗话》卷七，《西河合集》。
③ 毛奇龄：《西河诗话》卷五，《西河合集》。

场出发的。一介文士，甫脱草野不久便抛弃山林高于台阁的传统价值观，一股御用文人的味道，这在封建时代的文人中还是很少见的。

由于《西河文集》一时难以系年，我们很难准确判断毛奇龄前后论诗见解的因变，只能说他在艺术观念上是一以贯之地崇尚独创的，这不仅表现为"诗无成法，祇自言其志，而歌咏出之"的主张①，更体现于他对"性情"概念的独特阐释。《张禹臣诗集序》云："诗有性情，非谓其言之真也，又非谓其多恳述少赋写也，当为诗时，必有缘感焉投乎其间，而中无意绪即不能发，则于是兴会生焉。乃兴会所至，抽思接虑，多所经画，夫然后咏叹而出之，当其时讽之而悠然，念诵之而翕翕然，凡此者皆性情也。"②"性情"在此已由表现的对象变成表现本身，这是很新鲜也是很奇特的说法。毛奇龄确实是个有想法的批评家，常凭悟性触及一些有意思的理论问题。比如《西河诗话》谈到元稹、白居易诗的艺术倾向时曾指出，"盖其时丁开、宝全盛之后，贞元诸君皆怯于旧法，思降为通侻之习，而乐天创之，微之、梦得并起而效之，（中略）不过舍密就疏，舍方就圆，舍官样而就家常"。所谓"怯于旧习"用布罗姆的话来说就是"影响的焦虑"③，因而这段话也可以说已触及了布罗姆的问题。不过，毛奇龄论诗正像他论音韵一样，也因思路偏差，有些奇怪议论。比如《淮阴马西樵诗集序》中说："诗无分地也，而齐、秦、唐、郑风以国殊，遂谓吴音靡夸，楚音接捷，非也。"这是否认诗有地域性的差异，告诫学者不能因为《诗经》风有国别，便连类而及推断吴、楚也有自己的诗风。然而卷十一《苍崖诗序》又说："国风以方异，而自文、武、宣、平以迄于陈灵，则又以时异。时有正变，而方无正变。然而四始六义之说无与焉。"④ 这又是在强调诗有地域性差异，而且地域差异还不受"时"正变的影响，与前一段议论明显矛盾。毛奇龄虽以好辩名，但他的议论经常有点强作解事，逻辑性不是太强。《沈方舟诗集序》云："往者予来杭州，每与陆君景宣、丁君药园主客论诗，其时持论太峻，尚墨守嘉隆间人不读唐以后书之说，而既而于役海内，则时局大变，阴袭虞山宗伯之指，反唐为宋，而阳饰之以元和长庆之体，曰吾唐人也。向使有学者为之，则涪江、眉山亦各有时，

---

① 毛奇龄：《始宁陈璞庵言志集序》，《西河合集》序二六。
② 毛奇龄：《西河合集》序二四，又见序二六《索太仆晴云集序》。
③ 参看布罗姆《影响的焦虑》，徐文溥译，生活·读书·新知三联书店1989年版。
④ 毛奇龄：《西河合集》序七。

熙宁、元丰何遽不即如元和长庆？而苟曰诗有别肠，非关学问，则不如墨守八代之为愈矣。"① 这段话便因省略主语和句与句之间的跳跃性太大，不太好把握它的主旨。细读毛奇龄的诗论，确实不免要遇到这类问题。

第六节　朱彝尊的明诗研究

朱彝尊（1629—1709），字锡鬯，号竹垞。浙江嘉兴人。康熙十八年（1679）举博学宏词，授翰林检讨，参修《明史》。当时与王士禛并称"南朱北王"，但实际上，无论在他们生前还是后世，可能都是朱彝尊更赢得人们发自内心的崇敬。毕竟王士禛只是个优秀诗人，而朱彝尊无论诗、古文、词都有不凡的造诣，同时学问渊博，不仅在学术方面是浙江的代表性学者，文学声望也在黄宗羲之上。王士禛序其文集，称"文章之名播海内"，"四十年来，浙西言文献者，必首朱氏"。

朱彝尊的文学创作近代以来一直受到关注，但对其诗学作深入研究则晚至 20 世纪末，探讨较多的是他对唐宋诗之争的态度和立场②；近年开始注意其明诗批评③，不过涉及的还只是一些表面问题，有不少可深入挖掘的余地。治朱彝尊诗学，最根本的是要把握其学术史特征。因为朱彝尊的学术最典型地代表了清初学术带有总结意义的学术史趋向，由博综兼取而臻洁净精微的境地。门人王原曾说："原学文于先生，尝闻为学由博而入，归诸洁净精微，乃臻极至。基始之难，莫如考据；若夫论世辨物，必要诸

---

① 毛奇龄：《西河合集》序二八。

② 朱彝尊研究专著已有朱则杰《朱彝尊研究》（浙江古籍出版社 1993 年版）和李瑞卿《朱彝尊文学思想研究》（京华出版社 2006 年版）。论文有吴宏一《朱彝尊文学批评研究》，《清代文学批评论集》，联经出版事业公司 1998 年版；汪涌豪《时代新潮激荡下的弘通文学观：朱彝尊论唐宋诗歌遗产》，《复旦学报》1991 年第 6 期；汪涌豪《朱彝尊诗歌批评特色论》，《殷都学刊》1992 年第 3 期；汪涌豪《诗歌理想范型的构建——论朱彝尊诗学理论的历史地位》，《中国诗学》第 4 辑，南京大学出版社 1995 年版；束忱《朱彝尊"扬唐抑宋"说》，《文学遗产》1995 年第 2 期；李瑞卿《从〈静志居诗话〉看朱彝尊美学的一个侧面"清"》，《辽宁师范大学学报》2002 年第 2 期。有关朱彝尊研究的综述，可参看王顺贵《关于朱彝尊研究的回顾与思考》，《漳州师范学院学报》2003 年第 1 期。

③ 蒋祖怡：《朱彝尊及其〈静志居诗话〉》，《温州师专学报》1985 年第 4 期；同林、利民：《对立互补，趋于融通：〈列朝诗集小传〉、〈静志居诗话〉对读三则》，《南通师专学报》1996 年第 1 期；闵丰：《〈静志居诗话〉笺补——兼与〈列朝诗集小传〉互证》，《古籍研究》2004 年卷下，安徽大学出版社 2004 年版；李瑞卿：《朱彝尊论明代主要作家和群体》，《嘉兴学院学报》2005 年第 4 期。

琐屑。不如是不能极其情状,识其归趋尔矣。"① 明清之交的学林,尽管渊博之士辈出,朱彝尊仍属于最渊博的学者之一。文士中属他的经史功底最为深厚,而作为学者,他的诗古文词迥出流辈之上,才能最全面。后人称"国初诸老能兼经学词章之长者,竹垞一人而已"②,《清史稿》本传说"当时王士祯工诗,汪琬工古文,毛奇龄工考据,独彝尊兼有众长"③,堪为定论。本章即拟由朱彝尊的学术趋向入手,对其诗学作一番分析。

一　博综兼擅的学术特征

明清鼎革之际,学人惩于明人空谈误国的教训,无不崇尚学问,究心实学,因此清初可以说是个学问的时代,一时文士几乎没有不重学问的,浙江学者更是普遍具有淹贯经传、博综文史的特点。但即便如此,朱彝尊的学问面之广,仍让同时代学人钦佩不已。这是因为,他的广博不是像钱谦益、王士祯那样的泛泛浏览,而是归于专精,属于由小学入手治经学的传统路子,广博之外尤见深厚的功力。所撰《经义考》可以说是一部经学史长编,也是最早的全面梳理历代经学文献的巨著,以"网罗宏富,综核赅贯"而为后人叹服④。

作为体现了清初学风的经学大师,朱彝尊论诗当然也像同时诗家那样崇尚诗教。他在《高舍人诗序》中曾说:"诗之为教,其义风赋比兴雅颂,其旨兴观群怨,其辞嘉美规诲戒刺,其事经夫妇成孝敬厚人伦美教化移风俗,其效至于动天地感鬼神。"⑤ 朱彝尊诗学因立足于传统观念而赢得醇雅的定评⑥,汪涌豪以主真倡变崇学尚雅来概括其基本倾向,也是非常全面的。⑦ 但从上面王原的话可知,当时更为看重的是他由考据入手的功夫。魏禧撰《朱锡鬯文集序》,提到"古今之论,博学者不必工于文,工文者学不博",而朱彝尊却正是以博学而工文的作家,"所作文,考据古

---

① 于敏中等编:《日下旧闻考》,北京古籍出版社 1985 年版,第 2582 页。

② 林昌彝:《射鹰楼诗话》卷二〇,上海古籍出版社 1988 年版,第 458 页。

③ 《清史稿》卷四八四文苑传一,中华书局标点本,第 44 册,第 13340 页。

④ 梁章钜:《退庵随笔》卷一五,同治重刊本。

⑤ 朱彝尊:《曝书亭集》卷三八,康熙刊本。

⑥ 参看李瑞卿《朱彝尊文学思想研究》第三章第三节"醇雅论",第 196—217 页。

⑦ 汪涌豪:《诗歌理想范型的构建——论朱彝尊诗学理论的历史地位》,《中国诗学》第 4 辑,南京大学出版社 1995 年版。

今人物得失为最工"①。从朱彝尊留下的康熙四十四年（1705）摘抄字词名物训诂的笔记看，直到七十六岁，他还在留意搜集写诗文用的语料②。通读《曝书亭集》里的论诗文字，不仅其以学为本的诗学观历历可见，平生为诗"体制数变"与学术的关系也不难窥知③。

　　学者们都认为，根于经史，崇尚学问，是朱彝尊论诗的主导倾向，这是不用怀疑的。《高户部诗序》自称"予年二十，始学为诗。起居饮食梦寐，惟诗是务。六经诸史百氏之说，惟诗材是资"④。《鹊华山人诗集序》也说"予少而学诗，非汉魏六朝三唐人语勿道，选材也良以精。中年后读书日广，于是缘情体物，不复若少时之隘"⑤，这都是明证。陈廷敬《翰林院检讨朱公墓志铭》载竹垞训子语，曰："凡学诗文须根本经史，方能深入古人窍奥，未有空疏浅陋，剿袭陈言，而可以称作者。"这样一种志向贯彻终生，形成他"论诗必以取材博者为尚"的基本立场，对竟陵派则斥之"专以空疏浅薄诡傀是尚，便与新学小生操奇觚者，不必读书识字，斯害有不可言者已"⑥；对钱谦益鼓吹的宋诗风，则斥之曰："今之诗家不事博览，专以宋杨、陆为师，庸熟之语，令人作恶。"⑦ 唯其落脚点在于学问，故虽处于钱谦益的对立面，也同样将严羽作为批判对象："今之诗家空疏浅薄，皆由严仪卿诗有别才，非关学一语启之。天下岂有舍学言诗之理？"⑧ 这本是明代王鏊在严羽当红之际就发表过的议论："世谓诗有别才，是固然矣，然亦须博学，亦须精思，唐人用一生心于五字，故能巧夺天工。今人学力未至，举笔便欲题诗，如何得到古人佳处？"⑨ 但朱彝尊重提出来，仍有现实意义。他的独到之处，是非但力主学问为作诗的根基，还直接以诗言学，开了清朝以学问为诗、以考据为诗的先声。康熙四

---

① 魏禧：《魏叔子文集》卷八，宁都三魏文集本，道光二十五年谢若庭绂园书塾重刊本。
② 中国社会科学院文学所藏行草写稿本，如鬓字条云："鬓，《韵会》：'屈发为鬓。'苏轼诗：'落日衔翠壁，暮云点烟鬓。'白居易诗：'俯窥不见人，石发垂若鬓。'"有"康熙乙酉长夏竹垞朱彝尊摘录"题记，有"汪由敦印"白方印、"胸中一点分明处，不负高天不负人"、"曾藏潘氏彦均室"朱方印。
③ 朱彝尊：《叶李二使君合刻诗序》，《曝书亭集》卷三八，康熙刊本。
④ 朱彝尊：《曝书亭集》卷三八，康熙刊本。
⑤ 朱彝尊：《曝书亭集》卷三九，康熙刊本。
⑥ 朱彝尊：《胡永叔诗序》，《曝书亭集》卷三八，康熙刊本。
⑦ 朱彝尊：《汪司城诗序》，《曝书亭集》卷三九，康熙刊本。
⑧ 朱彝尊：《栋亭诗序》，《曝书亭集》卷三九，康熙刊本。
⑨ 王鏊：《震泽长语》卷下，丛书集成初编本。

十三年（1704）所作的《斋中读书十二首》，不仅集中表达了他晚年的诗歌主张，其本身就是学问诗的实践。第十一首写道：

> 诗篇虽小技，其源本经史。必也万卷储，始足供驱使。别材非关学，严叟不晓事。顾令空疏人，著录多弟子。开口效杨陆，唐音总不齿。吾观赵宋来，诸家非一体。东都导其源，南渡逸其轨。纷纷流派别，往往近粗鄙。群公皆贤豪，岂尽昧厥旨？良由陈言众，蹈袭乃深耻。云何今也愚，惟践形迹似。譬诸芳蔗甘，舍浆啖渣滓。斯言勿用笑，庶无乖义始。①

诗的主旨只有两点，一是强调诗必以学，二是抨击学宋之弊，它们在当时特定的语境下都不失为现实的针砭，但具体到朱彝尊自己的创作和所批评的宋代诗人，其妥当性却需要打个问号。梅曾亮曾指出：

> 国初以诗鸣者王渔洋、施愚山，皆不以考证为学。其以是为学者，如阎百诗、惠定宇、何义门，于学各有所长，而诗非其所好。兼之者惟顾亭林、朱竹垞而已。亭林不以诗人自居，竹垞于诗则求工而务为富者矣。然其诗成处多而自得者少，未必非其学为之累也。②

这也就是赵执信《谈龙录》所断言的"朱贪多"之弊。朱彝尊的诗文创作，富赡之余，始终不能抹掉人们心目中的这一印象，其得失也就不言而喻了。

至于说对唐宋诗的取舍，在他漫长的创作生涯中殊有变易，大抵早年以唐为宗，晚境阑入宋界。他自己回顾作诗经历，有道是"一变而为骚诵，再变而为关塞之音，三变而吴伧相杂，四变而为应制之体，五变而成放歌，六变而作渔师田父之语"③，基本上紧扣履历而言，不同的境遇导致不同的诗风。但长寿、博学和丰富的藏书，毕竟赋予他过人的诗学修养和良好的判断力，坚持什么否定什么对他来说绝不是一个概念的标举和抛弃，而是对一种诗歌美学的实实在在的取舍。因此，他虽主唐音，但绝非

---

① 朱彝尊：《曝书亭集》卷二一，康熙刊本。
② 梅曾亮：《刘楚桢诗序》，《柏枧山房文集》卷七，咸丰六年蒋氏慎修书屋刊本。
③ 朱彝尊：《荇溪诗集序》，《曝书亭集》卷三六，康熙刊本。

盲目尊唐，对明人恪守严羽、杨士弘、高棅之说，"斤斤权格律、声调之高下，使出于一"，更是大不以为然："吾言其志，将以唐人之志为志；吾持其心，乃以唐人之心为心，其于吾心性何与焉？"① 早期的研究者往往节取一两条议论即断言朱彝尊站在反宋诗的立场，随着研究的深入，洪亮吉"始学初唐，晚宗北宋"（《北江诗话》）的说法逐渐被学界接受，认为符合事实。我细绎朱彝尊对宋诗的评论，觉得他晚年尽管态度有所改变，但看得出对北宋诗的肯定仍是有所保留的。

朱彝尊认为，"唐人之作中正而和平，其变者率能成方。迨宋而粗厉噍杀之音起，好滥者其志淫，燕女者其志溺，趋数者其志烦，敖辟者其志乔，由是被之于声，高者？而下者肆，陂者散而险者敛，侈者笮而弇者郁，斯未可以道古也"②。而所谓"粗厉噍杀之音"，最典型的代表，在他看来就是黄庭坚的粗硬与杨万里的鄙俚。黄庭坚原是他最不感兴趣的诗人，康熙二十五年（1686）《题王给事又旦过岭诗集》曾截然表明他对黄庭坚的否定态度："迩来诗格乖正始，学宋体制嗤唐风。江西宗派各流别，吾先无取黄涪翁。"③ 后来《叶李二使君合刻诗序》又说："今之言诗者每厌弃唐音，转入宋人之流派，高者师法苏黄，下乃效及杨廷秀之体，叫嚣以为奇，俚鄙以为正。"④《橡村诗序》也说："今之言诗者多主于宋，黄鲁直吾见其太生，陆务观吾见其太缛，范致能吾见其弱，九僧四灵吾见其拘，杨廷秀、郑德源吾见其俚，刘潜夫、方巨山万里吾见其意之无余，而言之太尽。"⑤ 这么说来，上述诗人就绝对不能么？那倒也不是。他主张的是转益多师，唐宋并举，反对尊宋而桃唐："予每怪世之称诗者，习乎唐则谓唐以后书不必读，习乎宋则谓唐人不足师。"眼界狭隘的盲目学宋是他最反对的，所以他赞赏王煐"自汉魏六朝唐之初盛中晚，下及宋元明人体制，靡所不合"⑥；赞赏南湖居士"为诗不专师一家，用己法神明之，兼综乎天宝元和长庆诸体，下及苏梅黄陈范陆虞杨，离之而愈合"⑦。这种兼容并蓄的态度正是与他博综兼擅的学术特征相表里的，他对唐宋诗

① 朱彝尊：《王先生言远诗序》，《曝书亭集》卷三八，康熙刊本。
② 朱彝尊：《刘介于诗集序》，《曝书亭集》卷三九，康熙刊本。
③ 朱彝尊：《曝书亭集》卷一三，康熙刊本。
④ 朱彝尊：《曝书亭集》卷三八，康熙刊本。
⑤ 朱彝尊：《曝书亭集》卷三九，康熙刊本。
⑥ 朱彝尊：《忆雪楼诗集序》，《曝书亭集》卷三九，康熙刊本。
⑦ 朱彝尊：《南湖居士诗序》，《曝书亭集》卷三九，康熙刊本。

的取舍在康熙后期成为消除唐宋壁垒，开乾隆以后融合唐宋风气的一个重要标志，近代诗人沈曾植称朱彝尊诗"能结唐宋分驰之轨"①，也可以从这一点上理解。

二　《明诗综》与明诗文献整理

朱彝尊毕生学术虽不以文学称最，但对于研究文学的我们来说，《明诗综》当然是最重要的。关于这部总集的编纂动机，姚祖恩编《静志居诗话》冠首的两篇序言，都联系朱彝尊入史馆的经历作了揭示。曾燠序云："竹垞先生以博学鸿词应举入翰林，充明史纂修官，尝以书上史馆总裁，议其体例，惜未竟事而以他故罢职。于是辑《明诗综》，附以诗话，考事务核，持论悉平，足以备一朝之掌故，而补史乘所不及。"② 赵慎畛序更强调此书"一切以史法行之，于是首十帝，本纪也；次宗潢，重本支也；次乐章，祀郊庙以告成功也；次为诸臣，曰家数，列传之体也；中为党锢，为节义，为隐逸之士，书独行也；次属国，大无外之规也；次宫闱，理阴教也；又其次为释子，为道流，为工，为贾，为青衣，杂流也；而以神怪、杂歌、谣辞终焉，志五行也。前为小传，末缀以诗话，蒐采多以其轶补正史之未备也"。朱彝尊入史馆的失意经历，很容易让人得出这种解释，赵慎畛看到《明诗综》体例与正史结构的对应，不用说是有理由的。事实上，朱彝尊自己也屡对友人谈到这一点，如与陈廷敬书云："近来抄撮明人诗而沙汰之，题曰《诗综》，约计百卷。募化开雕，先以样本一十八卷呈览，馀俟续寄。诗体虽杂陈，然亦足以针砭时习。附以诗话，颇可订国史之讹。"与赵吉士书云："近又选明人诗，其材比虞山功倍。自念国史纂修未竟，借以订其缪讹。"③《明诗综》不光在体例上论、述分开，而且诸帝悉书生平、庙号，宗潢列于诸帝后，乐章另设一门，都较钱书更合史体；再看王司綵传记对宫官制度的考述，足见朱彝尊同样也有以诗存史的情结。不过尽管如此，我觉得还是不必在这方面多作考虑，试想在封建时代编一朝之诗，除非分体，若以作者为纲，除了按尊卑和时序还能有什

---

① 钱仲联：《梦苕庵诗话》，齐鲁书社 1986 年版，第 83 页。

② 朱彝尊撰，姚祖恩辑：《静志居诗话》卷首。

③ 此札原无收件人名，观首云："渴思得《寄所寄录》足本一观。屡次知惠寄，杳无到者，至今未得寓目，怅惘可知矣。"则应是与赵吉士，盖《寄所寄录》即赵吉士所著《寄园寄所寄》也。

么别的方式呢？我们还是应该从朱彝尊编选明诗的宗旨及其实践结果去评价他的诗学贡献。

朱彝尊选明诗的宗旨，尤其是他对明诗的取舍，在答王士禛书中其实已说得很明白：

> 明自万历后，作者散而无纪。常熟钱氏不加审择，甄综寥寥。当嘉靖七子后，朝野附和，万舌同声，隆庆巨公稍变而归于和雅。定陵初禩，北有于无垢、冯用韫、于念东、公孝与暨季木先生，南有欧桢伯、黎惟敬、李伯远、区用孺、徐惟和、郑允升、归季思、谢在杭、曹能始，是皆大雅不群。即先文恪公不以诗名，而诸体悉合。窃谓正、嘉而后，于斯为盛。又若高景之恬雅，大类柴桑，且人伦规矩。乃钱氏概为抹杀，止推松圆一老，似非公论矣。故彝尊于公安、竟陵之前，诠次稍详，意在补《列朝诗》选本之阙漏；若启、祯死事诸臣，复社文章之士，亦当力为表扬之，非宽于近代也。①

由此可知，他编《明诗综》，很大程度上是出于对钱谦益《列朝诗集》的不满。我对比两书所收的作者，结果可以同他的自述相印证。据杨松年先生统计，《列朝诗集》收作者1392人，诗21897首；《明诗综》收作者3306人，诗10172首，比前者多收一倍还多。新见的作者多集中在万历以后，有不少甚至是朱彝尊的朋辈。除了不按时序编列的卷一、二帝室和卷八十四以后杂流外，作者与钱书的重合情况以卷五十六即姚祖恩所编《静志居诗话》卷十五为明显的界线，此前的作者大部分见于钱书，此后渐少②。而《静志居诗话》卷十五所见著名作家只有汤显祖、邢侗、邹迪光、余继登、冯梦祯，远不如卷十四有王世懋、李维桢、胡应麟、屠隆、徐渭、王稚登、黄省曾等众星璀璨，这正是朱彝尊说钱谦益"甄录寥寥"

---

①　朱彝尊：《答刑部王尚书论明诗书》，《曝书亭集》卷三三，康熙刊本。
②　比勘《静志居诗话》与《列朝诗集小传》目录，即可看出这一倾向：卷二41人中出现36人，卷三28人中出现26人，卷四66人中出现48人，卷五53人中出现32人，卷六70人中出现42人，卷七56人中出现33人，卷八61人中出现34人，卷九58人中出现31人，卷十52人中出现36人，卷十一63人中出现33人，卷十二65人中出现33人，卷十三65人中出现35人，卷十四67人中出现41人，卷十五58人中出现13人，卷十六59人中出现21人，卷十七59人中出现18人，卷十八71人中出现27人，卷十九73人中出现5人，卷二十55人中出现3人，卷二十一56人中出现2人，卷二十二86人中出现1人。

的晚明诗坛的开始。

编这么一部大书，并且对钱书作了大幅度的补充，当然不可能是一朝一夕的事。晨风阁刊本《明诗综采撷书目》列总集、选集、方志计 283 种，朱彝尊自己在《成周卜诗序》里还提到"予近录明三百年诗，阅集不下四千部"①，其浸淫之久、用功之勤，不难想见。《明诗综》的正式编纂，据朱彝尊致韩菼书推断，应该是在康熙三十八年（1699）男昆田卒后②。其搜集资料始于何时尚不清楚，但晚年一直黾勉不辍则是无疑的。卷八张翯《西湖竹枝词》所附诗话追忆顺治十八年（1661）西湖之游，感叹"回思旧事，四十年矣"，应该是康熙四十年（1701）所作；答王渔洋书作于康熙四十二年（1703），朱彝尊已七十五岁。《明诗综》显然是他晚年的一大寄托，就像钱谦益编《列朝诗集》一样。正因为两者有着这样的关系，人们对《明诗综》的评论往往离不开与《列朝诗集》相比较，而比较又不外乎在资料运用和诗歌评论两个方面③。

从资料运用方面看，钱谦益固然有以诗证史的倾向，而朱彝尊也不是没有以诗征史的兴趣。浏览姚祖恩辑《静志居诗话》，如卷一王司綵条考宫中女官之制，卷二苏伯衡条载元进贺表文所忌 167 字，卷三孙作条载徐一夔与王祎论修日历书，揭轨条考金陵十六楼记载之异，卷七钱复亨条载西湖船制名目，卷七柯潜条述翰林院建置，卷十一张治条辨洞庭之误，卷十四叶春及条论日本高丽百篇尚书，卷二十一孙淳条述明季社事始末，卷二十二朱茂晖条载万历间为魏珰建生祠者名姓，值此际朱彝尊仿佛就回到他翰林太史的身份，专注于以诗考史了。偶尔也寓史论于诗话，如卷二十论鼎革之际死事之臣，确乎如答王士禛书所说的"力为表扬之"。这些记载不用说都是独出心裁的，但《明诗综》对《列朝诗集》的补充主要不在这方面。

作为后续之书，且以订补钱书为目标，《明诗综》对《列朝诗集》偶有因袭，是可以预料的。将两书对读，朱书因袭的痕迹宛然可见。如卷一朱元璋条附录解缙语即本自钱书乾集朱元璋传，卷二危素条述其偷生修元史事也本自钱书甲集危素传。有些条目还不如钱书的记载详尽，比如卷二

① 朱彝尊：《曝书亭集》卷三九，康熙刊本。
② 容庚：《论列朝诗集与明诗综》，《岭南学报》第 11 卷第 1 期，1950 年版。
③ 如容庚《论列朝诗集与明诗综》，《岭南学报》第 11 卷第 1 期；闵丰《〈静志居诗话〉笺补——兼与〈列朝诗集小传〉互证》，《古籍研究》2004 年卷下。

刘崧传："刘崧字子高，泰和人。明初以人材举授兵部职方郎中，迁北平按察司副使。坐事输作京师，寻放还。征拜礼部侍郎，署吏部尚书。请老，许之。复召为国子司业。有《槎翁集》。"① 而钱书作："崧字子高，初名楚，泰和人。七岁能赋诗，洪武三年以人材举职方郎中，迁北平按察副使。坐事输作京师，还乡。十三年，手敕召为礼部侍郎，署吏部尚书，请老。十四年，召为国子司业，卒于位。"除了没有提到《槎翁集》，钱谦益的记载要比朱彝尊细致得多。容庚先生也曾举胡俨、张泰、陆治三人为例，论定《明诗综》虽后出，"而小传每嫌于刻板与简略"②。这应该是传记体例的问题——朱彝尊对作者履历的叙述都取简明，不求详致，而其他方面，则多对钱书有所充实。如明初李晔，钱书只载"字宗表，号草阁，钱塘人"，而朱彝尊不仅补充了"洪武初国子助教，有《草阁集》"的记载，还增加一段诗话："草阁得诗法于李季和，然季和犹为廉夫薰染。草阁歌行，则一气孤行，独开生面。正如淮阴之师，多多益善，囊沙拔帜，辟易万人。当时四杰、十友、二肃、二玄，各有标榜。如此逸气高格，顾诗家月旦不及焉，信夫知音者之难也！"③ 作为诗总集，《明诗综》在这一点上明显胜出《列朝诗集》不少。

《明诗综》还补充了不少人物，如常熟李杰，朱彝尊很奇怪："钱氏《列朝诗集》搜罗乡曲先进靡遗，独不及文安，何哉？"④ 为此他很下了一番拾遗补缺的工夫，其中最引人注目的成果是区大相。这位诗人不见于钱书，但朱彝尊给了很高评价：

> 海目持律既严，铸词必炼。其五言近体，上自"初唐四杰"，下至"大历十子"，无所不仿，亦无所不合。岭南山川之秀，钟此国琛，非特白金水银丹砂石英已也。又云：海目五言律诗，如纯钩初出，拂钟无声，切玉如泥；又如铙吹平江，秋空清响。顾虞山氏置而不录，予特为表出，取之稍溢焉。⑤

---

① 朱彝尊撰，姚祖恩辑：《静志居诗话》上册，第37页。
② 容庚：《论列朝诗集与明诗综》，《岭南学报》第11卷第1期。
③ 朱彝尊撰，姚祖恩辑：《静志居诗话》上册，第100页。
④ 同上书，第215页。
· ⑤ 朱彝尊撰，姚祖恩辑：《静志居诗话》下册，第472页。

《明诗综》卷六十一共选区大相诗 48 首，在选诗最多的作者中列第十位①，可见是他心目中的重要作家。指出这一点并不是说他逢人即录，实则他的采录增补是有原则的。玩味其取予，足见其间寓有微义。比如严元照曾注意到入黄宗炎而不入黄宗羲，以为"《明诗综》入晦木而置梨洲，其去取固甚审矣"②。

从保存文献的角度说，朱彝尊采摭稀见资料和辑存遗佚的心思远过于钱谦益。见于《静志居诗话》的，如王镛条云：

> 予年十七，避兵练浦。岁己丑，崔苻四起，乃移家梅会里。里在大彭、嘉会二都之间，市名王店。或曰石晋时镇遏使逯居此故名，或曰宋尚书居正之宅，或曰元学士昶家于是，或曰元学士正编也，传闻各异。己亥十月，访蒋布衣之翘于射襄城，蒋语余曰："子知王店之所由名乎？洪武中孝廉镛及弟钧之所居也。"因出所辑《檇李诗乘》，则二王诗俱在焉。并出二王合刊诗稿旧本，共一册，灯下读未竟，客至轰饮而罢。甲辰四月，再过之不值。又数年而蒋逝，无子，遗书尽失，可叹也。后见《水竹居诗》一卷，中载二王题咏各一首，因亟录之。③

此外如莫士安条："士安集不传，仅见于《湖海耆英诗集》。其《湖山图长歌》则从吾乡郁氏书画题跋中录之。永乐初，以助教治水江南，遂侨居无锡。自称柏林居士，又号是庵，载县志流寓门。今人罕有知者。"张时条："张君《自怡集》，乡里罕传。康熙戊寅，客福州，从林秀才侗借观钞本，录其二首。归询之武林耆旧，未有知其姓氏者矣。"钱仲益条："长史诗格爽朗，惜遗集罕传。予从秦对岩前辈购得，亟录其八首，犹未尽其蕴也。"崔铣条："《洹词》不载诗篇，其见录于选家亦少。予得公手迹，寄张子醇方伯者，有《上陵》、《下陵》诸作，录《秋风》一首，存豹半斑。"④

---

① 据杨松年统计，《明诗综》选诗最多的前九位诗人是高启（138 首）、刘基（104 首）、李梦阳（80 首）、何景明（78 首）、朱国祚（58 首）、李东阳（57 首）、徐祯卿（50 首）、刘崧（50 首）、杨基（49 首），见其《中国文学评论史编写问题论析》，文史哲出版社 1988 年版，第 32 页。

② 全祖望《答诸生问南雷学术劄子》评语，《鲒埼亭集》外编卷四四，朱铸禹《全祖望集汇校集注》中册，上海古籍出版社 2001 年版，第 1696 页。

③ 朱彝尊撰，姚祖恩辑：《静志居诗话》上册，第 44 页。

④ 分别见朱彝尊撰，姚祖恩辑《静志居诗话》卷四、卷五、卷六、卷九，上册，第 99、120、154、256 页。

朱彝尊格外留意图卷题跋中的诗咏，因往往是孤篇单传，世所罕见，所以凡有经眼都予记录。如李铎条云："吴人徐达左良夫，司训建宁，游乎武夷，写《九曲棹歌图》，书昔贤吟咏于前，自纪其后，复属同人题句卷后。题者陇西李铎、临川刘廉、浚仪赵友士、西瓯冯回、括苍张思齐、钜鹿林熙、樵川萧子和、龙伯章、陇右李裕、三山周□、瓯宁叶俊、建安杨恭、叶季原、苏埁、叶铭、叶胜、李佑、龙虎山人梁鹄，凡一十八人，续题者良夫兄子徐济及青城王璲也。良夫居太湖之滨光福市，辟耕渔轩以延名士，集其诗文为《金兰集》。其好事亚于顾仲瑛云。"① 类似这样的记载留下了许多没有名气的作者姓名。

除了补充资料之外，朱彝尊在《静志居诗话》中还订正了钱谦益的一些错误，容庚先生列举有 27 处，然而像姚编本卷五郑真条辨其非洪武三年进士，卷六赵迪条辨赵迪的山人身份，卷十辨蔡经为赵文华所劾之冤之类，尚有未尽。其中卷二徐尊生条订正钱引《睦州志》谓曾授翰林待制之误，卷五谢林条辨《列朝诗集》复见，同卷高逊志条辨钱氏据《鹤林集》所署年月职衔所作的错误推断，卷七姚绶条辨钱氏误载其出知永宁县为永宁府，卷十一辨钱书"神鬼门"载桃花门仕女诗为邢参诗，卷十四辨清溪社集倡自隆庆辛未而非万历初年，都属于釐正钱书记载之讹。若卷九张凤翔条举李梦阳评张集多所贬斥、不假辞色，断言钱氏说李梦阳党护凤翔而为作传殊无道理②，卷十一引姚涞送文征明序，驳钱谦益轻信何良俊语，不录姚涞诗之失，卷十四陈芹条辨钱氏论青溪社之误，卷十三谓钱氏诋諆汪道昆未免太过，卷十四谓钱氏以胡应麟《诗薮》羽翼王世贞《艺苑卮言》而诟之过甚，则是对钱谦益一些论断的驳正。朱彝尊虽无须靠这些成果来标榜《明诗综》的文献价值，但这些辩驳确实保证了它记载和论述的准确程度，提升了全书的学术水准。

但即便如此，朱彝尊的工作在文献上也未能幸免于后人的批评。首先遭到指责的是擅自删改前人文字，如张为儒《虫获轩笔记》指出："朱竹垞先生选《明诗综》，喜删改前人之句，然有大失作者之旨者。即如亭林集中《禹陵二十韵》，前半'大禹南巡守，相传此地崩'十韵叙禹陵，后半'往者三光降，江干一障乘'八韵叙乙酉鲁王监国事，而末四句总结

---

① 朱彝尊撰，姚祖恩辑：《静志居诗话》卷五，上册，第 125 页。
② 朱彝尊撰，姚祖恩辑：《静志居诗话》卷九，上册，第 251 页。

之，曰：'望古频搔首，嗟今更拊膺。会稽山色好，凄恻独攀登。'《诗综》芟去中间'往者'十六句，则所谓'嗟今更拊膺'者，竟不知何所指。竹垞选此书，意欲备一代文献，宜其持择矜慎。况生平又与亭林交好，没后录其遗诗，似不应卤莽至此。"① 容庚先生更举出王璲《和高季迪将进酒》、《题采菱图》，李东阳《淮阴叹》，萧镃《乐隐为尹克俊赋》，薛瑄《游君山诗》，万表《闵黎吟》诸例，说明朱彝尊编纂中随意改窜、挪移前人文字。这实在是明人擅改古书的积习，到乾嘉学风严谨以后基本杜绝，但清初学者还不太在意，钱谦益编《列朝诗集》、方苞选唐宋八家文都有这种习气，所以朱彝尊也不忌讳这一点。卷十二选沈贞诗十首，附诗话云："集五十卷，惜不传。从陈编中搜得《乐神曲》一十三首，不无冗长，且多阙文，因汰其六，稍为删易补缀，颇觉奇古。"② 从保存一代文献的角度说，这无疑是不能容许的缺点。其次是记载偶有疏误，如全祖望《书〈明诗综〉后》所说："竹垞选《明诗综》，网罗固多，讹错亦甚不少。即以吾乡前辈言之，屠辰州本畯并未尝为福建运司，盖因其曾任运同而讹。陆大行符，东林复社名士，有《环堵集》传世，乃讹其名为彪。以此推之，必尚有为我辈所不及考者。"③ 后来张宗泰六篇跋续举《明诗综》各种疏失④，闵丰论文胪列《静志居诗话》引文和记述的各种疏误⑤，都证明全祖望的推断是不错的。此外，书后附载的高丽人诗，从韩国学者的立场看，起码存在以下几方面的问题：一是入选标准不明确，未载李奎报、李齐贤、陈澕等主要文人诗。二是人名及时代混乱，如金时习号梅月堂，李达号荪谷，书中均作二人；李仁老为高丽朝人，书中列于壬辰之乱后期。三是诗题与文字多误。四是主题狭隘，仅限于汉江、太平馆等少数题材⑥。这些缺陷应与当时两国文学交流的欠缺和不对等有关。中国士大夫的天朝心态使他们在中外文化交流中始终以优位自居，一向疏于了解和吸取异民族的文化。加上李朝夙奉明正朔，明清易代之后，对清朝始终抱有敌意，两国交往也远不如明代频繁。朱彝尊当时搜集朝鲜诗歌大概是要

---

① 吴骞：《拜经楼藏书题跋记》卷五引，嘉庆刊本。
② 朱彝尊撰，姚祖恩辑：《静志居诗话》卷三，上册，第83页。
③ 全祖望：《鲒埼亭集外编》卷三一，四部丛刊初编本。
④ 张宗泰：《鲁岩所学集》卷一四，道光三十年刊本。
⑤ 闵丰：《〈静志居诗话〉笺补——兼与〈列朝诗集小传〉互证》，《古籍研究》2004年卷下。
⑥ 见柳晟俊《〈明诗综〉所载高丽文人诗考》，韩国《中国学研究》21，中国学研究会2001年版。

难于以往任何时代的。乾隆间博明因其所载 82 位朝鲜诗人爵里表德文集多有缺漏舛讹，而驰书海东请朝鲜学者代为检核，得以订补 42 人资料，载于所著《西斋偶得》中①，这也是中朝文学交流史上的一段佳话。

三　《静志居诗话》与明诗史研究

像历史上所有的文学选本一样，《明诗综》在保存文献之余，也承担着文学批评的功能。尤其是它出自朱彝尊这样一位热衷于批评——这从他为人撰诗序，内容从来离不开针砭诗坛风气即能感觉——的诗人之手，更具有总结一代诗史的意义。书中所附的《静志居诗话》，嘉庆间曾燠作序就肯定了它"所以正钱牧斋之谬"的功绩，到今天我们是否还能认可这一结论呢？

《列朝诗集》和《明诗综》的比较，显然是个很有趣的课题，而两书批评学的对照又比文献学更有意思。杨松年先生曾统计两书选诗最多的诗人，结果如下：

《列朝诗集》		《明诗综》	
高　启	864	高　启	138
刘　基	559	刘　基	104
李东阳	347	李梦阳	80
杨　基	327	何景明	78
袁　凯	304	朱国祚	58
张　羽	240	李东阳	57
程嘉燧	215	徐祯卿	50
王稚登	203	刘　崧	50
杨　慎	179	杨　基	49
王　逢	175	区大相	48②

这两个排行榜只重合了高启、刘基、李东阳、杨基四人，可见评判标准是相去甚远的。但再看杨先生对王夫之《明诗选评》、陈子龙等《皇明诗

---

① 博明《西斋偶得》有嘉庆六年刊西斋杂著二种本，又有光绪二十六年杨钟羲重刊本。震钧《天咫偶闻》卷二转录其文，广文书局 1970 年影印笔记三编本。

② 杨松年：《中国文学评论史编写问题论析》，文史哲出版社 1988 年版，第 31—33 页。

选》与沈德潜《明诗别裁》的统计，见于上面两榜的诗人是刘基、高启、杨慎、王稚登、李攀龙、何景明、李梦阳、徐祯卿，朱榜只比钱榜多一名，则两人所选为其他选家认可的程度又不相上下。容庚先生从选诗数量、小传详略、文字删改、选诗标准四个方面对比两书，结论是"钱氏之优于朱氏可得而定"。但若以《列朝诗集小传》与《静志居诗话》相比较，则我更倾向于认为朱书高于钱书，这主要是着眼于它的批评史价值。

由于体例不同，小传主要是叙述生平，而诗话则更多地着眼于诗歌评论和有关诗学的内容，这是不难想见的。比如吴中四杰小传，钱谦益主要是记载生平事迹，高启和张羽传略引前人评论，而杨基和徐贲传都不论其诗；朱彝尊则分别评论了四人的创作，杨基条摘句证实王世贞谓其诗句柔弱似词之说，张羽条论其"五古微嫌郁輴，近体亦非所长，至于歌行雄放，骎骎欲度季迪前，固当含超幼文，跨蹍孟载"，徐贲条谓其"才气方之高、杨、张三君，稍为未逮，然诗法焘然，森有纪律，长篇险韵，极其熨帖，颇有类皮、陆者"①，这都比钱书更具批评色彩和批评价值。再看公鼐，钱氏小传作：

> 鼐字孝与，蒙阴人。万历癸丑进士，选庶吉士，除编修，官止礼部右侍郎，协理詹事府。孝与家世词馆，与临朐冯文敏同学，在公车时已有宿名齐鲁间，博学多闻，为诗好征引故实，如昔人所谓獭祭鱼者。一时馆阁之士，无以尚也。神庙中年，储位未定，内宠耦嫡，群小因以植援媚奥，关通钩党。天启之初，流蔓未已，议论纷哗。孝与以官端入朝，晓畅旧事，抗疏别白，指陈其所以然。群小恶其害己，尽力击排，遂引疾以去，不得大用。然至今三十余年，国论咸取衷焉。有集三十卷行世。②

这里除了提到公鼐"为诗好征引故实"，为一时馆阁之首外，主要内容是叙述其政治活动。而朱彝尊在小传简述履历之外，更有大段诗话：

> 言诗于万历，则三齐之彦，吾必以公文介为巨擘焉。即其论诗，

---

① 朱彝尊撰，姚祖恩辑：《静志居诗话》卷三，上册，第 67 页。
② 钱陆灿辑：《列朝诗集小传》丁集下，上海古籍出版社 1983 年版，下册，第 625—626 页。

大指云："风雅之后有乐府，如唐诗之后有词曲。声听之变，有所必趋，情词之迁，有所必至。古乐之不可复久矣，后人之不能汉魏，犹汉魏之不能风雅，势使然也。如汉《朱鹭》、《翁离》之作，魏晋诸臣拟之，以鸣其一代之事，易名别调，当极其长，岂以古今同异为病哉？后世文士如李太白，则沿其目而革其词；杜子美、白乐天之伦，则创为意而不袭其目，皆卓然作者，后世有述焉。近乃有拟古乐府者，遂颥以拟名，其说但取汉魏所传之词，句模而字合之，中间岂无陶阴之误、夏五之脱？悉所不较。或假借以付益，或因文而增损，踽踽床屋之下，探肤媵篋之间，乃艺林之根蠹，学人之路阱矣。以此语于作者之门，不亦恶乎？夫才有长短，学有通塞，取古今之人，一一强同，则千里之谬，不容秋毫，肖貌之形，难为覿面。若曰乐府则乐府矣，尽人而能为乐府也；若曰必此为古乐府，使与古人同曹而并奏之，其何以自容哉？李于鳞曰：'拟议以成其变化。'噫，拟议将以变化也，不能变化，而拟议奚取焉？"又云："律诗出于古诗而难于古诗，七言后于五言而难于五言。故七律于诸体中最不易工，古今长技惟杜氏耳。杜氏之长，则《秋兴》、《怀古》、《诸将》数篇而已。近世拟作甚多，大率浅率牵合，观者厌焉。"又《赠邢子愿长歌》云："为君历代选宗工，前称弘正后嘉隆。北地雄浑真大雅，步趋尽出少陵下。汝南俊逸诚天然，边幅姿态未全捐。济南匠心奇且丽，藻缋无乃伤辞意。武昌才美谢诸君，节制之师独出群。东吴囊括靡不有，利钝未能免人口。大抵明兴只数家，瑜者从来不掩瑕。余子纷纷未易说，拟议原非吾所悦。丈夫树立自有真，何为效彼西家颦？"盖力攻模拟之非。然观其七律，仍以历下为宗，故有"文章一代李沧溟"之句。同时名家者，冯用韫、于念东、王季木皆拔萃者也。①

他首先肯定公鼎是万历间山东有代表性的诗人，然后摘引两段诗论以见其反对模拟，主张自抒真情的诗学观及对明代最盛行的七律一体的看法；再录赠邢侗长歌以见公鼎对前辈诗人的评价及瓣香所在；最后提到几位同时的山东诗人，隐然以见山东诗人自张一帜。对照钱书的小传，这段诗话非但纯然着眼于诗歌批评，而且用翔实的材料为我们勾画出万历间一位不随

---

①　朱彝尊撰，姚祖恩辑：《静志居诗话》卷一六，下册，第490—491页。

波逐流、有立场有见识的诗人形象，让我们看到格调派自身发展出的反思模拟之弊的意识，这无疑是明代诗歌史研究的一个重要线索。

朱彝尊的诗人评论，兴趣都集中在诗歌本身，只论诗才高下和创作得失，略不涉及政治。由此可以清楚地将他和钱谦益区别开来，上面提到的杨基就是很典型的一个例子。更重要的是，朱彝尊审视明诗的立场完全不同于钱谦益：钱谦益基本是站在本朝的立场上总结教训，因此更多的是抨击诗风的堕落，而朱彝尊则站在新朝的立场上，与对象拉开了历史距离，更近于客观评判。钱谦益很少作诗人之间的比较和品第，而这在朱彝尊乃是家常便饭，那些齐名并称的诗人如后七子辈，他都认真地一一加以评骘，显出浓厚的文学批评兴趣。对比一下两人对李梦阳的批评，是非常有趣的。钱谦益小传，记述履历之外，从三个方面论述李梦阳诗歌创作的影响。一是鼓荡起有明一代的复古风气："献吉生休明之代，负雄鸷之才，倜然谓汉后无文，唐后无诗，以复古为己任。信阳何仲默起而应之。自时厥后，齐吴代兴，江楚特起，北地之坛坫不改。"二是开模拟之风："献吉以复古自命，曰古诗必汉魏，必三谢，今体必初盛唐，必杜，舍是无诗焉。牵率模拟，剽贼于声句字之间，如婴儿之学语，如桐子之洛诵，字则字，句则句，篇则篇，毫不能吐其心之所有，古之人固如是乎？"三是贻鄙陋不学之弊："献吉曰不读唐以后书，献吉之诗文引据唐以前书，纰缪挂漏，不一而足，又何说也？国家当日中月满，盛极孽衰，粗才笨伯，乘运而起，雄霸词盟，流传讹种。二百年以来，正始沦亡，榛芜塞路，先辈读书种子，从此断绝，岂细故哉？"① 与钱谦益的全面指斥相对，朱彝尊是具体分析了李梦阳诗作的得失：

> 成弘间，诗道旁落，杂而多端。台阁诸公，白草黄茅，纷芜靡蔓。其可披沙而拣金者，李文正、杨文襄也。理学诸公，"击壤""打油"，筋斗样子，其可识曲而听真者，陈白沙也。北地一呼，豪杰四应，信阳角之，迪功特之，律以高廷礼《诗品》，浚川、华泉、东桥等为之羽翼，梦泽、西园等为之接武，正变则有少谷、太初，旁流则有子畏，霞蔚云蒸，忽焉丕变，呜呼盛哉！献吉五古，源本陈王、谢客，初不以杜为师，所云杜体者，乃其摹仿之作，中多生吞语，偶

---

① 钱陆灿辑：《列朝诗集小传》丙集，上册，第311—312页。

附集中，非得意诗也。至效卢、骆、张、王诸体，特游戏耳；惟七古及近体，专仿少陵，七绝则学供奉，盖多师以为师者。其谓"唐以后书不必读，唐以后事不必使"，此英雄欺人之言。如"江湖陆务观"、"司马今年相宋朝"、"秦相何缘怨岳飞"等句，非唐以后事乎？①

钱谦益一味地抨击李梦阳的复古，似乎那只是出于他个人的趣味，朱彝尊却揭示了复古思潮产生的诗学语境；钱谦益以模拟二字概括李梦阳的创作，全面否定其成就和价值，朱彝尊则辨析李梦阳不同体裁作品与唐诗的关系；钱谦益仅指责李梦阳倡言不读唐以后书所造成的恶劣影响，朱彝尊更令人信服地说明这只是个口号，实际李梦阳本人也做不到。类似的例子也见于对尹耕的批评。相比之下，朱彝尊的诗话较钱谦益小传更具有诗歌批评和诗歌史研究的性质，这是可以肯定的。

因为专注于诗歌艺术的批评，朱彝尊看来更坚持艺术的标准，对诗人成就的判断更严于钱谦益，不仅带有唯艺术倾向，也更具独到的见解。如评石宝云："少保爱立，在永陵初年。是时诸臣以议礼忤旨，帝初欲援以自助，而鲠直自守，至三封内批，帝心弗善也。故虽位列中台，其诗多塞产而不释。（中略）盖当日纶扉之间，未尽和衷之雅，一傅众咻，谁与为善。乃知人生不得行胸怀，虽作相，与不遇等也。近见东南文士，有推少保诗为北方之冠者，又或谓得长沙之指授，俱未尽然。其诗颇类明初西江一派。"②朱彝尊虽颇重石宝节操，但并不附和当时东南文士的评价，而是独到地揭示了他的风格渊源。

《静志居诗话》的唯艺术倾向，还表现为坚持诗歌的审美特征，旗帜鲜明地反对专言心性的理学诗。这只要看看他对湛若水、庄昶的评论就知道了。庄昶诗话云：

自尧夫《击壤》而后，讲学毋复言《诗》，言诗辄主尧夫，遂若理学、风雅不并立者然。一峰、康斋、白沙、定山，咸本《击壤》，而定山尤甚。所谓"太极圈儿大，先生帽子高"等句，不一而足。以是为诗，其去张打油、胡钉铰无几矣。甘泉从而辑之，以诏学者，谓

① 朱彝尊撰，姚祖恩辑：《静志居诗话》卷一〇，上册，第260页。
② 朱彝尊撰，姚祖恩辑：《静志居诗话》卷八，上册，第228页。

非此则与道学远也。然则打油、钉铰反为近道之言，而《诗》三百篇春女秋士之思，皆可置勿录也。窃为理学诸先生不取也。①

朱彝尊的语气较钱谦益论庄氏为平和，但对庄诗艺术价值的否定却更彻底。论薛瑄诗也提到："予尝谓宋之晦庵，明之敬轩，其诗皆不堕宋人理趣，未见有碍于讲学，又何苦而必师《击壤》派也？"② 所以，他称赞倪光诗，则说"其学盖本于邵氏，《观梅》数诗，特娟秀，不袭《击壤》恶派"③；肯定张弼诗，则说"与定山辈专效《击壤》者不同"④；又许罗洪先"近仿白沙、定山，然爽气尚存，未堕尘雾"⑤；而于说诗"率本尧夫之余唾"，好作大言的桑悦则痛斥其狂悖⑥，对诗"多杂讲学语"的何维柏也憾其"合格者希"⑦。陈、庄两家中，他对白沙还稍为宽容，论庄昶几乎一无是处，因为"白沙虽宗《击壤》，源出柴桑。其言曰：'论诗当论性情，论性情先论风韵，无风韵则无诗矣。'故所作犹未堕恶道，非定山比也"⑧。基于这种认识，他论及邱濬"眼前景物口头语，便是诗家绝妙辞"(《与游人论诗绝句》)的说法，特别强调"其言未尝不是，第恐学者因之，流于率易，堕入定山一派，不可也"⑨。

朱彝尊的诗歌批评，还有一点值得注意，那就是反竟陵远甚于反七子，这似乎体现了浙江诗家的基本立场。浙江虽是宋诗的大本营，有黄宗羲、吴之振、查慎行等宋诗派主将，但由于陈子龙云间派和钱塘诗人群的影响更大，是以格调派诗风仍占主导地位。在《明诗综》成书的康熙后期，竟陵派早已声名狼藉，一般诗家都懒得提起，但朱彝尊论及竟陵，憎恶之情仍溢于言表。这种憎恶多半是源于家学。康熙四十三年(1704)所作《斋中读书十二首》之十二云："有明三百禩，揽秀披春华。青田与青丘，二美洵无瑕。吾乡数程贝，双珠握灵蛇。自从永宣来，其辞正且葩。

---

① 朱彝尊撰，姚祖恩辑：《静志居诗话》卷八，上册，第212页。
② 朱彝尊撰，姚祖恩辑：《静志居诗话》卷六，上册，第165页。
③ 朱彝尊撰，姚祖恩辑：《静志居诗话》卷八"倪光条"，上册，第208页。
④ 朱彝尊撰，姚祖恩辑：《静志居诗话》卷八"张弼条"，上册，第214页。
⑤ 朱彝尊撰，姚祖恩辑：《静志居诗话》卷一一，上册，第330页。
⑥ 朱彝尊撰，姚祖恩辑：《静志居诗话》卷八"桑悦条"，上册，第210页。
⑦ 朱彝尊撰，姚祖恩辑：《静志居诗话》卷一二，上册，第343页。
⑧ 朱彝尊撰，姚祖恩辑：《静志居诗话》卷七"陈献章条"，上册，第182页。
⑨ 朱彝尊撰，姚祖恩辑：《静志居诗话》卷七，上册，第191—192页。

洎乎嘉靖季，七子言何夸。钩金纵可拣，莫披黄河沙。一咻众楚和，是后尤卑哇。先公闻蝎舌，顿生亡国嗟。吾欲返正始，助我者谁邪？"自注："先太傅初闻袁中郎、钟伯敬论诗，叹曰：'安得此亡国之音。'惨然不怿。"[①] 先祖的忧虑给少年朱彝尊留下深刻印象，他后来回忆："予年十七避兵夏墓，始学为诗，既而徙练浦之南，再徙梅会里，见当代诗家传习景陵钟氏、谭氏之学，心窃非之，以为直亡国之音尔。"[②] 明社既屋，被证实的预感使他对竟陵派的憎恶更为强烈，与对公安派的优容恰好形成鲜明对照。《胡永叔诗序》云："自明万历以来，公安袁无学兄弟矫嘉靖七子之敝，意主香山、眉山，降而杨、陆，其辞与志未大有害也。景陵钟氏、谭氏从而甚之，专以空疏浅薄诡谲是尚，便于新学小生操奇觚者，不必读书识字，斯害有不可言者已。"[③] 当时对明人不学导致亡国的一般见解，在朱彝尊这里，变成所有的账都算到了竟陵派的头上。这对竟陵派虽未必公正，但从中却能看出朱彝尊立足于学问的诗学观。

由于《列朝诗集》遭禁毁，而《明诗综》被收入四库全书，两书日后的显晦很不一样。《四库提要》对《明诗综》颇予好评，称"其所评品，亦颇持平，于旧人私憎私爱之谈，往往多所匡正"[④]。钦定的评价一出，后人自不敢上下其议论，只能含蓄地表示不同看法。史承谦《青梅轩诗话》曾对朱彝尊的去取微表不满："竹垞先生《明诗综》一书，其于数大家名家之绝出者，选法当而评语精，无复可憾。其于万历以后蒐辑区大相、公鼐、郑明选诸人，欲以补钱氏之未备，意亦甚美，然其间不无稍矣。其于程松圆诋之太甚，以矫钱氏之失，然君子论诗文平心乃可，正不必有意低昂也。"[⑤] 郑明选条又云："吾观侯升诗差胜伯玉诸君，然祥祠之病亦不免，较之同时海日、石仓诸君，固不逮也。"王元文《读吴延州先生诗题后》自注也顺便提到《明诗综》："（吴诗）刻本系钟伯敬所选，《历朝诗》据此录之，《明诗综》又据《历朝诗》录之，其上骊皆不在。"[⑥] 这很可能与吴氏诗集流传不广有关，不能全怪朱彝尊。清末皇权失势，议论大开，对《明诗综》的评价遂大见歧异。贬之者，如叶德辉

① 朱彝尊：《曝书亭集》卷二一，康熙刊本。
② 朱彝尊：《曝书亭集》卷三七《荇溪诗集序》，康熙刊本。
③ 朱彝尊：《曝书亭集》卷三九，康熙刊本。
④ 《四库全书总目》卷一九〇集部总集类《明诗综》提要，中华书局1965年影印本。
⑤ 史承谦：《青梅轩诗话》卷二，收入《史位存杂著六种》，乾隆六十年刊本。
⑥ 王元文：《北溪诗集》卷一二，嘉庆十七年王氏随善斋刊本。

说:"《明诗综》乃乡愿之所为,《列朝诗》乃选家之诗史也。"① 钱振锽说:"朱竹垞选明诗眼小如豆,钱牧斋虽不能诗,而选诗眼孔较大。"② 赞赏肯定者,如刘声木说:"虽名曰诗话,所有胜朝三百年诗学源流,升降转移,风气淳薄,人情变幻,悉具其中。搜罗广博,议论精严,评骘允协,允为历代诗话之冠。"③ 我个人觉得,傅增湘说《明诗综》"特于人物之臧否,风气之升降,肆意发舒,挟恢奇雄桀之气,骋纵横博辩之才,诋斥抨弹,无所顾忌";"记述则多存故实,言诗则力矫虚嚣,于桑海诸人,虽亦登录不遗,而亦未能尽情阐发,固不欲蹈牧斋之辙,抑亦缘时会使然"④,评之最为公允。以今天的眼光看,朱彝尊当然有见识不及钱谦益的地方⑤,但总体上说,认为《诗话》持论较《小传》为公允,大概更能得到赞同。诚如朱则杰所说,"因为钱谦益当时需要力除明诗流弊,挽回颓风,矫枉自须过正;而至朱彝尊之时,风气基本上已经转变,自然也就不必大肆抨击,而有可能较为冷静地做出客观评价"⑥。人对历史的态度往往是由所处的时代决定的,易地而处,两人对明诗的态度会怎样,真还不好说。

但无论如何,朱彝尊的诗史意识是明显要比钱谦益更自觉的。钱谦益论明代前期的诗人很少顾及他们的诗史意义,直到中期以后才较为留意,或许这也是他论明诗的着眼点所在吧。朱彝尊则不同,书中不仅有对明诗"八变"的宏观描述(曹学佺诗话),而且从开卷第一位作家刘基开始,所有的诗人就收入了他的诗史视野中。论刘基云:"乐府辞,自唐以前,诗人多拟之,至宋而扫除殆尽。元季杨廉夫、李季和辈,交相唱答,然多构新题为古体;惟刘诚意锐意摹古,所作特多,遂开明三百年风气。"这段论述精辟地揭示了乐府诗写作在唐宋之际发生的变化,从而凸显出刘基对有明一代乐府写作的开风气作用极有见地。论杨训文又提到:"元诗华者易流于秽,贯酸斋辈是也;清者每失之弱,萨天锡等是也。明初若刘子

---

① 叶德辉:《郋园读书志》卷一六,光绪刊本。

② 钱振锽:《星影楼壬辰以前存稿·诗说》,清末刊本。

③ 刘声木:《苌楚斋随笔》卷二,中华书局1998年版,上册,第26页。

④ 傅增湘:《藏园群书题记》卷一九,上海古籍出版社1989年版,第980页。

⑤ 比如《列朝诗集》陈沂、王韦小传摘录其论拟雅、学杜之语,可见江南反拟古思潮的先声。而《静志居诗话》只引景旸与陈沂论诗语,于陈沂仅言"鲁南诗亦匀整,第乏警策。盖心惩北地勦袭之非,而限于力也",因未具体引述其议论,"心惩北地勦袭之非"遂无处落实。

⑥ 朱则杰:《朱彝尊评传》,《清诗代表作家研究》,齐鲁书社1995年版,第178页。

高、苏平仲、杨克明，其源皆出于天锡，质羸之恨，诸公不免。"① 论瞿佑时还追溯他与杨维桢一派的渊源："明初诗家，以杨廉夫为祭酒。廉夫见同调，缀以评语，不曰牛鬼，则曰狐精，此王常宗论文，即以狐比廉夫也。宗吉幼为廉夫所赏，拾其唾余，演为流派，刘士亨、马浩澜辈争效之。譬诸画仕女者，肌体痴肥，形神猥俗，曾牛鬼狐精之不若矣。"② 这都是极精彩的议论。古人对诗史的精辟见解，每每都是这么随处触发的，需要我们细心爬梳，才不至于错过。事实上，朱彝尊的许多论断，到乾隆间即为朱琰编《明人诗钞》所剿袭，或改换次序，或加以删节，世人不知就里，以为他自出手眼，咸推为读明诗善本，后经周中孚比勘才尽发其覆。虽然在清代中后期，不断有明诗研究专书问世，但直到今天，《静志居诗话》仍然是研究明诗首先应该重视的参考文献。

《明诗综》的批评史意义，除了实际的批评成果外，还有一点不能不提到，那就是附载诗话的体例对后人的影响。诗选附载诗话，并非《明诗综》首创。南宋的《竹庄诗话》和《诗林广纪》，无论视其为题作诗话的诗选，还是题作诗选的诗话，都已开诗选附诗话的先例。不过它们附录的是他人诗话，而《明诗综》附录的《静志居诗话》是朱彝尊自己所作，这就开了编诗选附自撰诗话的风气。步趋者乾隆间有郑王臣《莆风清籁集》、袁景辂《国朝松陵诗征》、释名一《国朝禅林诗品》，嘉庆间有郑杰《国朝全闽诗录》、张学仁、王豫《京江耆旧集》、王昶《湖海诗传》，光绪间有王增祺《诗缘》。还不仅如此，《静志居诗话》到乾隆年间分别被卢文弨（乾隆四十一年，1776）、周中孚（乾隆五十九年，1794）辑出单行，虽然二书均未刊行，但嘉庆二十四年（1819）姚祖恩辑刊《静志居诗话》行世，就又开了后人辑诗选所附诗话单行的风气，这是论朱彝尊诗学的影响所不可不知的。

总之，无论从学术价值还是从实际的历史影响看，朱彝尊的明诗研究都比他的唐宋诗批评更值得我们重视和探讨。他对唐宋诗的取舍和评论或许对他个人有特殊意义，留下了他创作历程的某一段轨迹，成为后人研究他诗风走向的依据。但他的明诗批评却更具有诗史研究的学术色彩，是清代诗学走向学术化的一个标志。它扭转了明代以来以选诗树立门户、标榜

①　朱彝尊撰，姚祖恩辑：《静志居诗话》卷二，上册，第38页。
②　朱彝尊撰，姚祖恩辑：《静志居诗话》卷六，上册，第167页。

趣味的习气，将诗歌总集的编纂建立在学术研究的基础上，为诗歌史提供了一个较为丰富、更具包容性的梳理。这种平和的态度和扎实的作风对有清一代的诗学和诗选影响深远，后出的各种大型诗选，无论编纂旨趣还是形式或多或少都有《明诗综》的影子。仅凭这一点，朱彝尊的明诗学也值得我们深入研究。

第七节　仇兆鳌与杜诗注释

　　杜诗自宋代王洙编集传世，注释评选之家蜂起。宋人尚学矜博，广引书证用例，为杜诗注解初步奠定了基础。明人论诗独宗盛唐，格调派无不师法杜诗，故杜诗之学也不乏优秀的著作。虽研讨未精，然而涉及面颇广，并趋于专体研究。进入清代，学术风气严谨，经国初大儒钱谦益、朱鹤龄等惨淡经营，杜诗注释和研究已达到很高的水平，也积累了雄厚的资料基础。正是依托这得天独厚的条件，康熙年间仇兆鳌在总结前人成果的基础上编著的《杜诗详注》就成了名副其实的"集大成"著作[①]。

　　仇兆鳌（1638—1718），字沧柱，浙江鄞县人。康熙二十四年（1685）进士，改庶吉士，授编修，官至礼部侍郎。仇氏毕生好学，藏书颇富，时人曾有"甬上仇先生，拥书胜百城"（程师恭《读〈杜诗详注〉》）的说法，又称他"退食一编朝在手，翻抹旧册堆欹斜"（田易《读〈杜诗详注〉》）[②]。他年轻时就爱读杜诗，中年后为官，平居目不离简，手不辍编，不懈地致力于搜罗杜诗研究资料和前人的注释，反复排比商榷。从康熙二十八年（1689）开始注释，到三十四年（1695）罢官回乡，经多次修订，届四十二年（1703）完稿，刊刻行世。翌年进呈宫中。此后他又得到前辈吴志伊、阎百诗、年友张石虹、同乡张远等几家新注，在五十年辛卯（1711）致仕南归途中"舟次辄成，聊补前书之疏略"（《杜诗补注》）。路过杭州时，还属后辈学子金埴"补注其四声未备者"[③]。这时他已七十四岁，从五十二岁时着手注释到全书完成，历时二十二年，用心不可谓不

---

　　① 李调元：《雨村诗话》二卷本卷下："杜诗笺注有《千家注》，有《五百家注》，然总逊近日仇兆鳌《详注》，可谓集大成矣。"

　　② 仇兆鳌：《杜诗详注》附录"诸家咏杜"，中华书局1979年版，第5册，第2315、2316页。下引仇注之说皆据此本。

　　③ 金埴：《不下带编》卷二，中华书局1882年版，第33页。

勤苦。同是杜诗注家的张远称赞这二十五卷皇皇巨著"沧海鲜遗珠，纤毫必见珍"（《读〈杜诗详注〉》），并不是虚美之辞。

近代姚永朴《文学研究法》有云："夫注释之为益有三：一在知年月。张文端公《聪训斋语》云：'予于白、陆诗，皆细注年月，知彼于何年引退，其衰健之迹皆可指。'古文亦然，必如此乃可知才力早晚强弱、深浅之不同。二在知典故。盖古人无一字无本，况其中多有稽古事、述旧章之处，能考其根据，则晓然于运用及援引之法。三在知命意。古人立言，每因时而发，非详辨之，不能知人论世。"① 以此标准衡量，则《杜诗详注》可以说充分实现了注释的价值。

全书分为四个部分：首先是谱系、行年表、详细的凡例；其次是诗注，详赡地征引群书，训释语词，指明典故；复次为文注，相对稍为简略；最后是附编，辑录历代有关序跋、题记、咏杜论杜的文献，提供了丰富的版本流传和诗歌研究的资料。其注释体例，"本文先释，依欧氏之解《诗》；故实详附，仿江都之注《选》"（《进书表》）。具体地说，就是每首诗先作解题，考订系年、本事、题意，赠答诗则考证交游、官职等；长诗据诗意划分段落，于各段下提其内容之要，并勾勒行文的脉络；短诗则不分段，而总于诗后阐述；然后再将征引的典故出处一一胪列，末尾辑录诸家评论或考证资料，间下按断，体例非常周备。书中参考了大量前人和时贤的著作，以集解的形式荟萃了历代注释和研究杜诗的成果，因此不仅是注者数十年辛勤研究的结晶，同时也可以说是前代杜诗研究之集大成，至今仍是治杜诗最基本最重要的文献。

一　《杜诗详注》注解之得失

作为杜诗注解的集大成著作，《杜诗详注》的成就无疑是很高而且是多方面的。这一点从《四库提要》以来已得到学术界的公认，现代杜诗学家在论及杜诗注释史时也都予以肯定，但往往语焉不详。李天道先生曾从批评方法的角度来说明《杜诗详注》的成就②，不无可取之处，遗憾的是他只谈"知人论世"、"以意逆志"两点，未免以古人的一般原则代替了个人的具体特点。至于对仇注的批评，许永璋先生曾提出儒家思想之牢笼、忠

---

① 姚永朴：《文学研究法》卷四"工夫"，《姚永朴文史讲义》，凤凰出版社 2008 年版，第129 页。

② 李天道：《论仇兆鳌的批评观及其方法》，《青海民族学院学报》1989 年第 2 期。

君思想之强制、诗史美称之拘泥三点①，非常中肯，但只涉及注家的思想意识，还没触及阐释观念与注解方法。就已发表的研究成果来看，我感到《杜诗详注》这部书，尤其是在仇氏的注解方法方面还有可发之覆。

照仇氏自己说，他的注解主要是做两部分工作，即"内注解意"和"外注引古"。依我看，《详注》最精彩的部分是在"内注"。关于内注，仇氏云："欧公说《诗》，于本文只添一二字，而语意豁然。朱子注《诗》，得其遗意。兹于圈内小注，先提总纲，次释句意，语不欲繁，意不使略。取醒目也。"这实际就是增字串连原文，使原本跳跃的语意连贯通达的串讲方法，朱子《诗集传》通篇皆是这么讲的。如《郑风·山有扶苏》首章："山有扶苏，隰有荷华。不见子都，乃见狂且。"朱子云"淫女戏其所私者曰：'山则有扶苏矣，隰则有荷华矣。今乃不见子都，而见此狂人，何哉？'"便是一个很好的例子。《详注》每首诗下都有一段讲疏，或提要勾玄，或揭示结构层次，或点出回环照应之妙，每得老杜言外之意。这是仇氏对阐明杜诗极有贡献的部分，也是全书的菁华所在。下面我们就举一些具体的例子来看。

杜甫有些作品一气浑成，不露痕迹，对这类诗仇氏便揭其写作特点和其中用意。如《遣怀》（卷七）：

> 愁眼看霜露，寒城菊自花。天风随断柳，客泪堕清笳。水静楼阴直，山昏塞日斜。夜来归鸟尽，啼杀后栖鸦。

仇氏注："此边塞凄凉，触景伤怀，而借诗以遣之。句句是咏景，句句是言情，说到酸心渗骨处，读之令人欲涕。"这首诗以"愁眼"领起眼前景，空间上平列展开，无承接转换，于是仇诗便抓住其"句句是咏景、句句是言情"的特点，将其以景言情、寓情于景的表现方式揭示给读者。又如《天河》注："此客秦而咏天河也。秋至分明，提醒天河；三四，见其夜夜分明；五六，见其处处分明；七八，见其岁岁分明。此直咏天河，而寓意在言外。篇中'微云掩'、'风浪生'，似为小人谗妒而发。"此注又注重发明诗中各联的用意，显示出诗人针脚的细密处。结尾推测"似为小人谗妒而发"，也不能说没有道理。相比之下，张綖注云："首二，见君子

---

① 许永璋：《略论杜诗详注》，《许永璋唐诗论文选》，南京出版社 1993 年版。

之节，因时而显；三四，言小人掩蔽，无损其光；五句，近而有耀，诚则形也；六句，远而弥彰，德不孤也。末联，谓从容静俟，则风波自息矣。"句句坐实，便显得穿凿可笑了。

对那些结构层次分明、妙于承接照应的作品，仇注往往着重解析其结构。如《宿赞公房》注："从迁谪叙起，菊荒雨后，莲倒霜前，此僧房秋景，承此句。身虽放逐，心本空虚，此称美赞公，承首句。陇月团圆，是伤异地相逢，结处点还宿字。"杜甫至德二载陷长安时曾宿赞公大云寺，作有《大云寺赞公房四首》，两年后彼此均因亲近房琯而被贬出京师，异地相逢，恍若隔世，故杜诗首从昔见赞公写起，末以陇上相逢再宿赞公处作结，中以月圆象征人的团圆，仇氏的分析确实是细致精到。《新婚别》注云："此诗君字凡七见，君妻君床，聚之暂也；君行君往，别之速也；随君，情之切也；对君，意之伤也；与君永望，志之贞且坚也。频频呼君，几于一声一泪。"这里指出诗中七用君字，声情惨恻，催人泪下，真不愧是独具慧眼的发现，准确地阐明了诗作震撼人心的力量之所在，很能显示注家卓越的鉴赏力。

有些诗看似平淡，其实意思幽深，非精研细品不能体得。仇注每于此处揭隐发覆，以意逆志，体察诗人的言外之意。如《忆弟二首》之二，仇氏注云："此申上章所忆之意。上四，望弟归乡，承前'兵在见何由'；下四，望弟音书，承前'人稀书不到'，洛阳初定，故转忧为喜。花鸟空存，则喜处仍忧矣。邺城之战，关于河北存亡，曰不问者，以初见家乡为幸，故不暇计及耳。花发鸟飞，即'溅泪'、'伤心'意。"《羌村三首》之一下注云："此记悲欢交集之状，家人乍见而骇，邻人遥望而怜，道出情事逼真。后二章，俱发端于此。乱后忽归，猝然怪惊，有疑鬼疑人之意。偶然遂，死方幸免；如梦寐，生恐未真。司空曙诗'乍见翻疑梦，相悲各问年'，是用杜句；陈后山诗'了知不是梦，忽忽心未稳'，是翻杜语。"这两首诗都极朴素平淡，接近口语，但平淡中蕴涵着深沉而又复杂的感情，仇氏对此领会得很深。读了他的注回头再品味一下诗，我们就会赞叹注确实能发明诗意。

杜诗笔力雄厚，状景绘形，极富表现力。时而又寓情于景，虚实相生。有貌似写实而实为虚衬者，有虚拟之中而入实笔者，变化多端，灵机莫测。仇氏常能在情感主题之外，点出其中关键，以精彩的语言兼顾各点并从艺术技巧上阐明其中的精妙。《中宵》就是个很好的例子，仇注云：

"中宵独步,领起通章。星月属赋,中宵所见;鱼鸟属比,中宵所感。末伤孤身飘泊,不如物情之自适也。飞星过水而白,下半因上;落月动于沙虚,上半因下。一就迅疾中取象,一从恍惚中描神。"这段注文不过七十二字,却将诗说得非常透彻。除了指出首尾起结的用意,还说明星月是写实的赋法,而鱼鸟却属想象之辞,起着比喻的作用,即与末二句相对应,以物情的自适反衬人事的困顿。然后又着重对诗中警拔的一联加以分析,点明两句结构是不同的因果关系:有流星驶过,故水中闪出一道白光,上因下果;落月光影浮动,是由于汀沙虚松游移,上果下因。严格地说,这已超出了文学批评的范围,而属于科学内容了。如按结构理论来划分鉴赏层次的话,应属于认识的下部层次。但它揭示其间的因果关系,指出两句结构的错综变化,让人领略到一种理智的趣味。不仅如此,仇氏还从取境上分析了二句的特点:上句是在短暂的刹那间捕捉了静中之动——水中的星光,在有限的时间里展现了无限的空间,这本身的反差就构成了诗境的美;下句是在虚幻的动态中渲染了静态——沙上的月光,细沙浮动似干扰了宁静地洒在上面的月光。这梦一般惟恍惟惚的描写,烘托出眼前幽宁的气氛。仇氏的解说透辟地道出其中的意蕴,向我们展示了古代批评家良好的鉴赏力和艺术素养。

应该说,这讲疏的部分是真正凝聚着仇氏毕生研究杜诗的心得所在。程师恭称仇氏"耽吟尤嗜杜陵集,心摹口咏忘寝食",从以上所举诸例,已足以见其讽诵涵咏之深,确是能于千载之下体得古人之心的。而"子美旷代逢知己","荟萃诸家多创获,指点后学启迷津"(程师恭《读〈杜诗详注〉》),也只有在这方面才是名副其实的,其他方面就难说了。平心而论,仇氏的学力和见识都不能说是很卓越的,"广搜博采洵至矣"勉强还可以说(他讲疏之精与注释之博正得力于此),至于"铿锵雅奏删淫哇"就很难让人首肯了。全书采摭虽广,但不够精粹,考订也不够严谨,故精芜杂出,瑕瑜互见。

除了讲疏部分外,注释的主要内容是编年考证与注明典章故实,亦即"外注引古"。《详注》的作品系年参酌各本异同,厘定先后次序,也纠正了前人的一些错误,但仍存在许多问题。当然,对那些历来纷争、莫衷一是而又无确证可定其年代的作品,有些处理不当,并不能怪他。他的疏陋在于,有些作品明明年月清楚,他也不按写作先后排列,编次上出现混乱。且不说历来有争议的,即使无争议、明白可考的,如卷二十二《望岳》是离开潭州、抵衡州时作，还有《发潭州》、《北风》、《双枫浦》等均为由潭至衡途中作，却排在一些潭州之作如《岳麓道林二寺行》之前。又如《江阁卧病走笔寄呈崔卢两侍御》编在大历四年秋，言崔乃崔涣，卢乃卢十四弟。前一首《湘江宴饯裴二端公赴道州》刚引《唐书》本纪载大历二年十二月道州刺史崔涣卒，此时何得又寄崔涣？前后矛盾如此。大历五年之诗，既肯定《寒食》诗作于清明前一日，却编在《清明》后十几首处，同样令人费解。还有一些作品，按题意本不可系年而强系之，也不免给人粗滥的印象。总之，属于编年考证方面的问题还是很多的，但比起"外注引古"的问题来，它们还是可以忽略的细节。注释方式具体地说是征引书证方面的问题，才是值得我们认真检讨的内容。

二　《杜诗详注》注释体例之失当

古人恒言注诗难，而注杜尤难。少陵自称"读书破万卷，下笔如有神"，诗中出经入史，驱遣百家，非饱学之士不能窥其堂奥。自宋代黄庭坚说"老杜作诗，退之作文，无一字无来处。盖后人读书少，故谓韩、杜自作此语耳"①。在宋代就有吴曾仗着博闻强记，在《能改斋漫录》中考证杜诗用典和袭用前人语句之处，贪多炫僻，甚至到穿凿难信的地步。元代刘埙《隐居通议》复据传为东坡所作的《老杜诗史事实》附和山谷之说②，越发显示出后世注杜深受黄说影响的趋势。尽管明代陈璜《旅书》就曾指出："凡选诗者不妨训诂，以为初学便谙晓，至于字句多引前人之诗，为某句某字本于某人，亦过矣。盖多读书，则落笔自无杜撰，岂择其为某人之句字而用之哉。"③但到考据风盛的清代，以仇兆鳌这样家藏万卷、学富五车的人作《详注》，又荟萃前人所见，字注句疏，几乎

---

①　黄庭坚：《答洪驹父书》，《豫章黄先生文集》卷一九，四部丛刊影印宋刊本。

②　刘埙《隐居通议》卷七"杜句皆有出处"条："家藏小册一本，字画甚古，题曰《东坡老杜诗史事实》。略举杜句，有曰'贱子请具陈'，引毛遂云：'公子试听吴越之事，容贱子一一具陈。公子可行即行，可止则止。'杜句曰'下笔如有神'，引仲舒《答策》'下笔疑有神助'。杜句曰'青冥却垂翅'，引李斯曰：'丈夫如提笔鼓吻，取富贵易若举杯，何青冥之翮，与鹦共垂翅乎？'杜句'崆峒小麦熟，且愿休王师'，引武帝欲讨西羌，耿逊谏曰：'今崆峒小麦方熟，陛下宜休王师。'如此者凡十条，乃知杜句皆有根本，非自作语言也。山谷云：'杜诗韩文无一字无来处，今人读书少，故谓韩杜自作此语。'予初未以此说为然，今观此集，则此言信矣。后世诗者，无根之言耳。"丛书集成初编本。

③　陈璜：《旅书》，周亮工刊赖古堂藏书本。

真做到了无一字无来历。而且许多作品的详尽注释对读者理解原文很有帮助，对发明诗意也很有功劳。像卷五注《重经昭陵》"风尘三尺剑，社稷一戎衣"一联的广征博引、卷七注《新安吏》"天地终无情"句征引《晋书》之类，都显出注家不凡的功力。正因为如此，在清代众多的杜诗注本中，《详注》尤以详赡渊博为人称道，在古代诗集注释中也成为一个典范。

　　然而，《详注》的缺陷也是很明显的，甚至到了被一些批评家斥为可焚的地步。陈仅《竹林答问》载："曾忆先府君见余案头有《杜诗详注》，曰：'此书可焚。'当时幼稚，不知问也。今偶阅之，见其分段辑注，多不合诗意；且尊杜太过，凡律失调之句，必改易平仄，以迁就之。有一句改至三四字，不复可读者。穿凿之病，殆所不免。"① 而即使是被视为优点的繁富，在某种程度上也是以冗滥为代价的。尽管仇氏在附编里评骘各家序跋，以为论注之精当莫过于宋濂，可他自己却正犯了宋濂所批评的那种"务穿凿者，谓一字皆有所出，泛引经史，巧为傅会，椔醸而丛脞"的毛病②。本来，追索出处乃是古今中外注释家的通例，尤其是在"互文性"观念深入文学研究的当代，对引用和出处的追索已成为文学研究的重要手段。反对抄袭的法国作家瓦勒里·拉尔堡曾在虚构人物巴纳布斯名下列一张"一位身家亿万的诗人文学债务分析表"，在自己和别人的作品里寻找抄袭和模仿的痕迹③。仇兆鳌所做的正是同样的工作，只不过动机在于证明杜诗的青出于蓝。这应该作为注释学的正当要求，作为传统文学批评的自觉意识而加以肯定，正不必责难其寻索之缕细。问题是仇氏通编引古，每每有错误，有疏漏，有不得要领，有言不及义，种种不足，不一而足。历来对仇注的详赡已有定评，而仇氏的引古之失却很少有人细加指摘。仅见李寿松先生指出仇注六个缺点：（一）援据失实，（二）当注不注，（三）自相矛盾，（四）曲解牵合，（五）注释笼统，（六）错解词义④；谭芝萍先生在全面统计仇注引书的基础上，将其引书之失归纳为三类：（一）引注不当，（二）误引，（三）重引⑤。他们的论断都很细致中肯，我最初从事这

---

① 陈仅：《竹林答问》，周维德编《诗问四种》，齐鲁书社1985年版，第337页。

② 宋濂：《杜诗举隅序》，《杜诗详注》附录，第5册，第2250页。

③ 见蒂费纳·萨莫瓦约《互文性研究》，邵炜译，天津人民出版社2003年版，第125页。

④ 李寿松：《略论〈杜少陵集详注〉的问题》，《文学遗产增刊》第十六辑，中华书局1983年版。

⑤ 谭芝萍：《仇注杜诗引文补证》，西南师范大学出版社1995年版。

项研究时并未看到他们的成果①，管见所及与他们不尽重合。我将仇注引书的失当归纳为十例，就此对古典诗歌注释的规范及仇兆鳌这位杰出注释家的得失作一番审视和反思。

1. 画蛇添足例。由于崇奉黄山谷"无一字无来历"之说，仇注每于字面上寻求来历，虽常语也必引证旧籍，而其实无助于解诗，实为蛇足。例如：

> 《陪李金吾花下饮》（卷三）徐行得自娱。注：《列子》徐行而去。
> 《述怀》（同上）妻子隔绝久。注：《洛阳伽蓝记》土风隔绝。
> 《遣兴》（卷六）客子念故宅。注：《水经注》祠即故宅也。
> 《佳人》（卷七）兄弟遭杀戮。注：《诗》远父母兄弟。
> 《又呈吴郎》（卷二十）无食无儿一妇人。注：贾谊《新书》大禹曰：民无食也，则我弗能使也。《晋书》皇天无知，邓伯道无儿。宋玉《神女赋》见一妇人。

这里所注的徐行、隔绝、故宅、兄弟之类，悉为常语，若谓意思难解，却未加解释；若谓简单无须注，却又引古书的用例，难道上述出典能说明杜甫接受传统典籍的取向吗？"无食无儿一妇人"句，三条书证恰好注出七个字的出处，可这又有什么意义呢？这类已流行于日常语言的词语，杜甫只怕也未必确知其出处，至于仇氏所注是否为老杜所本就更只有天知道了。卷九《水会渡》"山行有常程"一句，注引《史记·夏禹本纪》"山行乘樏"，也属多余。山行常语，本无须注，引《史记》更是蛇足。若说杜诗本于《史记》，堪发一笑；若说山行须乘樏，则老杜未必有此福气。别忘了，他是在"霜浓木石滑"的夜道上感叹"崔嵬路何难"的。此处本该注一下"常程"，却反而不及，令人遗憾。卷六《阌乡姜七少府设鲙戏赠长歌》"饔人受鱼鲛人手"，注："鲛人，捕鱼者。"但随后又引《述异记》："南海有鲛人室，水居如鱼。"书证与解释相悖。卷七《月夜忆舍弟》"有弟皆分散，无家问死生"一联，注引《诗·陈风·隰有苌楚》"乐子之无家"。杜甫明明是悲叹家庭的支离，注却引诗人羡慕苌楚无室家之累的反语，意思恰好相悖。这正是只看字面、不问内容的形式主义注释

方式的弊端。

2. 附会典故例。此与上例类似，诗中本未用典，而仇注引书述典。《详注》斤斤求于字面，对诗中偶用某些语词，似用典而实非用典者，亦指为用典而引书实之。如卷五《羌村三首》之三"手中各有携，倾榼浊复清"。注引《魏志》徐邈曰："酒清者为圣人，酒浊者为贤人。"按杜甫此处只是说村老各携家酿来贺，年成不好，家境不同，所酿也清浊质量不一。清浊在此仅指酒的成色，并未用典，注引古人之语非但画蛇添足，还混淆视听：诗人对父老是感到"艰难愧深情"，哪想到什么圣人贤人？如此一注反有伤诗人一片至诚。卷十《落日》"啅雀争枝坠"，张远注：北齐张子信，善风角。奚永落与子信坐，鹊鸣庭树，斗而坠。子信曰：'有口舌事，虽敕唤亦不可住。'是夜琅琊王五使召，辞之。诘朝难作。"按此处只是写自己闲居草堂的"溪边春事幽"，并没有用典，仇注求之过深，反令读者无所适从。卷十三《水槛》"人生感物故，慷慨有余悲"，注引《韩诗外传》载孔子遇哭妇人失故簪事，按此乃本自古诗十九首"人生非金石"、"奄忽随物化"、"慷慨有余哀"等句，仇氏失之眉睫。《详注》似此类该注不注，不该注瞎注的例子正自不少，梁章钜批评仇注"不免有附会不经之处"[①]，殆即指此等而言，足见仇氏识见之未达。

3. 隔靴搔痒例。仇氏因只顾字面上的来历，引书每不得要领。所引书证字面虽相同，意思却不合，即使说是杜诗所本，也无助于揭示诗意，变成表面化的隔靴搔痒。《四库提要》曾指出仇氏"注'宵旰忧虞轸'句，不知二字本徐陵文，乃引《左传》注'旰食'，引《仪礼》注'宵衣'。考之郑注，'宵'乃同'绡'，非宵旦之'宵'也"，这便是一个很典型的例子。"生逢酒赋欺"，注邹阳作酒赋，而此处实为反用孔稚圭《北山移文》"酒赋无续"句，江浩然《北田文略·溺笑闲谈》已指出。卷二《同诸公登慈恩寺塔》"俯视但一气，焉能辨皇州"，注引《西征赋》"化一气而甄三才"。按：这里的"一气"应是用《庄子》"通天下一气耳"，状塔上俯瞰，一片迷蒙，品物不辨之景。卷八《秦州见敕目……》"官冗趋栖凤，朝回叹聚萤"，注引《汉灵帝纪》"夜步逐流萤，还至洛阳"。按两句乃叹友人官冷清贫之状，引《灵帝纪》甚无谓，当引晋车胤囊萤苦读之典，见《晋书》本传。又如卷五《送樊二十三侍御赴汉中判

---

①　梁章钜：《退庵随笔》，郭绍虞辑《清诗话续编》第 3 册，第 1976 页。

官》"徘徊生别离"，注引吴迈远诗"生离不可闻"。按：此引吴诗纯属拘泥于"生离"字面上的相同，而生离的深沉含义却未揭示。杜诗其实是用《楚辞·少司命》"乐莫乐兮新相知，悲莫悲兮生别离"，只有注明这个出处，才能发明诗的意味。卷三《溪陂西南台》"怀新目似击，接要心已领"，注引《魏志》武帝纂兵书曰《接要》。按兵书名《接要》与这里的接要显然是两回事，字面偶同，引以作注，岂不荒唐？《续道藏》收有《太初元气接要保生之论》一卷，我怀疑杜甫是在摄生的意思上使用这个词。卷九《发同谷县》"去住与愿违，仰惭林间翮"，注举陶诗"迟迟出林翮"。按：此注只顾林翮二字所本，于诗意并无发明，因为两者取意殊无相通之处。这里若举陶《始作镇军参军经曲阿》"望云惭高鸟"一句要更切近些，虽无林翮二字，但取意却有相袭之处。陶诗"目倦川途异，心念山泽居"，也是说不得已而为官行役，故羡鱼鸟之豫乐，即所谓"去住与愿违"，都属于用鸟之闲暇来衬托自己的颠沛，立意取象完全相同。最典型的例子是《月夜忆舍弟》："有弟皆分散，无家问死生。"仇注引《诗》："乐子之无家。"杜甫此句感叹战乱流离，无家可归，仇注却引《诗·桧风·隰有苌楚》羡慕植物无家室之累的句子，情调恰好相反。这样的注释是无益于诗意理解的。

4. 不明出处例。古书注释讲究注明最初出典，方东树曾说："凡注是书，必引是书以前之书，而引书又须引最初之书。"① 清代学者讲此尤严，故李善《文选注》偶有未引初典，便遭洪亮吉批评②。仇氏注杜诗当然也必求其所本，而且尽力搜求其最早的出处。卷五注《送樊二十三侍御赴汉中判官》"徘徊悲生离"，便注明"前汉《天马歌》'神裴回，若流放'，此徘徊所出。"卷二十二注《久客》"狐狸何足道，豺虎正纵横"，不引人熟知的《后汉书·张纲传》，而引《汉书·孙宝传》，显示出对原始出典的重视。但有时又不循其例，引书常很随意，并不讲究原始出处或所据出处，以致有些征引显得毫无规则，失去推源溯流的意义。如卷三《醉时歌》"焉知饿死填沟壑"句，注引左思诗"当其未遇时，忧在填沟壑"。按："填沟壑"语出《战国策·赵策》触龙说赵太后曰："愿及未填沟壑而托之。"《史记·范睢传》也有"使臣卒然填沟壑"之语。李善注左思

① 方东树：《书林扬觯》卷下，同治三年望三益斋重刊本。
② 洪亮吉：《晓读书斋二录》卷下，清嘉庆刊本。

《咏史诗》引孟子"志士不忘在沟壑"之语，虽指出沟壑一词更早的出处，却也未指出左思诗之所本。有书卷而无断制，仇兆鳌在这一点上和李善倒是很相像。卷二十《社日两篇》"报效神如在，馨香旧不违"，注引谢朓《送神歌》"敬如在，礼将周"。按：此实用《论语·八佾》"祭如在，祭神如神在"。卷二十二《上水遣怀》"故人知善诱"，注引《郭有道碑》"善诱善导，仁而爱人"，其实也是用《论语·子罕》"夫子循循然善诱人"。卷五《北征》"坡陀望鄜畤，岩谷互出没"，仇注引薛道衡诗"鸾旗历岩谷"、刘绘诗"出没万重山"，其实当引隋炀帝《饮马长城窟行示从群臣》诗"山川互出没，原野穷超忽"。以下两个例子更清楚地显示了仇氏引书的随意：

> 《野老》（卷七）渔人网集澄潭下。注：《庄子》渔人入海，利在水也。
> 《江涨》（卷九）渔人萦小楫。注：陶潜《桃花源记》渔人甚异之。

这两例同注渔人而引书不一，如果征出处，何以知前者必本于陶，而后者必本于《南华经》？如果取其意，则二书均与杜诗无关，庄子所叙为海边渔民，杜甫所叙不过是潭上渔父。又如卷三《秋雨叹》其二"去马来牛不复辨"，仇注先引《左传》"风马牛不相及"疏，复引《庄子·秋水》"秋水时至，百川灌河，两涘渚涯之间，不辨牛马"。明眼人一看就知道《庄子》才是杜诗所本，仇注两引之，明显是少制断，类似这样的注释确实有点"过于拘滞"①。有些注解因不明出处，还有前人误注，仇氏不能辨而承其讹的。如卷二《丽人行》"蹙金孔雀银麒麟"，引赵次公注："杜牧自谓其诗'蹙金结绣'，知'蹙金'乃唐人常语。"据王定保《唐摭言》卷十："赵牧，不知何许人。大中、咸通中，敩李长吉为短歌，可谓蹙金结绣，而无痕迹。"则赵次公误以赵牧为杜牧。《唐摭言》在清初流传甚罕，钱谦益恐未见其书，遂沿赵注之误，仇兆鳌又承其讹，直到梁同书才指出这一点②。

---

① 李审言：《杜诗释义》，《李审言文集》上册，江苏古籍出版社1989年版，第365页。
② 梁同书：《日贯斋涂说》，《频罗庵遗集》卷一五，清刊本。

5. 引而不释例。前人有言："盖笺注难，笺注而兼达其意旨则尤难。"① 仇注给人的印象是重引书而不重释义，所以有时书证倒是引了，但不作解释，诗句的含意仍不清楚。唐吕延祚《进五臣集注文选表》附唐玄宗遣高力士宣口敕曰："唯只引事，不说意义。"仇注犯的正是这个毛病，可以说是事甚劳而功甚微，对阐明诗意尠有帮助。如卷五《奉和贾至舍人早朝大明宫》"宫殿风微燕雀高"，注仅引《淮南子》"大厦成而燕雀贺"一句，而不作解释。今按《江陵节度使阳城郡王新楼成王请严侍御判官赋七字句同作》有"高飞燕雀贺新成"之句，系用同一典故，则前诗"宫殿风微燕雀高"也应有贺成之意。这与大明宫又有什么关系呢？史载长安宫殿乱中被焚，克复后曾有修缮，大明宫或亦经修葺，故杜诗用这个典故表达庆贺之忱。卷五《北征》"我行已水滨，我仆犹木末"，注引《诗》"我仆痡矣"，《楚辞》"搴芙蓉兮木末"两条书证。这只告诉读者"木末"二字所由来，至于"犹木末"是何意仍未解释。康熙间佚名撰《杜诗言志·例言》指出前人注杜有两个缺陷，一个就是"专事考覈典故，不顾措语之脉络，使读者如逢市舶，山海珍奇，非无异彩，而竟不识其举用何故"②，仇兆鳌的注释诚不免此弊。清代何国泰《毛翰林诗赋集序》说："夫注古人书，而不考其言中之事，于书为未解。"③ 这似乎也是古代注释家的通病之一。

6. 注语不注典例。有些诗作仇氏只在字面上注出前人用例，但其中的典故却未指出，这样的注释严格说来是不合要求的。如卷四《避地》"诗书遂墙壁，奴仆且旌旄"，注引陶潜诗"诗书塞座外"，《汉献帝纪》"帝还洛阳，百官披荆棘，倚墙壁间"二语。此仅随意地注了一下诗书、墙壁二词的前出用例（绝非原始出处），却未注出上句实暗用孔子孙孔鲋当秦诏令焚书时将典籍藏匿于墙壁内之事，见《孔丛子·独治第十九》。卷十二《随章留后新亭会送诸君》"已堕岘山泪，还题零雨诗"，注引孙楚《涉阳候送别》诗："晨风飘歧路，零雨被秋草。"此注一看就令人生疑。岘山泪是用羊祜登岘山堕泪的故事，那么零雨诗是什么呢？若非典故怎么与岘山泪相称？其实这里乃是用《诗·小雅·东山》"我来自东，零

① 孙联奎：《诗品臆解》郑之钟序，《司空图〈诗品〉解说二种》，齐鲁书社1980年版，第4页。

② 佚名：《杜诗言志》卷首，江苏人民出版社1983年版，第8页。

③ 毛奇龄：《毛西河先生全集》卷首，乾隆间萧山毛氏书留草堂刊本。

雨其濛，我东曰归，我心西悲"，取送人怀归之意。仇注引孙楚诗纯属字面上附会，并未贯通诗意。

7. 误指典故例。有些诗作，仇氏不明其所用典故而别指所出，以致未能揭示诗意。卷六《赠毕四曜》"流传江鲍体，相顾免无儿"，注引《唐书》载中宗语："苏瓌有子，李峤无儿。"按：唐人一般不用本朝事，吴注引隋末人语"杨素无儿，苏夔有子"亦嫌太近。《晋书·邓攸传》有云："皇天无知，伯道无儿。"杜诗盖用此典。卷十八《卜居》："桃红客若至，定似昔人迷。"仇注"昔人迷"指刘晨、阮肇，按杜甫这里是用陶渊明《桃花源记》渔人再寻桃花源而不得其径的故事。王嗣奭《杜臆》云："公以此地为桃源，直作避秦计矣。"解说得非常清楚，不审仇氏为何不取？但《秋行官张望督促东渚耗稻向毕清晨遣女奴阿稽竖子阿段往问》"北风吹蒹葭，蟋蟀近中堂。荏苒百工休，郁纡迟暮伤"，仇注引《诗·豳风·七月》"十月蟋蟀入我堂下"，而李黼平《读杜韩笔记》谓乃用《唐风·蟋蟀》"蟋蟀在堂，岁聿其暮"，则似没什么道理，不可作为误指典故的例子。诗题明言为秋间事，与"十月蟋蟀入我堂下"正合，《唐风·蟋蟀》则已是岁暮事，节令不合，写蟋蟀行止也不合。

8. 引而不断例。仇注或一事引二书，不下按断，不加分析，往往令人不知注家的取舍。如卷六《因许奉寄江宁旻上人》"久来好事今能否，老去新诗谁与传"一联，仇注：

> 《周礼·天官》："内小臣，后有和好事于四方，则使往。有好令于卿大夫，则亦如之。"好读本音。《扬雄传》："好事者载酒肴从游。"好读去声。

按：此诗的"好事"显然是指下文"棋局动摇随涧竹，袈裟忆上泛湖船"的美事，应读本音上声。仇注引两书异读，仅示人好事之"好"有两个读音，至于在此应作何读仍付阙如，殊无助于解诗。部分诗后的串释也有类似失当。要之，仇氏对诗作的串讲都是出以体会，不乏精当中肯之说，对前人的误解也有所驳正。可他同时又常常照录别人见解，不加按断，未免贻人迷惑。如《因许八奉寄江宁旻上人》末联"问君话我为官在，头白昏昏只醉眠"，仇氏注：

末则因许寄旻，嘱以书中未尽之意。

黄生曰：善吟善弈，而其与文士游，其好事可知。七是旻喜杜之得官，八是杜答旻以潦倒。旧作闻君，亦通。

按：问亦作闻，又一本作凭。从诗题看，问与凭均切题可通，而闻则难通。杜甫托许捎信，人未至彼，何得闻来？《杜臆》云当以问为是，谓旻公问而许话也，此见因许之意。王嗣奭的解说相当准确，仇氏显然也是赞同王说的，却又引黄生语并存两说，遂使人无所适从。黄生注文字虽不长，却舛误不一："其好事可知"，读为喜好之好（去声），一也；谓"七是旻喜杜之得官"，二也；谓作闻君亦通，三也。如此明显欠妥的说法，《详注》依旧照录，难免要被后人目为芜杂。

9. 当注不注例。仇注每以寻摘杜诗用语出处为务，但有些诗句明显是用前人成语，他却未注。如卷八《留花门》"中原有驱除，隐忍用此物"，仅引司马迁《报任少卿书》"所以隐忍苟活"，未注"此物"。庞石帚先生引《北史·杨愔传》：太保平原王隆之与愔邻宅，尝见其门外有富胡数人，谓左右曰："我门前幸无此物。"此即杜诗此物指胡人之所本也①。卷十《病桔》"虽多亦奚为"、卷二十二《解忧》"得失瞬息间，致远宜恐泥"，两句均用《论语》成句，而无注。这自然不会是《论语》不熟而遗漏，只能说是太熟了，觉得没有必要注吧？前文提到用《论语》"子罕"、"为政"的两处也未注，从体例上说毕竟是个缺陷。还有卷七《夏夜叹》"青紫虽被体，不如早还乡"，是化用古诗十九首"客行虽云乐，不如早旋归"。李白《蜀道难》曾化用此句为"锦城虽云乐，不如早还家"，这也是可以征引的。无论如何，这总比同诗"北城悲笳发"一句引崔融诗"夜夜闻悲笳"要切近得多。卷十八《寄薛三郎中琚》"忆昔村野人，其乐难具陈"，用古诗十九首"欢乐难具陈"；卷十二《送何侍御归朝》"故人从此去，寥落寸心违"，用古诗"前日风雨中，故人从此去"，均未注出，也可谓失之眉睫。梁熙举《秋野五首》其一"盘飧老夫食，分减到溪鱼"句，谓"分减"出《华严经》②；汪师韩举《过南岳入洞庭湖》"才淑随厮养"

---

① 庞石帚：《养晴室笔记》，四川文艺出版社1985年版，第116页。

② 见王士禛《御史梁哲次先生传》，《蚕尾文》卷二，袁世硕主编《王士禛全集》第3册，齐鲁书社2007年版，第1813页。

句,谓用乐府《邯郸才人嫁为厮养卒妇》事①,并未仇氏所未及。至于《江上水涨》"语不惊人死不休",用王充《论衡》"圣人之好学也,且死不休"②;《秦州积草岭》起云"连峰积长阴",结云"茅茨眼中见",饶宗颐先生认为暗用《高僧传》卷五《竺道一传》载释帛道猷诗"联峰数千里"、"茅茨隐不见"之句,相对稍为迂远,不能怪仇氏不知③。

10. 割裂原文例。仇氏引书每割裂原文,任意剪裁,为我所用。当然,古时无引号、省略号,引文删节无法标记,直接引用和间接引用也无法标记,注释为避烦琐而剪裁原文,原是常事。但仇氏引书,有时支离破碎到文义不通的地步,甚或出现错误,这就难以让人原谅了。比如《九日蓝田崔氏庄》"醉把茱萸仔细看",注引《西京杂记》:"汉武宫人贾佩兰,九月佩茱萸,饮菊花酒,令人长寿。"此引《西京杂记》语,文理不通,若将佩茱萸饮菊花酒连贾佩兰读,则"令人长寿"一句无承受;若将佩茱萸饮菊花酒连令人长寿读,则贾佩兰下无着落。不仅如此,仇氏还将高祖时宫人讹作汉武帝宫人。《西京杂记》卷三明载:"戚夫人侍儿贾佩兰,后出为扶风人段儒妻,说在宫内时见戚夫人侍高帝……。"仇氏恐未核原书,迳抄旧注甚或转录类书,以致舛谬不通。《四库提要》曾批评《详注》"掇拾类书,小有舛误者,如'忘机对芳草'句引《高士传》'叶干忘机',今《高士传》无此文。即《太平御览》所载嵇康《高士传》几盈二卷,亦无此文"。由此可见仇注有些地方处理文献确实是相当粗疏的。

有此十例,《详注》在注释尤其是引书方面的问题便暴露无遗。这些失当不是空疏不学之弊,而是食古不化、识见欠练达所致。读过仇注的张谦宜在《𫄧斋诗谈》卷八写道:"所贵于注者,如毯入穴中,灌水浮出之谓。如所用地名人物,须求与本词相关。如宫殿器皿,须标何代所造,形制适用处如何。若止写现成诗文,与本物本词毫无干涉,此止是诗塞,何名为注?吾病近来注诗者多犯此症,特记之易告学者。"④张谦宜此言并非针对仇注而言,他甚至还屡引仇注相印证,驳前人之非,但他的批评用在仇兆鳌身上也正合适。后出的浦起龙、杨伦两家注,惩于此弊,便放弃了(或不愿重复)仇注大量征引古籍的方式,取其简洁精当,颇收注省于

---

① 汪师韩:《诗学纂闻》,丁福保辑《清诗话》下册,第460页。
② 此条为谢轮《箧外录》指出,咸丰刊本。
③ 饶宗颐:《文辙》上册,学生书局1991年版,第31页。
④ 张谦宜:《𫄧斋诗谈》卷八,郭绍虞辑《清诗话续编》第1册,第903页。

前而诗明于后之效，从注释学的角度说也很值得称赞。当然，他们都是在《详注》的基础上完成的，别说没有仇氏的富赡，甚至没有仇氏的芜杂，他们也很难有殷鉴取照，从而去芜存菁，参以心得，更臻精深之境。在这个意义上，《杜诗详注》更显出它在杜诗注释乃至古典诗歌注释史上不可取代的地位，也更值得我们从注释学的角度去研究。

三　对古典诗歌注释学的一点反思

中国古代诗人一向爱用成语典故。松浦友久博士认为，中国古典诗歌的语汇"具有一旦形成就能很好地保存下去、继承下去的倾向，这种倾向在很大程度上当然与支撑儒家、道家那样的传统思想体系的特定的基本典籍的制定及其接受态度有关。而直接的，则与语言生活中的对故事成语的爱好和辅助诗文写作的各种学艺百科全书（类书）的盛行有密切关系"①。因此在传统注释学中，不是语词的释义，而是对作者引古即用典、用语出处的指明和引证成为诗歌注释的重心，也是注家最用力的部分。

用典和用语，古人虽不太分别，但两者的区别还是很明显的。用典是借古书中的故事喻言本事，用语则是袭用古人现成的语句。二者在注释中的溯源，前者旨在释义，后者旨在评判，合起来正好完成对诗意的阐释与对独创性的评估。中国诗歌的古典注释方式，原则本是如此，可是人们在实际操作中常常并不遵守这一原则。结果注释单纯集中于旨在评估独创性的追溯语源，一如仇兆鳌注杜诗所做的那样。我们有必要问一下，这种单纯追溯语源（无一字无来历）的注释方式，真能提供评估独创性的有效书证吗？实际上并不能，仇兆鳌煞费苦心的努力已清楚地表明了这一点。因为诗人实际使用的语词，与我们认为的理论上的出处（最早的或最经典的）可能并无关系，他接受的来源完全可以是多方面的。个别特别突出的例子，如《宿江边阁》"薄云岩际宿，孤月浪中翻"，指出它是点化何逊"薄云岩际出，初月波中上"（《入西塞示南府同僚》）一句，当然很有意义，可是像"无食无儿一妇人"之类，非要强指它出自某书某句，就无异于痴人说梦了。所以，古典注释中的语源问题，实际上触及现代文学研究中的一个重要命题——如何判定作家或作品所受到

---

① 松浦友久：《中国诗的性格》，原载《诗语の诸相》，研文社 1981 年版。蒋寅译文载《古代文学理论研究》第十一辑。又见于陈植锷、王晓平译《唐诗语汇意象论》，中华书局 1992 年版。

的传统的影响。

文学中的影响问题,在当代的研究中已变得越来越重要。通常学者们研究传统或时尚对作家、作品的影响,所采用的基本方法是考察作家的藏书或阅读书目,从中划定作家接受影响的范围并确定影响源。然而对千载之上的古典作家,我们很难做到这一点。那么怎么办? 只能退而求其次,确定某个时代作家必读的基本书目,从而划出大致的影响范围。如唐代,《五经正义》、孔孟老庄荀韩、前四史、《世说新语》、李善注《文选》、《玉台新咏》、《初学记》、《艺文类聚》、《北堂书钞》,当然都应包括在内。然后还有个熟书优先的问题。比如,"《文选》烂,秀才半",是唐人常谈;"熟精《文选》理",是老杜的夫子自道。因此杜诗用典、用语凡可在《文选》里找到所据的,自应以《文选》为出处,起码应该举以参照。日本学者入谷仙介注释王维诗,《燕支行》注引《文选》12 例、《史记》9 例,《汉书》6 例,《三国志》4 例,《尔雅》、《后汉书》3 例,《吴越春秋》、《孙子》2 例,其他书共十例;《桃源行》注引《文选》7 例,《桃花源记》、《艺文类聚》3 例,《史记》、《汉书》、刘孝威诗 2 例,其他书共十例;《洛阳女儿行》注引《玉台新咏》22 例,《乐府诗集》(严格地说这是不能作为出典来统计的)4 例,《后汉书》、《文选》、《世说新语》、庾信诗各 2 例,其他书共 8 例。这么一来,不仅可看出王维作为唐代诗人的古典修养,他诗作的取材范围、受前辈诗人的影响也豁然在目。入谷先生注《燕支行》,据《文选》卷二十七引石崇《王明君辞》,其实此诗也见于《玉台新咏》,以《文选》为出处乃是出于作品氛围的考虑①。应该说,只有这样的注释,才真正具有溯源的意义,也才能保证为独创性的评估提供有效的材料。

诗歌注释的意义不只限于释义,它还被要求提供艺术批评的素材,这正是中国古典注释学的基本特征,从李善《文选注》到钱钟书《宋诗选注》都绵延着这一传统。《杜诗详注》作为古代诗歌注释的典范,集中地体现了传统诗歌注释正负两方面的效应。细致剖析这一个案,可以促使我们进一步反思古典诗歌注释学的基本特征,从而为当代的古典诗歌注释提供一些可资参考的经验。

---

① 入谷仙介:《关于王维早期的乐府诗》,《唐代文学研究》第六辑,广西师范大学出版社1996 年版。

第八节　顾嗣立的元诗研究

顾嗣立不是浙江人，但他与浙江诗人往来密切，他对元诗研究有着与浙江诗家同样的诗史意识，因而附在诸家之后略作论述。

元朝得天下虽不满百年，文学却相当繁荣，诗歌创作的兴盛并不亚于前宋后明。据同事杨镰编《全元诗》的初步统计，元诗今存尚有十四万首之多，几乎是现存唐诗的三倍，就一个延祚不及百年的王朝而言应该说是异常丰富了。不过，元诗自它问世以来始终未得到较高的评价。在连宋诗也不放在眼里的明代，元诗基本是走入歧途和堕落的形象，没什么人读，也没什么人收藏。元诗的总集和选集虽有本朝蒋易《皇元风雅》三十卷、傅习、孙存吾《元风雅》二十四卷、赖良《大雅集》八卷、曾应奎《元诗类选》四卷、顾瑛《玉山名胜集》九卷、《草堂雅集》十三卷和明代揭轨《光岳英华》元诗六卷、偶桓《乾坤清气集》十四卷、孙原理《元音》十二卷、符观《元诗正体》四卷、宋绪《元诗体要》十四卷、李蓘编《元艺圃集》四卷、曹学佺《石仓十二代诗选》金元五十卷等十几种①，但规模都不大，涉及作者也有限，每人收诗三四十首，在整个元诗只是冰山一角而已。况且到清初这些集子若存若亡，流传甚罕，读者难以见识元诗的真面目。在这种情况下，顾嗣立编刻《元诗选》成为元代诗歌文献整理乃至古代诗学研究中的一件大事。

一　《元诗选》与诗坛风气

顾嗣立（1665—1722），字侠君，号闾邱。江南长洲人。康熙四十四年（1705）中举，征入京编纂《御选宋金元明四朝诗选》，五十一年（1712）中进士，选翰林院庶吉士，入值武英殿。一直参与官书的编纂，直到五十四年（1715）告病归。顾氏为自元代顾瑛以来，世为苏州望族，园林之美甲于一方，嗣立好客善饮，有"酒帝"之号，其秀野园蔚为吴下风雅渊薮。嗣立博学工诗，除《闾邱诗集》、《寒厅诗话》及几种史地考订杂著外，还纂有韩愈、白居易、温庭筠、苏轼四家诗注，编过《杜韩白

---

① 黄虞稷《千顷堂书目》著录明潘是仁《宋元名家诗选》一百卷，据杨镰《元佚诗研究》（《文学遗产》1997 年第 3 期）一文考证系伪书。

苏四家诗选》、《唐诗述》、《宋诗删》、《元诗选》、《金诗补》、《今诗定》、《诗林韶濩》等诗选。清初学者中这么用功于诗学的，王渔洋之外罕有其俦。遗憾的是，晚近以来论清代诗学，很少有人注意到他，直到最近才有学者考述其诗学活动，探讨他与康熙文坛的关系①。

　　前文提到，元代是江南文化地位急剧上升的时期，诗文和书画艺术创作成就最为卓著。顾瑛玉山草堂雅集，是元末影响很大的文学活动，形成吴中诗酒社集的风雅传统，流风余韵，经久不息。顾嗣立追慕祖先的玉山草堂雅集，以"真吾家千载一佳话"为自豪，自少年日与兄嗣协一起读书、学诗，就留意元诗，"尝以有元一代之诗未经论定为憾"②，立志删述。康熙二十七年（1688）卜筑秀野草堂，三十年春嗣协北上应试，临行以编选元诗相嘱，嗣立遂延俞场馆于家，相与商讨，着手编选元诗③。友人文彭、金侃慨然提供藏书，徐昂发和八兄汉鱼也时常相过考究。《寒厅诗话》载："文与也点、金亦陶皆名家子，善书画，以诗名，时号文金。与也隐居竹坞，亦陶居吴城霜林巷，无子，性好抄书，元人文集，抄至百种，余《元诗选》所收，半其藏本也。"④又得徐乾学兄弟及东南一带藏书家所藏元人别集，共计百余种，于三十二年（1693）编成《元百家诗》116家，翌年刊于秀野草堂。全书以天干分为十集，前八集是采自专集的诗家，方外、闺秀编入壬集，凡据选本及方志、笔记、小说之类杂书采录的零星作品归于癸集，拟附于全书之后。三十八年，康熙帝南巡，顾嗣立以《元百家诗》进献。初集刊成以后，经三十五年、三十八年两度进京应顺天乡试，南北访求，又借朱彝尊所藏元人小集，在康熙四十一年（1702）编成《元诗选》二集107家。四十四年，顾嗣立参与编集《宋金元明四朝诗选》，得以接触内府藏书，因合历年访求所得，编成《元诗选》三集117家，于康熙五十九年（1720）刊行。别集以外零星搜集到的作品编为癸集，得三千余人，以卷帙过大，未曾刊刻。两年后顾嗣立即下世⑤，癸集

---

　　① 凌郁之：《顾嗣立与康熙文坛》，《苏州大学学报》2007年第4期。

　　② 顾嗣立：《元诗选凡例》，《元诗选》初集卷首，中华书局1987年版。

　　③ 沈德潜《国朝诗别裁集》卷十四俞场小传："犀月精心猎古，秀野顾太史选元诗初集，两人共商榷者也。"

　　④ 金侃为名士金俊明子，朱彝尊《静志居诗话》卷二十一金俊明条："平生好录异书，靡间寒暑。仲子侃亦陶继之，矮屋数椽，藏书满楼，皆父子手钞本也。"

　　⑤ 有关顾嗣立编刊《元诗选》的详细过程，可参看顾廷龙《顾嗣立与元诗选》，《顾廷龙文集》，上海科学技术文献出版社2002年版。

后历经周折，到嘉庆三年才得梓行。

顾嗣立毕生涉猎广泛，诗学也有多方面的造诣。当时称"先生之诗，其始得力于遗山、虞、杨诸家，而其后渐进于雄伟变化，有昌黎、眉山之胜"①。观其平生所学，大体是由宋、元入手，先河后海，归于韩、苏门庭，与宋荦趣味相投。中年入京后虽执贽于王渔洋门下，但论诗明显有自己的立场。对王渔洋《唐贤三昧集》，他曾引宋荦"力挽尊宋祧唐之习，良于风雅有裨，至于杜之海涵地负、韩之鳌掷鲸呿，尚有所未逮"之评，以为持论极当；对明代王李、钟谭的诗学，他更赞许冯班之论最为痛快："王李、李何之论诗，如贵胄子弟，倚恃门阀，傲忽自大，时时不会人情；钟谭如屠沽家儿，时有慧黠，异乎雅流。"② 对方回《瀛奎律髓》，他也引冯班之说："西昆之流敝，使人厌读丽词；江西以粗劲反之，流敝至不成文章矣。四灵以清苦为诗，一洗黄陈之恶气象、狞面目，然间架太狭，学问太浅，更不如黄陈有力也。"又引冯舒之言曰："方公《律髓》一书，于大段未十分明白，只晓得江西一派恶知见，且不知杜，又何知杜所从来，又何论庾、鲍而上至汉魏乎？独于今世不论章法，不知起结，如竟陵、空同诸派，彼善于此耳。"③ 这种置江西派于格调派之上的评价，是与王渔洋的价值观相对立的。王渔洋对冯班原不无许可，后因赵执信顶礼膜拜，转而于晚年笔记中颇有鄙夷之意。渔洋晚年位尊望重，天下仰之如泰山北斗，身为门人的顾嗣立此时论诗却不阿附渔洋，显示出学者的独立品格。《寒厅诗话》自序云："余少孤失学，年二十始学诗。上自汉魏六朝唐宋金元明以迄于今，诗家源流支派，略能言之。尝浪游南北，遍访名儒故老。闲居小圃，辄与当代名流往还，侧闻前辈长者之绪论，诗盟酒社，裒益不少。"这种见多识广的阅历，使他免于乡曲老儒式的褊狭，诗学明显具有融会博取的特征。

顾嗣立论诗专著有《寒厅诗话》，大体是"集以资闲谈"的传统诗话体裁，多载师友论诗之语及诗酒游从轶事，真正集其毕生心力的还是《元诗选》。康熙三十二年初集刊行时，宋荦序云："由明迄今，诗变愈数，成

---

① 杨绳武：《翰林院庶吉士顾秀野先生墓志铭》，《古柏轩文集》卷二，道光二十八年刊本。严迪昌《清诗史》也认为嗣立诗"宗法韩苏，以笔力健举为长"。五南图书出版公司1998年版，上册，第532页。

② 顾嗣立：《寒厅诗话》，丁福保辑《清诗话》上册，第82页。

③ 同上书，第83页。

弘一变，嘉隆再变，而皆学初盛；万历以后，变而学晚唐，又变而学温李，近乃变而学宋，而元无称焉。先是予友石门吴孟举有《宋诗钞》行世，学者靡然趋之，距今将三十年矣。而顾子乃起而为元诗之选。"这段话为抬举顾嗣立而明显有夸饰的成分。吴之振《宋诗钞》刊于康熙十年（1671），言近三十年已夸甚；顾嗣立编元诗原出于追慕、表彰先祖风流的夙愿，也不是因为世无称元诗者才从事这项工作。自从程孟阳、钱谦益推崇元好问，表彰《中州集》，天下翕然从风。康熙初，王渔洋作《论诗绝句》四十首，其十五云："耳食纷纷说开宝，几人眼见宋元诗？"已逗推扬宋元之意。康熙八年（1669）冬在清江读韩愈、杜牧、苏轼、黄庭坚、陆游、元好问、虞集诸家诗，深有会心，各题一绝于后①。翌年回京后与诸诗友讲论唱酬，在都中煽起一股学宋元诗的风气，直接催生了分别为吴绮和陈焯编的《宋元诗永》（康熙十七年）、《宋元诗会》（康熙二十七年）。安致远《渔村文集序》提到康熙十八年（1679）的诗坛风气，说："其时之主坛坫者，方且倡为诡异可喜之论，以眩易天下之耳目。曰：诗何必唐？苏、范、虞而已；文何必八家？震泽、毗陵而已。而浅识薄殖之夫，承响窃影，恣意无范，以纤巧为新奇，以空疏为古淡，诗文一道至于鬼琐卑弱而不可读。"② 康熙二十一年（1682），丁炜《春晖堂诗集序》云："今谈诗家不务宗汉魏三唐，以渐追夫《三百》，而顾变而之宋之元，争为诡胜，究且失其邯郸之步。"③ 康熙二十六年（1687），李来章《观澜亭诗序》云："今天下之诗喜为宋，渐且为元。"④ 康熙三十二年（1693），叶矫然《龙性堂诗话》云："前后七子喜道涪州、遗山之诗，海内寻声者争言宋元，炫异吊诡，无所不至，一时风靡。"⑤ 康熙三十三年（1694），冉觐祖《莘野集序》也说当时"厌常喜新，翻尽橐臼，□前贤所论定，弃者取之，取者弃之，色求腴而气骨渐凋，意欲逸而音节不振。宋元诸家迭出相轧，不仅如昔所云元轻白俗，郊寒岛瘦已也"⑥。由此可见，当时

---

① 王士禛：《渔洋诗集》卷二十二《冬日读唐宋金元诸家诗偶有所感各题一绝于卷后凡七首》。

② 安致远：《玉礤集》卷一，康熙四十一年刊本。又见李渭清《白云村文集》卷首，末署日期为康熙三十八年己卯上元后一日。

③ 丁炜：《问山文集》卷一，咸丰间重刊本。同卷《于畏之清江草诗序》亦云："近海内诗人渐以汉魏三唐为不足法，骎骎流入宋元，意在标新领异，骖驾前人。"

④ 李来章：《礼山园文集》续集卷一，康熙刊本。

⑤ 叶矫然：《龙性堂诗话》续集，郭绍虞辑《清诗话续编》第2册，第1049页。

⑥ 康乃心：《莘野诗集》卷首，康熙刊本。

诗坛风气决非"元无称焉"，而是非常流行元诗。顾嗣立正是在这一背景下着手编纂《元诗选》的，他不仅清楚诗坛的风尚，也一定看好市场需求，看起来这的确是个很好的时机。

当时宋诗风因遭猛烈批评而衰减，而学宋的流弊也开始暴露无遗，宋元诗风的倡导者王渔洋已悄然折回唐诗的路子。《元诗选》值此际问世，无形中展开了宋元诗之间的高下之争，元诗寝寝有驾宋诗之上的势头。毛奇龄《西河诗话》载："向学宋诗者椎陋恶劣，下者类田更，上者类市侩，丑象已极，然尚有气也。近一变而为元诗，为初明诗，力务修饰。"①朱彝尊《南湖居士诗序》也提到："今之诗家大半厌唐人而趋于宋元矣，或谓文不如宋，诗不如元，赤城许廷慎非此，以为宋诗非元人所及，要亦一偏之见也。"②直到康熙四十三年（1704）汪瑶刊《二冯批才调集》，冯武在凡例中还说"今学者多谓印板唐诗不可学，喜从宋元入手"，可见宋元诗风在王渔洋息鼓易帜后仍持续地影响着诗坛。不过在那个时代，像《元诗选》这般卷帙巨大的总集，无论对刊刻者还是购买者终究是很大的经济负担，因此它不太可能取得商业上的成功，顾嗣立家业虽号为富足，竟也由此衰落。郑方坤《本朝名家诗钞小传》载："石室礼堂，借钞翻阅，诸生都讲，给值酬庸，以至梨枣之资、装潢之费，计不下数万金。秀野固雄于赀，至是而耗散殆尽。然元人之真面目，至是乃出；一代才士之英华，不至与陈根宿草同归渐灭，亦可谓功在百世也已。"③顾嗣立穷其毕生精力、财力所从事的这项事业，为表彰、保存元代诗歌作品作出无可比拟的贡献。至今浏览这一皇皇巨编，犹能发见其特殊的思想、文学及文献价值。

二　《元诗选》的元诗史观

我曾注意到，康熙年间的宋诗选本不特是在宋诗风气下产生，而且编者都是站在反宋诗立场上的。如康熙三十二年（1693）陈訏《宋十五家诗选》序云："诗道之由来久矣，昔敝于举世皆唐，而今敝于举世皆宋。举世皆唐，犹不失辞华声调堂皇绚烂之观；至举世皆宋，而空疏率易，不复知规矩绳墨与陶铸洗伐为何等事。嗟乎，此学宋诗者之过也。"因其编

---

①　毛奇龄：《西河诗话》卷七，《西河合集》。

②　朱彝尊：《曝书亭集》卷三九，康熙刊本。

③　郑方坤《本朝名家诗钞小传》卷三"秀野草堂诗钞小传"，广文书局 1971 年影印本。

选出于反宋诗的动机,编者对宋诗并无特别研究,故往往强调宋诗与唐诗本质上的相通:"盖宋之与唐,其诗之所以为诗,原未尝异。特以其清真超逸,如味沆瀣者陋膏粱,游蓬阆者厌都邑,故足贵耳。"① 这其实是在抹杀唐宋诗的差异,以唐诗的标准衡量宋诗。而顾嗣立则不同,他是站在元诗立场上来认识元诗,因而不抱先入为主的偏见,他对元诗的看法远较当时宋诗选家对宋诗的态度来得客观。

由于元人诗集世间绝少流传,顾嗣立所阅也很有限。开始编纂时,他对元诗的源流和文学史意义还说不上有什么见识,在《凡例》中只泛泛地对元诗承前启后的意义作了肯定:

> 飚流所始,同祖风骚,骚人以还,作者递变。五言始于汉魏,而变极于唐;七言盛于唐,而变极于宋。迨于有元,其变已极,故由宋返乎唐而诸体备焉。百余年间,名人志士,项背相望,才思所积,发为词华,蔚然自成一代文章之体,上接唐宋之渊源,而后启有明之文物:此元诗之选所以不可缓也。

随着编辑工作的进展,他接触许多名家别集,逐渐认识到一些作家的历史意义,于是在作者小传中展开议论。如初集乙卷王恽小传云:

> 秋涧诗才气横溢,欲驰骋唐宋大家间,然所存过多,顾少持择,必痛加芟削,则精彩愈见。北方之学,变于元初,自遗山以风雅开宗,苏门以理学探本,一时才俊之士,肆意文章,如初阳始升,春卉方苗,宜其风尚之日趣于盛也。②

又如初集丙卷袁桷小传:

> 元兴,承金宋之季,遗山元裕之以鸿朗高华之作振起于中州,而郝伯常、刘梦吉之徒继之。故北方之学,至中统、至元而大盛。赵子昂以宋王孙入仕,风流儒雅,冠绝一时。邓善之、袁伯长辈从而和

---

① 陈訏:《宋十五家诗选》卷首,康熙刊本。
② 顾嗣立编:《元诗选》初集,第 1 册,第 445 页。

之，而诗学又为之一变。于是虞杨范揭一时并起，至治、天历之盛，实开于大德、延祐之间。伯长没后二十余年，会修宋辽金三史，遣使者求郡国遗文故事，惟袁氏所传为最多。

又初集辛卷杨维桢小传：

> 元诗之兴，始自遗山，中统、至元而后，时际承平，尽洗宋金余习，则松雪为之倡。延祐、天历间，文章鼎盛，希踪大家，则虞、杨、范、揭为之最。至正改元，人材辈出，标新领异，则廉夫为之雄，而元诗之变极矣。明初袁海叟、杨眉庵辈皆出自铁门。钱牧斋谓铁体靡靡，久而未艾，斯言未足以服铁崖也。

对比三段议论，明显可以看出顾嗣立对元诗流变的认识越来越清晰，对作家的历史定位越来越具体，钱谦益对杨维桢的论断在他的高屋建瓴的诗史鸟瞰中显出其偏颇，得到修正。这些具体诗史见解的累积，最终形成《寒厅诗话》里一段完整的元诗史论：

> 元诗承宋、金之季，西北倡自元遗山（好问），而郝陵川（经）、刘静修（因）之徒继之，至中统、至元而大盛。然粗豪之习，时所不免。东南倡自赵松雪（孟頫），而袁清容（桷）、邓善之（文原）、贡云林（奎）辈从而和之，时际承平，尽洗宋、金余习，而诗学为之一变。延祐、天历之间，风气日开，赫然鸣其治平者，有虞、杨、范、揭（虞集，字伯生，号道园，蜀郡人。杨载，字仲宏，浦城人。范梈，字亨父，一字德机，清江人。揭傒斯，字曼硕，富州人。时称虞、杨、范、揭，又称范、虞、赵、杨、揭，赵谓孟頫），一以唐为宗，而趋于雅，推一代之极盛，时又称虞、揭、马（祖常）、宋（本、褧）。继而起者，世惟称陈（旅）、李（孝光）、二张（翥、宪）。而新喻傅汝砺（若金）、宛陵贡泰甫（师泰）、庐陵张光弼（昱），皆其流派也。若夫揣炼六朝，以入唐律，化寻常之言为警策，则有晋陵宋子虚（无）、广陵成原常（廷珪）、东阳陈居采（樵），标奇竞秀，各自名家。间有奇才天授，开阖变怪，骇人视听，莫可测度者，则贯酸斋（小云石海涯）、冯海粟（子振）、陈刚中（孚），继则

萨天锡（都剌），而后杨廉夫（维桢）。廉夫当元末兵戈扰攘，与吾家玉山主人（瑛）领袖文坛，振兴风雅于东南。柯敬仲（九思）、倪元镇（瓒）、郭羲仲（翼）、郯九成（韶）辈，更唱迭和，淞泖之间，流风余韵，至今未坠。廉夫《古乐府》上法汉魏，而出入于少陵、二李。门下数百人，入其室者惟张思廉（宪）一人而已。明初袁海叟（凯）、杨眉庵（基）为开国词臣领袖，亦俱出自铁崖门。而议者谓"铁体"靡靡，妄肆讥弹，未可与论元诗也。①

将这段诗话与上引几段议论对读，明显可见这里对元诗史的宏观论述是在《元诗选》小传的基础上发展形成的，但内容更加充实，价值判断也更加鲜明，尤其能揭示诗史演变的关键，应该代表着他编完《元诗选》前两集，对元诗史流变有了全盘了解后形成的定论：元诗由元好问开风气，至中统、至元间大盛；赵孟頫尽变宋、金余习，迄延祐、天历而达极盛；杨维桢及其"铁体"启明初之绪。这里值得注意的是提到一些新的诗人，比如宋无，他在当时虽颇得名公推重，但后世诗名不彰，很少见人提到。顾嗣立称其诗"雅秀绝伦"，竟选了175首，在此又以醒目的位置突出了他的成就。对杨维桢的创作，顾嗣立不同意钱谦益的评价，充分肯定了铁崖的古乐府写作及"铁体"承前启后的历史作用。但《寒厅诗话》没有再用初集杨维桢小传"元诗之变极矣"的说法，看来对杨维桢的实际影响力有了新的估量。《寒厅诗话》另一段议论还特别论及元代诗坛多民族作家人才辈出的盛况：

> 元时蒙古、色目子弟，尽为横经，涵养既深，异材辈出。贯酸斋、马石田（祖常）、开绮丽清新之派，而萨经历（都剌）大畅其风，清而不佻，丽而不缛，于虞、杨、范、揭之外，别开生面。于是雅正卿（琥）、马易之（葛逻禄迺贤）、达兼善（泰不华）、余廷心（阙）诸公，并逞词华，新声艳体，竞传才子，异代所无也。②

两段文字共提到40位元代重要的诗人，这些作家在当代学者撰写的《元

---

① 顾嗣立：《寒厅诗话》，丁福保辑《清诗话》上册，第84页。

② 同上。

诗史》中同样占有突出的位置①，由此可见顾嗣立对元诗的艺术判断在今天也是能得到认可的。在元诗的经典化过程中，顾嗣立无疑是第一位重要的批评家。

三 《元诗选》的心态史意义

《元诗选》的价值其实不只限于诗歌艺术方面，透过作品的遴选和编集，我们还能发现其中折射的某种心态史意味。清初是文学总集编纂异常繁荣的时期，许多总集的编纂都不纯粹出于文学的动机，而与某种政治的、思想的、文化的意识相关。从顾嗣立的《元诗选》中我们又能看到什么呢？

先看选诗的伦理标准。《凡例》首先强调，"元遗山先生《中州集》之选，寓史于诗，而犁然具一代之文献。钱牧斋先生《列朝诗集》，盖仿《中州》之例而变通之者也"，而他此编"非敢效颦遗山，亦以一代文献所关，不可泯没云尔"。其基本宗旨是，"凡有义关风化，事涉纪载者，在所亟收，亦乐天讽喻、少陵诗史之遗意也。至于风云月露之词，香草美人之喻，体兼比兴，用在劝惩，此选家之微尚，岂与气数为升降者乎？"全书特别以元好问压卷，所取作品也多悯时伤乱的纪实之作，如元好问《壬辰十二月车驾东狩后即事五首》和《癸巳四月二十九日出京》、李俊民《乱后寄兄》和《即事》、戴表元《南山下行》和《兵后复还白岩山所舍作》、尹廷高《庚辰故里再毁于寇流落信安僧舍讽风雨凄凉》、郝经《青城行》、萨天锡《鬻女谣》、迺贤《新乡媪》和《颍州老翁歌》、周霆震《人食人》、李思衍《鬻孙谣》等，鲜明地表达了秉承《中州集》诗史精神的立场。为此他也颇遭后人非议，因为《元诗选》首列元好问，有悖于封建时代的"政治正确"。乾隆间杨学易《顾侠君选元百家诗以元遗山先生冠其首因题于后》云："古人立身有终始，麦秀歌残肯再仕？选诗莫作文艺看，是中微具《春秋》旨。（中略）古来期颐最误人，每恨贤豪不能死。天公欲使名德昌，早遣先生骑箕尾。生前不作莽大夫，死后应书前进士。谁将诗集冠蒙古，想见九原目犹视。"②翁方纲也说："遗山撰录《中

---

① 杨镰《元诗史》（人民文学出版社2003年版）见于章节目录的诗人共29位，耶律可温、金元素、耶律楚材、刘秉忠、张弘范、郭昂、姚燧、刘敏中、王士熙、张养浩、许有壬、张雨、丘处机等13人出于顾嗣立所举之外。

② 吴骞：《拜经楼诗话》卷三，丁福保辑《清诗话》下册，第762页。

州集》，云国初文士，如宇文太学、蔡丞相、吴深州等，不可不谓之豪杰之士，然皆宋儒，难以国初文派论之。故断自正甫为正传之宗，党竹溪次之，礼部闲闲公又次之。遗山之论如此，而顾侠君乃以遗山入元诗，何耶?"① 又云："遗山金亡不仕，著《壬辰》之编，撰《中州》之诗，掩泪空山，殚心野史，此岂可以元人目之? 顾侠君选《元百家诗》，既欲自附于《中州集》知人论世之大义，而开卷先错谬如此，此何说也?"② 他的质问无疑是很有力的，所以颇得后人赞同③。

按理说这么一个浅显的道理，顾嗣立不会不明白，既然如此，他为什么还要这么做? 除了像翁方纲已指出的，明代杨慎序《玩斋集》已隐然列元好问于元代之首④，顾嗣立也可能沿袭惯例，我想他是否有意在迎合清朝"圣代无隐者，英灵尽来归"（王维《送綦毋潜落第还乡》）的意识形态想象? 因为看得出，他对历史上的民族分歧在诗歌中的反映还是心存忌讳的。《元诗选》初集甲戴表元小传引其《松雪集序》："帅初之于子昂，其相引为知心者如此。然子昂以仕显，从容讽议，而帅初类多伤时闵乱、悲忧感愤之辞，读者亦可以谅其心矣。"这里明显对赵孟頫曲为回护，同时又为戴表元婉转解脱，说明他是站在认同蒙元，归顺新朝，奉行消弭夷夏之辨的立场上。余如方回小传，也只论诗学观念，叙其生平仅言"元兵至迎降，即以为建德路总管"，而不敢指斥，这也是很值得注意的。我读《元诗选》的感觉是，顾嗣立的民族意识似乎比较淡薄。或许康熙初出生的他在文化意识上早已认同清朝，因而对宋元之际、元明之际的士大夫出处问题持较宽容的态度，尊重历史人物自己的选择。元代为时不及百年，前后作者涉及宋、明两朝，遴选时不可避免地面临一个王朝归属问题："有先朝逸士而抗节西山，如谢皋羽、林霁山之于宋；亦有当代名卿而裸将周室，如危太朴、张志道之于明。"（凡例）因而去取颇费斟酌。前人的元诗选本通常都予入选，而顾嗣立则一概不录；相反一般明诗选都入选的王冕，他倒取而不舍，依据的是朱彝尊的看法："冕为元季逸民，自宋

---

① 翁方纲：《石洲诗话》卷五，郭绍虞辑《清诗话续编》第 3 册，第 1445 页。

② 同上书，第 1446 页。

③ 龚显曾《薖斋诗话》卷二即袭翁方纲语，复引杨学易诗，肯定顾嗣立"以遗山冠之编首，殊失斟酌"。光绪七年明州重刊《亦园脞牍》本。

④ 翁方纲《石洲诗话》卷五："杨廉夫序《玩斋集》，论元一代之诗，有'郝、元初变，未拔于宋；范、杨再变，未几于唐'之语，此似以遗山入元诗。然第一时称述之词，从流溯源之论耳，未可以为据也。"《清诗话续编》第 3 册，第 1455 页。

文宪《传》出，世皆以参军目之。冕亦何尝一日参军事哉？读徐显《稗史集传》，冕盖不降其志以死者也。"① 清楚地表明他尊重作者选择的准则。对那些"遗民故老，浮沈晦迹，如熊勿轩之入元已久，戴叔能之乃心元室，并皆编入集中，读者论其世而谅其情可也"，又显出与清初社会观念的相关，折射出士大夫阶层当鼎革之际在出处问题上的态度。

从顾嗣立的经历看，他对朝廷是抱有期望的，并积极谋求仕宦的机会，希望做个太平盛世的文臣。这种愿望也曲折地流露在书中。《元诗选》初集黄庚小传云："星甫尝于越中诗社试《枕易》诗，推第一，名盛于词场。当是时，江南初定，遗民故老无所寄兴，往往发之于吟咏间。时际宴安，禁网疏阔，骚坛树帜，奔走争先，蔚为一代文章之盛。其所由来者远矣！"② 这虽是论史，但一如钱谦益《列朝诗集小传》对明朝"宽大垂三百年，语言文字，一无忌讳"的粉饰，言下未尝没有对清朝的希望和期许，同时也为自己一辈人的仕于异族寻找先例和借口。职是之故，《元诗选》虽大量收录登临吊古、感慨兴亡的作品③，麦秀黍离之作也在集中占有一定的篇幅，但顾嗣立借以摅发的感慨却是颇为复杂，值得玩味的。

先看初集潘音诗选的《悼文丞相》："回首中原已陆沉，捐躯朔漠气萧森。恐吹余烬成炎汉，未许黄冠返故林。社稷忽生千古色，纲常无忝百年心。总弃清骨萦荒草，不复胡沙掩素襟。"④ 诗中不仅抒发了亡国哀思，还用了"胡"字。在方夔小传中，又引了作者咏文天祥的"自郑有谋归华氏，舍湘无地托王琳"（《闵忠》）一联，称"忠义之感，凛然言外"⑤。选录这些歌咏文天祥的诗，直觉上应与特定的民族感情联系在一起。但玩其诗却发现，它们对文天祥的歌颂只着眼于忠君爱国，而不及夷夏之防。这并不是偶然的例子，二集成廷珪《题杨仲德照磨自汴梁归话中原荆棘蔽野人烟断绝闻复山东感而赋此》云："故人归报朔方兵，已下山东七十城。日月未教乌兔死，风云方使龙虎争。入关谩尔窥周鼎，背水今谁立汉旌。北望中原五千里，黄河之水几时清？"⑥ 三集杜仁杰《读前史偶书》云：

① 顾嗣立编：《元诗选》二集，下册，第929页，中华书局1987年版。
② 顾嗣立编：《元诗选》初集，上册，第251页。
③ 如三集杜瑛诗选十一首，其中《吊故宫》、《秋思》、《邺南城》、《西陵》、《汤阴道中》、《登古邺城》、《三台怀古》二首悉为托感慨兴亡而寄故国之思的作品。
④ 顾嗣立编：《元诗选》初集，下册，第1972页。
⑤ 顾嗣立编：《元诗选》初集，上册，第277页。
⑥ 顾嗣立编：《元诗选》二集，上册，第685页。

"杨彪不著鹿皮冠，元亮还书甲子年。此去乱离何日定，向来名节几人全？中原消息苍茫外，故里山河涕泪边。六国帝秦天暂醉，鲁连休死海东壖。"① 这两首诗所流露的亡国预感和悲愤，也未涉及夷夏之辨，而只归结于"秦失其鹿，天下共逐之，高材疾足者先登焉"（《史记·淮阴侯列传》）的一般天下之争——这当然不是宋元之际文士对蒙元王朝的普遍反应，而只不过是顾嗣立刻意选择的结果。但他何以要专选这类诗，就很值得玩味了。

众所周知，甲申之变后清朝是打着剿灭李自成、替明朝复仇的旗号入关的，因而在中原士大夫的意识中，它并不是亡明的敌国，倒更像是复仇的使者，如后人所谓"天戈下指，相应风靡，服我承烈，卜年亿万，斯固汤武歌名，应天顺人之举"②，夷夏之辨由是大为淡化。《元诗选》初集所选周霆震《古金城谣》，写元末余阙守舒州事，小序称红巾军为贼，可见作者明显是站在元正统的立场上。众多类似作品见于书中，自然就凸显一种倾向，即将仕元与否视为单纯的王朝认同问题，而不带有浓厚的夷夏之见。书中凡涉及遗民抗志，大都也流露出这种倾向。如初集王翰小传称其入元隐居十年不出，"辟书再至，叹曰：'女岂可更适人哉！'时长子偁才九岁，属其友人吴海，且赋诗见志云：'昔在潮阳我欲死，宗嗣如丝我无子。彼时我死作忠臣，覆祀绝宗良可耻。今年辟书亲到门，丁男屋下三人存。寸刃在手顾不惜，一死却了君亲恩。'遂自引决，年四十六。时明洪武戊午之二月也。"③ 又如戴表元诗末选《读书有感》一首云："鲁女悲嗟起夜深，当年枉却泪沾襟。如今已免乡人笑，老大知无欲嫁心。"④ 二集更令人惊讶地收录了张弘范的《过江》："磨剑剑石石鼎裂，饮马长江江水竭。我军百万战袍红，尽是江南儿女血。"⑤ 按常理，身为江南人氏而选录这样的诗，岂不是全无心肝么？究竟属于迎合新朝，还是意识中根本就没什么民族和文化上的夷夏之辨？我们一时还难断言。考虑到像他这样的读书人通常会以元朝为正统，而他本人又对元朝怀有特殊的感情，恐怕还是后者更接近事实吧？在古籍整理和解释中贯注正统史观和主流意识形

① 顾嗣立编：《元诗选》三集，中华书局 1987 年版，第 49 页。
② 马先登：《改革之际论》，《勿待轩文集存稿》卷二，光绪刊马氏丛书本。
③ 顾嗣立编：《元诗选》初集，第 3 册，第 1749 页。
④ 顾嗣立编：《元诗选》初集，第 1 册，第 250 页。
⑤ 顾嗣立编：《元诗选》二集，上册，第 140 页。

态的阐释意志，历来是文人积习，任何时代都存在。《诗·卫风·淇奥》，小序说是"美武公之德也"，孔颖达《正义》："案《世家》云，武公以其赂劫士，以袭攻共伯，而杀兄篡国。得为美者，美其逆取顺守，德流于民，故美之。齐桓、晋文皆篡弑而立，终建大功，亦皆类也。"方东树一针见血地指出："此唐儒傅会，回避太宗、建成、元吉事耳。"① 这不是唐初儒生借笺注为李世民杀兄夺嫡寻找历史依据么？顾嗣立是否也有这个意识，值得深入考究。

四　《元诗选》编纂工作的具体评价

相对诗歌史和诗歌批评史而言，《元诗选》的文献学价值可能更为重要，它原本就是为了保存文献的目的而编纂的。全书共收专集340家，合癸集所收两千三百多位作者，共收诗人近两千七百家，占现存作者总数近70%。《四库提要》说它"网罗浩博，一一采自本书，具见崖略，非他家选本饾饤缀合者可比。有元一代之诗，要以此书为巨观矣"，堪称的评。具体而准确地评价顾嗣立搜集、整理、保存元诗文献的功绩，只有元诗研究专家才能胜任。这里只能就管见所及，从两个方面略谈《元诗选》的文献价值。

首先应该肯定的是，《元诗选》保存了不少稀见的资料。即以初集言，如萧国宝《辉山存稿》，采自崇祯间其裔孙重订本，仅存二十余首，顾嗣立选十二首。陈谦诗二十四首据说得之灰烬中，无疑也是濒危物种。张翥《蜕庵集》，顾嗣立依据的是周屺公传抄本，底本为朱彝尊所藏明初僧大杍手抄本，有洪武四年题识。又从《玉山雅集》、《乾坤清气集》、《元音》补录27首，这在当时应是收张翥诗作较全备的集子了。二集何中诗末《风雨》等四首辑自《元音》、《皇元风雅》，于石《吊古行》辑自《元诗体要》，这虽不是罕见资料，但丰富了本集。萨天锡《相逢行赠别旧友治将军》一诗，《雁门集》刊本原无小序，顾嗣立从别本钞补，俾成完璧。二集高克恭诗共二十一首，《过京口》以下七首注明录自《水村图卷》；三集柯九思诗，也多辑自传世的画卷，零星篇什，赖以留存。凡此类录自手迹的诗作，顾嗣立一律抄录题识，以见文献流传之迹。他的严谨为后人留下了宝贵的资料线索。《元诗选》所收的340家别集，到乾隆间修四库

---

① 姚范：《援鹑堂笔记》卷六按语，道光刊本。

全书时，著录与存目仅 145 家，《提要》说"嗣立所见，今不著录者亦往往而有。盖相距五六十年，隐者或显，而存者亦或偶失，残膏剩馥，转赖是集以传"。当时顾奎光编《元诗选》，查景璠、潘松谷同编《元诗选》，都是据顾嗣立所辑的三编再加择录，足见他的工作在几十年后即凸显其不可替代的价值，获得定评。

其次还要提到，《元诗选》的编纂工作不止是抄录编排，顾嗣立的考订辨证功夫也是随处可见的。一是考辨作者姓名异同，如世传《鲸背吟》前自序署朱晞颜，顾嗣立云："《翠寒集》赵魏公序，谓子虚旧以晞颜字行，世居晋陵，家值兵难，迁吴，冒朱姓云。则知晞颜即子虚无疑也。曹石仓《十二代诗选》，别载朱晞颜《鲸背吟》，正子虚从事征东幕府时所作。石仓盖未知晞颜、子虚之为一人耳。"[①] 二集梦观道人大圭小传，载其所著有《梦观集》及《紫云开士传》，举同时有僧守仁，富阳人，亦号梦观，有《梦观集》六卷，洪武间征授右善世，诗见《列朝诗集》中，曹学佺《石仓诗选》误为一人[②]。二是考校作品归属，如二集李材《泊舟湘岸》诗注《乾坤清气集》作高克恭，成廷珪《简句曲外史张伯雨》注又见《萨天锡集》，宋本《舶上谣送伯庸以番货事奉使闽浙十首》注第四、五首见杨维桢《西湖竹枝词》。三是辨正讹窜作品，如初集萨天锡诗按语考辨集中讹入之作，卢琦小传又指出陈诚中所编《圭峰集》"大半见萨天锡集中，亦间有陈众仲、同宽甫诸作。兵燹之余，收拾采掇，不无传抄之误。天锡宦游闽海，遗稿流传，如《中秋玩月》一篇，自叙历历可考，而后人漫不简点，使《圭峰》一集真赝杂陈，可嘅也。若其《寄同年拜住善御史》及《重游蓬壶》等诗，为希韩所作无疑。兹特芟其重见他集者，采而录之"[③]。四是考辨作者年代归属，如初集李存小传："虞山钱牧斋《列朝诗集》载俟庵诗，称为洪武中年卒者，误也。危学士素所撰墓志年月甚明。《俟庵集》刻于明永乐三年，国子祭酒徐旭序之，谓其距俟庵之没五十二年，则俟庵已卒于明太祖未定金陵之先也。牧斋于史学最为详密，而不能无误，考证之难盖如此。"[④] 又如王逢小传云："（逢）有《梧溪集》七卷，钱牧斋《列朝诗集》载之前编，谓原吉当张氏据吴，大

① 顾嗣立编：《元诗选》初集，第 2 册，第 1296 页。
② 顾嗣立编：《元诗选》二集，下册，第 1395 页。
③ 顾嗣立编：《元诗选》初集，第 3 册，第 1790 页。
④ 顾嗣立编：《元诗选》初集，第 2 册，第 1666 页。

府交辟，坚卧不就。而又称其为张氏画策，使降元以拒台。此说何也？张士德之败在丁酉三月，其时张氏尚未降元也。而谓其于楚公之亡有余恫焉，未知其为元乎，抑为张氏也？原吉一老布衣，沐浴于维新之化者二十年，其子已通仕籍矣，而谓其故国旧君之思，至于此极，西山之饿，洛邑之顽，未知其又何所处也。牧斋好为曲说，至引谢皋羽、犁眉公为喻，抑何其不相类乎？"① 凡此等等，例子尚多，难以尽举。

　　勤奋的搜辑加严谨的考订，使《元诗选》的编纂达到很高的水平，赢得本朝学者的一致赞誉。王渔洋笔记中曾记载："门人顾嗣立，字侠君，汇选元诗集，自元好问迄张雨辈，起甲终癸，凡百家。与石门吴之振孟举《宋诗钞》并行，两朝之诗略具二书矣。其传例仿虞山《明列朝诗》，甚有雅裁。"② 后来阮葵生也称赞《元诗选》"去取有规则，小传亦脱俗，元诗之眉目亦云具矣"③。翁方纲则认为："顾秀野《元百家诗》，体裁洁净，胜于吴孟举《宋诗钞》远矣，犹嫌未尽审别雅俗耳。如关系史事，及可备考证者，自不应概以文词工拙相绳。若其言怀叙景之作，自当就各家各体，从其所长，而去其所短。一人有一人之菁华，岂必一例编载，陈陈相因哉？"④ 他是说全书体裁严整，但落实到各位诗人，顾嗣立的选目就不算太好，未能各尽其长。后来的元诗选家大抵也持这种看法，认为顾嗣立"意在广收，未遑持择"⑤。我们只要读一下二集范德机、李孝光诗选，就会有多采近滥的感觉。其实顾嗣立编诗是自有艺术标准的，那就是凡例所说的"稍汰繁缛，存其雅正，随人所著，各自成家，春兰秋菊，期于毋失其真而已"。而且他尤其注重真性情的发掘，初集熊鉌小传引其论诗曰："灵均之骚，靖节子美之诗，痛愤忧切，皆自其肺肝流出，故可传也。不然，虽呕心冥思，极其雕镂，泯泯何益？"他说熊氏言此"盖已得诗之本原矣"⑥。不难看出，他在诗歌本原的问题上对钱谦益论诗宗旨也是有所继承的，非仅限于"诗史"一义而已。

　　对历代诗歌的整理和研究，从浙江学术内部看固然是其史学倾向在诗学方面的体现，但放到整个清初诗学的格局中看，却反映了诗坛在经历明

① 顾嗣立编：《元诗选》初集，第3册，第2194页。
② 王士禛：《居易录》卷四，康熙刊本。
③ 阮葵生：《茶余客话》卷一一，《阮葵生集》中册，陕西人民出版社2009年版，第896页。
④ 翁方纲：《石洲诗话》卷五，郭绍虞辑《清诗话续编》第3册，第1454页。
⑤ 顾奎光：《元诗选》序，乾隆刊本。
⑥ 顾嗣立编：《元诗选》初集，第1册，第296页。

代的门户之争和狭隘观念的压抑后,人们急于扩展自己的阅读视野,渴望更多地了解古代诗歌的丰富传统的迫急要求,所以这些大型断代诗歌评选、总集的编纂就同时具备了两种功能,一是对历代诗歌创作加以总结,一是为社会提供数量丰富的阅读文本。这种编纂和研究最终提升了清代诗学的学术性,成为清代诗学以后走向学术化、专门化方向的一个标志。有些学者的工作,比如归安吴景旭的《历代诗话》,也只有从这一角度才能理解其学术史意义。吴景旭(1611—?)在顺治八年(1651)至十一年(1654)间撰《历代诗话》八十卷①,按朝代分为十集,甲集六卷论《诗经》,乙集六卷论楚辞,丙集九卷论赋,丁集六卷论古乐府,戊集六卷论汉魏六朝诗,己集十二卷论杜甫,前九卷论杜诗,后三卷为杜甫谱系;庚集九卷论唐诗,辛集七卷论宋诗,壬集十卷论金元诗,前三卷论金诗,后七卷论元诗;癸集九卷论明诗。此书不但是清初较早的全面研究历代诗歌的诗话,也是较早的对宋元诗的研究,虽然所论多考证名物、意象,间亦辨析体制,评骘章句。《四库提要》称"其体例仿陈耀文《学林就正》,每条各立标题,先引旧说于前,后杂采诸书以相考证。或辨其是非,或参其异同,或引申其未竟,或补缀其所遗",刘承干许其气象宏远,已开乾嘉诸儒论诗风气,都精到地指出了它的学术特点。谈论清初浙江诗学的史学特征及对清代诗学学术性、专门性的提升,吴景旭的《历代诗话》也是不能不提一笔的。

----

① 据吴氏《南山堂自订诗自序》:"戊子岁遭患,掠藏弄而去,并二十年吟卷归之无何有矣。嗣后削稿,缘手散落,张卿子劝儿辈录副本。此余录诗之始。当客居雄州,裒辑骚赋乐符与十二代之诗,谬出己见,参详往论,著《历代诗话》八十卷。"考《南山堂自订诗》卷二《长林草》有《辛卯三月移家至雄州西门喜其长林夹径散步有怀》诗,卷三《寒楼草》又有《甲午迁北郭大雅堂其后有旧楼是前永乐间杨复少卿所筑》诗,知其居雄州在顺治八年(1651)春至十一年(1654)秋,诗话应纂于此三年间。

第六章　清代诗学的发轫——山东诗学

第一节　王渔洋与清初山东诗人群

齐鲁大地在周朝就积累了八百年的礼乐文化，秦统一天下后，分齐鲁旧地为七郡，自汉迄宋，代有因革，到金朝首次以山东作为这一地区的行政域名，元代以后改为行省，沿用至今。山东不仅是儒家文化的发源地，也是经学和文学的大邦，深厚的文化底蕴世世代代哺育着这方乡土的英才。历史上，宋代词人"二安"（李清照、辛弃疾），元代曲家张养浩，明代诗人边贡、李攀龙、谢榛，曲家李开先、冯惟敏，都曾为山东赢得很高的文学声誉。虽然到清初，诗人方文游济南，"但觉历城风俗鄙"①，很是失望。但实际上山东的文运非但略无衰歇，甚至比往代还更为隆盛。

首先值得注意的是，山东士人最早表现出归顺新朝的倾向。正如魏斐德《洪业——清朝开国史》指出的，"1644 年投降的'贰臣'中，有 1/4 来自山东。如果说东北地区为满足征服中国提供了大部分军事将领的话，那么，正是山东一地在为北京清政权提供文官上，遥遥领先。山东人在清初的这种骤然显贵，在一定程度上是由于该省平定较早，部分地由于在各处起义时这里的乡绅名流遵守了王朝的法令"②。除了归降官员之外，顺

---

① 方文《嵇山续集》卷二《同张祖望诸骏男游历山归饮酒家醉后作歌》："历下当年有边李，先后词坛执牛耳。山川灵气尽于斯，无复才华能继起。我今求友来山东，但觉历城风俗鄙。"

② 魏斐德：《洪业——清朝开国史》，江苏人民出版社 1992 年版，第 403 页。

治二年（1645）的乡试及京兆试，山东共中式九十五人；三年会试中式者四百名，山东人占九十九名①。这无论解释为山东人才富裕，还是解释为山东人积极出仕，都预示了山东人将占据新朝文坛的中心这样一个显而易见的结果。事实上，不过十多年，一批山东出生的新锐诗人就在京城诗坛占据了醒目的位置，让人对山东诗人的群体实力留下深刻的印象。董以宁《槐轩诗集序》写道：

> 鲁齐之乡，岱宗高峙，尼山蔚然，禀大地之中气，其人笃好义学，天性然也。自历下李观察、边尚书、许佐史以来，振兴风雅，拔中原之纛，而词坛互禅，久而弥昌。今日之领袖英绝，为艺林所宗法者指不胜屈，岂非一时之盛哉！

后来山东人更是无不引以为自豪。卢见曾《国朝山左诗钞序》就颇为夸耀地说："国初诗学之盛，莫盛于山左。渔洋以实大声宏之学，为海内执骚坛牛耳垂五十余年。同时若宋荔裳、赵清止、高念东、田山姜、渔洋之兄西樵、清止之从孙秋谷，咸各先登树帜，衣被海内，故山左之诗甲于天下。"② 如果列举出这样一些诗人的名字：丘石常、丁耀亢、卢世㴶、程先贞、冯溥、高珩、孙廷铨、法若真、赵进美、宋琬、唐梦赉、安致远、李澄中、徐夜、萧惟豫、傅宸、王曰高、孙蕙、杜漺、王士禄、王士禧、王士禛兄弟、田雯、谢重辉、颜光敩、颜光猷、颜光敏兄弟、曹贞吉、曹申吉兄弟、张实居、张笃庆、冯廷櫆、赵执信、王苹、朱缃、朱纲兄弟，我们就不得不感叹，山东确实是清初名诗人辈出的地方。

山东之所以在清初成为诗学的重镇，不仅在于有整齐的诗人队伍，还在于背后依托着一个强有力的明代诗学传统，这是谈论清初山东诗学不能忽视的，否则就很难准确把握其理论脉络。山东的诗歌风气和重要影响都形成于明代，名高天下的诗坛英雄李攀龙将受到乡后辈的景仰是不难想见的。蔡方炳《山居集序》提到："昔济南李于鳞去官家居，构白雪楼为吟咏之所。于鳞往矣，望其楼者犹企慕不置。"③ 不要说竟陵派的抨击不会

---

① 阮葵生：《茶余客话》卷二，《阮葵生集》中册，陕西人民出版社 2009 年版，第 631 页。
② 卢见曾：《国朝山左诗钞》卷首，乾隆间雅雨堂刊本。
③ 盛符升：《诚斋诗集》，中国社会科学院文学研究所藏十贤祠钞本。

改变山东人对李攀龙的尊崇①，就是钱谦益的猛烈抨击也不至于摇撼李攀龙的地位和影响。关键在于李攀龙代表着一个时代的唐诗理想，只要唐诗的正宗地位未祧，李攀龙就总会作为唐诗的象征而存在。因此到清初，人们习惯上仍从地域传统出发，将山东诗学视为李攀龙的绵延。如归允肃《张历友诗序》所说："济南多名公巨卿，往昔沧溟先生以古文辞振兴山左，吾吴则有弇州先生起而应之，才名角立，操觚家望之如泰山北斗，风流宏长，衣被者百有余年，至于今未艾。"② 就今日所见文献看，李攀龙所象征的唐诗传统，在山东并不是抽象地被祠庙祭拜，而是踏踏实实地继承着。明末宰臣刘正宗是继续发扬山东唐诗传统并有很大影响的人物。薛所蕴《刘宪石逋斋诗序》载："往同宪石读书史馆，一时雁行而称兄弟、埙吹篪和者，盖十有六人焉。十六人者，学为古文词诗，咸长宪石，即宪石亦不以执牛耳狎主齐盟自逊谢。"当时他们共定一约："古体非汉魏晋宋不取材，近体则断自开元、大历以还，气必于浑，格必于高，有一篇一语为气格病者，必规于玉趋玉步之改而后已。"这明显是重蹈李攀龙的故步，因而难免为人批评，但他们"任一时竞尚新声者诮为平为袭，终不以彼易此"。当时主盟京师坛坫的是宰辅王铎，他倒很欣赏刘正宗的诗，于是批评的声音逐渐平息，"长安士大夫皆知有宪石诗，风雅一道，亦遂大著"③。

尽管山东诗家奉李攀龙为精神偶像，但创作好像并未简单地步其后尘。一个原因是他的诗在当时被认为不可学："大抵于鳞不可学，而老杜可学。于鳞未免以体格拘其性情，而老杜则性情独至，体格自高，故愈久而愈光也。"④ 事实上自晚明以来，山东诗学主要是以杜诗为宗，其先驱就是潍县诗人杨青藜。傅尔德序青藜《石民集》云："时为诗者非横摹太仓、历下，泪没性灵，即案头置竟陵书，为靡靡之响。先生起淮水上，周麾而呼，断然谓老杜可至，尤要于据发胸臆，一字一句必自己出后已。自丁（耀亢）、王（苹）诸先生及得大用，称山斗一时者，荜路蓝缕谓不在先生，吾不信也。"而崇祯十三年（1640）与方以智、金堡、周亮工同榜

---

① 曹贞吉《珂雪二集》有《读明诗偶成》之三云："济南声调自琳琅，白雪黄金未易方。怪杀竟凌两才子，一生空作夜郎王。"康熙十一年刊本。

② 归允肃：《归宫詹集》卷二，光绪十三年刊本。

③ 薛所蕴：《澹友轩集》卷三，《四库全书存目丛书》影印顺治十六年刊本，集部，第197册，第40—41页。

④ 任源祥：《答陈其年书》，《鸣鹤堂文集》卷三，光绪十五年重刊本。

中进士的益都诗人赵进美则代表着另一种诗学趣向，他早年与陈子龙云间派分据南北坛坫，入清后又是龚鼎孳主持中朝风雅时鬈下酬唱的骨干，赵执信《先叔祖韫退公行实》称"公童年为诗，颇好华艳。登第后，师友渐摩，遂践信阳、历下之庭"①，赵执信视为家学渊源的所谓"山左门庭"大概就指这种诗学趣向。但赵进美自己的说法却有点不同，他曾说"予尝取古今论诗之合者，于宋得严沧浪，明得徐昌谷、王元美"，这倒和王渔洋论诗的家数完全一致②。赵进美是王渔洋尊敬的前辈，也是熟识的姻亲，这种巧合应该不是偶然的。顺治十八年（1661）王渔洋作《岁暮怀人绝句三十二首》，怀赵进美一首提到"昨见端州书一纸，说诗真欲倒河源"，赵进美诗学观可能对王渔洋产生过一定影响，这一点是值得我们考虑的。

王渔洋挟扬州五年的创作业绩和声誉，康熙五年（1666）入朝后，迅速成为诗坛最耀眼的明星，也被视为山东诗歌的代表人物。康熙八年（1669）吴梅村序王曰高《槐轩诗集》，就说"鲁之以诗名天下者三，阮亭其尤也。"随着王渔洋与田雯、谢重辉、颜光敏兄弟、曹贞吉兄弟往来唱和的密切，山东诗人成为京师最引人注目的诗人群体。汪琬序田雯《山姜书屋诗稿》说："开国以来，逮今三纪，士大夫言诗者莫如山左为盛。自王先生贻上以诗学倡于京师，四方骚人墨士争趋之。其乡纶霞田公于甲科视王先生虽稍后，及居郎署，诗名亦大震，始与王先生相颉颃。"③李良年序曹贞吉《珂雪诗集》也说："异时予客京师，追随文酒之末，伏见一时大雅，并以推陈致新、起衰救弊为任，而齐鲁称诗最富。若安丘、新城，著述聚于一门，此其尤盛者。"实则田雯、曹贞吉的才名较王渔洋是有一定差距的，两者的关系大概介乎师友之间罢。康熙十七年（1678），王渔洋蒙异宠破例由部曹改翰林侍读，两年后又迁国子监祭酒，声望如日中天，一时人才多出其门下。到康熙二十一年（1682）九月冯溥致仕归乡后，他就成为山东作家中官位最清要、文学地位最显赫的一位，山东诗学也成为左右诗坛风气的诗学主流。就在王渔洋入翰林的同年八月，翰林编

---

① 赵执信：《饴山文集》卷一〇，《赵执信全集》，齐鲁书社 1993 年版，第 487 页。邓之诚《清诗纪事初编》卷六亦称其"自负能诗，力主历下，与虞山娄东易帜"。上海古籍出版社 1984 年版，下册，第 660 页。

② 卢见曾《国朝山左诗钞》卷三引赵进美诗集自序，这一点严迪昌先生《赵执信论》（《文学评论》1997 年第 5 期）一文已指出。

③ 汪琬：《钝翁续稿》卷一六，康熙刊本。

修翁叔元、户部员外郎高龙光典山东乡试，得毕世持、赵执信、冯廷櫆、汪灏等名士，一时皆称山东文章之盛。翌年赵执信连捷中进士，名动朝野，虽不几年就因涉皇后丧中观剧而罢废终身，但才名却不减反盛。到乾隆三十二年（1767）刘执玉刊《国朝六家诗钞》，他与宋琬、王渔洋分占清初六大家中的三席，共同成就了山东诗学的辉煌。

有关清初山东诗人辈出的盛况，学者已有论述①。我在此要做的是对山东诗学的理论创获作进一步的阐述。吉川幸次郎认为清初诗坛只是明诗的延续，或者说是明清的过渡时期，清诗自己的特征刚开始出现，还不太明显②，应该说是很有眼光的。但这一结论不宜用作全称判断，它用于江南或关中诗学或许勉强还行，若用于山东诗学则绝不合适。山东诗学正是清诗逐渐凸显自己面目的标志，也是顺应时世的诗学。江南和关中诗学都在不同程度上要回归风雅正宗和诗教的传统，只有山东诗学是朝前看的，提出了新的理论目标，成为清初诗坛的理论建设者。以王渔洋、赵秋谷为代表的山东诗学，不仅提出"神韵"这一新的审美范畴，还提出了古诗声调学说这独属于清代的诗学专门课题。山东诗学在理论上不执著于一定的观念，不囿于传统的藩篱，对任何理论命题都能付以更人性化的阐释，预示了日后清代诗学开放、包容和多元化的发展方向。

王渔洋及其神韵诗学历来是清代诗学研究者关注的重点，已积累了相当可观的成果。其中黄景进《王渔洋诗论之研究》对王渔洋及其神韵诗说的全面研究③，谈海珠《王渔洋诗论之研究》从批评态度的矫正、格调说之反动、宋诗流弊之纠正三方面来阐述王渔洋诗学的历史意义④，都充分揭示了王渔洋诗学的丰富内容和历史地位。因此本文不打算全面论述王渔洋诗学，而只重点阐述神韵说的历史形成及理论内涵，再对历来较少研究的诗律学和批评成就作一番评述。通常说文如其人，我觉得学也如其人。王渔洋为人不拘廉隅，极为通达，其诗学也广采博收，不主一格。如果用一句话来概括王渔洋诗学的历史定位，我想说它是古典诗学的集大成者。理由起码有这么三点：（1）王渔洋的神韵论是触及中国古典诗歌艺术特质

---

① 刘靖渊：《论"国朝诗人，山左为盛"》，《南阳师范学院学报》2004 年第 8 期。

② 吉川幸次郎：《支那文献学大纲》四集部，《吉川幸次郎遗稿集》第 1 卷，筑摩书房 1995 年版，第 200—201 页。

③ 黄景进：《王渔洋诗论之研究》，文史哲出版社 1980 年版。

④ 谈海珠：《王渔洋诗论之研究》，东海大学中文研究所硕士论文，1979 年。

的理论，也是古典诗学最后的有创造性的系统学说；（2）王渔洋诗学内容丰富、见解深刻，在许多理论问题上的立场和态度都代表着传统诗学的基本品格，具有理论思维和批评方法的典范性和总结性；（3）王渔洋对历代诗歌创作的细心揣摩和对前人诗论的广泛研究，使他对古代诗歌的审美判断力及对古典诗学的知识达到空前的深度和广度。

这三个方面，历来关注较多的其实只是第一个方面，本书要继续深入探讨的仍是这方面的问题；第二个方面，学界注意得不多，我曾就《唐贤三昧集》分析过王渔洋"从性分之近，就各体之宜"的师法原则。因主张从个人才性出发，取法于各体之典范作家，这就必然趋向兼容并蓄、不拘门户的博综方向。比如，王渔洋指示门人学律诗，就嘱由大历诗入。这放在前代大概会显得很荒唐，但事实上却不失为切实可行的一个师法途径。后来管世铭《读雪山房唐诗钞序例》便明显是沿袭渔洋之说："大历诸公，善于言情，工于选料。学为七律者，从此进步，可以涤去尘俗，自此而之乎开、宝，则沿河入海矣。"① 如果说第二方面的问题研究还很少，那么第三个方面的问题就几乎可以说尚未被研究者注意到。因为渔洋论诗主神韵，兼之平生又不治经传考证之学，很容易给人学问空疏的印象。其实王渔洋读书极勤奋，虽不治经传小学，但颇究心于乙部之学，留意近代朝政典礼、文献掌故。若论对历代诗文别集、总集、诗文评之熟，更是一时无出其右；他评点的古今诗文之多，涉及对象之广，见识之通达，可以说古今罕俦。他的诗歌理论正是从多年的批评实践中提炼和抽象出来的，背后有丰富的文学史知识支撑，故不仅整体上显得学识淹博，理会神融，就是细枝末节，也见微知著，不乏精彩。个人学识有限，对这部分内容暂时还难以展开全面的评析，只能就研讨所及略谈古诗声调的问题，其余问题留待学界更深入的研究。

第二节　典远谐丽：王渔洋神韵论的发轫

论清诗不能不论王渔洋，论王渔洋不能不论神韵说。渔洋山人自己说："神韵二字，予向论诗，首为学人拈出。"② 友人王揆说他论诗"独标

---

① 郭绍虞辑：《清诗话续编》第3册，上海古籍出版社1983年版，第1554页。
② 王士禛：《池北偶谈》卷一八，中华书局1982年版，下册，第430页。

神韵"①，宋荦说是"以神韵为标准"②，门人吴陈琰《蚕尾续集序》则
说："先生兼总众有，不名一家，而撮其大凡则要在神韵。"尽管王渔洋平
生论诗旨趣数变，尽管对神韵说见解纷纭，但将神韵说视为渔洋诗学的精
髓，后人看法是一致的③。从赵执信《谈龙录》起，神韵之说在见仁见智
的评说中已日见显豁明白。尤其是经过铃木虎雄《支那诗论史》归纳神韵
的审美特征，再经郭绍虞、朱东润、余焕栋、黄景进诸家细致梳理神韵说
的理论背景及诗学渊源④，成复旺全面阐述神韵概念的理论内涵⑤，王小
舒系统地梳理神韵诗学的谱系⑥，乔维德辩驳历来有关神韵说的门户之见
和狭隘非议，应该说神韵论的诗学蕴涵已大体廓清，剩下的问题就是对其
艺术精神加以阐明，对其理论价值加以评估了。历来有关神韵说的研究，
我觉得存在一个缺陷，就是未将它作为诗学概念和作为诗美学范畴的理论
品格加以区分，因而就未能从诗歌史的高度把握其艺术精神，从而能对其
美学内涵作出清晰而有深度的阐释。有鉴于此，本书拟从考究"神韵"语
源入手，先厘清它作为诗学概念的形成过程，再对它作为诗美学范畴的理
论品格加以阐释。

一　"神韵"语源探溯

正像中国古代真正意义上的文学批评孕育于人物品评，"神韵"作为

---

① 王揆：《诰授资政大夫经筵讲官刑部尚书王公神道碑铭》，《王士禛年谱》附录，中华书
局 1992 年版，第 102 页。

② 宋荦：《诰授资政大夫经筵讲官刑部尚书阮亭王公暨元配诰赠夫人张夫人合葬墓志铭》，
《王士禛年谱》附录，第 111 页。

③ 赵翼《瓯北诗话》卷一〇云："阮亭专以神韵为主。"《四库全书总目》卷一九六《渔洋
诗话》提要亦云："士禛论诗，主于神韵。"

④ 朱东润：《王士禛诗论述略》，《武大文哲季刊》3 卷 3 号，1933 年版；郭绍虞：《中国文
学批评史》，商务印书馆 1934、1947 年版；余焕栋：《王渔洋神韵说之分析》，《文学年报》4 期，
1938 年版，收入《中国文学批评家与文学批评》，学生书局 1984 年版；黄景进：《王渔洋诗论之
研究》，文史哲出版社 1980 年版；《王渔洋"神韵说"重探》，《第一届国际清代学术研讨会论文
集》，中山大学中文系 1993 年版。后出的论著，还有王英志《王士禛"神韵"说初探》，《清人
诗论研究》，江苏古籍出版社 1986 年版；孔正毅：《王士禛神韵内涵新探》，《安徽大学学报》
2000 年第 3 期；李致谕：《王士禛"神韵说"研究》，中正大学硕士论文，2001 年；张晨辉：《王
士禛神韵说的审美意蕴辨析》，《北京科技大学学报》2006 年第 2 期。

⑤ 黄葆真等：《中国文学理论史》第 4 册"王士禛神韵说"一节，成复旺撰，北京出版社
1987 年版，第 401—443 页。

⑥ 王小舒：《神韵诗史研究》，文津出版社 1994 年版。

审美概念也肇端于评价人物。"敬弘神韵冲简，识宇标峻"①，"子显神韵峻举，宗中佳器"②，是南朝刘宋和萧梁时代对王敬弘、萧子显的身后定论，也是我所知道的现存典籍中最早的用例。神韵在这里是指人物的风度神情，与《世说新语》所见"风气韵度"、"风神"、"风韵"相近。"韵"尤与陶渊明"少无适俗韵，性本爱丘山"(《归田园居五首》其一)的"韵"相关，是胸襟的外现、内在气质的流露，是一种能让人直接感受到的精神风貌。由于"神韵"专指内在品质的直观呈现，齐谢赫撰《古画品录》评顾景秀"神韵气力，不逮前贤；精微谨细，有过往哲"，便将神韵与气力对举，用作表示生命活力的概念。唐人相沿不改，使"神韵"概念在画论中固定下来。张彦远《历代名画记》有云："顾恺之曰，画人最难，次山水，次狗马，其台阁一定器耳，差易为也。斯言得之。至于鬼神人物，有生动之可状，须神韵而后全。若气韵不周，空陈形似，笔力未遒，空善赋彩，谓非妙也。"③自此以降，宋代沈括《梦溪笔谈》、黄伯思《东观余论》、何薳《春渚纪闻》、吴曾《能改斋漫录》、周密《云烟过眼录》均用"神韵"论书法，周晖《清波杂志》、元代汤垕《画鉴》均用"神韵"论画，明代张丑《清明书画舫》更是再三使用"神韵"一词。随着山水画在明清时代的发达，神韵逐渐融入山水画论的"气韵"说，演变为山水画专用的美学概念，尤其落实于山水画中虚化图景、含不尽之意的烟润技法④。学界通常认为诗学中的"神韵"概念移植于画论，并深受绘画美学观念的影响，就现有文献看这样的推论大致是不错的。

但以前研究者认为用"神韵"论诗始于孔天胤、胡应麟或陆时雍⑤，却是不准确的，至迟在元代我已发现用"神韵"论诗文的例子。倪瓒(1301—

---

①　《宋书》卷六六《王敬弘传》载顺帝升明二年诏，中华书局校点本，第6册，第1731页。

②　《梁书》卷三五《萧子显传》载武帝大同三年诏，中华书局校点本，第3册，第512页。

③　张彦远：《历代名画记》卷一。该书卷六曾引谢赫论顾景秀语，因知"神韵"一词系本自谢赫。

④　童书业《枞川画诀》论其间转变云："六法精论，万古不移。然谢君本为画人物者说法，非谓山水画也。后人泥古，必以之兼包山水之法，于是六法之定义变，气韵遂为烟润之代称矣。盖山水画重墨法，故山水画家所谓气韵，常指墨法而言。"载《群雅》第一集卷一，《群雅》月刊社1940年版。

⑤　关于谁最早用"神韵"论诗，刑光祖、谈海珠说是胡应麟，横田俊辉说是陆时雍，陈国球说是孔天胤，见陈国球《胡应麟诗论研究》，(香港)华风书局1986年版，第257页。王小舒则说"明代胡应麟在《诗薮》中首次借用该词作为评诗的标准"，见《神韵诗史研究》，第380页。

1374)《跋赵松雪诗稿》云："今人工诗文字画，非不能粉泽妍媚。山鸡野鹜，文彩亦尔斓斑，若其神韵则与孔翠殊致。此无他，固在人品何如耳。"① 这里的"神韵"承袭了画论中偏重于精神气质的意味。柳贯《题赵明仲所藏姚子敬书高彦敬尚书绝句诗后》称高克恭"画入能品，故其诗神超韵胜，如王摩诘在辋川庄，李伯时泊皖口舟中，思与境会，脱口成章，自有一种奇秀之气"②，以神、韵对举，大体也指诗中所流露出的与其画相通的内在气质。到明代胡应麟《诗薮》、陆时雍《诗镜》等书中，"神韵"已是常见的词，夙为研究者所注目。胡应麟确实很喜欢用"神韵"一词，不仅《诗薮》中屡见，文集中《跋周昉育婴图》一文也用神韵来论画论诗，尤其显出这个概念沟通画论、诗学的意脉：

> 右图周昉作。昉尝与韩幹俱貌赵郎，而昉得性情，韩得状貌，世以定二画师优劣。余谓得性情者，尚未离状貌也；必如顾虎头图裴叔则，颊上加三毛乃为得其神韵，而性情状貌不足言矣。昉、幹之优劣世所共知，而虎头之所为异于昉，则画家所未究。余睹夫近世谈诗之士，咸致力状貌间以为亲切，至情性之说往往置之，而何有于神韵？辄因昉画漫及之。③

这里将神韵与状貌对举，可见神韵相对于具体的、外在的、固定的、表面的状貌而言，意味着一种抽象的、内在的、动态的、深层的素质，是人品格的更本质的流露。参照陆时雍《诗镜总论》的说法："诗之佳，拂拂如风，洋洋如水，一往神韵，行乎其间。班固《明堂》诸篇，则质而鬼矣。鬼者，无生气之谓也。"则神韵是更反映内在生命活力的灵动鲜活之美，质言之就是生动的魅力。日常语言中的风神韵度、神采韵致或风韵等等，都是差不多的意思。

　　神韵的这种意涵到明代已基本定型，甚至不需要向胡应麟、陆时雍这些晚明诗论家的著作去求证，在明代中叶胡直的诗论中我们已能看到更成熟的理论概括。胡氏《西曹集序》有云：

---

① 倪瓒：《清閟阁集》卷九，商务印书馆 1986 年影印本。
② 柳贯：《待制集》卷一八，乾隆年间重刊本。
③ 胡应麟：《少室山房集》卷一〇九，影印文渊阁四库全书本，集部，第 1290 册，第 789 页。

予又与伯承论相抵，伯承重气骨，喜瓌壮语；予以气骨尚矣，而神韵先之。辟人之生，有頠然魁硕，鸷飚虎视，叱咤风雷者，至扣其计画无所之，则何取焉？假令志意摧三军，智勇饶王公，虽身不七尺，或状类女妇子，其乌可勘哉？是故人不专頠硕，贵在神智；诗不专瓌壮，贵在神韵。虽然，世之语神韵者希矣。①

胡直（1517—1585）字子直，江西泰和人。嘉靖三十五年（1556）丙辰进士，官至福建按察使。他先后受学于欧阳德、罗洪先，以阳明之学为宗，著有《衡庐精舍藏稿》、《胡子衡齐》。胡氏这段叙述表明，他起码早于王渔洋一个世纪就意识到了自己是"神韵"概念孤独的持论者，他的感觉显然要比王渔洋更准确。王渔洋只不过孤陋寡闻，当时还没见到胡应麟的著作罢了；而在胡直的时代，"神韵"对诗家确实还是个较陌生的概念。后来他在《答谢高泉书》中回忆平生论诗旨趣，提到："某自捉发喜操词章，然幸不能诡随人意，以猎时称。所为古近词，虽亦追响于黄初、正始，辨音于贞元、天宝，总辔缓骖，以驰古人之遐轨矣。然必发自肺肠，扣衷而出，必不肯为无愉而歌、无悲而哭之声。既壮，稍知问学所从，始悔而决舍之。迩年仕都中，诸词家学侣邀入社会，往往以病自却。后虽间尝为之，自知不工，亦多不录。方诸君子柄盟斯文，雅尚气骨，某独以为气骨尚矣，而神韵先之。"② 由《白云稿序》可知，胡直仕都中是嘉靖三十五年（1556），当时他四十岁。这就是说，他中年论诗就不仅崇尚神韵，还将它作为审美理想来标举，认为神韵是比气骨更重要、更基本的范畴。这种观念在辞必汉魏，调必盛唐的复古风气中不用说是很难得到认同的，所以《刻王太史诗序》又说：

予昔与友人论诗，独珍神韵，友人唯唯否否，至或为论说相抵。唯丹阳姜廷善、潭州王少潜不予逆。然神韵亦难言，其上必有道。君子之撰，褐外而玉内；又如稻麦食人，无修醲溢味，而非此弗生。此岂可与妍色象、矜名称者论哉？其次则如陶、谢、王、储、崔、孟、李太白诸作，咸飘飘有象外奇骤，不蹑尘阓之气；间涉世故，亦无为艰难愁苦状，盖物莫得而欺之者矣。明作，兴者若何仲默、高、陈诸

---

① 胡直：《衡庐精舍藏稿》卷八，影印文渊阁四库全书本，集部，第1287册，第313页。
② 胡直：《衡庐精舍藏稿》卷二〇，影印文渊阁四库全书本，集部，第1287册，第475页。

子或庶几其次焉。此亦未可为不知者语也。①

如此看来，胡直是现在我们知道的最早标举"神韵"的人，他对神韵的意蕴虽无明确解释，但从上引文字来看，他的"神韵"是比"气骨"更内在的品质，像稻麦养人一样为作品不可或缺。"褐外而玉内"、"无修醲溢味"二喻，都表明神韵是作品内在的、本色的特质，除了解释为纯粹的诗性外似乎没有更贴切的说法。这就是说，神韵同气骨一样，也是一个构成性概念。"诗不专瓖壮，贵在神韵"所着眼的并不是风格类型的差异，而是表面风格与内在生气的关系，故胡氏用武士不贵于身形长大而贵于灵活机智来作比喻。由此看来，胡直的"神韵"概念与后来王渔洋的用法是有一些差异的，但他将"神韵"视为比"气骨"更上位的概念，明显有着要超越"气骨"所对应的"格调"的意识，这已是王渔洋诗学超越格调派的风格拟古，而力求从更深的层次师法唐诗的方法论先驱。可惜胡直不以诗名，著作流传不广，以致后来竟默默无闻，没有人注意到他是神韵论的先驱人物。

　　据学界最近的研究，胡应麟（1551—1602）《诗薮》起稿于万历五年（1577），万历十一年（1583）成书②，这已是胡直在都中倡言神韵之说二十年后的事了。我们不妨假设，"神韵"概念在这二十年间已有相当程度的普及，因为它频繁出现在《诗薮》中③，显然不像是作者信手拈来的名词。比如外编卷五写道："诗之筋骨，犹木之根干也；肌肉，犹枝叶也；色泽、神韵，犹花蕊也。筋骨立于中，肌肉荣于外，色泽、神韵充溢其间，而后诗之美善备。"④仅由这段议论也可以看出，神韵非但是胡氏诗学的一个重要概念，而且是一个高位的概念，与他对诗歌的审美理想紧密联系在一起。《诗薮》自万历十八年（1590）刊行后，以学识渊博和见解平允见称于诗坛，明末许学夷在《诗源辩体》里再三称引其说，包括卷十七含有"苏长公二语绝得三昧……惟以神韵为主"的一段⑤。随着《诗

---

　　①　胡直：《衡庐精舍藏稿》卷九，影印文渊阁四库全书本，集部，第1287册，第333页。
　　②　据陈卫星《〈诗薮〉撰年新证》，《中国韵文学刊》2006年第3期。王明辉《〈诗薮〉撰年考》（《江汉大学学报》2005年第4期）则认为万历十二年（1584）前后已开始写作，最终完成于万历十七年（1589）。
　　③　据陈国球统计，"神韵"在《诗薮》中起码出现过21次，见陈氏著《胡应麟诗论研究》，第155页。
　　④　胡应麟：《诗薮》，上海古籍出版社1979年版，第206页。
　　⑤　许学夷：《诗源辩体》，人民文学出版社1987年版，第185页。

薮》在诗坛广泛流传，"神韵"一词也迅速普及开来。较胡应麟时代稍后的车大任（万历进士）《卢子明诗序》，就是以神韵言诗的一个很好的例子。序称诗自三百篇以迄三唐，"其体愈新，其变愈极"，而"要之神韵则千古一辙"，因举高棅"片影悬珠斗，微光下玉钩"，"旌旗半卷天河落，阊阖平分曙色来"，以为"神韵超然"，又称子明诗"寓悲怆于和平，蕴神奇于浑朴，大都神韵居多"，且说"假令子明无潜修远览之助，则神韵不生；神韵不生，则雅道不昌"①。显然，神韵是作者评判诗歌的重要美学标准，同时也是其立论的基础概念。

在我接触到的明末清初诗论中，"神韵"一词出现得相当频繁，足见诗论家对它的熟悉。除了张健举出的侯方域《陈其年诗序》、毛先舒《诗辩坻》的例子外②，首先值得注意的是张揔于顺治十年（1653）编成的《唐风怀诗话》，已立"神韵"一门，与"风派"、"体制"、"气象"、"律法"等并列，采诗话五则，这是"神韵"概念深入诗家意识中的一个标志。此外所见，则有薛所蕴《孙孝思归来集序》云：

> 渊明不为五斗米折腰，赋归去来，至乞食于人，可谓极穷人之致。而神韵萧散，发为声歌，超然自远。③

这里的"神韵"基本上是南朝品评人物所用的本义，亦即陶渊明"少无适俗韵"的"韵"。再如《沈雨公诗序》云：

> 神韵清上，望之如云中之鹤。④

这里的"神韵"是指诗的气象。冯舒评九僧诗有云：

> 大抵以清紧为主，而益以佳句，神韵孤远，斤两略轻，必胜江西也。⑤

---

① 黄宗羲：《明文海》卷二六八，影印文渊阁四库全书本。
② 张健：《清代诗学研究》，北京大学出版社1999年版，第430页。
③ 薛所蕴：《澹友轩集》卷四，《四库全书存目丛书》集部，第197册，第51—52页。
④ 同上书，第54页。
⑤ 李庆甲辑：《瀛奎律髓汇评》卷四七僧希昼《书惠崇师房》评语，上海古籍出版社1996年版，下册，第1714页。

冯舒的用法略同于薛所蕴的第二个用例。杜濬评冒辟疆《灯下看漪照画兰》云：

神韵俱足，逸致横生。①

这个例子的用法有点特殊，应该说它是神、韵两个概念的合成词，因而杜濬说两者"俱足"。徐增为人撰诗序，屡用"神韵"一词②，《而庵说唐诗》自序亦云：

今天下之诗亦大备矣，有才者纵横出奇，有学者博综示奥，有力量者气象开宏，有神韵者寄托玄渺。③

徐增此处的用法也很特殊，是将"神韵"与才、学、力并列为作者的一种禀赋。《宋诗钞》卷三十出自吕留良手笔的张耒《宛丘诗钞》小传云：

史称其诗效白居易，乐府效张籍。然近体工警不及白，而醖藉闲远，别有神韵。④

又卷十三林逋《和靖诗钞》小传云：

欧阳文忠爱其咏梅花诗"疎影横斜"一联，谓前世未有此句；黄涪翁则以"雪后园林"二语为胜之。盖一取神韵，一取意趣，皆为杰句。然知欧阳之所赏者多，知涪翁之所赏者少也。⑤

---

① 冒辟疆：《朴巢诗选》卷一，《同人集》，光绪二十年冒广生刊本。

② 徐增《九诰堂全集·古文》所收《申勗庵诗序》："先生忠孝岂弟，得性情之正。至其规模古作者，体裁齐整，蕴藉遥深，风格、音调、志趣、神韵，种种咸备。"《沈紫房玉林居诗序》："沈子非诗人也，间为诗，诗有神韵，有光彩，艳如朝霞，宕如春水。"《贻谷堂诗序》云："选诗之道，不贵以我选人之诗，而贵以人选人之诗，人各有所长，诗各有其至，去其气习，存其神韵，安见今人之不古人若也。"湖北省图书馆藏清抄本。

③ 樊维纲校注：《说唐诗》，中州古籍出版社1990年版，第2页。

④ 吴之振等辑：《宋诗钞》第2册，中华书局1996年版，第969页。

⑤ 吴之振等辑：《宋诗钞》第1册，第391页。

吕留良所撰小传中多次出现"神韵"一词。这里的两个例子,前者与工警
对举,意主文外之趣;后者与意趣对举,又侧重于感性之美。康熙初李呈
祥撰《镇安县知县师文刘公暨配张孺人行状》提到:

> 张元明亦尝谓予:"吾将别录李于鳞先生诗,尽去世之所口实者,
> 而独标其神韵,使见者不知为于鳞诗也。"①

这里的"神韵"指的是李攀龙诗中被世所常谈的格调所遮蔽的一部分特
质。叶矫然《龙性堂诗话》续集曾举谢榛诗与杜甫句相比较,谓:

> 语虽精彩有余,而神韵不及。②

神韵与语言对举,应指相对于表面语言形式而言的内在意蕴。王夫之诗评
中"神韵"一词用得很随意,如《古诗评选》卷五评江淹《效阮公
体》云:

> 神韵则阮,风局则十九首矣。③

这里将"神韵"与"风局"对举,似指相对于外在风貌、格调而言的精
神特征。所有这些材料都提示我们,在明清之际的诗论中,"神韵"一词
不仅已很普及,而且同什么批评对象都可以联系起来,并没有特定的美学
或风格指向。这正是一个概念尚未被提炼和整合时常见的情形。从这个意
义上说,王渔洋说"神韵"是他"拈出"的,也不是没有道理。赋予大
家随意使用的词以特定的内涵和外延,使之成为众所公认的美学概念,通
常确实只有王渔洋这样有影响力的批评家才能做得到。

二　王渔洋"神韵"诗学的发轫

《诗薮》问世以后影响甚大,很多诗人的"神韵"概念可能都源于此
书,朱东润先生认为王渔洋也是承袭胡应麟而来,但这尚难证实,从王渔

---

① 李呈祥:《东村集》卷九,《四库全书存目丛书》集部,第 203 册,第 726 页。
② 郭绍虞辑:《清诗话续编》第 1 册,第 1025 页。
③ 王夫之:《古诗评选》,文化艺术出版社 1997 年版,第 260 页。

洋著述提到《诗薮》的情况来看，他读到此书可能较晚①。我觉得，最初他用"神韵"一词完全是偶然的，后经别人再三提起，他才意识到自己是特别发明这个概念的人。于是在康熙二十八年（1689）编定的《池北偶谈》卷十八专列"神韵"一条，既是对自己发明权的强调，同时也是对自己孤陋寡闻的解嘲，因为这时他已知道，明代诗人薛蕙早就用过这个词：

> 汾阳孔文谷天胤云："诗以达性，然须清远为尚。"薛西原论诗，独取谢康乐、王摩诘、孟浩然、韦应物，言"'白云抱幽石，绿篠媚清涟'，清也。'表灵物莫赏，蕴真谁为传'，远也。'何必丝与竹，山水有清音'，'景昃鸣禽集，水木湛清华'，清远兼之也，总其妙在神韵矣"。神韵二字，予向论诗，首为学人拈出，不知先见于此。②

他显然不知道，"神韵"一词在明代已有许多人用过，包括他所崇敬的叔祖王象春③。薛蕙（1489—1539）之说恐怕也是偶然看到的，现存王渔洋藏书目录中适有薛蕙《西原集》。《池北偶谈》同卷曾提到《诗薮》，说明当时他已看过《诗薮》，该书外编卷二也引了上面薛蕙论诗的一段话，作"薛考功云"，不过文末无"总其妙在神韵矣"一句④，看来不是王渔洋所本。他之所以没提到胡应麟也用过"神韵"一词，想是因为薛蕙的时代要更早许多。不过薛蕙这段话，我检阅若干种明刊本及四库全书本《西原集》都没找到。幸好中国社会科学院文学所图书馆还藏有一套雍正三年王道升抄本《西原全集》，就在这部抄本卷十末尾的《论诗》数则中，我意

---

① 王士禛早年笔记中提到《诗薮》有两次，一为康熙二十八年编定的《池北偶谈》卷十八"中晚诗句"条："北齐房君豹有山池在历城，参军尹孝逸将还邺，词人饯宿于此，自为诗曰：'风沦历城水，月倚华山树。'时人以比谢氏。此自北齐诗。《诗薮》误作中唐，且讹华山为华阳，方叔（按指周婴）正之，是矣。至云'猿啼洞庭树，人在木兰舟'句格近六朝，而方叔疵之，谓是晚唐面目，则谬甚。吴郡皇甫少玄、百泉兄弟论诗，以此二语为五言极则，艺苑流传，焉可诬也？"一为收康熙二十八年后所撰札记的《居易录》卷三十一："胡应麟元瑞《诗薮》云晏同叔'冰从太液池边动，柳向灵和殿里看'，灵和字僻，又与柳不切，易作长杨。按：灵和乃张绪事，何得谓僻而不切？元瑞号博雅，岂《南史》亦未之读耶？"后来《分甘余话》再论及胡应麟的诗学，则系晚年所作笔记。
② 王士禛：《池北偶谈》下册，中华书局1982年版，第430页。
③ 王象春《读杜诗》卷四评《暮登四安寺钟楼寄裴十迪》诗，称"暮倚高楼对雪峰，僧来不语自鸣钟"一联"神韵双绝"。天津图书馆藏与《读李诗》卷二合订稿钞本。
④ 胡应麟：《诗薮》，第151页。按：许学夷《诗源辩体》卷七也曾引薛蕙此语，应本自《诗薮》。

外地看到了王渔洋引述的文字:

> 曰清曰远,乃诗之至美者也。灵运以之,王、孟、韦、柳抑其次也。"白云抱幽石,绿篠媚清涟",清也;"表灵物莫赏,蕴真谁为传",远也;"岂必丝与竹,山水有清音","景昃鸣禽集,水木湛清华",可谓清远兼之矣。

论诗当以神韵为胜,而才学次之。陆不如谢,正在此耳。

> 孟浩然、王摩诘、韦应物诗,有冲淡萧散之趣,在唐人中可谓绝伦。五言律诗当以三家为法,不必广学,若复多爱,反累其体制,不如无也。

据此,薛蕙语原出《论诗》已无疑问,但王渔洋所引文字是出自薛氏文集,抑或孔天胤(1505—1581)转述,却还难以遽定,因为孔天胤原文我尚未找到。但这已无关弘旨,因为渔洋"神韵"说的理论渊源与此本无关系,他明言自己拈出神韵一词是在看到薛蕙诗论之前。

那么,王渔洋最早使用"神韵"一词是在什么时候呢?过去研究者一般都追溯到渔洋任扬州推官时编的《唐诗神韵集》[①]。严迪昌先生说"这是渔洋正式标举'神韵'二字为自己宗旨之始"[②],虽不等于溯其初出用例,但他确实未细考王渔洋最早用"神韵"论诗的材料。其实首先值得注意的资料,应该是《蚕尾续文集》卷三所收的《丙申诗旧序》。这是渔洋早期诗学最重要的一篇文献,文中提出的典、远、谐(音律)、丽(以则)四点宗旨,后来成为支撑王渔洋诗学体系的核心概念:

> 《六经》、《二十一史》,其言有近于诗者,有远于诗者,然皆诗之渊海也。节而取之十之四五,雁结谩谐之习,吾知免矣:一曰典。画潇湘洞庭,不必蹙山结水,李龙眠作《阳关图》,意不在渭城车马,

---

① 如宫晓卫《王渔洋选唐诗与其诗论的关系——兼论王渔洋的诗歌崇尚》,《文史哲》1988年第2期。

② 严迪昌:《清诗史》第二章第四节"'神韵说'形成过程与审美内涵",五南图书出版公司1998年版,第447页。

而设钓者于水滨，忘形块坐，哀乐嗒然，此诗旨也：次曰远。《诗》三百五篇，吾夫子皆尝弦而歌之，故古无乐经，而《由庚》、《华黍》皆有声无词，土鼓、鞞铎，非所以被管弦、叶丝肉也：次曰谐音律。昔人云：《楚辞》、《世说》，诗中佳料，为其风藻神韵，去风雅未遥，学者由此意而通之，摇荡性情，晖丽万有，皆是物也：次曰丽以则。①

该序是为编丙申年即顺治十三年（1656）一年间诗所作，是年渔洋二十三岁，文中赫然已见"神韵"一词。在此前后的几年间，他每年都将一年之作编为一集，以干支纪年，康熙元年刊刻的《阮亭诗选》十七卷就是在这些纪年小集的基础上编成的。丙申诗序是否作于当年尚难遽定，但既称旧序，应该不会是日后所作。顺治十七年（1660）冬，渔洋编江南之行所作为《过江集》，请会试座师张九徵作序。张九徵有书相报，略云：

> 三日夕读大篇，几成不寐。淳于之叹子建，李密之遇秦王，气夺神移，莫知所以。窃怪诸名士序言，犹举历下、琅琊、公安、竟陵为重。夫历下诸公，分代立疆，矜格矜调，皆后天事也。明公御风以行，飞腾缥缈，身在五城十二楼，犹复与人间较高深乎？譬之绛灌随陆，非不各足英分，对留侯则成伧父；嵇锻阮酒，非不骨带烟霞，对苏门先生则成笨伯。留仙之裙、霓裳之舞，非不绝代，对洛神之惊鸿游龙，则掩面而泣；屋漏之痕、古钗之脚，非不名世，对右军之鸾翔凤翥，则卧被不敢与争。然则明公之独绝者，先天也，弟知其然而不能言其然。杜陵云："自是君身有仙骨，世人那得知其故？"此十四字足以序大集矣。自题《丙辰》一篇，全身写照，睥睨前人。公安滑稽而不典，弇州工丽而不远，竟陵取材时文，竞新方语，既寒以瘦，亦俗而轻，何有于谐声丽则乎？明公征言独有千古，诸名士犹围七里雾中耳。②

这里提到的"自题《丙辰》一篇"就是《丙辰诗序》，而张九徵称许渔洋"御风以行，飞腾缥缈，身在五城十二楼"，并憾晚明诸家或滑稽而不典，

---

① 王士禛：《蚕尾续文集》卷三，袁世硕主编《王士禛全集》第3册，齐鲁书社2007年版，第2025—2026页。

② 张九徵：《与王阮亭》，周亮工辑《赖古堂尺牍新钞》卷四，宣统三年国学扶轮社石印本。

或工丽而不远，"何有于谐声丽则"，又足见他对渔洋神韵诗风的认同。翌年钱谦益为撰《阮亭诗选》序言，再度引称典、远、谐、丽之说，更使渔洋倍觉鼓舞。正因为《丙辰诗序》曾蒙时流推许并为后生所尊崇①，渔洋格外珍视这篇少作，后来编《蚕尾续文集》，特地作为平生最初的诗学宣言收入，且附以跋云："此序少作，久不存稿，因牧斋先生曾许篇中谈艺四言稍有当于诗旨，故追录而存之。"

当然，王渔洋后来论诗主"神韵"并不全因为钱谦益对《丙辰诗序》论诗宗旨的肯定。事实上，在钱谦益称赞他的诗论之前，他就有书与表兄徐夜论诗，标举诗以神韵为第一义。此事见载于《琅琊二子近诗合选》卷四徐夜评语：

> 贻上尝贻予论诗书，谓诗以神韵为第一义，审格谐音，犹其后起者耳。今浏览诸篇，真觉有清庙朱弦，一唱三叹之妙，信贻上不欺我也。

此书封面题"表余落笺合选"，是渔洋与难兄西樵两人诗选的合刊本，约刊于顺治十六年（1659）末。前有顺治十三年正月高珩序云："王子子底、贻上编其诗选成，示予。予三复之，不觉作而叹曰：'洋洋盈耳哉！此风雅之苗裔，而圣人之所与也。'"考顺治十三年正月，西樵休沐自莱州暂归里觐省，此集很可能就是当时所编②，徐夜评语应作于此后三四年间。他提到的渔洋以书论诗，更有可能是顺治十三年以前的事。这就说明，《丙辰诗序》里提到的"神韵"绝不是信手拈来、偶然使用的概念。当时王渔洋已看清，再像明人那样斤斤于从格调、声律层面上模拟唐诗，"徒得形似而不肖其丰神"③，是行不通的，必须要在更高的层次上把握唐诗的精神，而"神韵"便是他心目中那个更高的层次。多年后门人尤珍说："唐诗之分初盛中晚，本无定论。其截然以盛唐为宗，自宋严仪卿始，所谓不落言筌，不涉理路者也。其选诗者不一家，世之作者多以杨伯谦之

---

① 门人汪士铉：《栗亭诗集》有《寄王侍郎阮亭夫子》诗云："源流条贯窥奥突，典远谐则归彬彬。"自注："此先生谈艺四言也。"康熙刊本。

② 袁世硕《王士禛全集·前言》（齐鲁书社2007年版）考集中所收作品，最晚为顺治十二年上公车往返途中所得，盖全为二十二岁前之作，亦可相印证。

③ 谢肇淛：《小草斋诗话》卷二，吴文治主编《明诗话全编》第6册，江苏古籍出版社1997年版，第6679页。

《唐音》、高廷礼之《正声》、李于鳞之《诗选》为职志。而廷礼一选推仪卿者尤力,渔洋选《三昧集》亦以仪卿为称首,而其宗旨则专取神韵,视杨之上格,高之上气,李之上声调者,超然绝出其上矣。此盛诚斋之言,本于师傅,非无所见而云然也。"①盛符升的说法既本于老师,可知王渔洋用"神韵"作为超越明人格律、声调、气骨的审美理想范畴,完全是有自觉意识的,并曾传授于学生。要之,到编《琅琊二子近诗合选》的顺治十三年前后,王渔洋以神韵为宗的诗学观念已基本形成,并且与西樵桴鼓相应,在凡例中共同打出了他们的旗帜。凡例第一则写道:

> 迩日诗道靡曼,或乾彊秃黯,号为性情;或泛衍浮夸,侈言声格,有心者伤之。予辈才不及古人,窃愿学焉,未敢亦步亦趋,媚时好也。

这里的"号为性情"和"侈言声格"不用说是指当时最流行的性灵、格调两派而言,"乾彊秃黯"就是没有韵致,"泛衍浮夸"就是缺乏神采。两人虽未申明自己的艺术主张,而典、远、谐、丽的"风藻神韵"固已呼之欲出了。凡例第七则还说:"明诗诸选颇夥,然瑕瑜互出,兰葹杂植,惟云间数公特追正始,而世或稍病其过严。今两人少有志焉,未有成书。至海右文献,亦拟特靳一集,以表灵异,稍需岁月,当成巨观。"此又推崇陈子龙等所编《皇明诗选》,自陈纂述之志,欲论定有明一代之诗,表彰桑梓文献之盛。虽然后来西樵哭母过恸,赍志以殁,但他在莱州府学教授任上毕竟完成评选莱州诗人之作的《涛音集》。渔洋则毕生都以纂辑古今诗集、批评历代诗家、表彰乡贤为己任,删述不辍。

渔洋自幼从西樵学诗。西樵为诗独喜王、孟清远一派,教弟学诗也"取刘颍阳(一相)先生所编《唐诗宿》中王、孟、常建、王昌龄、刘昚虚、韦应物、柳宗元数家诗,使手钞之"②。顺治十四年(1657)秋,西樵与弟士祜同撰莱州人诗为《涛音集》八卷,渔洋也参与评点,是他最早评点的诗集。其中评赵士喆《哭徐行吾》诗有云:

---

① 尤珍:《介峰续札记》卷一,康熙刊本。
② 王士禛:《居易录》卷五,袁世硕主编《王士禛全集》第 5 册,第 3760 页。

余尝为诗，以古人全句足成之。如题董元宰画："分明诗语传神韵，剪得吴淞水半江。"吴淞即董语也。①

西樵这里也用了"神韵"一词，而且和渔洋的用法较接近。我不由得推测，渔洋自青年时代即以神韵为宗，是否受到西樵诗歌趣味的影响呢？这本来是懵懂无意识的，但钱谦益对《丙辰诗序》的嘉许，显然增强了他对自己诗歌趣味的自觉和自信，于是后来在扬州与人论诗也更标举自己的宗旨。门人宗元鼎《芙蓉集》卷首"诸家总评"引《渔洋诗话》云：

仆恒论唐人选唐诗虽瑕瑜不掩，要其神韵，自王介甫、杨仲弘诸选皆不能及。每持此语时流，解者殊少。惟广陵宗梅岑从《才调集》入，南城杨因之从《御览诗》入，二君诗皆由神韵悟三昧，故得唐人精髓。

又引渔洋"读《芙蓉集》杂评"云：

司空表圣品诗有云："采采流水，逢逢远春。"又云："青春鹦鹉，杨柳楼台。"又云："不著一字，尽得风流。"吾尝持以评梅岑之诗。

又引渔洋《䢫犹舟中灯下录寄》云：

七言律诗至中唐之文房、晚唐之义山，风骚极则也。近人侈口顾、甫，都远神解。梅岑独斟酌二家之长，自成一体。绝句尤得宾客、樊川、玉溪诸家之妙，故往往一唱三叹。孤舟寒水，篝灯吟讽，如齐文听雍门之琴矣。

如果说前两则评论尚难确定写作年代，不足以说明渔洋在扬州时论诗的旨趣，那么康熙四年（1665）七月作的《䢫犹舟中灯下录寄》则确然无疑地反映了渔洋扬州时代的诗学倾向②。所谓"侈口顾、甫，都远神解"的

---

① 王士禄辑：《涛音集》，乾隆五十七年掖县学署刊本。
② 宗元鼎：《芙蓉集》卷首，康熙刊本。有关渔洋此札的系年，详见蒋寅《王渔洋事迹征略》，人民文学出版社 2001 年版，第 138—141 页。

近人，自非明前后七子一辈格调派诗家莫属，而"都远神解"也就是《琅琊二子近诗合选》凡例"泛衍浮夸，侈言声格"的意思。至于以传为司空图所作的《二十四诗品》中语称许宗元鼎，更是表达了自己一贯的诗歌理想。在此之前他同邹祗谟合编《倚声初集》，评陈子龙词曰"大樽诸词神韵天然"，评吴梅村《洞仙歌·梅花》曰"神韵逼似东坡"，《满江红·贺孙本芝寿兼得子》曰"天然神韵"，评陈淮《金浮图·小武当烧香曲》曰"神韵天然"，不一而足。而约成书于康熙三、四年间的《花草蒙拾》①，也说"卓珂月自负逸才，《词统》一书搜采鉴别，大有廓清之功。乃其自运，去宋人门庑尚远，神韵兴象，都未梦见"，又说"云间数公论诗拘格律，崇神韵，然拘于方幅，泥于时代，不免为识者所少"，足见王渔洋在扬州时已常用神韵概念来评论诗词。日本学者太田青丘认为，扬州时期的王渔洋对神韵的内涵还不免从技巧上把握，与天真自然、不可求于形迹的真正的神韵还有相当距离。他引《分甘余话》卷二所载叶方蔼称赞《蜀道集》如狮子搏象兔皆用全力之语，认为那是渔洋自愧堕入技巧的歧途之意②。他可能没看到渔洋的《夆犹舟中灯下录寄》，将这段文字与另两段评论参照起来看，就知道王渔洋所理解的神韵，绝非技巧范畴的东西，而是与艺术理想相联系的一种审美趣味。宗元鼎原是渔洋独许能传自己衣钵的门人，而渔洋借以品题其诗的"采采流水"数语，直到晚年撰《渔洋诗话》时还加以引述，与严羽之语并推为论诗极则，其间的脉络不是一目了然吗？

　　王渔洋在扬州五年间，还有一件与标举"神韵"有关的事值得在此提到，那就是编选《神韵集》。据《渔洋山人自撰年谱》卷上载，顺治十八年（1661）闰七月他在海陵舟中评徐祯卿、高叔嗣二集，录为一册。又选唐五七言律绝若干卷，授男启涑兄弟读之，名为《神韵集》。《居易录》卷二十一又载："广陵所刻《唐诗七言律神韵集》，是予三十年前在扬州，启涑兄弟初入家塾，暇日偶摘取唐律、绝句五七言授之者，颇约而精。如皋冒丹书青若见而好之，手钞七律一卷携归。其后二十年，泰州缪肇甲、黄泰来刻之，非完书也。集中有陈太史其年及二子增入数十篇，亦非本来

　　① 《花草蒙拾》之作年，参见吴宏一《阮亭诗余和衍波词的著作年代》，《清代词学四论》，联经出版事业公司1990年版。

　　② 太田青丘：《作为中国象征诗学的神韵论的发展》，《太田青丘著作选集》第3卷，樱枫社1989年版，第164页。

面目矣。"①《民国重修新城县志》卷二十五艺文志著录有《唐人近体神韵集》,应该就是这个版本,原刊本已不可见,上海图书馆和南京图书馆各藏有一部《唐诗神韵集辑注》六卷,署"渔洋山人原选",俞仍实辑注,周京、王鼎同订,为乾隆三十二年(1767)丁亥莼溪草堂刊本。此外还有一种汪棣韡重刊本,即王昶《湖海诗传》卷三十汪棣韡传提到的汪"居广陵,好文史,尝椠渔洋《唐诗神韵集》行世,然寥寥数十首,未必为真本也"②。这个本子题作《唐人七律神韵集》,与俞氏辑注本收诗同,江西省图书馆有藏本③。

说到《神韵集》,一般都只知道《唐诗神韵集》,其实王渔洋编的《神韵集》有两种,除了上面选唐诗的一种,还有一种是选近人诗,约编于康熙初年,收的都是同时朋辈、门生之作,后大多载于《感旧集》。渔洋《感旧集》自序提到:"感子桓来者难诬之言,辄取箧衍所藏平生师友之作,为之论次,都为一集。自虞山而下,凡若干人,诗若干首。又取向撰录《神韵集》一编,芟其什七附焉,通为八卷,存殁悉载。"④ 中国社会科学院文学所藏盛氏十贤祠抄本盛符升《诚斋诗集》收有陈允衡辑《国雅选集》中所收的诗作,注明原本自"王阮亭先生神韵集本"。计有《广陵杂感四首》、《春日登天宁寺浮图》、《瓜洲》、《行经金山》、《望焦山有感》、《和王阮亭先生九日登平山堂杂感八章》六题,都是顺治十七、十八年游扬州时作,有王渔洋、邓汉仪、陈允衡评。看来这部专选近人之作的《神韵集》,也是在扬州时编的,当时陈允衡正托庇于王渔洋,在扬州编《诗慰》,因此能参与评点。尽管这部《神韵集》后未传世,《唐诗神韵集》也只存七律一体,但一斑已窥全豹,仍可见渔洋早年论诗即具有博采四唐、不废中晚、兼收并蓄的包容态度⑤。《唐诗神韵集》选杜诗最多,达三十六首,足以改变世传渔洋不喜杜诗的误会;此外,选李商隐诗二十六首、刘长卿十三首、王维十一首,也可与《仌犹舟中灯下录寄》称"七言律诗至中唐之文房、晚唐之义山,风骚极则也"相参看。虽然有了《丙辰诗序》和

---

①　袁世硕主编:《王士禛全集》第5册,第4104页。

②　王昶:《湖海诗传》卷三十,嘉庆刊本。

③　关于《唐诗神韵集》的版本情况,可参看葛云波《〈唐诗神韵集〉版本以及研究价值》,《中国典籍与文化》2001年第4期。汪棣刊本的情况,详见贺严《〈神韵集〉与神韵诗学的初萌》,《中国诗学》第11辑,人民文学出版社2006年版。

④　王士禛辑:《感旧集》卷首,乾隆十七年卢见曾刊本。

⑤　贺严《〈神韵集〉与神韵诗学的初萌》一文对此三点已有论析,可参看。

徐夜提到的渔洋论诗书,《神韵集》对于论定渔洋早年对"神韵"的态度已不是那么绝对的重要,但它毕竟为我们提供了渔洋早年唐诗观的一个侧面,对我们了解其"神韵"说的内涵及发展,还是很有帮助的。

第三节　出入唐宋:王渔洋论诗旨趣的变化

一　清初宋诗风的兴起

论及王渔洋诗学,谁都会注意到俞兆晟《渔洋诗话》序所引渔洋晚年对平生论诗经历的回顾:

> 少年初筮仕时,唯务博综,该洽,以求兼长。文章江左,烟月扬州,人海花场,比肩接迹,入吾室者,皆操唐音。韵胜于才,推为祭酒。然而空存昔梦,何堪涉想?中岁越三唐而事两宋,良由物情厌故,笔意喜生,耳目为之顿新,心思于焉避熟。明知长庆以后,已有滥觞;而淳熙以前,俱奉为正的。当其燕市逢人,征途揖客,争相提倡,远近翕然宗之。既而清利流为空疏,新灵寖以佶屈,顾瞻世道,恧焉心忧。于是以太音希声,药淫哇锢习,《唐贤三昧》之选,所谓乃造平淡时也,然而境亦从兹老矣。

这段话在王渔洋个人不过意味着平生诗学经历的几个阶段,但联系清初诗风的嬗变来看,就有一段曲折的诗史隐现其中,"越三唐而事两宋"同时也是康熙诗坛最大的事件。时过境迁,这段历史像干涸的河流湮没于岁月的尘沙,在后人的诗歌史叙述中很难看清它的痕迹。虽然俞兆晟这段话常被用以说明渔洋诗学的演变①,但真正注意到其历史蕴涵的,只有很少几种论著②。日本学者青木正儿曾就所见文献约略论及清初的宋诗风气,张健则探讨了渔洋提倡宋诗的具体时间,都有一定的启发性。我在十多年前

---

①　如朱东润《中国文学批评史大纲》,郭绍虞《中国文学批评史》,钱仲联《清人诗文论十一评》,王运熙、顾易生主编《中国文学批评史》等。

②　青木正儿:《清代文学评论史》,杨铁婴译,中国社会科学出版社 1986 年版;陈惠丰:《叶燮诗论研究》,台湾师范大学国文研究所硕士论文,1977 年;赵永纪:《清初诗坛上的宗唐与宗宋》,《社会科学战线》1989 年第 1 期;张健:《王士禛论诗绝句三十二首笺证》前言,文史哲出版社 1994 年版;张健:《清代诗学研究》,北京大学出版社 1999 年版。

曾就这一问题作过专门考论①，其中有些结论被最近的研究证明是不准确的，同时我自己在后来的阅读中也发现了新的问题，有了新的认识，觉得有必要对这个问题重新作一番论析。

上文为了集中说明"神韵"的问题，我没有提到，王渔洋在扬州期间除了接触曾在明末提倡宋元诗的钱谦益外，还和孙枝蔚、汪琬、方文、汪懋麟等宗宋诗人密切往来。尤其是康熙初年集中阅读若干种宋人别集后，明显受到宋诗风的感染和熏陶；同时，对明代格调派一味复古模拟的狭隘观念的不满，也激励着他拓宽诗歌视野，扩大取法范围的意识，于是在扬州秩满入京任职的几年里，他有意识地师法宋人并在同侪间提倡宋诗，最终鼓荡起笼罩康熙一朝并对以后诗歌发展影响深远的宋诗风潮。

以前我论述王渔洋与康熙朝宋诗风的关系时，尚未读到李念慈《谷口山房文集》，错过了一个重要线索。后来读到这部集子，卷一所收的《寄孙豹人江右书》，让我重新思考王渔洋的宋诗趣味由何萌生。李念慈提到：

> 先是汪蛟门舍人多作宋诗，弟诘之，云："必以唐为的，是固拘见，惟豹人先生广大不执。"乃知近日习宋诗者，足下实启之。②

孙豹人(1620—1687)即孙枝蔚，陕西三原人，当时流寓扬州。这通书札透露了两个信息：一，汪懋麟作宋诗是以孙枝蔚为楷模的；二，当时的宋诗风气是由孙枝蔚引发的。李念慈是当时有名的诗人，顺治十五年与王渔洋同榜中进士，在京师游从唱和，谙悉诗坛风气。顺治十七年秋往游扬州，又居停孙枝蔚溉堂，与王渔洋等诗酒唱和，极一时之乐③。他说汪懋麟作宋诗是受孙枝蔚的影响，乃至认为孙枝蔚是宋诗风的始作俑者，应该是有根据的。王渔洋莅任扬州推官不久，孙枝蔚就有诗投赠④，后又有和

---

① 蒋寅：《王渔洋与清初宋诗风之兴替》，《文学遗产》1999 年第 3 期，收入《王渔洋与康熙诗坛》，中国社会科学出版社 2001 年版。

② 李念慈：《谷口山房文集》卷一，康熙刊本。

③ 李念慈《谷口山房诗集》卷六《南游续集》小序："秋乃越太行，(中略)至广陵，居停孙豹人溉堂。时同年王阮亭为郡司理，四方词人多有至者，往还宴集，颇尽诗酒朋游之乐。"

④ 孙枝蔚《溉堂前集》卷七《赠王贻上》："十载遥看故国云，归心已似缓江滨。邗沟景物非清渭，地主风流似右军。潇洒已叹书法好，清新谁敌赋诗勤。寻常泥饮遭田父，最喜仁声处处闻。"同卷《无题次彭骏孙王贻上韵》十二首、《寓句容道观寄简王阮亭扬州》及卷二《七夕复集禅智寺撰硕上人房送别阮亭仪部》、《送王阮亭仪部北上》、《溉堂文集》卷二《寄王阮亭》、周亮工辑《赖古堂尺牍新钞》卷五孙枝蔚《与王贻上》，均见其二人往来之密切。

渔洋《无题》等作，两人互题小像；王渔洋作《岁暮怀人绝句》有怀枝
蔚一首，称"焦获奇人孙豹人，新诗雅健出风尘"①，欣赏之意溢于言表。
汪懋麟当时以后辈的身份从两人游，关系相当密切。顺治十八年（1661），
周亮工出狱寓扬州，孙枝蔚作《喜周元亮司农生还次龚孝升总宪韵》十首，
有"自倒中郎屣，公然四座惊"之句，自注："时予方选中州诗，以论诗颇
与公合，极蒙赏叹。"② 所谓选中州诗，应该就是他《复王阮亭》书中提到
的明四杰诗选，王渔洋曾向他索观。孙枝蔚论诗与周亮工合，并蒙叹赏，
不仅提升了他的声望，对他独异于时的宋诗风也是个极大的肯定。

　　孙枝蔚原是个极有主张的诗人，在时人眼中，他的写作一向特立独
行，不趋时尚。康熙十七年（1678）被荐入京应博学鸿词时，李天馥为他
撰诗序，称："豹人之为诗，当竟陵、华亭互相兴废之际，而又有两端杂
出、旁启径窦如虞山者，而豹人终不之顾，则以豹人之为诗，固自为诗者
也。夫自为其诗，则虽唐宋元明昭然分画，犹不足为之转移，况区区华
亭、竟陵之间哉！"③ 话虽这么说，孙枝蔚自己是承认"予于宋贤诗，颇服
膺东坡"的④。他可以说是明清之交为数不多的全力师法宋人的诗家之一，
也是王渔洋倾心结纳的遗民和由衷欣赏的诗人。有一次汪懋麟在广坐间吟
孙枝蔚诗，王渔洋听到，说："数百年无此作矣！"⑤ 这是多么高的评价！
既然王渔洋对孙枝蔚诗如此倾倒，孙枝蔚的宋诗风对他产生影响也就不难
想见了。

　　康熙二年（1663）九月，渔洋在赴如皋途中作《戏效元遗山论诗绝
句》四十首⑥，其十五云："铁崖乐府气淋漓，渊颖歌行格尽奇。耳食纷
纷说开宝，几人眼见宋元诗？"已逗扬宋之意，而其中更特别推崇黄庭坚：
"涪翁掉臂自清新，未许传衣蹑后尘。却笑儿孙媚初祖，强将配飨杜陵
人。"玩诗意，他既不认为江西诗派能传山谷衣钵，也不同意说山谷为杜
甫嫡嗣，言下竟有推黄诗独步一世之微意。佺启浣注："山谷诗得未曾有，
宋人强以拟杜，反来后世弹射，要皆非文节知己。"这隐然是说山谷知己

---

①　王士禛：《渔洋诗集》卷一二，康熙八年苏州沂咏堂刊本。

②　孙枝蔚：《溉堂前集》卷五，上海古籍出版社影印康熙刊本，上册，第 271 页。

③　孙枝蔚：《溉堂前集》卷首，上海古籍出版社影印康熙刊本。

④　孙枝蔚：《溉堂文集》卷一《汪舟次山闻集序》，上海古籍出版社影印康熙刊本。

⑤　孙枝蔚：《溉堂续集》卷一《游焦山同尔止幼华》汪楫评，上海古籍出版社影印康熙刊
本，中册，第 568 页。

⑥　王士禛《渔洋诗集》卷一四仅收三十六首，康熙刊本。

非王渔洋莫属。不仅如此，王渔洋还称赞了黄庭坚评诗的趣味："豫章孤诣谁能解，不是晓人莫浪传。"此外他又称赞了王安石、欧阳修、杨维桢、吴渊颖、吴莱等人诗，不久又有《读范德机到官诗可使文人有愧辞用其语戏题一绝》，可见他当时正集中阅读宋元诗。后来南昌陈弘绪（1597—1665）为《论诗绝句》作序，西樵子启浣又为作注①，渔洋托吴之颐寄呈吴梅村。翌年梅村有书来，盛称论诗绝句，说："正求传示论诗大作，上下古今，咸归玉尺，当今此事，非得公孰能裁乎？"②张健曾据渔洋《论诗绝句》与计东《宁益贤诗序》中所述渔洋对黄庭坚的推崇，将渔洋提倡宋诗的时间推断在顺治末，似乎太早了些，个人趣味的流露与提倡于诗坛毕竟是两回事。到康熙三年，虽然《论诗绝句》已流传诗坛，并得到吴梅村的首肯，但影响尚未扩散开来。王渔洋推崇宋诗的论调，要到他入朝以后才真正产生广泛的影响。

二　由唐诗之宋到宋诗之宋

如果说《戏效元遗山论诗绝句》还只是初步提出宋元诗被忽略的问题，对时人贬抑宋诗有所不满，那么到六年后的康熙八年（1669），《冬日读唐宋金元诸家诗偶有所感各题一绝于卷后凡七首》就正面打出推崇宋元的旗帜③，更明确地表达了锐意钻研宋元诗的态度。这组七绝分别写自己读韩愈、杜牧、苏轼、黄庭坚、陆游、元好问、虞集诸家诗的感受，其中论宋元诗的五首是：

> 庆历文章宰相才，晚为孟博亦堪哀。淋漓大笔千年在，字字华严法界来。（子瞻）
> 一代高名孰主宾，中天坡、谷两嶙峋。瓣香只下涪翁拜，宗派江西第几人？（鲁直）
> 射虎山南雪打围，狂来醉墨染弓衣。函关渭水何曾到，头白东吴万里归。（务观）
> 载酒西园追昔游，画栏桂树古今愁。兰成剩有江南赋，落日青山

---

① 见《渔洋山人自撰年谱》卷上、《渔洋诗话》卷上。
② 王士禛《古夫于亭杂录》卷三所载。论诗大作应指《戏效元遗山论诗绝句》四十首，冯其镛、叶君远《吴梅村年谱》系梅村书于今年，可从。
③ 王士禛：《渔洋诗集》卷二二，康熙八年苏州沂咏堂刊本。

望蔡州。(裕之)

　　汉庭老吏果无惭，揭后杨前总未堪。爱咏君诗当招隐，青山一发是江南。(伯生)

这些随手写下的感想，既不是全面的宋元诗评论，也没有刻意褒扬宋元诗。但在那个无人读宋元诗的时代，读宋元诗本身就是个很特别的事件，更何况第二首"一代高名孰主宾，中天坡、谷两嶙峋"一联将苏、黄并称，对黄庭坚也是特别的抬举。在当时的诗学语境下，黄庭坚的出场是个意味深长的信号，因为他自明代以来从未获得较高的评价，现在王渔洋将他与东坡并称，推为宋诗成就最高的诗人，就给诗坛一个大力推尊黄庭坚的强烈印象。计东曾说：

　　自宋黄文节公兴而天下有江西诗派，至于今不废。近代最称江西诗者，莫过虞山钱受之，继之者为今日汪钝翁、王阮亭。①

这段记载虽言之凿凿，却有两个明显的失误：第一，将钱谦益推为近代最称江西诗的人，恐怕是因钱氏提倡宋元诗而引致的误会，钱谦益虽提倡宋元诗，却绝不喜欢江西派；第二，汪琬固然是宗宋的诗家，但他在当时主要以古文著名，诗的成就和影响远不能与王渔洋相埒。因此计东这段话真正有意义的信息只有一个，就是王渔洋是清代最初推尊黄庭坚的诗人，我以前虽征引过计东之说，却并未注意到这一点。

　　我最初考论清初宋诗风的兴起，读到有关王渔洋提倡宋诗的记载，很有点不理解，为什么在明末提倡宋元诗的钱谦益刚下世十来年，影响尚未消歇，王渔洋又要再提倡宋元诗呢？后来研究钱谦益诗学，考究陆游诗在清初的流行，这才恍然明白：钱谦益推崇的宋元诗主要是陆游、元好问一路直承中晚唐而来的清雅诗风，实际上就是宋诗中的唐风。不光是钱谦益，当时诗坛对宋诗的认识和接受基本上都有这种倾向，都是在唐诗的框架中认识和肯定宋诗价值的②。比如黄宗羲说"天下皆知宗唐诗，余以为

---

① 计东：《南昌喻氏诗序》，《改亭集》卷四，康熙刊本。
② 张健《清代诗学研究》认为当时"以宋诗的审美特征为基础的审美价值系统还没建立起来"，"所以当清初人肯定宋诗的审美价值时，还是要肯定宋诗对于唐诗的继承关系"，可参看，第362页。

善学唐者唯宋"①，"夫宋诗之佳，亦谓其能唐耳，非谓舍唐之外能自为诗
也"②；徐乾学说"宋以诗名者不过学唐人而有得焉者也"③，都基于类似
的看法。而选宋诗者则从唐诗的美学标准出发，力求证明宋诗与唐诗一脉相
承。前文提到的吴绮、陈訏、沈亮、钱旭威等多种宋元诗选概无例外④。这
么看宋诗，与其说是揭示了宋诗的特征和价值，还不如说是彻底抹杀了它。

　　《四库提要》论宋诗之变，说"西昆伤于雕琢，一变而为元祐之朴
雅。元祐伤于平易，一变而为江西之生新"⑤。江西派的生新无疑是宋诗
最重大的变化，至此唐诗的皮毛落尽，宋诗的精神始出。如果我们将江西
派之前平易朴雅的宋诗姑称为软宋诗，那么更能体现宋诗瘦硬生涩之风的
江西派就可目为硬宋诗。现在看来，钱谦益所提倡的不过是软宋诗而已，
真正代表宋诗特色的硬宋诗他是根本排斥的。朱东润先生早就指出，"牧
斋于古人之诗最恶黄鲁直"⑥。的确，黄庭坚和江西诗派原是奉杜甫为祖
师的，可钱谦益却偏说"自宋以来，学杜诗者，莫不善于黄鲁直"；"鲁
直之学杜也，不知杜之真脉络，所谓前辈飞腾、余波绮丽者，而拟议其横
空排奡、奇句硬语，以为得杜衣钵，此所谓旁门小径也"⑦，足见他对江
西派的宋诗确实是没什么好感的。不过话虽这么说，随着人们对唐诗过于
熟悉而致审美疲劳，以黄庭坚为代表的硬宋诗还是日渐成为一种新颖而有
吸引力的风格。就连钱谦益后来似也略变初衷，对黄诗有所宽容。《萧伯
玉春浮园集序》提到："天启初，余在长安，得伯玉愚山诗，喜其炼句似
放翁，写置扇头。程孟阳见之，相向吟赏不去口。（中略）伯玉之诗，体
气清拔，瘦劲矗兀，取法涪州。向谓今体似放翁者，余波绮丽，偶然合
耳。"⑧ 此文可能作于顺治十五年（1658）萧伯玉葬后⑨，钱谦益不仅澄清

---

　　① 黄宗羲：《姜山启彭山诗稿序》，《南雷文定后集》卷一，续修四库全书本，上海古籍出
版社1995年版。
　　② 黄宗羲：《张心友诗序》，《南雷文定前集》卷一，续修四库全书本。
　　③ 徐乾学：《渔洋续集序》，《渔洋续集》卷首，康熙二十二年刊本。
　　④ 参看第五章第二节"吕留良、吴之振与《宋诗钞》"。
　　⑤ 《四库全书总目》卷一六七《杨仲弘集》提要，中华书局1965年影印本。
　　⑥ 朱东润：《述钱谦益之文学批评》，《中国文学论集》，中华书局1983年版，第79页。
　　⑦ 钱谦益：《注杜诗略例》，《钱注杜诗》卷首，上海古籍出版社1979年版。
　　⑧ 钱谦益：《牧斋有学集》卷一八，上海古籍出版社1996年版，中册，第786页。
　　⑨ 钱谦益《牧斋有学集》卷三一《萧伯玉墓志铭》载其侄伯升卜于顺治十五年十一月葬来
请铭，而未及其诗集，疑当时诗集尚未编集。《萧伯玉春浮园集序》言"今年夏五，伯玉之犹子
伯升，搜辑遗文，属余删订，且为其序"，疑在顺治十六年夏也。

了昔年赏其近体诗炼句似陆游的误会，还称赞了萧伯玉取法于黄庭坚的瘦劲矍兀之风，更难得的是他对这种美的意味作了透彻的阐释：

> 以审音之法喻之，广场法曲，五音纷会，孤桐幺弦，迥绝烟杪，诚难与丝肉竞奋，娱心顺耳。若夫鱼山空宵，衡岳静夜，烟盖停氛，灯帷静燿。峻壁之龙吟潜戛，半峰之猿梵遥呼。人世之繁音促节，夫安得而与焉？以此评伯玉之诗文，其庶矣乎！

这段话对萧伯玉诗境的赏会和譬说足以说明他已能领略黄庭坚式的瘦劲矍兀之美，而能用黄庭坚的标准来称赞萧伯玉的特立独行也显出感情上对黄庭坚的亲近①。

当然，诗坛能欣赏黄庭坚的诗人究属少数②。牧斋门人二冯兄弟批方回《瀛奎律髓》，所推崇的宋诗主流是"欧、梅一也，次则坡公兄弟，次则半山，次则范、陆，不得已则四灵"③，黄庭坚乃是他们最反感的。山谷《次韵张昌言给事喜雨》一诗，冯班说："不好不好，只是不好；不爱不爱，只是不爱。此人出诗狱，我入诗狱。"④ 厌恶之深，溢于言表。著名的《和答钱穆父咏猩猩毛笔》一篇，冯舒评曰："如此用事，黏皮带骨之极矣。（中略）江西派诗多用新事而不得古人绳尺，冗碎疏浊，衬贴不稳，剪裁脱漏。"冯班评曰："古人用事，意在词中，即诗人比兴之变也。此作黏滞割裂，殊无古人法。用事如此，真文章一大厄。"甚至宋诗派的查慎行也说"三四属物耶，属人耶，终觉去题太远"⑤。而王渔洋却很欣赏此诗，称三四两句"超脱而精切，一字不可移易"⑥。此说虽见于晚年笔记，但对山谷诗的评价应该形成于早年的阅读。考察王渔洋提倡宋诗的

---

① 钱谦益《牧斋有学集》卷三一《萧伯玉墓志铭》："余交海内贤士大夫，风操不一，若其居然不俗，得免于鲁直（俗不可医）之訾警者，惟吾伯玉而已。"下册，第1127页。

② 明代唐顺之《书黄山谷诗后》曾举黄庭坚诗，谓"唐人盖绝未见有到此者"，《荆川先生文集》卷一七；孙一元有诗云"勃兴黄九穷，妙处空自知"，见姚祖恩辑《静志居诗话》卷一○，人民文学出版社1990年版，上册，第272页。清初则有吴景旭，《南山堂自订诗》卷二《言诗十绝句》其六云："荆江亭上看牛归，鼻息鼾鼾任是非。品若涪翁合下拜，争教社里看投机。"约作于顺治九年。吴兴丛书本。

③ 李庆甲辑：《瀛奎律髓汇评》卷一六，中册，第591页。

④ 李庆甲辑：《瀛奎律髓汇评》卷一七，中册，第695页。

⑤ 三人评语均见李庆甲辑《瀛奎律髓汇评》卷二七，中册，第1164页。

⑥ 王士禛：《分甘余话》卷四，中华书局1989年版，第92页。

具体言论，除了《鬲津草堂集序》说的"唐有诗，不必建安、黄初也；元和以后有诗，不必神龙、开元也；北宋有诗，不必李、杜、高、岑也"①，就数金居敬《渔洋续集序》称引的一段话最为重要：

> 世有相沿之论，曰诗当为唐诗，又当为大历以前诗人之诗。夫唐之文章至元和而极盛，其诗之传者隽异瑰玮，非其人未有能为之者也。谓元和以后之诗可废也，抑固矣。凡名为为唐诗者，必诋诃宋诗，而訾毁西江尤甚，斥之为山魈木怪著薜萝之体。实则西江之音节、句法皆本于唐，其原委不可诬也。盖有宋诗家，自欧阳文忠公、王文公推扬李、杜，以振杨、刘之衰弱，而靡声曼响中，于习尚未能遽移。至黄鲁直而后，有以窥三唐之窍奥，力追古之作者，而与子瞻苏氏抗行于一时。其后学者，派分为二，所谓各得其性之所近云尔。其一唱一和，于彼于此，之变之正，或离或合，有不知其所以然而然者。论者顾弗之深考与？②

针对唐诗派对黄庭坚及江西诗派的贬斥，王渔洋毫不含糊地肯定了他们的价值，并强调其音节、句法都是继承唐人而来。在这一点上，王渔洋与同时代的诗家没什么两样，都是在肯定宋诗出于唐人的前提下承认其价值的。这从《池北偶谈》卷十八所载的一则佚事也能看得很清楚：

> 宋梅圣俞初变西昆之体。予每与施愚山侍读言及《宛陵集》，施辄不应，盖意不满梅诗也。一日予曰："'扁舟洞庭去，落日松江宿。'此谁语？"愚山曰："韦苏州、刘文房耶？"予曰："乃公乡人梅圣俞也。"愚山为爽然久之。

渔洋记录这个故事，无非是想说明，梅尧臣也能写出大历诗人式的清雅诗句，而唐诗派诗人因不读宋诗，却不懂得这一点。他说宋诗到黄庭坚才"有以窥三唐之窍奥"也是同样的意思，只不过黄诗绝不是大历软熟一路，而是熔杜甫之苍劲和韩愈之奇崛于一炉的新境界。这种认识意味着，他对

---

① 王士禛：《蚕尾集》卷七，康熙刊本。
② 王士禛：《渔洋续集》卷首，康熙二十二年刊本。

山谷诗的高度评价不是桃唐祢宋的典范更替，而只是对唐诗被遮蔽的一部分传统的拂拭，使中唐诗的某些特质呈现出来。这仍属于在唐诗的框架内衡量宋诗的价值，但客观上却使人们对宋诗主导风格的判断发生了位移，由钱谦益的苏、陆并举转向苏、黄并称。苏、陆并举是着眼于两家共有的白居易诗风，而苏、黄并称则着眼于两家共有的杜甫、韩愈气骨。尽管在后人看来，王渔洋对黄庭坚的认识犹不免皮相，他也没学黄诗①，但他将山谷推到宋诗正宗和典范作家的位置上，就促使人们从新的角度去看宋诗，最终改变对宋诗的印象。

这样来看，王渔洋为什么要再度提倡宋诗，并终于造成广泛的影响，就很清楚了。王渔洋推崇宋元诗，看似继承钱谦益的衣钵，其实骨子里与钱牧斋的宋诗观截然异趣，他更推崇的是黄庭坚，认为只有到黄庭坚，宋诗才涤除西昆体的靡声曼响，达到可与古人争胜的境地。他对山谷诗的湔灌，刷新了诗坛对宋诗的印象，将人们对宋诗的兴趣由苏轼、陆游引向黄庭坚及江西诗派一路硬宋诗，也就是由钱谦益倡导的唐诗之宋引到宋诗之宋上来。清代诗坛看似宋诗始终占据主导地位，其实前后宗尚很不相同，王渔洋正是一个分水岭：在王渔洋之前流行的是软宋诗，到王渔洋之后，诗坛日益趋向于硬宋诗，黄庭坚最终被尊奉为宋诗的正宗和典范作家。后来从秀水派的钱载直到晚清同光体名家，莫不奉山谷集为圭臬。黄庭坚的经典化过程，其实也就是宋诗本身的面目日益清晰，日益为人们所赏爱，以宋诗的艺术特征为核心的审美价值系统逐渐确立的过程。

三　宋诗风的高扬

王渔洋任扬州推官五年间，不仅取得骄人的创作成绩，还利用自己的家世背景和政治地位，积极结交江南遗民诗人，赢得这一群体的赞誉，隐然树立起新一代诗坛领袖的形象②。入京后在他身边聚集起一批年轻的郎署诗人，形成名噪一时的金台文士群体。据曹禾《海粟集序》回忆：

---

① 郑杲《郑东父遗著》卷五《笔记》："千古学杜公诗者，推玉溪、山谷，皆不在貌得国风、小雅之遗。山谷于诗功极深，其自定集得失必谬，今观内集大都深稳苍古，似杜公晚年之作。而外集反多华美，王阮亭、曾湘乡皆多录其外集，岂深知黄者也？"集虚草堂刊本。施山《望云诗话》："黄山谷诗，历宋、元、明褒讥不一，至国朝王新城、姚惜抱又极力推重，然二公实未尝学黄，人亦未肯即信。"国家图书馆藏光绪间抄本。

② 对王渔洋这段经历的研究，详见蒋寅《王渔洋与江南遗民诗人群》（《北京大学学报》2005 年第 5 期）一文。

往予与纶霞、蛟门、实庵同官禁庭，以诗文相砥砺。是时渔洋先生在郎署，相率从游是正，时闻绪论，益知诗道之难。予辈时时讲说，深痛俗学之肤且袭，而推论宋之作者如庐陵、眉山、放翁、石湖辈，皆卓然自立，成一家言，盖以扩曲士之见闻，使归其过于倡导之渔洋先生？夫有桃有柿，则有学有不学，是乃世人之学耳，岂论诗者溯流穷源之意哉？①

我原先曾根据渔洋康熙十一年（1672）丁母忧，至十五年五月方补户部四川司郎中，推论曹禾等人闻其绪论是在康熙十五、十六年间。后经陈伟文考证，符合诸人同在京师，而汪懋麟、曹禾、曹贞吉（字实庵）、田雯（字纶霞）"同官禁庭"、"渔洋先生在郎署"条件的，只有康熙九年十一月至十一年七月间②。这就使《渔洋诗话自序》"当其燕市逢人，征途揖客，争相提倡，远近翕然宗之"一段文字得到合理的解释，落实为渔洋入京任职、赴任清江榷署及按试四川的往来历程。再联系《高津草堂集序》的说法来看：

三十年前，予初出交当世名辈，见夫称诗者无一不为乐府，乐府必汉《铙歌》，非是者弗屑也；无一人不为古、《选》，古、《选》必《十九首》、《公讌》，非是者弗屑也。予窃惑之，是何能为汉魏者之多也。历六朝而唐宋，千有余岁，以诗名其家者甚众，岂其才尽不今若耶？是必不然。故尝著论，以为唐有诗，不必建安、黄初也；元和以后有诗，不必神龙、开元也；北宋有诗，不必李杜高岑也。二十年来，海内贤知之流，矫枉过正，或乃欲祖宋祧唐，至于汉魏乐府、古、《选》之遗音，荡然无存者。江河日下，滔滔不返，有识者惧焉。③

此序作于康熙三十四年（1695）④，三十年前正是康熙四年（1665）离扬州推官任赴京时，所谓"初出交当世名辈"应即指入京与诸名士交

① 顾复渊：《海粟集》卷首，雍正八年刊本。
② 陈伟文：《论清初宋诗风的兴起历程》，《中国诗学》第 12 辑，人民文学出版社 2008 年版。
③ 王士禛：《蚕尾集》卷七，康熙刊本。
④ 此序收入国家图书馆藏《王渔洋乙亥文稿》稿本，知作于康熙三十四年。

往。这时王渔洋不仅著论提倡北宋诗，而且创作中也显露出学宋的新异倾向。康熙六年（1667）末，汪琬有《口号五首》之作，其四写道："渔洋新诗与众殊，粗乱都好如名姝。"王渔洋自己也提到康熙六、七间，与汪琬、刘体仁、董文骥、程可则等在京师相唱和。"余诗句或偶涉新异，诸公亦效之"①。张健认为所谓"与众殊"的"新异"，应指其取法宋诗，为诸公所仿效②，看来是合理的推断。从海宁名士亦即查慎行岳父陆嘉淑的《与王阮亭》一诗也可知道，王渔洋的诗歌趣味及批评已产生很大的影响：

风雅历绵祀，遗芳一何繁。无论汉唐彦，变化难具言。扬波挹其澜，岂必卑宋元。鲜妍杨诚斋，沉至虞道园。吾家老放翁，笔力差澜翻。盛明起诸子，才力洵绝伦。欲使百家废，坐令群论喧。不闻杜少陵，崛强妄自尊。阴何与庾鲍，时时见推论。蝘蜓沸排击，大雅弥荒屯。矫矫王仪部，沉博破其藩。网罗八代遗，英华列便蕃。朗然发光耀，如映朝日暾。③

此诗大概作于康熙六年，看得出陆嘉淑也持肯定宋元诗、主张兼采并蓄的态度，并在王渔洋这里找到了知音。他用"沉博破其藩"、"网罗八代遗"称颂王渔洋破除明七子狭隘观念、扩大诗歌史视野的功劳，应该是针对王渔洋《论诗绝句》而言。这说明《论诗绝句》为宋元诗翻案已广为诗坛所知，产生很大的反响。王渔洋对陆嘉淑的称赞无疑也是很高兴的，康熙八年刻《渔洋诗集》时曾属嘉淑作序，后来不知什么原因竟未刻入集中④。

就在前文提到的王渔洋与田雯、汪懋麟、曹贞吉、曹禾等鼓吹宋诗，京师诗坛宋诗热持续升温之际，吴之振、吕留良、吴自牧同编的《宋诗钞》于康熙十年（1671）刊成。此书的问世，直接推动了宋诗风尚的流行，这在前文已有论述。需要指出的是，倡导一种新诗风并让诗坛接受、追趋，绝不是仅靠口号和主张就能实现的。新的艺术主张，只有辅以相应的成功实践才有说服力。明代公安派的"性灵"说就是一个绝好的例子。诚如朱彝尊所言，"嘉靖七子之派，徐文长欲以李长吉体变之，不能也；

---

① 王士禛：《古夫于亭杂录》卷六，康熙刊本。
② 张健：《清代诗学研究》，第367页。
③ 陆嘉淑：《与王阮亭》，《辛斋遗稿》卷三，道光间蒋光煦刊本。
④ 见陆嘉淑《渔洋续集序》，《渔洋续集》卷首，康熙二十二年刊本。

汤义仍欲以尤、萧、范、陆体变之，亦不能也；王百谷、王承父、屠长卿虽迭有违言，然寡不敌众。自袁伯修出，服习香山、眉山之结撰，首以白、苏名斋，既道其源，中郎、小修继之，益扬其波，由是公安流派盛行"①。也就是说，公安派的流行不是因为提出了新异的"性灵"主张，而主要是袁氏三杰的创作展现了一种新的风貌，证明他们的艺术观是有价值的，而且适应时代发展的需要。王渔洋倡导宋诗风也不例外。如果说康熙六、七年间他创作中的新异作风为侪辈仿效还只是探索的初步成功，那么康熙十一年（1672）典四川乡试所作的三百五十多首蜀道诗，就成为当时宗宋风气中引人注目的成果。尽管王渔洋本人年底丁母忧归里，但《蜀道集》的影响留在了京师。叶方蔼读后为题长句，并寓书渔洋，称蜀道新诗"毋论大篇短章，每首具有二十分力量。所谓狮子搏象兔，皆用全力者也"②。直到康熙十四年（1675），陈维崧还写信给王渔洋，说听盛符升称赞《蜀道集》卓绝古今，很想一读③。两年后他从徐乾学处看到后，盛赞"真杜甫夔州之作、东坡海外之文也"④。从当时诗坛的反应来看，《蜀道集》的问世确实树立了一个学宋的成功实践和典范之作，给诗坛带来不小的惊喜，也更刺激了人们学宋的兴趣和信心。于是就在渔洋归里守制的康熙十二至十四年间，京师的宋诗风潮达到了顶峰。后来宋荦《漫堂说诗》回顾这段经历，说："康熙壬子、癸丑（康熙十一、十二年）间屡入长安，与海内名宿尊酒细论，又阑入宋人畛域。所谓旗东亦东，旗西亦西，犹之乎学王李、学三唐也。"⑤而对宋诗的批评也从这时开始显得郑重和严肃起来，申涵光《青箱堂诗集序》希望王崇简"起而正之"，正是在这个时候⑥。

随着龚鼎孳于康熙十二年（1673）九月下世，开国以来一直由贰臣诗人主持朝中坛坫的局面终于结束⑦。康熙十四年闰五月王渔洋服阕入京，

---

① 朱彝尊撰，姚祖恩辑：《静志居诗话》卷一六，下册，第464—465页。

② 王士禛：《渔洋山人自撰年谱》卷上惠栋注、《分甘余话》卷二。

③ 陈维崧《迦陵文集》卷四《与王阮亭》："晤珍示，知先生入蜀诗卓绝古今，不数夔州子美。不识肯令喜事小胥录一帖以见寄否？"

④ 陈维崧《迦陵文集》卷四《与王阮亭先生书》："渔洋入蜀诸诗，真杜甫夔州之作、东坡海外之文也。窃从健庵邮架窃窥写本，闻先生已有刻本，便间尤希缄寄为感。"

⑤ 丁福保辑：《清诗话》上册，上海古籍出版社1978年版，第420页。

⑥ 此文的写作年月，详见陈伟文《论清初宋诗风的兴起历程》，《中国诗学》第12辑。

⑦ 马大勇《清初庙堂诗歌集群研究》第二章"'朝'、'野'离合：清初诗坛的基本态势"曾指出这一点，吉林人民出版社2007年版。

适时地填补了诗坛的权力真空，而宋诗风就在他的引领下继续发展，主要作家无非是他周围的"金台十子"辈①。《居易录》卷五所载康熙丙辰、丁巳（十五、十六年）间宋荦、王又旦等"皆来谈艺，予为定《十子诗》刻之"，就是回忆当时的情形。曹禾《海粟集序》不满于当世将学宋的流弊归过于王渔洋，自然是为老师开脱，但这不恰好说明了王渔洋在煽动宋诗风气中发挥的重要影响么？

四　王渔洋的唐诗转向

毛奇龄《唐七律选序》曾提到，"前此入史馆时，值长安词客高谈宋诗之际"②。毛奇龄入史馆是康熙十八年应博学宏词中式后，可以想见，应博学宏词试的一大批文士入京，其中包括孙枝蔚、汪琬这样的著名宋派诗人，定会大壮宋诗的声威，而使唐诗派感受到更大的冲击。安致远序李澄中《渔村文集》，盛称澄中康熙十八年（1679）应鸿博入翰林后能不随时风转移，说：

> 其时之主坛坫者，方且倡为诡异可喜之论，以窜易天下之耳目。曰：诗何必唐？苏、范、虞而已。文何必八家？震泽、毗陵而已。而浅识薄殖之夫，承响窃影，恣意无范，以纤巧为新奇，以空疏为古淡，诗文一道至于尨琐卑弱而不可读。③

考虑到序的写作正值王渔洋名望最盛之时，且彼此都是山东人，关系亲密④，这里的"主坛坫者"未必是指王渔洋。但当时宋诗风正为强势话语却是无可怀疑的，我们从诗歌批评对宋诗风气的强烈反应，不难感受到宋诗潮流的汹涌⑤。这是彼时谁也无法回避的话题。康熙十七年（1678），

---

① 《国朝山左诗钞》卷三十一引张贞《曹公墓志》："公生而嗜书，以歌诗为性命，始得法于三唐，后乃旁及两宋，泛滥于金元诸家，世之矜言体格而以剿贼涂垩为能事者，公深鄙之。"

② 毛奇龄：《西河合集》序三〇，乾隆间萧山毛氏书留草堂刊本。

③ 安致远《玉碪集》卷一，康熙四十一年刊本。又见李渭清《白云村文集》卷首，末署日期为康熙三十八年己卯上元后一日。

④ 《渔洋续诗集》卷一三"庚申京集"有《李渭清简讨以龙须二茎见赠来书云有风鬟雾鬓之态非火齐朱鳞比也戏报长句》，即康熙十九年答谢李澄中之作，翌年又为澄中作《李烈妇胡氏传》（《渔洋文略》卷六）。

⑤ 详见蒋寅《王渔洋与康熙诗坛》第三章"王渔洋与清初宋诗风之消长"。

王嗣槐入京应博学宏词试,寓宰相冯溥第,与毛奇龄论诗,以为"近诗较有明为盛,察其意旨,似有以去汉魏六朝,薄初盛诸唐人不足学,其隽才者标置宋元,爱其尖新浅滑,而下劣诗魔,蝉吟蛙噪,聒人欲死。诗道浸坏,障颓澜而砥柱之,非居高负盛名、有大气力人不可"①。本来,学唐学宋只是个师法途径和艺术风格的问题,就性情所近,酌而取之即可。但在当时特定的语境下,这一问题因与时代的艺术理想相联系,就变得不那么一般了。

　　首先,我们知道康熙皇帝的诗歌趣味是独宗唐诗的②。张玉书《御定全唐诗录后序》说:"皇上天纵圣明,研精经史,凡有评论,皆阐千古所未发。万机余暇,著为歌诗,无不包蕴二仪,弥纶治道,确然示中外臣民以中和之极,而犹以诗必宗唐。"③ 圣祖甚至在宫廷应制唱和中也明确表达了对宋诗的拒斥。毛奇龄《西河诗话》卷七载:

> 初盛唐多殿阁诗,在中晚亦未尝无有,此正高文典册也。近学宋诗者率以为板重而却之。予入馆后,上特御试保和殿,严加甄别。时同馆钱编修以宋诗体十二韵抑置乙卷,则已显有效矣。④

此事发生在毛奇龄入《明史》馆后,当不会早于康熙十八年。既然皇帝介入了诗歌批评,钦定尊唐祧宋之旨,那么唐宋诗之辨就不是个简单的文人趣味问题了。上有所好,下必甚焉。来自君主的权力话语,影响是绝不会只局限于宫廷文学内部的,必然会通过近臣间接地传播到文坛。康熙十九年(1680)施闰章为冯溥撰《佳山堂诗序》,提到:"尝窃论诗文之道,与治乱终始,先生则喟叹曰:'宋诗自有其工,采之可以综正变焉。近乃欲祖宋元而祧前,古风渐以不竟,非盛世清明广大之音也。愿与子共振之。'夫孔子删诗而雅颂得所,延陵听乐而兴衰是征。诗也者,持也。由是言之,谓先生以诗持世可也。"⑤ 冯溥不只是说说而已,他确实在某些

---

① 王嗣槐:《大观堂诗序》,《桂山堂文选》卷一,四库未收书辑刊影印康熙青筠阁刊本,第七辑,第27册。

② 关于康熙皇帝的诗学倾向,近年有黄建军《康熙推尊唐诗探颐》(《广西社会科学》2006年第2期)一文专作论述,可参看。

③ 张玉书:《张文贞公集》卷四,乾隆五十七年松荫堂刊本。

④ 毛奇龄:《西河诗话》,《西河合集》,乾隆间萧山毛氏书留草堂刊本。

⑤ 施闰章:《佳山堂诗序》,《施愚山集》文集卷七,黄山书社1993年版,第1册,第133页。

场合传达了这一精神。毛奇龄《西河诗话》卷五又有这样的记载：

> 益都师相尝率同馆官集万柳堂，大言宋诗之弊。谓开国全盛，自有气象，顿骀此佻凉鄙弇之习，无论诗格有升降，即国运盛杀于此系之，不可不饬也。因庄诵皇上《元旦》并《远望西山积雪》二诗以示法。（中略）时侍讲施闰章、春坊徐乾学、检讨陈维崧辈皆俯首听命，且曰："近来风气日正，渐鲜时弊。"

圣祖《远望西山积雪》诗作于康熙十九年冬①，而陈维崧卒于康熙二十一年五月初七日，同年八月冯溥致仕归益都，则此事必在康熙二十一年五月之前。很可能就是当年三月三日的上巳修禊。据王嗣槐《万柳堂修禊诗序》，当日集者三十二人，多为著名文士，王嗣槐之外还有徐乾学、施闰章、徐秉义、严绳孙、尤侗、毛奇龄、陈维崧、潘耒、徐嘉炎、龙燮、陆葇、沈珩、黄与坚、方象瑛、曹禾、袁佑、李澄中、汪楫、林麟焻、汪霦、赵执信、高咏、吴任臣、倪灿、周清原、徐釚、汪懋麟、王无忝、冯慈彻、冯协一②。在施闰章等人看来，当时风气已明显有所变化，宋诗的势头得到了遏制。这对我们是个很有用的信息。

通过清初人的一些诗文，我逐渐感觉到，冯溥的万柳堂是康熙前期京师一个影响极大的沙龙。冯溥以宰相之尊而雅好文艺，许多著名文人都出于他的门下，除上面出现的施、徐、尤、毛、陈、方、赵诸位外，还有著名古文家陈玉璂、储方庆，画家兼诗人法若真等。毛奇龄的记载表明，君主的趣味及官方文艺政策的动向就从这里发布出去，由京师的文人圈子波及整个文坛的。冯溥对宋诗风的批评相当严厉，他不是从风格上批评宋诗，而是从美学品格上指斥宋诗的"佻凉鄙弇之习"与开国的全盛气象不相称，这就不是关于诗格高低而是关乎国运盛衰的问题了。康熙十七年（1678）以后，圣祖以武功定而兴文治，经博学宏词试后，朝野更是普遍有一种盛世重现的感觉。于是不仅密迩宸旨的朝贵不满意宋诗风，就是下层文史也觉得宋诗的风味有点不合时宜。李念慈《寄孙豹人江右书》写道：

---

① 详见潘务正《王士祯进入翰林院的诗史意义》，《文学遗产》2008 年第 2 期。

② 王嗣槐：《桂山堂文选》卷一，四库未收书辑刊影印康熙青筠阁刊本，第七辑，第 27 册。

夫宋诗岂无佳者，然风气日下，视唐则厚薄二字较然自别。以率谓真，以尖为新。譬如屋有浅廊曲槛，自厅事转入见之，心目顿异，然即以充客座，迓章甫之宾，则不宜；海错入口，风味非不可尚，而享宗庙者，则必取牺牲羊豕。可知宋诗但可偶一为之，不可藉口广大，久而不觉，不自知而全变为宋也。弟尝思之，大端诗须先意，即以宋人新意，而必求以深厚出之，原自有深厚者在；今云此岂不好，即便成之，直是乐苟简、省工力便宜法耳，何谓广大？本朝诗风韵颇盛，迩渐衰薄，所赖主持风雅者力挽之。今不惟不力挽回，反自便而文以佳名，使后学藉口曰某先生亦如此作，吾知坏后学者自此人始，恐足下无以自解也。①

李念慈将孙枝蔚视为宋诗风的始作俑者，当然不会是毫无根据的。但以溉堂一介布衣，游食四方以餬口，对诗坛又能有多大的影响力呢？真正有影响力的应该是廊庙权臣以及皇帝眷顾的新贵名流，尤其是"谈艺家群奉月旦"的王渔洋②。正像方象瑛序梁清标诗所强调的，"若夫名卿巨公，其人既系天下之重轻，其诗亦遂移易天下之风气"③。既然出入万柳堂的经历能让方象瑛深刻体会到公卿权贵左右文坛风气的能量有多大，那么远比他早达的王渔洋又岂能不懂得这一点？要知道王渔洋同样是万柳堂门下客啊，他所以能得到圣祖的宠异，多半缘于冯溥的抬举④。康熙十九年（1680）冯溥刻《佳山堂集》时，王渔洋以乡后辈与梁清标、李天馥、高珩、毛奇龄、曹禾等同为撰序⑤，自称"济南门下士"，要说他不了解冯溥的想法，那是绝无可能的。

置身于权力的旋涡中，只要不想过早地结束自己的仕途，就没有人会抵触权力话语。博学宏词试后，尽管康熙摆出"锐意向用文学之士"（《渔洋山人自撰年谱》卷下）的姿态，但博学宏词中式的名士后来境

---

① 李念慈：《谷口山房文集》卷一，康熙刊本。
② 施闰章：《渔洋续集序》，《渔洋续集》卷首，康熙二十二年刊本。
③ 方象瑛：《大司农梁先生诗集序》，《健松斋集》卷二，民国17年方朝佐刊本。
④ 康熙十六年七月初一，上又问今日善诗文者，李霨、冯溥再以王士禛及中书舍人陈玉璂对，上颔之。见《渔洋山人自撰年谱》卷下惠注引王渔洋《召对录》。
⑤ 冯溥《佳山堂集》卷首载渔洋序未署年月，高珩、曹禾序均作于康熙十九年九月，毛奇龄序作于八月，陆棻跋作于十月，渔洋序言冯溥门下诸子编《佳山堂诗成》，令其作序，应为同时所作。

遇并不顺利[①]。在这种形势下，朝堂君臣对宋诗风的激烈抨击，就是王渔洋不得不慎重对待的事了。四年前他蒙圣祖嘉许“诗文兼优”，破例由部曹授翰林院侍读学士，一时有风雅正宗之目[②]。他闻知冯溥的议论，还能掉以轻心吗？我想他绝不至于要等到冯溥在万柳堂大言宋诗之弊，才望风转舵，或许入翰林伊始就要顾忌各方对宋诗风的批评了吧？现知对宋诗风的指斥，早在康熙十一年（1672）就已出现[③]，“祧唐祖宋”的名声什么时候落到他头上[④]，现在还不清楚，但他入翰林后对此似已有所警觉。有个耐人玩味的细节，也许能说明一些问题。康熙十八年（1679）春，来京应博学宏词试的孙枝蔚欲刻《溉堂前集》，请李天馥、陈维崧撰序，渔洋评其诗[⑤]。而渔洋评这卷“出入杜韩苏陆诸家”的诗作[⑥]，或称古诗得汉人之神髓，或称有张王之笔调，有李白、李贺、韩愈意态，或称其近体风格近杜甫，近《才调集》，独少提到溉堂心追口摹的宋代诗人。仅卷三评《题扇上俞雪朗所画江南山水图奉酬王正子送予之屯留长句》曰“此等诗直与子美、子瞻颉颃上下矣”，卷七评《记梦》曰“似放翁蜀中之作”，评《偶行市上遂步至北门外遍观诸家园林》曰“五六放翁”，卷九评《食荠二首》风致似放翁四例而已。康熙二十年（1681）冬，门人曹禾撰《渔洋续集》序，已站出来反驳诗坛对渔洋学宋的批评，说：“俗学不知拟议，安知变化？保残守缺，挟恐见破之私意，如越人之髢、瞽者之鉴，非唯无用，从而仇之。纷纷籍籍，诋曰学宋。不知先生之学非一代之学，先生之诗非一代之诗，其学何所不贯，其诗亦何所不有，彼蚍蜉之撼大

---

① 参看竹村则行《康熙十八年博学鸿词科与清朝文学之起步》，《中国文学论集》第九号，九州大学中国文学会1990年版。

② 康熙十六年夏，圣祖召侍读学士张英入，问当今各衙门官中长于诗文者为谁，张英对：“郎中王士禛诗为一时共推，臣等亦皆就正之。”上举王士禛名至再三，又问：“王士禛诗可以传后世否?”张英对：“一时之论以为可传。”上又颔之。见《渔洋山人自撰年谱》卷下惠注引王渔洋《召对录》。徐乾学《渔洋续集序》：“言诗者以先生为正宗。”《渔洋续集》卷首，康熙二十二年刊本。

③ 我在《王渔洋与康熙诗坛》第三章“王渔洋与清初宋诗风之消长”举出诗坛对宋诗风的反应，最早见于康熙十一年（1672）十二月沈荃为曾灿《过日集》所撰序言。陈伟文《论清初宋诗风的兴起历程》又补充邓汉仪《诗观初集序》、王庭《二槐草存序》两条资料，也是同年所作。

④ 施闰章《渔洋续集序》：“客或有谓其祧唐而祖宋者，予曰不然。”《渔洋续集》卷首，康熙二十二年刊本。

⑤ 孙枝蔚《溉堂前集》卷二《七夕复集禅智寺揆硕上人房送别阮亭仪部》诗渔洋评：“情至文至，格古调古，此诗佩之十四年未敢忘也。”诗作于康熙四年渔洋去扬州推官任时，历十四年为康熙十八年，知评语为诗集付梓前所施。

⑥ 施闰章：《送孙豹人舍人归扬州序》，《溉堂续集》卷首。

树，亦笑其不自量而已。"① 翌年王嗣槐作《放歌行呈阮亭大司成兼示幼华给谏六十六韵》和长笺《与阮亭祭酒书》，希望以"一代之楷模，斯文之宗主"备受瞩目的王渔洋能"直指大道扫旁辙"，扭转当时的宋诗风气②，这可能给王渔洋某种程度的刺激，于是他不仅创作上"膺侍从之清华，备休明之礼乐"③，完成了诗风的又一次变化，而且在当年作的《黄湄诗选序》中，明确对唐宋门户的分立表示不满："予习见近人言诗辄好立门户，某者为唐，某者为宋，李、杜、苏、黄，强分畛域。"④ 在康熙二十一年（1682）七月的祝氏园亭聚会上，他接受徐乾学的建议，由《五七言古诗选》发端，以一系列选本表明自己的态度，毫不含糊地肯定了唐诗的正宗地位。及《唐贤三昧集》、《十种唐诗选》问世，"南北词坛尊宿见之者，动色相告，曰：诗学宗旨，其在斯乎！"⑤ 至此王渔洋彻底摆脱了宋诗风的阴影，俨然已成为唐诗正宗的守护者。而他的论诗旨趣，也通过自序引述《沧浪诗话》"盛唐诸人唯在兴趣，羚羊挂角，无迹可求"一段得到阐明。因此我一直认为《唐贤三昧集》标志着神韵论诗学的确立。至于神韵论所指向的美学趣味，那就是《鬲津草堂诗集序》所发明的：

> 昔司空表圣作《诗品》凡二十四，有谓冲澹者，曰遇之匪深，即之愈稀；有谓自然者，曰俯拾即是，不取诸邻；有谓清奇者，曰神出古异，澹不可收：是三者品之最上。⑥

由此他完成了对唐诗美学理想的塑造，尽管这种理想的偏颇，在当时就已为友人所察觉，但它与宋诗异趣则是显而易见的，而且也的确起到了"力挽尊宋祧唐之习"的作用⑦。朱彝尊《张赴肇诗序》说："众方拾苏、黄、

---

① 王士禛：《渔洋续诗集》卷首，康熙二十二年刊本。

② 分别见《桂山堂文选》卷一一、卷三，四库未收书辑刊影印康熙青筠阁刊本，第七辑，第27册。参看张立敏《宋诗风运动中的王嗣槐》，《中国社会科学院研究生院学报》2008年第6期。

③ 程哲《渔洋续集序》："戊午后改官翰读，旋陟司成，由是膺侍从之清华，备休明之礼乐，赓歌飏拜，而先生之诗又一变。"《渔洋续诗集》卷首，康熙二十二年刊本。

④ 王士禛：《渔洋山人文略》卷二，康熙刊本。

⑤ 王士禛：《十种唐诗选》郎廷槐跋，康熙间重刊本。

⑥ 王士禛：《蚕尾集》卷七，康熙刊本。

⑦ 宋荦《漫堂说诗》："近日王阮亭《十种唐诗选》与《唐贤三昧集》，原本司空表圣、严沧浪绪论所谓'言有尽而意无穷'，'妙在酸咸之外'，以此力挽尊宋祧唐之习，良于风雅有神。至于杜之海涵地负，韩之鼇掷鲸呿，尚有所未逮。"顾嗣立《寒厅诗话》引此说，许以"持论极当"。

杨、陆之余唾而去其菁华，或见以为工。趾肇仍循唐人之风格，毋乃龃龉
而难入乎？虽然，学宋、元诗于今日，无异琴瑟之专一，或为听者厌弃。
文之高下，吾自得之。吾言之工，安知不有赏音其人者？李习之有言，
'人之穷达所遇各有时'，何独至于贤丈夫而反无其时哉？趾肇行乎。今户
部尚书泽州陈先生、左都御史新城王先生，其诗未尝不操唐音，试以质
之，当必有所遇矣。"① 渔洋官左都御史在康熙三十七年（1698）七月至
三十八年十一月间，朱彝尊序应作于这个期间。虽言下还有所保留，但已
将王渔洋视为唐音的中坚，而渔洋诗风和神韵说至此也愈益凸显其独特
性。康熙四十三年（1704）门人吴陈琰序《蚕尾续集》，径称渔洋诗"能
兼总众有，不名一家，而撮其大凡，则要在神韵"；又发挥师说，倡言神
韵就是司空图所谓"味外味"，学诗须"得古人之神韵"，总之是要读渔
洋诗者"先求先生之神韵，而会意于色声香味之外，庶几不著一字，尽得
风流，可与参诗家最上乘也"②。此时王渔洋俨然已是一种新诗风、一种
新美学的典范，与宋诗毫无瓜葛了。

　　王渔洋倡导的宋诗风气，持续数十年，跨越大半个康熙朝，对清一代
的诗歌创作影响深远，其意义是多方面的，但最重要的首先是拓宽了诗歌
的传统，将更丰富的诗歌艺术经验包容进来。在公安派重申宋诗的价值
后，明末云间派曾对宋诗极力加以排斥。宋徵舆《既庭诗稿序》称："诗
贵雅而宋嗳，诗贵远而宋肤。诗有时而广，而宋则荒；诗有时而俭，而宋
则陋；诗有时而怨，而宋则怼；诗有时而文，而宋则缋。君子之于诗，非
贱宋也，贱其与诗反也。"③ 这种判断因先设诗的标准，然后以此为去取，
就局限了诗的趣味及格调，这种狭隘的态度是不利于诗歌发展的。王渔洋
倡导学宋诗，在丰富诗人们的艺术经验的同时，也使人们对宋诗的理解因
唐诗派的尖锐批评而加深，愈益认识到宋诗的艺术精神。正由于吸收了宋
诗的精华，清代诗歌的艺术手段更为丰富，最终发展出以宋诗精神为骨干
的清诗自己的艺术特征，如内容的纪实性，题材的日常生活化，深于人情
世故，长于议论、咏物，艺术表现的写实倾向，以及渊博、典雅而有书卷
气的诗歌语言等等，这些特征无不得益于宋诗的哺育和滋养。从康熙后期
到乾隆前期，随着宋诗风的消歇，除了查慎行、钱载等少数名家外，学宋

---

① 朱彝尊：《曝书亭集》卷三九，康熙刊本。
② 王士禛：《蚕尾续集》卷首，康熙刊本。
③ 宋徵舆：《林屋文稿》卷四，康熙刊本。

诗者日渐稀少。以至到清中叶彭蕴章说："余久处京华，得交四方英俊，所见诗集以至零篇多矣，其未脱时趋者，则或工温李，或耽元白，间有一二杰出之才，沉着者追少陵，豪放者师太白，唯昌黎、山谷二家无人蹑迹。"① 直到道光间程恩泽大力提倡宋诗，后曾国藩祖姚鼐之说，与江湜等俱以宋诗为宗，古体法昌黎，近体师山谷，遂开晚清"同光体"的宋诗风气②。从后设的历史视角去看，王渔洋提倡宋诗尤其是黄庭坚一路的硬宋诗，正为清代后期宋诗风的强劲埋下了伏笔。

第四节 "神韵"的理论内涵

不管怎么说，王渔洋倡导宋诗毕竟只是他个人诗学经历中的一曲洄澜，当他经过丁忧三年乡居的反思，通过编选诸多诗选完成神韵美学理想的塑造，这时他对唐诗的理解已达到一个新的层次。其过程正如太田青丘所说的，王渔洋为矫正格调派的流弊，从否定格调论出发，渐次肯定其中的一部分真理，吸收到自己的理论中，通过回顾更广泛的诗歌传统，取不同时代之所长，最终深化了神韵的内涵③。这时的"神韵"已不再是早年那个偶然使用的概念，它已在典、远、谐、丽的基础上吸收盛唐诗的艺术经验、审美趣味和前人诗话的理论表述，最终定型为涵括他审美理想、审美态度、审美体验的诗美学范畴④。

就概念本身而言，青木正儿在辨析性灵、格调、神韵三大概念时已阐述得很清楚："性灵、格调和神韵，可谓诗的三大要素。性情是诗的创作活动的根源，其灵妙的作用就是'性灵'。而将由于性灵的流露而产生的诗思加以整理的规格，就是'格调'。这样创造出来的艺术品中自然具备的优美风韵，就是'神韵'。"这是从创作过程来说的，如果从作品构成的角度来说，则"性灵是充实诗的内容的思想，格调是构成诗的外形的骨骼，而神韵则是建立在性灵和格调之上的风韵"，他用烹调作比喻，性灵

---

① 彭蕴章：《江弢叔诗序》，《归朴龛丛稿》卷六，同治刊本。
② 此论已见钱仲联《梦苕庵诗话》，齐鲁书社 1986 年版，第 85 页。有关清人对黄庭坚诗的评论与接受，可参看吴彩娥《清代对于黄山谷诗歌的批评及其意义》，《清代学术论丛》第六辑，中山大学清代学术研究中心编，文津出版社 2001 年版。
③ 太田青丘：《作为中国象征诗学的神韵论的发展》，《太田青丘著作选集》第 3 卷，第 210 页。
④ 王小舒《神韵诗史研究》认为"神韵作为一种意蕴深厚的审美意识，实际上由三个要素构成：审美理想、审美态度和审美体验"，甚是。见该书第 385—386 页。

是材料的选择，格调是烹调方法，神韵则是二者合成的滋味①。其实最好的比喻，仍是传统的生命之喻。性灵和格调等于是在讲刘勰时代的作品观——"形之包气"，性灵加格调只有气和形两方面，神韵则给气和形赋予了神。有气无形是幽灵，是倩女离魂；有形无气是木偶，是泥塑美人。有气有形始是活人，但未必动人，必有神然后回眸一笑，百媚俱生②。

　　气、形、神的关系在唐代画论中已然成型，而相应的诗学概念性灵、格调、神韵到明代也已定型，但自宋人讲性灵，明人讲格调之后，神韵虽有胡直、胡应麟、陆时雍等诗家主张，但人微言轻，不成气候。非要到王渔洋拈出，加以阐说发明，朋侪响应，门生鼓吹，后进尊奉，这才能经典化为古典诗学的最后一个重要范畴。从内涵上说，神韵不是新鲜的命题；从概念上说，渔洋自己后来也发现明人已先使用。既然如此，为什么"神韵"还那么为诗家所重视，作为一个新的概念来接受呢？关键就在于王渔洋讲的"神韵"，已不只是与"神"同构，与性灵、格调相对应的构成性概念，甚至也不是二者的上位概念。准确地说，神韵已不是诗学概念，而是诗歌美学的一个范畴。如果说王渔洋以前的"神韵"用例，可以作为诗学概念来讨论，从构成性的角度解释为"生气"和味外之味③，那么到王渔洋手中，这个传统的画学和诗学概念已被注入独特的美学内涵，不仅完成了传神与余韵两种诗学观念的融合④，而且同某种审美趣味联系起来，并附带有相应的风格印象。以致人们使用"神韵"一词时，必寄予某种审美判断；而当人们听到这个词时，又总能唤起特定的审美想象。这绝不是完型心理学的格式塔质⑤，或审美的纯粹性⑥、一种形上之美所能解释

---

　　① 青木正儿：《清代文学评论史》，第 122—123 页。

　　② 后阅汪琬《钝翁续稿》卷一五《续倡和诗序》，也有类似的比喻："始予之为序也，告二子以作者之法，今愿益以一言，曰求诸风神韵气之全而已。不见夫土木偶之为美人者乎？其刻木抟土而被之以丹青也，其形貌美人也，其服饰美人也，儿童说之，而有识者未尝顾问焉。何则？为其神韵之异于生者故也。夫作诗亦有神韵焉，摹拟非也，涂泽亦非也。"但这里的"神韵"近于神采之义。

　　③ 乔维德：《论"神韵"》，《古代文学理论研究》第八辑，上海古籍出版社 1983 年版。

　　④ 黄景进：《王渔洋"神韵说"重探》，《清代学术论丛》第六辑，中山大学清代学术研究中心编，文津出版社 2001 年版。

　　⑤ 鲁枢元：《"神韵说"与"文学格式塔"——关于文学本体论的思考》，《文学评论》1987 年第 3 期。

　　⑥ 朴均雨：《王渔洋"神韵说"之诗学精神》，左东岭、陶礼天主编《中国古代文艺思想国际学术研讨会论文集》，学苑出版社 2005 年版。

的①。我们只消举出前人使用"神韵"来作审美判断的批评实例，就能清楚地看出"神韵"在审美感知中是如何直观显现的。

一　"神韵"的审美印象

首先当然是看王渔洋本人使用"神韵"进行批评的例子。《居易录》卷六云：

> 赵子固梅诗云："黄昏时候朦胧月，清浅溪山长短桥。忽觉坐来春盎盎，因思行过雨潇潇。"虽不及和靖，亦甚得梅花之神韵。

这里称赵子固诗甚得梅花的神韵，细玩之诗是从侧面落笔的，完全没有正面的体物描写，朦胧的月色，清浅的水滨，流动的思绪，再加上对雨景的回忆，无不营造一种飘忽不定的氛围，梅幽闲淡雅的韵度，伴着微雨的湿润，传达给我们一种清丽脱俗的意趣。这就是神韵，一种只可意会而难以言喻的美感。《香祖笔记》卷二云：

> 七言律联句，神韵天然，古人亦不多见。如高季迪"白下有山皆绕郭，清明无客不思家"，杨用修"江山平远难为画，云物高寒易得秋"，曹能始"春光白下无多日，夜月黄河第几湾"，近人"节过白露犹余热，秋到黄州始解凉"，"瓜步江空微有树，秣陵天远不宜秋"，释读彻"一夜花开湖上路，半春家在雪中山"，皆神到不可凑泊。②

这段议论摘举七律中神韵天然的名句，有两点很值得玩味。其一，他说七律中神韵句之少，甚至唐宋诗中都找不到适当的例子，所以他举的是晚近作者的几联，这是不是可以理解为神韵之美对于七律来说是一种后起的审美境界？其二，说七律中神韵之句古人也不多见，那么古人什么诗体中多见呢？该是五绝、五律、七绝等诗体吧？这段话所包含的言外之意是很引人深思的。再看他所欣赏的郎廷槐《水月二首》之一：

---

① 王园：《形上之美："神韵"的内在解读》，《宜宾学院学报》2006 年第 9 期。
② 王士禛：《香祖笔记》卷二，第 25 页。

水流云荡漾，树暗月婆娑。露滴澄江色，风吹子夜歌。魄寒星影灭，秋淡桂香多。渺渺扁舟客，持杯唤奈何？

渔洋给这首五律的评语是："神韵天然，何大复之杰作。"① 像上文评七律一样，神韵再次和"天然"联系在一起，表明凡神韵之作都有自然天成的感觉，同苦吟和雕琢无缘。郎廷槐这首五律给人的印象，就是取景、抒情和措辞的自然浑成，触目所见的眼前景和仿佛信手拈来的诗歌语言都显出一种无所造作的淡泊趣味，所传达的情感也是淡淡的。

郎诗所呈现的这种淡远趣味正是王渔洋最欣赏的，他自己的诗作给人印象最深的也是这一类，后人往往许为神韵之作。如《大孤山》诗：

宫亭湖上好烟鬟，委隋初成玉镜闲。雾阁云窗不留客，蓣花香里过鞋山。

金武祥《粟香随笔》采录此诗，许为"神韵尤佳"②。朱庭珍《筱园诗话》也称"阮亭先生长于七绝，短于七律，以七绝神韵有余，最饶深味，七律才力不足，多涉空腔也"③，并举渔洋若干七绝为例：

阮亭《题画》云："芦荻无花秋水长，淡云微雨似潇湘。雁声摇落孤舟远，何处青山是岳阳？"《露筋祠》云："翠羽明珰尚俨然，碧云祠树碧于烟。行人系缆月初堕，门外野风开白莲。"《杨妃墓》云："巴山夜雨却归秦，金粟堆边草不春。一种倾城好颜色，茂陵终伴李夫人。"《蟂矶灵泽夫人祠》云："霸气江东久寂寥，永安宫殿莽萧萧。都将家国无穷恨，分付浔阳上下潮。"此四绝皆以神韵制胜，意味深远，含蓄不露，阮亭集中最上乘也。④

这些作品共同的特征是不发感慨、不着议论，而通过画面情调的渲染、氛

---

① 郎廷槐：《江湖夜雨集》卷一下，康熙萝筵斋刊本。

② 金武祥：《粟香二笔》卷八，光绪十三年广州刊袖珍本。

③ 朱庭珍：《筱园诗话》卷三，张国庆辑《云南古代诗文论著辑要》，中华书局2001年版，第304页。

④ 朱庭珍：《筱园诗话》卷四，张国庆辑《云南古代诗文论著辑要》，第324—325页。

围的烘托，将悠悠不尽的言外之意留给读者自己去玩味。王渔洋笔记中留下的只语片言的诗论，也显出类似的美学特征，可见其中年以后艺术趣味的定型。如《香祖笔记》卷四云："张道济手题王湾'海日生残夜，江春入旧年'一联于政事堂；王元长赏柳文畅'亭皋木叶下，陇首秋云飞'，书之斋壁；皇甫子安、子循兄弟论五言推马戴'猿啼洞庭树，人在木兰舟'以为极则；又若王籍'蝉噪林逾静，鸟鸣山更幽'，当时称为文外独绝；孟浩然'微云淡河汉，疏雨滴梧桐'，群公咸阁笔不复为继；司空表圣自标举其诗，曰'回塘春尽雨，方响夜深船'。玩此数条，可悟五言三昧。"① 同书卷八又云："表圣论诗有二十四品，予最喜'不著一字，尽得风流'八字。又云'采采流水，蓬蓬远春'，二语形容诗境亦绝妙，正与戴容州'蓝田日暖，良玉生烟'八字同旨。"② 这里的"五言三昧"和"不著一字，尽得风流"，作为他艺术趣味的概括性表达，显然都与神韵相关，或者说体现了神韵的某些感觉特征③。它们与《唐贤三昧集》序所引《沧浪诗话》"盛唐诸人唯在兴趣，羚羊挂角，无迹可求"一段相互发明、相互印证，就使神韵概念在得到多方面阐明的同时，又与古典诗歌的一个美学传统联系起来。

渔洋晚年位尊望重，门生故旧半天下，他的神韵说也影响广被，为诗家所崇奉，虽然后人使用"神韵"一词不一定与王渔洋取义完全相同，但应该相去不远。看看后来诗家对神韵之作的认定，有助于加深我们对王渔洋所谓"神韵"的理解。首先，杨绳武曾摘梁文川"空濛山雨中，衣袖生云雾"、"鸟下日将夕，树摇风欲来"、"月明云影淡，夜静水声寒"、"坐对一庭雨，时闻落叶声"、"暮蝉高柳上，秋水夕阳边"等诗句，以为"气体高妙，大有襄阳、辋川之风"，"使新城先生见之，必邀赏音也"④。他这里虽然没直接用"神韵"来评赞这些诗句，但要说王渔洋会欣赏这几联，应该是虽不中也不远的。如果我们由这些诗句揣摩王渔洋对诗歌的趣味，那就会得出喜爱幽深淡远之景的印象。同样类型的诗论也见于陶元藻《凫亭诗话》的一段记载：

---

① 王士禛：《香祖笔记》卷四，上海古籍出版社 1982 年版，第 67 页。

② 王士禛：《香祖笔记》卷八，第 148 页。

③ 王士禛《居易录》卷十八尚有"米南宫写《阴符经》墨迹细行书，结构精密，神韵溢于楮墨"，亦为以神韵论书法之一例。

④ 杨绳武：《与介休梁文川书》，《古柏轩文集》卷四，道光刊本。

莘田年八十，犹说诗娓娓不倦。余至三山未及两旬，即索余稿本而去，以三绝句自书于便面。其一乃《过广济禅院》，云："牛渚矶边夜色浑，离离佛火对渔村。松花满院无人扫，月照江声到寺门。"又《独立》云："平生不解畜痴钱，观稼何来负郭田。独立柴门秋色里，夕阳疏柳一声蝉。"又《临淮夜泊》云："野塘秋阔楚天空，船尾寒灯驻小红。两岸芦花半江月，未归人在雁声中。"尝与人言篁村此三诗神韵绝佳，使王新城见之，必进诸首座，时时口诵不已。①

黄任这段评论也是体度王渔洋的论诗志趣，相信王渔洋会喜欢陶元藻这三首"神韵绝佳"的绝句；陈诗评顾宪融《西兴》"水蕨花外暝烟升，小市人家欲上灯。愁煞扁舟卧居士，卷篷低烛过西兴"一绝"得渔洋三昧"②，说法虽不同，用意完全一样。我们来看这四首七绝有什么特点：第一首是幽静而略带冷寂的情调，第二首是片刻情境的捕捉，第三首是融情于景、化实为虚的笔法，第四首借特定的地名来营造一种情绪氛围，它们共同的特征是淡化作品社会现实和人生体验的背景，将笔触集中于特定的视觉空间，摄取即时的审美感受，以突出某种趣味化了的诗意瞬间和生命情调。

这些特征后来成为"神韵"默认的内涵而为诗家所接受，在实际批评中，被贴上"神韵"标签的诗歌作品大多具有这些特征。如郭麐《灵芬馆诗话》卷三云：

渔洋《露筋祠》诗，撇开题面，自出一奇。余人一著议论，便觉可厌。李丹壑一绝云："心如扬子青铜镜，身似莲塘菡萏姿。只尺隋家天子墓，行人惟拜女郎祠。"议论之中，神韵自绝。③

张晋本《达观堂诗话》称杨木庵诗中七绝"更饶神韵"，举《湘中》云：

美人楼阁绣帘遮，烟锁垂杨两岸斜。三十六湾秋雁到，不知何处宿芦花。

---

① 陶元藻：《凫亭诗话》卷上，嘉庆元年家刊本。
② 转引自钱仲联《梦苕庵诗话》，第97页。
③ 郭麐：《灵芬馆诗话》，嘉庆间家刊本。

又《惜花》云：

> 菱子江头水满村，重堤烟雨对黄昏。春风一夜吹花落，不听啼鹃
> 亦断魂。①

孙枟《余墨偶谈》卷五"神韵"条云：

> 吴泰来《寄人》诗云："天际君山一点青，片帆何处吊湘灵。愁
> 心莫听巴陵曲，杨柳春风满洞庭。"李树谷《雨中有怀》云："夜屋
> 秋回酒半醒，美人远隔暮山青。长林木叶空阶雨，冷落西风独自听。"
> 二诗余情绵邈，纯以神韵胜人，得红绡不言之秘。②

林昌彝《海天琴思录》称张际亮"诗才旷逸，绝句尤神韵不匮"，举其七
绝八首，如《闰六月二十四偕梅友炯甫集小西湖宛在堂》其一云：

> 来时惯爱寺门前，岚霭分峰水独烟。松气自明将夕景，荷花最好
> 欲风天。

《七月二十七日登天开图画楼慨然作》其二云：

> 天际微红一角霞，碧山西更有人家。月残风晚催秋早，不见湖阴
> 白藕花。③

又举文星瑞《寄粤东亲友》一绝，许其"亦见神韵"：

> 布帆轻便艣枝柔，岸柳江枫送客舟。一路西风吹不断，桂花香里
> 过昭州。④

---

① 张晋本：《达观堂诗话》卷一，道光刊本。
② 孙枟：《余墨偶谈》卷五，同治十二年双峰书屋刊本。
③ 林昌彝：《海天琴思录》卷五，上海古籍出版社 1988 年版，第 107—108 页。
④ 林昌彝：《海天琴思续录》卷五，上海古籍出版社 1988 年版，第 381 页。

林昌彝在《射鹰楼诗话》里还称林则徐七绝"神韵独秀",举《在戍所题画山水为布子谦将军作》为例,有"凭栏爱看丹枫艳,小阁卷帘留夕阳"之句①。从他对七绝的认识:"唐人绝句以李青莲、王龙标为最,盖能不着一字,尽得风流也。"就知道,他对神韵的理解全本自王渔洋,他举的七绝作品也无不与渔洋所赏如出一辙。金武祥《粟香随笔》很欣赏王存善《题朱竹垞烟雨归耕图》七绝:"买田阳羡忆髯苏,好带溪山入画图。恰是棹歌声未了,一犁烟雨梦鸳湖。"以为"绰有神韵"②,又举史有光两首七绝云:

> "雁影横空落水边,舟人闲语夕阳天。归朝相送舻声急,摇动一滩芦荻烟。"又:"窗外微云湿翠峦,熟梅天气雨漫漫。啼残好鸟不知处,门掩绿阴清昼寒。"皆神韵独绝。③

显然,这些被检定的神韵之作与渔洋所选及被认为合乎渔洋趣味的那些作品是有共同的审美特征和风格印象的。即便王渔洋与后来的诗论家都没有给神韵下一个定义,甚至作个大致的界说,但人们心里无疑都有较一致的认识。

正由于诗家对神韵的内涵已有约定俗成的理解,对其风格取向也有一致的把握,到清代中叶就出现了类似托名司空图《二十四诗品》的意象式描述,即郭麐《词品·神韵》:

> 杂花欲放,细柳初丝。上有好鸟,微风拂之。明月未上,美人来迟。却扇一顾,群妍皆娿。其秀在骨,非铅非脂。眇眇若愁,依依相思。④

对照上面各家所举出的诗作,我们不能不承认郭麐的文字是颇能传达神韵的美学特征和风格印象的。虽然是意象化的语言,但参照前人列举的神韵诗加以玩味,就很容易把握其中包含的丰富的美感特征:"杂花欲放,细柳初丝",是含而不露的意味;"上有好鸟,微风拂之",是轻柔妙曼的声

---

① 林昌彝:《射鹰楼诗话》卷二,上海古籍出版社 1988 年版,第 35 页。
② 金武祥:《粟香随笔》卷三,光绪刊本。
③ 金武祥:《粟香三笔》卷六,光绪刊本。
④ 郭麐:《词品》,郭绍虞辑《文品汇钞》,民国 19 年朴社印本。

情；"明月未上，美人来迟"，是朦胧淡远的韵致；"却扇一顾，群妍皆媸"，是生动风趣的魅力；"其秀在骨，非铅非脂"，是自然脱俗的气质；"眇眇若愁，依依相思"，是宛转低回的情调。这一系列意象直观而多层次地揭示了神韵之美的内涵。

　　总结前人的用法，神韵首先是属于风景诗范畴的审美概念，是意味着景物内在品质的一种美感。《四库提要》说"士祯论诗，主于神韵，故所标举，多流连山水、点染风景之词，盖其宗旨如是也"①。从王渔洋本人和后人的用例来看，四库馆臣的确抓住了神韵说的核心。神韵在美感类型上更偏向于阴柔之美，所以施补华说"用刚笔则见魄力，用柔笔则出神韵。柔而含蓄之为神韵，柔而摇曳之为风致"②。若具体加以分析，则神韵首先是一种生动的魅力，活泼的风趣，虽未必有深厚的蕴涵但不失灵动的神采；神韵有着天生的脱俗气质，自然而然的优雅风度，有时像庄子笔下的姑射神人，有一种不带人间烟火气的超脱品质；又常伴有朦胧淡远的景致，含而不露的愁思，更兼声情宛转，笔调轻倩，令人玩索再三，回味不已。

　　梳理前人所举的诗例，还让我注意到神韵与诗体的关系。不是么，上面提到的神韵诗，绝大多数都是七言绝句。浏览后人汇编的《带经堂诗话》，其中评赏的佳作也以绝句为多。七绝原是王渔洋最拿手的诗体，历来早有定评。朱庭珍说："七绝阮亭最为擅长，时推绝技。集中名作如林，较各体独多佳制。"③ 而所谓神韵正与七绝短小的篇幅相关，这一点赵翼《瓯北诗话》就已指出：

　　　　阮亭专以神韵为主。(中略) 然专以神韵胜，但可作绝句。而元微之所谓"铺陈终始，排比声韵，豪迈律切"者，往往见绌，终不足八面受敌，为大家也。④

《四库全书总目》杨巍《存家诗稿》提要云："王士祯《池北偶谈》称其五言简古得陶体，为明人所少。又举其'前年视我山中病，落日独骑骢马来。记得任家亭子上，连翘花发共衔杯'一绝，盖其神韵清隽，与士祯论

---

① 《四库全书总目》卷一六九《渔洋诗话》提要。
② 施补华：《岘佣说诗》，丁福保辑《清诗话》下册，第993页。
③ 朱庭珍：《筱园诗话》卷三，张国庆辑《云南古代诗文论著辑要》，第304—305页。
④ 郭绍虞辑：《清诗话续编》第3册，第1299页。

诗宗旨相近，故尤赏之。"这里举的例子也是七绝，似乎神韵和七绝一体天然有着最密切的关系。至于其他诗体，不独王渔洋说七律神韵句自古无多，后来梁江田又进一步提出："近体首在洗炼，洗炼之所就，五言主神韵，七言主风格，此古今颠扑不破之论。"① 于祉《澹园诗话》则认为："王阮亭尚书颇以司空氏'不著一字、尽得风流'，为无上之妙；而严沧浪'羚羊挂角'之说，亦时参取。然观其所选《唐贤三昧》，虽多佳构，恐非二子意中所有也。二子之说，比如太白绝句、乐府短章及王右丞五绝，始可以当之也。"② 在他看来，王渔洋《唐贤三昧集》所选的长篇作品尚不足以言神韵，只有李白、王维的五七言绝句和短篇乐府才符合司空图、严羽两家标举的趣味。这就是说，神韵是与短篇体裁较亲和的一种美感特征，或者说短篇体裁更易见神韵。这一点不仅可由上文征引的大量诗作及前人论断得到印证，渔洋本人的创作也有一个极好的例子。我们都知道，渔洋集中《再过露筋祠》一绝极负盛名，但他几个月前初经露筋祠时作的五律《露筋祠》却几乎不为人所知："放舟湖上水，舣楫女郎祠。往迹行人说，清风古牒垂。画衣生积藓，荒径飐灵旗。丛竹香苹路，依稀近九疑。"③ 除了艺术表现手法的差异之外，体制不同也是重要原因，或者说表现的差异正是由体制决定的。律体较大的运筹空间可容纳更多的诗意，因而此诗从容叙述旅程，交代露筋祠的由来，描写祠内外景色，最后化用典故称颂节妇祠将永垂久远。而绝句就无法容纳这些内容层次了，只得多用虚笔渲染作品的氛围（详后），以营造言尽意余的韵味。可以说，在古典诗歌的所有体裁中，七绝是与神韵最有缘的一种，日本学者宫内保从山水描写的角度论王渔洋的"神韵诗"，所举作品主要就是早期的五七言绝句④，应该说是抓住了问题的核心。我们考察"神韵"的美学特征时，必须充分考虑到诗体的问题，否则就容易将问题泛化，以致模糊问题的关节点。

　　长期以来，对王渔洋神韵说的评价往往与其政治态度及当时的政局联系起来，从而导致一种意识形态化的结论。近年学者们从更广阔的文化视

---

①　梁江田：《书杨仲宏集后》，王道徵《兰修庵消寒录》卷二引，道光二十二年刊本。

②　于祉：《澹园诗话》，咸丰间与《三百篇诗评》合刊本。

③　《渔洋诗集》卷七，袁世硕主编《王士禛全集》第 1 册，第 245 页。

④　宫内保：《山水描写的手法——王渔洋"神韵诗"的场合》，《日本中国学会报》第 44 集，日本中国学会 1992 年版。

野着眼，开始给予神韵诗学以更积极的正面评价，认为它最重要的意义在于倡导一种回归纯真大自然的风气，"在歌颂祖国山川风物之美的过程中，诗人抚平了因改朝换代而造成的心灵创伤，或者说从山川美景中领悟到了汉民族还具有顽强的生命力。对诗人来说，也会进而确立作为汉民族文化继承者的自信心与自豪感。所以，'神韵'诗的出现，应该说不是一种软弱退让的表现，而是一种对汉民族文化更有自信心的表现，也是更有力量的表现"①。这比起以前的意识形态化评价来无疑是更圆通的见解，但我觉得仍不免有些泛化"神韵"的内涵，与新中国成立以来批评王渔洋神韵说有脱离现实、粉饰太平的倾向，在学理上如出一辙，都属于未顾及"神韵"的诗学语境，将它推广到所有诗类，泛化于渔洋全部诗学的结果。在今天要确切地评价王渔洋"神韵"概念的内涵，首先必须回到它的历史语境中去。

二 "神韵"的美学内涵

通过上文所引王渔洋本人和后人运用"神韵"的批评实例，我们可以看出，"神韵"概念包含的审美内涵是多层次的，在这些批评家的眼中，"神韵"之美实际上可分析为这样几个层次：（1）呈示动机的偶然性，（2）呈示方式的直观性，（3）呈示对象的瞬间性，（4）呈示特征的模糊性。其相对应的审美反应则是自发的而非被动的，直觉的而非理性的，富有特征的而非全面的，有距离感的而非清晰逼真的。这种美留给读者的感觉，更多的是作品情调和氛围的直接感受，由于这种感受出自瞬间反应，往往带有特征突出和细节模糊的特点，就像目光快速地扫过一幅绘画留下的印象。确实是印象，没有比这个词更适合表现"神韵"的特征了。它促使我将"神韵"同艺术史上的印象主义联系起来思考。

我们首先还是来看王渔洋对诗歌创作中这种审美经验的阐述。我们知道，王渔洋是非常重视写作动机之偶然性的，他曾说："南城陈伯玑允衡善论诗，昔在广陵评予诗，譬之昔人云'偶然欲书'，此语最得诗文三昧。今人连篇累牍，牵率应酬，皆非偶然欲书者也。"② 偶然欲书意味着对作诗动机自发性的强调，这种自发性既然属于突发的、偶然的，因而也可以

---

① 严明：《清诗特色形成的关键——论康、乾时期的诗风转变》，《苏州大学学报》1998年第2期。

② 王士禛：《香祖笔记》卷九，第182页。

说是自然的。毛际可序王渔洋诗，称"以自然为宗，以神韵超逸为尚"①。这里所谓的"自然"，借计楠的话来说就是："刻意作诗必无好诗，穷形作画必无佳画，着迹故也。深于诗画者，正如空山无人，水流花开。"② 自然就是这种毋固毋必，应时而至的写作意兴；若无这种突发性的灵感，便不勉强操觚而待其自来，用王渔洋的说法就是"伫兴"。《渔洋诗话》卷上说：

> 萧子显云："登高极目，临水送归，蚤雁初莺，花开叶落。有来斯应，每不能已。须其自来，不以力构。"王士源序孟浩然诗云："每有制作，伫兴而就。"余生平服膺此言，故未尝为人强作，亦不耐为和韵诗也。③

这可以视为王渔洋在写作态度上的纲领性宣言，他不仅强调自己从不勉强写作或作和韵诗，还将自己在扬州时写的几首五绝，与前人名作相提并论，说"皆一时伫兴之言"④。其"天然不可凑泊"的美感形态，相比传统的意图明确的写作，有很大的差别。有意图的写作很少以文本的开放性和模糊性作为自己追求的目标，相反对那些希望参与意义归属活动的读者却抱有很高的警惕，绝不愿意读者按照自己体验语言、符号和信息游戏的方式去理解诗意。因此作者总是精心结构一个文本，甚至不惜赋予意象以类型化的规定以限定意向活动的路径，从而限制适用于读者的意义。而王渔洋将作者设定在一个"伫兴"的位置上，就等于取消了预设的道德立场和意义提示，让作者扮演了类似后现代作者的新奇角色：

> 他（她）努力以如此模棱两可、不可思议的风格书写着一个开放的文本并千方百计地把它构思得如此含糊不清，就是为了促进后现代解释的无限性。他（她）努力地拓张对读者有益的空间，以增进意义的多样性，以发明一个赤裸裸的、无拘无束的、不用定义解释的文本，一个包容并促进了许多解释的文本。在后现代阶段，人们写作或

---

① 毛际可：《王阮亭诗序》，《安序堂文钞》卷六，《四库全书存目丛书》集部，第229册，第554页。
② 计楠：《与许来青论诗画》，《秋雪吟尺牍》，收入《一隅草堂集》，道光刊本。
③ 王士禛：《渔洋诗话》，丁福保辑《清诗话》上册，第182页。
④ 王士禛：《香祖笔记》卷一，第24页。

> 创作，不是像启蒙时期倡导的那样是为了追求真理或知识，而只是为了经验上的愉悦。[①]

要说王渔洋的“伫兴”是后现代写作，一定会遭人非笑，但这段论后现代写作的话却仿佛就是针对王渔洋说的。他著名的《秋柳》四章正是这种不确定性的代表，借方东树的话说就是“阮亭多料语，不免向人借口，隶事殊多不切，所取情景语象，多与题之所指人地时物不相应”[②]。由此造成的解释多样化的可能性，常被认为是出于避忌时讳的主观原因，其实也不妨理解为咏物诗的一种写作策略，即利用积淀有丰富文化内涵的传统意象，寄托广泛而复杂的人生体验。

王渔洋对诗歌呈示方式之直观性和呈示对象之瞬间性的追求，在前文论及擅长于表达瞬间感觉的短小体制——七绝时，实际已有说明，这个问题较容易理解，我不打算再重复，而想重点谈谈呈示特征的模糊性。这个概念与渔洋早年谈艺四言的“远”相关。任何对象的不清晰，从观察位置说就是相对的远。王渔洋确实曾从这个角度来阐释过神韵，那就是前文所引《池北偶谈》卷十八的一段话，为了方便说明问题，这里再抄录一遍：

> 汾阳孔文谷天胤云：诗以达性，然须清远为尚。薛西原论诗，独取谢康乐、王摩诘、孟浩然、韦应物。言“白云抱幽石，绿條媚清涟”，清也；“表灵物莫赏，蕴真谁为传”，远也；“何必丝与竹，山水有清音”，“景昃鸣禽集，水木湛清华”，清远兼之也。总其妙在神韵矣。神韵二字，予向论诗，首为学人拈出，不知先见于此。

因为有王渔洋夫子自道如此，有的学者就用“清远”来解释神韵，意谓字面上平淡无奇，内容却有惝怳迷离的情趣，概括言之就是妙在神会，不着色相[③]；又有学者将王渔洋的“远”与布洛的“距离说”作比较，认为两者共同之处在于：（1）注重审美过程中主体的情感投入和移情的重要作用；（2）将“距离”作为获得美的一种手段；（3）将距离作为衡量美的

---

① 波林·罗斯诺：《后现代主义和社会科学》，张国清译，上海译文出版社 1998 年版，第 48 页。

② 方东树：《昭昧詹言》卷一，人民文学出版社 1961 年版，第 45 页。

③ 吴宏一：《清代诗学初探》，第 181、186 页。

一种标准；（4）将距离当做"审美悟性"的一个重要特征①。这无疑都触及王渔洋"远"的部分意义，不过与问题的核心还有些距离。我认为王渔洋的"远"只同以"距离"为获得美的手段稍微有一点关系，而远未达到美学的层次，与布洛着眼于审美观照与现实的功利关系的"距离说"距离更远。《香祖笔记》卷六云："余尝观荆浩论山水，而悟诗家三昧，曰远人无目，远水无波，远山无皴。又王楙《野客丛书》：太史公如郭忠恕画，天外数峰，略有笔墨，意在笔墨之外也。"② 王渔洋论诗所说的"远"，大致就是这个意思，是有关景物构图的感觉印象问题。王小舒说"远"所意味的距离感的意义，"首要的不在于表达上的含蓄，从根本上说它是一种创作态度，要求作者把生活放到远离自己的空间点上去进行观照。这样做使得诗人更加注重整体而忽略细节，注重主观感受而忽略具体真实，注重时空流动而忽略相对静止"③，我认为是非常精当的。

　　就古典诗学的传统观念而言，"远"通常指风景诗中那种有距离的感觉。皎然《诗式》"辨体有一十九字"论"远"云："非如渺渺望水，杳杳看山，乃谓意中之远。"④ 这是较早标举"远"趣的例子。后来黄庭坚《与党伯舟帖》之七说"诗颂要得出尘拔俗，有远韵"⑤，也是在这个意义上使用"远"的。这种远趣要求写景如写意山水，舒阔澹宕，不拘泥于细碎景物。方回评姚合《游春》云："予谓诗家有大判断，有小结裹。姚之诗专在小结裹，故'四灵'学之，五言八句皆得其趣，七言律及古体则衰落不振。又所用料，不过花、竹、鹤、僧、琴、药、茶、酒，于此几物一步不可离，而气象小矣。是故学诗者必以老杜为祖，乃无偏僻之病云。"⑥ 这里说的气象小和偏僻之病，正是缺乏远趣的典型表现。欲疗此疾，必须放弃写实逼真的意识，如谢榛说的"凡作诗不宜逼真，如朝行远望，青山佳色，隐然可爱，其烟霞变幻，难于名状。及登临，非复奇观，惟片石数树而已。远近所见不同，妙在含糊，方见作手"⑦。日本学者注意到王渔

---

　　① 张光兴：《布洛的"心理距离"说与王士禛"清远"诗论之比较》，《文学理论：面向新世纪》，山东人民出版社1997年版。

　　② 王士禛：《香祖笔记》卷六，第109页。

　　③ 王小舒：《神韵诗史研究》，第385页。

　　④ 李壮鹰：《诗式校注》，齐鲁书社1986年版，第54页。

　　⑤ 黄庭坚：《黄文节公集·外集》卷一八，乾隆三十年江西刊本。

　　⑥ 李庆甲辑：《瀛奎律髓汇评》卷一〇，上册，第340页。

　　⑦ 谢榛：《四溟诗话》卷三，丁福保辑《历代诗话续编》下册，第1184页。

洋诗中好写"烟"（烟雾、烟云、烟雨、烟霜），以至形成空间描写的朦胧化效果①，正是谢榛此说最好的印证。渔洋笔记中一再称述的前人论诗名言，大抵也不出这种趣味，最终荟萃为《渔洋诗话》一则：

> 戴叔伦论诗云："蓝田日暖，良玉生烟。"司空表圣云："不著一字，尽得风流。""神出古异，淡不可收。""采采流水，蓬蓬远春。""明漪见底，奇花初胎。""晴雪满林，隔溪渔舟。"刘蜕《文冢铭》云："气如蛟宫之水。"严羽云："如镜中之花，水中之月。""如羚羊挂人角，无迹可求。"姚宽《西溪丛语》载《古琴铭》云："山高溪深，万籁萧萧；古无人踪，唯石嶕峣。"东坡《罗汉赞》云："空山无人，水流花开。"王少伯诗云："空山多雨雪，独立君始悟。"②

这些珠玉名言无论其传达的意旨还是字面本身都是一派清幽淡远、不可凑泊的空灵趣味，其状景之浑融不切正是盛唐诗的典型特征。王渔洋少时最爱李白"牛渚西江夜"、孟浩然"挂席几千里"等作，数数拟之③；又鄙温庭筠著名的"鸡声茅店月，人迹板桥霜"一联"乃近俗谛"，而独赏其"古戍落黄叶，浩然离故关。高风汉阳渡，初日郢门山"一首，甚至许为"晚唐而有初唐气格者，最为高调"④，无非都取其浑闳不切，无迹可求而已。此种格调，明七子辈颇矜为不传之秘，所作往往效之。清末诗论家吴仰贤曾说：

> 吾邑南湖烟雨楼，历代名人题咏甚多。志乘载明李攀龙七律一首，中联云："江流欲动帆樯外，山色遥分睥睨西。"按：乍浦诸山在楼之东南，尚可望见；楼西山皆在百里外，非目力所及，至扬子、钱塘两江，路隔数百里，岂能于帆樯外窥见其渺茫？可见七子派作诗，不切情景，徒好作阔大语而已。

---

① 据松村昂统计，《渔洋山人精华录》1696首诗中223首用了"烟"字。参看大平桂一《王渔洋诗论》，《女子大文学·国文篇》第39号，大阪女子大学文学部1988年版。
② 丁福保辑：《清诗话》上册，第213页。
③ 王士禛：《古夫于亭杂录》卷三，袁世硕主编《王士禛全集》第6册，第4874页。对二诗的评论参见《分甘余话》卷四。
④ 王士禛：《古夫于亭杂录》卷五，《王士禛全集》第6册，第4912页。

吴氏此论颇有见地，谢榛《四溟诗话》确实说过："诗不可太切，太切则流于宋矣。"① 吴仰贤甚至将谢榛之见摈于七子之外归结于独洩此秘②。王渔洋于李攀龙诗学寝馈甚深，岂能不明白这个道理，下文我会引出他创作和批评中类似的例子。事实上，直到他晚年跋门人程鸣《七芙蓉阁诗》，还重温昔日《香祖笔记》所引荆浩、王楙之说，诲之曰："诗文之道，大抵皆然。友声深于画者，固宜四声之妙，味在酸咸之外也。其更以前二说参之，而得吾所谓三昧者，以直臻诗家之上乘。"③ 后来钱钟书先生综合古代画论、诗品中的有关议论，以为神韵说的核心即"画之写景物，不尚工细，诗之道情事，不贵详尽"。总之"不外乎情事有不落言诠者，景物有不着痕迹者，只隐约于纸上，俾揣摩于心中。以不画出、不说出示画不出、说不出，犹'禅'之有'机'而待'参'然。故取象如遥眺而非逼视，用笔宁疏略而毋细密"④，这无疑是很中渔洋肯綮的。

正如钱先生也提到的，"远"既然在空间上表现为主体与观照对象的距离感，转移到描写、再现对象的咏物诗中，就表现为与对象拉开距离的体物倾向，所谓"取象如遥眺而非逼视"是也。王渔洋对于咏物诗，最看重的正是这一点。他特别欣赏那种浑融传神、不事刻画的艺术倾向，就像他最喜欢的咏雪句子，是羊孚的"资清以化，乘气以霏；值象能鲜，即洁成辉"，陶渊明的"倾耳无希声，在目皓已洁"，王维的"洒空深巷静，积素广庭闲"，祖咏的"林表明霁色，城中增暮寒"，韦应物的"怪来诗思清人骨，门对寒流雪满山"⑤，无一是以刻画形容取胜的。而评杜甫《蒹葭》"句句太切"⑥，则明显是否定性的批评。毕生钻研王渔洋诗学的翁方纲最能体会这一点，他曾指出渔洋"不喜多作刻画体物语，其于昌黎《青龙寺》前半，盖因'炎官火伞'等句，微近色相而弗取也"⑦。自六朝以来，写景物以工于形似为尚，即刘勰所谓"体物为妙，功在密附"（《文

---

① 谢榛：《四溟诗话》卷二，丁福保辑《历代诗话续编》下册，第1172页。

② 吴仰贤：《小匏庵诗话》卷二，光绪八年刊本。

③ 王士禛：《跋门人程友声近诗卷后》，《蚕尾续文集》卷二十，《王士禛全集》第3册，第2319页。

④ 钱钟书：《管锥编》第4册，中华书局1979年版，第1359页。

⑤ 王士禛：《渔洋诗话》卷上，丁福保辑《清诗话》上册，第174页。按：《居易录》卷，王维句取"隔牖风惊竹，开门雪满山"。

⑥ 张宗柟辑：《带经堂诗话》卷三〇，人民文学出版社1963年版，下册，第860页。

⑦ 翁方纲：《七言诗三昧举隅》，丁福保辑《清诗话》上册，第292页。

心雕龙·物色》）。唐人还讲究以形传神，到宋代以后，苏东坡那种轻忽形似、以传神为尚的体物倾向成为诗学的主流，人们的体物观念也发生根本的变化，开始排斥刻画。我们知道，刻画景物之工，在诗学里的对应概念是"切"，也就是宋人说的"著题"①，方回《瀛奎律髓》用它来标目咏物类诗。咏物当然是要讲究切的，但太切又不免粘皮带骨，就像《庚溪诗话》批评后人咏鹤、鹭，"规规然祇及羽毛飞鸣之间"。如白居易咏鹤云"低头乍恐丹砂落，敛翅常疑白雪销"，杜牧咏鹤云"丹顶西施颊，霜毛四皓须"，"皆格卑无远韵"②。推而广之，举凡抒情言事紧扣题目，毫无舒卷自如之意，也属于过"切"，终不免小家子气。胡应麟《诗薮》云：

> 苏长公论诗有二语绝得三昧，曰作诗必此诗，定知非诗人。盖诗惟咏物不可汗漫，至于登临燕集、寄忆赠送，惟以神韵为上。使句格可传，乃为上乘。今于登临则必名其泉石，燕集则必纪其园林，寄赠则必传其姓字，真所谓田庄牙人、点鬼簿、粘皮骨者，汉唐人何尝如此，最诗家下乘小道。即一二大家有之，亦偶然耳，可为法乎？

胡震亨《唐音癸签》卷四引此说，并加按语道："诗中用姓即老杜亦不免，如赠贾至、严武云：'长沙才子远，钓濑客星悬。'又：'贾笔论孤愤，严君赋几篇。'又《饮张氏隐居》：'杜酒偏劳劝，张梨不外求。'此法今吟人概用以救急矣。"这种以姓氏切合题赠对象的用典法，颇似咏物的紧扣对象的形体色彩来描摹，当然也是不足取的。

事实上从宋代以后，苏东坡的"作诗必此诗，定知非诗人"就成了诗家定谳。无论是一般的写景言情，还是专门的咏物，诗论家都有基于非写实倾向而反对过于刻画的主张。在清初，贺贻孙说"作诗必句句着题，失之远矣"③，周容说"古人咏物诸诗，佳篇率尠，大约善离者必佳。况非咏物而俱欲以咏物之体待之乎？"④ 显然都持这种立场。而王渔洋将这种表现倾向与神韵诗学的审美理想结合起来并凭借其影响广播于诗坛，就使

---

① 关于"切"，任先大《释"切"——传统文论关键词研究之一》（《云梦学刊》2007 年第 2 期）有专门论述，但未涉及"切"的负面影响。
② 魏庆之：《诗人玉屑》卷一〇引，上海古籍出版社 1978 年版，上册，第 216 页。
③ 郭绍虞辑：《清诗话续编》第 1 册，第 168—169 页。
④ 周容：《复许有介》，《春酒堂文存》，民间间张寿镛刊四明丛书本。

它成了更有理论概括性的观念。以至于后人对神韵的把握，往往与对"切"的警惕和防范联系在一起。《御选唐宋诗醇》卷二十三评白居易《题遗爱寺前溪松》云："咏物善取神韵，故著题而不呆板。若过于求切，转蹈剪绿为花之弊。"汪师韩《诗学纂闻》说："宋元后诗人有四美焉，曰博，曰新，曰切，曰巧。既美矣，失亦随之。"其中"切"带来的弊端就是"切而无味，则象外之境穷"①。总而言之，神韵与体物的刻画工细、叙事的缕屑无遗，是绝不相容的，一切对逼真、细致的追求都会损害神韵的浑融之美。

沿着这一思路很容易发展为对忠实地摹写客观的抵触，甚至取消真实性的概念。最典型的例子莫过于围绕王维画雪中芭蕉的争论。沈括《梦溪笔谈》卷十七载：

> 书画之妙，当以神会，难可以形器求也。世之观画者，多能指摘其间形象、位置、彩色、瑕疵而已，至于奥理冥造者，罕见其人。如彦远《画评》言王维画物多不问四时，如画花往往以桃、杏、芙蓉、莲花同画一景。余家所藏摩诘画《袁安卧雪图》，有雪中芭蕉，此乃得心应手，意到便成，故其理入神，迥得天意，此难可与俗人论也。②

王维《雪蕉图》曾为倪云林清閟阁收藏，著录于张丑《清河书画舫》和《佩文斋书画谱》，历来对它的解释不一。朱熹以为王维误画③，但也有人说是写实的④，还有说是喻禅理的⑤，已有学者专门加以辨析⑥。王渔洋后来因岭南之游的经验相信了王维是写实⑦，但早年他认为这种画法基于王

---

① 丁福保辑：《清诗话》上册，第 440 页。

② 沈括：《元刊梦溪笔谈》，文物出版社 1975 年影印本，第 3 页。

③ 黎靖德编：《朱子语类》卷一三八，中华书局 1986 年版，第 8 册，第 3287 页。

④ 如朱翌《猗觉寮杂记》卷上、俞弁《逸老堂诗话》卷上、王肯堂《郁冈斋笔麈》卷二。章文钦《吴渔山集笺注》卷五《墨井画跋》："芭蕉四季有花有实，其花瓣面赭背黄，其实一茎累累垂七八。有龙牙、鼓槌二种。采而啖之，龙牙者佳，嚼齿酸甜软滑。其地久寒不飞雪，知王摩诘《雪蕉》有所本也。"中华书局 2007 年版，第 446 页。

⑤ 金农《冬心先生杂画题记》："王右丞雪中芭蕉为画苑奇构。芭蕉乃商飚速朽之物，岂能凌冬不凋乎？右丞深于禅理，故有是画，以喻沙门不坏之身，四时保其坚固也。"

⑥ 二川《王维〈袁安卧雪图〉画理抉微》，原刊于台湾《中国文化月刊》第 191 期（1995 年版）和《朵云》第四十五期（1996 年版），修订版见国学数典 http：//bbs. gxsd. com. cn/viewthread. php？tid =154620&extra = page%3D2。

⑦ 王士禛：《香祖笔记》卷一〇，第 191 页。

维艺术的观念的。《池北偶谈》曾写道:

> 世谓王右丞画雪中芭蕉,其诗亦然。如"九江枫树几回青,一片
> 扬州五湖白。"下连用兰陵镇、富春郭、石头城诸地名,皆寥远不相
> 属。大抵古人诗画,只取兴会神到,若刻舟缘木求之,失其指矣。①

他显然也认为王维的雪里芭蕉只是一时兴会神到,并不是写实,就像其诗
中写到一些地名并没有准确的方位和距离一样。《皇华纪闻》还据自己的
旅行经历,用江淹和孟浩然的诗例来说明这一点:

> 香炉峰在东林寺东南,下即白乐天草堂故址;峰不甚高,而江文
> 通《从冠军建平王登香炉峰》诗云:"日落长沙渚,层阴万里生。"长
> 沙去庐山二千余里,香炉何缘见之? 孟浩然《下赣石》诗:"暝帆何处
> 泊? 遥指落星湾。"落星在南康府,去赣亦千余里,顺流乘风,即非一
> 日可达。古人诗只取兴会超妙,不似后人章句,但作记里鼓也。②

他不仅观念上这么认为,实际创作中也是这么做的。《闻雁》诗有"怀人
江上枫初落,卧病空堂雨易成"两句,当时他在山东,长江连影子也看不
到,却称"江上枫初落",这不是"只取兴会神到"么?③ 这确实是艺术
中常见的现象,现代诗歌里也有类似的例子。痖弦《芝加哥》有一句
"从七号街往南",但芝加哥根本就没有七号街,写作此诗时痖弦尚未到过
美国④。使用地理、植物名词而置真实性于不顾,那就等于只取其字面或
者说将它们符号化,是典型的印象化的表现手法,那些古老的名城或美丽
的植物突出某种历史感或特定的美感,引逗读者各以其经验去完成对诗境
的想象和对诗意的领略。

　　这种象征化的表现方法,与中国古典诗歌的基本性格相符,其理论渊
源于严羽及秉承、发挥其学说的明代格调派。胡应麟《诗薮》有一段议论

---

① 王士禛:《池北偶谈》卷一八,下册,第436页。
② 王士禛:《皇华纪闻》卷二,《王士禛全集》第4册,第2688页。
③ 大平桂一:《うつしの诗学からゆらぎの诗学へ》(下),《女子大文学国文篇》第42号,
大阪女子大学1991年3月30日出版。
④ 杨牧:《痖弦的深渊》,《掠影急流》,洪范出版社2005年版,第112页。

阐释诗理最为透彻：

> 作诗大要不过二端，体格声调，兴象风神而已。体格声调，有则可循；兴象风神，无方可执。故作者但求体正格高，声雄调鬯，积习之久，矜持尽化，形迹俱融，兴象风神，自尔超迈。譬则镜花水月，体格声调，水与镜也；兴象风神，月与花也。必水澄镜明，然后花月宛然。①

王渔洋当然也重视体格声调，他毕生潜心于诗歌声律研究，尤以古诗声调之学饶有心得，这奠定了他谈艺四言中"谐"的基础。但相比明代格调派，他更关注兴象风神的问题，所谓"神韵"也可以认为就是兴象风神的概括和提炼，其中不仅包括"远"，当然也含着"典"。康熙四十二年（1703）八月，后辈诗人沈用济以诗来谒，王渔洋说："子欲作诗，先为我解风雅二字。"用济云："无含吐不风，无出典不雅。"渔洋不觉称赏："将来定是诗家！"② 沈用济此解可以说深得渔洋神韵诗学的真谛。自汉代以来一直被作伦理化阐释的"风雅"范畴，被从表现手法的意义上作了新的诠解，"风"成了艺术表现上的婉曲含吐，"雅"成了诗歌语言的有典有据。这两方面也正是王渔洋神韵诗风的主导特征，表现的婉曲不露，文辞的典雅有据，再加以声律的优游谐畅，便成就了神韵诗那种含蓄典雅而余味不尽的美学风貌。它没有沉郁顿挫的雄浑，也没有铺张排纂的恣肆，更没有枯瘦奇险的矫激，雅洁脱俗、悠然淡远是它给人的直观印象。由于选景和抒情刻意排除了日常生活中的琐屑情境和世俗念头，它常表现为一种超脱世俗趣味的唯美色彩，在有些批评家眼中就像是刻意修饰的结果。赵执信论"南朱北王"两家诗，道是"朱贪多，王爱好"，"爱好"从某种意义上说的确抓住了王渔洋诗歌写作的一个基本倾向。

说起来，"爱好"这个词秋谷也不是随便用的，它有个出处。《襄阳记》载："刘季和性爱香，尝上厕还，过香炉上，主簿张坦曰：'人名公作俗人，不虚也。'季和曰：'荀令君至人家，坐处三日香。为我如何令君，而恶我爱好也。'坦曰：'古有好妇人，患而捧心嚬眉，见者皆以为

---

① 胡应麟：《诗薮》内编卷五，第100页。
② 顾诒禄：《缓堂诗话》卷下，乾隆三十一年刊本。

好。其邻丑妇法之，见者走。公便欲使下官遁走耶?'季和大笑。"① 在这个故事中，"爱好"同时具有追求美以及流于拙劣模仿的喜剧结果两层含义。联系赵执信对王渔洋"诗中无人"的批评来看，其所谓"爱好"似更侧重于前一个意思，即一味求好以致不见真性情。尽管秋谷的具体批评尚可商榷，但将"爱好"作为王渔洋诗歌写作的基本倾向，不能不说是抓住了神韵诗学的唯美特征，即为了追求某种艺术效果而牺牲一些原则性的东西，像围棋中的武宫正树，宁愿棋损也不肯走一步俗手，不肯出一着难看的棋；或冬天穿裙子的女郎，宁愿冻人也要美丽。艺术中的爱好，就唯美的意义而言是值得尊敬的。王渔洋神韵诗学的唯美特征，相比艺术史上的象征主义，其艺术精神显然更接近印象主义。

三 "神韵"的印象主义倾向

一个重要的美学概念必然与艺术创作的某种基本范式或者说艺术史某个阶段的主导特征有关。"神韵"作为康熙朝诗歌思潮的主导范畴，其审美内涵虽已如上文所分析，但艺术史特征尚不很清楚，这与它未被置于更广大的艺术史背景下来考察有关。

尽管给艺术史贴标签就像历史分期一样不可避免地会带来某种简单化的弊病，但这仍是历史认知无法抛弃的手段。20 世纪初的学者，曾将神韵论与象征理论联系起来，主要依据是认为渔洋诗论是一种纯艺术论，注重妙在象外之说，它借有限以表无限、寓无形于有形、借刹那抓住永恒的意趣，与象征主义诗歌流派有相通之处。神韵虽不直接等于象征，也只是一纸之隔而已②。这种看法到今天很难让我们同意。或许当时对象征主义的认识还有限，或许概念的翻译与西方文学史的实际经验有出入，总之他们理解的神韵概念的审美内涵，基本上就是中国古典诗歌的一般美学特征。且不说它与西方文学史上通常说的象征主义并不吻合，即便吻合，神韵作为古典诗歌的一般审美特征，又何必独标象征主义呢？到了21 世纪，诗家又将王渔洋与超现实主义联系在一起。台湾诗人洛夫举严

---

① 欧阳询：《艺文类聚》卷七〇服饰部下，上海古籍出版社 1982 年版，下册，第 1222 页。

② 余焕栋：《王渔洋神韵说之分析》，《中国古代文论研究论文集》，上海古籍出版社 1989 年版。原载《文学年报》第 4 期，1938 年 4 月。更早的风痕《王渔洋——中国象征主义者》（《红豆》1 卷 5 号，1933 年）一文，已持这种见解。后来钱钟书在《谈艺录》第 88 则中也将严沧浪、王渔洋诗论与法国象征主义诗学相联系，阐明其相似之处。见中华书局 1984 年版订补本，第 268—276 页。

羽和王渔洋的诗禅一体论，说："实际上中国传统文学和艺术中都有一种飞翔的、飘逸的、超脱的显性素质，也有一种宁静的、安详的、沉默无言的所谓'羚羊挂角，无迹可求'的隐性素质。这就是诗的本质、禅的本质，也是超现实主义的本质。我认为，一个诗人，尤其是一个具有强烈生命感且勇于探寻生命深层意义的诗人，往往不屑于太贴近现实，用诗来描述、来 copy 人生的表象，他对现实的反思，人生的观照，以及有关形而上的思考，都是靠他独特的美学来完成的，其独特之处就是超现实主义与禅的结合，而形成一种具有超现实特色与中国哲学内涵的美学。"① 将渔洋诗学的艺术精神论定为象征主义或超现实主义，在我看来是比较牵强的。神韵诗学应该说更接近印象主义。王渔洋曾从荆浩、郭忠恕的山水画法中解悟诗家三昧，因而"神韵"说与画论尤其是"逸品"说的关系，历来为研究者所注意②，我则从印象派的绘画和音乐中体得他诗学的艺术精神。艺术原本是触类旁通的，更何况印象派绘画的创作特征正"近乎即景抒情的诗歌"③。玩味印象派艺术的意趣法度，能看到不少可与神韵诗学相印证的地方。

　　说到印象主义，不能不提到最初赋予其内涵的美术中的印象派（ipressionisme）。"印象派"这个词最初是法国批评家路易斯·勒若依（Louis Leroy）提出来的，这个画派在艺术上的共同特征同时也是其新颖之处，就在于放弃宗教画的象征手法，一改古典绘画的沉重灰暗色彩，而热衷于描绘强烈光线下的明亮风景，同时吸取 19 世纪光学技术飞跃带来的光谱分析成果，以不混合油彩的点触法（莫奈的长束、修拉的圆点）来表现视觉中光线的变化；题材以即兴创作为主，放弃古典主义对逼真的追求，表现的重心转向不可触摸的光、力和动态。有时凭记忆作画（如德加），对象物体往往轮廓模糊，缺乏线条感，或带有变形和夸张的特征。由于多为即兴创作和取材于日常生活场景，画面一般都比较小，很少有大画幅作品。这些鲜明的艺术特征，使印象派作品相比古典画派显示出更多的表现性与含蓄隽永的审美趣味。比起古典主义的逼真模仿，印象派代表了当时"以艺术的形式表现一种感觉，使一种心情客体化"的现代艺术倾向，是

---

① 陈祖君：《诗人洛夫访谈录》，《南方文坛》2004 年第 5 期。
② 郭绍虞：《中国文学批评史》，上海古籍出版社 1979 年版，第 537 页；丁放：《试论"逸品"说及其对王渔洋"神韵"说的影响》，《国学研究》第 3 卷，北京大学出版社 1996 年版。
③ 吴甲丰：《印象派的再认识》，生活·读书·新知三联书店 1980 年版，第 62 页。

由单纯写实的模仿向表现的过渡。如果说前期塞尚的作品为后辈提供了
"在以有意识的反映代替经验主义的时候保持感觉的主要作用"的典范，
使他在印象派衰落之时成为后辈礼敬的对象，被奉为现代派初祖①，那么
后来凡·高则明白宣称"我并不力求精确地再现我眼前的一切，我自如而
随意地使用色彩，是为了有力地表现我自己"②。高更也惯于以有力、粗
糙的画面特别是大胆的构思、粗硬的形体、极度简化的素描、纯净而鲜明
的辉煌色彩来表达他的心情，而不是"普通字面上所说的真实"。他甚至
摒弃早期印象派对自然的细致观察，主张艺术家有权自由地使用色彩，他
称自己的作品是"预想与沉思的结果"，虽不直接表达思想，但像音乐那
样引人思索③。而在音乐中，印象派作曲家不再表现那些抽象的、深刻的、
永恒的宏大主题，而是经常采用描述性的方式，选择那些飘忽不定的、稍
纵即逝的、偶然的自然景观，或浪漫的历史传说，来结构其篇幅不大的作
品。尽管被归于印象派旗下的艺术家本身有很大的风格差异，从前期到后
期艺术家的观念显示出主观性愈益强烈的趋向，但其中贯穿的艺术精神是
一致的，那就是放弃象征性和普遍性的追求，而着力表现个体经验的世
界，对这个世界的描绘同时也就是感觉和趣味的表达。当艺术家们的敏锐
感觉捕捉到某种深刻的相似性时，那些审美意象和音乐语言就超越了有限
和变动，变成一种体现了新的艺术精神的风格形式。

　　一旦摆脱了宗教的神圣性及其象征形式，印象主义就像西蒙斯论龚古
尔兄弟的创作所说的，表现的世界是仅仅作为具有平面、角度和色彩变化
的事物而存在的那些瞬息即逝的方面④，这从经验的角度说可以称作"印
象"。印象派艺术家刻意要表现的正是对客体新鲜的第一印象，因此他们
强调画面要突出感觉印象中最强烈的部分。毕沙罗曾说："不要根据条规
和原则进行，只画你所观察到和感觉到的。要豪迈和果断地画，因为最好
不失掉你所感觉到的第一个印象。"⑤ 这种印象绝不是我们在日常经验的
反复积累上形成的知觉，而是有独特的敏锐感受力的画家在瞬间对客观对

---

　　① 约翰·雷华德：《印象画派史》，平野等译，人民美术出版社 1983 年版，第 32 页。

　　② 珍妮·斯东、欧文·斯东编：《亲爱的提奥》，平野译，四川人民出版社 1983 年版，第
37 页。

　　③ 约翰·雷华德：《印象画派史》，第 342 页。

　　④ 参看西蒙斯《印象与评论：法国作家》，黄晋凯等主编《象征主义·意象派》，中国人民
大学出版社 1989 年版。

　　⑤ 约翰·雷华德：《印象画派史》，第 278 页。

象产生的感觉，它甚至建立在"忘掉以前所看过的东西"的基础上，于是就成为"未被人发现的自然"①，或者说是"一种意外发现的新真实"②。这种发现显然与某种即兴的灵感有关，但感觉形成后对题材的处理方式决定了印象派与古典主义的异趣。雷诺阿的一位友人说："依据其调子而不依据题材本身来处理一个题材，这就是印象主义者之所以区别于其他画家们的地方。"③ 在我看来，王渔洋的神韵诗风与此正有着惊人的一致性。

王渔洋论诗歌写作强调伫兴与"偶然欲书"，其实就是等待类似的感觉触发的瞬间性。而其"直取性情归之神韵"的创作方式，本质上也是要淡化主体性而突出客体的特征，通过景物和氛围的营造来寄托和传达当下的感受，这使得他对风景的处理常常采用一种类似于印象派的方式，即抓住最突出的感觉印象。《池北偶谈》卷十五"诗地相肖"条云：

> 范仲闇文光在金陵，尝云："钟声独宜著苏州"，用唐人"姑苏城外寒山寺，夜半钟声到客船"；如云"聚宝门外报恩寺"，岂非笑柄？予与陈伯玑允衡论此，因举古今人诗句，如"流将春梦过杭州"、"满天梅雨是苏州"、"二分无赖是扬州"、"白日澹幽州"、"黄云画角见并州"、"澹烟乔木隔绵州"、"旷野见秦州"、"风声壮岳州"，风味各肖其地，使易地即不宜。若云"白日澹苏州"，或云"流将春梦过幽州"，不堪绝倒耶？④

王渔洋自己显然也觉得这个议论颇为俏皮吧？在《居易录》、《渔洋诗话》里又两度复述⑤。凡是俏皮的议论通常都会引发讨论，在黄生的《诗麈》里我们果然得到了印证：

---

① 塞尚语：《塞尚、凡高、高更书信选》，四川美术出版社1984年版，第5、18页。
② 凡·高语：《亲爱的提奥》，第289页。
③ 约翰·雷华德：《印象画派史》，第219页。
④ 王士禛：《池北偶谈》下册，第358页。
⑤ 《居易录》卷四："地名亦各有所宜。故友陈允衡伯玑尝语予：'姑苏城外寒山寺，夜半钟声到客船'，若作'金陵城外报恩寺'，有何意味？此虽谑语，可悟诗家三昧。予因广之云：'流将春梦过杭州'、'满天梅雨是苏州'、'白日澹幽州'、'黄云画角见并州'之类，皆不可移易。予二十年前在广陵，有句云'绿杨城郭是扬州'，好事者至取为图画。若云'白日澹苏州'，'流将春梦过幽州'，有不捧腹绝倒者耶？宋人谓'五月临平山下路，藕花无数满汀洲'，改六月便不佳。亦此意也。"袁世硕主编《王士禛全集》第5册，第3749页。《渔洋诗话》卷中文字近于《池北偶谈》。

忆友人陈伯玑论诗云:"'姑苏城外寒山寺',自是天成妙句。若作'金陵城外报恩寺',即不妙矣。"(见陈所刻《诗慰》中)按陈此论亦入细,第能道其然,而不能道其所以然。所以然者,岂非地名不雅之故乎?①

黄生纯从字面的雅俗来衡量地名运用是否得宜,因而说写景用地名时,"下笔最宜选择,若地名不雅,即为用字之累"②;而王渔洋却是从城市给人的感觉印象来理解地名与情、景、事是否相称的。他们的差别正是格调派和神韵派的差别,也是古典主义和印象主义的差别。古典主义将程式化和风格追求放在首位,故黄生强调雅俗之辨;印象主义将主观印象和对象特征放在首位,故王渔洋强调"诗地相肖"。自宋代遗貌取神的美学观念占据艺术的主导地位后,这种意识就在诗论中不断生长。宋代陈模论诗喜言气象,以为"作诗下字处全在体认,且如一样是楼,下小楼则细嫩,下红楼则绝艳,下西楼则神藏杀没,下南楼则雄壮,气象各有所宜。若错下一字,则便不安。故作文作诗,皆以体认气象为第一义"③。比照王渔洋的命题,陈模此说也可名之为"诗楼相肖"或"诗境相肖"。这本是诗家常谈,但一经王渔洋揭出,就有了理论的概括性和普遍意义。因此沈涛说:"李长吉'下阶自折樱桃花',温飞卿'碧芜狼藉棠梨花',黄山谷'只欠一枝莴苣花',李仲修'开门自扫枇杷花'。句法固佳,花名亦各有宜称,若云'下阶自折莴苣花','碧芜狼藉樱桃花',便不成语。此中三昧,渔洋山人以外罕能知之。"④ 此所谓花名各有宜称,即诗中写植物要与诗境相称,也无非是"诗地相肖"的推衍。王渔洋使蜀,山路中见白芨花,因得"西风尽日濛濛雨,开遍空山白芨花"之句⑤,可以作为沈涛之说的佐证。只不过渔洋诗取境往往挟趣味以行,像毕沙罗说的"寻找合于你气质的自然的门类"⑥,故而情境和氛围多带有幽闲淡远的意趣,较少主观色彩,以至于给人一种印象,神韵就等于"平淡的风致"⑦。

---

① 黄生:《诗麈》卷一,《皖人诗话八种》,黄山书社1995年版,第61页。
② 同上书,第60页。
③ 郑必俊:《怀古录校注》卷中,中华书局1993年版。
④ 沈涛:《匏庐诗话》卷中,道光刊本。
⑤ 王士禛:《香祖笔记》卷九,第168页。
⑥ 约翰·雷华德:《印象画派史》,第278页。
⑦ 青木正儿:《清代文学评论史》,第50页。

印象派因注重表现强烈的感觉印象，比起人物和故事来，更偏爱以自然风景为素材。不仅绘画喜欢表现自然风光和植物，而且为此发明了新的笔法。约翰·雷华德《印象派画史》这样记载 1873 年德加和雷诺阿对技法的共同探讨：

> 他们两人现在都采用逗点状的笔触，甚至比他们在青蛙塘作画时所采用的那种还要小，这种笔触能够让他们记录他们所观察到的每一明暗层次。于是，他们的画面上就盖着一层小圆点和小笔触的颤动的组织。这些小圆点和小笔触的本身都并不明确刻画任何形体，但是，所有这些小圆点和小笔触的作用，不仅仅在于能再现所选择的画旨的独特面貌，而且更在于能再现有阳光的气氛——那是笼罩着画旨，并且使树木、草地、屋舍或水具有那一天（即使不是那一刻）的特征。大自然不再像巴比松派画家看来那样，是一种容许解释的对象；它成为纯粹感觉的直觉源泉，而这些感觉能很好地为细小的点、划这种技巧所表现；这种点、划（代替斤斤计较细部）以所有它的色彩和生命的丰富性保持着那总的印象。

印象派的音乐也由抽象的情感主题和哲学追问转向具体的情境主题，取材尤其侧重于变幻不定的景物，如月光、海洋、雨雾、烟云、花朵、梦境、水中倒影等。但其表现却绝非具象的，而是像所谓朦胧诗，主要营造一种情绪和意境，一种暧昧、迷离的感官愉悦。比如德彪西《牧神的午后》表现梦境的色彩，《大海》表现日出和中午海水的闪烁，都重在强调音色的变幻、气氛的营造。在德彪西看来，贝多芬的音乐像是黑白照片，丢失了大量的色彩信息，因此他们试图通过淡化旋律和主题而丰富作品的色调来弥补这种不足。德彪西的音乐，主题一般没有很大的变化，主要是靠色彩的变化来推动乐思的发展；旋律则常由短小而互不连贯的动机组成，以音色为其灵魂，通过强化和声与配器，使用多种色彩性手法①，成功地渲染出作品的情调。说起来，王渔洋的神韵诗与这种思路竟仿佛有些相似。回顾上文引证的那些神韵诗，我们可以看到，它们也都有淡化主题的倾向，

---

① 　如德彪西《大海》中将弦乐再分部及多种演奏法并用，部分拨奏，部分弓奏；加弱音器和在指板上拉奏，等等。

不是像盛唐人那样以奇特的构思、戏剧性的转折或出人意料的结尾来强化作品的内在逻辑，而是以意象的跳跃来淡化作品的结构特征，以弥漫全诗的情调来织就作品的整体性。王渔洋在《池北偶谈》中写道："陆鲁望《白莲诗》'无情有恨何人见，月白风清欲堕时。'语自传神，不可移易。《苕溪渔隐》乃云移作白牡丹亦可，谬矣。予少时在扬州，过露筋祠，有句云：'行人系缆月初堕，门外野风开白莲。'"① 这里所举的两首七绝，都将笔力用在营造作品的氛围上。写白莲不直接描写它的形貌，而只写它在特定时刻的特殊状态，烘托出白莲雅洁幽寂而无人怜惜的孤高；写节妇而不叙事，只写行人泊舟时的夜景，而祠庙的清幽气氛呼之欲出。渔洋诗中的白莲一般都视为象征性意象，其实在此主要是写实，因为诗的主题不是露筋祠，而是"过"，重点写泊舟所见。要之，两诗中的白莲，无论作为主题还是作为景物，都未细致刻画，而只是着意渲染了环境气氛，以一种情调统摄全诗，这正是印象派艺术的精神。崔华的名句"丹枫江冷人初去，黄叶声多酒不辞"（《浒关谢别诸公》）一联，渔洋改为"白萍江上人初去，黄叶声中酒不辞"，同样也是放弃互文性带来的象征色彩，回到感觉本身的例子。"丹枫江冷"原本是化用唐代崔信明"枫落吴江冷"之句，带有太浓重的主观色彩，渔洋将"冷"和"多"两个形容词换成方位词，就淡化了知觉色彩而突出了环境的情调。

印象派艺术家既然注重表现感觉印象，就不免像神韵诗家排斥细节刻画一样反对写实。印象派画家首先放弃了对真实性的追求，毕沙罗曾说："严谨的素描是枯燥无味的，而且妨碍总体的印象，它毁坏所有的感觉。"② 他还说："你必须大胆夸张色彩所产生的调和或者不调和的效果。正确的素描、正确的色彩不是主要的东西。因为在镜子里实物的反映能够把色彩与一切都留下来，但毕竟还不是画，而是与照片一样的东西。"③ 的确，自从摄影发明以后，以追求逼真为目标的古典主义画家就开始面临一个问题：有了瞬间成像的照片以后，绘画将如何确定自己的艺术目标？于是不约而同地，雕塑中的立体主义、绘画中的印象主义，都放弃了写实手法，转而以体积表现和色彩表现来突出造型性和绘画性。它们在风格上都有不同程度的装饰色彩，同时让人感到缺乏深刻丰富的内涵。反对写实必然与

---

① 王士禛：《池北偶谈》卷一四，下册，第335页。
② 约翰·雷华德：《印象画派史》，第278页。
③ 珍妮·斯东、欧文·斯东编：《亲爱的提奥》，第482页。

细节刻画相抵触，因而印象派画家在造型上放弃厚重浑圆的体量感的同时，也放弃了古典主义固有的边界分明的轮廓线，而代之以较含蓄的甚至模糊不清的过渡，形体与形体之间，形体与背景之间，界线变得不再分明，对象如隔雾看花似的有一层朦胧感。这一点很像神韵诗，突出的是淡远的意趣，在淡远的写景中传达一重整体的情调和氛围。欣赏印象派画家的作品，尤其要保持一定的距离，距离越远反而画面越清晰，越能感受作品的整体情调。莫奈、西斯莱、毕沙罗、雷诺阿、德加的作品无不带有这种特点，对象的实体连同它的质感、体积感、重量感都被淡化，结果甚至流于平面化，给人以缺乏内涵的、单纯的、表面化的印象，就像塞尚对莫奈的批评："他只不过有一双眼睛而已。"

　　不过在主题或内涵被淡化的同时，一种有风格意味的形式感却因技法革新而凸现出来。印象派画家独创的点画法，追求用纯色（即原色和一次间色）对比来表现光和影的变化，突出了色彩的质感和饱和度。而在音乐中，则出现突出单种乐器的倾向。德彪西一改古典作曲家以弦乐为主的倾向，将木管乐器置于首要位置，给予它很多独奏的片断。并且经常让个别乐器浮现于乐队之上，以单一音色描绘出鲜明的色彩。像《牧神午后》，弦乐使用弱音器并且分奏，用于演奏和声织体；长笛、单簧管和圆号用于独奏旋律，飘飏在乐队之上。还有《节日》中多种乐器的一一展示①，《大海》中不同弦乐器演奏不同功能的声部，等等。德彪西之后，勋伯格、瓦雷兹、斯特拉文斯基都独创性地使用单件乐器，尤其是打击乐器，使得打击乐器空前地在乐队配器中占据突出的地位。这显然都是营造某种情调和色彩所必要的手段。如果我们能注意到，王渔洋及后来批评家所举的神韵之作，重心概落在末句，且以画龙点睛之笔醒发全诗，就不难理解，那正是发挥了类似印象派音乐突出单件乐器以渲染情调的功能。不是么，《牧神午后》用长笛吹奏出旖旎的慵倦气息，同王明之《怀所爱》诗"满天梅雨是苏州"、倪瓒《吴中》诗"流将春梦过杭州"、王渔洋《西陵竹枝词》"听尽猿声是峡州"、《清流关》"青山无数绕滁州"、《晚渡涪江》"澹烟乔木是绵州"、《夕阳楼》"红藕香中过郑州"、彭而述"白露蛮江凋木叶，黄沙羯鼓下营州"等句渲染出想要的情调，其性质是十分相似的。浏览王渔洋的诗评及其诗作，我发现他非常喜欢那种在诗句中嵌入植物、

---

　　①　钱永利：《论德彪西的"乐中有画"》，钱中文主编《文学理论：面向新世纪》。

人物、地理等专有名词的表现手法，视为获得"神韵"效果的一种有效手段。钱钟书先生在论及中外诗人好用地名的习惯时，曾提到《池北偶谈》推许徐祯卿《在武昌作》"洞庭叶未下，潇湘秋欲生。高斋今夜雨，独卧武昌城"一首为"千古绝调"，"盖渔洋所赏，正在地名之历落有致"；又说《香祖笔记》卷二所举七律佳联，如高启的"白下有山皆绕郭，清明无客不思家"，曹学佺的"春光白下无多日，夜月黄河第几湾"，程孟阳的"瓜步空江微有雨，秣陵天远不宜秋"，渔洋本人的"吴楚青苍分极浦，江山平远入新秋"，"皆借专名以助远韵者"①。专有名词本来是最缺乏感性的抽象概念，但因蕴涵众多历史、文化内容而极易唤起丰富的联想，无形中就成为局部乃至整体给人印象最深的诗语，同时也是构成诗作基调的亮点，经常突出于作品的整体之上，这让我们联想到印象派音乐中突出于乐队之上的某些单件乐器。

王渔洋的神韵论与印象主义艺术在精神上是如此的相通相近，不要说两者的优点，就是缺点也很类似。卢那察尔斯基曾说："印象主义者不是通过客观事物的本质来了解世界，不是极力把他们从真正的实质中揭示出来的客体带进自己对世界的感受里。印象主义者通过一种精雅的东西，通过他们主观上觉得带本质性的东西来认识世界。印象主义者之所以选取他们主观上觉得带本质性的东西，是为了使它同'粗俗的'本质性的东西有所不同，因为否则它就算不得精雅了。"② 显然，这种追求精雅的态度，也就是王渔洋式的"爱好"，即以某种趣味化的效果表现来代替写实，其结果很容易流于内容空虚和缺乏个性。就像雷诺阿说的，"当直接描绘自然的时候，美术家往往只看光的效果而不再去考虑画面结构，到了这一地步，他就迅速地流于千篇一律"③。

为什么单纯追求光线的效果会导致千篇一律的单调结果呢？法国批评家加米尔·莫克莱《印象主义》一书认为，"光成为画中的唯一题材，对受光物体的兴趣变成了次要的东西。作如是观的绘画，成为一种纯光学的艺术；因为它只以寻求和谐为目的，所以它就变成了一种不依风格和素描的表现作用（这些前此绘画的基本原则）为转移的诗。几乎有必要给这种

　　① 钱钟书：《谈艺录》，中华书局1984年版订补本，第293页。
　　② 卢那察尔斯基：《海涅——思想家》，《古典文艺理论译丛》第十一册，人民文学出版社1966年版，第140—141页。
　　③ 约翰·雷华德：《印象画派史》，第291页。

特殊的艺术另起一个名字，它太接近音乐了，正像它太远离了文学和心理学一样。不难理解，由于这种研究，印象派几乎是在同以表现为基础的绘画针锋相对，并且根本反对历史画和象征画"①。这里莫克莱既说印象派作品是一种不依风格和素描的表现作用为转移的诗，又说它们远离文学和心理学，似乎有些矛盾。我想他的意思是说，印象派画家过于注重表现对象光色的感觉，致使作品缺乏社会生活内容和情感。这不是一个简单的是非问题，它涉及对艺术的基本观念。作家左拉明确地宣称："绘画给予人们的是感觉，而不是思想。"雷诺阿则说："我看着一个模特儿，那里有无数小点的颜色；我必须寻找那种使肉体在我的画布上活现和颤动的颜色。现在他们要解释每一件事，但是如果他们能够解释一幅画的话，这幅画就不是艺术了。"这在某种程度上说，与库尔贝代表的反对一切文学、心理学及象征因素侵入绘画的反理性的写实主义是一脉相承的。不同的只是其户外写生的作画方式更突出了速写的性质，遂形成一种依赖直觉的即兴画法。这是新印象派画家西涅克在 1899 年出版的《从德拉克罗瓦到新印象派》一书中就已指出的。归根到底，它将绘画的中心由理性、情感还原到直觉印象，其直接后果必然是削弱作品中的社会内容，即文学和心理学的成分，所以莫克莱才说印象派的画风太接近音乐而远离了文学和心理学。其实人们对王渔洋神韵诗学的负面印象，也不外乎是内容空洞和风格单一。这实际上是将"神韵"和王渔洋的个人趣味混为一谈了，既未把握神韵论的艺术内涵，也未顾及王渔洋诗学的丰富性，作为对神韵论的评价并不能说很准确。然而事情往往就是这样，某些突出的理念给人印象太深，最终会妨碍人们对其诗学的全面理解。一个本只适用于短小篇章或局部趣味的审美概念，无形中被泛化为全部诗学的核心理念，这就不可避免地会遮蔽王渔洋诗学的全貌。

文学与不同艺术门类之间的比较一直是比较文学的课题之一，国内有钱钟书《中国诗与中国画》，外国有莱辛的《拉奥孔》。本节所论，旨在以印象派绘画和音乐的艺术特征为参照，来审视王渔洋的神韵论，初无意做钱钟书先生那种正规的比较文学文章，所以也就不对印象派的创作多作论述。本来，即使不捉印象派来对比，直接从上述各方面分析也未尝不能说明问题。但我想，通过这样从创作动机、表现方式到艺术效果作一个通

---

① 转引自阿尔巴托夫、罗夫托夫采夫编《美术史文选》，佟景韩译，人民美术出版社 1982 年版，第 416 页。

盘的比较,更能显示渔洋诗论在艺术上的倾向性及其普遍意义,从而在更广阔的人类艺术实践的背景下理解他的意义和价值,同时也借以说明人类的心灵、表现人类心灵的艺术本质上都是相通的。需要说明的一点是,按理说,文学尤其是诗歌中的印象主义作风,按理说要比艺术更具可比性,奈何笔者缺乏这方面的知识,不敢信口雌黄。即以上所论,也恐贻笑大方,还望专家赐正。

第五节　诗学理论和批评的贡献

尽管无论当时还是后世都将"神韵"视为王渔洋诗学的旨归,但"神韵"是绝不足以尽渔洋诗学之大,而渔洋诗学也绝不是一个"神韵"可涵盖的。我说王渔洋集古典诗学之大成,是从广博和深厚两个方面来认识的。就我所见,在中国古代还没有人像他那样阅读、批评、编选、整理过那么多的古今诗集,也没有人像他那样在诗学的各个方面做过那么深入的探索,更没有人像他那样对有清一代的诗学和诗歌创作产生那么深远的影响。全面论述王渔洋的诗学,需要几十万字一部专著的篇幅才行。在此我只能从三个方面略谈渔洋诗学的理论贡献,以见渔洋诗学的博大精深。

一　诗史研究和诗歌批评

像中国古代绝大多数诗论家一样,王渔洋对古代诗歌的研究也不是出于纯粹的批评兴趣,而是出于资吾操觚之用的需要。一般人学古诗,能熟读几部大家的集子,能得某家诗法之似,让人看得出渊源所自,就已经很满足了。但王渔洋不是这样,他对前代的诗歌作品永远怀着不倦的好奇心,而且将阅读作为日常生活最大的乐趣,所以他读古今诗集之多、涉猎面之广,一时无人可比。

王渔洋学诗,起初从《诗经》入手。六七岁入乡塾读书,就受家传的《诗经》之学,"诵至《燕燕》、《绿衣》等篇,便觉怅触欲涕,亦不自知其所以然"①。《丙申诗旧序》曾说:"家世习《三百》之言,束发以来,不欲循塾师章句,辄思析其正变,通其比兴,思其悲愉哀乐之旨,以求得夫一唱三叹之遗音。四氏笺传,又最嗜韩婴之书,为其象外环中,淡然而

①　王士禛:《池北偶谈》卷一六,下册,第390页。

合，有当于诗人触类引申之义。"① 由此不难看出，他自幼对《诗经》就不是作为经书而是作为文学来读的，后来也更关注其文学价值，认为"《诗·国风》如《燕燕》、《蒹葭》、《豳风》、《东山》、《七月》诸篇，述情赋景，如化工之肖物。即如《小雅·无羊》之什云：'或降于阿，或饮于池，或寝或讹，尔牧来思。何蓑何笠，或负其糇；三十维物，尔牲则具。'即使史道硕、戴嵩画手擅场，未能至此，后人如何著笔？"② 随着年龄的增长，他先后在长兄西樵的指导下参究唐诗，在钱谦益的影响下涉猎宋元诗，在地域文学传统的熏陶下关注明代山东诗人，更因自身地位的优越而多见四方诗人的行卷、别集，胸罗古今，博闻强识，终于培养出过人的批评眼光和诗史见识。

王渔洋论诗很少像明人那样纵论古今，大言欺人，他的议论每就具体问题而发，言之有物，深切著明。偶尔纵论古今诗学之流变，则必显出高屋建瓴的识力。比如他在为宋荦《双江唱和诗》所作的序言中谈道：

> 《诗》三百五篇，于兴、观、群、怨之旨，下逮鸟兽草木之名，无弗备矣，独无刻画山水者。间亦有之，亦不过数篇，篇不过数语。如"汉之广矣"、"终南何有"之类而止。汉魏间诗人之作，亦与山水了不相及。迨元嘉间谢康乐出，始创为刻画山水之词，务穷幽极渺，抉山谷水泉之情状，昔人所云"庄老告退，而山水方滋"者也。③

这段话敏锐地指出山水是诗歌中较晚形成的主题，对山水的细致刻画要到谢灵运诗歌中才出现。文中"庄老告退，而山水方滋"两句，出自刘勰《文心雕龙·明诗》，特指刘宋初年的文体因革，是古人最早注意到自然山水作为表现对象进入诗歌这一诗史动向的说明，而王渔洋将它放到自《诗经》至谢灵运的诗史流变中加以说明，就更突出了其中蕴涵的诗史意义，成为当代学者经常引用的经典论述。又如，李攀龙《唐诗选序》"唐无五言古诗，而有其古诗"一语，自钱谦益以降驳议者不绝。而王渔洋独赞同其说，以为"沧溟先生论五言，谓唐无五言古诗，而有其古诗，此定论也。常熟钱氏但截取上一句，以为沧溟罪案，沧溟不受也。要之，唐五言

---

① 王士禛：《蚕尾续文集》卷三，《王士禛全集》第 3 册，第 2025 页。
② 王士禛：《池北偶谈》卷一八，下册，第 447—448 页。
③ 王士禛：《渔洋山人文集》卷二，袁世硕主编《王士禛全集》第 3 册，第 1542 页。

古固多妙绪,较诸《十九首》、陈思、陶、谢,自然区别。七言古若李太白、杜子美、韩退之三家,横绝万古,后之追风蹑景,唯苏长公一人耳"①。他首先指出,李攀龙的论断上下两句不可分割,其意指尤在下句,强调唐代五言古诗自有不同于六朝的特征。至于七言古诗,要到唐代才极其盛,以李、杜、韩为空前绝后的大家,后代只有东坡一人可以追踵。他还说"盛唐诸公五言之妙,多本阮籍、郭璞、陶潜、谢灵运、谢朓、江淹、何逊;边塞之作则出鲍照、吴均也。唐人于六朝,率揽其菁华,汰其芜蔓"②。这样的论断今天看来好像不足为奇,但在清初却是卓然独立、需要很大胆识的。

刘勰《文心雕龙·知音》曾说:"凡操千曲而后晓声,观千剑而后识器。故圆照之象,务先博观。"正因为见多识广,王渔洋有着良好的批评眼光和审美判断力,他对古代诗人的评论往往显出过人的识力。比如对高棅的名选《唐诗品汇》,他在充分肯定其分期之善的同时,也指出"独七言古诗以李太白为正宗,杜子美为大家,王摩诘、高达夫、李东川为名家,则非是。三家者皆当为正宗,李杜均之为大家,岑嘉州而下为名家,则确然不可易矣"③。这一论断相信是能得到我们同意的。其实,对作家成就的评价及其历史地位的确定,在很多情况下就是辨家数的问题,涉及对其艺术特征及完成度的体认和把握。在这一点上,王渔洋的论断常显出鞭辟入里的深刻。《居易录》写道:

> 钟退谷惺论高岑云:"唐人如沈宋、王孟、李杜、钱刘,虽两人并称,皆有不能强同处。唯高岑心手如出一人。"此语谬矣。所举数家,唯李杜门庭判然,其他皆不甚相远。推而至于元白、张王、温李、皮陆之流,莫不皆然。独高岑迥不相似,五言古则高古朴,岑灵秀;七言古则高雄浑,多正调;岑奇峭,多变调。强而同之,不已疏乎?④

这不用说也是极有见地的,只要读过高、岑二集的人,都会同意说两家的

---

① 郎廷槐记:《师友诗传录》,丁福保辑《清诗话》上册,第129—130页。
② 王士禛:《居易录》卷二一,袁世硕主编《王士禛全集》第5册,第4091页。
③ 王士禛:《香祖笔记》卷六,第121页。
④ 王士禛:《居易录》卷二一,袁世硕主编《王士禛全集》第5册,第4090页。

差异远多于相似，在唐代齐名并称的诗人中除了李、杜就数两家的异趣最明显。又如杜甫诗，王渔洋虽不甚推崇，但平生用功却非浅。《潭州送韦员外迢牧韶州》一首，纯属应酬诗，无话找话，故有"风流汉署郎"、"分符先令望，同舍有辉光"等套语赘词，王渔洋毫不客气地批抹"分符"二句①。后附韦迢《潭州留别杜员外院长》诗云："江畔长沙驿，相逢缆客船。大名诗独步，小郡海西偏。地湿愁飞鹏，天炎畏跕鸢。去留俱失意，把臂共潸然。"属于典型的大历诗格调，颔联对仗明显意思不属，而朱彝尊竟许以"绝佳"，足见两人鉴赏力高下相去甚远。有时王渔洋以自己读杜诗的体会来衡量后世以学杜著称的诗人，也得出颇与世间定论相左的评价：

> 宋、明以来，诗人学杜子美者多矣。予谓退之得杜神，子瞻得杜气，鲁直得杜意，献吉得杜体，郑继之得杜骨。他如李义山、陈无己、陆务观、袁海叟辈又其次也。陈简斋最下。《后村诗话》谓简斋以简严扫繁缛，以雄浑代尖巧，其品格在诸家之上，何也？②

此论虽部分暗袭明代王世贞之说③，但还是鲜明地表达了自己的看法，对同被尊为江西诗派"三宗"的陈师道、陈与义都不予好评，对历来许为得杜诗真髓的李商隐也不以为然，反而认同王世贞的看法，推许李攀龙和郑继之能得杜之体与骨。这一论断究竟是否合理，需要研究李、郑二人的专家裁定，但由此起码可以看出，王渔洋论诗从不人云亦云，总有自己的见解，并且不以时废人，不以人废言。

清初士人惩于明亡之祸，对明代学术与文学常持全盘否定的态度，论学斥其空疏，论诗文斥其模拟剿袭，略无恕词。而王渔洋却出于对自身浸染的山东文学传统的认同，绝不一味诋斥明代文学。当门人郎廷槐问："明人诗可比何代？弇州可比东坡否？"渔洋从容答："明诗胜金元，才学识三者皆不逮宋，而弘、正四杰，在宋诗亦罕其匹。至嘉、隆七子，则有

---

① 刘濬辑：《杜诗集评》卷一〇，海宁蘩照堂刊本。
② 王士禛：《池北偶谈》卷一六，下册，第391页。
③ 王世贞《艺苑卮言》卷五："国朝习杜者凡数家，华容孙宜得杜肉，东郡谢榛得杜貌，华州王维桢得杜一支，闽州郑善夫得杜骨，然就其所得，亦近似耳。唯梦阳具体而微。"丁福保辑：《历代诗话续编》中册，第1034页。

古今之分矣。弇州如何比得东坡，东坡千古一人而已，唯律诗不可学。"①
寥寥数语，就为明诗作了准确的定位，并顺便说明其一流作家与宋人相比
处于什么水准，既未抹杀明诗的成就，也没盲目抬高其地位。在论及七律
创作时，他举刘体仁的说法："七律较五律多二字耳，其难什倍。譬开硬
弩，祇到七分，若到十分满，古今亦罕矣"，并说"予最喜其语，因思唐
宋以来，为此体者何啻千百人，求其十分满者，唯杜甫、李颀、李商隐、
陆游及明之空同、沧溟二李数家耳"②。这里也肯定了李梦阳、李攀龙两
家七律的成就，以为可颉颃唐宋大家，不像江南、浙江诗论家那样概斥以
模拟剿袭，一言以蔽之曰"假盛唐"。及日后读到陈子龙诗集，他又在
《香祖笔记》里对其七律给予极高的评价：

> 《梅村诗话》云："尝与陈卧子共宿，问其七言律诗何句最为得
> 意，卧子自举'禁苑起山名万岁，复宫新戏号千秋'一联。"然予观
> 其七言，殊不止此，如"九龙移帐春无草，万马窥边夜有霜"，"左
> 徒旧宅犹兰圃，中散荒园尚竹林"，"禹陵风雨思王会，越国山川出霸
> 才"，"石显上宾居柳市，窦婴别业在蓝田"，"七月星河人出塞，一
> 城砧杵客登楼"，"四塞山河归汉阙，二陵风雨送秦师"诸联，沉雄
> 瑰丽，近代作者未见其比，殆冠古之才。一时瑜、亮，独有梅村耳。③

陈子龙以抗清殉国的节烈见重于当时，世人爱屋及乌，给予其诗以崇高评
价，是再正常不过的。而一向以气节著称的名臣杨巍，最终能作为有艺术
特色的诗人见重于诗坛，就不能不说是王渔洋力推的结果了。他先是从杨
巍存家稿八卷中选出三卷，刊为《杨梦山诗选》，又在《渔洋诗话》中评
其诗道：

> 吾郡杨太宰梦山先生巍，五言冲古淡泊，在高子业季孟间。如
> "道远令人愁，况近单于垒"、"秋风入雁门，羽书日三至"、"微微霁
> 景流，天壤色俱素"、"乡心生塞草，世事入秋风"、"风雨楼烦国，
> 关山李牧祠"、"闲将流水引，梦与古人居"、"雨响残秋地，城分不

---

① 刘大勤记：《师友诗传续录》，丁福保辑《清诗话》上册，第160页。
② 王士禛：《居易录》卷三，袁世硕主编《王士禛全集》第5册，第3729—3730页。
③ 王士禛：《香祖笔记》卷二，第23页。

夜天"、"石古苔生遍，泉香麝过余"，皆逼古作。①

至于历来有"诗妖"之目的杨升庵，也得到王渔洋极高的评价，就更可见他艺术趣味的包容性和批评眼光的卓荦不凡了：

> 明诗至杨升庵，另辟一境，真以六朝之才，而兼有六朝之学者。其诗如《咏柳》："垂杨垂柳绾芳年"一篇，世共知之。又《古意》"凌波洛浦遇陈王"，《鹧鸪词》"秦时明月玉弓悬"，《关山月》"迢迢贱妾隔湘川"，《出关拟唐人》"狼弧芒角正弯环"，《塞下曲》"长榆塞上接龟沙"诸篇，工妙天成，不减前作。又《清蛉行》《寄内绝句》亦绝妙，大抵皆自古乐府出。益都王遵坦太平论明诗，独推新都为性之者，亦自有见。②

事实上，岂止是杨升庵，就是竟陵派，王渔洋晚年也能以很平允的态度看待他们。《古夫于亭杂录》有云："竟陵钟退谷《史怀》多独得之见，其评《左氏》亦多可喜。《诗归》议论尤多造微，正嫌其细碎耳。至表章陈昂、陈治安两人诗，尤有特识。而耳食者一概吠声，可叹！"③这些议论都表明，王渔洋对明代诗学的评价，纯然是基于自己的阅读体会，绝无明人那种束书不观、游谈无根的习气。要知道，清初学人虽无不鄙薄明人的肤浅庸陋，但自己或多或少仍不能尽脱明人好作大言、英雄欺人的习气，王夫之就是个最好的例子，贺裳、吴乔辈论宋诗也不例外，没怎么细读宋诗，却信口雌黄，发许多不着边际的议论。

由于明人为诗独宗盛唐，宋元诗束而不观，许多宋元别集都没有翻刻本，世间罕传。当时收藏宋元诗集较多的只有曹溶、朱彝尊、黄虞稷三人。王渔洋为了解宋元诗，曾专门搜集宋元人别集和评论。《池北偶谈》卷十六"宋元人集目"一则足以说明他对宋元人文集是如何的关注：

> 秀水曹侍郎秋岳溶，好收宋元人文集，尝见其《静惕堂书目》所

---

① 王士禛：《渔洋诗话》卷上，丁福保辑《清诗话》上册，第 183 页。
② 王士禛：《香祖笔记》卷五，第 99 页。
③ 王士禛：《古夫于亭杂录》卷五，袁世硕主编《王士禛全集》第 6 册，第 4926 页。

载宋集，自柳开《河东集》已下凡一百八十家，元集自耶律楚材《湛然集》已下凡一百十有五家，可谓富矣。近时石门吴孟举之振刻《宋诗钞》，亦至百数十家，多秘本，该吴与其县人吕庄生留良两家所藏本。而颍滨、南丰尚不及载，则未刻尚多也。吴曾为予言，唐樊宗师、宋二刘《公是》、《公非》集，其家皆有之。又尝见金陵黄俞邰虞稷征刻唐宋元书目所载，有金赵秉文《滏水集》二十卷、元郝经《陵川集》三十九卷。癸亥，俞邰以徐都宪立斋元文疏荐入明史馆，予时向之借书，所见如李观集、司空图《一鸣集》、沈亚之《下贤集》、柳开《河东集》、王令《广陵集》、牟巘《陵阳集》、李之仪《姑溪集》、耶律楚材《湛然居士集》，皆目所未载者。又予家所有张养浩《归田类稿》、石介《徂徕集》、尹洙《河南集》、岳珂《玉楮集》，则黄氏之所未备也。近朝鲜入贡使臣至京，亦多购宋元文集，往往不惜重价，秘本渐出，亦风会使然。《水东日记》云："《张文忠公全集》，今在故副都御史云中孙廷瑞家，盖齐府旧物，有欧阳圭斋序。"予所见本，有字术鲁翀序，而无圭斋序。

康熙二十八、二十九年两年间，他在京师共计向朱彝尊借阅宋人小集四十余家，向黄虞稷借钞南宋江湖小集二十八家，并摘其佳句记在《居易录》中；后来又摘刘过、刘仙伦等人佳句，记于《香祖笔记》。可以说，王渔洋毕生都在勤勉地搜集宋元诗集，细心阅读，并在笔记中写下心得和见解。康熙三十一年（1692）二月收到宋荦寄来的张泰来《江西诗派图录》，阅后知张氏未见《后村全集》中《江西诗派序》一文，便录出予以补证，又据晁以道集《嵩山集》补王直方、江端本兄弟传记，著于《居易录》卷十七。此后他不断辑录宋代史料中有关记载，订补为《跋江西诗派图》两则，收入《蚕尾集》卷十。这是当时对江西诗派资料最翔实的整理。

因阅宋元人诗多而自有心得，渔洋谈论宋元诗每能独出新见而不附和于人。比如对北宋前期诗歌，他特别注意到宋祁的价值：

> 宋人诗至欧、梅、苏、黄、王介甫而波澜始大，前此杨、刘、钱思公、文潞公、胡文恭、赵清献辈皆沿西昆体，王元之独宗乐天。然予观宋景文近体，无一字无来历，而对仗精确，非读万卷者

不能，迥非南渡以后所及。今人耳食，誉者毁者，皆矮人观场，未
之或知也。①

又能注意到文彦博"承杨、刘之后，诗学西昆，其妙处不减温、李"的独
特成就，在《池北偶谈》卷十四详举其佳作加以表彰。同书又称赞金人刘
迎的歌行和李汾的七律：

> 《中州集》中如刘迎无党之歌行，李汾长源之七律，皆不减唐人
> 及北宋大家。南宋自陆务观外，无其匹敌。尔时中原人才，可谓极
> 盛，非江南所及。②

这两位诗人历来很少有人注意，可以说是王渔洋独具慧眼的发现，他在
《古诗选》七言歌行钞卷十三元好问后附录刘迎诗六首。他晚年注意到胡
应麟曾称许这两人，在笔记中特别提到，"元瑞历举中州诸人，特标出刘
迎、李汾，亦是具眼。然刘不称其歌行，李不举'烟波苍苍孟津戍'一
联，谬矣"③。不过他也没过高地评价《中州集》，而是基本赞同王世贞
《艺苑卮言》"直于宋而太浅，质于元而少情"的结论，觉得钱谦益"推
之太过，所未喻也"④。总体上看，渔洋对宋元诗的评论不是很多，也不
成系统，但在举世弃宋元诗而不顾的当时，这些评论却有珍贵的价值，它
们不仅在诗坛起到引导作用，更为渔洋本人评论当代诗歌提供了有益的
参照。

　　在中国古代文学批评史上，最重要的、最有才华的批评家无不倾注精
力于当代诗歌评论。王渔洋执骚坛牛耳数十年，其影响力不光来自本人的
创作，也源于对当代诗歌的批评。他毕生都在不懈地搜集、整理、出版、
评论当代诗歌，以序跋、评点、笔记、诗话等各种方式表达自己对当时诗
歌创作的看法。对于文化认同还眷留于明朝的清初诗人来说，所谓当代诗
歌也就是明末以来的诗歌创作，王渔洋对此也有明确的意识。他论明末的

---

① 王士禛：《香祖笔记》卷一〇，第 192 页。《古夫于亭杂录》卷一："余观宋景文诗，虽
所传篇什不多，殆无一字无来历。明诸大家用功之深如此者绝少。宋人诗，何可轻议耶？"袁世
硕主编《王士禛全集》第 6 册，第 4841 页。
② 王士禛：《池北偶谈》卷一九，下册，第 453 页。
③ 王士禛：《分甘余话》卷四，第 103—104 页。
④ 王士禛：《古夫于亭杂录》卷二，袁世硕主编《王士禛全集》第 6 册，第 4853 页。

七律说:

> 明末七言律诗有两派,一为陈大樽,一为程松圆。大樽远宗李东川、王右丞,近学大复;松圆学刘文房、韩君平,又时时染指陆务观,此其大略也。①

此说看似大而化之,但作为过来之人的见解,却很值得后代研究者重视。为什么他要说当时七律只有两派,除了东南一隅,难道就再没有七律创作值得重视的地区了吗?他论明末的歌行又说:

> 明末暨国初歌行,约有三派:虞山源于杜陵,时与苏近;大樽源于东川,参以大复;娄江源于元白,工丽时或过之。②

我们的疑问还是同上,这极其概括的论断究竟有多大程度的准确性?但不管怎么说,它为我们提供了一个当代批评家的认识,它可能受见识限制不无偏颇,却终究是临近而有现场感的,当代批评的价值不就在这里么?它是为文学史研究准备的价值储蓄,告诉后人什么作家什么作品在当时受到什么样的重视。如果没有王渔洋的“南施北宋”之说,我们或许就估计不到宋琬在当时受到那么高的评价。同时,如果不是他那么推崇陈廷敬:

> 自昔称诗者,尚雄浑则鲜风调,擅神韵则乏豪健,二者交讥。唯今太宰说岩先生之诗,能去其二短而兼其两长。吾推先生诗三十余年,世之谈士皆以为定论而无异辞者以此。③

我们也可能不会特别注意到这位诗人的重要。读一读《午亭山人集》就知道,陈廷敬是清初艺术功力最深的诗人之一,七律尤其诚挚深厚。

王渔洋还一再梳理明代以来的山东诗歌流变,表彰山东诗人群体,那是出于维桑与梓的乡土意识,可按下不表。这里另举他对粤东诗人的揄

---

① 王士禛:《渔洋诗话》卷下,丁福保辑《清诗话》上册,第219页。
② 王士禛:《分甘余话》卷二,第53页。又见《渔洋诗话》卷下。
③ 王士禛:《跋陈说岩太宰丁丑诗卷》,《蚕尾续文集》卷二〇,袁世硕主编《王士禛全集》第3册,第2313页。

扬，来看他作为当代诗歌批评家的眼光和胸怀：

> 南海屈介子大均，少为诸生，有声。旋弃去，学浮图法，释名一
> 灵，字翁山。居罗浮久之，出游吴越。又数年，忽加冠巾，游秦陇，
> 与秦中名士王无异弘撰、李天生因笃辈为友，作华岳百韵诗。固原守
> 将某，见而慕其才，以甥妻之。翁山爱玩少室，赋诗云："同栖红翠
> 三花树，对写丹青五岳图。"自固原携妻至代州上谷，再游京师，下
> 吴会，自金陵归粤，妻随病死。翁山之诗，尤工于山林边塞，一代才
> 也。同时陈恭尹字元孝、王邦畿字说作，梁佩兰字芝五、王鸣雷字震
> 生、陈子升字乔生，皆广州人，工诗。元孝诗尤高，如"积雪回孤
> 棹，寒湘共此心"，"离忧在湘水，古色满衡阳"，又"乡山小别吟兼
> 梦，水驿多情浪与风"、"桄榔过雨垂空地，璏瑁乘潮上古城"之类，
> 皆佳。说作句如："云低沧海树，潮上夕阳城"、"曙色寒山外，秋风
> 古渡前"，殊近钱刘。又有绝句云："昨冬归去今春信，言是端阳入楚
> 山。吟取荆州旧时事，洞庭秋尽客应还。"乔生《昔昔盐》云："鸳
> 鸯楼外乌欲栖，玳瑁梁间燕吐泥。月晕圆随汉东蚌，天河倾向汝南
> 鸡。万方仪态华镫出，一笑横陈翠帐低。愁见晓鸿征塞北，不知天将
> 定辽西。"又有《南中塞下曲》一篇，极似杨用修格调。翁山诗，予
> 曾为选百篇，以为唐宋以来诗僧无及者。五律如"帆随南岳转，雁背
> 碧湘飞"，"久病悲欢尽，新寒衣衲重"；绝句如"荧荧桃李花，薄命
> 寄君掌。河水虽东流，河鱼自西上"；又《归风词》："南越轻绡似碧
> 云，裁为飞燕御风裙。中流舞罢将仙去，万岁千秋复见君。"《客雁
> 门》云："三年作客傍滹沱，听尽哀筎出塞歌。白发不愁明镜满，秋
> 霜只怨雁门多。"此类不能悉记也。予尝语程职方云，君乡东粤，人
> 才最盛，正以僻在岭海，不为中原江左习气熏染，故尚存古风耳。①

岭南文化虽在明代业已发达，但终因僻处海隅，与中原文学交流不便，作
家的声名也传播不广。若非像屈大均这样漫游天下的名士，矻矻穷年的诗
人或至默默无闻。渔洋这段诗话提到六位诗人，他们的名字随着《池北偶

---

① 王士禛：《池北偶谈》卷一六，上册，第250—251页。其中"帆随南岳转，雁背碧湘
飞"一联，史蒙溪评《渔洋诗话》曾指出为陈恭尹诗，渔洋误记。按：此条又见于《渔洋诗话》
卷中，文字稍略。

谈》行世而广为天下所知。

渔洋晚年撰《渔洋诗话》，曾慨叹："古今来诗佳而名不著者多矣，非得有心人及操当代文柄者表而出之，与烟草同腐者何限？"① 所以他平素格外留意表彰那些位卑名微的诗人，零章只句，一有可讽，即记录于笔记、诗话中，而这些作者也因他的评赏而为世所重，为乡里引为荣耀②。确实，如果统计一下渔洋诗话、笔记中提到的当代诗人，那一定是个相当大的数字，许多默默无闻的诗人借此成名。他对吴嘉纪、吴雯、康乃心、赵湛的延誉和提携在当时就已是脍炙人口的韵事。这提醒我们，谈论王渔洋诗学，他对当代诗歌的重视，他的当代诗歌批评所产生的影响，以及他在推动当代诗歌创作上的贡献，都是不容忽视，而应该大书一笔的。

二 古诗声调学之开辟

论诗一提到"神韵"，总像缥缈不可捉摸；以致论诗学一提到王渔洋，也不免受施闰章"如华严楼阁，弹指即现；又如仙人五城十二楼，缥缈俱在天际"的说法影响③，只注意其镜花水月、空灵要眇之说，而不顾及大量的凿实之论。其实王渔洋诗学渊源于明代格调派，论诗最是脚踏实地，做一字一句的工夫。况且他也不是才力雄厚的人，其清词丽句实在多来自对前人佳作的细心揣摩和巧妙脱化。很少有人像他那样熟悉前代作品，下那么深的工夫。它最终结出的果实，在艺术表现方面展现为内容丰富的古今诗歌批评，而在语言形式方面就凝聚为独辟新境的诗歌声律学。

中国古典诗歌虽拥有丰富的体裁和复杂的声律规则，但自唐代近体诗格律定型后，人们似乎就失去了探究声律奥秘的兴趣，两宋诗家热衷于探讨句法和用典，对声律问题却几乎不加关注。现在我们知道的对前人诗歌声律的研究，似乎始于元人。日本学者平田昌司曾指出，元人黄景昌（1271—1336）求古今之异于"音节"与"声"的观点，很值得注意：

① 王士禛：《渔洋诗话》卷中，丁福保辑《清诗话》上册，第194页。
② 如《渔洋诗话》卷中提到的泰州同知赵三麒，程林宗撰《国朝南亭诗钞序》列举武乡前辈诗人就以"赵乾符之见于《渔洋诗话》"为荣。《程昆仑先生诗文集》附录，三晋出版社2008年版，第445页。
③ 王士禛《渔洋诗话》卷中："洪昉思问诗法于施愚山，先述余凤昔言诗大指。愚山曰：'子师言诗，如华严楼阁，弹指即现；又如仙人五城十二楼，缥缈俱在天际。余即不然，譬作室者，瓴甓木石，一一须就平地筑起。'"丁福保辑：《清诗话》上册，第199页。

古今诗体制虽相袭，而音节则殊。近代以此名家者亦罕知其说。景昌以古人论诗主于声，今人论诗主于辞。声则动合律吕，可以被之金石管弦，辞则文而已矣。乃集汉魏以来诸诗，各论其时代而甄别之，作《古诗考》。①

明代格调派论诗最重声调，不仅讲究近体的声调，也意识到古诗的问题，从李东阳就开始摸索古诗声调的规律。但到明末，"自钟、谭二公专取性灵，不取声调，后之学者非流单薄，即入俗俚"②。似乎竟陵派的兴起遏止了格调派诗学对声律问题的关注。

清初随着实学风气的蔚盛，音韵学普遍受到学界的关注，不光学者们热衷于古音学研究，诗论家也不断对诗歌声律加以思考，引发了诗坛研究诗歌声律的兴趣。金圣叹就思考过诗歌句式"选言或五或七者"的问题，认为"少于五则忧其促，多于七则悲其曼也"③。李因笃论杜甫"晚节渐于诗律细"之细，说"凡五七言近体，唐贤落韵共一纽者不连用，夫人而然。至于一三五七句用仄字，上去入三声少陵必隔别用之，莫有叠出者，他人不尔也"。朱彝尊听到这个说法，有点怀疑，遂与李良年检杜集核对，结果七律中有八首不符，耿耿于怀。后来再校覈宋、元旧刊本及《文苑英华》等书，则八首不合之处各有异文，且于义为长，乃知杜甫七律于李因笃所论无一例外④。当时诗家留意诗歌声律的风气，于此可见一斑。

现在看来，在清初众多研究诗歌声律的诗人中，王渔洋是最重要的一位。由于才华和机遇将他推到诗坛盟主的位置上，他比别人更意识到对诗运消长负有责任，因而也更重视诗歌声律的问题。事实上，不光明末竟陵派不讲声调，入清后宋诗派也排斥声调。黄宗羲就曾扬言："夫诗以道性情。自高廷礼以来，主张声调，而人之性情亡矣。"⑤ 由于宋诗派诋斥声调之学，无形中就使主声调与主气势成为唐、宋两大诗歌阵营的

---

① 宋濂：《浦阳人物记》卷下文学篇，《宋濂全集》第 3 册，浙江古籍出版社 1999 年版，第 1847 页。

② 倪匡世：《振雅堂汇编诗最·凡例》，康熙二十七年怀远堂刊本。

③ 金圣叹：《贯华堂选批唐才子诗序》，陆林辑校《金圣叹全集》第 1 册，凤凰出版社 2008 年版，第 93 页。

④ 朱彝尊：《寄查德尹编修书》，《曝书亭集》卷三三，康熙刊本。

⑤ 黄宗羲：《景州诗集序》，《南雷文案》卷一，《南雷集》，四部丛刊初编本。

标志①。而当康熙中叶对宋诗的批评意见成为诗坛主流时，舆论倾向于认为宋诗风的盛行损害了唐诗传统培育的健康声调。如田同之后来说："今之言诗者，多弃唐主宋，下取苏、黄、杨、陆之体制，而又遗其神明，独拾渣滓，无怪乎高者肆而下者俚，博者缛而约者疏，一切粗厉、噍杀、生涩、平熟、俗直之音，弥漫于声调间也。"② 面对这种情形，意欲扭转诗坛风气的王渔洋，在以"神韵"的理想标举盛唐诗风的同时，也力图在声律上弥补宋诗派造成的损害。因此他对唐诗理想的重新塑造，核心在神韵，骨骼却在声韵。这就是为什么声律学在其诗学中占有显著地位的原因。

王渔洋的声调之学，自刘大白《中诗外形律详说》以来一直未受到批评史的注意。只有顾学颉先生 1941 年在《略谈王渔洋"神韵"说》一文中提到王渔洋的声律学对神韵论的意义③。到 80 年代，杨松年先生注意到清初古诗声调学与明代格调派的渊源④，日本学者大平桂一又以七言古诗为中心分析了王渔洋的古诗声调学说⑤，但都还未从学术史的角度阐明它对清代诗学的深远影响。实际上，渔洋后人保存的两部诗律学著作，无论是讲近体格律的《律诗定体》，还是讲古诗声调的《古诗平仄论》，都是前无依傍、自我作古的独创。近体诗从唐代定型后，其平仄格式就以"一三五不论，二四六分明"的通俗口诀口耳相传。像王轩所说的："史称沈宋研切声律，号为律诗，而世不传其说。俗有一三五不论，二四六分明之语，莫知自来，意即沈宋之遗。夫一三五则拗救是也，二四六则粘对是也。"但诗学文献中，关于近体诗格律始终无明确记载和清楚的说明。王渔洋教弟子学诗，用图谱之法标明平仄格式，家塾相传，于是就有了《声调谱》的雏形——《律诗定体》。此书的内容，严格地说算不上什么发明，正像谭宗浚指出的："大抵从前名人，于声调一说无不了了于胸中，或知而不言，或言之而不尽。其法其实则不自秋谷始，并不自渔洋始。"⑥

① 曾灿《与丁雁水》："盖尚唐音者取声调，作宋诗者喜酣畅，而于古人意格相去倍蓰。"《六松堂尺牍》卷一四，康熙刊本。

② 田同之：《西圃诗说》，郭绍虞辑《清诗话续编》第 2 册，第 763 页。

③ 顾学颉：《顾学颉文学论集》，中国社会科学出版社 1987 年版。

④ 杨松年：《中国文学评论史编写问题论析》第三章"背景研究之检讨"，文史哲出版社 1988 年版，第 179—188 页。

⑤ 大平桂一：《王渔洋的古诗平仄论——以七言古诗为中心》，《东方学》第 73 期，日本东方学会 1987 年版。

⑥ 谭宗浚：《赵秋谷声调谱跋》，《学海堂集》四刻卷一七，光绪刊本。

他举出七点证据，说明前人虽无声调谱，但都清楚声律格式。如《杨文公谈苑》云："粘之平仄，其呆处也。至可平可仄之活变字眼，尤当审慎用之，使归于应弦合节，此妙又在神明于粘之外矣。"又云："诗之平仄固贵不失，而即其所用之平仄，又有轻重刚柔之别，斟酌得宜，令若宫商相协，此并非止言平仄而已也。"清初任源祥《答陈其年书》也提到："七言律拗体不可多用，亦不可不用。不用则三五十篇之后，势必至以青云、白雪受訾于人。"① 还有，李绂说他十一岁始得律诗粘背之法于蒙师吴迁斋先生②，那应该是康熙二十四年（1685）的事。可见在《律诗定体》问世之前，近体格律甚至有关拗体的知识，人们从来都是很清楚的，只不过仅限于口耳相传，未形诸文字而已。王渔洋勒为谱本，只能说是创体而非创意，真正有创意的乃是他对古诗声调的研究。

诗家历来认为，"古诗平仄之有论也，自渔洋先生始"③。但据渔洋门人惠周惕之孙惠栋说，王渔洋的声律学说实本自钱谦益，而钱谦益又是得自冯班④。而赵执信弟子仲是保则说："唐诗声调迄元来微矣，明季寖失，古诗尤甚。吾虞冯氏始发其微，于时和之者有钱牧斋及练川程孟阳。若后之娄东吴梅村，则又闻之于程氏者矣。顾解人难得，惟新城王阮亭司寇及见梅村，心领其说，方欲登斯世于风雅，执以律人，人咸自失。"⑤ 两人都说声调之说启自冯班，似乎不像是空穴来风。这倒不是因为他们是元和、常熟人，可信传闻有自。而是从冯班《钝吟杂录》看，他的确是明清之际第一位究心于诗歌声律问题的专家，第三卷"正俗"对诗歌史上的声律问题有着全面而系统的思考。当然，其学说从学术史的角度说，意义也就停留在"正俗"即厘正明代以来世俗流传的一些偏见而已，没有独创性的发明。在古诗声调问题上，他的看法是："古诗之视律体，非直声律和诡，筋骨气格、文字作用，迥然不同矣。然亦人人自有法，无定体也。"⑥ 这样的见解基本未超出明代格调派的藩篱。总之，现在要断言是谁最早发明古诗声调之说，还缺乏可靠的证据。我们只知道，在《古诗平仄论》问世以前，甚至在渔洋晚年门人所记《诗问》中有关古诗声调的见解发表以

---

① 任源祥：《鸣鹤堂文集》卷三，光绪十五年重刊本。
② 李绂：《小山吟序》，《穆堂初稿》卷二，《李穆堂诗文全集》，道光十一年珊城阜祺堂重刊本。
③ 翁方纲：《王文简古诗平仄论》自序，丁福保辑《清诗话》上册，第223页。
④ 惠栋：《刻声调谱序》，《松崖文集》卷一，聚学轩丛书本。
⑤ 仲是保：《声调谱》序，《声调谱拾遗》卷首，谈艺珠丛本。
⑥ 冯班：《钝吟杂录》卷三，丛书集成初编本，第42页。

前，就已有古诗声调论在诗人间流行了。比如，较渔洋年岁稍长的孙枝蔚曾说："七言律用平仄，旧说一三五不论，二四六要分明，不知一三五更须斟酌。至于五言古篇中第二句第三字宜平，七言古篇中第二句第五字宜平，亦当加意，若纯用仄，亦一疵也。盖此法在唐以前尚不大拘。至唐人始密，读者多忽之。今略举一二：五言如杜工部《苦雨奉寄陇西公》一首，凡二十四句，只'信'字'碎'字用仄声；七言古如昌黎《谢郑群赠簟》一首，通篇第五字无一仄声。"① 这与王渔洋的见解是很接近的，只不过不如渔洋之说邃密及影响深远而已，我们应该意识到它背后潜在的诗学语境。

王渔洋对古诗声调的研究，生前并未有专书，见解散见于晚年门人所记的语录中。何世璂《然灯纪闻》述老师之语云：

> 古诗要辨音节。音节须响，万不可入律句，且不可说尽，像书札语。

这里已断然提出古诗不可杂入律句的根本原则，使明人"古不可涉律"之说有了声律方向的明确规定。这是王渔洋提出的第一条规则。郎廷槐记老师答七古平仄韵句法问题，说：

> 七言古平仄相间换韵者多用对仗，间似律句无妨。若平韵到底者，断不可杂以律句。大抵通篇平韵，贵飞扬；通篇仄韵，贵矫健。皆贵顿挫，切忌平衍。②

这是就七古而言的，将换韵与不换韵两种体式作了区别，换韵稍宽，可间入律句；不换韵较严，尤以平韵者最严，断不可杂入律句。这是王渔洋提出的第二条规则。后来沈德潜《说诗晬语》卷上即沿袭这一说法："歌行转韵者，可以杂入律句，借转韵以运动之，纯绵裹针，软中自有力也。一韵到底者，必须铿金锵石，一片宫商，稍混律句，便成弱调也。"刘大勤记老师论古诗一韵到底者第五字须平，云：

---

① 叶矫然：《龙性堂诗话》续编引《溉堂诗话》，郭绍虞辑《清诗话续编》第1册，第1031页。
② 郎廷槐记：《师友诗传录》，丁福保辑《清诗话》上册，第135页。按："间似律句无妨"，《诗问》本"似"作"从"。

一韵到底，第五字须平声者，恐句弱似律句耳。大抵七古句法字法，皆须撑得住，拓得开，熟看杜、韩、苏三家自得之。①

这里的一韵到底，参照《王文简古诗平仄论》所述，应指平韵。这是王渔洋提出的第三条规则，与上引孙枝蔚之说相合，但渔洋仅强调第五字，未分上下句。张笃庆答郎廷槐问七古平仄韵句法，说："七古平韵，上句第五字宜用仄字，以抑之也；下句第五字宜用平字，以扬之也。仄韵，上句第五字宜用平字，以扬之也；下句第五字宜用仄字，以抑之也。七言古，大约以第五字为关捩，犹五言古大约以第三字为关捩。"② 所见益细。刘大勤又记答七古平韵、仄韵法度之异，云：

七言古凡一韵到底者，其法度悉同。惟仄韵诗，单句末一字可平仄间用；平韵诗，单句末一字忌用平声。若换韵者，则当别论。③

此论七古各联上句末字用声之法，是王渔洋提出的第四条规则。综观渔洋关于古诗声调的论述，我们难免会得到一个印象：他对古诗声调规则的认识基本上是零星的，并没有形成严密的理论体系。在反律化的总原则下，他提出的几条规则更近于经验式的"成法"④，即对前人既有方式的说明，而非先验的定式。并且，从根本上说，他也不认为古诗声调有固定的法则。刘大勤请解释七古以音节为顿挫的含义，渔洋答："此须神会，难以粗迹求之。如一连二句皆用韵，则文势排宕，即此可以例推。熟子美、子瞻二家，自了然矣。"刘大勤又问："古诗既异于律，其用平仄之法，于无定式之中，亦有定式否？"答云："毋论古律、正体、拗体，皆有天然音节，所谓天籁也。唐宋元明诸大家，无一字不谐。"⑤ 显然，在王渔洋的观念中，古诗声调还是以自然和谐的音节为尚，前代大家之作所体现的一些带有规律性的法则，在他看来不过是赖以维持自然和谐、避免艰涩拗口的必要前提。因此，当某种声调格式虽异常而不失和谐，也就是说超越了

① 刘大勤记：《师友诗传续录》，丁福保辑《清诗话》上册，第149页。
② 郎廷槐记：《师友诗传录》，丁福保辑《清诗话》上册，第135页。
③ 刘大勤记：《师友诗传续录》，丁福保辑《清诗话》上册，第156页。
④ 关于"成法"的含义，可参看屈复《唐诗成法》自序的解释。
⑤ 刘大勤记：《师友诗传续录》，丁福保辑《清诗话》上册，第152页。

上述前提时，法则对它就失去了约束意义。他说七古以音节为顿挫，只能神会，不能以粗迹即僵化的定式求之，就是这个道理。

日本学者儿岛献吉郎评《古诗平仄论》，说："想来王士禛之说，是一时口头语，绝非他底晚年定论。他所谓古诗既不是指周诗，又不是指汉魏六朝之作，仅是指成于唐以后的作家古体诗。质言之，他并不洞察古诗全豹，仅窥古诗一斑而已。他所说，不适用于唐以后的古诗全体。故如他底的应声虫翁方纲亦对他所说，加以间有失实过泥之评，且时有非先生定论的辩护。特别是五言古诗求平仄底谐和，终竟不免牵强附会。"[1] 这一评价无疑是中肯的，王渔洋讨论的规则只是从唐代古诗作品中归纳的一些经验之谈，与唐人创作的实际情形，与后人创作的自觉意识都不是一回事，不能混为一谈。推原古诗声调学之兴起，大体不外乎两方面的原因：从消极意义说是想模仿古人格调，从积极意义说是要区别于近体。本来，初盛唐人作古诗，音节声调全取天然，即便有意经营，也是由浸淫于汉魏六朝而朦胧体得，并非有自觉的意识。到大历诗中，近体诗声律和技法发展纯熟，近体声调的规律也为诗家所掌握。于是元和以后诗人作古诗，便有意回避律调以强化古体特征，使之与近体相区别。这时古诗就不再是自然音节的古诗，而成了有意回避律调的古诗。李攀龙说唐无古诗，而自有其古诗，正是从这个意义上说的。不过，这种维护诗体独立性的意识及由此获得的对古体声调的知识，终因晚唐人一味专攻近体而失传。这一点清代王轩即已指出："古语简括，当时家喻户晓，无烦别诠。中晚专工近体，其法寝失。"[2] 以至于明人写作古诗，只能在字句上作最表面的模仿，而难得声情之近。清代诗家眼见明人之失，作古诗自然想发掘唐人的法则。不过，经一番钩沉索引，深文周纳，他们订出的法则竟比唐人要严厉许多。比如古句入律为拗律，而律句却不可入古，于所谓落调更是必不可犯。其实唐人反倒不至于如此避忌。从这一点说，王渔洋论古诗声调，只是个始作俑者，后来古诗声调之学发展到那么繁复[3]，绝不是他所能预料的。

---

[1]　儿岛献吉郎：《中国文学概论》，转引自洪为法《古诗论》，商务印书馆 1937 年版，第 106 页。

[2]　董文涣：《声调四谱图说》卷首，同治三年董氏刊本。

[3]　有关清代古诗声调学说的发展，可参看蒋寅《王渔洋与康熙诗坛》第五章"王渔洋与清代古诗声调论"。

三　学诗的师法原则

王渔洋在文学活动中的身份，不只是作家和批评家，同时还是个诗学宗师。从任扬州推官时起，就不断有后辈诗人从他学诗，及入官京师，由部曹钦点翰林，迁国子祭酒，诗名之盛如日中天，执门生礼者半天下，以诗踵门请益者无虚日，于是指授后辈学人成为他毕生诗学活动的一个重要内容。何世璂《然灯记闻》、郎廷槐《师友诗传录》、刘大勤《师友诗传续录》所记的师弟问答，都是王渔洋传授门人诗学的真实记录，保存了他日常论诗的许多精彩见解。回顾一下文学史，我还不知道哪个时代有哪位文学家，像王渔洋这样编选过那么多历代诗歌选本、撰写过蒙学诗法、不厌其烦地解答弟子们的疑问，为栽培后辈诗人耗费许多精力。

文学教育原是与作家的文学才能和教养乃至一个时代的文学趣味密切相关的重要问题，但在历来的古代文学研究中却一直被忽略，或得不到正当的评价。桐城派的文章之学常被视为教师爷的学问，以为不脱匠气，实则中国古代的文学理论和批评，哪有多少纯粹的鉴赏、研究，大部分不都是出于师法和传授目的的评赏？其中许多批评论断都成为学诗者师法前贤的参考，反过来一些师法古人的原则也不失为对古代作家的有效批评，本书导论所举黄子云的议论便是很好的例子。以前我在论述王渔洋《唐贤三昧集》与"神韵"诗学的确立时，曾分析它的选目，以为体现了渔洋指授后辈学诗"就各体之宜，随性分之近"的师法原则[1]。实际上，即便从王渔洋诗学的整体来看，这也是值得我们重视的理论贡献之一。

渔洋指授门人学诗，非常注意才性和诗体的问题，著述中有屡有说明。"就各体之宜，随性分之近"，按汉语的习惯，概括为"随性之所近，就体之所宜"似乎更顺口些。随性之所近，即根据自己的性情选择适宜的学习对象或内容，这原是孔门的教育宗旨。韩愈《送王秀才序》曾这样谈到孔门弟子学业的分化："吾常以为孔子之道，大而能博，门弟子不能遍观而尽识也，故学焉而皆得其性之所近。"[2] 王渔洋论学诗随性之所近，有两层含义：一是学才性上比较接近的作家。比如刘大勤问，有谓诗不假修饰苦思者，陈去非不以为然，引"蟾蜍影里清吟苦，舴艋舟中白发生"

---

[1]　蒋寅：《王渔洋与康熙诗坛》第三章 "《唐贤三昧集》与王渔洋诗学之完成"。

[2]　马其昶：《韩昌黎文集校注》卷四，相同题目的文章有两篇，一篇是指王含，这里所引的是送王埙的序。

等句为证，二说宜何从？渔洋答：

> 苦思自不可少，然人各有能有不能，要各随其性之所近，不可强同。如所谓"书檄用枚皋，典册用相如"；又"潘纬十年吟古镜，何涓一夕赋潇湘"。牧斋云"挥毫对客曹能始，簾阁焚香尹子求"，皆未可以此分优劣也。①

徐乾学《十种唐诗选跋》称渔洋指授门人，"因才而笃，各依其天资，以为造就"，也是这个意思。二是学风格上比较接近的流派。如《然灯记闻》记康熙三十二年（1693）七月初八日登州李鉴湖来谒，问："某颇有志于诗，而未知所学。学盛唐乎？学中晚乎？"渔洋答："此无论初盛中晚也。初盛有初盛之真精神、真面目，中晚有中晚之真精神、真面目。学者从其性之所近，伐毛洗髓，务得其神而不袭其貌，则无论初盛中晚皆可名家。"又说：

> 学诗要穷源溯流。先辨诸家之派，如：何者为曹刘，何者为沈宋，何者为陶谢，何者为王孟，何者为高岑，何者为李杜，何者为钱刘，何者为元白，何者为昌黎，何者为大历十才子，何者为贾孟，何者为温李，何者为唐，何者为北宋，何者为南宋，析入毫芒，学焉而得其性之所近。②

学诗先辨源流派别，自宋代严羽《沧浪诗话》即已倡之，但严羽绝对要求取法乎上，不免强人所难。渔洋要人先辨家数，择其性近者学之，应该说较切实可行。其实这也是中外作家共通的艺术经验，比王渔洋更早的16世纪法国作家 J. 迪贝莱在《保护和发扬法语》一书中也曾说过，模仿名家必须先斟酌选谁来模仿和选什么来模仿：

> 他首先必须（有）自知之明，掂量自己究竟有多少分量，试试自己的肩膀上能担多大的分量；他必须时时注意自己的天分，设法模仿

---

① 刘大勤记：《师友诗传续录》，丁福保辑《清诗话》上册，第154页。
② 何世璂记：《然灯记闻》，丁福保辑《清诗话》上册，第121页。

他觉得与自己最为相近的作者。①

　　这真可谓是"东海西海，心理攸同"，表达了人类文学创作的一般经验。正因为如此，王渔洋的见解后来一直为论诗者所尊奉。沈德潜《古诗源》卷八选陶渊明诗，称"唐人王、储、韦、柳诸公，学焉而得其性之所近"，就是发挥王渔洋的说法。同时的著名作家赵青藜虽不太喜欢神韵一路的诗风，却也说过："性情不学而具，性情之精非不学所能尽。惟学焉各得其性之所近，至于久遂若天成之，莫能以相易。"② 就连不太将王渔洋放在眼里的袁枚，"平时论诗，谓古人成名，各就其诣之所极，各得其性之所近；又谓诸体各有所宜，不能兼亦不必兼"③，也明显是沿袭渔洋之说。嘉道间名诗人郭麐则说："诗之风格不同，而诗人之性情亦各因其所近。世之言诗者执风格以求古人，惟恐一体之不肖，一字之不工。夫人心不同，如其面焉。服尧之服，非即尧也；绘孔之貌，非即孔也。即工且肖矣，而学唐者为唐人之诗，学宋者为宋人之诗，于吾之性情何与焉。"④ 他的着眼点虽在表现性情，不同于王渔洋的扬长避短，但就"各因其所近"而言，两者的旨归是完全相同的。所以他又说："夫学者必以其性之所好致力焉，而后有所从入。"⑤ 直到近代邹弢编《诗学捷径》，第十一章"学诗须溯源流"还取渔洋之说以示初学，足见随性之所近是一个切实可取的师法原则，是入门的正道。

　　不过，从师法的角度说，光有随性之所近显然是不够的。因为性情相近的作家，即便风格、家数可以取法，也还有个文体偏擅的问题。同样是优秀诗人，所长各不相同，因而诗家历来有正宗旁门之辨。某体适宜学谁，不适宜学谁，不仅要考虑才性和资质的条件，更要考虑作家的典范性。王渔洋诗学本源于格调派，所以很推崇高棅的《唐诗品汇》，认为"迨高廷礼《品汇》出，而所谓正始、正音、大家、名家、羽翼、接武、正变、余响，皆井然矣"⑥。他选《唐贤三昧集》同样贯彻了这样的原则，每位作者都择其所长，突出他在诗体上的典范性。门人刘大勤曾问："《唐

---

① 转引自蒂费纳·萨莫瓦约《互文性研究》，邵炜译，天津人民出版社 2003 年版，第 122 页。
② 赵青藜：《吴比部诗序》，《漱芳居文钞》二集卷四，乾隆四十七年刊本。
③ 方熊：《雪鸿集序》，《绣屏风馆文集》卷二，道光刊本。
④ 屠倬：《灵芬馆诗集序》，郭麐《灵芬馆全集》卷首，嘉庆十六年家刊本。
⑤ 郭麐：《杜诗集评序》，刘濬辑《杜诗集评》卷首，嘉庆十年海宁蔡照堂刊本。
⑥ 王士禛：《香祖笔记》卷六，第 121 页。

贤三昧集序》羚羊挂角云云即音流弦外之旨否？间有议论痛快，或以序事体为诗者，与此相妨否？"渔洋答：

> 严仪卿所谓如镜中花，如水中月，如水中盐味，如羚羊挂角，无迹可求，皆以禅理喻诗，内典所云不即不离，不粘不脱，曹洞宗所云参活句是也。熟看拙选《唐贤三昧集》自知之矣。至于议论叙事，自别是一体。故仆尝云，五七言有二体：田园丘壑，当学陶韦；铺叙感慨，当学杜子美《北征》等篇也。①

前半答严羽论诗之旨，是以神韵诗学的原理阐释其审美规范及其意蕴；后半答不同的文体要素可否与神韵相容，则回到文体学的阈界，就具体诗型来确立其典范性，这便是就体之所宜了。

从师法的角度说，就体之所宜也有两层含义：一是类型学意义上的取各家之长，即上文"田园丘壑，当学陶韦"的意思。《然灯记闻》说得更为明确：

> 为诗各有体格，不可泥一。如说田园之乐，自是陶、韦、摩诘；如说山水之胜，自是二谢；若道一种艰苦流离之状，自然老杜。不可云我学某一家，则无论哪一等题，只用此一家风味也。②

另一层含义是文体学意义上的师各家之长。王渔洋指点弟子学诗，说"七律宜读王右丞、李东川"（《然灯记闻》），说明他视王维、李颀为七律正宗，《三昧集》果然就选两家七律最多。此外，储光羲、常建多选五古，李颀多选七古，王昌龄多选七绝，也都是各取所长，以见其体制之工足具典范性。论诗追随王渔洋的田雯，也曾说"学诗者宜分体取法乎前人"，并各举其例，以为"非如是不足以称神明变化也"③。陈康祺《郎潜纪闻初笔》载："覃溪学士瓣香坡公，每岁十二月二十五日，辄集四方名士于苏斋，为公作生朝。后得本朝王文简像，亦如祭坡公例。唯每祭文简，必

---

① 刘大魁记：《师友诗传续录》，丁福保辑《清诗话》上册，第150页。
② 何世璂记：《然灯记闻》，丁福保辑《清诗话》上册，第119页。"泥一"原作"混一"，据中国科学院图书馆藏抄本改。
③ 田雯：《鹿沙诗集序》，《古欢堂集》卷二十五，影印文渊阁四库全书本。

遍询坐客，谓渔洋品古今五言诗以盛唐为宗，盛唐五言又以《三昧集》王、孟诸家为宗，而先生选五言诗，于唐止取五家，有韦、柳而无王、孟诸家，何也？请下一转语，方许同列拜跪。"① 这个问题翁方纲在《小石帆亭著录》中即已提出，实际是个文体学的问题。中国古代诗家对诗体的表现机能有着清楚的区分和理解，人才有偏长，诗体有偏擅，学诗的原则是论体而不论人。即便是号称集大成的杜甫，后人也多认为其绝句不可学②。高棅《唐诗品汇》分体选诗，以正音、大家、名家、接武来标志不同诗家在不同体式上的成就及典范性，也是基于这种观念。王维、孟浩然总体上以近体而不以古体见长，《三昧集》作为盛唐诗选，以诗家整体水准为去取，当然不能不以王、孟为大宗；更何况渔洋还很赞同王世贞"小诗欲作王、韦"（《池北偶谈》卷十二）之说，故选了不少王维绝句，《辋川集》和《皇甫岳云溪杂题》都全部收入。而《古诗选》是专选古体作品的，基于对王、孟创作长于近体的总体判断，完全有理由不选两家，前人对此也表示理解③。

以随性之所近、就体之所宜的原则师法前人，就必定转益多师、不拘一隅，对传统采取一种兼收并蓄的开放态度。由此不难想见，王渔洋的艺术趣味绝不可能是狭隘、单一的，而"神韵"范畴自然也不能涵盖他诗学的丰富内容。事实上在清初，除了王渔洋，我还没看到能这样融会古今、博采众长的诗论家。王渔洋最终能成为诗坛众望所归的一代宗师，与他诗学精深通达而富有包容性的品格是分不开的。

四　王渔洋诗学的价值和影响

由前文的论述不难看出，王渔洋诗学的最大特点就是关注诗歌内部的问题，他的诗学代表着一股不同于江南、浙江和关中诗学的"向内转"的倾向。在经历明末清初以来诗坛强烈的道德批判风潮后，将诗歌研究重新引向诗歌本身，重视对诗歌内部艺术规律的探讨，是王渔洋诗学最醒目的历史意义之一。他认真钻研诗歌艺术的态度，较其他几派诗学的极端主

---

① 陈康祺：《郎潜纪闻初笔》卷七"东坡生日"条，中华书局 1984 年版。

② 如沈德潜《唐诗别裁集》、玉书《常谈》、李少白《竹溪诗话》等均持此意。参看蒋寅《杜甫是伟大诗人吗——历代贬杜论的谱系》，《国学学刊》2009 年第 3 期。

③ 孙衣言《逊学斋文钞》卷一〇《书姬传先生今体诗钞序目后》即称赞"阮亭五言不钞王、孟，非无见也"。同治十二年刊本。

张，有时显出折中与调和的色彩①，但更多地还是展现为一种开放性和包容性。

王渔洋诗学首先是一个兼容并蓄、融会古今的理论体系，最大程度地吸收了古今诗学的理论成果。文廷式尝言："朱竹垞题王给事又旦过岭诗集云：'迩来诗格乖正始，学宋体制嗤唐风。江西宗派各流别，吾先无取黄涪翁。'余谓学宋体制，未可遽以为乖正始也。竹垞七古平冗少味，正坐不参用涪翁之排宕兀傲耳。王阮亭论诗，识高于朱，恰在此等。"② 的确，王渔洋超越时流的独绝之处就在这里：明代诗学独宗盛唐，摒弃大历以还之诗，王渔洋则博采宋元诗之长。清初诗家鄙薄明七子的模仿剿袭，弃其书不观，王渔洋则不以人废言，能汲取格调派研究唐诗的精微见解。甚至读后觉得"殊多愦愦，启发人意处绝少"的谢肇淛《小草斋诗话》③，也能汲取其精到见解。上文提到的论七律以王维、李颀为正宗，或许就是受谢肇淛的启发④。江南诗论家慑于钱谦益的批评，不取严羽诗学，对司空图诗学也有所保留⑤，王渔洋则全盘接受并发挥其要义，在深度师法唐诗的前提下确立"神韵"范畴，由此树立起一个包容性极大的诗美理想。梁启超论顾炎武在清代学术史上的地位，"要之清初大师，如夏峰、梨洲、二曲辈，纯为明学余波；如船山、舜水辈，虽有反明学的倾向，而未有所新建设，或所建设未能影响社会。亭林一面指斥纯主观的王学不足为学问，一面指点出客观方面许多学问途径来，于是学界空气一变，二三百年间跟着他所带的路走去。亭林在清代学术史所以有特殊地位者在此"⑥。我觉得王渔洋在清初诗学史上的地位正相类似。何以这么说呢？以李因笃为代表的关中诗学纯为明代诗学余波，黄宗羲代表的浙派和钱谦益代表的

①　谈海珠：《王渔洋诗论之研究》即认为康熙间论者"纷纷于正反因革之间作调和主张，渔洋即为拟古与反拟古之间作调和主张之代表。其立论态度温和而公允，绝无泼辣之霸气，此与明末以降诗坛之论诗态度截然不同"。东海大学中文研究所硕士论文，1979 年，第 20 页。

②　文廷式：《纯常子枝语》卷五，江苏广陵古籍刻印社 1990 年影印本，第 97 页。

③　王士禛：《香祖笔记》卷二，第 30 页。

④　谢肇淛《小草斋诗话》卷一："惟七言律未（原误作永）可专王必也，以摩诘、李颀为正宗，而辅之以钱、刘之警炼，高岑之悲壮，进之少陵以大其规，参之中晚以尽其变。"吴文治主编《明诗话全编》第 6 册，第 6672 页。

⑤　陈瑚《确庵文稿·陆桴亭先生诗序》："古今之论诗者亦多矣，其最有得者莫如司空表圣，尝自择其诗而论之曰：饮食之味，必资盐梅，而其美则在咸酸之外。今其诗具在，诚如其云。顾其所论者诗焉而已，而未尝关于性情学问之微，天下国家之大也。"康熙刊本。

⑥　梁启超：《中国近三百年学术史》，中国书店 1985 年影印本，第 56—57 页。

吴派虽有廓清明代诗学流弊的功劳，却没有提出建设性的理论主张。只有王渔洋诗学，不仅提出鲜明的诗学理想——神韵，而且以扎实的理论思考、卓荦的批评实践和醒目的创作业绩有力地充实和推广了自己的诗学主张，最终开辟出清代诗学自己的道路。这就是王渔洋诗学在清初诗学史上最重要的意义。

前文的分析已说明，神韵是渔洋诗学中一个内涵丰富的核心概念，起初借自明人，使用时并无意识，但随着他本人的不断反思和运用、同时诗家的反复推崇和阐释，到康熙后期，这个概念已吸收传统诗学的诸多理论细节，凝聚成为代表渔洋诗学基本倾向的标志性范畴，并拥有极大的理论包容性和理想主义色彩，神韵的这种理论品格在价值纷乱的时代为诗坛提供了一种可靠的典范性。清初诗坛，观念纷杂，除了明代残留的格调和性灵，还有唐诗派的声调、宋诗派的筋骨，乃至钱谦益的"诗史"、金圣叹的"分解"、陈祚明的"生动"……曾灿《复丁会公》云："往与亡兄庭闻论诗，意旨竟不相符，趋向又各有别。盖亡兄尚声调，而弟取意格。意格者诗之骨干也，去骨而肉附其何以立？"①类似曾氏"意格"这样的个性化概念，在各地诗家的议论中绝不鲜见，共同构成清初诗学流向多歧、话语杂陈的复杂格局。然而到康熙中叶，王渔洋所标举的"神韵"开始流行并为诗坛广泛接受，逐渐展现其作为范畴所具有的统摄性。乃至当时诗家已有定论："盖自来论诗者，或尚风格，或矜才调，或崇法律，而公独标神韵。神韵得，而风格、才调数者悉举诸此矣。明自中叶以还，先后七子互相沿袭，钟、谭、陈、李更相诋诃。本朝初，虞山、娄东数公驰驱先道，风气始开，犹未能尽复于古。至公出，而始断然别为一代之宗，天下之士一归于大雅。"②后辈学者更断言："前人论诗主格者，主气者，主声调者，而渔洋先生独主神韵。'神韵'二字，可谓放出三昧，直足千古。"③清代诗学也由此具有了自己的面目，自己的理论品格。

从王渔洋的艺术观念来看，尽管生活经历和身份决定了他的诗歌趣味略有回避现实的倾向，但这绝不意味着神韵概念本身具有蹈空入虚、脱离实际的性质。始终以神韵相标榜的王渔洋，无论诗歌创作还是评论，在美学上、风格上都显示出极大的包容性。即便是遭到同时诗家批评，以为

---

①　曾灿：《六松堂尺牍》卷一四，康熙刊本。
②　王掞：《刑部尚书王公神道碑铭》，《王士禛年谱》附录，中华书局1992年版，第130页。
③　田同之：《西圃诗说》，郭绍虞辑《清诗话续编》第2册，第765页。

"杜之海涵地负，韩之鳌掷鲸呿，尚有所未逮"的《唐贤三昧集》①，其选诗标准也是很全面而包容的，绝非"旨在标格神韵，而独取所谓淳古淡泊者"一语可尽②。而前文所阐释的"神韵"概念的内涵，实际上也包容了当时不同立场的诗论。比如浙东遗民诗人周容有《复许有介书》，论诗中"离"之一境云："离者，如月在水，捉月于水而不得月；如风御香，觅香于风而不得香。古人之为诗也，原未尝预设一题，而强我意以实之。兴会所至，随处见端，使读者各以其情志相遇，而合于不觉。"③ 周容论诗近于钱谦益，而此说却有取于严羽镜花水月之喻，王渔洋"以自然为宗，以神韵超逸为尚"而推崇"偶然欲书"的诗学观，正与之契若符合。再如安徽诗论家黄生有云："近代作七言律，亦有专主气格，宗尚盛唐者。见非不卓，第矫枉过正，又如笨伯不能行动。大抵气格固不可废，风神亦不宜减，此在虚实之间，善自消息。气格以主之，风神以运之，斯七言之上乘已。"④ 黄生论诗承明代格调派之说，但此言的核心思想是要以风神济气格之不足，正与王渔洋诗学以神韵之虚救格调之实的出发点相同。又如浙江文学家陈枚论诗有云："一观意思，二观体裁，三观句调，四观神韵，四者皆得，方为全诗。四者中更以意思神韵为主。"⑤ 此语虽未详所出，但极像是蒙学诗格教初学的口诀，神韵不仅在四要素中占其一，而且与立意并重，统摄体式、声律，显然是个高位概念。这足以说明神韵概念深入人心，广为诗家所接受，甚至到了训蒙诗法亦得以言之的地步。由此就不难理解，为什么站在对立面的宋诗派也不排斥"神韵"概念。康熙三十四年（1695）邵长蘅刊《井梧集》，宋荦和王渔洋共评之，宋荦再三使用"神韵"一词。评《题吴孟举黄叶村庄图五首》云："神韵悠然，不减摩诘。"评《池上杂兴八首》云："诸诗要是唐音，以神韵胜，在韦柳境中。"评《峨嵋石》云："神韵似太白，结语亦具五色。句法古拙，大奇。"评《病起拨闷十二首》之三云："四句一气，惟唐人高手有此神韵。"宋荦是当时宋诗派的中坚人物，对王渔洋《唐贤三昧集》啧有微词，但这里却反复用"神韵"来评邵诗，不能不说是受王渔洋的影响。评

---

① 宋荦：《漫堂说诗》，丁福保辑《清诗话》上册，第 417 页。
② 秦瀛：《诗龛及见录序》，《小岘山人文集》卷三，嘉庆刊本。参看蒋寅《王渔洋与康熙诗坛》第三章"《唐贤三昧集》与王渔洋诗学之完成"。
③ 周容：《春酒堂文集》，宣统二年国学扶轮社铅印本。
④ 《皖人诗话八种》，黄山书社 1995 年版，第 63 页。
⑤ 吴骞：《拜经楼诗话》卷一引，丁福保辑《清诗话》下册，第 721 页。

《奉和漫堂先生使院后园绝句八首》又云："《唐贤三昧集》中绝调也。"
很显然，无论是"神韵"还是《唐贤三昧集》，其包容性都是很大的，足
以容纳不同的诗派和诗歌趣味。神韵论能在康熙中期以后成为左右诗坛的
主流诗学，影响贯穿于整个清代，本身就说明了这一点。

　　当然，在包容性和开放性之外，神韵论在诗学上的典范意义也是不可
忽视的。清初诗学，其途多歧。随着明人学唐的声名狼藉，唐诗的地位无
形中也被动摇，钱谦益提倡宋元诗更加剧了诗坛的惶惑，再加上冯氏兄弟
鼓吹的晚唐诗及其他各种可能的典范，比如曹溶之宗杜韩①，李因笃之法
汉魏，陈祚明之崇六朝，传统在展开其丰富性和多样性的同时也带来选择
的困惑。在这"旗东亦东，旗西亦西"②、群龙无首的时刻，王渔洋以重
新确立唐诗不可动摇的地位而及时地控制了诗坛的迷茫局面。面对被明人
学滥了的唐诗，他很清楚，问题的核心不在于唐诗值不值得学，而是唐诗
的精神究竟是什么，如何才能掌握它。他编纂《唐贤三昧集》等一系列选
本，都是为了阐明这一问题。相对于明代格调派在体格、声调层面上模仿
唐诗，他的随性之所近、就体之所宜体现了一种从艺术精神上深度师法唐
诗的意识。这种意识其实并不始自渔洋，钱谦益《答唐训导汝谔论文书》
论唐、为唐和不必为唐而能为唐的三重境界③，所谓"不必为唐而能为
唐"，便是要得唐诗的"精神气格"而反对表面化的学唐。但精神气格仍
不出格调派的范围，所以他终究没有提出一个统摄其诗学理想的概念。直
到王渔洋揭起"神韵"大纛，诗坛才有了明确的目标及相应的艺术法则，
并对清代诗学产生深远的影响。康熙以后的诗论家，无论其尊奉"神韵"
说与否，无论标榜什么艺术主张，对前人的传统由貌袭转为神取总是不祧
的理论宗旨。张谦宜《绲斋诗谈》云："今人所指为盛唐者，俱是袭取皮
毛，所以愈似愈远，学成也是副面具。须得其精神之淳漓，心思力量之厚
薄大小，手段本领之高卑浅深，知其所以然而舍肉取髓，庶几得之。"④
王昶《诗说》云："汉魏六朝五言古诗，妙处全在神理。千百年来，转辗
相仿，蹊径已穷，妙谛几尽。惟陶、谢、王、孟、韦、柳诸家，清腴高秀

---

　　①　张远《无闷堂集》卷五《寄曹秋岳先生时有选元诗之约》："举世崇轻薄，唯君仰杜
韩。"约作于康熙十四年，中国社会科学院文学所藏清抄本。

　　②　宋荦：《漫堂说诗》，丁福保辑《清诗话》上册，第420页。

　　③　钱谦益：《牧斋初学集》卷七九，上海古籍出版社1985年版，下册，第1701页。

　　④　张谦宜：《绲斋诗谈》卷一，郭绍虞辑《清诗话续编》第2册，第797页。

中兼以神悟，虽经严羽仪、王渔洋诸公拈出，而兴趣在不思议间，世有妙解人，正堪寻究。先宜以萧闲真澹，养其性情标格，然后反覆涵泳，以几自得，未可沾沾摹仿字句，袭貌而遗神也。"① 遗貌取神的深度师法原则在清代诗学中的承传由此可见端绪，它与随性之所近、就体之所宜的师法策略相配合，就形成对待诗歌史传统的一种开放和包容的态度，以及相应的深入学习和细致钻研的风气。明清易代之际，世道沧桑所郁积的一股戾气，在文学创作中发为歌哭无端的慷慨声情，在文学批评中则表现为盛气凌人的矫枉过正。钱谦益洞见其弊而犹不免蹈其覆辙，则举世滔滔者不难想见。王渔洋以齐鲁文章世家，高唱于东南，负一时瞩望，入主中朝风雅，执诗坛牛耳数十年，终于开辟一代诗学弘通广博的学术传统。所以我认为，清代诗学的基本品格是在清初奠定的，而清初诗学的核心观念又形成于山东诗学。只有到王渔洋手中，清代诗学自己的面目和特征才逐渐清晰起来。

　　王渔洋诗学到康熙中期就广被诗坛，为门弟子辈传播发扬，产生极大的影响。尤珍《介峰札记》载："予少时所作诗，颇为秀拔，工五古、五律，金会公、周广庵、许山涛三同年亟称之，细为评骘。壬戌后读泽州诗集，稍为一变，并工七古、七律。辛未后闻渔洋绪论，又为一变。二先生亦亟称予诗，故遂付梓。生平瓣香有在，买闲居林下，反闯入尧峰之室，既自怪亦自伤矣。"② 辛未为康熙三十年（1691），正是渔洋神韵论通过《池北偶谈》和诸唐诗选本广为传播、深入人心之时。尤珍以文学世家子弟犹然望风倾倒、改弃师承如此，则世间文士对神韵论的追趋可以想见。与神韵论相伴，王渔洋的古诗声调论也引发后辈持续探讨诗歌声律学的热情，山东一地尤其显示出地域小传统的影响。自赵执信《声调谱》之后，涌现出李宪乔《拗法谱》、《通转韵考》，宋弼《声调汇说》、《通韵谱说》，李锳《诗法易简录》，李汝襄《广声调谱》，李兆元《律诗拗体》等一批诗歌声律学专著，给人以诗歌声律学为山东人专擅的印象。而另一位诗歌声律学的重要学者翁方纲，则是缘于提学山东，从渔洋后人处获得一批家传遗稿，从而钻研起诗歌声调学说的。

　　一种诗风只要成为诗坛主流，举世仿效，必致流弊丛生。神韵诗风也

---

　　① 朱桂：《岩客吟草》卷首，中国社会科学院文学所藏清青丝栏抄本。按：严羽字仪卿，"严羽仪"系误记。

　　② 尤珍：《介峰札记》卷三，《沧湄诗稿》附，康熙刊本。

不能幸免，"辗转流传，衣钵尘土，言情写景，千口同音，嘲月吟风，是处可用。至使论者诋为有声无字之笛子腔，亦是神韵家之极弊"①。从康熙后期赵执信首开批评渔洋诗学的先声，到乾隆间遂演成诗坛竞相诋斥神韵诗风的舆论导向，批评王渔洋及其神韵之说简直成为论诗的时尚。说来，神韵毕竟是一种艺术趣味，任何一种趣味都会有缺陷，这不是理论家而是艺术本身的局限。钱振锽《云经·云性》论"清远"云："淡淡着笔，不可求思。天际真人，仿佛见之。"② 这自然是美的一种类型，有点接近神韵的趣味，令人有出世之想。但若以之为美的理想，则不免失之轻虚。就好像王维诗歌，虽精工雅致，天趣复绝，后人还是有所不满，"以其无血气无性情也。譬如绛阙仙官，非不尊贵，而于世无益；又如画工，图写逼肖，终非实物，何以用之？"③ 这正是趣味的局限。喜好血气性情之诗，根本就不应该向王维集中求索。王渔洋诗也同样，我们可向其中寻求山川风景之美，把玩空灵的趣味及澹雅的赏会，若求血气性情，则不免缘木求鱼。王小舒说王渔洋的山水诗努力追求的是超越的体验，"在自然当中寻找精神寄托，在山水当中追求美的理想，这样既超越了具体的政治归宿，也超越了传统的道德评判，灵魂获得了一块栖身的绿洲"④，这无疑是深造有得之言，但还不能尽去意识形态之魅。我们评价历史上的艺术，历来习惯于将意识形态的要求与艺术的特征作简单的比附，以为必如此才具有解释的深度，这很大程度上妨碍了我们对艺术的理解。我认为，王渔洋的神韵论在艺术精神上最接近印象主义，只有从印象派的艺术特征出发才能把握神韵论的艺术精神。在音乐和绘画的领域，我们都能接受、欣赏印象派的艺术，为什么对诗歌领域的印象派就如此苛刻呢？为什么不能从艺术家的教养、趣味和创作经验出发，来看他们的价值取向和风格选择呢？前文将神韵论与印象主义相比较，就是想要说明，艺术发展到一定阶段，无论艺术观念还是表现技巧都会有相应的创新，更具体地说都会走到印象主义这条道路上去。甚至仅仅为了与前人不同，艺术家也会这么做，并不需要更多的艺术以外的理由。

---

① 徐经：《雅歌堂鳌坪诗话》卷二，光绪间刊雅歌堂全集本。
② 钱振锽：《星影楼壬辰以前存稿·杂说》，清末刊本。
③ 方东树：《昭昧詹言》卷一六，第387页。
④ 王小舒：《神韵诗史研究》，第374—375页。

第六节 追随王渔洋的田雯

在清代初年的诗坛，山东一省名诗人辈出，很是引人注目。较王渔洋年辈为长的，有赵进美、丁耀亢、宋琬、高珩，同辈有唐梦赉，李澄中，田雯，谢重辉，颜光敩、颜光猷、颜光敏兄弟，曹贞吉、曹申吉兄弟，后辈则有冯廷櫆，赵执信，王苹，朱缃、朱纲兄弟。在这些名诗人中，撰有诗论著作的只有田雯和赵执信两人。田雯的地位和影响都比赵执信要大得多，是当时山东声名仅次于王渔洋的诗人。《四库提要》称"当康熙中年，王士禛负海内重名，文士无不依附门墙，求假借其余论。惟雯与任邱庞垲不相辨难，亦不相结纳。垲《丛碧山房集》格律谨严，而才地稍弱；雯则天姿高迈，记诵亦博，负其纵横排奡之气，欲以奇丽驾士禛上，故诗文皆组织繁富，锻炼刻苦，不肯规规作常语"①。但田雯的诗论缺乏旗帜鲜明的宗旨，似乎一直都隐没在王渔洋的阴影中，反不如赵执信更引人注目。

田雯（1635—1704），字子纶，一字纶霞，号漪亭、山姜，晚号蒙斋。山东德州人。康熙三年（1664）进士。授内阁中书，在京与王又旦、宋苹、曹贞吉、颜光敏、叶封、谢重辉、林尧英、曹禾、汪懋麟等游，时称"金台十子"②。累官江苏、贵州巡抚，终于户部左侍郎，康熙四十一年（1702）告病归。田雯未及壮而仕，历任封疆大吏，但毕生好学，勤于著述，有《黔书》、《长河志籍考》、《古欢堂集》等传世，又编有《寒绿堂读诗定本》、《历代诗选》、《汉魏晋六朝选文》、《历代文选》，在文学方面显然投入了不少精力。

田雯自称早年学诗于河北名诗人申涵光，得杜诗大概。后从施闰章、王渔洋游，又探明唐人体格③。其诗学取向粗看较接近王渔洋，一方面早年即受格调派传统的熏陶，另一方面也是尊崇乡贤，故而对钱谦益诋斥李攀龙颇为不满。这一点与王渔洋尤为相像，吴宏一先生业已指出④。但通观田雯的诗论，明显可见有一个阶段性的发展过程。其中一些议论显示，

---

① 《四库全书总目》卷一七三《古欢堂集》提要，中华书局1965年影印本。
② "金台十子"之名，据王士禛《渔洋山人自撰年谱》卷上惠注、《西陂类稿》卷四十七《漫堂年谱》。王士禛《居易录》卷五所记，有丁炜而无林尧英，殆为晚年误记。朱则杰、陈凯玲《"长安十子"考辨》（《文学遗产》2009年第6期）一文已有考证。
③ 田雯：《历代诗选序》，《古欢堂集》卷二五，影印文渊阁四库全书本。
④ 田雯：《木斋诗序》，《古欢堂集》卷二四。参看吴宏一《清代诗学初探》，第191页。

他对诗歌传统的接受略异于一般山东诗家而接近关中诗人李因笃的师法路径，曾有超越三唐、汉魏而直溯《诗经》的主张。比如《兼隐堂诗序》说"《三百篇》之正变，诸体毕具，或托之鸟兽草木以引申其兴比之义，或劳人思妇贞淫美刺旨趣之不同，非好学深思，诚未易心知其故也"。"今夫论诗者，莫不上溯汉魏，下迄四唐，纵有历下、竟陵各逞其态，究未有蔑汉魏、四唐之俎豆者，余以为风气迭易，抵牾易生，何不直追《三百篇》，进而益上。风雅颂之规模，历久不祧，四言之中不已廘括五七言而露其端倪、辟其堂奥乎?"①《杂著》还更具体地列举了《三百篇》可学之处：

> 学诗者言汉魏、六朝、四唐、两宋诸家，何不直学《三百篇》?二《南》含蓄无尽，《豳风》景在目前，《卫风·硕人》、《秦风·小戎》、《东山》、《零雨》，用意婉厚，妙不容说，今之作诗者皆可神明变化而学之。它如《鹿鸣》、《頍弁》之宴好，《黍离》、《有蓷》之哀伤，《氓蚩》、《晨风》之悔叹，《蟋蟀》、《山枢》之感慨，《柏舟》、《终风》之愤懑，《杕杜》、《葛藟》之悯恤，《葛屦》、《祈父》之讥讪，《黄鸟》、《二子》之痛悼，《小弁》、《何人斯》之怨诽，《小宛》、《鸡鸣》之戒惕，《大东》、《何草不黄》之困迫，《巷伯》、《鹑奔》之恶恶，《木瓜》、《采葛》之情念，《雄雉》、《伯兮》之思怀，《北山》、《陟岵》之行役，《伐檀》、《考槃》之素志，《常棣》、《蓼莪》之大义，皆可学也。②

然而身当千载之后，社会生活和诗歌发展的水平都已非《三百篇》的时代可比，今人作诗如何学风雅颂绝不是件简单的事。另一位山东诗论家张谦宜就曾说过："诗学《三百篇》，凡有数难：性情不调适，一也；气骨不坚定，二也；吐辞欠蕴藉，三也；斲炼欠精密，四也；体制难恰好，五也；幸而得句，未必通章似之；幸而成章，未必连篇匀称。设色则浮艳，用意则浅薄。艰深必揿意，平易必庸肤。故问津者千百中无一二焉。"③照《醒斋诗集序》说，"往与余同年醒斋先生论诗，谓今之为诗者言汉魏、两晋、六朝、四唐、南北宋，家持一说，纷无定观，溯而上之，何不

---

①　田雯：《古欢堂集》卷二四。

②　田雯：《古欢堂集·杂著》卷一，郭绍虞辑《清诗话续编》第2册，第691页。

③　张谦宜：《絸斋诗谈》卷二，郭绍虞辑《清诗话续编》第2册，第801页。

直学《三百篇》? 是犹叩万石之钟, 伐灵鼍之鼓, 古乐纵不可复, 自与繁筝哀笛靡靡之凡响有间也"①。则直接学《三百篇》是他往年论诗的主张, 我想应该是早年比较稚气的想法, 后来他其实与同时大多数诗人一样, 也是出入于唐、宋之间, 最后更皈依于宋诗门庭。

康熙初田雯在京任职, 优游郎署, 以同僚兼同乡的关系, 与王渔洋往来密切, 成为志同道合的诗友。据曹禾回忆:"往予与纶霞、蛟门、实庵同官禁庭, 以诗文相砥砺。是时渔洋先生在郎署, 相率从游是正, 时闻绪论, 益知诗道之难。予辈时时讲说, 深痛俗学之肤且袭, 而推论宋之作者如庐陵、眉山、放翁、石湖辈, 皆卓然自立, 成一家言, 盖以扩曲士之见闻。"② 这是康熙九年 (1670) 十一月至十一年七月间的事③。到康熙十五六年间, 王渔洋又取田雯、宋荦、王又旦等十人诗"为定《十子诗》刻之", 当时这些诗人的诗歌观念都不同程度地受到王渔洋的影响, 群起而揄扬宋诗, 田雯更是羽翼宋诗风的健将。到康熙二十二年 (1683) 前后, 王渔洋悄然向唐诗转向, 而田雯却仍保持着对宋诗的喜好。康熙二十四年 (1685) 冬他经过扬州, 与十子中宋诗倾向最鲜明的汪懋麟畅论宋诗④, 交流各自玩味苏轼、陆游诗中声韵、用字的心得。据他在诗话里记载, 有人问汪懋麟:"诗学宋人何也?"汪答:"子几曾见宋人诗? 只见得'云淡风轻'一首耳。"⑤ 从康熙三十九年 (1700) 所作《读元诗绝句》十六首来看, 田雯直到晚年都不改对宋、元诗的喜好, 还在泛读元名家诗集, 堪称是宋诗派中最坚决的一位作家。

正因为如此, 他给人留下力主宋诗的印象, 并由此导致一些不确的记载。郑方坤《国朝名家诗钞》小传载田雯曾语人曰:"唐之杜、韩, 海内知尊奉之; 宋之欧、苏、黄、陆诸家, 力足登少陵之坛, 才可入昌黎之室, 而庸夫竖子既呰窳牴牾之, 非也。故夫与杜并峙者, 韩也; 善学杜韩者, 欧、苏、黄、陆氏也。河水发源昆仑, 七万里而入海; 江水发源天彭阙, 万里而入海。至其生于天, 一放乎归墟, 则一而已矣。"⑥ 这段话很

---

① 田雯:《古欢堂集》卷二五。
② 顾复渊:《海粟集》序, 雍正刊本。
③ 此据陈伟文的考证成果, 详见陈伟文《论清初宋诗风的兴起历程》,《中国诗学》第 12 辑。
④ 有关田雯的生平与诗歌创作, 可参看马大勇《清初庙堂诗歌集群研究》, 吉林人民出版社 2007 年版, 第 165—182 页。
⑤ 田雯:《古欢堂集·杂著》卷四, 郭绍虞辑《清诗话续编》第 2 册, 第 720 页。
⑥ 郑方坤:《国朝名家诗钞》小传卷二, 广文书局 1971 年古今诗话丛编影印本。

可能是据田雯《杂著》转述，但意思已有异同。田雯的原话是："今之谈风雅者，率分唐、宋而二之。不知唐之杜、韩，海内俎豆之矣。宋梅、欧、王、苏、黄、陆诸家，亦无不登少陵之堂，入昌黎之室。惟其生于宋也，南辕以后，竞趋道学，遂以村究语入四声，去风人之旨实远。况程、邵以下，诚斋一出，腐俗已甚。而学者一概呰窳牴牾之，其殆啜狂泉而病噤呓也耶？"① 这里提到的北宋诗人更多，同时又批评了道学家诗；南宋杨万里则桧以下不足论，百余年间唯有陆游能入诗家廊庑。这固然是他的晚年定论，但同时也是自幼形成的根深蒂固的趣味。田雯曾在《丛碧堂诗序》中说："余少时爱读白陆之诗，嶙景蓊昧，益癖嗜痂。"②《论诗绝句》其十一又说："拣取前人篇什读，老来白陆最相宜。"③《同陈学士论诗二首》其二则云："剑南万丈光铓在，坡老堂堂妙入神。可笑蚍蜉撼大树，少陵不敢薄今人。"④ 他虽自少年时代即爱读白居易、陆游诗，又将陆游与苏东坡相提并论，但这并不意味着他尊陆游为宋诗之冠。他在《芝亭集序》中曾说："余尝谓宋人之诗，黄山谷为冠，其体制之变，天才笔力之奇，西江诗派世皆师承之。夫论诗至宋，政不必屑屑规摹唐人。当宋风气初辟，都官、沧浪自成大雅。山谷出，耳目一新，摩垒堂堂，谁复与敌？虽其时居苏门六君子之列，而长公虚怀推激，每谓效鲁直体，犹退之之于孟郊、樊宗师焉，矧其他耶？"⑤《杂著》中称陆游"七言古诗登杜、韩之堂，入苏、黄之室，虽功力不及前人，亦一杰构"⑥，也可见相比陆游而更推尊苏、黄两家。自从钱谦益于晚明大力表彰陆游诗，陆游在诗坛的影响力持续不衰。当时山东诗人中，唐梦赉"论诗以苏、陆为宗，跌宕排奡，上轶旁出"⑦，即仍沿钱谦益的余波。康熙初年王渔洋力挺黄庭坚，使宗宋的风标为之一转。田雯首推黄庭坚，次以苏东坡，第三方为自幼瓣香所在的陆游，显然是与王渔洋桴鼓相应，支持渔洋对江西派硬宋诗的推崇的。他对黄庭坚的推崇不只表现在诗论里，也反映在他所编订的

---

① 田雯：《古欢堂集·杂著》卷一，郭绍虞辑《清诗话续编》第 2 册，第 695 页。
② 田雯：《古欢堂集》卷二四。
③ 田雯：《古欢堂集》卷一四。
④ 田雯：《古欢堂集》卷一三。
⑤ 田雯：《古欢堂集》卷二四。
⑥ 田雯：《古欢堂集·杂著》卷二，郭绍虞辑《清诗话续编》第 2 册，第 701 页。
⑦ 王士禛：《敕授徵仕郎内翰林秘书院检讨豹岩唐公墓志铭》，《蚕尾续文集》卷一〇，袁世硕主编《王士禛全集》第 3 册，第 2179 页。

历代诗选中，其中的《唐宋四家诗选》稿本今藏于台湾"中央图书馆"，计白居易诗两册，欧阳修、黄庭坚、陆游诗各一册。更耐人寻味的是，康熙十九年（1680）他出任江南提学使时所撰《学政条约》，第十四则提到"使者向有杜、韩、白、苏、黄、陆六家诗选，容授之梓人，与多上订正而细论之"①。他竟以法令的形式，正式将黄庭坚与唐杜甫、韩愈、白居易，宋苏东坡、陆游相提并论，公开推广，这岂不是与康熙二十七年（1688）年宋荦任江西巡抚时以《江西诗派论》试士一样，同为黄庭坚诗经典化过程中的重要环节么？

更进一步考察，我们就会发现，田雯论诗追随王渔洋的结果，不仅是有取于宋诗而已。王渔洋诗学虽以神韵为核心，整体上却兼收并蓄，有着极大的包容性。田雯从王渔洋游，论诗眼界也愈益开阔，力求淹贯古今，对诗史有通盘的了解。《兼隐堂诗序》写道：

> 诗有源流正变，学者于古人一家之诗，含英咀华，辄诩负其才伎以成篇章，非不自号作者，而为之沿波讨澜、寻端竟委，则实难言之。盖诗之为道，上下数千百年，作者林立，必按其人代，考其源流根柢，而诗始出。如黄河然，历积石，踰流沙，探昆仑之墟，而后四折九派，以暨乎尾闾归海，是也。不然，可与作诗，必不可与论诗。②

这里强调，博通古今诗歌的源流正变，对于批评家比单纯作为作者更显得重要，明显可见批评家的自觉意识。《龙竿集序》也说：

> 今夫学者之论诗也，必泝其源流，考其正变，而后诗之道乃全。历代已来，作者几千百家矣，古逸、乐府、河梁、十九首，非《三百篇》之续响乎？建安而后不可无嗣宗矣，六朝而后不可无子昂、太白矣，退之之《琴操》可叶元音，韦郎之五字直追正始，锺嵘《诗品》、徐陵《新咏》、唐人选唐诗下暨高廷礼之《品汇》、冯北海之《诗纪》诸书，分门别苑，沿波讨澜，其道至今日而大备。③

---

① 田雯：《古欢堂集》卷二七。
② 田雯：《古欢堂集》卷二四。
③ 田雯：《古欢堂集》卷二五。

田雯自己正是如此身体力行的，从传记知道，他曾编选过历代诗歌选本，晚年还编有《寒绿堂读诗定本》，总结平生对历代诗歌作品的评断。他现存的论诗文字，也确见他于古今诗歌识广而趣博，殊无明代以来常见的偏执和狭隘。《古欢堂集·杂著》中的四卷诗论，都是历年积累的札记，大旨归结于示人学诗门径。卷三杜牧、徐渭一条署日期为乙亥暮春望日，即康熙三十四年（1695）三月十五日，可知全书完成于 60 岁以后，应该代表他的晚年定论。卷二分体论列其"正派"，与王渔洋评选古诗的凡例很相像，我怀疑也是所编诗选例言之类的文字。论五古云："大约高曾于苏、李，根柢于汉魏，神明于彭泽，归慕于鲍、谢、何、庾，所谓正派，其在兹乎？迨乎初唐之陈子昂，盛唐之李白、王维、孟浩然，中唐之柳宗元、韦应物，亦复如是。好学深思者，寻源溯流，当自得之。"① 论七古六朝独取鲍照，唐代仅取李、杜、韩、白、李商隐五家，于宋元倒取欧阳修、王安石、苏东坡、黄庭坚、陆游、元好问、虞集、杨载、范梈、揭奚斯诸家；论五律则取杜甫、王维、岑参、李白、孟浩然、张籍、姚合、陆游八人；论七律不取李攀龙所盛推的王维、李颀，而以杜甫为宗，辅以刘禹锡、王建、李商隐、温庭筠、韩偓、白居易、张籍、皮日休、陆龟蒙、刘沧、许浑、陆游，与王渔洋指点后学的路径不无异同；论七绝以李白、王昌龄、李商隐为有唐之冠，次则白居易、张籍、杜甫、杜牧，殿以韩偓、郑谷、司空图、罗隐、皮日休、陆龟蒙，宋元于苏轼、黄庭坚、元好问、萨都剌、马臻、宋无诸家之外，惟举陆游佳作，为摘句 56 联（句），尤见凤昔瓣香所在，独有会心。联系到《鹿沙诗集序》所说的："学诗者宜分体取法乎前人。五言古体必根柢于汉魏，下及鲍、谢、韦、柳也；五七言近体则王、孟、钱、刘、晚唐温李诸人也；截句则王、李、白、苏、黄、陆；至于歌行，惟唐之杜、韩，宋之欧、王、苏、陆，其鼓骇骇，其风瑟瑟，旌旗壁垒，极阖辟雄荡之奇，非如是不足以称神明变化也。"② 我们有理由相信，田雯论诗是自觉追随王渔洋的，在诗学的大方向上与王渔洋息息相通。康熙三十一年（1692），他在祝颂王渔洋花甲寿诞的《王少司农寿序》中将渔洋拟作苏东坡，而自列于苏门六君子之列，应该是发自内心的

① 田雯：《古欢堂集·杂著》卷二，郭绍虞辑《清诗话续编》第 2 册，第 699 页。
② 田雯：《鹿沙诗集序》，《古欢堂集》卷二五。

虔敬，而非客套谀词①。

　　田雯显然也是个热衷于论诗的作家，文集中保存了数十篇诗序，但少有精警卓绝的议论。《杂著》里的四卷诗论，大抵随意而发，持论平允而语焉不详，很少切实的辩说。而有时商榷前辈之说，见地独深，颇有可采。谢榛《四溟诗话》是明人诗话中较有见识的一种，谢氏又是山东人，故其书夙为山东诗家所重。王渔洋曾细读《四溟诗话》，田雯也有读此书札记十则，收在《杂著》卷三。第七则云：

> 　　"韦苏州曰：'窗里人将老，门前树已秋。'白乐天曰：'树初黄叶日，人欲白头时。'司空曙曰：'雨中黄叶树，灯下白头人。'三诗同一机杼，司空为优：善状目前之景，无限凄感，见于言表。"余所见与茂秦不同，司空意尽，不如乐天有余。味"初"字"欲"字，妙有含蓄，老泪暗流，情景难堪，更深一层。②

　　田雯论诗夙以含蓄不尽为尚，累见于诗话各条。此独取白居易而不取司空曙，可能难得今人首肯——"意尽"的应该是韦应物而非白居易。但他说"初"字"欲"字妙有含蓄，还是值得玩味的。至于折中前人的异辞歧说，则往往片言解纷，使读者如获庄子所述宜僚弄丸之乐。如卷二云："北周庾信，史评其诗曰绮艳，杜甫称曰清新，又曰老成。绮而有质，艳而有骨，清而不薄，新而不尖，所以为老成也。"③ 此虽本自杨慎《升庵诗话》，但寥寥数语，使前人歧说融会贯通，最为精到。后来薛雪《一瓢诗话》论"老成"，云："绮而有质，艳而有骨，清而不薄，新而弗尖。稗官野史，尽作雅音；马勃牛溲，尽收药笼。执画戟莫敢当前，张空拳犹堪转战。如是作法，方不愧老成。"④ 正是暗袭田雯此语。

　　田雯长孙同之，最为田雯所爱，比之郑玄之孙，因名曰同之，字砚

---

　　① 田雯《古欢堂集》卷二六《王少司农寿序》："苏轼以文章名于宋，史称黄、秦、晁、张游于其门，曰四学士；后复益以陈师道、李廌，为六君子。夫六君子者，飞扬跋扈，各矜著作之雄才，虽坡公虚怀折节，亦尝自谓诗效庭坚体，而六君子之北面以事眉山则一也。余荒陋无学，于先生分属犹子，受先生之教殆二十年，窃尝自附于苏门六君子之列，第不知先生于豫章、淮海、济北、宛丘、后山、阳翟诸人，位置小子何等也。"

　　② 郭绍虞辑：《清诗话续编》第 2 册，第 709 页。

　　③ 田雯：《古欢堂集·杂著》卷二，郭绍虞辑《清诗话续编》第 2 册，第 698 页。

　　④ 丁福保辑：《清诗话》下册，第 707 页。

思，又呼为小山姜。同之论诗不从乃祖，却师从王渔洋，直承王渔洋晚年的唐诗家法，不主宋诗之奇崛，而尚唐诗之自然。康熙五十六年（1717）六月，金埴与同之访王苹，同之评王集某诗奇横，某诗自然，说"作诗唯自然为难能，奇横犹易到也"①，为金埴所折服。撰有《西圃诗说》一卷，张元序称"西圃为司农山姜先生长孙，家学渊源，薪传有自，而又好学深思，以力充其所至。故其为是说也，上下古今，莫不有以究其指归而别其伪体。品第则开宝之是遵，意旨则希声之为准。而前哲之绪论微言，其有妙合三昧者，又不惜别择而表出之，以为指南。盖欲学者祛下劣之诗魔而返诸正法眼藏者至于如此，斯其心至苦而志已勤矣"②。田同之是乾隆间继承并扩大渔洋神韵诗学影响的少数诗论家之一，他的诗学观念及见解，我将放在乾隆诗学中讨论，这里再谈一下张谦宜及其《絸斋诗谈》。

第七节　张谦宜对格调诗学的承传

在中国文学批评史上，一个批评家声名的显晦，经常不是与他的水平相关，而是与他自身的理论背景，与他所处的时代，甚至一个时期的文学风气、时尚相关的。一般来说，逆潮流而动、与时尚对立的批评家更容易受到重视，产生影响，而继承、保守传统，不与时尚发生冲突的批评家，相对来说就容易被忽视、被遗忘。清初山东批评家中，在王渔洋垂暮之年站出来抨击其诗学的赵执信一向很引人注目，而追随王渔洋的田雯和谨守格调派藩篱的张谦宜便不太为人注意。据我看这两人的诗学，无论见识和学养都不在赵执信之下，张谦宜《絸斋诗谈》的价值更远在《谈龙录》之上，但现在很少有人提到。这不奇怪，比起锋芒毕露的《谈龙录》来，《絸斋诗谈》是一部不合时宜的书，它的作者也很低调，虽是中过进士的著名文学家，却像个无名老儒似的传述老师的诗学，默默守护着格调诗学的传统。不从这个角度来看张谦宜及其《絸斋诗谈》，就很难看到其独特的诗学史意义。

---

①　金埴：《巾箱说》，邓实编《古学汇刊》第十二编，民国 3 年排印本。

②　田同之：《西圃诗说》，郭绍虞辑《清诗话续编》第 2 册，第 748 页。

一　诗法与文法的融通

张谦宜（1649—?）①，字稚松，号山农。山东胶州人。年十四即能诗文，落拓以诗名，中年折节读书，潜心于宋儒性理之学。康熙五十一年（1712）登进士第，已逾花甲之年，因而不再出仕，课徒讲学，与同里名诗人法若真"议论往复，有针芥之投"②。现知雍正五年（1727）他仍在世，享寿应在79岁以上。平生著有《尚书说略》、《张氏家训》、《张稚松先生文集》、《𬙂斋文录》、《山农文集》、《𬙂斋诗选》、《家学堂诗钞》、《蜀道难集》、《𬙂斋文谈》等书。

关于自己的学诗经历，张谦宜在58岁时作的《𬙂斋诗选》自序中曾有详细的回顾："大都乙卯以前，多师心儳弄之习，其不能诗者许之，今割绝不复道。丙辰而降，师事杨戢夏先生，始知予之不足。又先是闻长老谈汉魏、少陵诸体，辄不能信，私取读之，哑然笑曰：'平平无奇耳！'丁巳小试不利，愁无所之，始一意读古人书，久乃惊心汗下而不可止。用是降心刻苦，博观众论，以合之所及知者，才二三耳。戢夏先生则时时类举古法，攻吾所短，或悬指某书，或直告某诗，使吾寻绎之。寖久而若有所见，而后乃微微遵之，其抨击指摘，有他人所不肯服而予独信之者，吾亦不能为他人语也。凡吾之得力，实禀承于先生。不幸戢夏先生无禄，予又不能出从贤人君子游，殆将靡所宗依，以自述其往辙，其于诗也何有？"③杨戢夏名师亮，招远人④，有诗学而名不甚著。张谦宜康熙十五年（1676）丙辰从其受业，时年28岁，从此诗学精进不已。从他的追忆可以看出，杨师亮的指授重在细读，由具体作品揣摩技法。张谦宜在熟读作品的同时，大概也从老师那里获知许多"古法"。他慨叹老师有学无名，自己也碌碌无成，言下急切流露出不能表彰师说的遗憾。康熙二十九年（1690）、三十年间，与门人李伊村、高墨阳、赵初筵讲论诗学，李伊村录而存之，至康熙四十九年（1710）七月出其稿请扩充删定，以示后学。于是张谦宜整理旧日笔记，合伊村所录，共得214则，编为《𬙂斋诗谈》

---

① 乾隆二十三年刊家学堂遗书本《𬙂斋诗谈》前有康熙四十九年（1710）八月自序，末署山南书隐老人张谦宜六十二岁自撰，据此可推知其生年为顺治六年（1649）。上海古籍出版社1983年排印本清诗话续编"六十二岁"误作"七十二岁"。

② 程盛修：《家学堂遗书序》，《家学堂遗书》卷首，乾隆二十三年法辉祖刊本。

③ 张谦宜：《𬙂斋诗选》卷首，山东图书馆藏清钞本。

④ 杨戢夏名师亮，见《山东通志》卷一四六艺文志《𬙂斋诗谈》提要。

八卷。

　　张谦宜平素读书有随手批评的习惯，其子张颀说"先大人论文之旨散见群书、日记，当时未及纂录者凡数百卷"①。今由他康熙五十二年（1713）所批的《韩昌黎诗集》②，还可略窥平生读诗用心之细。《诗谈》正是他多年读诗心得的荟萃，《绹斋诗选》中有《选历年诗评编成小册以待学人感而有作》一首，很可能就是《诗谈》编成后所作。诗云："三十年前爱读书，于今犹自费踌躇。真传到底无凭据，豪气由他渐扫除。"③ 与诗集自序相对照，我们不难感受到作者晚年论诗的平和心态，这正是有涵养的境界。《诗谈》前两卷"统论"、卷三"学诗初步"，都是论说诗学基本理论及诗体常识，示初学以写作法门；后五卷则泛论古今诗，其中卷五评宋诗手眼殊不及评唐诗，称扬元诗人葛逻禄易之轶宋超唐也未免过甚其词，倒是卷六、卷七论晚明、清初诸家诗颇有见识。如论吴嘉纪、杜濬"啸咏草莱，自是逸品，一为贵官奖拔，遂身入尘俗。志在藉资于人，面貌便非本色"④，洵为诛心之论。卷八批评邓汉仪《诗观》"大约是周旋浮滥之书，于名家未尽所长"⑤，朱彝尊《明诗综》收王慎中、归有光、茅坤等有文无诗者，"亦是徇名俗见，不成具眼"，都深中其病。乾隆时山东人诗家黄立世说"张绹斋谦宜以诗文名胶西，《诗谈》、《文谈》俱不见心得"⑥，似乎过于苛刻了点。马国翰称《诗谈》"主于理正，不阿时俗之好，亦不为过高之谈"⑦，是比较公允的评价。此后，张谦宜的诗论就很少被人提到，研究者似乎都没注意到《绹斋诗谈》在清初山东诗学中是个非常独特的存在，它的诗学倾向与地域诗学传统有着密切的关系，这只有放到清代诗学史的整体格局中才能较清楚地认识和把握。

　　张谦宜论诗粗看与田雯相似，也是那种简明扼要、近于格言式的名言隽语，但比田雯显得更深于诗理，有一种教师爷经验之谈的剀切著明，虽

---

　　①　张谦宜：《绹斋论文》张颀跋，乾隆二十三年法辉祖刊家学堂遗书本。
　　②　张谦宜批点秀野堂刊本《韩昌黎诗集》四册，末有康熙癸巳（1713）闰五月十八日朱笔题记，现藏于山东省图书馆。
　　③　张谦宜：《绹斋诗选》卷一，山东图书馆藏清钞本。
　　④　张谦宜：《绹斋诗谈》卷七，郭绍虞辑《清诗话续编》第 2 册，第 884 页。
　　⑤　张谦宜：《绹斋诗谈》卷八，郭绍虞辑《清诗话续编》第 2 册，第 902 页。
　　⑥　黄立世：《柱山诗话》，山东省博物馆藏清稿本。
　　⑦　马国翰：《玉函山房藏书簿录》卷二十五《诗谈》一卷叙录，《山东文献集成》第 1 辑，第 28 册，第 781 页。

时或不免流于匠气，却很实用。而且，张氏对古文、时文都下过很深的工夫，有相当的造诣，论诗能与论文融会贯通，讲诗的章法结构明显借鉴了文章学的经验。比如他讲排律，首先强调"作排律，局要阔大，思要绵密，次第中有总分串递之法，方为当家"①，然后再细加阐释，说："凡百韵或数十韵长篇，必有过脉。大约一句挽上，一句生下，此文之筋也。无此便联络不上，但用之有明暗、曲直、断续、飞黏之不同耳。排者，开也。一意分数层，一事分数段，须依法逐节说去，方饱满流动。若没头没眼，堆砌字句，便不成章"②。具体到五排，则认为"五言排律当以少陵为法，有层次，有转接，有渡脉，有盘旋，有闪落收缴，又妙在一气"③。这种讲法有点接近仇兆鳌讲析杜诗章法，明显是借鉴了八股文法，可以看出明代以来八股文法对诗学的渗透。但张谦宜讲诗，文章气远比仇兆鳌更浓。他不仅以文论诗，时常取文章相参照④，就是讲诗的着眼点也不同于一般诗评家。比如杜甫《秋兴八首》，一般诗论家都从诗意的顶承来分析其间的勾连关系，而张谦宜只扣住"秋"、"兴"两个字讲："《秋兴》八首，秋兴二字，或在首尾，或藏腰脊，钩连甚密。毛稚黄嫌其若无题者，何也？其一秋起秋结，'丛菊'二句兴也。其二兴起秋结。其三秋起兴结。其四兴起秋结。其五兴起秋结。其六秋起兴结。其七兴起兴结，中四句带入秋字。其八兴起兴结，'红豆'二句暗藏秋字。"⑤ 如此讲八首连章之法的关揽，除了归结为文法的思维习惯，我实在想不出还有什么更好的解释。

相对来说，文法要比诗法更实更密，诗法犹讲空灵之趣，文法则必落到实处。张谦宜以文法讲诗，时或有流于细碎之处，但同时也形成思理详密的优点。起码他论诗的两个突出特点，就没少得力于文法：一是长于阐释通行的诗学概念，二是善于揭示诗作运用的技法。

---

① 张谦宜：《絸斋诗谈》卷二，郭绍虞辑《清诗话续编》第 2 册，第 806 页。

② 同上书，第 806—807 页。

③ 张谦宜：《絸斋诗谈》卷三，郭绍虞辑《清诗话续编》第 2 册，第 807 页。

④ 评杜甫诗之例，如《草堂》："有前半之狼狈，正形起后半之愉快。此脱胎于《过秦论》第一篇。"《饮中八仙歌》："用《史记》合传例为歌行，须有大力为根。"《寄张山人彪》："忽叙张，忽自叙，两下互映，此得自《伯夷列传》。"《题郑十八著作虔》："起句如东坡作《昌黎庙碑》，雷浪得势。"

⑤ 张谦宜：《絸斋诗谈》卷四，郭绍虞辑《清诗话续编》第 2 册，第 838—839 页。

二 概念诠释

《绠斋诗谈》前两卷主要是解释、定义诗美概念，所论述的诗美概念多达四十余个，凡树一意，立一说，或片言中肯，或繁辞复说，大都切实中肯，确不可易。这在清代诗学著作中是不多见的，后来道光间王寿昌的《小清华园诗谈》系绍其衣钵。姑举几例以见一斑：

> 诗要老成，却须以年纪涵养为洊次，必不得做作装点，似小儿之学老人。且如小儿入学，只教他拱手徐行，不得跳跃叫喊，其天真烂漫之趣，自不可掩。甫弱冠，则聪明英发之气，溢于眉睫。壮而授室，则学问沉静之容，见于四体。艾耄已后，则清瘦萧散，无所不可。然皆有全副精神，自少而老，不离躯干。不然，则似臃肿老树，垒砢顽石耳。①
>
> 诗要老辣，却要味道。正如美酒好醋，于本味中严烈而有余力。然苦者自苦，酸者自酸，不相假借处，各有本等。大约老字对嫩字看，凡下字造句坚致稳当，即老也。辣字对羶字看，凡字句中不油滑、不猥琐、不卑靡、不甜熟，即辣也。惟洒落最近辣，逆鼻、伤人、螫口不可近者，正不得援辣以自解。老字头项甚多，如悲壮有悲壮之老，平淡有平淡之老，秾艳有秾艳之老。今匠人以竹木之成就者谓之老，以此思之可也。②
>
> 诗贵蕴藉，正欲使味无穷耳。〇二字之义亦当知。古人衣中着绵谓之蕴，言其中有物也。圭有缲以承之，形如木板，以五彩丝缠之，言其外加饰也。人以蕴藉称，谓其儒雅风流也。③
>
> 诗要温雅，却不可一晌偏堕窠臼，连筋骨都浸得酥软，便不是真温雅矣。④
>
> 诗要脱俗，须于学问之外，仍留天趣为佳。如美桃熟至八分，微带青脆甘酸，此为上品。若至十月中旬，肉如烂酱，一味甜俗，不足

---

① 张谦宜：《绠斋诗谈》卷一，郭绍虞辑《清诗话续编》第 2 册，第 793 页。
② 同上。
③ 同上书，第 794 页。
④ 同上。

当知味者品题矣。①

这些议论明显以创作经验为基础，有批评实践的支撑，清楚地表明张谦宜对诗理有着深入的解会，并且善于借日常生活经验来譬说，深入浅出，很容易理解。这正是教师爷学问的周详和循循善诱之处。这种树立规范使人遵从的诗论，同时也是典型的格调派的家数，与只会告诫学者不可如何、不可如何，推倒一切规范的性灵派截然异趣。秉承老师的教言，再参以多年苦读的心得，张谦宜将格调派的诗学观念作了精彩的总结和阐说。《诗谈》一书无论是内容还是言说方式，都表明作者是格调诗学的忠实承传者。他论诗的基本立场和话语特征从格调诗学的角度看顺理成章，但在清初的诗学语境中却是很特殊的，就是在整个清代诗学史上也很少见。

张谦宜经常通过辨析相似概念的微妙差别来说明一些概念的内涵，这也是格调派诗家的长技。因为所谓格调原本就难以明言，尤其难以用逻辑语言来分析，只能付之以感觉的玩味。比如：

> 佶屈聱牙，晦涩支离，非高古也。韵趣天然，从容飘缈，脱尽皮毛，直溯本根，此之谓高古耳。②
>
> 真见其故，能发得出，不拘常格，此是豪放。若作怪支离，夹杂不伦，此是放肆，非豪放也。杜陵《渼陂》、《丽人》诸篇，是好样。③
>
> 所谓疏野，天然真率，才用意便是假。如山间林下人，自与朝市衣冠别。此随人地步看，不必摹仿。④
>
> 飘逸者，如鹤之飞，如云之行，如蓬叶之随风，皆有大力斡转于中。若徒于字句模拟，其似是而非处，多生弊病。⑤
>
> 所谓冲淡，此性情心术上事，不洗自净，不学而能。若勉强作冲淡语，似亦是伪，何况不似？⑥
>
> 古人胸中道理雪亮，更无障蔽滞碍处，不沾沾俗情，所谓旷达。

---

① 张谦宜：《㧑斋诗谈》卷一，郭绍虞辑《清诗话续编》第2册，第794页。
② 同上书，第795页。
③ 同上。
④ 同上书，第796页。
⑤ 同上。
⑥ 同上。

若一味颓堕，便是没打煞人，岂得谓之旷达？①

《诗谈》前三卷中类似的精当议论着实不少，无论是理解还是表达都很到位；偶尔引述其师杨戴夏先生之说，也都是很有见地的论断。看得出张谦宜不仅继承了老师的学说，自己也有不少深化和发挥。老师一些智慧的火花、思想的萌芽，或许就被消化吸收在他的论说中，经过他的思考发展为深沉的新知。中国古代学术一向讲究师承，师承正是学术得以酝酿、培养、生发的重要保证。

三　对"法"的执著

《诗谈》卷四至卷八都是历代作家作品评论，起《古诗十九首》，终于谢芳连、李国宋等同时代诗人。大致以人为单位，对其若干诗作加以点评。他的点评都相当细致，常点出作者所用的笔法，涉及文本的各个层次。论结体之法有：

> 《古诗十九首》其二："青青河畔草"，兴法；"盈盈楼上女"，排法；"昔为倡家女"，提法；"空床难独守"，扫勒法。②
> 《古诗十九首》其三："青青陵上柏，磊磊涧中石"，逆兴法，言人不如物也。"宛洛"以下，皆铺张之词，末用淡泡语平收，是回笔蓄势法。③
> 《古诗十九首》其四："齐心同所愿，含意俱未申"，是直起法。④
> 杜甫《空囊》：一二不厌其空，三四乃所以空，五六是空后实境，七与八则拗结扛题法。⑤
> 杜甫《天育骠骑歌》"如今岂无骙襄与骅骝，时无王良伯乐死即休"：此跨出局外结法。⑥
> 杜甫《田舍》"鸬鹚西日照，晒翅满鱼梁"：开出一步结法。⑦

① 张谦宜：《絸斋诗谈》卷一，郭绍虞辑《清诗话续编》第 2 册，第 796 页。
② 张谦宜：《絸斋诗谈》卷四，郭绍虞辑《清诗话续编》第 2 册，第 821 页。
③ 同上。
④ 同上。
⑤ 同上书，第 834 页。
⑥ 同上书，第 829 页。
⑦ 同上书，第 834 页。

杜甫《江亭》"故林归未得，排闷强裁诗"：此跳结法。①

杜甫《放船》"送客苍溪县，山寒雨不开。直愁骑马滑，故作放舟回"：此是叙题法。②

杜甫《耳聋》此前拗后顺格。○"黄落惊山树，呼儿问朔风"：并聋人情态画出，此刻画题意法，学者珍之。③

刘翼明《夜听两幼子读阴骘文》末云"名山祖德在，破壁父书存"：此进一步结法。④

论文势文脉之法有：

《古诗十九首》其一："越鸟"二句，承"会面安可期"而申言之，相见虽难，而气类相感，不能自已，正启下相思之苦，于文法为横断，于文情为勾起。⑤

《古诗十九首》其七："南箕北有斗"，比喻作波，是转断法。⑥

杜甫《佳人》"在山泉水清，出山泉水浊"：古腰锁法。云横山腰，似断不断，此所以妙。⑦

杜甫《望兜率寺》"树密当山径，红深隔寺门。霏霏云气重，闪闪浪花翻"：此对起分承法。⑧

论表意之法有：

《古诗十九首》其十二：愁极无聊，思放情声色，此反语法，与"姑酌金罍"同意。⑨

杜甫《送韦评事充同谷防御判官》"鸟惊出死树，龙怒拔老湫"：

---

① 张谦宜：《絸斋诗谈》卷四，郭绍虞辑《清诗话续编》第2册，第835页。
② 同上书，第836页。
③ 同上。
④ 同上书，第879页。
⑤ 同上书，第821页。
⑥ 同上。
⑦ 同上书，第827页。
⑧ 同上书，第836页。
⑨ 同上书，第822页。

总写僻郡荒凉，却作壮语，此拗意法。①

杜甫《北征》：言此时方以朝廷为急，焉能尽为家谋，却是自揆其穷厄无聊，此文家互救法。②

杜甫《彭衙行》：写避难时光景真，落到感激孙公处，不烦言而意透。此争上截法，不知者只谓是叙事。③

杜甫《观打鱼歌》：本是捉得鲂鱼，偏说走却鲤鱼，不惟周旋时禁，亦且灵蠢相形，妙有烟波。此是衬法。④

陆游《烹茶》：结出不能饮茶，此是拗题法。⑤

刘翼明《有怀王国儒》"三年如一梦，那得不相思。况此秋风里，尤君念我诗"：说他亦思我，是倒晕梅花法。⑥

周亮工《胡元润征裘歌》：末后于萧索处更作丽语，此是救题法。⑦

李国宋《晚别何龙若还寓》："井梧露叶下秋庭，切切阴虫不可听。君坐小窗相忆否，昨宵寒雨一灯青。"此是倩女离魂法。⑧

论描写之法有：

杜甫《大食刀歌》：村汉把笔可笑，书生弄刀亦可笑，故于拔刀之上，先写一"短衣虎毛"之壮士，如画狮子，四旁木石都作猛势。文家亦有配色法。⑨

杜甫《渼陂行》"船舷暝戛云际寺，水面月出蓝天关"：山与关影浸陂中，船行其上，故曰暝戛，关头之月，亦在波间，故曰水面月出，皆蒙上"纯浸山"而言。此险中取巧法。写影中诸山，如在镜面上浮动，亦是虚景实描法。⑩

---

① 张谦宜：《絸斋诗谈》卷四，郭绍虞辑《清诗话续编》第 2 册，第 826 页。
② 同上书，第 826—827 页。
③ 同上书，第 827 页。
④ 同上书，第 830 页。
⑤ 张谦宜：《絸斋诗谈》卷五，郭绍虞辑《清诗话续编》第 2 册，第 858 页。
⑥ 张谦宜：《絸斋诗谈》卷六，郭绍虞辑《清诗话续编》第 2 册，第 880 页。
⑦ 同上书，第 881 页。
⑧ 张谦宜：《絸斋诗谈》卷七，郭绍虞辑《清诗话续编》第 2 册，第 895 页。
⑨ 张谦宜：《絸斋诗谈》卷四，郭绍虞辑《清诗话续编》第 2 册，第 831 页。
⑩ 同上书，第 829 页。

王维《喜祖三至留宿》"行人返深巷，积雪带余晖"：互相照应法。①

论造句之法有：

杜甫《客亭》"圣朝无弃物，衰病已成翁"：此互勾句法。②

杜甫《梓州登楼》"身无却少壮，迹但有羁栖"：虚字在腰，上下开生法。③

杜甫《重经昭陵》"风尘三尺剑，社稷一戎衣"：以经对史法。④

杜甫《清明二首》"绣羽衔花他自得，红颜骑竹我无缘"：此离对法，以己对鸟，离其类也。若以蜂蝶相配，便是平常法，不能出奇。⑤

李商隐《题白石莲花寄楚公》颈联"空庭苔藓饶霜露，时梦西山老病僧"：此侧注法。⑥

以上所举林林总总的"法"，有些我从来没听说过，很可能是借鉴于文法。即便我们不考虑这一点，也能直接感受到，张谦宜论诗有着过人的细密。的确，教师爷的学问就是这样的，虽未必有多少独创之见，但通常都细密、周详，往往融会了前代诗学的精义和个人的心得，显得圆融周到而切于实用。更何况张谦宜显然不是个迂腐的人，每到关键之处也会露出他的锋芒。比如，他论诗以清虚平和、沉厚飞动为尚，每欲学者涵养性情，令其深厚，平和中节，不乖正道。但他所谓的平和中节，却绝非传统的止乎礼义而已，"盖骂其所当骂，如敲扑加诸盗贼，正是人情中节处，故谓之和。又如人有痛心，便须著哭；人有冤枉，须容其诉，如此心下才鬆颢，故谓之平"。可见他理解的平和是以宣泄为前提的，这就突破了传统观念，而更合乎人性之自然。仅这一点就使他有别于王渔洋神韵论所代表的山东诗学主流，而显出一抹异端色彩。

---

① 张谦宜：《絸斋诗谈》卷四，郭绍虞辑《清诗话续编》第 2 册，第 844 页。
② 同上书，第 835 页。
③ 同上。
④ 同上书，第 840 页。
⑤ 同上书，第 835 页。
⑥ 张谦宜：《絸斋诗谈》卷五，郭绍虞辑《清诗话续编》第 2 册，第 854 页。

四　格调诗学的传承者

如果从山东诗学的语境来看张谦宜的诗论，就会发现它与王渔洋的神韵诗学有点格格不入。我们知道，神韵论陈义虽高，但初学者不易把握。论诗若以指导后学为宗旨，最终就还要落实到格调字句的实处。张谦宜《絸斋诗谈》正是如此，他论诗的路子不仅有别于田雯，也与王渔洋异趣。

作为年辈稍后且曾中进士的山东诗家，张谦宜历数近时名家，"如吴野人之清高，王无竟之矜贵，刘子羽之苍朴，谢皆人之潇洒，王美厥之僬冷，味同佳菓香茗，高流所嗜也。吴梅村之绮丽，龚孝升之典赡，丁药园之壮采，丘柯村之雄才，李渔村之组绣，譬彼官厨法酿，豪士所需也"①，独不及山东人引以为骄傲的诗坛盟主王渔洋，只在卷七末提到"北有新城，南挺大村"②，却又无具体评论，这是很有点奇怪的。《诗谈》卷三还记载："友人陈对初告我曰：'诗不必学苏陆。'恐格调日下也。"③《诗谈》的内容主要系康熙二十九年（1690）、三十年与门人辈论诗时所说，当时宋诗风因受到诗坛的激烈批评，已不如十、廿年前炽盛。这条材料无论是否当时所记，都清楚地表现出张谦宜反宋诗的立场。我不禁想，张氏此条记载是不是针对提倡宋诗风的王渔洋而发呢？《诗谈》卷四论杜诗，又说："王阮亭最恶《八哀诗》，病其拖沓晦涩，几不成句。如吊李临淮、严仆射、李北海三篇，其中交情时事，功业文采，俱有不可磨灭者。特其体仿《选》诗，疑于方钝。此正是学富力重处，如大篆端庄，不作媚势，宜轻秀者之反唇者也。"④ 这里以"轻秀"者指王渔洋，让人联想到吴乔"清秀李于鳞"的讥哂，一字之易而贬义愈加明显。由此可见，张谦宜论诗确实是与王渔洋、田雯异趣的，他对黄庭坚的评价尤其显出与后者推崇硬宋诗相抵触的立场。他对黄庭坚的评价只有一句话："黄山谷学杜之皮毛耳，截句更觕。人言江西派落坑堑，果然。"⑤ 这已很像冯班的口气了。所以，他虽然并不排斥宋诗，甚至还很青睐陆游，但取舍却明显不同于王渔洋和田雯。想张谦宜当日，以一介老儒讲学乡里，既囿于时风，又阅历

---

① 张谦宜：《絸斋诗谈》卷三，郭绍虞辑《清诗话续编》第 2 册，第 814 页。
② 张谦宜：《絸斋诗谈》卷七，郭绍虞辑《清诗话续编》第 2 册，第 898 页。按：大村为李国宋字。国宋，江南兴化人，王渔洋官扬州推官时，曾指点其学诗。
③ 张谦宜：《絸斋诗谈》卷三，郭绍虞辑《清诗话续编》第 2 册，第 814 页。
④ 张谦宜：《絸斋诗谈》卷四，郭绍虞辑《清诗话续编》第 2 册，第 828 页。
⑤ 张谦宜：《絸斋诗谈》卷五，郭绍虞辑《清诗话续编》第 2 册，第 862 页。

不广，见识终究是有局限的。论及宋诗，于北宋各大家概无好评，对南宋小家反多褒许，其审美判断力与王渔洋固不可同日而语。但这又绝不是一个简单的审美判断力的问题，张谦宜平生最崇尚的是老杜的气力沉厚、盛唐的丰润蕴藉，像苏东坡、黄庭坚、王安石这样的硬宋诗的代表作家，难得其赏鉴也是很自然的。这种艺术趣味应该出于明代格调派的熏陶，是山东格调诗学的强大地域传统在清初的一脉绵延。

经过晚明公安、竟陵派及清初江南诗家的猛烈抨击，格调派诗学早已声名狼藉，即便是王渔洋这样的在格调派诗学滋养下成长起来的诗人，也只是阴袭其说而不愿公然标举。张谦宜独旗帜鲜明地坚守格调派的立场，宣称"吾之论诗，与他人不同"，这就使他的诗论在当时显得很另类。而究其所谓不同，便是与主流诗学神韵论针锋相对，重新标举"气骨"①。"气骨"本是体现了格调派审美理想的核心概念，随着格调派诗学被诗坛冷落，"气骨"也退到次要的位置。周容说陈祚明诗"主风神而次气骨，主婉畅而次宏壮"②，正道出了清初诗坛风会转移的消息。张谦宜既祭出"气骨"的大纛，索性就敞开了发挥格调之说，以格调为论诗的纲领：

> 格如屋之有间架，欲其高竦端正；调如乐之有曲，欲其圆亮清粹，和平流丽。句欲炼如熟丝，方可上机；字欲琢如嵌宝器皿，其珠玉珊翠之属，恰与款窍相当。机所以运字句，气所以贯格调。若神之一字，不离四者，亦不滞于四者。发于不自觉，成于经营布置外，但可养不可求，可会其妙，不可言其所以然。读诗而偶遇之，当时存胸中，咏哦以竟其趣，久久自悟已。③

正如前文所提到的，格调诗学的基本倾向乃是正面立说，示人诸多必须遵循的规范，而这些规范又都落实到字词句章上。张谦宜《诗谈》前三卷的言说方式正是如此，且可知是秉承其师杨戭夏的教言：

> 杨戭夏先生有言："大家之文，赏音者必略其字句，而不知大家之妙，正在修词。试读王、唐、瞿、薛之作，其不成句法者有乎？其

---

① 张谦宜：《絸斋诗谈》卷三"学诗初步"："后生学诗，急宜讲者，气骨也。"
② 周容：《春酒堂诗话》，郭绍虞辑《清诗话续编》第 1 册，第 108 页。
③ 张谦宜：《絸斋诗谈》卷三，郭绍虞辑《清诗话续编》第 2 册，第 810 页。

用字不熨帖者有乎？"此言盖为诗家琢句发也。夫积字成句，一字不稳则全句病，故字法宜炼；积句成章，一句病则全章亦病，故句法不可不琢。且句之布置起落，即是章法，非句外另有章法也；字之平排侧注，虚实吞吐，即成句法，非字外另有句也。①

格调派诗学既重体格的规整，又重声调的谐和，而《绲斋诗谈》所汇集的诗论主要是讲格的内容，而不及调，好像杨师亮、张谦宜师弟的诗说在格、调之间有所偏废，评论诗作只盯着字词句的语义、语法构成，而忽略了声音、韵律的微妙。其实不然，从张谦宜批《韩昌黎诗集》可见，他是非常留意诗歌声韵问题的，对字音、声调、用韵的讨论占了评语的很大比例，甚至可能是最大的比例。只可惜这部分评点成果，未经整理，难得流传，而《绲斋诗谈》又斤斤执著于明代以来八股文法的老生常谈，这就使《绲斋诗谈》承传的格调诗学显得不够完整。事实上，经过明代格调派的锐意揣摩后，有关字词章句的结构法则多已成为老生常谈，很难引人注意；而明人朦胧意识到却未深入讨究的声调之法，书中又未涉及。这或许就是《绲斋诗谈》编成乃至刊行后始终未引起诗坛重视，不如王渔洋、赵执信的声调之学为诗家群起遵奉、热烈讨论的重要原因。

质言之，张谦宜《绲斋诗谈》总结了格调诗学中属于"格"的一部分内容，而"调"的部分却由王渔洋及其后辈赵执信作了深入探讨，两者共同继承并发展了格调诗学。尽管张谦宜及其《绲斋诗谈》后来很少为人提起，但其诗说却是明代格调派到乾隆间沈德潜格调诗学的一个桥梁，是格调诗学在清初最后的坚定守护者，同时也是寂寞的传承者。张谦宜的诗论和文说生前都没有刊行，过了近五十年，直到乾隆二十三年（1758）才由诗友法若真的孙子法辉祖以《家学堂遗书二种》之名梓行。此时格调派诗学早已在沈德潜的倡导下，在乾隆前期成为最具影响力的主流诗论。相比张谦宜的身后寂寞，沈德潜真是要走运得多。这份运气固然与沈德潜的地位显赫有关，但同时也缘于神韵诗学的流弊至乾隆间愈益显明，南北诗家皆思有以矫之，因而有格调诗学的复兴，性灵诗学的雄起及肌理诗学的张扬那么一个诗学语境。张谦宜的时代尚未显出这种趋势，以张氏的人微言轻，其诗学当然也产生不了什么影响。但今天我们却应该将它视为沈德

---

① 张谦宜：《绲斋诗谈》卷三，郭绍虞辑《清诗话续编》第2册，第811页。

潜格调派理论的先声，作为康熙诗学与乾隆诗学的一个联系，给予一定的关注。

第八节　赵执信与清代前期诗学之终结

康熙末年，国初前辈渐次凋零，诗坛当红的诗人大多是王渔洋门人，如查慎行、黄叔琳、汤右曾、顾嗣立、林佶、张大受、缪沅、王式丹等。从他们的诗集中，我们可以看到康熙、雍正之交这一集团彼此交往的密切和在诗坛上的活跃。其中名声最盛的是查慎行，与赵执信雄踞南北。所以全祖望有"迩来海内之言诗者，不为齐风，即为浙调"之说①。但实际上这批诗人多属康熙后期出道，与赵执信的资历不可同日而语，而且除了查慎行外，其他人创作上都没有开宗立派的才力，尤其是缺乏理论建树，因而不为诗坛所崇尚。这样，到康熙末雍正间，久废乡居的赵执信（1662—1744）就"鲁殿灵光独岿然"②，被目为"当代骚坛硕果"③。汪由敦《赵秋谷墓志铭》称，"性好游，尝逾岭南，再陟嵩少，五过维扬、金陵间，栖寓颇久。所至冠盖逢迎，乞诗文、法书者坌至，流连文宴。后进疑先生宿世人，而先生与酬接谐狎，无少忤。徜徉林壑逾五十年，名寿并永，近代士大夫无与比者"④。乾隆四年（1739），沈德潜、袁枚中进士，与赵执信为前后甲子同年，沈德潜赠诗云"后先己未亦同年"⑤。袁枚也有《怕听》诗云"怕听旁人夸早贵，已输十八贾登朝"⑥，"十八贾登朝"即指赵执信。乾隆九年（1744）执信故世时，沈德潜七十二岁，厉鹗五十二岁，钱载三十七岁，袁枚二十九岁，正像严迪昌先生所认定的那样，赵执信确实是清诗自前期转入中期的过渡阶段的代表人物。茹纶常《国朝诸名家逸事杂诗》所咏的最后一位诗人就是赵执信，恰是一个时代结束的象征。刘执玉于乾隆三十二年（1767）刊成的《国朝六家诗钞》选清代以来六大家诗，顺治间是南施北宋，康熙间是南朱北王，雍正间就是南查北赵，时距赵执信下世仅二十三年。虽然秋谷厕身于六家，后人

---

①　章学诚：《乙卯劄记》，中华书局 1986 年版，第 34 页。

②　沈德潜：《赵秋谷先生八十》，《归愚诗钞》卷七，乾隆刊本。

③　江浩然：《答陈敬夫书》，《北田文略》，清刊本。

④　王昶：《湖海文传》卷五二，民国间文瑞楼石印本。

⑤　王培荀：《乡园忆旧录》卷二，齐鲁书社 1993 年版。

⑥　袁枚：《小仓山房诗集》卷一，上海古籍出版社 1988 年版，第 18 页。

多有异议①。但据《梁溪文钞》卷三十四，《国朝六家诗钞》始纂于执玉父瞻荣，初名《六大家诗钞》，足见"六大家"之称由来已久②。而从诗学史的角度说，赵执信可以说是康熙朝诗学的终结，他对王渔洋诗学的批评和对诗歌声调学的研究，对后来的诗家都是很重要的启示，成为乾隆诗学的重要议题。

一　《谈龙录》对王渔洋的批评

赵执信的诗论因涉及对王渔洋诗学的评价，历来都为研究者所重视。早年郭绍虞先生将赵氏列入性灵派，自然很难让人同意。③ 最近有学者从正声与别调之争来理解王、赵诗论的分歧和互补性④，可备一说。吴宏一先生曾将赵氏论诗主旨归纳为诗以意为主，以语言为役，风格宜多样化⑤，而在我看来，秋谷诗学的基本内容正是综合、总结了康熙诗坛三大诗学群体的基本理论问题，即江南诗学的"诗中有人"、关中诗学的现实批判及山东诗学的诗歌声律学。也正是在这个意义上，他理所当然地成为康熙诗学的殿军。不过，赵执信的议论都是由对王渔洋的批评中生发的，而他对王氏的非议，半是出于两人交往中的误会，半是出于轻狂狷急的个性，诗学主张的差异还是次要的。慑于王渔洋生前的盛名，许多持异议的人都是在他身后才集矢攻之，如吴之振对神韵诗说的批评便是一例。秋谷集中批评渔洋的《谈龙录》，也是在渔洋健康已恶化的康熙四十八年（1709）写成的，自序称"余自惟三十年来，以疏直招尤，固也，不足与辩。然厚诬亡友，又虑流传过当，或致为师门之辱。私计半生知见，颇与师说相发明。向也匿情避谤，不敢出，今则可矣"⑥。肆无顾忌的语气表明他清楚王渔洋缠绵病榻，已不能把他怎么样。今玩书中讥斥渔洋之语，除"朱贪多，王爱好"六字堪称

---

① 林昌彝《射鹰楼诗话》卷二一："国朝六家诗以查初白、赵秋谷配朱、王、施、宋，甚为不伦，吾无取焉。"

② 严迪昌：《赵执信论》，《文学评论》1997年第5期。

③ 杨松年《中国文学评论史编写问题论析》第五章"评中国文学批评史之著作"已有辨驳。

④ 纪锐利：《一场诗家正声与别调的论争——谈赵执信与王士禛诗论的分歧和互补性》，《苏州大学学报》2004年第6期。

⑤ 吴宏一：《赵执信〈谈龙录〉研究》，《中国文哲研究集刊》创刊号，中央研究院中国文哲研究所1995年版。收入《清代文学批评论集》，联经出版事业公司1998年版。

⑥ 赵蔚芝、刘聿鑫校点：《赵执信全集》，齐鲁书社1993年版，第532页。

诛心之论①，其他批评我都觉得不太着边。

赵执信因少年见斥，终身废弃，长期处于边缘化的位置而变得心理扭曲，对王渔洋这样春风得意的人物总不能平心静气。尝于酒酣语吴乔曰："迩日论诗，唯位尊而年高者斯称巨子耳。"② 他所以有此言，显然是对久居诗坛盟主之位的王渔洋早有不满。这种不满不光是针对王氏的作风，如所谓"阮翁素狭"，还针对其创作和诗学。《谈龙录》之名就是借两人"谈龙"之喻的不同，以象征性地表明自己与王氏诗学的异趣：

> 钱塘洪昉思升，久于新城之门矣。与余友。一日，并在司寇宅论诗。昉思嫉时俗之无章也，曰："诗如龙然，首尾爪角鳞鬣，一不具，非龙也。"司寇哂之曰："诗如神龙，见其首不见其尾。或云中露一爪一鳞而已，安得全体？是雕塑绘画者耳。"余曰："神龙者，屈伸变化，固无定体，恍惚望见者，第指其一鳞一爪，而龙之首尾完好，故宛然在也。若拘于所见，以为龙具在是，雕绘者反有辞矣。"昉思乃服。此事颇传于时，司寇以告后生而遗余语，闻者遂以洪语斥余，而仍侈司寇往说以相难。惜哉，今出余指，彼将知龙。③

首先应该肯定，这场争论的焦点是诗作的章法问题，而不是吴宏一先生说的虚与实、局部与整体的关系问题④。洪升针对当时作诗不讲章法之弊，强调章法完整的重要性。这在诗家只是最基本的要求，故渔洋哂之，提出章法更高的境界是变化莫测。渔洋门人刘大勤曾问过类似的问题："昔人论七言长古作法，曰分段，曰过段，曰突兀，曰用字，曰赞叹，曰再起，曰归题，曰送尾，此不易之式否？"渔洋答："此等语皆教初学之法，要令知章法耳。神龙行空，云雾灭没，鳞鬣隐现，岂令人测其首尾哉？"⑤ 宁都魏际瑞《与从弟》也说过："其有奇文无头尾者，乃善藏头尾，不以示

---

① 此说颇为前人所称许，如徐熊飞《修竹庐谈诗问答》许其持论甚当，陈仪《竹林答问》谓"实为二家定评，即爱王者，不能为之讳也"，戴磐《桑阴随记》亦云："赵秋谷著《谈龙录》，所以诋阮亭者尖刺入髓，后人多议之。其评阮亭、竹垞曰'朱贪多，王爱好'，斯却道着。"
② 阮葵生：《茶余客话》卷一一，《阮葵生集》中册，陕西人民出版社 2009 年版，第 891 页。
③ 赵蔚芝、刘聿鑫校点：《赵执信全集》，第 533 页。
④ 吴宏一：《赵执信〈谈龙录〉研究》，《清代文学批评论集》，第 169—170 页。
⑤ 刘大勤记：《师友诗传续录》，丁福保辑《清诗话》上册，第 153 页。

人。如神龙见首不见尾，非无头与尾也。"① 王渔洋是说，章法完整不过是基本技能，变化莫测才是由技进乎道的境界。这种境界，中人以下是不易解会的。以秋谷的悟性虽不能说是中人以下，但他似乎也不理解，或许他更愿意普度众生，于是主张：变化固然重要，但完整性仍须一目了然。他的说法貌似折中平正，其实属于无的放矢。因为从答刘大勤一段话可以看出，王渔洋的不见首尾只是说不见针脚，泯灭痕迹，与章法的完整并不矛盾。秋谷斤斤于首尾完整的触目可见，只能说还拘泥于时文习气的思维定式而已。

"谈龙"之喻本只是讨论叙述结构的问题，但秋谷却借题发挥，将它曲解为有龙无龙、真龙假龙的问题，从而上升到诗歌创作主体性的高度，对渔洋诗歌创作的主体性缺失即"诗中无人"提出批评。秋谷诗学以冯班为宗，而冯班论诗重申汉儒所谓的诗教，于是秋谷批评渔洋，首先就从这一立场出发：

> 诗之为道也，非徒以风流相尚而已。《记》曰："温柔敦厚，诗教也。"冯先生恒以规人。《小序》曰："发乎情，止乎礼义。"余谓斯言也，真今日之针砭矣夫。②

这里矛头所指的"以风流相尚"不用说就是王渔洋。渔洋诗风的"以风流相尚"，如果说是指浮华和脱离现实，那么如何评价，本是可以讨论的。但问题是秋谷并不着眼于道德判断本身，他将"止乎礼义"的传统命题作了新的阐释："诗固自有其礼义也。今夫喜者不可为泣涕，悲者不可为欢笑，此礼义也。富贵者不可语寒陋，贫贱者不可语侈大，推而论之，无非礼义也。其细焉者，文字必相从顺，意兴必相附属，亦礼义也。"这就将礼义解释为一种对表达上的真诚以及所表达内容与身份、时间、地点相切合的要求。这是从吴乔"诗之中须有人在"受到的启发，具体地说，就是"夫必使后世因其诗以知其人，而兼可以论其世，是又与于礼义之大者也。若言与心违，而又与其时与地不相蒙也，将安所得知之而论之？"这从道理上讲倒也不错，遗憾的是他成见在胸，一落实到具体的事例上，就出现

---

① 魏际瑞：《魏伯子文集》卷二，宁都三魏文集本，道光二十五年谢若庭绂园书塾重刊本。
② 赵蔚芝、刘聿鑫校点：《赵执信全集》，第 534 页。

判断失误。《谈龙录》提到：

> 司寇昔以少詹事兼翰林侍讲学士，奉使祭告南海，著《南海集》。其首章《留别相送诸子》云："芦沟桥上望，落日风尘昏。万里从兹始，孤怀谁与论？"又云："此去珠江水，相思寄断猿。"不识谪宦迁客更作何语？其次章《与友夜话》云："寒宵共杯酒，一笑失穷途。"穷途定何许？非所谓诗中无人者耶？①

其说不可谓不辩，后来王培荀也颇赞同，并引《谈龙录》论田雯《视河工》诗"泛言河上风景，不知谁为主人，谁为过客，但知数典，为诗中无人。虽訾当时，实为后学度尽金针，犯此病者不少也"②，予以佐证。然而他们都忘了，诗的体验是非常个人化的，一人有一人的心态，一时有一时的情境，作者此时此地的感触他人是无权非议的。更何况秋谷出使典山西乡试时23岁，渔洋使南海时51岁，少年放逐的赵秋谷根本难以体会长年久宦者的心态。使南海之前，王渔洋经历了康熙二十一年胞兄东亭、老友陈维崧，二十二年表兄徐夜、挚友施闰章之丧，虽然启程前不久的九月二十日，继室陈孺人刚生了三女阿宫，但她能否平安成长呢？子息的连连夭殇使每个孩子的到来对他都是悲喜参半的事，后来阿宫也只活了十岁。还有，老父的健康也让他挂怀。果其不然，翌年九月二十八日，太公即下世。值渔洋起程之际，虽然不如康熙十一年出京时那般凄怆③，但也不能说是欣然前往。在这种情况下，诗歌传统中的羁旅之悲作为题材的因袭力量就很容易左右作品的情调。再说《与友夜话》的友人，乃是老名士余怀，当时以69岁的高龄只身南游，附渔洋之使轺偕行，无非是"途穷仗友生"（杜甫《客夜》）而已，渔洋赠以"寒宵共杯酒，一笑失穷途"之句，自然有宽慰老友的意思。这很难说不是真实的感受，而出于为文造情，故作感伤。所以说，秋谷的批评无疑是过于苛刻的，后人对渔洋"诗中无人"的印象大体源于此说，其实并没什么道理。

要之，赵执信对王渔洋的批评，无理之词多，曲解之词多，不实之词多，意气之词多。《四库提要》于两家诗论持调停之说，谓："诗自太仓、

---

① 赵蔚芝、刘聿鑫校点：《赵执信全集》，第532页。
② 王培荀：《乡园忆旧录》卷二，齐鲁书社1993年版。
③ 渔洋致梁熙书信有云："志意沮丧，无复生人之乐。"梁熙《皙次斋稿》附录，康熙刊本。

历下以雄浑博丽为主，其失也肤；公安、竟陵以清新幽渺为宗，其失也诡。学者两途并穷，不得不折而入宋，其弊也滞而不灵，直而好尽，语录史论皆可成篇。于是士祯等重申严羽之说，独主神韵以矫之，盖亦救弊补偏，各明一义。其后风流相尚，光景流连，赵执信等复操二冯旧法，起而相争。所作《谈龙录》排诋是书，不余遗力。其论虽非无见，然两说相济，其理乃全，殊途同归，未容偏废。"这是从总体上论定两家诗论的互补意义，具体到实际的批评，则秋谷的指摘多不能令人首肯。如《谈龙录》云：

> 唐贤诗学，类有师承，非如后人第凭意见。窃尝求其深切著明者，莫如陆鲁望之叙张祜处士也。曰："元和中作宫体小诗，辞曲艳发。轻薄之流，合噪得誉。及老大，稍窥建安风格，读《乐府录》，知作者本意，短章大篇，往往间出，讲讽怨谲，与六义相左右。善题目佳境，言不可刊置别处，此为才子之最也。"观此，可以知唐人之所尚，其本领亦略可窥矣。不此之循，而蔽于严羽呓语，何哉？①

张祜"善题目佳境，言不可刊置别处"历来公认是其独到本领。但就唐人诗学而言，并不算什么高格至境。若非逞意气，以此来贬抑严羽诗论是不太合适的。沧浪诗学之深，连笃学如冯班都不能理解，像秋谷这样论学粗枝大叶的人就更难窥见堂奥了。他又说：

> 刘宾客诗云："沉舟侧畔千帆过，病树前头万木春。"有道之言也。白傅极推之。余尝举似阮翁，答曰："我所不解。"
> 阮翁酷不喜少陵，特不敢显攻之，每举杨大年"村夫子"之目以语客。又薄乐天而深恶罗昭谏。余谓昭谏无论已，乐天《秦中吟》、《新乐府》而可薄，是绝《小雅》也。若少陵有听之千古矣，余何容置喙。②

渔洋是否贬杜，翁方纲早有回答，从他编的《渔洋杜诗话》，可以看出渔

---

① 赵蔚芝、刘聿鑫校点：《赵执信全集》，第538页。
② 同上书，第537页。

洋对杜诗所知不是一般的深,研讨也不是一般的细。至于不喜欢白居易、刘禹锡、罗隐诗,容有个人趣味在,但渔洋不喜欢白居易,绝不是鄙视《秦中吟》、《新乐府》,秋谷于此又不免无的放矢。再如论《唐贤三昧集》,谓"李颀《缓歌行》夸耀权势,乖六义之旨;梁锽《观美人卧》直是淫词,君子所必黜者",持论未免迂腐。平心而论,秋谷于古今诗学虽也上下其议论,不无所见,但终究心气太浮,出言都未经深思,稍加考究便破绽百出。《谈龙录》几乎每一则议论都有商榷驳正的余地,因而后人平章其议论,多左袒渔洋①,也是很自然的。渔洋诗学的博大精深确非秋谷所能望其项背。《才调集》卷五武元衡《送张谏议赴阙》"笛怨柳营烟漠漠,云愁江馆雨潇潇",李宗瀚说:"秋谷极赏此二句。然以为渔洋一生道不出,则门户之见,无与于诗。"② 秋谷自谓山东诗学"各有所就,了无扶同依傍,故诗家以为难"(《谈龙录》),却不能身体力行。自康熙十七年(1678)接触到冯班著作后,便终身依傍冯氏门墙,排斥异说,最终只能为冯氏门下一偏裨而不得自张一帜,实在是见识所限,从根本上说也是品格气局所限③。

二 赵执信的古诗声调学

谈到赵执信的诗学,不能不触及《声调谱》。据秋谷门人仲是保《声调谱序》:

> 唐诗声调迄元来微矣,明季寖失,古诗尤甚。吾虞冯氏始发其微,于时和之者有钱牧翁及练川程孟阳。若后之娄东吴梅村,则又闻之于程氏者矣。顾解人难得,惟新城王阮亭司寇及见梅村,心领其

---

① 我在《王渔洋与康熙诗坛》第七章"王渔洋与赵秋谷"已举若干例子。还可参看姚范《援鹑堂笔记》卷四四:"赵秋谷诗本未诣彻,而夸诩特甚,诋其乡先辈尤剧。余谓彼于阮亭境地尚隔阡陌,议论如此,盖婆罗门自我慢人之习。所著《谈龙录》卑之无甚高论,七古音响之说亦形似耳。阮亭属勿语人,或惧示学者以陋,而诋讥其矜秘,未可信。"林昌彝《射鹰楼诗话》卷一七引单可惠《题国朝六家诗钞后》:"傲物振奇未免狂,罢官不独是歌场。谈龙录又无端作,轻薄为文与道妨。"林昌彝《海天琴思续录》卷五又以为"其所论与作诗者如隔屋谈心,隔靴搔痒,无当于人心之公意也"。

② 李宗瀚批:《二冯批才调集》,中国社会科学院文学研究所藏康熙刊本。

③ 朱庭珍《筱园诗话》卷二:"(秋谷)集矢阮亭,而于海虞二冯服膺推崇,竟欲铸金以事,癖同嗜痂,令人莫解。岂以二冯持论偏刻,巧于苛议前哲,轻于诋訾时流,天性相近,故易于契合耶?"张国庆编:《云南古代诗文论著辑要》,第284页。

说，方欲登斯世于风雅，执以律人，人咸自失。然率无有得其说者。我恰山先生独宗冯氏，已窥其微，乃宛转窃得之。司寇知，戒勿洩。先生顾否，有来叩者即揭案头唐贤诗本指示各体声调，不少吝。间或上援子建，下逮东坡，要亦随叩随应，偶举一隅，非竟作谱也。一时弟子辈从旁载笔，退集前后所录为谱，成一卷。后有叩者辄以投之，意不欲以口舌劳先生也。迩年来颇有解人频频叩乞，元录失去，反求副于他所，倚模不无少错。余惧转倚转讹，既非先生指示声调本意，而亦失冯氏发微之旨，且贻笑于冥冥中之司寇也。因园问业之余，亟请先生重加点注，录为定本，以待他日之授梓焉。①

序作于乾隆三年（1738）七月，弟子辈记录的声调讲说至此方由秋谷本人审核定稿，编成《声调谱》，则此前《声调谱》的内容尚未定型。仲是保依秋谷学十九年，他的叙述应该是有根据的。考渔洋著述，从未提到过《声调谱》一名，而只有一些关于声调的零星意见，可信渔洋生前确无类似著述，秋谷从渔洋处"窃得"的只能是学说而不是成书。

只要将赵执信《声调谱》与传为渔洋手订的《律诗定体》、《王文简公古诗平仄论》略作比较，就可看出两者的若干不同：王《论》专论七古，不及五古，赵《谱》兼论五七古；王《论》以规则为本，先提出规则，后举诗作证之，而赵《谱》以诗为本，就诗点平仄，间提示规则；王《论》兼重第二字，谓"出句终以二、五为凭，落句终以三平为式"，赵《谱》则专主第五字。翁方纲比勘两家之说，力主《律诗定体》、《王文简公古诗平仄论》为渔洋真笔，而《声调谱》不过是秋谷自述，非渔洋诗学之真传。尽管如此，我仍怀疑渔洋后人所刻《律诗定体》、《王文简古诗平仄论》二书，是赵《谱》行世并产生很大影响后，他们为捍卫祖上的发明权，辑其生前绪论而编成的。

不管怎么说，《声调谱》是现存最早出版的声调图谱，其中历举古体、近体、乐府、杂言各体作品说明声调格式，详于古体而略于近体。古诗举若干具有典型意义的唐人诗作为范例，于声眼一一标出平仄，并说明理由，以见与律诗格律之异，或由此概括出一条规则。陈锦《论赵秋谷声调谱》一文平章其说，最为公允。他将秋谷的基本宗旨概括为："要之隔三

---

① 仲是保：《声调谱》序，《声调谱拾遗》卷首，谈艺珠丛本。

字而平仄互应者律，隔三字而平仄犯同者拗。论其字数，仍不外四平三仄，四仄三平，若七古之五平五仄，五古之四平四仄、全平全仄，古亦有之，而初学不可以为谱，此句法也。其章法平起仄起，逐句相间者为律，古体不论，而总不得平头三起；其转韵平韵仄韵，逐联相间者为律，古体亦不论，而总不得三转三同。其长短句单句，今体所无，拗律所有，而总不得叠用多用；其拗律中之律句，亦不可少者，所以间拗律之节奏，而总不得二三韵连用。此其大较也。"①

　　当然，谱中概括出的规则是有限的，后人都认为，这是秋谷对声调宜忌不肯明言，仅就古诗点出，让人自悟。近人丘琼荪在《诗赋词曲概论》中曾将王、赵两家论古诗句法的乖拗归纳为十点：

　　　　（一）全平全仄者拗。
　　　　（二）叠用六平六仄者拗。
　　　　（三）叠用五平五仄者拗。
　　　　（四）叠用四平四仄者拗。
　　　　（五）句末叠用三平者拗。
　　　　（六）七言末叠用三仄，上又叠用三平者拗。
　　　　（七）五言末叠用三仄，上不用二平者拗。
　　　　（八）五言之二四两字与七言之四六两字成二平二仄者拗。
　　　　（九）七言之二四两字成二平二仄者拗。
　　　　（十）七言之二六两字成一平一仄者拗。②

这十条概括起来其实只是一条：声眼（二、四、六）上的字不能违反平仄相间的原则。近人洪为法说王、赵二家的立论"无非竭力证明古诗平仄与近体诗相反，以拗强为和谐"③，可谓一语中的。

　　王渔洋断言古诗"万不可入律句"，赵秋谷于五古举岑参《与高适薛据同登慈恩寺塔》为例，说"无一联是律者。平韵古体，以此为式"，表明他也认为古诗声调最基本的原则就是反律化。赵谱强调七古平韵上句第七字必仄，下句以第五字为关键，与第六字相配合，形成异于律调的三字

　　① 陈锦：《勤余文牍》续编卷一，四库全书存目丛书本。
　　② 丘琼荪：《诗赋词曲概论》第一编第三章，转引自洪为法《古诗论》，第105页。
　　③ 洪为法：《古诗论》，第105页。

尾，同样是本王渔洋之说。他自己提出的规则，关于五古有：

> 两句一联中，断不得与律诗相乱也。

这是强调诗中不可两句合律，出现一联完整的律句。换句话说，五古一联中只允许有一个律句。这是一条只适用于五古的较宽的规则，因为五古声调变化少，难免与律句相犯；而七古声调变化要复杂得多，不难与律句相避。关于七言的规则有：

> 将转韵处可入律调。

他在李白《扶风豪士歌》"梧桐杨柳拂金井，来醉扶风豪士家"一联下提示："将转韵处微入律，参之。"这也是一条有例可证的规则。仅上面这两条就表明，赵执信对王渔洋的理论是有所发展的，并非只是窃取其说而已。其实赵执信对古诗声调有着远较渔洋为深刻的认识，据李重华说："秋谷向余云，少时作诗，请政阮亭。阮亭粗为点阅，其窍妙处各不一示。因发愤三四月，始于古近二体，每体各分为二。盖古体有古中之古，古中之近；近体有近中之古，近中之近，截然判析明白。自此势如破竹，诗家窍妙，具得了然于心矣。"[1] 这里将古近二体各分为二的见解包含了一个极有穿透力的思想，已启王力先生将古体分为仿古式与新式两类、将近体分为严格的律诗与古风式律诗（拗律）两类的先声[2]，不知何故赵执信却没在《声调谱》或《谈龙录》中加以阐述，失去了一个显示独创性的机会。

从便于初学的角度说，《声调谱》的形式一目了然，结论也明晰可取，的确有其存在的价值。但此书在编纂上问题颇多，难免招致后人的非议。最明显的是论古诗声调，不举汉魏以来先唐作者，而仅举盛唐以后的诗人为例；"不知古诗用粘，故四句只论一联，不知古诗用对，故一联只论一句"[3]；"论例"作为全书凡例，本应就古诗的问题加以说明，而所论全是

---

[1]　李重华：《贞一斋诗说》，丁福保辑《清诗话》下册，第938页。

[2]　参看王力《汉语诗律学》第二章"古体诗"第二十八、二十九、三十二节，上海教育出版社1979年版。

[3]　董文涣：《声调四谱图说》卷一，同治三年董氏刊本。

乐府；七言举杜甫诸作，转韵与不转韵不加分别；"赵谱于每体后各取一诗为式，其法至善，但选择过略，且多非完璧，于其说不能尽合，是以人多疑之"①。这些都属于工作方法上的缺陷。古诗声律之学本于实证，归纳和概括都须周延，否则难免被指为"强古就我，不难取古人之偶合者以伸其说"②，致使结论失去说服力。其他细节问题，则有说明文字插入的位置不合适，与诗例不合。如起首于鹄《秦越人洞中咏》一首，"年年山下人，长见骑白龙"下注："下句是律，上句第五字必平。第三字平，亦拗以别律。"可这里上句第五字平，下句却非律句；既以为下句宜以拗避，又何必举此为例？且下文"似行山林外，闻叶履声重"一联，下句为律句，上句第五字却又非平声，岂不自相矛盾？又如仄平仄仄平（即孤平）句，前谱已指明为古诗句，后谱于岑参《与高适薛据同登慈恩寺塔》"胜因夙所宗"句，又说是拗句，也属于自相矛盾。还有，平平仄平仄本是典型的古调，而谓之拗律句，故王维《青溪》"漾漾泛菱荇，澄澄映葭苇"等不少二、四字同声的句子，都指为拗律句，让人难以理解。凡此种种，均可见《声调谱》在体例和编纂上都未臻完善，它后来遭到吴绍澯、翁方纲、许印芳等人的严厉批评③，不是毫无缘故的。

凡是草创之作，粗糙和疏漏总是难免的。《声调谱》最重要的问题不在于疏陋，而在于它承载的古诗声调论面临着一个在学理上能否成立的拷问。我在《古诗声调论的历史发展》一文中已对乾隆以降诗论家的意见略作梳理，这里再补充两条清代后期的资料。一是牟愿相《小澥草堂杂论诗》称赵执信著《声调谱》为古今诗一厄，"言古诗中有律调，更气死人。唐韩昌黎于平韵古诗故作佶屈聱牙之调，苏东坡和之，我用我法耳，赵执信遂以律人耶？"④ 牟氏对《声调谱》有详细批驳，可惜不传于世，但他的观点是很清楚的：韩愈、苏东坡古诗故作佶屈聱牙之调，只不过是个人化的选择，并不具有普遍意义，赵执信取以绳人，实不足法。二是于祉《澹园诗话》论五古，说："乐府有一题，必有一题之声调，如今词曲是也。陶谢以来五言古诗，不过随时寄兴，非必期于被之管弦也。近日饴山赵氏，乃于五言古平地凿空，创为声调，取古人平仄稍符其说者定为成

---

① 董文涣：《声调四谱图说》凡例，同治三年董氏刊本。
② 同上。
③ 参看吴绍澯《声调谱说》、翁方纲《赵秋谷所传声调谱》、许印芳《诗法萃编》。
④ 牟愿相：《小澥草堂杂论诗》，郭绍虞辑《清诗话续编》第 1 册，第 917 页。

式，而所引既多，遂亦自相矛盾。至汉魏以来乐府失传之声调，反随波逐浪，无所发明，岂能服人?"① 这是强调古诗与乐府之有定声不同，强构古诗声调规则适足混淆于乐府之体，致使乐府失传之声愈益湮晦。两家的批驳显然是很有力的。

总之，赵执信的诗学有它独到的理论贡献，同时也充斥着偏见和武断之辞，但不管怎么说，在清初诗学和乾隆诗学之间，他的影响是很大的，因而地位也是相当重要的。他对王渔洋的批评引发了乾隆诗学对神韵论的反思和批判，他的《声调谱》更开启了乾隆间深入研讨诗歌声律学的风气。因此，无论从哪个角度说，赵执信都是康熙诗学的终结，同时也是向乾隆诗学的过渡，在他身上鲜明地表现出两个时代交接的痕迹。

---

① 于祉:《澹园诗话》，咸丰间与《三百篇诗评》合刊本。

引用书目

王夫之：《周易外传》，中华书局 1977 年版。

王夫之：《读四书大全说》，中华书局 1975 年版。

王夫之：《诗广传》，中华书局 1964 年版。

顾炎武：《音学五书》，中华书局 1982 年影印观稼楼刊本。

沈约：《宋书》，中华书局校点本。

萧子显：《南齐书·文学传论》，中华书局标点本。

姚思廉：《梁书》，中华书局校点本。

赵尔巽：《清史稿》，中华书局标点本。

杜佑：《通典》，中华书局影印本。

《康熙起居注》，中华书局 1984 年版。

吴晗辑：《朝鲜李朝实录中的中国史料》，中华书局 1980 年版。

张仲炘、杨承禧等纂：《湖北通志》，台湾华文书局影印本。

孙葆田等纂：《山东通志》，台湾文海出版社影印本。

丁祖荫等编：《民国重修常昭合志》，民国间铅印本。

徐锡麟纂：《光绪重修丹阳县志》，光绪十一年刊本。

钱曾：《读书敏求记》，书目文献出版社 1984 年版。

《明清藏书目三种》，北京图书馆出版社 2003 年版。

《四库全书总目》，中华书局 1965 年影印本。

黄丕烈：《士礼居藏书题跋记》，灵鹣阁丛书本。

吴骞：《拜经楼藏书题跋记》，嘉庆刊本。

李佐贤：《书画鉴影》，同治十年利津李氏家刊本。

邵懿辰、邵章：《增订四库简明目录标注》，上海古籍出版社 1979

年版。

叶德辉：《郋园读书志》，光绪刊本。

邓邦述：《群碧楼善本书录》，民国间刊本。

傅增湘：《藏园群书题记》，上海古籍出版社 1989 年版。

张乃熊：《莅圃善本书目》，台湾广文书局 1969 年版书目三编影印本。

叶启勋：《拾经楼紬书》，台湾广文书局 1967 年影印本。

严宝善：《贩书经眼录》，浙江古籍出版社 1994 年版。

台湾"中央图书馆"：《标点善本题跋集录》，台湾"中央图书馆"1992 年版。

钱谦益：《列朝诗集》，上海古籍出版社 1983 年版。

无名氏：《牧斋遗事》，邓实编《古学汇刊》第五编，民国 2 年上海国粹学报社排印本。

王士禛：《王士禛年谱》，中华书局 1992 年版。

郑方坤：《本朝名家诗钞小传》，龙威秘书本。

李森文：《赵执信年谱》，齐鲁书社 1988 年版。

李桓：《国朝耆献类征初编》，光绪间湘阴李氏刊本。

钱仪吉等：《清代碑传全集》，上海古籍出版社 1987 年影印本。

沈括：《元刊梦溪笔谈》，文物出版社 1975 年影印本。

洪迈：《容斋四笔》，上海古籍出版社 1978 年版。

孔齐：《至正直记》，上海古籍出版社 1987 年版。

刘埙：《隐居通议》，丛书集成初编本。

陈潢：《旅书》，周亮工刊赖古堂藏书本。

于慎行：《谷山笔麈》，中华书局 1984 年版。

陈宏绪：《寒夜录》，丛书集成初编本。

王鏊：《震泽长语》，丛书集成初编本。

何孟春：《余冬叙录》，乾隆二十三年世读轩刊本。

焦竑：《焦氏笔乘》，粤雅堂丛书本。

胡应麟：《少石山房笔丛》，中华书局上海编辑所 1958 年版。

陈继儒：《偃曝余谈》，王文濡辑《说库》，民国 4 年上海文明书局石印本。

侯玄汸：《月蝉笔露》，民国 21 年黄天白上海排印本。

林时对：《荷锸丛谈》，沈云龙辑《明清史料汇编》六集，台湾文海出版社影印本。

谈迁:《枣林杂俎·圣集》,笔记小说大观本,广陵古籍刻印社 1984 年版。

冯班:《钝吟杂录》,丛书集成初编本。

黄汝成:《日知录集释》,花山文艺出版社 1990 年版。

王崇简:《谈助》,王文濡辑《说库》本。

尤侗:《艮斋杂说》,中华书局 1992 年版。

王士禛:《池北偶谈》,中华书局 1982 年版。

王士禛:《香祖笔记》,上海古籍出版社 1982 年版。

王士禛:《居易录》,袁世硕主编《王士禛全集》,齐鲁书社 2007 年版。

王士禛:《古夫于亭杂录》,《王士禛全集》本。

王士禛:《分甘余话》,中华书局 1989 年版。

阎若璩:《潜邱札记》,乾隆十年刊本。

查慎行:《得树楼杂钞》,适园丛书本。

金埴:《不下带编》,中华书局 1882 年版。

尤珍:《介峰续札记》,康熙刊本。

鲍鉁:《祉勺》,雍正刊本。

邹炳泰:《午风堂丛谈》,嘉庆四年刊本。

王应奎:《柳南随笔》,中华书局 1983 年版。

诸联:《明斋小识》卷八,乾隆刊本。

姚范:《援鹑堂笔记》,道光刊本。

史承谦:《静学斋偶志》,国家图书馆藏清刊本。

洪亮吉:《晓读书斋二录》,嘉庆刊本。

焦循:《易余籥录》,嘉庆二十四年刊本。

章楹:《谔崖脞说》,浣雪堂藏板本。

张宗泰:《鲁岩所学集》,道光三十年刊本。

梁同书:《频罗庵遗集》,清刊本。

阮葵生:《茶余客话》,《阮葵生集》,陕西人民出版社 2009 年版。

方东树:《书林扬觯》,同治三年望三益斋重刊本。

吴德旋:《初月楼闻见录》,道光刊本。

谢轮:《篋外录》,咸丰刊本。

王之春:《椒生随笔》,光绪刊本。

张文虎：《舒艺室余笔》，辽宁教育出版社 2003 年版。

震钧：《天咫偶闻》，台湾广文书局 1970 年影印笔记三编本。

陈康祺：《郎潜纪闻初笔》，中华书局 1984 年版。

金武祥：《粟香随笔》，光绪间刊巾箱本。

王用臣：《斯陶说林》，光绪十八年家刊本。

文廷式：《纯常子枝语》，江苏广陵古籍刻印社 1990 年影印本。

刘声木：《苌楚斋随笔》，中华书局 1998 年版。

缪荃孙：《云自在龛随笔》，商务印书馆 1958 年版。

沈曾植：《海日楼札丛》，中华书局上海编辑所 1962 年版。

姚永朴：《旧闻随笔》，黄山书社 1989 年版。

庞石帚：《养晴室笔记》，四川文艺出版社 1985 年版。

张枫：《张枫日记》，上海社会科学院出版社 2004 年版。

李慈铭：《越缦堂日记》，广陵书社 2004 年影印本。

林传甲：《筹笔轩读书日记》，商务印书馆 1914 年版。

欧阳询：《艺文类聚》，上海古籍出版社 1982 年版。

黎靖德编：《朱子语类》，中华书局 1994 年版。

普济：《五灯会元》，中华书局 1984 年版。

冯从吾：《关学编》，中华书局 1987 年版。

王心敬：《关学续编》，《关学编》附，中华书局 1987 年版。

钱谦益：《钱注杜诗》，上海古籍出版社 1979 年版。

金圣叹：《杜诗解》，上海古籍出版社 1984 年版。

金圣叹：《贯华堂评选杜诗》，中国社会科学院文学所藏康熙刊本。

仇兆鳌：《杜诗详注》，中华书局 1979 年版。

刘濬辑：《杜诗集评》，海宁蔡照堂刊本。

佚名：《杜诗言志》，江苏人民出版社 1983 年版。

蒋寅：《戴叔伦诗集校注》，上海古籍出版社 1993 年版。

黄滔：《莆阳黄御史集》，丛书集成初编影印天壤阁丛书本。

王令：《王令集》，上海古籍出版社 1980 年版。

黄庭坚：《豫章黄先生文集》，四部丛刊影印宋刊本。

朱熹：《朱文公全集》，四部丛刊本。

林表民辑：《赤城集》，影印文渊阁四库全书本。

陆游：《剑南诗稿》，汲古阁刊本。

杨大鹤:《剑南诗钞》,康熙间爱日堂藏板本。

杨万里:《诚斋集》,四部丛刊本。

刘克庄:《后村先生大全集》,四部丛刊本。

林景熙:《林景熙诗集校注》,浙江古籍出版社1995年版。

胡祗遹:《紫山大全集》,文渊阁四库全书本。

倪瓒:《清闷阁集》,台湾商务印书馆1986年影印本。

柳贯:《待制集》,乾隆间重刊本。

欧阳玄:《圭斋文集》,四部丛刊影印明成化刊本。

杨维桢:《东维子文集》卷七,四部丛刊初编影印鸣野山房旧钞本。

宋濂:《宋濂全集》,浙江古籍出版社1999年版。

李梦阳:《李空同全集》,万历间思山堂刊本。

胡直:《衡庐精舍藏稿》,影印文渊阁四库全书本。

李维桢:《大泌山房集》,万历刊本。

高攀龙:《高子遗书》,文渊阁四库全书本。

王思任:《王季重十种》,浙江古籍出版社1987年版。

江盈科:《江盈科集》,岳麓书社1997年版。

李贽:《李氏焚书》,万历刊本。

归有光:《归震川先生集》,四部丛刊本。

袁宏道:《袁中郎全集》,日本元禄九年京都刊本。

胡应麟:《少室山房集》,影印文渊阁四库全书本。

程嘉燧:《耦耕堂存稿》,明末刊本。

邓云霄:《漱玉斋文集》,乾隆十八年邓氏刊本。

张溥:《七录斋集》,明末刊本。

曹学佺:《曹学佺集》,江苏古籍出版社2003年版。

王猷定:《四照堂文集》,豫章丛书本。

陈子龙:《安雅堂稿》,辽宁教育出版社2003年版。

钱谦益:《牧斋初学集》,上海古籍出版社1985年版。

钱谦益:《牧斋有学集》,上海古籍出版社1996年版。

周亮工:《赖古堂集》,康熙刊本。

魏裔介:《兼济堂文集选》,龙江书院刊本。

吴伟业:《梅村家藏稿》,宣统三年武进董氏诵芬室刊本。

冯溥:《佳山堂集》,康熙刊本。

余怀:《余怀集》,广陵书社 2005 年影印本。

余怀:《甲申集》,中国社会科学院文学所藏抄本。

王鑨:《大愚集》,康熙四年金阊王允明刊本。

周容:《春酒堂文存》,民国间张寿镛刊四明丛书本。

申涵光:《聪山集》,丛书集成初编本。

顾炎武:《顾亭林诗文集》,中华书局 1983 年版。

杜濬:《变雅堂文集》,光绪二十年黄冈沈氏刊本。

黄宗羲:《南雷文定》,康熙二十七年刊本。

黄宗羲:《南雷集》,四部丛刊本。

黄宗羲:《南雷文约》,康熙刊本。

陈乃乾编:《黄梨洲文集》,中华书局 1959 年版。

吴光编:《黄宗羲南雷杂著真迹》,浙江古籍出版社 1987 年版。

宋琬:《安雅堂文集》,康熙刊本。

金圣叹:《金圣叹全集》,江苏古籍出版社 1985 年版。

金圣叹:《沉吟楼诗选》,中国社会科学院文学所藏清抄本。

屈大均:《翁山文钞》,广东丛书本。

龚鼎孳:《定山堂诗集》,光绪九年龚彦绪刊本。

孙廷铨:《沚亭文集》,康熙刊本。

张宸:《平圃遗稿》,四库未收书辑刊影印本。

归庄:《归庄集》,上海古籍出版社 1984 年版。

薛所蕴:《澹友轩集》,四库全书存目丛书影印顺治十六年刊本。

施闰章:《施愚山集》,黄山书社 1992 年版。

宋征舆:《林屋文稿》,康熙刊本。

毛奇龄:《西河文集》,乾隆间萧山书留草堂藏板本。

陈瑚:《确庵文稿》,康熙刊本。

冯舒:《默庵遗稿》,民国 14 年排印常熟二冯先生集本。

冯班:《钝吟文稿》,康熙十八年刊钝吟老人遗稿本。

曹溶:《静惕堂诗集》,康熙刊本。

朱鹤龄:《愚庵小集》,上海古籍出版社 1979 年影印康熙刊本。

贺贻孙:《水田居文集》,康熙刊本。

魏象枢:《寒松堂集》,山西人民出版社 1992 年版。

钱澄之:《田间文集》,黄山书社 1998 年版。

陈祚明：《稽留山人集》，四库全书存目丛书影印康熙刊本。

秦松龄：《苍岘山人文集》，康熙刊本。

朱彝尊：《曝书亭集》，康熙刊本。

魏际瑞：《魏伯子文集》，道光二十五年谢若庭绥园书塾重刊宁都三魏文集本。

魏禧：《魏叔子文集》，宁都三魏文集本。

李颙：《二曲全集》，蒋氏小娜環山馆重刊本。

王夫之：《王船山诗文集》，中华书局1962年版。

王夫之：《船山全书》，岳麓书社1996年版。

孙枝蔚：《溉堂后集》，上海古籍出版社1979年影印康熙刊本。

程康庄：《程昆仑先生诗文集》，三晋出版社2008年版。

程康庄：《自课堂集》，民国26年山西省文献委员会铅印山右丛书初编本。

彭孙遹：《松桂堂全集》，康熙刊本。

傅山：《霜红龛集》，山西人民出版社1985年影印本。

方文：《嵞山集》，上海古籍出版社1979年影印康熙刊本。

田茂遇：《水西近咏》，四库未收书辑刊影印顺治刊本。

胡承诺：《石庄先生诗集》，民国5年沈观斋重刊本。

王弘撰：《砥斋集》，康熙刊本。

汪琬：《钝翁类稿》，康熙刊本。

尤侗：《西堂杂俎》，康熙刊本。

陈恭尹：《独漉堂集》，中山大学出版社1988年排印本。

李柏：《太白山人槲叶集》，光绪刊本。

金堡：《遍行堂集》，国学扶轮社宣统三年排印本。

李因笃：《受祺堂文集》，道光七年刊本。

李因笃：《续刻受祺堂文集》，道光十年刊本。

李呈祥：《东村集》，四库全书存目丛书本。

王士禛：《王渔洋乙亥文稿》，国家图书馆藏稿本。

王士禛：《渔洋山人文略》，康熙刊本。

李振裕：《白石山房集》，康熙间香雪堂刊本。

毛际可：《会侯先生文钞》，康熙刊本。

毛际可：《安序堂文钞》，四库全书存目丛书本。

王誉昌：《含星集》，中国社会科学院文学研究所藏宗廷辅批康熙刊本。

钱陆灿：《钱湘灵先生诗集补编》，中国社会科学院文学研究所藏清抄本。

郑日奎：《郑静庵先生集》，康熙刊本。

陆嘉淑：《辛斋遗稿》，道光间蒋光煦刊本。

陈维崧：《迦陵文集》，四部丛刊影印患立堂刊本。

程可则：《海日堂集》，道光五年金山县署重刊本。

陈玉璂：《学文堂文集》，康熙刊本。

刘体仁：《七颂堂诗文集》，同治间重刊本。

吕留良：《吕晚村先生文集》，光绪间重刊本。

徐釚：《南州草堂集》，康熙刊本。

吴之振：《黄叶村庄诗集》，康熙间家刊本。

庞垲：《丛碧山房诗集》，康熙刊本。

王棪：《周俶文诗序》，《鸿逸堂稿》，四库全书存目丛书影印康熙刊本。

李念慈：《谷口山房诗集》，康熙二十八年杨素蕴刊本。

邵长蘅：《邵子湘全集》，康熙刊本。

宗元鼎：《芙蓉集》，康熙刊本。

张谦宜：《絸斋诗选》，山东省图书馆藏清抄本。

刘廷玑：《葛庄编年诗》，中国社会科学院文学所藏钞本。

田兰芳：《逸德轩文集》，百城山房丛书，康熙刊本。

毛先舒：《潠书》，四库全书存目丛书影印思古堂十四种书本。

潘江：《木厓文集》，民国元年上海梦华仙馆排印本。

胡世安：《秀岩集》，四库全书存目丛书影印康熙三十四年胡蔚先修补本。

曹贞吉：《珂雪集》，康熙十一年刊本。

徐元文：《含经堂集》，康熙刊本。

周茂源：《鹤静堂集》，天马山房藏板本。

王原：《西亭文钞》，光绪十七年不远复斋刊本。

周灿：《愿学堂文集》，四库全书存目丛书本。

盛符升：《诚斋诗集》，中国社会科学院文学研究所藏十贤祠钞本。

廖燕：《二十七松堂文集》，上海远东出版社 1999 年版。

李良年：《秋锦山房集》，康熙刊本。

洪鈖：《七峰草堂诗稿》，四库全书存目丛书影印康熙刊本。

徐增：《九诰堂文集》，湖北图书馆藏清抄本。

方中发：《白鹿山房诗集》，康熙刊本。

王嗣槐：《桂山堂文选》，四库未收书辑刊影印康熙青筠阁刊本。

叶燮：《己畦文集》，民国 6 年叶氏重刊本。

林云铭：《挹奎楼选稿》，康熙刊本。

曾灿：《六松堂文集》，康熙刊本。

翁季霖：《胥毋山人诗集》，康熙刊本。

汪懋麟：《百尺梧桐阁集》，上海古籍出版社 1980 年影印康熙刊本。

张贞生：《庸书》，康熙十八年讲学山房刊本。

计东：《改亭集》，康熙刊本。

王锡阐：《晓庵先生文集》，道光元年刊本。

蒋廷锡：《青桐轩诗集》，中国社会科学院文学研究所藏清稿本。

吴肃公：《街南续集》，康熙刊本。

刘献廷：《广阳诗集》，上海古籍出版社 1979 年影印《沉吟楼诗选》附。

任源祥：《鸣鹤堂文集》，乾隆十一年家刊本。

方象瑛：《健松斋集》，光绪十七年方朝佐刊本。

金德嘉：《居业斋文稿》，康熙五十八年蒋国祥刊本。

李邺嗣：《杲堂诗文集》，浙江古籍出版社 1988 年版。

刘谦吉：《劬庵诗钞》，康熙刊本。

惠周惕：《砚溪先生遗稿》，民国 27 年排印庚辰丛编本。

张尔岐：《蒿庵集》，齐鲁书社 1991 年版。

唐孙华：《东江诗钞》，康熙刊本。

许缵曾：《宝纶堂稿》，四库全书存目丛书本。

归允肃：《归宫詹集》，光绪刊本。

柴绍炳：《柴省轩先生文钞》，康熙刊本。

方孝标：《钝斋诗选》，黄山书社 1996 年版。

吕阳：《吕全五薪斋二集》，康熙刊本。

顾图河：《雄雉斋选集》，康熙刊本。

吴懋谦：《华苹诗集》，康熙刊本。

汪森：《小方壶存稿》，康熙四十六年刊本。

储雄文：《浮青水榭诗》，康熙二十三年序刊本。

许承宣：《金台集》，康熙衣德堂刊本。

郎廷槐：《江湖夜雨集》，康熙萝筵斋刊本。

康乃心：《莘野文续集》，中国社会科学院文学所藏莘野先生遗书稿抄本。

韩程愈：《白松楼集略》，康熙刊本。

李来章：《礼山园文集》，康熙刊本。

王岱：《了莽文集》，四库全书存目丛书本。

顾复渊：《海粟集》，雍正八年刊本。

安致远：《玉碶集》，康熙四十一年刊本。

李渭清：《白云村文集》，康熙刊本。

丁炜：《问山文集》，咸丰间重刊本。

孔尚任、刘廷玑：《长留集》，中国书店 1991 年影印本。

孔尚任：《湖海集》，康熙介安堂刻本。

裘琏：《横山文集》，民国 3 年宁波旅遁轩排印本。

刘青芝：《江村山人未定稿》，乾隆刊本。

林佶：《朴学斋文稿》，道光五年荔水庄重刊本。

王心敬：《丰川全集》，康熙五十五年额伦特刊本。

尤珍：《沧湄文稿》，康熙刊本。

郑梁：《郑寒村全集》，康熙刊本。

万斯同：《万季野先生遗稿》，台湾文海出版社 1969 年影印本。

汪士鈜：《栗亭诗集》，康熙刊本。

刘榛：《虚直堂文集》，康熙刊本。

李来泰：《莲龛集》，康熙刊本。

贺振能：《窥园稿》，康熙刊本。

张远：《无闷堂集》，中国社会科学院文学所藏清抄本。

叶舒璐：《分干诗钞》，雍正刊本。

张玉书：《张文贞公集》，乾隆五十七年松荫堂刊本。

赵执信：《赵执信全集》，齐鲁书社 1993 年版。

李明嶅：《乐志堂诗集》，康熙间李宗渭刊本。

杜诏:《云川阁诗集》,雍正刊本。
方苞:《方苞集》,上海古籍出版社 1983 年版。
杨绳武:《古柏轩文集》,道光二十八年刊本。
玄烨:《圣祖仁皇帝御制文集》,四库全书本。
沈德潜:《归愚文钞》,乾隆刊本。
赵青藜:《漱芳居文钞》,乾隆四十七年刊本。
陈宏谋:《培远堂文集》,清刊本。
郑鄤:《峚阳草堂文集》,民国 20 年刊本。
朱铸禹:《全祖望集汇校集注》,上海古籍出版社 2001 年版。
李绂:《李穆堂诗文全集》,道光十一年珊城阜祺堂重刊本。
彭宾:《彭燕又先生文集》,四库全书存目丛书本。
屈复:《弱水集》,乾隆七年刊本。
王应奎:《柳南诗钞》,乾隆刊本。
王应奎:《柳南文钞》,乾隆刊本。
吴颖芳:《临江乡人集拾遗》,清刊本。
田同之:《砚思集》,乾隆间刊田氏丛书本。
焦袁熹:《此木轩文集》,中国社会科学院文学所藏稿本。
黄定文:《东井文钞》,道光元年刊本。
边中宝:《竹岩诗草》,乾隆刊本。
焦循:《雕菰楼集》,文选楼丛书本。
惠栋:《松崖文集》,聚学轩丛书本。
范恒泰:《燕川集》,嘉庆十四年重刊本。
顾诒禄:《吹万阁文钞》,乾隆刊本。
朱桂:《岩客吟草》,中国社会科学院文学所藏清青丝栏抄本。
纪昀:《纪晓岚文集》,河北教育出版社 1995 年版。
徐熊飞:《白鹄山房诗钞》,嘉庆刊本。
金楹:《啸月楼诗选》,嘉庆十六年种竹轩刊本金翀《吟红阁诗选》附。
张世炜:《秀野山房二集》,道光二年重刊本。
周铭:《华胥放言》,太白山楼刊本。
周镐:《犊山类稿》,嘉庆刊本。
鲍骏瑞:《桐花舸诗钞》,光绪二年刊本。
胡培翚:《研六斋文集》,光绪四年世泽楼重刊本。

钮树玉：《匪石先生文集》，民国 4 年罗振玉辑雪堂丛刻本。

武全文：《旷观园文集》，民国 13 年盂县教育会排印本。

郭麘：《灵芬馆全集》，嘉庆十六年家刊本。

王元文：《北溪文集》，嘉庆十七年王氏随善斋刊本。

王玮庆：《蘮唐诗集》，嘉庆二十五年蕉叶山房刊本。

秦瀛：《小岘山人文集》，道光刊本。

任兆麟：《有竹居集》，嘉庆二十四年两广节署刊本。

鲁九皋：《山木居士文集》，道光十四年桐花书屋重刊本。

刘绎：《存吾春斋文钞》，同治刊本。

马先登：《勿待轩文集存稿》，光绪刊马氏丛书本。

郑杲：《郑东父遗著》，国家图书馆藏光绪间抄本。

计楠：《一隅草堂集》，道光刊本。

陆进：《樵海诗钞》，中国社会科学院文学所藏登雅堂笺精钞本。

黄承吉：《梦陔堂诗集》，民国 28 年燕京大学图书馆排印本。

彭维新：《墨香阁集》，道光二年家刊本。

方熊：《绣屏风馆文集》，道光刊本。

余廷灿：《存吾文稿》，咸丰五年云香书屋重刊本。

陈仅：《继雅堂诗集》，道光二十七年刊本。

梅曾亮：《柏枧山房文集》，咸丰六年蒋氏慎修书屋刊本。

崔迈：《尚友堂文集》，上海古籍出版社 1983 年版《崔东壁遗书》附。

彭蕴章：《归朴龛丛稿》，同治刊本。

孙衣言：《逊学斋文钞》，同治十二年刊本。

谢质卿：《转蕙轩诗存》，同治刊本。

杨岘：《迟鸿轩文续》，吴兴丛书本。

张文虎：《舒艺室杂著》，光绪刊本。

翁心存：《知止斋诗集》，光绪三年刊本。

孙葆田：《校经室文集》，刘承干刊求恕斋丛书本。

金锡龄：《劬书室遗集》，光绪二十一年刊本。

王棻：《柔桥文钞》卷九，民国 3 年上海国光书局排印本。

强汝询：《求益斋全集》，光绪二十四年江苏书局刊本。

陈庆镛：《籀经堂类稿》，光绪九年刊本。

杨福培选：《吾邱边氏文集》，民国 7 年铅印本。

曾国藩：《曾国藩全集》，岳麓书社 1986 年版。

袁嘉谷：《袁嘉谷文集》，云南人民出版社 2001 年版。

李因笃：《汉诗评》，康熙刊本。

沈方舟：《汉诗说》，康熙刊本。

王夫之：《古诗评选》，文化艺术出版社 1997 年版。

陈祚明：《采菽堂古诗选》，上海古籍出版社 2008 年版。

朱嘉征：《乐府广序》，康熙刊本。

《六臣注文选》，台湾广文书局 1972 年影印本。

吴兆宜：《玉台新咏注》，成都古籍书店影印本。

梅鼎祚：《八代诗乘》，万历刊本。

李宗瀚批：《二冯批才调集》，中国社会科学院文学所藏康熙四十三年刊本。

王夫之：《唐诗评选》，文化艺术出版社 1997 年版。

王士禛：《十种唐诗选》，康熙刊本。

金圣叹：《金圣叹选批唐诗》，浙江古籍出版社 1984 年版。

樊维纲校注：《说唐诗》，中州古籍出版社 1990 年版。

徐增：《而庵说唐诗》，汲古书院 1978 年版《和刻本汉籍随笔集》。

杜诏、杜庭珠：《中晚唐诗叩弹集》，康熙四十三年刊本。

陈增杰：《唐人律诗笺注集评》，浙江古籍出版社 2003 年版。

王仲荦：《西昆酬唱集注》，中华书局 1980 年版。

曹庭栋：《宋百家诗存》，乾隆刊本。

周之麟等：《宋四家诗抄》，嘉庆二十二年博古堂刊本。

钱钟书：《宋诗选注》，人民文学出版社 1958 年版。

纪昀：《瀛奎律髓刊误》，嘉庆五年刊本。

李庆甲：《瀛奎律髓汇评》，上海古籍出版社 1986 年版。

吴绮：《宋元诗永》，康熙刊本。

陈訏：《宋十五家诗选》，康熙刊本。

顾嗣立：《元诗选》，中华书局 1987 年版。

顾奎光：《元诗选》，乾隆刊本。

王夫之：《明诗评选》，文化艺术出版社 1997 年版。

汪端：《明三十家诗选》，同治十二年蕴兰吟馆重刊本。

魏裔介：《清诗溯洄集》，康熙刊本。

邓汉仪：《诗观》，康熙刊本。

魏宪：《诗持》，康熙十年枕江堂刊本。

吴之振：《八家诗选》，康熙十一年吴氏鉴古堂刊本。

孙鋐：《皇清诗选》，康熙间凤啸轩刊本。

曾灿：《过日集》，康熙间曾氏六松草堂刊本。

王士禛：《感旧集》，乾隆十七年卢见曾刊本。

倪匡世：《振雅堂汇编诗最》，康熙二十七年怀远堂刊本。

王尔纲：《名家诗永》，康熙间砌玉轩刊本。

陶煊、张璨：《国朝诗的》，康熙六十年刊本。

王应奎：《海虞诗苑》，乾隆刊本。

袁景辂：《国朝松陵诗徵》，乾隆三十二年爱吟斋刊本。

卢见曾：《国朝山左诗钞》，乾隆间雅雨堂刊本。

张廷枚：《国朝姚江诗存》，乾隆三十八年张氏宝墨斋刊本。

全祖望：《续甬上耆旧诗》，杭州出版社 2004 年版。

赵绍祖：《兰言集》，古墨斋刊本。

谢宝书：《姚江诗录》，民国 20 年中华书局排印本。

冒辟疆：《同人集》，光绪二十年冒广生刊本。

薛凤昌：《松陵女子诗征》，民国 7 年吴江费氏花萼堂排印本。

归有光：《文章指南》，广文书局 1972 年影印中央图书馆藏钞本。

吴闿生：《古文范》，民国 8 年上海朝记书庄铅印本。

黄宗羲：《明文海》，影印文渊阁四库全书本。

夏荃：《海陵文征》，光绪九年刊本。

金锡龄：《学海堂四集》，光绪刊本。

孔传铣：《清涛词》，康熙四十五年刊本。

王士禄：《涛音集》，乾隆五十七年掖县学署刊本。

周亮工：《赖古堂名贤尺牍新钞》，宣统三年国学扶轮社石印本。

黄容、王维翰：《尺牍兰言》，四库禁毁书丛刊本。

张潮：《友声新集》，康熙刊本。

陆世仪：《论学酬答》，小石山房丛书本。

曾灿：《六松堂尺牍》，康熙刊本。

李壮鹰：《诗式校注》，齐鲁书社 1986 年版。

孟棨：《本事诗》，丁福保辑历代诗话续编本，中华书局 1983 年版。

魏泰：《临汉隐居诗话》，何文焕辑历代诗话本，中华书局1981年版。

曾季貍：《艇斋诗话》，丁福保辑历代诗话续编本。

郑必俊：《怀古录校注》，中华书局1993年版。

葛立方：《韵语阳秋》，何文焕辑历代诗话本。

范晞文：《对床夜语》，丁福保辑历代诗话续编本。

郭绍虞：《沧浪诗话校释》，人民文学出版社1961年版。

魏庆之：《诗人玉屑》，上海古籍出版社1978年版。

杨载：《诗法家数》，何文焕辑历代诗话本。

傅与砺：《诗法源流》，张健《元代诗法校考》，北京大学出版社2001年版。

李东阳：《麓堂诗话》，丁福保辑历代诗话续编本。

徐师曾：《文体明辨序说》，人民文学出版社1962年版。

王世贞：《艺苑卮言》，丁福保辑历代诗话续编本。

徐祯卿：《谈艺录》，何文焕辑历代诗话本。

谢榛：《四溟诗话》，丁福保辑历代诗话续编本。

胡应麟：《诗薮》，上海古籍出版社1979年版。

王象春：《读杜诗》，《读李诗》合订本，天津图书馆藏稿钞本。

谢肇淛：《小草斋诗话》，吴文治主编《明诗话全编》，江苏古籍出版社1997年版。

许学夷：《诗源辩体》，人民文学出版社1987年版。

冯舒：《诗纪匡谬》，知不足斋丛书本。

贺裳：《载酒园诗话》，郭绍虞辑清诗话续编本，上海古籍出版社1983年版。

吴乔：《答万季野诗问》，丁福保辑清诗话本，上海古籍出版社1978年版。

吴乔：《围炉诗话》，郭绍虞辑清诗话续编本。

吴乔：《逃禅诗话》，台湾广文书局1973年《古今诗话续编》影印本。

毛先舒：《诗辩坻》，郭绍虞辑清诗话续编本。

吴景旭：《历代诗话》，京华出版社1998年版。

李沂：《秋星阁诗话》，丁福保辑清诗话本。

周容：《春酒堂诗话》，郭绍虞辑清诗话续编本。

施闰章：《蠖斋诗话》，丁福保辑清诗话本。

王士禛：《渔洋诗话》，丁福保辑清诗话本。

郎廷槐编:《师友诗传录》,丁福保辑清诗话本。

刘大勤记:《师友诗传续录》,丁福保辑清诗话本。

何世璂记:《然灯记闻》,丁福保辑清诗话本。

张宗柟辑:《带经堂诗话》,人民文学出版社 1963 年版。

朱彝尊撰,姚祖恩辑:《静志居诗话》,人民文学出版社 1990 年版。

戴鸿森:《姜斋诗话笺注》,人民文学出版社 1981 年版。

毛奇龄:《西河诗话》,乾隆间萧山毛氏书留草堂刊本。

叶燮:《原诗》,丁福保辑清诗话本。

顾嗣立:《寒厅诗话》,丁福保辑清诗话本。

费经虞辑,费密补:《雅伦》,康熙四十九年江都于王枨刊本。

宋荦:《漫堂说诗》,丁福保辑清诗话本。

黄生:《诗麈》,《皖人诗话八种》,黄山书社 1995 年版。

钱良择:《唐音审体》,丁福保辑清诗话本。

叶矫然:《龙性堂诗话》,郭绍虞辑清诗话续编本。

张谦宜:《绚斋诗谈》,郭绍虞辑清诗话续编本。

张谦宜:《绚斋论文》,乾隆二十三年法辉祖刊家学堂遗书本。

游艺:《诗法入门》,康熙间慎贻堂重刊本。

赵执信:《谈龙录》,丁福保辑清诗话本。

沈德潜:《说诗晬语》,丁福保辑清诗话本。

李重华:《贞一斋诗说》,丁福保辑清诗话本。

田同之:《西圃诗说》,郭绍虞辑清诗话续编本。

黄子云:《野鸿诗的》,丁福保辑清诗话本。

方世泰:《方南堂先生辍锻录》,郭绍虞辑清诗话续编本。

乔亿:《剑溪诗说》,郭绍虞辑清诗话续编本。

雷国楫:《龙山诗话》,乾隆刊本。

何忠相:《二山说诗》,乾隆刊本。

翟翚:《声调谱拾遗》,谈艺珠丛本。

边连宝:《病余长语》,天津图书馆藏稿本。

顾诒禄:《缓堂诗话》,乾隆三十一年刊本。

史承谦:《青梅轩诗话》,乾隆六十年刊史位存杂著六种本。

袁枚:《随园诗话》,江苏古籍出版社 2000 年版。

杭世骏:《榕城诗话》,乾隆刊本。

李宪乔：《凝寒阁诗话》，山东博物馆藏《高密三李诗话》抄本。

仓修良编：《文史通义新编》，上海古籍出版社 1993 年版。

查为仁：《莲坡诗话》，丁福保辑清诗话本。

翁方纲：《石洲诗话》，郭绍虞辑清诗话续编本。

翁方纲：《七言诗三昧举隅》，丁福保辑清诗话本。

翁方纲：《王文简古诗平仄论》，丁福保辑清诗话本。

徐文弼辑：《汇纂诗法度针》，乾隆二十三年英德堂刊本。

戚学标：《风雅遗闻》，乾隆五十八年刊本。

李调元：《雨村诗话》，郭绍虞辑清诗话续编本。

蒋澜辑：《艺苑名言》，乾隆四十年蒋氏怀谷轩刊本。

蔡钧辑：《诗法指南》，乾隆二十三年匠门书屋刊本。

杨际昌：《国朝诗话》，郭绍虞辑清诗话续编本。

李中黄：《逸楼四论》，中国科学院图书馆藏抄本。

林昌：《河间先生试律矩》，道光三十年重刊本。

汪师韩：《诗学纂闻》，丁福保辑清诗话本。

焦循：《雕菰楼词话》，唐圭璋辑词话丛编本，中华书局 1986 年版。

陶元藻：《凫亭诗话》，嘉庆元年刊本。

吴骞：《拜经楼诗话》，丁福保辑清诗话本。

郭麐：《灵芬馆诗话》，嘉庆间家刊本。

郭麐：《词品》，郭绍虞辑《文品汇钞》，民国 19 年朴社印本。

周维德编：《蒲褐山房诗话新编》，齐鲁书社 1988 年版。

王楷苏：《骚坛八略》，嘉庆二年刘大禧钓鳌山房刊本。

朱琰：《诗触》，嘉庆三年重刊本。

徐熊飞：《修竹庐谈诗问答》，周维德编《诗问四种》，齐鲁书社 1985
年版。

丁繁滋：《邻水庄诗话》，嘉庆二十一年刊本。

雪北山樵辑：《花薰阁诗述》，嘉庆间刊本。

盛大士：《竹间诗话》，天津图书馆藏稿本。

沈涛：《匏庐诗话》，道光刊本。

马桐芳：《憨斋诗话》，道光十二年饮和堂刊本。

孙联奎：《诗品臆解》，《司空图〈诗品〉解说二种》，齐鲁书社 1980
年版。

梁章钜：《退庵随笔》，同治重刊本。

牟愿相：《小澥草堂杂论诗》，郭绍虞辑清诗话续编本。

崔旭：《念堂诗话》，民国 22 年重印本。

陈诗香问，陈仅答：《竹林答问》，周维德编《诗问四种》，齐鲁书社 1985 年版。

沈道宽：《六义郛郭》，光绪刊《话山草堂遗集》本。

延君寿：《老生常谈》，郭绍虞辑清诗话续编本。

李其永：《漫翁诗话》，台湾大学久保文库藏李景林、李景文刊本。

张晋本：《达观堂诗话》，道光刊本。

单学傅：《海虞诗话》，民国 4 年铜华馆排印本。

王道徵：《兰修庵消寒录》，道光二十二年刊本。

于祉：《澹园诗话》，咸丰间与《三百篇诗评》合刊本。

方东树：《昭昧詹言》，人民文学出版社 1961 年版。

徐经：《雅歌堂甓坪诗话》，光绪间刊雅歌堂全集本。

龚显曾：《葳斋诗话》，光绪七年明州重刊《亦园脞牍》本。

李家瑞：《停云阁诗话》，咸丰刊本。

王树：《淄阳诗话》，咸丰十年锦秀堂自刊本。

杨希闵：《诗榷》，江西省图书馆藏稿本。

林昌彝：《射鹰楼诗话》，上海古籍出版社 1988 年版。

林昌彝：《海天琴思录》，上海古籍出版社 1988 年版。

董文涣：《声调四谱图说》，同治三年董氏刊本。

孙坛：《余墨偶谈》，同治十二年双峰书屋刊本。

王气中：《艺概笺注》，贵州人民出版社 1986 年版。

林寿图：《榕阴谈屑》，中国社会科学院文学所藏抄本。

施补华：《岘佣说诗》，丁福保辑清诗话本。

海纳川：《冷禅室诗话》，民国间石印本。

邓绎：《藻川堂谭艺》，光绪四年自刊本藻川堂集。

张燮承：《小沧浪诗话》，《皖人诗话八种》本。

吴仰贤：《小匏庵诗话》，光绪八年刊本。

朱庭珍：《筱园诗话》，张国庆编《云南古代诗文论著辑要》，中华书局 2001 年版。

王闿运：《湘绮楼说诗》，民国 33 年成都日新社排印本。

潘飞声：《在山泉诗话》，古今文艺丛书第三集。

钱振锽：《星影楼壬辰以前存稿·诗说》，清末刊本。

陈廷焯：《白雨斋词话》，人民文学出版社 1959 年版。

佚名辑：《诗轨》，中国社会科学院文学所藏稿本。

由云龙：《定庵诗话》，民国 23 年云南开智公司排印本。

王礼培：《小招隐馆谈艺录》，民国 26 年湖南船山学社排印本。

王赓扬：《珠光室诗话》，1962 年油印本。

屈向邦：《粤东诗话》，香港诵清芬室 1964 年排印本。

张国庆编：《云南古代诗文论著辑要》，中华书局 2001 年版。

张廷银辑：《方志所见文学资料辑释》，国家图书馆出版社 2006 年版。

田能村孝宪：《竹田庄诗话》，日本龙吟社平成九年重印《日本诗话丛书》本。

李德懋：《清脾录》，《青庄馆全书》，韩国民族文化推进会编古典国译丛书本。

施坚雅主编：《中华帝国晚期的城市》，中华书局 2001 年版。

爱德华·霍列特·卡尔：《历史是什么?》，商务印书馆 1981 年版。

渥德尔：《印度佛教史》，商务印书馆 1987 年版。

E. 希尔斯：《论传统》，上海人民出版社 1991 年版。

田汝康、金重远编：《现代西方史学流派文选》，上海人民出版社 1982 年版。

波普尔：《科学知识进化论》，生活·读书·新知三联书店 1987 年版。

汤普森：《历史著作史》，商务印书馆 1992 年版。

波林·罗斯诺：《后现代主义和社会科学》，上海译文出版社 1998 年版。

海登·怀特：《后现代历史叙事学》，中国社会科学出版社 2003 年版。

阿兰·巴纳德：《人类学历史与理论》，华夏出版社 2006 年版。

《古典文艺理论译丛》第 11 辑，人民文学出版社 1966 年版。

《列夫·托尔斯泰论创作》，漓江出版社 1982 年版。

施莱格尔：《雅典娜神殿》，生活·读书·新知三联书店 2003 年版。

波德莱尔：《波德莱尔美学论文选》，人民文学出版社 1987 年版。

埃米尔·施塔格尔：《诗学的基本概念》，中国社会科学出版社 1992 年版。

昂利·拜尔编:《方法、批评及文学史》,中国社会科学出版社1992年版。

韦勒克:《批评的诸种概念》,四川文艺出版社1987年版。

伊格尔顿:《文学原理引论》,文化艺术出版社1987年版。

乔治·布莱:《批评意识》,百花洲文艺出版社1993年版。

蒂费纳·萨莫瓦约:《互文性研究》,天津人民出版社2003年版。

艾伦·科普兰:《怎样欣赏音乐》,人民音乐出版社1987年版。

常宁生编译:《艺术史的终结?》,中国人民大学出版社2004年版。

吴甲丰:《印象派的再认识》,生活·读书·新知三联书店1980年版。

阿尔巴托夫、罗夫托夫采夫编:《美术史文选》,人民美术出版社1982年版。

约翰·雷华德:《印象画派史》,人民美术出版社1983年版。

珍妮·斯东、欧文·斯东编:《亲爱的提奥》,四川人民出版社1983年版。

《塞尚、凡高、高更书信选》,四川美术出版社1984年版。

黄晋凯等主编:《象征主义·意象派》,中国人民大学出版社1989年版。

罗伯特·克拉夫特:《斯特拉文斯基访谈录》,东方出版社2004年版。

梁启超:《中国近三百年学术史》,中国书店1985年影印本。

梁启超:《清代学术概论》,东方出版社1996年版。

梁启超:《饮冰室合集》,中华书局1936年版。

章太炎:《检论》,上海人民出版社1984年版《章太炎全集》。

王国维:《观堂集林》,中华书局1959年版。

钱基博:《近百年湖南学风》,岳麓书社1985年版。

鲁迅:《二心集》,人民文学出版社1973年版。

陈寅恪:《金明馆丛稿二编》,上海古籍出版社1980年版。

陈寅恪:《柳如是别传》,上海古籍出版社1980年版。

钱穆:《中国近三百年学术史》,台湾商务印书馆1980年版。

谢国桢:《瓜蒂庵文集》,辽宁教育出版社1996年版。

顾廷龙:《顾廷龙文集》,上海科学技术文献出版社2002年版。

蒙默编:《蒙文通学记》,生活·读书·新知三联书店1993年版。

赵俪生:《顾亭林与王山史》,齐鲁书社1982年版。

杨向奎:《清儒学案新编》,齐鲁书社 1985 年版。

罗尔纲:《师门辱教记》,陈平原编《中国现代学术之建立》,北京大学出版社 1998 年版。

余英时:《历史与思想》,台湾联经出版事业公司 1976 年版。

魏斐德:《洪业——清朝开国史》,江苏人民出版社 1992 年版。

胡楚生:《清代学术史研究》,台湾学生书局 1988 年版。

何冠彪:《明末清初学术思想研究》,台湾学生书局 1991 年版。

陈祖武:《清初学术思辨录》,中国社会科学出版社 1992 年版。

李审言:《李审言文集》,江苏古籍出版社 1989 年版。

姚永朴:《文学研究法》,《姚永朴文史讲义》所收,凤凰出版社 2008 年版。

汪辟疆:《汪辟疆文集》,上海古籍出版社 1988 年版。

森槐南:《中国诗学概说》,日本临川书店 1982 年版。

胡适:《胡适文存二集》,上海亚东图书馆 1924 年版。

傅东华:《诗歌原理 ABC》,上海世界书局出版 1928 年版。

朱自清:《朱自清全集》,江苏教育出版社 1988 年版。

陈子展:《中国近代文学之变迁》,中华书局 1929 年版。

郭绍虞:《中国文学批评史》,上海古籍出版社 1979 年版。

郭绍虞:《照隅室古典文学论集》,上海古籍出版社 1983 年版。

朱东润:《中国文学论集》,中华书局 1983 年版。

罗根泽:《乐府文学史》,东方出版社 1996 年版。

洪为法:《古诗论》,商务印书馆 1937 年版。

钱钟书:《谈艺录》,中华书局 1984 年版订补本。

钱钟书:《管锥编》,中华书局 1979 年版。

邓之诚:《清诗纪事初编》,上海古籍出版社 1984 年版。

嵇文甫:《王船山学术论丛》,中华书局 1962 年版。

青木正儿:《清代文学评论史》,中国社会科学出版社 1988 年版。

吉川幸次郎:《吉川幸次郎遗稿集》,日本筑摩书房 1995 年版。

太田青丘:《太田青丘著作选集》,日本樱枫社 1989 年版。

钱仲联:《梦苕庵诗话》,齐鲁书社 1986 年版。

钱仲联:《梦苕庵清代文学论集》,齐鲁书社 1983 年版。

钱仲联:《梦苕庵论集》,中华书局 1993 年版。

王梦鸥：《古典文学论探索》，台湾正中书局 1984 年版。

徐复观：《中国文学精神》，上海书店出版社 2004 年版。

饶宗颐：《文辙》，台湾学生书局 1991 年版。

包赍：《吕留良年谱》，台湾商务印书馆 1971 年版。

王靖宇：《金圣叹的生平及其文学批评》，上海古籍出版社 2004 年版。

李道显：《杜甫诗史研究》，台湾华冈出版部 1973 年版。

简明勇：《杜甫七律研究与笺注》，台湾五洲出版社 1973 年版。

增田清秀：《乐府历史研究》，日本创文社 1975 年版。

陈万益：《金圣叹的文学批评考述》，台湾大学文学院 1976 年版。

吴宏一：《清代诗学初探》，台湾牧童出版社 1977 年版。

吴宏一：《清代文学批评论集》，台湾联经事业出版公司 1998 年版。

杜松柏：《禅学与唐宋诗学》，台湾黎明文化事业股份有限公司 1978 年版。

黄景进：《王渔洋诗论之研究》，台湾文史哲出版社 1980 年版。

松浦友久：《诗语の诸相》，日本研文社 1981 年版。

龚鹏程：《读诗偶记》，台湾华正书局 1982 年版。

龚鹏程：《诗史本色与妙悟》，台湾学生书局 1993 年增订本。

张健：《明清文学批评》，台湾国家出版社 1983 年版。

杨松年：《王夫之诗论研究》，台湾文史哲出版社 1986 年版。

杨松年：《中国古典文学批评论集》，香港三联书店 1987 年版。

杨松年：《中国文学评论史编写问题论析》，台湾文史哲出版社 1988 年版。

龚显宗：《明洪建二朝文学理论研究》，台湾华正书局 1986 年版。

陈国球：《胡应麟诗论研究》，香港华风书局 1986 年版。

简恩定：《清初杜诗学研究》，台湾文史哲出版社 1986 年版。

王英志：《清人诗论研究》，江苏古籍出版社 1986 年版。

刘纳：《中国近代文学的特点、性质和分期》，中山大学出版社 1986 年版。

顾学颉：《顾学颉文学论集》，中国社会科学出版社 1987 年版。

蔡仲翔、黄葆真、成复旺：《中国文学理论史》，北京出版社 1987 年版。

蔡镇楚：《中国诗话史》，湖南文艺出版社 1988 年版。

《中国古代文论研究论文集》，上海古籍出版社 1989 年版。

松村昂：《清诗总集 131 种解题》，大阪经济大学中国文艺研究会 1989 年版。

刘春建：《王夫之学行系年》，中州古籍出版社 1989 年版。

葛晓音：《汉唐文学的嬗变》，北京大学出版社 1990 年版。

吴光：《黄宗羲著作汇考》，台湾学生书局 1990 年版。

裴世俊：《钱谦益诗歌研究》，宁夏人民出版社 1991 年版。

朱则杰：《清诗史》，江苏古籍出版社 1992 年版。

朱则杰：《朱彝尊研究》，浙江古籍出版社 1993 年版。

朱则杰：《清诗代表作家研究》，齐鲁书社 1995 年版。

谭帆：《金圣叹与中国戏曲批评》，华东师范大学出版社 1992 年版。

许永璋：《许永璋唐诗论文选》，南京出版社 1993 年版。

谢桃坊：《中国词学史》，巴蜀书社 1993 年版。

王小舒：《神韵诗史研究》，台湾文津出版社 1994 年版。

胡幼峰：《清初虞山派诗论》，台湾国立编译馆 1994 年版。

陶东风：《文学史哲学》，河南人民出版社 1994 年版。

傅璇琮：《唐诗论学集》，台湾文史哲出版社 1995 年版。

傅璇琮：《唐人选唐诗新编》，陕西人民教育出版社 1996 年版。

张少康、刘三富：《中国文学理论批评发展史》，北京大学出版社 1995 年版。

邬国平、王镇远：《清代文学批评史》，上海古籍出版社 1995 年版。

陈良运：《中国诗学批评史》，江西人民出版社 1995 年版。

谭芝萍：《仇注杜诗引文补证》，西南师范大学出版社 1995 年版。

王运熙：《乐府诗述》，上海古籍出版社 1996 年版。

马积高：《清代学术思想的变迁与文学》，湖南出版社 1996 年版。

孙之梅：《钱谦益与明末清初文学》，齐鲁书社 1996 年版。

裴效维、牛仰山：《近代文学研究》，北京出版社 2001 年版。

张仲谋：《清代文化与浙派诗》，东方出版社 1997 年版。

钱中文主编：《文学理论：迈向新世纪》，山东人民出版社 1997 年版。

吴光等主编：《黄梨洲三百年祭》，当代中国出版社 1997 年版。

严迪昌：《清诗史》，台湾五南图书出版公司 1998 年版。

谢正光、佘汝丰：《清初人选清初诗汇考》，南京大学出版社 1998

年版。

袁行霈主编：《中国文学史》，高等教育出版社 1999 年版。

孙琴安：《中国评点文学史》，上海社会科学院出版社 1999 年版。

张健：《清代诗学研究》，北京大学出版社 1999 年版。

孙立：《明末清初诗论研究》，广东教育出版社 1999 年版。

刘跃进：《玉台新咏研究》，中华书局 2000 年版。

张伯伟：《中国诗学研究》，辽海出版社 2000 年版。

张伯伟：《中国古代文学批评方法研究》，中华书局 2002 年版。

张伯伟辑：《全唐五代诗格汇考》，江苏古籍出版社 2002 年版。

卜松山：《与中国作跨文化对话》，中华书局 2000 年版。

李世英：《清初诗学思想研究》，敦煌文艺出版社 2000 年版。

李世英、陈水云：《清代诗学》，湖南人民出版社 2000 年版。

郝润华：《钱注杜诗与诗史互证方法》，黄山书社 2000 年版。

朱易安：《唐诗学史论稿》，广西师范大学出版社 2000 年版。

钱竞、王飚：《中国 20 世纪文艺学学术史》第一部，上海文艺出版社 2001 年版。

陶水平：《船山诗学研究》，中国社会科学出版社 2001 年版。

章培恒、陈思和主编：《开端与终结——现代文学史分期论集》，复旦大学出版社 2002 年版。

葛红兵：《原创性与文学、美学》，社会科学文献出版社 2002 年版。

宇文所安：《中国文论：英译与评论》，上海社会科学出版社 2003 年版。

萧驰：《抒情传统与中国思想——王夫之诗学发微》，上海古籍出版社 2003 年版。

杨镰：《元诗史》，人民文学出版社 2003 年版。

卜僧慧：《吕留良年谱长编》，中华书局 2003 年版。

罗时进：《明清诗文研究新视野》，台湾文史哲出版社 2004 年版。

傅修延：《文本学——文本主义文论系统研究》，北京大学出版社 2004 年版。

孙微：《清代杜诗学史》，齐鲁书社 2004 年版。

潘承玉：《清初诗坛：卓尔堪与〈遗民诗〉研究》，中华书局 2004 年版。

杨牧：《掠影急流》，台湾洪范出版社 2005 年版。

萧华荣：《中国古典诗学理论史》，华东师范大学出版社 2006 年修订版。

涂波：《王夫之诗学研究》，湖北人民出版社 2006 年版。

刘方喜：《声情说——诗学思想之中国表述》，知识产权出版社 2007 年版。

李圣华：《冷斋明清诗话》，上海古籍出版社 2007 年版。

马大勇：《清初庙堂诗歌集群研究》，吉林人民出版社 2007 年版。

张剑：《莫友芝年谱长编》，中华书局 2008 年版。

蒋寅：《大历诗人研究》，中华书局 1995 年版。

蒋寅：《学术的年轮》，中国文联出版社 2000 年版。

蒋寅：《中国诗学的思路与实践》，广西师范大学出版社 2001 年版。

蒋寅：《王渔洋事迹征略》，人民文学出版社 2001 年版。

蒋寅：《王渔洋与康熙诗坛》，中国社会科学出版社 2001 年版。

蒋寅：《古典诗学的现代诠释》，中华书局 2003 年版。

蒋寅：《清诗话考》，中华书局 2005 年版。

蒋寅译：《日本学者中国诗学论集》，凤凰出版社 2008 年版。

蒋寅：《清代文学论稿》，凤凰出版社 2009 年版。

蒋寅：《金陵生文学史论集》，辽海出版社 2009 年版。

学位论文

谈海珠：《王渔洋诗论之研究》，台湾东海大学中文研究所硕士论文，1979 年。

廖宏昌：《叶燮文学之研究》，台湾中国文化大学博士论文，1992 年。

鲍恒：《清代词体学研究》，河北大学博士论文，2002 年。

江仰婉：《明末清初吴中诗学研究——以"分解说"为中心》，台湾中正大学博士论文，2002 年。

陈望南：《海虞二冯研究》，中山大学博士论文，2004 年。

期刊、论文集

陈光汉：《清代诗史续论》，《国专月刊》3 卷 1 期。

隋树森：《金圣叹及其文学评论》，《国闻周报》第 9 卷第 24、25、26

期，1932 年 6、7 月版。

童书业：《枞川画诀》，《群雅》第一集卷一，《群雅》月刊社 1940年版。

容庚：《论列朝诗集与明诗综》，《岭南学报》第 11 卷第 1 期。

入矢义高：《真诗》，《吉川博士退休纪念中国文学论集》，日本筑摩书房 1968 年版。

黄秀洁：《王夫之论诗中的情与景》，《明清诗文研究丛刊》第二辑，苏州大学中文系 1982 年版。

程亚林：《寓体系于漫话——论王夫之诗歌理论体系》，《学术月刊》1983 年第 1 期。

李寿松：《略论〈杜少陵集详注〉的问题》，《文学遗产增刊》第十六辑，中华书局 1983 年版。

乔维德：《论"神韵"》，《古代文学理论研究》第八辑，上海古籍出版社 1983 年版。

蓝华增：《古典抒情诗的美学——王夫之"情景"说述评》，《古代文学理论研究》第十辑，上海古籍出版社 1985 年版。

赵永纪：《论清初诗坛的虞山派》，《文学遗产》1986 年第 4 期。

陆草：《清诗分期概说》，《中州学刊》1986 年第 5 期。

陆晓光：《中国文学批评史中一个亟待研究的重要课题——谈古代创作主体条件思想的研究意义及方法》，《中国人民大学复印报刊资料》1987 年第 1 期。

鲁枢元：《"神韵说"与"文学格式塔"——关于文学本体论的思考》，《文学评论》1987 年第 3 期。

大平桂一：《王渔洋的古诗平仄论——以七言古诗为中心》，《东方学》第 73 期，日本东方学会 1987 年版。

大平桂一：《王渔洋诗论》，《女子大文学·国文篇》第 39 号，大阪女子大学文学部 1988 年版。

大平桂一：《うつしの诗學からゆらぎの诗學へ》（下），《女子大文学国文篇》第 42 号，大阪女子大学文学部 1991 年 3 月版。

郑骞：《唐诗长句考》，《东吴文史学报》第 6 号，1988 年 1 月版。

宫晓卫：《王渔洋选唐诗与其诗论的关系——兼论王渔洋的诗歌崇尚》，《文史哲》1988 年第 2 期。

李天道:《论仇兆鳌的批评观及其方法》,《青海民族学院学报》1989年第2期。

王学泰:《以地域分野的明初诗歌派别论》,《文学遗产》1989年第5期。

竹村则行:《康熙十八年博学鸿词科与清朝文学之起步》,《中国文学论集》第九号,九州大学中国文学会1990年11月版。

龚鹏程:《区域特性与文学传统》,《古典文学》第十二辑,台湾学生书局1992年版。

阮廷瑜:《〈逃禅诗话〉与〈围炉诗话〉之异同》,《国立中央图书馆馆刊》新25卷第1期(1992)。

宫内保:《山水描写的手法——王渔洋"神韵诗"的场合》,《日本中国学会报》第44集,日本中国学会1992年版。

邬国平:《顾炎武文学思想得失探》,《辽宁大学学报》1993年第1期。

邬国平:《徐增与金圣叹》,《中华文史论丛》2002年第2辑。

张兵:《黄宗羲的唐宋诗理论与清初诗坛的宗唐和宗宋》,《西北师范大学学报》1993年第5期。

张兵:《论清初三大儒对明七子复古之风的批评》,《西北师范大学学报》1995年第5期。

郑滋斌:《吴乔与〈正钱录〉》,《大陆杂志》第88卷第3期,1994年3月版。

汪涌豪:《诗歌理想范型的构建——论朱彝尊诗学理论的历史地位》,《中国诗学》第4辑,南京大学出版社1995年版。

范军:《王夫之文艺美学思想中的有机整体观》,《东方丛刊》1995年第2辑。

张寅彭:《略论明清乡邦诗学中的"泛江西诗派"观》,《文学遗产》1996年第4期。

胡幼峰:《论吴乔对李商隐的评价》,《辅仁学志》25期(1996.7)。

入谷仙介:《关于王维早期的乐府诗》,《唐代文学研究》第六辑,广西师范大学出版社1996年版。

丁放:《试论"逸品"说及其对王渔洋"神韵"说的影响》,《国学研究》第3卷,北京大学出版社1996年版。

郑利华:《明代"畸人"与"畸人文学"》,《中国典籍与文化》1997

年第 1 期。

曹虹：《清嘉道以来不拘骈散论的文学史意义》，《文学评论》1997 年第 3 期。

杨镰：《元佚诗研究》，《文学遗产》1997 年第 3 期。

和田英信：《“古与今”的文学史》，《日本中国学会报》第 49 集，日本中国学会 1997 年版。

严明：《清诗特色形成的关键——论康、乾时期的诗风转变》，《苏州大学学报》1998 年第 2 期。

王承丹：《钱谦益与公安派关系简论》，《苏州大学学报》1998 年第 2 期。

雷宜逊：《钱谦益的著作、人品和诗学》，《中国韵文学刊》1998 年第 2 期。

张仲谋：《论黄宗羲的诗歌创作》，《文学评论》1998 年第 3 期。

张健：《〈沧浪诗话〉非严羽所编——〈沧浪诗话〉成书问题考辨》，《北京大学学报》1999 年第 4 期。

长谷部刚：《李因笃の杜诗评にみられる音注について》，《中國诗文論叢》第 18 集，早稻田大学中国诗文研究会 1999 年版。

罗时进：《虞山诗歌流派研究》，《花园大学文学部研究纪要》第 32 号，花园大学文学部 2000 年版。

周兴陆：《王夫之的杜诗批评》，《船山学刊》2000 年第 3 期。

崔海峰：《王夫之诗学中的“兴会”说》，《文艺研究》2000 年第 5 期。

孙康宜：《成为典范：渔洋诗作及诗论探微》，《文学评论》2001 年第 1 期。

吴子凌：《对话：金圣叹的评点与英美新批评》，《浙江社会科学》2001 年第 2 期。

邓之诚：《五石斋文史杂记（二）》，《中国典籍与文化》2001 年第 3 期。

葛云波：《〈唐诗神韵集〉版本以及研究价值》，《中国典籍与文化》2001 年第 4 期。

綦维：《孝子忠臣看异代，杜陵诗史垂丹青——试析〈钱注杜诗〉中钱氏隐衷之抒发》，《杜甫研究学刊》2001 年第 4 期。

詹福瑞：《王尧衢〈古唐诗合解〉与叶燮的文学思想》，《古代文学理论研究》第十九辑，华东师范大学出版社 2001 年版。

柳晟俊：《〈明诗综〉所载高丽文人诗考》，《中国学研究》21，中国学研究会 2001 年版。

黄景进：《王渔洋"神韵说"重探》，《清代学术论丛》第六辑，台湾文津出版社 2001 年版。

杜松柏：《王船山诗论中的情景说探微》，《清代学术论丛》第六辑。

魏菲德：《历史写作的奥秘》，《视界》第 5 辑，河北教育出版社 2002 年版。

裴世俊：《杜诗学史中的〈钱注杜诗〉：钱谦益笺注杜诗的缘起》，《聊城大学学报》2002 年第 1 期。

谭新红、王兆鹏：《论清人词话的学术背景》，《南阳师范学院学报》2002 年第 1 期。

张伯伟：《清代论诗诗的新貌》，《江苏社会科学》2002 年第 3 期。

张伯伟：《清代诗话东传略论稿》，《域外汉籍研究集刊》第 2 辑，中华书局 2006 年版。

白贵：《中国古代诗话的"存诗""存人"功能——诗话传诗功能研究之一》，《内蒙古社会科学》2002 年第 3 期。

汪庆元：《徽学研究要籍叙录》，《徽学》第 2 卷，安徽大学出版社 2002 年版。

谢明阳：《许学夷与吴乔的诗学传承》，《中国文哲研究通讯》第 13 卷第 3 期，台湾中央研究院文哲所 2003 年版。

陆林：《〈午梦堂集〉中"泐大师"其人——金圣叹与晚明吴江叶氏交游考》，《西北师范大学学报》2004 年第 4 期。

陆林：《金圣叹早期扶乩降神活动考论》，《中华文史论丛》第 77 辑，上海古籍出版社 2004 年版。

战立忠：《船山历代诗歌评选时间考辨》，《船山学刊》2004 年第 4 期。

陈祖君：《诗人洛夫访谈录》，《南方文坛》2004 年第 5 期。

陈勇：《王夫之〈唐诗评选〉"以平为贵"的批评观》，《衡阳师范学院学报》2004 年第 5 期。

朴英顺：《清代诗坛对严羽诗学的反拨》，《江西社会科学》2004 年第

8 期。

简锦松：《论钱谦益〈列朝诗集小传〉之批评立场》，《文学新钥》
2004 年第 2 期。

闵丰：《〈静志居诗话〉笺补——兼与〈列朝诗集小传〉互证》，《古
籍研究》2004 年下卷。

周建渝：《〈列朝诗集小传〉的明诗批评及其用意》，《第四届国际东
方诗话学学术研讨会会议论文集》，台湾中山大学中文系 2005 年版。

Lawrence C. H. Yim（严志雄）. *Qian Qianyi's Theory of Shishi during
the Ming – Qing Transition*（Taibei：Institute of Chinese Literature and Philoso-
phy, Academia Sinica, 2005）.

朴均雨：《王渔洋"神韵说"之诗学精神》，左东岭、陶礼天主编
《中国古代文艺思想国际学术研讨会论文集》，学苑出版社 2005 年版。

袁宗愈：《从〈诗广传〉看王夫之的诗情观》，《船山学刊》2005 年
第 2 期。

潘冬梅：《文本·作者·性别：浅议〈列朝诗集·闰集〉香奁部分的
编选与时代》，《中国文学研究》2005 年第 2 期。

张煜：《新乐府辞入乐问题辨析》，《西北师范大学学报》2005 年第
3 期。

王明辉：《〈诗薮〉撰年考》，《江汉大学学报》2005 年第 4 期。

廖宏昌：《二冯诗学的折中思维与审美理想典范》，《苏州大学学报》
2005 年第 5 期。

林文彬：《船山易学与现量说》，《第六届通俗文学与雅正文学——文
学与经学研讨会论文集》，台湾中兴大学中文系 2006 年版。

王人恩：《从〈正钱录〉看明清之际的文坛攻讦之风》，《西北师范大
学学报》2006 年第 1 期。

陈卫星：《〈诗薮〉撰年新证》，《中国韵文学刊》2006 年第 3 期。

户圆圆：《清初抄本〈我侬说诗〉与分解说诗理论》，《图书馆杂志》
2006 年第 7 期。

王园：《形上之美："神韵"的内在解读》，《宜宾学院学报》2006 年
第 9 期。

贺严：《〈神韵集〉与神韵诗学的初萌》，《中国诗学》第 11 辑，人民
文学出版社 2006 年版。

任先大:《释"切"——传统文论关键词研究之一》,《云梦学刊》2007 年第 2 期。

赵俊玲:《钱陆灿〈文选〉评点本探析》,《殷都学刊》2007 年第 3 期。

陈斌:《陈祚明交游及〈采菽堂古诗选〉编选意图考论》,《福建师范大学学报》2007 年第 3 期。

申屠青松:《明代宋诗选本论略》,《南京师范大学文学院学报》2007 年第 4 期。

方汉文:《清叶燮〈原诗〉之"理"与柏拉图的"理念"(Idea)》,《苏州大学学报》2008 年第 1 期。

潘务正:《王士禛进入翰林院的诗史意义》,《文学遗产》2008 年第 2 期。

陈伟文:《论清初宋诗风的兴起历程》,《中国诗学》第 12 辑,人民文学出版社 2008 年版。

徐仪明、刘栅延:《王夫之的中医学思想及其哲学意义》,湖南佛教网 http://www.fjhnw.com/Article/TypeArticle.asp? ModeID = 1&ID = 616。

李圣华:《汪琬诗学思想管窥》,《中国诗学》第 15 辑,人民文学出版社 2010 年版。

侯敏:《清初吴中学人序跋中的诗学观》,《苏州大学学报》2010 年第 2 期。

论文初刊杂志一览

《杜诗详注》与古典诗歌注释学之得失	杜甫研究学刊 1995 - 2。
古诗声调论的历史发展	学人第 11 辑(江苏文艺出版社 1996 年版)。
《逃禅诗话》与《围炉诗话》之关系	苏州大学学报 2000 - 3。
叶燮的文学史观	文学遗产 2001 - 6。
顾炎武的诗学史意义	中国语文学 40(岭南中国语文学会,2002 年)。
清初李因笃诗学新论	大韩中国学会 2002 年会论文集。
清初关中诗人康乃心及其诗论	南京师范大学文学院学报

	2002 - 4。
清初关中理学家诗学略论	求索 2003 - 2。
王渔洋与赵秋谷的关系及诗学之分歧	太原师范学院学报 2003 - 2。
关于清代诗学史的研究方法	江苏行政学院学报 2003 - 4。
论清代诗学的学术史特征	南京师范大学文学院学报 2003 - 4。
清代诗学与地域文学传统的建构	中国社会科学 2003 - 5。
论清代诗学史的分期	新文学第 4 辑（大象出版社 2005 年版）。
金圣叹的诗歌理论及其批评实践	差异第 4 辑（河南大学出版社 2006 年版）。
陆游诗歌在明末清初的流行	中国韵文学刊 2006 - 1。
清初诗坛对明代诗学的反思	文学遗产 2006 - 2。
徐增对金圣叹诗学的继承和修正	北京师范大学学报 2006 - 4。
在传统的阐释与重构中展开	中国社会科学 2006 - 6。
钱谦益的诗学理论及其批评实践	中国社会科学院文学研究所学刊第 1 辑（中国社会科学出版社 2007 年版）。
冯班《钝吟杂录》论严羽平议	古典文学知识 2007 - 4。
冯班与清代乐府观念的转向	文艺研究 2007 - 8。
清初诗学的地域格局与历史进程	文史知识 2007 - 10。
虞山二冯的诗歌评点略论	周勋初先生八十寿辰纪念文集（中华书局 2008 年版）。
二冯诗学的影响与虞山派诗论	文史哲 2008 - 1。
顾嗣立的元诗史研究	中国文化研究 2008 - 夏。
虞山二冯诗学的宗尚、特征与历史地位	北京师范大学学报 2008 - 4。
朱彝尊的明诗研究	北京大学学报 2008 - 5。
黄宗羲与浙派诗学的史学倾向	江海学刊 2008 - 5。
清初钱塘诗人和毛奇龄的诗学倾向	湖南社会科学 2008 - 5。
《宋诗钞》编纂经过及其诗学史意义	清代文学研究第 2 辑（人民文学出版社 2009 年版）。
再论王渔洋与康熙朝宋诗风之消长	罗宗强先生八十寿辰纪念文集

	(中华书局2009年版)。
王渔洋"神韵"概念溯源	北京大学学报2009-2。
理论的巨人　批评的矮子	文史知识2010-3。
王夫之对情景关系的意象化诠释	社会科学战线2011-1。
王夫之的文本有机结构观	文学评论2011-3。
王夫之对诗歌本质特征的独特诠释	文学遗产2011-4。
王渔洋在诗歌理论和批评上的贡献及影响	中国社会科学院文学所学刊2011年。
王夫之的诗歌评选与唐诗观	文学与文化2011-2。
王夫之诗论的批判性、独创性与诗歌批评的缺陷	中国文化研究2011-春。
清初江南诗学散论——以吴伟业、尤侗、汪琬为中心	江淮论坛2011-3。
一位有待于重新认识的批评家	中国社会科学院研究生院学报2011-3。
张谦宜《絸斋诗谈》与清初格调诗学的承传	北京大学学报2011-3。
读贺裳《载酒园诗话》札记	徐州师范大学学报2011-3。
赵执信与清初诗学之终结	华中师范大学学报2011-6。
读田雯诗论札记	南阳师范学院学报2011-7。
读吴乔诗论札记	上海师范大学学报2012-2。
王渔洋"神韵"的审美内涵及艺术精神	中国社会科学2012-3。

后　记

　　对我来说，选择清代诗学作为个人学术生涯第二阶段的研究课题，当然有纯个人的理由，但从客观上说，清代诗学无疑有着它独特的诱惑力——研究先秦文学，我曾为自以为有洞察力的想法得不到文献的证实而懊恼；研究唐代文学，我也曾为诗史的复杂性无法由丰富的细节具体呈现而感到遗憾。研究清代诗学则不存在这样的问题，它丰富的文本和更丰富的文学背景资料提供了以前朝代无法比拟的富饶的诗学空间，足以让学者尽性驰骋。

　　虽然我在前言中对清代诗学的研究现状指出一些不足，但这只是为了说明进一步工作的必要，而不是否定现有成果的价值。在一个研究领域的草创时期，发凡起例者的摧陷廓清之功是最艰难的，后人踵事增华则有许多便利，所谓"更始者难为功，因势者易为导"，前贤早已明言。我的做人准则是唐代名医孙思邈的一段话："胆欲大，心欲小，智欲圆，行欲方。"偶阅山阴俞梦蕉《蕉轩摭录》，有"论胆"一条云："人问胆是大的好，小的好？曰：'先从小胆经历到老靠时，其胆遂大，恰是真大胆。然看去胆大，其实他行去还是细心笃实，并不粗浮一些也。总之，读万卷书然后胆大，亦唯读破万卷书，然后胆小。"二十年前发愿撰写清代诗学史，无疑是一件胆大的事，自措手之日起，我便不断提醒自己，须小心从事，尽力多看原始资料。可是清代的书实在太多了，绝非唐宋时代可同日而语。上课时学生问我清诗大概有多少首，我说现在谁也不知道，我只知道将全唐诗的每一首诗变成一部诗集，就是清诗的数量，这些诗集最大的是乾隆爷的，有四万（一说十万）多首，最小的也有十几首，没有人能在一生中读完。大史学家吉本曾说，"在考虑任何范围广泛的题目的时候，任何人都不敢说自己已经读完所有的著作或者说记得所有自己阅读过的东西"①。我当然更不敢说我读完了所有的资料或记住了全部有价值的东西。我读的书很有限，而且常苦于记忆力衰退，经眼的材料日后记不清出处，想引用时再也检不出。于是只好用卡尔·贝尔的话来自勉："我们应该在人性薄弱的力量所许可的范围内，竭尽我们的诚实和智慧。"同时我也认同亨利希·李凯尔特的话："历史从不描述事情的结局，而向来是描写它们的进展过程。"② 我相信自己的研究还是着力于描写历史进程的，《王渔洋与康熙诗坛》的导言题作"进入过程的文学史研究"，曾颇为学界同道所引称。的确，进入历史的过程正是历史研究的趣味所在，也一直是我追求的目标。在朋友们的印象中，并且我自己也这么觉得，我不是那种很有思想的人。所谓思想，无非是自然、历史认识的概括，我因为多接触史料，常苦于纷繁的现象无法概括，而别人的概括常又不能让我满意，觉得他们的结论太简单，省略了太多的东西——人们往往将这称为抽象思维能力，于是我的论文也越来越不能写得短。别人几千字就轻松交代的题目，我必得花几倍的文字来论述。以至于原计划写三十万字左右的这部《清代诗学史》第一卷，竟写了七十万字。每念及此，就不得不聊以施莱格尔的一段话来解嘲："撰写大部头著作比较谦逊，因为大部头著作似乎可以是由别的著作拼凑而成，而且还因为在鸿篇巨制中对于思想来说，在最坏的情况下还有退路，把优先权交给事实，自己则谦卑地龟缩到角落里。"③。这不是很可以借为藏拙的理由么？

自《大历诗风》出版至今，我每写一部书都觉得比以往艰难，这部《清代诗学史》的第一卷也是如此。记得以前读吴从先《小窗自纪》，说道："先儒谓良心在夜气清明之候，予以真学问亦不越此时。"以前我喜欢晚上写作，后来每天接送孩子上学，冒风露而出，午不得息，一天下来颇觉劳顿。况且年龄也不同了，每至夜气清明之候，即为昏昏欲睡之时，勉强命笔，已是强弩之末不足以穿鲁缟，写下来的文字自己也看不下去，第二天往往重写。更兼事务越来越多，上课之外，各种会议、评审、应酬消

① 汤普森:《历史著作史》下卷，孙秉莹、谢德风译，商务印书馆1992年版，第3分册，第111页。

② 转引自魏菲德《历史写作的奥秘》，梁禾译，《视界》第5辑，河北教育出版社2002年版，第118页。

③ 施莱格尔:《雅典娜神殿》，李伯杰译，生活·读书·新知三联书店2003年版，第54页。

磨掉许多时间。如果没有这个夏天在父母家静心写作，难以想象什么时候能完稿。这段无人打扰的安静日子，让我顺利地写完王夫之诗学这对我来说最困难的一章，这部分内容学界研究最深，而我下的功夫最浅，只打算梳理一些问题，不敢指望有什么创见，能顺利写完就觉得很庆幸了。

这部书稿从2001年作为文学所重点课题立项，前后已写了快十年，计划的结项时间早已超过。尽管如此，它仍然只能说是很肤浅的研究，但我既然立志要撰写一部清代诗学史，有限的生命和精力就不允许我在清初过多地停留了。唯一可欣慰的是，这部稿子的修改功夫远甚于我以前出版的所有著作。近十年间，所有章节不仅作为论文发表时反复修改，就是发表后仍修订不已，不断补充材料，修正论述。有些参考文献最初并没有看到，如台湾的学位论文，主要是2008年在逢甲大学任教时补充征引的。我之所以将各章节最初发表的刊物和时间开列于书后，也是借以表明，我有些结论虽可能与别人相似，但并非沿袭别人，而是很早就形成了自己的看法。当然，后来知道别人在我之前提出了同样的结论，我都在注释里做了说明。个人闻见有限，难免挂一漏万。如有不周，只能请学界同道不吝赐教。

这部书稿的写作，无疑是我迄今为止的著作中最为艰难的。近十年间，工作和生活中的压力都前所未有地大，是双亲的慈爱和朋友们的关怀，伴随我、支持我一路走来。同事孟繁华、靳大成、王筱芸、高建平，同学胡大雷、张伯伟，老友戴伟华，都曾给过我许多关爱和帮助，让我体会到友情的温暖和力量。特别要提到，2008年在台湾逢甲大学任教的半年间，仰中文系余美玲主任，梁煌仪、李宝玲教授的周到关照，还有淡江大学吕正惠教授、台湾大学何寄澎教授、清华大学朱晓海教授的意气之交，我度过一段难忘的时光，同时写出本书近十万字的初稿。我想借此机会，谨向以上各位朋友表达最诚挚的谢意。我的双亲已年届耄耋，生为人子，不能尽孝奉养，还常劳二老照料饮食，如未成年时，总让我内心感到愧疚。但双亲一如既往地用他们无私的爱包裹我、温暖我，于是住在父母家，就成为我生活最安宁、写作最有效率的时候。大恩不足言谢，我只默祷双亲能享期颐之年，以后我能多陪伴他们，让他们看到我写出《清代诗学史》全部各卷。责任编辑郭晓鸿博士，细致审读原稿，修改注释体例，为本书的顺利出版付出了努力；我的学生们帮助校对全稿清样，让我避免若干笔误，在此一并致谢！

最后，我想以中西两位大史学家的话来结束本卷：

　　盖天下之理无穷，而君子之志于道也，不成章不达。故昔日之得不足以为矜，后日之成不容以自限——顾炎武《日知录·自序》

　　我们生活在一条思想的河流当中，我们在不断地记忆着过去，同时又怀着希望或恐惧的心情展望着未来——汤因比《历史研究·序言》

蒋　寅

2010 年 8 月 3 日于江苏仪征父母家中